山東京傳全集

第十二巻
合巻7

ぺりかん社

『濡燕子宿傘』中本書型三冊本表紙（肥田晧三氏蔵）

『絵看板子持山姥』中本書型三冊本表紙（鈴木重三氏蔵）

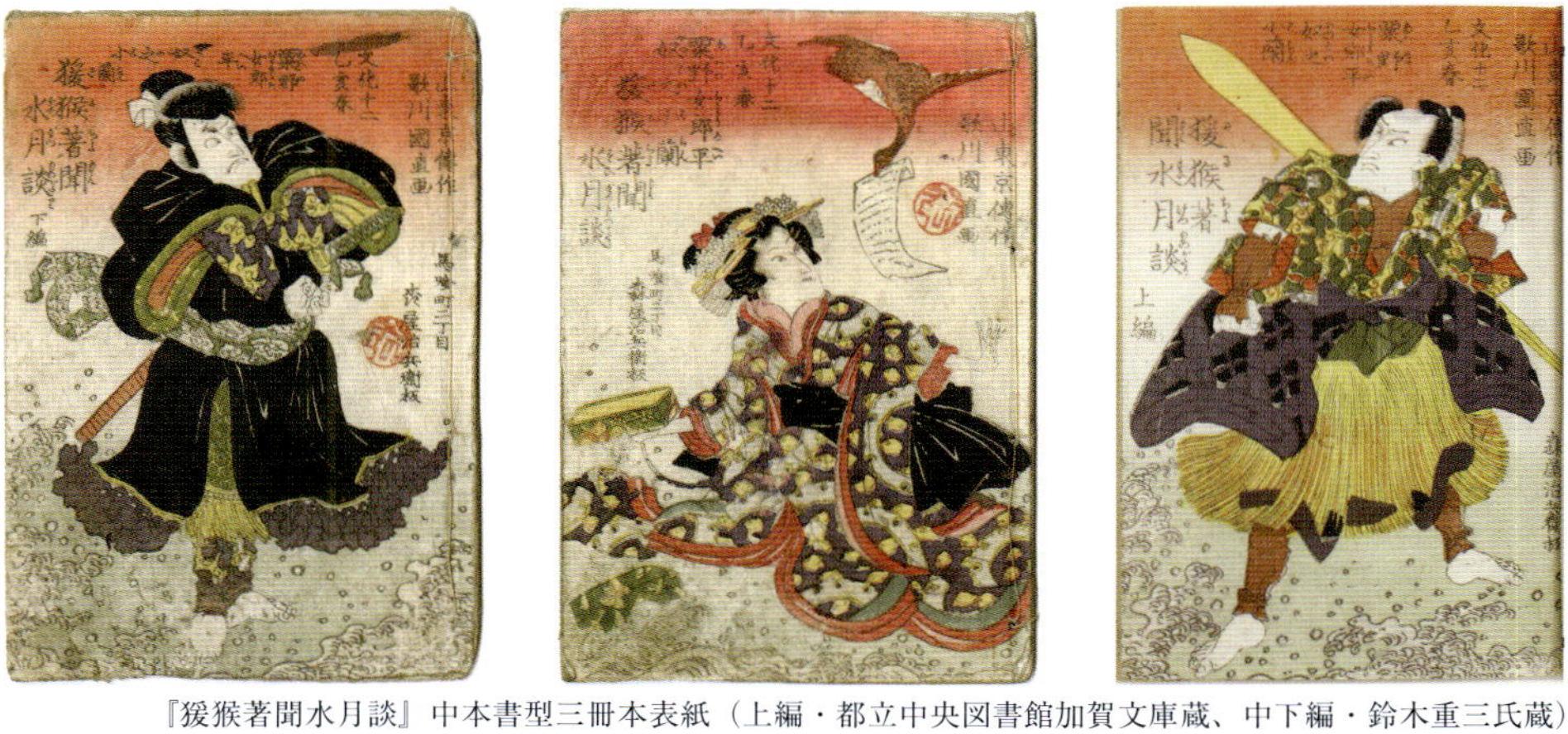

『猨猴著聞水月談』中本書型三冊本表紙（上編・都立中央図書館加賀文庫蔵、中下編・鈴木重三氏蔵）

山東京傳全集　第十二巻＊目次

［合巻7］

■造本設計――多川精一

凡例

一、原文はすべて翻字したが、読者の便宜に供するため漢字交じりに改めた。その際、原文の仮名は振り仮名として残した。ただし、仮名遣いはすべて原文のままとするも、たとえば〈このひと丶〉→〈この人と〉とする如く、反復用字においては若干の相違が生じた。なお、序文に関しては原文のまま翻字した。すべて図版を掲載したので、こうした細部については照合を願う次第である。

一、読み易さを旨とするため、適宜句読点を施した。また、本文の続きを示す記号（▲⧗等）は特別な場合をのぞいて割愛した。これらについても細部は図版との照合を願いたい。

一、図版と本文との照合を易くするために便宜上図版に算用数字を掲げ（同時に本文にも掲げた）、図版の方には丁付も付して使用の便に供した。

一、原文の漢字には新たにその読みを振ることを避けた。また、同時に振り仮名の付されているものについては、そのまま振り仮名をつけて記した。

一、原文に漢字を当てるに際し、できる限り統一することを旨としたものの、ときに漢字の表記に統一を欠くこともあり、これは校訂者の意図するところに従った。

一、異体文字はとくに必要のない限り、[illegible]（様）、ゟ（より）、〆（しめ）、[illegible]（参らせ候）、メ（して）、𪜈（とも）、などは（　）内のものとする。

一、原文の漢字のあて字などは原文のままとした。

一、原文には「ハ・ミ・ニ」等の片仮名が多く使われているが、とくに間投詞等の意識的に使っているもの以外は平仮名とした。ただし、片仮名表記で、たとえば「おきアがれ」や「なんすネ」「そうだナア」などはそのまました。

一、反復記号の「〻」は「々」に、「ゝ」「〱」等はそのまま用いた。

一、本文中に□枠で書かれたものや、作者・画工署名においても枠内にあるものはその通りとした。

一、濁点は、明らかに誤・脱と思われるものについては補正した。

一、明らかに誤刻・誤記・脱字・衍字等と判断されるものについては〔 〕をもって補うか、または（ママ）として記述した。

一、本文・詞書等以外でも必要と認められる文字については、［ ］を施して適宜翻字した。また、画面中にある京伝店などの広告等についてもすべて翻字した。

一、底本以外に使用した諸本には、編集委員の架蔵本も少なくない。これらの利用についてはその一々の説明を省いた。

一、こうした全集で合巻の影印・翻字は初めての試みである。したがって、翻字に際し誤謬・不備・不足等は避けられないことと思われ、四方の賢士に御垂教を賜り、もって今後の翻字の資としたいと願うものである。

なお、本巻の校訂は棚橋正博が行い、作品解題は棚橋正博が担当し、清水正男が適宜校閲にあたった。翻字にあたっては、井原幸子、関原彩、長田和也、森隆夫の諸氏の御協力を得た。底本については各解題に記したが、使用許可をいただいた諸機関に厚く御礼申し上げる。

山東京傳全集　第十二巻　合巻7

松風《まつかぜ》村雨《むらさめ》

磯馴松金糸腰蓑《そなれまつきんしのこしみの》

東山義政の時代（長禄の頃）

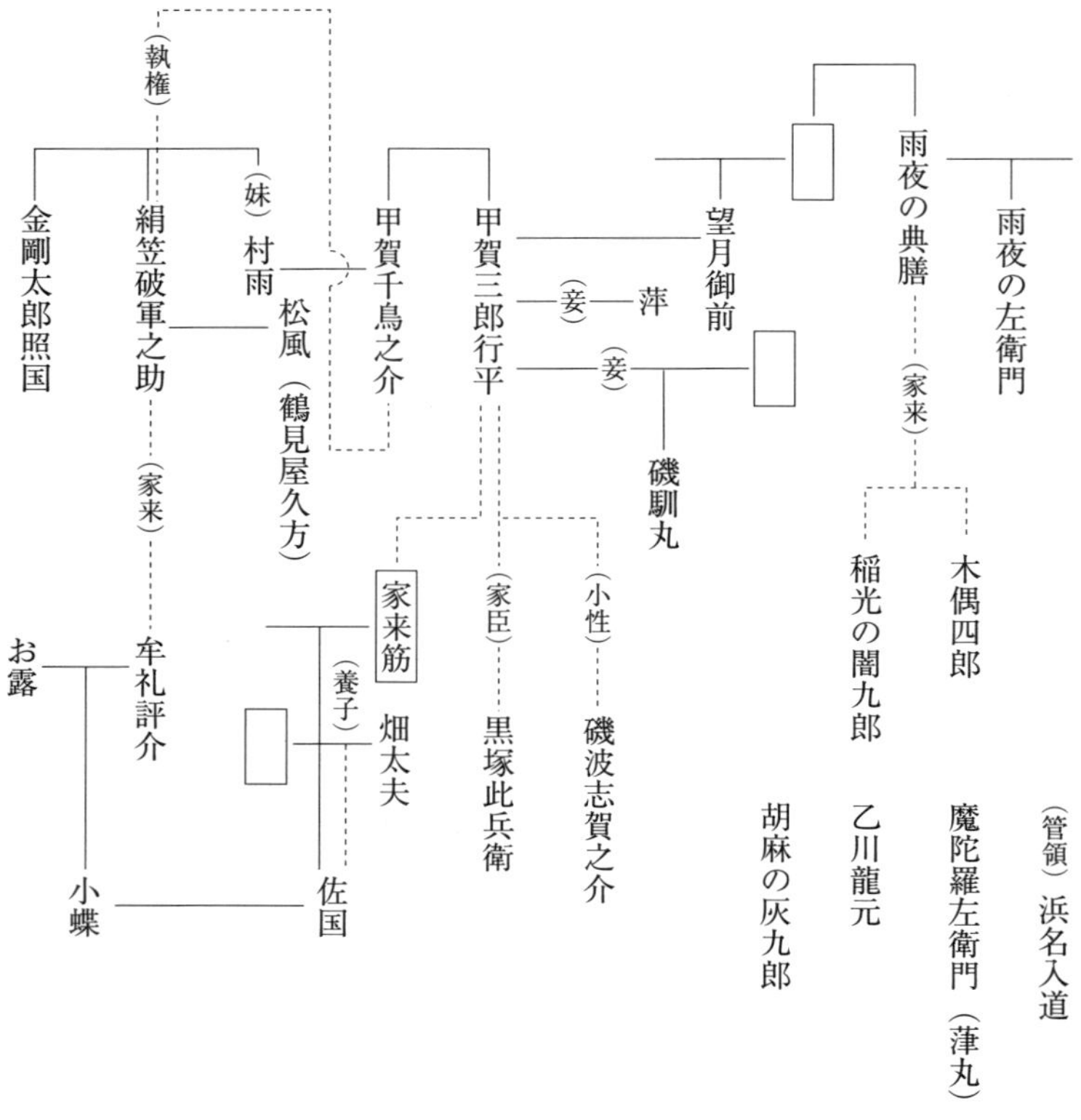

前編見返し

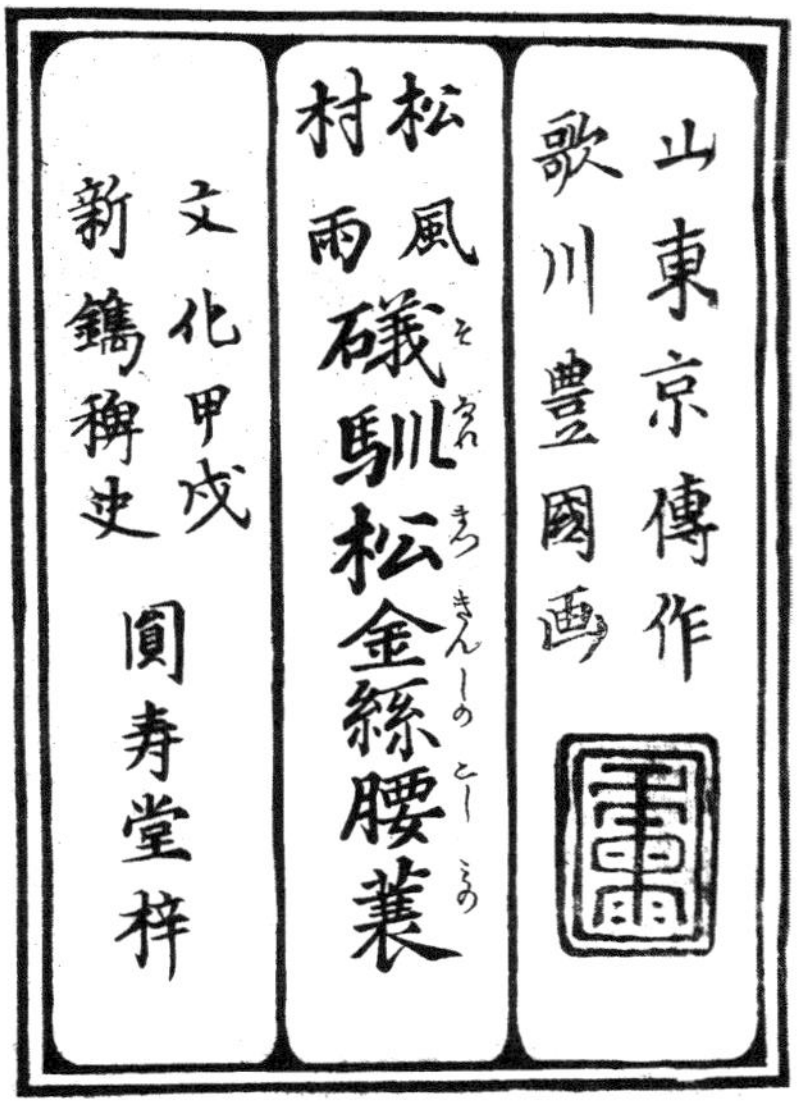

［前編見返し］

山東京伝作

歌川豊国画　童

松風村雨 磯馴松《そなれまつ》金糸《きんし》の腰蓑《こしみの》

文化甲戌新鐫稗史　円寿堂梓

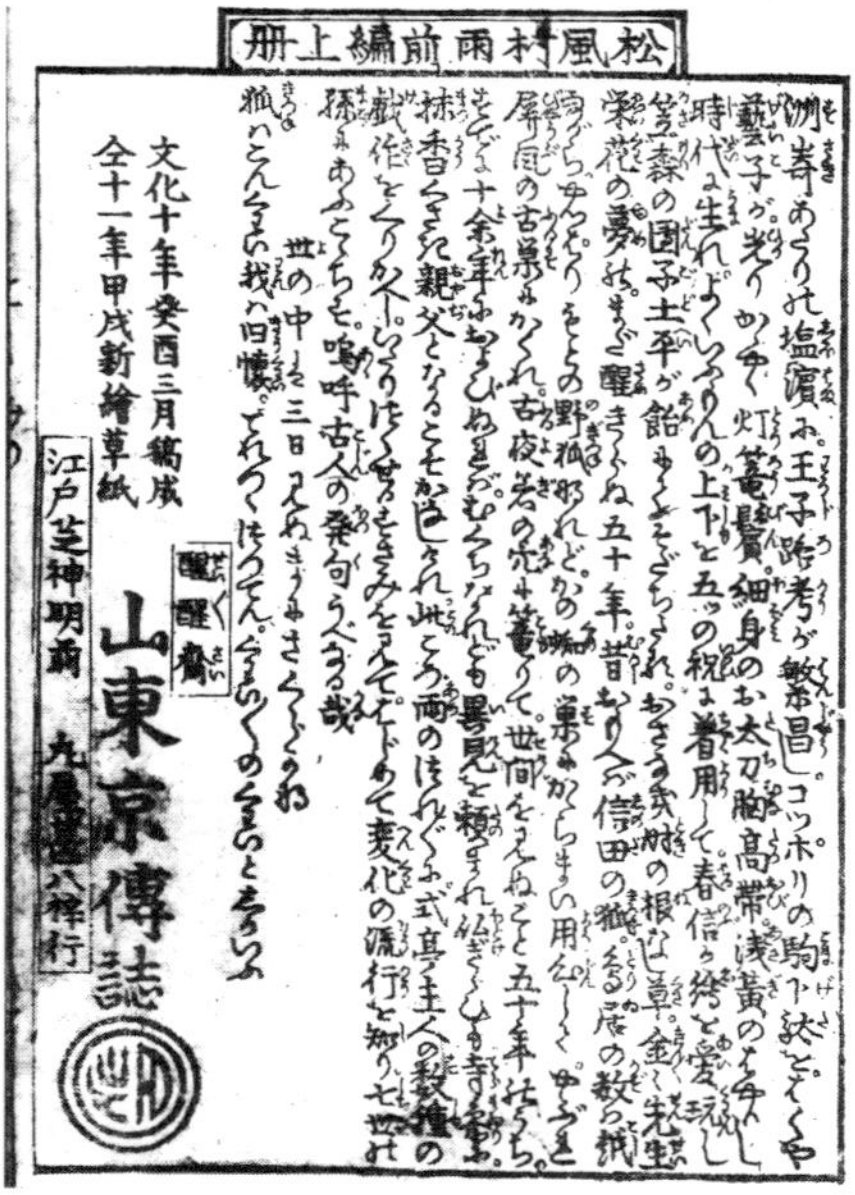

(1)一オ

[前編]

[上]

(1) 松風村雨前編上冊

洲崎《すさき》あたりの塩浜《しほはま》に。王子路考《わうじろかう》が繁昌《はんじやう》し。コツポリの駒《こま》下駄《げた》を。はくや芸子《げいこ》が。光《ひか》りかゞやく灯篭鬢《とうろうびん》。細身《ほそみ》のお太《た》刀《ち》胸高帯《むなたかおび》。浅黄《あさぎ》のはやりし時代《じだい》に生《うま》れ。よくいふもんの上《かみ》下《しも》を五ツの祝《いはひ》に着用《ちやくよう》して。春信《はるのぶ》が絵《ゑ》を愛玩《あいぐわん》し笠森《かさもり》の団子《だんご》土平《どへい》が飴《あめ》にてそだちたる。おさなき時《とき》の根《ね》なし草《くさ》。金々先《きんきんせん》生《せい》栄花《ゑいぐわ》の夢《ゆめ》の。まだ醒《さめ》きらぬ五十年。昔《むかし》おもへば信田《しのだ》の狐《きつね》。鳥居《とりゐ》の数《かず》は越《こし》ながら。やつぱりもとの野狐《のぎつね》なれど。かの蜘《くも》の巣《す》にかゝらまい用心《ようじん》して。やぶれ屏風《びやうぶ》の古巣《ふるす》にかくれ。古夜着《ふるよぎ》の穴《あな》に篭《こも》りて。世間《せけん》を見ぬこと五十年のうち。すでに十余年《よねん》におよびぬれば。むくちなれども異見《いけん》を頼《たの》まれ仏《ほとけ》ぎらひも寺参《てらまゐり》に。抹香《まつかう》くさき親父《おやぢ》となるこそかなしけれ。此《この》ころ雨《あめ》のつれ〴〵に。式亭主人の数種《すしゆ》の戯作《けさく》をくりかへし。いたりつくせるすさみを見て。はじめて変《へん》化《くわ》の流行《りうかう》を知《し》り。七世《しちせ》の孫《まご》にあふこゝちす。嗚呼《あゝ》古人《こじん》の発《ほつ》句《く》うべなる哉《かな》

(2)一ウ

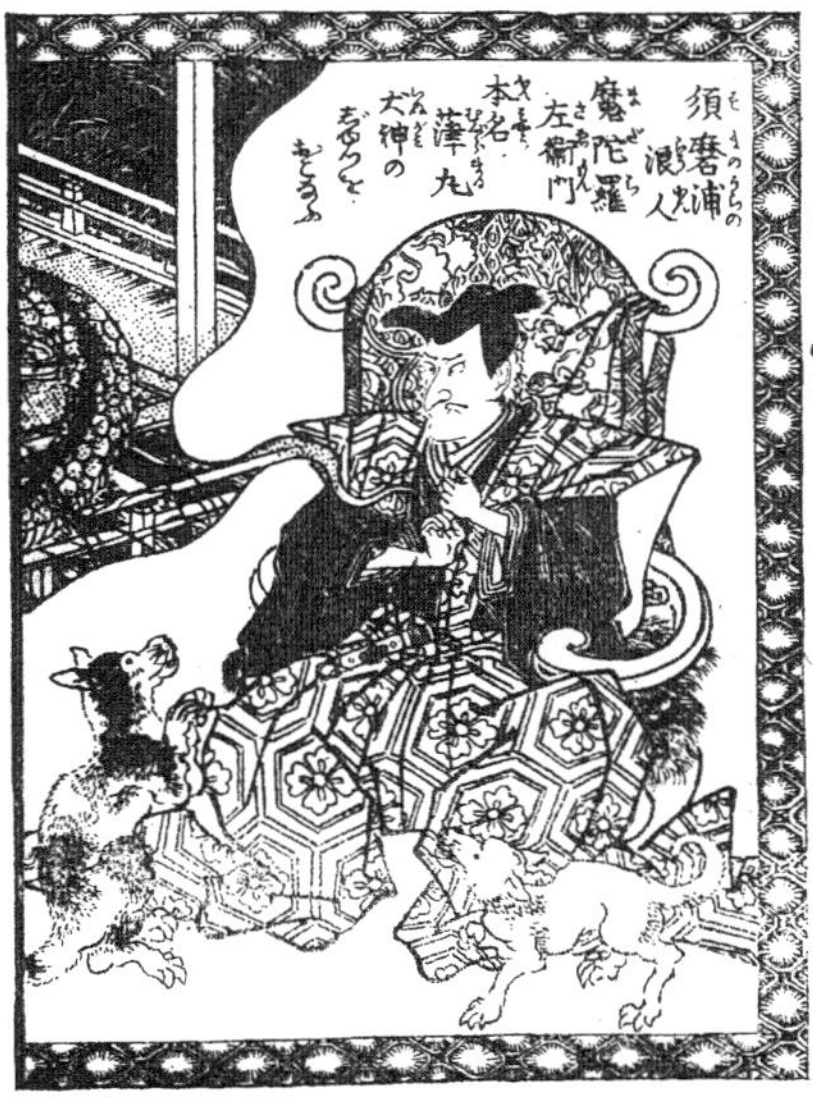

二オ

世《よ》の中は三日見ぬまにさくらかな

狐《きつね》はこんくわい我《われ》は旧懐《きうくわい》。てれつくつつてん。くわい〳〵のくわいとしかいふ

醒醒斎《せいくさい》

山東京伝誌㊞

文化十年癸酉三月稿成
全十一年甲戌新絵草紙

江戸芝神明前　丸屋甚八梓行

(2)

須磨浦浪人《すまのうらのらうにん》魔陀羅左衛門《まだらさゑもん》、本名《ほんみやう》葎丸《むぐらまる》、犬神《いぬがみ》の術《じゆつ》を行《おこな》ふ。

竹生嶋《ちくぶしま》の竜女《りうによ》

甲賀三郎行平《かうがさぶらうゆきひら》

（3）二ウ

三オ

（3）

大和国二上嶽岩窟《やまとのくににじやうがたけのがんくつ》

○美濃《みの》の住人《ぢうにん》、雨夜左衛門《あまよのさゑもん》

○近江国《あふみのくに》、甲賀三郎行平《かうがさぶらうゆきひら》

(4)三ウ

(4)
○甲賀《かうが》の忠臣《ちうしん》絹笠《きぬがさ》破軍之助《はぐんのすけ》
○同人妻《どうにんつま》、松風《まつかぜ》
元《もと》は美濃《みの》の国野上《くにのがみ》の里《さと》の遊君《ゆうくん》にて名《な》を久方《ひさかた》と言《い》へり。
○闇《くら》がり峠《とうげ》の悪者《わるもの》、胡麻《ごま》の灰九郎
ほとゝぎす一二の橋《はし》の夜明《よあけ》かな　其角

（5）四オ

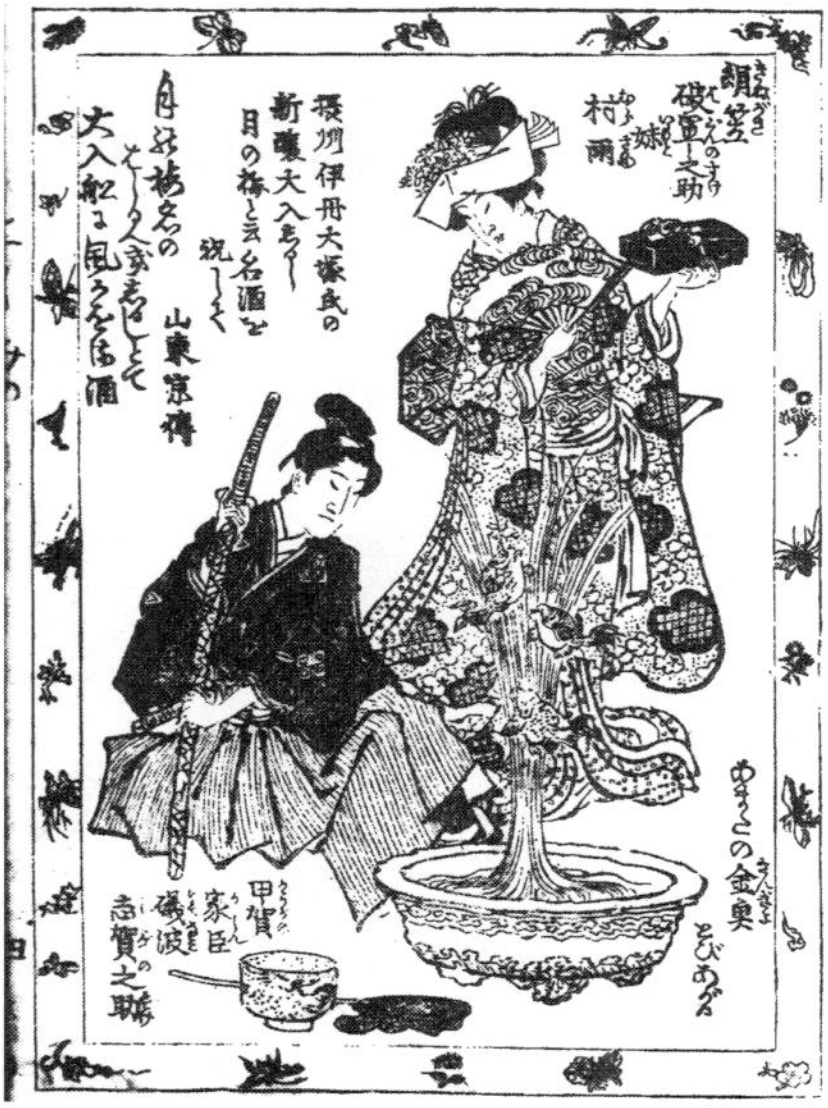

（5）

絹笠《きぬがさ》破軍之助《はぐんのすけ》妹《いもと》、村雨《むらさめ》

甲賀《かうがの》家臣《かしん》、磯波《いそなみ》志賀之助《しがのすけ》

数多《あまた》の金魚《きんぎよ》飛上《とびあ》がる。

摂州伊丹大塚氏の新醸大入印《しるし》、月の梅と云名酒を祝して

月の梅名のはしるべきしるしとて大入舩に風かをる酒

山東京伝

（6）四ウ

五オ

（6）

大和国《やまとのくに》五大堂《ごだいどう》嫐《うはなり》の鐘《かね》の図《づ》
○甲賀《かうが》の内君《うちぎみ》、望月御前《もちづきごぜん》
○甲賀三郎《かうがさぶらう》の妾《てかけ》、萍《うきくさ》の怨霊《おんりやう》
数多《あまた》の小蝶《てふ》飛廻《とびめぐ》る。
三栗《みつくり》のうはなり打《うち》や角被《つのかつぎ》　其《キ》角

（7）五ウ

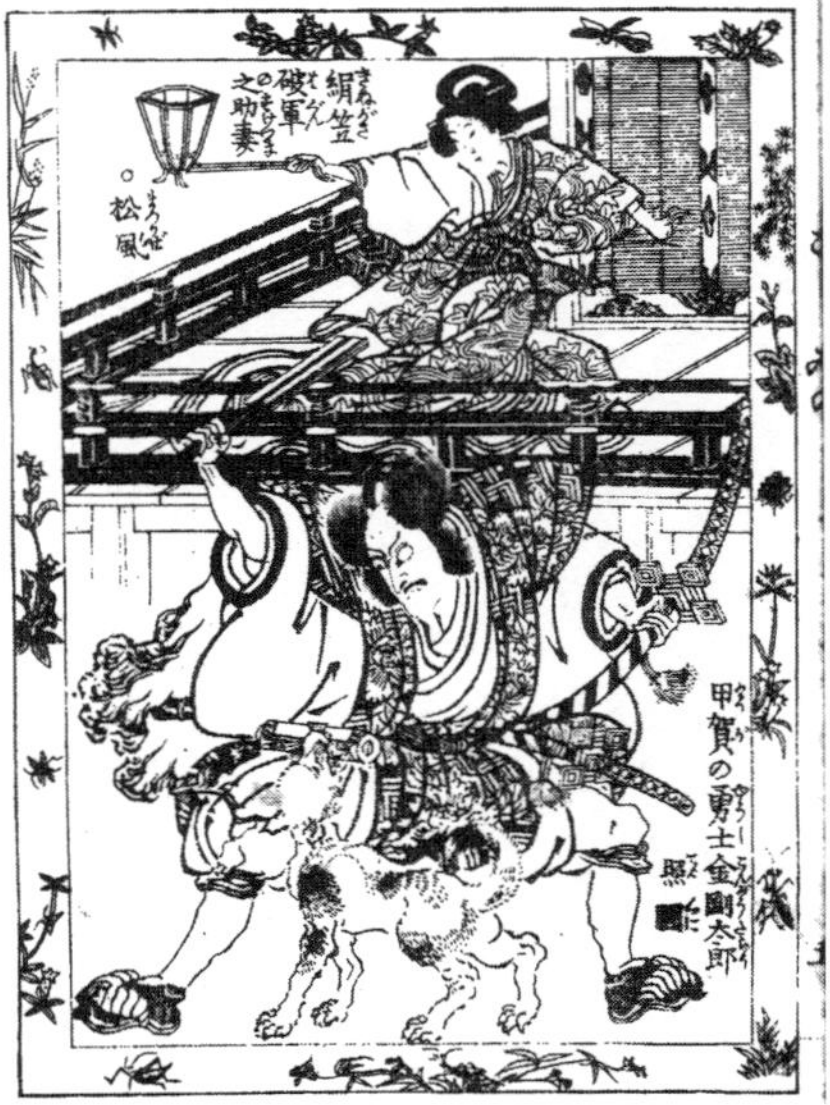

（7）

甲賀《かうが》の勇士《ゆうし》、金剛太郎《こんがうたらう》照国《てるくに》

絹笠《きぬがさ》破軍《はぐん》之助妻《のすけつま》○松風

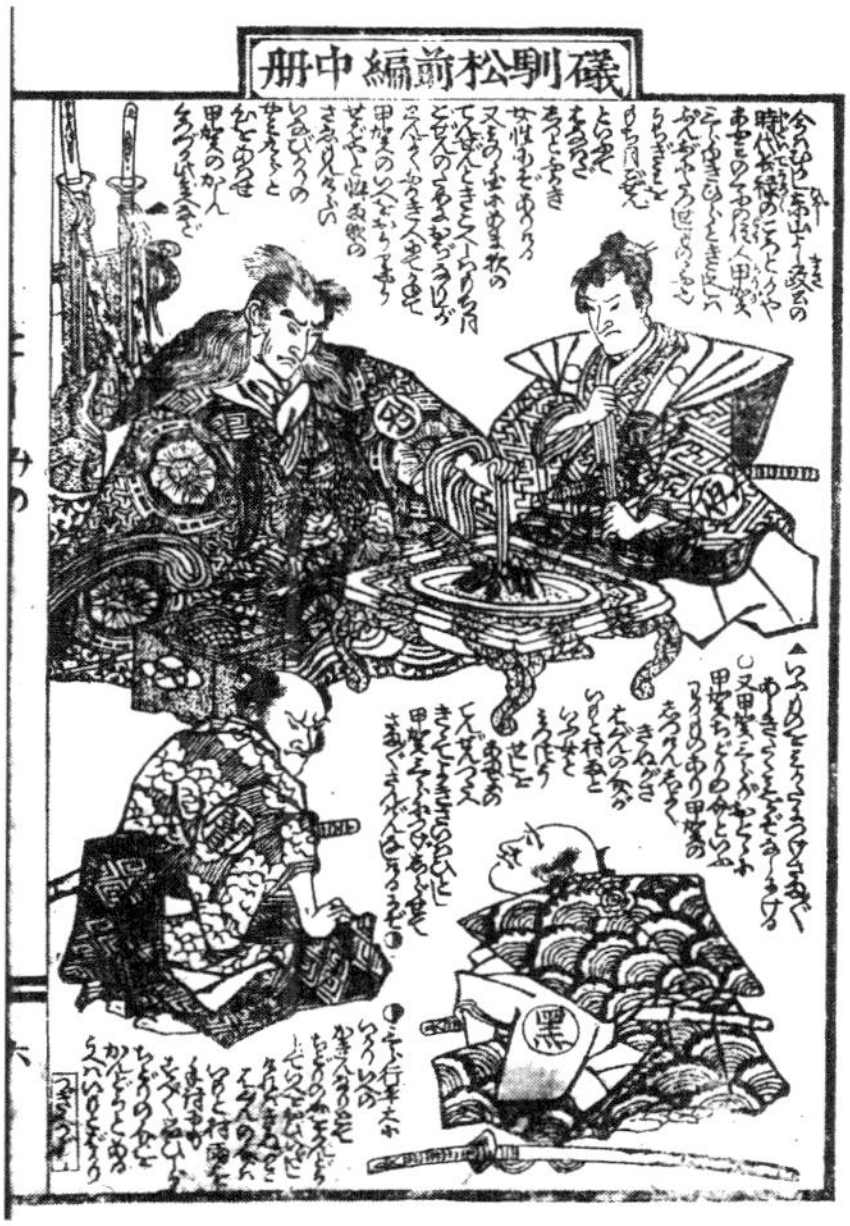

（8）六オ

【中】

（8） 磯馴松前編中冊

今は昔《むかし》、東《ひがし》山義政《よしまさ》公の時代《じだい》、長禄《てうろく》の頃《ころ》とかや、近江《あふみ》の国《くに》の住《じう》人甲賀《かうが》三郎行平《ゆきひら》と聞《き》こへしは、文武《ぶんぶ》に達《たつ》せし武士《もののふ》也。内君《うちぎみ》を望《もち》月御前《ごぜん》といふて、甚《はなは》だ嫉妬深《しつとぶか》き女性にぞありける。又、美濃《みの》の国に雨《あま》夜の典膳《てんぜん》と聞《き》こへしは、望《もち》月御前《ごぜん》のために叔父《おぢ》なりしが、貪欲深《とんよくふか》き人《ひと》にて、かねて甲賀の家《いへ》を横領《おうりやう》せばやと悴雨夜の左衛門《さゑもん》、家来稲光《けらいいなびかり》の闇《やみ》九郎と心を合《あ》はせ、甲賀の家臣黒塚《かしんくろづか》此兵衛《へ》などいふ者《もの》を味方《みかた》に付《つ》け、様々《さま〴〵》悪《あ》しき企《たく》みをぞなしにける。

○又、甲賀三郎が弟《おとゝ》に甲賀千鳥之《ちどりの》介といふ若者《わかもの》あり。甲賀の執権職《しつけんしよく》絹笠破軍之《きぬがさはぐんの》介が妹《いもと》村雨といふ女と密通《みつつう》せしを雨《あま》夜《よ》の典膳伝《てんぜんつた》へ聞《き》きて、よき幸《さいは》ひとし、甲賀三郎に告知《つげし》らせて様々讒言《さま〴〵ざんげん》なしけるにぞ、三郎行平大に怒《いか》り、家《いへ》の瑕瑾《かきん》なりとて千鳥之《ちどりの》介を勘当《かんどう》して家《いへ》を追出《おひいだ》しければ、絹笠破軍之《きぬがさはぐんの》介は妹《いもと》村雨を手討にもすべく思ひしが、千鳥之《ちどりの》介を勘当《かんどう》とある上《うへ》は、妹《いもと》ばかり 次《つぎ》へ続《つゞ》く

(9)六ウ

七オ

(9) 前《まへ》の続《つゞ》き　左様《さやう》にもし難《がた》く、これも勘当《かんどう》したりければ、千鳥之《ちどりの》介諸共《もろとも》に近江《あふみ》を立退《たちの》き、今は何処《いづく》にありや、住処《すみか》だに知《し》れず。破軍之《はぐんの》介は妹《いもと》が不義《ふぎ》の落度《おちど》によりて、女房松風諸共《もろとも》に押籠《おしこ》めとなり、久《ひさ》しく閉居《へいきよ》してぞ居《ゐ》たりける。又、金剛《こんがう》太郎照国《てるくに》といふ大力の勇士あり。破軍之《はぐんの》介が弟《おと》なれば、これも同《おな》じく押籠《おしこ》めとなり居《ゐ》たり。

○典膳《てんぜん》は先《ま》づ千鳥之《ちどりの》介を片付《かたづ》けて大に喜《よろこ》び、此上《うへ》は忠義《ちうぎ》立《だ》てして邪魔《じやま》になる破軍之《はぐんの》介夫婦《ふうふ》の者《もの》、手強《ごわ》き金剛《こんがう》太郎諸共《もろとも》に、手立《だ》てをもつて自滅《じめつ》させ、その上《うへ》にて三郎行平を失《うしな》ひ、家《いへ》を横領《おうりやう》せばやと、いよ〱悪巧《わるだく》みをぞ巡《めぐ》らしぬ。

○破軍之《はぐんの》介が女房松風《かぜ》は元美濃《もとみの》の国《くに》野上の里《さと》の遊君《ゆうくん》にて、鶴見屋《つるみや》の久方《かた》といひし太夫也。彼《かれ》、野上《のがみ》の里《さと》に在《あ》りし時《とき》より黒塚《くろづか》此兵《へ》衛、彼《かれ》を深《ふか》く恋慕《した》ひけるが、甚《いた》く嫌《きら》ひて、遂《つひ》に破軍之《はぐんの》介が妻《つま》になりければ、此兵《へ》衛心の内《うち》にこれを深《ふか》く妬《ねた》み、幸《さいは》ひ雨夜《あまよ》の典膳《てんぜん》が陰謀《いんぼう》に与《くみ》し、破軍之《はぐんの》介を亡《な》き者《もの》とし松風を妻《つま》にせんと企《たく》みけり。

○さて又、甲賀の家《いへ》に伝《つた》はる宝《たから》に金烏帽子《きんゑぼし》といふ太刀と狩《かり》衣《ぎぬ》といふ家系《かけい》の一巻《くわん》あり。金烏帽子《ゑぼし》の太刀は先《さき》立て紛失《ふんじつ》せしが、此事《こと》、東山殿《どの》の御耳《おんみゝ》に入ては家《いへ》の大事《だいじ》なれば、三郎行平深《ひらふか》くこれを隠《かく》し、たゞ密々《みつ〳〵》に詮議《せんぎ》をなしけるが、千鳥之《の》介を勘当《かんどう》せしも、人知《し》れず此太刀を詮議《せんぎ》さすべき手立《だ》てかも知《し》れず、猶《なほ》後編《へん》を読《よ》まば、その本心は知《し》れべき也。

○三郎行平《ゆきひら》は世継《よつぎ》の一子を設《まう》けんために、萍《うきくさ》といふ妾《てかけ》を抱《かゝ》へて下館《しもやかた》に置《お》き、程《ほど》なく懐妊《くわいにん》したりけるが、内君望月《うちぎみもち》御前《ごぜん》、嫉妬《しつと》深《ふか》き女性なれば、懐胎《くわいたい》の事《こと》を先《ま》づ当分《とうぶん》は隠置《かくしお》くべしと付々《つき〴〵》の者《もの》にも厳《きび》しく口止《くちど》めしておきけるが、雨夜《あまよ》の典膳早《てんぜんはや》く此事《こと》を聞出《きゝいだ》し、ある日、甲賀の館《やかた》に立越《こ》へ、一間隔《へだ》ちたる離《はな》れ座敷《ざしき》にて望月《もち》御前《ごぜん》に対面《たいめん》し、斯様《かやう》〳〵と密《ひそ》かに告知《つげし》らせければ、かねて嫉妬《しつと》深《ふか》き女性なれば、聞《き》くとひとしく大に怒《いか》り、それほどの事《こと》を妾《わらは》に知《し》らせ給《たま》はぬ怨《うら》めしさよ。よし〳〵此怨《うら》みたちまち思《おも》ひ知《し》らすべしと、拳《こぶし》を握《にぎ》り歯《は》を噛鳴《かみな》らし、憎《にく》しと思ふ萍《うきくさ》を、先《ま》づこの通《とほ》りと小太刀を抜《ぬ》き、有合《ありあ》ふ祝儀《しゆうぎ》の台《だい》の物《もの》、須磨《すま》の景色《けしき》を写《うつ》したる磯馴《そなれ》松に狩衣烏帽子《かりぎぬゑぼし》、箔《はく》を散《ち》らせし浪《なみ》の花、落花微塵《らつくわみぢん》に斬砕《きりくだ》けば、潮汲桶《しほくみおけ》の底《そこ》抜《ぬ》けて水も溜《た》まらぬ手打の心、いと苦《くる》しげに吐《つ》く息《いき》は炎《ほのほ》を吐《は》くが如《ごと》くにて、怒《いか》れる面色《めんしよく》、目《め》を逆立《さかだ》て角《つの》の生《は》へざるばかりにて、恐《おそ》ろしなども言《い》ふべからず。時《とき》に怪《あや》しや、望月《もち》御前《ごぜん》の懐《ふところ》より一ツの小蛇現《じやあらは》れたり。嫉妬《しつと》の悪念《あくねん》たちまちに徴《しるし》を現《あらは》す。此不思議《ふしぎ》と、大胆不《たんふ》敵《てき》の典膳《てんぜん》も身《み》の毛弥立《けいよだ》つ折《をり》しもあれ、一人《ひとり》の腰元来《こしもとき》かゝりて、差出《さしだ》す手燭《しよく》を典膳《てんぜん》はつしと打落《うちお》とし、密事《みつじ》を聞《き》いたる此女、生《い》けて置《お》かれぬ。ヲ、それと、すらりと抜《ぬ》いたる刀の光《ひかり》、閃《ひらめ》く下《した》に腰元《こしもと》の首《くび》は前《まへ》にぞ不憫《ふびん》なる。

八オ

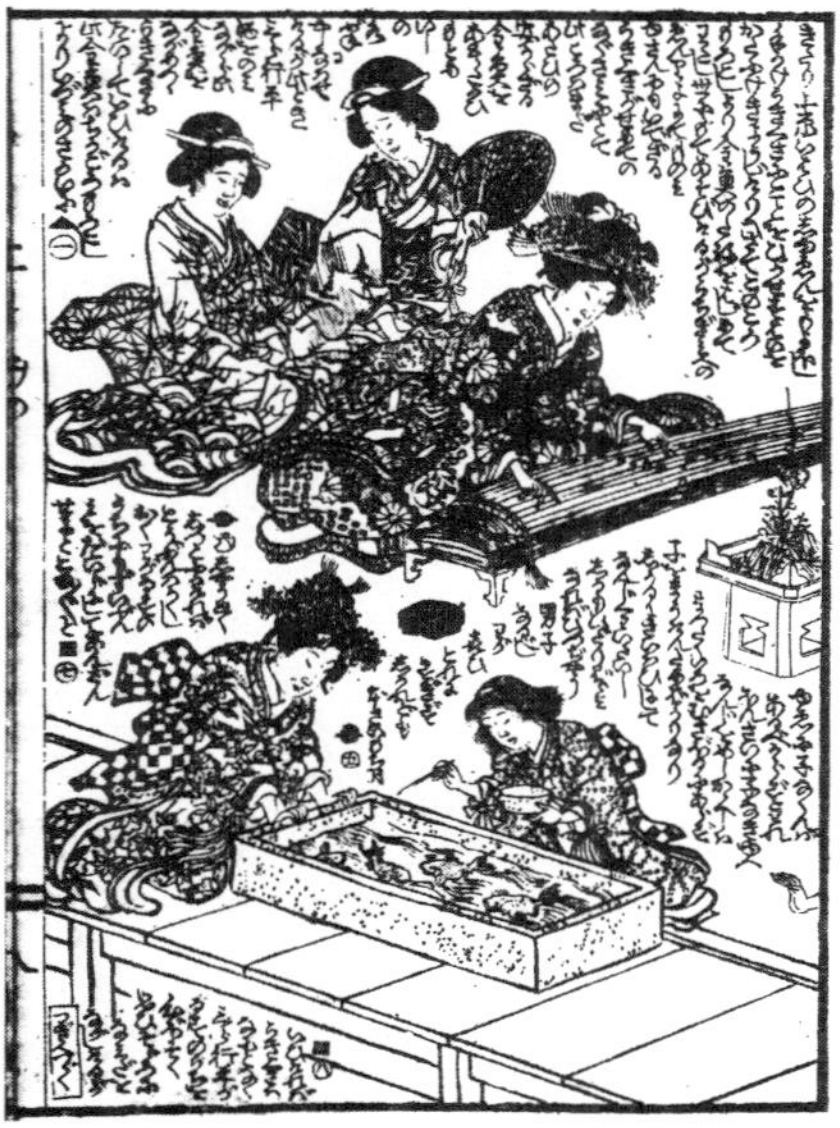

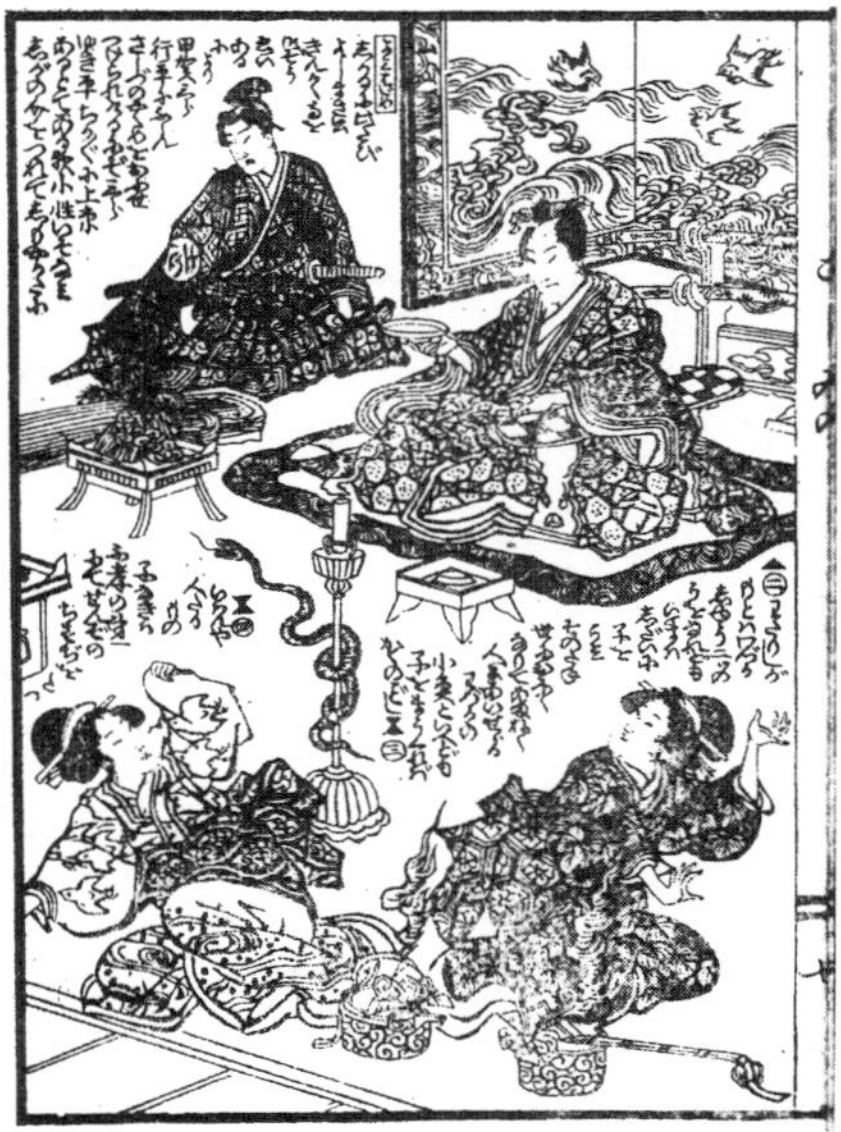

(10)七ウ

(10) 読《よ》み始《はじ》め　然《しか》るに此度《たび》、義政公《よしまさ》金閣寺《きんかく》を御造営《ぞうゑい》あるにより、甲賀三郎行平に普請指図《ふしんさしづ》の役目《やくめ》を仰付《おふせつ》けられけるにぞ、三郎行《ゆき》平、近々《ちかぐ》に上京あるとて、ある夜、小性磯《いそ》波《なみ》志賀《が》之《の》介を連《つ》れて下館《しもやかた》に来《きた》り、上京祝《いは》ひの酒宴《しゆゑん》を催《もよほ》し、手掛萍《かけうきくさ》に琴《こと》を弾《ひ》かせ、数盃《すはい》を傾《かたふ》け興《きよう》じけり。

さてこの頃《ころ》、唐土《もろこし》より金魚の種《たね》を初《はじ》めて渡《わた》し、世に弄《もてあそ》びけるが、内君《うちぎみ》への遠慮《ゑんりよ》にて物見遊山《ものみゆさん》にも出《いで》ざる萍《うきくさ》が、せめての慰《なぐさ》みにとて、此頃《ころ》はまだ値《あたひ》の安からざる金魚を数多買求《あまたかひもと》め、石《いし》の水舟《ぶね》に養《やしな》はせけるが、此時《とき》、三郎行平、酒を飲《の》みながら此金魚を眺《なが》めつゝ、萍《うきくさ》に対《たい》して言《い》ひけるは、「此金魚は近頃《ちかごろ》、唐土《もろこし》より和泉《いづみ》の堺《さかい》に渡《わた》りしが、元《もと》は僅《わづ》か雌雄《しゆう》二ツの魚《うを》なれども、今《いま》は次第《しだい》に子を産《う》み、その種《たね》世に多《おほ》くなりて、遍《あまね》く人に愛《あい》せらる。僅《わづ》かの小魚といへども子を設《まう》くれば斯《か》くの如《ごと》し。況《いはん》や人たる者《もの》、子なきは不孝の第一にて、先祖《せんぞ》の血筋《ちすぢ》を絶《た》つ故《ゆゑ》に、子なくんばあるべからず。我《われ》、本妻《ほんさい》に子なき故《ゆゑ》、汝《なんじ》を召抱《めしかゝ》へしは、まつたく色《いろ》を貪《むさぼ》るにあらず、子を設《まう》けんためばかりなり。然《しか》るに幸《さひは》ひにして汝懐胎《なんじくわいたい》し、しかも左孕《ひだりばらみ》なれば必定《ひつぢやう》男子なるべ

(11)八ウ

九オ

し。我《わ》が喜び、これに過《す》ぎず。然《しか》れども本妻望月《さいもち》、生得《しやうとく》嫉妬《しつと》深《ふか》ければ、当分《とうぶん》は隠置《かくしお》く。我《わ》が留守《るす》のうちにも随分《ずいぶん》身《み》を大事《だいじ》にして安産《あんざん》せよ」と細々《こまぐ》と言《い》ひければ、萍《うきくさ》は何《なに》となく三郎行平が留守《るす》のうちを心細《ぼそ》く思ひ、漫《そゞ》ろに涙《なみだ》を流《なが》しけるが

次《つぎ》へ続《つゞ》く

(11) 前《まへ》の続《つゞ》き 琴《こと》の唱歌《しやうが》に紛《まぎ》らして又も興《きよう》を添《そ》へけるが、此時《とき》、座上に一つの小蛇《じや》現《あらは》れ出《い》で、菊燈台《きくとうだい》に巻付《まきつ》きて鎌首《かまくび》を立《た》て打振《うちふ》りけるが、燈《ともしび》散《ち》つて側《そば》に有合《ありあ》ふ長柄《ながゑ》、加《くはへ》の雌蝶《めてふ》・雄蝶《おてふ》に散《ち》りかゝり、ぱつと燃《も》へて失《う》せけるにぞ、萍《うきくさ》は、あるいはこれを気《き》に掛《か》け、あるいは小蛇《じや》を恐《おそ》れ戦《おの》きぬ。時《とき》に磯波《いそなみ》志賀《が》之《の》介、つと立て扇《あふぎ》を持《も》つて小蛇《じや》の頭《かしら》を打《う》ちければ、小蛇《じや》はたちまち消失《きへう》せたり。これによりて酒宴《ゑん》の興《きよう》をぞ覚《さ》ましける。

○斯《か》くて三郎行平は吉日を選《えら》み、黒塚《くろづか》此兵衛《へ》・

次《つぎ》へ続《つゞ》く

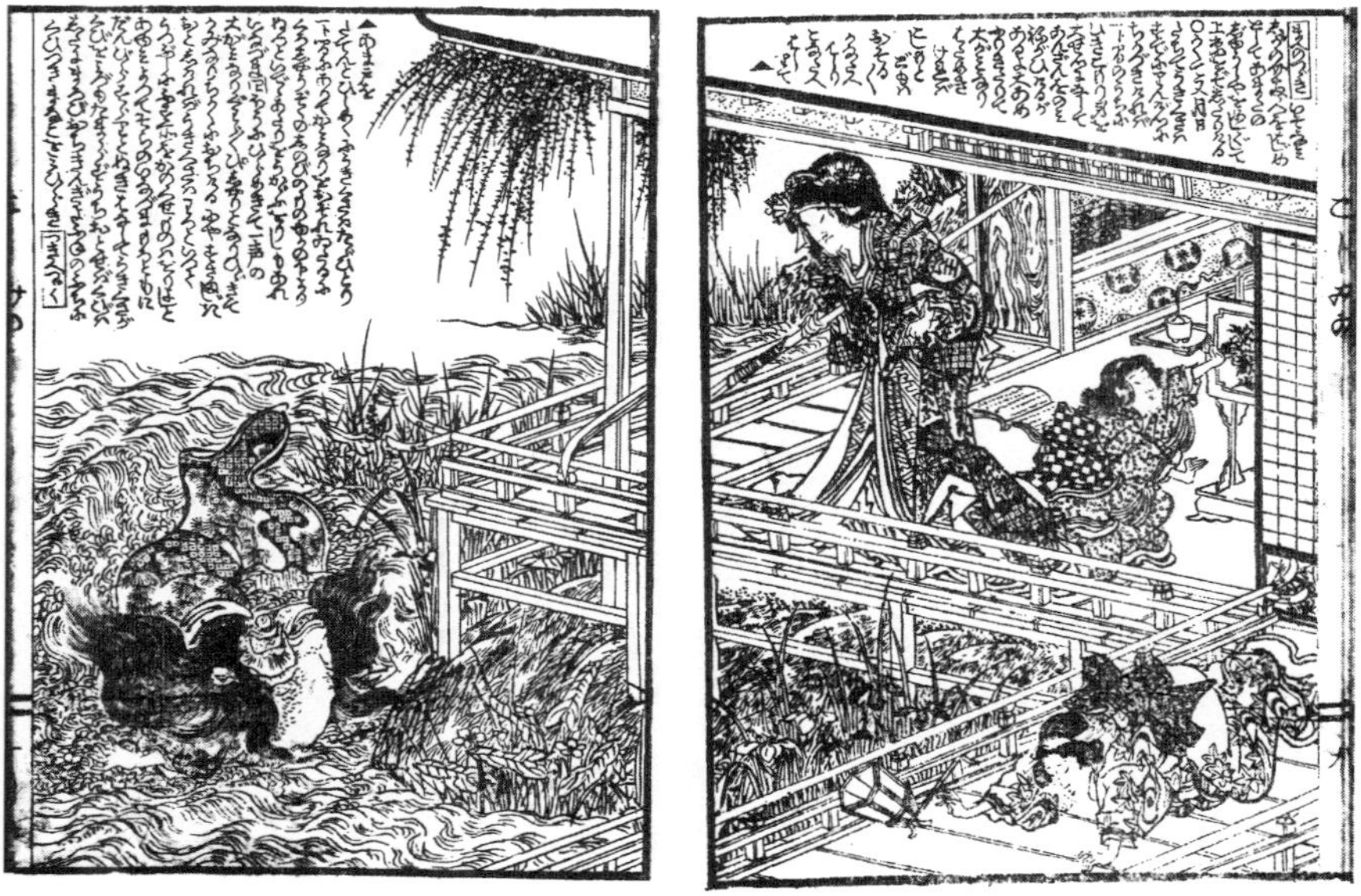

(12)九ウ

十オ

(12) 前《まへ》の続《つゞ》き 磯波《いそなみ》志賀《が》之《の》介両人をはじめとして数多《あまた》の従者《じゆうしや》を召具《めしぐ》して上京をぞしたりける。

○斯《か》くて又、月日経《た》ちて萍《うきくさ》は、すでに臨月《りんげつ》に近付《ちかづ》きければ、一ト間の内《うち》に引籠《ひきこも》り、身を大切《せつ》になして安産《あんざん》をのみ願《ねが》ひけるが、ある夜《よ》、大雨降来《あめふりきた》りて大雷《がみなり》はためきければ、腰元《こしもと》どもは恐《おそ》る〳〵彼方《かなた》へ走《はし》り此方《こなた》へ走《はし》りて、雨戸《あま》を立《た》てんとひしめくに、萍《うきくさ》は只一人《たゞひとり》一ト間にありて雷《かみなり》を恐《おそ》れ居《ゐ》たるに、黒装束《くろしやうぞく》の忍《しの》びの者《もの》、床《ゆか》の下《した》よりぬつと出《いで》て辺《あた》りを窺《うかゞ》ふ。折《をり》しもあれ、稲妻四方《いなづましほう》に閃《ひらめ》きて一声の大雷《がみなり》、ぐわら〳〵ぴしやりと鳴響《なりひゞ》きて、雷近《かみなりちか》くに落《お》ちけるにや、凄《すさ》まじき音《おと》しければ、萍《うきくさ》は「わつ」と言《い》つてうつ伏《ぶ》しに伏《ふ》す所を、彼《か》の曲者《くせもの》は折良《をりよ》しと歩寄《あゆみよ》つて、空《そら》の稲妻《いなづま》もろともに段平《だんびら》すらりと抜放《ぬきはな》して、萍《うきくさ》が首《くび》を水《みづ》も溜《た》まらず打《うち》落《お》とせば、首《くび》は下《した》に転《まろび》落《お》ち、金魚《きんぎよ》、舟《ふね》の縁《ふち》に食付《くひつ》き、眼《まなこ》を見開《みひら》き 次《つぎ》へ続《つゞ》く

(13) 前《まへ》の続《つゞ》き 髪逆立《かみさかだ》ちて怒《いか》れる面色《めんしよく》、血潮流《ちしほなが》れて水舟《みづぶね》は此世《よ》からなる血《ち》の池地獄《いけぢごく》。怪《あや》しや舟《ふね》の水逆上《さかのぼ》り、金魚は

(13)十ウ

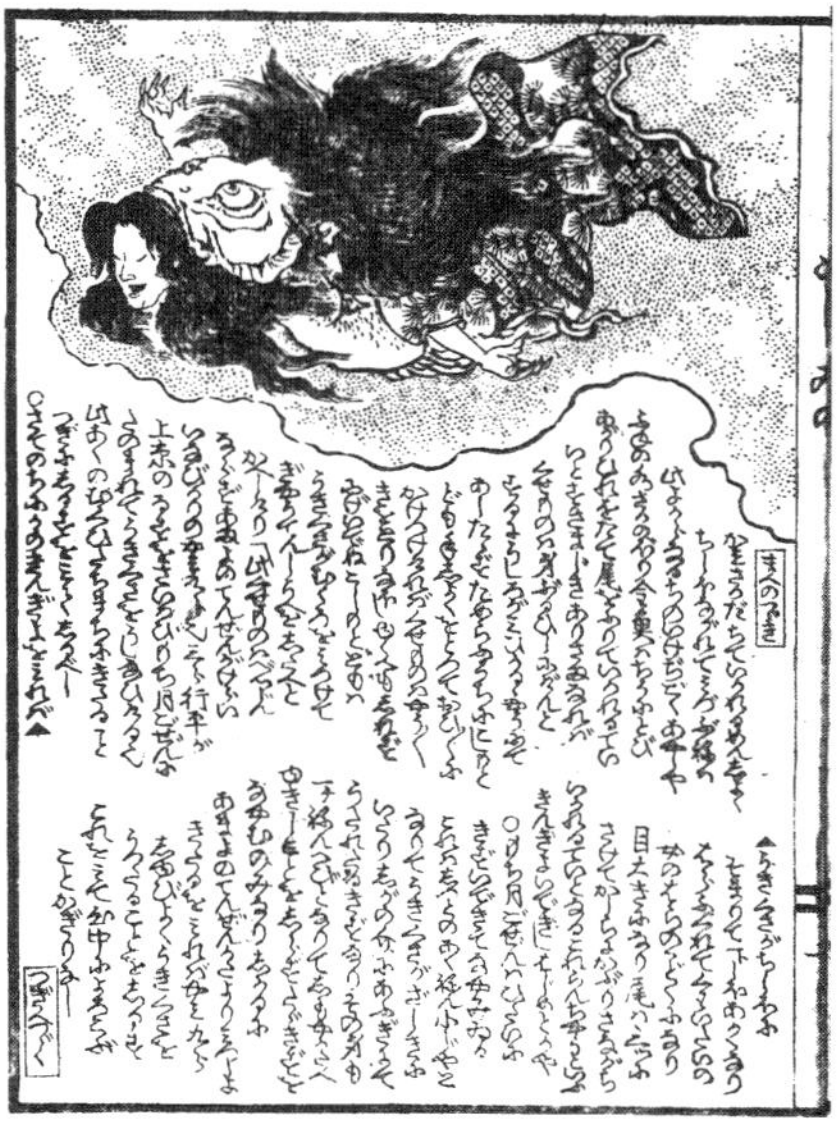

宙《ちう》に飛上《とびあ》がり、鰭《ひれ》を立《た》て尾を振《ふ》りて怒《いか》れる体《てい》、いと凄《すさ》まじき有様《ありさま》なれば、曲者《くせもの》は身震《ぶる》ひし逃《に》げんとするに、後髪《うしろがみ》引《ひ》かる、やうにて足立《あした》たず、躊躇《ためら》ふうちに腰元《こしもと》ども手燭《しよく》を取《と》つて追々《おひ〳〵》に駆付《かけつ》けければ、曲者《くせもの》は漸々《やう〳〵》気《き》を取直《とりなほ》し、行方《ゆくへ》も知《し》れず逃出《にげいで》ぬ。腰元《こしもと》どもは萍《うきくさ》が骸《むくろ》を見付《みつ》けて仰天《ぎやうてん》し、上《うへ》を下《した》へと返《かへ》しけり。此曲者《くせもの》は別人《べつじん》ならず、雨夜《あまよ》の典膳《てんぜん》が家来稲光《けらいいなびかり》の闇《やみ》九郎也。三郎行平が上京の留守《るす》を幸《さいは》ひ、望《もち》月御前《ごぜん》に頼《たの》まれて、萍《うきくさ》を失《うしな》ひける也。此悪《あく》の報《むく》ひたちまちに来《きた》る事《こと》、次《つぎ》に記《しる》すを見《み》て知《し》るべし。

○さて、後《のち》に彼《か》の金魚《きんぎよ》を見《み》れば、萍《うきくさ》が血潮《ちしほ》に染《そ》まりて一ト入赤《しほあか》くなり、腹膨《はらふく》れて懐胎《くわいたい》の女の腹《はら》の如《ごと》くになり、目大きになり、尾は三つに裂《さ》けて頭《かしら》に被《かぶ》り、さながら怒《いか》れる体《てい》となる。これ蘭鋳《らんちゆう》といふ金魚出来《きんぎよいでき》し初《はじ》めとかや。

○望月《もち》御前《ごぜん》は額《ひたい》に傷出来《きずいでき》て悩《なや》み居《ゐ》る。これは嫉妬《しつと》の悪念《あくねん》、小蛇《じや》となりて萍《うきくさ》が座敷《ざしき》に至《いた》り、志賀之《がの》介に扇《あふぎ》にて打《う》たれたる傷《きず》なり。その身も一チ念《ねん》、蛇《へび》となりて下館《しもやかた》へ行《ゆ》きしことを知《し》らず、たゞ傷《きず》を悩《なや》むのみなり。然《しか》るに、雨夜《あまよ》の典《てん》膳方《ぜんかた》より密書来《みつしよきた》るを見《み》れば、闇《やみ》九郎、首尾良《しゆびよ》く萍《うきくさ》を討《う》つ

(14)十一オ

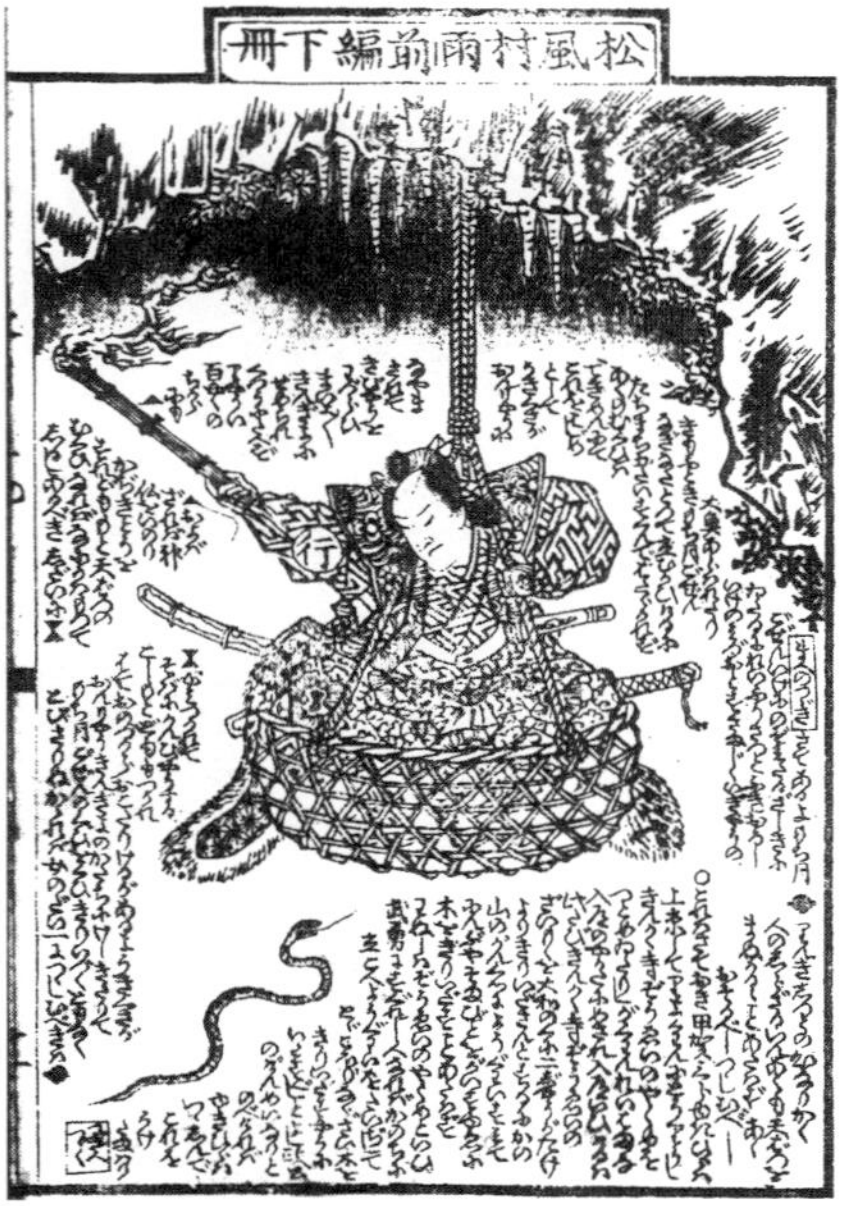

たる事《こと》を記《しる》す。これを見《み》て心中に喜《よろこ》ぶこと限《かぎ》りなし。

次《つぎ》へ続《つゞ》く

【下】

(14) 松風村雨前編下冊

前《まへ》の続《つゞ》き さて、ある夜《よ》、望月《もち》御前《ごぜん》、池《いけ》に臨《のぞ》みたる座敷《ざしき》に居《ゐ》たるに、冷風《れいふう》さつと吹下《ふきお》ろし、池《いけ》の水音《みづおと》凄《すさ》まじく、異《い》形《ぎやう》の大魚現《あらは》れたり。胆太《きもふと》き望月《もち》御前《ごぜん》、薙刀《なぎなた》取《と》つて立向《む》かひけるに、たちまち五体竦《たいすく》んで働《はたら》かれず。悪《あく》の報《むく》ひは覿面《てきめん》にて、これを初《はじ》めとして萍《うきくさ》が怨霊《おんりやう》に悩《なや》まされて奇病《きびやう》を患《わづら》ひ、毎夜《まいよ》〳〵金魚《きんぎよ》に責《せ》められ苦痛《くつう》に耐《た》へず。良医《りやうい》百薬《やく》の力《ちから》にも及《およ》ばざれば、神仏を祈《いの》り加持祈禱《かぢきとう》をすれども、元《もと》天罰《ばつ》の報《むく》ひなれば、何《なに》かはもつて験《しるし》あるべき。次第《しだい》に病疲《やみつか》れて、側《そば》に看病《かんびやう》する腰元《こしもと》どもも疲果《つかれは》て、おのづから怠《おこた》りけるが、ある夜《よ》、萍《うきくさ》が怨霊《おんりやう》、金魚《きんぎよ》の形《かたち》に化《け》し来《きた》りて、望《もち》月御前《ごぜん》の首《くび》を食切《くひき》り、何処《いづく》ともなく飛去《とびさ》りぬ。斯《か》かれば、女の第一《だい》に慎《つゝし》むべきは悋気嫉妬《りんきしつと》の心なり。斯《か》く人の知《し》らざる陰悪《いんあく》も天罰《ばつ》を免《まぬが》るゝ事能《ことあた》はず。あゝ恐《おそ》るべし慎《つゝし》むべし。

○これはさておき、甲賀三郎行平《ゆきひら》は上京して旅館《りよくわん》に逗留《とうりう》し、金閣寺《きんかくじ》造営《ぞうゑい》の役目《やくめ》を務《つと》め居《ゐ》たりしが、管領《くわんれい》浜名《はまな》入道の館《やかた》に召《め》され、入道言《い》ひけるは、「此度《たび》、金閣寺《きんかくじ》造営《ぞうゑい》の材《ざい》木《もく》を大和の国《くに》二上《じやう》が嶽《たけ》より伐出《きりいだ》さんとするに、彼《か》の山の岩窟《がんくつ》に妖怪《ようぐわい》棲《す》みて、人夫《にんぶ》や杣人《そまびと》を害《がい》す故《ゆゑ》に、木を伐出《きりいだ》す事能《ことあた》はず。我主《わぬし》は造営《ぞうゑい》の役目《やくめ》といひ武勇に優《すぐ》れし人なれば、彼《か》の地《ち》に立越《こ》へ妖怪《ようぐわい》を退治《たいぢ》して、滞《とゞこほ》りなく材《ざい》木を伐《きり》出《いだ》すやうに致《いた》すべしと、義《よし》政公の厳命《げんめい》なり」と述《の》べければ、行平《ゆきひら》は謹《つゝし》んでこれを承《うけたまは》り、

次《つぎ》へ続《つゞ》く

（15）前《まへ》の続《つゞ》き

急《いそ》ぎその用意《ようゐ》を調《とゝの》へ、黒塚《くろづか》此兵衛《へ》・磯波《いそなみ》志賀之《がの》介両人を連《つ》れて大和に赴《おもむ》き、二条《じやう》が嶽《たけ》に登《のぼ》りて見《み》れば、聞《き》きしに勝《まさ》る高山にて、松の嵐《あらし》や山彦《びこ》の声《こゑ》も鋭《するど》き滝《たき》の音《おと》、剣《つるぎ》の如《ごと》く巌《いはほ》峙《そばた》ち、老松聳《そび》へて岩窟《がんくつ》あり。此兵衛、主人《しゆじん》に向《む》かひて曰《いは》く、「杣人共《そまびとども》に様子《やうす》をとくと承《うけたまは》りし所、彼《か》の妖怪《ようぐわい》の棲《す》む岩窟《がんくつ》は此穴《あな》にて候」と申し上《あ》ぐれば、三郎行平《ゆきひら》立寄《よ》つて窺《うかゞ》ひ見《み》るに、穴《あな》の深《ふか》さ何丈あらんも測《はか》られず、いかさま妖怪《ようぐわい》も隠棲《かくれす》むべき様子《やうす》なり。時《とき》に磯波《いそなみ》志賀《が》之《の》介、進出《すゝみいで》て申しけるは、「義政《よしまさ》公の厳命《げんめい》とは申しながら、君《きみ》御一人、此岩窟《がんくつ》に入らせ給ふは、あまり軽々《かろぐ》しき御事《おんこと》也。某《それがし》、先《ま》づ此穴《あな》に入て様子《やうす》を見極《みきは》め候はん」と言《い》へば、此兵衛《へ》嘲笑《あざわら》ひ、「若輩《じやくはい》の身分《ぶん》にて出過《です》ぎたる申し分《ぶん》、

(15)十一ウ

十二オ

我々《われ〳〵》、君《きみ》に代《か》はつて良《よ》ければ、この此兵衛《へ》が先陣《せんぢん》する」と言《い》ふを宥《なだ》めて行平曰《ゆきひらいは》く、「汝等《なんぢら》が争《あらそ》ひ無用《むよう》、家来《けらい》どもに任《まか》せしと聞《き》こへては厳命《げんめい》を軽《かろ》んじ、且《か》つは我《わ》が臆《おく》したるに似《に》たれば、汝等《なんぢら》は控《ひか》へて居《ゐ》よ」と宣《のたま》ひて、自《みづか》ら松明《たいまつ》を持《も》ち、畚《ふご》に乗《の》り給へば、数多《あまた》の下部《しもべ》、轆轤《ろくろ》を仕掛《しか》け、千尋《ちひろ》の綱《つな》を繰下《くりお》ろす。

さて行平《ゆきひら》は深《ふか》き穴《あな》の底《そこ》に到《いた》り、松明《たいまつ》を振照《ふりて》らして見るに、たゞ小《ちい》さき蛇《へび》ども多《おほ》く、蝙蝠《かうもり》などの飛《と》ぶのみ。妖怪《ようぐわい》と思《おぼ》しき物《もの》は見《み》へざりけり。

此兵衛《へ》・志賀之《がの》介ら両人は穴《あな》の口《くち》を守《まも》り居《ゐ》たるに、思《おも》ひかけざる岩陰《いはかげ》より、兜頭巾《かぶとづきん》に顔《かほ》を隠《かく》せし一人《ひとり》の曲者現《くせものあらは》れ出《い》で、刀《かたな》を抜《ぬ》いて岩窟《がんくつ》の釣縄《つりなは》をふつつと切《き》つて落《お》としたり。志賀之《がの》介はハツト驚《おどろ》き駆寄《かけよ》つて、彼《か》の曲者《くせもの》を捕《とら》へんとしたるに、曲者《くせもの》は手利《き》きにて、刀《かたな》を振《ふ》るつて斬付《きりつ》くれば、止《や》む事《こと》を得《え》ず抜合《ぬきあ》はせて斬結《きりむす》ぶ。斯《か》かる折《をり》しも、木の茂《しげ》みより数多《あまた》の組子走出《くみこはしりい》で、志賀之《がの》介を追取巻《おつとりま》く。此兵衛《へ》も刀《かたな》を抜《ぬ》いて渡合《わたりあ》ひ、戦《たゝか》ふふりして麓《ふもと》の方《かた》へ逃下《にげくだ》る。志賀《が》之《の》介は曲者《くせもの》を逃《のが》さじと勇《ゆう》を奮《ふる》つて戦《たゝか》ひしが、

次へ続《つゞ》く

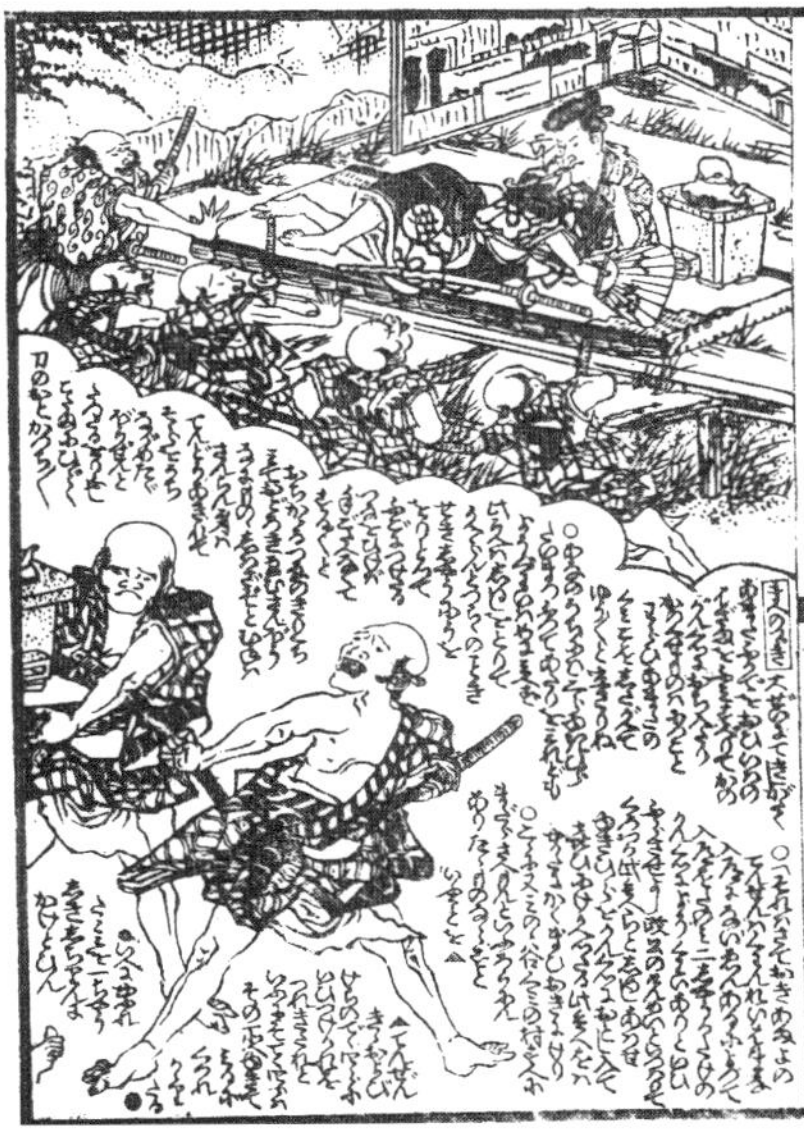

(16)十二ウ

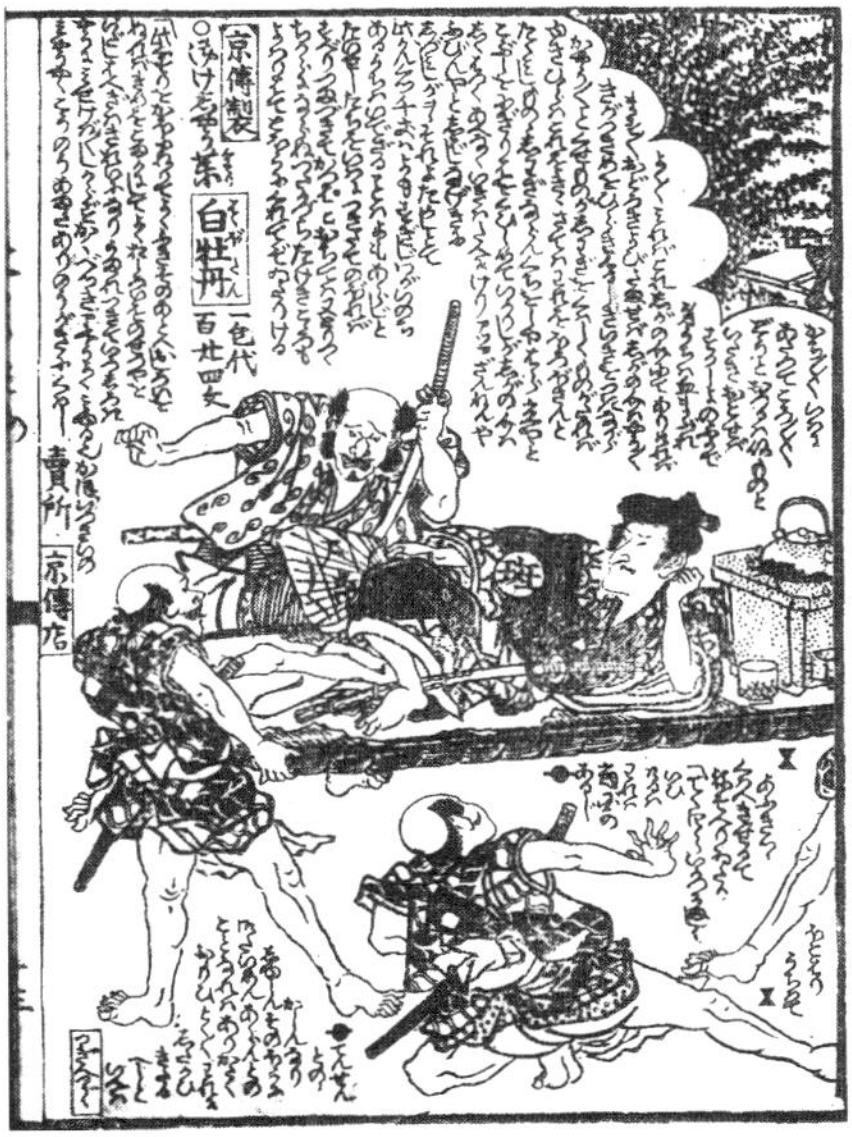

十二オ

(16) 前《まへ》の続《つゞ》き 大勢《ぜい》に敵《てき》し難《がた》く、数多深手《あまたふかで》を負《お》ひ、岩《いは》の狭間《はざま》を踏滑《ふみすべ》りて、彼《か》の岩窟《がんくつ》に落《おち》入たり。彼《か》の曲者《くせもの》はにつこと笑《わら》ひ、数多《あまた》の組子《くみこ》を従《したが》へて悠々《ゆう〳〵》と立去《さ》りぬ。

○穴《あな》の内《うち》には三郎行平《ゆきひら》、松明《たいまつ》振《ふ》つて辺《あた》りを見《み》れども、妖《よう》怪《ぐわい》は目《め》に見《み》へず。此上《うへ》は印《しるし》を取《と》りて帰《かへ》らんと、氷柱《つらゝ》の如《ごと》き石鍾乳《せきしやうにう》を折取《をりと》つて、畚《ふご》に付《つ》けたる綱《つな》を引《ひ》けば手応《ごた》へなくて、する〳〵と落《お》ちかゝる綱《つな》の切口《きりくち》見《み》て驚《おどろ》き、南無三宝《なむさんぼう》、何者《なにもの》の仕業《しはざ》ぞと胸《むね》は散乱《さんらん》身《み》は転動《てんどう》、呆《あき》れて空《そら》を打眺《うちなが》め、たゞ茫然《ぼうぜん》と立《た》つたる折節《をりふし》、谺《こだま》に響《ひゞ》く刀の音《おと》、かつち〳〵かち〳〵、岩《いは》に当《あ》たつてころ〳〵〳〵どうと落《お》つるは何者《もの》と抱起《いだきお》こせば、数《す》か所《しよ》の深手《ふかで》、身内《うち》は血まぶれ、よく〳〵見《み》ればこれ志賀之《がの》介にてありければ、益々《ます〳〵》驚《おどろ》き呼覚《よびさ》ませば、志賀之《がの》介は漸々《やう〳〵》気《き》が付《つ》き目《め》を開《ひら》き、苦《くる》しき息《いき》を吐きながら、「斯様々々《かやう〳〵》」と曲者《くせもの》が仕業《しわざ》を詳《くは》しく物語《ものがた》れば、行平《ゆきひら》はこれを聞《き》き、さては我《われ》を滅《ほろ》ぼさんと企《たく》みし者《もの》の仕業《しわざ》ならん。口惜《くちを》しや腹立《はら》やと拳《こぶし》を握《にぎ》り、歯《は》を食《く》ひしめて怒《いか》りしが、志賀之《がの》介は四苦八苦《しくはつく》、あへなく息《いき》は絶《た》へにけり。アツア残念《ざんねん》や不憫《ふびん》や、と暫《しば》し嘆《なげ》きに沈《しづ》みしが、ヲ、それよ、高《たか》しとて此岩窟《がんくつ》、千丈はよも過《す》ぎじ、我《わ》が命《いのち》あるうちは出《いで》ざる事《こと》はよもあらじと、帯《たい》せし太刀《たち》を岩《いは》に突立《つきた》て登《のぼ》れば、滑《すべ》り躓《つまづ》きて、かつぱと落《お》ちては又取付《とりつ》く、力《ちから》にならぬ蔦《つた》葛《かづら》、猛《たけ》き心《こゝろ》も弱《よは》り果《は》て、途方《とほう》に暮《く》れてぞ居《ゐ》たりける。

○それはさておき、雨夜《あまよ》の典膳《てんぜん》は管領《くわんれい》浜名《はまな》入道に内縁《ないゑん》あるによつて入道を頼《たの》み、二条《じやう》が嶽《たけ》の岩窟《がんくつ》に妖怪《ようくわい》ありと言《い》ひ触《ふ》らさせ、義《よし》政公の厳命《げんめい》と偽《いつは》りて、黒塚《くろづか》此兵衛《へ》らと示《しめ》し合《あ》はせ、行平《ゆきひら》を岩窟《がんくつ》に落《お》とし入て、喜び逃帰《にげかへ》つたる此兵衛《へ》をば館《やかた》に匿《かくま》ひ置《お》きにけり。

○こゝに又、美濃《みの》の谷汲《くみ》の村末《すへ》に、魔陀羅左衛門《まだらさへもん》といふ浪《ろう》人《にん》あり。只者《たゞもの》ならずといふ事《こと》を典膳聞及《てんぜんきゝおよ》び、家来《けらい》木偶《でく》四郎に言付《いひつ》け、「彼《かれ》を連来《つれきた》れ」と言《い》ふにぞ、木偶《でく》四郎はその所へ行《ゆ》きて見《み》るに、崩《くづ》れかゝりたる家《いへ》に破《やぶ》れ畳《たゝみ》を一畳《ぢやう》敷《し》き、七輪《しちりん》に欠土瓶《かけどびん》、反古《ほご》貼《は》り団扇《うちは》で扇《あふ》ぎつゝ、銜《くは》へ煙管《きせる》で寝《ね》そべり居《ゐ》たり。木偶《でく》四郎、厳《いか》つかましく言《い》ひけるは、「我《われ》は当国の主典膳殿《あるじてんぜんどの》の家臣《かしん》なり。主人《しゆじん》、その方《ほう》に御対面《たいめん》あらんとの事《こと》なれば、有難《ありがた》く思《おも》ひ、疾《と》く〳〵我《われ》に従《したが》ひ来《きた》るべし」と言《い》へば、次《つぎ》へ続《つゞ》く

京伝製 ○御化粧薬《けしやうくすり》 白牡丹《はくぼたん》 一包代百廿四文。
此薬《くすり》を顔《かほ》に塗《ぬ》りてよく拭《ふ》き、その跡《あと》へ白粉《おしろい》を塗《ぬ》れば、きめを細《こま》かにしてよく白粉《おしろい》をのせ、艶《つや》を出《いだ》し生際《はへぎは》綺麗《きれい》になり、生付《うまれつ》きて色白《いろしろ》きやうに見《み》せ、けば〳〵しからず。格《かく》別器量《べつきりやう》良《よ》く見《み》ゆる也。顔一切《かほいつさい》の妙薬《みやうやく》、効能《こうのう》数多《あまた》あり。能書《のうがき》に詳《くは》し。
売所 京伝店

(17) 前《まへ》の続《つゞ》き 浪人《らうにん》寝《ね》そべりながら、じろりと見《み》やり、「何《なん》と抜《ぬ》かす。此国《くに》の主《あるじ》が俺《おれ》に会《あ》はふと言《い》ふのか。こつから行《ゆ》く足《あし》は持《も》たねへ。用《よう》があらば自身《じしん》に来《き》て会《あ》へと言《い》へ。耳姦《みゝかしま》しや」と不敵《ふてき》の言葉《ことば》。木偶《でく》四郎は怒《いか》りをなし、ヤア無礼《ぶれい》といひ不敵《ふてき》の一言《ごん》、それ下部共《しもべども》引立《ひつた》てよと、下知《げぢ》に従《したが》ひ下部共《しもべども》立かゝりしが、たちまちに五体竦《たいすく》んで働《はたら》かれず、木偶《でく》四郎苛《いら》つて立寄《よ》るに、これも同《おな》じく働《はたら》かれず。浪《らう》

（17）十三ウ

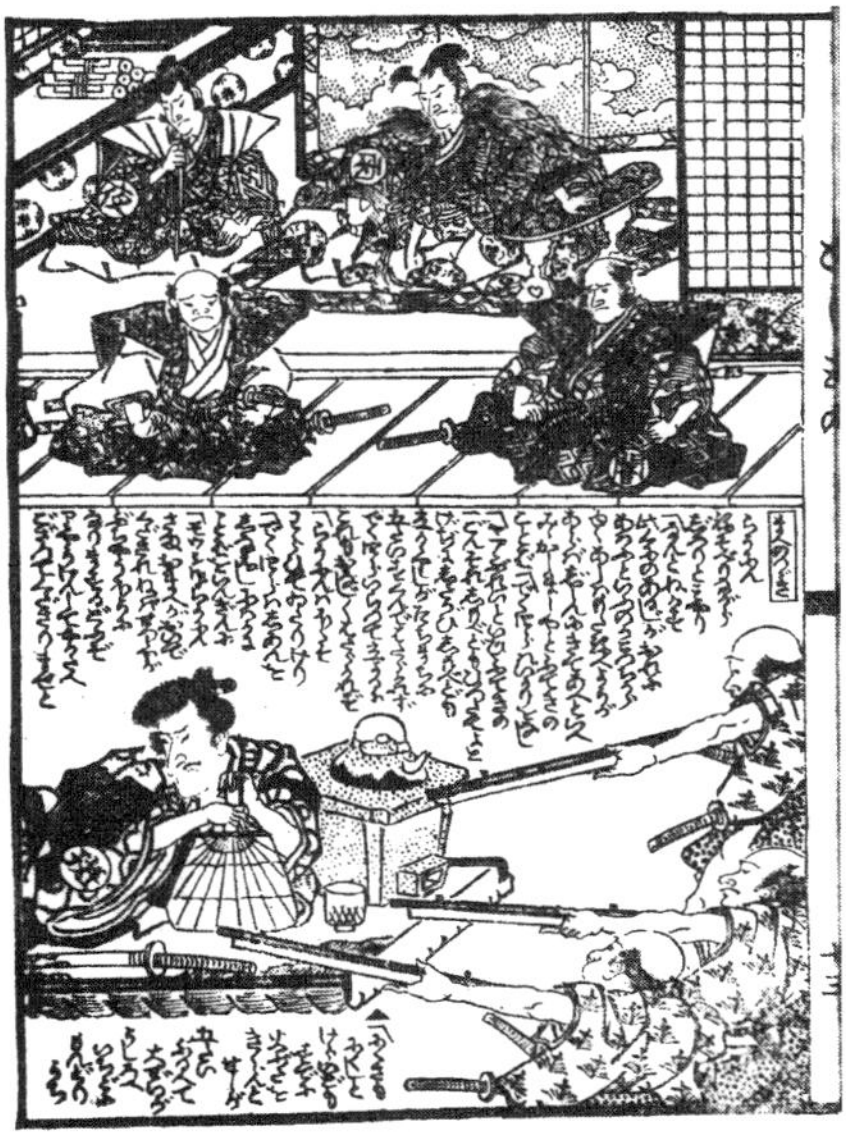

十四オ

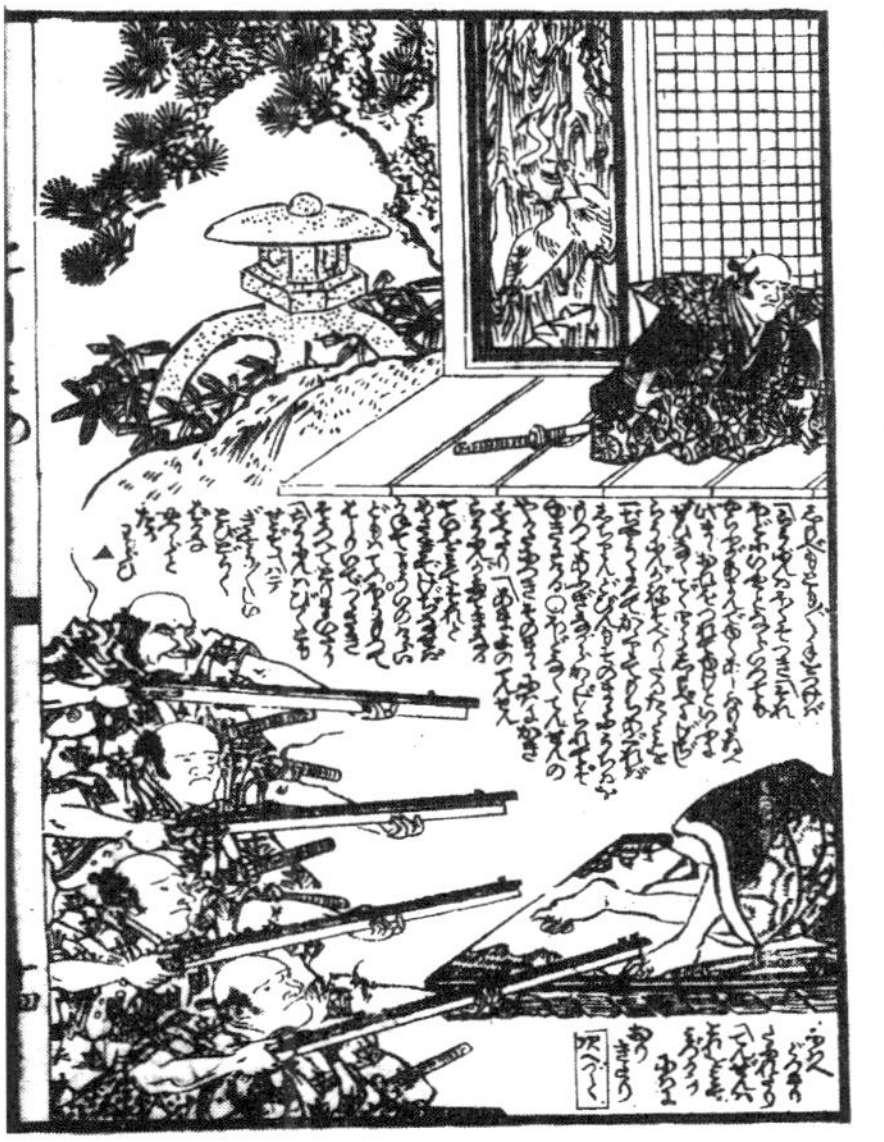

人《にん》はほくそ笑《わら》ひて居《ゐ》たりけり。木偶《でく》四郎は思案《しあん》をし直《なほ》し、俄《にはか》に言葉《ことば》を慇懃《いんぎん》に、「モウシ御浪人様《らうにんさま》、お前《まへ》がお出下《いでくだ》されねば、拙者《せつしや》が不調法《ぶちやうほう》になりまする。どふぞ了簡《りやうけん》して館《やかた》へ御座《ござ》つて下《くだ》さりませ」と下部《しもべ》も共々《ともぐ〱》手を付《つ》けば、浪人《らうにん》はほくそ付《つ》き、「それ程《ほど》に言《い》ふ事《こと》なら行《い》つてもやらふが、歩《あよ》んで行《ゆ》く足《あし》は持《も》たねへ。此まゝ俺《おれ》を連《つ》れて行《ゆ》け」と言《い》ふに、是非《ぜひ》なく木偶《でく》四郎、下部《しもべ》に下知《げぢ》し、浪人《らうにん》が寝《ね》そべりたる畳《たゝみ》を一畳《ぢやう》、寄《よ》つて掛《か》かりて持上《もちあ》ぐれば、七輪《しちりん》、土瓶《どびん》もそのまゝに、団扇《うちは》をもつて扇《あふ》ぎながら、掲《かゝ》げられてぞ行《ゆ》きにける。

○程《ほど》なく典膳《てんぜん》の館《やかた》に着《つ》き、そのまゝ庭《には》に舁据《かきす》へたり。雨夜《あまよ》の典膳《てんぜん》、浪人《らうにん》が不敵《ふてき》なる体《てい》を見《み》て、それと目先《めさき》で下知《げぢ》なせば、かねて用意《ようい》の家来共《けらいども》は鉄砲持《てつぽうも》つて走出《はしりい》で、筒先揃《つゝさきそろ》へて取巻《とりま》いたり。浪人《らうにん》はびくともせず、ハテ仰々《ぎやうぐ〱》しい飛道具《とびどうぐ》、馬鹿《ばか》な奴《やつ》らと高笑《たかわら》ひ。憎《にく》さも憎《にく》しと家来共《けらいども》、すでに火蓋《ぶた》を切《き》らんとせしが、五体震《たいふる》へて大勢《ぜい》が後《うし》ろへ一度《いちど》にもんどり打《う》ち、庭《には》へどつさり倒《たふ》れたり。典膳《てんぜん》はこれを見《み》て自《みづか》ら庭《には》に降来《おりきた》り、

次へ続《つゞ》く

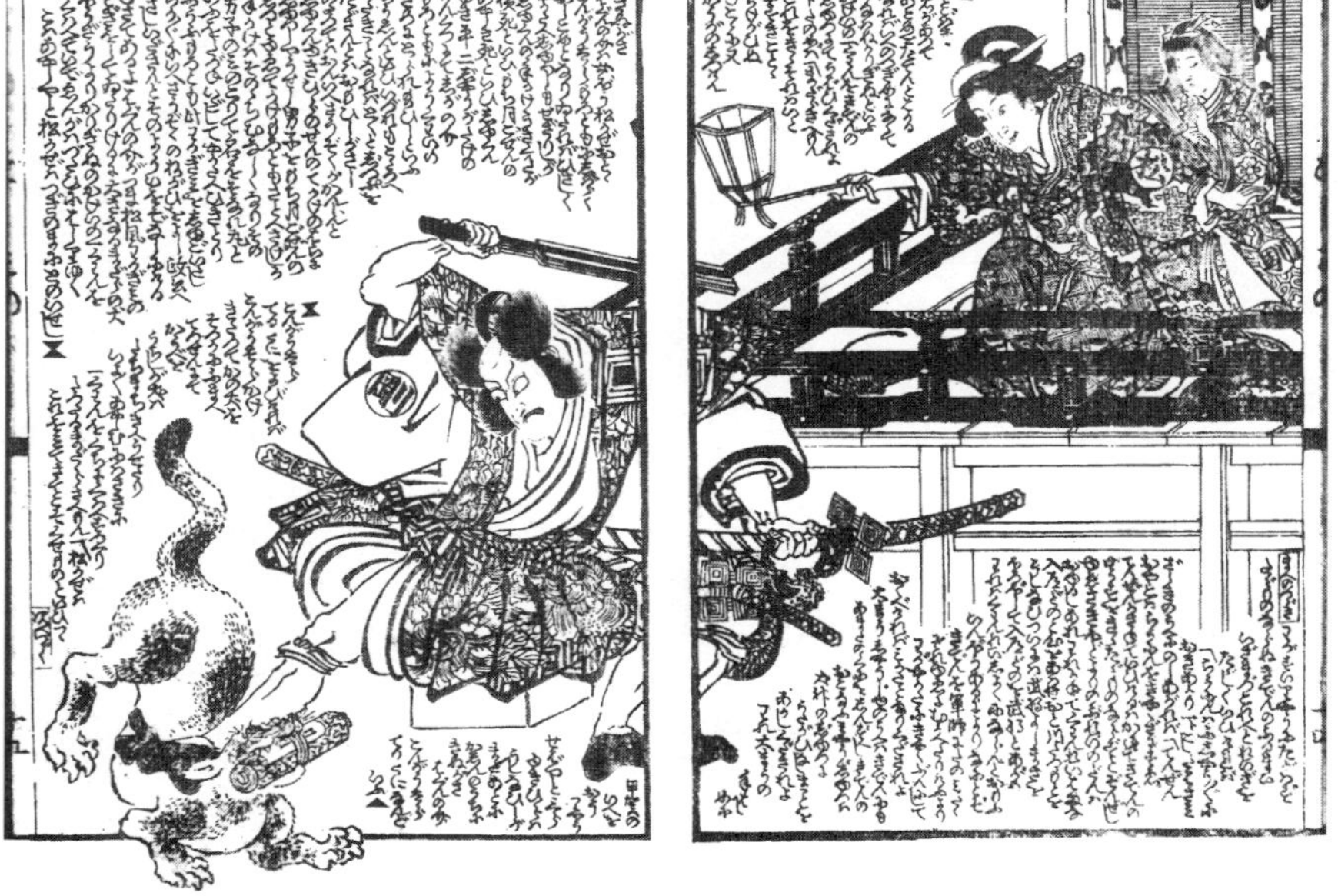

（18）十四ウ　十五オ

（18）前《まへ》の続《つゞ》き

「我《わ》が推量《すいりやう》に違《たが》はず。只者《たゞもの》ならぬ貴殿《きでん》の振舞《ふるまい》、いざ先《ま》づこれへ」と礼儀《れいぎ》を正《たゞ》しく言《い》ひければ、浪人《らうにん》は不承《ふしやう》々《ぐ》に起上《おきあ》がり、一ト腰手挟《こしたばさ》み座敷《ざしき》の上《うへ》にのし上《あ》がれば、典膳親子《てんぜんおやこ》は浪人《らうにん》を客座《きやくざ》に据《す》ゑ、典膳重《てんぜんかさ》ねて言《い》ひけるは、「かねて貴殿《きでん》の様子《やうす》を聞《き》き、只者《たゞもの》ならずと存《ぞん》ぜしゆゑ、先程《さきほど》よりの無礼《ぶれい》の段《だん》はお許《ゆる》しあれ。我《われ》かねて管領《くわんれい》浜名《はまな》入道殿《どの》と心を合《あ》はせ、乙《おと》川龍元《たつもと》を失《うしな》ひ、ついには武将義政《よしまさ》を滅《ほろ》ぼして入道殿《どの》を武将と崇《あが》め、我《われ》は管領職《くわんれいしよく》にならんと思《おも》ふ陰謀《いんぼう》あるにより、何卒貴殿《なにとぞきでん》を軍師に頼《たの》みたく、それ故《ゆゑ》に迎《むか》へたり。今日《けふ》より我《わ》が館《やかた》に客分《きやくぶん》にして置《お》くべければ、味方《みかた》となり下《くだ》されよ。大望成就《まうじやうじゆ》の上《うへ》は、貴殿《きでん》にも数多《あまた》の国《くに》を進《しん》ずべし。貴殿《きでん》の行《おこな》ふ妙術《みやうじゆつ》は犬神の術《じゆつ》に疑《うたが》ひなし。真《まこと》を明《あ》かし下《くだ》されよ。我《われ》、大望《まう》の手始《はじ》めに、甲賀の家《いへ》を横領《おうりやう》せばやと、三郎行平《ゆきひら》は失《うしな》ひしが、まだ後《あと》に家臣《かしん》のうちに絹笠破軍之介《きぬがさはぐんの》、金剛太郎照国《こんがうてるくに》なんどいふ手強《てごは》き奴《やつ》があつて、跡目《あとめ》を立《た》てんと図《はか》るなれば、家《いへ》の継目《つぎめ》になくて叶《かな》はぬ狩衣《かりぎぬ》といふ、家系《かけい》の一巻《くわん》を貴殿《きでん》の術《じゆつ》にて奪下《うばひくだ》されよ」と頼《たの》めば、魔陀羅左衛門《まだらさへもん》これを聞《き》き、それはいと易《やす》き事《こと》と肯《うけが》ひぬ。

○こゝに又、甲賀《かうが》の執権絹笠破軍之《しつけんきぬがさはぐんの》介は、女房《ばう》松風《かぜ》、弟《おとゝ》金剛《こんがう》太郎もろともに暫《しばら》く押籠《おしこ》めとなり居《ゐ》たれば、久《ひさ》しく館《やかた》へ出仕《しゆつし》もせざりしが、主君《しゆくん》の手掛萍《かけうきくさ》が横死といひ、望月御前の怪しき死といひ、主君行《しゆくんゆき》平、二上《じやう》が嶽《たけ》の岩窟《がんくつ》にて志賀之《がの》介もろともに、妖怪《ようくわい》のために取《と》られ給ひしといふ忠心《ちうしん》といひ、何《いづ》れも心得難《こゝろへがた》き事《こと》なれば、とくと実否《じつぷ》を正《たゞ》さんとは思《おも》ひしが、差当《さしあ》たつては御家相続《おんいへさうぞく》が肝心《かんじん》と、主君行平《しゆくんゆきひら》の先《せん》の妾《てかけ》の腹《はら》に出生《しゆつしやう》せし男子を望《もち》月御前《ごぜん》の嫉妬《しつと》ゆゑ、妾《てかけ》もろとも里《さと》へ下《さ》げしが、妾《てかけ》はその後空《のちむな》しくなり、その男子のみ残《のこ》りて、名を磯馴《そなれ》丸といふを尋出《たづねいだ》して館《やかた》へ引取《ひきと》り、夫婦《ふうふ》もろとも此若君《わかぎみ》を守護《しゆご》致《いた》し、近々《ちかぐ》に家相続《いへさうぞく》の願《ねが》ひを義《よし》政公へ差出《さしいだ》さんと、その用意《ようい》をぞなしにける。

○さて、ある夜《よ》、破軍之《はぐんの》介が妻《つま》松風、若君《わかぎみ》の伽《とぎ》をして居《ゐ》たりけるに、大きなる斑《まだら》の犬、宝蔵《ほうざう》より狩衣《かりぎぬ》の家系《かけい》の一巻《くわん》を銜《くは》へて出《い》で、縁側伝《ゑんがはづた》ひに走行《はしりゆ》く。こは怪《あや》しやと松風《かぜ》は、次《つぎ》の間《ま》に宿直《とのゐ》せし金剛《こんがう》太郎照国《てるくに》を呼《よ》びければ、金剛《こんがう》太郎、駆来《かけきた》つて彼《か》の犬を足下《そつか》に踏《ふ》まへ、鉄扇《てつせん》にて頭《かうべ》を打《う》ちしが、犬は忽《たちま》ち消失《きへう》せたり。いよ〳〵怪《あや》しむ庭先《にはさき》に、一巻《くわん》を口《くち》に銜《くは》へ、すつくり立《た》つたる魔陀羅左衛門《まだらさへもん》。松風《かぜ》はこれを見《み》て、「さてこそ曲者《くせもの》」と言《い》ひつゝ、

次へ続《つゞ》く

(19)十五ウ

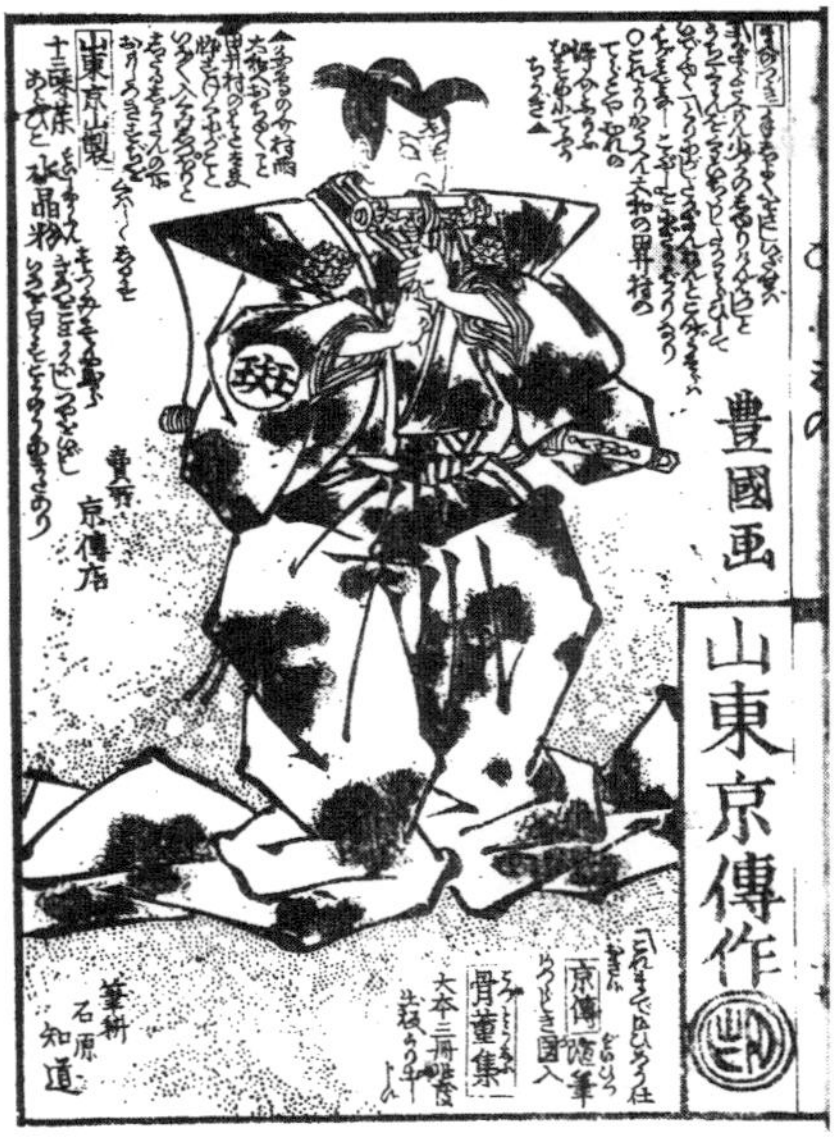

(19) 前《まへ》の続《つゞ》き 手燭《しよく》を差出《さしいだ》せば、魔陀羅左衛門《まだらさへもん》、小柄《づか》の手裏剣《しゆりけん》はつしと打《う》ち、一巻《くわん》を懐中《くわいちう》し高笑《たかわら》ひして出行《いでゆ》く。取逃《とりにが》したか残念《ざんねん》と金剛《こんがう》太郎は歯噛《はが》みをなし、拳《こぶし》を握《にぎ》るばかりなり。

○これより後編《かうへん》、大和の田井村の寺子屋《てらこや》牟礼《むれ》評介夫婦《ふうふ》、娘《むすめ》小蝶《てふ》が忠義《ちうぎ》、千鳥之介《の》・村雨、大和へ落行《おちゆ》く事《こと》、田井村の畑《はた》太夫、悴佐国《すけくに》が事《こと》、色々《いろ〳〵》入組《く》み、しつぽりとしたる愁嘆《しうたん》の所、面白《おもしろ》き筋《すぢ》を詳《くは》しく記《しる》す。

豊国画 山東京伝作㊞

筆耕石原知道

これまで御披露《ひろう》仕置《おき》候 京伝 随筆《ずいひつ》珍《めづら》しき図《づ》入 骨董集《こつとうしふ》 大本三冊。此度出板売《うり》出し申候。

山東京山製 十三味薬洗粉《あらひこ》水晶粉《すいしやうふん》 壱包《つゝみ》壱匁弐分
きめを細《こま》かにし艶《つや》を出《いだ》し色《いろ》を白くす。効能《かうのう》、数多《あまた》あり。

売所京伝店

後編見返し

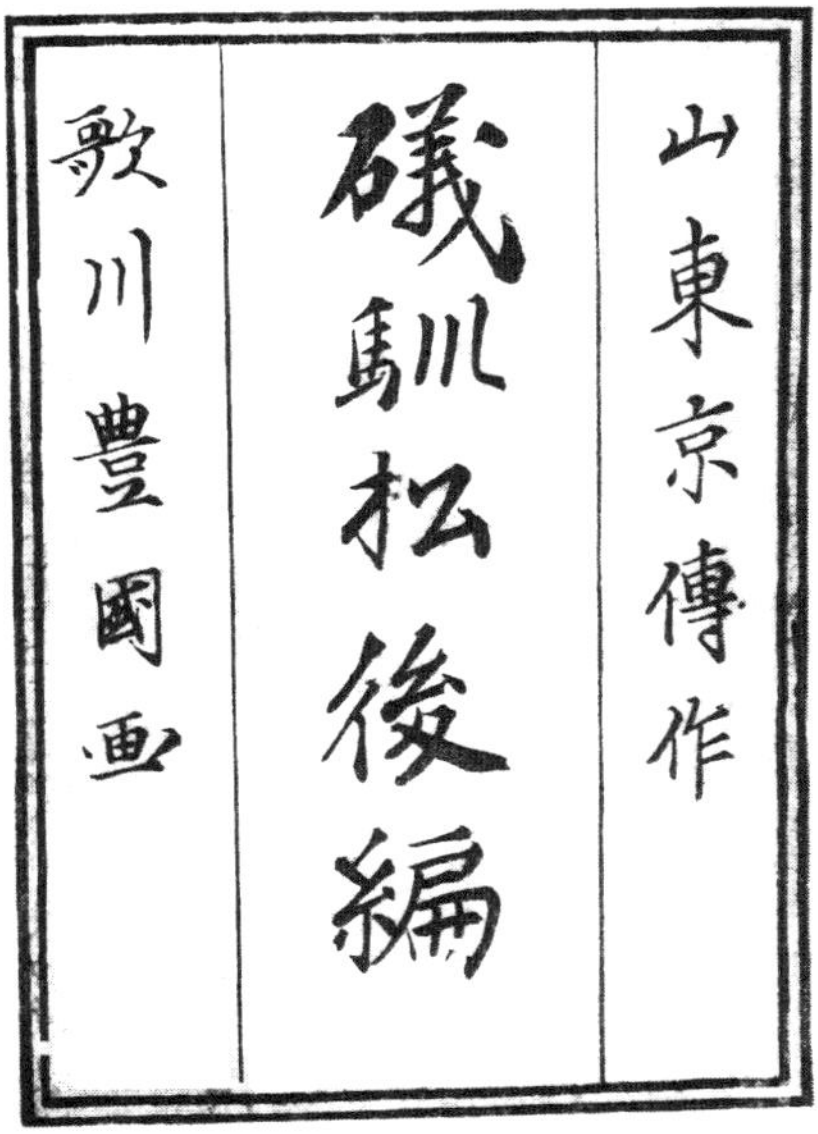

［後編見返し］

山東京伝作
磯馴松後編
歌川豊国画

［後編］

［上］

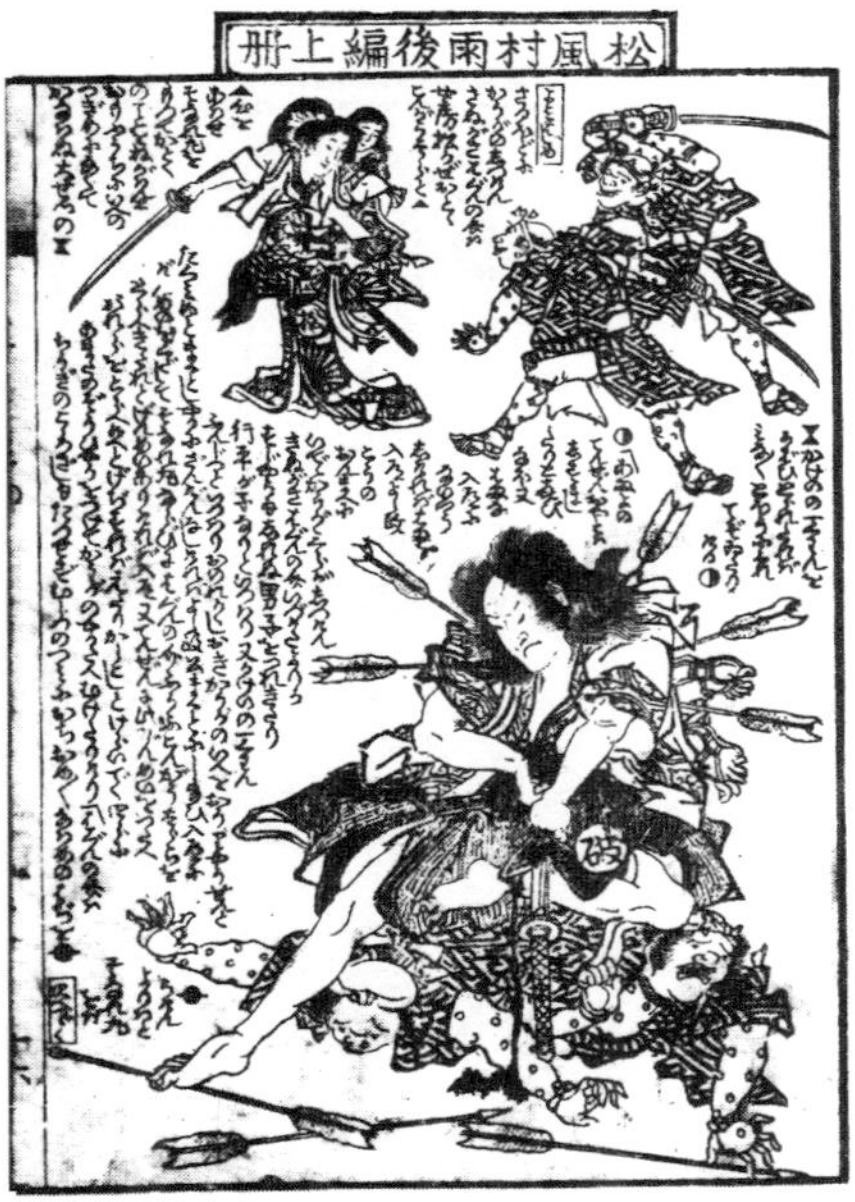

(20)十六オ

(20) 松風村雨後編上冊

読《よ》み始《はじ》め　さる程《ほど》に甲賀《かうが》の執権絹笠《しつけんきぬがさ》破軍之介《はぐんの》は、女房松風《かぜ》、弟《おと》金剛《こんがう》太郎と心を合《あ》はせ、磯馴《そなれ》丸をもつて家督《かとく》の事《こと》を願《ねが》はんと思《おも》ふうちに、家《いへ》の継目《つぎめ》になくて叶《かな》はぬ、大切《せつ》の家系《かけい》の一巻《くわん》を奪取《うばひと》られたれば、皆〱《みな〱》途方《とほう》に暮《く》れてぞ居《ゐ》たりける。雨夜《あまよ》の典膳親子《てんぜんおやこ》は為済《しす》ましたりと喜び、猶《なほ》又、浜《はま》名《な》入道に内通《ないつう》しければ、浜名《はまな》入道、義《よし》政公《こう》の御前《おんまへ》に出《いで》て、甲賀《かうが》三郎が執権絹笠《しつけんきぬがさ》破軍之介《はぐんの》、何方《いづかた》よりか素性《すじやう》も知《し》れぬ男子を連来《つれきた》り、行平が子なりと偽《いつは》り、又、家系《かけい》の一巻《くわん》紛《ふん》失《じつ》と偽《いつは》り、おのれ隠置《かくしお》き、甲賀《かうが》の家《いへ》を横領《おうりやう》せんと企《たく》み候と、まことしやかに讒言《ざんげん》なしければ、義《よし》政公真《まこと》にし給ひ、入道に厳命《げんめい》を下《くだ》して、磯馴《そなれ》丸並《なら》びに破軍之介《はぐんの》夫婦《ふうふ》、金剛《こんがう》太郎等《ら》を捕《とら》へ来《きた》れと厳命《げんめい》ありければ、入道、又、典膳《てんぜん》に此厳《げん》命《めい》を伝《つた》へ、彼《かれ》らを捕《とら》へ候へと下知《げぢ》すれば、得《え》たり畏《かしこ》しと、家来《けらい》木偶《でく》四郎に数多《あまた》の雑兵《ざうひやう》を付《つ》けて、甲賀《かうが》の館《やかた》へ向《む》けたりけり。破軍之介《はぐんの》は忠義《ちうぎ》の志《こゝろざし》も達《たつ》せず、無実《むじつ》の罪《つみ》に落《お》ち、おめ〳〵縄目《なはめ》の恥《はぢ》を受《う》けんよりはと、磯馴《そなれ》丸をば

次へ続《つゞ》く

十七オ

(21)十六ウ

(21) 前《まへ》の続《つゞ》き 女房《ぼう》松風《かぜ》に渡《わた》して落《お》としやり、おのれは討手《うつて》の人数《にんず》と戦《たゝか》ひて、数多《あまた》手を負《お》ひ、腹《はら》十文字《もんじ》に掻破《かきやぶ》りぬ。松風《かぜ》は磯馴《そなれ》丸を守護《しゆご》して一方《いつぱう》を切抜《きりぬ》け、主君《しゆくん》行平の弟《おと》、千鳥之《ちどりの》介の行方《ゆくへ》を尋《たづ》ね、御家再興《おんいへさいかう》の謀《はかりごと》を巡《めぐ》らすべしと、夫《おつと》の最期《さいご》を悲《かな》しみつゝ、泣《な》く〳〵こゝを落行《おちゆ》きぬ。金《こん》剛《がう》太郎は討手《うつて》の頭《かしら》木偶《でく》四郎を馬《うま》と共《とも》に差上《さし》げ、大地《だいぢ》に投《なげ》付《つ》けて打殺《うちころ》しければ、その勇力《ゆうりき》に恐《おそ》れて近付《ちかづ》く者《もの》もなかりけり。

斯《か》くて金剛《こんがう》太郎は兄破軍之《あにはぐんの》介もろともに切腹《せつぷく》せんとしたりけるに、破軍之《はぐんの》介、苦《くる》しき片《かた》手に押止《おしとゞ》め、「我《われ》は斯《か》く深《ふか》手《で》なれば、とても助《たす》からず。汝《なんぢ》は一先《ひとまづ》こゝを落行《おちゆ》き、松風《かぜ》に力《ちから》を添《そ》へ、若君《わかぎみ》を守護《しゆご》せよ」と言《い》ひ終《お》はりて死《し》にければ、剛《たけ》き心も弱《よは》りつゝ、悲嘆《ひたん》の涙《なみだ》に噎返《むせかへ》り、暫《しば》し嘆《なげ》きに沈《しづ》みしが、詮方《せんかた》なく切腹《せつぷく》を止《とゞ》まり、松風《かぜ》が後《あと》を慕《した》いて落行《おちゆ》きぬ。

雨夜《あまよ》の典膳《てんぜん》は思《おも》ふまゝに謀《はかりごと》を為果《しおふ》せて、甲賀《かうが》の家《いへ》を横《おう》領《りやう》し、いよ〳〵魔陀羅左衛門《まだらさへもん》を尊敬《そんきやう》し、軍師と頼《たの》みて猶《なほ》、浜名《はまな》入道が陰謀《いんぼう》にぞ与《くみ》しける。

これより次《つぎ》の絵《ゑ》の訳《わけ》 さて又、甲賀《かうが》三郎行平は二上が嶽《たけ》の岩窟《がんくつ》にありて、次第《しだい》に飢《う》ゑに疲《つか》れければ、何ぞ食《しよく》すべき物《もの》はなきやと松明《たいまつ》を振《ふ》つて穴《あな》の奥《おく》を尋《たづ》ねけるに、不思議《ふしぎ》なる哉《かな》、琴《きん》を弾《だん》ずる声聴《こゑき》こへて、いと妙《たへ》なる妙音《みやうおん》なれば、奇《き》異《い》の思《おも》ひをなし、猶奥深《なほおくふか》く入けるに、異香薫《いきやうくん》じ渡《わた》り紫雲《しうん》たなびき、一人《ひとり》の仙女金色《こんじき》の龍《りやう》に乗《の》り、琴《きん》を弾《だん》じて居《ゐ》給ひぬ。さて行平に向《む》かひて宣《のたま》ひけるは、「我《われ》は日頃《ごろ》、汝《なんぢ》が信《しん》ずる竹生嶋《ちくぶしま》の弁《べん》天なり。汝《なんぢ》が飢《う》ゑを救《すく》はんために、此所に現《あらは》れたり。此岩窟《がんくつ》に石素麺《ぞうめん》といふ物《もの》あり。それを取《と》りて食《く》はゞ、命恙《いのちつゝが》なかるべし。汝《なんぢ》、先生《せんしやう》の悪《あ》しき報《むく》ひにより て斯《か》かる難義《なんぎ》に及《およ》ぶと雖《いへど》も、我《われ》、暫《しばら》く此穴《あな》に在《あ》りて汝《なんぢ》を守《まも》り、遂《つひ》には此穴《あな》を出《いだ》して再《ふたゝ》び故郷《こきやう》に帰《かへ》すべし。ゆめ〳〵疑《うたが》ふ事《こと》なかれ」と宣《のたま》ひければ、行平は有難涙《ありがたなみだ》に暮《く》れ、彼《か》の石素麺《ぞうめん》といふ物《もの》を取《と》りて食《しよく》しけるに、忽《たちま》ち飢《う》ゑを忘《わす》れ、これよりひたすら弁天《べんてん》を祈《いの》り、時節《じせつ》を待《ま》ちてぞ居《ゐ》たりける。

これより一枚《まい》次の絵《ゑ》の訳《わけ》 それはさておき、こゝに又、大和《やまと》の国田井村といふ所に、寺子屋《や》を渡世《とせい》にして牟《む》礼《れの》評《ひやう》介といふ浪人《らうにん》あり。女房《ばう》をお露《つゆ》といひ、小蝶《てふ》といふ美《うつく》しき娘《むすめ》あり。 次《つぎ》へ続《つゞ》く

(22) 前《まへ》の続《つゞ》き 又、その隣《となり》に畑《はた》太夫とて有徳《うとく》なる百姓《しやう》あり。年老《としお》ひて白髪頭《しらがあたま》の親父《おやぢ》なるが、人に優《すぐ》れて貪欲深《とんよくふか》き者《もの》なりけり。その子に佐国《すけくに》といふ者《もの》あり。親《おや》に似《に》ず優《やさ》しき男なるが、何時《いつ》の頃《ころ》よりか、隣《となり》の寺子屋《や》の娘小蝶《てふ》と人知《し》らず深《ふか》き仲《なか》とぞなりにける。

十八オ

(22)十七ウ

斯《か》くてある日、隣境《となりざかい》の花畑《ばたけ》にて、佐国《すけくに》と小蝶《てふ》と密《ひそ》かに物語《ものがた》りしけるが、佐国曰《すけくにいは》く、「イヤ何《なに》、小蝶殿《てふどの》、此佐国《すけくに》が癖《くせ》として明暮《あけく》れ草《くさ》の花《はな》を愛《あい》し、心を楽《たの》しむ縁《ゑん》でかな」。然《さ》ればいナア、わたしも同《おな》じ花好《はなず》きで、四季《き》の眺《なが》めの嬉《うれ》しさは、花《はな》の心《こゝろ》を知合《しりあ》ふて、結《むす》ぶ契《ちぎ》りのその上《うへ》に、親々《おやく》の得心《とくしん》で許嫁《いひなづけ》はありながら、添《そ》ふ事《こと》ならぬ身、貧《ひん》な暮《く》らし、もしや愛想《あいそ》が尽《つ》きやうかと、そればつかりが気《き》に掛《か》かり、わたしや悲《かな》しうござんすと、おぼこ育《そだ》ちの振袖《ふりそで》に涙《なみだ》を包《つゝ》む折《をり》しもあれ、庭《には》に盛《さか》りの秋草《くさ》に、二つの蝶々飛遊《てふ〳〵とびあそ》ぶを佐国見遣《すけくにみや》りて、ハテ面白《おもしろ》き小蝶《てふ》の様《さま》と、覚《おぼ》へず踏折《ふみお》る桔梗《きゝやう》の枝《えだ》を手に取上《とりあ》げ、「小蝶殿《てふどの》これ見給《たま》へ。草木《さうもく》心なしとは言《い》へど、老少不定《ろうせうふぢやう》の世の習《なら》ひ、老《お》いたるが留《とゞ》まり若《わか》きが失《う》せるも此花《はな》に置《お》く露同然《つゆどうぜん》、開《ひら》くも散《ち》るも定《さだ》まらねど」、「ハテ定《さだ》めてゐるはわたしが心底《しんてい》」、「ヲ、我《われ》とても此桔梗《きゝやう》の縁《ゆかり》の色《いろ》の紫《むらさき》の褪《さ》むる心のあるべきや」と、恋と無常《むじやう》を取混《とりま》ぜて、理《わり》なく語《かた》るその所へ、立帰《かへ》る牟礼評《むれのひやう》介、諸手《もろ》を組《く》んで思《し》案《あん》の体《てい》、小蝶《てふ》は慌《あは》て花壇《くわだん》の茂《しげ》み、佐国《すけくに》は庭伝《にはづた》ひに忍《しの》びてこそは隠行《かくれゆ》く。

次へ続《つゞ》く

十九オ

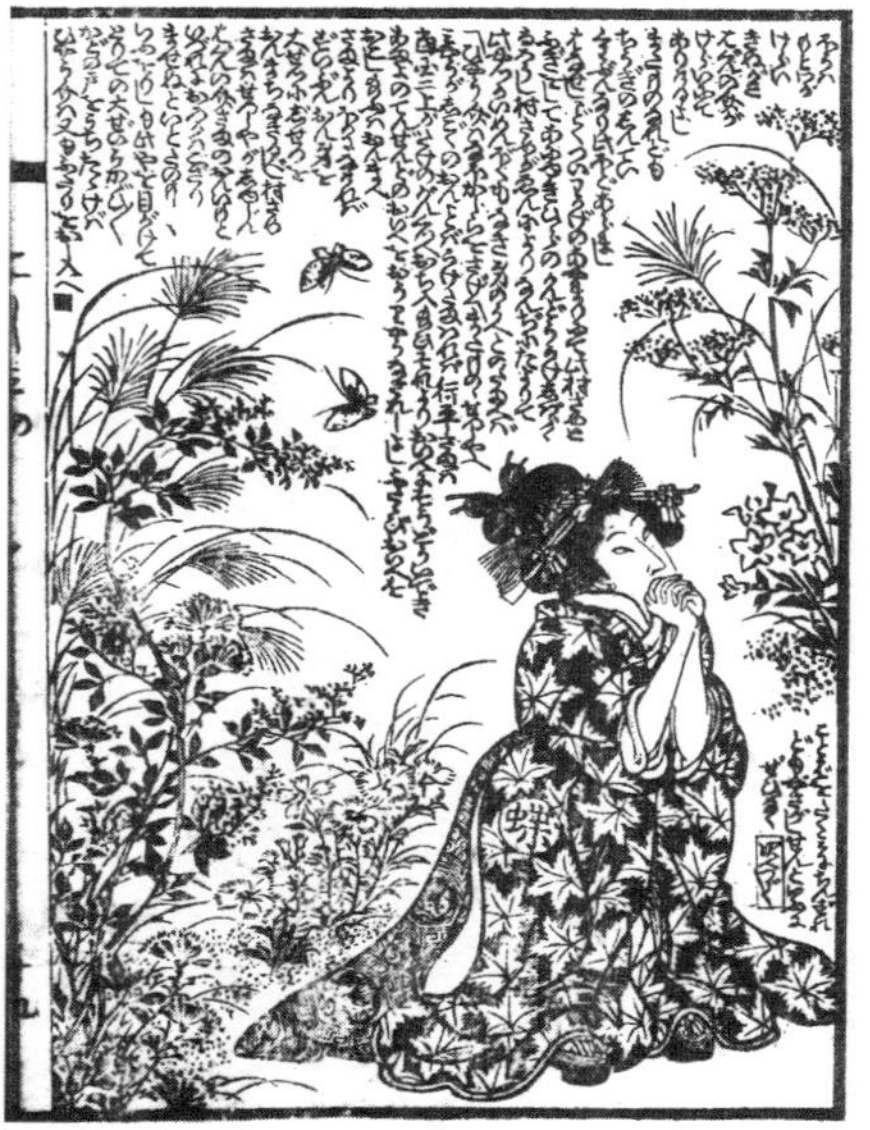

(23)十八ウ

(23) 前《まへ》の続《つゞ》き 評《ひやう》介は門口《かどぐち》より、それと見《み》れども知《し》らぬ顔《かほ》。娘《むすめ》小蝶《てふ》、今戻《もど》つたと内へ入《はい》れば、傷持《きずも》つ足《あし》、騒《さわ》ぐ心を押鎮《おししづ》め、ヲ、父様《とゝさま》、今お帰《かへ》りなされしか。どうやらお顔《かほ》の色《いろ》が悪《わる》い。何《なに》、色《いろ》が悪《わる》いか。アイ。ハテ争《あらそ》はれぬ。ヲイ、イヤサ少《すこ》し風邪《かぜ》を引《ひ》いたやうじやが、それで色《いろ》が悪《わる》からふ。シテお露《つゆ》はどこへゐた。アイ母様《かゝさま》は今、買物《かひもの》に。「ヲ、それならそち、奥《おく》に気《き》を付《つ》けろ」ト言《い》ふを幸《さいは》ひ良《よ》い立潮《しほ》、納戸《なんど》の内へ入るを見《み》て、評《ひやう》介は表《おもて》に掛金《かけがね》立寄《よ》つて、押《おし》入の戸を開《あ》くれば、内より出《いづ》る千鳥之《ちどりの》介、世を忍《しの》ぶ身《み》の村雨《むらさめ》も、同《おな》じ思《おも》ひに打萎《うちしほ》れ言葉《ことば》なければ、評《ひやう》介は手を支《つか》へ、御二方《おんふたかた》、共《とも》にさぞかしお気詰《きづま》りにござりましよ。今日《けふ》は寺子の休《やす》み日ゆゑ、ちとお心を晴《は》らされませと頭《かしら》を下《さ》ぐれば、千鳥之《ちどりの》介、「村雨《さめ》が話《はなし》で聞《き》けば、その方《ほう》は元《もと》、我《わ》が家来絹笠破軍之《けらいきぬがさはぐんの》介が家来《けらい》にてありける由《よし》、又者《またもの》なれども忠《ちう》義《ぎ》の心底《しんてい》、過分《くわぶん》なり。此程《ほど》あらまし話《はな》せし如《ごと》く、つい若気《わかげ》の誤《あやま》りにて此村雨《さめ》と不義《ふぎ》をして、兄行平《あにゆきひら》の勘当《かんどう》受け、暫《しば》く流浪《るらう》し、村雨《さめ》が縁《ゑん》により、汝《なんぢ》に頼《たよ》りて此厄介《やつかい》。面目《めんぼく》もなき身の上《うへ》」と宣《のたま》へば、評《ひやう》介はなほ頭《かしら》を下《さ》げ、「又者《またもの》の拙者《せつしや》へ冥《みやう》加《が》至《し》極《ごく》の御言葉《おんことば》承《うけたまは》れば、行平様《さま》は当国二上が嶽《たけ》の岩窟《がんくつ》へ落入《おち》給ひ、それよりお家《いへ》に騒動出来《そうどういでき》、雨夜《あまよ》の典膳《てんぜん》殿《どの》、お家《いへ》を横領《おうりやう》なされし由《よし》、再《ふた》びお家《いへ》を興《おこ》し給《たま》ふは御前《おんまへ》様《さま》より他《ほか》になければ、随分御《ずいぶんおん》身を大切《せつ》に時節《じせつ》を御待《おんま》ちなさるべし。村雨様《さめさま》は拙者《せつしや》が主人《しゆじん》破軍《はぐん》之《の》介様《さま》の御妹《おんいもと》、何《いづ》れに愚《おろ》かは御座《ござ》りませぬ」と、いと頼《たの》もしく言《い》ふ折《をり》しも、此家《や》を目掛《が》けて捕手《とりて》の大勢《ぜい》、窺《うかゞ》ひ〳〵門《かど》の戸を打叩《うちたゝ》けば、評《ひやう》介は又も二人《ふたり》を押入《おし》へ隠《かく》して忍《しの》ばせ、何《なに》心なく門《かど》の戸を開《あ》くると、そのまゝ取《と》つた〳〵、動《うご》くな、やるなと、押取巻《おつとりま》く。こは何故《なにゆゑ》の御咎《おんとが》めと眼《まなこ》を配《くば》れば、捕手《とりて》の人衆《にんず》、ヤア何故《なにゆゑ》とは横道者《わうどうもの》、我々《われ〳〵》は雨夜《あまよ》の典膳殿《てんぜんどの》の下知《げぢ》を受《う》けて向《む》かふたり。謀叛人《むほんにん》の行平が弟千鳥之《おとゝちどりの》介、並《なら》びに村雨《さめ》を匿《かくま》ひ置《お》く由《よし》、注進《ちうしん》の者《もの》あつて明白《めいはく》なり。二人《ふたり》を出《いだ》せとひしめけば、評《ひやう》介は言葉《ことば》を巧《たく》みに陳《ちん》ずれども、家探《やさが》しせんと言《い》ふに是非《ぜひ》なく

次へ続《つゞ》く

(24) 前《まへ》の続《つゞ》き 胸《むね》を定《さだ》めて威儀《いぎ》を繕《つくろ》ひ、「なるほど斯《か》くなる上《うへ》は是非《ぜひ》に及《およ》ばず。いかにも二人《ふたり》を匿《かくま》ひました。しかし、我《わ》が為《ため》の御主人《しゆじん》なれば、御覚悟《おんかくご》を勧《すゝ》め、介錯《かいしやく》も潔《いさぎよ》く、御二方《おんふたかた》の首打《くびう》つて某《それがし》、持参仕《ぢさんつかまつ》らん。暮六《くれ》ツまでは暫《しば》しの御猶予《ゆうよ》、一重《ひとへ》に願《ねが》ふ」と言《い》ひければ、ヲ、村の口々《くちぐ》山道《みち》まで数多《あまた》の人衆《にんず》を付置《つけお》きたれば、蟻《あり》の這出《はひで》る所もない。古手《ふるて》な身代《がは》り食《く》はぬ〳〵。正真《じん》の二人《ふたり》が首《くび》、いよ〳〵打《う》つて渡《わた》すなら、暮六《くれ》ツまでは待《ま》つてくりやう。二人の首《くび》持参《ぢさん》せよ。村長方《おさかた》に待《ま》つて居《ゐ》るぞ。家来参《けらいまゐ》れと出て行《ゆ》く。後見送《あとみおく》つて評介《ひやう》が思案最中《しあんさいちう》、二階《かい》にて娘小蝶《むすめてふ》が稽古《けいこ》とて弾《ひ》く三味線《しやみせん》の音締良《ねじめよ》く二上り 唄《うた》 ともに乱《みだ》る、親心《おやごゝろ》、鴛鴦《おし》の片羽《かた》のとぼ〳〵を、子に迷行《まよひゆ》く小夜千鳥《さよちどり》、鳴《な》いて口説《くど》くぞ哀《あは》れなる。唄《うた》の唱歌《しやうが》も身に滲《し》みて、折《をり》から戻《もど》る妻《つま》お露《つゆ》、戸を押開《おしあ》けて内《うち》に入り、先程《さきほど》からの様子《やうす》を残《のこ》らず門口《かどぐち》で聞《き》きました。暮六《くれ》ツまでに、お二人《ふたり》のお首《くび》を打《う》たんと請《うけ》合《や》はしやんしたお前《まへ》の心は、どふいふ思案《しあん》、早《はや》う聞《き》かして下《くだ》さんせと、 次へ続《つゞ》く

手跡指南

（25）二十ウ

（25）［前《まへ》の続《つゞ》き］問《と》へど答《こた》へも立上《あ》がり、机《つくゑ》に有合《ありあ》ふ折《をり》手本さつと開《ひら》いて、これを見《み》よ。ム、こりやお前《まへ》が寺子衆《しゆ》に書《か》いてやらしやるいろは仮名《がな》。サアその四十八文字《もじ》の下《した》の止《とめ》字ばかりを、始《はじ》めより心を留《と》めて読《よ》んでみや。ム、止《とめ》字ばかりを初手《しよて》より読《よ》めばと、手本の端《はし》を持添《もちそ》へて、さつと開《ひら》きて四十八字の止《とめ》字ばかりをつく〴〵見《み》て、とがなくてしす、サア咎《とが》なくて死《し》す娘の小蝶《てふ》。ヱ、すりや村雨様《むらさめさま》のお身代《みがは》りにコリヤ。二上り［唄《うた》］子を捨《す》つる藪《やぶ》に生立《おひた》つ村烏《むらがらす》、父《ち》よ母よと鳴《な》く烏《からす》、森《もり》の小烏夜《がらすよる》の鶴《つる》。［次へ続《つゞ》く］

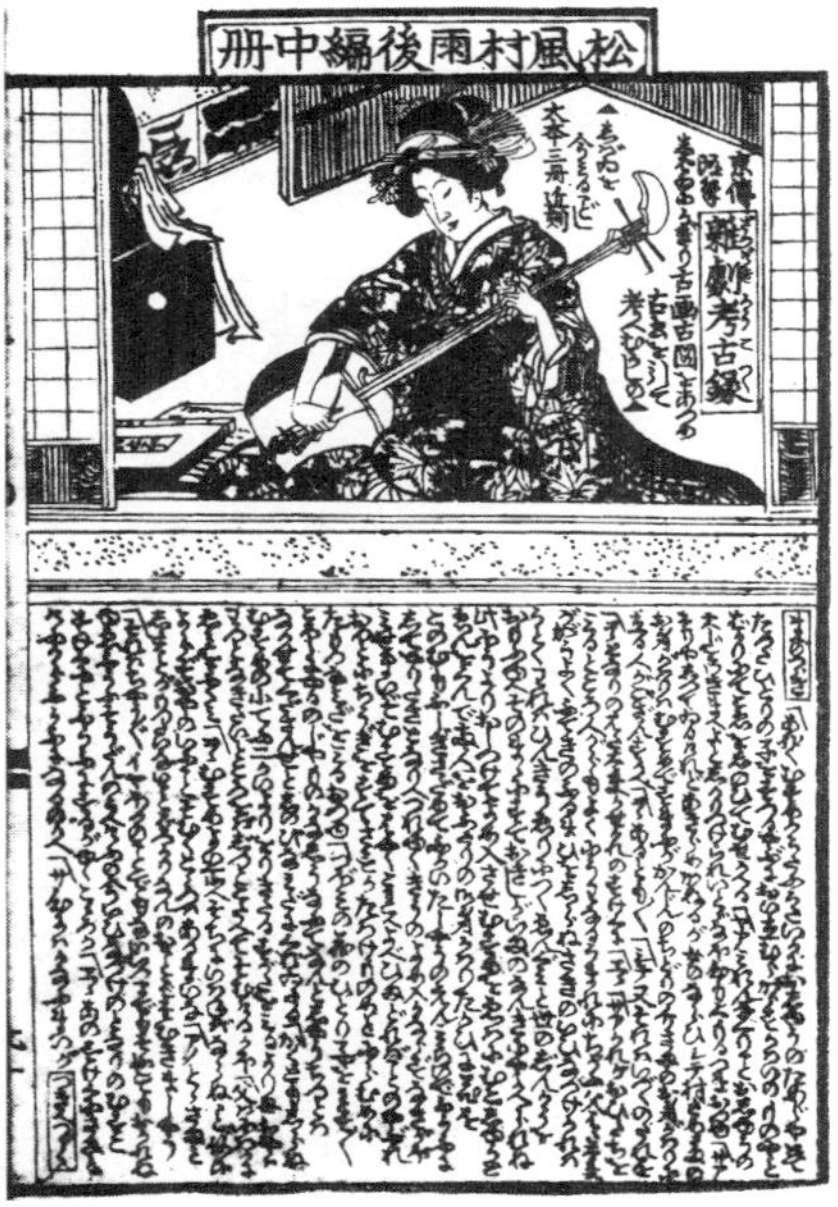

(26)二十一オ

【中】

(26) 松風村雨後編中冊

前《まへ》の続《つゞ》き 「あれ〳〵娘《むすめ》が歌《うた》ふ唄《うた》、いかにお主《しゆう》のためじやとて、たつた一人《ひとり》の子を捨《す》つる、藪《やぶ》に生立《おい》村烏《むらがらす》、可哀《かはい》の者《もの》や」とばかりにて、声《こゑ》を忍《しの》びて噎返《むせかへ》る。ヤア未練《みれん》な繰《くり》言《こと》、お主《しゆう》の大事《じ》を弁《わきま》へよと、叱《しか》りつけられ、いとゞ猶《なほ》、心も曇《くも》る妻《つま》お露《つゆ》。サアそりや知《し》つてゐるけれど、諦《あきら》めかぬるが女の習《なら》ひ、シテ村雨様《さめさま》のお身代《がは》りは娘《むすめ》で済《す》まふが、肝心《かんじん》の千鳥之《ちどりの》介様《さま》のお身代《がは》りに立る人が御座《ござ》んすかへ。ヲ、あるとも〳〵。シテ又、それは何処《いづく》の誰《だれ》を。ヲ、隣《となり》の畑《はた》太夫が倅《せがれ》の佐国《すけくに》。ヱ、。サアかれが生立《おひた》ちを見《み》るところ、人柄《がら》も良《よ》く柔和《にうわ》なる生《うま》れに違《ちが》ふ父畑《はた》太夫が強欲不敵《がうよくふてき》の振舞《ふるまひ》を知《し》らぬ先《さき》の許嫁《いひなづけ》。彼《かれ》は有徳《うとく》、我《われ》は貧窮《ひんきう》、襟《ゑり》に付《つ》く縁組《ゑんぐみ》と、世の仁孝《じんかう》を思《おも》ふゆへ、そのまゝに捨置《すてお》きしが、今《いま》の難義《なんぎ》にや代《か》へられぬ。此方《ほう》より押付《おしつ》けて嫁《よめ》入させ、娘《むすめ》を餌《ゑ》ばに婿《むこ》衆《しゆう》と縁《ゑん》を組《く》んで、両人をお二人《ふたり》の御身代《がは》り、互《たが》ひに花を好《この》むも不思議《ふしぎ》、定《さだ》めて深《ふか》い他生《たしやう》の縁《えん》、未来《みらい》で夫婦《ふうふ》にしてやりたさ、隣《となり》へ連行《つれゆ》く急《きう》の嫁《よめ》入、必《かなら》ず泣顔《なきがほ》見《み》せまいぞ、娘《むすめ》を早《はや》くこれへ呼《よ》べ。暇取《ひまど》れば事《こと》の破《やぶ》れ、夫《おつと》に忠義《ちうぎ》を捨《す》てさすか、たはけ者《もの》めと睨《にら》む目《め》に、保《たも》つ涙《なみだ》を見《み》るお露《つゆ》。蕾《つぼみ》の花の一人子《ひとり》を、みす〳〵殺《ころ》しに遣《や》るのじやもの、悲《かな》しうなふて何《なん》としやう、ちつとは泣《な》かせて下《くだ》さんせと、忍《しの》び涙《なみだ》に暮《く》れゐたる。

斯《か》くとも知《し》らぬ娘《むすめ》の小蝶《てふ》、二階《かい》より降来《をりきた》る姿《すがた》を見《み》るより母親《おや》は、わつと泣《な》きたいところをば、じつと堪《こた》へて背《そむ》ける顔《かほ》。父は俄《にはか》に笑《ゑ》みを含《ふく》み、ヲ、娘《むすめ》、よい所へ、そちに言《い》はねばならぬ事《こと》、何によらず親《おや》の言《い》ふ事背《ことそむ》く心《こゝろ》は有《あ》るまいな。アノ父様《とゝさま》とした事《こと》が勿体《もつたい》ない事《こと》ばつかり、何《なん》のお言葉《ことば》背《そむ》きましやう。それは重畳《ちやうぐ》。イヤ他《ほか》の事《こと》でもない。何時《いつ》までもそふしてもおかれぬゆゑ、夫婦相談《ふうふそうだん》の上《うへ》、今日《けふ》の今、許嫁《いひなづけ》の隣《となり》の息子《むすこ》佐国《すけくに》と夫婦《ふうふ》にするが、行《ゆ》く心《こゝろ》か。ヱ、あの佐国様《すけくにさま》と今日《けふ》から夫婦《ふうふ》になるのかへ。サ心には叶《かな》ふまいが、

次《つぎ》へ続《つゞ》く

京伝随筆 雑劇考古録《ざつげきかうころく》 芝居《しばゐ》に限《かぎ》り古画古図を集《あつ》め、古書を引て考へ、昔《むかし》の芝居《しばゐ》を今見《み》る如《ごと》し。大本三冊近刻。

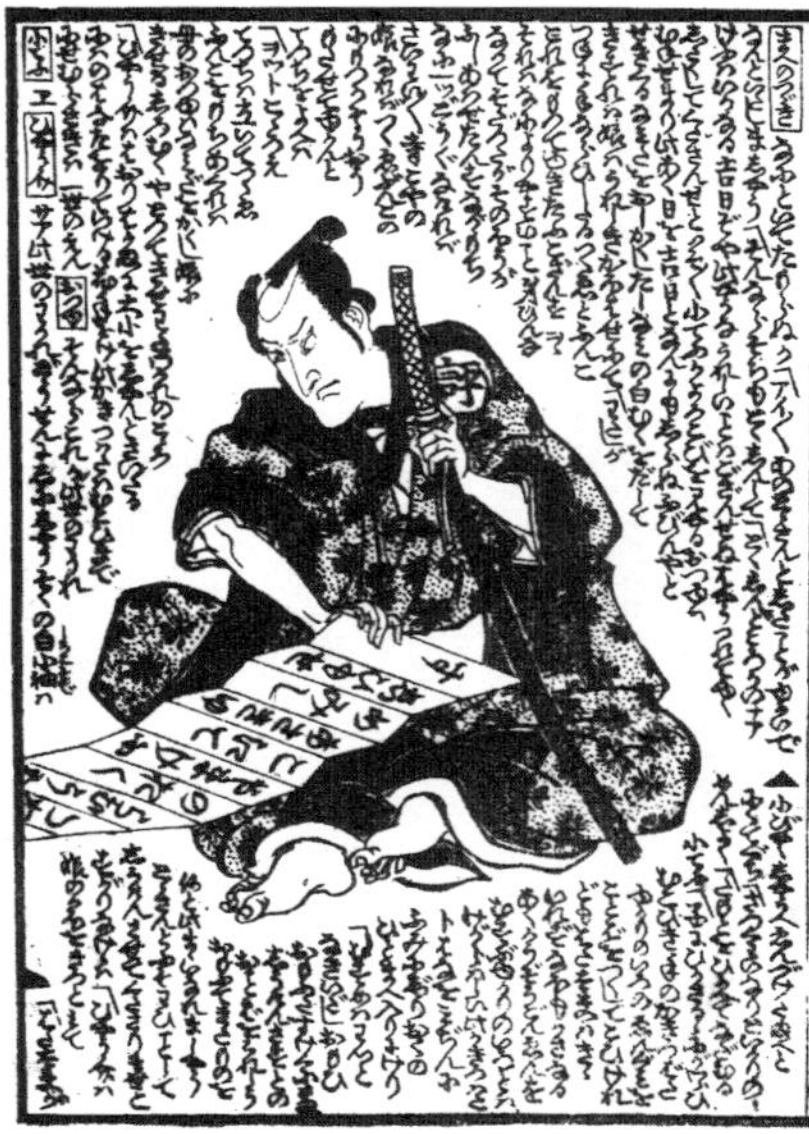

(27) [前《まへ》の続《つゞ》き] 何《なに》と行《い》て給《たも》らぬか。アイ〳〵、あの父《と》さんとした事《こと》が、行《ゆ》かいで何《なん》と致《いた》しましやう。そんならそちも得心《とくしん》して。得心《とくしん》どころかいナア。今日《けふ》は如何《いか》なる吉日ぞや。此様《やう》な嬉《うれ》しい事《こと》はござんせぬ。早《はや》う連《つ》れて行《ゆ》く支度《したく》して下《くだ》さんせと、いそ〳〵小蝶《てふ》が喜《よろこ》びを見やるお露《つゆ》は胸迫《むねせま》り、此悪《あく》日を吉日と、何《なん》にも知《し》らぬ不憫《ふびん》やと、急来《せきく》る涙《なみだ》を押隠《おしかく》し、嗜《たしな》みの白無垢《むく》を出《だ》して着《き》すれば、娘は嬉《うれ》しき顔《かほばせ》にて、私《わたし》が常《つね》に手習《てならひ》したる机《つくゑ》と文庫《ぶんこ》、これを持《も》つて行《ゆ》きたふござんす。ヲ、それは何《なに》より安《やす》い事《こと》。身貧《ひん》な中《なか》で育《そだ》つたが、その方《ほう》が不幸《ふしあわ》せ、箪笥長持何《たんすながもちなに》一つ、道具《どうぐ》なければ幸《さいわ》い〳〵。寺子屋《こや》の娘なれば、机《つくゑ》、文庫《ぶんこ》の荷物《にもつ》が相応《そうおう》、持《も》たせて行《ゆ》かんと丁稚《でつち》を呼《よ》べば、ヲツト心得《こころえ》、丁稚《でつち》は立出《い》で、机《つくゑ》、文庫《ぶんこ》を持上《もちあ》ぐれば、母のお露《つゆ》は涙《なみだ》を隠《かく》し、娘に着《き》せる白無垢《しろむく》や取《と》つて着《き》せ、綿別《わたわか》れの心《こころ》。評《ひやう》介は羽織袴《はおりはかま》に大小を、しやんと咲《さ》いたる庭《には》の花《はな》、手折《たを》りて生《い》ける花手桶《をけ》、此杜若《かきつばた》は婿引《むこひき》で、偐紫《にせむらさき》は一世の縁《えん》。[お露《つゆ》] そんならこれが此世の別《わか》れ。[小蝶《てふ》] ヱ。[評《ひやう》介] サア此世の別《わか》れ同《どう》然《ぜん》に、死装束《しにしやうぞく》の白小袖《しろこそで》は再《ふた》び帰《かへ》らぬ親《おや》の内、帰《かへ》ると言《い》ふ

は忌言葉《いみことば》、合点《がてん》が至《いた》ると目《め》で知《し》らす、親《おや》の心は千万無量《むりやう》。嬉《うれ》しい祝言《しゆうげん》にこ〳〵と笑《わら》ふ娘に泣《な》く二親《ふたおや》、知《し》らぬ丁稚《でつち》が担《かた》げた文庫《ぶんこ》。こりや〳〵女房《にようぼう》、お二人《ふたり》に心を付《つ》け、必《かなら》ず共《とも》に悟《さと》られな、祝《いは》ふて門火《かどび》に母お露《つゆ》、渋《しぶ》り勝《が》ちなる囲炉裏《いろり》の榾《ほだ》、燃立《もへた》つ火影《ほかげ》、ま一度《いちど》顔《かほ》をと立寄《よ》る女房《にようぼう》。評《ひやう》介がはたと指《さ》したる門《かど》の口《くち》、一世の別《わか》れ二世と添《そ》ふ婿《むこ》の方《かた》へと急《いそぎ》行《ゆ》きぬ。

○斯《か》くて評《ひやう》介は、娘《むすめ》を連《つ》れて隣《となり》の畑《はた》太夫が門口《かどぐち》より、御在宿《ざいしゆく》かと訪《おとな》へば、畑《はた》太夫出来《いでき》たり、「どなたじやこちへ」と言《い》ひければ、然《しか》らば御免《ごめん》と評《ひやう》介は、娘を連《つ》れてうち通《とほ》り、机《つくゑ》、文庫《ぶんこ》を内へ入れさせ、丁稚《でつち》は我《わ》が家《や》へ帰《かへ》しけり。畑《はた》太夫が挨拶《あいさつ》に、評《ひやう》介も一通《とほ》りの挨拶《あいさつ》終《を》はり、さて改《あらた》めて言《い》ひけるは、「今日参《こんにちまゐ》るは余《よ》の儀《ぎ》に非《あら》ず。先《さき》だつて御子息《しそく》の佐国殿《すけくにどの》に娘小蝶《てふ》を許嫁致《いひなづけいた》せし上《うへ》は、相舅同士《あいやけどし》の一家仲《なか》、これまで祝言延引《しうげんゑんにん》せしは、心に任《まか》せぬ浪々《ろう〳〵》の身の上《うへ》、背丈《せたけ》伸《の》びた時分《じぶん》の娘《むすめ》、早《はや》くお渡《わた》し申したさ、押付《おしつ》けがましき今《け》日《ふ》の嫁《よめ》入り。コリヤ〳〵娘、舅殿《しゆうとどの》へ御挨拶《あいさつ》、早《はや》く〳〵」と言《い》はれても、恥《は》づかしいやら怖《こわ》いやら、たゞアイ〳〵とばかりにて、眸子眩《ぼうしまばゆ》き風情《ふぜい》なり。畑《はた》太夫は渋面顔《じうめんがほ》、これは又、寝耳《ねみゝ》に水《みづ》の婚礼沙汰《こんれいざた》。尤《もつと》も許嫁致《いひなづけいた》した時《とき》は故《ゆゑ》ある御浪人《ろうにん》と存《ぞん》じたゆゑ、よく〳〵思《おも》へば、娘子の器量《きりやう》は良《よ》けれど身上《しんじやう》が釣合《つりあ》はぬ。百姓《しやう》でこそあれ有徳《うとく》の我等《われら》が忰の佐国《すけくに》、貧乏人《びんぼうにん》の娘とは喩《たと》へに言《い》ふ提灯《ちやうちん》に釣鐘《つりがね》。ハテ結納《ゆひなふ》をやつたと言《い》ふではなし、どこぞ身分相応《ぶんさうおう》な小百姓《びやくしやう》へ縁《ゑん》付《づ》け給《たま》へと憎体口《にくてぐち》。さつくわいなりと怒《いか》りの面色《めんしよく》。袂《たもと》を控《ひか》へて宥《なだ》むる小蝶《てふ》、子に引《ひ》かさるゝ苦笑《にがわら》ひ、婿引《むこひき》手の杜若《かきつばた》、縁《ゆかり》の色《いろ》の縁組《ゑんぐみ》を言葉《ことば》を尽《つ》くして乞《こ》ひけれども、畑《はた》太夫は聞入《きゝい》れず、猶《なほ》も重《かさ》なる悪口雑言《あくかうぞうごん》、縁《ゑん》を結《むす》ぶ縁《ゆかり》の色《いろ》とは汚《けが》らはしい此杜若《かきつばた》と、花《はな》を微塵《みぢん》に踏《ふ》みにじり、奥《おく》の一《ひと》間《ま》へ入りにけり。娘《むすめ》はわつと泣出《なきいだ》し、思《おも》ひ思《おも》ふた佐国様《すけくにさま》、祝言《しうげん》さすとのお言葉《ことば》を嬉《うれ》しう思《おも》ふて来《き》たものを、何《なん》と此まゝ往《い》なれましやう。父《とゝ》さんどふぞ詫言《わびごと》して、祝言《しうげん》させて下《くだ》さりませと、縋嘆《すがりなげ》けば、評《ひやう》介は娘の顔《かほ》をきつと見《み》て、畑《はた》太夫が悪口《あつこう》を耐忍《たへしの》びしも、その方《はう》を佐国《すけくに》に添《そ》はせたさ、婿引手《むこひきで》の杜若《かきつばた》を踏散《ふみち》らせしは、薩埵《さつた》心の花手桶《をけ》、覆水《ふくすい》ふたゝび器《うつは》に返《かへ》らず、花を散《ち》らすは入相の、時刻《じこく》は暮《くれ》六ツ猶《ゆう》

(28)二十二ウ

二十三オ

予《よ》ならず、次へ続《つゞ》く

［いろはにほへと／ちりぬるをわか／よたれそつねな／らむうゐのおく／やまけふこえて／あさきゆめみし／ゑひもせす］

(28) 前《まへ》の続《つゞ》き 娘《むすめ》、命《いのち》を貰《もら》ふたと、刀をすらりと抜放《ぬきはな》せば、ひらりと飛退《とびの》く娘の小蝶《てふ》、アヽこれ父様《とゝさま》、滅多《めつた》な事《こと》をなさんすな。私《わたし》には何誤《なにあやま》り、奥《おく》へ行《い》て此様子《やうす》を佐国様《すけくにさま》に。ヲ、そふじやと駆行《かけゆ》く所を後《うし》ろより又、斬付《きりつ》くるを身を躱《かは》してはつしと受《う》けたる文庫《ぶんこ》より、はらりと出《いで》たる折《をり》手本、共《とも》に落《お》ちたるあら木の数珠《じゆず》、手本《ほん》の仮名《かな》は娘の手跡《しゆせき》。ナニ、科《とが》なくて死《し》す、ム、そんなら詳《くは》しくこの様子《やうす》を。アイお身代《がは》りに立わいなと、どふと倒《たふ》れて臥転《ふしまろ》ぶ覚悟《かくご》の体《てい》に刀《かたな》も鈍《なま》り、進《す》みかねてぞ見《み》へにける。

小蝶《てふ》は涙《なみだ》の顔《かほ》を上《あ》げ、不束《ふつゝか》な私《わたし》でも村雨様《むらさめさま》の代《かは》りにならば、お役《やく》に立《た》てゝ下《くだ》さりませ。許嫁《いひなづけ》の佐国様《すけくにさま》、せめて殿御《とのご》の内へ来《き》て、一緒《いつしよ》に死《し》ねば本望《ほんまう》と、来《き》た甲斐《かい》もなふ去《さ》られた私《わたし》、所詮《しよせん》此世で添《そ》はれぬ悪縁《あくゑん》、自《みづか》ら自害《じがい》と、落《お》ちたる刀

取《と》る手も見《み》せず、我《われ》と我《わ》が喉《のんど》に、がはと突立《つきた》てる。折《をり》しも隔《へだ》ての花陰《かげ》より転出《まろびいで》たる母お露《つゆ》、そのまゝ娘《むすめ》に取縋《とりすが》り、

上へ続《つゞ》く

下の続《つゞ》き

「ヲ、でかしやつた〳〵。冥土《めいど》の旅《たび》へ嫁入《よめいり》と、別《わか》れの門火《かどび》は焚《た》いたれど、子を殺《ころ》させに寄越《よこ》しておいて、どふマア内に居《ゐ》られうぞ。死顔《しにがほ》なりと今一度《いまいちど》、見《み》たさに忍《しの》んで様子《やうす》を聞《き》けば、何《なに》もかも合点《がてん》して意地《いぢ》らしい此自害《じがい》」と口説立《くどきた》てゝぞ泣《な》き居《ゐ》たる。評介《ひやう》きつと見繕《みづくろ》ひ、ヤア我《わ》が子に劣《おと》りし未練《みれん》の吠面《ほへづら》、これからは娘の敵《かたき》佐国親子《すけくにおやこ》の首《くび》を取《と》る。覚悟《かくご》せよやと立かゝる。障子《しやうじ》の内《うち》に声《こゑ》あつて、壁一重隣《かべひとへとなり》にまでも問《と》はれねば、貧《ひん》より他《ほか》の隠《かくれ》家もなし。ヤ、何《なん》と、御夫婦共《ふうふとも》に喜《よろこ》ばれよ、倅《せがれ》はお役《やく》に立《た》つたるぞと、障子《しやうじ》開《ひら》けば佐国《すけくに》は、腹《はら》十文字《もんじ》に掻斬《かきき》つて苦痛《くつう》の体《てい》に、畑《はた》太夫は常《つね》の豪気《がうき》に引換《ひきか》へて、萎《しほ》れし老《お》いの力《ちから》なく、鐘木振上《しゆもくふりあ》げ立たるは、様子《やうす》ありげに見《み》へにけり。これはと躊躇《ためら》ふ評介《ひやう》夫婦《ふうふ》。佐国苦《すけくにくる》しき息《いき》を吐《つ》き、「御息《そく》女と許嫁《いひなづけ》の縁《ゆかり》により婿引手《むこひきで》にと御持参《じさん》の杜若《かきつばた》は御《おん》身代《がは》りの修紫《にせむらさき》、それと知《し》つたる我《わ》が切腹《せつぷく》、

次《つぎ》へ続《つゞ》く

手跡指南

(29)二十三ウ

二十四オ

(29) 前《まへ》の続《つゞ》き 先《さき》ほど庭《には》の桔梗《きゝやう》の花の思《おも》はず折れしは此前表《ぜんひやう》、命《いのち》を捨《す》て、父《ちゝ》への意見《いけん》、斯《か》く申す某《それがし》は、真《まこと》は此畑《はた》太夫殿《どの》の実《じつ》の子ならず、元甲賀《もとかうが》三郎行平様《ゆきひらさま》の御家来筋《けらいすぢ》の浪《らう》人《にん》したる武士《ぶし》の子にて、人手に渡《わた》りて幼少《ようしやう》より、此畑《はた》太夫殿《どの》に育《そだ》てられたる我《わ》が身なり。この頃《ごろ》、小蝶《てふ》殿《どの》に忍会《しのびあ》ふに事寄《ことよ》せて窺《うかゞ》ひ見《み》れば、行平様《ゆきひらさま》の御弟《おんおと》、千鳥之《の》介様《さま》、村雨殿《さめどの》もろとも匿《かくま》ひある様子《やうす》、まさかの時《とき》はお身代《がは》りと、此切腹《せつぷく》はかねての覚悟《かくご》、父《ちゝ》は子の為《ため》に隠《かく》し、子は親《おや》の為《ため》に隠《かく》すと言《い》へば、養父の先非《せんぴ》は我《わ》が口《くち》より言《い》はれぬ事《こと》」と口《くち》ごもる。畑《はた》太夫は涙《なみだ》を流《なが》し、六十過《す》ぐる今日《こんにち》まで、強欲非道《がうよくひどう》の悪念《あくねん》を翻《ひるがへ》したる養子の諫《いさ》め、一通《ひととほ》り聞《き》いて給《た》べ。「さんぬる頃《ころ》、雨夜の典膳《てんぜん》、密《ひそ》かに我《われ》を招《まね》き、我《われ》、此度《たび》、管領《かんれい》をもつて甲賀《かうが》三郎行平を欺《あざむ》き、当国二上《じやう》が嶽《だけ》の岩窟《がんくつ》の妖怪《ようくわい》を退治《たいぢ》せよとの厳命《げんめい》なりと偽《いつは》りて、彼《か》の山に遣《つか》はすなり。汝《なんぢ》は彼《か》の山の案内《あんない》を良《よ》く知《し》つたる由《よし》、斯様々《かやう〳〵》にしてくれよ。為果《しおふ》せなば褒美《ほうび》は望《のぞ》みに任《まか》すべしと、たつての頼《たの》み。我《われ》は年《とし》老ぬれども、佐国《すけくに》がために自欲《じよく》に迷《まよ》ひてこれを請合《うけあ》ひ、兜頭巾《かぶとづきん》に顔《かほ》を隠《かく》し、野袴《のはかま》大小武士《ぶし》の体《てい》に出立《いでた》ちて、彼《か》の山の木陰《かげ》に忍《しの》び、行平様《ゆきひらさま》の乗《の》り給ふ畚《ふご》の縄《なわ》を切《き》つて落《お》とせしその褒美《ほうび》として、典膳殿《てんぜんどの》より多《おほ》くの金を賜《たま》はり、その金で田地《でんぢ》を買《か》ひ、俄《にはか》に有徳《うとく》の身となりて益々《ます〳〵》欲《よく》を渇《かは》くのも皆《みな》、これ悴佐国《すけくに》を不憫《ふびん》に思《おも》ふ故《ゆゑ》の欲心《よくしん》。今《いま》、奥《おく》にて様子《やうす》を聞《き》けば、悴は元《もと》行平様《さま》の家来筋《けらいすぢ》の者《もの》なる由《よし》、初《はじ》めて聞《き》いて驚《おどろ》く後悔《こうくわい》、悴が為《ため》に御主人《しゆじん》なれば、我《わ》が為《ため》にも御主人《しゆじん》なり。悔《く》やんで返《かへ》らぬ大罪《ざい》」と、善になりたる物語《ものがたり》。評《ひやう》介夫婦《ふうふ》はこれを聞《き》き、たゞ呆《あき》れたるばかりなり。佐国苦《すけくにくる》しき息《いき》を吐《つ》き、現在《げんざい》御主人の敵《かたき》なれど、幼少《ようしやう》より育《そだ》てられ大恩《おん》受《う》けたる養《やしな》ひ親《おや》なれば、討《う》つに討《う》たれぬ我《わ》が因果《いんぐわ》、忠ならんとすれば不《ふ》孝となり、孝ならんとすれば不《ふ》忠となる。せめて千鳥之《の》介様《さま》の御《おん》身代《がは》りとなる時《とき》は、十が一つの忠ともなり、命《いのち》を捨《す》てゝ親《おや》人に御意見《いけん》せば、少《すこ》しは孝になるべしと、忠孝兼《か》ねたる此切腹《せつぷく》、いざ我《わ》が首《くび》を御用にと、覚悟《かくご》の体《てい》。評《ひやう》介夫婦《ふうふ》は感《かん》じ入、悲嘆《ひたん》に袖《そで》をぞ絞《しぼ》りける。畑《はた》太夫は目《め》を瞬《しばたゝ》き、悴が素性《すじやう》を聞《き》く上《うへ》は、我《われ》も共《とも》に腹掻《はらか》つさばき、せめてもの申し訳《わけ》と思《おも》ひ詰《つ》めては見《み》たれども、イヤ〳〵とても死《し》ぬる命《いのち》なら、二上《じやう》が嶽《だけ》の岩窟《がんくつ》に入り、行平様《ゆきひらさま》の御生死《しやうし》を見届《みとゞ》け、又、雨夜《あまよ》の典膳《てんぜん》、我《われ》には心を許《ゆる》すゆゑ、やつぱり悪《あく》と見《み》せかけて、各々方《おの〳〵がた》の手引《びき》をなし、典膳《てんぜん》が館《やかた》に忍《しの》ばせ、打滅《うちほろ》ぼして甲賀《かうが》の御家《おいへ》を再興《さいこう》し、その上《うへ》にて切腹《せつぷく》すべしと、「さてこそ今《いま》の此対《たい》面《めん》」と言《い》へば、佐国顔《すけくにかほ》を上《あ》げ、「此上《うへ》は評《ひやう》介様《さま》、養《やしな》ひ親畑《おやはた》太夫殿《どの》の命乞《いのちごひ》、一重《ひとへ》に頼《たの》み奉《たてまつ》る。此世《よ》の縁《ゑん》は薄《うす》くとも、未来《みらい》は夫婦《ふうふ》の小蝶殿《てふどの》、手に手《て》を取《と》つて三途《さんづ》の川、潔《いさぎよ》う死《し》んで下《くだ》され」。ヲ、そふ言《い》ふ声《こゑ》は佐国様《すけくにさま》、嬉《うれ》しうござんす。お顔《かほ》を一目見《ひとめみ》たけれど、もふ目《め》が見《み》へぬ、と撫回《なでまは》す。評《ひやう》介夫婦《ふうふ》は泣《な》く〳〵も、手水杓《てふづびさく》の水盃《みづさかづき》、歌代《うたひかは》りは唯念仏《たゞねぶつ》、善になりたる畑《はた》太夫が鐘《かね》と鐘木《しゆもく》の責念仏《せめねぶつ》、苦痛《くつう》をさせじと思《おも》ひきり、

次へ続《つゞ》く

［いろはにほへとちりぬるをわか］

(30)二十四ウ

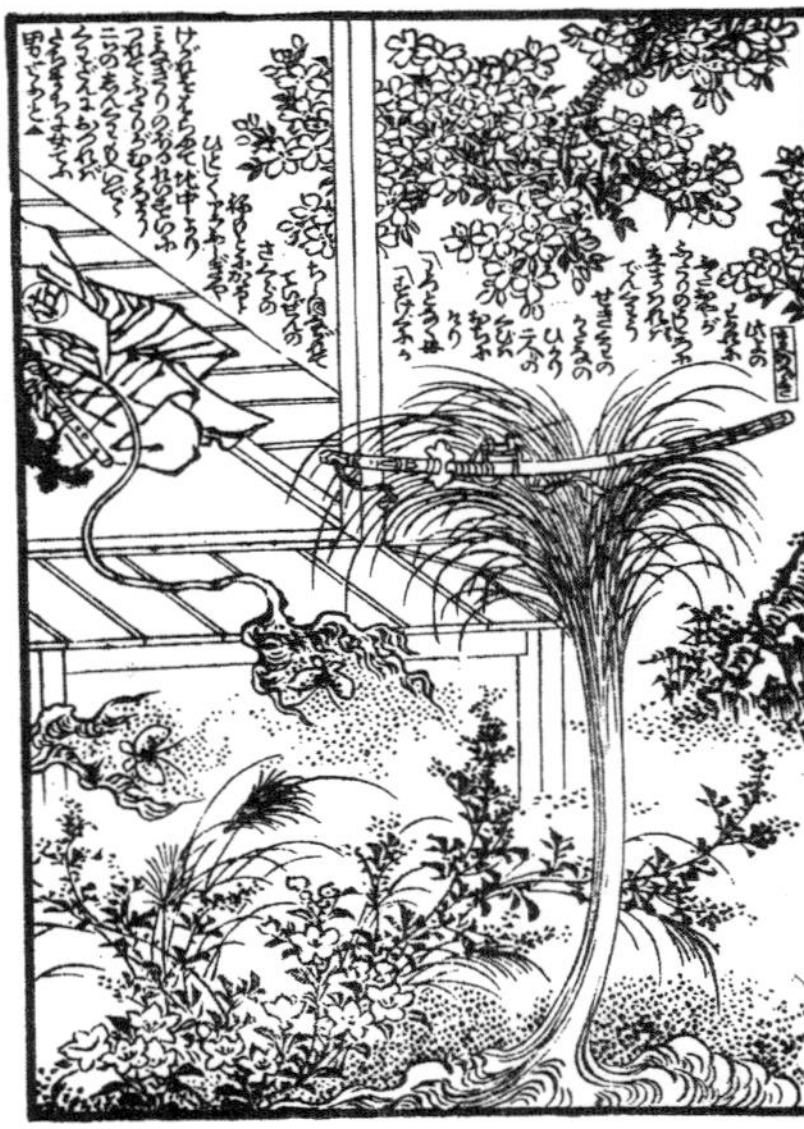

二十五オ

(30) 前《まへ》の続《つゞ》き　此世《よ》の別《わか》れに二親《ふたおや》が二人《ふたり》の後《うし》ろに立回《まは》れば、電光石火《でんくわうせきくわ》の刀《かたな》の光《ひかり》、二人リの首《くび》は落《お》ちにけり。わつと泣《な》く母、佐国《すけくに》が血潮流《ちしほなが》れて庭前《ていぜん》の桜《さくら》の根元《ねもと》にかゝるとひとしく、アラ不思議《ふしぎ》や、汚《けが》れを祓《はら》ふて地中より漲《みなぎ》り昇《のぼ》る霊《れい》水《すい》につれて、二人《ふたり》が骸《むくろ》より二つの神火燃出《しんくわもへいで》て花壇《くわだん》に落《お》つれば、たちまちに女蝶《てふ》、男蝶《てふ》と現《あらは》れて、花《はな》に戯《たはふ》れ舞遊《まひあそ》ぶ。評《ひやう》介きつと打守《うちまも》り、ハテ心得《こゝろへ》ぬ、時《とき》ならぬ秋《あき》の半《なか》ば、桜《さくら》の盛《さか》り、不浄《ふじやう》を避《さ》くる逆水《ぎやくすい》といひ、二人《ふたり》が魂魄蝶《こんぱくてふ》と化《け》し、共《とも》に狂《くる》ふてアレ〳〵稀代《きだい》の珍事《ちんじ》を見《み》る事《こと》やと、眺《なが》め入たる庭《には》の面《おも》、鍬押取《くわおつと》つて畑太夫、桜《さくら》の根《ね》を掘《ほ》り、取出《とりだ》す剣《つるぎ》、 次へ続《つゞ》く

(31) 前《まへ》の続《つゞ》き　これは定《さだ》めし見覚《みおぼ》へあらん。これこそは甲賀《かうが》の家《いへ》の重宝《ちやうほう》にて金烏帽子《きんゑぼし》といふ名剣《めいけん》、先《さき》だつて雨夜《あまよ》の典膳家来闇《てんぜんけらひやみ》九郎といふ者《もの》に奪取《うばひと》らせて秘置《ひめお》きしが、我《わ》が心底《しんてい》を見届《みとゞ》けて預《あづ》けたるゆゑ、此地中に隠置《かくしお》きしが、

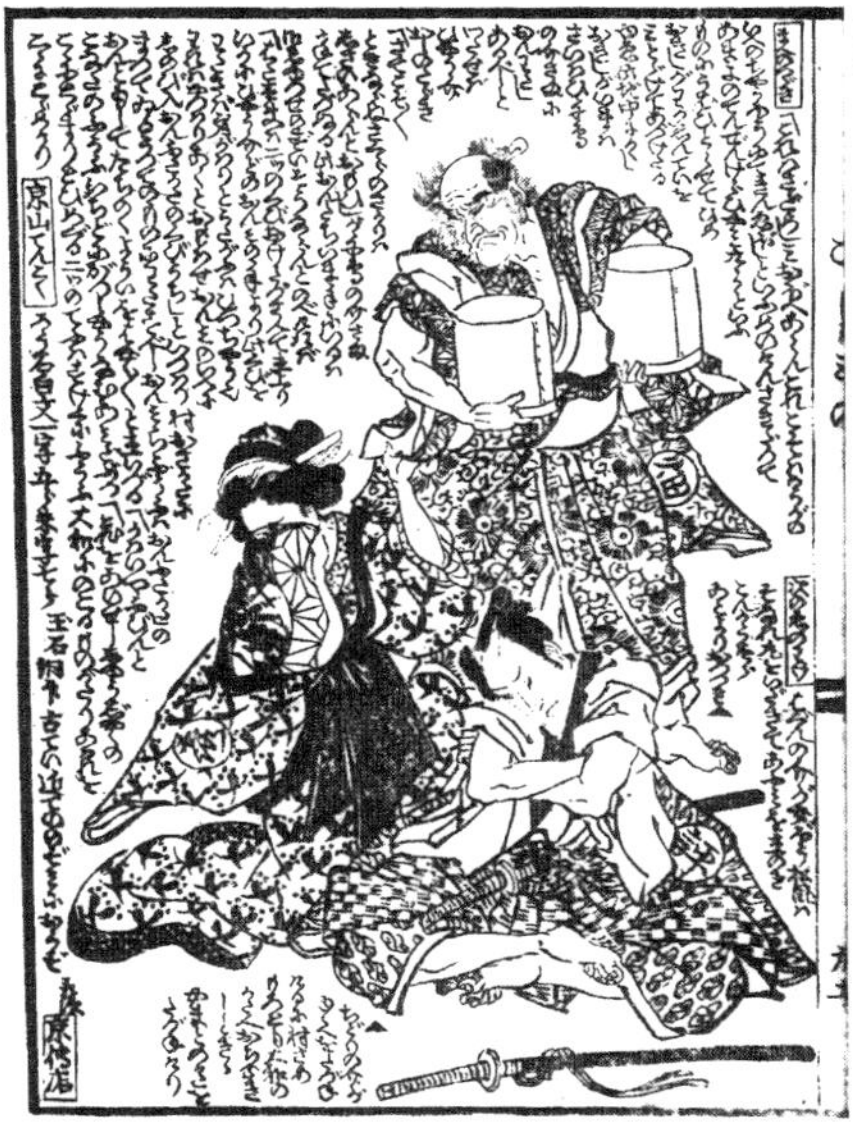

(31)二十五ウ

今《いま》は幸《さいは》ひ千鳥之《の》介様《さま》に御渡《おんわた》しあるべしと渡《わた》せば、評《ひやう》介押《おし》頂《いたゞ》き、「さてこそ〳〵時《とき》ならぬ桜《さくら》の盛《さか》りは仔細《しさい》あらんと思《おも》ひしが、千鳥之《の》介様《さま》かねて尋《たづ》ぬる此御太刀《おんたち》、今《いま》手に入《い》るは御出世《しゆつせ》の瑞相《ずいそう》ならん」と述《の》べければ、畑《はた》太夫は二つの首《くび》桶携《おけたづさ》へて立上り、如何《いか》に評《ひやう》介殿《どの》、御身《おんみ》の手より此首《くび》を渡《わた》さば身代《がは》りと疑《うたが》ふは必定《ひつぢやう》也。我《われ》はやっぱり悪《あく》と思《おも》はせ、御身《おんみ》の家《いへ》に忍《しの》び入、御二方《おんふたかた》の首打《くびう》ちしと偽《いつは》り、村長方《おさかた》に待《ま》つて居《ゐ》る討手《うつて》の者《もの》に渡《わた》すべし。御身等夫婦《おんみらふうふ》は御二方《おんふたかた》の御供《おんとも》して、立退《たちの》く用意《ようい》を早《はや》く〳〵と立出《いづ》る。可哀《かはい》や不憫《ふびん》と此方《こなた》の夫婦《ふうふ》、一度《いちど》に合掌《がつしやう》南無阿弥陀仏《なむあみだぶつ》。花を愛《あい》せし執着《しゆうじやく》の、こゝに留《とゞ》まり飛巡《とびめぐ》る二つの蝶《てふ》は佐国夫婦《すけくにふうふ》、大和に残《のこ》る物《もの》語《がたり》、哀《あは》れをこゝに留《とゞ》めたり。

次の絵《ゑ》の訳《わけ》　破軍《はぐん》之《の》介が女房《ばう》松風は、磯馴《そなれ》丸を抱《いだ》きて近江《あふみ》を立退《の》き、金剛《こんがう》太郎後《あと》より追付《おつつ》き、千鳥之《ちどりの》介が行方《ゆくへ》を尋《たづ》ねけるに、村雨《さめ》もろとも大和の方《かた》へ落行《おちゆ》きしと聞《き》き、大和《やまと》の方《かた》を尋《たづ》ねけり。

京山篆刻《てんこく》　蠟《ろう》石白文一字五分、朱字七分、玉石、銅印、古体《てい》近体望《ていのぞ》みに応《おう》ず。

取次　京伝店

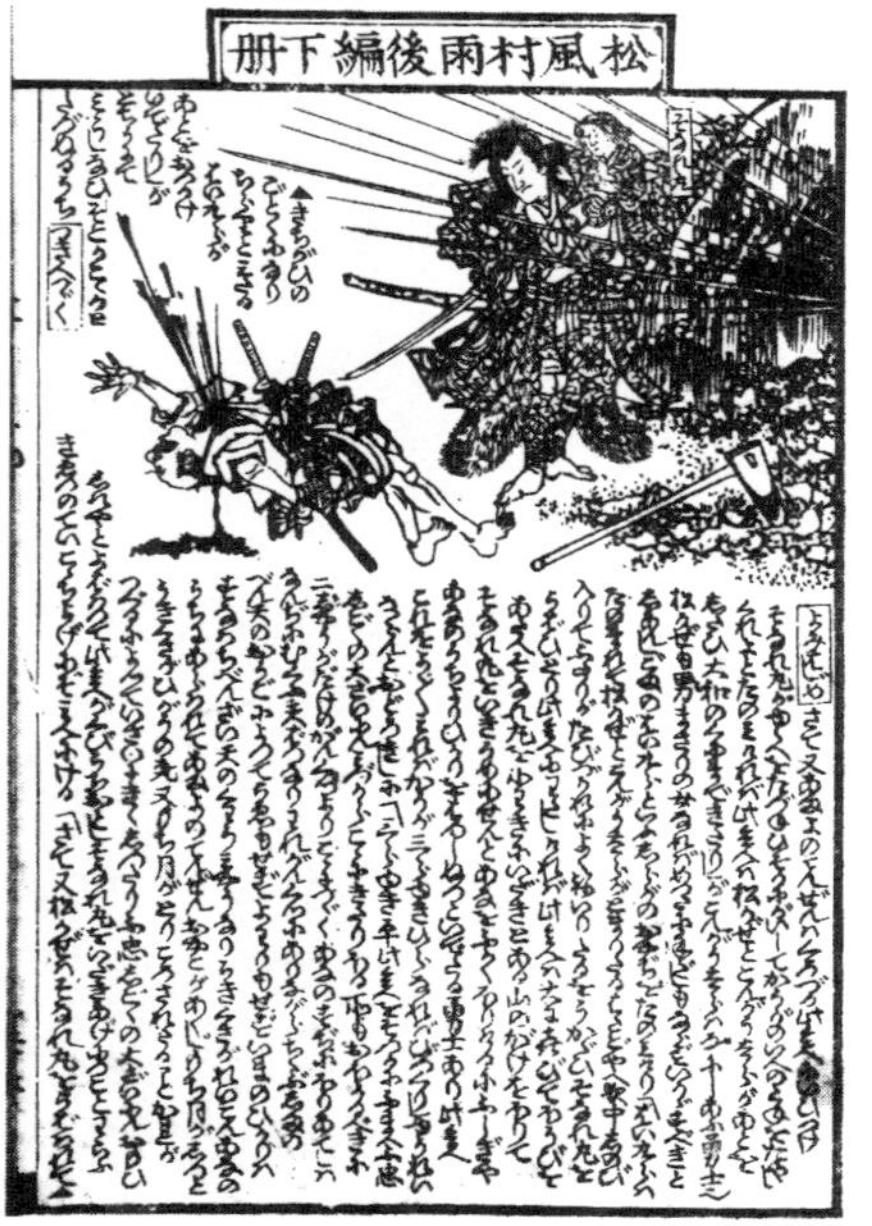

(32) 二十六オ

【下】

(32) 松風村雨後編下冊

読《よ》み始《はじ》め　さて又、雨夜《あまよ》の典膳《てんぜん》は黒塚《くろづか》此兵衛に言付《いひつ》け、磯《そ》馴《なれ》丸が行方《ゆくへ》を尋《たづ》ね、密《ひそ》かに害《がい》して甲賀《かうが》の家《いへ》の胤《たね》を絶《た》やしくれよと頼《たの》みければ、此兵衛《へ》は松風《かぜ》と金剛《こんがう》太郎が後《あと》を慕《した》ひ、大和の国《くに》まで来《きた》りしが、金剛《こんがう》太郎は名《な》にし負《あ》ふ勇士也。松風《かぜ》も男勝《まさ》りの女なれば滅多《めつた》に手出《だ》しもならず、如何《いかゞ》すべきと思案《しあん》し、胡麻《ごま》の灰《はい》九郎といふ白髪《しらが》の親父《おやぢ》を頼《たの》みけり。灰《はい》九郎は頼《たの》まれて松風《かぜ》と金剛《こんがう》太郎が泊《と》まりたる旅籠屋《はたごや》へ夜中忍《しの》び入りて、二人《ふたり》が旅疲《たびづか》れに良《よ》く寝《ね》入《い》りたるを窺《うかゞ》ひ、磯《そ》馴《なれ》丸を奪取《うばひと》り、此兵衛《へ》に渡《わた》しければ、此兵衛《へ》は大に喜び褒美《ほうび》を与《あた》へ、磯《そ》馴《なれ》丸を小脇《わき》に抱《いだ》き、とある山の崖《がけ》を掘《ほ》りて、磯《そ》馴《なれ》丸を生埋《いきう》めにせんと穴《あな》を深《ふか》く掘《ほ》りけるに、不思《ふし》議《ぎ》や穴《あな》の内《うち》より光《ひかり》を発《はつ》し、ぬつと出《いで》たる勇士あり。此兵衛《へ》これをよく〳〵見《み》れば、甲賀《かうが》三郎行平《ゆきひら》なれば、びつくりし、幽霊《ゆうれい》ならんと驚《おどろ》きしに、三郎行《ゆき》平、此兵衛《へ》を足下《そつか》に踏《ふ》まへ、「不《ふ》忠至極《しごく》の大罪人《ざいにん》、自《みづか》らこゝに来《きた》り、掘《ほ》る所も多《おほ》かるべきに、二上《じやう》が嶽《だけ》の岩窟《がんくつ》より、こゝに続《つゞ》く穴《あな》の筋《すぢ》に掘当《ほりあ》てしは、汝《なんぢ》に報《むく》ふ天罰《ばつ》なり。我《われ》、岩窟《がんくつ》にありながら竹《ちく》生嶋《ぶしま》の弁《べん》天の御加護《おかご》によつて、飢《う》ゑもせず弱《よわ》りもせず、今《いま》の光《ひかり》はすなはち弁財《べんざい》天の光明《くわうみやう》なり。萍《うきくさ》が霊魂《れいこん》、穴《あな》の内《うち》に現《あらは》れて雨夜《あまよ》の典膳親子《てんぜんおやこ》が悪事《あくじ》、望《もち》月が嫉妬《しつと》、萍《うきくさ》が非業《ひがう》の死、又、望《もち》月が取殺《とりころ》されたる事《こと》、彼《かれ》が告《つ》ぐるによつて、委《い》細《さい》に聞知《きゝし》つたり。不《ふ》忠至極《しごく》の大罪人《ざいにん》、思《おも》ひ知《し》れや」と呼《よ》ばはつて、此兵衛《へ》が首打落《くびうちお》とし、磯馴《そなれ》丸を抱上《いだきあ》げ、につこと笑《わら》ふ喜悦《きゑつ》の体《てい》、心地《こゝち》よげにぞ見《み》へにける。

さて又、松風《かぜ》は磯馴《そなれ》丸を奪《うば》はれて気違《きちが》ひの如《ごと》くになり、ちらりと見《み》たる灰《はい》九郎が後《あと》を追《お》つかけ出《いで》たりしが、途中《とちう》にて見失《みうしな》ひ、そこかこゝかと尋《たづ》ぬるうち、

次《つぎ》へ続《つゞ》く

磯馴《そなれ》丸

（33）二十六ウ

二十七オ

（33）前《まへ》の続《つゞ》き　灰《はい》九郎は磯馴《そなれ》丸を此兵衛《へ》に渡《わた》して帰《かへ》りがけ、松風《かぜ》に出《で》つくはせば、松風《かぜ》は灰《はい》九郎を引捕《ひつとら》へ、若君《わかぎみ》を奪《うば》ひしは汝《なんぢ》ならん。返《かへ》せ戻《もど》せと挑合《いどみあ》ひたるその所へ、此兵衛《へ》が下部《しもべ》両人駆来《かけきた》り、灰《はい》九郎とも三人にて松風《かぜ》と闘《たゝか》ふ折《をり》しも、金剛《こんがう》太郎遅《おく》ればせに駆《かけ》来り、二人《ふたり》の下部《しもべ》を引摑《ひつつか》み、大《だい》地《ぢ》へ投付《なげつ》け打殺《うちころ》せば、松風《かぜ》は灰《はい》九郎が首《くび》をすつぱと斬落《きりお》とし、両人顔《かほ》を見合《みあは》せて、若君《わかぎみ》を奪《うば》はれては生長《いきなが》らふる甲斐《かひ》なしとて、松風《かぜ》は自害《じがい》、金剛《こんがう》太郎は切腹《せつぷく》と見《み》へたるところへ、「ヤレ待《ま》て暫《しば》し早《はや》まるな」と声《こゑ》を掛《か》けて三郎行平《ゆきひら》、磯《そ》馴《なれ》丸を抱《いだ》いてこの所へ来《きた》りければ、両人は夢《ゆめ》の如《ごと》く暫《しば》し呆《あき》れて居《ゐ》たりけり。

斯《か》かるところへ、千鳥之《ちどりの》介、村雨《むらさめ》・牟礼評介夫婦連立《むれのひやうふうふつれだ》ち来《き》て互《たが》ひに喜び、千鳥之《ちどりの》介、金烏帽子《きんゑぼし》の太刀《たち》を兄行平《あにゆきひら》に渡《わた》して、評《ひやう》介夫婦《ふうふ》、小蝶《てふ》が忠義《ちうぎ》、畑《はた》太夫、佐国《すけ》親子《おやこ》が事《こと》までを残《のこ》らず語《かた》れば、行平《ゆきひら》聞いて、陪臣《ばいしん》ながら評《ひやう》介夫婦《ふうふ》が忠義《ちうぎ》を感《かん》じ、金烏帽子《きんゑぼし》の太刀、再《ふたゝ》び手に入し大功によつて、千鳥之《ちどりの》介、村雨《むらさめ》二人の勘当《かんどう》を許《ゆる》されけり。

○斯《か》くて雨夜《あまよ》の典膳親子《てんぜんおやこ》、浜名《はまな》入道に加担《かたん》して陰謀《いんぼう》を企《たく》み、三郎行平《ゆき》を岩窟《がんくつ》に落《お》とし入れ、忠臣《ちうしん》たる絹笠《きぬがさ》破軍之《はぐんの》介等《ら》を讒言《ざんげん》したる悪事《あくじ》こと〴〵く露見《ろけん》して、管領《くわんれい》乙《おと》川達元《たつもと》、千鳥之《ちどりの》介に討手《うつて》を命《めい》じければ、村雨《むらさめ》、評《ひやう》介、お露《つゆ》等《ら》四人、畑《はた》太夫が手引《びき》によつて雨夜《あまよ》の典膳《てんぜん》が館《やかた》に忍《しのび》入り、不意《ふい》を襲《おそ》ひければ、さしもの典膳《てんぜん》敵《てき》し難《がた》く、討手《うつて》の人衆《にんず》荒子《あらしこ》共《ども》を投散《なげち》らし、腹《はら》十文字《もんじ》に斬破《きりやぶ》る。倅《せがれ》雨夜《あまよ》の左衛門《さへもん》も評介《ひやうすけ》夫婦《ふうふ》に斬《きり》立られ、御腹《おんはら》召《め》され候へと勧《すゝ》められ、是非《ぜひ》なくこれも切腹《せつぷく》す。此時《とき》、魔陀羅左衛門《まだらさへもん》は犬神の術《じゆつ》を以《もつ》て形《かたち》を隠《かく》し、狩衣《かりぎぬ》といふ家系《かけい》の一巻《いちくわん》を懐中《くわいちう》し、何処《いづく》ともなく逃去《にげさ》りぬ。

○さて行平《ゆきひら》は千鳥之《ちどりの》介が魔陀羅左衛門《まだらさへもん》を討洩《うちも》らし、家系《かけい》の一巻《いちくわん》未《いま》だ手に入《い》らざれば、

次《つぎ》へ続《つゞ》く

（34）二十七ウ

二十八オ

（34）前《まへ》の続《つゞ》き　如何《いか》にもして彼《かれ》が行方《ゆくへ》を尋《たづ》ね討取《うちと》りて、家系《かけい》の一巻《いちくわん》を取戻《とりもど》すべしと工夫《くふう》を凝《こ》らして辛気疲《しんきつか》れ、とろ〳〵とまどろみし夢《ゆめ》のうちに地獄《ぢごく》に至《いた》りけるに、閻魔《ゑんま》王曰《いは》く、「御身《おんみ》は二上《じやう》が嶽《だけ》の岩窟《がんくつ》にて命《いのち》終《お》はるべき天数《すう》なれども、竹生嶋弁《ちくぶしまべん》天の御加護《おかご》により、一百余才の寿《じゆ》命あり。疾《と》く〳〵娑婆《しやば》へ帰《かへ》られよ」とて、鬼ども旗天蓋《はたてんがい》を差掛《さしか》けて行《ゆき》平を送《おく》り帰《かへ》す。行《ゆき》平は帰《かへ》る道《みち》にて傍《かたは》らに燃《もへ》立《た》つ炎《ほのほ》の内《うち》を見《み》れば、手掛《かけ》の萍《うきくさ》、稲光《いなびかり》の闇《やみ》九郎を捕《とら》へ、喉笛《のどぶへ》に喰付《くひつ》きければ、闇《やみ》九郎苦《くる》しむ時《とき》に、数多《あまた》の金魚飛来《きんぎよとびきた》りて闇《やみ》九郎が肉叢《しゝむら》を喰破《くひやぶ》りて苦《くる》しめける。これ萍《うきくさ》が怨霊《おんりやう》、我《われ》を殺《ころ》せし闇《やみ》九郎を又、喰殺《くひころ》して報《むく》ふなり。

斯《か》かる所《ところ》に望月御前《もちごぜん》、薄衣《うすぎぬ》を被《かつ》ぎ笞《しもと》を振上《ふりあ》げて萍《うきくさ》を目《め》掛《が》け、後妻打《うはなりうち》の振舞《ふるま》ひ恐《おそ》ろしき有様《ありさま》なり。行《ゆき》平はこれを見《み》て、死《し》しても嫉妬《しつと》の執念《しゆうねん》を滅《めつ》せず、あな恐《おそ》ろしと身《み》の毛《け》よだちけるが、やがて夢《ゆめ》は覚《さ》めにけり。

○魔陀羅左衛門《まだらさへもん》は伊吹《いぶき》山に引籠《ひきこも》りしと聞《き》き、三郎行《ゆき》平、千《ち》鳥之《どりの》介、金剛《こんがう》太郎、牟礼評《むれのひやう》介等行《らゆき》向《む》かひて闘《たゝか》ふといへども、犬神の術《じゆつ》を施《ほどこ》すゆゑ、敵《てき》し難《がた》かりしに、竹生嶋《ちくぶしま》の弁《べん》天

(35)二十八ウ

二十九オ

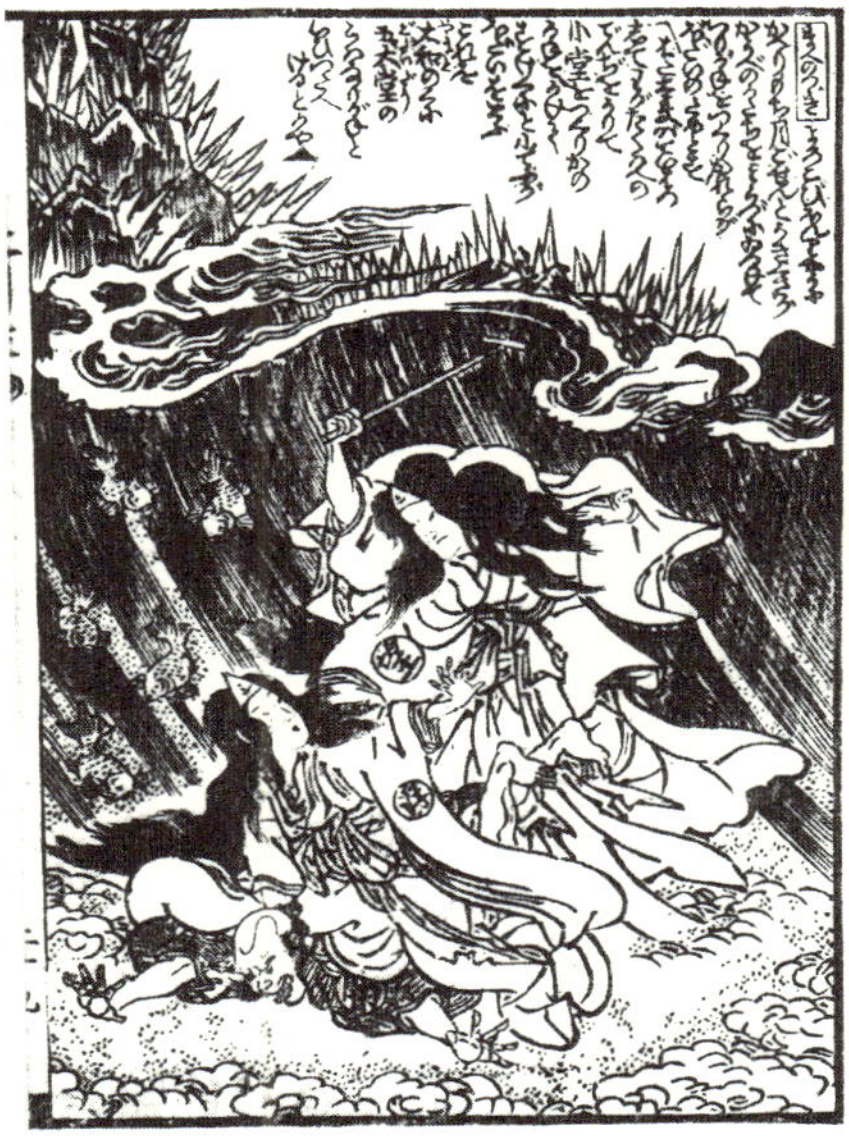

現《あらは》れ給ひ、魔陀羅《まだら》が術《じゆつ》を挫《くじ》き給《たま》へば、魔陀羅《まだら》は本名葎《むぐら》丸と名乗《なの》りて遂《つひ》に討《う》たれ、行平《ゆき》は、家系《かけい》の一巻《いちくわん》を取返《とりかへ》して、

次《つぎ》へ続《つゞ》く

(35) 前《まへ》の続《つゞ》き 喜《よろこ》び本領《ほんりやう》に帰《かへ》り、望月《もち》御前《ごぜん》と萍《うきくさ》が頭《かうべ》の形《かたち》を龍頭《りうづ》に鋳付《ゐつ》けて釣鐘《つりがね》を造《つく》り、彼《かれ》らが菩提《ぼだい》の為《ため》とす。畑《はた》太夫は剃髪《ていはつ》して我《わ》が蓄《たくは》への田地《でんぢ》を売《う》りて小堂を作《つく》り、彼《か》の鐘《かね》を掛《か》けて佐国《すけくに》と小蝶《てふ》が菩提《ぼだい》を弔《と》ふ。これを大和《やまと》の国《くに》五《ご》大堂《だいだう》の後妻鐘《うはなりがね》と言《い》ひ伝《つた》へけるとかや。千鳥《ちどり》之《の》介は村雨《むらさめ》と夫《ふう》婦《ふ》になり、牟礼評《むれのひやう》介を改《あらた》めて家来《けらい》とす。金剛《こんがう》太郎には破軍《はぐん》之《の》介が禄《ろく》を添《そ》へて賜《たまは》り、

次《つぎ》へ続《つゞ》く

(36)二十九ウ

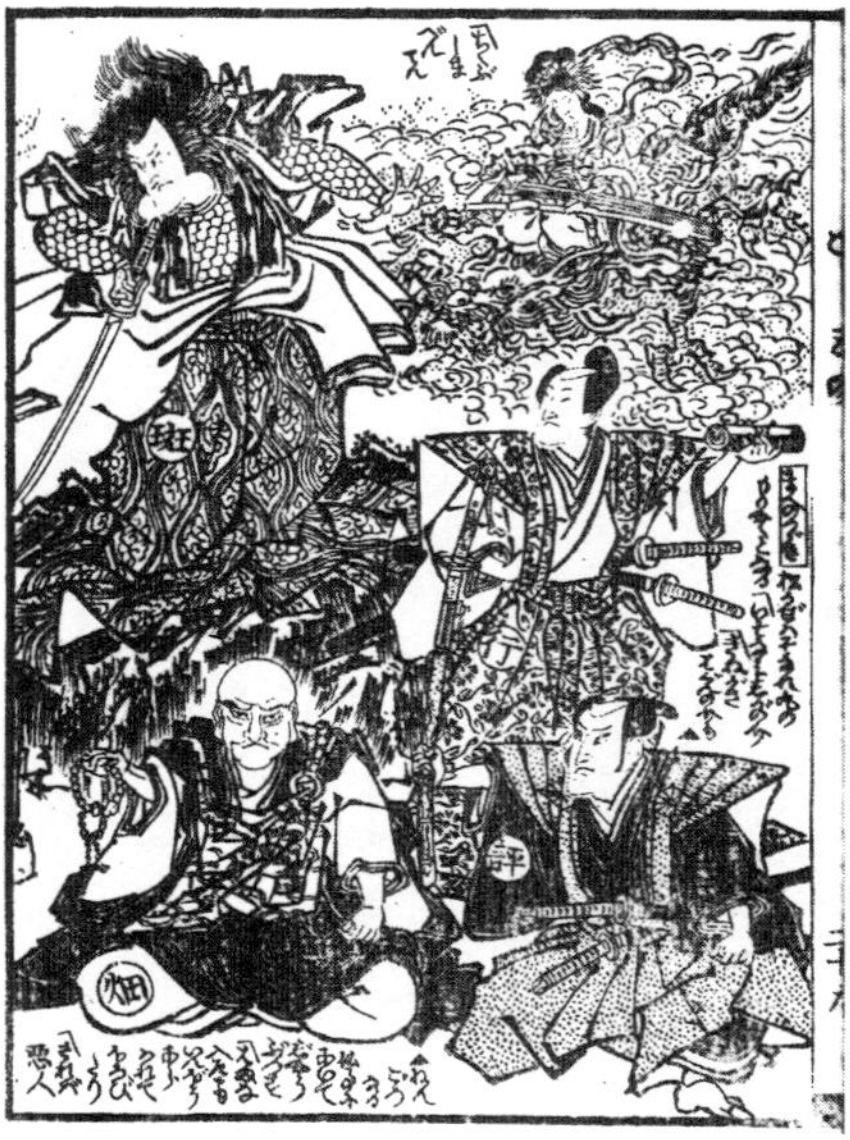

三十オ

(36) 前《まへ》の続《つゞ》き 松風《かぜ》は磯馴《そなれ》丸の守役《もりやく》となる。磯波《いそなみ》志賀之《がの》介、絹笠破軍之《きぬがさはぐんの》介も懇《ねんご》ろなる仏事に会《あ》ひて成仏《じやうぶつ》す。浜名《はまな》入道も陰謀露《いんぼうあらは》れて滅《ほろ》びたり。

然《さ》れば、悪人巧《たく》みに事《こと》を謀《はか》るといへども天罰《ばつ》を受《う》けて滅《ほろ》び、善人一度衰《たびおとろ》ふるといへども天の憐《あは》れみを蒙《かうふ》りて再《ふた》び花咲《さ》く時《とき》に合《あ》へり。善悪《ぜんあく》の報《むく》ひは一部《ぶ》の狂言に異《こと》ならず、子供衆合点《どもしゆがてん》か〳〵。

皆々成仏《みな〳〵じやうぶつ》。

竹生嶋弁天《ちくぶしまべんてん》

望月《もち》御前《ごぜん》

萍《うきくさ》

佐国《すけくに》

小蝶《てふ》

(37) 松風《かぜ》、村雨《むらさめ》両人、甲賀《かうが》の家再興《いへさいかう》の喜《よろこ》びに潮汲《しほくみ》の今様《やう》を催《もよほ》して祝《いわ》いの酒盛賑《さかもりにぎ》はしく、常磐《ときは》の色《いろ》の磯馴《そなれ》松、黄金色《こがねいろ》なす錦糸《きんし》の腰蓑《こしみの》、千秋楽とぞ奏《かな》でける。目出度《めでた》し〳〵〳〵。

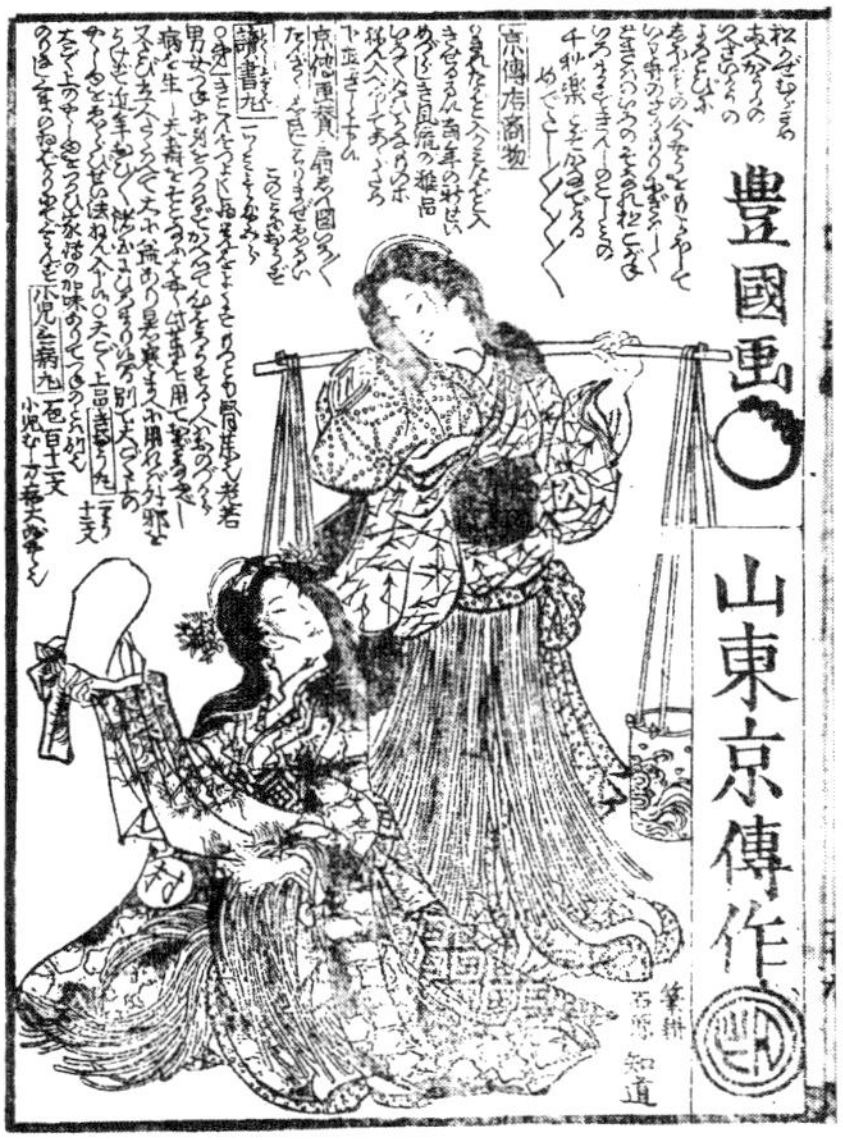

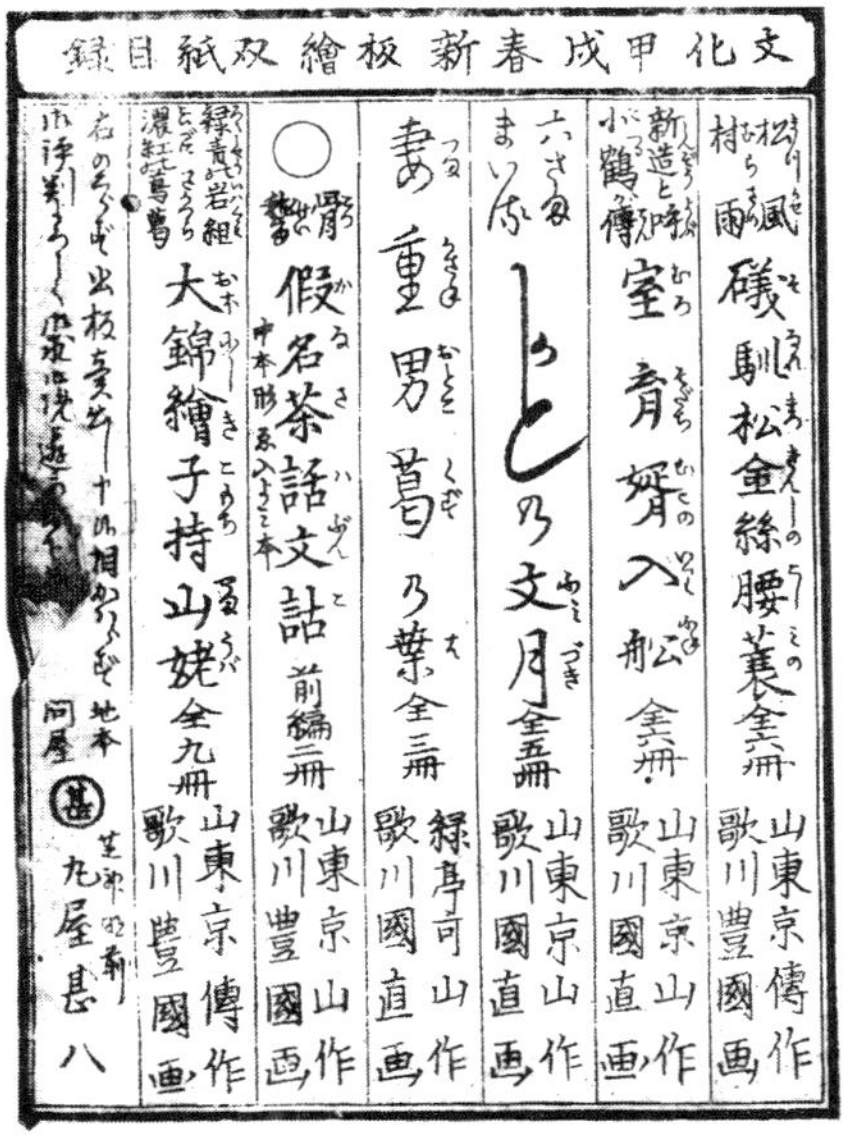

豊国画㊞　山東京伝作㊞

筆耕石原知道

京伝店商物

○裂煙草《きれたばこ》入・紙煙草《かみたばこ》入・煙管類《きせるるい》、当年の新製珍《せいめづら》しき風流の雅品色々《いろ〳〵》、縫金物《ぬひかなもの》等、念《ねん》入別《べつ》して改《あらた》め下直に差《さし》上申候。

京伝画賛　扇新《しん》図色々《いろ〳〵》、短冊《たんざく》・色紙《しきし》・貼交絵類《はりまぜゑるい》、好《この》みに応《おう》ず。

読書丸《とくしよぐわん》　一包《つゝみ》壱匁五分

○第一気魂《きこん》を強《つよ》くし物覚を良《よ》くす。もつとも腎薬也。老若男女常《つね》に身を使《つか》はず、かへつて心を労《ろう》する人はおのづから病を生じ、天寿を損《そこ》なふ。早《はや》く此薬を用て補《おぎな》ふべし。又旅《たび》立人、蓄《たくは》へて大に益あり。暑寒前《まへ》に用れば外邪を受《う》けず、近年追々《おひ〳〵》諸国に弘《ひろ》まり候間、別て大極《ごく》上の薬種《やくしゆ》を選《ゑら》び製《せい》法念《ねん》入申候。

○大極《ごく》上品　奇応《きおう》丸　一粒《りう》十二文

大極《ごく》上の薬種《やくしゆ》を使《つか》ひ家伝の加味ありて、常《つね》のとは別也。糊《のり》なし熊《くま》の胆《ゐ》ばかりにて丸《ぐわん》ず。

小児無病丸　一包百十二文　小児虫《むし》、万病大妙薬《やく》也。

さらやしき
ろくろむすめ
かさね

会談三組盃《くわいだんみつぐみさかづき》

足利義教・義政の時代（宝徳〜応仁の頃）

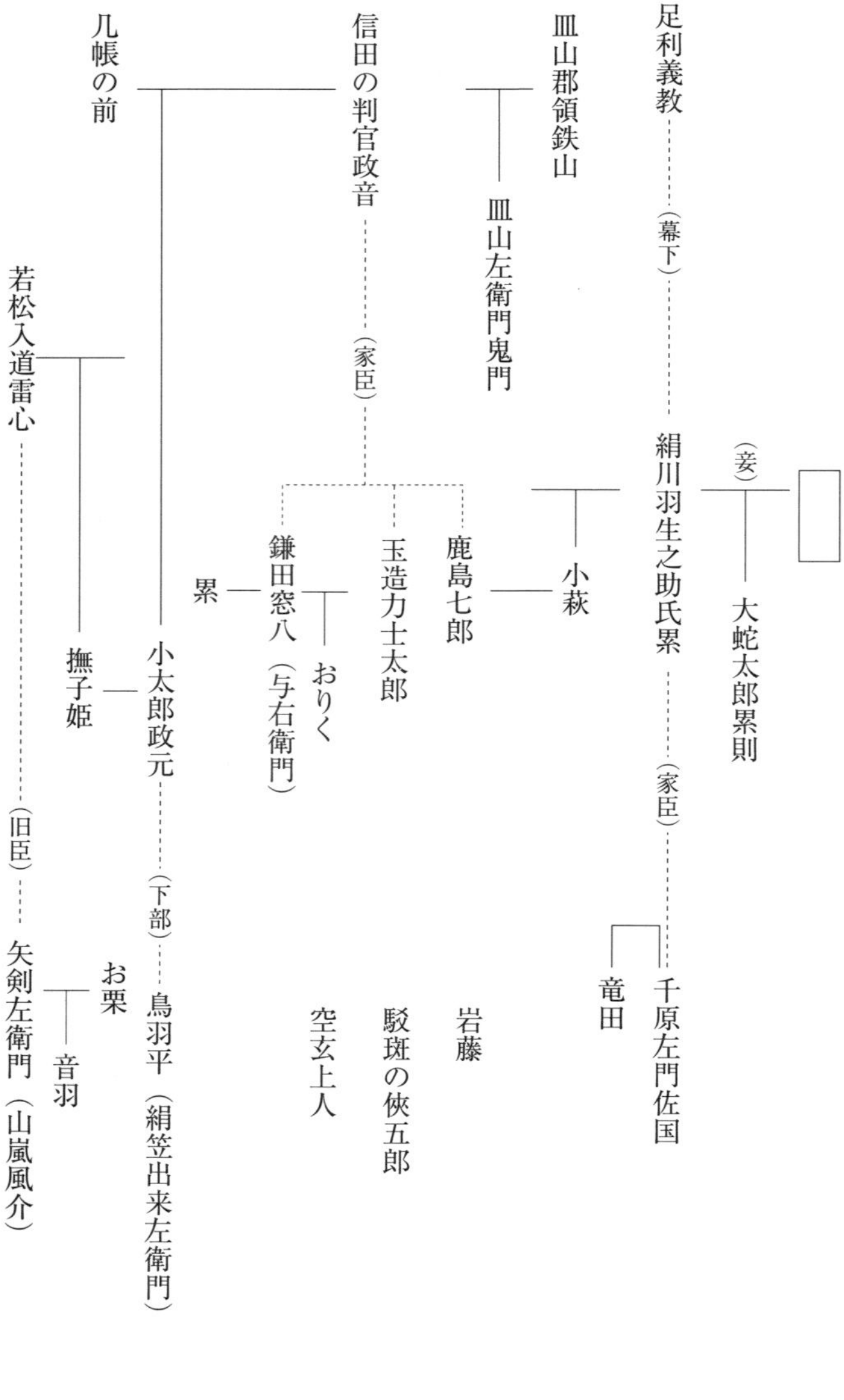

前編見返し

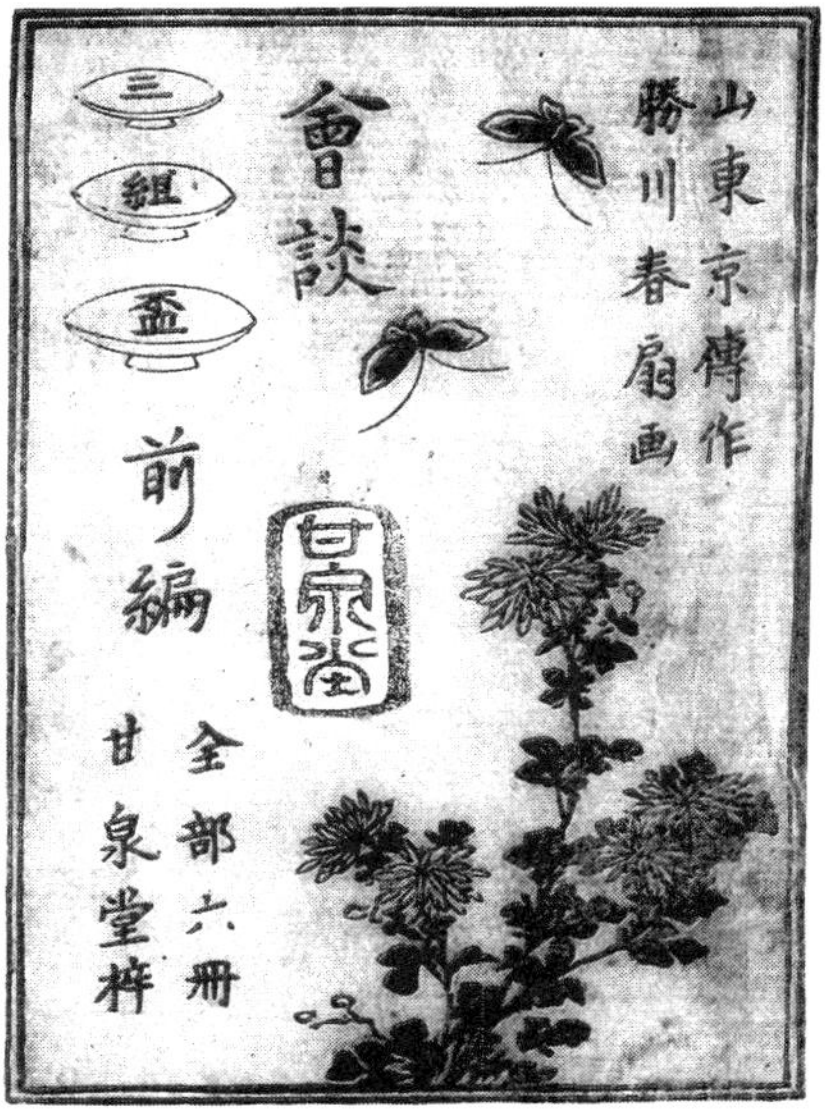

【前編見返し】

山東京伝作
勝川春扇画
会談三組盃　前編

甘泉堂

全部六冊
甘泉堂梓

（1）一オ

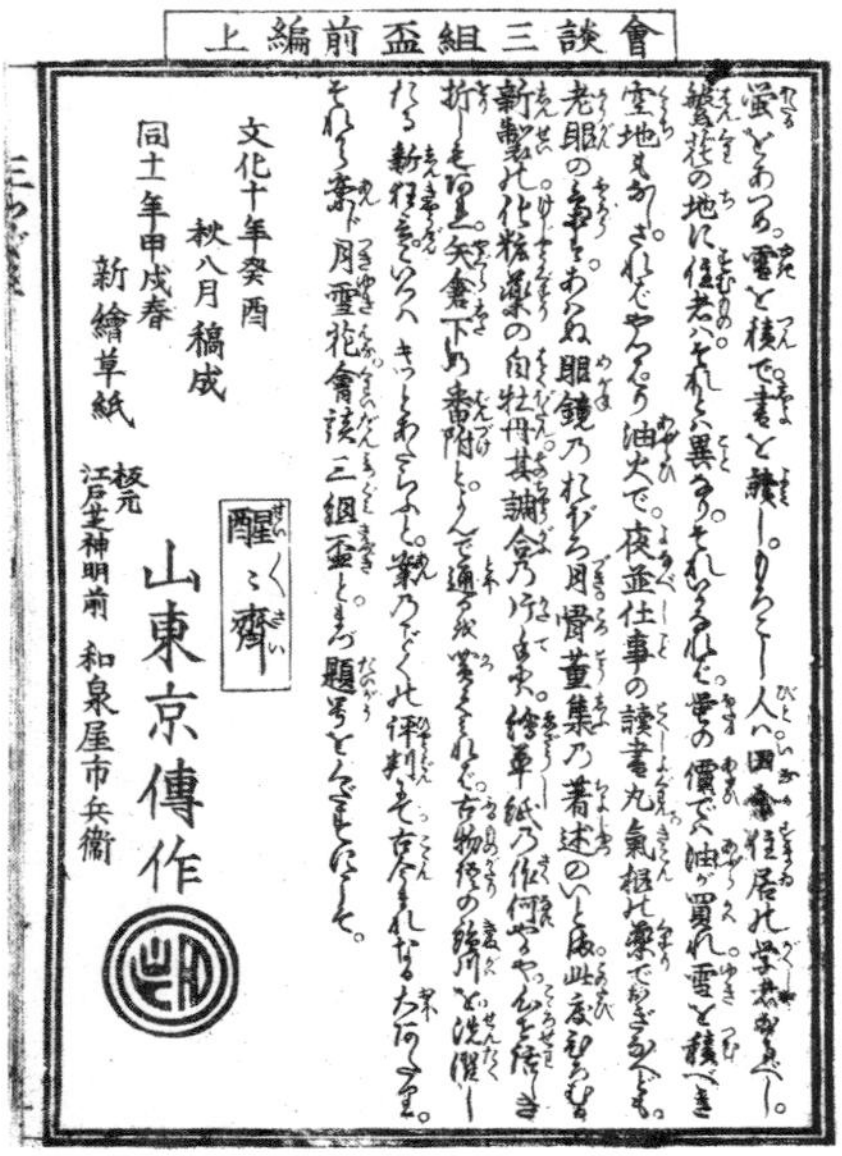

［前編］

［上］

（1）会談三組盃前編上

蛍《ほたる》をあつめ。雪《ゆき》を積《つん》で。書《しよ》を読《よみ》し。もろこし人《びと》は。田舎《いなか》住居《すまゐ》の学者《がくしや》なるべし。繁花《はんくわ》の地《ち》に住者《すむもの》は。それとは異《こと》なり。それいかなれば。蛍《ほたる》の価《あたひ》では油《あぶら》が買《かは》れ。雪《ゆき》を積《つむ》べき空《くう》地《ち》もなし。さればやっぱり油火《あぶらひ》で。夜並仕事《よなべしごと》の読書丸《とくしよぐわん》。気根《きこん》の薬《くすり》でおぎなへども。老眼《ろうがん》の梟《ふくろう》は。あはぬ眼鏡《めがね》のおぼろ月《づき》。骨董集《こつとうしふ》の著述《ちよじゆつ》のいとま。此度《このたび》ひろむる新製《しんせい》の。化粧薬《けじやうぐすり》の白牡丹《はくぼたん》。其調合《そのちやうがふ》の片手《かたて》には。絵草紙《ゑざうし》の作何《さくなに》やかや。心世話《こゝろせわ》しき折《をり》しもあれ。矢倉下《やぐらした》の番附《ばんづけ》と。よんで通《とほ》るを買《かつ》てみれば。古物語《ふるものがたり》の絹川《きぬがは》を。洗濯《せんたく》したる新狂《しんきやう》言《げん》。こいつはキツとあたらふと。案《あん》のごとくの評判《ひやうばん》にて。古今《こゝん》まれなる大《おほ》あたり。それから案《あん》じ月雪花《つきゆきはな》。会談三組《くわいだんみつぐみ》盃《さかづき》と。まづ題号《だいがう》をくだすにこそ。

文化十年癸酉秋八月稿成　醒々斎《せいくさい》　山東京伝作㊞

同十一年甲戌春新絵草子

板元　江戸芝神明前　和泉屋市兵衛

（2）一ウ
二オ

（2）
大和国《やまとのくに》、絹川《きぬがはの》家臣《かしん》、千原左門佐国《ちはらさもんすけくに》、もろ〳〵の草花《くさはな》を好《この》む。
○佐国妹竜田《すけくにいもとたつた》、兄《あに》の出陣《しゆつぢん》を寿《ことぶ》き、兜《かぶと》に香《かう》を焚《た》く。
竜田《たつた》
○播州皿山郡領鉄山《ばんしうさらやまぐんりやうてつさん》、竜田《たつ》を殺《ころ》す。
○絹《きぬ》川家《け》の重宝《ちやうほう》、唐絵皿飛去《からゑのさらとびさ》る。

（3）二ウ　三オ

（3）
信田《しだ》小太郎の許婚《いひなづけ》、撫子姫《なでしこひめ》
名笛《めいてき》の奇特《きどく》にて音羽《おとは》が首抜出《くびぬけいづ》る。
○丹波国《たんばのくに》の狩人《かりうど》山嵐《あらし》の風助《かぜすけ》が娘音羽《むすめおとは》、ろくろ首《くび》。
○二つの蝶々《てふ〱》、百花《ひやくくわ》の巻物《まきもの》を守護《しゆご》する。
○信田《しだ》小太郎政元《まさもと》、賤《しづ》の娘《むすめ》の体《てい》を怪《あや》しむ。
○信田判官《しだはんぐわん》の内君《うちぎみ》、几帳《きちやう》の前《まへ》、此体《てい》を怪《あや》しむ。
花活《はないけ》の杜若《かきつばた》、身代《がは》りの謎《なぞ》になる。
信田判官《しだはんぐわん》の家臣《かしん》、絹笠出来左衛門《きぬがさできざゑもん》

(4)三ウ

(5)四オ

(4)
大和国《やまとのくに》、絹川羽生之助《きぬがははにふのすけ》氏累《うぢるい》、霊魂《れいこん》
古戦場《こせんじやう》にて高野聖《かうやひぢり》の空玄《くうげん》、氏累《うぢるい》の霊《れい》に遇《あ》ふ。

(5)
南方異物志《なんばういぶつし》に云《いはく》、嶺南《れいなん》の渓峒《けいとう》の中《うち》に飛頭蛮《ひとうばん》あり。項《うなじ》に赤痕《あかきあと》あり、夜《よ》に至《いたり》て耳《み、》を以《もつ》て翼《つばさ》とし飛去《とびさり》、虫物《むしけら》を食《くらふ》。将《まさ》に暁《あけん》とするとき復《ふた、び》返《かへ》りて故《もと》の如《ごと》し見えたり。

大和《やまと》国の住人佐国《ぢうにんすけくに》、討死《うちじに》して、その霊魂蝶々《れいこんてふ〳〵》に化《け》す。

太平広記《たいへいくわうき》に云《いはく》、頸《くびすぢ》に痕《きず》ありて、項《うなじ》にめぐる紅縷《あかきいと》の如《ごと》し云々《しか〳〵》、と見えたり。今按《いまあんずる》に、ろくろ首《くび》は常《つね》に喉《のんど》に赤《あか》き筋《すぢ》あり。夜出《よるいで》て虫《むし》を喰《く》らふと言《い》ひ伝《つた》ふるは、右の二書《にしよ》に基《もと》づくならん。

（6）四ウ

五オ

（6）

○鬼怒《きぬ》川の渡守《わたしもり》、駁斑《ぶちまだら》の俠《きやん》五郎

○筑波《つくば》山の麓《ふもと》、羽根《はね》尾村《をむら》の余右衛門《よゑもん》

○余右衛門《よゑもん》

○女房《にようぼう》累《かさね》

（7）五ウ

（7）

○竜田《たつ》が怨霊《おんりやう》、唐絵《からゑ》の皿《さら》に留《とゞ》まりて、十七年《ねん》過《す》ぎて祟《たゝり》をなす。

絹川《きぬがは》羽生《はにふ》之《の》助《すけ》氏《うぢ》累《るい》一子《いつし》、大蛇《おろち》太郎《たらう》累則《るいのり》

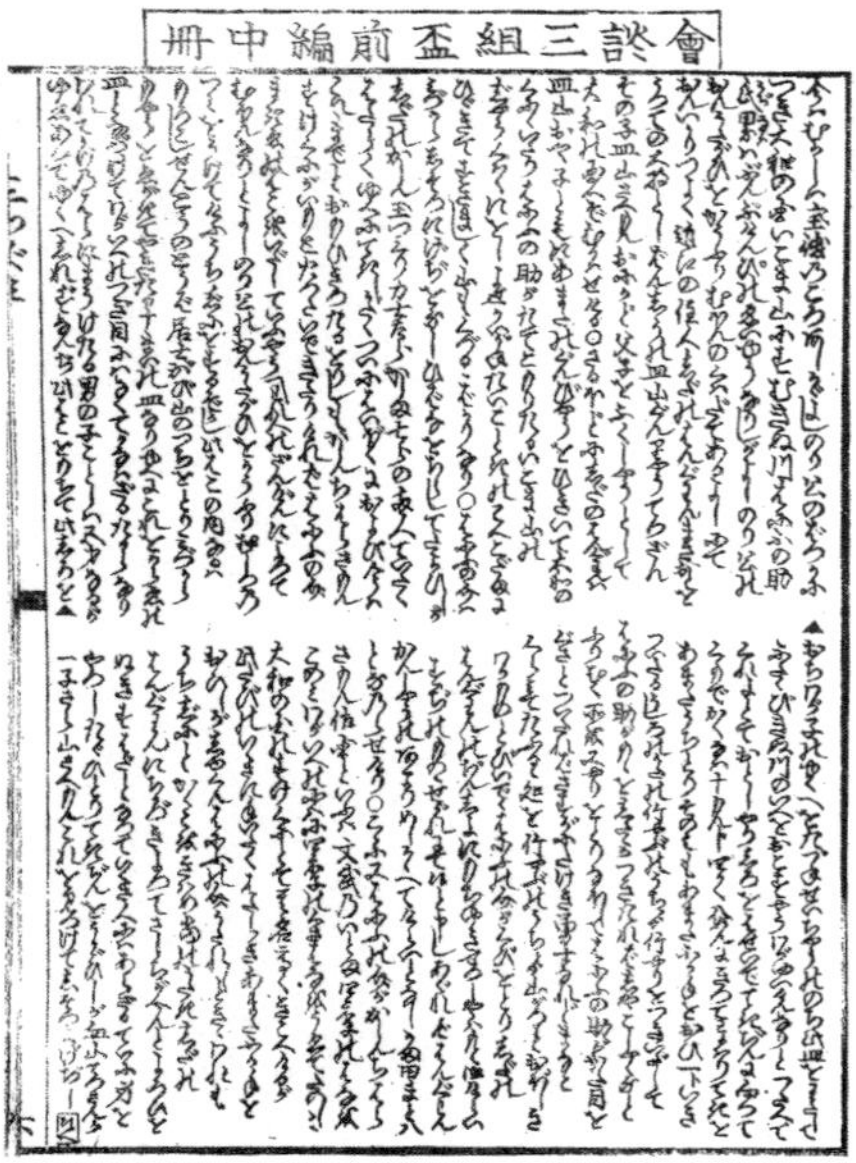

（8）六オ

【中】

（8）会談三組盃前編中冊

今は昔《むかし》は宝徳の頃《ころ》、足利義教《あしかゞよしのり》公の幕下《ばつか》に就《つ》き、大和の国生駒《いこま》山に住《す》む絹《きぬ》川羽生《はにふ》之助氏累《うぢるい》は、文武兼備《ぶんぶけんび》の英雄《えいゆう》なりしが、義教《よしのり》公の御疑《おんうたが》ひを被《かうふ》り、謀叛《むほん》の企《くはだ》てある由《よし》にて御怒《おんいか》り強《つよ》く、近江の住人信田《しだ》の判官政音《はんぐわんまさおと》を討手《うつて》の大将とし、播州《ばんしう》の皿山郡領鉄山《ぐんりやうてつざん》、その子皿山左衛門鬼門《さへもんおにかど》父子を副将《ふくしやう》として、大和の国へぞ向《む》かはせける。

○さる程《ほど》に信田《しだ》の判官《はんぐわん》は、皿山親《おや》子共《とも》に数多《あまた》の軍兵《ぐんびやう》を率《ひきい》て大和の国《くに》に至《いた》り、羽生之助《はにふのすけ》が立籠《たてこも》りたる生駒《いこま》山の城郭《じやうくはく》に押寄《をしよ》せ、貝鉦《かいがね》、太鼓《たいこ》、鬨《とき》の声《こへ》、木霊《こだま》に響《ひゞ》きて凄《すさ》ましく、山も崩《くづ》るゝばかりなり。

○羽生《はにふの》之介は自《みづか》ら士卒《しそつ》に下知《げぢ》をなし、火花《ひばな》を散《ち》らして戦《たゝか》ひしが、信田《しだ》の家臣《かしん》玉造《つくり》力士太郎、鹿島《かしま》七郎の両人、手痛《ていた》く働《はたら》く故《ゆへ》に敵《てき》し難《かた》く、ついに敗北《はいぼく》に及《およ》び、今はこれまでと思《おも》ひ切《き》つたる折《をり》しも、家臣千原左門佐国《かしんちはらさもんすけくに》が妹竜田出来《いもとたつたいでき》りければ、羽生《はにふの》之介、蒔絵《まきゑ》の箱《はこ》を出《いだ》して言《い》ふやう、「我《われ》、人の讒言《ざんげん》によつて謀叛《むほん》なりと義教《よしのり》公の御疑《おんうたが》ひを被《かうふ》り、無実《むじつ》の罪《つみ》を受《う》けて今日《けふ》討死《うちじに》をするぞかし。此箱《はこ》の内なるは唐土《もろこし》銭塘《せんとう》の塔婆《とうば》居士、峨眉《がび》山の土《つち》を採《と》り、自《みづか》ら模様《もやう》を描《ゑが》きて焼《や》きたる十枚《まい》の皿なり。故《ゆへ》にこれを唐絵《からゑ》の皿と名付《なづ》けて、我《わ》が家《いへ》の継目《つぎ》にはなくて叶《かな》はざる宝《たから》なり。我《われ》、妾《てかけ》の腹《はら》に設《まう》けたる男の子、今年《ことし》は五才なるが、故《ゆゑ》あつて行方知《ゆくへし》れず。汝《なんぢ》、此箱《はこ》を持《も》ちて此城《しろ》を落《お》ち、我《わ》が子の行方《ゆくへ》を尋《たづ》ね、成長《せいちやう》の後《のち》、此皿を渡《わた》して再《ふた》び絹《きぬ》川の家《いへ》を興《おこ》すやう、我《わ》が遺《ゆい》言《げん》なりと伝《つた》へてくれよ」とて落《お》としやり、城《しろ》を馳出《はせい》で、敵《てき》陣《ぢん》に向つて蜘蛛手掛《くもでか》くるは十文字《もんじ》、四角《かく》八面《めん》に斬《き》つて廻《まは》り、敵《てき》を数多討取《あまたうちと》り、その身《み》も数多深手《あまたふか》を負《お》ひ、一ト息《いき》ついたる後《うしろ》の方《かた》の竹藪《やぶ》の内《うち》より、竹槍《やり》を突出《つきいだ》して、羽生之助《はにふの》が股《もゝ》をした、か突《つ》きたれば、しや小癪《こしやく》なと振向《ふりむ》く所を又、槍《やり》を取直《とりなほ》して羽生之助《はにふの》が片目《かた》をぐさと突《つ》いたれば、さすがに猛《たけ》き勇士なれど、眼眩《まなこくら》みて倒《たふ》る、処を、竹藪《やぶ》の内《うち》より山賤《がつ》とおぼしき若者飛出《わかものとびいで》て、羽生之介《はにふの》が首《くび》を取《と》り、信田《しだ》の判官《はんぐわん》の陣所《ぢんしよ》に持行《もちゆ》き、拙者《せつしや》は元《もと》御家来筋《けらいすぢ》の者《もの》の倅《せがれ》にて候と申し上《あ》ぐれば、判官《はんぐわん》、感賞《かんしやう》のあまり召抱《めしかゝ》へて家来《けらい》となし、鎌《かま》田窓《まど》八と名乗《なの》らせけり。

○こゝに又、羽生之介《はにふの》が家臣《かしん》千原左門《ちはらさもん》佐国といふは、文武の暇《いとま》、四季の花《はな》を好《この》み、我《わ》が家《いへ》の庭《には》に四季の草花《くさはな》を植《う》ゑて楽《たの》しみ、大和の国の佐国《すけくに》とて其名高く聞《き》こへけるが、此度《たび》の戦《いくさ》に手痛《いた》く働《はたら》き、数多深手《あまたふか》を負《お》ひしが、主君《しゆくん》羽生之介《はにふの》討《う》たれしと聞《き》き、我《われ》も討死《うちじに》と覚悟《かくご》を極《きは》め、当の敵《かたき》、信田《しだ》の判《はん》官《ぐわん》に近付《ちかづ》き寄《よ》つて刺違《さしちが》へんと、鎧《よろひ》を脱《ぬ》ぎ素肌《すはだ》となつて、戦《いくさ》人にはあらざる体《てい》に身を窶《やつ》し、たゞ一人《ひとり》、敵陣《てきぢん》を窺《うかゞ》ひしが、皿山鉄山《てつざん》が一子皿《さら》山左《さ》衛門《へもん》これを見付《つ》けて、士卒《しそつ》に下知《げぢ》し

次へ

（9）六ウ

七オ

（9） 前《まへ》の続《つゞ》き 大勢取巻《ぜいとりま》き、矢衾作《やぶすまつく》つて射掛《ゐか》けたり。佐《すけ》国《くに》は四角八面《かくめん》に斬立《きりた》て、、大勢《ぜい》を追払《おひはら》ひけるが、身に立《た》ちし矢は蓑毛《みのげ》の如《ごと》く、流《なが》る、血潮《ちしほ》は滝《たき》の如《ごと》し。今はこれまでとや思《おも》ひけん、懐《ふところ》より一つの巻《まき》物を取《とり》出し、独言《ひとりごと》に言《い》ひけるは、「此一巻《くわん》は唐土《もろこし》徽宗皇帝《きそうくわうてい》の真筆《しんぴつ》、百花の巻物《まきもの》とて四季の草《くさ》花を描《ゑが》き給へる名画にて、我《わ》が秘蔵《ひぞう》の物《もの》なれば、戦場《せんぢやう》までも肌身離《はだみはな》さず携《たづさ》へたり。これを敵《てき》に奪《うば》はれんは残念《ざんねん》なり。ア、これを妹竜田《いもとたつ》に遣《つか》はし、永《なが》き形見《かたみ》に留《とゞ》めたし」と少《すこ》し猶予《ゆうよ》の折《をり》しも、あれ又、四方《はう》に鬨《とき》の声凄《こゑすさ》まじく聞《き》こへければ、敵《てき》の手に掛《か》からんも口惜《くちを》しと、思ひ切《き》り腹《はら》十文字《もんじ》に掻《かき》切てぞ死したりける。時《とき》に後《うしろ》の秋草《くさ》の花《はな》の陰《かげ》に隠居《かくれゐ》たる皿山左衛門《さへもん》現《あらは》れ出《いで》て、佐国《すけくに》が首《くび》を取《と》り、かの巻物《まきもの》を拾取《ひろひと》る。義教《よしのり》公、珍器名画を好《この》み給《たま》へば、此巻物《まきもの》を差上《さし》て恩賞《おんしやう》に与《あづ》かるべしと、これを持《も》ちて行《ゆ》かんとせしが、忽《たちま》ち暴風《ぼうふう》梢《こずへ》を鳴《な》らし、身内《みうち》にぞつと冷通《ひへとほ》ると覚《おぼ》へしが、 次へ続《つゞ》く

竜田《たつ》

(10)七ウ

八オ

(10) 前《まへ》の続《つゞ》き 佐国《すけくに》が死骸《しがい》より一つの心火《しんくわ》飛出《とび》て、空中《くうちう》にて二つの蝶々《てふ〳〵》と化《け》し、かの巻物《まきもの》の後《あと》を慕《した》ひ、皿山左衛門《さへもん》が身に添《そ》ひて飛行《とびゆ》きしは怪《あや》しかりける事《こと》なりけり。

○さて、佐国《すけくに》が妹竜田《いもとたつ》は唐絵《からゑ》の皿《さら》の箱を携《たづさ》へ、辛《から》うじて生駒山《いこま》の城《しろ》を逃出《のがれい》で、「ア、、女の身で大切《せつ》な皿を携《たづさ》ふるは心許《もと》ない。どふぞ兄佐国殿《あにすけくにどの》に渡《わた》したい」と呟《つぶや》きしが、物《もの》陰《かげ》に様子《やうす》を立聞《ぎ》く皿《さら》山鉄山《てつざん》、物陰《ものかげ》より躍出《をどりい》で、竜田《たつ》を捕《とら》へて井筒《ゐづゝ》に捻付《ねぢ》、喉笛《のんどぶゑ》を刺通《さしとほ》し、偽《いつは》りて言《い》ひけるは、「我《われ》は此度《たび》、討手《うつて》の大将《しやう》信田《しだ》の判官政音《はんぐわんまさおと》なり。どふで殺《ころ》す奴《やつ》なれば、実《まこと》を語《かた》つて聞《き》かせるぞ。我《われ》、かねて羽生之助《はにふの》に遺《い》恨《こん》あるゆへ、義教《よしのり》公に讒言《ざんげん》して、羽生之助《はにふの》を謀叛《むほん》と偽《いつは》り討《うち》取《と》つた。此皿を義教《よしのり》公へ差上《さし》れば、俺《おれ》が手柄《がら》になる事《こと》だ。こつちへ渡《わた》せ」とひつたくれば、「ヤア〳〵、主君《しゆくん》を讒言《ざんげん》したるは汝《なんぢ》にてありけるか。たとへ此身は死《し》ぬるとも、生《いき》替《か》はり死替《しにか》はり、信田《しだ》の一家に仇《あた》をなし、滅《ほろ》ぼさでおくべきかと怒《いか》りの面色《めんしよく》、髪逆立《かみさかだ》ち、さも凄《すさ》まじき有様《ありさま》也。鉄《てつ》山《ざん》は為済《しず》ましたりと舌《した》を出し、「ヲ、いくらでも恨《うら》まば恨《うら》め。此皿も十枚揃《まいそろ》へば絹《きぬ》川の家再興《いへさいかう》もなるべきが、コレ此

(11)八ウ

九オ

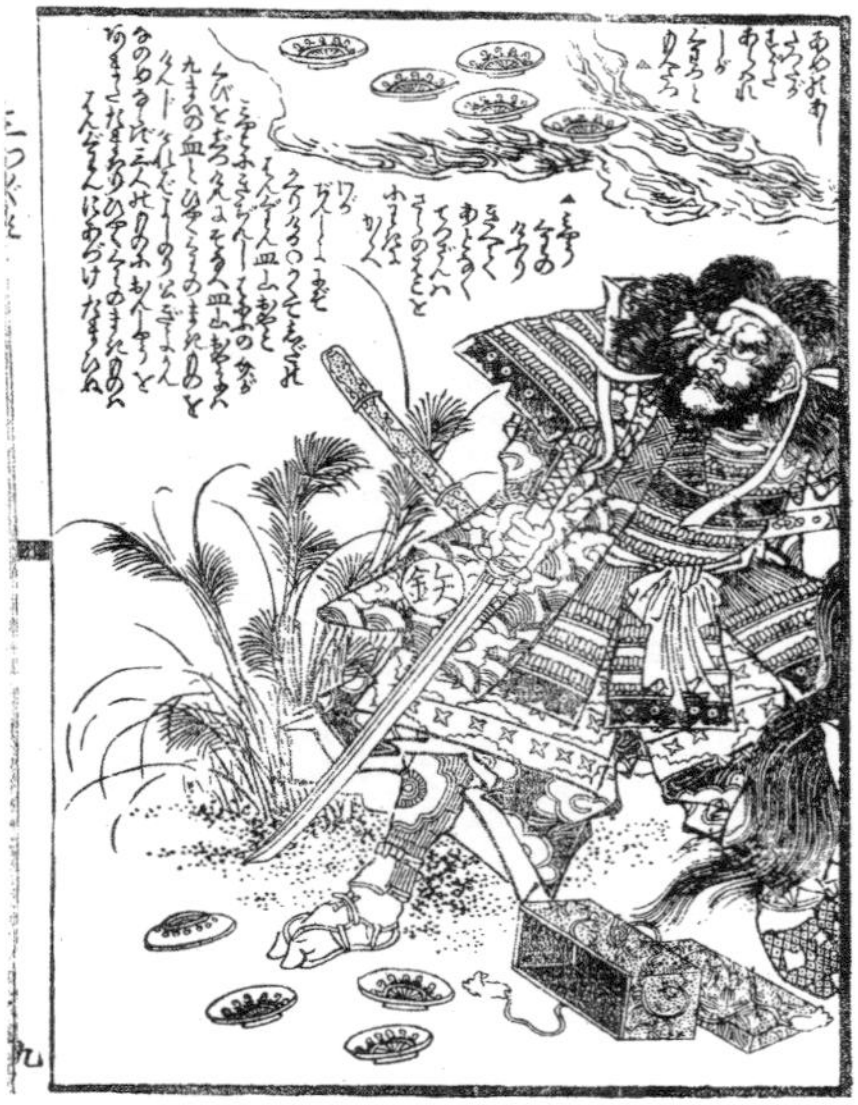

通《とほ》り、一枚《まい》を失《うしな》つて端《はした》にすれば、絹《きぬ》川の家《いへ》はこれぎり絶《た》へ次第《しだい》」と言《い》ひつゝ古井《ふるい》に投《なげ》入て、止《とゞ》めの刀を刺通《さしとほ》せば、怪《あや》しや梢《こずへ》に風荒《あ》れて、心火《しんくわ》燃《もへ》出《い》で、 次《つぎ》へ続《つゞ》く

(11) 前《まへ》の続《つゞ》き 空中《くうちう》に幽《かす》かに聞《き》こゆる竜田《たつた》が声《こへ》、「あら恨《うら》めしや、信田《しだ》の判官《はんぐわん》、その皿返《さらかへ》せ、置《お》いて行《ゆ》け。一つ二つ三つ四つ」と数《かぞ》へつゝ、鉄山《てつざん》が後髪《うしろがみ》引戻《もど》すを斬払《きりはら》へば、俄《には》かに降《ふ》りくる雨《あめ》の足《あし》、竜田《たつた》が姿現《すがたあらは》れしが、くわつと燃《もへ》立《た》つ猛火《みやうくわ》の煙《けふり》消《き》へて跡《あと》なく、鉄山《てつざん》は皿《さら》の箱《はこ》を小脇《わき》に抱《かゝ》へ、我《わ》が陣所《ぢんしよ》にぞ帰《かへ》りける。

○斯《か》くて信田《しだ》の判官《はんぐわん》、皿山親子《おやこ》、都《みやこ》に帰陣《きぢん》し、羽生之《はにふの》介が首《くび》を実検《じつけん》に供《そな》へ、皿山親《おや》子は九枚《まい》の皿と百花《ひやくくわ》の巻物《まきもの》を献《けん》じければ、義教《よしのり》公御感《ぎよかん》なのめならず。三人の者《もの》に恩賞《おんしやう》を数多賜《あまたたまは》り、百花《ひやくくわ》の巻物《まきもの》は判官《はんぐわん》に預《あづ》け給《たま》ひぬ。

(12)九ウ

十オ

（12） 読《よ》み始《はじ》め ○斯《か》くて早《はや》く、明《あ》くる年《とし》の秋になりしが、廻国《くわいこく》の高野《かうや》聖《ひぢり》空玄、去年《きよねん》滅《ほろ》びし絹《きぬ》川一門《いちもん》の菩提《ぼだい》を弔《と》はんと生駒《いこま》山に登《のぼ》りて見るに、去年《きよねん》まで甍《いらか》を並《なら》べし殿造《とのつくり》、兵《ひやう》火《くは》のために焼失《やけう》せて、たゞ一面《めん》の叢《くさむら》に色々《いろ〳〵》に鳴《な》く虫《むし》の声《こゑ》、哀《あは》れと告《つ》ぐるばかりなり。空玄《くうげん》はこゝに通夜《つや》して夜《よ》もすがら

次へ続《つゞ》く

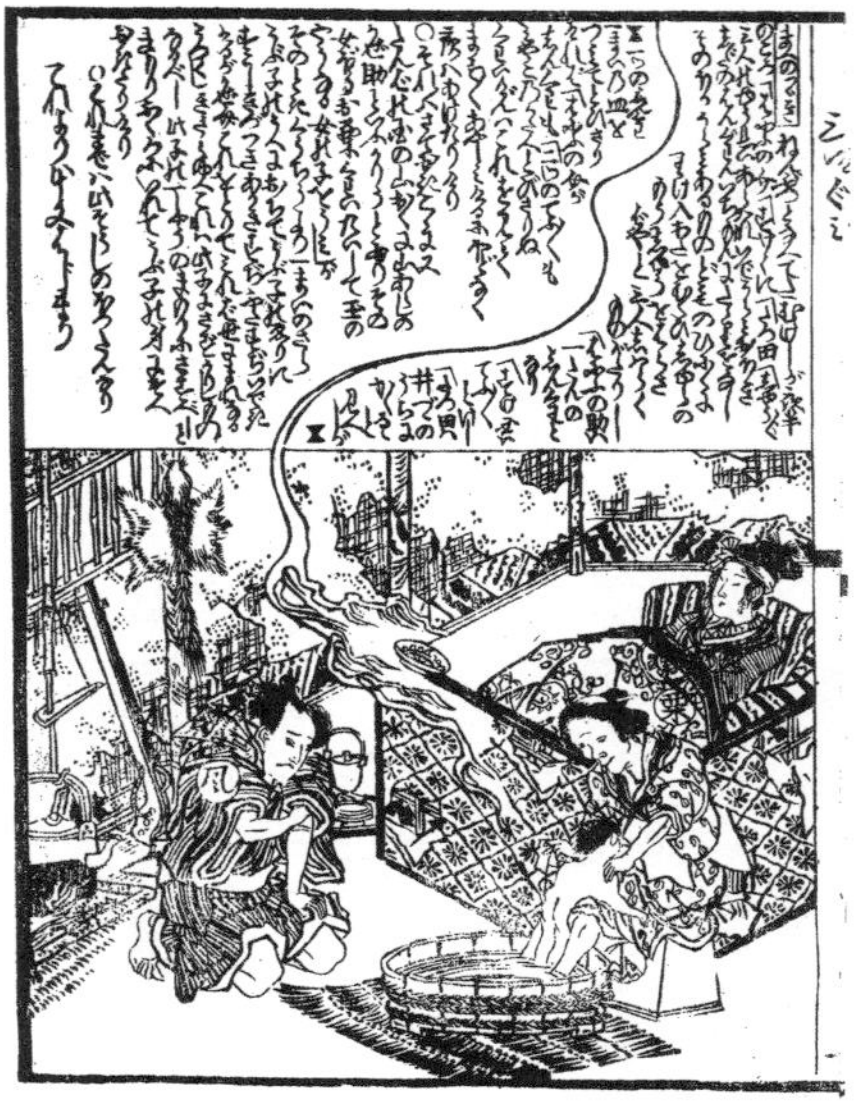
(13)十ウ

(13)前《まへ》の続《つゞ》き念仏《ねんぶつ》唱《とな》へて手向《たむ》けしが、夜半の頃《ころ》、羽生《はにふ》之《の》介、佐国《すけくに》、竜《たつ》田、主従《しやうぐ》三人の幽霊現《ゆうれいあらは》れ出《い》で、恨《うら》み多《おほ》き信田《しだ》の判官一門《はんぐわんいちもん》に祟《たゝり》をなし、そのほか恨《うら》みある者共《ものども》の皮《ひ》肉《にく》に分入《わけ》、仇《あた》を報《むく》ひ、修羅《しゆら》の妄執《もうしゆう》を晴《は》らさばやと、三人しばらく物語《ものがた》りし。羽生之《はにふの》助は一団《いちだん》の心火《しんくわ》となり、佐国《すけ》は蝶々《てふ〳〵》と化《け》し、竜《たつ》田は井筒《づゝ》の内《うち》に隠《かく》るゝと見へしが、一つの心火《しんくわ》、一枚《まい》の皿を摘《つ》みて飛去《とびさ》りければ、羽生《はにふ》之介が心火《しんくわ》も、二つの蝶々《てふ〳〵》も都《みやこ》の方《かた》へ飛去《とびさ》りぬ。空玄《くわいげん》はこれを見て、ます〳〵怪《あや》しみけるに、程《ほど》なく夜は明《あ》けたりけり。

○それはさておき、こゝに又、丹波《たんば》の国の山奥《おく》に山嵐《あらし》の風《かぜ》助といふ狩人《かりうど》あり。その女房《ぼう》お栗、懐胎《くわいたい》して玉のやうなる女の子を産《う》みしが、その時《とき》、空中《くうちう》より一枚《まい》の皿《さら》、産《うぶ》子の上《うへ》に落《お》ちて、産《うぶ》子の襟《えり》に少《すこ》し傷付《きづつ》き、赤《あか》き筋《すぢ》、二筋出《ふたすぢいで》きけるが、風《かぜ》介これを取《と》りて見《み》れば、世に稀《まれ》なる美《うつく》しき皿《さら》ゆへ、これは此子に授《さづ》かりし物《もの》なるべし。此子の一生《しやう》の守《まもり》にさすべしと、守袋《まもりぶくろ》に入《い》れて産《うぶ》子の身に添置《そへお》きたりけり。

○これまでは此草子《さうし》の発端《ほつたん》なり。これより本文始《はじ》まり。

(14)十一オ

［下］

（14） 会談三組盃前編下冊

宝徳《ほうとく》三年より応仁《おうにん》元年に至《いた》り十七年過《す》ぎたる所《ところ》

読《よ》み始《はじ》め　前《まへ》に記《しる》す時《とき》より十七年過《す》ぎて、応仁元年となりぬ。時《とき》の武将は義《よし》政公の御時《とき》なり。

さて、丹波《たんば》の山奥《おく》の狩人《かりうど》山嵐《あらし》の風介は、まうけたる娘《むすめ》を音羽と名付《なづ》けて養育《よういく》しけるが、娘が三つの年《とし》、如何《いかゞ》思《おも》ひけん、書置《かきおき》を残《のこ》して行方《ゆくへ》知《し》れずなりければ、次へ続《つゞ》く

［栗］

(15)十一ウ

十二オ

(15) 前《まへ》の続《つゞ》き 女房《ぼう》お栗《くり》、やもめにて暮《く》らし、娘音羽を貧苦《ひんく》の内に育《そだ》てゝ、今年《ことし》は早《はや》十七才になり、見目《みめ》形《かたち》人に優《すぐ》れて美《うつく》しければ、母お栗《くり》、末頼《すへたの》もしく喜《よろこ》びて養《やしな》ひけるが、ある時《とき》、夜更《よふ》けて帰《かへ》りけるに、娘《むすめ》音羽が首長《くびなが》くなりて窓《まど》より出《い》で、虫《むし》を喰《く》らふ体《てい》を見て大に驚《おどろ》き、今日《けふ》までは知《し》らざりしが、さては娘はろくろ首《くび》でありしか。生《う》まれたる時《とき》より襟《ゑり》に赤《あか》き筋《すぢ》、二筋《すぢ》ありしは 次へ続《つゞ》く

此絵《ゑ》の訳《わけ》、次に記《しる》す。

皿《さら》山鉄《てつ》山

皿《さら》山左《さ》衛門《へもん》

[竜田]

(16) 前《まへ》の続《つゞ》き その印《しるし》にてありしか。ろくろ首《くび》は夜々《よる〲》出《いで》て虫《むし》を喰《く》ひ、その身《み》はこれを知《し》らずといへば、さだめて娘《むすめ》も我《わ》が身のろくろ首といふ事《こと》は知《し》らぬなるべし。なまなかに美《うつく》しく生れつき、さても〱不憫《ふびん》なる事《こと》なりと密《ひそ》かに悲《かな》しみけるが、これといふも夫《おつと》が殺生《せつしやう》の報《むく》ひにて、親《おや》の因果《いんぐわ》の子に報《むく》ひしとは此事《こと》なるべし。せめては罪障《ざいしやう》を

(16)十二ウ

十三オ

滅《めつ》しなば、治《なほ》る事《こと》もあるべきかと思ひ、娘には父風介殿《どの》の行方《ゆくへ》を尋《たづ》ぬるため、二つには我々《われ〳〵》親《おや》子が行末《ゆくすへ》を祈《いの》るためと言《い》ひて、親子連《おやづれ》にて西国巡礼《さいこくじゆんれい》にぞ出立《いでた》ちける。此時《とき》、かの美《うつく》しき皿は音羽《おとは》が懐《ふところ》にして旅路《たびぢ》にぞ赴《おもむ》きける。

○さて此頃《ころ》、武将義《よし》政公、官位昇進《くわんいしやうしん》の印《しるし》に、欽定《きんてい》より楪《ゆづりは》といふ名鏡を義政公に給はるとて、その鏡《かゞみ》を受取《うけと》りの役目《やくめ》は、近江《あふみ》の国の住人信田《しだ》の判官政音《まさおと》の嫡子《ちやくし》、信田《しだ》の小太郎政元《まさもと》、此時上京して、室町《むろまち》の花《はな》の御所《ごしよ》にありければ、此役目《やくめ》を被《かうふ》り、受取《うけと》り渡《わた》しの場所《ばしよ》は古例《れい》により、清水《きよ》寺と定《さだ》められ、御鏡《おんかゞみ》を持参《ぢさん》の役目《やくめ》、官《くわん》女頭《がしら》岩藤《いわふぢ》といふ年《とし》延《ばへ》の女なり。付添《つきそひ》の役目《やくめ》は撫子《なでしこ》といふ官《くはん》女なり。吉日を選《えら》び、清水《きよ》寺にて受取《うけと》り渡《わた》しあるべきに極《きは》まりぬ。

然《しか》るに播州《ばんしう》の皿山郡領鉄山《ぐんりやうてつざん》、皿山左衛門鬼門《おにかど》親《おや》子の者《もの》、此時《とき》上京して居《ゐ》けるが、御鏡受取《おんかゞみうけと》り渡《わた》しの当日、非常《ひじやう》を戒《いまし》むべき役目《やくめ》を被《かうふ》り、密《ひそ》かにかの岩藤《いはふぢ》に頼《たよ》り、金銀巻物《きん〴〵まきもの》数多《あまた》の進物《しんもつ》を送《おく》り、何《なに》とぞ信田《しだ》小太郎に落度《おちど》をさせ、此度《たび》の役目《やくめ》を仕損《しそん》じさせ、その罪《つみ》、父判官《はんぐわん》にも掛《か》かるやうにと頼《たの》みける。これは皿山親《おや》子、かねて陰謀《いんぼう》の企《くはだ》てある故《ゆゑ》なり。岩藤《いはふぢ》、欲《よく》の深《ふか》き者《もの》なれば、これをやすく〵と請合《うけあ》ふ。殊《こと》に、かねて年《とし》にも恥《は》ぢす小太郎に恋慕《れんぼ》して、小太郎が在京の間《あいだ》、度々《たび〳〵》艶書《えんじよ》を送《おく》りしが肯《うけが》はざるゆへ、その遺恨《いこん》もあれば、皿山親子《おや》が頼《たの》みを早速《さつそく》に請合《うけや》いぬ。

斯《か》くて当日になり、小太郎清《きよ》水寺に来《きた》り待居《まちゐ》たるに、岩《いは》藤《ふぢ》も撫子《なでしこ》を連《つ》れて詣来《まうできた》り。

次へ続《つゞ》く

(17) 前《まへ》の続《つゞ》き

撫子《なでしこ》に言《い》ひけるは、「小太郎殿《どの》は、かねてそもじと許婚《いひなづけ》なりと聞《き》く。今日《けふ》は良《よ》き幸《さいは》ひなり。さだめて会《あ》ふて話《はな》しもあるべし。御鏡《おんかゞみ》の受取《うけと》り渡《わた》しの時刻《じこく》にはまだ余程間《よほどま》もあれば、今のうち小太郎殿《どの》に会《あ》ふて積《つ》もる話《はなし》をし給へ。我《われ》は見ぬ顔《かほ》すべし」と何時《いつ》になき情《なさ》けの言《こと》葉《ば》に、年若《としわか》き撫子姫《なでしこひめ》、偽《いつは》りの謀《はかりごと》とは露知《つゆし》らず、小太郎が控《ひか》へ居《ゐ》たる客殿《きやくでん》へ密《ひそ》かに行《ゆ》き、積《つ》もる恨《うら》みを託《かこ》ちけるに、小太郎は行儀正《ぎやうぎたゞ》しく、「今日《けふ》は良《よ》い節《せつ》の役目《やくめ》なれば、

(17)十三ウ

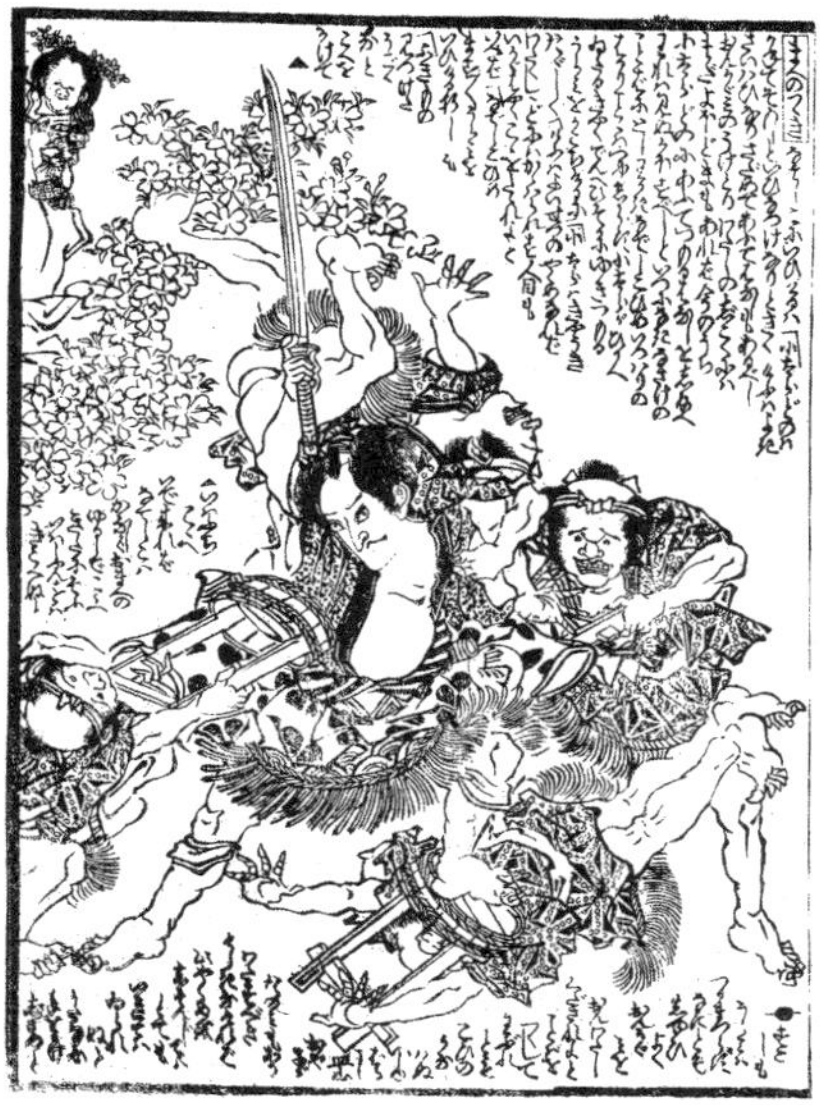

十四オ

私事《わたくしごと》には関《かゝ》はられず。人目もいかゞ、早《はや》く此処《こゝ》を立《た》たれよ」と言《い》へば、撫子姫《なでしこひめ》、ます〳〵恨《うら》みを言《い》ひける折しも、「不義者《ふぎもの》見付《つ》けた、動《うご》くな」と声《こへ》を掛《か》けて岩藤《いはふぢ》、此処《こゝ》へ出《いで》来れば、撫子《なでしこ》は悲《かな》しく、「お前《まへ》の許《ゆる》しで此処《こゝ》へ来《き》たに、そふ言《い》はしやんすは聞《き》こへぬ」と言《い》へば、何馬鹿《なにばか》な事《こと》。そんな事《こと》は覚《おぼ》へない。大切《せつ》な役目《やくめ》を被《かうふ》りながら、此処《こゝ》へ来《き》て話《はなし》するは許婚《いひなづけ》でも不義同然《ふぎどうぜん》。小太郎に鏡《かゞみ》を渡《わた》す事《こと》はならぬ。後日《ごにち》の戒《いまし》め、まづこの通《とほ》りと、かねて恨《うら》みの恋《こひ》の意趣《いしゆ》やら、腹立《はらたち》の上草履《うはぞうり》手に取上《とりあ》げて、小太郎をさん〴〵に打擲《ちやうちやく》すれど、小太郎はじつと堪《こた》へ、「大切《たいせつ》の役目《やくめ》、如何《いか》様《やう》に御折檻《せつかん》ありても、少《すこ》しも恨《うら》みは仕《つかまつ》らず。何《なに》とも首尾《しゆび》よく御鏡《おんかゞみ》を御渡《おんわた》し下《くだ》されよ」と、言葉《ことば》を尽《つ》くして詫《わ》ぶれども、恋《こひ》の叶《かな》はぬ意趣晴《いしゆば》らし、皿山親《おや》子が頼《たの》みもあり、渡《わた》すべき景色《けしき》なければ、此役目《やくめ》を仕損《しそん》じては、とても生《い》きてはゐられぬと、刀《かたな》に手を掛《か》け自殺《じさつ》と見《み》ゆれば、撫子《なでしこ》は、こは御短気《たんき》と押止《おしとゞ》む。此時《とき》、疾風《はやて》さつと吹《ふ》き、梢々《こずへ〳〵》の花を散《ち》らし、竜田《たつ》が魂魄心火《こんぱくしんくわ》となりて、小太郎が懐《ふところ》に入《い》るとひとしく、小太郎は憤然《ふんぜん》として怒《いか》りを発《はつ》し、

次へ続《つゞ》く

(18)十四ウ

十五オ

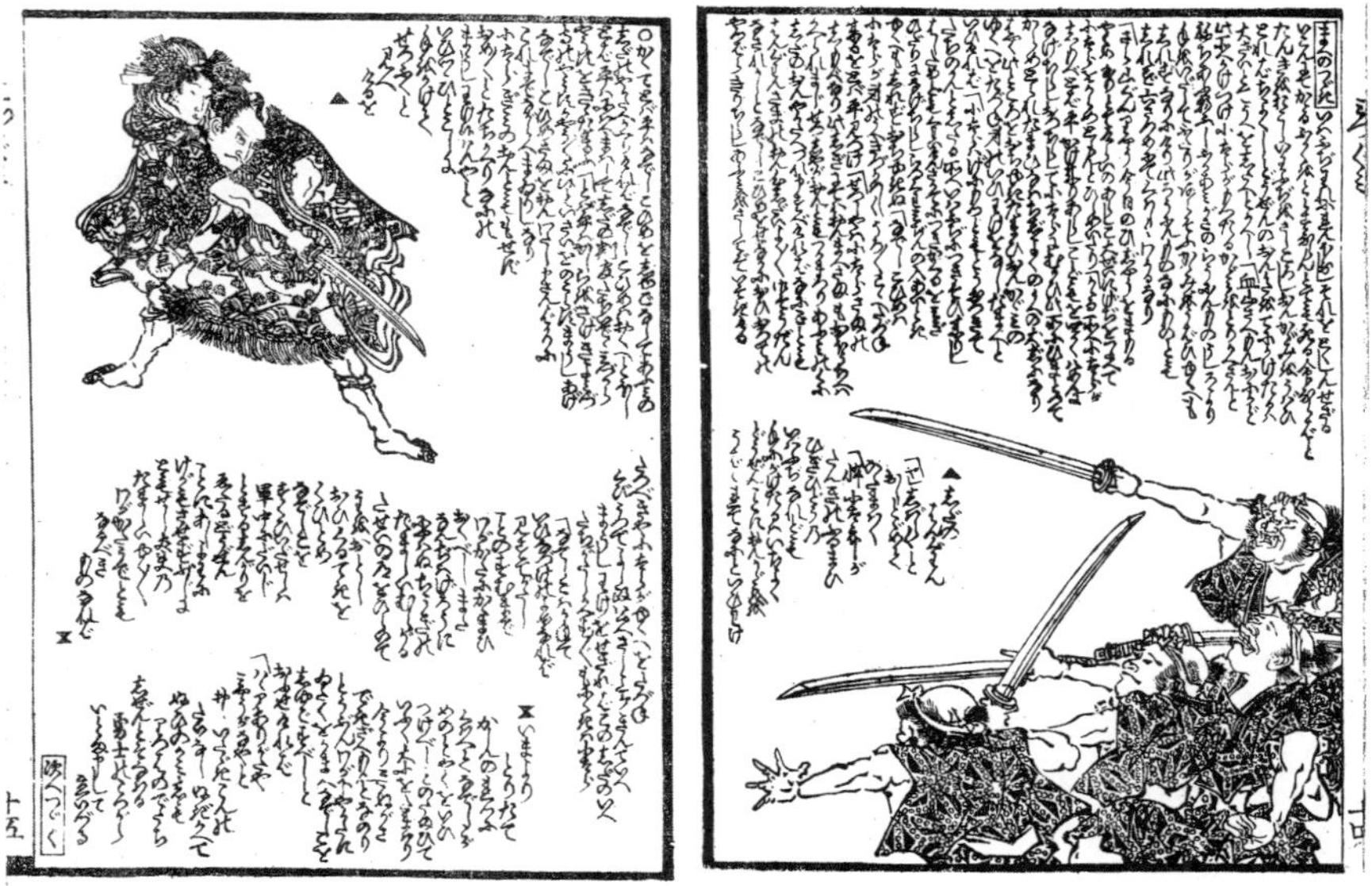

(18) 前《まへ》の続《つゞ》き 岩藤《いはふぢ》、我《われ》に恋慕《れんぼ》なし、それを得心《とくしん》せざる遺恨《いこん》にて、かゝる不覚《ふかく》を取《と》らすならん。とても死る命ならばと短気《たんき》を起《お》こし、岩藤《いわふぢ》を刺殺《さしころ》し御鏡《おんかゞみ》を奪取《うばひと》れば、勅使《ちよくし》同然《どうぜん》の御方《おんかた》を手《て》に掛《か》けたるは大罪《ざい》とて、上《うへ》を下《した》へと返《かへ》し、皿山左衛門《さへもん》鬼門《おにかど》、此所へ駆付《かけつ》け、小太郎が持《も》ったる鏡《かゞみ》を取《とり》返《かへ》さんと捻合《ねぢあ》ふ折節《ふし》、深編笠《ふかあみがさ》の浪人者《らうにんもの》、後《うしろ》より手を出《いだ》して二人《ふたり》が争《あらそ》ふ鏡《かゞみ》を奪《うば》ひ、行方《ゆくへ》も知《し》れずなりにけり。此浪人《ろうにん》者《もの》、何者《なにもの》とも知《し》れず、六冊目《さつめ》にて詳《くは》しく分《わ》かるなり。

皿《さら》山郡領《ぐんりやう》、今日の非常《ひじやう》を守《まも》る役目《やくめ》なりとて、家来《けらい》の荒《あらし》子《こ》大勢《ぜい》に下知《げぢ》を伝《つた》へて、小太郎を搦取《からめと》らんとひしめいたり。

斯《か》かる所へ、小太郎が下部《しもべ》鳥羽《とば》平駆《かけ》来り、荒子共《あらしこども》を四角《かく》八面《めん》に投散《なげち》らし、追散《おつち》らして小太郎に向《む》かひ、「此所に隙《ひま》とつて搦取《からめと》られ給《たま》ひなば、恥辱《ちじよく》の上《うへ》の犬死《いぬじに》なり。早《はや》く此所《ところ》を落行《おちゆ》き給《たま》ひ、御鏡《おんかゞみ》の行方《ゆくへ》を尋《たづ》ね、身の言訳《いひわけ》をなし給《たま》へ」と言《い》ひければ、小太郎は、実《げ》に尤《もつと》もと頷《うなづ》きて、立退《たちの》かんとしたる所へ、岩藤《いはふぢ》に付添《つきそ》ひ来りし端女共《はしためども》、懐剣《くわいけん》逆《さか》手《て》に突掛《つきか》くるを右左《みぎひだり》に投散《なげち》らし、落花微塵《らつくわみぢん》の入相時《あいとき》、行《ゆく》方《へ》も知《し》れず落行《おちゆ》きぬ。

撫子姫《なでしこひめ》は小太郎が身の上気遣《うへきづか》はしく、うろ〳〵此処《こゝ》へ尋来《たづね》るを鳥羽《とば》平見付《つ》け、拙者《せつしや》は小太郎様《さま》の下部《しもべ》なり。此仕儀《しぎ》にては御前様《おんまへさま》も、大内《おほうち》へは帰《かへ》られまじ。拙者《せつしや》が御供《おんとも》仕《つかまつ》り、近江《あふみ》の国《くに》、信田《しだ》の御館《おんやかた》へ連《つ》れ申すべければ、何事《なにごと》も判官様《はんぐわんさま》の御《おん》心次第《しだい》、よく〳〵御相談《そうだん》なされかしと、撫子姫《なでしこひめ》を背中《せなか》に負《お》ひ、追手《おつて》の奴原《やつばら》斬《きり》散《ち》らし、近江《あふみ》を指《さ》してぞ急《いそ》ぎける。

○斯《か》くて、鳥羽《とば》平は撫子姫《なでしこひめ》を守護《しゆご》なして、近江《あふみ》の信田《しだ》の館《やかた》へ帰《かへ》りければ、撫子姫《なでしこひめ》は奥《おく》へ通《とほ》し、鳥羽《とば》平は庭《には》へ回《まは》して、信田《しだ》の判官立出《たちいで》て、自《みづか》ら様子《やうす》を聞《き》き給《たま》ふ。鳥羽《とば》平は頭《かしら》を下《さ》げ、清水《きよみづ》寺の様子《やうす》、斯様《かやう》〳〵に候と委細《いさい》を残《のこ》らず申《まう》し上《あ》げ、撫子姫様《なでしこひめさま》を御渡《おんわた》し申さんばかりに、「これまで永《なが》らへ参《まゐ》りしなり。小太郎君《ぎみ》の御供《おんとも》もせず、おめ〳〵と立《たち》帰《かへ》り、何《なに》の申《まう》し訳《わけ》候はんや」と言《い》ひつゝ、一腰《ひとこし》に手を掛《か》けて切腹《せつぷく》と見へけるを、信田《しだ》の判官《はんぐわん》、ヤレ暫《しばら》くと押止《おしとゞ》めて宣《のたま》はく、「悴、小太郎が短気《たんき》の振舞《ふるまひ》、非義非道《ひぎひどう》の岩藤《いはふぢ》なれども、手に掛《か》けたるは違勅同然《いちよくどうぜん》。殊《こと》に御鏡《おんかゞみ》を奪《うば》はれて、何《なに》と言訳立《いひわけた》つべきや。小太郎が行方《ゆくへ》を尋《たづ》ね、首打《くびう》つて義《よし》政公へ差上《さしあ》げ、欽定《きんてい》へ申《まう》し訳《わけ》をせざれば、この信田《しだ》の家立《いへた》ち難《がた》し。返《かへ》す〴〵も憎《にく》きは小太郎。撫子《なでしこ》はかねて許婚《いひなづけ》の嫁《よめ》なれば見捨《す》て難《がた》し。事《こと》の済《す》むまで我《わ》が方《かた》に匿《かくま》ひ置《お》くべし。また汝《なんぢ》は下郎《げろう》に似合《にや》はぬ忠義《ちうぎ》の魂《たましい》、群《むら》がる多勢《たぜい》の道を開《ひら》いて主を落《お》とし、追来《おひく》る敵《てき》を食止《くひと》め、撫子《なでしこ》を救出《すくひだ》せしは、軍中に大事《だいじ》とする後駆《しんがり》を得《ゑ》たる同然《どうぜん》。殊《こと》に足弱《あしよわ》に怪我《けが》もさせず、無事《ぶじ》に供《とも》せし丈夫の魂《たましい》。ゆく〳〵我《わ》が片腕《かたうで》ともなるべき者《もの》なれば、今《いま》より取立《とりた》て家臣《かしん》の列《れつ》に加《くは》へて、撫子《なでしこ》が乳母役《めのとやく》を言《い》ひ付《つ》けべし」と宣《のたま》ひて、衣服《いふく》大小を賜《たまは》り、「今より絹笠出来左衛門《きぬがさできざへもん》と名乗《なの》り、当分《とうぶん》、我《わ》が下館《やかた》に居宅《ゐたく》を構《かま》へ、撫子《なでしこ》を守護《しゆご》すべし」と仰《おふ》せければ、ハ、ア有難《ありがた》や、冥加《みやうが》なやと押頂《おしいたゞ》き、紺《こん》の代無《だいな》し脱替《ぬぎか》へて、縫《ぬ》ひの上《かみ》下《しも》立派《りつぱ》の出立《でたち》、自然《しぜん》と備《そな》はる勇士の骨柄《こつがら》、暇《いとま》申して立出《いづ》る。

次へ続《つゞ》く

(19) 十五ウ

(19) 前《まへ》の続《つゞ》き 庭《には》木の松に巣《す》を掛《か》くる蜘蛛《くも》の振舞《ふるまひ》きつと見て、「ヲ、それよ、蜘蛛《くも》の網《い》に荒《あ》れたる駒《こま》は繋《つな》ぐとも、斯《か》く御見出《おんみだし》に与《あづか》りし、御主君様《しゆくんさま》の大恩《だいおん》は、如何《いか》でか忘《ばう》じ奉らん」と呟《つぶや》きつゝ、下館《やかた》へと出行《いでゆ》きぬ。

山東京伝店 にて此度《たび》、売弘《うりひろ》め候御化粧《けしやう》の薬。

○白牡丹《はくぼたん》 一包《つゝみ》代百廿四文

此薬を顔《かほ》に塗《ぬ》りてよく拭《ふ》き、そのあとへ白粉《おしろい》を塗《ぬ》れば、きめを細《こま》かにしてよく白粉《おしろい》をのせ、艶《つや》を出し、生際綺麗《はへぎはきれい》になり、生れつきの色《いろ》を白くし、器量格別《きりやうかくべつ》によく見ゆるなり。顔《かほ》一切《さい》の妙薬《やく》、効能数多《こうのうあまた》、能書《のうがき》に詳《くは》し。薄化粧《うすげしやう》を御好《おんこの》みの御方《おんかた》は、白粉《おしろい》の代《かは》りにも相成申候。

○かねて御披露《ひろう》仕置《お》き候、京伝随《ずい》筆、好古漫録《まんろく》、古画古図入 骨董集《こつとうしふ》 大本三冊出板仕候。

春扇画

山東京伝作㊞

筆耕 徳瓶

彫工小泉新八刀

後編見返し

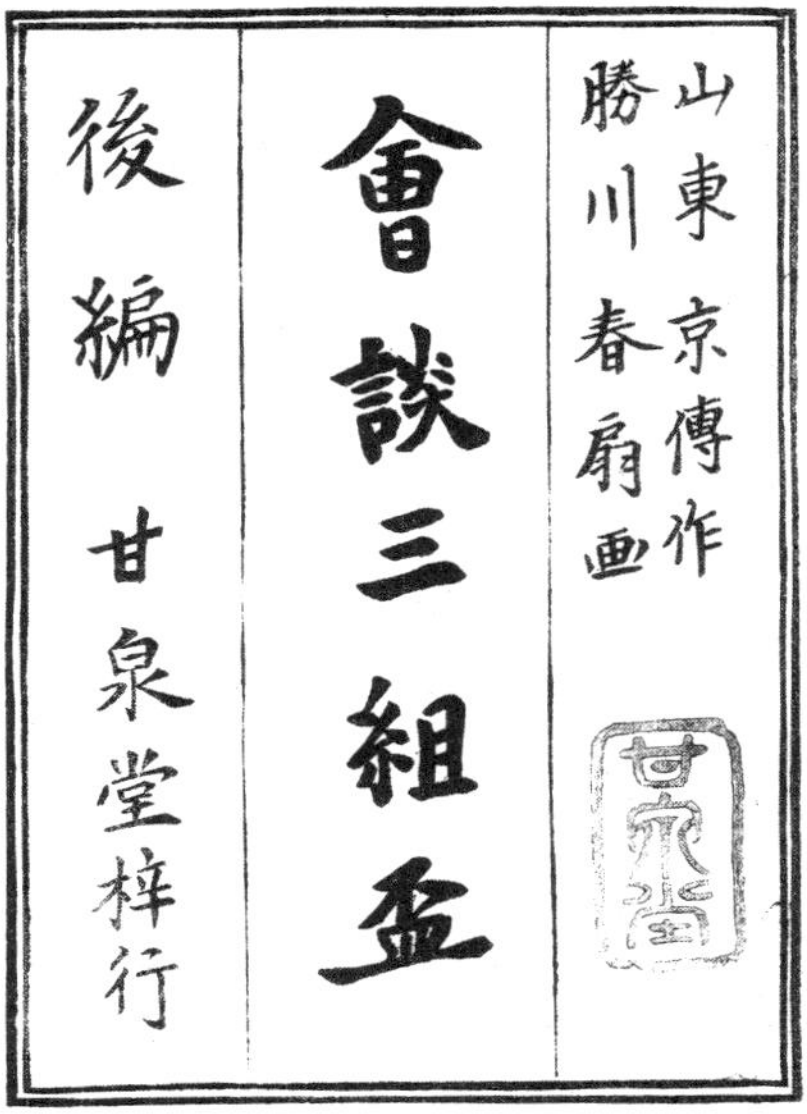

【後編見返し】

山東京伝作
勝川春扇画
甘泉堂

会談三組盃

後編

甘泉堂梓行

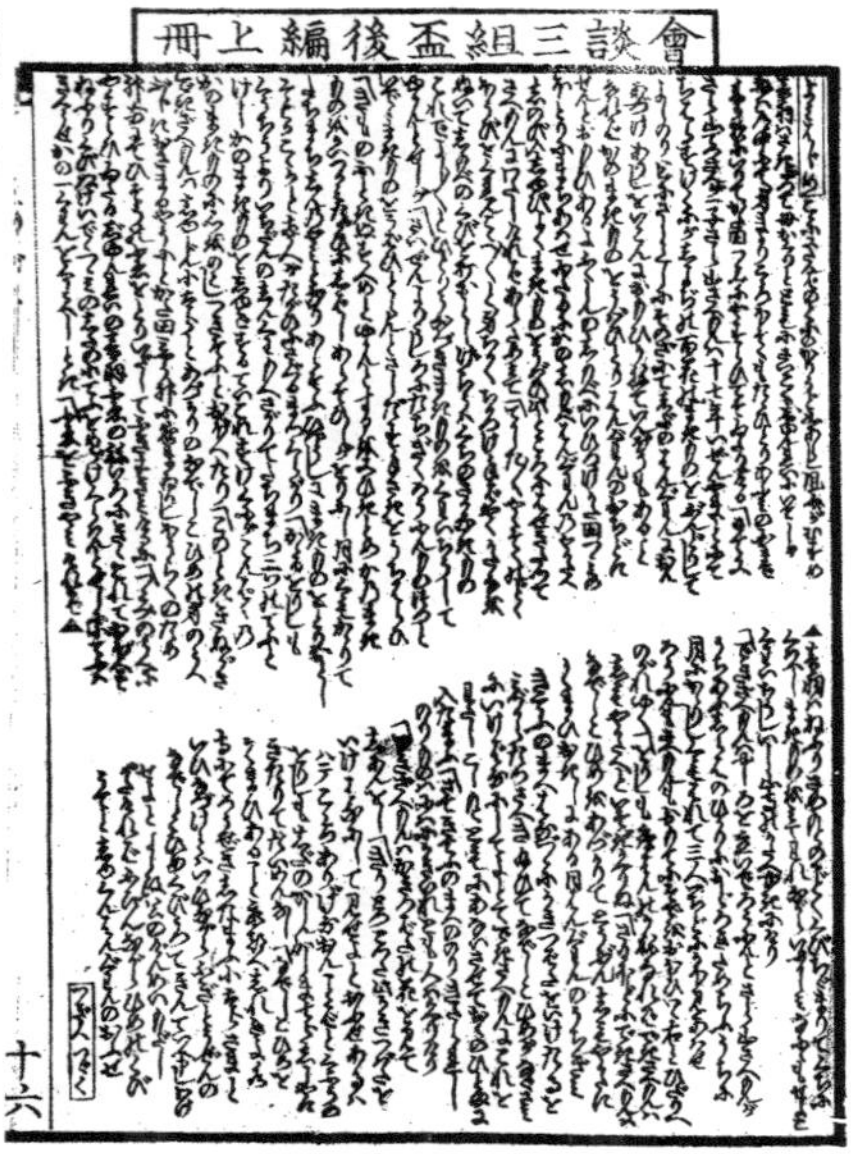

(20) 十六オ

【後編】

【上】

(20) 会談三組盃後編上冊

読《よ》み始《はじ》め　こゝに又、丹波《たんば》の国《くに》の狩人《かりうど》山嵐《あらし》風介が娘《むすめ》音羽は、先《さき》だつて母お栗《くり》と共《とも》に西国巡礼《さいこくじゆんれい》に出《いで》しが、母は道中にて身罷《まか》り、心細《こゝろほそ》くもたゞ一人《ひとり》、近江《あふみ》の国まで来り。夜に入《い》りて、堅田《かた》堤《つゝみ》に安《やす》らひてぞ居《ゐ》たりける。

さて又、皿《さら》山鉄山《てつさん》が一子皿《さら》山左衛門《さへもん》は、十七年以前《いぜん》、大和《やまと》にて千原佐国《ちはらすけくに》が所持《しよぢ》の百花の巻物《まきもの》を分捕《ぶんど》りして、義教《よしのり》公に差《さし》上しに、その座《ざ》にて信田《しだ》の判官《はんぐわん》に御預《おんあづ》けありしを遺恨《いこん》に思《おも》ひ、かねて陰謀《いんぼう》もある事《こと》なれば、かの巻物《まきもの》を奪《うばひ》取《と》り、判官《はんぐわん》の落度《おちど》にせんと思《おも》ひ、ある夜《よ》、腹心《ふくしん》の下部《しもべ》に言《い》ひ付《つ》け、堅田《かた》堤《つゝみ》の辺《ほとり》に待合《まちあ》はせ居《ゐ》たるに、かの下部《しもべ》、判官《はんぐわん》の館《やかた》へ忍《しのび》入、首尾《しゆび》よく巻物《まきもの》を奪《うば》ひ、此所《ところ》に馳来《はせきた》つて左衛門《さへもん》に渡《わた》しければ、改《あらた》め見《み》て、出来《でか》した〳〵。約束《やくそく》の如《ごと》く褒美《ほうび》をくれん。此処《こゝ》へ〳〵と身近《ぢか》く近付《ちかづ》け、手早《ばや》く刀《かたな》を抜《ぬ》いて下部《しもべ》の首《くび》を打落《お》とし、下郎《げらう》は口《くち》のさがなき者《もの》、これでよし〳〵と一人頷《ひとりうなづ》き、巻物《まきもの》を懐中《くわいちう》して行《ゆ》かんとせしが、最前《さいぜん》より後《うし》ろに立聞《たちぎ》く浪人者《ろうにんもの》つつと出《いで》て、巻物《まきもの》を奪取《うばひと》らんと差出《さしだ》す手先《さき》を、打払《うちはら》ひ、肝《きも》の太《ふと》き盗人《ぬす》めと行《ゆ》かんとするを、又引止《ひきと》め、かの巻物《まきもの》を掻摑《かいつか》み、互《たが》ひにしばし争《あらそ》ひしが、折節《をりふし》、月に雲掛《くもか》かりて忽《たちま》ち真《しん》の闇《やみ》となり、争《あらそ》ふ拍子《ひやうし》に巻物《まきもの》を取落《とりお》とし、そこか此処《こゝ》かと両人が互《たが》ひに探《さぐ》る真暗《まつくら》がり。

斯《か》かる折《をり》しも、空中《くうちう》より一団《いちだん》の心火燃下《しんくわもへさ》がりて、忽《たちま》ち二つの蝶《てふ》と化《け》し、かの巻物《まきもの》を守護《しゆご》する体《てい》、これ佐国《すけくに》が魂魄《こんぱく》の、かの巻物《まきもの》に心を残《のこ》し付添《つきそ》ふと覚《おぼ》へたり。この時《とき》、絹笠《きぬがさ》出来左衛門《できざへもん》は主人《しゆじん》小太郎と預《あづ》かりの撫子姫《なでしこひめ》の身の上《うへ》、無《ぶ》事《じ》に収《おさ》まるやうにと、堅田《かた》明《みやう》神に夜参《まゐ》りし、法楽《ほうらく》のため神前にて秘蔵《ひぞう》の笛《ふゑ》を取出《とりいだ》して吹《ふ》きすさみけるに、堤《つゝみ》の上《うへ》に安《やす》らひ居《ゐ》たる巡礼《じゆんれい》の音羽、笛《ふゑ》の音色《ねいろ》に聴取《きゝと》れて、覚《おぼ》へず眠《ねふ》り、首抜出《くびぬけいで》て堤《つゝみ》の下《した》の小蝶《てふ》を目《め》がけ喰《く》らはんとせしに、小蝶《てふ》は消失《きへう》せ、かの一巻《くわん》を咥《くわ》へし時《とき》、笛《ふゑ》を吹止《ふきや》みければ、音羽は眠《ねふ》り覚《さ》め、元《もと》の如《ごと》く首縮《くびちゞ》まりて、口《くち》に咥《くは》へし巻物《まきもの》を見《み》て、我《われ》ながら訝《いぶか》しみ、何《なに》にもせよと懐中《くわいちう》し、石《いし》山寺の方《かた》へ行《ゆ》きにけり。

出来左衛門《できざへもん》は社《やしろ》を立出《い》で、浪人《ろうにん》と皿《さら》山左衛門《さへもん》が打合《うちあ》ふ白《しら》刃《は》の光《ひかり》に驚《おどろ》き、躊躇《ためら》ふうちに、月に掛《か》かりし雲晴《くもは》れて、三人一度《いちど》に顔見合《かほあ》はせ、浪人《ろうにん》も左衛門《さへもん》も面《おもて》に袖《そで》を覆《おほ》ひつゝ、右と左《ひだり》へ逃行《のがれゆ》く。折《をり》しも夜半《はん》の鐘鳴《かねな》れば、出来左衛門《できざへもん》は下館《しもやかた》へと急帰《いそぎかへ》りぬ。

さる程《ほど》に出来左衛門《できざへもん》は撫子姫《なでしこひめ》を預《あづ》かりて、当分下館《とうぶんしもやかた》に匿《かくま》ひ置《お》きしに、ある日、判官《はんぐわん》の内君《うちぎみ》几帳《きてふ》の前《まへ》、花筒《はなづゝ》に杜若《かきつばた》を活《い》けたるを自《みづか》ら携《たづさ》へ来《き》給ひて、撫子姫《なでしこひめ》が慰《なぐさ》みに活《いけ》花《ばな》にしてよとて、出来左衛門《できざへもん》にこれを渡《わた》し、腰元《こしもと》どもに案《あ》内《ない》させて、奥《おく》の一間《ひとま》に入給《たま》ふ。

さて、几帳《きてふ》の前《まへ》の乗来《のりきた》られし乗物《のりもの》は庭《には》に舁入《かきい》れ、伴《とも》人は帰《かへ》りけり。出来左衛門《できざへもん》は杜若《かきつばた》の花を見て思案《しあん》をし、切《き》りとつ《（ママ）》とつた此杜若《かきつばた》を活花《いけばな》にして見せよと仰《おふ》せあるは、ハテ心《こゝろ》ありげな御言葉《おんことば》と工夫《くふう》の折《をり》しも、信田《しだ》の家臣《かしん》鹿島《かしま》七郎使者《ししや》に来《きた》りて対面《たいめん》なし、「撫子姫《なでしこひめ》を匿《かくま》ひある事《こと》、京都へ知《し》れ、清《きよ》水寺にて狼藉《ろうぜき》し給《たま》ふ小太郎様《さま》と許婚《いひなづけ》とは言《い》ひながら、不義同然《ふぎどうぜん》の撫子姫《なでしこひめ》、首打《くびう》つて欽定《きんてい》へ申し訳《わけ》せよと、義《よし》政公の厳命黙《げんめいもだ》し難《がた》ければ、不憫《ふびん》ながら姫《ひめ》の首《くび》打《う》てと主君《しゆくん》

(21)十六ウ

十七オ

判官《はんぐわん》の仰《おふ》せ、　次《つぎ》へ続《つゞ》く

(21)　前《まへ》の続《つゞ》き　天譴《てんけん》の役《やく》は執権職《しつけんしよく》玉造《つくり》力士太郎、後《のち》ほど、これまで来《こ》らるゝはづ」と委細《いさい》を述《の》べて立帰《たちかへ》れば、出《で》来左衛門《きざへもん》は当惑《とうわく》し、如何《いかゞ》すべきと思案《しあん》に暮《く》れ、しばらく時《とき》をぞ移《うつ》しける。やゝあつて、表《おもて》の方《かた》、「玉造《つくり》力士太郎殿《どの》、天譴《てんけん》の役目《やくめ》として御出《おんいで》なり」と呼《よ》ばゝれば、いよ〳〵と胸《むね》の出来左衛門《できざへもん》、吐息《といき》ついたるその所へ、力士太郎と名乗《なの》りながら、それにはあらぬ玉造《つくり》が娘の小萩《はぎ》、左《ひだり》に首桶《くびおけ》、右の手に三ン方携《ぼうたづさ》へ入来れば、出来《でき》左衛門は不審顔《ふしんがほ》。小萩《はぎ》は上座《かみ》に打通《うちとほ》り、折悪《わる》い父の持病《ぢびやう》、是非《ぜひ》に及《およ》ばず、妾《わらは》が名代《みやうだい》。判官様仰《はんぐわんさまおふ》せには、不憫《ふびん》ながら撫子姫《なでしこひめ》に自害《じがい》を勧《すゝ》めよと、すなはち九寸五分は此三方《ばう》、サ、お受取《うけと》りなされよと差出《さしいだ》す。受取《うけと》つてよく〳〵見れば、　次へ続《つゞ》く

(22)　前《まへ》の続《つゞ》き　剣《つるぎ》にあらぬ杜若《かきつばた》の造花《つくりばな》、「フウなる程《ほど》、委細畏《いさいかしこ》まる」と答《こた》へに、小萩《はぎ》は立上《たちあ》がり、用意《ようい》の間《あいだ》は奥《おく》の一間で待《ま》ちますと、彼方《かなた》に入《い》れば、出来左衛門《できざへもん》、花《はな》をし

(22)十七ウ

十八オ

ばらく守《まも》りしが、や、あつて横手《よこて》を打《う》ち、聞《き》こへた〳〵。几帳《きちやう》の前様《まへさま》のお言葉《ことば》に、切《き》つたる花《はな》を活《い》けよとありしは、身代《がは》りをもつて姫《ひめ》の命を助《たす》けよとの謎《なぞ》とは知《し》れど、差当《さしあ》たつて身代《がは》りに立る人もなく、心《こゝろ》を痛《いた》むるそのなかへ、天譴《てんけん》の役《やく》に持《も》たせし自害《じがい》の刀《かたな》は杜若《かきつばた》の造花《つくりばな》。コレ御主君《しゆくん》の御意《い》とは偽《いつは》り、我《わ》が娘《むすめ》を身代《がは》りの造《つく》花にと、力士太郎が掛《か》けたる謎《なぞ》。ハ、ア頼《たの》もし、あつぱれ〳〵。例少《ためしすく》なき太郎が忠心ン、殺《ころ》しに寄越《よこ》す親《おや》も親《おや》、殺《ころ》されに来《く》る娘《むすめ》も娘。親《おや》子揃《そろ》ひし忠義者《ちうぎもの》、むさと殺《ころ》すは忠でもなく、義もなき役目《やくめ》に当《あ》たりしは、武運《ぶうん》に尽《つ》きたる情《なさ》けなや。子といふもの、あるならば、やはか忠義《ちうぎ》に負《ま》けはせじ、うら山しの小萩《はぎ》や、果報武士《くわほうぶし》の玉造《つくり》と、義心に凝《こ》つたるはら〳〵涙《なみだ》、気《き》骨《こつ》を貫《つらぬ》くばかりなり。

巡《じゆん》礼歌

斯《か》かる折《をり》しも、庭先《にはさき》の切戸《きりど》に佇《たゝず》む巡礼《じゆんれい》娘、「故郷《ふるさと》を遥々《はるぐ》こゝに紀三井寺《きみいでら》、花《はな》の都《みやこ》も近《ちか》くなるらん。巡《じゆん》礼《れい》に御報謝《ほうしや》」と声《こゑ》も優《やさ》しき巡礼《じゆんれい》歌。出来左衛門《できざへもん》は伸上《のびあ》がり、何《なに》か此方《こなた》へ呼《よび》入て、顔《かほ》つく〴〵と打守《うちまも》り、似《に》たり〳〵、撫子様《なでしこさま》に生写《いきうつ》し、これこそ天の与《あた》へよと、目《め》も離《はな》さずに守《まも》りゐる。言葉《ことば》のはし〴〵聞取《きゝと》る巡礼《じゆんれい》、色《いろ》も青《あを》ざめ身はがた〳〵。ヲヽ、驚《おどろ》くは尤《もつと》も、非道《ひどう》と言《い》はふか、無《む》体《たい》と言《い》はふか。此上《うへ》もない所望《しよもう》なれど、主人の為《ため》にそちが命を貰《もら》ひたいと、涙《なみだ》さしぐみ頼《たの》むにぞ。女は聞《き》いてなほびつくり。サア、それは余儀《よぎ》ない事《こと》でもござりませうが、私《わたくし》が身の上《うへ》もお聞《き》きなされて下さりませ。三つの年《とし》に父《とゝ》様《さま》には生別《いきわか》れ、母様《かゝさま》は貞《てい》女を守《まも》り、やもめにて身貧《ひん》な中《なか》に私《わたし》を育《そだ》て、父様《とゝさま》の行方《ゆくへ》を尋《たづ》ぬるため、親子連《おやこづれ》にて巡礼《じゆんれい》に出《で》ましたが、母様《かゝさま》は道中で虚《むな》しくなり、私一人《わたしひとり》で心細《こゝろぼそ》い憂《う》き旅路《たびぢ》、どれほど縁《ゑん》は薄《うす》くとも、親《おや》子の血筋《ちすぢ》を力草《ちからぐさ》、これこそ親《おや》よ娘《むすめ》よと、名乗合《なのりあ》ふそれまでは、命が惜《を》しうござります。コレ〳〵申《まう》し旦那様《だんなさま》、命《いのち》を助《たす》けお帰《かへ》しなされて下《くだ》さりませト合《あ》はす両手に涙《なみだ》川、堰止《せきと》めかねし風情《ふぜい》なり。

次《つぎ》へ続《つゞ》く

（23）前《まへ》の続《つゞ》き不憫《ふびん》とは思《おも》へども心弱《こゝろよわ》くて叶《かな》はじと、ヤア親《おや》を尋《たづ》ぬる者《もの》と言《い》はゞ助《たす》からふかとの作《つく》り事《ごと》、行方《ゆくへ》も知《し》れず顔《かほ》も知《し》れぬ父親《てゝおや》、何《なに》を証拠《しやうこ》に尋合《たづねあ》はふ。偽《いつわ》り者《もの》、虚《きよ》言者《ごんもの》、言《い》ひ出《だ》すからは、いつかな叶《かな》はぬ、覚悟《かくご》せよ、と刀《かたな》に手を掛《か》け抜掛《ぬきか》くれば、アヽ申《もふ》し〳〵。とても叶《かな》はぬ事《こと》ならば、尋常《じんじやう》に命上《あ》げましやう。さりながら、偽《いつわ》り者《もの》と思《おも》はれては死《しぬ》る今際《いまは》の心残《のこ》り、父《ちゝ》を尋《たづ》ぬる証拠《しやうこ》といふは此一品、と懐《ふところ》より一枚《まい》の皿取出《さらとりいだ》せば、押取《おつと》つて矯《た》めつ眇《すが》めつ、心覚《おぼ》への出来左衛門《できざへもん》。巡礼《じゆんれい》は差寄《さしよ》つて、その皿《さら》に見覚《おぼ》へあるが私《わたし》が父様《とゝさま》。フウ、シテその方《ほう》が名は何《なん》と。音羽といふて三つの年《とし》。捨置《すてお》いて別《わか》れたる女房《ばう》の名はお栗《くり》。そんならお前《まへ》が父様《とゝさま》じやと、怖《こわ》さも忘《わす》れて縋付《すがりつ》き、わつとばかりに泣居《なきゐ》たる。さては我《わ》が子でありしかと、不《ふ》憫《びん》さあまる恩愛《おんあい》の涙払《なみだはら》ふて抱寄《いだきよ》せ、声《こへ》を忍《しの》びて嘆《なげ》きける。娘《むすめ》も涙《なみだ》の顔振上《かほふりあ》げ、今生《こんじやう》でお前《まへ》のお顔《かほ》、夢《ゆめ》になりとも見て死《し》にたいと、朝夕祈《あさゆふいの》つた神仏《ほとけ》のお蔭《かげ》で思はず巡逢《めぐりあ》ふ、今日《けふ》はいかなる月《つき》日ぞや、嬉《うれ》しいやうでも、残《のこ》り多《おほ》いは死《し》んだ母様《かゝさま》、丹波《たんば》からはる〴〵と諸国《しよこく》を巡《めぐ》る悲《かな》しい旅《たび》。手の

(23)十八ウ

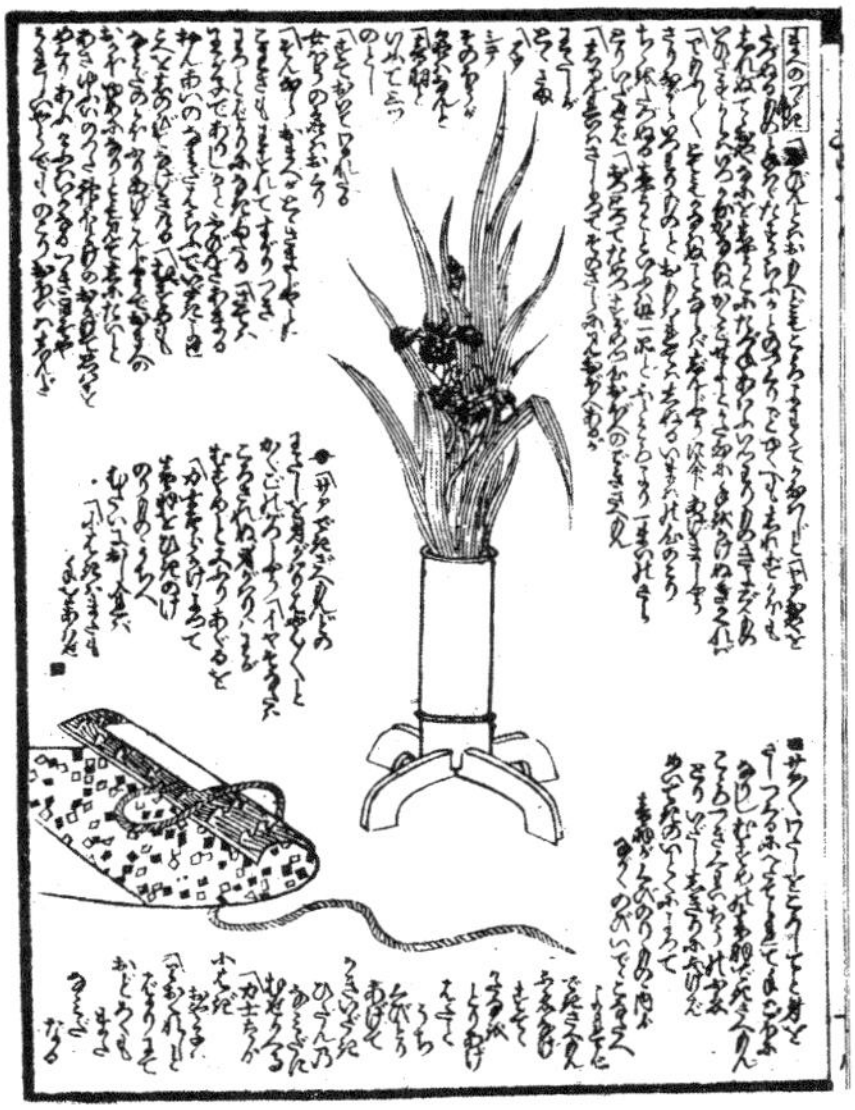

十九オ

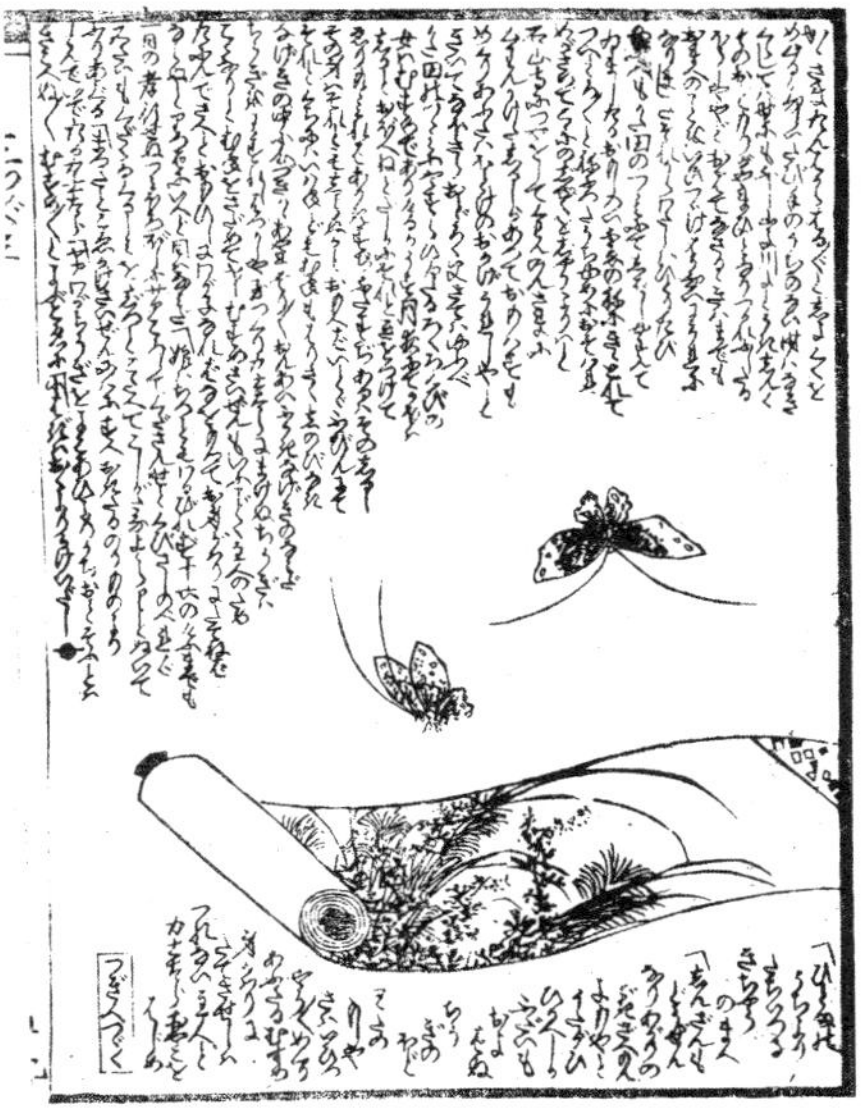

内《うち》のない時は泣暮《なきく》らしては野にも伏《ふ》し、山に川にと憂辛《うきしん》苦《く》。そのおどもりが病《やまひ》となり、疲伏《つかれふ》したる報謝宿《ほうしややど》、お果《は》てなさる、際《きは》までも、お前《まへ》の事《こと》を言《い》ひ続《つゞ》け、儚《はかな》い別《わか》れになりました。それから私《わたし》は一人旅《ひとりたび》、夕《ゆふ》べも堅《かた》田の堤《つゝみ》にて、しばし休《やす》んで居《ゐ》ましたが、面白《おもしろ》い笛《ふゑ》の音《ね》に聴取《きゝと》れて、ついとろ〳〵と眠《ねふ》つたうち、夢《ゆめ》に襲《おそ》はれ目《め》が覚《さ》めて、此処《こゝ》に野《の》宿《じゆく》をしやうよりはと、石山寺に通夜《つや》をして、観音様《くわんのんさま》に願《ぐわん》掛《か》けた験《しるし》があつて、思《おも》はずも巡逢《めぐりあ》ふたは仏《ほとけ》のお蔭《かげ》、嬉《うれ》しやと聞《き》いて、なほさら驚《おどろ》く父。さては夕《ゆふ》べ堅《かた》田の堤《つゝみ》に安《やす》らひ居《ゐ》たる、ろくろ首《くび》の女は娘《むすめ》でありけるか。薄《うす》月夜にて顔《かほ》はしかと覚《おぼ》へねど、確《たし》かにそれと気《き》を付《つ》けて襟元《ゑりもと》見《み》れば、赤《あか》き筋二筋《すぢふたすぢ》あるはその印《しるし》。その身は、それとも知《し》らぬかと思《おも》へばいとゞ不憫《ふびん》にて、それと口《くち》には言《い》はねども、胸《むね》も張《はり》裂《さ》く忍泣《しのびなき》。嘆《なげ》きの中に心付《づ》きつゝ、あやまてり〳〵恩愛《おんあい》深《ふか》き嘆《なげ》きの涙《なみだ》、忠義《ちうぎ》を忘《わす》れし恥《はづ》かしや。玉造《つくり》力士太郎に負《ま》けぬ忠義《ちうぎ》はこゝなりと、胸《むね》を定《さだ》めて、「ヤイ娘《むすめ》、最前《さいぜん》も言《い》ふ如《ごと》く、主人のため他人《たにん》でさへと思《おも》ひしに、我《わ》が子なればなをもつて、お身代《がは》りに立《た》てねばならぬ」と立派《りつぱ》に言《い》へ

ど目は涙《なみだ》。娘はちつとも悪《わる》びれず、十六の今日《けふ》までも一日の孝行せぬ罪滅《つみほろぼ》しに、サア殺《ころ》して下《くだ》さんせと、首差伸《くびさしの》べれば、五体《たい》も砕《くだ》くる苦《くる》しみを、じつと堪《こた》へて腰刀《こしがたな》すらりと抜《ぬ》いて振上《ふりあ》ぐる。「待《ま》つた」と声掛《こゑか》け、最前庭《さいぜんには》に据置《すへお》きたる乗物《のりもの》より、飛《と》んで出《いで》たる力士太郎。「ヤア我《わ》が忠義《ちうぎ》を横合《よこあひ》より打落《うちお》とそふとは聞《き》こへぬ〳〵。娘々《むすめ〳〵》」と呼《よ》ぶ声《こゑ》に、小萩《はぎ》は奥《おく》より駆出《かけいだ》し、サア出来左衛門殿《できざへもんどの》、私《わたし》を身代《がは》りに。早《はや》く〳〵と覚悟《かくご》の合掌《がつしやう》。イヤ、そなたは殺《ころ》されぬ。身代《がは》りは我《わ》が娘《むすめ》と又振上《ふりあ》ぐるを、力士太郎駆寄《かけよ》つて音羽を引退《ひきの》け、乗物《のりもの》の内《うち》へ無体《むたい》に押《おし》入れば、小萩《はぎ》はまたも手を合《あ》はせ、サア〳〵私《わたし》を殺《ころ》してと、身を差付《さしつ》くるに隔《へだ》てられて、手遠《どほ》になりし娘《むすめ》の音羽、出来左衛門心《できざへもんこゝろ》付き、懐中《くわいちう》の笛取《ふゑとり》出《いだ》し、しきりに吹《ふ》けば、名笛《めいてき》の威徳《いとく》によつて音羽が首《くび》、乗《のり》物《もの》の内より長《なが》く伸出《のびいで》て此方《こなた》へ寄《よ》れば、出来左衛門《できざへもん》、笛投捨《ふゑなげす》て、刀《かたな》を取上《とりあ》げ、はたと打《う》ち、首取上《くびとりあ》げて掻抱《かきいだ》き、悲嘆《ひたん》の涙《なみだ》に咽返《むせかへ》る。力士太郎・小萩親《はぎおや》子は、ア、、遅《おく》れしとばかりにて驚《おどろ》くもまた涙《なみだ》なる。一間《ひとま》の内《うち》より立出《たちいづ》る几帳《きちやう》の前《まへ》。新参《しんざん》も同然《どうぜん》、成上《なりあ》がりの出来左衛門《できざへもん》、よもやと疑《うたが》ひ控《ひか》へしが、譜代《ふだい》も及《およ》ばぬ忠義《ちうぎ》の程《ほど》、「ヲ、頼《たの》もしや。然《さ》は言《い》ひつ、やう〳〵巡逢《めぐりあ》ふたる娘《むすめ》、身代《がは》りに立《た》てさせしは、つれない主人と、力士太郎親子《おやこ》をはじめ 次《つぎ》へ続《つゞ》く

（24） 前《まへ》の続《つゞ》き 思《おも》はんところも面目《めんぼく》なけれど、忝《かたじけな》くも三貞《さんてい》にて御慈《おんいつく》しみの撫子姫《なでしこひめ》、打《う》つて出《いだ》さば心《こゝろ》なき判官《はんぐわん》と勿体《もつたい》なくも御嘆《おんなげ》きをかくるは天に逆《さか》ふる道理《どうり》。小萩《はぎ》は姫《ひめ》に面差似《おもざしに》ず、その娘はよう似《に》たゆゑ、天の与《あた》ふる身代《がは》りと思《おも》

ふて、つれなく打《う》たせしぞや。子に代《か》へて立身《りつしん》する望《のぞ》みは少《すこ》しもあるまいが、せめて娘が命の恩《おん》、今より譜代同然《ふだいどうぜん》に我《わ》が妻《つま》の御側詰《おそばづめ》、五百貫の禄《ろく》を取《と》らす。その余慶《よけい》にて娘《むすめ》が菩提供養《ぼだいくやう》せよ」と涙《なみだ》まじりの御言葉《おんことば》。ハヽ、はつと飛《と》びし去《さ》り、有難《ありがた》や忝《かたじけな》や、これも娘が孝行故《ゆへ》と、又も涙《なみだ》の折からに、何処《いづく》ともなく二つの蝶々飛来《てふ〱とび》つて、音羽が虚《むな》しき死《し》骸《がい》の上《うへ》を閃《ひら》めけば、出来左衛門《できざへもん》これを見て、音羽が死骸《しがい》の懐《ふところ》を探《さぐ》り見《み》るに、思《おも》ひがけなき百花《くわ》の巻物《まきもの》、さては夕《ゆふ》べの曲者《くせもの》が奪取《うばひと》つて争《あらそ》ひしを、ろくろ首《くび》のもつけの幸《さいは》ひ、娘《むすめ》が手に入しかと、几帳《きてふ》の前《まへ》に差上《さしあ》ぐれば、夕《ゆふ》べ宝蔵《ほうぞう》へ忍《しのび》入たる曲者《くせもの》の奪取《うばひと》つたる一巻《くわん》、思はず斯様《かやう》に手に入しは、そちら親子《おや》が忠義《ちうぎ》の徳《とく》。二つには夫判官殿《おつとはんぐわんどの》、運《うん》の強《つよ》き所なりと喜《よろこ》び給《たま》へば、出来左衛門《できざへもん》は首桶《くびおけ》に娘が首《くび》を取《とり》認《した》め、ヤア〱力士太郎殿《どの》、撫子姫《なでしこひめ》の御首受取《おんくびうけと》られよと、渡《わた》す礼儀《れいぎ》に受取《うけと》る故実《こじつ》。几帳《きちやう》の前《まへ》は涙声《なみだごへ》、「その杜若《かきつばた》の造花《つくりばな》、都《みやこ》へ渡《わた》して義《よし》政公の厳命《げんめい》の反故《ほぐ》にならぬ。表《おもて》を立《た》て、実《まこと》の花《はな》の撫子《なでしこ》は、鹿島《かしま》七郎に言《い》ひつけて伴《ともな》はせ、小太郎が行方《ゆくへ》を尋《たづ》ね、

次へ続《つゞ》く

（25）二十ウ

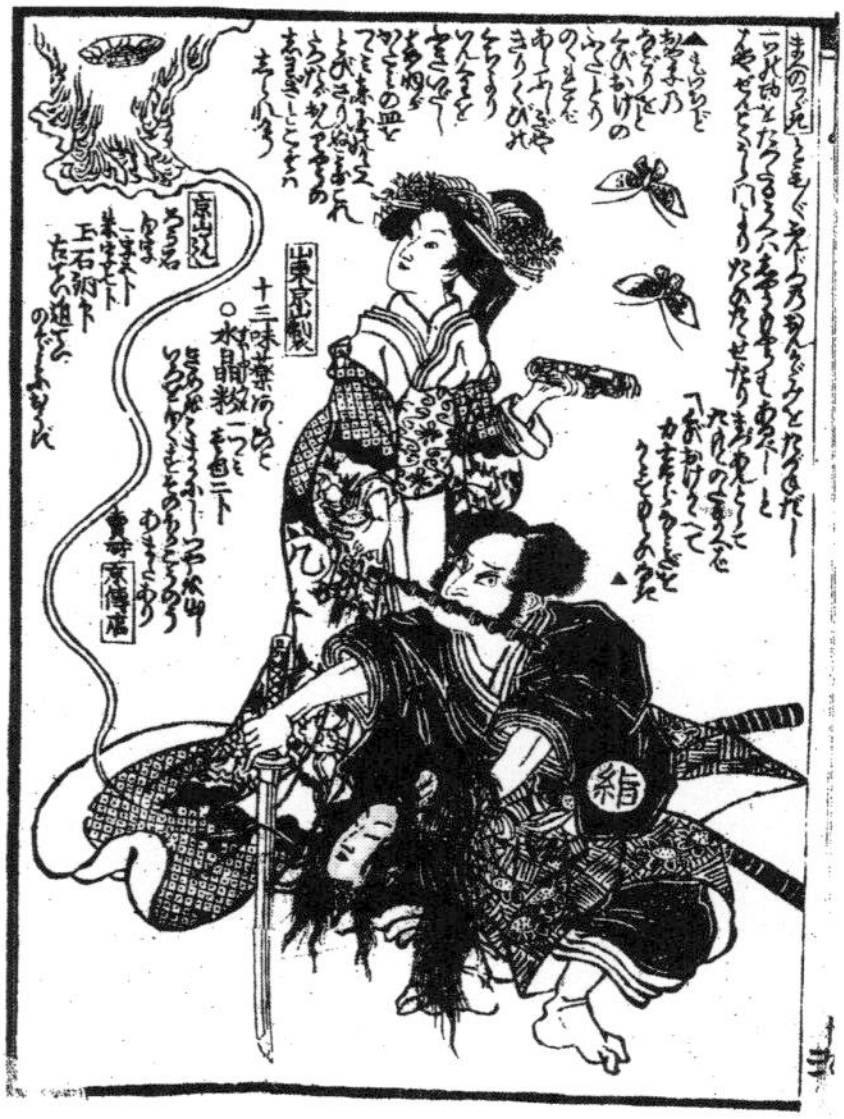

（25）前《まへ》の続《つゞ》き とも〴〵紛失《ふんじつ》の御鏡《おんかゞみ》を尋出《たづねだ》し、一つの功を立《た》つたる上《うへ》は仕様《しやう》もやらもあるべしと、早先刻《はやせんこく》、裏門《うら》より旅立《たびだ》たせたり。まづ安堵《あんど》してたも」と宣《のたま》へば、「首桶抱《くびおけか》へて力士太郎、涙《なみだ》を隠《かく》す貰泣《もらひなき》。も一度《いちど》親《おや》子の名残《なごり》をと、首桶《くびおけ》の蓋取除《ふたとりの》くれば、あら不思議《ふしぎ》や、切首《きりくび》の口《くち》より陰火《いんくわ》を吹出《ふきいだ》し、音羽が形見《かたみ》の皿を包《つゝ》み、東国の方《かた》へ飛去《とびさ》りぬ。皆《みな》これ竜田《たつた》が怨霊《おんりやう》の仕業《しわざ》とこそは知《し》られけり。

山東京山製 十三味薬洗粉《あらひこ》

○水晶粉《すいしやうふん》一包《つゝみ》壱匁二分

きめを細《こま》かにし、艶《つや》を出し色《いろ》を白くす。その外効能《ほかこうのう》、数多《あまた》あり。

売所 京伝店

京山篆刻《てんこく》 蠟《らう》石白字一字五分、朱字七分、玉石銅印、古体《てい》近体望《ていのぞ》みに応《おう》ず。

【中】

（26） 会談三組盃後編中冊

(26)二十一オ

読《よ》み始《はじ》め　かの鎌田窓八《かまたまど》は十七年以前《ねんいぜん》、信田判官《しだはんぐわん》の家来《けらい》となりて忠勤《ちうきん》を励《はげ》みしが、三年《とせ》ばかり経《た》ちて女房《ぼう》懐胎《くわいたい》し、女の子を産《う》み、おりくと名付《なづ》けたるが、女房《ぼう》はおりくを産《う》みて程《ほど》なく身罷《まか》りぬ。その後《のち》、窓八《まど》、故《ゆゑ》ありて暇《いとま》を賜《たまは》りて浪々《らう〳〵》の身となり、娘おりくを連《つ》れて常陸《ひたち》の国《くに》、筑波《つくば》山の麓《ふもと》、羽根尾村といふ所に至《いた》り、武士を辞《や》めて百姓《しやう》となり、名も与右衛門《へもん》と変《か》へ、累《かさね》といふ後《のち》の妻《つま》を迎《むか》へけるが、此累《かさね》、見目形《みめかたち》は美《うつく》しけれど、生得《しやうとく》、悋気深《りんきふか》きが疵《きづ》なりけり。

さて、ある時《とき》、累《かさね》、畑《はたけ》に出《いで》て豆殻《まめがら》を刈《か》りて背《せ》に負《お》ひ、鬼《き》怒川《ぬ》の辺《へん》にて休居《やすみゐ》たるに、空中《くうちう》より一つの皿《さら》、目の前《まへ》に落《お》ちけるを拾帰《ひろひかへ》りて、美《うつく》しき皿《さら》なれば、これを白粉《おしろい》溶《と》きの皿《さら》にして、白粉《おしろい》を顔《かほ》に付《つ》けたるに、不思議《ふしぎ》や、その白粉《おしろい》を顔《かほ》に付《つ》けたる所、俄《には》かに頬高《ほうだか》くなり鼻低《はなひく》くなり、片目潰《かためつぶ》れて瞎《がんち》になり、二目《ふため》と見られぬ悪女《あく》となりければ、鏡《かゞみ》に向《む》かつて我《われ》ながら大きに驚《おどろ》き、ハツト思ひて倒《たふ》れけるに、片《かた》足《あし》を挫《くじ》きて跛《ちんば》となりぬ。これより心も奸《かだま》しくなり、悋気《りんき》もなほ深《ふか》くなりて、与右衛門《よゑもん》も大に持余《もてあま》しぬ。

次へ続《つゞ》く

(27)二十一ウ

二十二オ

(27) 前《まへ》の続《つゞ》き　さて又、鹿島《かしま》七郎は几帳《きてふ》の前《まへ》の仰《おふ》せを受《う》け、撫子姫《なでしこひめ》を賤《しづ》の娘《むすめ》の体《てい》に身を窶《やつ》させ、何処《いづく》へも忍《しの》ばせ申さんと俄《には》かに旅立《たびた》ち、常陸《ひたち》の国《くに》に下《くだ》り、与右衛門《ゑもん》が家《いへ》を尋《たづ》ね、撫子姫《なでしこひめ》を預置《あづけお》き、その身《み》は信田《しだ》小太郎の行方《ゆくへ》を尋《たづ》ねに、近国《きんごく》を経巡《へめぐ》りぬ。

与右衛門《ゑもん》は姫《ひめ》を預《あづ》かり、大切《たいせつ》の御《おん》身なれば、外《ほか》へ漏《も》れん事《こと》を深《ふか》く厭《いと》ひ、女房《ぼう》にもむざと実《まこと》は明《あ》かされずと思《おも》ひ、累《かさね》には故郷《こきやう》大和に残置《のこしお》きたる妹《いもと》なりと言《い》ひ置《お》きければ、累《かさね》は実《じつ》に然《さ》あらんと思ひゐたるに、鬼怒《きぬ》川の渡守《わたしもり》駁斑《ぶちまだら》の俠《きやん》五郎といふ者《もの》、姫《ひめ》を奪《うば》はん謀《はかりごと》にて、ある時《とき》、与右衛《ゑ》門《もん》が留守《るす》に累《かさね》に会《あ》ひて言《い》ひけるは、「こなたは、ちつとも知《し》るまいが、此頃《ごろ》、掛人《かゝりうど》になりに来《き》て居《ゐ》る、かの女を妹《いもと》なりと言《い》ふは、与右衛門《よゑもん》が偽《いつは》り。近江《あふみ》の信田《しだ》に仕《つか》へし頃《ころ》、召使《めしつか》ひたる手掛《かけ》なり。ゆく〳〵はこなたを追出《おひだ》し、かの女を女房《ぼう》にすべき与右衛門《よゑもん》と、かの女と二人《ふたり》が企《たく》みなる事《こと》、我《われ》よく知《し》つたり。あまりこなたが愛《いと》しさに告知《つげし》らすなり」と様々《さま〴〵》の偽《いつわ》りを言《い》ふて焚付《たきつ》けて帰《かへ》りければ、累《かさね》は大に怒《いか》り、与右衛門《よゑもん》が留守《るす》を幸《さいは》ひ、一間に踏込《ふんご》み、撫子姫《なでしこひめ》を引《ひつ》

(28)二十二ウ

二十三オ

立《た》て出《いで》て、鬼怒《きぬ》川堤《づゝみ》へ連行《つれゆ》き、鎌《かま》を逆手《さか》に押取《おっと》つて、すでに殺《ころ》さんとしたる所へ、与右衛門《よゑもん》、駆来《かけ》つてこれを見付《つ》け、累《かさね》を引退《ひきの》け、叱《しか》りつ宥《なだ》めつ様々《さまぐ》にしたりけるが、此時《とき》、空中《くうちう》より一団《いちだん》の心火《しんくわ》、燃盛《もへさか》り 次《つぎ》へ続《つゞ》く

(28) 前《まへ》の続《つゞ》き 累《かさね》が懐《ふところ》に入《い》るとひとしく、累《かさね》は、なほ嫉妬《しつと》の悪念増長《あくねんぞうちやう》し、姫《ひめ》を捕《とら》へて打擲《ちやうちやく》し、喰殺《くひころ》さんず勢《いきほ》ひなれば、不憫《ふびん》なれども姫君《ひめぎみ》には代《か》へられずと思《おも》ひ、累《かさね》を捕《とら》へて蛇籠《じやかご》に押伏《おしふ》せ、次へ続《つゞ》く

(29)二十三ウ

二十四オ

(29) 前《まへ》の続《つゞ》き 鎌《かま》を取《と》つて喉笛《のんどぶゑ》を掻切《かき》ければ、血潮《ちしほ》流《なが》れて鬼怒川《きぬ》に紅葉《もみぢ》を流《なが》す竜田川《たつた》、田舎模様《いなかもやう》の茜染《あかねぞめ》、紅《くれなゐ》浸《ひた》すばかりなり。これ皆《みな》、十七年以前《いぜん》滅《ほろ》びたる羽生之介《はにふの》と竜田《たつた》が怨霊《おんりやう》の仕業《しわざ》とこそは知《し》られけれ。姫《ひめ》は累《かさね》が非業《ひごう》の死を悲《かな》しみ給ふ事《こと》、筆《ふで》も言葉《ことば》も尽《つ》くされず。

○斯《か》くて与右衛門《ゑもん》、姫《ひめ》を助《たす》けて帰《かへ》りけるが、所《ところ》狭《せ》き此家《いへ》に長《なが》く匿《かくま》ひ置《お》き申し、もしも都に漏聞《もれき》こへては悔《くや》んで帰《かへ》らず、何方《いづかた》へか忍《しの》ばせ申さんと思案半《しあんなか》ばへ、鹿島《かしま》七郎、小太郎が行方《ゆくへ》を尋《たづ》ねわびて帰《かへ》りければ、良《よ》き折《おり》と、当分《とうぶん》、隣《となり》村《むら》の空家《あきや》を借《か》りて、七郎もろとも姫《ひめ》をその家《いへ》に深《ふか》く忍《しの》ばせ置《お》きにけり。

○此年《とし》も程《ほど》なく七月になり、累《かさね》がために新盆《にいぼん》なれば、与《よ》右衛門《ゑもん》つく〴〵思《おも》ふに、女房《ぼう》累《かさね》、心柄《がら》とはいひながら、非業《ひがう》に死せし不憫《ふびん》さよ。せめて菩提《ぼだい》を懇《ねんご》ろに弔《とむら》ふてやるべしと、娘おりくもろともに玉棚《だな》を作《つく》り、手づから門口《かど》に迎火《むかひ》を焚居《たきゐ》たるに、累《かさね》が姿《すがた》、火の中《なか》より煙《けふり》の如《ごと》くに見へければ、与右衛門《よゑもん》、怪《あや》しみ顧《かへり》みるに、軒《のき》に吊《つ》りたる盆提《ぼんちやう》灯《ちん》に目鼻出《はないで》き、屋根《やね》にまとひし南瓜《かぼちや》に目鼻口出《はなくちいで》きて、

次へ続《つゞ》く

（30）二十四ウ

二十五オ

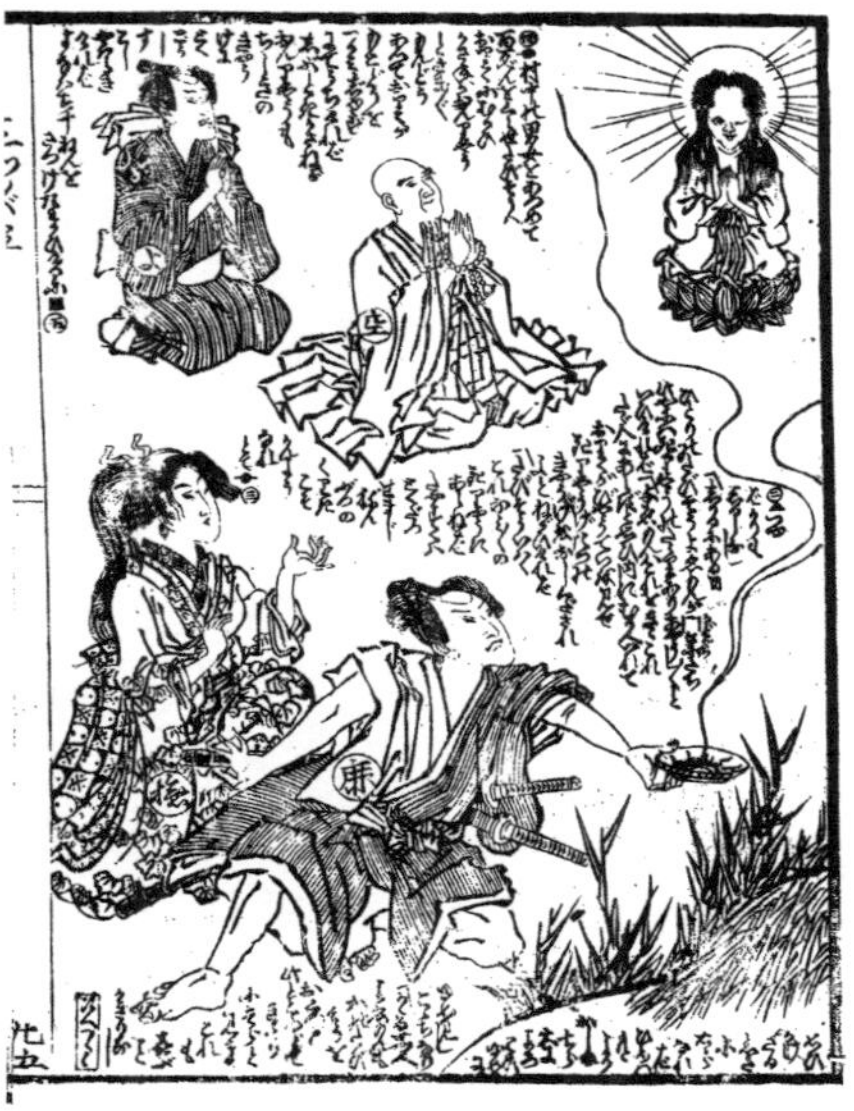

（30）前《まへ》の続《つゞ》き　一同に笑《わら》ひければ、さしもに猛《たけ》き与右衛《へ》門《もん》も身の毛《け》、弥立《いよた》つばかりなり。娘おりくは魂棚《たまだな》に御明《みあかし》を上《あ》げばやと立寄《よ》りけるに、累《かさね》が幽霊《ゆうれい》表《おもて》より入来《きた》り、真《ま》菰《こも》を引上《ひきあ》げ、魂棚《たまだな》の下へ潜入《くゞりい》ると見へければ、ワツト言《い》つて倒伏《たふれふ》し、忽《たちま》ち気絶《きぜつ》したりければ、与右衛《ゑ》門《もん》は物音《ものおと》に驚《おどろ》きて駆入《かけい》り、娘《むすめ》を介抱《かいほう》し、湯《ゆ》を飲《ゆ》ませんと土瓶《どびん》を取《と》りしに、これにも目鼻出《はないで》きければ、やがて投捨《なげす》て、傍《かたは》らの古《ふる》井の水を汲《く》まんとせしに、釣瓶《つるべ》にも目鼻出《はないで》き、累《かさね》が顔《かほ》にそのまゝなれば投捨《なげす》てゝ、又も娘《むすめ》を介抱《かいほう》す。

斯《か》くて、おりくは与右衛門《ゑもん》が介抱《かいほう》にて、やう〳〵正気付《きつ》きけれども、これより重《おも》き病《やまひ》となり、累《かさね》が怨霊《おんりやう》付纏《つきまと》ひて昼夜苦《ちうやくる》しめ、命《いのち》も危《あやう》く見へければ、加持祈禱《かぢきとう》など色々《いろ〳〵》すれど、露《つゆ》ばかりも験《しるし》なし。

然《しか》るに、ある日、一人《ひとり》の旅僧《たびそう》、与右衛門《よゑもん》が門口《かどぐち》に立《た》ち、「此家《や》には死霊《りやう》の祟《たゝり》あり、危《あや》うし〳〵」と言《い》ひければ、与右衛《ゑ》門《もん》はこれを聞《き》き、これ只《たゞ》人にあらずと思ひ、内に迎《むかへ》入《い》れて、おりくが病体《びやうてい》を見せ、死霊解脱《りやうげだつ》の教化《きやうげ》をなし下《くだ》されよと願《ねが》ひければ、旅僧曰《たびそういは》く、「これ並々《なみ〳〵》の死霊《りやう》にあら

［鬼怒《きぬ》川］

ねば、たやすくは得脱《とくだつ》せまじ。念仏《ねんぶつ》の功力《くりき》こそ肝要《かんよう》なれ」とて、村中の男女を集《あつ》めて百万遍《べん》を繰《く》らせ、旅僧《たびそう》はおりくに向《む》かひ、累《かさね》が怨霊《おんりやう》とさま〴〵問答《もんどう》あつて、おりくが髻《もとどり》を摑《つか》み、数珠《じゆず》にて打《う》ちければ、しぶとき累《かさね》が怨霊《おんりやう》も、知《ち》識《しき》の教化《きやうげ》に得道《とくどう》し、少《すこ》し和《やは》らぎければ、すなはち十念《ねん》を授《さづ》け給《たま》ひけるに、累《かさね》が怨霊《おんりやう》立去《たちさ》りて、おりくが病気《びやうき》本復《ほんふく》をぞしたりける。

○俠《きやん》五郎は、鹿島《かしま》七郎が隠家《かくれが》へ忍《しのび》入、撫子《なでしこ》姫《ひめ》を奪《うば》ひて鬼怒《きぬ》川の辺《へん》まで馳来《はせきた》る。その後《あと》より、鹿島《かしま》七郎駆《かけ》来り、姫《ひめ》を取返《とりかへ》さんとしたるに、俠《きやん》五郎、一腰《ひとこし》を抜《ぬ》いて姫《ひめ》の胸《むね》に差付《さしつ》け、手向《むか》ひなさば芋刺《いもざし》と、当座の人質《じち》に手出《だ》しもならず躊躇《ためら》ふ折《をり》しも、稲《いな》村の内より刀の切先《きつさき》つつと出《いで》て、俠《きやん》五郎が胴腹《どうばら》を突通《つきとほ》し、血刀《ちかたな》提《さ》げて立出《たちいで》しは、思ひ掛《か》けざる信田《しだ》小太郎なれば、姫《ひめ》はもとより、鹿島《かしま》七郎大に喜《よろこ》び、夢《ゆめ》に夢《ゆめ》見し心地《こゝち》なり。

斯《か》かる所へ、与右衛門《よゑもん》も、かの旅僧《たびそう》を送《おく》つて此所《ところ》まで来《きた》り。小太郎と見るより、これも喜ぶ事限《ことかぎ》りなし。

次へ続《つゞ》く

(31)二十五ウ

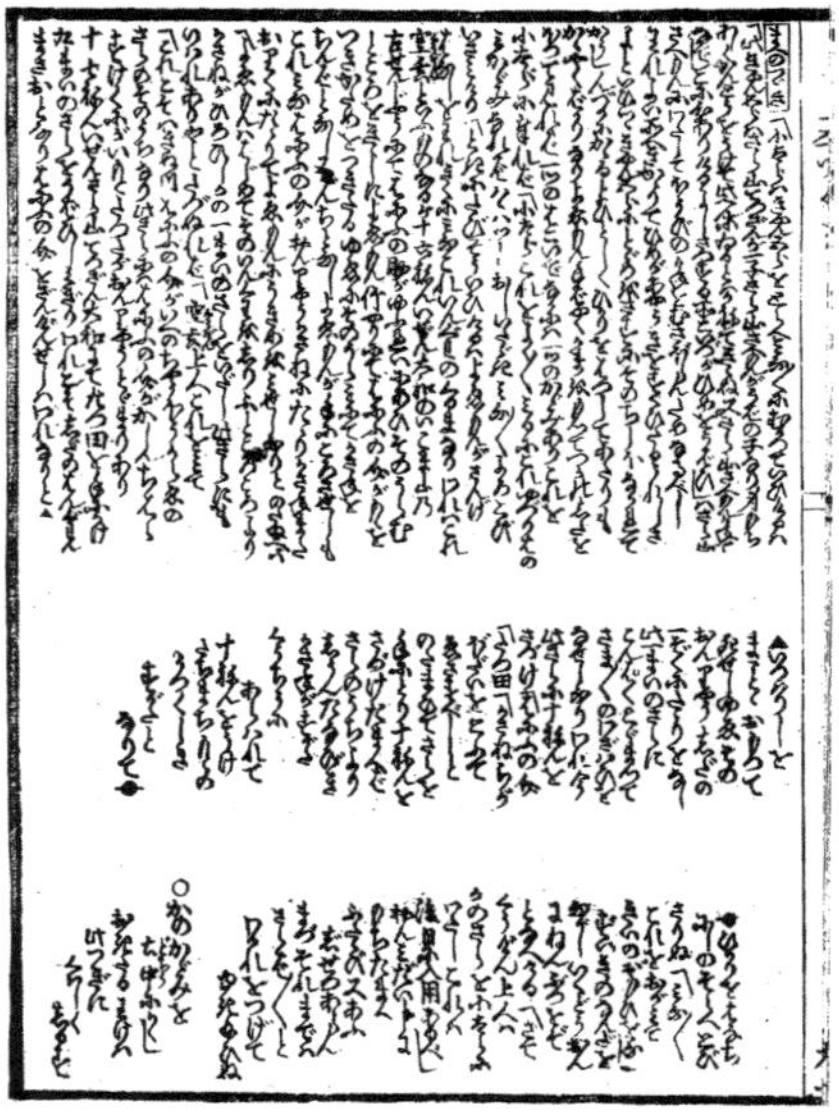

(31)

前《まへ》の続《つゞ》き

小太郎は俠《きやん》五郎を捕《とら》へ、皆々《みな〱》に向《む》かつて言《い》ひけるは、「此俠《きやん》五郎は、皿《さら》山鉄山《てつざん》が一子皿山左衛門《さらさへもん》が乳母《うば》の子なり。身持悪《もちあ》しく勘当《かんどう》を受《う》けて、此辺《へん》に居《ゐ》るとはかねて聞《き》きぬ。又、皿山左衛門《さらさへもん》、かねて撫子《なでしこ》に心ありける由《よし》、察《さつ》する所、こいつが姫《ひめ》を奪《うば》ひしは、皿山左衛門《さらさへもん》に渡《わた》して、褒美《ほうび》の金《かね》を貪《むさぼ》らんためなるべし。我《われ》、よい所へ来掛《きか》かりて、姫《ひめ》が危《あやう》きを救《すく》ひたる嬉《うれ》しさよ」と言《い》ひつゝ、俠《きやん》五郎に止《とゞ》めを刺《さ》すに、その血潮流《ちしほなが》れて庚申塚《かうしんづか》に掛《か》かるとひとしく、光《ひかり》を発《はつ》して辺《あた》りも輝《かゞや》くばかりなり。与右衛門《よゑもん》、手早《ばや》く鎌《かま》をもつて塚《つか》の下《した》を掘《ほ》つて見れば、一つの箱出《はこい》で、中《なか》には一つの鏡《かゞみ》あり。これを小太郎に奉れば、小太郎これをよく〱見《み》るに、これ楪《ゆづりは》の御鏡《みかゞみ》なれば、ハ、ハツと押《おし》頂《いたゞ》き、皆々喜《みな〱よろこ》び勇《いさ》みける。時《とき》に旅僧言《たびそうい》ひけるは、「与右衛《よゑ》門《もん》が懺悔話《さんげばなし》を我聞《われき》くに、皆《みな》これ因果《いんぐわ》の車《くるま》なり。我《われ》はこれ空玄《くうげん》といふ者《もの》なるが、十六年以前《ねんいぜん》、大和の生駒《いこま》山の古戦《せん》場《じやう》にて、羽生《はにふの》之助が幽霊《ゆふれい》に会《あ》ひ、その恨《うら》むところを聞《き》きしに、与右衛門《よゑもん》、竹槍《やり》にて羽生《はにふの》之介が股《もゝ》を突《つ》き、片目《かため》を突《つ》きたる故《ゆゑ》に、その恨《うら》みにて累《かさね》を跛《ちんば》となし、又瞎《がんち》となし、与右衛門《よゑもん》が手に殺《ころ》させしも、これ皆《みな》、羽生之介《はにふのすけ》が怨霊《おんりやう》、累《かさね》に祟《たゝ》り、累《かさね》また、おりくに祟《たゝ》りて、与右衛門《よゑもん》に憂目《うきめ》を見《み》せしなり」と宣《のたま》へば、「与右衛門《よゑもん》は、はじめてその因果《いんくわ》を知《し》り、懐《ふところ〔ころ〕》より累《かさね》が拾《ひろ》ひし、かの一枚《まい》の皿《さら》を出《いだ》し、此皿《さら》にも謂《いは》れありやと尋ねれば、空玄《くうげん》上人これを見《み》て、「これこそは、絹《きぬ》川羽生之介《はにふの》が家《いへ》の重宝《ちやうほう》、唐絵《からゑ》の皿《さら》のそのうちなり。此皿《さら》には、羽生之介《はにふの》が家臣《かしん》千原佐国《ちはらすけくに》が妹《いもと》竜田《たつた》が怨霊留《おんりやうとゞ》まりあり。十七年以前《ねんいぜん》、皿《さら》山鉄山《てつざん》、大和にて竜田《たつ》を手に掛《か》け、九枚《まい》の皿《さら》を奪《うば》ひし砌《みぎり》、我《われ》こそ信田《しだ》の判官政《はんぐわんまさ》音《おと》なり、羽生之介《はにふの》を讒言《ざんげん》せしは我《われ》なりと偽《いつは》りしを、実《まこと》と思《おも》つて死せしゆゑ、その怨霊《おんりやう》、信田《しだ》の一族《ぞく》に祟《たゝり》をなし、此一枚《まい》の皿《さら》に魂魄留《こんぱくとゞ》まつて、様々《さまぐ》の災《わざは》ひをなせしなり。我《われ》、今、此皿《さら》に十念《ねんさづ》を授け、羽生之介《はにふの》、竜田《たつ》、累《かさね》らが菩提《ぼだい》を弔《と》ふて得《ゑ》さすべし」と宣《のたま》ひて、皿《さら》を手に取《と》り十念《ねん》を授《さづ》け給《たま》へば、皿《さら》の内《うち》より紫雲棚引《しうんたなび》き、累《かさね》が姿《すがた》、空中《くうちう》に現《あらは》れて十念《ねん》を受《う》け、たちまち元《もと》の美《うつく》しき姿《すがた》となりて光《ひかり》を放《はな》ち、西《にし》の空《そら》へ飛去《とびさ》りぬ。皆々《みなぐ》これを拝《おが》みて奇異《きい》の思《おも》ひをなし、随喜《ずいき》の涙《なんだ》を流《なが》し、異口同音《いくどうおん》に念仏《ねんぶつ》をぞ唱《とな》へける。

さて空玄《くうげん》上人は、かの皿《さら》を小太郎に渡《わた》し、これは後日に入用あるべし、御身大事《おんみだいじ》に持《も》ち給《たま》へ。再《ふた》び又、会《あ》ふ時節《じせつ》あらん。まづそれまでは、さらば〳〵と別《わか》れを告《つ》げて行《ゆ》き給ひぬ。

○かの鏡《かゞみ》を土中《どちう》に隠置《かくしお》きたる訳《わけ》は、此次《つぎ》に詳《くは》しく記《しる》す。

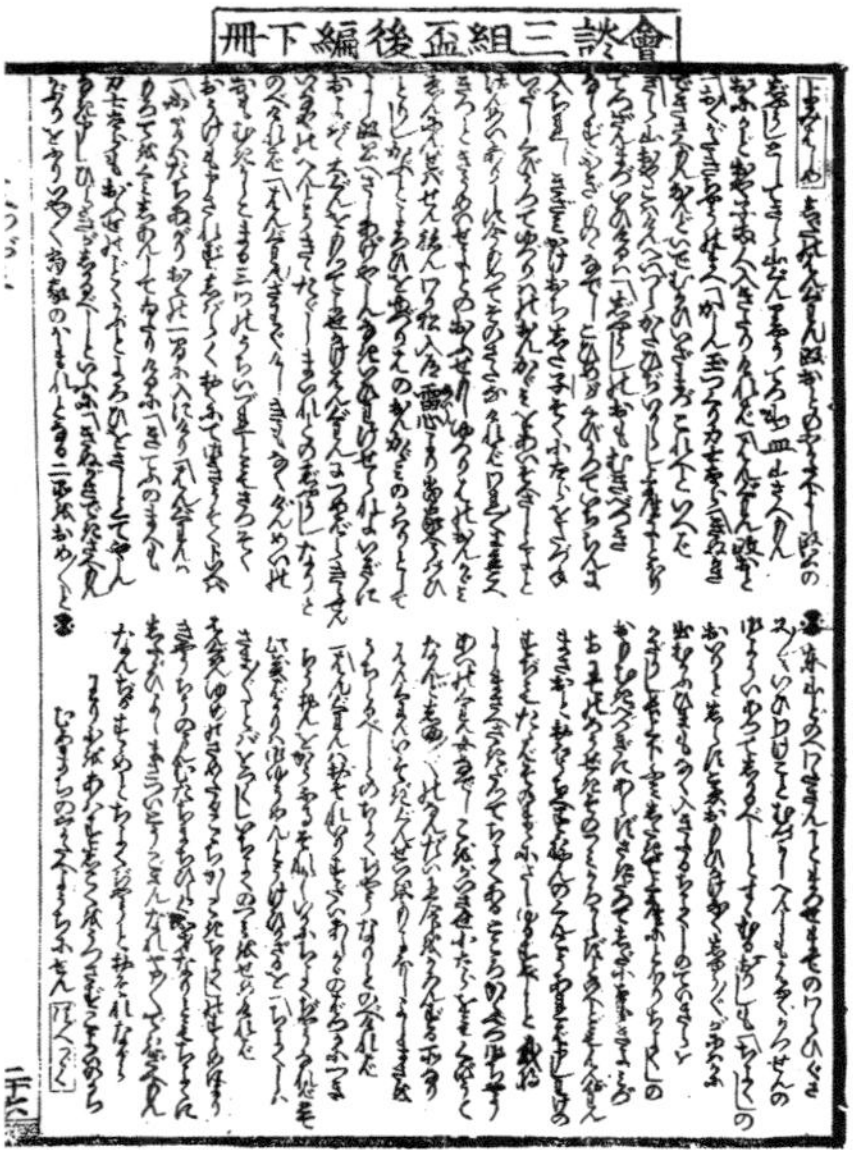

（32）二十六オ

【下】

（32）会談三組盃後編下冊

読《よ》み始《はじ》め　信田《しだ》の判官《はんぐわん》政音《おと》の館《やかた》へ義《よし》政公の上使《じやうし》として皿《さら》山郡領鉄《ぐんりやうてつ》山ン、皿山左《さ》衛門《へもん》鬼門《おにかど》親《おや》子両人入来《きた》りければ、判官《はんぐわん》政音《おと》、奥方《おくがた》几帳《きちやう》の前《まへ》、家臣《かしん》玉造《つくり》力士太郎、絹笠《きぬがさ》出《で》来左衛門《きざへもん》なんど出迎《いでむか》ひ、「いざまづこれへ」と言《い》へば、皿《さら》山親子《おやこ》は権柄面《けんぺいづら》、肩肘怒《かたひぢいか》らし上座に通《とほ》り、鉄山《てつざん》まづ言《い》ひけるは、「上使《じやうし》の趣《おもむ》き別儀《べつぎ》ならず。不義者《ふぎもの》の撫子姫《なでしこひめ》が首打《くびう》つて、一覧《いちらん》に入られし刻《きざみ》、駆落《かけおち》した子息《しそく》小太郎を尋出《たづねいだ》し、首打《くびう》つて楪《ゆづりは》の御鏡《おんかゞみ》を相添《あいそ》へ差上《さし》よと厳命《げんめい》ありしに、今もつてその沙汰《さた》なければ、我々《われ〳〵》に立越《こ》へ、きつと究明《きうめい》せよとの仰《おふ》せ、もし楪《ゆづりは》の御鏡《おんかゞみ》延引《えんにん》せば、先年《せんねん》、若《わか》松入道雷心《らいしん》より当家へ奪取《うばひと》りし兜鎧《かぶとよろひ》を、楪《ゆづりは》の御鏡《おんかゞみ》の代《かは》りとして義政《よし》公へ差上《さしあ》げ、野心《やしん》なき言訳《いひわけ》せられよ。異議《いぎ》に及《およ》ばゝ、大軍《ぐん》をもつて寄掛《よせか》け、判官《はんぐわん》に詰腹切《つめばらき》らせん。否《いな》やの返答聞質《へんとうきゝたゞ》し参《まい》れとの上使《じやうし》なり」と述《の》べければ、判官騒《はんぐわんさわ》ぐ気色《けしき》もなく、「厳命《げんめい》の趣《おもむ》き畏《かしこ》まる。三つの内《うち》、何《いづ》れとも早速《さつそく》お受《う》けも申されず、しばらく奥《おく》にて御休息《きうそく》」ト言《い》へば、二人《ふたり》は立《たち》上《あ》がり奥《おく》の一間に入にけり。判官《はんぐわん》は諸手《もろて》を組《く》み思案《しあん》してゐたりけるに、几帳《きてふ》の前《まへ》も力士太郎も「仰《おふ》せの如《ごと》く、兜《かぶと》鎧《よろひ》を差《さし》上て、野心《やしん》なき申し開《ひら》きが然《しか》るべし」と言《い》ふに、絹笠出来左衛門《きぬがさできざへもん》、頭《かぶり》を振《ふ》り、いや〳〵当家の誉《ほま》れとなる二品をおめ〳〵と東山殿《どの》へ渡《わた》さん事《こと》、末世《まつせ》まで笑種《わらひぐさ》。又々〳〵言訳《いひわけ》、事難《ことむづか》し。片時《へんし》も早《はや》く合戦《かつせん》の御用意《ようい》あつて然《しか》るべしと勧《すゝ》むる折《おり》しも、「勅使《ちよくし》のお入《い》り」と知《し》らす声《こゑ》、思《おも》ひ掛《が》けなく、主従《しゆう〴〵》が俄《にはか》に出迎《むか》ふ隙《ひま》もなく、入来《きた》る勅使《ちよくし》の体《てい》、綺《き》羅《ら》を飾《かざ》りし長上下踏《ふ》みしだきて上座に通《とほ》り、「勅使《ちよくし》の趣《おもむ》き別儀《べつぎ》にあらず。先《さき》だつて信田《しだ》小太郎、清水《きよみづ》寺にての狼藉《ろうぜき》、その罪軽《つみかろ》からずといへども、判官《はんぐわん》政音《まさおと》、大内《おほうち》へ数年《すねん》の勲《くん》功《こう》あれば申し訳《わけ》の筋《すぢ》も立《た》たば、そのまゝに差許《さしゆる》すべしと、武将義政《よしまさ》へ先《さき》だつて勅《ちよく》あるところ、格別《かくべつ》御寵愛《ちやうあい》の官《くわん》女撫子《なでしこ》を害《がい》させ、小太郎をも首打《くびう》てなんど、種々《しゆ〴〵》の難題《なんだい》、主命を軽《かろ》んずる所なり。判官《はんぐわん》急《いそ》ぎ軍勢《ぐんぜい》を催《もよほ》し、義政《よしまさ》を打《うち》取《と》るべしとの勅諚《ちよくぢやう》なり」と述《の》べければ、判官《はんぐわん》は恐入《おそれい》り、数代足利《すだいあしかゞ》の幕下《ばつか》に就《つ》き、忠恩《ちうおん》を被《かうふ》る某《それがし》、如何《いか》に勅諚《ちよくぢやう》なればとて、此義ばかりは御宥免《ゆうめん》と、受引《うけひ》かざるを、勅使《ちよくし》はさま〴〵言葉《ことば》を尽《つ》くし、違勅《いちよく》の罪《つみ》を責《せ》めければ、判官《はんぐはん》、夢《ゆめ》の覚《さ》めたる心地《こゝち》、畏《かしこ》き勅使《ちよくし》の勧《すゝ》めにより、胸中《きやうちう》の雲霧《うんむ》たちまち開《ひら》く。不《ふ》才なりとも勅《ちよく》に従《したが》ひ、義政追討《よしまさついとう》ござんなれ。ヤア〳〵出来左衛門《できざへもん》、汝《なんぢ》が勧《すゝ》めと勅諚《ちよくぢやう》と、恐《おそ》れながら割符《わりふ》を合《あ》はす。時刻《じこく》を移《うつ》さず今宵《こよい》の内《うち》、室町《むろまち》の館《やかた》へ夜討《ようち》にせん。

次へ続《つゞ》く

（33）二十六ウ

二十七オ

（33）

前《まへ》の続《つゞ》き 先陣《せんぢん》は汝《なんぢ》たるべし。若《わか》松入道の鎧兜《よろひかぶと》、先《さき》手《て》の功に預《あづ》けやる六具固《ろくぐかた》めて馳向《はせむ》かへ。我《われ》は後《あと》より出陣《しゆつぢん》すべしと勅使《ちよくし》を誘《いざな》ひ、奥《おく》の一間《ひとま》へ入給《たま》ふ。几帳《きてふ》の前《まへ》、力士太郎は判官《はんぐわん》の謀叛《むほん》の体《てい》を驚《おどろ》き、奥《おく》に駆入《かけい》り、諫言《かんげん》せばやと立上《たちあ》がる。出来左衛門《できざへもん》は、我一人勇《われひとりいさ》み立、まづ〳〵手勢《ぜい》を召集《めしあつ》めんと立上《たちあ》がり、しづ〳〵と出行《いでゆ》く折《をり》に、一間に判官声高《はんぐわんこゑたか》く、「ヤア〳〵若《わか》松入道雷心《らいしん》の旧臣《きうしん》矢剣左衛門《やつるぎさへもん》雲連《くもつら》、数年仕込《すねんしこみ》し汝《なんぢ》が陰謀《いんぼう》、為果《しおふ》せたりと思ふは愚《おろ》か」と呼掛《よびか》けられて、びつくりしながら色《いろ》を変《か》へず、その矢剣《やつるぎ》はいづくの何処《どこ》に。ホ、外《ほか》ならず、汝《なんぢ》が事《こと》。小太郎が下部《しもべ》となり、シヤ心得《こゝろゑ》ぬ面魂《つらだましい》と眼《まなこ》をつくるうち、清《きよ》水寺の騒《そう》動《どう》に、下郎《げらう》に似合《にや》はぬ健気《けなげ》の働《はたら》き、忠義《ちうぎ》なりと武士に取《とり》立、撫子《なでしこ》を預《あづ》くる折からに、我《わ》が娘音羽を身代《がは》りとして、無二《むに》の忠義と某《それがし》に気を許《ゆる》させ、膝元《ひざもと》に近寄《ちかよ》る手立《てだ》て、さては彼奴《きやつ》こそ、先年《せんねん》、絹《きぬ》川羽生之介《はにふの》と当年《とうねん》に滅《ほろ》び、兜鎧《かぶとよろひ》を我《わ》が手《て》に奪《うば》はれたる若《わか》松雷心《らいしん》が家臣矢剣《かしんやつるぎ》ならんと知《し》つたるなり。ことさら汝《なんぢ》が所持《しよぢ》する名笛《めいてき》は、若《わか》松入道の秘蔵《ひざう》の笛《ふゑ》に疑《うたが》ひなければ、いよ〳〵それと察《さつ》し、汝《なんぢ》が底意《そこい》を探《さぐ》らんため大禄《ろく》を与《あた》へ、側近《そばちか》く使《つか》ふ所、折々《をり〳〵》に逆意《ぎやくい》の勧《すゝ》め、これ義《よし》政公の手を借《か》りて我《われ》を滅《ほろ》ぼし、蟄懐《ちつくわい》を遂《と》げんとの計策《けいさく》ならんと見抜《ぬ》かれて、矢剣《やつるぎ》は無念《むねん》の歯噛《はが》み、拳《こぶし》を握《にぎ》り、シヤ口惜《くちを》しや残念《ざんねん》や、我《われ》、主君若《しゆくんわか》松入道滅《ほろ》びて後《のち》、丹《たん》波《ば》の国の山奥《おく》に住《す》み、山嵐《あらし》の風助といふ狩人《かりうど》となりゐしが、主君《しゆくん》の仇《あた》を報《むく》はんと家《いへ》出をなし、下部《しもべ》となつて当家へ入込《こ》み、だん〳〵と出世《しゆつせ》をなし、謀《はか》る〳〵と思ひしが、見顕《あらは》されたる口惜《くちを》しさよ。此上《うへ》は直《じき》に勝負《しやうぶ》を決《けつ》せよ判官《はんぐわん》と、詰寄《つめよ》する折しもあれ、力士太郎、鹿島《かしま》七郎小手脛当《すねあて》にて支《さゝ》へたり。判官《はんぐわん》、両人を制止《せいしと》止め、「如何《いか》に矢剣《やつるぎ》、汝《なんぢ》がさほどの忠義《ちうぎ》を感《かん》じ、二品の宝《たから》を返《かへ》しやるぞ、ソレ持来《もちきた》れ」と仰《おふ》せの声《こゑ》と諸共《もろとも》に、撫子姫《なでしこひめ》は兜《かぶと》を持《も》ち、信田《しだ》小太郎は鎧《よろひ》を抱《かゝ》へて立出《たちいづ》れば、二人《ふたり》の者《もの》は何時《いつ》の間《ま》に帰居《かへりゐ》しぞト又びつくり。小太郎曰《いは》く、「御鏡《おんかゞみ》の在所《ありしよ》、謀叛《むほん》の張本《ちやうぼん》詮議《せんぎ》のため、他国の遍参《へんさん》、

次へ続《つゞ》く

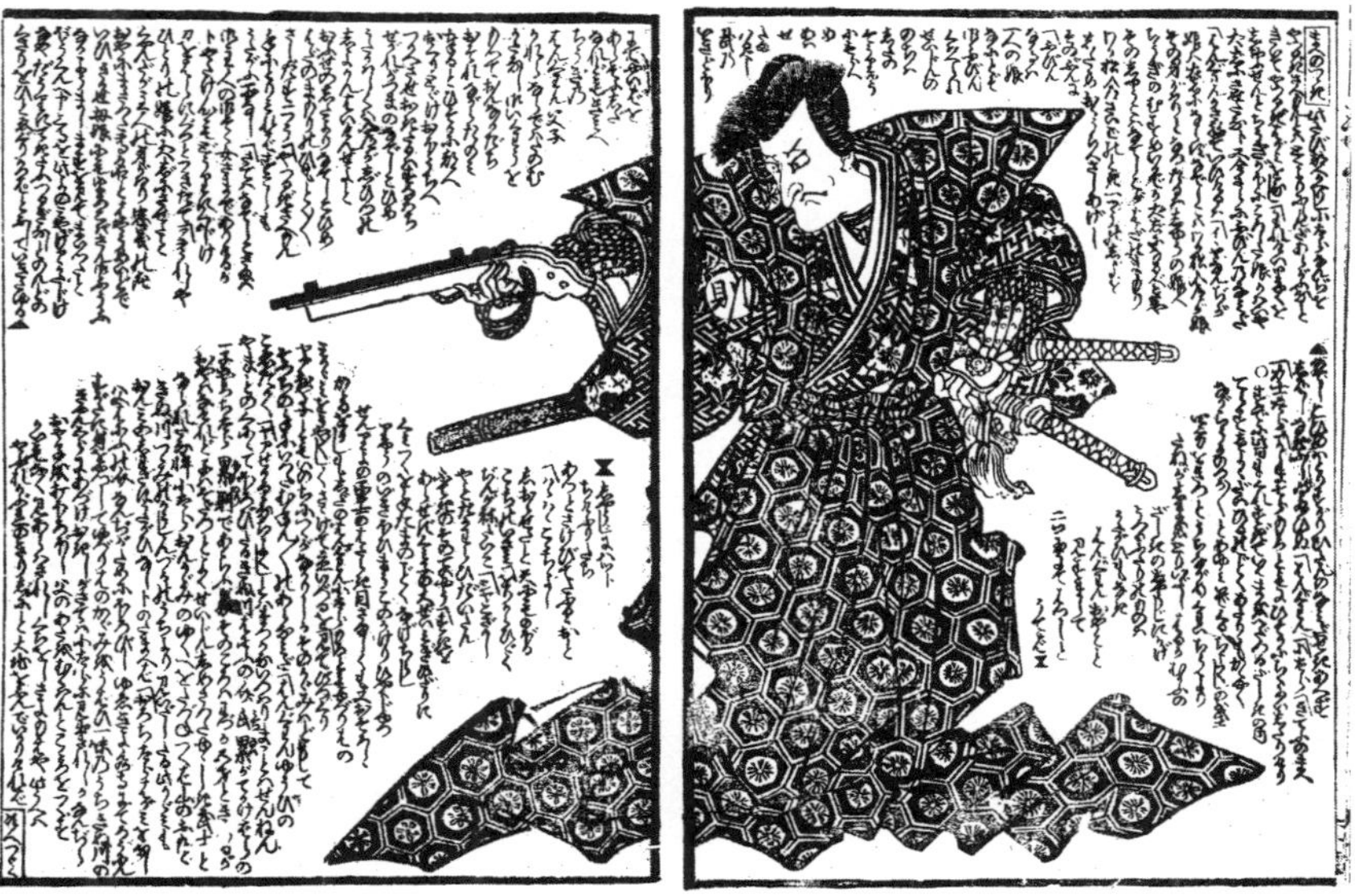

(34)二十七ウ

二十八オ

（34）前《まへ》の続《つゞ》き 此度《たび》、都へ帰《かへ》りし小太郎、汝《なんぢ》を矢剣左衛《やつるぎさへ》門《もん》とは疾《と》くより睨《にら》んだ抗《あらが》ふな、と聞《き》いて矢剣《やつるぎ》歯嚙《はが》みをなし、我《われ》、計略《けいりやく》を為果《しおふ》せんと忠義顔《ちうぎがほ》に殺《ころ》した娘、可愛《かはい》や犬死《じに》させたなト又、今更《さら》に不憫《ふびん》の涙《なみだ》。判官《はんぐわん》、重《かさ》ねて言《い》ひけるは、「イ、ヤ汝《なんぢ》が娘は犬死《じに》ならず。撫子《なでしこ》は若《わか》松入道が娘、その身代《がは》りとなつたるは主《しゆう》の娘へ忠義《ちうぎ》の娘《むすめ》、如何《いか》でか犬死《じに》なるべきや。その証拠《しやうこ》は、撫子《なでしこ》が肌《はだ》の守《まもり》。若松入道最期《さいご》の時《とき》、一通《つう》の書《しよ》を認《した》め置《お》くうちへ、差上《さしあ》げしその文《ぶん》に、不《ふ》憫《びん》なるは一人の娘、何《なに》とぞ御不憫加《ふびんくは》へられ、成人《せいじん》の後《のち》は、信田《しだ》の惣領《そうりやう》小太郎へ妻合《めあは》せ賜《たまは》るべし。武の憤《いきどほ》りにて刃《やいば》を争《あらそ》ふ信田《しだ》なれども、君《きみ》へ忠義《ちうぎ》の判官《はんぐわん》父子、彼等《かれら》ならでは頼《たの》む方《かた》なし。御威光《いくわう》をもつて御仲立《おんなかだち》、恐《おそ》れながら頼《たの》み奉ると、密《ひそか》に都へ送《おく》り届《とゞ》け、大内《おほうち》へ仕《つか》へさせ置《お》きたるは、すなはち倅《せがれ》が妻《つま》の撫子姫《なでしこひめ》。疑《うたが》はしくは、入道が自筆《じひつ》の書簡《しよかん》拝見《はいけん》せよ」と仰《おふ》せの下《した》より、撫子姫《なでしこひめ》、肌《はだ》の守《まもり》の紐解《ひもと》く〳〵差出《さしだ》す一通《つう》。矢剣左衛門《やつるぎさへもん》手に取《と》り見《み》れば、少《すこ》しも疑《うたが》ふ所なし。さては撫子様《なでしこさま》は御主人の御息女様《そくさま》でありけるか、ト弥猛《やたけ》心も道理《どうり》に挫《くじ》け、刀を腹《はら》にぐつと突立《つきた》て、アラ嬉《うれ》しや、一人《ひとり》の娘に犬死《じに》させたと悔《くや》んだが、主人の身代《がは》り忠義の死、親《おや》に勝《まさ》つた高名と、早《はや》う冥土《めいど》で言《い》ひ聞《き》かせ、母娘にも喜《よろこ》ばさん。御夫婦仲良《ふうふなかよ》う在《まし》ますを見て参《まい》つたと、亡君《ぼうくん》へ申上るを此世《よ》の土産《みやげ》。ア、忝《かたじけな》や、道理《だうり》に敵対《てきた》ふ剣《つるぎ》なしと、喉《のんど》の鎖《くさり》を一抉《ひとゑぐ》り、かつぱと伏《ふ》して息絶《いきた》ゆる。撫子姫《なでしこひめ》は取縋《とりすが》り、悲嘆《ひたん》の涙塞《なみだせ》きあへず、しばし泣伏《なきふ》しゐ給ひぬ。判官《はんぐわん》、小太郎、几帳《きてふ》の前《まへ》、力士太郎、鹿島《かしま》七郎もろともに、密《ひそか》に落涙《らくるい》したりけり。

○すでに此日も暮過《くれす》ぎて、行《い》く間《ま》を隔《へだ》つる座敷《ざしき》の内、照《て》らす燭台昼《しよくだいひる》の如《ごと》く、辺《あた》りも輝《かゞ》やく長廊下《ながらうか》、のつか〳〵と歩《あゆ》み出来《いでく》る勅使《ちよくし》の武士、四方をきつと打眺《うちなが》め、懐中《くわいちう》より種《たね》子島《がしま》を取出《とりいだ》し、遥《はる》か向《むか》ふの座敷《ざしき》の障子《しやうじ》に影映《かげうつ》る二人《ふたり》の者《もの》は、疑《うたが》ひもなき判官親子《はんぐわんおやこ》と見澄《す》まして、二つ玉にて、はつしと撃《う》てば、障子《しやうじ》にハツト血煙立《ちけふりた》ち、あつと叫《さけ》びて倒《たふ》るゝ音《おと》。ハ、ハ、心地《こゝち》よし、為果《しおゝ》せたと、天にも昇《のぼ》る心地《こゝち》の勇《いさみ》。折《をり》から響《ひゞ》く陣鉦《ぢんがね》・太鼓《たいこ》、シヤこざかしやと高笑《たかわら》ひ、大胆不敵《だいたんふてき》のその体様《ていやう》、隙《すき》をあらせず組《くみ》子の大勢《ぜい》、右左《みぎひだり》に組付《くみつ》くを手玉《たま》の如《ごと》く投散《なげち》らし、竜《りやう》の勢《いきほ》ひ猛虎《まうこ》の駆《かけ》り、百《ひやく》術千慮《じゆつせんりよ》の勇士の働《はたら》き、目覚《ざま》しくも又恐《おそ》ろしく、斯《か》かる折《をり》しも、信田《しだ》の判官《はんぐわん》、小太郎もろとも楪《ゆづりは》の御鏡《みかゞみ》を恭《うや〳〵》しく捧《さゝ》げて立出《いづ》るを、見てびつくり。ヤア親《おや》子とも命《いのち》に恙《つゝが》なかりしか。その鏡《かゞみ》はどうしてそつちの手に入《い》つた。無念《むねん》〳〵のあら涙《なみだ》。判官優美《はんぐわんゆうび》の声高《こゑたか》く、「ヤア急《せ》かるゝな。勅使《ちよくし》とは真赤《まつか》な偽《いつは》り。実《まこと》は先年《せんねん》、大和《やまと》の国《くに》にて滅《ほろ》びたる絹《きぬ》川羽生之《はにふの》介氏累《うぢるい》が妾腹《てかけばら》の一子大蛇《おろち》太郎累則《るいのり》であらふがな。その頃《ころ》は、わづか五才と聞《き》きつるが、親《おや》はなけれど子は育《そだ》つと、よく成人《せいじん》しめさつた。ゆゝしき武士となられたな。悴小太郎、御鏡《おんかゞみ》の行方《ゆくへ》を尋《たづ》ね、筑波《つくば》山の麓《ふもと》、鬼怒《きぬ》川堤《つゝみ》の庚申塚《かうしんづか》の内《うち》より見出《いだ》したる此鏡《かゞみ》も、御身《おんみ》の仕業《しわざ》に疑《うたが》ひなし」ト宣《のたま》へば、大蛇《おろち》太郎歯噛《はが》みをなし、父羽生之《はにふの》介、汝《なんぢ》がために滅《ほろ》びしゆゑ、清《きよ》水寺にて浪人姿《ろうにんすがた》に身を窶《やつ》して、楪《ゆづりは》の鏡《かゞみ》を奪《うば》ひ、一味のうち、鬼怒《きぬ》川の侠《きやん》五郎に預置《あづけお》きしが、さては小太郎に見出されしか。汝《なんぢ》ら親《おや》子を打滅《ほろ》ぼし、父の仇《あた》を報《むく》はんと心《こゝろ》を尽《つ》くす甲斐《かい》もなく、見顕《あらは》されし口惜《くちを》しさよ。最早《もはや》、此上《うへ》は破《やぶ》れかぶれの切死《きりじに》と、大地を踏《ふ》んで怒《いか》りければ、

次へ続《つゞ》く

（35）二十八ウ

二十九オ

（35）前《まへ》の続《つゞ》き　判官《はんぐわん》声高《こへたか》く、「大蛇《おろち》太郎よく聞《き》かれよ。父羽生之《はにふの》介、大和の国生駒《いこま》山にて滅《ほろ》びしは、義《よし》政公の御《おん》心《こゝろ》より出《いづ》るにあらず。又、某《それがし》が所為《しよい》にもあらず。皿山親《おや》子、かねて義《よし》政公を滅《ほろ》ぼさんと陰謀《いんぼう》を企《くはだ》て、まづ羽生之《はにふの》助を讒言《ざんげん》し、その上《うへ》、某《それがし》をも讒言《ざんげん》して、陰謀《いんぼう》を遂《と》ぐべしと企《たく》みし悪事《あくじ》、此度《たび》露見《ろけん》して、密《ひそか》に刑罰《けいばつ》仕《つかまつ》れと義《よし》政公より御内意《ないゐ》あり。それ故《ゆゑ》、二人を今日、上使《じやうし》に事寄《ことよ》せ遣《つかは》され、先《さき》だつて清水《きよ》寺にて倅《せがれ》小太郎に無理《むり》言《い》ひ掛《か》けて、手に掛《か》かりし岩藤《いはふぢ》も、彼《かれ》ら親《おや》子が賄賂《わいろ》を使《つか》ひてさせたる事と、それも明白《めいはく》に分《わ》かりし故《ゆゑ》に、楪《ゆづりは》の御鏡《おんかゞみ》さへ差《さし》上なば、小太郎、撫子《なでしこ》二人《ふたり》が、清《きよ》水寺を騒《さは》がせたる罪《つみ》は御免《めん》あらんと、疾《と》くより御内意《ないい》。最前《さいぜん》、御身《おんみ》が種子島《たねがしま》にて撃止《うちと》めしこそ、父羽生之《はにふの》介が敵《かたき》、皿山親《おや》子なり、ソレ引出《ひきいだ》せ」とありければ、ハツト答《こた》へて力士太郎、鹿島《かしま》七郎、皿山親《おや》子を引出《ひきいだ》す。几帳《きてふ》の前《まへ》も薙刀《なぎなた》掻《かい》込《こ》み立出《たちいで》て、「イザ存分《ぞんぶん》に」と言《い》へば、大蛇《おろち》太郎は太刀《たち》引抜《ひきぬ》いて、皿山親《おや》子が首《くび》打落《お》とし、「斯《か》うあらふとは知《し》らずして、判官殿《はんぐわんどの》を恨《うら》みしは我《わ》が誤《あやま》り。今《いま》こそ疑《うたが》ひ晴《は》れたり」と言《い》へば、判官《はんぐわん》、蒔絵《まきゑ》の箱《はこ》を携《たづさ》へ出《い》で、これは父《ちゝ》羽生之《はにふの》介が家《いへ》の宝《たから》、唐絵《からゑ》の皿なり。先年《せんねん》、皿山《さら》鉄山《てつざん》、千原佐国《ちはらすけくに》が妹竜田《いもとたつた》を害《がい》してこれを奪《うば》ひ、その時《とき》一枚《まい》、井の中《なか》へ打込《うちこ》み不足《ふそく》せしを、此度《たび》、倅《せがれ》小太郎、鬼怒《きぬ》川堤《つゝみ》にて不足《ふそく》の一枚《まい》手に入て、十枚揃《まいそろ》ひし此皿は、家《いへ》の継目《つぎめ》になくてならざる物《もの》なれば、今御身《おんみ》に渡《わた》す也とて与《あた》ふれば、几帳《きてふ》の前《まへ》も佐国《すけくに》が形見《かたみ》の百花の巻《まき》物を与《あた》へければ、大蛇《おろち》太郎は二品《しな》を押頂《おしいたゞ》き、判官《はんぐわん》の深《ふか》き情《なさ》けを感《かん》嘆《たん》し、礼儀《れいぎ》を述《の》べて出行《いでゆ》きぬ。

○斯《か》くて判官《はんぐわん》の取持《とりもち》にて、羽生之《はにふの》介は罪無《つみな》きに極《きは》まり、義《よし》政公の大命《たいめい》にて、大蛇《おろち》太郎 次へ続《つゞ》く

(36)二十九ウ

三十オ

（36）前《まへ》の続《つゞ》き 絹《きぬ》川の家《いへ》を継《つ》ぎ、本領安堵《ほんりやうあんど》の御教書《みきやうしよ》を賜《たまは》りければ、喜ぶ事限《ことかぎ》りなし。

○さて又、信田判官《しだはんぐわん》、空玄《くうげん》上人を招待《しやうだい》して、滅《ほろ》びし人々《ぐ》の菩提《ぼだい》のため大施餓鬼《せがき》を供養《くやう》せしに、空玄《くうげん》上人、十枚《まい》の皿に、一枚《まい》に念仏《ねんぶつ》一遍《へん》づゝ、十念《ねん》を授《さづ》け給ひしに、たちまち虚《こ》空《くう》に音楽《おんがく》聞《き》こへ、霊香《れいきやう》四方《よも》に薫《くん》じ、紫雲棚引《しうんたなび》き、花降下《はなふりくだ》り、羽生之助《はにふのすけ》、佐国、竜田《たつ》、累《かさね》、音羽《おとは》五人の亡霊《ばうれい》ありくと現《あらは》れ出《い》で、光《ひかり》を放《はな》つて西の空《そら》へ飛去《とびさ》りければ、五人の者《もの》、成仏《じやうぶつ》、得脱《とくだつ》疑《うたが》ひなしと、皆々《みなく》奇異《きい》の思《おも》ひをなしにけり。

此時《とき》、与右衛門《よゑもん》は羽生之介《はにふの》と累《かさね》が菩提《ぼだい》のため、空玄《くうげん》上人の弟子《でし》となり剃髪《ていはつ》す。力士太郎が娘《むすめ》小萩《はぎ》は、鹿島《かしま》七郎が妻《つま》となり、与右衛門《よゑもん》が娘《むすめ》おりくは撫子姫《なでしこひめ》の腰元《こしもと》となる。されば悪人《あくにん》、事《こと》を巧《たく》みに謀《はか》るといへども、天罰《ばつ》によつて滅《めつ》亡《ぼう》し、善人一度衰《ひとたびおとろ》へたるも、天《てん》の憐《あはれ》みを被《かうふ》りて再《ふた》び花咲《はなさ》く春《はる》にあへり。されば善悪邪正は一部の狂言に異《こと》ならず。

京伝店

大極《ごく》上品奇応《きおう》丸 一包《つゝみ》十粒入　百廿四文

○大極上の薬種《やくしゅ》を使《つか》ひ家伝の加味ありて常《つね》の奇応《きおう》丸とは別《べつ》なり。糊《のり》なし、熊《くま》の胆《ゐ》ばかりにて丸ず。小売《うり》一粒《りう》十二文。

（37）三組盃全六冊大尾

さるほどに吉日を選《えら》みて、信田《しだ》小太郎、撫子姫《なでしこひめ》と婚礼《こんれい》、首尾《しゅび》よく調《とゝの》ひ、三々《さん〳〵》九度《ど》の三組盃《みつぐみさかづき》、末広《すへひろ》がりの万福《まんぷく》長者、数《かづ》の子宝《たから》産《う》みためて、千秋万歳目出度《めでた》し〳〵〳〵。

奥付広告

[信田小太郎《しだ》]
[撫子姫《なでしこひめ》]

春扇画㊞ 山東京伝作㊞
徳瓶書筆

京伝店商物口上
○裂地《きれ》・煙草入《たばこ》・紙煙草入《たばこ》・煙管類《きせるるい》、当年の新物珍《しんものめづら》しき風流の雅品、色々《いろ〱》出来、金《かな》物等、念《ねん》入別《べつ》して改《あらた》め下直に差《さし》上申候。

読書丸《とくしよぐわん》 一包《つゝみ》壱匁五分
○第一気根《きこん》を強《つよ》くし、物覚《おぼ》へをよくす心腎薬なり。老若男女常《つね》に身を使《つか》はず、かへつて心を労《ろう》する人はおのづから病《やまひ》を生じ、天寿を損《そこ》なふ。此薬を常《つね》に用ひて気根《きこん》を補《おぎな》ふべし。又旅立人、此薬《くすり》を蓄《たくは》へて益《えき》多し。暑寒前《まへ》に用ゆれば、外邪《ぐわいじや》を受《う》けず、其外効能《こうのう》多し。

京伝製 小児無病丸 一包《つゝみ》百十二文
小児虫《むし》の類《るい》、万病《びやう》大妙薬《みやうやく》。

京伝自画讃 扇《あふぎ》、新図色々《いろ〱》。短冊《たんざく》・色紙《しきし》・張交絵類《はりまぜゑるい》、好《この》みに応《おう》ず。

不破《ふは》名古屋《なごや》濡燕子宿傘《ぬれつばめねぐらのからかさ》

東山義政の時代（応仁の頃）

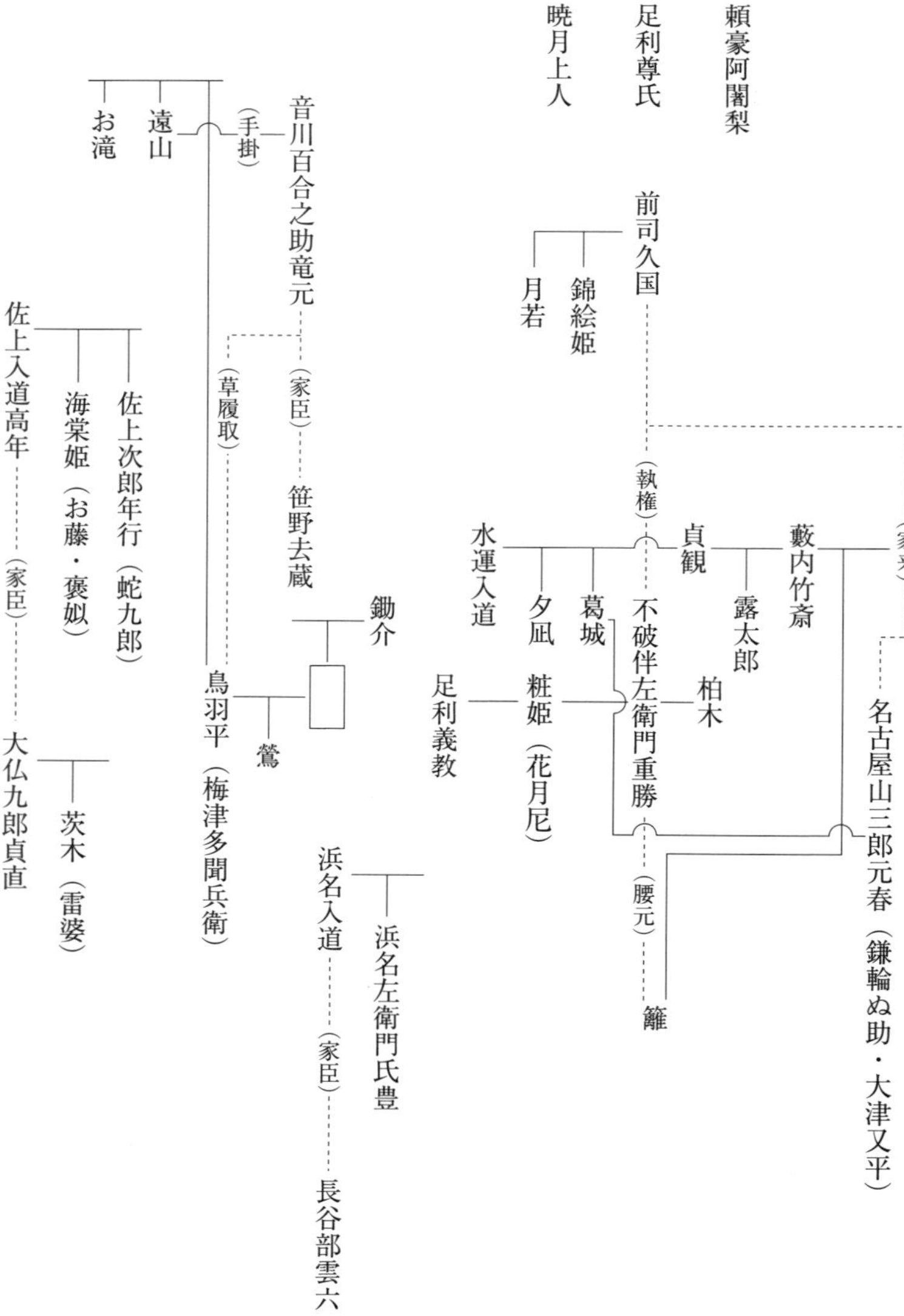

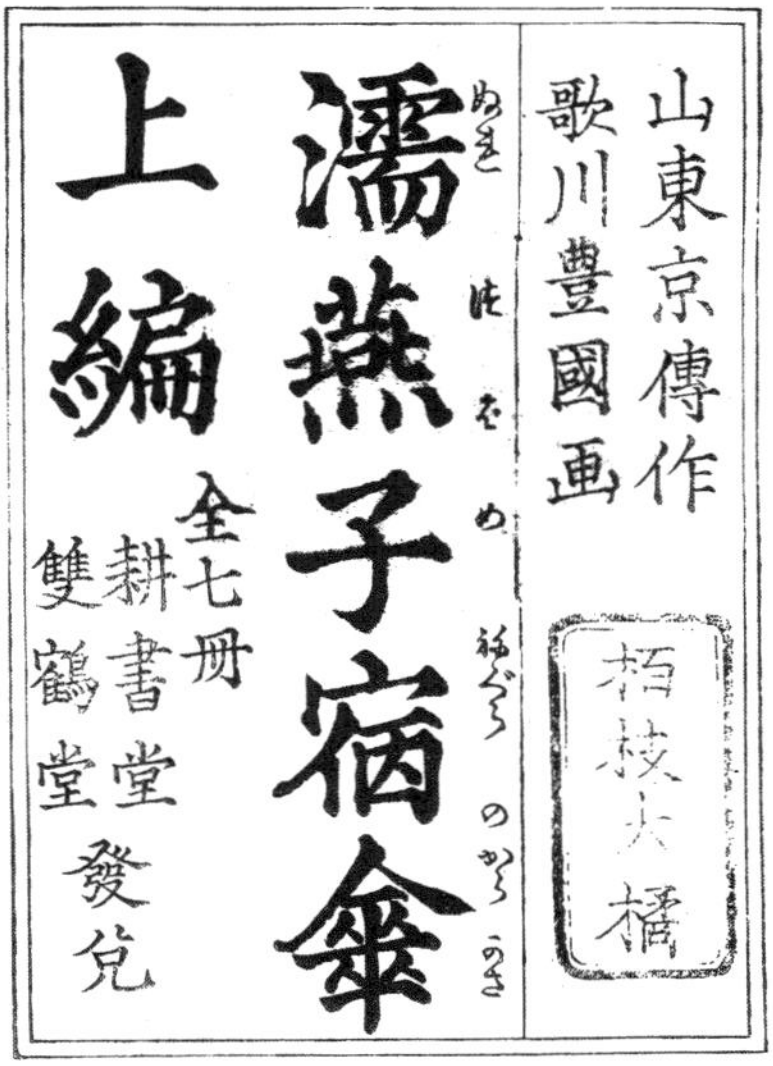
山東京傳作
歌川豊國画
濡燕子《ぬれつばめ》宿《ねぐらの》傘《からかさ》
栢枝大橋
上編
全七册
耕書堂
雙鶴堂　發兌

【上編見返し】

山東京伝作
歌川豊国画
濡燕子《ぬれつばめ》宿《ねぐらの》傘《からかさ》
上編　全七冊

栢枝大橋

耕書堂
雙鶴堂　発兌

（1）一オ

【上編】

【上】

（1） 不破名古屋上編上冊

不破《ふは》の関屋《せきや》の板間《いたま》もる。その稲妻《いなづま》のはじまりは。伴左衛門《ばんざゑもん》が孝行《かう〳〵》ばなし。頼豪《らいがう》あじやりの鼠《ねづみ》の術《じゆつ》は。通《かよ》ひをくはへて酒買《さけかひ》に。ゆくか雨夜《あまよ》のかりがねを。いはひそえたる九月蚊《が》帳《や》。見《み》ぬもろこしの夢《ゆめ》のあと。周《しう》の褒似《ほうじ》と海棠姫《かいどうひめ》と。かた身《み》がはりの夕《ゆふ》しぐれ。土手《どて》の相傘《あひがさ》かつらきが。ねぐらかさふよぬれ燕《つばめ》の。ぬひの模様《もやう》のひな形《がた》は。山三郎《さんざぶらう》がなごや帯《おび》。とけたる何曾《なぞ》は五元集《ごげんしふ》。晋子其角《しんしきかく》が名句《めいく》のひきこと。兄《あに》と妹《いもと》がなつかしき。枝《えだ》のさけめの梅津歌門《うめづかもん》。比《ころ》は応仁《おうにん》のむかし〳〵。あつたトサ絵《ゑ》のながれをくむ。大津又平《おほつまたへい》がとなりあはせに。鬼《おに》の念仏《ねぶつ》の雷《かみなり》婆々《ばゞ》が茶《ちや》のみばなしは。佐《さ》上次郎《がみじらう》がそせいの怪談《くわいだん》。返魂香《はんごんかう》のじやうるりの。その焼《たき》がらをひろひ集《あつめ》て。時代《じだい》ちがひの跡《あと》なしごとを。かきまじへたる絵《ゑ》そらごと。

骨董集《こつとうしふ》の著述《ちよじゆつ》のいとま 醒々斎《せい〳〵さい》に於《おい》て

山東京伝誌㊞

(2)一ウ

二オ

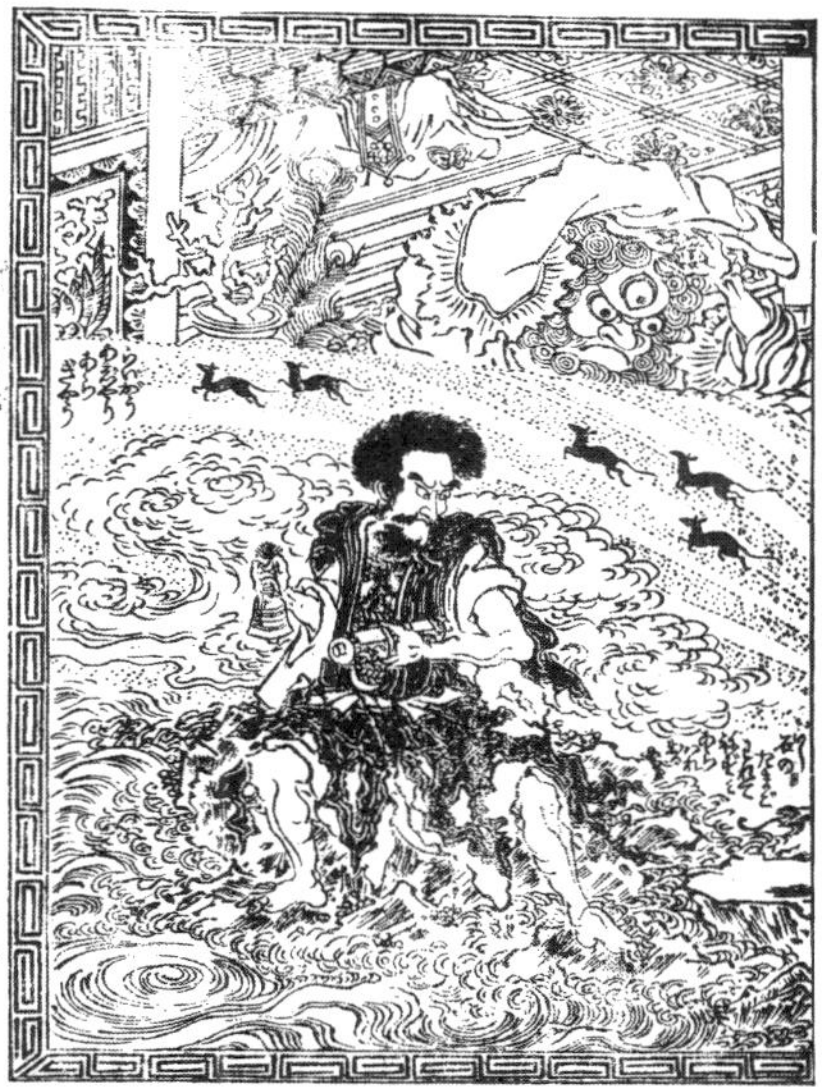

文化十年癸酉秋九月稿成
同十一年甲戌春新絵双紙
江戸　耕書堂　蔦屋重三郎
田所町　雙鶴堂　鶴屋金助　板行

(2) 発端《ほつたん》の絵《ゑ》

天上《てんじやう》より千里眼《せんりがん》・順風耳《じゆんふうに》といふ二将《にしやう》、此体《このてい》を見聞《けんもん》して、早《はや》く天帝《てんてい》に告《つ》げ奉《たてまつ》るところ。石《いし》の卵《たまご》割《わ》れて鼠《ねずみ》現《あらは》れ出る。

頼豪《らいがう》阿闍梨《あじやり》、荒行《あらぎやう》

（3）二ウ

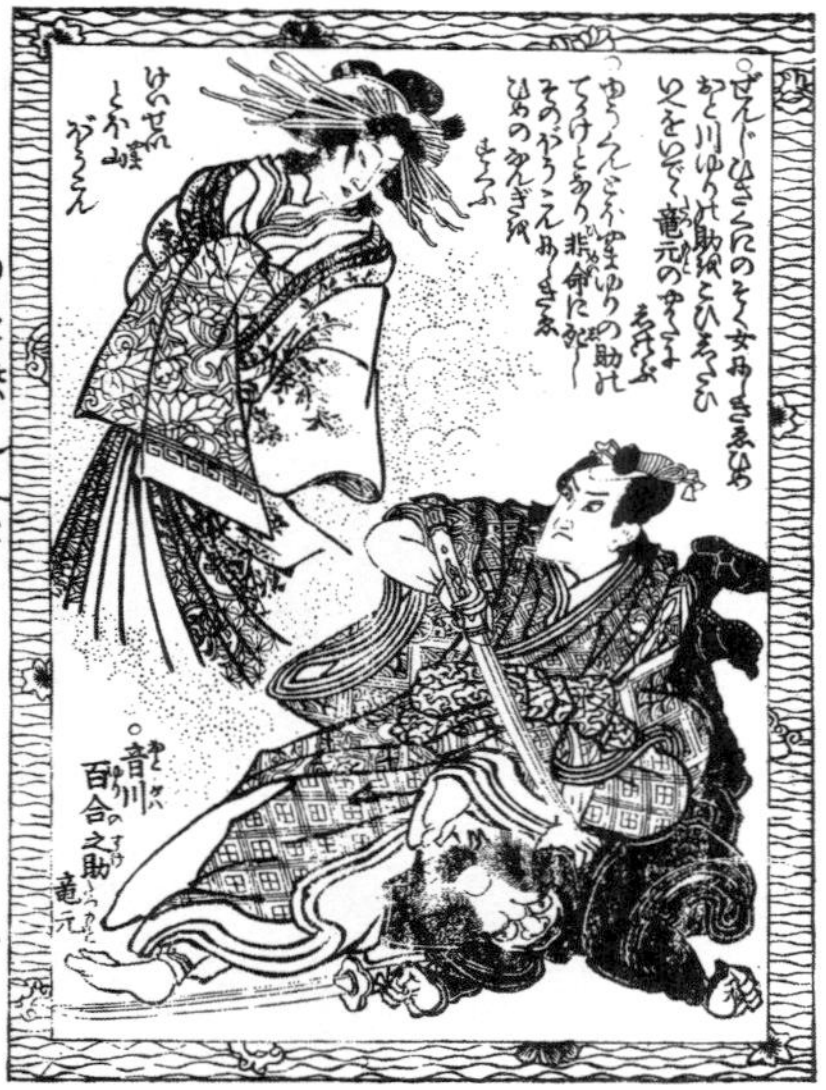

（4）三オ

（3）

○前司《ぜんじ》久国《ひさくに》の下部《しもべ》鎌輪《かまわ》ぬ助《すけ》、立身《りつしん》して名古屋《なごや》山三郎《さんさぶらう》元春《もとはる》と名乗《なの》る。

稲妻《いなづま》のはじまり見たり不破《ふは》の関《せき》

傘《からかさ》にねぐらかさふよぬれ燕《つばめ》　其角

前司久国家臣《ぜんじひさくにのかしん》、不破伴左衛門重勝《ふはばんざゑもんしげかつ》

（4）

○前司久国《ぜんじひさくに》の息《そく》女錦絵姫《にしきゑひめ》、音《おと》川百合之《ゆりの》助を恋慕《こひした》ひ、家《いへ》を出《いで》て竜元《たつもと》の館《やかた》に忍《しの》ぶ。

○遊君《ゆうくん》遠山《とほやま》、百合之《ゆりの》助の手掛《てかけ》となり非命《ひめい》に死《し》し、その亡魂《ぼうこん》錦《にしき》絵姫《ゑひめ》の難儀《なんぎ》を救《すく》ふ。

傾城遠山亡魂《けいせいとほやまぼうこん》

○音川百合之助竜元《おとがはゆりのすけたつもと》

(5)三ウ

四オ

(5)

○十王経《じふわうきやう》に見《み》えたる奪魂鬼《だつこんき》といふ鬼《おに》、閻魔王《ゑんまわう》の仰《おふ》せを受《う》け、唐土周《もろこししう》の幽王《ゆうわう》の后褒姒《きさきほうじ》が魂《たましひ》を奪《うば》ひ、佐上入道高年《さがみにふだうたかとし》の娘海棠姫《むすめかいどうひめ》の屍《しかばね》に入《いれ》て蘇生《そせい》せしむ。これ皆《みな》、頼豪仙人《らいがうせんにん》の荘厳《しやうごん》の法《ほふ》によるところなり。

○大津芝屋町《おほつしばやまち》の女達《だて》、塗笠《ぬりがさ》のお藤《ふぢ》、実《じつ》は唐土周《もろこししう》の幽王《ゆうわう》の后褒姒《きさきほうじ》の生《う》まれ変《がは》りなり。

○名古屋山三郎元春《なごやさんさぶらうもとはる》

(6)四ウ

五オ

(6)

○異類異形《いるいいぎやう》の怪物《くわいぶつ》、頼豪仙人《らいがうせんにん》の術《じゆつ》に伏《ふく》す。

○頼豪仙人《らいがうせんにん》、荘厳《しやうごん》の法《ほふ》を誦《じゆ》して、佐上次郎年行《さがみじらうとしゆき》を蘇生《そせい》させ、陰謀《いんぼう》を勧《すゝ》むる。

○頼豪阿闍梨《らいがうあじやり》、仙人《せんにん》となり佐上次郎《さがみじらう》に鼠《ねずみ》の術《じゆつ》を伝《つた》ふる。

（7）五ウ

（7）

鍾馗ハ唐ノ玄‐宗以‐来模シ二図‐像ヲ一以テ令ムレ禳カ二疫鬼ヲ一
○大津《おほつ》又平筆《ふで》、鍾馗《しやうき》の画像《ぐわざう》抜出《ぬけいづ》る。
○北岩倉《きたいわくら》の雷婆《かみなりばゝア》
○梅津《うめづ》村の浪人《らうにん》歌門《かもん》が娘《むすめ》、鶯《うぐひす》
しばらくは花のうへなる月夜かな　芭蕉

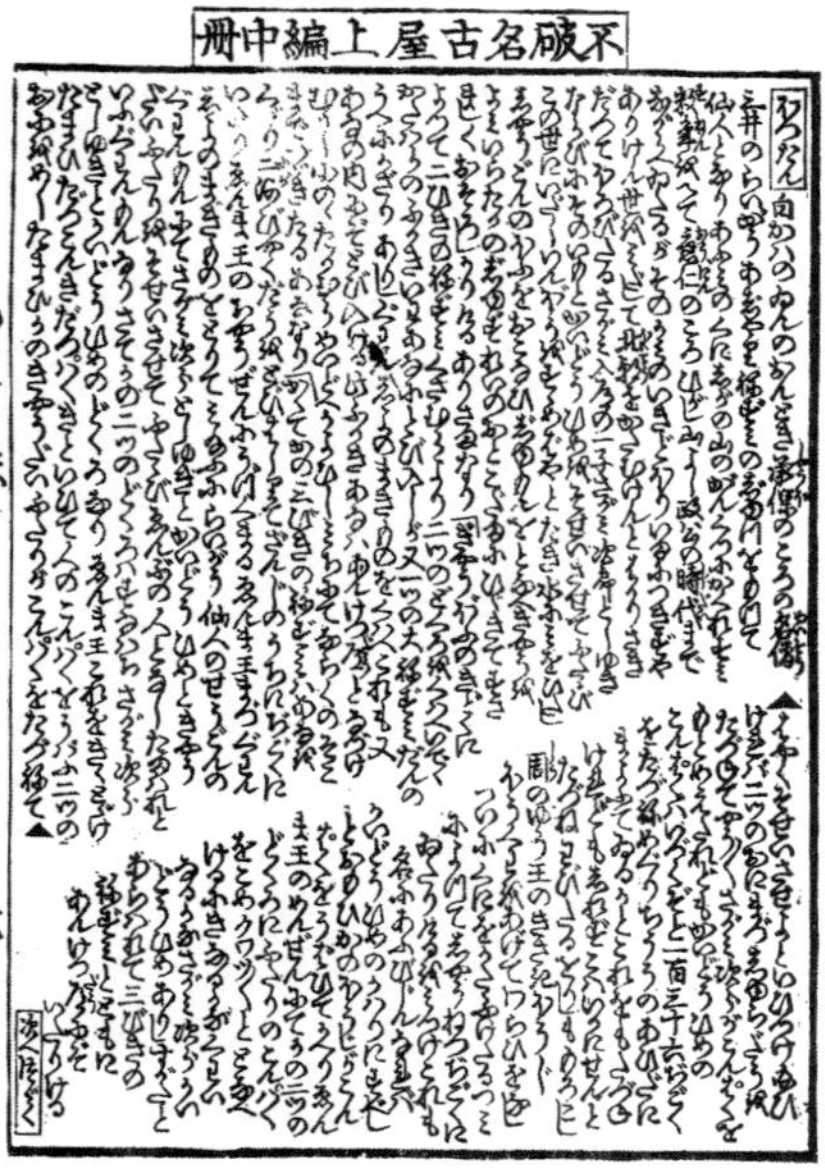

(8)六オ

【中】

(8) 不破名古屋上編中冊

発端《ほったん》 白河《かは》の院《ゐん》の御時《おんとき》、承保《しやうほ》の頃《ころ》の名僧《めいそう》三井の頼豪阿闍《らいがうあじや》梨《り》、鼠《ねずみ》の術《じゆつ》を以《もつ》て仙人となり、近江《あふみ》の国滋賀《くにしが》の山の岩窟《がんくつ》に隠住《かくれす》み、数年《すねん》を経《へ》て応仁《おうにん》の頃《ころ》、東山義《ひがしよし》政公の時代《じだい》まで永《なが》らへ居《ゐ》たるが、その上《かみ》の憤《いきどほ》り、今《いま》に尽《つ》きずやありけん。世を乱《みだ》して北朝《ほくてう》を傾《かたむ》けんと謀《はか》り、先《さき》だつて滅《ほろ》びたる佐上《さがみ》入道の一子、佐上《さがみ》次郎年行並《としゆきなら》びに、その妹海棠姫《いもとかいどうひめ》を蘇生《そせい》させて再《ふた》ゝびこの世に出《いだ》し、陰謀《いんぼう》を勧《すゝ》めばやと、滝《たき》水に身《み》を浸《ひた》し、荘厳《しやうごん》の法《ほふ》を行《おこな》ひ、呪文《じゆもん》を唱《とな》へ経《きやう》を誦《よ》み、苛高《いらたか》の数珠《じゆず》、鈴《れい》の音《おと》、こだまに響《ひゞ》きて、凄《すさ》まじく恐《おそ》ろしかりける有様《ありさま》なり。

行法《ぎやうぼふ》の奇特《きどく》によつて二匹《ひき》の鼠《ねずみ》、叢《くさむら》より二つの髑髏《どくろ》を咥出《くはへいで》て、傍《かたは》らの深《ふか》き岩穴《いわあな》に飛《とび》入しが、又一つの大鼠《ねずみ》、壇《だん》の上《うへ》に飾《かざ》りありし願書《ぐわんしよ》の巻物《まきもの》を咥《くは》へ、これも又、穴《あな》の内にぞ飛入《とび》ける。此深《ふか》き穴《あな》は暗穴道《あんけつだう》と名付《なづ》け、昔《むかし》、小野篁《のゝたかむら》冥土《めいど》へ通《かよ》ひし道《みち》にて奈落《ならく》の底《そこ》まで続《つゞ》きたる穴《あな》なり。

斯《か》くて、かの三匹《びき》の鼠《ねずみ》は穴《あな》を潜《くゞ》り、二河白道《にがびやくだう》を飛走《とびはし》りて、暫時《ざんじ》のうちに地獄《ぢごく》に至《いた》り、閻魔《ゑんま》王の帳前《ちやうぜん》に蹲《うづくま》る。閻《ゑん》魔《ま》王まづ願書《ぐわんしよ》の巻物《まきもの》を取《と》りて見《み》給ふに、頼豪《らいがう》仙人の荘厳《せうごん》の願文《ぐわんもん》にて、佐上《さがみ》次郎年行《としゆき》と海棠姫《かいどうひめ》と兄妹《きやうだい》二人《ふたり》を蘇生《そせい》させて、再《ふた》び閻浮《ゑんぶ》の人となし給《たま》はれといふ願文《ぐわんもん》なり。

さて、かの二つの髑髏《どくろ》は、すなはち佐上《さがみ》次郎年行《としゆき》と海棠《かいどう》姫《ひめ》の髑髏《どくろ》なり。閻魔《ゑんま》王これを聞届《きゝとゞ》け給《たま》ひ、奪魂鬼《だつこんき》・奪魄鬼《だつぱくき》といひて、人の魂魄《こんぱく》を奪《うば》ふ二つの鬼《おに》を召《め》し給《たま》ひ、「かの兄《きやう》妹《だい》二人《ふたり》が魂魄《こんぱく》を尋《たづ》ねて、早《はや》く蘇生《そせい》させよ」と言《い》ひ付《つ》け給ひければ、二つの鬼《おに》まづ修羅道《しゆらだう》を尋《たづ》ねて、やう〳〵佐上《さがみ》次郎が魂魄《こんぱく》を求《もと》め得《え》たれども、海棠姫《かいどうひめ》の魂魄《こんぱく》は何処《いづく》ぞと一百三十六地獄《ぢごく》を尋巡《たづねめぐ》り、宙宇《ちうう》の間《あひだ》に迷《まよ》ふて居《ゐ》るかと、これをも尋《たづ》ねけれども知《し》れず。こは如何《いか》にせんと尋《たづ》ねわびたる折《をり》しも、唐土周《もろこししう》の幽《ゆう》王の后褒姒《きさきほうじ》、烽火《ほうくわ》を上《あ》げて笑《わら》ひをなし、遂《つい》に国《くに》を傾《かたふ》けたる罪《つみ》によつて焦熱地獄《しやうねつぢごく》に居《ゐ》たりけるを見付《みつ》け、これも名に負《あ》ふ美人《びじん》なれば、海棠姫《かいどうひめ》の代《かは》りにすべしと思《おも》ひ、かの褒姒《ほうじ》が魂魄《こんぱく》を奪《うば》ひて帰《かへ》り、閻魔《ゑんま》王の面前《めんぜん》にて、かの二つの髑髏《どくろ》に二人《ふたり》の魂魄《こんぱく》を籠《こ》め、クワツ〳〵と唱《とな》へけるに、奇《き》なるかな怪《くわい》なるかな、佐上《さがみ》次郎、海《かい》棠姫《どうひめ》、在《あ》りし姿《すがた》と現《あらは》れて、三匹《びき》の鼠《ねずみ》と共《とも》に暗穴道《あんけつだう》にぞ至《いた》りける。

次へ続《つゞ》く

（9）六ウ

七オ

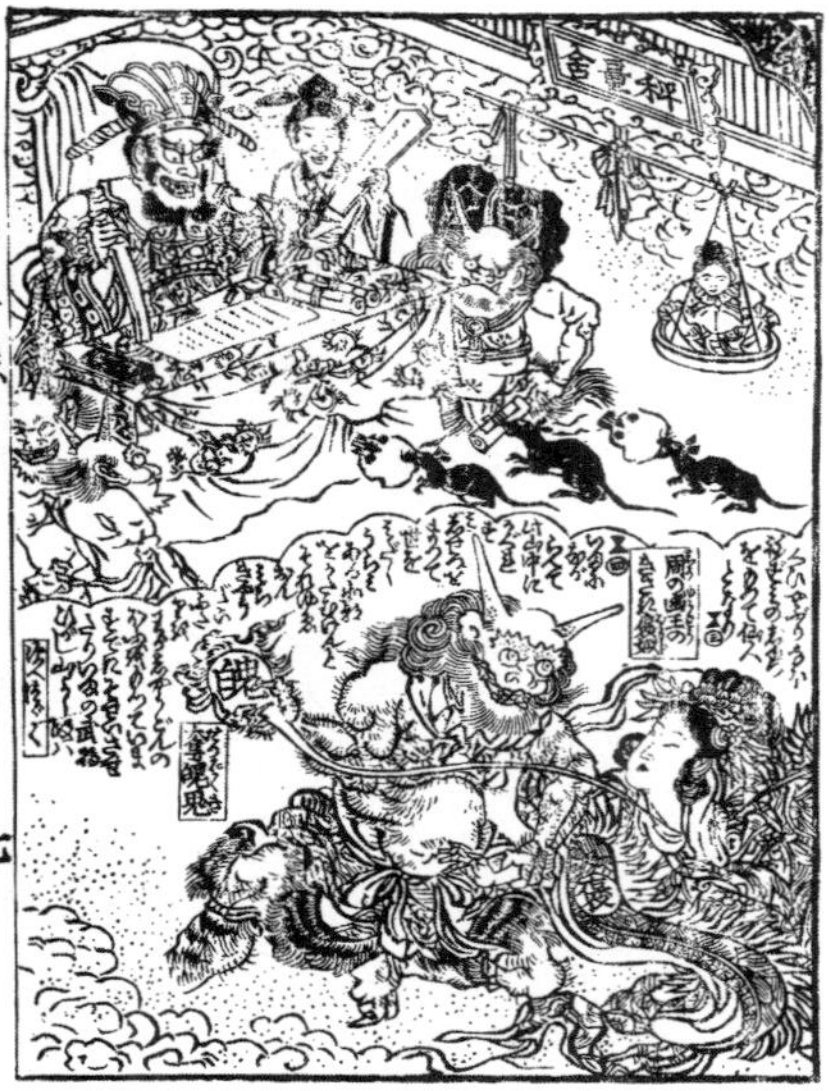

（9）前《まへ》の続《つゞ》き　千丈の巌《いはほ》、斯《か》くと聳《そび》へ碧潭藍《へきたんあい》に染《そ》めなして、松吹《ふ》く嵐《あらし》谷川の漲《みなぎ》る音《おと》の凄《すさ》ましく、いと物凄《ものすご》き滋賀《しが》の山、岩窟《がんくつ》に座を占《し》めて丹精凝《たんせいこ》らす頼豪《らいがう》仙人、荘厳《しやうごん》の法《ほふ》、満《まん》ずる日、暗穴道《あんけつどう》の岩穴《いわあな》より佐上《さがみ》次郎、海棠姫《かいどうひめ》、忽然《こつぜん》と現《あらは》るれば、頼豪《らいがう》仙人これを見《み》て、近《ちか》う〳〵と差招《さしまね》き、二人《ふたり》に向《む》かひて言《い》ひけるは、「我《われ》はこれ、白河《しらかは》の院《ゐん》の御時《おんとき》に三井の頼豪《らいがう》といつし者《もの》、我《わ》が祈《いの》りによつて皇子《わうじ》御誕生《たんじやう》ありしと言《い》へども、帝綸言《みかどりんげん》を違《たが》へ給ひて、戒壇《かいだん》を許《ゆる》し給《たま》はざる恨《うら》みによつて鼠《ねずみ》となり、叡山《ゑいざん》の経巻《きやうくわん》を食破《くひやぶ》り、なほ鼠《ねずみ》の術《じゆつ》を以《もつ》て仙人となり今《いま》に永《なが》らへて、此山中に隠住《かくれす》み、時節《じせつ》を待《ま》つて世を乱《みだ》し、恨《うら》みある北朝《ほくてう》を傾《かたむ》けんと、それゆゑ、御身《おんみ》ら兄妹二人《きやうだいふたり》を、我《わ》が荘厳《しやうごん》の法《ほふ》を以《もつ》て今《いま》すでに蘇生《そせい》させたり。今《いま》の武将東《ひがし》山義《よし》政は　次へ続《つゞ》く

奪魂鬼《だつこんき》

周《しう》の幽王《ゆうわう》の后褒姒《きさきほうじ》

奪魄鬼《だつぱくき》

［秤量舎］

八オ

(10)七ウ

(10) 前《まへ》の続《つゞ》き 御身《おんみ》の仇《あた》なる足利尊氏《あしかゞたか》の後《のち》なれば、今《いま》より陰謀《いんぼう》を企《くはだ》て義政《よし》を滅《ほろ》ぼし、北朝を傾《かたむ》けて南朝を補佐《ほさ》し、御《おん》身《み》武将になり候へ。味方《みかた》を集《あつ》むる一品《ひとしな》は、我《われ》かねて求置《もとめお》きたり。これこそ佐上《さがみ》入道殿《どの》の形見《かたみ》なり」とて錦《にしき》の旗《はた》を取《とり》出《いだ》し、それ〳〵と言《い》ひければ、一匹《いつぴき》の大鼠《ねずみ》これを咥《くは》へて次郎に渡《わた》す。佐上《さがみ》次郎は押頂《おしいたゞ》き、我《われ》、先《さき》つ年《とし》、勅免《ちよくめん》を被《かうふ》り、箱根《はこね》の水呑峠《みづのみとうげ》にて足利勢《あしかゞぜい》と戦《たゝか》ひけるが、運拙《うんつたな》くして討《うち》死し、妹海棠姫《いもとかいどうひめ》は自害《じがい》して死《し》に、兄妹共《きやうだいとも》に修羅《しゆら》の巷《ちまた》に呵責《かしやく》を受《う》けて、今《いま》に浮《う》かまず居《ゐ》たりしが、図《はか》らず御身《おんみ》の行法《ぎやうぼふ》にて蘇生《そせい》なせしは喜《よろこ》ばしや。今《いま》より陰謀企《いんぼうくは》だて、、此旗《はた》を以《もつ》て味方《みかた》を集《あつ》め、本望遂《ほんまうと》ぐるは瞬《また》くうちと、勇《いさ》む荒《あら》鷹飛立《たかとびた》つ勢《いきほ》ひ。頼豪《らいがう》仙人これを見《み》て、ヲ、勇《いさ》ましや、頼《たの》もしや、 次へ続《つゞ》く

(11)八ウ

九オ

(11) 前《まへ》の続《つゞ》き 我《われ》なほ鼠《ねずみ》の術《じゆつ》を以《もつ》て、これより御身《おんみ》の影身《かげみ》に付添《つきそ》ひ力《ちから》を添《そ》ゆべし。さりながら兄妹共《きやうだいとも》にその姿《すがた》にては人怪《あや》しみ、身を忍《しの》ぶに悪《あ》しかるべし。我《わ》が術《じゆつ》を以《もつ》て姿《すがた》を変《か》へて進《しん》ずべしとて、印《いん》を結《むす》び呪文《じゆもん》を唱《とな》ふるとひとしく、佐上《さがみ》次郎は浪人《らうにん》の姿《すがた》と変《へん》じ、海棠姫《かいどうひめ》は賤《しづ》の娘《むすめ》の姿《すがた》と変《へん》じたり。奇妙《きみやう》といふも愚《おろ》かなり。頼豪《らいがう》仙人、二人《ふたり》の者《もの》を見《み》やりつゝ、ヲヽ、それでよし〳〵。再会《さいくわい》まではさらば〳〵と立別《わか》れ、なほ山深《ふか》く入にけり。

○そも〳〵天上《てんじやう》には天帝《てんてい》と申して賞罰《しやうばつ》正《たゞ》しき帝《みかど》あり。常《つね》に下界《げかい》の人の善悪邪正《ぜんあくじやしやう》を糺《たゞ》し、善人《ぜんにん》には福《ふく》を与《あた》へ、悪人《あくにん》には天罰《ばつ》を与《あた》へ給ふこと少《すこ》しも違《たが》はず。されば隠《かく》れたるも現《あらは》れざるといふ事なし。

さて此時《とき》、天上にて 千里眼《せんりがん》 とて一目《ひとめ》に千里の遠《とほ》き所まで見渡《みわた》し、 順風耳《じゆんぷうに》 とてしばらくの間《あひだ》に下界《げかい》の事《こと》を聞《き》取《と》る名誉《めいよ》の二将《しやう》、頼豪《らいがう》仙人、佐上《さがみ》次郎、海棠姫等《かいどうひめら》が振舞《ふるまひ》を残《のこ》らず見聞《みき》きして天帝に告《つ》げ奉る。その体《てい》は前《まへ》の口絵に著《あらは》したれば此所《ところ》には描出《ゑがきいだ》さず。

○さる程《ほど》に佐上《さがみ》次郎は、海棠姫《かいどうひめ》を伴《ともな》ひて麓《ふもと》の方《かた》へ下《くだ》り道《みち》、すでに夜に入り朧《おぼろ》なる月を頼《たよ》りに辿《たど》りしが、傍《かたは》らの岩陰《いわかげ》より後《あと》付《つ》け出《いで》たる旅侍《たびさふらひ》、物《もの》をも言《い》はず佐上《さがみ》次郎が懐《ふところ》なる錦《にしき》の旗《はた》を引出《ひきいだ》す。佐上《さがみ》次郎は無言《むごん》にて、差出《さしだ》す手首《くび》を打《うち》払《はら》ひ、取《と》らんとするをやるまじと、互《たが》ひに引合《ひきあ》ふ錦《にしき》の旗《はた》。海棠姫《かいどうひめ》も立戻《もど》り、互《たが》ひに挑《いど》む無言《むごん》の殺陣《たて》。折《をり》から月の雲晴《くもは》れて三人見合《あ》はす顔《かほ》と顔《かほ》。此山中に女連《づ》れ、怪《あや》しき姿《すがた》と驚《おどろ》く侍《さふらひ》。時《とき》に岩石鳴動《がんぜきめいどう》して、たちまち疾風《はやち》サッと吹《ふ》き、樹木《じゆもく》の梢《こずゑ》もざは〱、傍《かたは》らの叢《くさむら》より数多《あまた》の鼠飛出《ねずみとびいで》しが、月は再《ふた》ゝび雲隠《くもがく》れ、旅侍《たびさふらひ》は五体竦《たいすく》み働《はたら》きかねたるその隙《ひま》に、佐上《さがみ》次郎は錦《にしき》の旗《はた》を懐中《くわいちう》し、妹《いもと》もろとも麓《ふもと》の方《かた》へ逃行《のがれゆ》く。

さて此度《たび》、侍何者《さふらひなにもの》といふ事《こと》、七冊目《さつめ》にてわかるなり。

○それはさておき、此処《こゝ》に又、その頃《ころ》、京都に居住《きよぢう》ある百《ゆ》合《り》之《の》助竜元《たつもと》の家臣《かしん》に笹野去蔵《さゝのさり》といふ者《もの》あり。

次へ続《つゞ》く

(12)九ウ

十オ

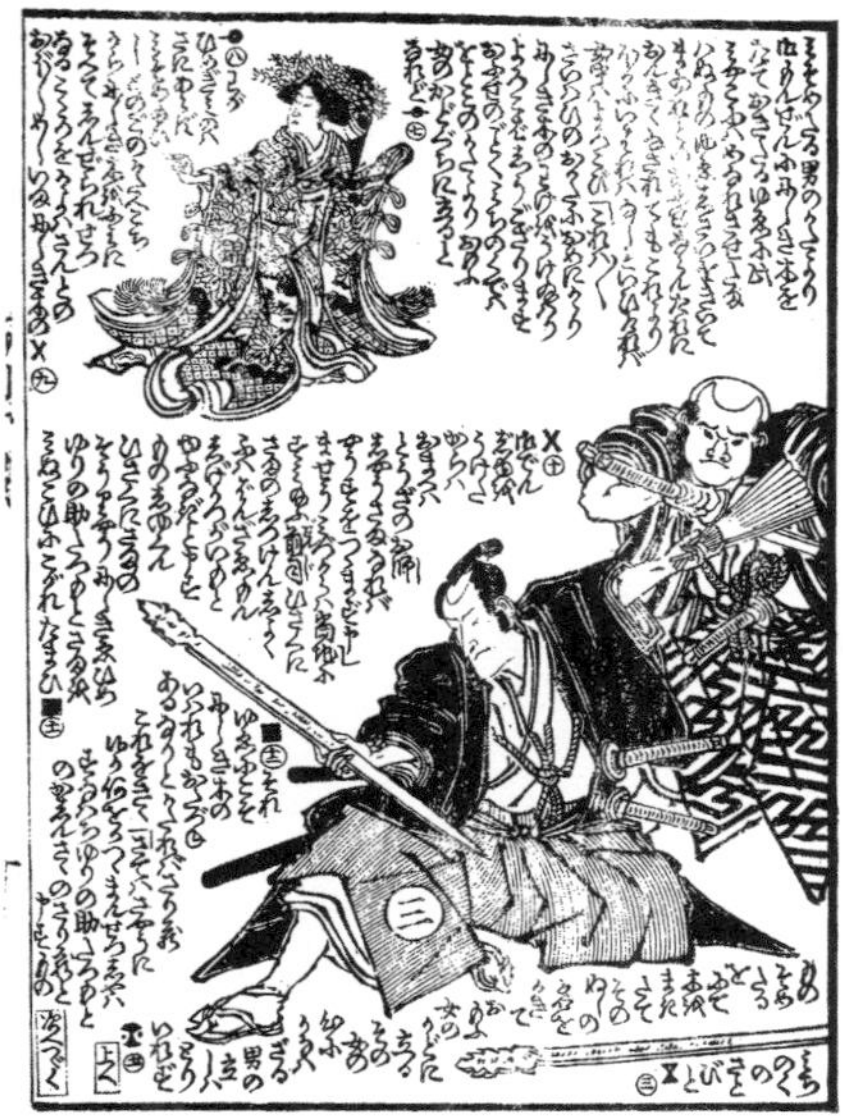

(12) 前《まへ》の続《つゞ》き 折《をり》しも弥生《やよひ》のはじめにて、清水《きよみづ》の桜盛《さくらさか》りなりければ、一僕《ぼく》も連《つ》れず、たゞ一人清水《ひとりきよみづ》に参詣《さんけい》し、花《はな》を眺《なが》めて居《ゐ》たりけるに、花に勝《まさ》りし手弱女《たをやめ》の身をも衣装《いしやう》も惜《を》しげなく、裾踏汚《すそふみよご》す鹿《か》の子入《こい》り、下女や下部《しもべ》の供《とも》もなく、何か用ある風情《ふぜい》なれば、去蔵《さり》は近《ちか》く寄《よ》り、最早《もはや》夕暮《ぐれ》にて花見《はなみ》の人も帰《かへ》る時分《じぶん》、若《わか》い女中のたゞ一人《ひとり》、参詣《さんけい》あるは願参《ぐわんまゐ》りにて候かと尋《たづ》ぬれば、女は会釈《ゑしやく》し、「イヤ、願参《ぐわんまゐ》りにも候はず。私《わたくし》がお勤《つとめ》申すお姫様《ひめさま》の御用にて、此寺《てら》の住職暁《ぢうしよくきやう》月上人は和歌《わか》の道《みち》に達《たつ》し給ふとある故《ゆゑ》に、陸奥《みちのく》の錦《にしき》木の謂《いは》れを密《ひそ》かに聞《き》いて参《まゐ》れとの仰《おふ》せによつて、私《わたし》一人《ひとり》、忍《しの》びて参《まゐ》り候」と言《い》へば、去蔵《さり》、「ホ、錦木《にしき》の謂《いは》れならば、上人に御尋《おんたづ》ねまでに及《およ》ばず。拙者言《せつしやい》ふて聞《き》かせ申さん。そも〲錦木《にしき》といふは妹背《いもせ》を結《むす》びの印《しるし》の木、昔《むかし》より陸奥《みちのく》の里人《さとびと》、妻《つま》を迎《むか》へんと思《おも》ふ者《もの》、染《そ》めたる緒《を》にて木を巻立《まきた》て、その主《ぬし》の名を書《か》きて思《おも》ふ女の門《かど》に立る。その女の心に適《かな》はざる男の立しは取入《とりい》れず 上へ 下より 、婿《むこ》に取《と》らんと思《おも》ふ男の立たるは取入《とり》るが縁定《えんさだ》め、それゆゑ古歌にも、その心《こゝろ》を数多詠《あまたよ》みたり。さては姫君《ひめぎみ》を見初《みそ》めたる男の

方《かた》より御門前《もんぜん》に錦木《にしき》を立置《たてお》きたる故《ゆゑ》に、此都《みやこ》には目馴《めな》れさせ給《たま》はぬものゆゑ、仔細《しさい》を聞《き》いて参《まゐ》れとの仰《おふ》せならん。誰《たれ》に御聞《おんき》きなされても、これより他《ほか》に謂《いは》れはなし」と言《い》ひければ、女中は喜《よろこ》び、「これは〳〵幸《さいは》ひのお方《かた》にお目《め》に掛《か》かり、錦木《にしき》の訳《わけ》を受《う》け給はり、喜《よろこ》ばしうござります。仰《おふ》せの如《ごと》く陸奥《みちのく》では、男《をとこ》の方《かた》より思《おも》ふ女の門口《かどぐち》に立るとなれど、我《わ》が姫君《ひめぎみ》のは然《さ》にあらず。見初《みそ》め給ひし殿御《とのご》の方《かた》へ、こちから錦木《にしき》を文《ふみ》に添《そ》へて進《しん》ぜられ、切《せつ》なる心《こゝろ》を通《かよ》はさんとの思召《おぼしめ》し。今《いま》、錦木《にしき》の御伝授《でんじゆ》を受《う》けたからは、お前《まへ》は当座《とうざ》のお師匠様《ししやうさま》なれば、様子《やうす》を包《つゝ》まず申しませう。みづからは、当地に住《す》み給ふ前司久国様《ぜんじひさくにさま》の執権職《しつけんしよく》、不破伴《ふはばん》左衛門重勝《ざゑもんしげかつ》が妹夕凪《いもとゆふなぎ》と申す者《もの》。主君久国様《しゆくんひさくにさま》の惣領錦絵《そうりやうにしきゑ》姫《ひめ》、百合之助竜元様《ゆりのたつもとさま》を見《み》ぬ恋《こひ》に焦《こ》がれ給《たま》ひ、それ故《ゆゑ》にこそ、錦木《にしき》の謂《いは》れもお尋《たづ》ねあるなり」と語《かた》れば、去蔵《さり》これを聞《き》き、「さては左様《さやう》に候か。何をか包《つゝ》まん、拙者《せつしや》はすなはち百合之助竜元《ゆりのたつもと》の家臣笹野去蔵《かしんさゝのさり》と申す者《もの》、

次へ続《つゞ》く

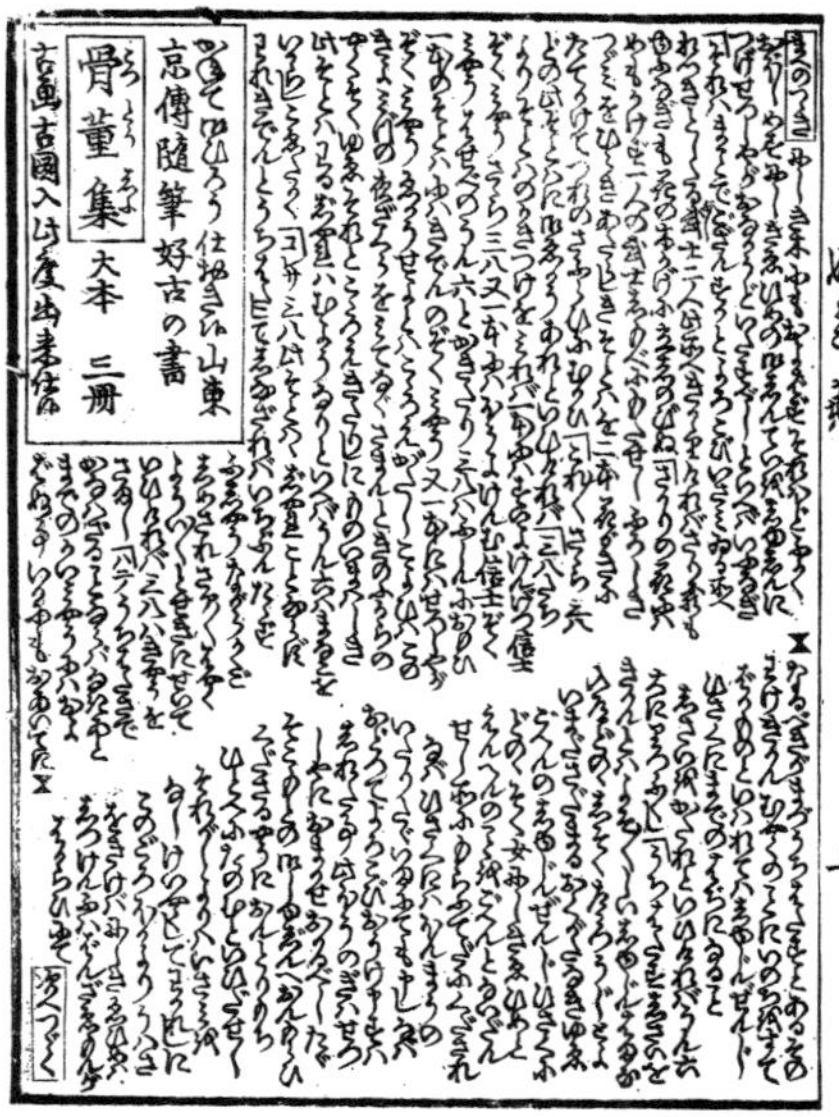

(13)十ウ

(13) 前《まへ》の続《つゞ》き 錦《にしき》木にも及《およ》ばず、それほど深《ふか》く思《おぼ》し召《め》す錦《にしき》絵《ゑ》姫《ひめ》の御心底《しんてい》を主人《しゆじん》に告《つ》げ、拙者《せつしや》がお仲人致《なかうどいた》すべし」と言《い》へば、夕凪《いふなぎ》、それは真《まこと》でござんすか、と喜《よろこ》び勇《いさ》み居《ゐ》る所へ、歴《れつき》としたる武士《ぶし》二人、此所へ来掛《きか》かりければ、去《さり》蔵も夕凪《ゆふなぎ》も花の木陰《かげ》に立忍《しの》びぬ。

盛《さか》りの花には目《め》も掛《か》けず、一人の武士、下部《しもべ》に持《も》たせし風呂敷包《ふろしきづゝみ》を開《ひら》き、新《あたら》しき卒塔婆《そとは》を二本、花垣《がき》に立掛《たてか》けて、連《つ》れの侍《さふらひ》に向《む》かひ、「これ〳〵佐《さ》々《ゝ》良《ら》三八殿《どの》、此卒塔婆《そとは》に御回向《ゑかう》あれ」と言《い》ひければ、三八立寄《たちよ》り、卒塔婆《そとは》の書付《かきつけ》を見《み》れば、一本には酔余乾月《すいよけんげつ》信士俗名《ぞくみやう》佐《さ》々《ゝ》良《ら》三八、又一本には法誉玄夢《ほうよげんむ》信士俗名《ぞくみやう》長谷部雲《はせべのうん》六と書《か》きたり。三八は不《ふ》審《しん》に思《おも》ひ、「一本の卒塔婆《そとは》には貴殿《きでん》の俗名《ぞくみやう》、又一本には拙《せつ》者《しや》が俗名《ぞくみやう》、回向《ゑかう》せよとは心得難《こゝろえがた》し。今宵《こよひ》はこの清水《きよみづ》の夜桜《ざくら》を見《み》て慰《なぐさ》まんと、昨日《きのふ》からの約束《やくそく》ゆゑ、それと心得来《こゝろえきた》りしに、物忌《ものいま》はしき此卒塔婆《そとは》、悪戯《わるじやれ》は無用《むよう》なり」と言《い》へば、雲《うん》六は眼《まなこ》を怒《いか》らし声高《こゑたか》く、「コレサ三八、此卒塔婆《そとは》は戯事《じやれこと》ならず。我《われ》、貴殿《きでん》と討果《うちは》たして死《し》なざれば一分立《いちぶんた》たず、不肖《ふしやう》ながら覚悟《かくご》し召《め》され。さア〳〵早《はや》く用意《ようい》〳〵」

と急《せ》きに急《せ》いて言《い》ひければ、三八は興《きやう》を醒《さ》まし、「ハテ討《うち》果《は》たさで叶《かな》はざる事《こと》ならば、亡《な》き後《あと》までの戒名《かいみやう》には及《およ》ばぬ事、如何《いか》にもお相手《あいて》になるべきが、まづ討果《うちは》たすとある、その訳聞《わけき》かん。無益《むやく》の事《こと》に命《いのち》を捨《す》て、馬鹿者《ばかもの》と言《い》はれては主人前司久国《しゆじんぜんじひさくに》までの恥《はぢ》になる事《こと》。仔細《しさい》を語《かた》れ」と言《い》ひければ、雲《うん》六大に立腹《りつぷく》し、討果《うちは》たす仔細《しさい》を聞《き》かんとはよそ〳〵しい。主人浜名《しゆじんはまな》入道殿《どの》の子息《しそく》左衛門氏豊《うじとよ》、未《いま》だ定《さだ》まる奥方《おくがた》なきゆゑ、御辺《ごへん》の主人前司久国殿《しゆじんぜんじひさくにどの》の息《そく》女錦絵姫《にしきゑひめ》と縁《えん》辺《へん》の事《こと》を御辺《ごへん》と内談《ないだん》せし所に、貰《もら》ふてだに下《くだ》されなば、久《ひさ》国《くに》は本望《ほんまう》の至《いた》り。只今《たゞいま》にても申しなば、踊《おど》つて喜《よろこ》びお受《う》け申すは知《し》れた事、此方《ほう》の儀《ぎ》は拙者《せつしや》にお任《まか》せおかるべし。たゞ其許《そこもと》の御主人《しゆじん》へ御貰《おんもら》ひ下《くだ》さるやうに御取《おんとり》持《も》ち、偏《ひとへ》に頼《たの》むと言《い》ひ出《だ》せし某《それがし》よりは勇《いさ》みをなし、契約《けいやく》して別《わか》れしに、この頃《ごろ》、外《ほか》より噂《うはさ》を聞《き》けば、錦絵姫《にしきゑひめ》は執権《しつけん》不《ふ》破《は》伴《ばん》左《ざ》衛《ゑ》門《もん》が計《はか》らひにて 次へ続《つゞ》く

かねて御披露《ひろう》仕置《おき》候　山東京伝随筆好古の書
骨董集《こつとうしふ》　大本　三冊
古画古図入此度出来仕候

(14)十一オ

【下】

(14) 不破名古屋上編下冊

前《まへ》の続《つゞ》き 百合之《ゆりの》助竜元方《たつもとかた》へ契約《けいやく》の由《よし》、然《しか》る時《とき》は某《それがし》、主《しゆ》人《じん》へ対《たい》して何《なに》と一分立《いちぶんた》つべきや。此遺恨《いこん》によつて御辺《ごへん》と今《いま》討果《うちはた》すが無理《むり》ではあるまい。サア此方《ほう》より打掛《うちか》けんや、如《い》何《か》に〱と刀《かたな》に手を掛《か》け詰寄《つめよ》すれば、「ヤア暫《しば》し〱、必《かなら》ず粗忽致《そこついた》されな。姫《ひめ》の御事《おんこと》、浜名殿《はまなどの》へ御縁組《えんぐみ》の事、某《それがし》、直《ぢき》に主人久国《しゆじんひさくに》へ言《い》ひ上《あ》げたるに大に喜《よろこ》ばれ、なほ貴殿《きでん》へ結《ゆひ》納《のう》など下《くだ》さるゝ日限《にちげん》をも聞合《きゝあ》はせのため、一両日のうちに貴殿方《きでんかた》まで参《まゐ》れよと、今朝《こんてう》、申し渡《わた》されぬ。幸《さいは》ひ今夜《こんや》、この所《ところ》にて出会《しゆつくわい》なれば、その儀《ぎ》をも示合《しめしあ》はさんと存《ぞん》ぜし所に、思ひもよらぬ百合之《ゆりの》助殿《どの》へ縁組《えんぐみ》の沙汰《さた》、まつたく某《それがし》が知《し》らぬ事《こと》、不破伴左衛門《ふはばんざゑもん》が取持《とりも》ちとあるについて、少《すこ》し思当《おもひあ》たれる事《こと》あり。元来《ぐわんらい》、主君前司久国《しゆくんぜんじひさくに》は別家《べつけ》の小禄《ろく》より出《いで》たる人、先君《せんくん》の本妻腹《ほんさいばら》の粧姫《よそほひめ》と申すを、十七の年《とし》、先《さき》の武将義教《よしのり》公の北の方《かた》に進《しん》ぜられしが、義教《よしのり》公隠《かく》れ給ひて後《のち》、当家《かへ》へ帰られ菩提《ぼだい》のために尼《あま》となり、花月尼《くわげつに》と名を改《あらた》め、不破伴左衛門《ふはばんざゑもん》へ預《あづ》けられ、彼《かれ》が構《かま》への家《うち》に庵《いほり》を設《しつら》ひ置《お》かれしが、その尼君《あまぎみ》いまだ若《わか》く、守役《もりやく》の不破伴左衛門《ふはばんざゑもん》と密通《みつつう》ありて、まうけたる男子を伴左衛門《ばんざゑもん》、己《おのれ》が手掛《かけ》の子と偽《いつは》り、今我《いまわ》が手元《もと》にて養育《よういく》する露太郎《つゆ》は正《まさ》しくそれと見《みえ》透《す》いてあれども、今《いま》まで誰調《たれしら》べる者《もの》もなし。これによつて花月尼《くわげつに》、我《わ》が子露太郎《つゆ》に家《いへ》を継《つ》がせたいと欲心起《よくしんお》こり、伴《ばん》左衛門《ざへもん》との密談《みつだん》、伴左衛門《ばんざゑもん》もその気《き》なれば、勢《いきほ》ひある方《かた》に親《した》しみ横領《おうりやう》の下拵《したごしら》へ、此度《たび》、百合之助竜元殿《ゆりのたつもとどの》の方《かた》へ錦絵《にしきゑ》姫《ひめ》を取持《とりも》つも、まさかの時《とき》に加勢《かせい》を頼《たの》まん、その計略《けいりやく》に疑《うたが》ひなし。然《しか》る時《とき》は、いよ〳〵もつて百合之助殿《ゆりのどの》へ縁組《えんぐみ》は、たとへ主人久国《しゆじんひさくに》、承知《せうち》あればとてやりにくければ、急《きう》に貴殿《きでん》も見立《み》て、頼《たの》みの印《しるし》を持参《ぢさん》めされ」と事《こと》を分《わ》けて言《い》ひければ、雲《うん》六はやう〳〵と色《いろ》を直《なほ》し、然《しか》らばなほよく相《さう》談《だん》すべしとて、二人連《ふたりつれ》立帰《かへ》りけり。

去蔵《さり》も夕凪《ゆふなぎ》も、かの様子《やうす》を聞《き》いて呆《あき》れ居《ゐ》たる所へ、錦《にしき》絵姫《ゑひめ》、徒裸足《かちはだし》で走来《はしりき》給へば、夕凪《ゆふなぎ》は又驚《おどろ》き様子《やうす》を聞《き》けば、姫曰《ひめいは》く、「今日《けふ》、父上《うへ》の仰《おふ》せには佐々良《さゝら》三八が取持《とりも》ちにて、浜名《はまな》の方《かた》へ嫁《よめ》入さすとの事故《ことゆゑ》に胸塞《むねふさが》り、百合之助様《ゆりのさま》より外《ほか》に殿御《とのご》を持《も》つまいと心《こゝろ》を固《かた》め、築山伝《つきつた》ひに塀《へい》を越《こ》へ、そなたの後《あと》を慕《した》つて此処《こゝ》まで来《き》たはいの。よい思案《しあん》してたもいの」と、あどなき言葉《ことば》を去蔵《さり》聞《き》いて、次へ続《つゞ》く

(15)十一ウ

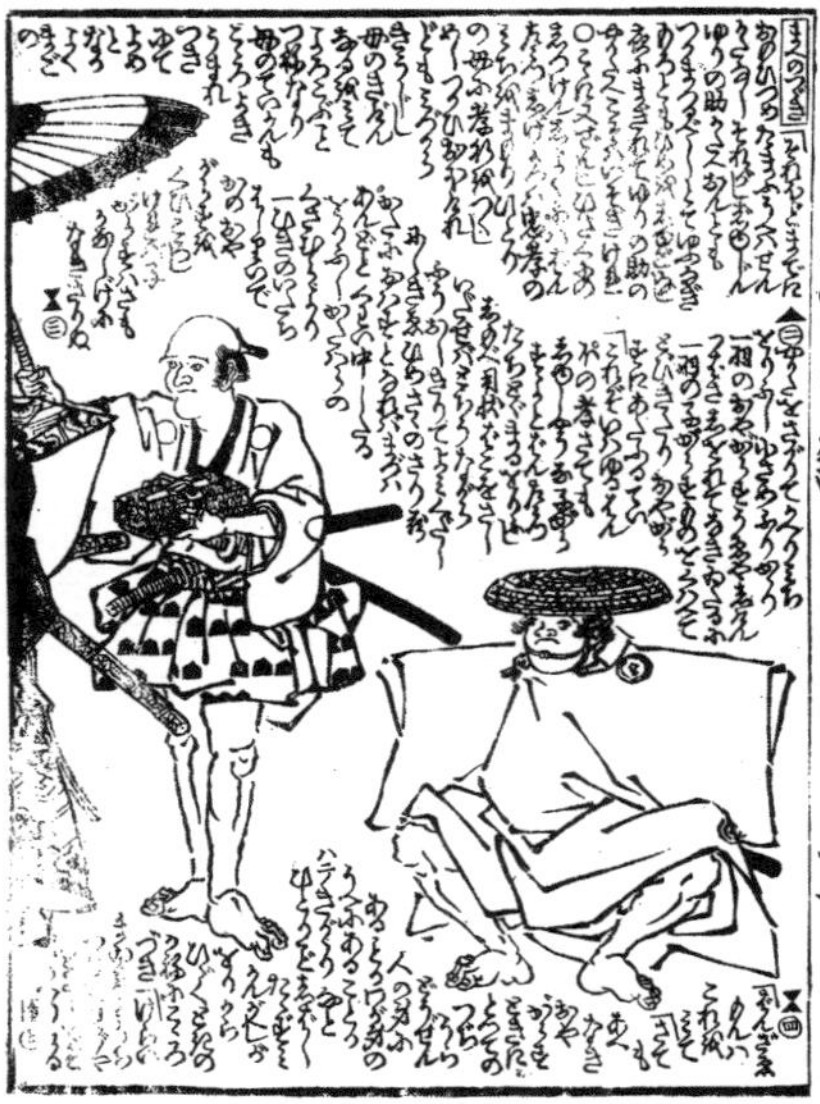

十二オ

(15) 前《まへ》の続《つゞ》き　それ程《ほど》までに思詰《おもひつ》め給《たま》ふ上《うへ》は詮方《せんかた》なし。某《それがし》、主人百合之助方《しゆじんゆりのかた》へ御供仕《おんともつかまつ》るべしとて、夕凪《ゆふなぎ》もろとも姫《ひめ》を守護《しゆご》なし、夜に紛《まぎ》れて百合之助《ゆりの》の館《やかた》へこそは急《いそ》ぎけれ。

〇此処《こゝ》に又、前司久国《ぜんじひさくに》の執権職《しつけんしよく》、不破伴《ふはばん》左衛門重勝《しげかつ》は忠孝の道《みち》を守《まも》り、一人《ひとり》の母に孝行を尽《つ》くし、召使多《めしつかひおほ》けれども、自《みづか》ら給仕《きうじ》し、母の機嫌《きげん》なるを見《み》て喜《よろこ》ぶ事常《ことつね》なり。母の貞観《ていかん》も心《こゝろ》良《よ》き生《う》まれつきにて、嫁《よめ》と仲良《なかよ》く、孫《まご》の露《つゆ》太郎も早《はや》十三歳《さい》になれども、甘《あま》やかして不憫《ふびん》がり慈《いつく》しむ事大方《ことおほかた》ならず。

然《しか》るに去《さ》んぬる夜より、主君《しゆくん》の姫君《ひめぎみ》見えさせ給《たま》はぬとて館《やかた》の騒《さわ》ぎ大方《おほかた》ならず。処々方々《しよ〳〵ほう〴〵》を尋《たづ》ぬれども、未《いま》だ御在《おんあり》処《か》知《し》れざる所に、笹野去《さゝのさり》蔵方《かた》より、姫恙《ひめつゝが》なく此方《ほう》に預《あづ》かりある由《よし》、知《し》らせによつてまづ安堵《あんど》をぞしたりける。夕凪《ゆふなぎ》はかねて兄伴左衛門《あにばんざゑもん》が方《かた》に居《ゐ》たるが、姫《ひめ》の事《こと》を詳《くは》しく知《し》りながら、兄《あに》が手前《まへ》を恐《おそ》れ、知《し》らぬ顔《かほ》にて居《ゐ》たりけり。伴《ばん》左衛門は毎《まい》日、館《やかた》に出仕《しゆつし》しけるが、ある日、館《やかた》を下《さ》がりて帰《かへ》り道《みち》、折《をり》ふし小雨降掛《さめふりか》かり、一羽の親烏《おやがらす》飢《う》ゑやしけん、翼《つばさ》しをれて鳴居《なきゐ》たるに、一羽の子烏《がらす》、物《もの》を啌《くは》へて飛来《とびきた》り親烏《おやがらす》に与《あた》ふる体《てい》、これぞ所謂反哺《いはゆるはんぽ》の孝、さても殊勝《しゆしやう》な子烏《がらす》よと、伴《ばん》左衛門立止《たちとゞ》まる折節《をりふし》、下部《しもべ》、用状箱《ばこ》を差出《さしいだ》せば、途中《とちう》ながら封押《ふうおしき》切りて読下《よみくだ》し、錦絵姫《にしきゑひめ》、笹野去蔵《さゝのさり》方《かた》に御座《おはは》すとなれば、まづは安堵《あんど》と懐《くわい》中したる折節《をりふし》、傍《かたは》らの叢《くさむら》より一匹《ひき》の鼬《いたちはしり》走出《い》で、かの親烏《おやがらす》を食殺《くひころ》しければ、子烏《がらす》はさも悲《かな》しげに鳴去《なきさ》りぬ。伴左衛門《ばんざゑもん》はこれを見《み》て、「さてもあへなき親烏《おやがらす》、時《とき》にとつての辻占同然《つぢうらどうぜん》、人の身にある事《こと》か我《わ》が身の上《うへ》にある事《こと》か、ハテ気掛《きが》かりな」と独《ひと》言《ごと》。暫《しば》し佇《たゝず》み考《かんが》へしが、折《をり》から響《ひゞ》く時《とき》の鐘《かね》に心《こゝろ》づき、家来《けらい》参《まゐ》れと打連《うちつ》れて、我《わ》が家《や》を指《さ》してぞ帰《かへ》りける。

○斯《か》くて伴《ばん》左衛門、我《わ》が家《や》へ帰《かへ》り、湯風呂《ゆぶろ》に入りて浴衣《ゆかた》ながら縁先《えんさき》に出《い》で、「誰《たれ》かある、背中《せなか》を拭《ふ》けよ」と呼《よ》びければ、ハイと答《こた》へて新参《しんざん》の腰元籬《こしもとまがき》、次《つぎ》より出《いで》て後《うし》ろへ回《まは》り、浴衣越《ゆかたご》しにお背中《せなか》を拭《ふ》く振《ふ》りにて、伴《ばん》左衛門が肩先《かたさき》の傷《きず》を見付《みつ》けてびつくりしたる様子《やうす》なりしが、心を鎮《しづ》めさりげなき体《てい》にて、茶《ちや》など運《はこ》びしが、伴《ばん》左衛門は浴衣《ゆかた》を脱捨《ぬぎす》て衣服《いふく》を着替《きか》へて、湯《ゆ》のくたびれにとろ〳〵と眠《ねふ》りつくをよき折《をり》と、腰元籬《こしもとまがき》は氷《こほり》のやうなる懐剣《くわいけん》を抜《ぬ》き、伴《ばん》左衛門が胸元《むなもと》を一突《つき》に突《つ》かんとするを、伴《ばん》左衛門目《め》を覚《さ》まし、すかさず取《と》つて押《お》さへ、「おのれ何者《なにもの》に頼《たの》まれ、我《われ》を打《う》たんとは致《いた》しけるぞ、真直《まつすぐ》にその頼手《たのみて》を申せ」と言《い》へば、「ヱ、口惜《くちを》しや、刺貫《さしつら》ぬきて父上《ちゝうへ》へ手向《たむ》けんと思《おも》ひしに、女の身の悲《かな》しさは、敵《かたき》のため手籠《ごめ》になりし無念《むねん》さよ」と涙《なみだ》ながらに言《い》ひければ、伴《ばん》左衛門言《い》ひけるは、「我戦場《われせんぜう》の他《ほか》、人を危《あや》めたる覚《おぼ》えなし。

次へ続《つゞ》く

(16)十二ウ

十三オ

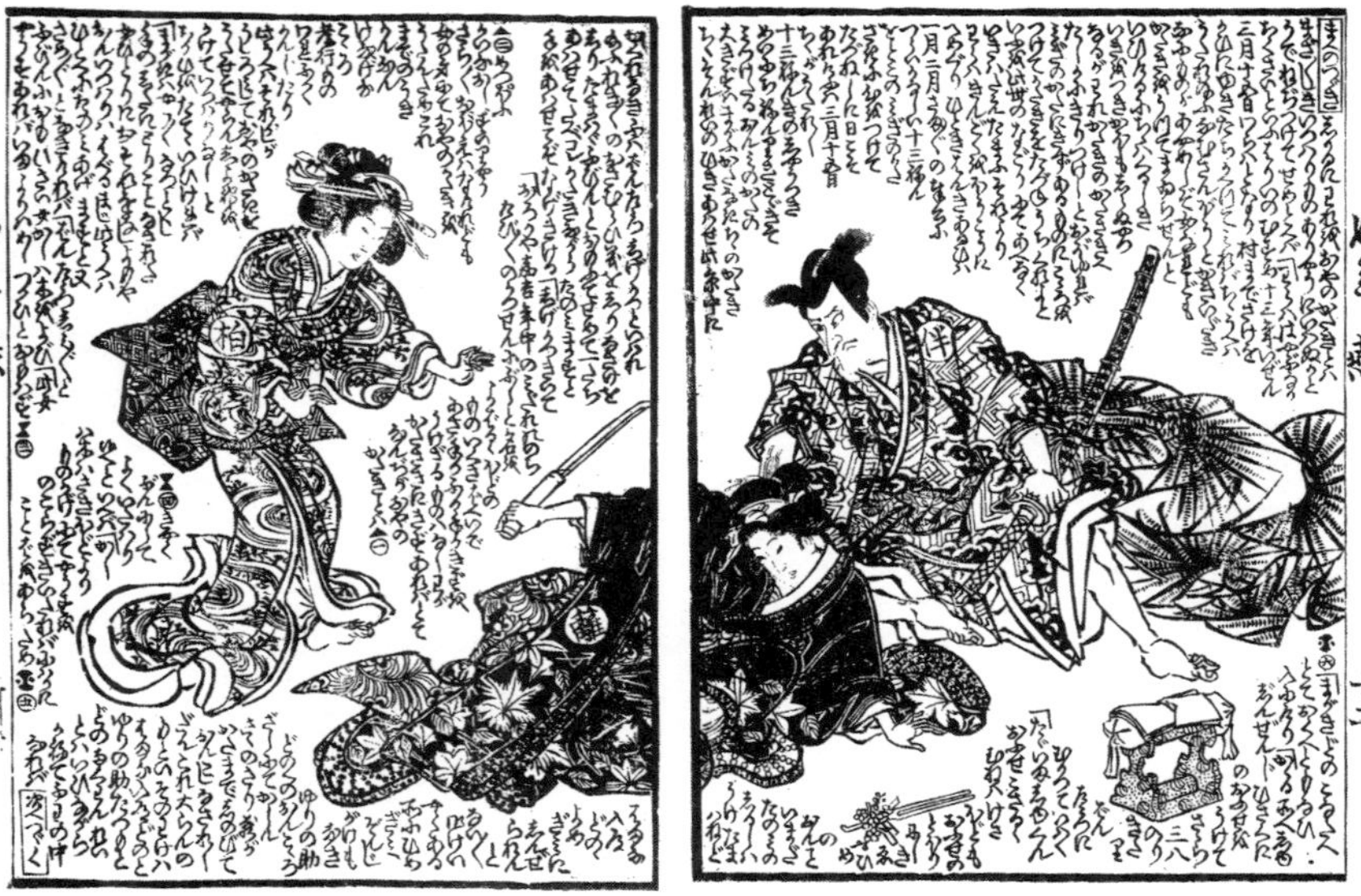

(16) 前《まへ》の続《つゞ》き 然《しか》るに我《われ》を親《おや》の敵《かたき》とは、まざ〳〵しき偽《いつは》り者《もの》、有様《ありやう》に言《い》はぬか」と腕捩付《うでねぢつ》けて責問《せめと》へば、妾《わらは》は藪中竹《やぶなかちく》斎《さい》といふ鍼医《はりい》の娘《むすめ》。十三年以前《いぜん》、三月十五日、妾《わらは》、隣《となり》村まで酒《さけ》を買《か》ひに行《ゆ》き立帰《たちかへ》つてみれば、父上《ちゝうへ》は討《う》たれ給ふ。南無三宝《なむさんぼう》と掻抱《かきいだ》き、何者《なにもの》が危《あや》めしぞ、女なれども敵《かたき》を討《う》つて参《まゐ》らせんと言《い》ひけるに、父《ちゝ》は苦《くる》しき息《いき》をつき、顔《かほ》も知《し》らぬ奴《やつ》なるが、我《われ》、敵《かたき》の肩先《かたさき》へ確《たし》かに斬付《きりつ》けしと覚《おぼ》ゆれば、右《みぎ》の肩《かた》に傷《きず》ある者《もの》に心《こゝろ》を付《つ》けて敵《かたき》を尋《たづ》ね討《う》ちくれよと言《い》ふを此世《このよ》の名残《なごり》にて、あへなく息《いき》は絶《た》え給《たま》ふ。それより妾《わらは》、近国《きんごく》を奉公《ほうこう》に経巡《へめぐ》り、一季半季《ひときはんき》、あるひは一月二月、様々《さま〴〵》の奉公に辛《つら》い悲《かな》しい十三年《ねん》。男《をとこ》の右《みぎ》の肩先《かたさき》に心をつけて尋《たづ》ねしに、日こそあれ今日《けふ》は三月十五日、父《ちゝ》が討《う》たれし十三年忌《ねんき》の祥月命日《しやうつきめいにち》。念力届《ねんりきとゞ》きて見付《みつ》けたる御身《おんみ》の肩《かた》の大傷《きず》は紛《まが》ふ方《かた》なき父《ちゝ》の敵《かたき》。父尊霊《ちゝそんれい》の引合《ひきあ》はせ、此京中に隠《かく》れなき不破伴《ふはばん》左衛門重勝《しげかつ》と言《い》はれ給ふ歴々《れき〳〵》のお侍《さむらひ》、義を知《し》り情《なさ》けを知《し》り給《たま》はゞ不憫《ふびん》と思《おも》ふて、せめて一太刀合《たちあ》はせてたべ。コレ敵《かたき》ながら頼《たの》みますと手を合《あ》はせてぞ嘆《なげ》きける。重《しげ》勝《かつ》聞《き》いて、「愚《おろ》かや、嘉吉年中の乱《みだ》れの後《のち》、度々《たび〳〵》の合戦《かつせん》に

武士《ぶし》と名を呼《よ》ばる丶ほどの者《もの》、戦場《いくさば》へ出《い》で浅《あさ》手か深《ふか》手か傷《きず》を受《う》けざる者《もの》はなし。我《わ》が肩先《かたさき》に傷《きず》あればとて、汝《なんぢ》が親《おや》の敵《かたき》とは滅法界《めつぽふかい》な押推量《おしずいりやう》。さら〳〵覚《おぼ》えはなけれども、女の身にて親《おや》の敵《かたき》を討《う》たんため、これまでの憂艱難《うきかんなん》、健気《けなげ》な心《こゝろ》孝行者《もの》、我深《われふか》く感《かん》じたり。此上《うへ》は某《それがし》が後見《うしろみ》して親《おや》の敵《かたき》を討《う》たせてやらん。諸《しよ》神をかけて偽《いつは》りなし」と誓《ちか》ひを立《た》て丶言《い》ひければ、籬《まがき》はやう〳〵納得《なつとく》し、手の下《した》に虜《とりこ》となされた女一人《ひとり》に恐《おそ》れをなし、よもや御偽《おんいつは》りは侍《はべ》るまじ。此上《うへ》は偏《ひとへ》に頼《たの》み上《あ》げますと、又さめ〴〵と泣《な》きければ、伴《ばん》左衛門しみ〴〵と不憫《ふびん》に思《おも》ひ、妻《さい》女柏木《かしは》を呼《よ》び、「此女、様子《やうす》あれば、今《いま》よりは召使《めしつかひ》と思《おも》はず客分《きやくぶん》にしてよく労《いた》はり候へ」と言《い》へば、柏木《かしは》は先《さき》ほどより物陰《ものかげ》にて様子《やうす》を残《のこ》らず聞《き》いたれば、俄《にはか》に言葉《ことば》を改《あらた》め、籬殿《まがきどの》、こなたへとて奥《おく》へ伴《ともな》ひ入にけり。

斯《か》かる所へ、主人前司久国《しゆじんぜんじひさくに》の仰《おふ》せを受《う》けて佐々良《さゝら》三八入り来《きた》り。伴《ばん》左衛門に向《む》かつて曰《いは》く、「只今《たゞいま》、主君仰《しゆくんおふ》せこさる丶旨《むね》は、今朝《けさ》ほども仰《おふ》せの通《とほ》り、錦絵姫《にしきゑひめ》の御事《おんこと》、未《いま》だ頼《たの》みの印《しるし》は承《うけたまは》ねど、浜名《はまな》入道殿《どの》の嫁君《よめぎみ》に進《しん》ぜられんと内々《ないく》御契約《けいやく》ある所に、姫君《ひめぎみ》、存知《ぞんじ》がけもなき百合之助殿《ゆりのどの》へ の御志《おんこゝろざし》にて、家臣笹野去蔵《かしんさゝのさり》が方《かた》まで忍《しの》びて御越《おんこ》しなされし段《だん》、これ大乱《らん》の基《もとい》、その訳《わけ》は、浜名《はまな》入道殿《どの》と百合之助《ゆりの》竜元殿《たつもとどの》、両管領《くわんれい》とは言《い》ひながら、かねて不和《ふわ》の中なれば、

次へ続《つゞ》く

(17)十三ウ

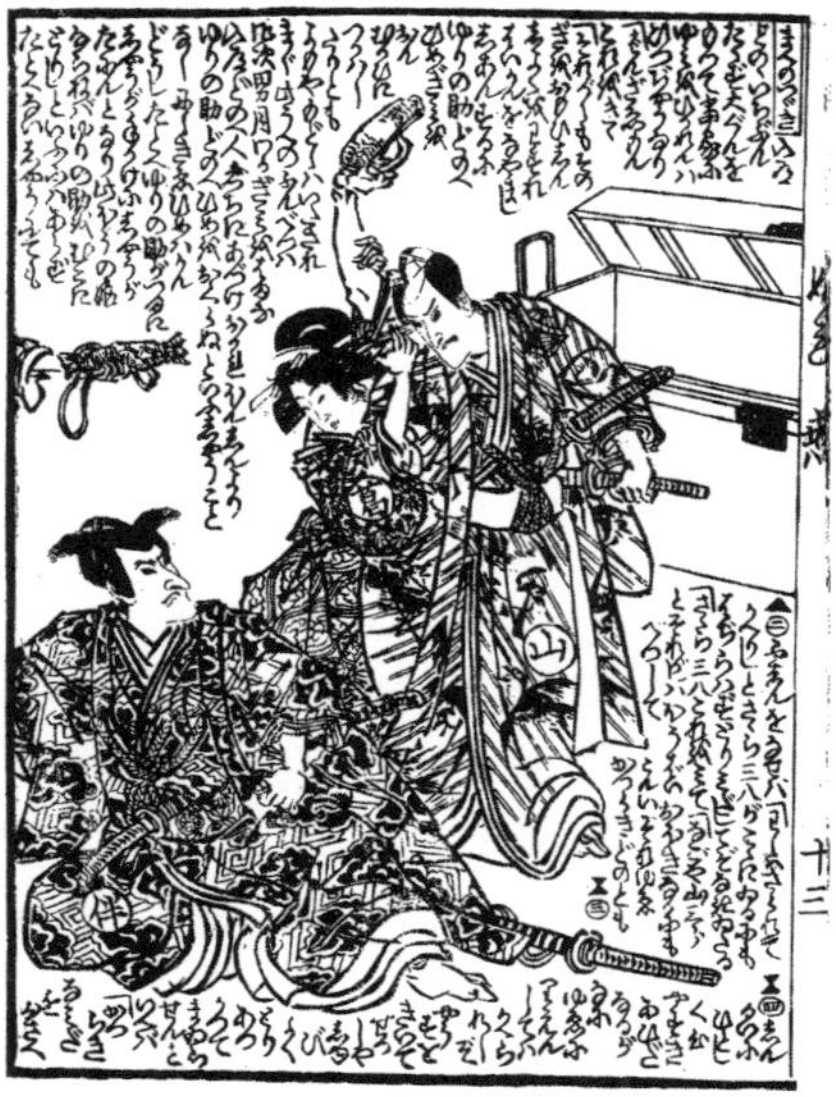

十四オ

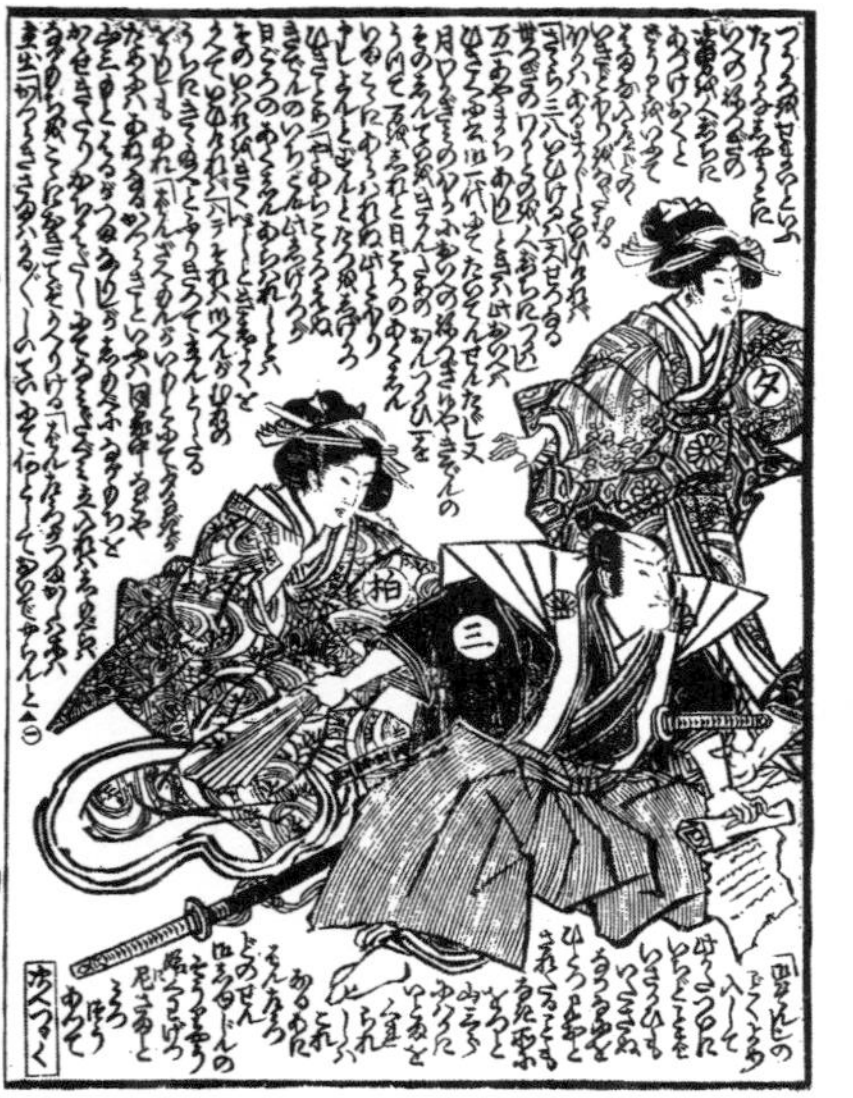

(17) 前《まへ》の続《つゞ》き 入道殿《どの》の一分立《いちぶんた》たず。大軍《ぐん》をもつて当家に弓《ゆみ》を引《ひ》かれんは必定《ひつぢやう》なり」。伴左衛門《ばんざゑもん》これを聞《き》き、「某《それがし》も、その義《ぎ》を思《おも》ひ寝食《しんしよく》を忘《わす》れ、肺肝《はいかん》を悩《なや》まし思案《しあん》するに、百《ゆ》合之助殿《りのどの》へ姫君《ひめぎみ》を御迎《おんむか》ひに遣《つか》はしたりとも、よもや戻《もど》しは致《いた》されまじ。此上《うへ》の分別《ふんべつ》は、御次男月若君《わかぎみ》を浜名《はまな》入道殿《どの》へ人質《じち》に預置《あづけお》かれ、本心《ほんしん》より百合之助殿《ゆりのどの》へ姫《ひめ》を送《おく》らぬといふ証拠《しやうこ》となし、錦絵姫《にしきゑひめ》は勘当《かんどう》し、たとへ百合之助《ゆりの》が妻《つま》にしやうが手掛《かけ》にしやうが他人《たにん》となり、此方《ほう》の娘ならねば百《ゆ》合之助《りの》を婿《むこ》に取《と》りしと言《い》ふにはあらず。たとへ内証《ないしやう》にても、通路《つうろ》を狭《せま》いと言《い》ふ確《たし》かな証拠《しやうこ》に、家《いへ》の根継《ねつぎ》の次男を人質《じち》に預置《あづけお》くと道理《どうり》を言《い》ふて、浜名《はまな》入道殿《どの》の憤《いきどほ》りを宥《なだ》むる外《ほか》はあるまじ」と言《い》ひければ、佐々良《さゝら》三八言《い》ひけるは、「大切《せつ》なる世継《つぎ》の若殿《わかとの》を人質《じち》に遣《つか》はし、万一過《あやま》ちありし時《とき》は、此御家《おいへ》は久国公《ひさくに》御一代にて退転《たいてん》せん。但《たゞ》し又、月若君《わかぎみ》の外《ほか》にお家《いへ》の根継《ねつぎ》候や。貴殿《きでん》のその心底《しんてい》を聞《き》かんための御《おん》遣《つかひ》、一を打《う》つて万を知《し》れと日頃《ごろ》の悪心《あくしん》、今此処《いまこゝ》に現《あらは》れぬ。此通《とほ》り申し上ん」と、ずんと立《た》つを重勝引止《しげかつひきと》め、「やあら心得《こゝろえ》ぬ、貴殿《きでん》の一言《いちごん》。此重勝《しげかつ》が日頃《ごろ》の悪心現《あくしんあらは》れしとは、

その謂《いはれ》を聞《き》くべし」と、気色《きしよく》を変《か》へて言《い》ひければ、ハテ、それは御辺《へん》が胸《むね》の内《うち》に聞《き》き給へと、振切《ふりき》つて立んとしたる折《をり》しもあれ、伴左衛門《ばんざへもん》が妹《いもと》にて夕凪《なぎ》がためには姉《あね》なる葛城《かつらき》といふは、同家中名古屋《なごや》山三元春《もとはる》が妻《つま》なりしが、下部《しもべ》に長持《ながもち》を舁《か》かせ来《きた》り。徒跣《かちはだし》にて涙《なみだ》ぐみ立入れば、下部等《しもべら》は長持《ながもち》を此処《こゝ》に置《お》きてぞ帰《かへ》りける。

伴《ばん》左衛門が妻《つま》柏木《かしは》は立出、葛城様《かつらきさま》は軽々《かるぐ》しい体《てい》にて何としてお出《いで》やらんと不審《ふしん》をなせば、わしは去《さ》られて帰《かへ》りしと、佐々良《さゝら》三八が此処《こゝ》に居《ゐ》るにも恥《はぢ》らはず、取乱《とりみだ》してぞ泣《な》き居《ゐ》たる。佐々良《さゝら》三八これを見《み》て、「名古屋《なごや》山三郎と某《それがし》は、朋輩《ほうばい》多《おほ》きなかにも別《べつ》して懇意《こんい》、それゆゑ葛城殿《かつらきどの》とも親類《しんるい》に等《ひと》しく心安《やす》き間《あひだ》なるが、何故《なにゆゑ》に離縁《りえん》しては帰《かへ》られしぞ。様子《やうす》を聞《き》いて拙者首尾《せつしやしゆび》よく取扱《とりあつか》つて参《まゐ》らせん」と言《い》へば、葛城《かつらき》、涙《なみだ》を抑《おさ》へ、御存知《ぞんじ》の如《ごと》く、嫁《よめ》入して此方《かた》、ついに一度《いちど》、言葉諍《ことばいさか》ひも致《いた》さぬ仲《なか》、何《なに》をひとつ見落《お》とされたる事《こと》もなき所に、夫《をつと》山三郎、俄《には》かに暇《いとま》をくれられしは、これなる兄伴《あにばん》左衛門殿《どの》、先《せん》御主人《しゆじん》の惣領《そうりやう》娘花月尼様《くわげつにさま》と密通《みつつう》あつて 次へ続《つゞ》く

(18)十四ウ

十五オ

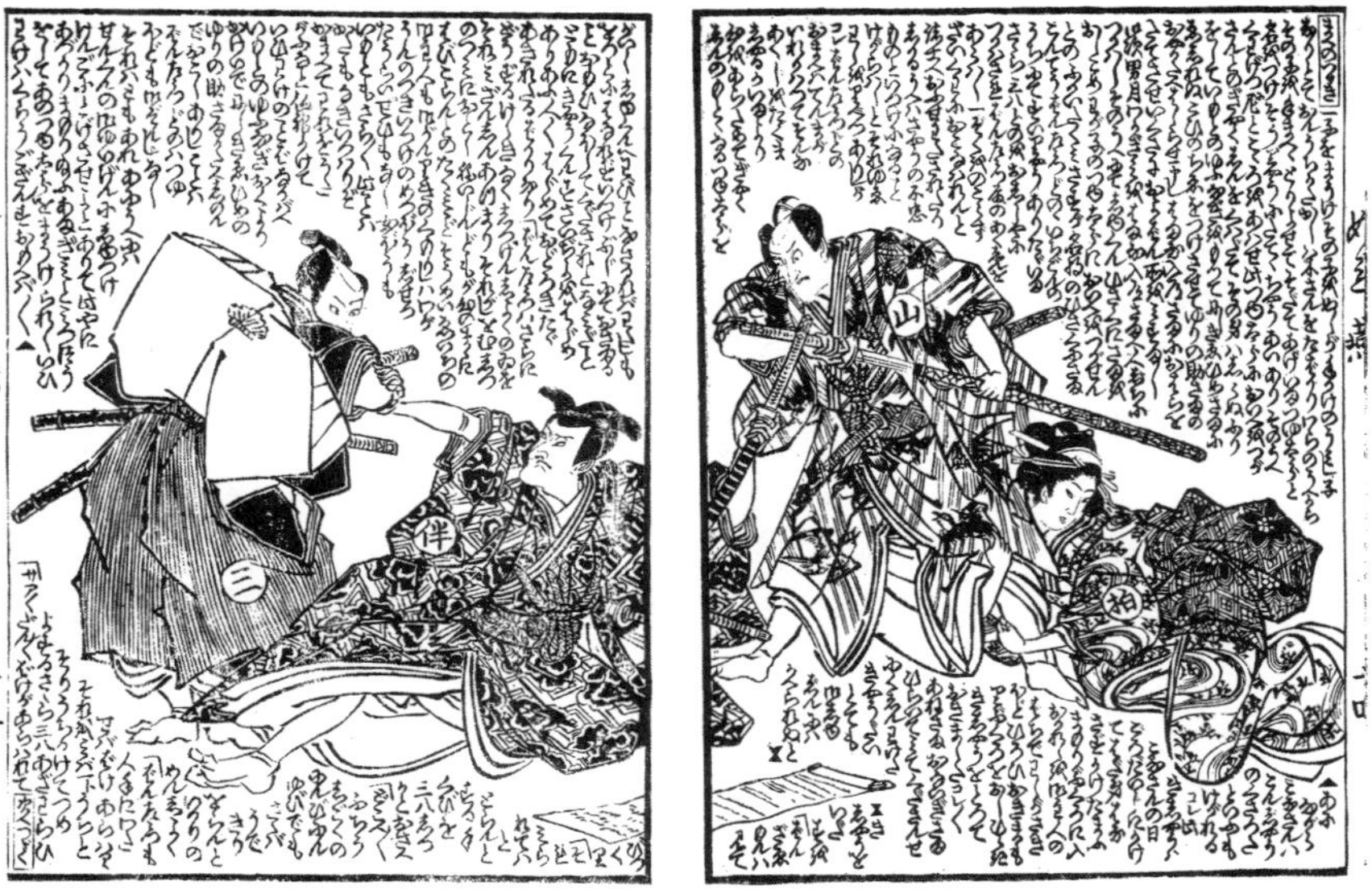

(18) 前《まへ》の続《つゞ》き 一子を設《まう》け、その子を主《ぬし》が手掛《かけ》の産《う》みし子なりとて御内方《おんうちかた》、柏木《かしは》さんを謀《たばか》り、藁《わら》の上《うへ》からその子を手前《まへ》へ取寄《とりよ》せて育上《そだてあ》げ、今露《いまつゆ》太郎と名を付《つ》け、惣領《そうりやう》に立《た》て、寵愛《ちやうあい》あり。その上《うへ》、花月尼《くわげつに》と心《こゝろ》を合《あ》はせ此露《つゆ》太郎にお家《いへ》を継《つ》がさんとの逆心《ぎやくしん》を企《くはだ》て、その身は知《し》らぬふりをして、妹《いもと》の夕凪《ゆふなぎ》をもつて錦絵姫様《にしきゑひめさま》に得知《ゑし》れぬ恋《こひ》の知恵《ちゑ》をつけさせて、百合之《ゆりの》助様《さま》のお館《やかた》へ走《はし》らせ申し、浜名《はまな》入道様《さま》にお腹《はら》を立《た》てさせ、戦《いくさ》に及《およ》ばん所を見澄《みす》まし、御次男月若《わか》君《ぎみ》を浜名《はまな》入道様《さま》へ人質《じち》に遣《つか》はし、その上《うへ》にて主君久国様《しゆくんひさくにさま》を押籠《おしこ》め、我《わ》が子の露《つゆ》太郎にお家《いへ》を継《つ》がせんとの深《ふか》い企《たく》み、さすが名将の久国様《ひさくにさま》、今朝《こんてう》、伴《ばん》左衛門殿《どの》の一言《いちごん》のうちにて推量《すいりやう》あり。只今《たゞいま》、佐々良《さゝら》三八殿《どの》をお使者《ししや》に遣《つか》はされ、伴《ばん》左衛門殿の悪心《あくしん》を現《あらは》し、一族《ぞく》を残《のこ》らず罪科《ざいくわ》に行《おこな》はれんと諸士へ仰渡《おふせわた》されたり。然《しか》る上《うへ》は、左様《さやう》の不忠者《もの》と一家《いつけ》になる事汚《ことけが》らはしと、それ故《ゆゑ》わしを離別《りべつ》ありしが、コレ伴《ばん》左衛門殿《どの》、お前《まへ》は天魔《てんま》が入代《いれか》はつて、そんな悪事《あくじ》を企《たく》ましやるか。今《いま》より心を改《あらた》めて、逆心《ぎやくしん》の元《もと》となる露《つゆ》太郎を害《がい》し、主君《しゆくん》へ詫事《わびこと》なさるれば、私《わたし》も夫《をつと》に離《はな》れず一家無事《いつけぶじ》にて治《をさ》ま

る事《こと》、思直《おもひなほ》して下《くだ》されと、涙《なみだ》と共《とも》に教訓《きやうくん》す。妻女《さいぢよ》をはじめ有合《ありあ》ふ人々〱はじめて驚《おどろ》き、たゞ呆《あき》れたるばかりなり。

伴《ばん》左衛門はさらに動《どう》ずる気色《けしき》なく、「執権職《しつけんしよく》の位《ゐ》を嫉《そね》み讒臣《ざんしん》集《あつ》まり、某《それがし》を無実《むじつ》の罪《つみ》に落《お》とし、佞人共《ねいじんども》が心のまゝに蔓延《はびこ》らんとの企事《たくみごと》、聡明叡智《そうめいゑいち》の御主人も御眼力《がんりき》の曇《くも》りしは我《わ》が運《うん》の尽《つ》き、一家《いつけ》の滅亡《めつぼう》、時節到来《じせつたうらい》是非《ぜひ》もなし。女房《ばう》も妹《いもと》も、さら〱此事《こと》はかたもなき偽《いつは》りぞ。構《かま》へて我《われ》を疑《うたが》ふな」と仏神かけて言訳《いひわけ》の言葉《ことば》半《なか》ばへ妹《いもと》の夕凪《ゆふなぎ》、奥《おく》より駆出《かけい》で、錦絵姫《にしきゑひめ》の百合之《ゆりの》助様方《さまかた》へ忍《しの》んでお越《こ》しありし事《こと》は、伴《ばん》左衛門殿《どの》は露《つゆ》ほども御存知《ぞんじ》なし。それはともあれ、兄上《あにうへ》には先君《せんくん》の御遺言《ゆいげん》に出家堅固《しゆつけけんご》に遂《と》げさせよとありて、此家《や》に預《あづ》かり守《まも》り給ふ尼君《あまぎみ》と密通《みつつう》をして、あの露《つゆ》太郎をまうけられし言訳《いひわけ》は暗《くら》うござんす。思《おも》へば〱兄《あに》ながら、皆《みな》さんは根性《こんじやう》の腐《くさ》つたと言《い》ふも穢《けが》れる。コレ此起請《きしやう》は、こなさんの日頃《ごろ》、大事《だいじ》に掛《か》けて肌《はだ》身離《はな》さず掛《か》け給《たま》ふ守袋《まもりぶくろ》に入置《お》かれしを、御主人の罰《ばち》でわしが先《さき》ほど拾《ひろ》ひ置《お》き、守袋《まもりぶくろ》を押開《おしひら》き、起請《きしやう》を取《と》つて置《お》きました。コレ〱姉様《あねさま》、お内儀様《ないぎさま》、開《ひら》いて見《み》て下《くだ》さんせ。肉親《にくしん》分《わ》けた兄妹《きやうだい》とても御主人《しゆじん》には代《か》へられぬと起請《きしやう》を出《いだ》すを、伴左衛門《ばんざゑもん》は見てびつくり。それ見《み》られてはと、取《と》らんとする手首《くび》を三八しつかと押《お》さへ、どこへ〱不忠至極《ふちうしごく》の人非人《にんぴにん》、指《ゆび》でも差《さ》さば腕切折《うできりを》らんと怒《いか》りの面色《めんしよく》。伴《ばん》左衛門も人手に渡《わた》せば化《ば》け現《あらは》るゝ、それを見《み》ば一ト打《う》ちと反打掛《そりうちか》けて詰寄《つめよ》する。佐々《さゝ》良《ら》三八嘲笑《あざわら》ひ、サア〱段々《だん〱》化《ば》けが現《あらは》れて、

次へ続《つゞ》く

(19)十五ウ

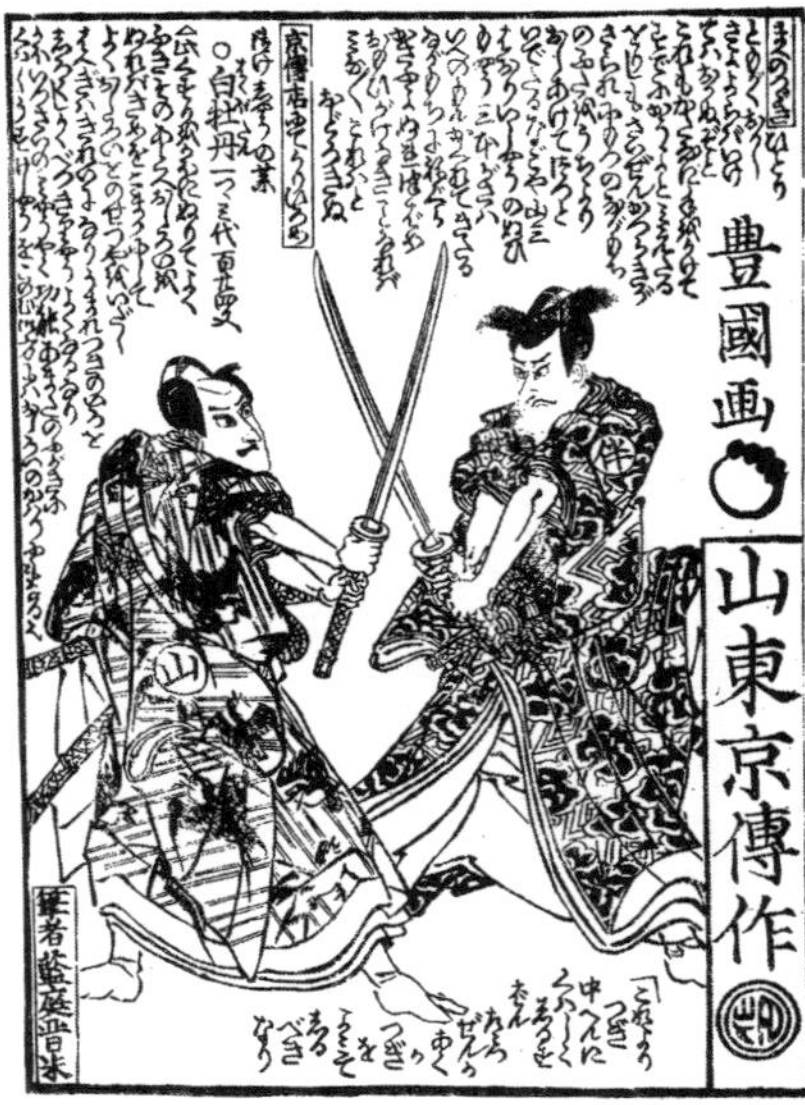

(19) 前《まへ》の続《つゞ》き ひとりと踠《もが》く可笑《おか》しさよ。寄《よ》らば生《い》けては置《お》かぬぞと、これも刀《かたな》に手を掛《か》けて、すでにかうよと見《み》えたる折《をり》しも、最前《さいぜん》、葛城《かつらき》が去《さ》られ荷物《にもつ》の長持《ながもち》の蓋《ふた》を内《うち》より押開《おしあ》けてつつと出《いで》たる名古屋《なごや》山三、羽織衣装《はおりいしやう》の縫模様《ぬひもやう》、三本傘《がさ》は家《いへ》の紋《もん》、隠《かく》れて来《きた》る長持《ながもち》に、塒《ねぐら》かさふよ濡燕《ぬれつばめ》、思《おも》ひがけなき事《こと》なれば、皆々《みなく》これはと驚《おどろ》きぬ。

これより次《つぎ》、中編《へん》に詳《くは》しく記《しる》す。伴《ばん》左衛門、善《ぜん》か悪《あく》か次《つぎ》を読《よ》みて知《し》るべきなり。

豊国画㊞　山東京伝作㊞

筆者藍庭晋米

京伝店にて売弘《うりひろ》め

御化粧《けしやう》の薬

○白牡丹《はくぼたん》　一包《つゝみ》代百廿四文

△此薬《くすり》を顔《かほ》に塗《ぬ》りてよく拭《ふ》き、そのあとへ白粉《おしろい》を塗《ぬ》れば、きめを細《こま》かにして、よく白粉《おしろい》をのせ艶《つや》を出《いだ》し、生際綺麗《はへぎはきれい》になり、生《う》まれつきの色《いろ》を白《しろ》くし格別器量《かくべつきりやう》よくなるなり。顔一切《かほいつさい》の妙薬《みやうやく》、功能数多《あまた》、能書《のふがき》に詳《くは》し。薄化粧《うすけしやう》を好《この》む御方には白粉《おしろい》の代《かは》りにもなる也。

中編見返し

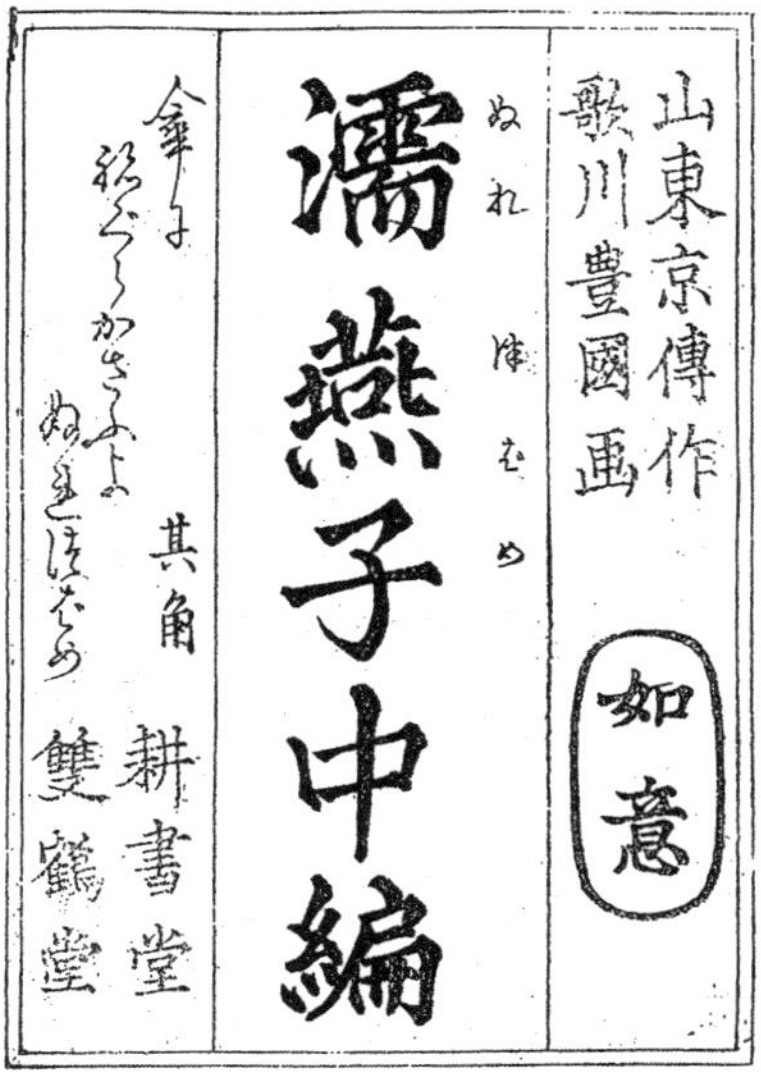
山東京傳作
歌川豐國画
如意
濡燕子《ぬれつばめ》中編
傘にねぐらかさふよぬれつばめ　其角
耕書堂
雙鶴堂

［中編見返し］

山東京伝作
歌川豊国画

如意

濡燕子《ぬれつばめ》　中編

傘にねぐらかさふよぬれつばめ　其角

耕書堂
雙鶴堂

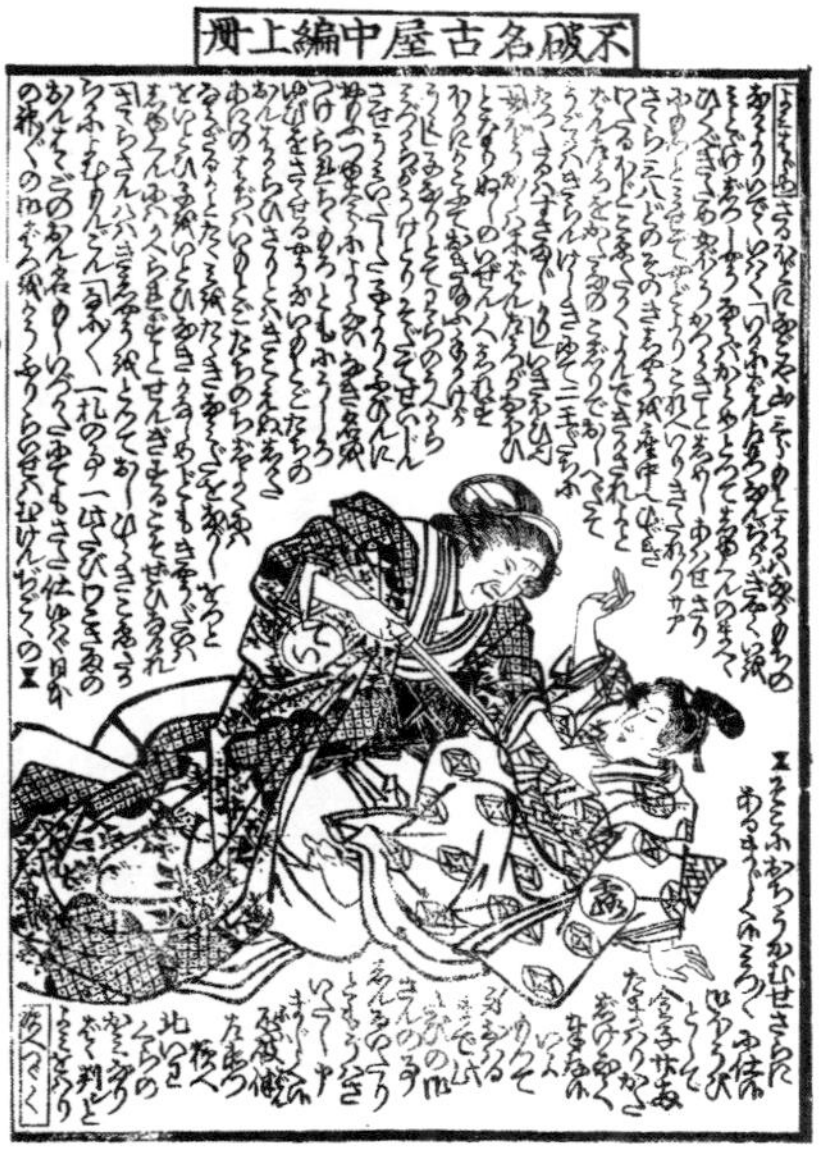

(20) 十六オ

【中編】

【上】

(20) 不破名古屋中編上冊

読始《よみはじ》め さるほどに、名古屋《なごや》山三郎元春《もとはる》は長持《ながもち》の中《なか》より出《いで》て曰《いは》く、「如何《いか》に伴《ばん》左衛門、汝《なんぢ》が逆意《ぎやくい》を見届《みとゞ》け、実証《じつしやう》ならば搦取《からめと》つて主君《しゆくん》の前《まへ》へ引《ひ》くべきため、女房《ぼう》葛城《かつらき》と示合《しめしあ》はせ、去荷物《さりにもつ》と見《み》せて宿《やど》よりこれへ入来《いりきた》れり。サア佐々良《さゝら》三八殿《どの》、その起請《きしやう》を座中へ響渡《ひゞきわた》るほど声高《こゑたか》く読《よ》んで聞《き》かされよ」と、伴《ばん》左衛門を刀《かたな》の鐺《こじり》で押隔《おしへだ》て、動《うご》かは斬《き》らん気色《けしき》にて、二王立《だち》に立《た》つたるは凄《すさ》まじかりし勢《いきほ》ひ也。

女房《ぼう》柏木《かしは》、伴《ばん》左衛門が覆《おほ》ひとなり、主《ぬし》の以前《いぜん》人知《し》れず、外《ほか》に囲《かこ》ふて置《お》き給ふ手掛《かけ》が産《う》みし子なりとて、藁《わら》の上《うへ》から自《みづか》らが受取《うけと》り育《そだ》て成人《せいじん》させ、産出《うみいだ》した子より不憫《ふびん》に思《おも》ふ露《つゆ》太郎に由《よし》ない無《な》き名を付《つ》けられ、父《ちゝ》もろともに後指《うしろゆび》を指《さ》させるやうな妹御《いもとご》たちの御計《おんはから》ひ、さりとは聞《き》こえぬ仕《し》方《かた》、兄《あに》の恥《はぢ》は妹御《いもとご》たちの恥辱《ちじよく》にはならざるかと、畳《たゝみ》を叩《たゝ》き涙《なみだ》を流《なが》し、夫《をつと》を厭《いと》ひ子を厭《いと》ひ、泣悲《なきかな》しめども兄妹《きやうだい》は、主君《しゆくん》には代《か》へられずと詮議《せんぎ》するこそ是非《ぜひ》なけれ。

佐《さ》々《ゝ》良《ら》三《さん》八は起請《きしやう》を取《と》つて押開《おしひら》き、声高《こゑたか》らかに読《よ》む文《もん》言《ごん》。「何々《なに〳〵》、一札の事、一此度《たび》、和子様《わこさま》の御母《おんはゝ》御《ご》の御《おん》名、もし何方《いづかた》にても沙汰《さた》仕候はゞ、日本の神々《ぐ》の御罰《ばつ》を被《かうふ》り、来世《らいせ》は無間地獄《むけんぢごく》の底《そこ》に落《お》ち、浮《う》かむ瀬《せ》さらにあるまじく候。密々《みつ〳〵》に仕候御褒美《ほうび》として、金子廿両賜《たまは》り忝《かたじけな》く奉存候。弥《いよ》もつて身終《お》はるまで、此度《たび》の御産《さん》の事、親類《しんるい》たりとも噂致《うはさいた》し申まじく候。不破伴《ふはばん》左衛門様へ北岩倉《いわくら》の雷婆《かみなりばゝ》判ン」と読終《よみを》はり、

次へ続《つゞ》く

(21)十六ウ

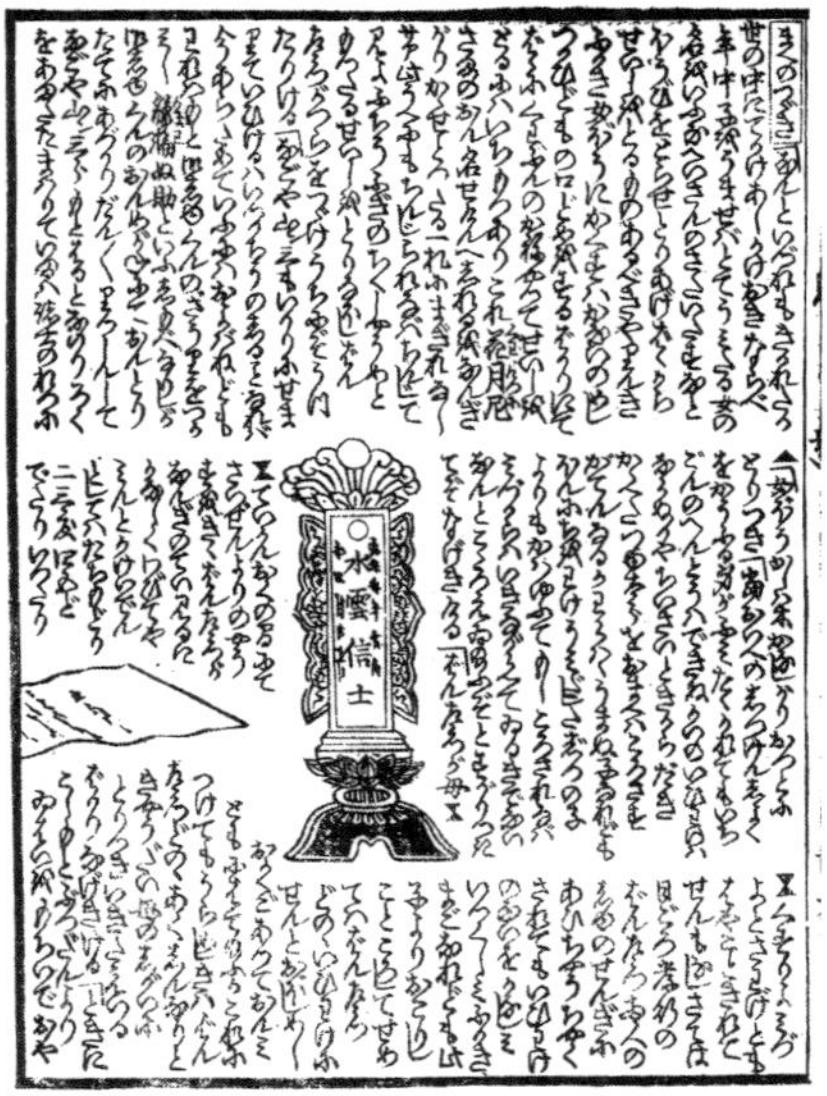

十七オ

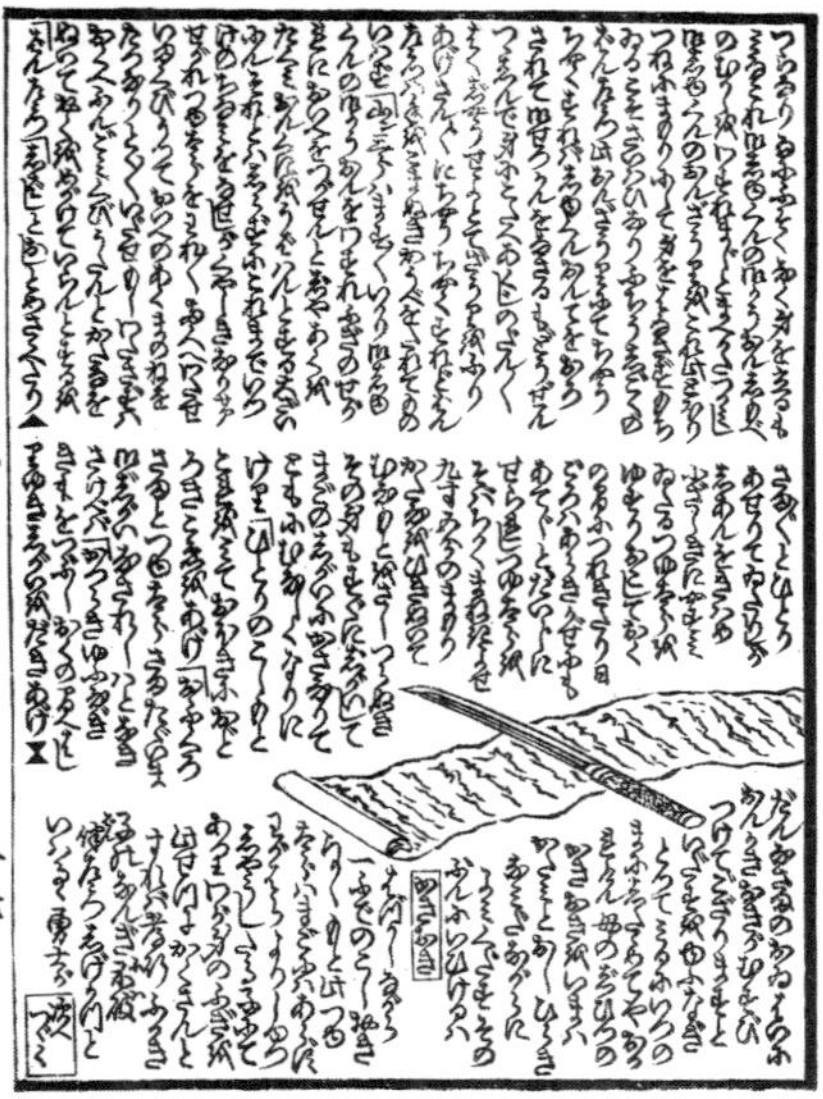

(21) 前《まへ》の続《つゞ》き 何《なん》といづれも聞《き》かれたか。世の中に手掛足《てかけあし》掛置並《かけおきなら》べ、年中子を産《う》ませばとて、産《う》みたる女の名を言《い》ふな、平産《へいさん》の沙汰致《さたいた》すなと褒美《ほうび》を取《と》らせ、取上婆《とりあげばゝ》から誓紙《せいし》を取《と》るものあるべきや。悋気深《りんきふか》き女房《ぼう》に隠《かく》すは、家内《かない》の召《めし》使《つかひ》どもの口止《ど》めをするばかりにて、婆《ばゞ》に過分《くわぶん》の金《かね》やつて誓紙《せいし》を取《と》るには一物《いちもつ》あり。これ花月尼様《くわげつにさま》の御名《おん》、世間《せけん》へ知《し》れるを難儀《なんぎ》がり、書《か》かせ取《と》つたる一札に紛《まぎ》れなし。サア此上《うへ》にも陳《ちん》じられなば陳《ちん》じて見よ。不忠不義《ふちうふぎ》の畜生《ちくしやう》めと、持《も》つたる誓紙《せいし》を取直《とりなほ》し、伴《ばん》左衛門が面《つら》を続《つゞ》け打《う》ちにぞ打《う》つたりける。

名古屋《なごや》山ン三も怒《いか》りに迫《せま》りて言《い》ひけるは、「一家中《いつかちう》の知《し》る事《こと》なれば、今改《あらた》めて言《い》ふには及《およ》ばねども、我《われ》は元御主《もとしゆ》君《くん》の草履《ざうり》を摑《つか》みし鎌輪《かまわ》ぬ助といふ下部《しもべ》なりしが、御主君《しゆくん》の御眼鏡《おんめがね》にて御取立《おんとりた》てに与《あづか》り、段々立身《だん〴〵りつしん》して名古屋《なごや》山ン三郎元春《もとはる》と名乗《なの》り、禄《ろく》を数多賜《あまたたまは》りて、今《いま》は諸士の列《れつ》に連《つら》なり、何不足《なにふそく》なく身を立るも皆《みな》、これ御主君《しゆくん》の御厚恩《かうおん》。下部《しもべ》の昔《むかし》を忘《わす》れまじと、前《まへ》かた摑《つか》みし御主君《しゆくん》の御草履《おんざうり》を、これ此通《とほ》り常《つね》に守《まもり》にして、身を離《はな》さず持《も》ち居《ゐ》るこそ幸《さいは》ひなり。

不忠至極《ふちうしごく》の伴《ばん》左衛門、此御草履《おんざうり》にて打擲《ちやうちやく》すれば、主君御《しゆくんおん》手《て》を下《おろ》されて御折檻《せつかん》をなさるも同然《どうぜん》、謹《つゝし》んで身に堪《こた》へ悪事《あくじ》の段々白状《だん〳〵はくじやう》せよ」とて草履《ざうり》を振上《ふりあ》げ散々《さん〴〵》に打擲《ちやうちやく》すれど、伴《ばん》左衛門は手をこまぬき、頭《かうべ》を垂《た》れて物言《ものい》はず、山ン三郎はます〳〵怒《いか》り、御主君《しゆくん》の御厚恩《かうおん》を忘《わす》れ、不義《ふぎ》の倅《せがれ》に御家《おいへ》を継《つ》がせんと邪悪《じやあく》を企《たく》み、御国《おんくに》を奪《うば》はんとする大罪人《ざいにん》、それとは知《し》らずに、これまで一家《いつけ》の因《ちな》みをなせしが悔《くや》しきなり。サア倅露《せがれつゆ》太郎を我々《われ〳〵》両人へ渡《わた》せ。今《いま》、首打《くびう》つて御家《おいへ》の悪魔《あくま》の根《ね》を絶《た》つなり。疾《と》く〳〵出《いだ》せ。もし渡《わた》さずは奥《おく》へ踏込《ふんご》み首打《くびう》たんと、刀《かたな》を抜《ぬ》いて奥《おく》を目掛《めが》けて入《い》らんとするを、伴《ばん》左衛門、暫《しば》しと押止《おしと》め支《さゝ》へたり。女房柏《ばうかしは》木、悲《かな》しがり夫《おつと》に取付《とりつ》き、当御家《おいへ》の執権職《しつけんしよく》を被《かうふ》る身が、踏叩《ふみたゝ》かれても一言《いちごん》の返答《へんとう》は出来《でき》ぬかいの、言訳《いひわけ》はならぬかや。小《ちい》さい時《とき》から抱《だき》かゝへた露《つゆ》太郎を、お前《まへ》は殺《ころ》さす合点《がてん》なるか。妾《わらは》は産《う》まぬ子なれども、本《ほん》に血《ち》を分《わ》け産出《うみだ》した実《じつ》の子よりも可愛《かはゆ》ふて、もし殺《ころ》されなば、みづからは生永《いきなが》らへて居《ゐ》る気《き》でない。何《なん》と心得居《こゝろえゐ》給ふぞと、縋付《すがりつ》きてぞ嘆《なげ》きける。

伴《ばん》左衛門が母貞観《ていかん》、奥《おく》の間にて最前《さいぜん》よりの様子《やうす》を聞《き》き、伴《ばん》左衛門が難儀《なんぎ》の体《てい》見るに悲《かな》しく、詫《わ》びてやみんと駆出《かけいで》んとしては立戻《たちもど》り、二三度四五度出《どで》たり入《い》つたり様々《さま〴〵》と、一人焦《ひとりあせ》りて居《ゐ》たりしが、思案《しあん》を極《きは》め、小座敷《ざしき》に休《やす》み居《ゐ》たる露《つゆ》太郎を揺起《ゆすりお》こして奥《おく》の間に連来《つれきた》り。日頃《ごろ》は荒《あら》き風《かぜ》にも当《あ》てじと大事《だいじ》にせられし露《つゆ》太郎を、側近《そばちか》く招寄《まねきよ》せ、九寸五分の守刀《まもりかたな》を引抜《ひきぬ》いて胸元《むなもと》を刺貫《さしつらぬ》き、その身もすぐに自《じ》害《がい》して、孫《まご》の死骸《しがい》に重《かさ》なりて、共《とも》に虚《むな》しくなりにけり。

一人《ひとり》の腰元《こしもと》これを見《み》て、大《おほ》きに驚《おどろ》き声《こゑ》を上《あ》げ、「お袋様《ふくろさま》と露《つゆ》太郎様《さま》、只今《たゞいま》御自害《じがい》なされしは」と泣叫《なきさけ》べば、葛城《かつらき》、夕凪肝《ゆふなぎきも》を潰《つぶ》し、奥《おく》の間へ走行《はしりゆ》き、死骸《しがい》を抱上《だきあ》げ、薬《くすり》よ水《みづ》よと騒《さわ》げども、早事切《はやことき》れて詮《せん》もなし。さては日頃《ごろ》、孝行の伴《ばん》左衛門、両人の主《しゆ》の詮議《せんぎ》に遭《あ》ひ打擲《ちやうちやく》されても言訳《いひわけ》のないを悲《かな》しみ、慈《いつく》しみ深《ふか》き孫《まご》なれども、此子より起《お》こりし事《こと》、殺《ころ》して、せめては伴《ばん》左衛門殿《どの》の言訳《いひわけ》にせんと思召《おぼしめ》し、お覚悟《かくご》あつて御身共《おんみとも》に果《は》て給ふか。これにつけても恨《うら》めしきは伴《ばん》左衛門殿《どの》の悪心《あくしん》なりと、姉妹《きやうだい》、母の死骸《しがい》に取付《とりつ》き、息絶入《いきたえい》るばかり嘆《なげ》きける。

時《とき》に腰元《こしもと》、仏壇《ぶつだん》より位牌《ゐはい》を持出《もちい》で、親旦那様《おやだんなさま》のお位牌《ゐはい》に御書置《おんかきおき》が結《むす》び付《つ》けてござりますと出《いだ》すを、夕凪《ゆふなぎ》取《と》つて見《み》るに、何時《いつ》の間《ま》に認《した》めてや置《お》かれけん、母の自筆《じひつ》の書置《かきおき》を、今《いま》は形見《かたみ》と押開《おしひら》き、涙《なみだ》ながらに読下《よみくだ》す。その文《ぶん》に言《い》ひけるは、書置《かきおき》 恥《はづ》かしながら一筆残《ふでのこ》し置《お》き参らせ候。元《もと》此露《つゆ》太郎は孫《まご》にはあらず、我《わ》が腹《はら》より出生《しゆつしやう》したる子にてあり。我《わ》が身の不義《ふぎ》を此節《せつ》に隠《かく》さんとすれば、孝行深《ふか》き子の難《なん》儀《ぎ》、不破伴《ふはばん》左衛門重勝《しげかつ》と言《い》はるゝ勇士が 次へ続《つゞ》く

［水雲信士］

(22) 前《まへ》の続《つゞ》き 朋輩《ほうばい》に打擲《ちやうちやく》せられ、一言一句《いちごんいつく》の返答《へんとう》せぬは、さぞや無念《むねん》にあるべけれど、速《すみ》やかに言訳《いひわけ》をすれば、その身の悪《あく》は抜《ぬ》けれども、此母が悪名《あくみやう》の顕《あらは》れん事を悲《かな》しみ、無念《むねん》を堪《こら》へ、悪口《あつこう》を耐忍《たへしの》ぶ心《こゝろ》の底《そこ》、思《おも》ひ計《はか》つてあるにもあられず。我《わ》が不義《ふぎ》の子を刺殺《さしころ》し、此身の咎《とが》を懺悔《さんげ》して、過去《すぎさ》り給ふ連合水雲信士《つれあひすいうんしんじ》の手に掛《か》かつて、旧悪《きうあく》の咎《とが》に遭《あ》ふて死《し》ぬるなり。ゆめ〳〵花月尼様《くわげつにさま》と密通《みつつう》の子にあらざる事《こと》は、死《し》に行《ゆ》く母が誓言《せいごん》ぞや。奈落《ならく》に沈《しづ》む法《ほふ》もあれ、此誓言《せいごん》に偽《いつわ》りなし。今より姉妹《きやうだい》の娘ども、妾《わらは》を母とて香《かう》花

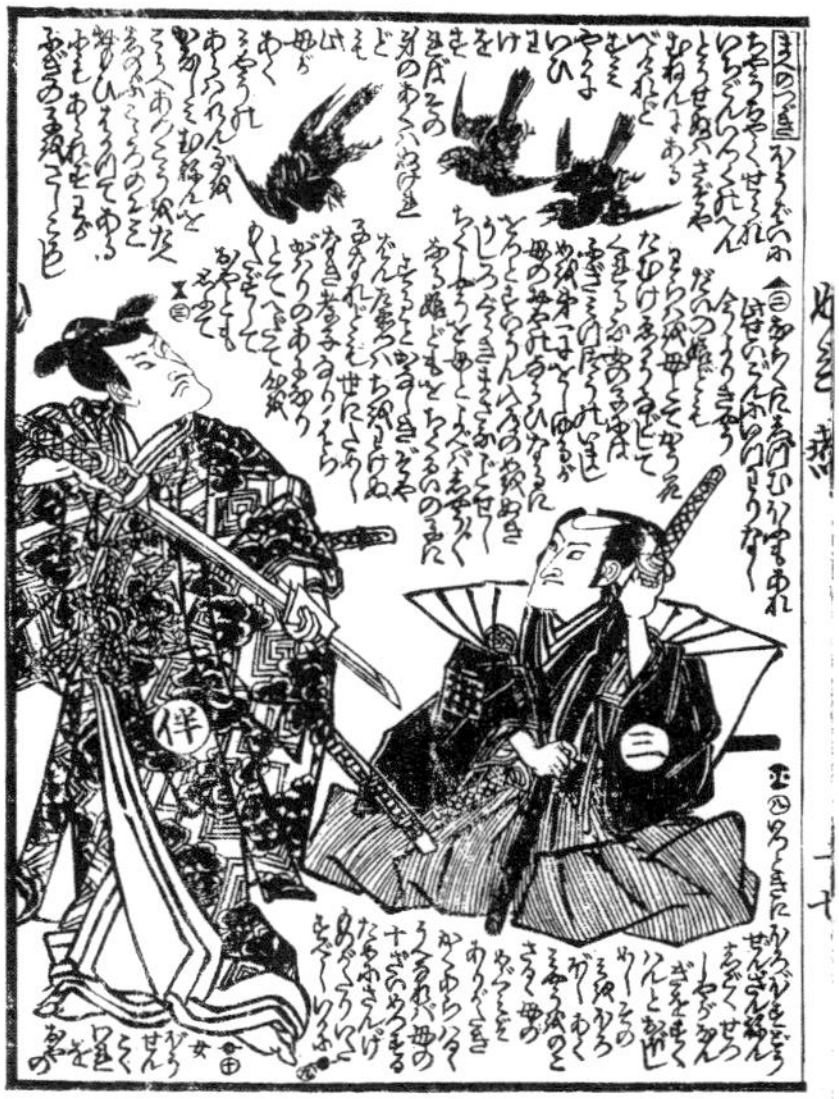

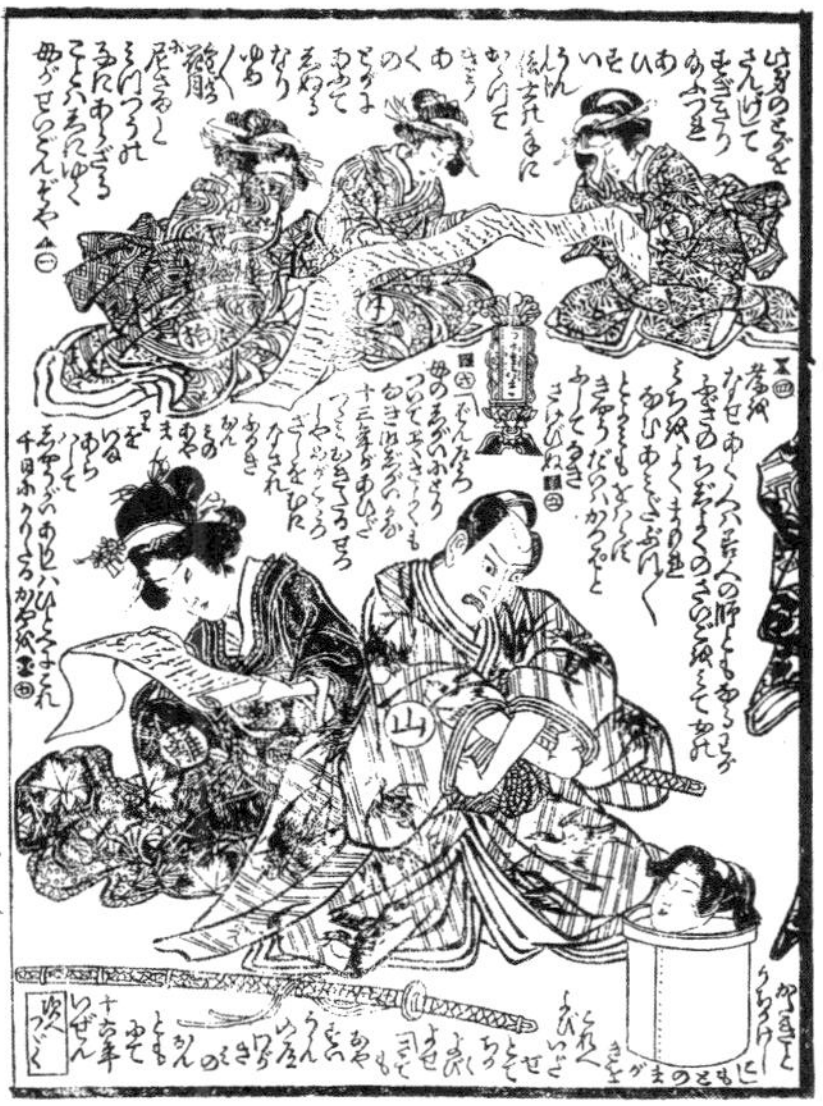

手向《たむ》け回向《ゑかう》などしてくれるな。女の子には、不義密通《ふぎみつつう》の戒《いまし》めを第一に教《をし》ゆるが母の親《おや》の習《なら》ひなるに、夫水雲《をつとすいうん》入道の目《め》を抜《ぬ》き、後《うし》ろ暗《ぐら》き正無事《まさなごと》せし畜生《ちくしやう》を、母と呼《よ》べば清《しやう》浄《ぐ》なる娘どもを畜類《ちくるい》の子にする事悲《ことかな》しきぞや。伴《ばん》左衛門は血《ち》を分《わ》けぬ子なれども、世に例《ためし》なき孝子なり。腹変《はらがは》りの兄《あに》なりとて、隔《へだ》て心を持《も》たずして、親《おや》とも思ふて孝をなせ。悪《あく》人は善人の師ともなる。我《わ》が不義《ふぎ》の恥辱《ちじよく》の最期《さいご》を見《み》て女の道《みち》をよく守《まも》れ。南無阿弥陀仏《なむあみだぶつ》〳〵と読《よ》みも終《を》はらず姉妹《きやうだい》は、かつぱと伏《ふ》して泣叫《なきさけ》びぬ。伴《ばん》左衛門、母の死骸《しがい》に取付《とりつ》いて、ヱヽ、曲《きよく》もなき御自害《じがい》かな。十三年が間《あひだ》、包《つゝみ》置《お》きたる拙者《せつしや》めが志《こゝろざし》を無《む》になされ、古《ふる》き御身《おんみ》の誤《あやま》りを今《いま》現《あらは》して生害《しやうがい》ありしは、偏《ひと》へにこれ千日に刈《か》りたる茅《かや》を一《いつ》時《とき》に滅《ほろ》ぼす同然《どうぜん》、残念至極《ざんねんしごく》。拙者《せつしや》が難儀《なんぎ》を救《すく》はんと思召《おぼしめ》し、その身《み》を滅《ほろ》ぼし、悪名《あくみやう》を残《のこ》さるゝ、母の恵《めぐ》みぞ有難《ありがた》き。斯《か》く顕《あら》はるゝ上《うへ》なれば、母の十罪滅《ざいめつ》するために懺悔物語《さんげものがた》り致《いた》すべし。如何《いか》に女房《ばう》、先刻《せんこく》、我《われ》を親《おや》の敵《かたき》と打掛《うちか》けし腰元《こしもと》の籬《まがき》を、これへ呼出《よびいだ》せとて近《ちか》く呼寄《よびよ》せ、「さても親水雲《おやすいうん》入道、我《わ》が君《きみ》の御供《おんとも》にて、十六年以前《いぜん》 次へ続《つゞ》く

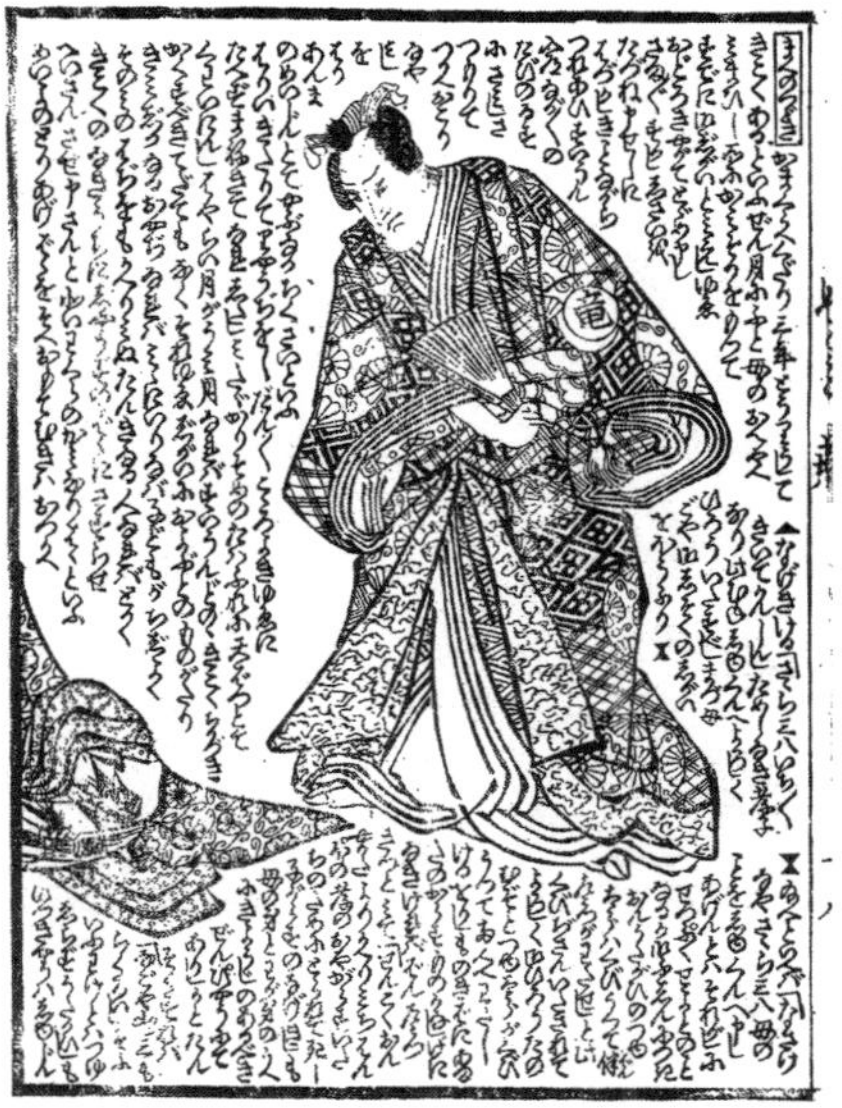

(23) 前《まへ》の続《つゞ》き 鎌倉《かまくら》へ下《くだ》り、三年逗留《とうりう》して帰国《きこく》あるといふ前《ぜん》月に、ふと母のお部屋《へや》へ見舞《みま》ひし所に、剃刀《かみそり》をもつてすでに御自害《じがい》と見《み》えしゆゑ、驚《おどろ》き、やがて止《とゞ》め申し、様々《さま〴〵》賺《すか》し仔細《しさい》を尋《たづ》ね申せしに、恥《はづ》かしき事《こと》ながら、連合《つれあひ》水雲《すいうん》入道、長々《なが〴〵》の旅《たび》の留守《るす》に寂《さみ》しさ積《つも》りて痞《つかへ》起《お》こり悩《なや》みしを、鍼按摩《はりあんま》の名人《めいじん》とて、藪中竹斎《やぶなかちくさい》といふ鍼医《はりい》来《きた》りて療治《りやうぢ》をし、段々《だん〴〵》快《こゝろよ》き故《ゆゑ》に絶《たへ》ず招《まね》きて馴親《なれした》しみ、たゞ仮初《かりそめ》の戯《たはふ》れに天罰《ばつ》とて懐妊《くわいにん》し、早来《はやらい》月が産月《うみ》なれば、水雲殿《すいうんどの》の帰国近付《きこくちかづ》き隠《かく》すべき手立《てだて》もなく、それゆゑ自害《じがい》に及《およ》ぶとの物語《ものがたり》。気短《きみじか》なる親父《おやぢ》なれば、耳《みゝ》に入《い》りなば子供《ども》が恥辱《ちじよく》、その身《み》の恥《はぢ》をも顧《かへり》みぬ短気《たんき》なる人なれば、とかく帰国《きこく》のなきうちに、上手《じやうず》の婆《ばゞ》にさすらせ平産《へいさん》させ申さんと、北岩倉《いわくら》の雷《かみなり》婆《ばゞ》といふ名誉《めいよ》の取上婆《とりあげばゞ》を添《そ》へ、表向《おもてむ》きはお痞養生《つかへようじやう》のためと言《い》ひなし、一里傍《わき》に別家《べつや》を設《しつら》ひ、これにて安産《あんざん》させ申し、隠《かく》しおほせて別儀《べつぎ》なく、その子を見れば玉の如《ごと》くの男子、今《いま》し少《すこ》し成人《せいじん》せば、不通《ふつう》に外《ほか》へ遣《つか》はさんと手掛《かけ》の子と偽《いつは》り、女房《ぼう》どもに育《そだ》てさせしに、次第《しだい》に馴染重《なじみかさ》なりて、不憫《ふびん》さ日々《〴〵》に勝《まさ》りければ、外《ほか》へ遣《や》るが残念《ざんねん》さに、一日暮《ぐら》し

に十三まで育置《そだてお》きしは某《それがし》が一生《しやう》の誤《あやま》りなり。

それよりかの鍼医《はりい》の竹斎《ちくさい》、不通《ふつう》に出入《でいり》を止《と》めけるが、腰《こし》元仲居《もとなかゐ》に伝《つて》を求《もと》め、母の方《かた》へたび〳〵艶書《ゑんじよ》を送《おく》る様子《やうす》を聞《き》き、彼奴《きやつ》をそのまゝ置《お》くならば、遂《つひ》には母の不義《ふぎ》顕《あらは》れ家《いへ》の傷《きず》ともなり、何《なん》と分別極《ふんべつきは》めどころを聞《き》き、兜頭巾《かぶとづきん》に顔《かほ》隠《かく》し、踏込《ふんご》んで討《う》つて取《と》り、艶書《ゑんじよ》の道《みち》を断《た》ちたるなり。ナント籬《まがき》、汝《なんぢ》が親《おや》の手跡《しゆせき》は見知《みし》りつらん。これ見《み》よと小文庫《ぶんこ》の蓋《ふた》を開《あ》け、仮名文《かなぶみ》二三通取出《つうとりいだ》し、男ある女と密通《みつつう》するは言《い》はずと知《し》れた大罪人《ざいにん》、父が不義《ふぎ》の罪《つみ》を弁《わきま》へ敵《かたき》と言《い》ふは、我《わ》が親《おや》の不所存《ふしよぞん》なる魂《たましひ》より外《ほか》にないと思《おも》ひ、これを見《み》て胸《むね》を晴《は》らせと、父が文《ふみ》ども見《み》せければ、籬《まがき》は何《なに》と答《いら》へなく、泣《な》いて居《ゐ》るこそ不憫《ふびん》なれ。

ヲ、我《われ》とても、そちが心《こゝろ》と同《おな》し事《こと》、親《おや》の不義《ふぎ》といふ事《こと》を聞《き》いて心がよからふか、我《わ》が心底《しんてい》をも察《さつ》せよと、男泣《をとこな》きにぞ嘆《なげ》きける。佐々良《さゝら》三八、一々《いち〳〵》聞《き》いて感心《かんしん》し、「例《ためし》なき孝子なり。此旨《むね》、主君《しゆくん》へ宜《よろ》しく披露致《ひろういた》すべし。まづ母御《ご》や御子息《しそく》の死骸《しがい》を葬《ほうふ》り給へ」と言《い》へば、情《なさ》けなや佐々良《さゝら》三八、母の事《こと》を主君《しゆくん》へ申し上《あ》げんとは某《それがし》に切腹《せつぷく》せよとの事《こと》なるか。御不審《ふしん》につき御疑《おんうたが》ひの露《つゆ》太郎は、首打《くびう》つて伴《ばん》左衛門が渡《わた》せしと此首持参致《くびぢさんいた》されて、宜《よろ》しく御披露頼《ひろうたの》むぞと、露《つゆ》太郎が首打《くびう》つて両人へ渡《わた》しける折《をり》しも、軒端《のきば》に数多《あまた》の烏《からす》、物悲《ものかな》しげに鳴《な》きければ、伴《ばん》左衛門きつと見《み》て、先《せん》刻《こく》、御館《おんやかた》より帰《かへ》り道《みち》、反哺《はんぽ》の孝の親烏《おやがらす》、鼬《いたち》のために捕《と》られて死し、子烏《がらす》の嘆《なげ》きしも、母の身と我《わ》が身の上《うへ》に凶事《きようじ》のあるべき前表《ぜんぴやう》にてありしかと嘆息《たんそく》すれば、名古屋《なごや》山三も落涙《らくるい》し、そふいふ訳《わけ》とは露知《つゆし》らず、疑《うたが》ひしも畢竟《ひつきやう》は主人《しゆじん》を大事《だいじ》と思《おも》ふゆゑ、粗忽《そこつ》の打擲《ちやうちやく》許《ゆる》されよと、泣居《なきゐ》る葛城《かつらき》を引立《ひつた》てゝ、佐々良《さゝら》三八もろともに、すぐに館《やかた》へ赴《おもむ》きけり。

これより此処《こゝ》の絵《ゑ》の訳《わけ》 それはさておき此処《こゝ》に又、管領《くわんれい》百合之助《ゆりのすけ》竜元《たつもと》は 次へ続《つゞ》く

(24)十九ウ

二十オ

(24) 前《まへ》の続《つゞ》き 先《さき》だつて、美濃《みの》の国野上《くにのがみ》の里《さと》の遊君遠山《ゆふくんとほやま》といふを根引《ねびき》して手掛《かけ》となし召使《めしつか》ひぬ。

さて、ある夜、竜元酒宴《たつもとしゆえん》を催《もよほ》し給ひ、数多《あまた》の腰元《こしもと》どもに琴《こと》、三味線《さみせん》、胡弓《こきう》、笛《ふゑ》、太鼓《たいこ》、鼓《つゞみ》、舞《まひ》の類《たぐひ》、色々《いろ〳〵》の芸尽《げいづく》しをさせて慰《なぐさ》み給ひしが、腰元《こしもと》どもの芸《げい》はたび〳〵見聞《みき》きしたれば、さのみ珍《めづら》しからず。「何《なに》ぞ珍《めづ》らしき事《こと》をさせて興《きよう》を添《そ》えよ」と御側《おんそば》にありける家臣笹野去蔵《かしんさゝのさり》に仰《おふ》せければ、去蔵《さり》よき折《をり》と思《おも》ひ、御手掛《おんかけ》の遠山《とほやま》に目配《めくば》せすれば、遠《とほ》山、早《はや》くその心《こゝろ》を悟《さと》り、竜元《たつもと》の側《そば》に近《ちか》く進《すゝ》みて言《い》ひけるは、「此頃《ごろ》、去蔵殿《さりどの》の口入《くちいれ》にて、妾《わらは》が部屋《へや》にて召使《めしつか》ふ腰元《こしもと》を新《しん》参《ざん》に抱《かゝ》へ候が、世に稀《まれ》なる美人《びじん》なるのみならず、琴《こと》の上《じやう》手《ず》にて声《こゑ》よく歌《うた》ひ、爪音《つまおと》も優《すぐ》れて候。御許《おんゆる》しも候はゞ、これへ呼出《よびいだ》し弾《ひ》かせ候はんや」と言《い》ふ。竜元《たつもと》はこれを聞《き》きて大に喜《よろこ》び給ひ、「それはよき慰《なぐさ》みならん、疾《と》く〳〵此処《こゝ》へ呼寄《よびよ》せて琴《こと》を弾《ひ》かすべし」と宣《のたま》へば、遠山《とほやま》は次《つぎ》へ立《た》ち、物《もの》陰《かげ》に忍《しの》ばせ置《お》きたる錦絵姫《にしきゑひめ》を誘《いざな》ひてぞ出来《いでき》りぬ。錦絵姫《にしきゑひめ》は遠山《とほやま》が計《はか》らひにて、腰元《こしもと》の姿《すがた》に身《み》を窶《やつ》して出《い》で給ひ、いと恥《はづ》かしげに玉琴《こと》を掻鳴《かきな》らし、唱歌《しやうが》のうちに思《おも》ひを籠《こ》めて歌《うた》ひすまし給ひければ、竜元《たつもと》をはじめ一座にありし者《もの》、皆々《みな〳〵》感《かん》に堪《た》えてぞ聞居《きゝゐ》たる。

斯《か》くて姫《ひめ》は弾終《ひきを》はり給へば、竜元《たつもと》は御感斜《ぎよかんなの》めならず。さて〳〵珍《めづ》らしき上手《じやうず》かな、器量《きりやう》といひ芸《げい》といひ、またあるまじき女なり。いで〳〵杯《さかづき》を遣《つか》はすべしとて、持合《もちあ》はせ給ふ御杯《おんさかづき》を賜《たまは》りければ、姫《ひめ》は嬉《うれ》しさ限《かぎ》りなく、とかく恥《はぢ》らひ給へり。折《をり》よしと遠山《とほやま》は進出《すゝみい》で、「今《いま》は何《なに》をか包申《つゝみまう》さん。新参《しんざん》の腰元《こしもと》と申《まう》せしは、此御方《おんかた》を此処《こゝ》へ出《いだ》し参《まゐ》らせんためばかり、実《まこと》は此御方《おんかた》は御聞及《おんきゝおよ》びも候はん、前司久国《ぜんじひさくに》様《さま》の姫君《ひめぎみ》、錦絵姫様《にしきゑひめさま》と申す御方《おんかた》でござります。殿《との》を見《み》ぬ恋《こひ》に憧《あこが》れ給ひ、浜名左衛門氏豊様《はまなさゑもんうじとよさま》へ内々《ない〳〵》縁組《えんぐみ》の御相談極《さうだんきは》まりしを嫌《きら》ひ給ひて、御館《おやかた》を忍出《しのびい》で給ひしを、これなる笹《さゝ》野去蔵殿《のさりどの》、清《きよ》水寺にて御目《おんめ》に掛《か》かり御供《おんとも》して帰《かへ》り、我《わ》が家《や》に匿《かくまひ》置《お》き、殿《との》にもたび〳〵此様子《やうす》を申し上《あ》げ、奥様《おくさま》になさるゝ様《やう》にと申せども御聞入《おんきゝい》れなきゆゑ、妾《わらは》に共々《とも〴〵》お勧《すゝ》め申《まう》してくれよとの頼《たの》み、高《たか》いも低《ひく》いも女子の身は相見互《あひみたが》ひ、殊《こと》に深《ふか》く御寵愛《ちやうあい》を被《かうふ》る我《わ》が身《み》、もしや悋気嫉妬《りんきしつと》にて妾《わらは》が陰《かげ》で邪魔《じやま》するかと、人の思《おも》はん所も恥《はづ》かしく、殊《こと》に姫君《ひめぎみ》の深《ふか》く恋慕《こひした》ひ給ふ御《おん》心も労《いた》はしければ、どうぞ今《いま》のお杯《さかづき》を御縁《えん》の固《かた》めとなし給ひ、御得心《とくしん》あれかし」と、さすが名高《たか》き遊君《ゆふくん》の粋《すい》な言葉《ことば》の尾《を》につきて、去蔵《さり》も共々《とも〴〵》に勧《すゝ》めけるが、竜元《たつもと》は以《もつ》てのほか不興《ふきやう》にて、の給ふは、「さては錦絵姫《にしきゑひめ》とは此女郎《ぢよらう》よな。

次へ続《つゞ》く

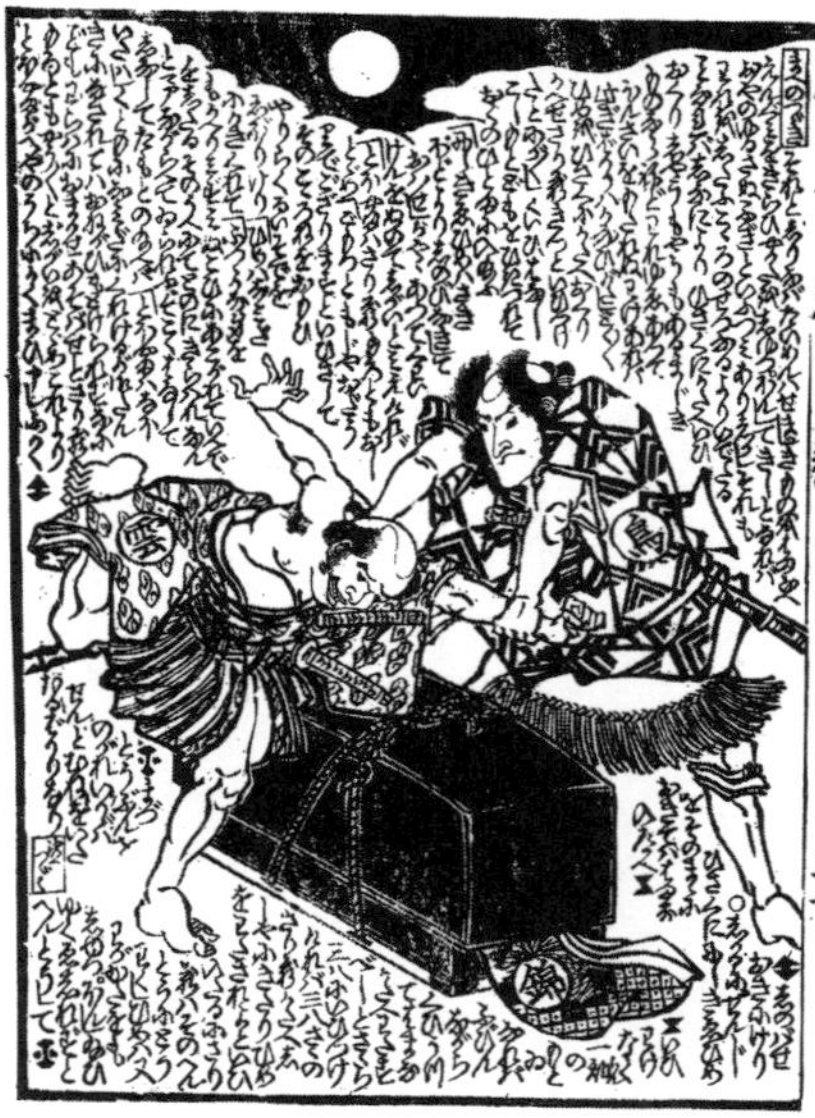

（25）二十ウ

（25）前《まへ》の続《つゞ》き　それと知《し》りなば対面《たいめん》はせまじきものを、浜《はま》名《な》へ縁組《えんぐみ》を嫌《きら》ひ館《やかた》を出奔《しゆつぽん》して来《き》しとなれば、親《おや》の許《ゆる》さぬ不義《ふぎ》といふ罪《つみ》あり。しかし、それも我《われ》を慕《した》ふ心《こゝろ》の切《せつ》なるより出《いで》たる事《こと》なれば、品《しな》により久国方《ひさくにかた》へ言《い》ひ送《おく》り仕様模様《しやうもやう》もあるまじきものならねど、我《われ》、故《ゆゑ》あつて本妻《ほんさい》を持《も》たれぬ訳《わけ》あれば、此義《ぎ》ばかりは叶《かな》ひ難《がた》し。疾《と》く〳〵姫《ひめ》を久国方《ひさくにかた》へ送《おく》り返《かへ》せ。去蔵《さり》、きつと言付《いひつ》けた」と苦々《にが〳〵》しく言《い》ひ放《はな》し、腰《こし》元《もと》どもを引連《ひきつ》れて奥《おく》の一間《ひとま》に入給ふ。

錦絵姫《にしきゑひめ》は先《さき》ほどより忍泣《しのびなき》して御座《おは》せしが、やゝあつて懐剣《くわいけん》を抜《ぬ》いて自害《じがい》と見《み》えければ、遠山《とほやま》は去蔵《さり》もろとも押《おし》止《とゞ》め、「ごもつともじや、御道理《おだうり》でござります」と言《い》ひさして、その心根《こゝろね》を思遣《おもひや》り落涙《らくるい》袖《そで》を絞《しぼ》りけり。姫《ひめ》は涙《なみだ》に掻《かき》暮《く》れて、「不束《ふつつか》な身《み》をも省《かへりみ》ず、見《み》ぬ恋《こひ》に憧《あこが》れて家出《いへで》をしたるその上《うへ》にて、殿《との》に嫌《きら》はれ何《なん》とマア永《なが》らへて居《ゐ》られふぞ。こゝ放《はな》して死《し》なしてたも」と、の給へば、遠山《とほやま》はなほ労《いたは》しく共《とも》に涙《なみだ》に暮《く》れけるが、御短気《たんき》になされてはお願《ねが》ひも遂《と》げられず、何事《なにごと》も妾《わらは》にお任《まか》せあそばせと、去蔵《さり》もろとも、やう〳〵と自害《じがい》を止《とゞ》め、これより遠山《とほやま》が部屋《へや》の内《うち》に匿《かくま》ひ申し、深《ふか》く忍《しの》ばせ置《お》きにけり。
○然《しか》るに前司久国《ぜんじひさくに》、「錦絵姫《にしきゑひめ》をそのまゝに置《お》きては浜名入《はまな》道へ言訳《いひわけ》なく、一乱《らん》の基《もとゐ》なれば不憫《ふびん》ながら、首打《くびう》つて浜名《はまな》方《かた》へ渡《わた》すべし」と佐々良《さゝら》三八に言《い》ひ付《つ》けければ、三八、笹《さゝ》野《の》去蔵《さり》方《かた》へ使者《ししや》に来《きた》り、「姫《ひめ》を渡《わた》されよ」と言《い》ひ入たるに、去蔵《さり》はその返答《へんとう》に当惑《とうわく》し、姫《ひめ》は又、我《わ》が方《かた》をも出奔《しゆつぽん》し給ひ、行方《ゆくゑ》知《し》れずと返答《へんとう》して、まづ当分《とうぶん》を逃《のが》れ、如何《いかゞ》はせんと胸《むね》を痛《いた》むるばかりなり。 次へ続《つゞ》く

[下]

(26) 不破名古屋中編下冊

前《まへ》の続《つゞ》き さてある夜、浜名《はまな》の家臣長谷部雲六《かしんはせべのうん》、百合之助《ゆりの》の奥館《おくやかた》へ忍《しのび》入り、遠山《とほやま》が部屋《へや》に忍《しのび》入て錦絵姫《にしきゑひめ》を奪《うば》ひ、葛籠《つゞら》の中《なか》に押《おし》入て逃出《にげいで》んとしたりけるに、遠山《とほやま》これを見《み》つけて声《こゑ》を立《た》てければ、雲《うん》六、手早《ばや》く刀《かたな》を抜《ぬ》いて遠山《とほやま》を斬殺《きりころ》し、庭伝《にはづた》ひに走出《はしりい》で、一重《ひとへ》の塀《へい》を切破《きりやぶ》りてぬつと出《いで》たる目先《めさき》へ、ハツト心火燃《しんくわもえ》立《た》ち、遠山《とほやま》が幽魂《ゆうこん》、跡《あと》を慕《した》ひて雲《うん》六が後髪《うしろがみ》を引戻《ひきもど》せば、斬払《きりはら》つて逃行《にげゆ》かんと踏出《ふみだ》す向《むか》ふへ、竜元《たつもと》の草履取鳥羽《ざうりとりとば》平といふ者来掛《ものきか》かり、怪《あや》しき奴《やつ》と見咎《みとが》めて、葛籠《つゞら》に手を掛《か》け引戻《ひきもど》し、葛籠《つゞら》の内《うち》より下《さ》がりたる振袖《ふりそで》を月影《かげ》に透《す》かし見《み》れば、紛《まが》ふかたなき錦絵姫《にしきゑひめ》なれば、雲《うん》六を捕《とら》へて葛籠《つゞら》を奪《うば》ひ、我《わ》が身に背負《せお》ひ、雲《うん》六を一当《ひとあ》てあて、行《ゆ》かんとせしに、雲《うん》六が下部《しもべ》行《ゆ》く先《さき》を支《さゝ》ゆれば、刀《かたな》を抜《ぬ》いて首《くび》をすつぱと打落《うちお》とし、我《わ》が在所《ざいしよ》、洛外《らくぐわい》の梅津村

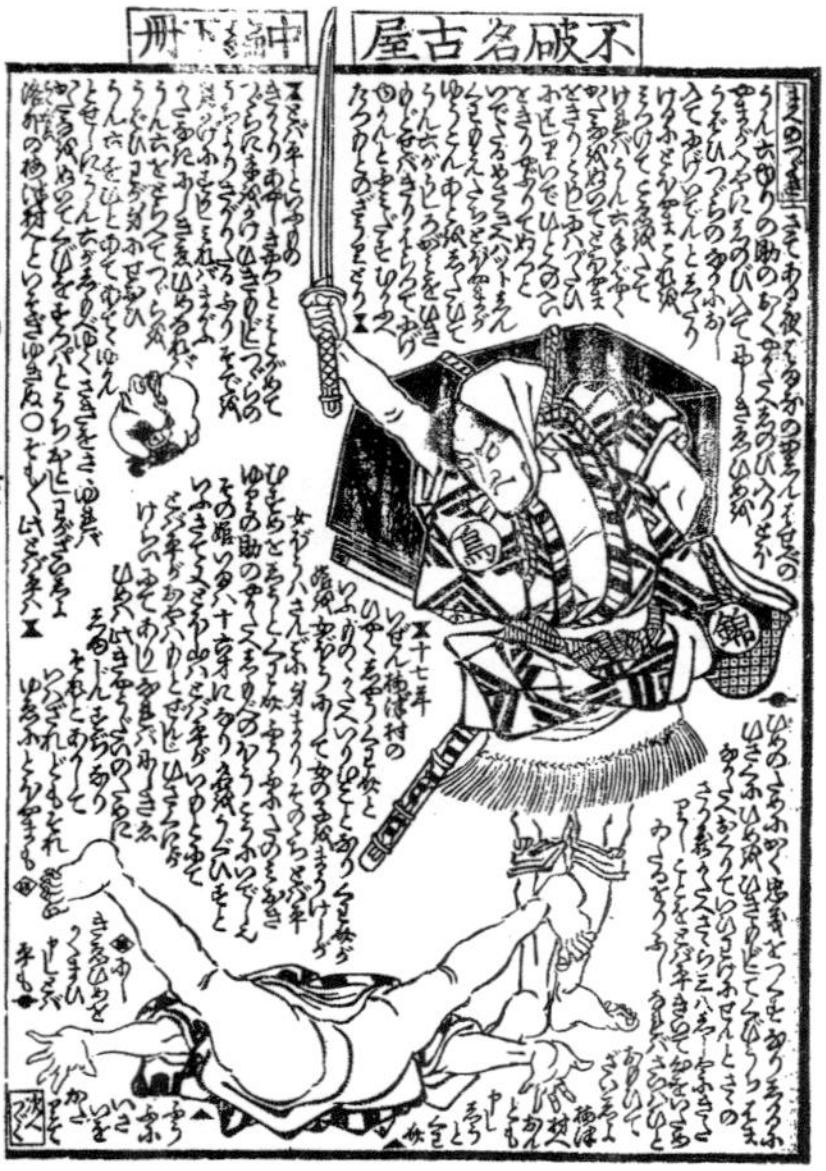

(26) 二十一オ

へと急行《いそぎゆ》きぬ。

○そも〳〵此鳥羽《とば》平は、十七年以前《いぜん》梅津村の百姓《ひやくしやう》鍬《くわ》介といふ者《もの》の方《かた》へ入婿《いりむこ》となり。鍬《くわ》介が娘を女房《ぼう》にして女の子を設《まう》けしが、女房《ぼう》は産後《さんご》に身罷《まか》り、その後《のち》、鳥羽《とば》平娘《むすめ》を舅《しうと》鍬《くわ》介夫婦《ふうふ》に頼置《たのみお》き、百合之《ゆりの》助の館《やかた》へ下部《しもべ》の奉公《ほうこう》に出《いで》し也。その娘、今《いま》は十六才になり、名を鶯《うぐひす》といふ。さて又、遠《とほ》山は鳥羽《とば》平が妹《いもと》にて、鳥羽《とば》平が親《おや》は元前《もとぜん》司《じ》久国《ひさくに》が家来《けらい》にてありしなれば、錦絵姫《にしきゑひめ》は此兄妹《きやうだい》のために主人筋《しゆじんすぢ》なり。それと明《あ》かして言《い》はざれども、それ故《ゆゑ》に遠山《とほやま》も錦絵姫《にしきゑひめ》を匿《かくまひ》申し、鳥羽《とば》平も姫《ひめ》のために斯《か》く忠義を尽《つ》くすなり。然《しか》るに久国《ひさくに》、姫《ひめ》を引戻《ひきもど》して首打《くびう》ち、浜名方《はまなかた》へ送《おく》りて言訳《いひわけ》にせんと、笹野去蔵《さゝのさり》方《かた》へ佐々良《さゝら》三八使者《ししや》に来《きた》りし事《こと》を鳥羽《とば》平聞《き》いて、心を痛《いた》め居《ゐ》たる折節《をりふし》なれば、幸《さいは》ひと思《おも》ひて、在所《ざいしよ》梅津村へ御供《おんとも》申し、舅《しうと》鍬《くわ》介夫婦《ふうふ》に委細《いさい》を語《かた》りて 次へ続《つゞ》く

(27) 前《まへ》の続《つゞ》き 姫《ひめ》を匿《かくま》ひ、時節《じせつ》を待《ま》つて百合之《ゆりの》助の奥方《おくがた》にさせ申さんと心を砕《くだ》くに、鍬《くわ》介夫婦《ふうふ》も姫《ひめ》を大事《だいじ》に匿《かくま》ひぬ。

さて、遠山《とほやま》は死しても姫《ひめ》の御《おん》身を気遣《きづか》ひ、その霊魂《れいこん》、梅

(27)二十一ウ

二十二オ

津村まで御跡《おんあと》を慕来《したひきた》り、守護《しゆご》なしけるぞ忠義なる。○鍬《くわ》介夫婦《ふうふ》は死さりし娘《むすめ》が形見《かたみ》のたつた一人《ひとり》の孫娘《まごむすめ》なれば、鶯《うぐひす》を寵愛深《ちやうあいふか》く、鶯《うぐひす》も又、爺婆《ぢゝばゝ》に孝行深《ふか》く仕《つか》へけり。○然《しか》るに錦絵姫《にしきゑひめ》、此所に匿《かくま》ひある事、前司久国《ぜんじひさくに》の家来《けらい》、当所の村長方《むらをさかた》へ来《きた》りて鳥羽《とば》平を呼《よ》び、「姫《ひめ》の首打《くびう》つて渡《わた》すべし」と厳《きび》しき言葉《ことば》に、鳥羽《とば》平は詮方《せんかた》なく、御首打《おんくびう》たんと請合《うけあ》ひて立帰《かへ》る。久国《ひさくに》の家来共《けらいども》、矢衾《ぶすま》を作《つく》つて鳥羽《とば》平が前後《ぜんご》を囲《かこ》ひ門口《かどぐち》まで見送《みおく》りて、上へ 下より 此家《や》の四方《ほう》を取巻《とりま》けと、事厳重《ことげんぢう》に下知《げぢ》をなし、元来《もとき》し道《みち》へ立帰《かへ》る。鳥《と》羽《ば》平は思案《しあん》を極《きは》めて内に入《い》り、鍬《くわ》介夫婦《ふうふ》に向《む》かひ、斯《か》様《やう》々《〳〵》の手詰《づめ》に、今日暮《こんにちくれ》六ツの鐘《かね》を限《かぎ》り、錦絵姫《にしきゑひめ》の御首《おんくび》打《う》つて渡《わた》さんと契約致《けいやくいた》し罷帰《まかりかへ》ると聞《き》いて驚《おどろ》く鍬《くわ》介夫婦《ふうふ》。「そんならこなた、姫君《ひめぎみ》を殺《ころ》すのか」。「イヤ何《なに》しに姫《ひめ》を害《がい》し申さん。打《う》たふと言《い》ふて請合《うけあ》ふたは娘鶯《うぐひす》が首《くび》」。「ヤア〳〵、そんなら孫《まご》をお身代《がは》りに」。「幼少《ようせう》より御養育《よういく》をお頼《たのみ》申し、御夫婦《ふうふ》の大恩《おんう》受けたる娘なれども、御主人《しゆじん》には代《か》へられず。まさかの時は娘《むすめ》が首《くび》と思込《おもひこ》んだる、かねての覚悟《かくご》。姫《ひめ》の御首打《おんくびう》てとあるは 次へ続《つゞ》く

（28）二十二ウ

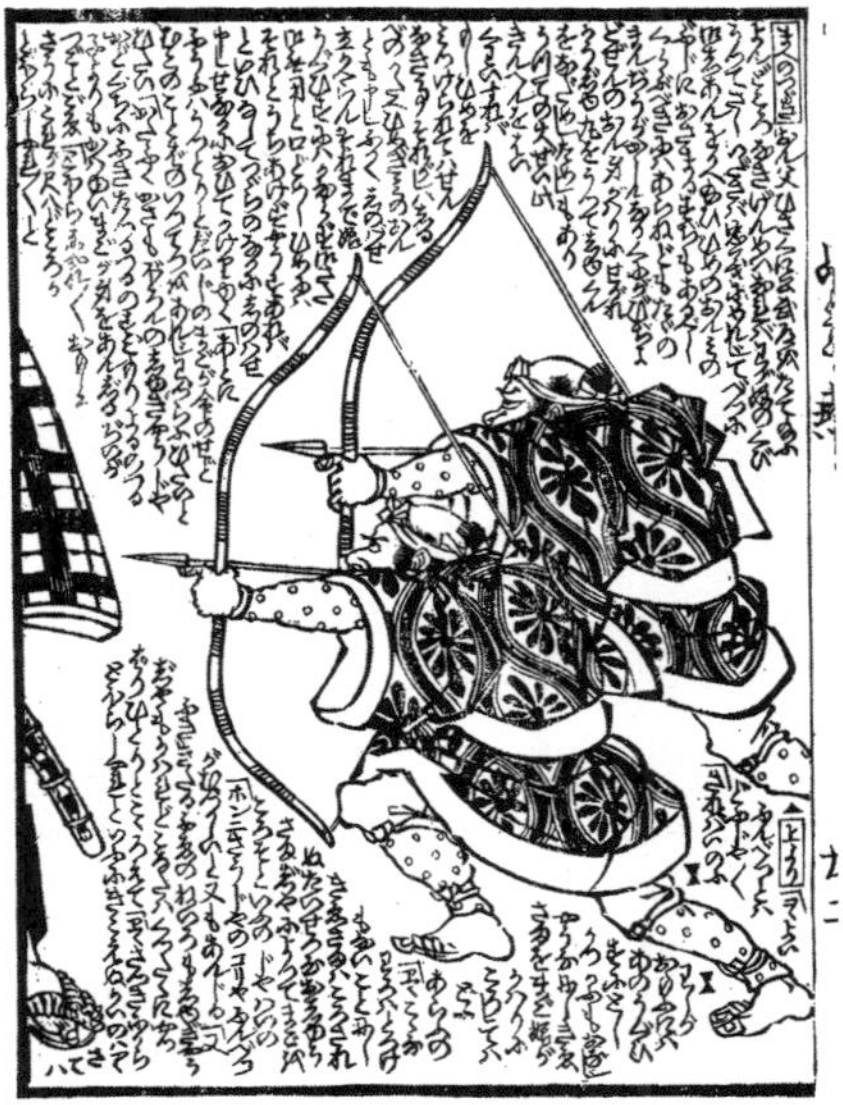

二十三オ

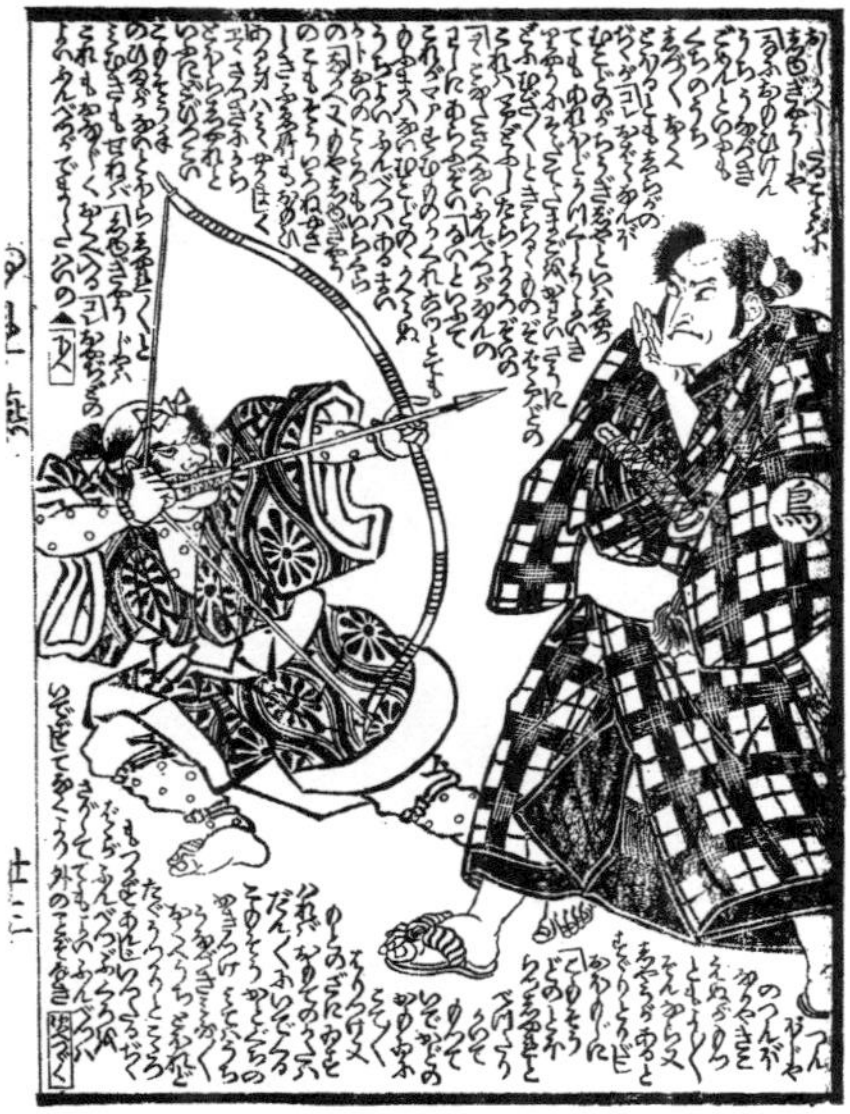

（28）前《まへ》の続《つゞ》き 御《おん》父久国《ひさくに》公。武道を立《た》て給ふ拠所《よんどころ》なき厳《げん》命《めい》なれば、我《わ》が娘の首《くび》打《う》つて差出《さしいだ》さば、忠義に免《めん》じて別《べつ》に御思案《しあん》を変《か》へ給ひ、姫《ひめ》の御身《おんみ》の無事《ぶじ》に納《おさ》まる筋《すぢ》もあるべし。比《くら》ぶべきにはあらねども、多田満仲《たゞのまんぢう》が家臣仲国《かしんなかくに》が美女《びぢよ》御前《ごぜん》の御身代《おんがは》りに、倅幸寿丸《せがれかうじゆ》を打《う》つて主君《しゆくん》を宥《なだ》め例《ためし》もあり。討手《うつて》の大勢《ぜい》、此近辺《きんぺん》を徘徊《はいくわい》すれば、もし姫《ひめ》を見《み》つけられては詮《せん》なき事、某《それがし》は知辺《しるべ》の方《かた》へ姫君《ひめぎみ》の御供《おんとも》申し、深《ふか》く忍《しの》ばせ立帰《かへ》らん。それまで娘鶯《うぐひす》には必《かなら》ず御沙汰《さた》御無用」と口止《どめ》し、姫にはそれと打明《うちあ》けず、様子《やうす》あればと言《い》ひなして、葛籠《つゞら》の中《なか》に忍《しの》ばせ申し、背中《せなか》に負《お》ひて駈《か》けり行《ゆ》く。あとに夫婦《ふうふ》はうつとりと、大事《だいじ》の孫《まご》が命の瀬戸《せど》、婿《むこ》の言葉《ことば》の一徹《いつてつ》を案《あん》じ、煩《わづら》ふ額《ひたい》と額《ひたい》。傾《かたふ》く笠《かさ》も梵論《ぼろん》の修行者《しゆぎやうじや》、門口《かどぐち》に吹立《ふきた》つる鶴《つる》の巣籠《すごもり》、夜《よる》の鶴《つる》、子よりも可愛《かはゆ》い孫《まご》が身を案《あん》じる爺《ぢい》がつごと声《ごゑ》、「通《とほ》らしやれ〳〵」。面白《おもしろ》さうに、これが尺八どころか通《とほ》らしやれ〳〵」と、押返《おしかへ》したる言葉《ことば》に、修行者《しゆぎやうじや》、何思《なにおも》ひけん、打頷《うちうなづ》き、「御免《ごめん》」と言《い》ふも口《くち》の内《うち》、しづ〳〵奥《おく》へ通《とほ》るとも、白髪《しらが》の爺《ぢゝ》が、「コレお婆《ばゞ》、何《なん》ぼ婿殿《むこどの》が忠義《ちうぎ》じやと言《い》はしやつても、あれほど美《うつく》しう良《よ》

い器量《きりやう》に育《そだ》てた孫《まご》を、可哀想《かわいさう》に、どふむざ〳〵と斬《き》らる丶ものぞ。婆《ばゝ》ァ殿《どの》、これはマアどふしたらよかろぞいの」。「ヲ、こなたさへない分別《ふんべつ》が、何《なん》のわしにあらふぞい」。無《な》いと言《い》ふて、これがマア済《す》むものか。暮《くれ》六ツとても、もふ間《ま》はない。婿殿《むこどの》の帰《かへ》らぬうち、良《よ》い分別《ふんべつ》はあるまいかト老《おい》の心《こゝろ》もいらくらの、中《なか》へ又もや修行《しゆぎやう》の虚無僧《こもそう》、色音《いろね》優《やさ》しき笛《ふゑ》竹も、思《おも》ひある身は耳《みゝ》やかましく、ヱ、さつきにから通《とほ》らしやれと言《い》ふに、どびつこい虚無僧《こもそう》、手の隙《ひま》がない、通《とほ》らしやれ〳〵と見向《みむ》きもせねば、修行者《しゆぎやうじや》は、これも同《おな》じく奥《おく》へ入る。「コレ親父殿《おやぢどの》、良《よ》い分別《ぶんべつ》が出《で》ましたはいの」。下へ 上より「ヲ、よい分別《ぶんべつ》とはどふじや〳〵」。「さればいのふ、わしが思《おも》ふには、あの鶯《うぐひす》に年恰《としかつ》好《かふ》も同《おな》じやうな錦絵様《にしきゑさま》を孫《まご》娘が代《かは》りに殺《ころ》してはどふあらふの」。「ヱ、こ丶なわろは、とつけもない事《こと》、錦絵様《にしきゑさま》は殺《ころ》されぬ。大切《たいせつ》なお主様《しゆうさま》じやによつて、孫《まご》を殺《ころ》すと言《い》ふのじやはいの」。ホンニさうじやの。コリヤ分別《ふんべつ》が難《むづか》しいと又も案《あん》じる。又吹来《ふききた》る笛《ふゑ》の音色《ねいろ》も修行者《しゆぎやうじや》も代《か》はれど、こなたは屈託《くつたく》にやつぱり一人《ひとり》と心得《こゝろえ》て、ヱ、さつきにから通《とほ》らしやれと言《い》ふに聞《き》こえぬかいの。ハア、さては聾《つんぼ》じやの。聾《つんぼ》なりや聞《き》こえぬが尤《もつと》も。よし〳〵そんなら又仕様《しやう》があると、硯《すゞり》取《と》り出《だ》し大文字《おほもじ》に、虚無僧殿《こもそうどの》、通《とほ》らつしやれとべつたり書《か》いて持《も》つて出《い》で、門《かど》の鴨居《かもゐ》にこて〳〵貼付《はりつ》け、又元《もと》の座《ざ》に居坐《ゐすは》れば、表《おもて》の方《かた》は段々《だん〳〵》に出来《いでく》る虚無僧《こもそう》、門口《かどぐち》の書付《かきつけ》見《み》ては打頷《うちうなづ》き、皆々《みな〳〵》奥《おく》へ打通《うちとほ》れど、只《たゞ》うつかりと心《こゝろ》もつかず、案《あん》じ入《い》つたる爺婆《ぢゞばゞ》が分別袋《ふんべつぶくろ》を探《さが》してでも良《よ》い分別《ふんべつ》は出《いで》ずして、泣《な》くより外の事《こと》ぞなき。次へ続《つゞ》く

(29)二十三ウ

二十四オ

(29) 前《まへ》の続《つゞ》き 斯《か》かる嘆《なげ》きも白真弓《しらまゆみ》、弥猛心《やたけごゝろ》を張詰《はりつ》めし鳥羽《とば》平は、姫《ひめ》を知辺《しるべ》に忍《しの》ばせて、とつかはと立帰《かへ》る気《き》も急《せ》きやう。申し〳〵、親父様《おやぢさま》、もふ暮《くれ》六ツに間《あひだ》はない。首受《くびうけ》取りの来《こ》ぬうちに、娘《むすめ》を此処《こゝ》へ早《はや》う〳〵と覚悟《かくご》の寝刃合《ねたばあ》はすれば、爺《ぢゝ》はうろ〳〵、婆《ばゞ》は孫《まご》を隠《かく》さんと駆《かけ》入る一間を駆《かけ》出《で》る娘《むすめ》、父鳥羽《とば》平が側《そば》に寄《よ》り、モウシ父様《とゝさま》、錦絵様《にしきゑさま》の差《さし》詰《つ》めた御難儀《なんぎ》の様子《やうす》は 次へ続《つゞ》く

［虚無僧殿通《こむそうどのとほ》らしやれ］

(30) 前《まへ》の続《つゞ》き 残《のこ》らず物陰《ものかげ》で聞《き》きました。不束《ふつゞか》な私《わたし》でも御《おん》身代《がは》りになるならば、私《わたし》を殺《ころ》して忠義を立《た》て、下《くだ》さんせ。私《わたし》や先《さき》からよく覚悟《かくご》して居《を》りまする。御主人《しゆじん》の御為《おため》、忠《ちう》義《ぎ》の為《ため》、何《なん》の命《いのち》の惜《を》しからふ。爺様《ぢゝさま》も婆様《ばゞさま》も、これまでの命《いのち》と諦《あきら》め、必《かなら》ず嘆《なげ》いて下《くだ》さるな。これまでの御恩《おん》の程《ほど》、死《し》んでも忘《わす》れは致《いた》しませぬ。此上《うへ》は頼《たよ》りない此父様《とゝさま》の事《こと》、頼《たの》みます。もふおさらばでござります。サア父様《とゝさま》早《はや》う殺《ころ》して下《くだ》さんせと、念仏唱《ねんぶつとな》へ手《て》を合《あ》はせ、首差《くびさし》伸《の》べて覚悟《かくご》の体《てい》。忠義《ちうぎ》に凝《こ》つたる鳥羽《とば》平も、娘《むすめ》が覚悟《かくご》の健気《けなげ》さに、弥猛《やたけ》

(30)二十四ウ

二十五オ

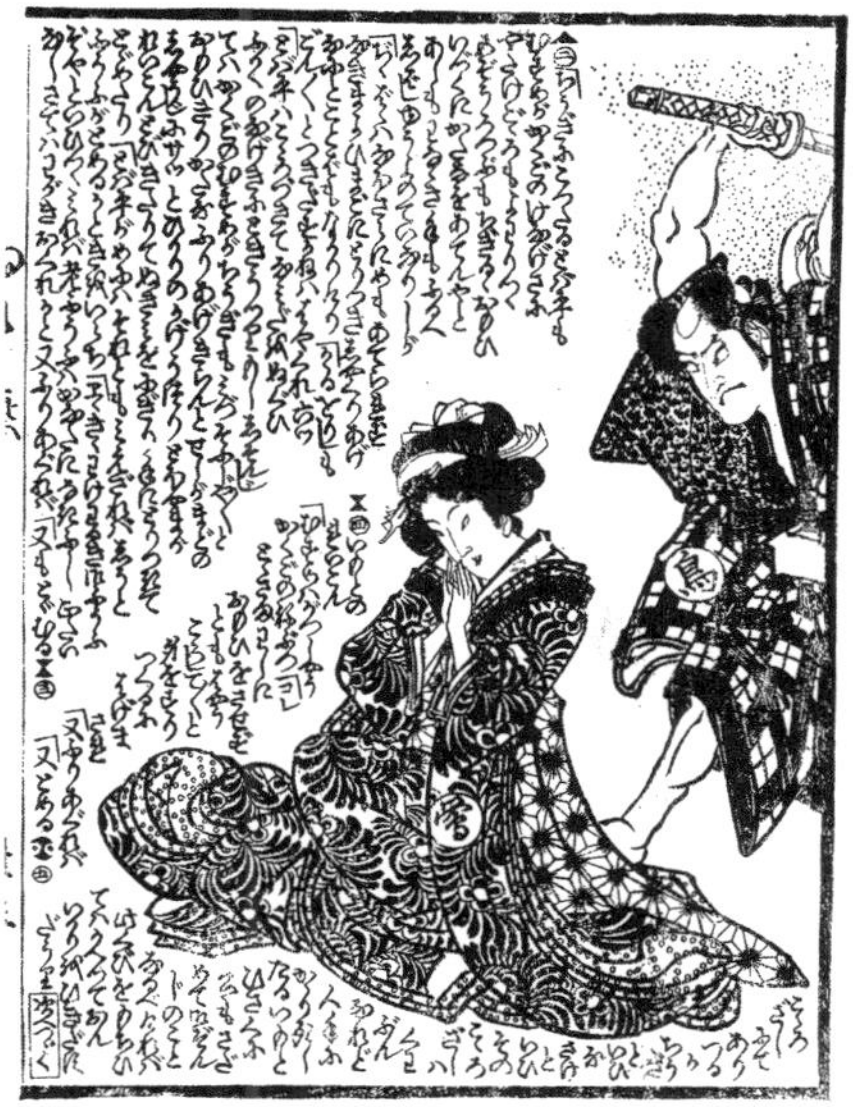

心《こゝろ》も弱《よわ》りつ、、五蔵六腑《ぞうろつぷ》も千切《ちぎ》る、思《おも》ひ、何処《いづく》に刀《かたな》を当《あ》てんやと、足《あし》も戦慄《わなゝ》き手も震《ふる》へ、暫《しば》し猶予《ゆうよ》の体《てい》なりしが、爺婆《ぢいばゝ》は尚更《なほさら》に目《め》も当《あ》てられず泣迷《なきまよ》ひ、孫《まご》に取付《とりつ》きしやくり上《あ》げ、何《なに》と言葉《ことば》もなかりけり。

斯《か》かる折《をり》しも、ごん〱と撞出《つきだ》す鐘《かね》は早暮《はやくれ》六ツ。鳥羽《とば》平は心付《こゝろづ》きて涙《なみだ》を拭《ぬぐ》ひ、不覚《ふかく》の嘆《なげ》きに時移《ときうつ》り、もし仕損《しそん》じては覚悟《かくご》の娘《むすめ》が忠義《ちうぎ》も水《みづ》、そふじや〱と思《おも》ひ切《き》り、刀《かたな》振上《ふりあ》げ斬《き》らんとせしが、窓《まど》の障子《しやうじ》にサツと光《ひかり》の影映《かげうつ》り、遠山《とほやま》が霊魂飛来《れいこんとびきた》りて、抜身《ぬきみ》を握《にぎ》り手に取付《とりつ》きて止《とゞ》めたり。鳥羽《とば》平が目《め》には、それとも見《み》えざれば、舅夫婦《しうとふうふ》が止《と》めるかと気《き》を苛《いら》ち、「ヱ、聞分《きゝわ》け悪《わる》き御夫婦《ふうふ》ぞや」と言《い》ひつ、見《み》れば老夫婦《ふうふ》は、彼方《かなた》に泣伏《なきふ》し正体《たい》なし。さては我《わ》が気後《きおく》れかと又振上《ふりあ》ぐれば、又も止《とゞ》むる妹《いもと》の霊魂《れいこん》。娘《むすめ》は合掌《がつしやう》、覚悟《かくご》の念仏《ねぶつ》。コレ父様《とゝさま》、わしに思《おも》ひをさせずとも、早《はや》う殺《ころ》して〱と身を擦付《すりつ》くるに励《はげ》まされ、又振上《ふりあ》ぐれば、又止《と》める。後《うし》ろ振向《ふりむ》き見《み》てびつくり。「ヤア、わりや妹《いもと》の遠山《とほやま》か」ト言《い》ひつ、振切《ふりき》り、娘《むすめ》が首只《くびたゞ》一打《ひとう》ちと斬付《きりつ》くる。剣《つるぎ》の下《した》に潜入《くゞりい》り、娘を片方《かたへ》に押退《おしの》けて、すつぱと斬《き》られし遠《とほ》

(31)二十五ウ

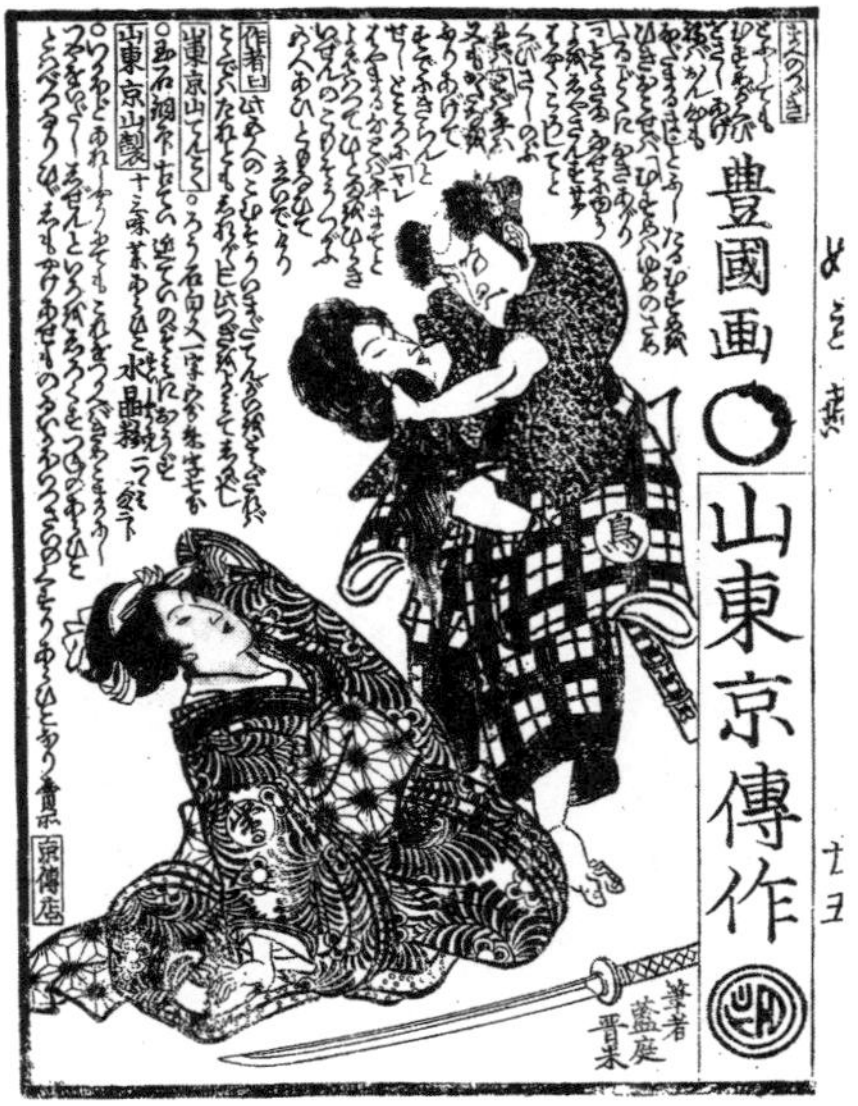

山《やま》が、形《かたち》は消《き》えて一団《いちだん》の心火《しんくわ》となつて飛去《とびさ》りぬ。鳥羽《とば》平は、娘《むすめ》が首《くび》を打《う》ちしと心得《こゝろへ》、涙片手《なみだかたて》に首取上《くびとりあ》げて、よく〱見《み》れば、コレ遠山《とほやま》が死首《しにくび》なり。娘は如何《いか》にと片方《かたへ》を見《み》れば、気《き》を失《うしな》つて倒居《たふれゐ》る。さては妹《いもと》の遠山《とほやま》、娘《むすめ》が命《いのち》を助《たす》けんと、霊魂《れいこん》此処《こゝ》に現《あら》はれて、己《おのれ》が首《くび》を与《あた》へ、これを姫《ひめ》の御代《おんかは》りにせよとの 志《こゝろざし》にてありつるか。忠義《ちうぎ》といひ情《なさ》けといひ、その 志《こゝろざし》は過分《くわぶん》なれど、人手に掛《か》かり死したる妹《いもと》、久国《ひさくに》公も定《さだ》めて御存知《ごぞんじ》の事《こと》なるべければ、此首《くび》を用《もち》ひては却《かへ》つて御怒《おんいか》りを引出《ひきだ》す道理《だうり》、［次へ続《つゞ》く］

(31)［前《まへ》の続《つゞ》き］どふしても娘《むすめ》が首《くび》を差上《さしあ》げねば、御《おん》心も宥《なだ》まるまじと、伏《ふ》したる娘《むすめ》を引起《ひきお》こせば、娘《むすめ》は夢《ゆめ》の覚《さ》めたる如《ごと》くに起上《おきあ》がり、コレ父様《とゝさま》、何故《なぜ》に猶予《ゆうよ》をしやさんす。サア早《はや》く殺《ころ》してと首差伸《くびさしの》ぶれば、鳥羽《とば》平は又も刀《かたな》を振上《ふりあ》げて、すでに斬《き》らんとせしところに、「ヤレ早《はや》まるな、鳥羽《とば》平待《ま》て」と呼《よ》ばはつて一間《ひとま》を開《ひら》き、以前《いぜん》の虚無僧《こもそう》、都合《つがふ》五人相伴《あひともな》ひて立出《いで》けり。

［作者曰］此五人の虚無僧《こむそう》、未《いま》だ天蓋《てんがい》を取《と》らざれば、此処《こゝ》で

下編見返し

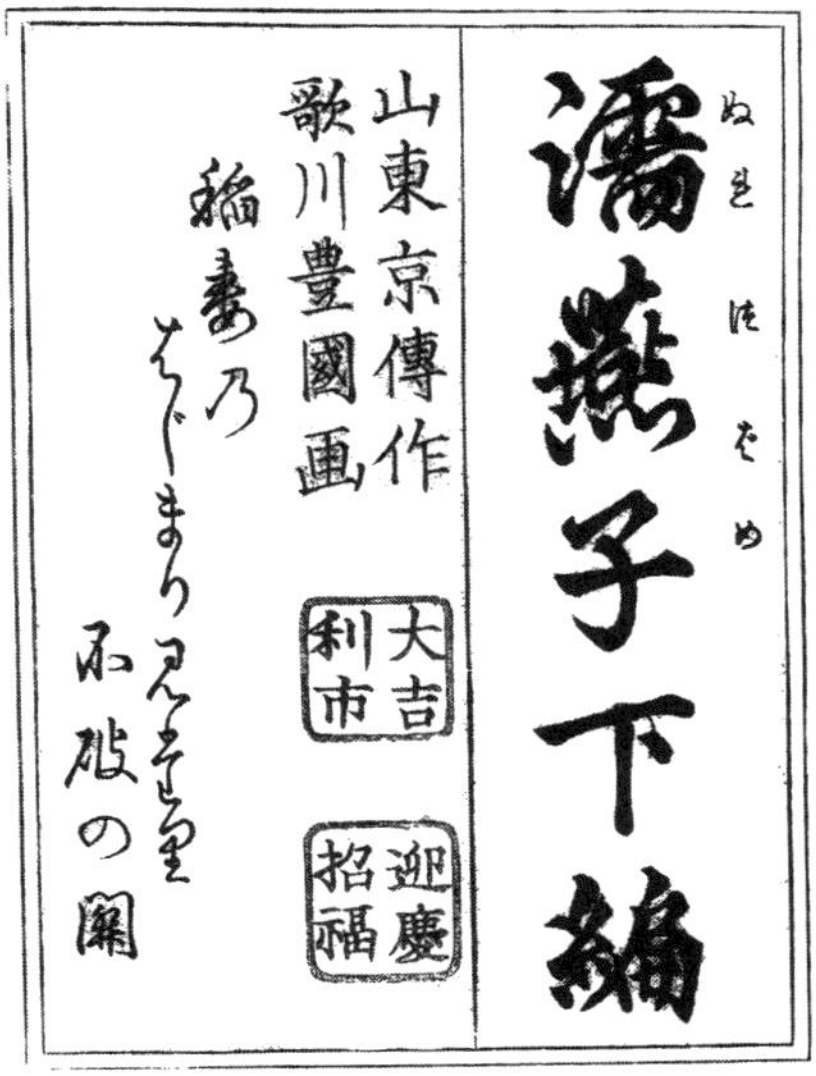

は誰《たれ》とも知《し》れ難《がた》し。此次《つぎ》を読《よ》みて知《し》るべし。

豊国画㊞　山東京伝作㊞

筆者藍庭晋米

山東京山篆刻《てんこく》　○蠟《ろう》石白文一字五分、朱字七分

○玉石銅印、古体《てい》近体《てい》、望《のぞ》みに応《おう》ず。

山東京山製　十三味薬洗粉《やくあらひこ》　水晶粉《すいしやうふん》　一包《つゝみ》一匁二分

○いかほど荒性《あれしやう》にても、これを使《つか》へばきめ細《こま》かにし、艶《つや》を出《いだ》し自然《しぜん》と色《いろ》を白《しろ》くす。常《つね》の洗粉《あらひこ》とは別《べつ》なり。皹《ひゞ》・霜《しも》焼《やけ》・汗疹《あせも》の類《るい》、顔《かほ》一切《いつさい》の薬洗粉《くすりあらひこ》なり。

売所　京伝店

【下編見返し】

濡燕子《ぬれつばめ》下編

山東京伝作

歌川豊国画　大吉利市　迎慶招福

稲妻のはじまり見たり不破の関

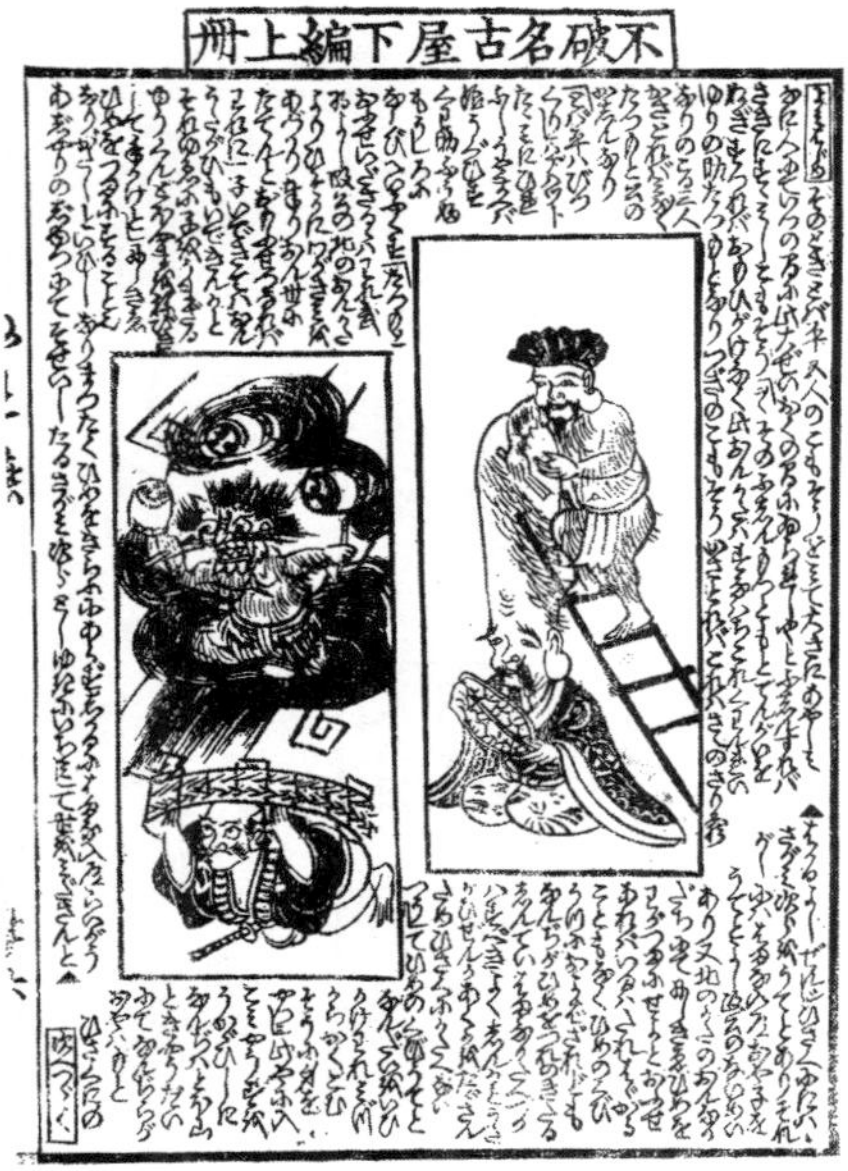

（32）二十六オ

【下編】

【上】

（32）不破名古屋下編上冊

読《よ》み始《はじ》め　その時《とき》、鳥羽《とば》平、五人の虚無僧《こもそう》を見《み》て大きに怪《あや》しみ、何人《なに》にて何時《いつ》の間に此大勢《ぜい》、奥《おく》の間に居《ゐ》られしやと不審《ふしん》すれば、先《さき》に進《すゝ》みし虚無僧《こもそう》、ヲ、その不審《ふしん》もつともと天蓋《てんがい》を脱捨《ぬぎす》つれば、思《おも》ひがけなく此御方《おんかた》は、すなはちこれ管領《くわんれい》百合之《ゆりの》助竜元《たつもと》なり。次《つぎ》の虚無僧笠《こもそうかさ》取《と》れば、これは笹《さゝ》野去蔵《のさり》なり。残《のこ》る三人笠取《かさと》れば、皆々竜元《みな〳〵たつもと》公の家臣《かしん》なり。鳥羽《とば》平はびつくりし、ハアハツト畳《たゝみ》に平伏《ひれふ》し敬《うやま》へば、娘鶯《うぐひす》、鍬《くわ》助夫婦《ふうふ》も後《うし》ろに並《なら》び平伏《へいふく》す。竜元仰《たつもとおふ》せ出《いだ》さるゝは、「我《われ》、武将義《よし》政公の北の御方《おんかた》より密《ひそ》かに我《わ》が君《きみ》を預《あづ》かり奉り、御《おん》世に立《た》てんと思《おも》ふ節《せつ》なれば、我《われ》に一子出来《いでき》ては御疑《おんうたが》ひも出来《いでき》んかと、それ故《ゆゑ》に子を産《う》まざる遊君遠山《ゆうくんとほやま》を根引《ねびき》して手掛《かけ》とし、錦絵姫《にしきゑひめ》を妻《つま》にする事《こと》也。成難《なりがた》し」と言《い》ひしなり。「全《まつた》く姫《ひめ》を嫌《きら》ふにあらず。然《しか》るに浜名《はまな》入道、頼豪阿闍梨《らいがうあじやり》の術《じゆつ》にて蘇生《そせい》したる佐上《さがみ》次郎年行《としゆき》に一味《いちみ》して世を乱《みだ》さんと謀《はか》る由《よし》、前司久国《ぜんじひさくに》には佐上《さがみ》次郎を討《う》てとあり、某《それがし》には浜名《はまな》入道親《おや》子を討《う》てと義《よし》政公の内命《ないめい》あり。又、北の方《かた》の御媒《おんなかだち》にて、錦絵《にしきゑ》姫《ひめ》を我《わ》が妻《つま》にせよと仰《おふ》せあれば、今《いま》は誰憚《たれはゞか》る事《こと》もなく、姫《ひめ》の首《くび》打《う》つに及《およ》ばざれども、汝《なんぢ》が姫《ひめ》を連退《つれの》きたる心底《しんてい》、浜名方《はまなかた》へ遣《つか》はすべき欲心《よくしん》かと疑《うたが》ひ、善《ぜん》か悪《あく》かを糺《たゞ》さんため、久国方《ひさくにかた》へ内通《ないつう》して姫《ひめ》の首《くび》打《う》てと難《なん》題《だい》を言《い》ひ掛《か》け、我《われ》みづから斯《か》く虚無僧《こむそう》に身を窶《やつ》し、此家《や》に入込《こ》み様子《やうす》を窺《うかゞ》ひしに、汝《なんぢ》は遠《とほ》山と兄妹《きやうだい》にて、汝等《なんぢら》が親《おや》は元久国《もとひさくに》の

次へ続《つゞ》く

（33）前《まへ》の続《つゞ》き家来《けらい》にて、錦絵《にしきゑ》は主人《しゆじん》なる由《よし》、遠山《とほやま》は姫《ひめ》をかばつて人手に掛《か》かり、汝《なんぢ》は姫《ひめ》の身代《がは》りに今娘《いまむすめ》を殺《ころ》さんとす。兄妹共《きやうだいとも》に揃《そろ》ひし忠義《ちうぎ》、感《かん》ずるに余《あま》りあり。前司《ぜんじ》久国《ひさくに》も下部《しもべ》を取上《とりあ》げ、名古屋《なごや》山ン三郎といふ武士にしたる例《ためし》もあれば、我《われ》も汝《なんぢ》を取上《とりあ》げて武士となし、家臣《かしん》の列《れつ》に加《くは》ふべし。此所を梅津村と言《い》ふなれば、今日《けふ》より梅津多聞《たもん》兵衛《びやうゑ》と名乗《なの》るべし」と、の給へば、鳥羽《とば》平は、なほ平伏《へいふく》し、卑《いや》しき下部《しもべ》の某《それがし》を御取立《おんとりた》ては冥加至極《みやうがしごく》。妹遠山《いもととほやま》が霊《れい》魂《こん》、姪《めい》の鶯《うぐひす》を助《たす》けんと打《う》たれたる此首《くび》も、さぞや喜《よろこ》び候

（33）二十六ウ

二十七オ

はんと、落涙《らくるい》しつゝ首取上《くびとりあ》げて差出《さしいだ》せば、竜元《たつもと》公御覧《ごらん》じて、不憫《ふびん》の者《もの》の非業《ひごう》の死やと御涙《おんなみだ》を零《こぼ》し給ひつゝ、手を合《あ》はせて念仏数遍唱《ねんぶつすへんとな》へ給へば、不思議《ふしぎ》なるかな、美《うつく》しき遠《とほ》山《やま》が首《くび》、雪《ゆき》の消《き》ゆるが如《ごと》くにて忽《たちま》ち髑髏《どくろ》となりにけり。鶯《うぐひす》はこれを見《み》て、さては叔母様《おばさま》は人手に掛《か》かりて果《は》て給ひしかと、悲嘆《ひたん》に袖《そで》を絞《しぼ》りければ、鍬《くわ》助夫婦《ふうふ》、笹野去《さゝのさり》蔵、その他家臣《ほかかしん》の面〳〵《めん〳〵》も泣《な》かざるはなかりけり。

時《とき》に竜元《たつもと》、去《さり》蔵に仰《おふ》せて、鳥羽《とば》平に大小の二腰《ふたこし》を賜《たま》はすれば、鳥羽《とば》平は押頂《おしいたゞ》いて腰《こし》に差《さ》し、益〳〵《ます〳〵》恩《おん》を謝《しゃ》したりけり。竜元《たつもと》公重《かさ》ねて宣《のたま》はく、「錦絵姫《にしきゑひめ》は久国殿《ひさくにどの》へ申し通《つう》じ、迎《むか》ひの乗物《のりもの》をもつて、かの館《やかた》へ迎《むか》ひ取《と》らせ、吉日を選《ゑら》んで婚姻《こんいん》を行《おこな》ふべし。鶯《うぐひす》は姫《ひめ》が腰元《こしもと》にして遣《つか》はすべし。梅津多聞《たもん》は浜名親子《はまなおやこ》を追討《ついとう》の供《とも》たるべし」と宣《のたま》へば、笹野去《さゝのさり》蔵表《おもて》に向《む》かひ声高《こゑたか》く、「殿《との》の御帰還《きくわん》」と呼《よ》ばはれば、ハット答《こた》へて数多《あまた》の同勢《どうぜい》、乗物担《のりものかた》げて出来《いでき》る。竜元《たつもと》公はしづ〳〵と乗物《のりもの》に乗《の》り給《たま》ふ。時《とき》に最前《さいぜん》より竹藪《やぶ》の内《うち》に隠《かく》れて様子《やうす》を窺《うかゞ》ふ長谷部雲《はせべのうん》六飛《と》んで出《い》で、様子《やうす》は残《のこ》らず聞知《きゝし》つたり。百合《ゆりの》之助観念《くわんねん》せよと刀《かたな》を抜《ぬ》いて

次へ続《つゞ》く

(34)二十七ウ

二十八オ

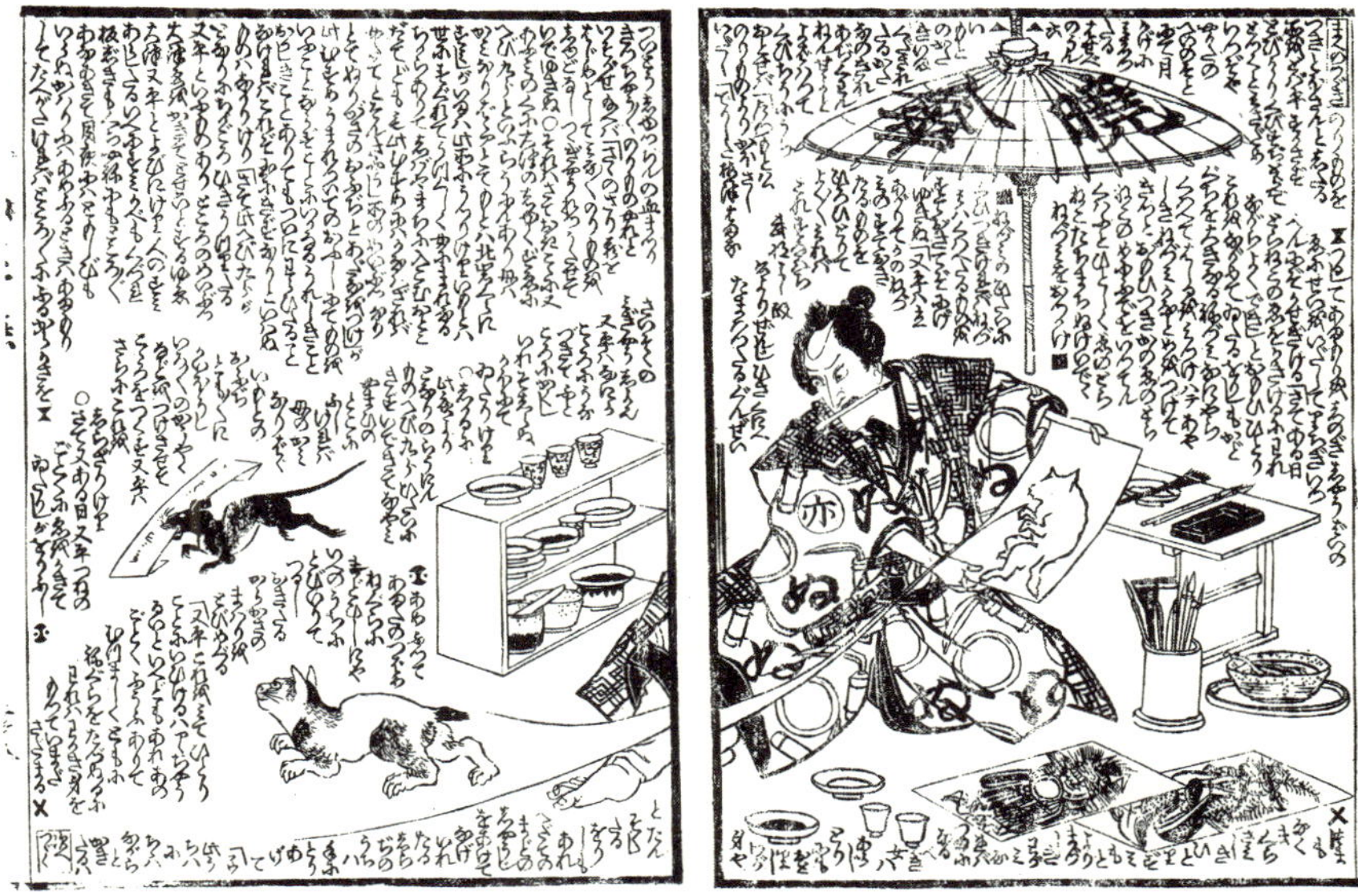

（34）前《まへ》の続《つゞ》き 乗物《のりもの》を突通《つきとほ》さんとしたる所を、鳥羽《とば》平すかさず飛掛《とびか》かり、首筋捕《くびすぢとら》へて、とつくと見定《みさだ》め、「何時《いつ》ぞや館《やかた》の塀《へい》の外《そと》にて月影《かげ》に見知《みし》つたる長谷部雲《はせべのうん》六、妹《いもと》のお滝《たき》、今下《いまくだ》されたる刀《かたな》の切味《きれあぢ》、観念《くわんねん》せよ」と呼《よ》ばはつて、首宙《くびちう》に打落《うちお》とせば、竜元《たつもと》公、乗物《のりもの》より顔差出《かほさしいだ》し、出来《でか》した梅津、浜名追討出陣《はまなついとうしゆつぢん》の血祭《まつり》、吉兆《きつちやう》〳〵、乗物《のりもの》やれと急《いそ》がせ給へば、笹野去蔵《さゝのさり》をはじめとして、皆々《みな〳〵》乗物《のりもの》を守護《しゆご》なしつゝ、行列打《ぎやうれつう》たせて出行《いでゆ》きぬ。

○それはさておき、此処《こゝ》に又、近江《あふみ》の国《くに》大津の宿末《しゆくずゑ》に蛇《へび》九郎といふ浪人《らうにん》あり。母は雷婆《かみなりばゞア》とて、元《もと》は北岩倉《くら》に住《す》みしが、今《いま》は此所に移《うつ》りけり。妹《いもと》は世に優《すぐ》れて美《うつく》しく、女に稀《まれ》なる力《ちから》ありて芝屋町《しばやまち》に入込《こ》む男達共《おとこだてども》も、此娘《むすめ》には敵《かな》はざれば、女達《たて》と尊敬《そんきやう》し所の名物《めいぶつ》なりとて、塗笠《ぬりがさ》のお藤《ふぢ》と渾名《あだな》を付《つ》けしが、此娘《むすめ》生《う》まれついての唖《おふし》にて物《もの》を言《い》ふ事《こと》ならず。殊《こと》に如何《いか》なる嬉《うれ》しき事《こと》、可笑《おか》しき事《こと》ありても、遂《つい》に笑《わら》ひたる事なければ、これぞ玉に瑕《きず》なりと言《い》はぬ者《もの》はなかりけり。

さて此蛇《へび》九郎が隣《となり》に近頃《ちかごろ》、引移《ひきうつ》りたる又平といふ者《もの》あり。所《ところ》の名物《めいぶつ》、大津絵《ゑ》を描《か》きて渡世《とせい》とするゆゑ、大津又平と呼《よ》びにけり。人の住荒《すみあら》したる家《いへ》に住《す》み、壁《かべ》も崩《くづ》れ板敷《じき》も朽《く》ち、屋根《やね》にも所々《ところ〴〵》穴《あな》空《あ》きて、月夜には灯火《ともしび》も要《い》らぬ代《かは》りには、雨降《あめふ》る時《とき》は雨漏《あまも》りして耐難《たへがた》ければ、所々《ところ〳〵》に古《ふる》傘《からかさ》を吊《つる》して雨漏《あまもり》を凌《しの》ぎ、商売《しやうばい》の絵《ゑ》に精《せい》を出《いだ》して、律儀一《りちぎいつ》遍《へん》にぞ稼《かせ》ぎける。

さて、ある日、虎猫《とらねこ》の絵《ゑ》を描《か》きけるに、我《われ》ながらよく出《で》来《き》しと思《おも》ひ、一人《ひとり》これを眺《なが》めて居《ゐ》たる折《をり》しも、門口《かどぐち》を大きなる鼠《ねづみ》、何《なに》やら咥《くは》へて走《はし》るを見《み》つけ、ハテ怪《あや》しき鼠《ねづみ》かなと、目《め》をつけてきつと思付《おもひつ》き、かの絵《ゑ》の虎猫《とらねこ》の目《め》に筆《ふで》を一点加《いつてんくは》ふとひとしく、絵《ゑ》の虎猫《とらねこ》たちまち抜出《ぬけいで》て鼠《ねづみ》を追掛《おつか》け、鼠《ねづみ》の額《ひたい》に喰付《くひつ》きければ、鼠《ねづみ》は咥《くは》へたる物《もの》を捨置《すてお》きてぞ逃行《にげゆ》きぬ。又平は立上《あ》がりて、かの鼠《ねづみ》の捨置《すてお》きたる物《もの》を拾《ひろ》ひ取《と》りて、よく〳〵見《み》れば、これすなはち武将義《よし》政公より前司久国《ぜんじひさくに》へ賜《たまは》つたる軍勢催促《ぐんぜいさいそく》の御教書《みぎやうしよ》也。又平は何《なに》か心《こゝろ》に頷《うなづ》きて懐《ふところ》に隠入《かくしい》れ、素知《そし》らぬ顔《かほ》にて居《ゐ》たりけり。

○然《しか》るに此夜より、隣《となり》の浪人者蛇《らうにんものへび》九郎、額《ひたい》に傷出来《きずいでき》て悩《なやみ》病《やまひ》の床《とこ》に臥《ふ》しければ、母の雷婆《かみなりばゞ》、妹《いもと》のお藤共々《ふぢともぐ〵》に介抱《かいほう》し、色々《いろ〳〵》の膏薬《かうやく》などを付《つ》けさせて心《こゝろ》を尽《つ》くす。又平はさらにこれを知《し》らざりけり。

○さて又ある日、又平、常《つね》の如《ごと》くに絵《ゑ》を描《か》きて居《ゐ》たりしが、折節《をりふし》、雨降《あめふ》つて数多《あまた》の燕《つばめ》、塒《ねぐら》に惑《まど》ひしにや、家《いへ》の内《うち》に飛入《とびい》りて吊置《つるしお》きたる傘《からかさ》の周《まは》りを飛巡《とびめぐ》る。又平これを見《み》て独言《ひとりごと》に言《い》ひける。「ア、鳥類《ちやうるい》といへども、あれあの如《ごと》く夫婦《ふうふ》ありて睦《むつ》ましく、共《とも》に塒《ねぐら》を尋《たづ》ぬるに、我《われ》は若《わか》き身をもつて未《いま》だ定《さだ》まる妻《つま》もなく、枕寂《まくらさみ》しき独住《ひとりず》み。もとより貧《まづ》しき我《わ》が身《み》なれば、妻《つま》になるべき女はあらじ。鳥《とり》にも劣《おと》りし我《わ》が身や」と嘆息《たんそく》したる折《をり》しもあれ、隔《へだ》ての窓《まど》の障子《しやうじ》を開《あ》けて投入《なげい》れたる白地《しらぢ》の団扇《うちは》、手に取上《とりあ》げて、フウ此団扇《うちは》に父《ちゝ》は長柄《ながら》と書《か》きたるは 次へ続《つゞ》く

[暁傘]

（35） 前《まへ》の続《つゞ》き 物言《ものい》はれぬといふ謎《なぞ》か。心《こゝろ》ありげな此団扇《うちは》、投込《なげこ》みしは何人《なに》と、不審《ふしん》する表《おもて》の障子《しやうじ》さつと開《ひら》い

て入り来るは隣《となり》の娘《むすめ》、塗笠《ぬりがさ》のお藤《ふぢ》也。又平はこれを見《み》て、「今《いま》、此団扇《うちは》を投込《なげこ》みしは、そもじか」ト言《い》へば、お藤《ふぢ》は顔赤《かほあか》め、物言《ものい》ひたきも、お藤《ふじ》の悲《かな》しさ、絵の具《ぐ》の丹《たん》の筆《ふで》を取《と》り、机《つくゑ》に書《か》いたる十七文字《もじ》。傘《からかさ》に塒《ねぐら》貸《か》さふよ濡燕《ぬれつばめ》。「フウ、独住《ひとりず》みのわしを憐《あはれ》み塒《ねぐら》を貸《か》さん心《こゝろ》よな」と言《い》へば、娘《むすめ》は恥《はぢ》らひつゝ、又、筆取《ふでと》つて机《つくゑ》に書《か》く。[下へ][上より]「何《なん》じや物言《ものい》はぬ片端《かたわ》な身を恥《はぢ》もせず、押《お》しの強《つよ》い女じやと、御蔑《おんさげす》みも恥《はづ》かしけれど、お前《まへ》が此処《こゝ》へ越《こ》してお出《いで》たその時《とき》より、あとは言《い》はずと御推文字《すいもじ》」ト又平読下《よみくだ》し、「イヤモウ、こつちから願《ねが》つてもない志《こゝろざし》、長柄《ながら》の雉《きじ》の例《ためし》もあれば、物言《ものい》はぬも瑕《きず》にならず。物言《ものい》へば唇《くちびる》寒《さむ》し秋の風と言《い》ふ句《く》もあれば、[次へ続《つゞ》く]

［酒之通］

［暁傘］

「傘《からかさ》に塒《ねぐら》貸《か》さふよ濡燕《ぬれつばめ》」

○京伝店

[小児無病丸] 一ト包《つゝみ》百十二文

小児虫万病、大妙薬《みやうやく》。

(36)二十九ウ

三十オ

(36) 前《まへ》の続《つゞ》き 女は別《べつ》して舌早《したばや》に喋《しやべ》るより物言《ものい》はぬが結句《けつく》まし、見《み》る影《かげ》もなく尾羽打枯《おはうちか》らした濡燕《ぬれつばめ》、その美《うつく》しい花傘《がさ》に塒《ねぐら》とは有難《ありがた》い。濡《ぬ》れのはじめの濡燕《ぬれつばめ》の塒《ねぐら》の惜《を》しききぬぐ〳〵の暁傘《あかつきがさ》の末広《すゑひろ》がり」と言《い》ふを押退《おしの》け、娘は又も筆《ふで》取《と》つて、そふ言《い》はしやんすは嘘《うそ》ではないか、お騙《だま》しではないかいなト書《か》くを又平打消《うちけ》して、「何《なん》の偽《いつは》り何《なん》の嘘《うそ》。鬼《おに》の念仏《ねぶつ》や槍持《やりもち》を、明日《あす》から描《か》かぬ法《ほう》もあれ」と誓《ちかひ》の言葉《ことば》を聞《き》くよりも、ヲヽ、嬉《うれ》しやと言《い》ひたさも、唖《おふし》の悲《かな》しさ、につこりしたきも笑《わら》はぬ病《やまひ》は詮方《せんかた》なく、 次へ続《つゞ》く

(37) 前《まへ》の続《つゞ》き たゞ手を合《あ》はすばかりなり。
斯《か》かる折《をり》しも、隣《となり》にて「千秋万歳《せんしうばんぜい》の千箱《ちはこ》の玉を奉《たてまつ》る」ト祝儀《しうぎ》の小謡《うたひ》を歌《うた》ひつゝ、此方《こなた》へ来《きた》るは雷婆《かみなりばゝ》。又平に打向《うちむ》

(37)三十ウ

かひ、「此処《こゝ》へ越してござつてから頼《たの》もしそふな若《わか》い人、背丈《せたけ》の伸《の》びたこちの娘《むすめ》、どうぞ婿《むこ》にと思《おも》ふたが、器量《きりやう》は人にも負《ま》けまいが、物言《ものい》はぬ唖《おふし》の片端《かたわ》、笑《わら》はぬ病《やまひ》のある娘《むすめ》、気《き》には入《い》るまい得心《とくしん》はあるまいと、思《おも》ひの外《ほか》の今日《けふ》の挨拶《あいさつ》、善《ぜん》は急《いそ》げじや又平殿《どの》、今日《けふ》すぐにわしが方《ほう》へ婿《むこ》入して下《くだ》され」と言《い》へば、又平、ホ、ウ母殿《はゝどの》、お前《まへ》が得心《とくしん》なりや、なほもつてよい縁組《えんぐみ》、今日中《けふぢう》に縁組《えんぐみ》しましやう。「ヲ、早速《さつそく》の得心嬉《とくしんうれ》しうござる。サア娘、早《はや》く来《き》て支度《したく》しや」と言《い》へば、娘《むすめ》はいそ〳〵して母と連立《つれだ》ち家《うち》へ帰《かへ》り、髪《かみ》を結《ゆ》ふやら粧《けはひ》するやら、俄《にはか》に作《つく》る花嫁支度《よめしたく》、母は酒屋《や》、魚屋《さかなや》へ走《はし》つて調《とゝ》のふ手料理《りやうり》に、蛇《へび》九郎も寝《ね》て居《ゐ》られず、幸《さいは》ひ今日《けふ》は気持《きもち》もよしと起上《おきあ》がり、味噌《みそ》を擂《す》るやら何やかや、上《うへ》を下《した》へと捏返《こねかへ》し、親子兄妹《おやこきやうだい》三人が寄《よ》つて掛《か》かつて婚礼支度《こんれいじたく》。又平も支度《したく》を調《とゝの》へ、これからは二軒一緒《けんいつしよ》に打《ぶち》抜《ぬ》いて、共稼《ともかせ》ぎにしましやうと、隔《へだ》ての壁《かべ》を打抜《ぶちぬ》いて、縕袍布子《どてらぬのこ》に麻上下《あさがみしも》、片手《かた》にするめ、片手《かた》に塗樽《ぬりだる》、壁《かべ》の崩《くづ》れた所《ところ》より、ぬつと出《いで》たる婿入《むこい》りは、世に珍《めづ》らしき婚礼《こんれい》なり。

七の巻《まき》へ続《つゞ》く

［下］

(38) 不破名古屋下編下冊

(38)三十一オ

前《まへ》の続《つゞ》き 娘《むすめ》は嬉《うれし》さ限《かぎ》りなく、にこ〱すべき所なれども、笑《わら》はぬ病《やまひ》は不人相《ぶにんさう》、顔《かほ》に見えぬぞ辛気《しんき》なる。母の婆《ばゞ》アは姑《しうとめ》やら仲人《なかうど》やら、銚子《ちやうし》、盃《さかづき》、鉢肴《はちざかな》、三々《〱》九度《ど》の盃《さかづき》も、ざつと済《す》まし吸物《すいもの》に、千秋万歳《しうばんぜい》の千箱《ちはこ》の玉子を奉《たてまつ》り、仲人《なかうど》は宵《よひ》のものと、粋《すい》を通《とほ》して母親《おや》は、奥《おく》の一ト間に入にけり。蛇《へび》九郎は又平が側《そば》に差寄《さしよ》つて、「不思議《ふしぎ》な縁《えん》で今宵《こよひ》の祝言《しうげん》、結納《ゆひのう》の樽肴《たるさかな》、目出度《めでた》く受納《じゆのふ》したれども、まだ結納《ゆひのう》の目録《もくろく》を受取《うけと》らぬ、その一通《つう》を」と言《い》ひさして、又平が懐《ふところ》に手を差入《さし》たり。又平、その手を払除《はらひの》け、コリヤア何《なん》とさつしやるのだ。イヤサ、その一通《つう》をと、又差入《さしい》れる手首《くび》を払《はら》ひ、額《ひたい》の傷《きず》を見《み》てびつくり、心《こゝろ》の中《うち》に頷《うなづ》く又平。気取《けど》られしかと蛇《へび》九郎。ヱゑ面倒《めんどう》な二才《さい》めと印相《いんざう》を結《むす》び、口《くち》に呪文《じゆもん》を唱《とな》ふれば、不思議《ふしぎ》や又平が懐《ふところ》の、かの軍《ぐん》勢催促《ぜいさいそく》の御教書《みぎやうしよ》、おのれと抜出《ぬけい》で一匹《ぴき》の鼠来《ねづみきた》つてこれを咥《くは》へ、奥《おく》の一間へ走行《はしりゆ》き、蛇《へび》九郎が姿《すがた》は見《み》えずなりければ、又平はこれを見《み》て、奥《おく》へ追掛《おつか》け行《ゆ》かんとす。お藤《ふぢ》は裳《も》裾《すそ》に取付《とりつ》いて、たつた今《いま》、祝言《しうげん》した私《わたし》を此処《こゝ》に一人《ひとり》置《お》き、何処《どこ》へ行《ゆ》くのじや、胴慾《どうよく》な。蒲団《ふとん》一《ひと》つが玉の床《とこ》、気《き》に入《い》らぬ女房でも不承《ふしやう》して、しつぽりと寝《ね》て下《くだ》さんせと、口《くち》に言《い》はれぬ唖《おをし》でも、目顔《めかほ》仕方《しかた》で悟《さと》らすれば、又平は打頷《うちうなづ》き、寄添《よりそ》ふ振《ふ》りにて懐《ふところ》の

次へ続《つゞ》く

（39）前《まへ》の続《つゞ》き

火薬《くわやく》を取《と》つて、辺《あた》りの火鉢《ひばち》に投入《なげい》るれば、焔《ほのほ》炎〳〵《えん〳〵》と燃上《もえあ》がる。常《つね》は笑《わら》はぬ娘お藤《ふぢ》、これを見《み》て声《こへ》を立《た》て、「ホ、〳〵〳〵」と頻《しき》りに笑《わら》ふ。さてこそ曲者《くせもの》、観《くわん》念《ねん》と又平は一腰《こし》抜《ぬ》いて娘《むすめ》が胸《むね》に押当《おしあ》てれば、「さいもう、すがすん、ぺいするとも、こんたかりんとんな、ありしてけんなん、ぱいろ、とらヤア〳〵」とぞ言《い》ひたりける。又平はこれを聞《き》き、さてこそ〳〵、かねて笑《わら》はぬ病《やまひ》と言《い》ふに、烽火《はうくわ》を見《み》て笑《わら》ふといひ、唐言葉《からことば》を隠《かく》さんための作《つく》り唖《おをし》は察《さつ》するところ、烽火台《はうくわたい》の火《ひ》を見《み》て笑《わら》ひ、国《くに》を傾《かたぶ》けたる周《しう》の幽王《ゆうわう》の后褒姒《きさきほうじ》が生《うま》れ代《がは》りに疑《うたが》ひなし。サア尋常《じんじやう》に白状《はくじやう》と、危《あや》ふき手詰《づめ》のその後《うし》ろに又現《あらは》る、蛇《へび》九郎、印《いん》を

(39)三十一ウ

三十二オ

結《むす》び口《くち》に呪文《じゆもん》を唱《とな》ふれば、又平が手先《さき》痺《しび》れてたじろぐうち、娘は逃《のが》れ、蛇《へび》九郎は丈抜群《たけばつぐん》の大鼠《ねずみ》となり、かの御教《みぎやう》書《しよ》を口《くち》に咥《くは》へ、何処《いづく》ともなく飛去《とびさ》りぬ。又平は歯噛《はがみ》をなし、取逃《とりにが》したか残念《ざんねん》と、袴《はかま》の股《もゝ》立取《と》る折《をり》しも、陣鉦《ぢんがね》・太《たい》鼓《こ》、鬨《とき》の声凄《こゑすさ》まじく聞《き》こゆれば、一間を出《いづ》る老女が姿《すがた》、白《しら》髪《が》を乱《みだ》し緋《ひ》の袴《はかま》、薙刀《なぎなた》を掻込《かいこ》んで現出《あらはれい》で、障子蹴放《しやうじけはな》し見《み》渡《わた》す山々、夜風《かぜ》に靡《なび》く旗指物《はたさしもの》、提灯《ちやうちん》、松明《たいまつ》、蛍《ほたる》の如《ごと》く輝《かゞや》けば、老女はこれをきつと見《み》て、アラ仰々《ぎやう〳〵》しき金鼓《きんこ》の響《ひゞ》き、如何《いか》ほどの事《こと》あらんと、娘を後《うし》ろに囲《かこ》ひつゝ、寄《よ》らば斬《き》らんと身構《がま》へたり。

斯《か》かる所へ不破伴左衛門重勝《ふはばんざゑもんしげかつ》、佐々良《さゝら》三八もろともに雑《ざう》兵《ひやう》従《したが》へ込入《こみい》りて、まづ伴左衛門《ばんざゑもん》、老女に向《む》かひ、「汝《なんぢ》は先年《せんねん》、見知《みし》りある北岩倉《くら》の雷婆《かみなりばゝ》よな。汝等《なんぢら》は浜名《はまな》入道に加担《かたん》して世を乱《みだ》さんと謀《はか》る由《よし》、最早逃《もはやのが》れぬ腕廻《うでまは》せ」ト言《い》ひければ、又平も詰寄《つめよ》せて、「去《さん》ぬる年《とし》、我《われ》、近江《あふみ》の滋賀《しが》の山奥《おく》にて様子《やうす》を聞《き》きしに、頼豪《らいがう》仙人、鼠《ねずみ》の術《じゆつ》を以《もつ》て佐上《さがみ》次郎を蘇生《そせい》させ、又佐上《さがみ》入道の息女海棠姫《そくかいどうひめ》の体《からだ》へ周《しう》の幽《ゆう》王の后《きさき》

次へ続《つゞ》く

(40)三十二ウ

三十三オ

(40)前《まへ》の続《つゞ》き　褒姒《ほうじ》が魂魄《こんぱく》を入て蘇生《そせい》させたるは、此お藤《ふぢ》なる事疑《ことうたが》ひなし。蛇《へび》九郎は佐上《さがみ》次郎に疑《うたが》ひなし。近頃《ちかごろ》紛《ふん》失《じつ》したる軍勢催促《ぐんぜいさいそく》の御教書《みぎやうしよ》を奪《うば》ひしも、佐上《さがみ》次郎が鼠《ねづみ》の術《じゆつ》の所為《しよい》なる事《こと》、額《ひたい》の傷《きず》にて現《あらは》れたり。去《さん》ぬる年《とし》、滋賀《しが》の山中にて兄妹《きやうだい》の者《もの》に出会《いであ》ひ、錦《にしき》の旗《はた》を見《み》つけたる旅《たび》侍《さふらひ》はすなはち斯《か》く言《い》ふ又平、実《まこと》は名古屋《なごや》山三《さん》郎元春《もとはる》也。汝等《なんぢら》を乱《みだ》さんため、斯《か》く身を窶《やつ》して隣《となり》に移住《うつりす》みしなり。老女の本名《みやう》疾《と》く〳〵名乗《なの》れ」と激《はげ》しき言葉《ことば》、老女は怒《いか》りの声高《こゑたか》く、「ヱ、口惜《くちを》しや残念《ざんねん》や。今は何《なに》をか包《つゝ》むべき、我《われ》、実《まこと》は佐上《さがみ》入道の家臣《かしん》大仏《ぶつ》九郎貞直《さだなほ》が娘茨木《いばらき》とは我《わ》が事《こと》なり。御兄妹《きやうだい》の蘇生《そせい》を幸《さいは》ひ後見《うしろみ》して、北朝を傾《かたむ》けんと企《たく》みしに、事顕《ことあらは》れたる残念《ざんねん》さよ。仮《かり》に親子《おや》と見《み》せ掛《か》けしは世を忍《しの》ぶその為《ため》なり」。死物狂《しにものぐる》ひ撫斬《なでぎ》りと、薙刀《なぎなた》を取《と》りのべて雑兵《ざうひやう》数多《あまた》を討取《うちと》つて、女に稀《まれ》なる勇孝の働《はたら》き、お藤《ふぢ》も衣服《いふく》を改《あらた》めて、雑数多討取《ざうあまたうちと》つて、手弱女《たをやめ》に似《に》ぬ手利《き》きの早業《はやわざ》。時に名古屋《なごや》山三《さん》郎、懐中《くわいちう》より鏡《かゞみ》の宮《みや》の院《いん》の鏡《かゞみ》を取出《とりいだ》し、海棠姫《かいどうひめ》に差付《さしつ》くれば、姫《ひめ》は忽《たちま》ち一具《いちぐ》の骸骨《がいこつ》となり、褒姒《ほうじ》が魂魄《こんぱく》は一つの心火《しんくわ》となつて飛去《とびさ》りぬ。老女はこ

れを見《み》て涙《なみだ》を流《なが》し、今《いま》はこれまでなりとて押肌脱《おしはだぬ》ぎ、腹掻《はらかき》切《き》つて失《う》せければ、伴左衛門立寄《ばんざゑもんたちよ》つて、錦《にしき》の旗《はた》を取納《とりおさ》め、これより佐上《さがみ》次郎が行方《ゆくへ》を尋《たづ》ね、かの御教書《みぎやうしよ》を取返《とりかへ》さんと勇《いさ》み立《た》ちぬ。

○此時《とき》、天上にては、かの千里眼《せんりがん》・順風耳《じゆんふうに》の二将《しやう》、下界《げかい》の有様《ありさま》を見《み》て天帝《てい》に告《つ》げければ、天帝《てい》、最早《もはや》、佐上次郎《さがみじろう》が滅《ほろ》ぶべき

次へ続《つゞ》く

(41) 前《まへ》の続《つゞ》き 天数《すう》なりとて、鏡《かゞみ》の宮《みや》の神を天上に召呼《めしよ》び給ひ、しか〴〵せよと命《めい》じ給へば、鏡《かゞみ》の宮《みや》の神用《やう》の鏡《かゞみ》をもつて雲《くも》の上《うへ》に待受《まちう》け、佐上《さがみ》次郎が大鼠《ねづみ》となつて空中《くうちう》を走《はし》る所を、かの神ン鏡をもつて照《て》らし給へば、佐上《さがみ》次郎は鼠《ねづみ》の術《じゆつ》破《やぶ》れて地に落《お》ち、本態《ほんたい》を現《あらは》す所へ、前司《ぜんじ》久国《ひさくに》みづから雑兵《ぞうひやう》を従《したが》へて、佐上《さがみ》次郎を押取巻《おつとりま》く。此時《とき》又、鏡《かゞみ》の宮《みや》の神、御鏡《みかゞみ》を照《て》らし給へば、佐上《さがみ》次郎は雪霜《ゆきしも》の消《き》ゆるが如《ごと》く、忽《たちま》ち一具《いちぐ》の骸骨《がいこつ》となり魂魄《こんぱく》は飛去《とびさ》りけり。

斯《か》くて久国《ひさくに》は御教書《みぎやうしよ》を取戻《とりもど》し、帰陣《きぢん》の折《をり》から、佐上《さがみ》次郎が味方《みかた》の奴《やつ》ばら取巻《とりま》きしが、又平が絵《ゑ》の鍾馗《しやうき》大臣《じん》抜出《ぬけいで》て、奴《やつ》ばらを皆《みな》、散々《さん〴〵》に討斬《うちき》り給ふ。鍾馗《しやうき》の像《ざう》を悪魔除《あくまよけ》

(41)三十三ウ

三十四オ

とて戸守《まもり》にする事《こと》、これよりはじまりけるとかや。

斯《か》くて又、百合之《ゆりの》助竜元《たつもと》は笹野去蔵《さゝのさり》、梅津の多聞《たもん》兵衛等《ら》を従《したが》へて、浜名《はまな》が館《やかた》へ押寄《おしよ》せ、入道親《おや》子を討取《うちと》りければ、義《よし》政公御感斜《ぎよかんな》めならず。竜元《たつもと》・久国《ひさくに》両将に恩賞《おんしやう》を給はり、かの北の方《かた》の御媒《おんなかだち》にて吉日を選《えら》び、錦絵姫《にしきゑひめ》と婚礼《こんれい》あり。かの鶯《うぐひす》は姫《ひめ》の腰元《こしもと》となる。伴左衛門《ばんざゑもん》、名古屋《なごや》山ン三は加増《かぞう》を賜《たまは》り、いよ〳〵一つ家の因《ちな》み睦《むつ》まじく栄《さか》えけり。梅津の多聞《たもん》は竜元《たつもと》の家臣《かしん》となり、梅津村より鍬《くわ》助夫婦《ふうふ》を引取《ひきと》りて楽々《らく〳〵》と養《やしな》ふ。夕凪《なぎ》は笹野去蔵《さゝのさり》が妻《つま》となる。竹斎《ちくさい》が娘籬《むすめまがき》は剃髪《ていはつ》して尼《あま》となる。伴左衛門《ばんざゑもん》、扶持《ふち》を与《あた》ふ。佐々良《さゝら》三八も加増《かぞう》あり。義《よし》政公、竜元《たつもと》・久国《ひさくに》に命《めい》じて比叡《ひゑい》山の麓《ふもと》に社《やしろ》を建《た》て、頼豪阿闍梨《らいがうあじやり》を祀《まつ》り給へば、頼豪《らいがう》仙人恨《うら》みを晴《はら》して成仏《じやうぶつ》し、佐上《さがみ》次郎兄妹《きやうだい》も成仏《じやうぶつ》す。その社《やしろ》を後《のち》の世に鼠《ねづみ》の宮《みや》と言《い》ふとかや。又、竜元《たつもと》は遊君遠《ゆうくんとほ》山が跡懇《あとねんご》ろに弔《と》ひければ、これも成仏しけるとなん。
○されば善悪邪正は一部の狂言の如《ごと》く。悪人は大切に滅《ほろ》び、善人の行末《ゆくすゑ》は皆《みな》、幸ひある事《こと》、此理に等《ひと》し。子供衆合《どもしゆが》点《てん》かく〳〵。

(42)三十四ウ

三十五オ

(42) 浮世《うきよ》又平筆《ふで》鍾馗《しやうき》の霊像《れいぞう》

周の幽《ゆう》王の后褒姒《きさきほうじ》、成仏《じやうぶつ》。

遊君遠山亡魂《ゆふくんとほやまばふこん》、成仏《じやうぶつ》。

佐上《さがみ》次郎が一味《いちみ》の者《もの》ども皆々《みな〳〵》滅《ほろ》ぶ。

伴左衛門《ばんざへもん》　去蔵《さりぞう》　鶯《うぐひす》　柏《かしは》木　鳥羽《とば》平

佐々良《さゝら》三八　名古屋《なごや》山三　夕凪《なぎ》　葛城《かつらき》　籬《まがき》

[奉加帳]

(43)三十五ウ

奥付広告オモテ

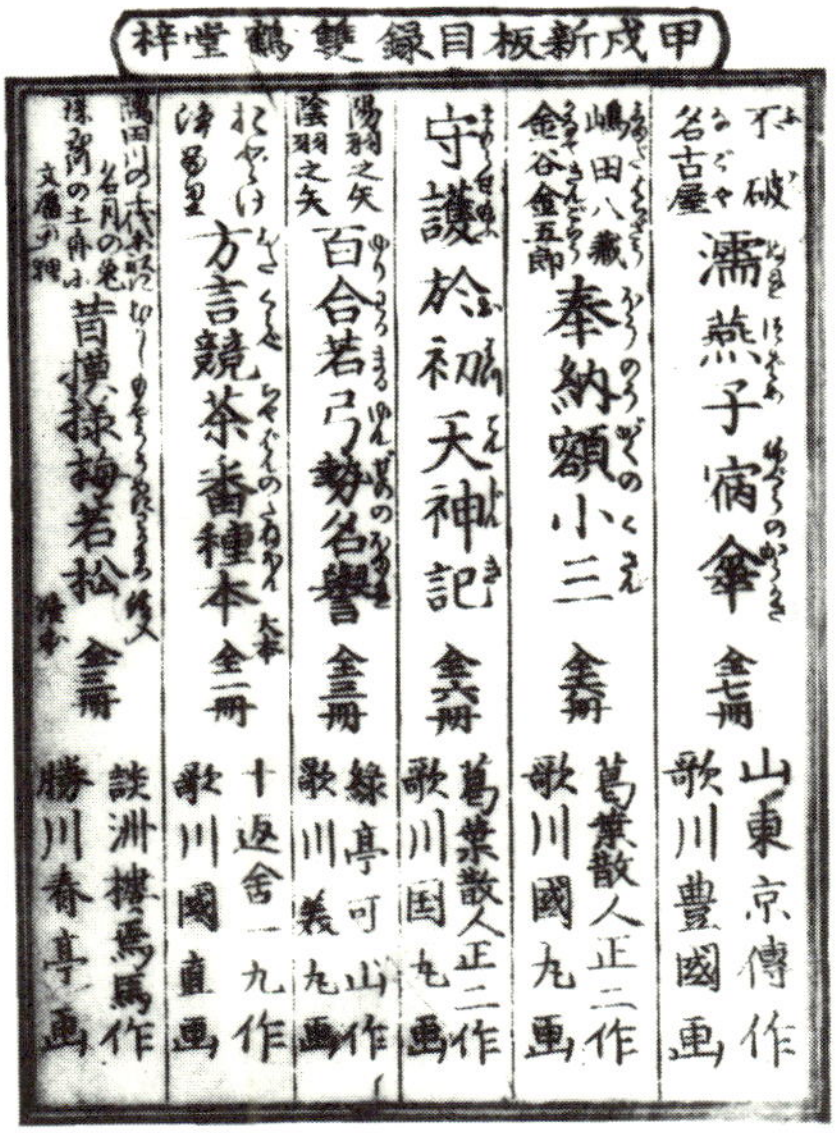
甲戌新板目録 雙鶴堂梓

不破名古屋 濡燕子宿傘 全二冊 山東京傳作 歌川豊國画

嶋田八蔵 金谷金五郎 奉納額小三 全六冊 葛葉散人正三作 歌川國丸画

守護於杣天神記 全六冊 葛葉散人正三作 歌川国丸画

陽羽之矢 陰羽之矢 百合若弓勢名譽 全三冊 緑亭可山作 歌川美丸画

方言競茶番種本 全二冊 十返舎一九作 歌川國直画

菅摸様梅若松 全二冊 読洲楼焉馬作 勝川春亭画

(43) 不破名古屋全七冊大尾

さる程《ほど》に百合之助竜元《ゆりのたつもと》、錦絵姫《にしきゑひめ》、吉日を選《ゑら》みて婚礼《こんれい》の儀式調《ぎしきと〻の》ひ、仲睦《なかむつ》ましく数多《あまた》の子を設《まう》け、益々《ます〳〵》繁盛《はんじやう》しけるとかや。長閑《のどけ》き春《はる》に大津《あふ》絵の藤の花房《ぶさ》、長き日の眠気覚《ねふけざま》しの鷹《たか》の爪《つめ》、茶色表紙《いろびやうし》の物語《ものがたり》を拙《つたな》き筆《ふで》に書綴《かきつゞ》る。千秋万歳目出度《めでた》し〳〵〳〵〳〵〳〵。

豊国画㊞ 山東京伝作㊞

筆者藍庭晋米

京伝店

○裂地《きれ》煙草《たばこ》入・紙煙草《かみたばこ》入・煙管類《きせるるい》、当年の新製《しんせい》珍《めづ》らしき風流の雅品多《おほ》し、別《べつ》して改《あらた》め下直に差《さし》上申候。

京伝自画賛《さん》 扇、面白《おもしろ》き新《しん》図色々《いろ〳〵》、短冊《たんざく》・色紙《しきし》・張交絵《はりまぜゑ》類《るい》、望《のぞ》みに応《おう》ず。

読書丸《とくしよぐわん》 一包壱匁五分

○第一気根《きこん》を強《つよ》くし物覚をよくす。大腎薬也、老若男女、常《つね》に身を使《つか》はず、かへつて心を労《らう》する人はおのづから病を生じ天寿を損《そこ》なふ、早《はや》く此薬を用て補《おぎな》ふべし。又、旅《たび》立人蓄《たくは》へて大に益あり。暑寒前《まへ》に用れば外邪を受《う》けず。近年

奥付広告ウラ

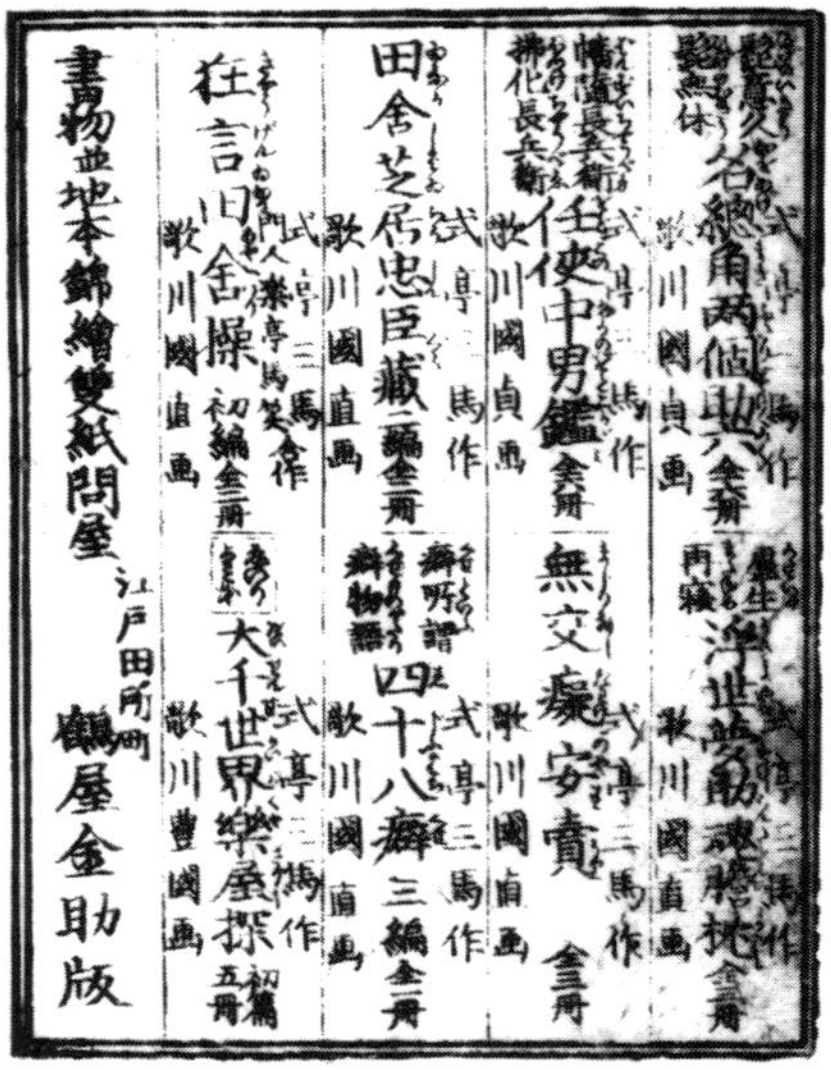

追々《おひく》諸国に弘《ひろ》まり候間、別《べつ》して大極《ごく》上の薬種《やくしゅ》を選《えら》み製法念《せいほふねん》入申候。

小児無病丸　一包《つゝみ》百十二文

小児虫《むし》万病大妙薬《みやうやく》

京伝店

山東京傳全集

月　報

第12巻（第16回）
2017年2月

［内容］

ぺりかん社

〒113-0033
東京都文京区本郷1-28-36

時代小説の山東京伝

吉丸雄哉

山東京伝が最も優れた戯作者の一人であることは間違いないが、写楽は知られていても初代歌川豊国を知る人が少ないように、曲亭馬琴や十返舎一九に比べ、現代の知名度は低いように感じられる。馬琴が読本「八犬伝」で、一九が滑稽本「膝栗毛」でまだまだ読まれる機会があるのに対し、京伝が手腕を発揮した洒落本が現代では読まれないためだろう。また非常にとがった性格の馬琴、奇伝に彩られた一九に比べて、温厚で人柄のよい京伝の伝記が人目を引かないのもあろう。

本稿では、二〇一五年九月までに発表された、京伝が登場する時代小説を紹介する。なお紙幅の関係から出版社は省略し、雑誌発表された作品は発表年か連載開始年、書下ろし作品は単行本発行年をそれぞれ記した。

京伝は恵まれた育ちで、人生でも手鎖の処分をうけた以外は目立った事件がないせいか、京伝が主役の作品は少ない。高橋克彦『京伝怪異帖』（二〇〇〇）は京伝を主役とする数少ない作品の一つ。安永八年から寛政三年まで五話にわけ、京伝こと伝蔵の成長を描く。平賀源内が生き延びて京伝の師となる設定。馬琴『伊波伝毛之記』に基づき紐付きの銅の糸印を飛ばす活劇あり。北尾政演の面も紹介するのが元浮世絵研究者高橋克彦らしいか。京伝は作中「師匠」と呼ばれているが「先生」が普通かと思う。井上ひさし『京伝店の烟草入れ』（一九七三）

は手鎖後に松平定信に詞書を頼まれてためらう京伝と三尺玉の打ち上げに命を削る花火師幸吉の交流を描く。「吉原十二時絵詞」の詞書に関してだろうが、実際には詞書を書くのに京伝はためらわなかった。同じく井上ひさし『戯作者銘々伝』「山東京伝」（一九七八）はタイトルこそ「山東京伝」だが京伝は出ずに、京伝死後の未亡人百合の独白で構成する。狂っていたといわれる百合だが独白体ゆえその正気か狂気か判断できない書き方がうまい。京伝を扱った最古の小説であろう内田百閒『山東京伝』（一九一七）は小品で、京伝に弟子入りして丸薬を練るが山蟻に盗まれたので叱られ追い出される話。険しい性格の京伝は珍しい。順当に考えると師の夏目漱石がモデルだろうがあるいは勤務先の陸軍士官学校の教員にモデルがあるのかもしれない。

馬琴を主人公にした小説の登場人物であることが多く、国枝史郎『戯作者』（一九二五）や邦枝完二『曲亭馬琴』（一九三七）は馬琴が弟子入りを志願して馬琴に面会する場面を描く。馬琴『伊波伝毛之記』に基づいてこの場面を描く小説は多いが、邦枝完二『曲亭馬琴』は京伝の弟相四郎（京山）が面会後にわざわざ馬琴を訪ねて悪態をつくのが珍しい。森田誠吾『曲亭馬琴遺稿』（一九八〇）は温厚な面だけではなく「まれにかっとなる」性格と京伝を描き、万象亭『田舎芝居』の序文に腹を立てたり、馬琴『夢想兵衛胡蝶物語』での遊女の扱いを巡り馬琴に気色ばむ姿が描かれる。同じく馬琴の伝記小説である小谷野敦『馬琴綺伝』（二〇一四）では馬琴が初めて京伝宅を訪れたあとに夕食を京伝一家と一緒に食べる。この作品は馬琴に作者本人が投影されており、馬琴からの愛憎が巧みに描かれた京伝も学者の誰かモデルがある印象。江戸時代では身分により交際が変わるという描かれ方は現実味があって、他の時代小説と一線を画す。「手鎖」に「てがね」のルビを振っているなど考証も細かい。『山東京傳全集』を読む人なら十分に楽しめるだろう。

一九を主人公とした戯作者小説だと井上ひさしの直木賞受賞作『手鎖心中』（一九七二）が有名。与七（一九）・清右衛門（馬琴）・太助（式亭三馬）は横並びの仲間で、京伝はそれより上の立場。京伝が与七に江戸生まれでないと戯作ができないと諭すのは、淡路出の中村幸彦が三田村鳶魚に諭された話（『戯作論』あとがき）を元にするか。松井今朝子『そろそろ旅に』（二〇〇八）は一九の妻八重がもともと京伝のおっかけであり、結婚後も京伝への憧憬を捨てられない八重に一九がやきもきするという三角関係が後半のテーマ。

宮川曼魚『月夜の三馬』(一九四一)は珍しく三馬が題名になった時代小説集。「京橋余情」では京伝は下男をつれて相模・駿河を巡るが揮毫の潤筆料を下男に盗まれてしまう。下男の正体が田螺金魚のおかげでわかって下男は捕まるものの、死罪になる十両を超えないように京伝は九両二分盗まれたと申告する。馬琴『伊波伝毛之記』がもと。

フランキー堺の企画総指揮でヒットした映画『写楽』(一九九五)の原作である皆川博子『写楽』(一九九四)以降、時代小説では写楽や蔦屋重三郎を扱った作品が多くなった。写楽物だと蔦重ほか勝川春朗(葛飾北斎)や京伝はおなじみの人物である。京伝は主人公でないためかあまり個性なく描かれている場合が多いが、史実を離れて工夫をこらした性格付けをした作品もある。

宇江佐真理『寂しい写楽』(二〇〇七)は「写楽」の売り出しに力を尽くす一人として京伝を描く。最初の妻の菊園が亡くなった寛政五・六年頃の京伝で、父母や弟相四郎ら家族との軋轢が描かれるのが目立つ。浅黄斑『写楽残映』(二〇一二)も寛政改革後の蔦重とその周辺の人々を描く。島田荘司『写楽　閉じた国の幻』(二〇〇八)は写楽の正体をめぐる推理で現代編と江戸編がまじる作品。本編の京伝はべらんめえ調でよくしゃべる。谷津矢車『蔦屋』(二〇一四)は蔦重主人公もの。京伝は煙草を刻むのが好きな煙草好きで、倹約を求める寛政改革に反対の態度の持ち主。蔦重がお金を出して反政道の戯作を書かせる。井川香四郎『蔦屋でござる』(二〇一二)は蔦屋が主催する狂歌連が人の恨みを晴らす裏稼業をやっており、京伝は団十郎ばりのいい男で尾張藩徳川宗勝の御落胤。京伝と弟・妹らに異父・異母説はあるが大きく出た設定。京伝の妹で夭折した黒鳶式部が昭和戦後にタイムスリップして生きていたというSF時代劇が半村良『およね平吉時穴道行』(一九七一)。京伝ファンの広告マンが京伝ゆかりの平吉の『古日記』を手にしたことから菊園京子の正体が黒鳶式部と知る。タイムスリップという奇抜なアイデアを使うも『戦国自衛隊』の作者だけあって話の展開が上手い。黒鳶式部生存のアイデアを『馬琴綺伝』は『およね平吉時穴道行』より採用したと記す。

竹田真砂子『あとより恋の責めくれば　御家人南畝先生』（二〇一〇）は大田南畝の遊郭での恋物語。狂歌連の人々が大勢登場する。京伝は恋の件で素人娘より遊女の優越を涙目で説く若者。「割勘」＝「京伝勘定」の逸話を使っている。京伝は「育ちの良さそうな目鼻立ち」「面長で色白」。京伝小説は京伝を獅子鼻で描く作品（手鎖心中・馬琴綺伝）とそうでない作品で作風が二分できそうな気がする。

太佐順『薬種屋喜十事件控　夜の琴』（二〇〇九）では『江戸生艶気樺焼』執筆頃の京伝が謎の人物として登場する。小説そのものは薬種屋喜十を主人公にし、医学的知識を多く取り入れた点に特徴がある。アマゾン・キンドルのみの販売だが東月彦『遊女殺し――なまゑひ京伝捕物細見』（二〇一三）が二十二歳の京伝を主人公にし、廓での殺人事件を扱った推理小説。のちに妻になる扇屋の菊園がヒロインだが、実際に馴染みになった時期は京伝二十六歳頃である。

以上あらあら山東京伝が登場する時代小説を紹介した。見落としを危惧するが、不収録に他意はないのでご了解いただきたい。近世文学への関心の世間的な低さにもかかわらず、時代小説は驚くほど出版されている。時代小説家も人それぞれであろうが、山東京伝を作中に登場させたいと思うなら、『伊波伝毛之記』『江戸名物作者部類』『蛛の糸巻』『戯作六家撰』などは目を通しておくべきだろう。伝記的な小説の場合に、『伊波伝毛之記』に描かれる京伝と馬琴の出会いなど、決まった素材をどう料理したか、読む側にとっても鑑賞のポイントであり、実際に書き手のそれぞれの工夫が伝わってくる。

伝記では佐藤至子『山東京伝』（二〇〇八）が必携だろう。それ以外でも日頃から学説の進歩に目を配ってくれとは言わないが、せっかく播本眞一『八犬伝・馬琴研究』（二〇一〇）が論証しているのに、いつまでも「曲亭馬琴」は「廓（くるわ）で誠（まこと）」からといった俗説を採用するたぐいは読んで疲れる。なにより『山東京傳全集』こそが時代小説家の座右の書であるべきだと思うし、また時代小説を読む人々も『山東京傳全集』を読んで欲しい。それが本当の京伝を知る王道だと思う。


（三重大学准教授）

京伝店七十年（余）史にむけて

津田眞弓

京傳全集の月報で最も驚いた一文がある。「黄表紙に書かれた京伝見世の広告を、そっくりそのまま翻刻するかどうかで山東京伝全集の編集会議は逡巡した」（棚橋正博氏「戯作者山東京伝と広告・画賛」、四巻月報）。

江戸戯作を通じて江戸時代とは何かを考えたい私には、京伝店の宣伝文を含めて、本はまるごと史料としての価値がある。——ということを編集委員の先生方のお仕事に学んだから、とても衝撃的だった。翻せば、本全集が刊行当時、いかに新しい挑戦を試みたのかが垣間見られる。

山東兄弟の著作に残る京伝店の広告。——慶應三年（一八六七）刊、鶴亭秀賀が京山作を嗣いだ『教草女房形気』二十三編にも広告をだしているから、開店した寛政五年（一七九三）から少なくとも七十余年に及ぶ商店の活動を追える。十分に価値のある史料群だ。特に草双紙では本文は作者の自由に使えたから、一般に知られる巻末の化粧品や薬の広告より、分量も多くあの手この手を考えた広告がなされている。この熱心さを見る限り、京伝店と兄弟の戯作活動は切り離すべきではない。そして研究領域を越えた有益な情報が多く、編集会議の決断は意義あるものだったと改めて思う。この学恩に浴して試みに京伝店七十余年史を作ってみたが、今は紙幅がないので、商品カテゴリー別に新製品で概観してみよう。

【紙入類】

京伝店の歴史は、寛政改革に準じて「下直」をうたった紙煙草入れ販売に始まる。もちろん裂地の商品もあった。寛政八年刊行分には「珍しき煙管」、九年には鼻紙袋が加わり、「遠国よりも飛脚御用」で注文が来る店になった。十年には金子入・楊枝入・七つ道具入・短冊入と商品が広がり、素材に蠟引きが加わる。十二年には油紙製も加わった。

享和二年には羊羹色で羽二重のような「定九郎燻紙御煙草入」が販売開始。草双紙でも盛大に紹介され、この年刊行の『早業七人前』は紹介を目的にしたような作だ。

同年には「遠州形」・「富貴形」・「立身形」と多様なデザインが投入された。後述のように、初めて家製の薬が売られるのも享和二年である。翌三年には、煙草入に畳紙入・御進物用、素材に皮まがいの外縫紙・縮緬蠟引が、また煙管筒などが加わる。そして文化元年に「縁起形」、文化二年に「開運福介形」の煙草入が出るが、翌三年に「古今稀なる煙草入新形」と出てから紙煙草入類の新製品は宣伝されなくなる。

【自画賛類】

煙草入類と入れ違いになるかのように、自画賛類が文化三年刊行分から登場する。京伝は享和三年に浅草の善光寺の開帳に元手をかけて餅菓子屋を開いたが失敗、また文化三年三月の大火事でほぼ全焼の被害にあった。若い後妻の百合の行く末を考えてか、仮造作のまま暮らしたという（馬琴『伊波伝毛乃記』）。同年半ばに、寛政十一年頃から京伝の著作に顔を出す京山がついに戯作者になるべく動く。京山に新しい家族ができたこともあって、兄弟が協力する体制になった。

文化四年にデビューし翌五年から作を量産する京山は、生業の篆刻を京伝店で取り次ぐ形で宣伝する。同五年刊行分には「雪香扇」と名付けた京伝自画賛の扇や短冊、京山の狂詩狂文短冊扇を宣伝。六年には「屏風張り交ぜ絵」・色紙短冊が加わる。さらに文化八年には「屏風襖絵」と、「お誂へお好み次第」に応じる品のスケールが大きくなっている。

また文化十年頃には諸国での商品取り次ぎに触れている（『児ヶ淵桜之振袖』、『双蝶記』）。草双紙や読本の流通を媒介に販路も広がった。例えば文化末に諸国を旅した鶴岡の豪商の妻三井きよのは、「無類極上ノ扇子」を求め京伝店で十本も買って、故郷に送っている（金森敦子『〝きよのさん〟と歩く江戸六百里』）。京山の最晩年にも「諸国もより御求めくだされ」（安政六年刊『教草女房形気』十九編）とあるように、著作がいかに店にとって重要かが見て取れる。

このことは文化十三年九月、京伝没後の後妻百合と京山の確執について考えさせる。例えば京伝作の京山の篆刻の扱いが文化七、八年頃から大きくなっている。兄の引き立てという面だけでなく、上位の作数をなす京山には、相応の商品価値があったのだろう。詳細は拙著『江戸絵本の匠 山東京山』に譲るが、当時の状況は京山と犬猿の仲だった馬琴の言に頼らざるをえず、今なお無批判にそのまま受け止められた言説が目につく。けれど文化年間の京伝店は、山東兄弟が量産する著作で宣伝をし、自らを商品とすることで成立する店になっていたことが広告からもわかる。旧来の善悪で判定するような見方は意味はなく、様々な状況を鑑みて再考されるべきだろう。

【薬類】

前述の通り、享和二年刊行分に見る紙入れの新製品投入と時を同じくして、新たに薬類が宣伝される。実際に本が発売された享和元（寛政十三）年の前年冬に京伝は後妻の百合を迎えている。京伝と百合で、新しい時代を作ろうとしたのだろう。最初に販売された気根の薬「読書丸」は、その後の中心的な商品になる。翌三年に虫下し「小児無病丸」、文化五年に「奇応丸」が宣伝され、同十年には京山家製の虫歯薬「珊瑚砕」を取り次ぐ。

京伝没後、百合の死を経て文政元（文化十五）年、京伝店は改装して再出発する。京山は、二代目京伝を十歳の長男に名乗らせた。この時に「読書丸」と共にその後の主力商品となる「懐妊丹」を販売開始。男女ともに健康的活力を増進させる薬。文政四年刊行分には、七代目団十郎に紙上の口上をさせた声の薬「初音丸」、宮本武蔵伝法の膏薬「二天膏」、八年には虫下し「長生丸」、歯磨き「京羽二重」を宣伝。天保九年刊分に産前産後に用いる「母子両安散」が一時期宣伝されるが、薬の新製品は文政半ばで出そろう。

【化粧品】

京伝店の化粧品の始まりは、文化八年に式亭三馬がヒットさせた「江戸の水」と無関係ではないだろう。文化九年刊分から宣伝されるのは京山家製の薬洗い粉「水晶粉」。取り次ぎの形で置いた。顔の艶が出て肌トラブルを解消するという広告文は女性に向けたものだが、作中で男性が使っているところをみると（『戻駕籠故郷錦絵』）、男女区別ない商品らしい。同十二年は京伝名儀で化粧下地の「白牡丹」。後々まで偽物が出る人気商品。

京山の時代から本格的に化粧品を扱う。文政三年秋に匂入り白粉「雲の上」を発売。匂い袋の代わりになるほど「ぷん〱にほひ」、年をとっても顔の艶が抜けないそうだ。高めの年齢層を狙った商品と思われ、当時の山東庵の位置がうかがえる。同六年には襟白粉「哥妓香」、七年に打ち粉白粉「二十日草」。前者の発売には、汗をいくらかいてもはげない方法、重ね塗り・薄塗の化粧の口伝書を添えた。同十一年には、鬢付け油「八千代香」・「蘭麝香」ほか髪用品。同十二年も鬢付け油「乙女香」。店には「山東一風御伽羅之油」の看板を掲げた。また天保二年に徳用白粉「夕化粧」、同三年にお歯黒「濡れ烏」。ここから新製品はなりをひそめ、天保改革をはさんで、嘉永四年刊に京都で作らせた白粉「朝桜」が宣伝される。傾城や踊り子にも愛用されたという。

薬と入れ替わりに文政十年代に化粧品が増えるが、その時期はちょうど京山の娘が長州藩で藩主斉元の寵愛を受け、子供を産む頃と重なる。また最後の新製品「朝桜」は「さる御方よりお好みにて京都釜本へ別にあつらへた」と説明されている。誂えただろう嘉永三年に、京山の孫にあたる孝姫が伊予宇和島藩の伊達家に輿入れしている。化粧品の展開は、藩の奥で人の上に立つ娘たちや姫の影響が考えられそうだ。なお、京伝店の主人二代目京伝は、放蕩の末に二百両を使い捨て、京山が天保二年に表向きに勘当している。彼が店を去ってから新製品の発売が止まったところをみると、商品企画の面ではそれなりに機能していたのかもしれない。この後、長女の増が御殿奉公から戻ってきて家督を継いだ。

天保改革期の値段変更も特筆すべき事項だ。薬類の値段には変化がないが、改革の自粛後弘化元年に刊行された作では、例えば水晶粉を百三十二銭から百二十二銭と、化粧品類の値段を引き下げている。ところが弘化三年刊分には値段がもとに戻る（一部据え置き、値下げもあり）。草双紙の表紙に禁止されていた色が戻る一年前のことで、庶民の生活への影響が、本の統制よりも先に薄らいでいたことを教えてくれる。

以上が、京伝店の宣伝にみる商品と「山東両家」のあらましである。繰り返される京伝店の宣伝は時に煙たがられもしたろうが、彼らを知るありがたい資料だ。けれど、京伝のアイデアを継承し、京山が発展させた京伝店の宣伝は、時に今日のテレビコマーシャルのような展開を作中で見せるほどになる（『塵塚物語』初編）。最終的には毎度おなじみの、欠くべからざる読者のお楽しみになっていたのかもしれない。

（慶應義塾大学教授）

［編集部から］

＊次回配本は第十三巻「合巻8」の予定です。

現代俳句にいきる芭蕉

虚子・波郷から兜太・重信まで

堀切 実＝著［早稲田大学名誉教授］

虚子をはじめとした、戦前・戦後の昭和俳句史に活躍した俳人たちを、芭蕉という視点からとらえなおし、俳句とは何か、その原点から読み解いていく。

［主要目次］

虚子から秋桜子へ
虚子の芭蕉観／虚子の「芭蕉句三種類」説をめぐって／「景」を写して「情」を詠む

俳句の近代
芭蕉と近代俳人たち／波郷と俳句文体／波郷の韻文精神／波郷の散文精神

俳句私小説論
俳句は私小説なり／私小説性からの脱出／俳句私小説論のゆくえ

俳句の現代
芭蕉と現代俳人たち／情感の頂点で発止と打出される句 ほか

◉四六判／三二〇頁／二八〇〇円

秋成 小説史の研究

高田 衛＝著［東京都立大学名誉教授］

秋成生誕伝説の検証から、秋成が多くを過ごした「大坂」の考察。そして秋成作品に描かれた古代性と、そこに潜む近代性を読み取り、西鶴から秋成、そして泉鏡花へと続く「見えない世界」を読み解いていく。

［主要目次］ 秋成—その原郷・地縁・漂泊／奇人伝説—大坂の伝承・江戸の醜聞／秋成の「理」と宣長の「情」／旅と物語の時空—秋成のエクリチュール／秋成以前—近世奇談と「眩惑」／浮遊するテキスト『春雨草紙』／『樊噲』再説—アドルノ『美の論理』の示唆／秋成、伴侶を失う—残生の模索と試行／中上健次の秋成論—立ち上がる熊野 ほか

◉A5判／二四〇頁／四八〇〇円

能と狂言 ⑬

能楽学会＝編集・発行

【特集】歌舞伎の中の能

［執筆者］〈特集〉三宅晶子／古井戸秀夫／鈴木英一／坂東三津五郎／梅若玄祥／羽田 昶／〈論文〉坂本清恵／パトリック・シュウェマー／〈テーマ研究〉永村 眞／伊海孝充／樹下好美／天野文雄 ほか

◉A5判／一六六頁／二〇〇〇円

仁斎学講義

『語孟字義』を読む

子安宣邦＝著〔大阪大学名誉教授〕

『論語』はなぜ宇宙第一の書であるのか。生生一元的世界とは何か。人の歩み行く道の外に道はあるのか。仁斎の古義学的刷新としての新たな思想世界を『語孟字義』解読によって開いて見せる――著者による仁斎学研鑽の多年の成果。

〔主要目次〕

仁斎古義学のラジカリズム

古学先生伊藤仁斎の生涯と人となり

―『先府君古学先生行状』を読む―

「孔子の道」の古義学的刷新

―『語孟字義』を読む―

『語孟字義』とは何か／天道／天命／道／理／徳／仁義礼智／心／性／四端の心／情／忠信・忠恕／誠／学／王覇／鬼神

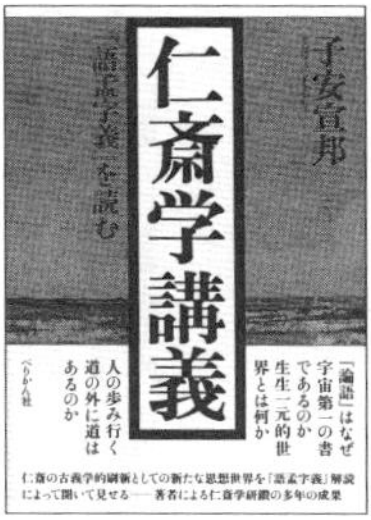

◉四六判／二四〇頁／二七〇〇円

吉本隆明の逆襲

一九七〇年代、一つの潮目

渡辺和靖＝著〔愛知教育大学名誉教授〕

天皇制の深部からアジア的共同体の構造の考察を進め、日本古典の分析と宗教性の探究へ向かい、太宰治や横光利一の再評価から戦中期への批判とともにみずからの青春の奪還を試みた詩人の潮目を描く。

〔主要目次〕七〇年安保の後始末／三島事件の衝撃／赤軍派の問題／南島論／天皇制論／国家形成の原理をめぐって／実朝論／和歌形式発生論の成立と展開／近松論／党派（セクト）の争い／親鸞論／太宰治の文学　ほか

◉四六判／二七二頁／二七〇〇円

日本思想史学㊼

日本思想史学会＝編集・発行

【特集】死者の記憶―思想史と歴史学の架橋―

〔執筆者〕〈特集〉林　淳／佐藤弘夫／羽賀祥二／見城悌治／樋口浩造／〈研究史〉山東功／〈提言〉安田常雄／〈論文〉森新之介／佐々木香織／韋　佳／中嶋英介／山本嘉孝／松川雅信／平山　洋／島田雄一郎／〈紹介〉冨樫　進／土田健次郎／〈対話〉長妻三佐雄／黒川みどり　ほか

◉A5判／二七二頁／三〇〇〇円

料金受取人払郵便

本郷局承認

9522

差出有効期間
平成30年3月
31日まで

郵便はがき

113-8790

408

(受取人)
東京都文京区本郷1・28・36

株式会社 ぺりかん社

営業部行

購入申込書	※当社刊行物のご注文にご利用ください
書名	定価［　　円+税］ 部数［　　部］
書名	定価［　　円+税］ 部数［　　部］
書名	定価［　　円+税］ 部数［　　部］

●購入方法をお選び下さい (□にチェック)	□直接購入 (代金引き換えとなります。送料+代引手数料で600円+税が別途かかります) □書店経由 (本状を書店にお渡し下さるか、下欄に書店ご指定の上、ご投函下さい)	番線印（書店使用欄）
書店名		
書 店 所在地		

書店各位：本状でお申込みがございましたら、番線印を押印の上ご投函下さい

愛読者カード

※ご購読ありがとうございました。今後、出版のご案内をさせていただきますので、各欄にご記入の上、お送り下さい。

書名

本書を何によってお知りになりましたか

□書店で見て　□広告を見て［媒体　］　□書評を見て［媒体　］
□人に勧められて　□DMで　□テキスト・参考書で　□インターネットで
□その他［　］

ご購読の新聞［　］
雑誌［　］

図書目録をお送りします　□要　□不要

関心のある分野・テーマ
［　］

本書へのご意見および、今後の出版希望（テーマ・著者名）など、お聞かせ下さい

ふりがな お名前		性別　□男　□女	年齢　歳
		所属学会など	
ご職業 学校名		部署 学部	
		電話	（　）
〒［　－　］			
書店名	市・区 町・村		書店

お客さまの個人情報を、出版案内及び商品開発以外の目的で使用することはございません。

雑誌『第三帝国』の思想運動

茅原華山と大正地方青年

水谷　悟＝著［東洋英和女学院中学部高等部教諭］

ジャーナリスト茅原華山率いる益進会同人が『第三帝国』という雑誌メディアを通じて展開した思想運動の実像を、同人側の自然主義・社会主義との論争や普選運動・減税運動の実践のみならず、読者である地方青年側の投書欄による言論空間の形成といった双方向の観点から詳細に解明し、近代日本思想史における大衆社会成立の知られざる一面を描き出す。

［主要目次］

本研究の視点
「益進主義」の思想形成
―茅原華山に即して―
「第三帝国」の創設
「第三帝国」の理論と実践
「第三帝国」の思想圏
大正地方青年と雑誌『第三帝国』

◉Ａ５判／三六八頁／七〇〇〇円

教化に臨む近世学問

石門心学の立場

高野秀晴＝著［仁愛大学准教授］

日常の様々な場面で教えが広く説かれた江戸時代、期待と警戒の両義的な民衆の視線にさらされた学問の展開過程を跡づけるとともに、貝原益軒・河内屋可正・石田梅岩・手島堵庵といった人物が教化の場で学問なるものを語り出す局面に注目することで、近代の学校を乗り越える学問像の可能性を問い直す。

［主要目次］

学問誘導の語り
「渡世」に資する学問
職分に応じた学問
動揺する教化
「赤裸」なる覚悟
教化に臨まんとする「病」
教化による継承
「同輩」への教化と教育
石門心学への批判
「頑民」への教化
「臍」のゆくえ

◉Ａ５判／四一六頁／六四〇〇円

日本思想史に関わる諸分野の研究成果を総括
トータルかつ立体的な思想史像の構築をめざす画期的シリーズ

日本思想史講座 全5巻

［編集委員］
苅部 直
黒住 真
佐藤弘夫
末木文美士
田尻祐一郎

◘A5判 上製カバー装 400〜584頁
◘3800〜4800円
※呈内容案内

【各巻の内容】

◉1—古 代
総論…佐藤弘夫／「縄文の思想から弥生の思想へ」松本直子／「古代神話論のために」神野志隆光／「律令と天皇」大津 透／「奈良時代の仏教」石井公成／「神祇信仰の展開」三橋 正／「平安仏教論」末木文美士／「怨霊の思想」山田雄司／「救済の場と造形」長岡龍作／「院政期の思想」吉原浩人／「本地垂迹」佐藤弘夫／〔コラム〕岡田莊司／吉田一彦／花野充道／斉藤英喜／王 勇　（三八〇〇円）

◉2—中 世
総論…末木文美士／「中世日本の世界像」阿部泰郎／「中世の仏教思想」蓑輪顕量／「法と歴史認識の展開」新田一郎／「武士の倫理と政治」菅野覚明／「無常観の形成」平野多恵／「文芸と芸能の思想——狂言綺語としての文芸・芸能」吉村 均／「禅林の思想と文化」和田有希子／「神道の形成と中世神話」伊藤 聡／「物語としての政治史」兵藤裕己／「戦国思想史論」大桑 斉／〔コラム〕山本ひろ子／松尾剛次／小峯和明／彌永信美／白山芳太郎　（三八〇〇円）

◉3—近 世
総論…田尻祐一郎／「キリシタン・東照神君・天皇」曽根原 理／「近世儒教論」前田 勉／「近世仏教論」西村 玲／「国学・言語・秩序」相原耕作／「武士と学問と官僚制」中田喜万／「思想を語るメディア」辻本雅史／「心学の東アジア的展開」崔 在穆／「江戸時代の科学」吉田 忠／「経世論の系譜」八木清治／「「近世帝国」の解体と十九世紀前半期の思想動向」桂島宣弘／〔コラム〕高橋美由紀／大谷雅夫／高山大毅／今橋理子／遠藤 潤　（三八〇〇円）

◉4—近 代
総論…苅部 直／「幕末儒学から明六社へ」河野有理／「福澤諭吉と明治国家」松田宏一郎／「明治国家と宗教」大谷栄一／「植民地統治の思想」與那覇 潤／「近代日本とキリスト教」新保祐司／「人格主義と教養主義」高田里恵子／「明治ソシアリズム・大正アナーキズム・昭和マルクシズム」梅森直之／「近代日本の哲学と京都学派」田中久文／「日本主義と「皇国史観」」昆野伸幸／「戦中から戦後へ」佐藤卓己／〔コラム〕山辺春彦／長 志珠絵／鈴木貞美／石川公彌子／植村和秀　（三八〇〇円）

◉5—方 法
〔Ⅰ研究の課題と方法〕「日本思想史の方法」黒住 真／「戦後から二十一世紀の日本思想史」片岡 龍／〔Ⅱ方法の諸相〕「方法としての「擬古」」澤井啓一／「対話と論争としての思想史研究」高橋文博／「訓読」中村春作／「書物と民俗のはざまで」若尾政希／「やまと言葉の発想」竹内整一／「宗教と学術」林 淳／「日本とアジア・西洋」山室信一／「社会認識」山泉 進／「治療と臨床」本村昌文／「性とジェンダー」川村邦光／「生活と自然」佐久間 正／〔Ⅲ世界のなかの日本思想史——海外からのアプローチ〕卞崇道＋呉光輝／趙 寛子／藍弘岳／劉建輝／ケイト・W・ナカイ／フレデリック・ジラール／〔Ⅳ日本思想史へ——ガイダンス〕安蘇谷正彦／大久保良峻／土田健次郎／鵜沼裕子／平石直昭／藤田正勝／梅澤秀夫／〔日本思想史関係文献一覧〕／〔日本思想史年表〕　（四八〇〇円）

2015.11／17000

染《そめ》分《わけ》手《た》綱《づな》
尾《を》花《ばな》馬《のうま》市《いち》

黄金花奥州細道《こがねのはなおくのほそみち》

足利義教の時代（文和・延文の頃）

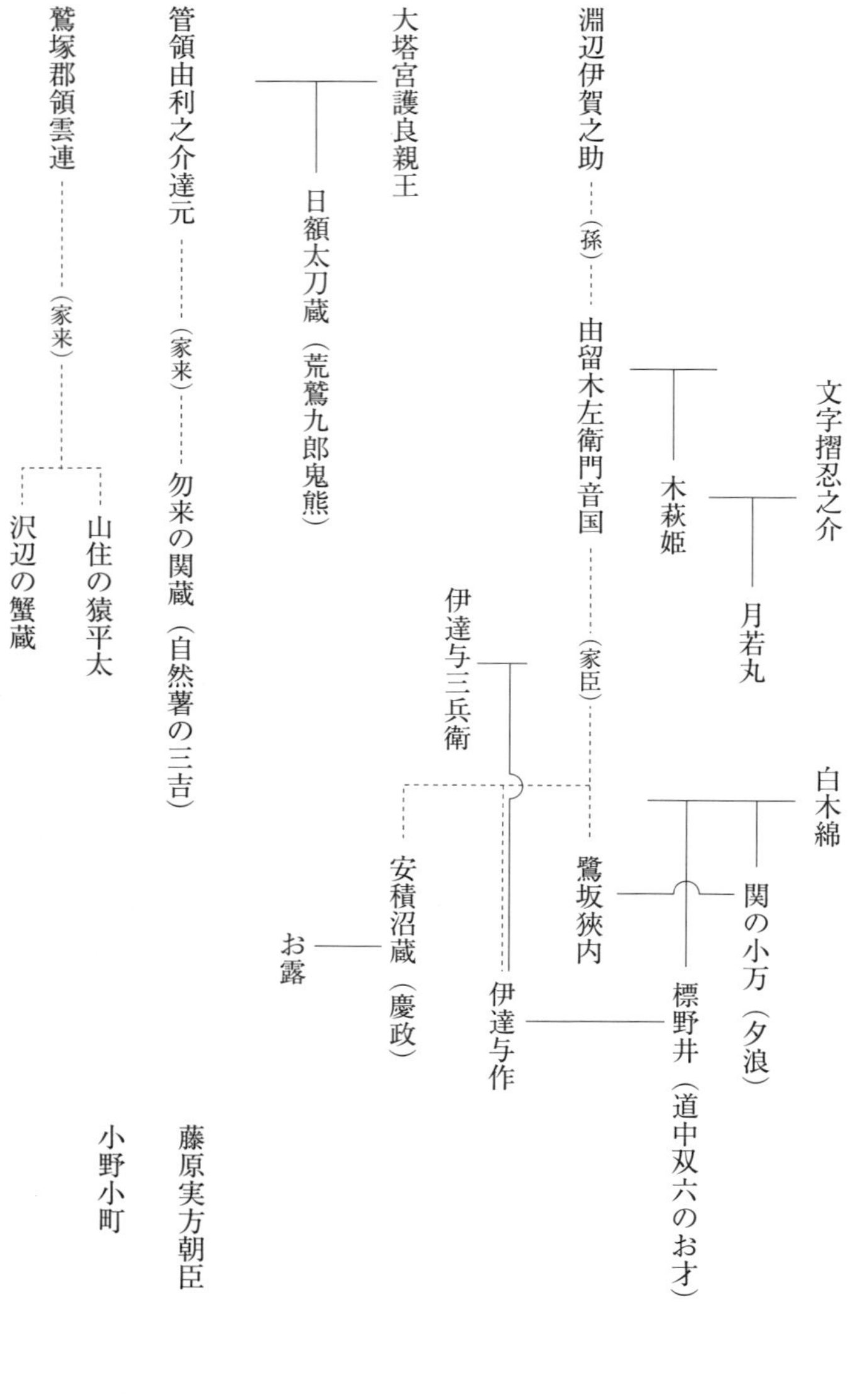
文字摺忍之介
月若丸
木萩姫
淵辺伊賀之助
（孫）
由留木左衛門音国
（家臣）
白木綿
関の小万（夕浪）
標野井（道中双六のお才）
鷺坂狭内
伊達与三兵衛
伊達与作
安積沼蔵（慶政）
お露
大塔宮護良親王
日額太刀蔵（荒鷲九郎鬼熊）
管領由利之介達元
（家来）
勿来の関蔵（自然薯の三吉）
藤原実方朝臣
鷲塚郡領雲連
（家来）
山住の猿平太
沢辺の蟹蔵
小野小町

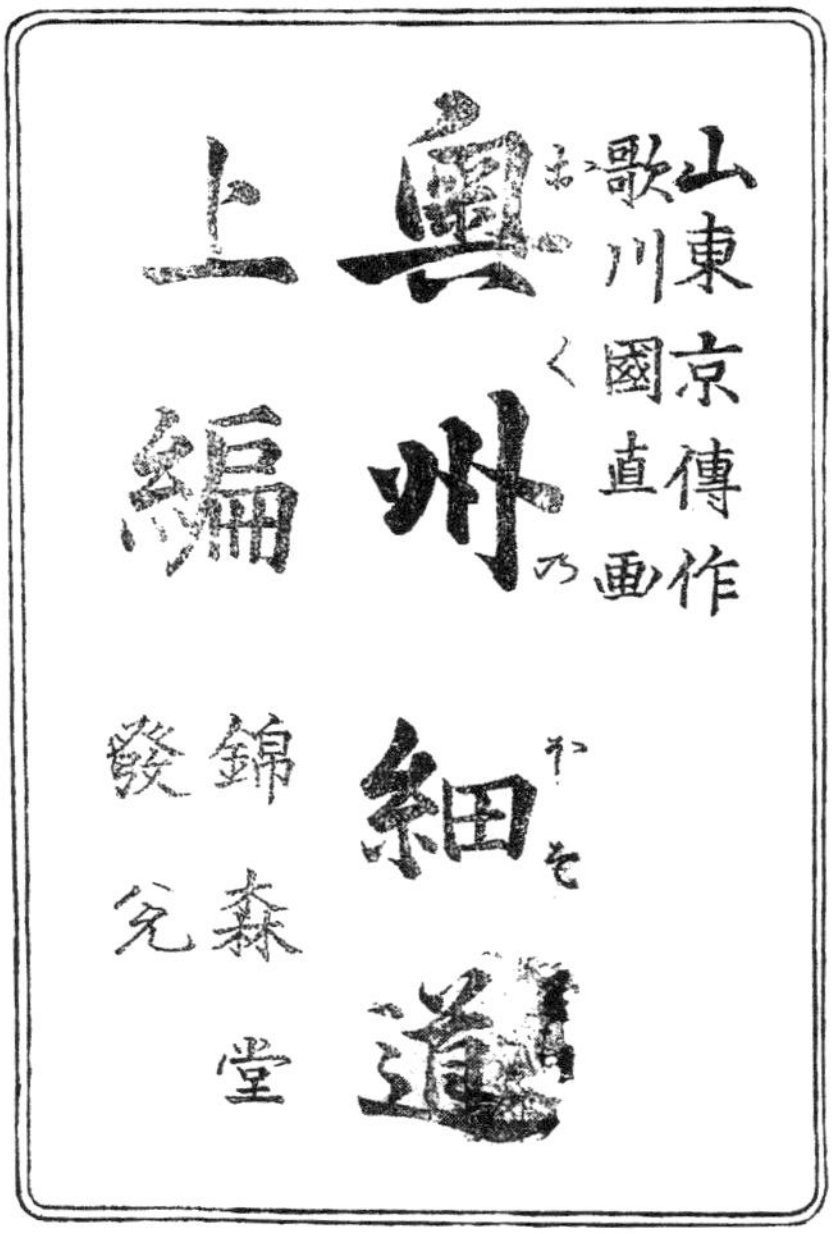
山東京傳作
歌川國直画
奧《おく》州《の》細《ほそ》道
上編
錦森堂
發兌

〔上編見返し〕

山東京伝作
歌川国直画
奥州細道《おくのほそみち》上編

錦森堂　発兌

(1)一オ

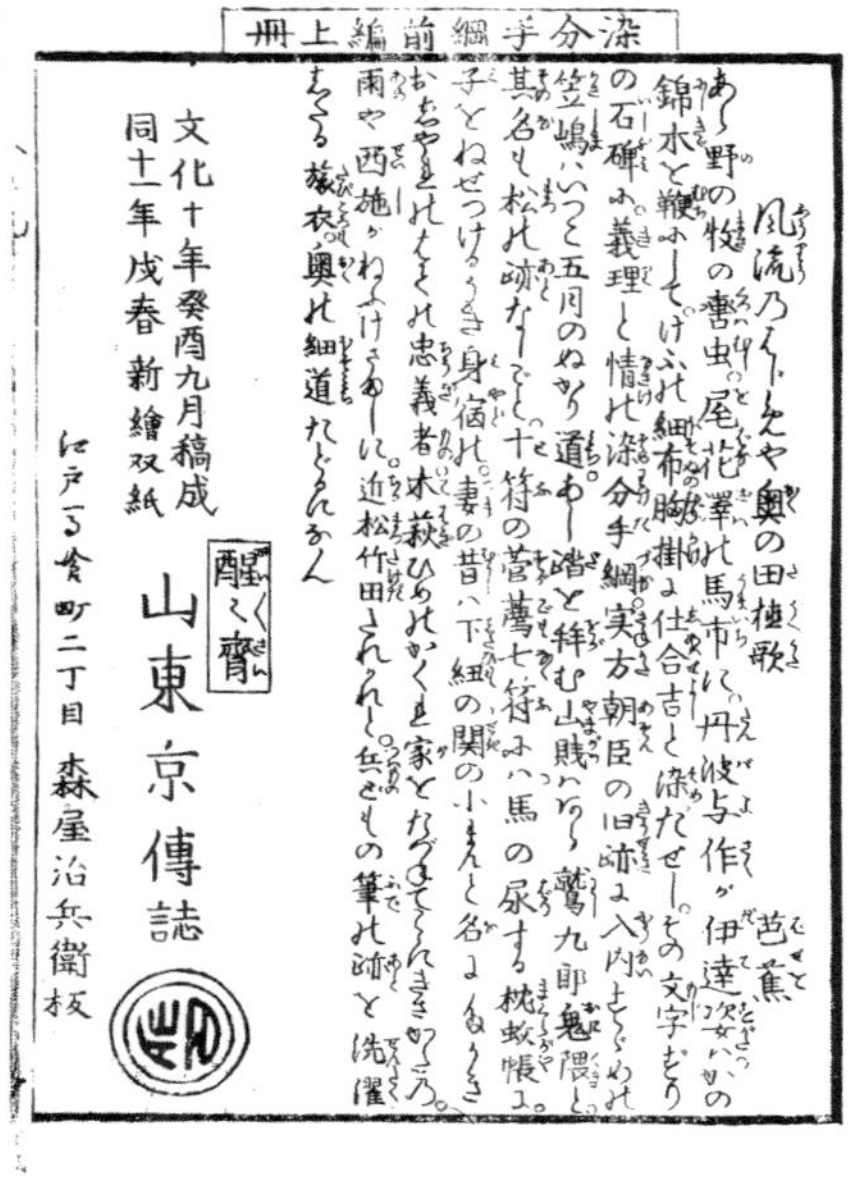

【前編】

【上】

（1）染分手綱前編上冊

風流《ふうりう》のはじめや奥《おく》の田植歌《たうへうた》　芭蕉《ばせを》

あら野《の》の牧《まき》の轡虫《くつはむし》。尾花沢《をばなざは》の馬市《うまいち》に。丹波与作《たんばよさく》が伊達《だて》姿《すがた》は。かの錦木《にしきゞ》を鞭《むち》にして。けふの細布胸掛《ほそぬのむねかけ》に仕合吉《しあはせよし》と染《そめ》だせし。その文字《もじ》ずりの石碑《いしぶみ》に。義理《ぎり》と情《なさけ》の染分手綱《そめわけたづな》。実《さね》方朝臣《かたあそん》の旧跡《きうせき》に入内《にうない》すゞめの笠嶋《かさしま》はいつこ五月のぬかり道《みち》。あし踏《だ》を拝《をが》む山賤《やまがつ》はあら鷲《わし》九郎鬼隈《おにくま》と。其名《そのな》も松《まつ》の跡《あと》なしごと。十符《とふ》の菅薦《すがごも》七《な》符《ふ》には。馬の尿《ばり》する枕蚊帳《まくらがや》に。子《こ》をねせつけるうき身宿《みやど》の。妻《つま》の昔《むかし》は下紐《したひも》の。関《せき》の小まんと名《な》にたかきおじやれのはての忠義者《ちうぎもの》。木萩《こはぎ》ひめのかくれ家《が》を。たづねてこゝにきさかたの。雨《あめ》や西施《せいし》がねふけさましに。近松竹田《ちかまつたけだ》たれかれと。兵《つはもの》どもの筆《ふで》の跡《あと》を洗濯《せんたく》したる旅衣《たびころも》。奥《おく》の細道辿《ほそみちたど》るになん

文化十年癸酉九月稿成
同十一年戊春新絵双紙

醒々斎《せいくさい》　山東京伝誌㊞

江戸馬喰町二丁目　森屋治兵衛板

(2)一ウ

二オ

(2)

西王母《せいわうぼ》、数多《あまた》の仙女《せんによ》を従《したが》へて桃園《もゝぞの》に遊《あそ》ぶところ。

陸奥安積《みちのくあさか》の住人《ぢうにん》、由留木左衛門《ゆるきさへもん》音国《おとくに》の息女《そくぢよ》木萩姫《こはぎひめ》、琴を弾《だん》じて文字摺忍之助春近《もじずりしのぶのすけはるちか》を慰《なぐ》さむ。

三千歳《みちとせ》の桃《もゝ》のうちより五色《しき》の雲《くも》たなびく。

西王母《せいわうぼ》

(3)

○陸奥狹布里《みちのくけふのさと》の賤《しづ》の女《め》山の井、細布《ほそぬの》を織《お》るところ。

狹布《けふ》の細《ほそ》布、錦木《にしき》千束《ちづか》に満《みつ》る。

　錦木《にしき》は立ながらこそ朽《く》ちにけれ
　狹布《けふ》の細布《ほそぬの》むねあはじとや

陸奥《みちのく》の狹布《けふ》の細布《ほそぬの》ほと狹《せば》み
　むねあひかたき恋もするかな

無古曾関《なこそのせき》の相撲取《すまひとり》、自然薯《じねんじよ》の三吉

藤原実方朝臣霊魂《ふじはらさねかたあそんれいこん》

由留木左衛門《ゆるきさゑもん》の家臣《かしん》伊達与作《だてのよさく》

入内雀《にうないすゞめ》

(4)三ウ

(5)四オ

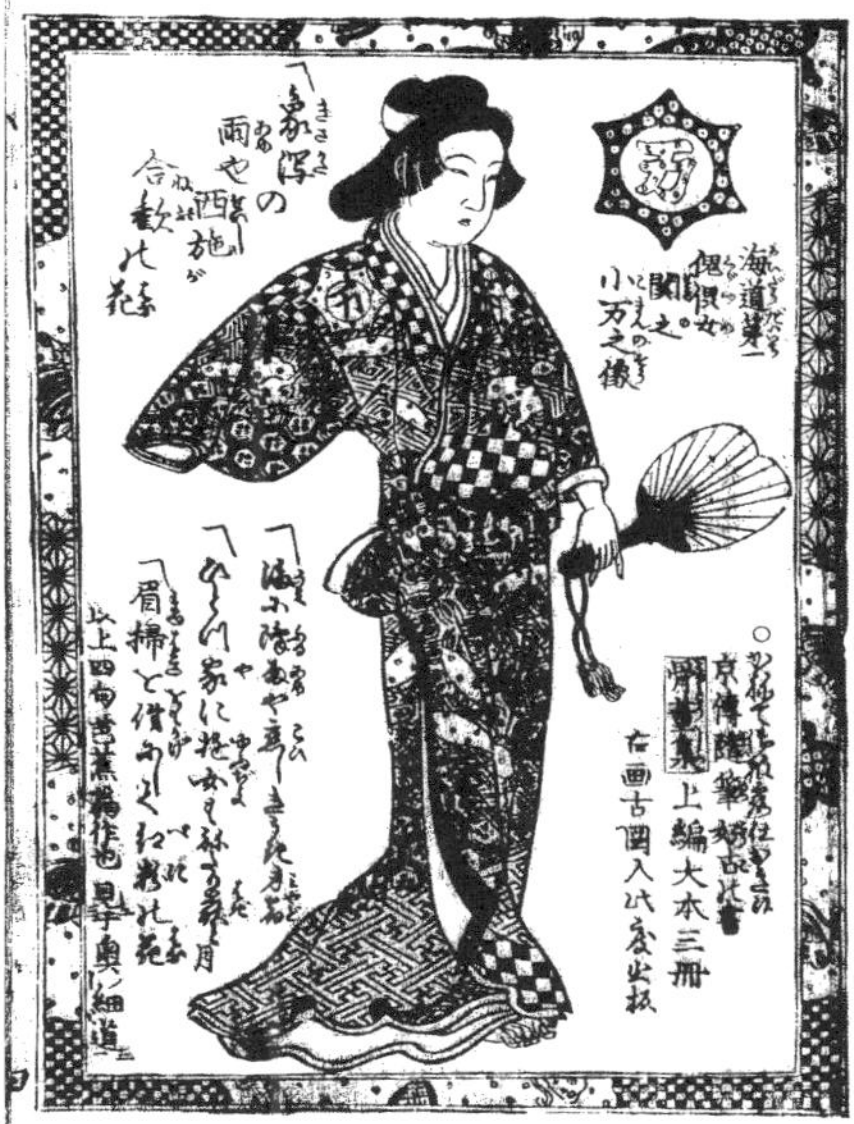

(4)

小野《をの》小町《こまち》の霊魂《れいこん》、鏡《かゞみ》に映《うつ》り、魂魄《こんぱく》木萩姫《こはぎひめ》に乗移《のりうつ》る。

秋風《あきかぜ》の吹《ふ》くにつけてもあなめ〱
小野《をの》とはいはじ薄《すゝき》生《お》ひけり

早苗《さなへ》とる手《て》もとやむかししのぶ摺《ずり》　芭蕉《はせお》

文字摺《もじずり》忍之介《しのぶのすけ》

木萩姫《こはぎひめ》

(5)

海道第一《かいだうだいいち》傀儡女《くゞつめ》関之小万之像《せきのこまんのぞう》

象潟《きさかた》の雨《あめ》や西施《せいし》が合歓《ねぶ》の花《はな》

海《うみ》に降雨《ふるあめ》や恋《こひ》しきうき身宿《みやど》

ひとつ家《や》に遊女《ゆふぢょ》もねたり萩《はぎ》と月

眉掃《まゆはき》を俤《をもかげ》にして紅粉《べに》の花《はな》

以上四句芭蕉翁作也　見《み》ユ二于奥ノ細道一

○かねて御披露仕置《お》き候、京伝随筆《ずいひつ》　好古《こうこ》の書
骨董集《こつとうしう》　上編大本三冊　古画古図入　此度出板

(6)四ウ

五オ

(6)
鷺坂《さぎさか》狭《さ》内《ない》妻《つま》
荒鷲《あらわし》九郎《くらう》

(7)五ウ

(7)

○奥州《おうしう》尾花沢《をばなさは》の女馬士《をんなまご》、道中双六《どうちうすごろく》のお才《さい》

那須《なす》の黒羽《くろは》へ出《いづ》る野《の》にかゝりて、草刈《くさか》る男《をのこ》に嘆《なげ》き、野飼《のがひ》の馬《うま》を借《か》る。小《ちひ》さき者二人《ものふたり》、あと慕《した》ひて走《はし》る。一人《ひとり》は小姫《ひめ》にて名《な》を累《かさね》といふ。聞馴《きゝな》れぬ名《な》の優《やさ》しかりければ、

かさねとは八重《やへ》撫子《なでしこ》の名《な》なるべし

以上、奥《おく》の細道《ほそみち》に見《み》ゆ。

(8)六オ

【中】 染分手綱前編中冊

(8) 発端《ほつたん》 今は昔《むかし》、足利義教公《あしかゞよしのり》の時代、文和・延文の頃《ころ》かとよ、奥州安積《あさか》の住人由留木左衛門音国《ゆるさへもんおとくに》といふ長者の家《か》臣《しん》に鷺《さぎ》坂狭内《さない》といふ者《もの》ありけり。急用にて上京せし帰《かへ》るさ、勢州関《せき》の宿《しゆく》に泊《と》まりけるに、此所に関《せき》の小万《まん》といふ女達《だて》あり。元《もと》は此宿《しゆく》の傀儡女《くゞつめ》にてありし由《よし》。

さて女連《づ》れの旅《たび》人を若者共《ものども》の嬲《なぶ》り苛《いぢ》めるを、小万《まん》見かねてなだめけるに、かへつて悪口《あつかう》しければ、小万腹《まんはら》を立《た》ち、後日の戒《いまし》めとて若者共《ども》を散々《さんぐ》に打倒《うちたふ》しければ、皆々《みなく》敵《かな》はずしてぞ逃行《にげゆ》きける。鷺坂《さぎさか》は小万《まん》が体《てい》を見て、女に稀《まれ》なる健《けな》気《げ》なる働《はたら》きと賞美《しやうび》し、旅屋《たびや》に呼《よ》びて酒《さけ》の相手《あいて》としけるが、これより互《たが》ひに深《ふか》く思《おも》ひ初《そ》め、鷺坂《さぎさか》ついに此女を購《あがな》ひて陸《みち》奥《のく》に連帰《つれかへ》り、手掛《かけ》となしけるが、この事《こと》を深《ふか》く讒言《ざんげん》する者《もの》ありて、主人由留木左衛門《ゆるさへもん》の耳《みゝ》に入《い》り、賤《いや》しき傀儡女《くゞつめ》を召《めし》使《つか》ふ事《こと》、武士にあるまじき事《こと》なりとて勘当《かんどう》ありければ、鷺《さぎ》坂《さか》は俄《にはか》に浪々《ろうく》の身となり、小万《まん》を連《つ》れて行方《ゆくへ》知《し》れずなりにけり。

○その頃《ころ》、奥州《おうしう》名取《とり》の郡《こほり》、笠嶋《かさしま》の山中に日額《ひぬかの》太刀蔵といふ山賤《がつ》ありけり。ある日、山深《ふか》く入て木を伐《き》り、岩《いは》の狭間《はざま》に腰《こし》掛《か》けて暫《しばら》く休《やすら》ひ居《ゐ》たりけるに、谷《たに》川の向《むか》ふの岩窟《がんくつ》に苔《こけ》むしたる五輪《りん》の塔《とう》あり。山人《やま》の手向《たむ》けたる飯《めし》の椀《わん》の内より青《あを》き陰火《いんくわ》

次へ続《つゞ》く

陸奥《みちのく》安積《あさか》の住人由留《ゆる》木左衛門《さへもん》の息《そく》女木《こ》萩《はぎ》姫《ひめ》、道中双六《すごろく》を見て絵解《ゑとき》を聞《き》き給ふ。

(9)六ウ

七オ

(9) 前《まへ》の続《つゞ》き ひら〳〵と燃上《もへあ》がりけるが、たちまち冠《かんむり》を着《き》て太刀《たち》を佩《は》き、手に経《きやう》の巻物《まきもの》を持《も》ちたる貴人《きにん》の霊《れい》魂《こん》、山霧深《やまきりふか》き内《うち》に髣髴《ほうふつ》と現《あらは》れたり。肝太《きもふと》き、日額《ひぬかの》太刀蔵、煙草《たばこ》すぱ〳〵呑《の》みながら見て居《ゐ》たるに、また此方《こなた》の薄《すゝき》の茂《しげ》りたる中《なか》に、虫《むし》の鳴《な》くやうなる声《こへ》して、

〽秋風《あき》の吹《ふ》くにつけてもあなめ〳〵

　　小野とはいはじ薄生《すゝきお》ひけり

といふ一首《しゆ》の歌を吟《ぎん》じたれば、太刀《たち》蔵振返《ふりかへ》りて此方《こなた》を見るに、薄《すゝき》の中に一つの髑髏《どくろ》ありて物言《ものい》ふなれば、怪《あや》しき事《こと》と思ふ内に、かの髑髏《どくろ》より陰火燃出《いんくわもへい》で、十二単衣《ひとへ》に緋《ひ》の袴《はかま》、緑《みどり》の黒髪玉《くろかみたま》の顔《かほ》ばせ、いと美《うつく》しき上臈《ろう》、袙扇《あこめあふぎ》を差翳《さしかざ》して現《あらは》れ出《いで》たれば、太刀《たち》蔵は嘲笑《あざわら》ひ、ホヽウ狐狸《きつねたぬき》の慰《なぐさ》みか、変化《へんげ》の業《わざ》の戯《たはふ》れか、正体を現《あらは》せと、大鉞《まさかり》を振上《ふりあ》ぐれば、「ヤア〳〵しばし我《わ》が言《い》ふ事《こと》を聞《き》き候へ。我《われ》はこれ、一条の院に仕《つか》へ奉りし藤原実方《ふぢはらのさねかた》が霊魂《れいこん》なり。その上《かみ》、我《われ》、行《かう》成に意趣《いしゆ》あつて、彼《かれ》が冠《かんふり》を打落《うちお》としたるその咎《とが》により、歌枕記《まくらしる》して捧《さゝ》げよと勅《ちよく》ありて、此陸奥《みちのく》へ流《なが》され、此山の麓《ふもと》 一枚置《まいお》いて次へ続《つゞ》く

(10)七ウ

八オ

[仕合屋／火の用心]
[三峯講中宿]

(10)
実方《さねかた》朝臣《あそん》の霊魂《れいこん》
小野《をの》、小町《まち》の霊魂《れいこん》
山賤《がつ》日《ひ》額《ぬかの》、太刀《たち》蔵《ぞう》

九オ

(11)八ウ

(11) 前の続き《まへのつゞき》 道祖《どうそ》神の前《まへ》を乗打《のりう》ちし落馬《らくば》して死せしゆへ、かの社《やしろ》の傍《かたは》らに我《わ》が塚《つか》ありしが、近頃《ちかごろ》、安積《あさか》の住人由《ゆ》留《る》木左衛門、我《わ》が塚標《つかじるし》の木を伐取《きりと》り、あまつさへ印《しるし》の五輪《りん》を此山奥《おく》へ移《うつ》したれば、今は誰《たれ》あつて香《かう》花を手向《たむ》け菩提《ぼだい》を弔《とむら》ふ者《もの》もなし。これによつて、我《われ》、由留木左衛門《ゆるさへもん》を恨《うら》む事深《ことふか》し。御身《おん》は先年《せんねん》、鎌倉《かまくら》にて亡《ほろ》び給ひし大塔宮護良《とうのみやもりよし》親王の落胤《らくいん》なり。まさしく王孫にてありながら、かゝる山中に一生を過《す》ごし、土民と共《とも》に空《むな》しく朽果《くちは》てん事を口惜《くちを》しくは覚《おぼ》さずや。早《はや》く陰謀《いんぼう》を企《くはだ》て、先《ま》づ武将義教《よしのり》を滅《ほろ》ぼして北朝《ほくちやう》を傾《かたふ》け、南朝一統《なんちやういつとう》の御代《みよ》となし候はゞ、冥土《めいど》におはす大塔宮《とうのみや》、さぞ喜び給《たま》ふべし。又、由留木左衛門《ゆるさへもん》は、直《たゞ》義《よし》の命《めい》を受《う》け大塔宮《とうのみや》を討《う》ち申《まう》せし淵辺伊賀之助《ふちべいがの》が孫《まご》なれば、御身《おん》のためにも深《ふか》き仇《あた》なり。先《ま》づ彼《かれ》を討《う》つて御父《おんちゝ》の宮《みや》へ手向《たむ》け候へ。我《われ》も彼《かれ》が一門《もん》に祟《たゝ》りをなして、塚《つか》を暴《あば》かれたる恨《うら》みを報《むく》はんと思《おも》ふなれば、御身《おんみ》の影身《かげみ》に付添《つきそ》ひて力《ちから》を添《そ》ゆべし」と言《い》へば、此方《こなた》の上臈《ろう》言《い》ひけるは、「妾《わらは》は昔《むかし》、年老《としお》い身衰《おとろ》へて、この陸奥《みちのく》に流離《さすら》へ来り。此辺《へん》にて空《むな》しくなりし小野《おのゝ》小町《まち》が霊魂《れいこん》なり。妾《わらは》、娑婆《しやば》にありし時《とき》は、多《おほ》くの男《おとこ》に恋慕《こひした》はれ、中《なか》にも深草少将《ふかくさのしやう〱》を百夜通《もゝよかよ》へと欺《あざむ》きて、車《くるま》の辺《へん》にて凍死《こゞへし》なせしその罪科《つみとが》、小車《ぐるま》の輪《わ》と廻《めぐり》来《き》て、今《いま》に成仏《じやうぶつ》する事《こと》ならず、魂魄《こんぱく》我《わ》が髑髏《どくろ》を離《はな》れがたく、今《いま》に迷《まよ》ひて此山に止《とゞ》まり居《ゐ》るなり。然《しか》るに何時《いつ》ぞや、尾花沢《おばなざは》の住人、文字摺《もじずり》忍《しのぶ》之《の》介といふ者《もの》、妾《わらは》が髑髏《どくろ》の目《め》の内《うち》より、薄《すゝき》の生出《おひい》でたるを見付《つ》け、その草《くさ》を抜《ぬ》きて此所《ところ》に埋《うづ》めくれたる優《やさ》しき心ざしにほだされて、思初《おもひそ》めたる恋路《こひぢ》に迷《まよ》ひ、やる方《かた》なければ、由留《ゆる》木左衛門《さへもん》が娘《むすめ》木《こ》萩《はぎ》姫の皮肉《ひにく》に分《わけ》入、その思《おも》ひを晴《は》らさばやと思《おも》ふなり」と言《い》ひければ、太刀《たち》蔵は始終《しゞう》を聞《き》いて、先《ま》づ実方《さねかた》の霊魂《れいこん》に向《む》かひ、「我《われ》はたゞ土民の子なりと思ひしが、今の御物語《おんものがたり》にて、正《たゞ》しき素姓《すじやう》の知《し》れたる上《うへ》は、先《ま》づ由留《ゆる》木左衛門《さへもん》を討《う》ちて亡父《ぼうふ》に手向《たむ》け、味方《みかた》を集《あつ》めて北朝《ほくちやう》を傾《かたふ》け、南朝一統《なんちやういつとう》の御代となすべし」と勢《いきほ》ひ猛《たけ》く言《い》ひければ、実方《さねかた》の亡霊《ぼうれい》は、いと喜《よろこ》ばしき体《てい》にて、たちまち雀《すゞめ》と化《け》して飛去《とびさ》り、小町《まち》の霊《れい》魂《こん》も掻消《かきけ》す如《ごと》くに失《う》せにけり。

さて、日額《ひぬかの》太刀《たち》蔵は大鉞《おほまさかり》を引担《ひつかつ》ぎ、我《わ》が家《や》を指《さ》してぞ帰《かへ》りける。

○それはさておき、こゝに又、奥州《おうしう》尾花《おばな》沢の住人文字摺《もじずり》忍《しのぶ》之《の》介、ある日、岩手《いはで》山の桜《さくら》、躑躅《つゝじ》の花盛《はなさか》りを見に罷《まか》りけるに、此日、由留《ゆる》木左衛門《さへもん》の息《そく》女木《こ》萩姫《はぎひめ》も

次へ続《つゞ》く

(12)九ウ

十オ

(12) 前《まへ》の続《つゞ》き 花《はな》見に来り忍之《しのぶの》助と行違《ゆきちが》ひ、互《たが》ひに後《あと》を振返《ふりかへ》り、顔《かほ》を見合《あは》せたる時、山風《かぜ》さつと吹下《ふきお》ろして梢《こずへ》の花《はな》を散《ち》らし、空中《くうちう》より二つの心火燃下《しんくわもへさ》がりて、一つは木萩《こはぎ》姫の懐《ふところ》に入、一つは忍之《しのぶの》介が懐《ふところ》に入とひとしく、互《たが》ひに恋慕《れんぼ》の心を動《うご》かし、暫《しばら》く顔《かほ》を見合《あは》せて、岩手《いはで》の山の岩《いは》躑躅《つゝじ》、言《い》はねど恋と知《し》られけり。忍之《しのぶの》介が懐《ふところ》に入《い》りし心《しん》火《くわ》には雀《すゞめ》あり、これ実方《さねかた》の怨霊《おんりやう》なり。木萩姫《こはぎひめ》の懐《ふところ》に入し心火《しんくわ》には髑髏《どくろ》あり、これ小町《まち》の魂魄《こんぱく》也。これより後《のち》、二人《ふたり》ともに互《たが》ひに心を悩《なや》まして忘《わす》るゝ隙《ひま》もなかりけり。これぞ由留《ゆる》木の家《いへ》に禍《わざは》ひの出来《いでき》るべき端《はし》なりける。さて又この日、鷲塚郡領雲連《わしづかぐんりやうくもつら》といふ者《もの》も花見に来《きた》りて木萩姫《こはぎひめ》を見初《みそ》め、如何《いか》にもして宿《やど》の妻《つま》に貰《もら》はばやと 次へ続《つゞ》く

鷲塚郡領《わしづかぐんりやう》

[岩手山道]

(13) 前《まへ》の続《つゞ》き 仲立《なかだち》を頼《たの》みて、由留《ゆる》木の方《かた》へ言《い》ひ込《こ》みしに、由留《ゆる》木左衛門《さへもん》得心《とくしん》せず、かへつて鷲塚《わしづか》が日頃《ひごろ》の悪行《あくぎやう》

(13)十ウ

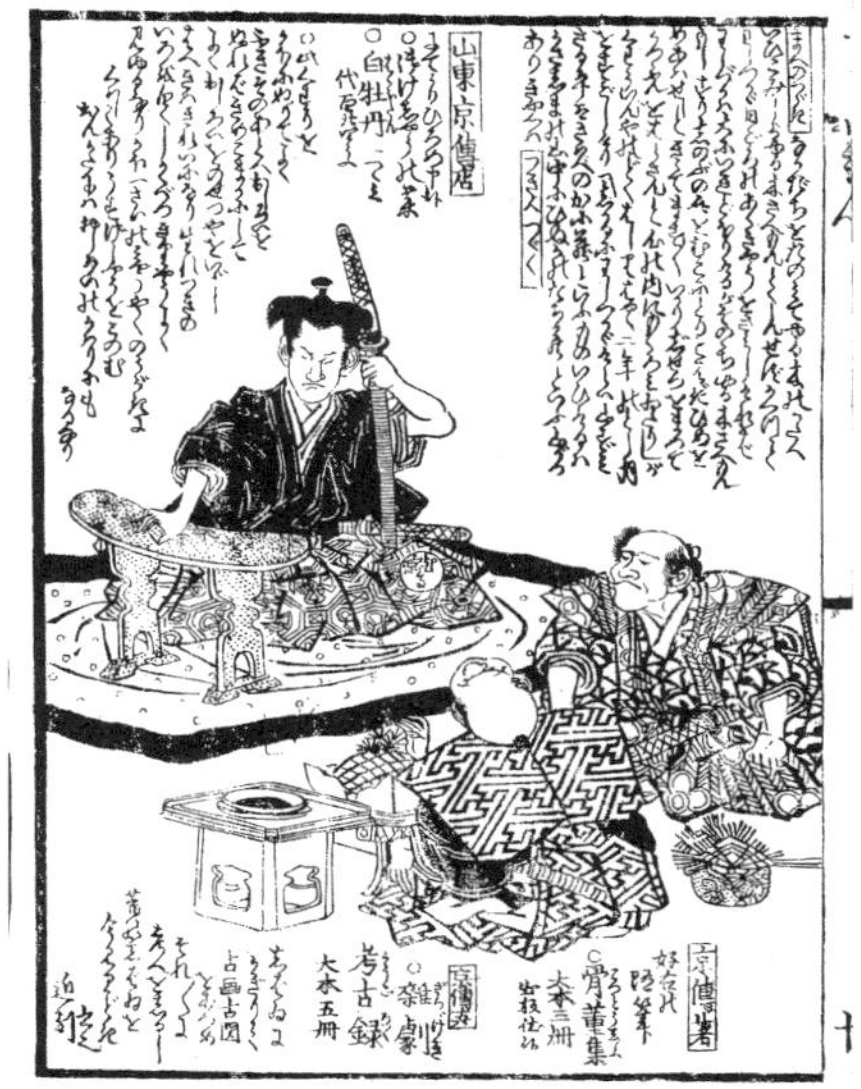

を編《さみ》しければ、鷲塚《わしづか》は大に憤《いきどほ》りけるが、その後《のち》、由留《ゆる》木左衛門《さへもん》、文字摺忍《もじすりしのぶ》之《の》介を婿《むこ》に取《と》り、木萩姫《こはぎひめ》を妻合《めあは》せしと聞《き》きて益々《ますく》怒《いか》り、時節《じせつ》を待《ま》つて欝憤《うつぷん》を晴《は》らさんと、心の内にもくろみゐたりしが、光陰矢《くわういんや》の如《ごと》く走《はし》り、早《はや》く二年の歳月《とし》を過《す》ごしけり。然《しか》るに鷲塚《わしづか》が家来《けらい》、山住猿《ずみさる》平太、沢辺《さはべ》の蟹《かに》蔵といふ者《もの》、言《い》ひけるは、「笠嶋《かさしま》の山中に日額太刀《ひぬかのたち》蔵といふ山賤《やまがつ》あり、彼奴《きやつ》は 次《つぎ》へ続《つゞ》く

山東京伝店 にて売弘《うりひろ》め申候

○御化粧《けしやう》の薬　○白牡丹《はくぼたん》一包《つゝみ》　代百廿四文

○此薬《くすり》を顔《かほ》に塗《ぬ》りてよく拭《ふ》き、そのあとへ白粉《おしろい》を塗《ぬ》れば、きめ細《こま》かにしてよく白粉《おしろい》をのせ艶《つや》を出《いだ》し、生際奇麗《はへぎはきれい》になり、生れつきの色《いろ》を白くし、格別器量《かくべつきりやう》良《よ》く見ゆるなり。顔《かほ》一切《さい》の妙薬《みようやく》、能書《のうがき》に詳《くは》しくあり。薄化粧《うすげしやう》を好《この》む御方《おんかた》には、白粉《おしろい》の代《かは》りにもなるなり。

京伝著　好古の随筆　○骨董集《こつとうしふ》　大本三冊　出板仕候

京伝著　○雑劇考古録《ざつげきかうころく》　大本五冊

芝居《しばゐ》に限《かぎ》りて古画古図を集《あつ》め、それぐ\に考へを記《しる》し、昔の芝居《しばゐ》を今見る如《ごと》き書也。　近刻

(14)十一オ

【中編見返し】

山東京伝作
歌川国直画
奥州細道《おくのほそみち》

錦森堂発兌

【下】

(14) 染分手綱前編下冊

前《まへ》の続《つゞ》き　大胆不敵《たんふてき》の者《もの》にて候へば、彼《かれ》を御頼《おんたの》みありて由《ゆ》留木左衛門を討取《うちと》り、その騒《さわ》ぎに乗《じやう》じて忍之助《しのぶの》をも討取《うちと》り、木萩姫《こはぎひめ》を奪取《うばひと》り、日頃《ひごろ》の望《のぞみ》を遂《と》げ給《たま》へ」と言へば、鷲塚《わしづか》は大に喜《よろこ》び、早《はや》くその日額《ひぬかの》太刀蔵とやらんに対面《たいめん》すべしと、使《つか》ひを立《た》て、急《いそ》がせけり。

斯《か》くて太刀蔵は使《つか》ひに従《したが》ひ鷲塚《わしづか》が館《やかた》に到《いた》りければ、郡《ぐん》領《りやう》雲連《くもつら》、対面《たいめん》して密事《みつじ》を頼《たの》みけるに、太刀蔵は由留《ゆる》木左《さ》衛門《へもん》を討《う》たん事《こと》、かねて望《のぞ》むところなれば、やす〳〵と請《うけ》合《あ》ひ、斯様《かやう》々と互《たが》ひに手筈《はづ》を定《さだ》めて、太刀蔵《たち》は笠嶋山《かさしま》に帰《かへ》りけり。

○さてある夜、太刀《たち》蔵、忍《しの》び姿《すがた》に出立《いでた》ちて由留《ゆる》木の館《やかた》に忍《しのび》入、寝所《しんじょ》の床《ゆか》の下《した》に潜入《くゞりい》りて夜の更《ふ》くるを待《ま》ち、由留《ゆる》木左衛門《さへもん》がよく寝入《ねい》りたるを窺《うかゞ》ひ、床《ゆか》の下《した》よりたゞ一刀《かたな》に突通《つきとほ》せば、何《なに》かはもつて堪《たま》るべき、「あつ」と一ト声叫《こゑさけ》びけり。太刀《たち》蔵は仕済《しす》ましたりと床《ゆか》の下《した》より現《あらは》れ出《いで》て、左《さ》衛門《へもん》に近《ちか》づけば、深手《ふかで》なれども流石《さすが》の左衛門《さへもん》、汝《なんぢ》、曲者《くせもの》、逃《のが》さじと枕刀《まくらかたな》を引抜《ひきぬ》いて斬付《きりつ》くれば、太刀《たち》蔵は受流《うけなが》し、心《こゝろ》は弥猛《やたけ》に思《おも》へども深手《ふかで》によろめく左衛門《さへもん》を、ついに斬《きり》伏《ふ》せ、首《くび》を掻落《かきお》としてにつこと笑《わら》ひ、床《とこ》の間《ま》に掛《か》けありし由留《ゆる》木の家《いへ》の重宝《ちやうほう》、巨勢《こせ》の金岡《かなおか》が筆《ふで》の西王母・七仙女の掛《かけ》物を奪《うば》つて懐《ふところ》に押入《おしい》れ、立《たち》出んとしたる所に、宿直《とのい》の武士《ぶし》ども物音《ものおと》に驚《おどろ》き、押取刀《おつとりがたな》に手燭《しよく》を携《たづさ》へ駆付《かけつ》けたり。

太刀《たち》蔵は差出《さしだ》す手燭《しよく》を右左《みぎひだり》に切落《きりお》とし、灯台《とうだい》を蹴倒《けたふ》して暗紛《くらまぎ》れに逃出《のがれい》で、一重《ひとへ》の塀《へい》を切破《きりやぶ》り、左衛門《さへもん》が首《くび》を引《ひつ》提《さ》げ、ぬつと出《いで》たる向《むか》ふの山々、時分《じぶん》よしとや思《おも》ひけん、鷲塚郡領雲連《わしづかぐんりやうくもつら》、数多《あまた》の士卒《しそつ》を引連《ひきつ》れて夜討《ようち》に寄来《よせく》る旗指《はたさし》物《もの》、松明《たいまつ》・提灯星《ちやうちんほし》の如《ごと》く、陣鉦《ぢんがね》・太鼓《たいこ》・鬨《とき》の声《こゑ》、いと凄《すさ》まじく聞《き》こへたり。由留木《ゆるき》の館《やかた》は彼《かれ》といひ是《これ》といひ、寝耳《ねみ》に水《みづ》の事《こと》なれば、上《うへ》を下《した》へと返《かへ》しけり。

由留木《ゆるき》の家臣《かしん》に伊達《だての》与作といふ者《もの》あり。由留《ゆる》木の館《やかた》を十丁ばかり離《はな》れて住《す》みけるが、館《やかた》の方騒《かたさわ》がしければ、何事《なにごと》やらんと、夜中《やちう》ながら駆付《かけつ》ける途中《とちう》にて、太刀《たち》蔵にすれ違《ちが》ひ、怪《あや》しき奴《やつ》と見咎《とが》めて、鐺《こじり》を摑《つか》んで引戻《ひきもど》せば、太刀《たち》蔵は、シヤ小癪《こしやく》なと振払《ふりはら》ひ、行《ゆ》くをやらじと障《さ》ゆる与作。館《やかた》の方《かた》には陣鉦《ぢんがね》・太鼓《たいこ》、猶凄《なほすさ》まじく聞《き》こゆれば、彼方《かなた》も気遣《きづか》ひ、こゝもまた見逃《みのが》し難《がた》く、猶予《ゆうよ》の隙間《すきま》を見すます太《た》刀《ち》蔵、

次へ続《つゞ》く

(15)十一ウ

十二オ

(15) 前の続き 段平《だんびら》抜《ぬ》いて片手《かたて》斬《ぎ》り、心得《こころえ》与作も抜合《ぬきあ》はせ、丁々《ちやう〳〵》発止《はつし》と刃《やいば》の音《おと》。彼方《かなた》は陣鉦《ぢんがね》・太鼓《たいこ》の音《おと》、乱声《らんちやう》に打鳴《うちな》らし、ヱイ〳〵〳〵の鬨《とき》の声《こゑ》。与作が胸《むね》は早鐘《はやがね》を撞《つ》かるゝ心地《こゝち》に気《き》は散乱《さんらん》、されども試練《しれん》の太刀先《たちさき》に、さしもの太刀《たち》蔵危《あや》うく見へしが、口《くち》に咥《くは》へし由留《ゆる》木が首《くび》を、左《ひだり》に取《と》つて差上《さしあ》ぐれば、忽《たちま》ち夜風《よかぜ》激《はげ》しく吹《ふ》き、梢木《こずへ》の葉《は》もざは〳〵、数多《あまた》の雀《すゞめ》飛来《とびきた》つて由留《ゆる》木が首《くび》の眼《まなこ》を突破《つきやぶ》らんと群《ぐん》をなす。これ実方《さねかた》が怨霊《おんりやう》の入内雀《にうないすゞめ》の報《むく》ふ恨《うら》みと知《し》られたり。さしもに猛《たけ》き伊達《だての》与作も、実方朝臣《さねかたあそん》の怨霊《おんりやう》にて五体竦《たいすく》んで働《はたら》かれず。その隙《ひま》に太刀《たち》蔵は行方《ゆくへ》も知《し》れずなりにけり。暫《しば》しあつて与作は気《き》が付《つ》き、取逃《とりに》がせしか残念《ざんねん》と、歯噛《はがみ》をなせど、館《やかた》の方《かた》、気遣《きづか》ひなれば追《お》はれもせず、跡《あと》に落《お》ちたる一通《つう》を拾上《ひろひあ》げ、後日《ごにち》の証拠《しやうこ》と懐中《くわいちう》し、館《やかた》の方《かた》へ馳行《はせゆ》きぬ。

○此時《このとき》、文字摺忍之助《もじずりしのぶのすけ》は由留木左衛門《ゆるぎさへもん》の寝所《しんしよ》に行《ゆ》き、首《くび》なき骸《むくろ》を見てびつくり、家《いへ》の重宝金岡《ちやうほうかなおか》の西王母の絵《ゑ》も奪《うば》はれたれば、暫《しば》し途方《とほう》に暮《く》れけるが、我《われ》、同《おな》じ館《やかた》に在《あ》りながら、斯《か》くやみ〳〵と養父を討《う》たれ、その上《うへ》、家《いへ》の宝《たから》を奪《うば》はれ、何面目《なにめんぼく》に永《なが》らへんと、一腰《ひとこし》に手《て》を掛《か》けて、すでに切腹《せつぷく》と見《み》へたるところへ、伊達《だての》与作、駆付《かけつ》けて押止《おしとゞ》め、由《ゆ》留《る》木左衛門《さへもん》討《う》たれしと聞《き》きて仰天《ぎやうてん》し、さては今《いま》、途中《とちう》にて出《でつ》会《くは》せし曲者《くせもの》は、御主君《しゆくん》の敵《かたき》にてありしか、取逃《とりに》がしたる口《くち》惜《を》しさよと歯噛《はがみ》をなし、あるひは怒《いか》り、あるひは悲《かな》しみ、なほ忍之《しのぶの》介を押止《おしとゞ》め、「今宵《こよひ》、夜討《ようち》に押寄《おしよ》せしは鷲塚郡《わしづかぐん》領《りやう》と覚《おぼ》へ候。主君《しゆくん》を討《う》たせしも、彼奴《きやつ》が仕業《しわざ》に疑《うたが》ひなし。御切腹《せつぷく》とは粗忽《そこつ》の至《いた》り、ひとまづ館《やかた》を落《お》ち給《たま》ひ、時節《じせつ》を待《ま》つて鷲塚《わしづか》を討滅《うちほろ》ぼし、かの曲者《くせもの》も尋出《たづねいだ》し、御父《おんちゝ》の仇《あた》を討《う》ち、御家《おいへ》の宝《たから》を取返《とりかへ》し、御家《おいへ》の再興肝要《さいかうかんよう》なり。夜討《ようち》の不意《ふい》に諸士《しよし》の面々《めん〳〵》皆《みな》、斬《きり》死せし様子《やうす》なれば、とてもこの場《ば》で鷲《わし》塚《づか》を討取《うちと》る事《こと》は叶《かな》ふまじ、拙者《せつしや》は木萩姫様《こはぎひめさま》を落《お》とし申《まう》し、後《あと》より落行《おちゆ》き候はん、早《はや》く〳〵」と言《い》ひければ、忍之《しのぶの》助は、げに尤《もつと》もと自殺《じさつ》を止《とゞ》まり、「後《あと》を頼《たの》む」と言《い》ひ捨《す》てゝ、一方《いつぽう》を斬抜《きりぬ》け、行方《ゆくへ》も知《し》れず落行《おちゆ》きぬ。

与作は朋輩《ほうばい》の安積沼《あさかのぬま》蔵といふ者《もの》、敵《てき》と戦《たゝか》ひ、引返《ひつかへ》して忍之《しのぶの》介を気遣《きづか》ひ、こゝに来《きた》るを見て喜《よろこ》び、「若殿忍之《わかとのしのぶの》介様《さま》は只《たゞ》今落《お》とし参《まい》らせたり。貴殿《きでん》は木萩姫様《こはぎひめさま》の御供《おんとも》して一《いつ》方《ぽう》を斬抜《きりぬ》け、落《お》ちられよ。我《われ》は月若様《わかさま》を懐《ふところ》にして後《あと》より落行《おちゆ》くべし」と言《い》へば、沼《ぬま》蔵は心得《こゝろえ》たりとて、一間《ひとま》の内《うち》に泣伏《なきふ》し給《たま》ひし木萩姫《こはぎひめ》を守護《しゆご》なして落行《おちゆ》きぬ。

月若《わか》丸といふは、忍之《しのぶの》介と木萩姫《こはぎひめ》の中《なか》に出生《しゆつしやう》ありし若《わか》君《ぎみ》にて、今年《ことし》やう〳〵二才なるを、与作《よさく》はこれを懐《ふところ》に抱《いだ》き落行《おちゆ》かんとしたる所に又《また》、陣鉦《ぢんがね》・太鼓《たいこ》乱声《らんぢやう》に打鳴《うちな》らし、鷲《わし》塚《づか》が軍卒共《ぐんそつども》、バラ〳〵と乱《みだれ》入て、槍《やり》の穂先《ほさき》を揃《そろ》へつゝ、与作を目掛《が》けて突掛《つきか》くれば、「シャ事《こと》なかしき蚊蜻蛉奴等《かとんぼめら》、目《め》にもの見せんと呼《よ》ばゝつて、勢《いきほ》ひ猛《たけ》き手練《しゆれん》の早業《はやわざ》、

次へ続《つゞ》く

（16）十二ウ

十三オ

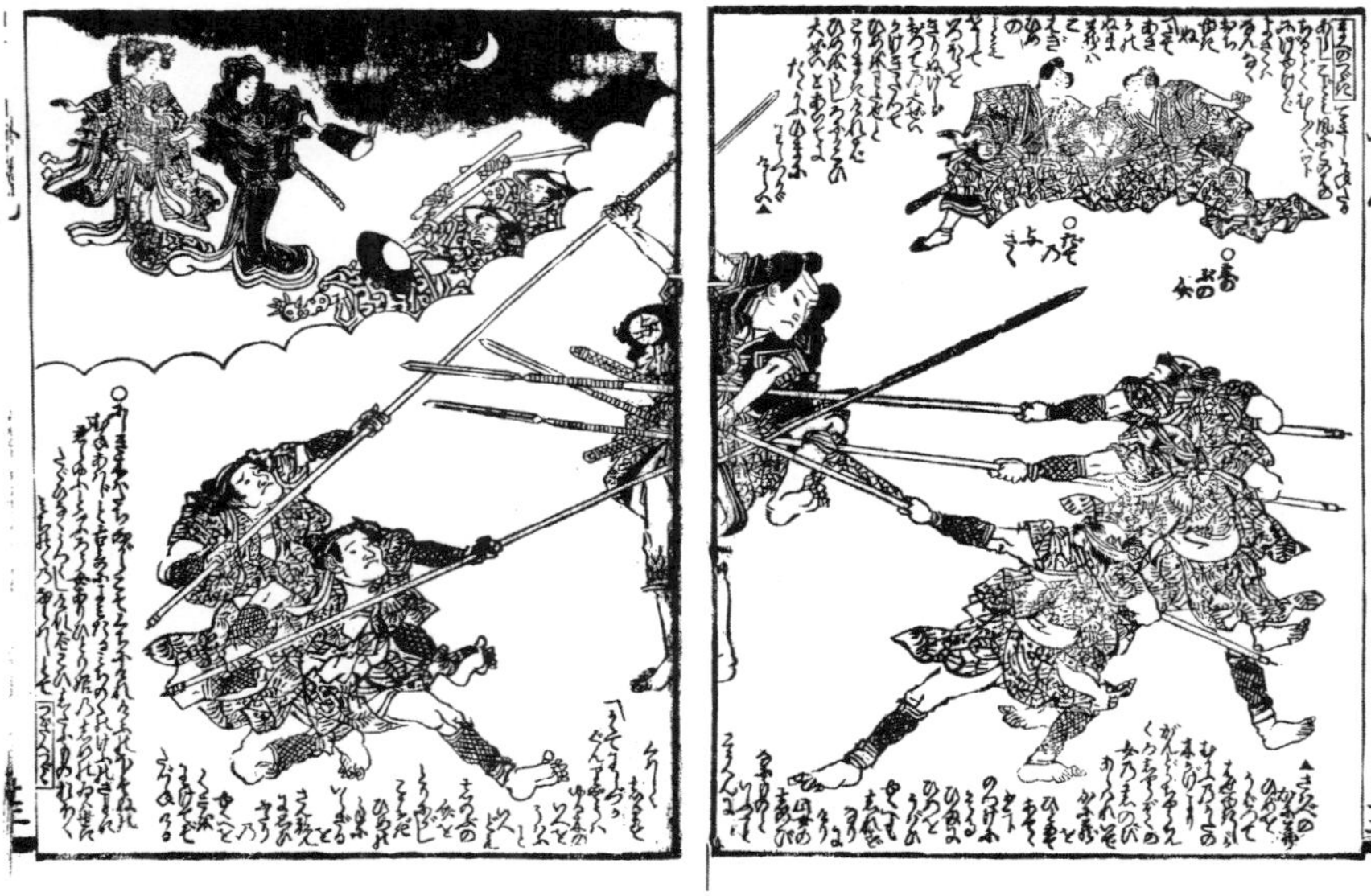

（16）［前《まへ》の続《つゞ》き］敵《てき》しかねたる荒子共《あらしこども》、風に木《こ》の葉《は》の散《ち》る如《ごと》く、むら〳〵ハツと逃行《にげゆ》けば、与作《よさく》は難《なん》なく落行《おちゆ》きぬ。

さて安積沼蔵《あさかのぬま》は木萩姫《こはぎひめ》の供《とも》をして、一方《いつぽう》を斬抜《きりぬ》けしが、追手《おつて》の大勢駆来《ぜいかけきた》つて、姫《ひめ》を渡《わた》せと取巻《とりま》きければ、姫《ひめ》を後《うし》ろに囲《かこ》ひ、大勢《ぜい》を相手《あいて》に戦《たゝか》ふ隙《ひま》に、鷲塚《わしづか》が家来沢辺《けらいさはべ》の蟹《かに》蔵、姫《ひめ》を奪《うば》つて馳行《はせゆ》きしが、向《むか》ふの方《かた》の木陰《かげ》より、龕灯提灯《がんどうちやうちん》黒装束《くろしやうぞく》の女の忍現《しのびあらは》れ出《い》で、蟹《かに》蔵を一当《ひとあ》て当《あ》て、、ウンと仰《のつ》けに反《そ》る隙《ひま》に姫《ひめ》を奪《うば》ひ、行方《ゆくへ》も知《し》れずなりにけり。此女の忍《しのび》、何者《なにもの》といふ事《こと》、後編《こうへん》に詳《くは》しく記《しる》す。

斯《か》くて鷲塚郡領《わしづかぐんりやう》は由留木《ゆるぎ》の家《いへ》を奪《うば》ふといへども、忍之《しのぶの》介を取逃《とりに》がし、木萩姫《こはぎひめ》の手に入《い》らざるを残念《ざんねん》に思ひ、二人《ふたり》の行方《ゆくへ》を草《くさ》を分《わ》けてぞ尋《たづ》ねける。

○錦《にしき》木は立《た》ちながらこそ朽《く》ちにけれ狭布《けふ》の細布《ほそぬの》むねあはじ、と古歌に詠《よ》みたる陸奥《みちのく》の狭布《けふ》の里《さと》に白木綿《しらゆふ》といふ老《ろう》女あり。一人《ひとり》娘の標野井《しめのゐ》は世《よ》に類《たぐひ》なく美《うつく》しければ、恋慕《こひした》ふ者《もの》多《おほ》く、陸奥《みちのく》の習《ならは》しとて、［次《つぎ》へ続《つゞ》く］

○忍之介《しのぶの》

○伊達与作《だてのさく》

十四オ

(17)十三ウ

(17)［前《まへ》の続《つゞ》き］門《かど》に数多《あまた》の錦木《にしき》を立並《なら》べたる草《くさ》の庵《いほ》、娘《むすめ》は所《ところ》の名物《めいぶつ》なる細布《ほそぬの》を織《お》りて渡世《とせい》とし、家《いへ》に隣《とな》りて錦木《にしき》の宮《みや》といふ小社《やしろ》あり。老《ろう》女は此宮守《みやもり》にて、親子《おやこ》二人《ふたり》で睦《むつ》まじく、水《みづ》入らずにて暮《くら》しけり。娘《むすめ》は機《はた》を織《お》り仕舞《しま》へば、母白木綿《しらゆふ》は奥《おく》より立出《たちい》で、表《おもて》の方《かた》に心を付《つ》け、一間の障《しやう》子押開《じおしひら》けば、匿《かくま》はれ居《ゐ》る忍之《しのぶの》介、病《やまひ》によりて悩《なや》む体《てい》。白《しら》木綿《ゆふ》は手をつきて、「この間《あいだ》から御話《おはなし》を致《いた》す通《とほ》り、東海《かい》道関《せき》の傀儡女《くゞつめ》、関《せき》の小万《まん》と申《まう》すは［次《つぎ》へ続《つゞ》く］慶政《けいまさ》といふ座頭の妻《つま》お露《つゆ》、悋気《りんき》をして夫《おっと》に恨《うら》みを言《い》ふ。

［錦木宮］

［みちのく／狹布《けふ》の里］

［京山篆刻《てんこく》］蠟《ろう》石　白文一字五分、朱字七分
古体《てい》近体《てい》望《のぞ》みに応《おう》ず。

［小児無病丸］一包《つゝみ》百十二文
小児虫、其外、万病大妙薬。

［京伝店］

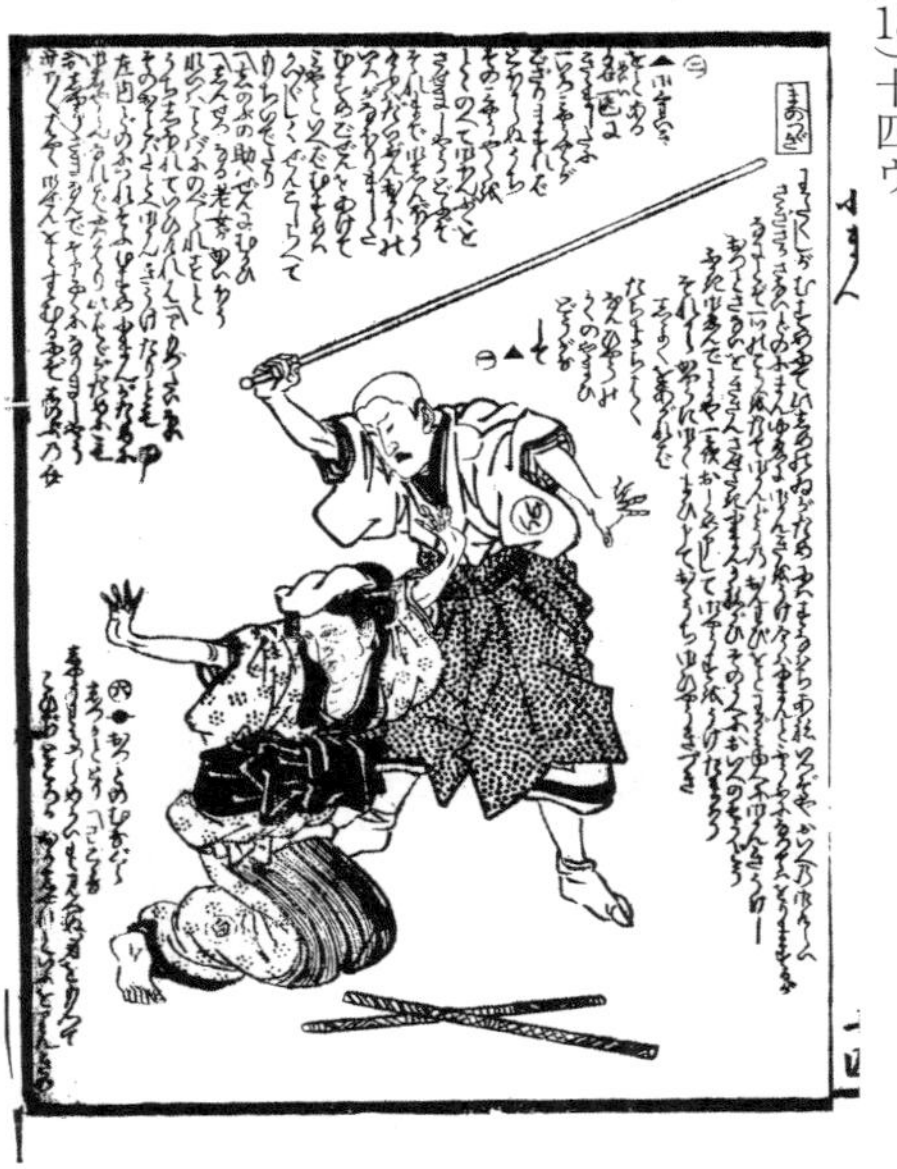

(18)十四ウ

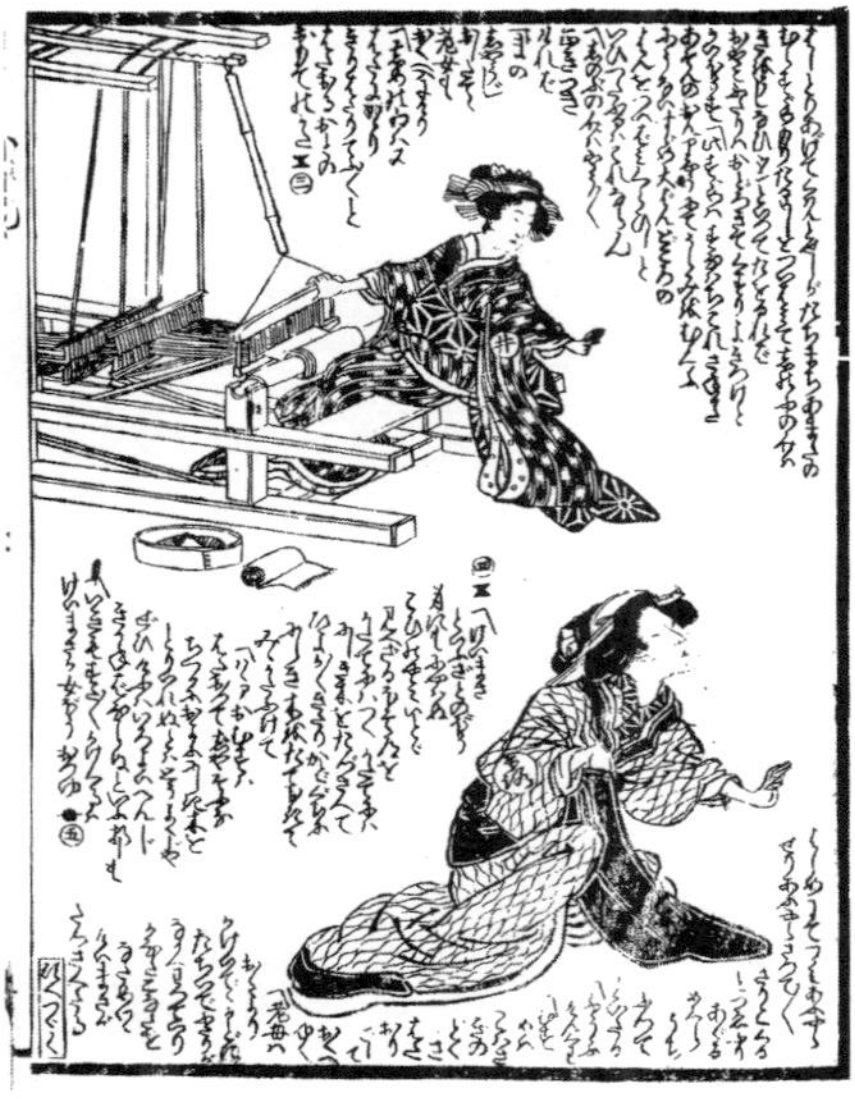

十五オ

(18) 前《まへ》の続《つゞ》き 私《わたくし》が娘《むすめ》にて、此標野井《しめのゐ》がためには、すなはち姉《あね》。何時《いつ》ぞや御家《おいへ》の御家来鷺坂狹内殿《けらいさぎさかさないどの》、小万故《まんゆゑ》に御勘気《かんき》を受《う》け、今は小万《まん》と夫婦《ふうふ》になつてはをりまするが、何《なに》卒《とぞ》一つの功《こう》を立《た》て、御勘当《かんどう》の御詫《おんわび》をと、我《わ》が身故《みゆへ》に御勘気《かんき》受《う》けし夫狹内《おつとさない》を帰参《きさん》させたき小万《まん》が願《ねが》ひ、その上《うへ》に御家《おいへ》の騒動《そうどう》、深《ふか》き御縁《ゑん》で我《わ》が家《や》一夜、お泊《と》め申して御様子《やうす》を承《うけたまは》り、それから斯様《かやう》に御匿《かくま》ひ申て置《お》くうち、御病気付《びようきづ》き、食《しよく》を上《あ》がれば忽《たちま》ち吐《は》く難病《なんびやう》の癨《かく》の病《やまひ》、どうがなして御快気《くわいき》をと、ある名医《めいい》に聞《き》きましたに、一色妙薬《いろみやうやく》が御座《ござ》りますれば、遠《とほ》からぬうち、その妙薬《みやうやく》を調《とゝの》へて御本復《ほんぷく》をさせましやう。どふぞそれまで御辛抱《しんぼう》。今日《けふ》は大分《だいぶん》、御顔《おかほ》の色《いろ》が直《なほ》りました。娘《むすめ》、御膳《ごぜん》を上《あ》げて見《み》や」と言《い》へば、娘《むすめ》は甲斐々々《かいぐ》しく膳拵《ぜんこしら》へて持出《もちいで》たり。忍之《しのぶの》介は膳《ぜん》に向《む》かひ、「深切《しんせつ》なる老女が介抱《かいほう》、礼《れい》は言葉《ことば》に述《の》べられず」と打《うち》萎《しほ》れて言《い》ひければ、ア、勿体《もつたい》ないその御言葉《おことば》、たとへ御勘《かん》気《き》受《う》けたりとも、（ママ）左内殿《どの》に連添《つれそ》ふ娘《むすめ》小万《まん》がために御主人《しゆじん》なれば、やつぱり此婆《ばゞ》がためにも御主様《しゆうさま》、なんで粗略《そりやく》になりましやう。サア〳〵早《はや》く御膳《ぜん》をと勧《す》むるにぞ、忍之《しのぶの》介、箸取《はしとり》上《あ》げて喰《く》はんとせしが、忽《たちま》ち数多《あまた》の群雀《むらすゞめ》、盛《も》りたる飯《めし》を啄《ついば》みて、忍之介《しのぶのすけ》は気《き》を失《うしな》ひ、ウンと言《い》つて倒《たを》るれば、親子《おやこ》二人《ふたり》は驚《おどろ》きて、薬《くすり》よ気付《きつけ》と介抱《かいはう》す。

此雀《すゞめ》はすなはちこれ、実方朝臣《さねかたあそん》の怨霊《おんりやう》にて、恨《うら》みを報《むく》ふ入内雀《にうないすゞめ》、大盤所《ばんどころ》の飯《はん》を啄《ついば》み喰《く》らひしと言《い》ひ伝《つた》ふるは、これならん。

忍之介《しのぶのすけ》はやう〳〵正気付《しやうきつ》きければ、一ト間《ま》の障子《しやうじ》押立《おした》てゝ、老女も奥《おく》へ入にけり。標野井《しめのゐ》は又、機《はた》に掛《か》かりきり、はたりてふ〳〵と機織《はたお》る音《おと》の表《おもて》の方《かた》、慶政《けいまさ》といふ座頭《ざと》の坊《ぼう》、身にも似合《にや》はぬ恋《こひ》の闇《やみ》、いとゞ見へざる細道《ほそ》を、片《かた》手《て》には杖《つへ》、片手《かたて》には錦《にしき》木を携《たづさ》へて、ひよか〳〵来《きた》り。門《かど》口《ぐち》に錦《にしき》木を立置《たてお》きて耳傾《みゝかたふ》けて、「ハ、ア、お娘《むす》は機織《はたお》つてじやそふな。千束《ちづか》に及《およ》ぶ錦《にしき》木を取入《とりい》れぬとは胴欲《どうよく》じや。是非《ぜひ》、今日《けふ》は色《いろ》よい返事《へんじ》聞《き》かねばならぬ」と言《い》ふ折しも、息《いき》もすた〳〵駆来《かけく》るは、慶政《けいまさ》が女房《ぼう》お露《つゆ》、夫《おつと》の胸倉《むなぐら》しつかと取《と》り、「コレ、こゝな性悪面《しやうわるづら》、目界《めかい》も見へぬ身をもつて、恋路《こひぢ》どころか、おかしやれ」と言《い》ふを悋気《りんき》の始《はじ》めにて、摑《つかみ》合《あ》ふやら競合《せりあ》ふやら、去《さ》つて〳〵、去《さ》りこくると杖振《つゑふり》上《あ》ぐる盲《めくら》打ち、降《ふ》つて湧《わ》いたる夫婦喧嘩《ふうふげんくわ》。娘《むすめ》は怖《こは》さ気《き》の毒《どく》さ、機織《はたお》りさして奥《おく》へ行《ゆ》く。老母は奥《おく》より駆出《かけいで》て門《かど》に立《たち》出《い》で、二人《ふたり》が中《なか》へ割《わ》つて入《い》り、彼方此方《かなたこなた》を宥《なだ》めつゝ、慶政《けいまさ》が携《たづさ》へたる

次へ続《つゞ》く

(19)十五ウ

(19) 前《まへ》の続《つゞ》き 錦木《にしき》を取上《とり》てつら〳〵眺《なが》め、常《つね》の染木《そめ》とは事変《ことか》はり、心《こゝろ》ありげな此錦木《にしき》、ム、、此立主《たてぬし》は此方《こなた》よな、なるほど娘《むすめ》を進《しん》ぜませう。マア〳〵此方《こち》へと、夫婦《ふうふ》を伴《ともな》ひ、内《うち》に入《い》れば、お露《つゆ》は猶《なを》も腹立《はらた》ちて、「女房《ぼう》のある人に娘《むすめ》をやらふとは、聞《き》こへた。こりや此方衆《こなたしゆ》は言《い》ひ合《あ》はせて、わしを去《さ》らす心《こゝろ》じやの」と言《い》ふを老女は聞捨《きゝす》て、、側《そば》なる細布《ほそぬの》惜《お》しげもなかよりふつと押切《おしき》り、此布《ぬの》も晒《さら》せば色《いろ》も白《しろ》うなる。又晒《さら》さずにも用《もち》ゐらるゝ。晒《さら》してなりとも晒《さら》さずになりとも、仕様模様《しやうもやう》は此方《こなた》の胸《むね》、とつくりと分別《ふんべつ》あれと、投出《なげいだ》してぞ与《あた》へける。

○此続《つゞ》きの下《しも》、後編《こうへん》に詳《くは》しく記《しる》す。

此所の絵《ゑ》の訳《わけ》、後編《こうへん》に詳《くは》しくあり。

山東京伝作㊞

国直画　筆耕徳瓶

京山製　十三味薬洗粉《あらひこ》

○水晶粉《すいしやうふん》　一包《つゝみ》壱匁二分

きめを細《こま》かにし艶《つや》を出《いだ》し色《いろ》を白くす。その外いろ〳〵効能《こうのう》多し。御化粧《おんけしやう》必用の洗粉《あらひこ》なり。

大極《ごく》上品　奇応丸《きおうがん》　一粒《りう》十二文

大極《ごく》上の薬種《やくしゆ》を使《つか》ひ、家伝の加味ありて常《つね》のとは別《べつ》なり。

糊《のり》を使《つか》はず熊《くま》の肝《ゐ》ばかりにて丸ず。

京伝店

(20)十六オ

【後編】

【上】

(20) 染分手綱後編上冊

読《よ》み始《はじ》め　さてもその時《とき》、慶政《けいまさ》が女房《ばう》お露《つゆ》、切《き》つて出《だ》したる細布《ほそぬの》を取上《とりあ》げて、「ヲ、晒《さら》すも布《ぬの》、晒《さら》さぬも布《ぬの》、ム、どうやら聞《き》きどこのありそな事《こと》。明日《あす》までは延《の》ばされぬ。狭布《けふ》の細布《ほそぬの》しつかりと受取《うけと》りました」と言《い》へば、慶政《けいまさ》言《い》ひけるは、「拙者《せつしや》、娘御《むすめご》を申《まう》し受《う》けるも今日中《こんにちぢう》」。「なるほど娘《むすめ》も進《しん》ぜましやう。マアそれまでは次《つぎ》へ行《い》て待《ま》つてござれ」と言《い》ふに、夫婦《ふうふ》は頷《うなづ》きて奥《おく》の一間《ひとま》へ入《い》る後《あと》へ、深網笠《ふかあみかさ》に大小差《さ》し、浪人《ろうにん》めけど、ひれある武士、錦木《にしき》携《たづさ》へ静々《しづ〳〵》と来る向ふへ、これも又、錦木《にしき》腰《こし》に差《さ》し、怖《こは》らし相撲《すまふ》と見へる大男、懐《ふところ》手してのつさ〳〵、節《ふし》くれだちし顔形《かほかたち》、その木の色《いろ》は変《か》はれども、一《ひと》つ軒端《のきば》にこがれよる。先《さき》に来《きた》りし侍《さふらひ》、笠脱捨《かさぬぎす》て丶、門口《かどぐち》より、「此家《や》の息《そく》女に執心懸《しうしんか》け、毎日《まいにち》立《た》てる我《わ》が錦木《にしき》、今日《けふ》は是非《ぜひ》とも取入《とりい》れて下され」と言《い》へば、此方《こなた》も尖声《とがりごゑ》、「此近郷《きんがう》に隠《かく》れもない、自然薯《じねんじよ》の三吉といふ相撲取《すまふとり》、恋なればこそ、錦木《にしき》を立《た》て丶、も〳〵返事《へんじ》せぬは、此男が気《き》に入《い》らぬか、否《いや》でも応《おう》でも、お娘《むすめ》を貰《もら》はふ。マア、そふ心得《こゝろへ》て下《くだ》んせ」と頭《あたま》がちなる歪面《いがみづら》、白木綿《しらゆふ》騒《さは》がず戸口《ぐち》に出、ヲ、早《はや》二人《ふたり》ながら御苦労《くろう》や、いざ先《ま》づ内へと招《しやう》じ入、二人の錦《にしき》木手に取上《とりあ》げて打眺《うちなが》め、どれも〳〵常《つね》の染《そめ》木と事変《ことか》はり、心ありげな二つの錦《にしき》木、数《かづ》ならぬ娘なれども、よく〳〵に思召《おぼしめ》せばこそ、お侍様《さふらひさま》の日毎《ごと》にお通《かよ》ひ、そのお心ざしは嬉《うれ》しければ、娘《むすめ》はお前《まへ》に上《あ》げましやうと聞《き》くより三吉、ぐつと眼《め》を剝《む》き「コレお婆《ばゞ》、此自然薯《じねんじよ》が見入《い》れた娘、他《ほか》へ遣《や》つては男が立《た》たぬ。

次へ続《つゞ》く

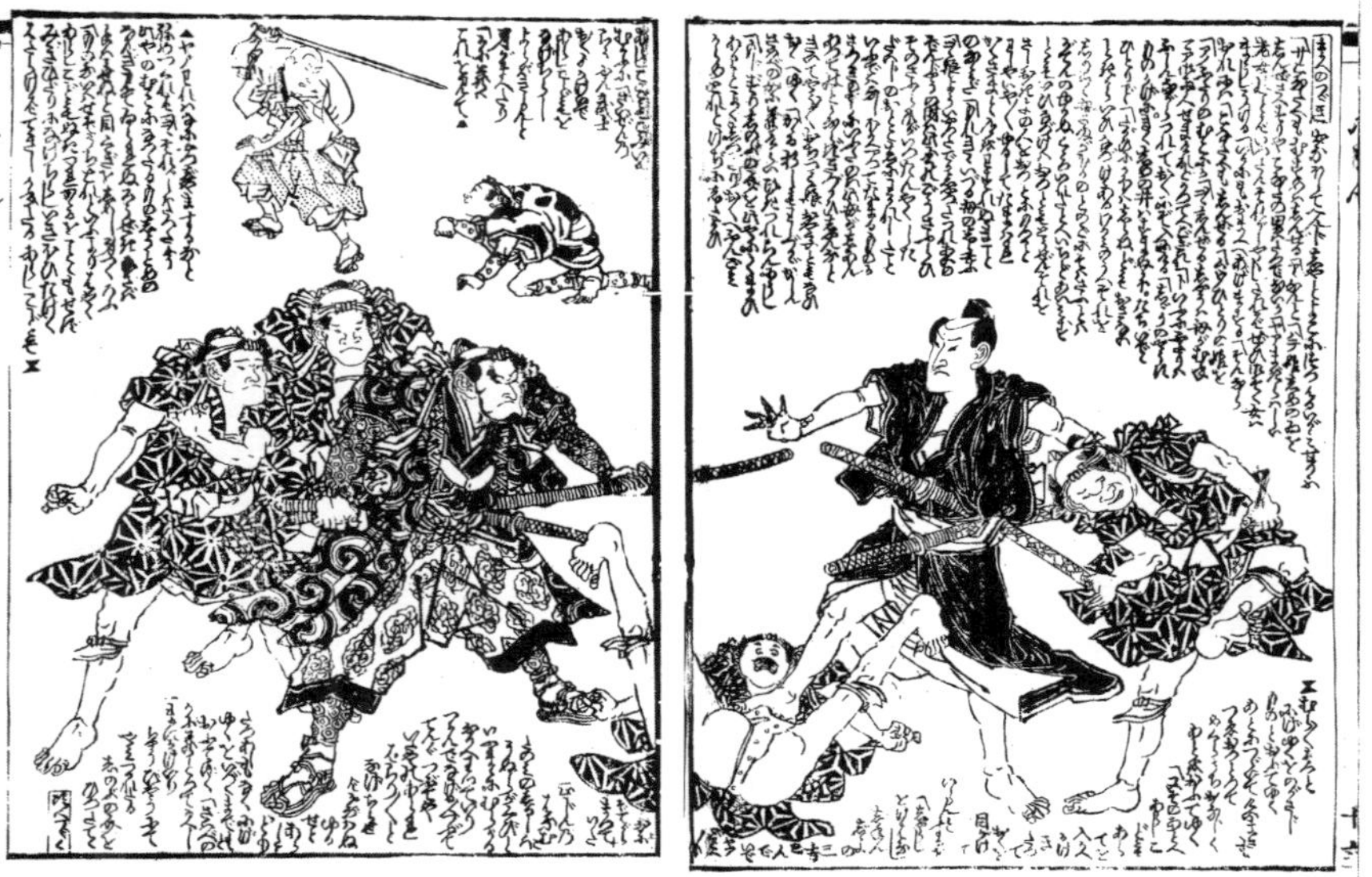

（21）**前《まへ》の続《つゞ》き** 出直《なほ》して返事《へんじ》しや」と横《よこ》に突張《つつぱ》る、歪《いがみ》台詞《せりふ》、「サ、此方《こなた》へも娘《むすめ》は進《しん》ぜる」。「ヤ、、何《なん》と」。「ハテ、娘標野井《しめのゐ》を進《しん》ぜさへすりや、此方《こなた》の男は立《た》つでないか」。「ヤア紛《まぎ》らはしい老女の言葉《ことば》。一旦某《いつたんそれがし》、約《やく》したれば是非《ぜひ》、御息《そく》女は申《まう》し受《う》ける」。「如何《いか》にもお前《まへ》へ上《あ》げまする」。「そんなら俺《おれ》には」。「此方《こなた》へも進《しん》ぜる」。「ムウ一人《ひとり》の娘《むすめ》を」。「アノ二人《ふたり》の婿《むこ》にか」。「ヲ、進《しん》ぜる仕様《しやう》は母が胸《むね》。マア御両人、狭《せま》けれど勝手《かつて》へござれ」と言《い》ふに、二人《ふたり》は不審《ふしん》ながら連《つ》れて奥《おく》にぞ入にける。始終《しじう》の様子《やうす》、物陰《ものかげ》に聞《き》く標野《しめの》井は済《す》まぬ顔《かほ》。立出《たちいで》て独言《ひとりごと》、「互《たが》ひに顔《かほ》は知《し》らねども、幼《おさな》い時《とき》から許婚《いひなづけ》ある我《わ》が身《み》の上《うへ》、それを知《し》りつ、母様《さま》が、他《ほか》の殿御《とのご》に添《そ》はさふとは、合点《がてん》の行《ゆ》かぬ心入《こゝろい》れ、たとへ一度《いちど》相見《あいみ》ずとも、許婚《いひなづけ》は夫《おつと》も同然《どうぜん》、それを差置《さしお》き余《よ》の人を夫《おつと》に持《も》つこと、わしやいや〳〵、許《ゆる》して給《たま》はれ母様《かゝさま》」と道を忘《わす》れぬ誠《まこと》の涙《なみだ》。洩《も》れ聞出《きゝいづ》る母の白木綿《しらゆふ》、ヲ、娘、よう言《い》やつた、でかしやつた。連合《つれあひ》の存生《ぞんじやう》の時は此国の郷侍《ごうさふらひ》、その侍《さふらひ》が一旦約《いつたんやく》した大事《だいじ》の男《おとこ》、死《し》に別《わか》れしたと言《い》ふではなし、他《ほか》へやつてたまるものか。さつきの様《やう》に言《い》ふたのは、

此母が思案《しあん》あつての事《こと》、必《かなら》ず気遣《きづか》ひしやんなと、聞《き》いてやう〱落着《おちつ》く娘、親《おや》子伴《ともな》ひ奥《おく》へ行《ゆ》く。

斯《か》ゝる折しも鷲塚《わしづか》が家臣沢辺《かしんさはべ》の蟹《かに》蔵、家来引連《けらいひきつ》れ乱入《らんにう》し、文字摺忍之《もじずりしのぶの》介を此家《や》に匿《かくま》ひある事《こと》よく知《し》つたり。奥《おく》へ踏込《ふんご》み搦捕《からめと》れと、下知《げぢ》に従《したが》ひ荒子共《あらしこども》、込入《こみい》る向《むか》ふに最《さい》前《ぜん》の浪人《らうにん》武士、奥《おく》より駆出《かけい》で、荒子共《あらしこども》を投散《なげち》らし、寄《よ》らば斬《き》らんと身構《がま》へたり。蟹《かに》蔵はこれを見て、ヤアわれは何《なに》奴《やつ》、邪魔《じやま》するなと睨付《ねめつ》くれば、ヲ、某《それがし》はたつた今、此家《や》の婿《むこ》になつたる者《もの》、姑《しうとめ》の難儀《なんぎ》見てゐられぬ。狼藉《らうぜき》なさば手は見《み》せぬと、目釘《めくぎ》を湿《しめ》し身繕《づくろ》ふ。「ものな言《い》はせぞ討取《うちと》れ」と言《い》ふより早《はや》く荒子共《あらしこども》、抜連掛《ぬきつれか》かるを事《こと》ともせず、右左《みぎひだり》に投散《なげち》らし、勢《いきほ》ひ猛《たけ》く働《はたら》けば、敵《てき》しかねたる荒子共《あらしこども》、むら〱ばつと逃行《にげゆ》くを、逃《のが》さじものと追《お》ふて行《ゆ》く。後《あと》に続《つゞ》いて慶政《けいまさ》も、杖押取《つゑおつと》つて盲《めくら》打ち、同《おな》じく後《あと》を追《お》ふて行《ゆ》く。又、その後《あと》へ荒子共《あらしこども》、新手《あらて》を入替《か》へ駆来《かけきた》つて、奥《おく》を目掛《めが》けて入《い》らんとするを、障子《しやうじ》を蹴放《けはな》し自然薯《じねんじよ》の三吉、飛《と》んで出《い》で、「ヤア何処《どこ》へ〱、何《なに》ぞ手柄待《てがらま》つていた。正真《じん》の花婿《はなむこ》、頼《たの》みの印《しるし》は汝《うぬ》らが首《くび》」と言《い》ふまゝに、群《むら》がる中《なか》へ割《わ》つて入《い》り、摑《つか》んで投《な》げる人礫《ひとつぶて》、てん〲礫《つぶて》や痛《いた》やの霰《あられ》、ぱらり〱と投散《なげち》らせば、敵《かな》はぬ許《ゆる》せと荒子共《あらしこども》、立《た》つ足《あし》もなく逃行《にげゆ》くを、何処《いづく》までもと追《お》ふて行《ゆ》く。沢辺《さはべ》の蟹《かに》蔵、取《と》つて返《かへ》し、一間《ま》に駆入《かけい》り、長病《ちやうびやう》にて病疲《やみつか》れたる忍《しのぶ》之《の》介を引立《ひつた》てゝ

次へ続《つゞ》く

（22）十七ウ

十八オ

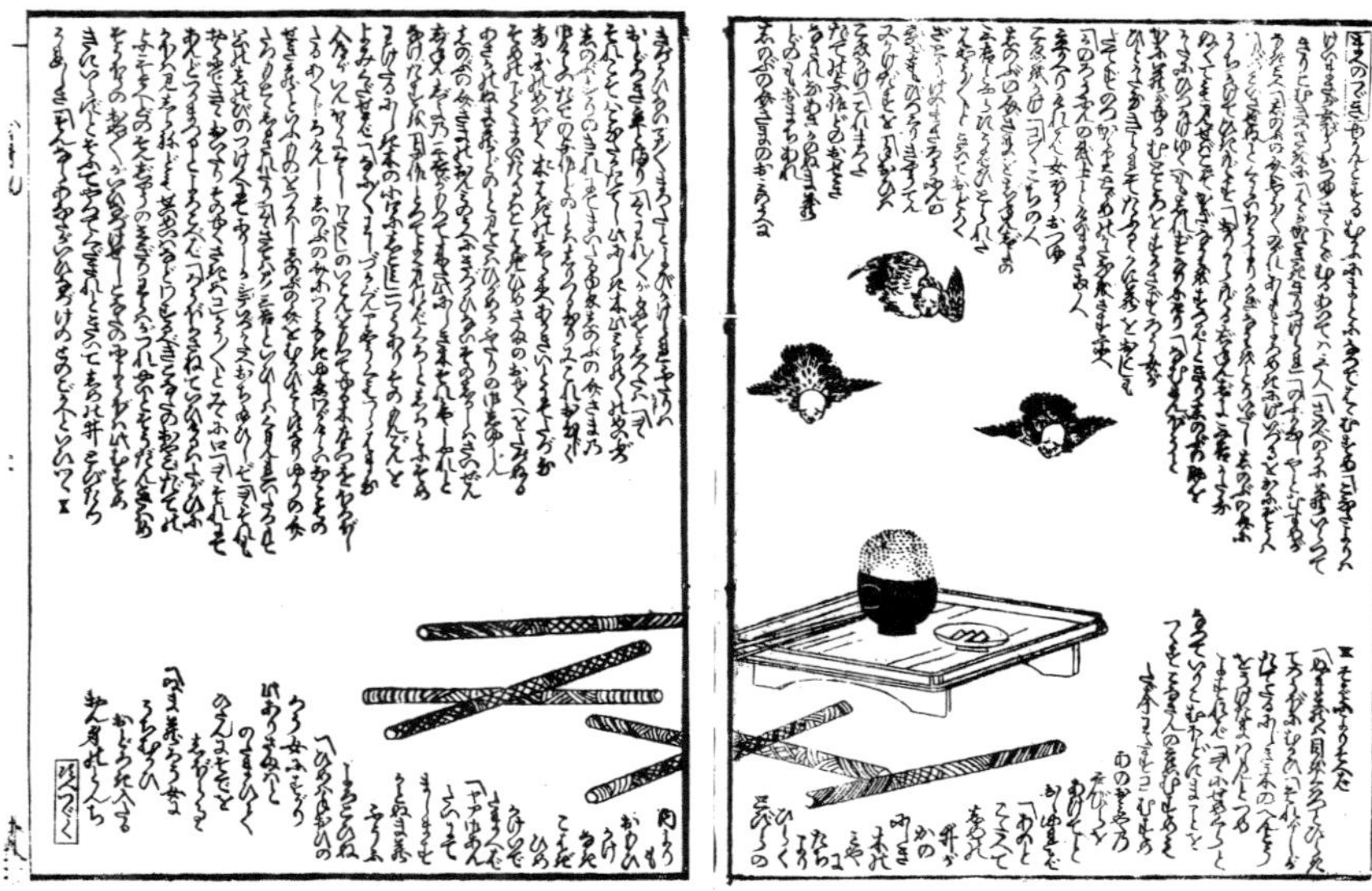

（22）［前《まへ》の続《つゞ》き］行《ゆ》かんとする向《むか》ふに、的《まと》になつて母娘《はゝむすめ》。此方《こなた》よりは、慶政《けいまさ》が女房《ばう》お露《つゆ》、支《さゝ》へ止《とゞ》むる相手《あいて》は三人。沢《さは》辺《べ》の蟹《かに》蔵、苛《いら》つて斬込《きりこ》む切先《きつさき》に、母《はゝ》が肩先斬付《かたさききりつ》けられ、「のふ悲《かな》しや」と娘《むすめ》が泣声《なきごへ》。忍之《しのぶの》介はやう〳〵逃《のが》れ、足《あし》もよろめき逃出《にげいづ》るを蟹蔵《かにぞう》は、どつこい、させぬと懐中《くわいちう》より、鉤縄《かぎなわ》を取出《とりいだ》し、忍之《しのぶの》介に打掛《うちか》けて引戻《ひきもど》す。折《おり》から戻《もど》る自《じ》然薯《ねんじよ》三吉、刀抜手《かたなぬくて》も見せばこそ、鉤縄《かぎなわ》をすつぽと斬《き》り、忍之《しのぶの》助を肩《かた》に引掛《ひつか》け行方《ゆくへ》も知《し》れずなりにけり。

南無三宝《なむさんぼう》と蟹《かに》蔵が緩《ゆる》むところを、すかさず老《らう》女が一刀《ひとかたな》、斬《き》られて倒《たふ》るゝ、蟹《かに》蔵を、起《お》こしも立《た》てず乗掛《のつか》かり、止《とゞ》めの刀《かたな》を刺《さ》す所へ、彼《か》の浪人《らうにん》の武士と慶政《けいまさ》両人、立帰《かへ》りければ、女房《ぼう》お露声《つゆこゑ》をかけ、「コレ〳〵こちの人、忍之《しのぶの》介様《さま》を自然薯《じねんじよ》の三吉とやらに奪取《うばひと》られた。早《はや》う〳〵」と、聞《き》いて驚《おどろ》く座頭慶政《ざとうけいまさ》、浪人《らうにん》の武士もびつくり仰天《ぎやうてん》、又駆出《かけだ》すを、手負《おひ》は声掛《こゑか》け、「これ待《ま》つた伊達《だて》の与作殿《どの》。お急《せ》きなされな、安積沼蔵殿《あさかのぬまどの》もお待《ま》ちあれ。忍之《しのぶの》介様《さま》の御身《おみ》の上《うへ》に気遣《きづか》ひない。マア〳〵待《ま》つた」と呼掛《よびか》けられ、二人《ふたり》は驚《おどろ》き立止《ど》まり、ム、我々《われ〳〵》が名を知《し》つたは。ヲ、それこそは、此方《こなた》が立《た》てし此錦木《にしき》。此陸奥《みちのく》の名物《めいぶつ》、忍摺《しのぶずり》の布《きれ》にて巻《ま》いたるゆゑ、忍之《しのぶの》介様《さま》の御家来伊達《けらいだての》与作殿《どの》とは知《し》りつるなり。又これ同《おな》じく当国の名木木萩《めいぼくこはぎ》の白《しら》木へ、赤《あか》きいとにて手綱染《たづなぞめ》の如《ごと》く巻《ま》いたるは、木萩姫様《こはぎひめさま》の御行方《おゆくへ》を尋《たづ》ぬる安積沼蔵殿《あさかのぬまどの》と見たは僻目《ひがめ》か。二人《ふたり》の御主人忍之《しゆじんしのぶの》介様《さま》の御《おん》身《み》の上《うへ》に気遣《きづか》ひない。その印《しるし》は最前《さいぜん》、自然薯《じねんじよ》の三吉が持《も》つて来た此錦木《にしき》、それ見《み》やしやれと投出《なげだ》すを、与作取《と》つてよく見れば、黒《くろ》と白《しろ》とに染分《そめわ》けたる錦木《にしき》の小口に仕込《しこ》みし一通《つう》あり。その文言《もんごん》を読下《よみくだ》せば、何々《なに〳〵》、鷲塚郡領雲連《わしづかぐんりやうくもつら》、浜名《はまな》入道が陰謀《いんぼう》に組《くみ》し、私《わたくし》の遺恨《いこん》をもつて由留《ゆる》木左衛門を滅《ほろ》ぼしたる悪事露見《あくじろけん》し、忍之《しのぶの》介に罪《つみ》なきゆゑ、我《わ》が家《け》来勿来《らいなこそ》の関《せき》蔵といふ者《もの》を遣《つか》はし、忍之《しのぶの》介を迎取《むかひと》らすなり。由利之介達元《ゆりのすけたつもと》と記《しる》されたり。ム、、さてはアノ三吉と言《い》ひしは、管領達元《くわんれいたつもと》公の忍《しの》びの付《つけ》人にてありしか。シテ何方《いづかた》へ落《お》ち給《たま》ひしぞ。ヲ、それも奥《おく》にて聞置《きゝお》いたり。その行先《ゆくさき》はコレ斯《か》う〳〵と耳《みゝ》に口、ヲ、それにて安堵仕《あんどつかまつ》ると喜《よろこ》べば、老母重《ろうぼかさ》ねて言《い》ひけるは、「互《たが》ひに顔《かほ》は見知《し》らねども、姓名《せいめい》は、など忘《わす》るべき。此方《こなた》の親御伊達《おやごだての》与三兵衛《へ》殿《どの》、存《ぞん》生《じやう》の砌《みぎり》、妾《わらは》が連合《つれやい》と相談極《そうだんきは》め、双方《そうほう》の親々《おや〳〵》が許婚《いひなづけ》せし此方《こなた》の女房《にようぼ》は此娘《むすめ》、気《き》に入《い》らずと添《そ》ふてやつて下《くだ》され」と聞《き》いて、標野井飛立《しめのとびた》つ嬉《うれ》しさ、「そんならあなたが許婚《いひなづけ》の殿御《とのご》かへ」と言《い》ひつゝ側《そば》に寄添《よりそ》へば、沼《ぬま》蔵は目をくはつと開《ひら》きて老母《ろうぼ》に向《む》かひ、某《それがし》が立《た》てたる錦木《にしき》の返答《へんとう》を承《うけたまは》らんと詰寄《つめよ》すれば、ヲヽ、偽盲《にせめくら》となつて入込《いりこ》むほどに誠《まこと》を尽《つ》くす、此方《こな》さんの恋娘《むすめ》も只今《たゞ》渡《わた》す。コレ娘《むすめ》、あの御《お》宮《みや》の扉《とびら》を開《あ》けてと教《おし》ゆれば、「あい」と答《こた》へて標野《しめの》井が彼《か》の錦木《にしき》の宮《みや》に立寄《たちよ》り開《ひら》く扉《とびら》の内よりも、思《おも》ひがけなき木《こ》萩姫《はぎひめ》、駆出《かけい》で給《たま》へば、ヤア御安泰《あんたい》にてましますかと沼《ぬま》蔵夫婦喜《ふうふよろこ》びぬ。

姫《ひめ》は手負《おひ》の老《ろう》女に縋《すが》り、「此有様《ありさま》は」と曰《のたま》ひて、悲嘆《ひたん》に袖《そで》を絞《しぼ》らるゝ。沼蔵《ぬまぞう》、老《ろう》女に打向《うちむ》かひ、驚《おどろき》入たる御《おん》身の頓知《とんち》、

次へ続《つゞ》く

(23)十八ウ

十九オ

(23) 前《まへ》の続《つゞ》き 我《われ》、姫《ひめ》を預《あづ》かり、御館《おんやかた》を立退《の》きしに、大勢《ぜい》の敵《てき》に取巻《とりま》かれ、その敵《てき》を斬払《きりはら》ふ、その隙《ひま》に姫《ひめ》を敵《てき》に奪《うば》はれたれば、その場《ば》にて切腹《せつぷく》と思ひしが、イヤ〳〵御家《おいへ》を再興《さいかう》するまでは、大事《だいじ》の命《いのち》と思変《おもひか》へ、切腹代《せつぷくが》はりに頭《あたま》を剃《す》つたを幸《さいは》ひに、女房《ぼう》と言《い》ひ合《あ》はせ、偽座頭《にせざとう》となり、慶政《けいまさ》と名乗《なの》つて此処《こゝ》へ入込《こ》みしも、木萩姫様《こはぎひめさま》を此家《や》に匿《かくま》ひある事《こと》を知《し》つたるゆへ、謎《なぞ》を掛《か》けたる我《わ》が錦木《にしきゞ》、早《はや》くも覚《さと》りし発明《はつめい》さよ。片時《へんし》も早《はや》く姫君《ひめぎみ》の御供《おとも》して忍之介様《しのぶのさま》に御対《たい》面《めん》と急立《せきた》てば、「ア、コレ〳〵、姫君《ひめぎみ》と忍様《しのぶさま》と逢《あ》はして良《よ》ければ、とくに此婆《ばゞ》が逢《あ》はす。逢《あ》はさぬには子細《しさい》あり。最《さい》前《ぜん》、お内儀《ないぎ》に渡《わた》せし細布《ほそぬの》の、心は覚《さと》り給はずか。我《わ》が娘《むすめ》、関《せき》の小万《まん》、今の名は夕浪《なみ》、黒装束《くろしやうぞく》の忍《しの》び姿《すがた》に身をやつし、此蟹《かに》蔵めが姫《ひめ》を奪《うば》つて行《ゆ》く所を奪返《うばひかへ》して御供《おんとも》申し、我《われ》に預《あづ》かりくれよと頼《たの》み、此家《や》に隠置《かくしお》きながら、今日《けふ》まで御《お》二人逢《ふたりあ》はしませぬは、もし敵鷲塚郡領《かたきわしづかぐんりやう》、忍様《しのぶさま》と姫君《ひめぎみ》と一《いつ》緒《しよ》にありと聞《き》くならば、なほさらに嫉《ねた》ましく、大軍《ぐん》をもつて押寄《おしよ》せ、奪行《うばひゆ》かんも計《はか》られず、そこを思ふて御二人《おふたり》を引分《わ》け置《お》きたる此白木綿《しらゆふ》、必《かなら》ず恨《うら》みと思《おぼ》すなよ。此上《うへ》、何処《いづく》へ御供《おとも》するとも、鷲塚滅《わしづかほろ》びぬそのうちは、忍様《しのぶさま》も姫《ひめ》君様《ぎみさま》も、その細布《ほそぬの》の胸合《むねあ》はじ、押付《おしつ》け御《おん》世に出《い》で給《たま》はゞ、狭布《けふ》の細布引換《ほそぬのひきか》へて、明日《あす》の錦《にしき》木朽《く》ちせぬ御縁《ゑん》と、心を込《こ》めたるその布《ぬの》を、むげにばしし給《たま》ふな。コリヤ娘《むすめ》、今まででとは違《ちが》ふほどに、御主《おしゆう》と夫《おつと》を大切《たいせつ》に、とは言《い》ふものゝ何《なに》かにつけ、母を恋《こひ》しう思《おも》ふであろ。

次へ続《つゞ》く

(24) 前《まへ》の続《つゞ》き　可愛《かわい》のものやと抱締《いだきし》め、今死《し》ぬる身の今《いま》際《は》にも、子に迷《まよ》ふたる親心《おやごゝろ》、聞《き》いて娘はなほ悲《かな》しく、手負《おひ》の母に縋付《すがりつ》き、朝夕《あさゆふ》、お前《まへ》の望《のぞ》みには、与作様《さま》にわしを添《そ》はせ、孫《まご》が抱《だ》きたい〳〵と仰《おつしや》つた甲斐《かひ》もなう、此有《あり》様《さま》は何事《なにごと》ぞ。殿御《とのご》に逢《あ》ふて嬉《うれ》しやと喜《よろこ》ぶ間《ま》もなう、母様《さま》に別《わか》るゝといふやうな、因果《いんぐわ》な事《こと》がある物かと、わつとばかりにどうと伏《ふ》し、身も浮《う》くばかり泣沈《なきしづ》む。

母は苦《くる》しき息《いき》を吐《つ》き、いや、それ程《ほど》に嘆《なげ》くなよ。たとへ手傷《きづ》は負《お》はずとも、死《し》ぬは予《かね》ての覚悟《かくご》ぞや、その訳《わけ》は、忍之《しのぶの》介様《さま》、癨《かく》の病《やまひ》で御命《お》危《あや》うく、もしもの事《こと》がある時は、由留木《ゆるぎ》の御家《おいへ》を再興《さいかう》すべき柱《はしら》なし。どうがなして御快気《くわいき》をと、ある名医《めいゐ》に尋《たづ》ねしに、丑《うし》の年《とし》、丑《うし》の月、丑《うし》の日、丑《うし》の刻《こく》に生《う》まれた女の生血《いきち》を取《と》つて飲《の》ますれば、忽《たちま》ち本復《ほんぷく》するとの事《こと》、幸《さいは》ひ我《われ》、其年《とし》月日に当《あ》たるゆゑ、すぐに自害《じがい》し生血《いきち》を絞《しぼ》り差上《さしあ》げんと思《おも》ひしが、いや〳〵〳〵木萩姫《こはぎひめ》を身《み》内《うち》の衆《しゆう》にしつかりと渡《わた》した上《うへ》と、今日《けふ》まで日を延《の》ばせしが、姫《ひめ》を沼《ぬま》蔵殿《どの》御夫婦《ふうふ》に渡《わた》せば、もはや気遣《きづか》ひなし、妾《わらは》が生血《いきち》の用立時節《じせつ》、これ見《み》られよと、予《かね》て用意《ようい》の壺取出《つぼとりいだ》し、喉笛突《のどぶゑっ》いて壺《つぼ》の内《うち》に血《ち》をたらし、いとも苦《くる》しき息使《いきづか》ひ、壺《つぼ》差出《さしいだ》して、ヤア〳〵婿殿《むこどの》、与作殿《どの》、此姑《しゆうとめ》が寸志《すんし》ばかりの婿引出《むこひきで》、この血《ち》を忍之《しのぶの》助様《さま》に差上《さしあ》げて快気《くわいき》させまし。これを功《こう》に鷺坂狹内殿《さぎさかさないどの》の御勘当《かんどう》を許《ゆる》し給はり、娘《むすめ》小万《まん》が念願《ねんぐわん》を叶《かな》へてやつて下《くだ》されと、これも子故《ゆゑ》の四苦八苦《しくはつく》、与作は壺《つぼ》を押戴《おしいたゞ》き、ハア有難《ありがた》し忝《かたじけな》し。主人《しゆじん》の難病《なんびやう》助《たす》け下《くだ》さる命《いのち》の親《おや》。狹内殿《さないどの》の御勘当《かんどう》、何《なに》かは許《ゆる》し給《たま》はざらん。安堵《あんど》して成仏《じやうぶつ》あれと、聞《き》いて喜《よろこ》ぶ手負《ておひ》の弱《よわ》り、がつくり折《を》れて息絶《いきた》へたり。娘《むすめ》が嘆《なげ》きは、なか〳〵に筆《ふで》も言葉《ことば》も尽《つ》くされず。与作《さく》をはじめ沼《ぬま》蔵夫婦《ふうふ》、分《わ》けて悲《かな》しむ木萩姫《こはぎひめ》、皆々《みな〳〵》嘆《なげ》きに沈《しづ》みつゝ、暫《しば》し時《とき》をぞ移《うつ》しける。沼《ぬま》蔵は涙《なみだ》を払《はら》ひ、「我々《われ〳〵》夫婦《ふうふ》は、木萩姫《こはぎひめ》の御供《とも》して落行《おちゆ》かん。与作殿《どの》は、その壺《つぼ》を携《たづさ》へて忍之《しのぶの》介様《さま》の跡《あと》を慕《した》ひ、片時《へんし》も早《はや》く、その妙薬《みやうやく》を上《あ》げられよ」と言《い》へば、与作も心《こゝろ》つき、「なるほど嘆《なげ》きに隙取《ひまど》り、又も鷲塚《わしづか》が討手《うつて》の者来《ものきた》りなば、面倒《めんどう》なり。

次《つぎ》へ続《つゞ》く

（25）

前《まへ》の続《つゞ》き

忍之《しのぶの》介様《さま》、御病気《びやうき》さへ本復《ほんぷく》あれば、紛《ふん》失《じつ》の西王母の掛絵《かけゑ》を尋《たづ》ね、亡君《ぼうくん》の仇《あた》を討《う》ち、鷲塚《わしづか》を滅《ほろ》ぼして御家再興《おいへさいかう》、瞬《また》くうち。ヤア〳〵標野《しめの》井、そちは暫《しばら》く此処《こゝ》に留《とゞ》まり、老母《ろうぼ》の骸《から》を葬《ほうふ》りて後《あと》から来《きた》れ。出会《いであ》ふ所は笠嶋《かさしま》村の鷺《さぎ》坂狹内《さない》が住処《すみか》なり」と言《い》ひ終《お》はりて、老母《ろうぼ》の骸《から》に打《うち》

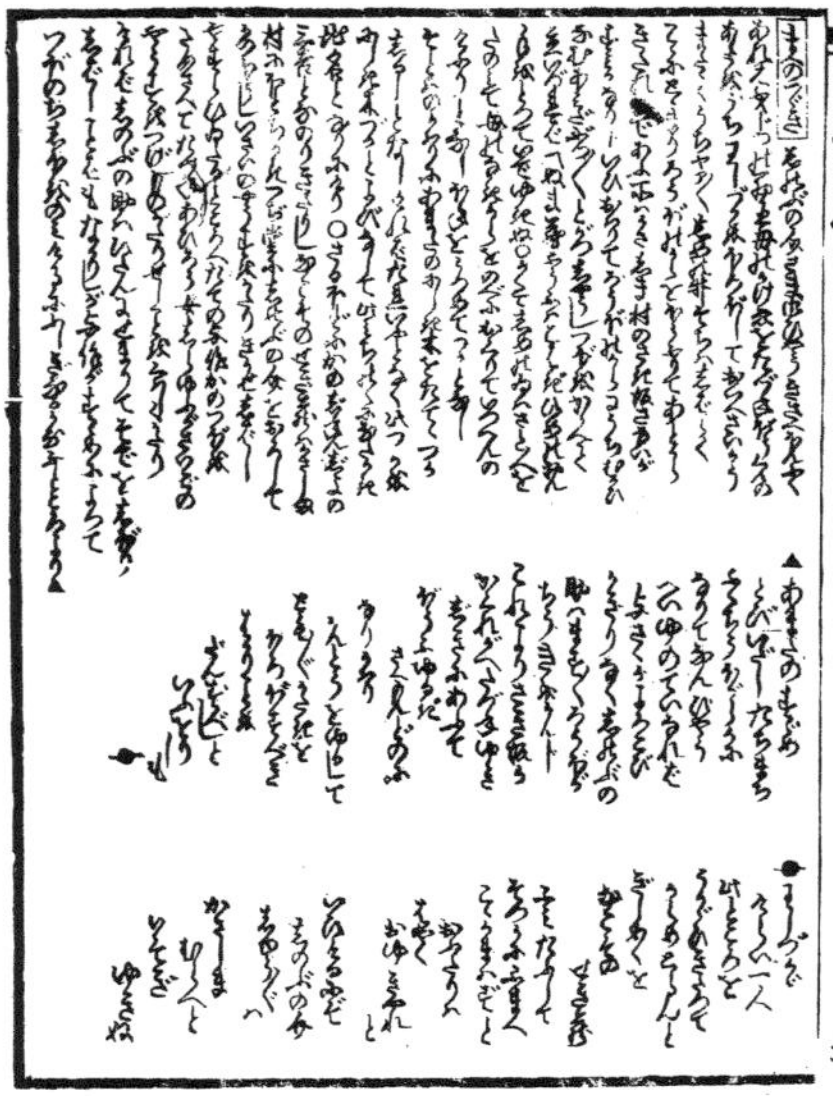

(25)二十ウ

向《む》かひ、南無阿弥陀仏《なむあみだぶつ》〳〵と合掌《がつしやう》し、壺《つぼ》を抱《かゝ》へて立出《いづ》れば、沼蔵夫婦《ぬまふうふ》は木萩姫《こはぎひめ》の御《おん》手を取《と》つて出行《いでゆ》きぬ。

○斯《か》くて標野井《しめのゐ》は、里《さと》人を頼《たの》みて母の亡骸《なきがら》を野辺《のべ》に送《おく》りて一片《いつぺん》の煙《けふり》となし、骨《ほね》を埋《うづ》めて塚《つか》となし、卒塔婆《そとば》の代《かは》りに数多《あまた》の錦木《にしき》を立《た》て、塚標《つかしるし》となしければ、誰言《たれい》ふとなく此《この》塚《つか》を錦木塚《にしきづか》と呼《よ》びなして、此陸奥《みちのく》に名高《なだか》き地名となりにけり。

○さる程《ほど》に、かの自然薯《じねんじよ》の三吉と名乗《なの》り来《きた》りし勿来《なこそ》の関《せき》蔵は、笠嶋《かさしま》村に程近《ほどちか》き辻《つぢ》堂に忍之介《しのぶのすけ》を下《お》ろして介抱《かいほう》し、委《い》細《さい》の様子《やうす》を語聞《かたりき》かせ、暫《しば》し休《やす》ひ居《ゐ》たるところへ、伊達《だての》与作、かの壺《つぼ》を携《たづさ》へて訪逢《たづねあ》ひ、老《ろう》女白木綿《しらゆふ》が最期《さいご》の様子《やうす》を告《つ》げ、物語《ものがたり》せし事《こと》を詳《くは》しく語《かた》りければ、忍之助《しのぶの》は悲嘆《ひたん》に迫《せま》りて袖《そで》を絞《しぼ》り、暫《しば》し言葉《ことば》もなかりしが、与作が薦《す》めによつて、壺《つぼ》の血潮《ちしほ》を飲《の》みけるに、不思議《ふしぎ》なるかな、懐《ふところ》より数多《あまた》の雀飛出《すゞめとびいだ》し、たちまち腹中朗《ふくちうほが》らかになりて難病平癒《なんびやうへいゆ》の体《てい》なれば、与作《さく》が喜《よろこ》び限《かぎ》りなく、忍之助《しのぶの》は益々《ます〳〵》老母《ろうぼ》が忠義《ちうぎ》を感《かん》じ、「これより鷺坂《さぎ》が隠家《かくれが》へ尋行《たづねゆ》き、直《じき》に会《あ》ふて亡父由留木左衛門殿《ぼうふゆるぎさへもんどの》になり代《かは》り、勘当《かんどう》を許《ゆる》して共々《とも〴〵》敵《かたき》を

下編見返し

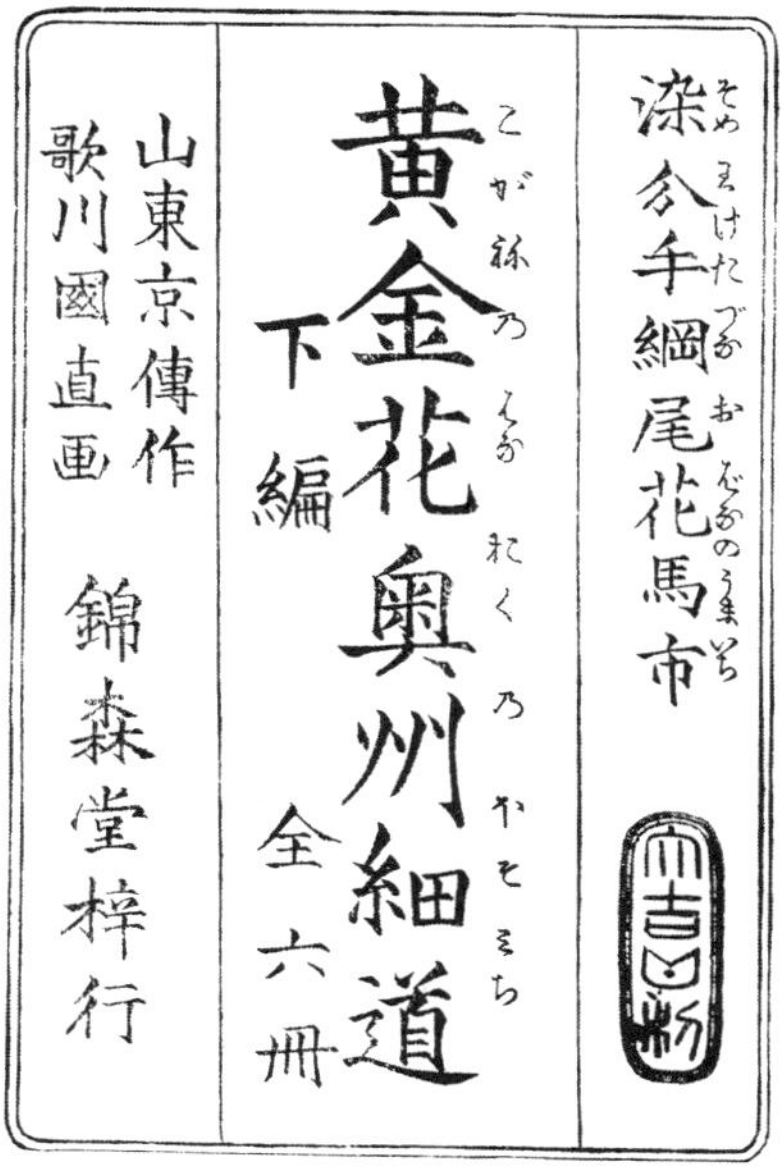

(26)二十一オ

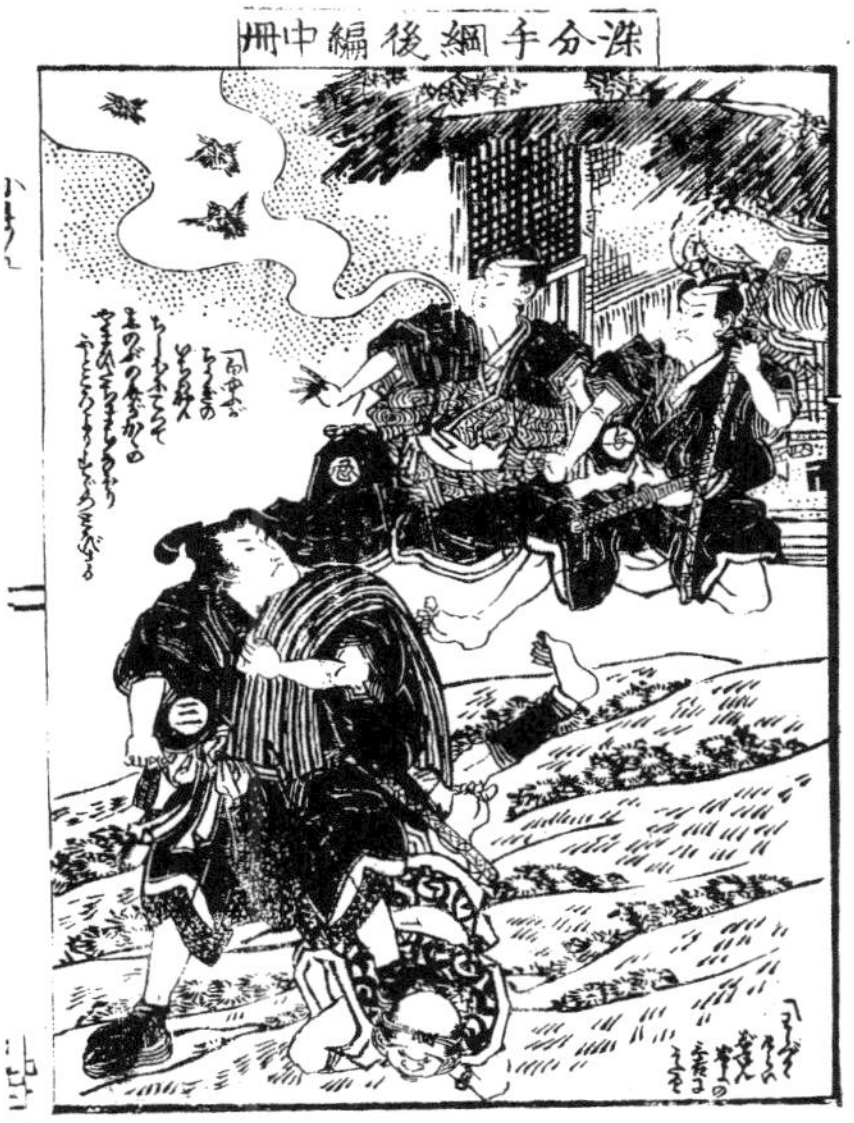

滅《ほろ》ぼすべき謀《はかりごと》を談《だん》ずべし」と言《い》ふ折《をり》しも、鷲塚《わしづか》が家来《けらい》一人、此ところを窺来《うかゞひきた》つて搦捕《からめと》らんと軋《ぎし》めくを、勿来《なこそ》の関《せき》蔵、踏倒《ふみたふ》して足下《そつか》に踏《ふ》まへ、「こゝ構《かま》はずと、御二人《おふたり》は早《はや》く御行《おゆ》きやれと」言《い》ひけるにぞ、忍之《しのぶの》介主従《しゆうぐ》は笠嶋村《かさしまむら》へと急行《いそぎゆ》きぬ。

【下編見返し】

染分手綱尾花馬市《そめわけたづなおばなのうまいち》

大吉日新

黄金花奥州細道《こがねのはなおくのほそみち》

下編　全六冊

山東京伝作

歌川国直画

錦森堂梓行

【中】

(26) 染分手綱後編中冊

白木綿《ゆふ》が忠義《ちうぎ》の一念《いちねん》、血潮《ちしほ》に凝《こ》つて、忍之《しのぶの》介が瘧《かく》の病《やまひ》たちまち治《なほ》り、懐《ふところ》より雀飛去《すゞめとびさ》る。

鷲塚《わしづか》が家来《けらい》、自然薯《じねんじよ》の三吉に討《う》たるゝ。

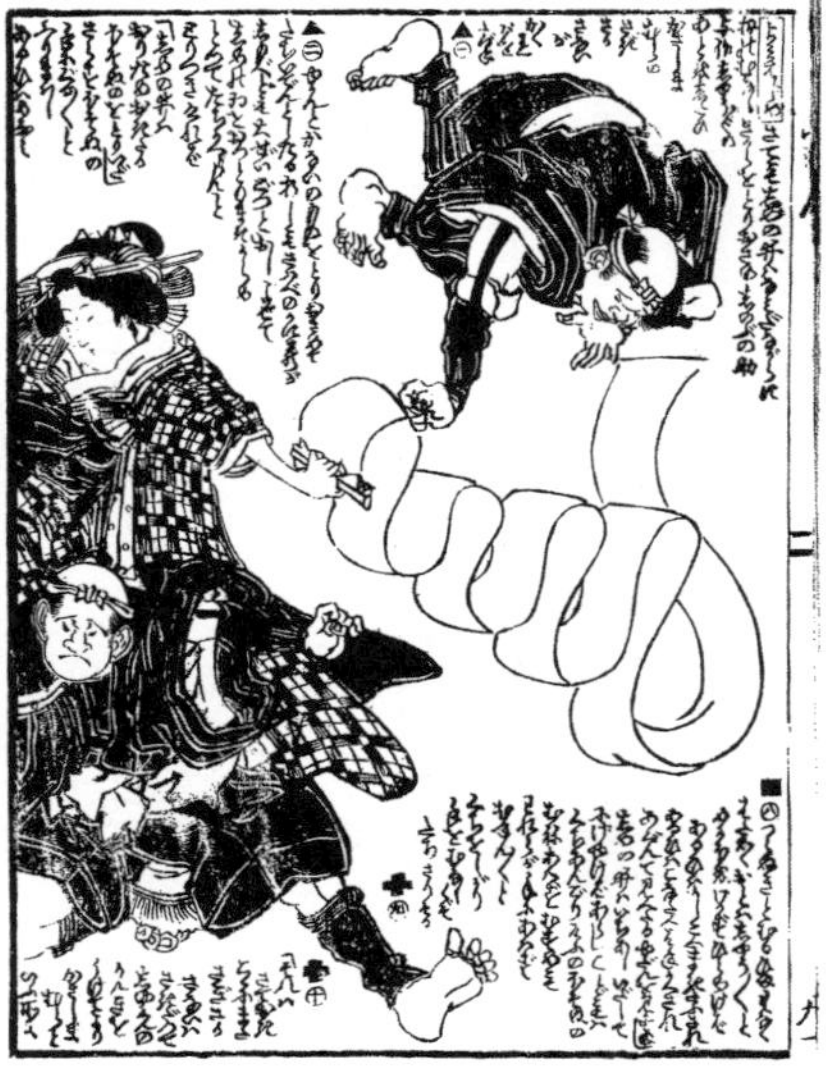

(27) 読《よ》み始《はじ》め　さても標野《しめの》井は涙《なみだ》ながらに母の空《むな》しき骸《から》を取収《とりおさ》め、忍之《しのぶの》助・与作主従《よさくしゅうぐ》の跡《あと》を慕《した》ひ、笠嶋村《かさしまむら》の鷺坂《さぎさか》狭内《さない》が隠家《かくれが》を尋行《たづねゆ》かんと、家内《かない》の者《もの》を取収《とりおさ》めて立出《たちいで》んとしたる折しも、沢辺《さはべ》の蟹《かに》蔵が下部共《しもべども》、大勢《ぜい》どつと押寄《おしよ》せて、標野井《しめのゐ》を押取巻《おつとりま》き、搦捕《からめと》つて立帰《たちかへ》らんと取付《とりつ》きければ、標野《しめの》井は織溜《おりた》め置《お》きたる細布《ほそぬの》を取出《とりいだ》し、晒《さら》す細布《ほそぬの》、手にぐる〳〵と振回《ふりまは》し、あるひは女波男波《めなみおなみ》の形《かたち》、縦《たて》に投《な》ぐるは滝落《たきおと》し、風《かぜ》に靡《なび》かす白旗《しらはた》や、雪《ゆき》の白山《しらやま》、白雲《しらくも》の空《そら》に棚引《たなび》く如《ごと》くにて、手には取《と》られぬ水の月、乙女《おとめ》の姿《すがた》暫《しばら》くも、止《とゞ》めかねたる荒子共《あらしこども》、ありとはすれど帚木《はゝきゞ》の目《め》に見へたるが如《ごと》くにて、晒《さら》す手振《てぶり》の早業《はやわざ》は、予《かね》て手練《しゅれん》の調布《たつくり》や、晒《さら》すかき手の露《つゆ》知らで、貫《つらぬ》き止《と》むる隙《ひま》もなく、はためく音《おと》はしゅう〳〵と目顔《めかほ》を分《わ》かず閃《ひらめ》けば、あるひは彼処《かしこ》へ巻倒《まきたふ》され、あるひは此方《こなた》へ撥返《はねかへ》され、倦《あぐ》んで見へたる油断《ゆだん》を見すまし、標野《しめの》井は逸足出《いちあしいだ》して逃行《にげゆ》けば、荒子共《あらしこども》は口《くち》あんぐり、狭布《けふ》の細布胸合《ほそぬのむねあ》はず、娘《むすめ》も我《われ》らが手《て》に合《あ》はず、無《む》念《ねん》々々《〳〵》と口惜《くちを》しがり、手を空《むな》しくぞ立去《たちさ》りける。

それはさておき此処《こゝ》に又《また》、鷺坂狭内《さぎさかさない》は先《さき》だつて、主君《しゅくん》の勘気《かんき》を受《う》けてより、笠嶋村《かさしまむら》といふ所へ浪人《ろうにん》の侘《わび》しき暮《くら》しをなしけるが、関《せき》の小万《まん》も、今は夕浪《なみ》と名《な》を替《か》へて付添《つきそ》ひぬ。然《しか》るに由留《ゆる》木の家没落《いへぼつらく》の刻《きざ》み、伊達《だての》与作《さく》、主人《しゆじん》の若君《わかぎみ》月若《わか》を懐《ふところ》にして立退《たちの》き、鷺坂《さぎさか》が住処《すみか》を尋《たづ》ね、次《つぎ》へ続《つゞ》く

（28）前《まへ》の続《つゞ》き夕浪《なみ》に幸《さいは》ひ乳《ち》ありければ、月若《わか》を預《あづ》けて養育《よういく》を頼置《たのみお》きぬ。

(28)二十二ウ

二十三オ

○さて忍之《しのぶの》介・与作《さく》もろとも鷺坂《さぎさか》が住処《すみか》へ来《きた》り、斯様《かやう》々〱と詳《くは》しき事《こと》を語《かた》り、「老母白木綿《しらゆふ》が遺言《ゆいげん》により、我《われ》、舅《しゆうと》左衛門殿《さへもんどの》に代《か》はり勘当許《かんどうゆる》すなり」と言《い》ひければ、狹内《さない》は大に喜《よろこ》びけるが、又老母《ろうぼ》が自害《じがい》と聞《き》きて悲《かな》しむ事《こと》大方《かた》ならず。斯《か》かる所へ標野井《しめのゐ》も遅馳《おくれば》せに此所へ来《きた》り、姉《あね》夕浪《なみ》ともろともに母の最期《さいご》を悲《かな》しみて、悲嘆《ひたん》に袖《そで》をぞ絞《しぼ》りける。さてしもあるべき事《こと》ならねば、近《ちか》き村の空家《あきや》を借《か》り、忍《しのぶ》之《の》助、与作、標野井《しめのゐ》三人を暫《しばら》く此所《こゝ》に住《す》まはせけり。

○さて又《また》ある日、狹内《さない》が留守《るす》に女房夕浪《ぼうゆふなみ》、縁先《ゑんさき》にて月若《わか》を遊《あそ》ばせゐたるに、大なる荒鷲飛来《あらわしとびきた》つて、月若《わか》を摑《つか》み、飛去《とびさ》りければ、夕浪《ゆふなみ》は空《そら》を仰《あふ》ひで悲《かな》しみしが、翼《つばさ》なければ詮方《せんかた》なく、夫《おつと》に対《たい》して言訳《いひわけ》なしと、自害《じがい》せんとしたる所へ狹内《さない》帰来《かへりきた》り、押止《おしとゞ》め様子《やうす》を聞《き》いて仰天《ぎやうてん》せしが、汝《なんぢ》が死《し》んだとて月若様《わかさま》の返《かへ》るべき道理《どうり》もなし。今死《し》ぬる命《いのち》を長《なが》らへ、夫《ふう》婦《ふ》とも〴〵、此辺《へん》の山々《く》を命《いのち》の限《かぎ》りに探《さがし》見《み》て、いよ〱御行方《おゆくへ》知《し》れずんは、夫婦《ふうふ》ともに死《し》ぬべしと、押止《おしとゞ》め、

次《つぎ》へ続《つゞ》く

大きなる荒鷲《あらわし》、月若《わか》を攫行《さらひゆ》く。

(29)二十三ウ

二十四オ

(29) 前《まへ》の続《つゞ》き その身《み》は近《ちか》き山々《く》を尋巡《たづねめぐ》りぬ。

さて夕浪《なみ》は神仏に大願《ぐわん》掛《か》け、近《ちか》き山の滝《たき》に打《う》たれ、一七日が間《あいだ》、断食《だんじき》して命《いのち》を限《かぎ》りに祈《いの》りけり。

○こゝに又、日額《ひぬかの》太刀蔵は笠嶋《かさしま》の山中に野武士《のぶし》、山賊《だち》の味方《みかた》を多《おほ》く集《あつ》め、時節《じせつ》を窺《うかゞ》ひ旗揚《はたあげ》して北朝《ほくちやう》を傾《かたふ》けんと、その用意専《よういもつぱ》らなりしが、ある日、我《わ》が住《す》む岩窟《がんくつ》の辺《へん》に大きなる荒鷲飛来《あらわしとび》りければ、これを射取《ゐと》りて矢の羽《はね》にせばやと思《おも》ひ、重籐《しげどう》の弓に矢を番《つが》へ、目当《めあ》て違《たが》はず射落《ゐお》として、よく〳〵見れば二才ばかりの幼子《おさなご》を摑《つか》みゐたり。未《いま》だ傷《きづ》も付《つ》かず恙《つゝが》なかりしが、腰《こし》に付《つ》けたる守袋《まもりぶくろ》の内《うち》を見《み》れば、臍《へそ》の緒《を》の包《つゝみ》あつて、上書《うはがき》に文字摺忍《もじずりしのぶ》之介《の》一子月若《わか》と記《しる》したれば、こはよきものが手に入《い》つたり、後日《ごにち》もし、我《われ》を敵《かたき》なんど、言《い》はん時《とき》、これ屈強《くつきやう》の人質《じち》なりと、奪置《うばひお》きたる女のうちに、幸《さいは》ひ乳《ち》ありければ、岩窟《がんくつ》の内《うち》にて養育《よういく》をぞしたりける。

さるほどに、夕浪《ゆふなみ》は一七日の荒行《あらぎやう》に身体疲《しんたいつか》れ、命《いのち》も危《あや》うく見へけるが、忠義《ちうぎ》の一心通《いつしんつう》じてや、西王母・七仙女の神霊現《れいあらは》れ給《たま》ひて夕浪《ゆふなみ》を助上《たすけあ》げ、三千歳《みちとせ》になるてふ桃《もゝ》の実《み》

（30）二十四ウ

二十五オ

を喰《く》はせ給《たま》へば、 次《つぎ》へ続《つゞ》く

（30） この一枚《まい》おいて 次《つぎ》を読《よ》むべし

西王母・七仙女、夕浪《ゆふなみ》を救《すく》ひ給《たま》ふ。

夕浪《ゆふなみ》、荒行《あらぎやう》に気絶《きぜつ》して谷川に溺《おぼ》るゝ。

(31)二十五ウ

(31) 前《まへ》の続《つゞ》き　忽《たちま》ち蘇生《そせい》をしたりけり。時《とき》に西王母　曰《のたまは》く「我々《われ〳〵》は由留《ゆる》木の家《いへ》の宝《たから》、掛絵《かけゑ》の精霊《せいれい》なり。月若《わか》は恙《つゝが》なく此山の奥《おく》の岩窟《がんくつ》に住《す》む、日額《ひぬかの》太刀蔵といふ者《もの》に養《やしな》はれゐるなり。その太刀《たち》蔵こそ即《すなは》ち敵《かたき》なり」と告《つ》げ給《たま》ひて、掻《かき》消《け》す如《ごと》く失《う》せ給へば、夕浪《ゆふなみ》は夢《ゆめ》の覚《さめ》たる如《ごと》くにて、天地を拝《はい》して大に喜《よろこ》び、夫狭内《おつとさない》に斯様《かやう》々《〳〵》と告《つ》げければ、狭内《さない》も大に喜《よろこ》び、かの岩窟《がんくつ》へ立寄《たちよ》るべき謀《はかりごと》を工夫《くふう》なし、敵《かたき》とあれば我々《われ〳〵》ばかりは向《む》かはれず、先《ま》づ主君忍之介《しゆくんしのぶの》様《さま》、伊《だ》達《ての》与作《さく》にも知《し》らすべしと、かの隠家《かくれが》へ急《いそ》ぎけり。

標野井《しめの》は肩《かた》に上《あ》げある振袖《ふりそで》を着《き》て、まだ歳行《としゆ》かぬ娘と見《み》せ、名も道中双六《すごろく》のお才《さい》と変《か》へて、女馬子《まご》となり、街道《かいどう》に出《いで》て数多《あまた》の旅人《たび》を乗《の》せ敵《かたき》の詮議《せんぎ》、宝《たから》の在処《ありか》を尋《たづ》ぬる便《たよ》りとせしが、美《うつく》しき女馬子《まご》なれば雇《やと》ふ人多《おほ》く、賃銭《ちんせん》も多《おほ》く取《と》りて、主人と夫《おつと》を楽々《らく〳〵》と養《やしな》ひけり。

然《しか》るに、ある日、一人《ひとり》の下部《しもべ》を馬に乗《の》せしが、いたく酒《さけ》に酔《ゑ》ひて、状箱《ばこ》を忘《わす》れて行《ゆ》きければ、標野井《しめの》これを取《と》つて見るに、怪《あや》しき状箱《ばこ》なれば、もしや敵《かたき》の手懸《てが》りかと、宿《やど》へ携《たづさ》へ帰《かへ》りけり。　次へ続《つゞ》く

(32)二十六オ

【下】染分手綱後編下冊

(32) 前《まへ》の続《つゞ》き 斯《か》くて標野井《しめのゐ》は、かの状箱を持《も》ちて我《わ》が家《や》に帰《かへ》り、与作《さく》に見せけるに、与作《さく》、手早《てばや》くこれを開《ひら》きて見るに、これ陰謀《いんぼう》を企《くはだ》つる密書《みつしよ》にて、鷲塚郡領《わしづかぐんりやう》の方《かた》へ、日額《ひぬかの》太刀蔵方《かた》より遣《つか》はす状なり。与作これを見て心付《づ》き、何時《いつ》ぞや夜中、由留《ゆる》木の館《やかた》へ駆付《かけつ》ける途中《とちう》にて曲者《くせもの》に出会《いであ》ひ、その時拾《ひろ》ひ取《と》つたる一通《つう》を取出《とりいだ》し、此密書《みつしよ》と引合《ひきあ》はせてみるに、疑《うたが》ひもなき同毫なれば、さては主君《しゆくん》由留《ゆる》木の左《さ》衛門様《へもんさま》を討《う》つて立退きたる何時《いつ》ぞやの曲者《くせもの》は、日額《ひぬかの》太刀蔵といふ者《もの》にてありしか。先《ま》づ敵《かたき》の名《な》の知《し》れたるは喜《よろこ》ばしと、忍之《しのぶの》介にも此密書《みつしよ》を見《み》せける所へ、彼《か》の下部《しもべ》、標野《しめの》井《ゐ》が跡《あと》を慕《した》つて此所へ来り、我《わ》が忘置《わすれお》きたる大事《だいじ》の状箱《ばこ》を早《はや》く渡《わた》せ、と喚《わめ》きける。標野《しめの》井、与作に向《む》かひ、「状箱《ばこ》を忘《わす》れしは此下部《しもべ》なり」と言《い》へば、与作は幸《さいは》ひと喜《よろこ》び、下《しも》部《べ》を捕《とら》へて厳《きび》しく締付《しめつ》け、「有様《ありやう》に白状《はくじやう》せば、命ばかりは助《たす》けやらん」と言《い》ひければ、下部《しもべ》は大に驚《おどろ》き、アイ〳〵申します〳〵。私《わたくし》は斯様《かやう》に奴《やつこ》の姿《すがた》に身をやつしましたが、実《じつ》は日額《ひぬかの》太刀蔵殿《どの》の味方《みかた》の者《もの》でござると、実《まこと》を明《あ》かし、

(33)二十六ウ

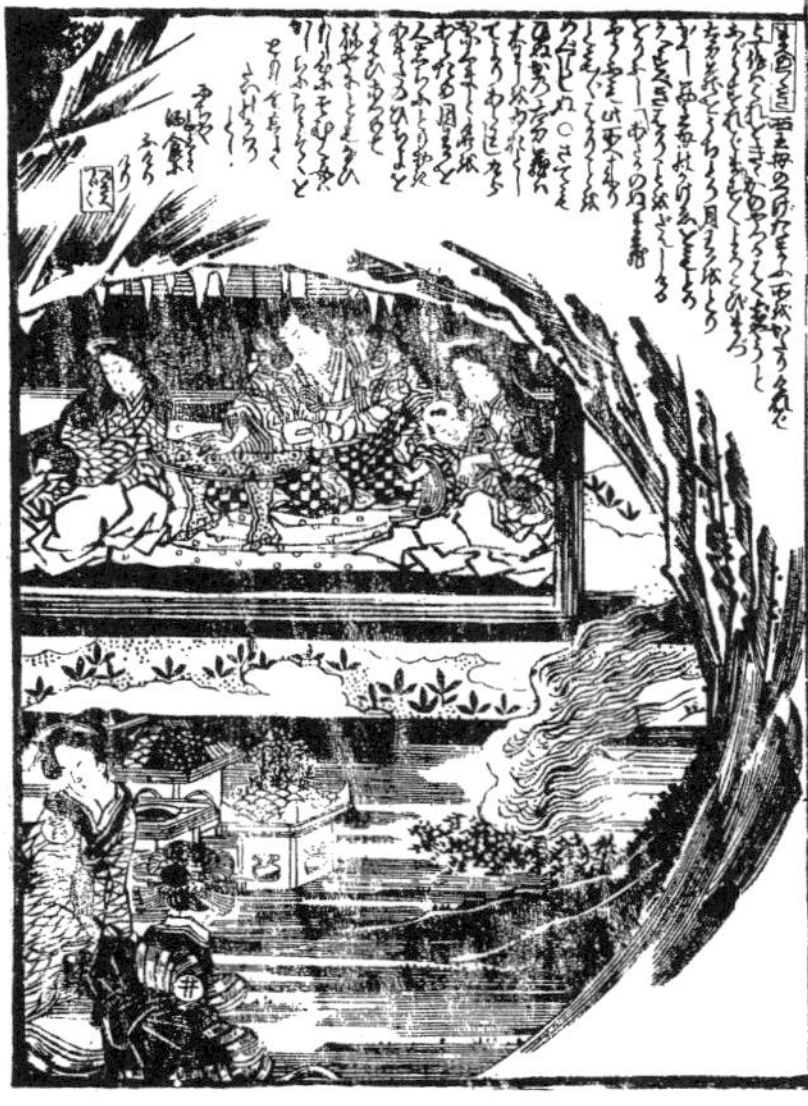

二十七オ

太刀蔵、鷲塚郡領《わしづかぐんりやう》に頼《たの》まれて由留《ゆる》木の左衛門《さへもん》を討《う》つたる事《こと》、鷲塚《わしづか》を味方《みかた》につけて北朝《ちやう》を傾《かたむ》けんと陰謀《いんぼう》を企《くはだ》つる事《こと》、笠嶋《かさしま》山の岩窟《がんくつ》に住《す》む事《こと》まで、残《のこ》らず白状《はくじやう》しければ、与作はこれを聞終《きゝお》はりて首《くび》打落《お》とし、忍之《しのぶの》介もろとも天地《てんち》を拝《はい》して喜《よろこ》ぶところへ、鷺坂狹内夫婦《さぎさかさないふうふ》、忙《いそが》はしく来《きた》り、詳《くは》しき事《こと》を語《かた》り、

次へ続《つゞ》く

(33) 前《まへ》の続《つゞ》き 西王母の告《つ》げ給《たま》ふ所を語《かた》りければ、与作はこれを聞《き》き、かの奴《やつ》が白状《はくじやう》と符合《ふがう》すれば益々《ます〳〵》喜《よろこ》び、先《ま》づ太刀蔵を討取《うちと》り、月若《わか》を取返《とりかへ》し、西王母の掛絵《かけゑ》をも取返《とりかへ》すべき謀《はかりごと》を談《だん》じける折節《をりふし》、安積沼《あさかのぬま》蔵夫婦《ふうふ》も此所へ来り、共々《とも〴〵》謀《はかりごと》を巡《めぐ》らしぬ。

○さても日額《ひぬかの》太刀蔵は大鷲《わし》を射落《ゐお》としてより、荒鷲《あらわし》九郎鬼熊《おにくま》と名を改《あらた》め、月若《わか》を人質《じち》に取置《とりお》き、数多《あまた》の美女《びぢよ》を奪《うばひ》集《あつ》めて閨《ねや》に伴《ともな》ひ、もし心に背《そむ》く女は頭《かしら》に蠟燭《らうそく》を灯《とも》す燭台《しよくだい》の替《かは》りとし、日夜酒食《にちやしゆしよく》に耽《ふけ》りけり。

次《つぎ》へ続《つゞ》く

(34)二十七ウ　二十八オ

(34) 前《まへ》の続《つゞ》き　さてある夜《よ》、旅《たび》の女三人、男に衣装《いしやう》入と書《か》きたる長持《ながもち》を担《かつ》がせ、笠《かさ》嶋山の岩窟《がんくつ》に来《きた》り、「一夜《いちや》の宿《やど》を貸《か》し給へ」と言《い》ふ。荒鷲《あらわし》九郎が手下《した》の者《もの》これを怪《あや》しみ、何者《もの》なれば、女の身にて斯《か》かる嶮岨《けんそ》の深山《しんざん》に迷来《まよひき》しやと尋《たづ》ぬれば、我々《われ〳〵》は舞《まひ》女にて旅芝居《たびしばゐ》をしに歩《あり》く者《もの》なるが、此山道に踏迷《ふみまよ》ひ、夜に入《い》りて難儀致《なんぎいた》します。どうぞお情《なさ》けに一夜《いちや》の宿《やど》をお貸《か》しなされて下《くだ》されませと、願《ねが》ふ言葉《ことば》も艶《なま》めきて、皆美《みなうつく》しき女なれば、手下《した》の者《もの》ども現《うつゝ》を抜《ぬ》かし、此通《とほ》り荒鷲《あらわし》九郎へ告《つ》げゝれば、「舞《まひ》女とあれば幸《さいは》ひなり、これへ通《とほ》して舞《まひ》を舞《ま》はせよ」と言《い》ふにぞ、「然《しか》らばこれへ」と言《い》ひ、三人の女を荒鷲《あらわし》の目通《どほ》りに出《いだ》し、荷担《にかつ》ぎの二人の男は次《つぎ》の方《かた》に控《ひか》へさせたり。九郎は三人の女を見《み》るに、何《いづ》れも美《うつく》しければ、「好《よ》き酒の相手《あいて》なり、疾《と》く〳〵舞《まひ》を始《はじ》めよ」と言《い》ふ。

此三人の女、一人は夕浪《なみ》、一人は標野井《しめのゐ》、一人は安積《あさかの》沼《ぬま》蔵が妻《つま》お露《つゆ》なり。二人の男は鷺坂《さぎさか》と沼蔵《ぬま》なり。夕浪《なみ》は予《かね》て舞《まひ》の上手なりければ、携《たづさ》へたる長持《ながもち》の内《うち》より装束《しやうぞく》を出《いだ》し、標野井《しめのゐ》、お露《つゆ》に鼓《つゞみ》・笛《ふゑ》を囃《はや》させて、道成寺の仕方舞《しかたまひ》を始《はじ》めければ、九郎をはじめ、数多《あまた》の武士《ぶし》、山賊《だち》、現《うつゝ》を抜《ぬ》かし、大盃《さかづき》を傾《かたふ》けて大に興《きやう》を催《もよほ》し、皆《みな》いたく酔潰《ゑひつぶ》れ、人々《〱》眠《ねふ》れば、よき隙《ひま》ぞと夕浪《ゆふなみ》は、立舞《たちま》ふ振《ふ》りにて打杖《うちづゑ》に仕込《しこ》みたる

次《つぎ》へ続《つゞ》く

(35) 前《まへ》の続《つゞ》き　剣《つるぎ》を抜現《ぬきあらは》し、九郎を唯一突《たゞひとつき》と狙寄《ねらひよ》る。

九郎はむつくと起上《おきあ》がり、夕浪《ゆふなみ》を捉《とら》へて膝《ひざ》の下《した》に敷《し》き、斯《か》くあらんと思《おも》ひしゆゑ、酔《ゑ》ひたる振《ふ》りにて窺《うかゞ》ひしに、果《は》たして敵《かたき》の廻《まは》し者《もの》。サア何者《なにもの》なるぞと締付《しめつ》ければ、無《む》念々《ねん〳〵》と身を焦《あせ》る。時《とき》に鷺坂《さぎさか》、側《そば》に有合《ありあ》ふ懸盤《かけばん》の飯椀《めしわん》取《と》つて差付《さしつ》ければ、心火《しんくわ》ぱつと燃上《もへあ》がり、数多《あまた》の雀群《すゞめぐん》をなし、九郎は忽《たちま》ち悶絶《もんぜつ》す。

その隙《ひま》に衣裳櫃《いしやうびつ》の中に隠《かく》れゐたる伊達《だての》与作、籠手脛当《こてすねあて》にて躍出《おどりい》で、「ヤア〳〵お騒《さわ》ぎあるな荒鷲《あらわし》九郎、何時《いつ》ぞや由留《ゆる》木の館《やかた》の近辺《きんぺん》にて、夜中《やちう》に行会《ゆきあ》ふ曲者《くせもの》は御《おん》身なる事《こと》疑《うたが》ひなし。その時拾《ときひろ》ひし一通《つう》と、御身《おんみ》が鷲塚郡領《わしづかぐんりやう》へ送《おく》られたる此密書《みつしよ》と同筆なるにて分明《ふんみやう》なり。鷲塚《わしづか》に頼《たの》まれて主君由留《しゆくんゆる》木左衛門を討《う》ち、北朝《ちやう》を傾《かたふ》けんと陰謀《いんぼう》を企《くは》て給《たま》ふ事《こと》、手下《てした》の者《もの》の白状《はくじやう》にて詳《くは》しく聞《き》いたり。最早《もはや》敵《かな》はぬ、腕回《うでまは》せ」と呼《よ》ばゝれば、さしもの九郎、歯噛《はがみ》をなし、「汝《なんぢ》等如《らごと》き匹夫《ひつぷ》のために見顕《みあらは》されたる悔《くや》しさよ。何奴《どいつ》も此奴《こいつ》も摑殺《つかみころ》す、観念《くわんねん》せよ」と呼《よ》ばゝつたり。此時《とき》、沼《ぬま》蔵夫婦《ふうふ》、標野井《しめのゐ》らは、合図《あいづ》の鼓《つゞみ》を打鳴《な》らせば、木魂《こだま》に響《ひゞ》く如《ごと》くにて、合図《あいづ》を合《あ》はする陣鉦《ぢんがね》・太鼓《たいこ》、乱声《らんぢやう》に打鳴《うちな》らし、文字《もじ》摺忍《ずりしのぶ》之《の》介、陣羽織《ぢんばおり》に腹巻《はらまき》にて、士卒《しそつ》を残《のこ》らず雀踊《すゞめおどり》の体《てい》に出立《いでた》たせ、此岩窟《がんくつ》を取巻《とりま》いたり。荒鷲《あらわし》九郎はちつとも騒《さは》がず、月若《わか》を捉《とら》へ、手向《む》かひなさば此餓鬼奴《がきめ》を芋刺《いもざし》と、当座《とうざ》の人質《じち》に皆々《みな〳〵》手差《さ》しもならざりしに、傍《かたは》らに掛置《かけお》きたる西王母の絵抜出《ゑぬけいで》て、団扇《うちは》をもつて招《まね》き給《たま》へば、九郎は忽《たちま》ち五《ご》体竦《たいすく》みたぢろぐ隙《ひま》に、与作駆寄《かけよ》り、月若《わか》を奪取《うばひと》れば、忍《しのぶ》之《の》介走寄《はしりよ》つて九郎を打取《と》り、西王母の掛絵《かけゑ》を取返《とりかへ》し、勝《かち》鬨《どき》をどつと作《つく》りしは、勇《いさ》ましかりし次第《しだい》なり。此勢《いきほ》ひに乗《じやう》じて忍之介《しのぶのの》、皆々《みな〳〵》引連《つ》れ、鷲塚郡領《わしづかぐんりやう》が館《やかた》へ押寄《おしよ》せ、郡《ぐん》領《りやう》を討取《うちと》り、管領《くわんれい》由利《ゆり》之《の》介達元《すけたつもと》をもつて、

次《つぎ》へ続《つゞ》く

(36)

前《まへ》の続《つゞ》き

此由《よし》を武将義教《よしのり》公へ聞《き》こへければ、御感《かん》なゝめ

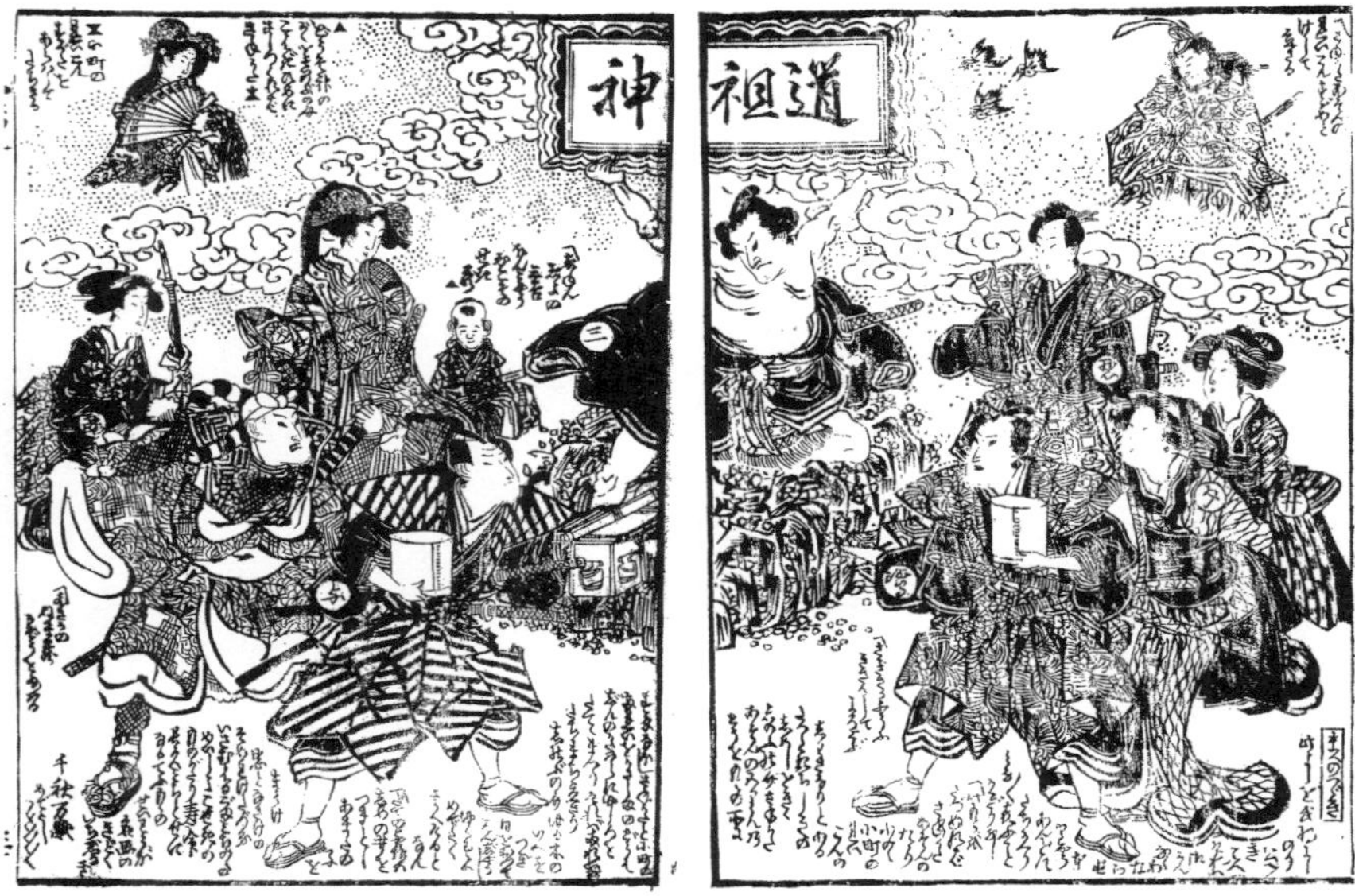

ならず。本領安堵《りやうあんど》に立返《たちかへ》り、皆々《みなく》喜ぶ事限《ことかぎ》りなし。

此元《もと》を尋《たづ》ぬれば、実方朝臣《さねかたあそん》の祟《たゝ》り、小野《のゝ》小町の霊魂《れいこん》の仕《し》業《わざ》なりと、ある尊《たつと》き知識《ちしき》の示《しめし》を聞《き》き、忍之《しのぶの》介、実方朝臣《さねかたあそん》の五輪《りん》の塔《とう》を元《もと》の所に据直《すゑなほ》し、実方《さねかた》と小町の両霊《れい》を、笠嶋《かさしま》の道祖神《どうそじん》の傍《かたは》らに社《やしろ》を建《た》て、祀《まつ》りければ、両霊《りやうれい》は忽《たちま》ち立去《さ》り、忍之《しのぶの》介、由留《ゆる》木の家《いへ》を継《つ》ぎ、日を追《お》つて繁昌《はんじやう》し行《ゆ》く末《すへ》めでたく栄《さか》へけるとなん。

伊達《だての》与作は、標野《しめの》井を妻《つま》とし、数多《あまた》の子をまうけ、忠と情《なさ》けの染分手綱《そめわけたづな》、勇《いさ》む春駒陸奥《はるごまみちのく》の名所古跡《めいしよこせき》の物語《ものがたり》、寿命長久三千歳《みちとせ》に、なるてふ桃《もゝ》の西王母《せいわうぼ》、名画の奇特《きどく》著《いちじる》き。

千秋万歳めでたし〳〵〳〵〳〵。

実方朝臣《さねかたあそん》の霊魂《れいこん》、雀《すゞめ》と化《け》して立去《さ》る。

鷺坂夫婦《さぎさかふうふ》、帰参《きさん》して喜《よろこ》ぶ。

自然薯《じねんじよ》の三吉、本名勿来《ほんみやうなこそ》の関《せき》蔵、道祖《どうそ》神の額《がく》を、忍之《しのぶの》介、木萩姫《こはぎひめ》に差付《さしつ》くれば、実方《さねかた》・小町《こまち》の霊魂《れいこん》、姿《すがた》を顕《あらは》して立去《たちさ》る。

道祖神

安積沼《あさかのぬま》蔵、加増《かぞう》を給はる。

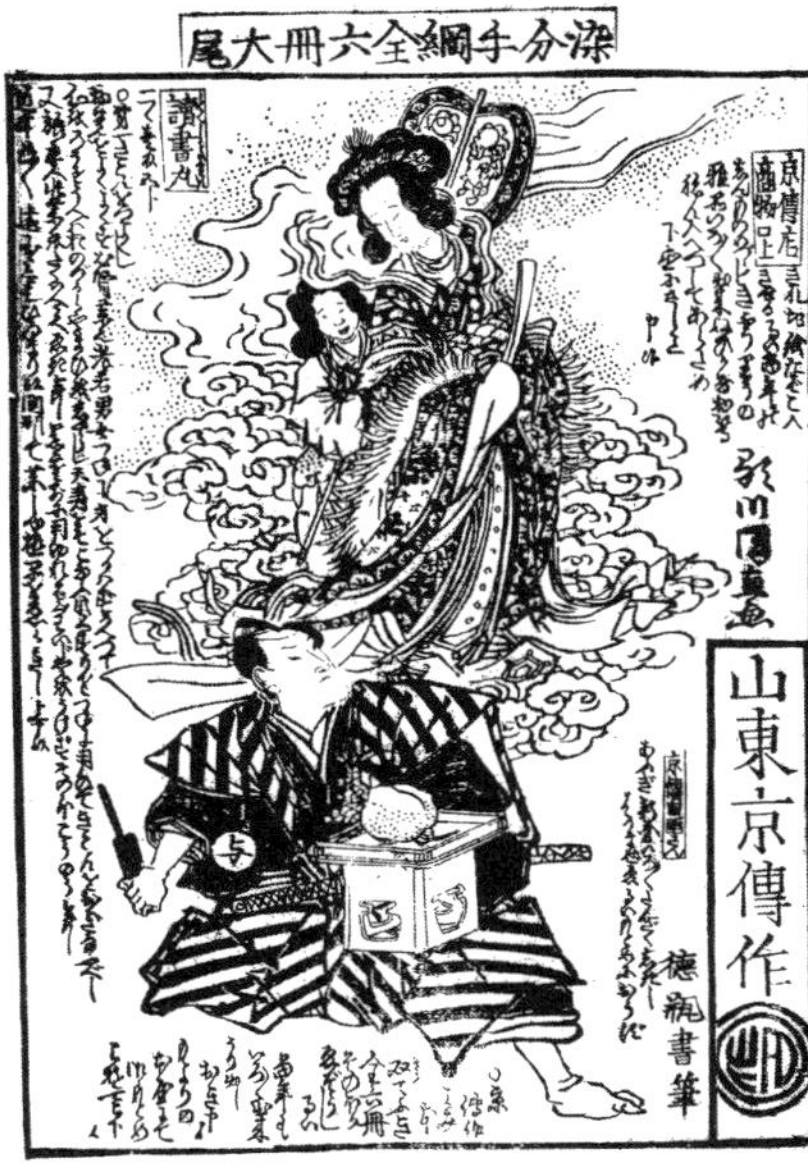

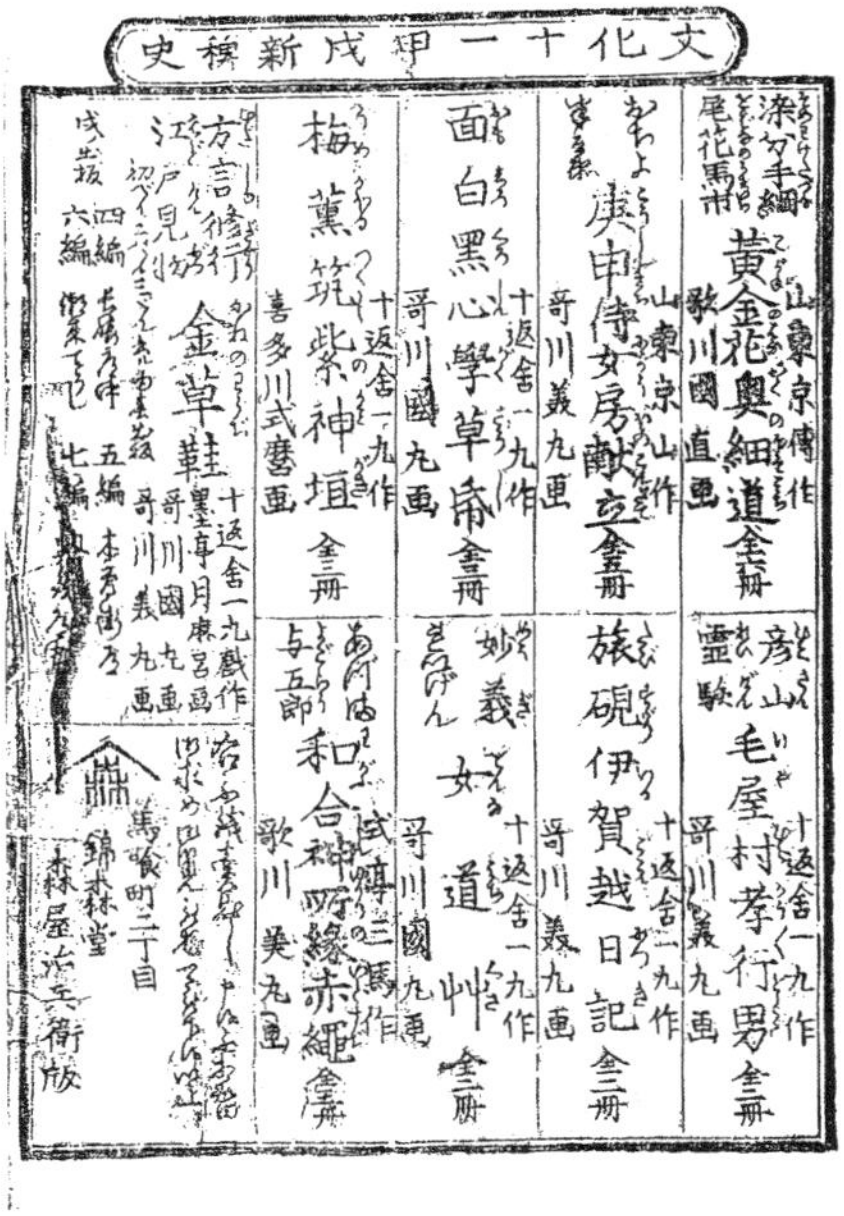

(37)

染分手綱全六冊大尾

歌川国直画　山東京伝作㊞

徳瓶書筆

京伝店商物口上　裂地《きれ》・紙煙草《たばこ》入・煙管類《きせるるい》、当年の新物《しんもの》、珍《めづら》しき風流《ふうりう》の雅品色〳〵《いろ〳〵》出来。縫金物《ぬひかな》等、念《ねん》入、別《べつ》してあらため下直に差《さし》上申候。

京伝自画賛《さん》

扇《あふぎ》、新図色〳〵《いろ〳〵》、短冊《たんざく》・色紙《しきし》・貼交絵類《はりまぜゑるい》、求《もと》めに応《おう》ず。

○京伝作読本《よみ》　双蝶記《さうてふき》　全六冊

そのほか絵草紙類《ゑぞうしるい》、当年も色〳〵《いろ〳〵》出来、売《うり》出し置《お》き申候。最《も》寄《より》の本屋にて御求《もと》め被遊可被下候。

讀書丸《とくしよぐわん》　一包《っ、〔み〕》　壱匁五分

○第一気根《きこん》を強《つよ》くし、物覚をよくよくす御腎薬也。老若男女常《つね》に身を使《つか》はず、かへつて心を労《らう》す上《うへ》は、おのづから病《やまひ》を生《しやう》じ天寿を損《そこ》なふ。此薬《くすり》を常《つね》に用ひて気根《きこん》を補《おぎな》ふべし。又、旅立人、此薬を蓄《たくは》へて益《ゑき》多し。暑寒前に用ゆれば害邪《ぐわいじや》を受《う》けず。その外効能《こうのう》多し。近年、追〳〵《おい〳〵》遠国迄も弘《ひろ》まり候間、別して薬種《しゆ》極品を選《ゑら》み差《さし》上申候。

ふところに
かへ服紗《ふくさ》あり
燕子花《かきつばた》

草履《ざうり》打《うち》所縁《ゆかりの》色揚《いろあげ》

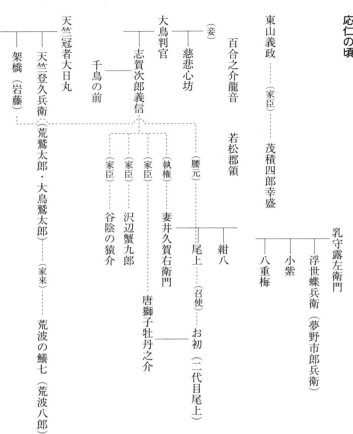

応仁の頃

東山義政……（家臣）……茂積四郎幸盛

百合之介龍音　若松郡領

（妾）
慈悲心坊

大鳥判官
志賀次郎義信
千鳥の前

天竺冠者大日丸
天竺登久兵衛（荒鷲太郎・大鳥鷲太郎）……（家来）……荒波の鱶七（荒波八郎）
架橋（岩藤）

（腰元）尾上……（召使）……お初（二代目尾上）
（執権）妻井久賀右衛門
（家臣）唐獅子牡丹之介
（家臣）沢辺蟹九郎
（家臣）谷陰の猿介

紺八

乳守露左衛門
浮世蝶兵衛（夢野市郎兵衛）
小紫
八重梅

［前編見返し］

ふところにかへ服紗《ふくさ》あり燕子花《かきつばた》

草履打《ざうりうち》所縁《ゆかりの》色揚《いろあげ》　前編

全六冊

山東京伝作

歌川美丸画

岩戸屋印行

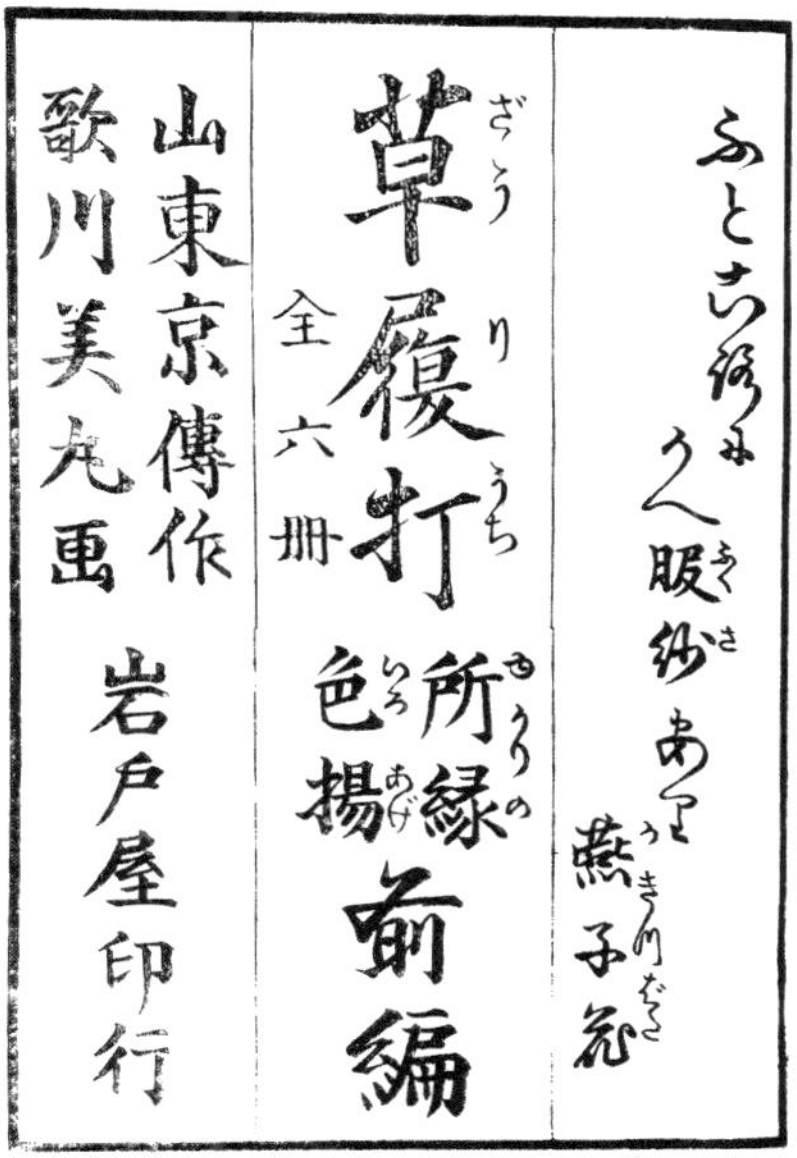

前編見返し

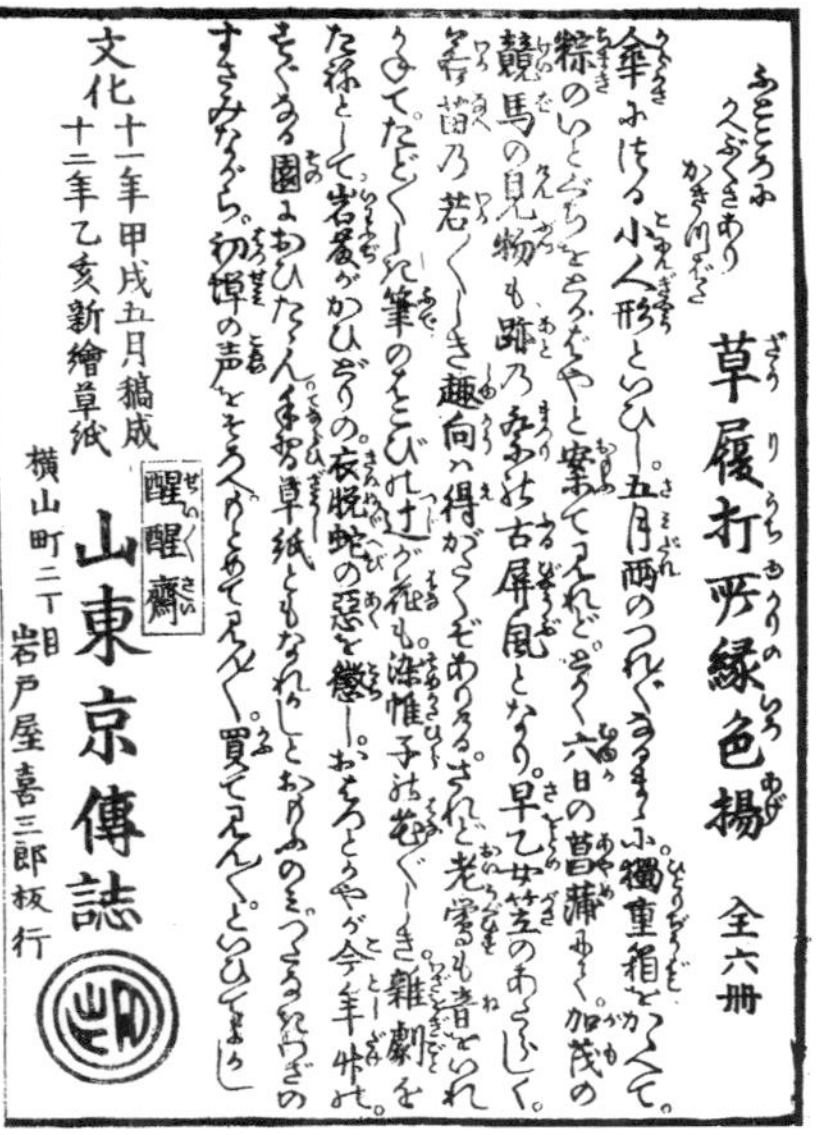

(1) 一オ

[前編]

[上]

(1) ふところに　かへぶくさあり　かきつばた　草履打所縁色揚《ざうりうちゆかりのいろあげ》　全六冊

傘《からかさ》につる小人形《こにんぎやう》といひし。五月雨《さみだれ》のつれ〴〵なるまゝに。独重箱《ひとりぢうばこ》をかゝへて。粽《ちまき》のいとぐちをとかばやと案《おもふ》て見れど。とかく六日《むゆか》の菖蒲《あやめ》にて。加茂《かも》の競馬《けいば》の見物《けんぶつ》も。跡《あと》の祭《まつり》の古屏風《ふるびやうぶ》となり。早乙女笠《さをとめがさ》のあたらしく。若苗《わかなへ》の若《わか》〳〵しき趣向《しゆかう》は得《え》がたくぞありける。されど老鶯《おいうぐひす》も音《ね》をいれかねて。たど〳〵しき筆《ふで》のはこびの辻《つじ》が花《はな》も。染帷子《そめかたびら》の花《はな》〴〵しき。雑劇《わざをぎごと》をたねとして。岩藤《いわふぢ》がかひどりの。衣脱蛇《きぬぬぐへび》の悪《あく》を懲《こら》し。おはつとかやが今年竹《ことしだけ》の。直《すぐ》なる園《その》におひたゝん。手習草紙《てならひざうし》ともなれかしとおもふのみ。つたなきわざのすさみながら。初蝉《はつせみ》の声《こゑ》をそろへ。もとめて見ん〳〵。買《かふ》て見ん〳〵。といひてよかし。

文化十一年甲戌五月稿成
十二年乙亥新絵草紙　醒醒斎《せい〳〵さい》　山東京伝誌㊞

（2）一ウ

二オ

横山町二丁目　岩戸屋喜三郎板行

（2）
○天竺冠者大日丸《てんぢくくわんじやだいにちまる》が一子《いつし》、天竺登久兵衛《てんぢくとくべゑ》
○尾上《をのへ》が召使《めしつかひ》お初《はつ》、後《のち》に二代目尾上《をのへ》と名乗《なの》る。
○播州高砂《ばんしうたかさご》の漁師《りやうし》、荒波《あらなみ》の鱶《ふか》七
○唐玄宗《とうのげんそう》の女官《ぢよくわん》楊貴妃《やうきひ》の霊魂《れいこん》

(3)二ウ

三オ

(3)

○天竺《ぢく》登《と》久《く》兵衛《べゑ》

浪人《ろうにん》夢野《ゆめの》市郎兵衛

天竺《ぢく》登《と》久《く》兵衛、蝦蟇《がま》の術《じゆつ》

（4）
○大鳥判官《おほとりはんぐわん》の忠臣《ちうしん》、唐獅子《からしゝ》牡丹之助《ぼたんのすけ》
巨勢金岡《こせのかなをか》の名画 虎《めいぐわのとら》の精霊《せいれい》

(5)四ウ

五オ

(5)

○津《つ》の国神崎《くにかんざき》の遊君《ゆうくん》、小紫《こむらさき》

○京南禅寺門前《なんぜんじもんぜん》の男達《をとこだて》、浮世《うきよ》蝶兵衛《てふべゑ》

○蝶兵衛《てふべゑ》妹《いもと》、八重梅《やえうめ》

○大鳥《おほとり》の家臣《かしん》、妻井紺八《つまゐこんはち》

[魂]

[魄]

(6)五ウ

(6)
唐獅子《からしし》、牡丹之助《ぼたんのすけ》
古今《ここん》稀《まれ》なる勇力《ゆうりき》也。

（7）六オ

【中】

（7） 草履打前編中冊

今は昔《むかし》、応仁《おうにん》の頃《ころ》とかや、播《ばん》州高砂《たかさご》の浦に天竺《ちく》登久《とく》兵衛《へ》といふ漁師《りやうし》あり。架橋《かけはし》といふ妹《いもと》と唯二人《たゞふたり》暮《く》らせしが、ある日、浜辺《はまべ》に出《いで》て磯菜《いそな》を摘《つ》み、貝《かひ》などを拾《ひろ》ひけるが、大きなる蛤《はまぐり》、口《くち》を開《あ》きてゐたるを、鴫《しぎ》といふ鳥が見《み》つけて蛤《はまぐり》を喰《く》らはんと飛来《とびき》て、嘴《くちばし》を差入《さしい》れるとひとしく、蛤《はまぐり》早《はや》く口《くち》を塞《ふさ》ぎければ、鴫《しぎ》は飛《と》ぶ事《こと》もならず苦《くる》しみぬ。天竺《ぢく》登久兵衛《とくへ》これを見《み》て、妹《いもと》に向《む》かひ、「アレあれを見《み》よ。蛤《はまぐり》が謀《はかりごと》にて鴫《しぎ》を虜《とりこ》にせしは知恵《ちゑ》ではないか。今改《あらた》めて言《い》ふまではなけれども、我《わ》が父天竺冠者《ぢくくわんじや》大日丸は、先《さき》の年《とし》、百合之介《ゆりの》龍音《たつおと》がために四国《こく》にて滅《ほろ》びたれば、我《われ》、龍音《たつおと》を一ト太刀恨《うら》みて、亡父に手向《たむ》けばやと思《おも》へども、当時、足利《あしかゞ》の管領職《くわんれいしよく》にて威勢強《いせいつよ》ければ、一国の主《ぬし》にならざれば敵《てき》する事能《ことあた》はず、儚《はかな》き蛤《はまぐり》さへ知謀《ちぼう》あれば、空《そら》を駆《か》ける飛鳥をすら、やすく〳〵と虜《とりこ》にする。我《われ》も智計《ちけい》をもつて先《ま》づ一国《こく》の主《ぬし》となり、かねて覚《おぼ》へたる蝦蟇《がま》の仙術《じゆつ》をもつて味方《みかた》を集《あつ》め、百合之介《ゆりの》を討取《うちと》り、仕合《しあは》せよくは武将義政《よしまさ》を滅《ほろ》ぼ

し、我《われ》四海《かい》を握《にぎ》るべし。あら心地《こゝち》良《よ》や」と言《い》ひつゝ、鴫《しぎ》を捕《と》つて絞殺《しめころ》し、次《つぎ》へ続《つゞ》く

（8）前《まへ》の続《つゞ》き　今夜《こんや》の酒《さけ》の肴《さかな》にと携《たづさ》ふる折《をり》しも、飛脚《ひきやく》と思《おぼ》しき男急来《いそぎき》て、岩《いはほ》に尻《しり》を掛《か》けて休《やす》らひ居《ゐ》たり。

天竺《ぢくとく》登久兵衛《へ》兄妹《きやうだい》二人《ふたり》は、物陰《ものかげ》に隠《かく》れて此飛脚《ひきやく》の体《てい》を見《み》るに、様子《やうす》ありげなれば、登久兵衛印《とくへいん》を結《むす》び、呪文《じゆもん》を唱《とな》へ蝦蟇《がま》の術《じゆつ》を施《ほどこ》しけるに、不思議《ふしぎ》なるかな、かの飛脚《ひきやく》は頻《しき》りに眠《ねむ》くなりたる様子《やうす》にて、前後《ぜんご》も知《し》らず鼾《いびき》を立《た》てゝうまく寝《ね》たり。時《とき》に叢《くさむら》の内《うち》より大きなる蝦蟇《がま》現《あらは》れ出《い》で、飛《ひ》

（8）六ウ

七オ

脚《きやく》が懐《ふところ》の状箱を銜《くは》へ出《いだ》して、登久兵衛《とくへ》が手に渡《わた》す。登久《とく》兵衛《へ》、手早《はや》く状箱を開《ひら》きて書状を読《よ》むに、その文言《もんごん》に曰《いは》く、此度《たび》、主人大鳥《とり》判官《はんぐわん》 病《びやう》死あり。末期《まつご》に若殿《わかとの》志賀次郎義信殿《よしのぶどの》へ遺言《ゆいげん》に申《まう》されしは、廿三年以前《いぜん》、我《わ》が手掛《かけ》、懐《くわい》胎《たい》したる所、本妻《ほんさい》の妬《ねた》み深《ふか》きによつて懐胎《くわいたい》のまゝ暇《いとま》を遣《つか》はせしが、後《のち》に安産《あんざん》して男子を設《まう》け、その男子成長《せいちやう》して今《いま》、播磨《はりま》・因幡《いなば》の辺《へん》に彷徨《さまよ》ひ居《を》る由《よし》、汝《なんぢ》と同年とは言《い》ひながら、汝《なんぢ》より四、五か月先《さき》に生《う》まれたれば兄なり。然《しか》れども手掛腹《かけばら》といひ、民間《みんかん》にて人《ひと》となりたる者《もの》なれば、彼《かれ》が行方《ゆくへ》を尋《たづ》ね、少々禄《しやう〳〵ろく》を与《あた》へて家臣の列《れつ》に加《くは》ふべし。今年《ことし》は丁度《ちやうど》廿三才になるべし。手掛《かけ》に暇《いとま》を遣《つか》はす時《とき》、巨瀬金《こせのかな》岡《をか》が描《か》きたる虎《とら》の絵《ゑ》の掛物《かけもの》を後《のち》の証拠《しやうこ》に遣《つか》はしたり。その虎《とら》の絵《ゑ》は左《ひだり》の目に瞳《ひとみ》なし。その故《ゆゑ》は、もしこれに瞳《ひとみ》を入《い》れる時《とき》は、忽《たちま》ち紙中を抜出《ぬけいづ》る故《ゆゑ》に、わざと瞳《ひとみ》を入《い》れぬ由《よし》、言《い》ひ伝《つた》へたり。これ世に二つなき名画の験《しるし》なり。それのみならず、掛物《かけもの》の裏書《うらがき》に我《わ》が自筆《じひつ》をもつて、文安二年三月吉日といふ年月を記《しる》し置《お》きたり。これを証拠《しやうこ》に尋《たづ》ぬべしと、詳《くは》しく言《い》ひ残《のこ》して死《し》なれたり。これによつて若殿《わかとの》志賀次郎

（9）七ウ

八オ

殿《どの》、内々《く》にて、その行方《ゆくへ》を尋《たづ》ねよとの言付《いひつ》けなり。もし貴国に御心当《あ》たりも候はゞ、早速《さつそく》御報《しら》せ下《くだ》さるべし、といふ文言《もんごん》にて、津の国《くに》の住人大鳥志賀次郎が家臣沢辺蟹《さはべのかに》九郎といふ者《もの》の方より、当国の住人若《わか》松郡領《ぐんれう》の家臣某方《なにがしかた》へ頼《たの》みの状なり。登《と》久《く》兵衛《へ》は読終《よみを》はり、状箱に入《い》れて元《もと》の如《ごと》くに封《ふう》を付《つ》け、 次《つぎ》へ続《つゞ》く

（9） 前《まへ》の続《つゞ》き かの飛脚《ひきやく》が懐《ふところ》に押《おし》入て、又印《いん》を結《むす》び呪《じゆ》文《もん》を唱《とな》へければ、飛脚《ひきやく》は目を覚《さ》まし伸《の》び欠伸《あくび》をして、「これは〳〵思《おも》はず一寝入《ひとねい》りしたそふな。急《いそ》ぎの御状、暇取《ひまど》つてはならないに」と独言《ひとりごと》して急行《いそぎゆ》きぬ。登《と》久《く》兵衛《へ》は笑《ゑみ》を含《ふく》んで妹架橋《いもとかけはし》に向《む》かひ、「今の書状は、我《わ》が大望成就《まうじやうじゆ》の瑞相《ずいさう》なり。その訳《わけ》は当国、木枯《こがらし》山に庵室《あんじつ》を結《むす》んで住《す》む慈《じ》悲心《ひしん》坊といふ沙門《しやもん》、常《つね》に壁《かべ》に虎《とら》の絵《ゑ》を掛置《かけお》くを見《み》たるに、正《まさ》しく今《いま》の書状と符合《ふがう》し、彼《かれ》は大鳥判官《はんぐわん》が落胤《おとしだね》に疑《うたが》ひなし。我《われ》、幸《さいは》ひ同《おな》じ年頃《としころ》なれば、かねて我《わ》が味方《みかた》に付《つ》け置《お》いたる荒波《あらなみ》の鱶《ふか》七に言《い》ひ付《つ》けて、慈悲心《じひしん》坊を失《うしな》ひ、虎《とら》の絵《ゑ》を奪取《うばひと》らせ、それを証拠《しやうこ》に 次《つぎ》へ続《つゞ》く

(10)八ウ

九オ

(10) 前《まへ》の続《つゞ》き 我《われ》、大鳥判官《とりはんぐわん》の落胤《おとしだね》と偽《いつは》り、大鳥《とり》の館《やかた》に入込《いりこ》むべし」と笑壺《ゑつぼ》に入て語《かた》る折《をり》しも、荒波鱶七《あらなみふか》来《きた》りければ、登久兵衛《とくへ》曰《いは》く、「幸《さいわ》い〳〵、コレ斯《か》う〳〵」と耳《み》ゝに口寄《よ》せ、委細《いさい》を言《い》へば、鱶《ふか》七は飲込《のみこ》みましたと打頷《うちうなづ》く。然《しか》らば汝《なんぢ》に一ッ通《つう》を与《あた》へ置《お》くべし。事《こと》を為果《しおふ》せ我《われ》、大鳥の館《やかた》へ入込《いりこ》まば、此通《とほ》りきつと禄《ろく》を与《あた》ふべしとて、矢立《やたて》を出《いだ》して手早《ばや》く一ッ通を認《した》ゝむる。その文言《もんごん》に曰《いは》く、此度《たび》、木《こ》枯《がらし》山の慈悲心《じひしん》坊を討《う》ち、虎《とら》の絵《ゑ》を奪取《うばひと》りし褒美《ほうび》によつて五百貫《くわん》の禄《ろく》を与《あた》ふべきなり。荒波鱶七《あらなみふか》方《かた》へ、天竺登久兵衛《ぢくとくへ》と書《か》いて与《あた》へたり。鱶《ふか》七はこれを貰《もら》つて勇立《いさみた》ち、日も暮方《くれがた》になりければ、一腰《ひとこし》をぼつこんで木枯《こがらし》山へと急行《いそぎゆ》きぬ。天竺登久《ぢくとく》兵衛兄妹《へきやうだい》二人リは我《わ》が家《や》をさしてぞ帰《かへ》りける。

○諸行無常《しよぎやうむじやう》と吹《ふ》く風《かぜ》に、寂滅為楽《じやくめつゐらく》と木《こ》の葉散《はち》る木枯《こがらし》山の庵室《あんじつ》に慈悲心《じひしん》坊といふ沙門《しやもん》あり。まだ若《わか》き身なれども道《どう》心堅固《しんけんご》に行《おこな》ひて、看経《かんきん》の声《こゑ》、木魚《もくぎよ》の音《おとこだま》谺に響《ひゞ》き、谷水の漲《みなぎ》る音《おと》に声添《こゑそ》へて、殊勝《しゆしやう》にも又物凄《ものすご》く、人跡稀《じんせきまれ》なる深山《しんざん》なり。此沙門《しやもん》はすなはち是《これ》、大鳥《とり》の落胤《おとしだね》に紛《まぎ》れなく、かの虎《とら》の絵《ゑ》を壁《かべ》に掛《か》け、先《さき》だつて身罷《まか》りし我《われ》を産《う》みたる母の形見《かたみ》と思《おも》ひつゝ、菩提《ぼだい》を弔《と》ふこそ殊勝《しゆしやう》なれ。然《しか》れども、前世《ぜんぜ》にて悪《あ》しき酬《むく》ひのありけるにや、非業《ひごう》の死をぞなしにける。

さる程《ほど》に、荒波鱶七《あらなみふか》は此山中に忍来《しのびき》て、慈悲心坊《じひしん》を手に掛《か》け、虎《とら》の掛物《かけもの》を奪取《うばひと》つて立去《たちさ》らんとしたりしが、山守《もり》の婆《ばゞ》これを見付《みつ》け、「やれ人殺《ごろ》し、盗人《ぬす》よ」と呼《よ》ばはりければ、鱶七《ふか》は此婆《ばゞ》を打《う》つて捨《す》てんと思《おも》ひしが、婆《ばゞ》は早《はや》く麓《ふもと》の方《かた》へ逃行《にげゆ》きぬ。

斯《か》くて鱶七《ふか》は、かの山を立去《たちさ》り、高砂の浦へ帰《かへ》らんとしたる途中《とちう》にて、旅《たび》の男に出会《いであ》ひたり。旅人《たび》は鱶七《ふか》が様子《やうす》を怪《あや》しみ、「曲者待《くせものま》て」と声掛《こへか》けて、互《たが》ひに暫《しばら》く挑《いど》みしが、鱶七《ふか》が懐《ふところ》より落散《おちち》つたる一ッ通《つう》を旅人《たび》、手早《ばや》く拾取《ひろひと》る。鱶七《ふか》はそれとは知《し》らず、旅人《たび》が手を振切《ふりき》つて、飛《と》ぶが如《ごと》くに逃去《にげさ》りぬ。此旅人《たび》は、こゝにては誰《たれ》とも知《し》れず、六冊目《め》に詳《くは》しくあり。

◯さて鱶七《ふか》は、かの掛物《かけもの》を登久兵衛《とくへ》に渡《わた》し、「斯様《かやう》々々《〳〵》に計《はか》らひし」と言《い》へば、登久兵衛《とくへ》は大に喜び、これより浪人《ろうにん》の体《てい》に身を拵《こしら》へ、かの掛物《かけもの》を壁《かべ》に掛《か》け、わざと人目に掛《か》かる様《やう》にして置《お》きぬ。果《はた》して人目《め》に掛《か》かりしにや、それより四、五か月過《す》ぎて、大鳥の家臣沢辺《かしんさはべ》の蟹《かに》九郎、天竺《ちく》が住処《すみか》を尋来《たづねき》て、

次《つぎ》へ続《つゞ》く

（11）九ウ

十オ

（11）前《まへ》の続《つゞ》き　色々《いろ〳〵》探《さぐ》り尋《たづ》ねしが、登久兵衛《とくへ》はわざと容《よう》易《い》に身の上《うへ》を語《かた》らず、蟹九郎《かに》はいよ〳〵登久兵衛《とくへ》を判官《はんぐわん》の落胤《おとしだね》なりと思《おも》ひ、掛物《かけもの》を見《み》たき由《よし》を言《い》へば、登久兵衛《とくへ》は渋々《しぶ〳〵》見《み》せけるに、紛《まが》ふ方《かた》なき証拠《しやうこ》の一軸《ぢく》なれば、疑《うたが》ひなしと喜び、遥《はる》か下《さ》がつて頭《かしら》を下《さ》げ、大鳥判官《はんぐわん》の遺言《ゆいげん》、志賀次郎が心底《しんてい》を語《かた》り、「実《まこと》を明《あ》かし御名《おんな》乗《の》り下《くだ》されよ」と言《い》へば、登久兵衛《とくへ》は為済《しす》ましたりと心に喜び、「我《われ》、民《みん》間《かん》に人《ひと》となつて賤《いや》しき者《もの》に交《まじ》はりし身なれば、素性《すじやう》を明《あ》かして語《かた》るまじと思《おも》ひしが、亡《う》せ給ふ親人様《おやびとさま》の御遺言《ゆいげん》とあるが黙《もだ》し難《がた》ければ、実《まこと》を明《あ》かし聞《き》かすなり。我《われ》こそ大鳥判《とりはん》官様《ぐわんさま》の落胤《おとしだね》。その証拠《しやうこ》といふは此掛物《かけもの》、我《われ》を産《う》みたる人は疾《と》くに身罷《まか》りしなり。我《わ》が今《いま》の名は荒鷲《あらわし》太郎といふなり」と、わざと天竺《ぢく》登久《とく》兵衛《へ》といふ本名を隠《かく》し、偽《いつは》りの名を言《い》へば、蟹九郎《かに》はさてこそとます〳〵喜び、「疾《と》く〳〵御館《おんやかた》へ御供《おんとも》して帰《かへ》るべし」と言《い》へば、登久兵衛《とくへ》はわざと辞退《じたい》し、「我《われ》、斯《か》く民間《みんかん》に育《そだ》ちたれば、館《やかた》へ行《ゆ》かん望《のぞ》みなし。かねて出家《しゆつけ》の望《のぞ》みなり」と言《い》ふを、蟹九郎《かに》は言葉《ことば》を尽《つ》くして勧《す》め、持参《ぢさん》したる衣服《いふく》、大小を渡《わた》して威儀《いぎ》を繕《つくろ》は

(12)十ウ

せ、かねて用意《ようい》の乗物《のりもの》に乗《の》せ、供人《とも》数多《あまた》付添《つきそ》ひて、津の国《くに》をさしてぞ帰《かへ》りける。此時《とき》、妹架橋《いもとかけはし》をば、姥《うば》の子にて乳《ち》兄妹《きやうだい》なりと偽《いつは》り、共《とも》に大鳥の館《やかた》へ連行《つれゆ》きぬ。

(12)

○さる程《ほど》に天竺《ぢく》登《と》久《く》兵衛《へ》は奸計《かんけい》を為果《しおふ》せて津の国《くに》大鳥《とり》の館《やかた》へ至《いた》りければ、大鳥志賀次郎、登久兵衛《とくへ》を実《まこと》の兄《あに》と思ひ、内君千鳥《うちぎみちどり》の前《まへ》もろともに甚《はなは》だ尊敬《そんきやう》し、下館《しもやかた》に新《あら》たに住居《すまひ》を作《つく》りて移《うつ》らせ、何不足《なにふそく》なくし送《おく》りければ、登久兵衛《とくへ》は大鳥鷲太郎《とりわし》と名を改《あらた》め、兄顔《あにがほ》をして上見《うへみ》ぬ鷲《わし》とぞ誇《ほこ》りける。さて志賀次郎が計《はか》らひにて、架橋《かけはし》をば内君千鳥《うちぎみちどり》の前《まへ》の局役《つぼねやく》とし、岩藤《いわふぢ》とぞ名乗《の》らせける。

京伝製　色《いろ》の白《しろ》くなる御化粧薬《けしやうくすり》

白牡丹《はくぼたん》　一包《つゝみ》代百廿四文

此薬《くすり》を顔《かほ》に塗《ぬ》りてよく拭《ふ》き、そのあとへ白粉《おしろい》を塗《ぬ》れば、きめを細《こま》かにしてよく白粉《おしろい》をのせ艶《つや》を出《いだ》し、生際綺麗《はへぎはきれい》になり、色《いろ》を白《しろ》くし、格別器量《かくべつきりやう》を良《よ》くする也。顔《かほ》一ッ切《さい》の妙《みやう》薬《やく》、効能数多《こうのうあまた》あり。能書《のうがき》に詳《くは》し。

(13) 十一オ

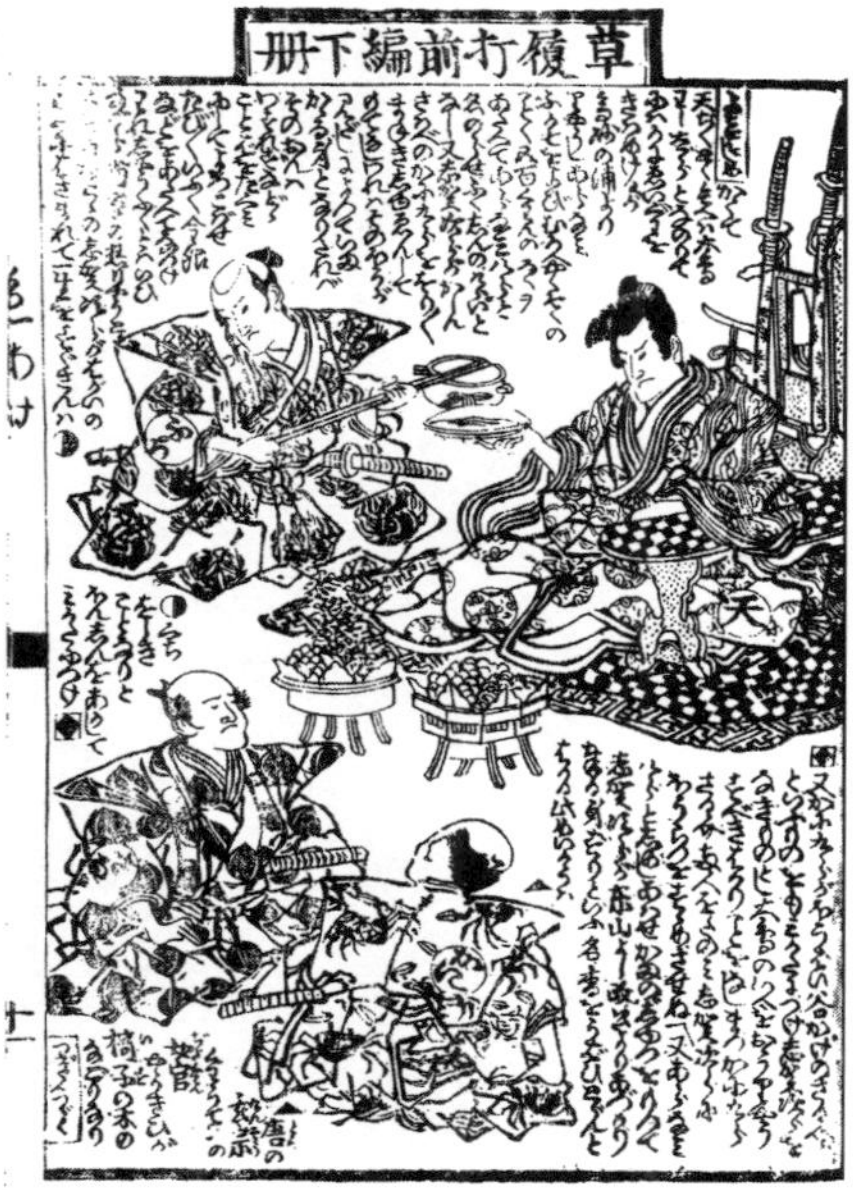

売所京橋南銀座一丁目 京伝店

【下】

(13) 草履打前編下冊

読《よ》み始《はじ》め かくて天竺《ぢく》登《と》久《く》兵衛《へ》は大鳥鷲《わし》太郎と名乗《なの》りて、俄《にはか》に栄華《ゑいぐわ》を極《きは》めけるが、高砂の浦より漁師《りやうし》荒波鱶《あらなみふか》七を呼《よび》迎《むか》へ、約束《やくそく》の如《ごと》く五百貫《くわん》の禄《ろく》を与《あた》へて、荒波《あらなみ》八郎と名乗《の》らせ、腹心《ふくしん》の家来《けらい》となし、又、志賀次郎が家臣沢辺蟹《かしんさはべのかに》九郎を折々《をり〳〵》招《まね》き、酒宴《しゆゑん》してもてなし、「我《われ》は、その方《ほう》が見出《だ》しによつて今《いま》、斯《か》かる身となりたれば、その恩《おん》は忘《わす》れず」など、言葉《ことば》を巧《たく》みにして喜《よろこ》ばせ、度々《たび〳〵》衣服《いふく》金銀などを与《あた》へ手《て》なづけ、我《われ》、妾腹《しやうふく》とはいひながら当家の惣領《りやう》と生《う》まれ、弟《おと》の志賀次郎が羽交《はがい》の下《した》に挟《はさ》まれて一生を過《す》ぐさんは口《くち》惜《を》しきことなりと、本心《ほんしん》を明《あ》かして味方《みかた》に付《つ》け、又、蟹《かに》九郎が朋輩《ほうばい》谷陰《かげ》の猿《さる》介といふ者《もの》をも味方《みかた》に付《つ》け、志賀次郎を亡《な》き者《もの》とし、大鳥の家《いへ》を横領《おうりやう》すべき謀《はかりごと》をなし、先《ま》づ蟹《かに》九郎・猿《さる》介両人を頼《たの》み、志賀次郎に放埒《ほうらつ》を勧《す》めさせぬ。又、荒波《あらなみ》八郎と示合《しめしあ》はせ、蝦蟇《がま》の術《じゆつ》をもつて、志賀次郎

(14)十一ウ

十二オ

が東山義《よし》政公より預《あづ》かり奉る身摺《ずり》といふ名香を奪取《うばひと》らんと謀《はか》る。此名香《めいかう》は唐《とう》の玄宗皇帝《げんそうくわうてい》の女官《ぢよくわん》楊貴妃《やうきひ》が椅子《いす》の木の名残《なごり》なり。 次《つぎ》へ続《つゞ》く

(14) 前《まへ》の続《つゞ》き よつて楊貴妃《やうきひ》が身摺《みずり》の名香《めいかう》といふとかや。

さて蟹《かに》九郎・猿《さる》介両人は、鷲《わし》太郎を大鳥の家《いへ》の惣領《そうりやう》と思《おも》ふものから、違背《いはい》なく味方《みかた》に付《つ》き、志賀次郎を勧《すゝ》めて神《かん》崎《ざき》の里《さと》へ誘《いざな》ひけるが、志賀次郎は若気《わかげ》の誤《あやま》りにて謀《はかりごと》とは気《き》も付《つ》かず、遊里屋《ゆうりや》の小紫《こむらさき》といふ遊君《ゆうくん》に馴初《なれそ》め、小紫《こむらさき》も志賀次郎が美男《びなん》に泥《なづ》み、互《たが》ひに水洩《みづも》らさじと睦合《むつみあ》ひて、志賀次郎、毎夜《まいや》、神崎《かんざき》に通《かよ》ひて少《すこ》しも館《やかた》に居《を》らざるは、うたてかりける身持《もち》なり。 次《つぎ》へ続《つゞ》く

(15)十二ウ　　十三オ

(15) 前《まへ》の続《つゞ》き 執権職《しつけんしよく》妻井久賀右衛門をはじめ、一家中の諸臣薄氷《はくひやう》を踏《ふ》む心地《こゝち》をなし、もし此事《こと》、武将義《よし》政公の御耳《おんみゝ》に入《い》る時《とき》は御家《おいへ》の大事《だいじ》と心《こゝろ》を苦《くる》しめ、久賀右衛門はもちろん、諸臣代《か》はるぐ〵諫言《かんげん》をすれども、少《すこ》しも聞入《きゝい》れず、蟹《かに》九郎、猿《さる》介らの佞人《ねいじん》におだてられ、放逸無残《ほういつむざん》の振舞《ふるまひ》日々《ぐ》にぞ勝《まさ》りける。

○こゝに又、妻《つま》井久賀右衛門が悴に妻井紺八《つまゐこん》といふ者《もの》、まだ前髪《まへがみ》の若者《わかもの》なるが、主人《しゆじん》志賀次郎が放埒《ほうらつ》を気遣《きづか》ひて神崎の里《さと》に来《きた》り、理《り》を極《きは》め言葉《ことば》を尽《つ》くして諫言《かんげん》をしたりけるが、志賀次郎本心乱《ほんしんみだ》れし上《うへ》、此時《とき》いたく酒に酔《ゑ》ひ居《ゐ》たれば、大きに怒《いか》り、若輩《じやくはい》の身をもつて諸士に抜《ぬ》きん出《で》、要《い》らざる諫言《かんげん》、今一言言《いまいちごんい》はゞ唯一打《たゞひとうち》と、小鞘巻《ざやまき》を抜《ぬ》きかけ給へど、紺《こん》八は一命懸《か》けての諫言《かんげん》なれば、覚悟《かくご》を極《きは》め、なほ強《つよ》く諫言《かんげん》しけるにぞ、志賀次郎は益々《ますく〵》怒《いか》り、すでに手打《うち》と見《み》へければ、小紫《こむらさき》、慌《あは》てふためき押止《おしとゞ》め、様々《さまぐ〵》に宥《なだ》めけるゆへ、漸々《やうく〵》手打《うち》の事は留《とゞ》まりしが、「今改《いまあらた》めて勘当《かんどう》也。父久賀右衛門にも此義を言《い》ひ聞《き》かせ、汝《なんぢ》は早《はや》く何方《いづかた》へも立退《の》くべし」と言《い》ひ渡《わた》して上《かみ》の間《ま》へ入給へば、紺八は落涙《らくるい》し、打萎《うちしほ》れつゝ神崎《かんざき》の里《さと》を出てぞ帰《かへ》りける。蟹《かに》九郎・猿《さる》介二人は物陰《ものかげ》にて此体《てい》を見《み》て心の内《うち》に喜び、此様子《やうす》を早《はや》く大鳥鷲《わし》太郎に告《つ》げたりけり。

○斯《か》くて紺《こん》八は我《わ》が家《や》に帰《かへ》り、一人《ひとり》つくぐ〜思《おも》ふ様《やう》、あれ程《ほど》までに御諫《おんいさ》め申ても御聞《おんきゝ》入なければ詮方《せんかた》なし。然《さ》りながら我《われ》、此まゝに立退《の》きなば、親《おや》人様《さま》にも御咎《おんとが》めが掛《か》かるべし。潔《いさぎよ》く切腹《せつぷく》せば、我《われ》一人にて事済《ことす》むべしと覚悟《かくご》を極《きは》め、父が居間《ゐま》の方《かた》へ向《む》かひ、親《おや》に先立《さきだ》つ不孝の罪《つみ》、御許《ゆる》されて下《くだ》されませと伏拝《ふしおが》み、委細《いさい》の事《こと》は一通《つう》の書置《かきおき》に書残《かきのこ》し、机《つくゑ》に香花《かうはな》、新《あたら》しき位牌《ゐはい》に記《しる》す戒名《かいみやう》も、モシ御諫《おいさ》めを為損《しそん》じなば生《い》きては居《ゐ》じと、かねて覚悟《かくご》の死《し》に支度《じたく》、姉上《あねうへ》の尾《おの》上様《へさま》、後《あと》で此事聞《ことき》き給はゞ、さぞかし嘆《なげ》き給《たま》ふらんと思《おも》へば、胸《むね》も張裂《はりさ》けて、落《お》つる涙《なみだ》は百八の数珠《じゆず》の玉散《ち》るばかり也。時刻過《じこくす》ぎては如何《いかゞ》ぞと、すでに短刀《たんとう》を抜放《ぬきはな》し、腹《はら》に突《つき》立《た》てんとしたる所に、一間《ひとま》の襖《ふすま》をサツト開《ひら》き、「ヤレ待《ま》て悴、早《はや》まるな」と声《こゑ》を掛《か》けつゝ、父久賀右衛門走寄《はしりよ》つて押止《おしとゞ》め、「今日《こんにち》、神崎《かんざき》の里《さと》にて御諫《おいさ》め申て御勘当《かんどう》を受《う》けたる仔《し》細《さい》、我《われ》、疾《と》くより聞知《きゝし》つたり。切腹《せつぷく》は無理《むり》ならねど、今死《いまし》なんと思《おも》ふ命《いのち》を延《の》べて、ひとまづこゝを立退《たちの》き、御主人《しゆじん》御放埒《ほうらつ》の、その元《もと》なる小紫《むらさき》を、不憫《ふびん》なれども密《ひそ》かに打《う》つて捨《す》て、

次《つぎ》へ続《つゞ》く

(16) 前《まへ》の続《つゞ》き 御主人《しゆじん》の悪《あ》しき病《やまひ》の根《ね》を断《た》つて、御本心《ほんしん》に本復《ほんぷく》させます所存《しよぞん》はなきか。罪無《つみな》き者《もの》を殺《ころ》すのは不憫《ふびん》とも無残《むざん》とも、言《い》ふべき言葉《ことば》はなけれども、家国《いへくに》のため大勢《ぜい》の嘆《なげ》きには替《か》へられず、その仕方《しかた》は、これ斯《か》う〳〵」と、耳《みゝ》に口寄《くちよ》せ言《い》ひ含《ふく》め、「たとへ汝《なんぢ》、此まゝに立退《の》くとも、我《われ》にまで御咎《おんとが》めはよもあらじ。合点《がてん》が入《ゐ》たか」と言《い》ひければ、紺八《こん》打頷《うちうなづ》き、何事《なにごと》も忠義《ちうぎ》のため、飲込《のみこ》みました。御気遣《きづか》ひなされますなと、切腹《せつぷく》を止《とゞ》まりて、忙《いそが》はしく身支度《じたく》をなし、此夜、行方《ゆくへ》も知《し》れずなりにけり。

○天竺《ぢく》登《と》久《く》兵衛《へ》が妹架橋《いもとかけはし》、今《いま》は岩藤《いわふぢ》と名を変《か》へて局役《つぼねやく》を務《つと》め居《ゐ》る。又、千鳥《ちどり》の前《まへ》の傅《かしづき》、尾上《おの》といふは妻《つま》井久賀右衛門が娘にて、紺八《こん》がためには姉《あね》也。

○さて、ある日、千鳥《ちどり》の前《まへ》、岩藤《いわふぢ》、尾上《おのへ》を始《はじ》め数多《あまた》の腰元《こしもと》を連《つ》れて天王寺の花見《はなみ》に出《いで》られけるが、尾上《おのへ》が召使《めしつかひ》お初《はつ》といふ女、剣術《けんじゆつ》、柔《やはら》に達《たつ》したる由《よし》、女には珍《めづら》しき事《こと》と、ふと噂《うはさ》をし出《いだ》しけるを、岩藤聞咎《いわふぢきゝとが》め、軽《かろ》き女の要《い》らざる武《ぶ》芸立《げいだ》て、喩《たと》への武士《ぶし》の生兵法《なまびやうほう》、大傷《おほきづ》の元《もと》とやら、碌《ろく》な事《こと》はし出《だ》すまい、次《つぎ》へ続《つゞ》く

(17)十四ウ

十五オ

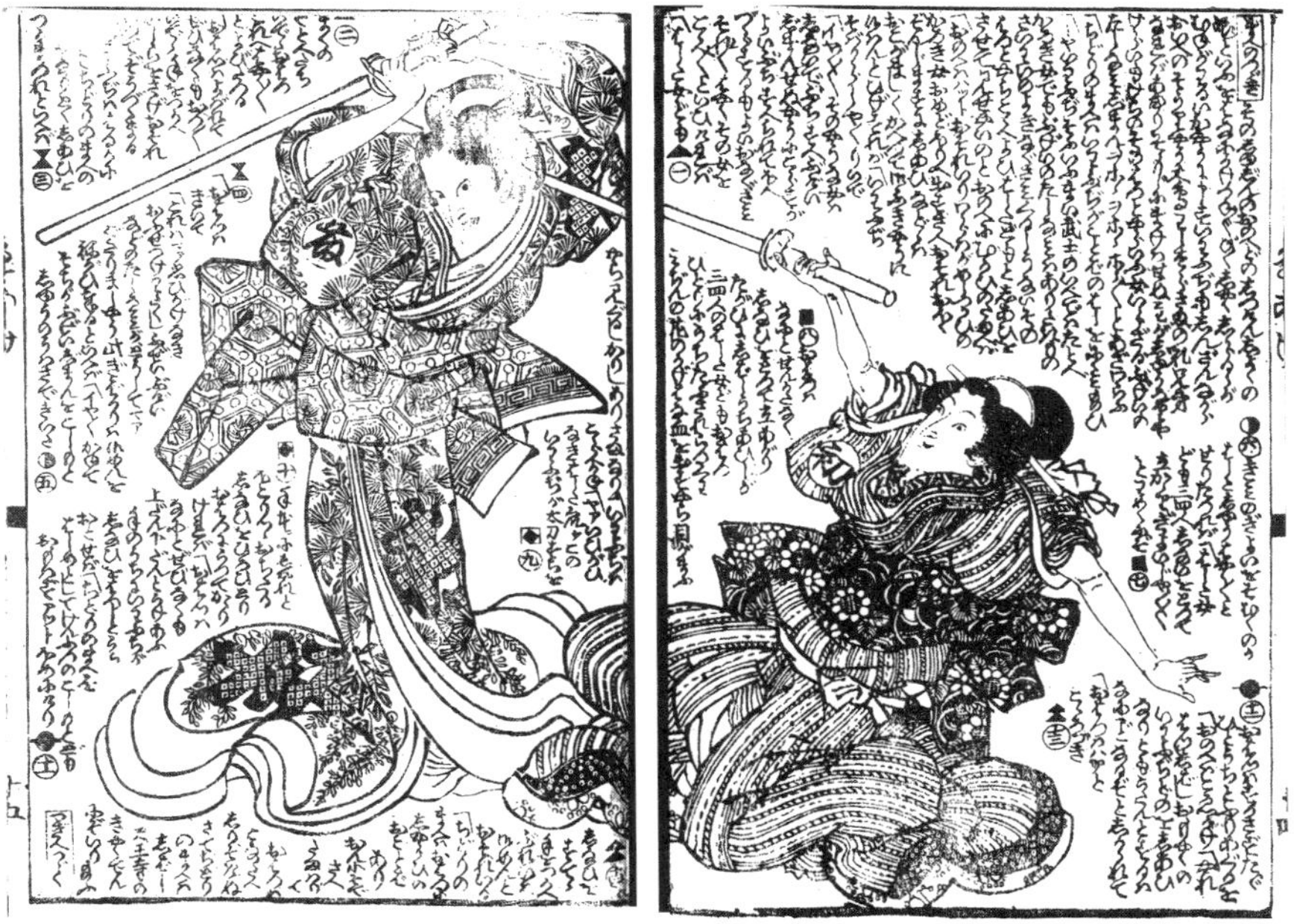

(17) 前《まへ》の続《つゞ》き その主人《しゆじん》の尾上殿《おのへどの》、執権職《しつけんしよく》の娘といふを鼻《はな》に掛《か》け、常々《つねぐ》びくしやくしらる丶が胸《むね》が悪《わる》い。斯様《かやう》に申す岩藤《いわふぢ》も、新参《しんざん》ながら御家《おいへ》の総領《そうりやう》大鳥鷲《わし》太郎様《さま》の乳兄弟なれば、あまりそもじに負《ま》けはせぬ。主《しゆう》が主なりや家来《けらい》も家来《けらい》、その初《はつ》とやらいふ女、要《い》らざる武芸《ぶげい》の嗜《たしな》み自慢《じまん》、ヲホ、ヲホ、ホ、〳〵と、嘲笑《あざわら》ふ。

千鳥《ちどり》の前《まへ》は岩藤《いわふぢ》が言葉《ことば》の端《はし》を憎《にく》み給ひ、「イヤ岩藤《いわふぢ》、そふ言《い》ふまい。武士の家《いへ》では、たとへ軽《かろ》き女でも武芸《ぶげい》の嗜《たしな》みはありたきもの。幸《さいわ》いのよき慰《なぐさ》み苦《くる》しうない、その初《はつ》とやら、こ丶へ呼出《よびだ》し、他共《たども》と試合《しあひ》をさせて見せやいの」と尾《お》上《へ》に向《むか》ひ宣《のたま》へば、尾上《おのへ》はハツト恐入《おそれい》り、妾《わらは》が召使《めしつかひ》の軽《かろ》き女、御目通《おめどほ》りへ出すさへ恐《おそ》れ多《おほ》く存《ぞん》じますに、試合《しあひ》など、はおこがましく、かへつて御不興《ふきやう》に候はんと卑下《ひげ》すれば、岩藤《いわふぢ》、側《そば》からしや〳〵り出《い》で、「イヤ〳〵その様《やう》な女は竹刀《しない》で打据《ぶちす》へ、武芸自慢《ぶげいじまん》せぬやうに懲《こ》らすがよい。打据《ぶちす》へられて吠面《ほへづら》するもよい御慰《おなぐさ》み。それ〳〵早《はや》くその女をこ丶へ〳〵」と言《い》ひければ、端女《はしため》ども幕《まく》の外《そと》へ立出《たちいで》て、「お初《はつ》、これへ早《はや》く〳〵」と呼立《よびた》つる。お初《はつ》は呼《よ》ばれて是《ぜ》非《ひ》なくも、おづ〳〵出《いで》て、手を支《つか》へ頭《かしら》を下《さ》げ恐《おそ》れ入《い》つてぞ踞《うづくま》る。岩藤《いわふぢ》は遥《はる》かに見下《みくだ》し、「千鳥《ちどり》の前《まへ》の仰《おふ》せなり。疾《と》く試合《しあひ》を仕《つかまつ》れ」と言《い》へば、お初《はつ》は聞《き》いて、「これはマア思ひがけなき仰付《おふせつ》け、私《わたくし》風情《ふぜい》、武芸《ぶげい》などの嗜《たしな》みがどうしてマア御座《ござ》りましやう。此儀《ぎ》ばかりは御免《めん》を願《ねが》ひ奉る」と言《い》へば、イヤ〳〵かねてそちが武芸自慢《ぶげいじまん》を腰元衆《こしもとしゆう》の噂《うはさ》で聞《き》いた。君《きみ》の御意《ぎよい》を背《そむ》くのか端妾《はしたしやう》、早《はや》う〳〵と迫立《せりた》つれば、端《はした》女共《ども》、三、四人竹刀《しない》を取《と》つて立掛《か》かり、「御意《ぎよい》じや〳〵〳〵」と喚《わめ》くにぞ、お初《はつ》は何《なに》と詮方《せんかた》なく、竹刀《しなひ》を取《と》つて立上《あが》り、互《たが》ひに暫《しば》し打合《うちあ》ひしが、三、四人の端《はした》女共《ども》、お初《はつ》一人《ひとり》に打倒《うちたふ》され、落花微塵《らつくわみぢん》の花の陰《かげ》、鼻《はな》血を出すやら目が眩《ま》ふやら、見苦《ぐる》しかりし有様《ありさま》なり。岩藤《いわふぢ》は堪《こら》へかね、ヤア言《い》ひ甲斐《がひ》なき端《はした》衆ゥ、この岩藤《いわふぢ》が太刀筋《すぢ》を手本ンにしやれと誇《ほこ》りつゝ、落《お》ちたる竹刀《しなひ》を拾取《ひろひと》り、お初《はつ》に打《う》つて掛《か》かりければ、お初《はつ》は何《なに》と是非《ぜひ》なくも、上段《だん》下段《だん》と受合《うけあ》ふ手の内《うち》に、岩藤《いわふぢ》が竹刀《しなひ》をはつと打落《うちお》とせば、千鳥《ちどり》の前《まへ》を始《はじ》めとして見物《けんぶつ》の腰元共《こしもとども》、思《おも》はずアツト褒《ほ》めにけり。お初《はつ》はすかさず只一打《たゞひとうち》と振上《ふりあ》ぐるを、尾上《おのへ》は声掛《こゑか》け、「やれ初《はつ》、暫《しば》し。重役《おもやく》の岩藤殿《いわふぢどの》を、試合《しあひ》なりとも打《う》たんとするは何事《なにごと》なるぞ」と叱《しか》られて、お初《はつ》はハアと心付《こゝろづ》き、竹刀《しなひ》を捨《す》て、手を支《つか》へ、無礼《ぶれい》は御免《めん》と恐《おそ》れ入《い》る。千鳥《ちどり》の前《まへ》はお初《はつ》に賞美《しやうび》の御《お》言葉《ことば》あり、御《おん》小袖《そで》さへ賜《たまは》りて、お初《はつ》は此方《こなた》へ退《しりぞ》きぬ。さて千鳥《ちどり》の前《まへ》は、暫《しば》し天王寺の客殿《きやくでん》にぞ入《い》り給ふ。

次《つぎ》へ続《つゞ》く

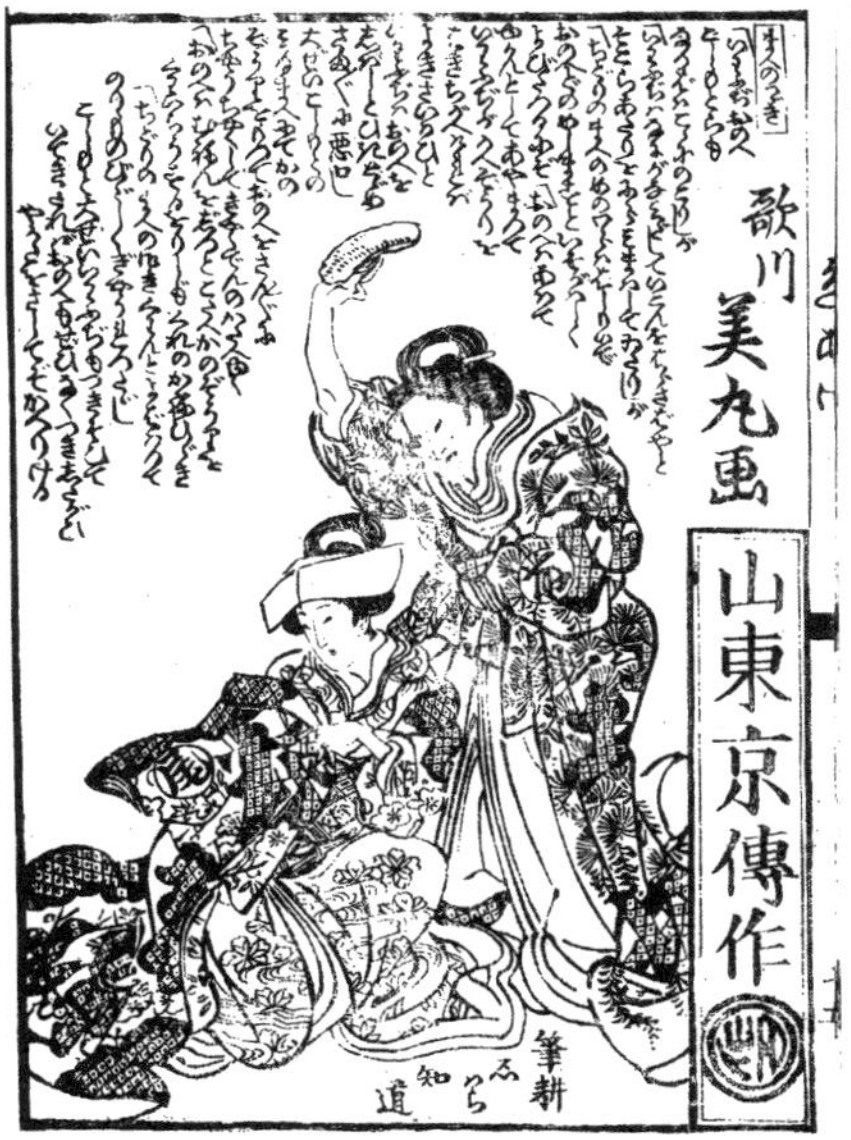

(18) 前《まへ》の続《つゞ》き 岩藤《いわふぢ》、尾上《おのへ》、腰元《こしもと》等も半《なか》ばは此処《こゝ》に残《のこ》りしが、岩藤《いわふぢ》は何《なに》がな乱《みだ》して遺恨《いこん》を晴《は》らさばやと、そこら辺《あた》りを睨回《にらみまは》して居《ゐ》たりしが、千鳥《ちどり》の前《まへ》の女《め》の童《わらは》走出《はしりい》で、「尾上殿《おのへどの》、召《め》します」と忙《いそが》はしく呼立《よびた》つるにぞ、尾上《おのへ》は慌《あはて》行《ゆ》かんとして、誤《あやま》つて岩藤《いわふぢ》が替草履《かへぞうり》を履違《はきちが》へければ、よき幸《さいは》ひと岩藤《いわふぢ》は、尾上《おのへ》を暫《しば》しと引留《ひきとゞ》め、様々《さま〴〵》に悪口し、大勢腰元《ぜいこしもと》の皆前《みなまへ》にて、かの草履《ぞうり》をもつて尾上《おのへ》を散々《さん〴〵》に打擲《ちやうちやく》して客殿《きやくでん》の方《かた》へ行《ゆ》く。尾上《おのへ》は無念《むねん》をじつと堪《こた》へ、かの草履《ぞうり》を懐中《くわいちう》する折《をり》しも、暮《くれ》の鐘響《かねひゞ》き、「千鳥《ちどり》の前《まへ》の御帰還《きくわん》」と呼《よ》ばはつて、乗物美々《のりものびゞ》しく行列正《ぎやうれつたゞ》し、腰元《こしもと》大勢《ぜい》、岩藤《いわふぢ》も付添《つきそ》ひて出来《いでき》たれば、尾上《おのへ》も是非《ぜひ》なく付従《つきしたが》ひ館《やかた》をさしてぞ帰《かへ》りける。

歌川美丸画　山東京伝作㊞
筆耕石原《はら》知道

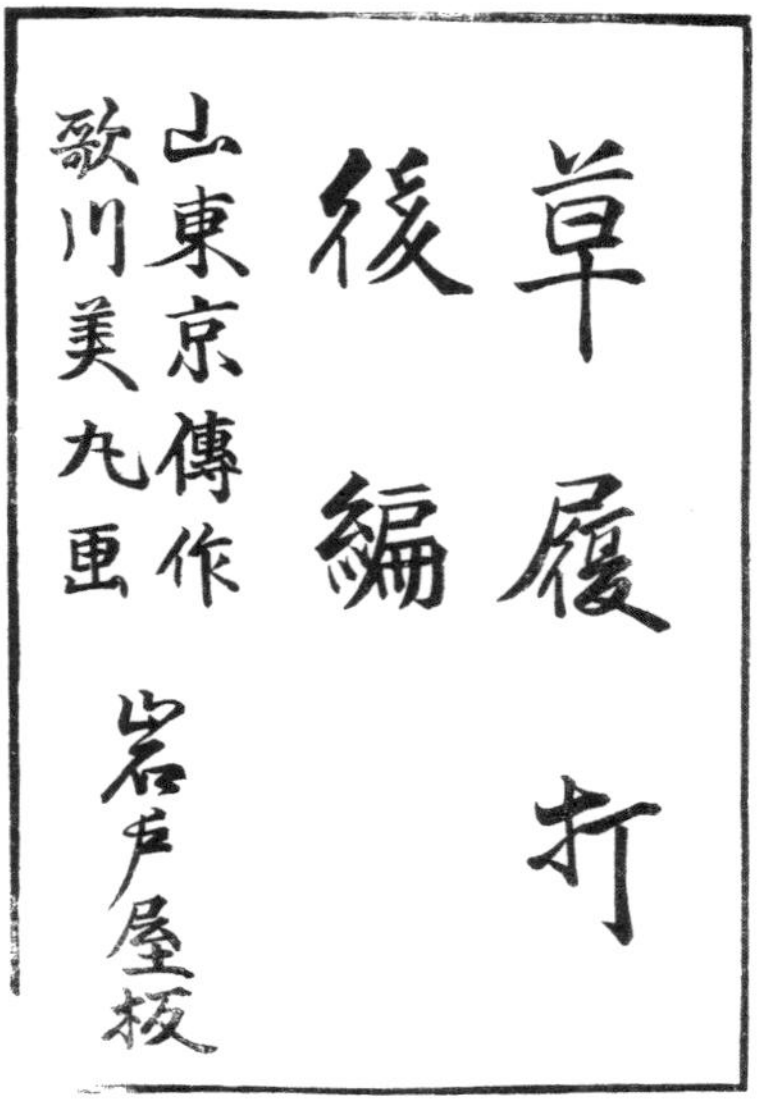

(19)十六オ

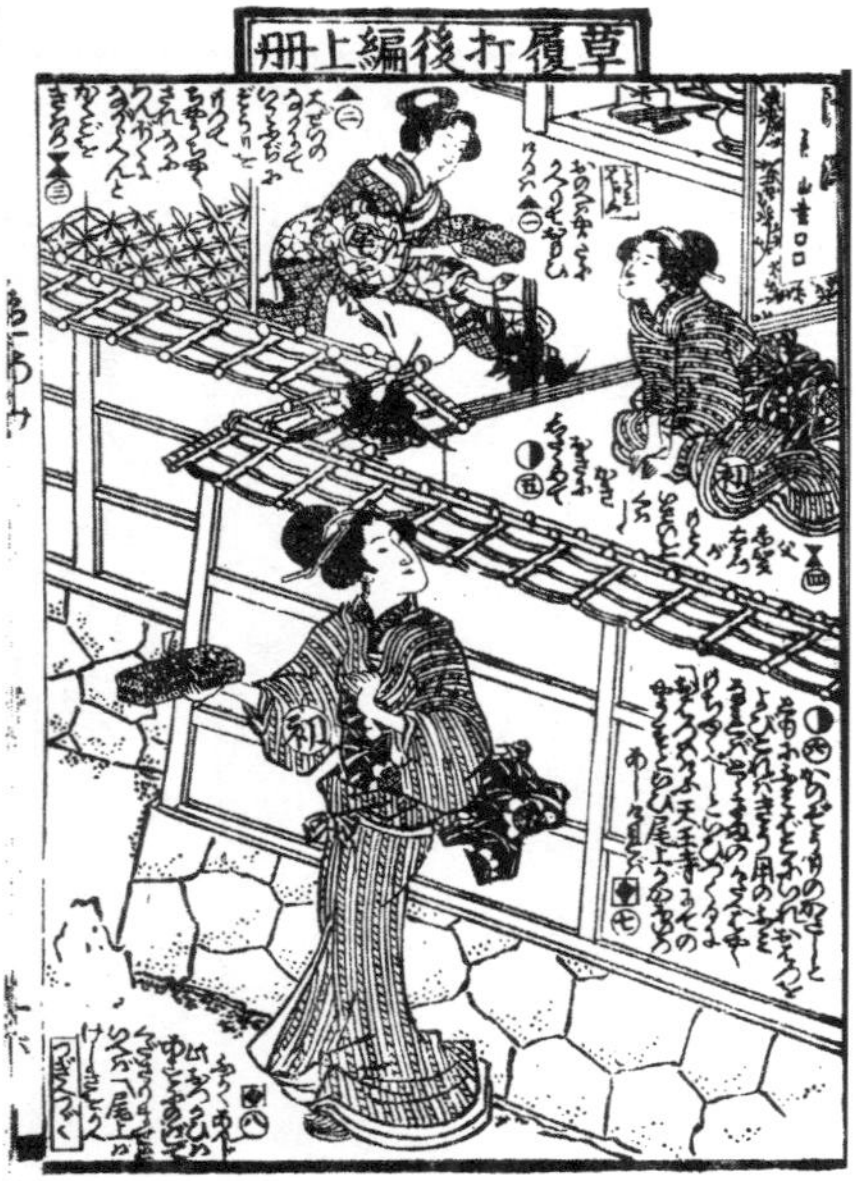

【後編見返し】

草履打後編
山東京伝作
歌川美丸画
岩戸屋板

【後編】

【上】

(19) 草履打後編上冊

読《よ》み始《はじ》め 尾上《おのへ》は館《やかた》に帰《かへ》りて思《おも》ひけるは、大勢《ぜい》の中《なか》にて岩《いわ》藤《ふぢ》に草履《ぞうり》をもつて打擲《ちやうちやく》され、何面目《なにめんぼく》に永《なが》らへんと覚悟《かくご》を極《きは》め、父志賀右衛門が元《もと》へ委細《いさい》を詳《くは》しく書置《かきおき》に認《した》めて、かの草履《ぞうり》の片足《かたし》と共《とも》に文箱《ふみばこ》に入《い》れ、お初《はつ》を呼《よ》び、「これは急《きう》用の文《ふみ》なれば、父様《とゝさま》の方《かた》へ早《はや》く持行《もちゆ》くべし」と言《い》ひ付《つ》くるに、お初《はつ》は今日《けふ》、天王寺にての様子《やうす》といひ、尾上が顔色《かほいろ》悪《あ》しければ、深《ふか》く案《あん》じ、「此御使《おつかひ》は明日《あす》に延《の》ばして下《くだ》さりませ」と言《い》へば、尾上は気色《けしき》を変《か》へ、次《つぎ》へ続《つゞ》く

（20）十六ウ　　十七オ

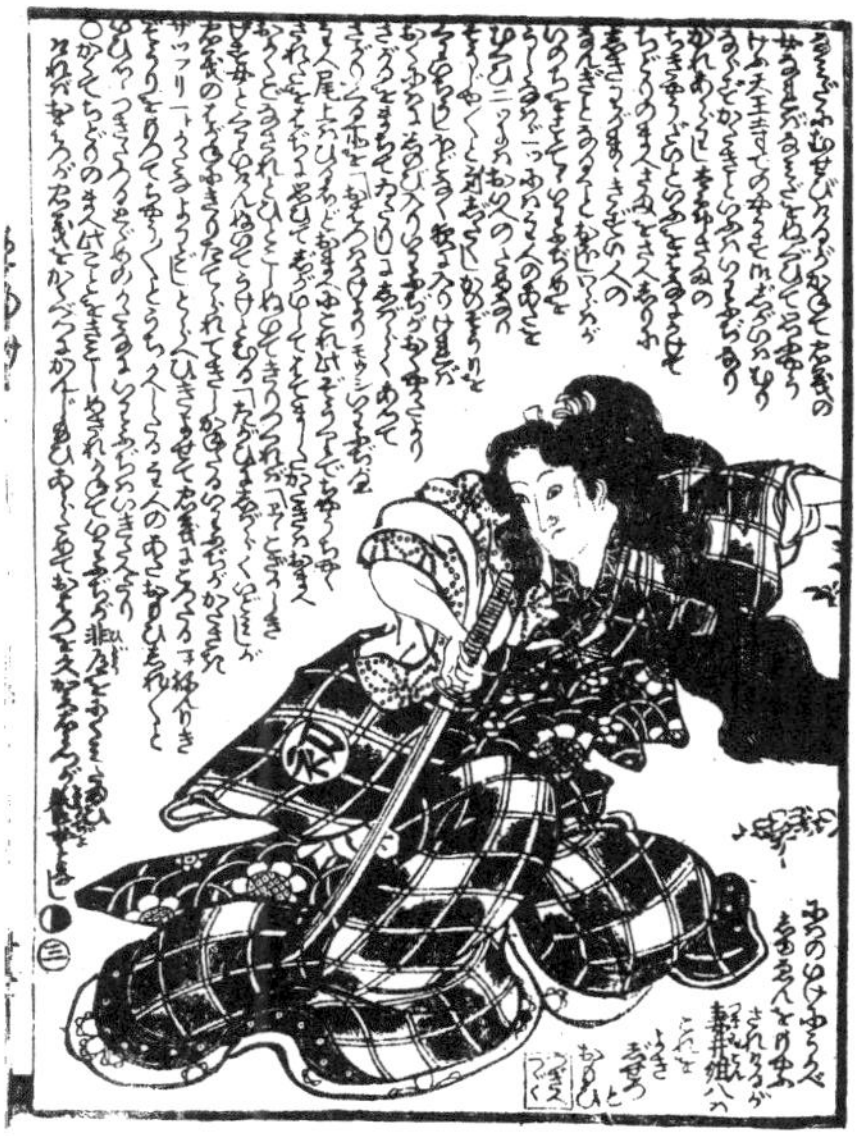

（20）**前《まへ》の続《つゞ》き** 主人の言付《いひつけ》を背《そむ》くかと、何時《いつ》になく苛立《いらだ》ちけるにぞ、お初《はつ》は詮方《せんかた》なく身支度《じたく》して、かの文箱《ふみばこ》を持《も》ち館《やかた》を立出《たちいで》て久賀右衛門が元《もと》へ行《ゆ》かんとしたる折《をり》しも、烏《からす》群《むら》がり物悲《ものがな》しげに鳴《な》きければ、「ア、気《き》に掛《か》かる〳〵」と一人言《ひとりごち》。虫《むし》が知《し》らすにや、頻《しき》りに胸騒《むなさは》ぎしければ、思ひ迫《せま》りて文箱《ふみばこ》の封《ふう》を切《き》り、内《うち》を見《み》てびつくりし、すぐに駆戻《かけもど》りて見《み》るに、尾上は早自害《はやじがい》して息絶《いきた》へたれば、悲嘆《ひたん》の涙《なみだ》に咽《むせ》びけるが、かねて忠義の女なれば涙《なみだ》を拭《ぬぐ》ひて思ふ様《やう》、今日《けふ》天王寺での様子《やうす》、御自害《じがい》は無理《むり》ならず、敵《かたき》と言《い》ふは岩藤《いわふぢ》なり。彼《かれ》、荒鷲《あらわし》太郎様《さま》の乳兄妹《ちきやうだい》といふを鼻《はな》に掛《か》けて、千鳥《ちどり》の前様《まへさま》をさへ尻《しり》に敷《し》き、我儘《わがまゝ》気随《きずい》、人の難義《なんぎ》となる事多《ことおほ》し。妾《わらは》が命《いのち》を捨《す》てゝ岩藤《いわふぢ》めを失《うしな》はゞ、一つには主人の仇《あた》を報《むく》ひ、二つには御家《おいへ》の為《ため》なり。そうじや〳〵と身支度《じたく》し、かの草履《ざうり》を懐中《くわいちう》し、程《ほど》なく夜に入りければ、奥庭《おくには》に忍《しのび》入り、岩藤《いわふぢ》が奥館《おくやかた》より下《さ》がるを待《ま》ちて居《ゐ》たりしに、暫《しばら》くあつて下《さ》がり来《く》る所を、お初《はつ》は駆寄《かけよ》り、モウシ岩藤《いわふぢ》様、主人尾上は昼《ひる》ほど御前《おまへ》に、これ此草履《ざうり》で打擲《ちやうちやく》されたを恥《はぢ》に思ひて自害《じがい》して果《は》てました。敵《かたき》は御前《おまへ》、御覚悟《おかくご》なされと一腰《ひとこし》

抜《ぬ》いて斬付《きりつ》くれば、ヱ、小賢《こざか》しき下衆《げす》女と、懐剣《くわいけん》抜《ぬ》いて受止《うけと》むる。互《たが》ひに暫《しばら》く挑《いど》みしが、忠義の鋼《はがね》に斬立《きりた》てられ、敵《てき》しかねたる岩藤《いわふぢ》が肩先《かたさき》ザツフリ一ト刀《かたな》、弱腰捕《よわごしとら》へ引寄《ひきよ》せて、忠義に凝《こ》つたる一チ念力《ねんりき》、草履《ぞうり》をもつて丁々《ちやう〳〵》と打返《うちかへ》したる主人の仇《あた》、「思《おも》ひ知《し》れ〳〵」と言《い》ひつゝ突《つ》き立《た》つ止《とゞ》めの刀《かたな》に、岩藤《いわふぢ》は息絶《いきた》へたり。

○斯《か》くて千鳥《ちどり》の前《まへ》、此事《こと》を聞《き》こし召《め》され、かねて岩藤《いわふぢ》が非《ひ》道《どう》を憎《にく》み給《たま》ひければ、お初《はつ》が忠義を格別《かくべつ》に感《かん》じ給ひ、改《あらた》めてお初《はつ》を久賀右衛門が養女《ようぢよ》となし、尾上が後役《あとやく》とし、二代目の尾上《おのへ》と名乗《なの》らせ給《たま》ひけり。さしもの天竺《ぢく》も妹岩藤《いもといわふぢ》を打《う》たれて片腕《かたうで》をもがれ、大きに憂《うれ》ひけるとかや。

次《つぎ》の訳《わけ》 ○大鳥《とり》志賀次郎はとかく放埒《ほうらつ》止まず、神崎《かんざき》の遊君《ゆうくん》小紫《むらさき》を根引《ねびき》して別館《べつやかた》に差置《さしお》きけるが、ある時、大きなる屋形《やかた》船を作《つく》りて庭《には》の池《いけ》に浮《う》かべ、酒宴《しゆゑん》を催《もやふ》されけるが、妻《つま》井紺《ゐこん》八はこれを良《よ》き時節《じせつ》と思《おも》ひ、 次《つぎ》へ続《つゞ》く

十八オ

(21)十七ウ

(21) 下館《しもやかた》広庭《ひろには》の景色《けいしよく》

[前《まへ》の続《つゞ》き] 奥庭《おくには》に忍入《しのびい》り、小紫《むらさき》一人《ひとり》、船《ふね》の内《うち》に酒《さけ》の酔《ゑ》ひを醒《さ》まし居《ゐ》たるところを刺殺《さしころ》し、口《くち》に念仏《ねんぶつ》目《め》に涙《なみだ》、不憫《ふびん》なれども忠義《ちうぎ》の為《ため》と胸《むね》に納《おさ》めて立退《の》きけるが、小紫《むらさき》が怨《おん》念《ねん》、心火《しんくわ》となりて紺《こん》八が後《あと》を慕《した》ひ追行《おひゆ》きぬ。

［名月名月丸　月］

(22)十八ウ

十九オ

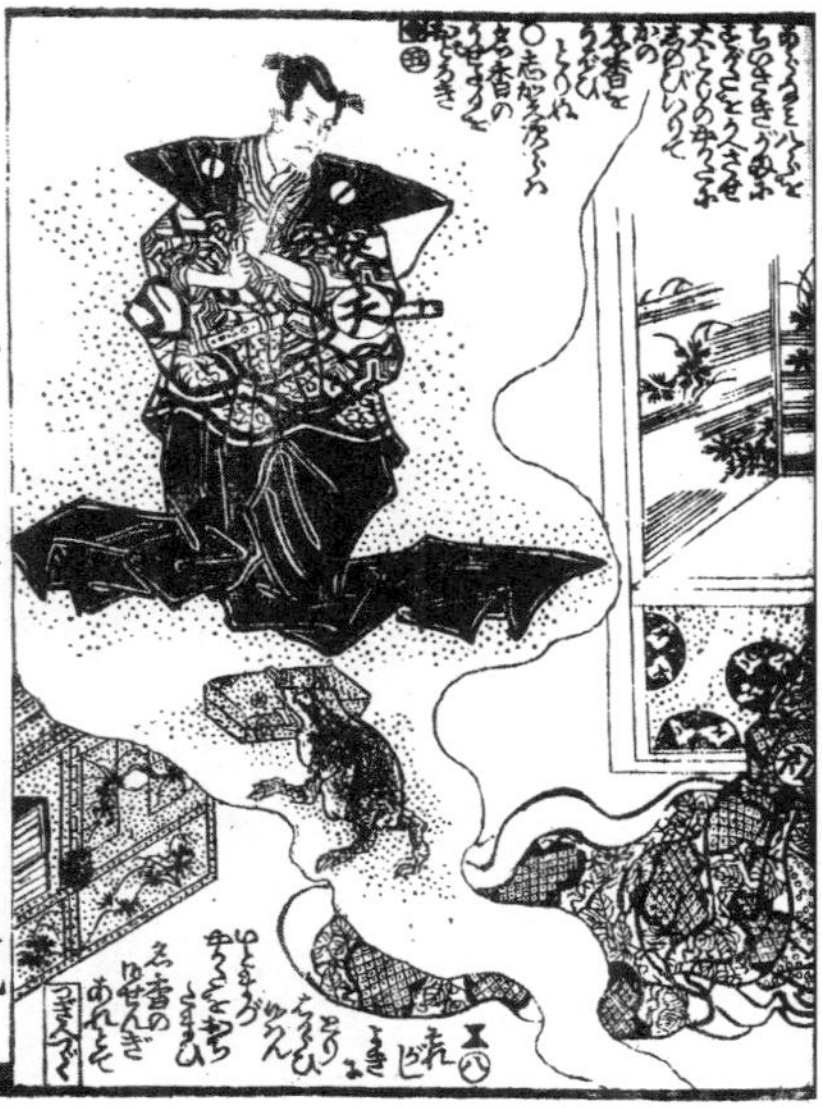

(22) 読《よ》み始《はじ》め 義政公より志賀次郎が預《あづ》かりの楊貴妃《やうきひ》が身摺《ずり》の名香を改《あらた》めの役目《やくめ》として茂積《もつみ》四郎幸盛《ゆきもり》、下《くだ》るといふ事《こと》を天竺《ぢく》漏《もれ》聞《き》きて、蝦蟇《がま》の術《じゆつ》を以《も》つて荒波《あらなみ》八郎を小《ちい》さき蝦《が》蟇《ま》に姿《すがた》を変《か》へさせ、大鳥《とり》の館《やかた》に忍《しのび》入《い》りて、かの名香を奪《うばひ》取《と》りぬ。

○志賀次郎は名香の失《う》せたるを驚《おどろ》き切腹《せつぷく》せんとするを、千《ち》鳥《どり》の前《まへ》、二代目《め》尾上もこれを止《と》めかねたる所へ、久賀右衛門駆付《かけつ》け、上使の手前《まへ》は某《それがし》よきに取計《とりはか》らひ候はん、いとまづ館《やかた》を落《お》ち給《たま》ひ、名香の御詮議《せんぎ》あれとて、次《つぎ》へ続《つゞ》く

(23)十九ウ

二十オ

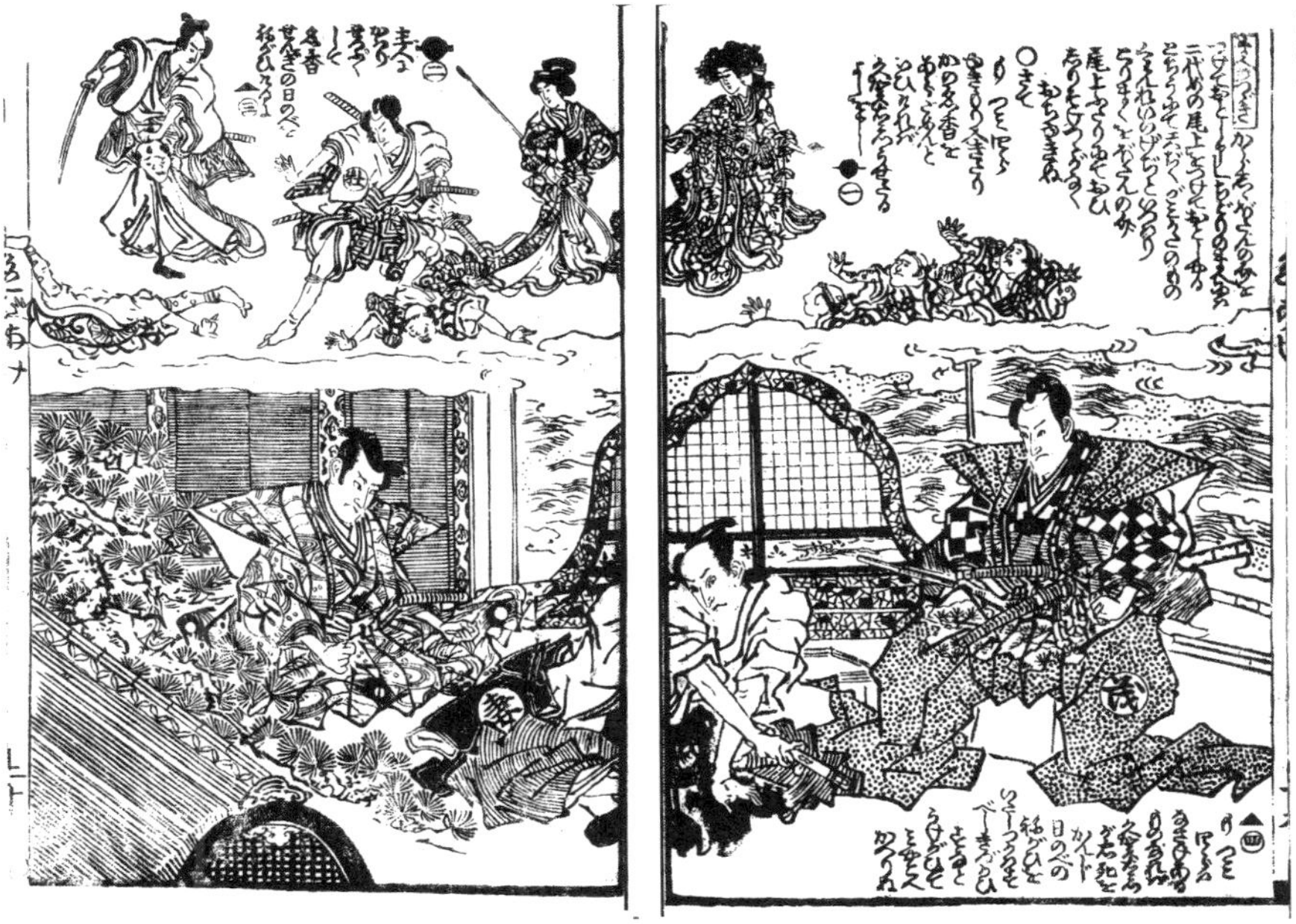

(23) 前《まへ》の続《つゞ》き 唐獅子《からし》、牡丹之《ぼたんの》介を付《つ》けて落《お》とし申し、千《ち》鳥《どり》の前《まへ》には二代目《め》の尾上を付《つ》けて落《お》とし遣《や》る。途中《とちう》にて天竺《ぢく》が味方《みかた》の者《もの》、管領《くわんれい》の下知《げぢ》と偽《いつは》り取巻《とりま》くを、牡丹之《ぼたんの》介、尾上二人《ふたり》にて追退《おひしりぞ》け、恙《つゝが》なく落行《おちゆ》きぬ。

○さて茂積《もつみ》四郎幸盛《ゆきもり》入来《きた》り、「かの名香を改《あらた》めん」と言《い》ひければ、久賀右衛門失《う》せたる由《よし》を申し、主人に代《か》はり切腹《せつぷく》して、名香詮議《せんぎ》の日延《のべ》を願《ねが》ひけるに、茂積《もつみ》四郎は情《なさ》けある者《もの》なれば、久賀右衛門が忠死を感《かん》じ、日延《のべ》の願《ねが》ひを致《いた》し遣《つか》はすべし、気遣《きづか》ひすなと肯《うけが》ひて、都《みやこ》へ帰《かへ》りぬ。

(24)二十ウ

(24) ○斯《か》くて天竺《ぢく》登久《とく》兵《へ》衛は首尾《しゆび》よく謀《はかりごと》を為果《しおふ》せ、志賀次郎夫婦《ふうふ》を追退《おひしりぞ》け、久賀右衛門に腹切《はらき》らせ、大鳥《とり》の家《いへ》を横領《おうれう》し、此上《うへ》は志賀次郎を密《ひそ》かに打《う》つて捨《す》て、千鳥《ちどり》の前《まへ》を奪取《うばひと》つて我《わ》が妻《つま》とし、なほ味方《みかた》を集《あつ》めて管領《くわんれい》百合《ゆり》之《の》介龍《たつ》音を滅《ほろ》ぼさばやとぞ企《たく》みける。

[山東京山製] 十三味薬洗粉《あらひこ》

○水晶粉　一包壱匁弐分

きめを細《こま》かにし艶《つや》を出《いだ》し、色《いろ》を白くし、面皰《にきび》・雀斑《そばかす》の類《るい》を治《なほ》す。その外効能《こうのふ》多し。

売所 [京伝店]

[京山篆刻《てんこく》] 蠟《らう》石白文一字五分、朱字同七分

玉石銅印、古体《てい》近体《てい》、望《のぞ》みに応《おう》ず。

一包七十二銅

○神秘五疝散《ごせんさん》　一名疝気《せんき》の妙薬

板元岩戸屋家伝にて夥《おびたゞ》しく売《う》れ候ニ付、御披露《ひろう》申上候。

御用《もち》ひ御試《ため》し可被下候。

(25)二十一オ

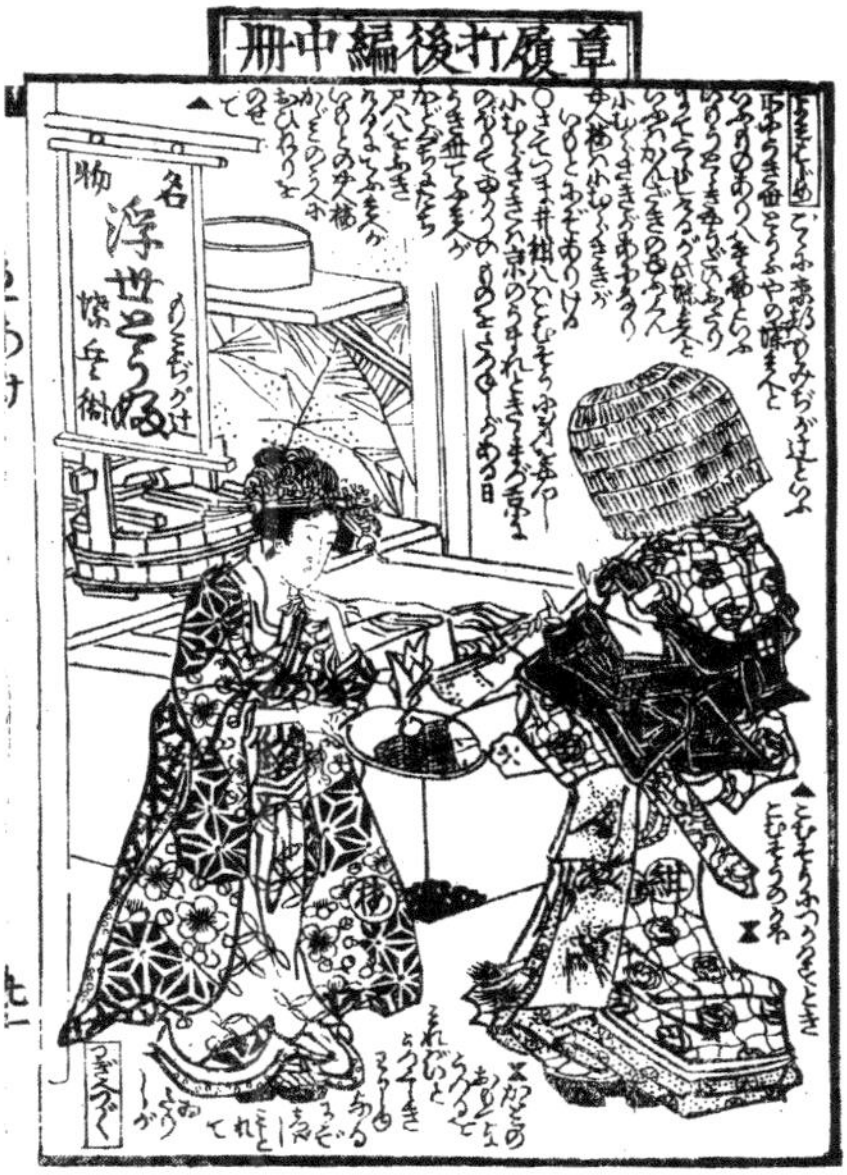

【中】

(25) 草履打後編中冊

読《よ》み始《はじ》め　此処《こゝ》に京都紅葉《もみぢ》が辻といふ所に浮世豆腐屋《うきとうふや》の蝶《てふ》兵衛《へ》といふ者《もの》あり。八重梅といふ妹《いもうと》と兄妹二人《きやうだいふたり》にて暮《く》らしけるが、此蝶兵衛《へ》といふは神崎《かんざき》の遊君《ゆふくん》小紫《むらさき》が兄《あに》なり。八重《やへ》梅は小紫《むらさき》が妹《いもと》にぞありける。

○さて妻《つま》井紺八は虚無僧《こむそう》に身をやつし、小紫《むらさき》は京の産《う》まれと聞《き》き、先《ま》づ京に上《のぼ》りて縁《ゆかり》の者《もの》を尋《たづ》ねしが、ある日、浮《うき》世蝶兵衛《てふへ》が門口《かどぐち》に立《た》ち、尺八を吹《ふ》きけるに、蝶《てふ》兵衛《へ》が妹《いもと》の八重《やへ》梅、鏡《かゞみ》の上《うへ》にお捻《ひねり》を乗《の》せて虚無僧《こむそう》に遣《つか》はす時《とき》、虚無僧《こむそう》の顔《かほ》、鏡《かゞみ》の面《おもて》に映《うつ》るを見《み》れば、いと美《うつく》しき若衆《わかしゅ》なるにぞ暫《しば》し見《み》とれて居《ゐ》たりしが、

次《つぎ》へ続《つゞ》く

名物	紅葉《もみぢ》が辻　浮世豆腐《とうふ》　蝶兵衛

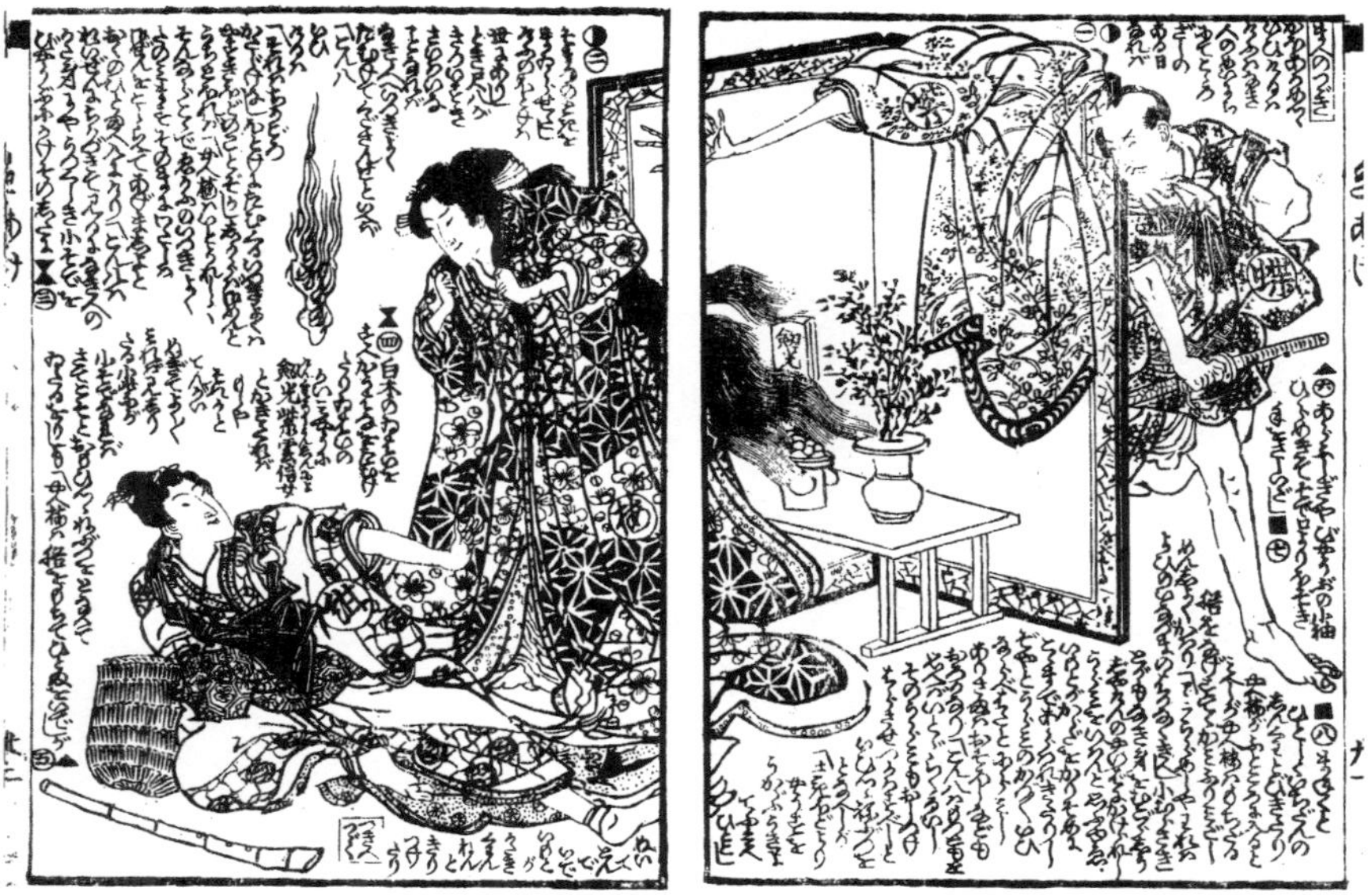

(26) 前《まへ》の続《つゞ》き 顔赤《かほあか》めつゝ言《い》ひけるは、「今日《けふ》は亡《な》き人の命日《めいにち》にて志《こゝろざし》のある日なれば、粗末《そまつ》の斎《とき》を参《まゐ》らせたし。今《け》日《ふ》の仏《ほとけ》は世に在《あ》りし時《とき》、尺八がきつい好《す》き、幸《さいは》いな事《こと》なれば亡《な》き人へ一曲《いつきよく》手向《たむ》けて下《くだ》さんせ」と言《い》へば、紺《こん》八言《い》ひけるは、「それは近頃忝《ちかごろかたじけな》し。仏《ほとけ》に手向《たむ》くる一曲《いつきよく》は易《やす》きほどの事《こと》ぞかし。然《しか》らば御免《めん》」と打通《うちとほ》れば、八重《やへ》梅はいと嬉《うれ》しく、そんならこゝで回向《ゑかふ》の一曲《いつきよく》頼《たの》みます。その間《ま》に私《わたし》は御膳《ぜん》を拵《こしら》へてあげましよと、奥《おく》の一間《ひとま》へ入にけり。紺《こん》八は霊前《れいぜん》に近付《ちかづ》きて見るに、亡《な》き人の形身《かたみ》にや、美《うつく》しき小袖《そで》を屏風《びやうぶ》に掛《か》け、その下《した》に白木の位牌《ゐはい》を据《す》へ、香花《かうばな》を手向《たむ》けたり。位牌《ゐはい》の戒名《かいみやう》に剣光紫雲信女《けんくわうしうんしんによ》と書《か》きたれば、もしやそれかと天蓋脱《てんがいぬ》ぎてよく〳〵見《み》れば、見知《し》りたる小紫が小袖《そで》なれば、さてこそと思《おも》ひつゝ、念仏《ねぶつ》を唱《とな》へて居《ゐ》たる折《をり》しも、八重《やへ》梅は膳を持《も》ちて一間《ひとま》を出《いで》しが、あら不思議《ふしぎ》や屏《びやう》風《ぶ》の小袖閃《ひらめ》きて、袖《そで》口より細《ほそ》き手を差出《さしいだ》し、招《まね》くとひとしく一団《いちだん》の心火飛来《しんくわとびきた》り、八重《やへ》梅が懐《ふところ》に入ると見《み》へしが、八重《やへ》梅は持《も》ちたる膳を投捨《なげす》て、髪振乱《かみふりみだ》し面色《めんしよく》変《か》はり、「ア、ラ怨《うら》めしや、我《われ》は宵《よひ》の稲妻《いなづま》の儚《はかな》く消《き》へし小紫《むらさき》、咎《とが》

もなき身を惨《むご》らしう邪険《じやけん》の刃《やいば》にかけられし怨《うら》みを言《い》はんと思ふゆゑ、妹《いもと》が体《からだ》を仮初《かりそ》めに、こゝまで現《あらは》れ来《きた》りしぞや」と怨《うら》みの数々《かづく》言《い》ひ並《なら》べ、はたと睨《にら》みし有様《ありさま》は恐《おそ》ろしなども愚《おろ》かなり。紺《こん》八はもつともと思へば、いとゞ落涙《らくるい》し、「その怨《うら》みも押付《おしつ》け晴《は》らさせ遣《つか》はすべし」と言《い》ひつゝ、念仏《ねぶつ》を唱《とな》へしが、先《さき》ほどより様子《やうす》を窺《うかゞ》ふ浮世蝶兵衛《うきよてふへ》、一腰《ひとこし》抜《ぬ》いて飛《と》んで出《い》で、妹《いもと》が敵《かたき》、観念《くわんねん》と斬付《きりつ》けたり。

次《つぎ》へ続《つゞ》く

［剣光（紫雲信女）］

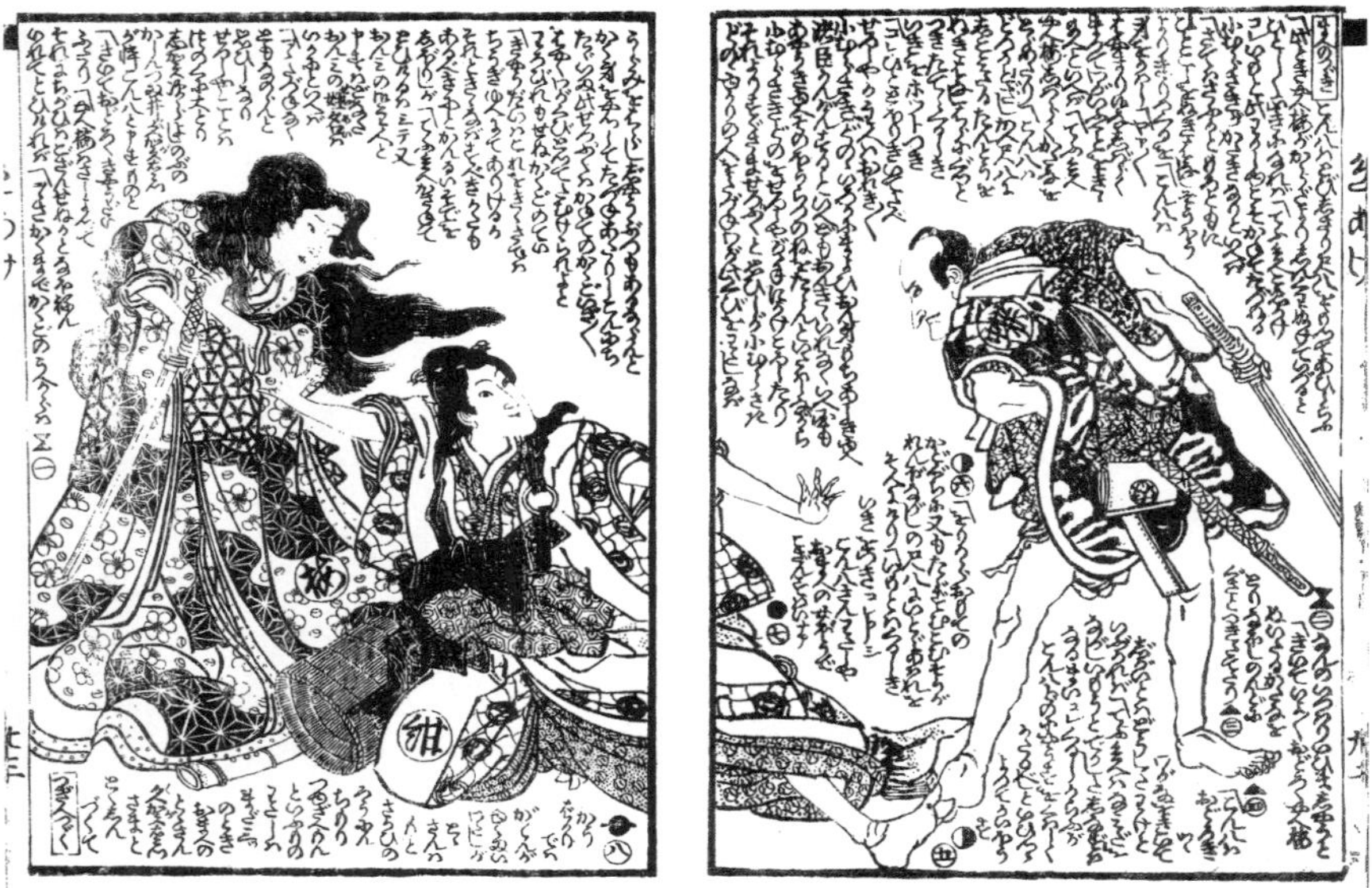

(27) 前《まへ》の続《つゞ》き 紺《こん》八は飛退《とびしさ》り、尺八をもつてあひしらふ。此時《とき》、八重《やへ》梅が体《からだ》より心火《しんくわ》抜《ぬ》けて出《いづ》るとひとしく正気《き》になれば、蝶《てふ》兵衛《へ》声掛《こゑか》け、「コレ妹《いもと》、此若衆《わかしゆ》こそ、かねて尋《たづ》ぬる小紫《むらさき》が敵《かたき》なり」と言《い》へば、さてはさふかと諸共《もろとも》に一腰《ひとこし》を抜放《ぬきはな》し、双方《さうはう》より斬付《きりつ》くるを、紺《こん》八は身を躱《かは》し、「ヤア〳〵早《はや》まり候な。暫《しばら》く待《ま》つて、我《わ》が言《い》ふ事《こと》を聞《き》き給へ」と言《い》へば、蝶《てふ》兵衛《へ》、八重《やへ》梅暫《しばら》く刀《かたな》を止《とゞ》めたり。紺《こん》八はどつかと座《ざ》し替《か》へ、尺八に仕込《しこ》みたる短刀《たんとう》を抜放《ぬきはな》し、腹《はら》にぐつと突立《つきた》て、苦《くる》しき息《いき》をホツト吐《つ》き、コレ一通《ひととほ》り聞《き》いて給《た》べ。拙者《せつしや》が主人は御歴々《おれき〴〵》、小紫殿《むらさきどの》の色香《いろか》に迷《まよ》ひ、御《おん》身持《もち》悪《あ》しきゆへ、諸臣諌言《かんげん》するといへども、御聞入《おんきゝい》れなく、家《いへ》国も危《あや》うきゆへ、その放埒《ほうらつ》の根《ね》を断《た》たんと、労《いたは》しながら小紫殿《むらさきどの》を拙者《せつしや》が手に掛《か》け殺《ころ》したり。それより直《す》ぐさま切腹《せつぷく》と思ひしが、小紫殿《むらさきどの》の縁《ゆかり》の人を尋《たづ》ね、我《わ》が此首《くび》を渡《わた》しなば、怨《うら》みを晴《は》らし成仏《じやうぶつ》もあるならんと、斯《か》く身をやつして尋当《たづねあ》たりし今日只今《こんにちたゞいま》、此切腹《せつぷく》はかねての覚悟《かくご》、いざ〳〵早《はや》く我《わ》が首取《くびと》つて手向《たむ》けられよと、悪《わろ》びれもせぬ覚悟《かくご》の体《てい》、兄妹《きやうだい》はこれを聞《き》き、さては忠義故《ちうぎゆへ》にてありけるか。

それと聞《き》きなば、すべき方《かた》もあるべきにと感涙袖《かんるいそで》を絞《しぼ》りしが、蝶《てふ》兵衛《へ》重《かさ》ねて問《と》ひけるは、「シテ又、御身《おんみ》の御主人と申すはどなた。御身《おんみ》の姓名《せいめい》は何如《いか》に」と言《い》へば、ヲ、尋《たづ》ねなくとも名乗《なの》らんと思ひしなり。拙者事《せつしやこと》は津《つ》の国《くに》大鳥《とり》志賀次郎義信《よしのぶ》の家臣妻《かしんつま》井久賀《くが》右衛門が悴紺《こん》八と申す者《もの》と、聞《き》いて驚《おどろ》く兄妹二人《きやうだいふたり》、八重梅《やへ》は差寄《さしよ》つて、それに違《ちが》ひはござんせぬかと、なほ念入《ねんい》れて問《と》ひければ、ヲ、さ、斯《か》くまで覚悟《かくご》の上《うへ》からは、何《なん》の偽《いつは》り言《い》ひましやうと、聞《き》いていよ〳〵驚《おどろ》く八重《やへ》梅、抜《ぬ》いたる刀《かたな》を取直《とりなほ》し、喉《のんど》にぐさと突立《つきた》てたり。紺《こん》八は驚《おどろ》きつゝ、我《わ》が名《な》を聞《き》いて自害《じがい》とは、どうした訳《わけ》と訝《いぶか》れば、蝶《てふ》兵衛《へ》は涙《なみだ》を流《なが》し、「妹《いもうと》でかした、死《し》なずはなるまい。コレ苦《くる》しからふが紺《こん》八殿《どの》に様子《やうす》を詳《くは》しく語《かた》るべし」と言《い》ひつゝ寄《よ》つて介抱《かいほう》す。折《をり》から表《おもて》の門口《かどぐち》に、又も佇《たゝず》む虚無僧《こむそう》が恋慕《れんぼ》流《なが》しの尺八に、いとゞ哀《あは》れを添《そ》へにけり。妹《いもと》は苦《くる》しき息《いき》を吐《つ》き、コレ申し紺《こん》八さん。私《わたし》やお前《まへ》の女房《ばう》でござんすはいナア。斯《か》うばかりでは合点《がてん》がゆくまい。私《わたし》が父《とゝ》さんは元堺《もとさかひ》の浪人《ろうにん》、乳守露左衛門《ちもりつゆざへもん》といふ者《もの》、私《わたし》はまだ三つの時《とき》、お前《まへ》の父《とゝ》さん久賀《くが》右衛門様《さま》と得心《とくしん》づくで、

次《つぎ》へ続《つゞ》く

(28) 前《まへ》の続《つゞ》き お前《まへ》と私《わたし》と許嫁《いひなづけ》、その証拠《しやうこ》は、これ此守袋《まもりぶくろ》に入れてある、久賀衛門様《ゑもんさま》の自筆《じひつ》で遊《あそ》ばし下《くだ》された許嫁《いひなづけ》の契約《けいやく》状、これが確《たし》かな証拠《しやうこ》なりとて差出《さしいだ》すを、蝶《てふ》兵衛《へ》が取次《とりつ》いで紺《こん》八に渡《わた》しければ、紺《こん》八はこれを見て、サテは、かねて聞《き》いたる露左衛門殿《つゆざへもんどの》の娘にて、許嫁《いひなづけ》の我《わ》が妻《つま》にてありしかと、猛《たけ》き心《こゝろ》も弱《よわ》りけり。蝶兵衛《てふへ》は目《め》を擦《す》り赤《あか》め、可哀《かわい》や妹《いもうと》、日頃《ごろ》から、許嫁《いひなづけ》のその人に、会《あ》ひたい〳〵と神仏《かみほとけ》に願《ぐわん》を懸《か》け、願《ねが》ふたる甲斐《かひ》もなく、今《いま》たま〳〵巡会《めぐりあ》へば、許嫁《いひなづけ》の夫《おつと》といふは、姉《あね》を打《う》たれた敵同士《かたきどし》、さればいナア、とても生《い》きてはゐられぬ義理《ぎり》、夫婦《ふうふ》は二世の縁《ゑん》と言《い》へば、たとへ此世で添《そ》はれずとも、コレ申し紺《こん》八さん、冥土《めいど》は夫婦《ふうふ》でござんすぞへ。先《さき》ほど鏡《かゞみ》に映《うつ》りしお顔《かほ》、もしや尋《たづ》ぬる許嫁《いひなづけ》のお方《かた》ではあるまいかと、それ故《ゆゑ》に、お留《と》め申《まう》した私《わたし》が心《こゝろ》、浮気《うはき》と思ふて下《くだ》さんすな。私《わたし》が一緒《いつしよ》に自害《じがい》すれば、姉様《あねさま》の怨《うら》みも晴《は》れ、成仏《じやうぶつ》なさるでござんしやう。来世《らいせ》では一つ蓮《はちす》に新世帯《あらせたい》、必《かなら》ず見捨《みす》てゝ下《くだ》さんすなと、苦痛《くつう》の体《てい》ぞ無残《むざん》なる。蝶兵衛《てふへ》は奥《おく》に駆《かけ》入り、褞袍《どてら》の上《うへ》に麻上下《あさがみしも》、銚子《ちやうし》盃《さかづき》携《たづさ》へて立出《いづ》れば、門口《かどぐち》には

尺八止《や》め、池《いけ》の汀《みぎは》の鶴亀《つるかめ》は、蓬萊山《ほうらいさん》も他所《よそ》ならず、君《きみ》の恵《めぐみ》ぞ有難《ありがた》きと、祝儀《しうぎ》の小唄《うたひ》歌《うた》ひつゝ、天蓋《てんがい》取《と》つて内に入れば、紺《こん》八は目早《めばや》く見《み》て、ヤア御前《おまへ》は父上《ちゝうへ》、御切腹《せつぷく》と聞《き》きつるに、どふしてこゝへと怪《あや》しめば、ヲ、不審《ふしん》は尤《もつと》も、汝《なんぢ》、小紫を手に掛《か》け、主君《しゆくん》御放埒《ほうらつ》の根《ね》を断《た》ちしゆへ、御本心《ほんしん》になり給ひ、汝《なんぢ》が仰《をう》せは立《た》ちたるに、身摺《ずり》の名香失《う》せしにより、

次《つぎ》へ続《つゞ》く

（29）

前《まへ》の続《つゞ》き

我《われ》、空腹《そらばら》を切《き》つて主君《しゆくん》御夫婦《ふうふ》を落《お》とし参《まゐ》らせ、名香を詮議《せんぎ》のため、斯《か》く虚無僧《こむそう》に身をやつし、先《さき》ほどより門口《かどぐち》にて様子《やうす》を聞《き》けば、これなるは乳守《ちもり》露《つゆ》左《ざ》衛《ゑ》門殿《もんどの》の娘にて、先年ン我《わ》が契約《けいやく》したる、その方《ほう》が許嫁《いひなづけ》の女子なる由《よし》、舅《しうと》と嫁《よめ》と巡会《めぐりあ》へど、その甲斐《かひ》もなき此自害《じがい》、斯《か》ういふ事《こと》と知《し》つたなら、縁《ゑん》を繋《つな》ぎはせまいもの、結《むす》ぶの神の怨《うら》めしやと、落涙袖《らくるいそで》を絞《しぼ》りければ、蝶《てふ》兵衛《へ》はこれを聞《き》き、「サテは妻《つま》井久加右衛《ゑ》門様《もんさま》とは御前様《おまへさま》で御座《ござ》りますか。様《やう》

子《す》を御聞《おき》きありしとなれば、くどう申すに及《およ》ばぬ事《こと》、せめて二人《ふたり》が息《いき》あるうちに祝言《しうげん》の盃《さかづき》させてやりたし」と言《い》へば、久加右衛門《ゑもん》頷《うなづ》きて、某《それがし》も然《さ》こそ思へと立寄《よ》つて、紺《こん》八を抱起《だきお》こせば、蝶兵衛《てふへ》は八重《やへ》梅を介抱《かいはう》し、三々九度《ど》の水盃《さかづき》、末期《まつご》の水を汲混《くみま》ぜて二人《ふたり》に飲《の》ます祝儀《しうぎ》と憂《うれ》ひ、血潮《ちしほ》滴《した》る色直《いろなほ》し、手に手を取《と》りて、がつくりと落入《おちい》る二人《ふたり》が傍《かたは》らに小紫が姿《すがた》、影《かげ》のごとくに見へけるが、光《ひかり》を放《はな》ちて失《う》せけるは、怨《うら》みを晴《は》らして成仏の験《しるし》とこそは見《み》へにけれ。久賀右衛門も蝶兵衛《てふへ》も悲嘆《ひたん》の涙《なみだ》に咽《む》せけるが、や、あつて久賀右衛門《ゑもん》言《い》ひけるは、「主君《しゆくん》の兄《あに》大鳥鷲《とりわし》太郎といふは偽者《にせもの》にて、天竺登久《ぢくとく》兵衛《へ》ならんとは察《さつ》すれども、証拠《しやうこ》なければ探《さが》し難《がた》し」と嘆息《たんそく》すれば、蝶兵衛《てふへ》曰《いは》く、「某《それがし》、先年ン播州《ばんしう》へ旅立《たびだ》ち、高砂《たかさご》の浦《うら》にて怪《あや》しき奴《やつ》に出会《いであ》ひ、拾《ひろひ》取《と》つたる一通《つう》の文言《もんごん》に、此度《たび》、木枯《こがらし》山の慈悲心《じひしん》坊を討《う》ち、虎《とら》の絵《ゑ》を奪《うば》ひたる褒美《はうび》によつて五百貫《くわん》の禄《ろく》を与《あた》ふべきなり。荒波鱶《あらなみふか》七殿《どの》へ天竺登久《ぢくとく》兵衛《へ》と書《か》いてあり、これ見給《み》へ」と取出《とり》して見《み》せければ、久賀右衛門《ゑもん》とくと見《み》て、さては我《わ》が推量《すいりやう》に違《たが》はず、鷲《わし》太郎は天竺登久《ぢくとく》兵衛《へ》に違《ちが》ひなく、

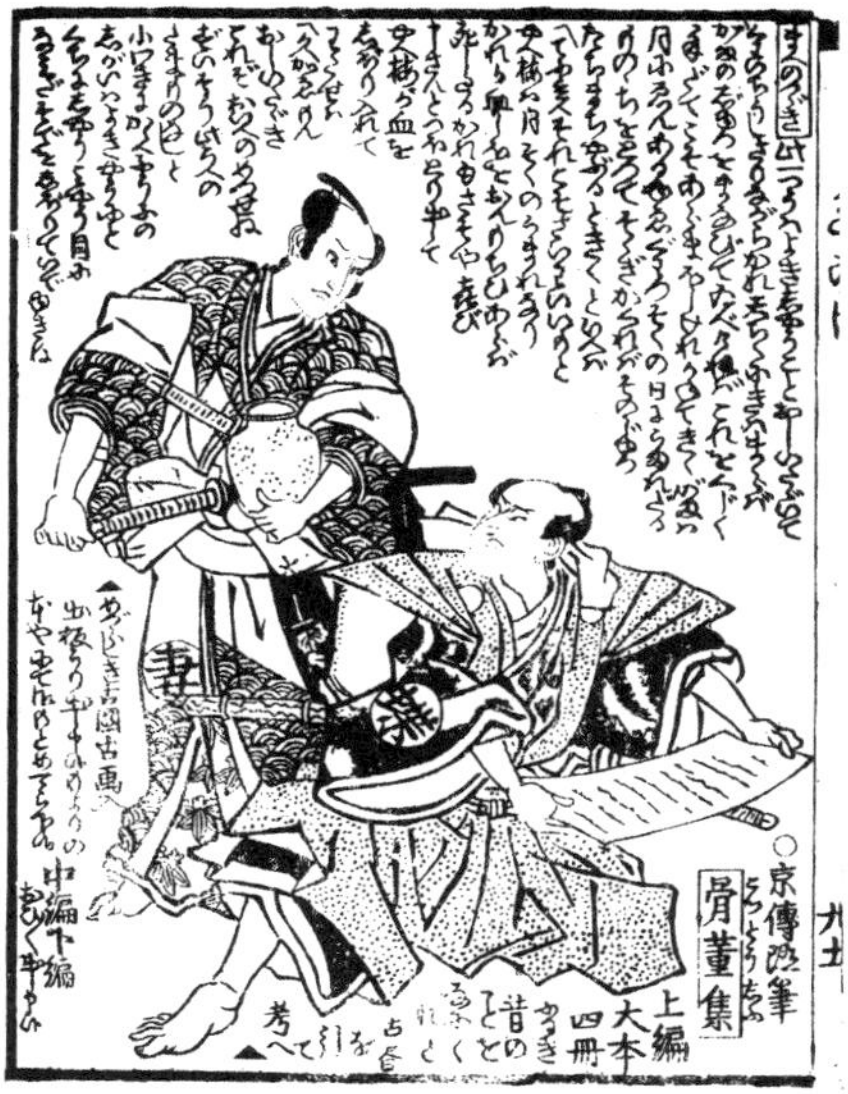

木枯《こがらし》山の慈悲心《じひしん》坊と申せしこそ実《まこと》大鳥判官《とりはんぐわん》の御胤《おんたね》にてありつらん。［次《つぎ》へ］

(30)［前《まへ》の続《つゞ》き］此一通《つう》はよき証拠《しやうこ》と押戴《おしいたゞ》いて懐中《くわいちう》し、「然《さ》りながら彼《かれ》、天竺《ぢく》に極《きは》まらば蝦蟇《がま》の術《じゆつ》を学《まな》びてゐべければ、これを挫《くじ》く手立《だ》てこそあらまほしけれ。かねて聞《き》く、蝦蟇《がま》は月に縁《ゑん》あるゆゑ、月食《ぐわつそく》の日に産《う》まれたる者《もの》の血《ち》を取《と》つて注《そゝ》ぎかくれば、その術《じゆつ》たちまち敗《やぶ》ると聞《き》く」と言《い》へば、蝶《てふ》兵衛《へ》それこそ幸《さいわ》い、妹《いもと》八重《やへ》梅は月食《そく》の産まれなり。彼《かれ》が血潮《ちしほ》を御用《おんもち》ひあらば、死したる彼《かれ》もさぞや喜び申さんと、壺取《つぼとり》出して八重《やへ》梅が血を絞《しぼ》り入れて渡《わた》せば、久加右衛門《ゑもん》押戴《おしいたゞ》き、これぞ御家《おいへ》の滅《めつ》せぬ瑞相《ずいそう》。此上《うへ》の賜物《たまもの》なしと小脇《わき》に抱《か》へ、夫婦《ふうふ》の死骸《しがい》はよき様《やう》にと、口《くち》に声明《しやうみやう》目に涙《なみだ》、袖《そで》を絞《しぼ》りて出行《いでゆ》きぬ。

○京伝随筆［骨董集《こつとうしふ》］上編大本四冊
古《ふる》き昔の事《こと》を何《なに》くれと古書を引て考へ、珍《めづら》しき古図古画入、出板売《うり》出し申候。最寄《もより》の本屋《や》にて御求《もと》め可被下候。中編下編追々《おひ〳〵》出し申候。

(31)二十六オ

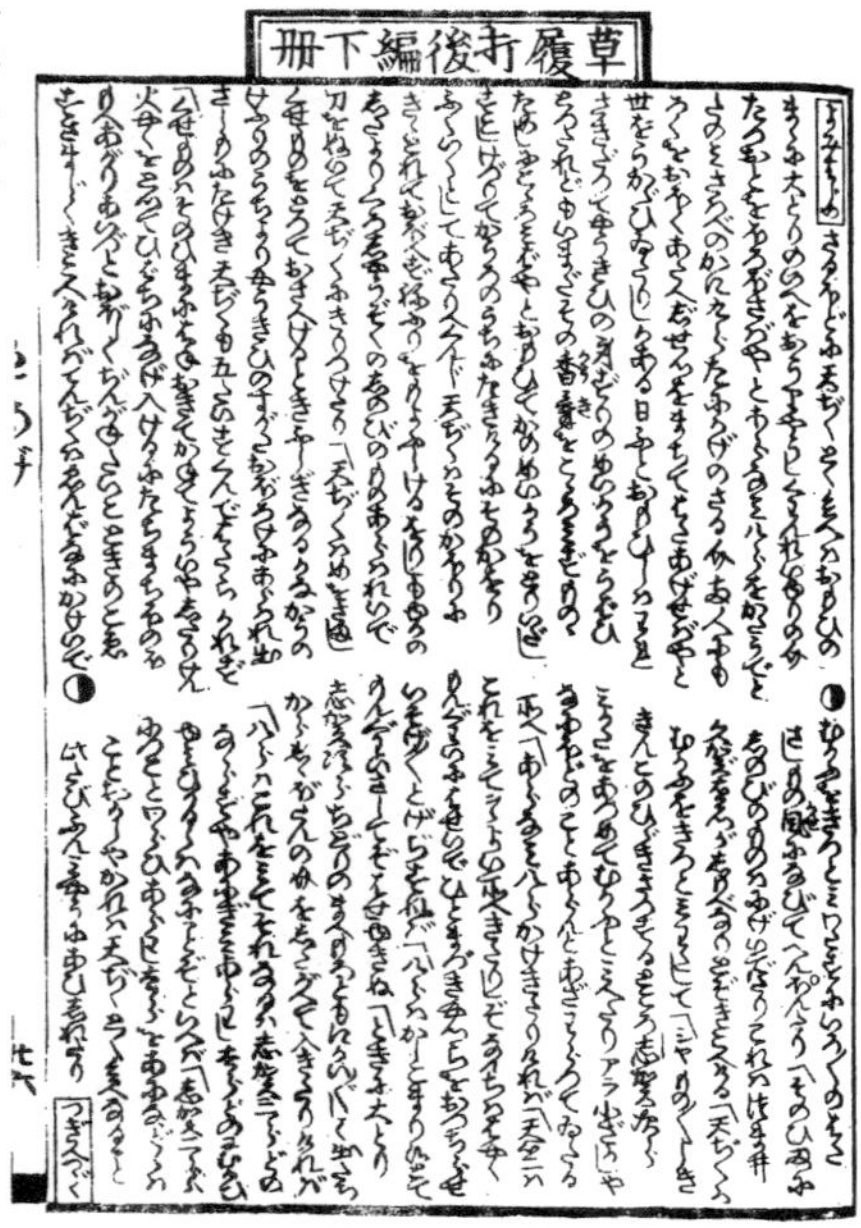

【下】

(31) 草履打後編下冊

読《よ》み始《はじ》め　さる程《ほど》に天竺《ぢく》登《と》久《く》兵衛《へ》は思《おも》ひのまゝに大鳥《とり》の家《いへ》を横領《おうりやう》し、管領《くわんれい》百合《ゆり》之介龍音《たつおと》を滅《ほろ》ぼさばやと、荒波《あらなみ》八郎を片腕《かたうで》と頼《たの》み、沢辺《さはべ》の蟹《かに》九郎・谷影《たにかげ》の猿《さる》介両人にも禄《ろく》を多《おほ》く与《あた》へ、時節《じせつ》を待《ま》ちて旗揚《はたあげ》せばやと、世を窺《うかゞ》ひ居《ゐ》たりしが、ある日ふと思《おも》ひしは、我《われ》、先《さき》だつて楊貴妃《やうきひ》の身摺《ずり》の名《めい》香《かう》を奪取《うばひと》つたれども、いまだその香気《かうき》を試《こゝろ》みず。物《もの》の試《ため》しに試《こゝろ》みばやと思《おも》ひて、かの名香《めいかう》を取出《とりいだ》し、少《すこ》し削《けづ》りて香《かう》炉《ろ》の内《うち》に焚《た》きけるに、その香《かを》り馥郁《ふくいく》として辺《あた》り薫《くん》じ、天竺《ぢく》はその香《かほ》りに聞《き》きとれて覚《おぼ》へず眠《ねふ》りを催《もよふ》しける折《をり》しも、床《ゆか》の下《した》より黒装束《くろしやうぞく》の忍《しのび》の者現《ものあらは》れ出《い》で、刀を抜《ぬ》いて天竺《ぢく》に斬《きり》付《つ》けたり。天竺《ぢく》は目《め》を覚《さ》まし、曲者《くせもの》を取《と》つて押《お》さへける時《とき》、不思議《ふしぎ》なるかな、香《かう》の煙《けふり》の内《うち》より楊貴妃《やうきひ》の姿朧《すがたおぼろ》げに現《あらは》れ出、さしもに猛《たけ》き天竺《ぢく》も五体竦《たいすく》んで働《はたら》かれず。曲者《くせもの》はその隙《ひま》に跳起《はねお》きて、かねて用意《ようい》やしたりけん火薬《やく》を取《と》つて火鉢《ひばち》に投《なげ》入けるに、たちまち炎燃上《ほのほもへあ》がり、合図《あいづ》と思《おぼ》しく陣鉦《ぢんがね》・太鼓《たいこ》、鬨《とき》の声《こゑ》すさまじく聞《き》こへければ、天竺《てんぢく》は縁《えん》端《ばな》に駆出《かけい》で、向《むか》ふをきつと見渡《みわた》すに、色々《いろ〱》の旗指物《はたさしもの》、風《かぜ》に靡《なび》て翩翻《へんぽん》たり。その隙《ひま》に忍《しの》びの者《もの》は逃出《にげいで》たり。これは妻《つま》井久賀右衛門が下部《しもべ》なりとぞ聞《き》こへける。

天竺《ぢく》は向《むか》ふをきつと見渡《みわた》して、シヤ物々《もの〱》しき金鼓《きんこ》の響《ひゞ》き、察《さつ》するところ、志《し》賀次郎、味方《みかた》を集《あつ》めて向《む》かふと見《み》へたり。アラ小賢《ざか》しや、何《なに》ほどの事《こと》あらんと嘲笑《あざわら》つて居《ゐ》たる所へ、荒波《あらなみ》八郎駆来《かけきた》りければ、天竺はこれを見《み》て、ヲ、良《よ》い所へ来《きた》りしぞ、汝《なんぢ》は早《はや》く門外《もんぐわい》に馳出《はせい》で、ひとまづ彼奴《きやつ》らを追散《おつち》らせ。急《いそ》げ〱と下知《げぢ》すれば、八郎はかしこまり候とて門外《もんぐわい》さしてぞ馳行《はせゆ》きぬ。時《とき》に大鳥《とり》志賀次郎、千鳥《ちどり》の前《まへ》もろともに甲斐々々《かひ〲》しく出立《た》ち、唐獅子《からしゝ》牡丹《ぼたん》之《の》介を従《したが》へて入来《きた》りければ、八郎はこれを見《み》て、「それなるは志賀二郎殿《どの》ならずや。兄君荒鷲《あにぎみあらわし》太郎殿《どの》に向《む》かひ弓引《ゆみひ》かるゝは何事《なにごと》ぞ」と言《い》へば、志賀二郎はにつこと笑《わら》ひ、荒鷲《あらわし》太郎を兄《あに》などゝは、こと可笑《おか》しや。彼《かれ》は天竺《ぢく》登《と》久《く》兵衛《へ》なる事《こと》、此たび分明《ふんみやう》に相知《あひし》れたり。

次《つぎ》へ続《つゞ》く

(32)二十六ウ

二十七オ

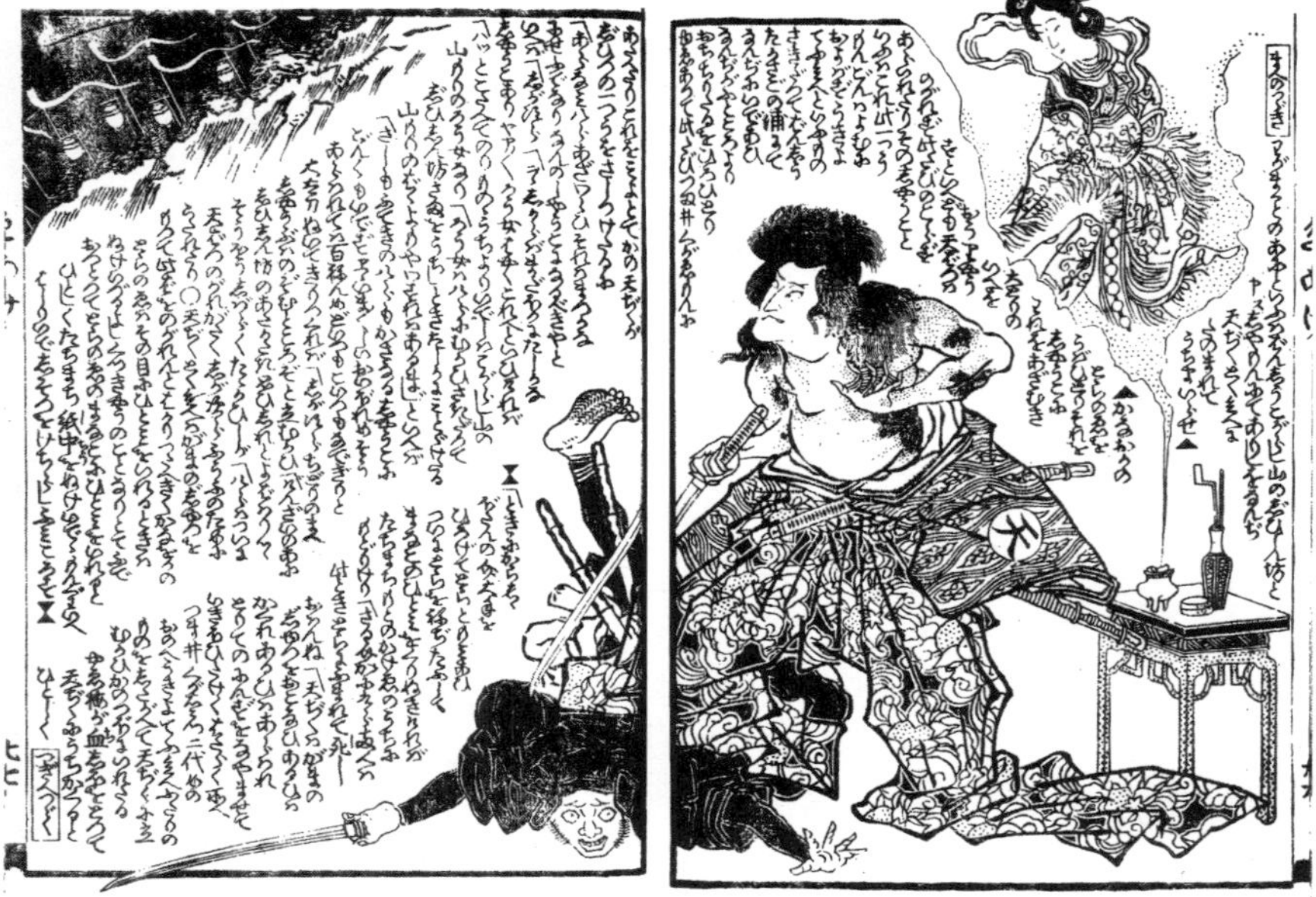

（32）前《まへ》の続《つゞ》き　我《わ》が実《まこと》の兄《あに》といふは播州《ばんしう》木枯《こがらし》山の慈悲心《じひしん》坊と申す沙門《しやもん》にてありしを、汝《なんぢ》、天竺登久《ちくとく》兵衛《へ》に頼《たの》まれて討参《うちまい》らせ、金岡《かなおか》の虎《とら》の絵《ゑ》を奪取《うばひと》り、それを証拠《しやうこ》に我《われ》を欺《あざむ》き大鳥《とり》の家《いへ》を横領《おうりやう》すといへども、天罰《ばつ》は逃《のが》れず、此たび残《のこ》らず顕《あらは》れたり。その証拠《しやうこ》といふは、これ此一通《つう》、文言《もんごん》は読《よ》むに及《およ》ばず。浮世蝶《うきよてふ》兵衛といふ者《もの》、先《さき》だつて播州高砂《ばんしうたかさご》の浦にて汝《なんぢ》に出会《いであ》ひ、汝《なんぢ》が懐《ふところ》より落散《おちち》りたるを拾取《ひろひと》り、故《ゆゑ》あつて此たび、妻《つま》井久賀《くが》右衛門《ゑもん》に与《あた》へたり。これを見《み》よとて、かの天竺《ぢく》が自筆《じひつ》の一通《つう》を差付《さしつ》けたるに、荒波《あらなみ》八郎嘲《あざ》笑《わら》ひ、「それは真赤《まつか》な偽筆《にせふで》なり。何《なん》の証拠《しやうこ》になるべきや」と言《い》へば、志賀次郎《ろう》、「ヲ、然《しか》らば、まだ他《ほか》に確《たし》かな証拠《しやうこ》あり。ヤア〳〵老女、早《はや》くこれへ」と言《い》ひければ、ハツと答《こた》へて乗物《のりもの》の内《うち》より出《いで》しは、木枯《こがらし》山の山守《もり》の老女《ろう》なり。老《ろう》女は八郎に向《む》かひ、「先《さき》だつて慈悲心《じひしん》坊様《さま》を討《う》ちし時《とき》、確《たし》かに見届《みとゞ》けたる山守《もり》の婆《ばゞ》、よもや忘《わす》れはあるまじ」と言《い》へば、さしも不敵《ふてき》の八郎も、重《かさ》なる証拠《しやうこ》に言句《ごんく》も出《いで》ず、ヱ、忌々《いま〳〵》しい老耄《おいぼれ》め、そう顕《あらは》れては百年目《ねんめ》、どいつもこいつも撫斬《なでぎ》りと、大太刀抜《ぬ》いて斬付《きりつ》くれば、志賀《しが》次郎、千鳥《ちどり》

の前《まへ》、勝負《しやうぶ》は望《のぞ》むところぞと立向《む》かひ、「現在《げんざい》の兄《あに》慈悲心《じひしん》坊の仇敵《あたかたき》、思ひ知《し》れ」と呼《よ》ばはりつゝ、双方《そうほう》暫《しばら》く戦《たゝか》ひしが、八郎は遂《つい》に天罰《ばつ》逃《のが》れ難《がた》く、志賀《しが》次郎夫婦《ふうふ》のために討《う》たれたり。

◯天竺《ぢく》登《と》久《く》兵衛《へ》は蝦蟇《がま》の術《じゆつ》をもつて此場《ば》を逃《のが》れんと図《はか》り、伝《つた》へ聞《き》く金岡《かなをか》の虎《とら》の絵《ゑ》は、その目に瞳《ひとみ》を入《い》れる時《とき》は抜出《ぬけいづ》る由《よし》、究竟《くつきやう》の事《こと》なりとて、筆押取《ふでおつと》つて虎《とら》の絵《ゑ》の眼《まなこ》に瞳《ひとみ》を入《い》れるとひとしく、たちまち紙中《しちう》を抜出《ぬけいで》て門外《もんぐわい》へ走出《はしりい》で、士卒《しそつ》を蹴散《けち》らし踏殺《ふみころ》す。時《とき》に唐獅子《からしゝ》牡丹之《ぼたんの》介、大手を広《ひろ》げて虎《とら》と揉合《もみあ》ひ、遂《つい》に虎《とら》を捻倒《ねぢたふ》して眼《まなこ》の瞳《ひとみ》をくり抜《ぬ》きければ、たちまち元《もと》の掛絵《かけゑ》の内《うち》に戻《もど》りけり。猿《さる》介・蟹《かに》九郎両人は此時《とき》、虎《とら》に踏《ふ》まれて死《し》し終《お》はんぬ。天竺《ぢく》は蝦蟇《がま》の術《じゆつ》を行《おこな》ひ、あるひは隠《かく》れ、あるひは現《あらは》れ、捕手《とりて》の人数《にんず》を悩《なや》ませて、勢《いきほ》ひ猛《たけ》く働《はたら》く所へ、妻《つま》井久賀《くが》右衛門、二代目《め》の尾上《おのへ》・浮世蝶《うきよてふ》兵衛《へ》二人《ふたり》の者《もの》を従《したが》へて天竺《ぢく》に立向《む》かひ、かの壺《つぼ》に入《い》れたる八重《やゑ》梅が血潮《ちしほ》を取《と》つて、天竺《ぢく》に打《う》ちかくるとひとしく、

次《つぎ》へ続《つゞ》く

（33）二十七ウ

二十八オ

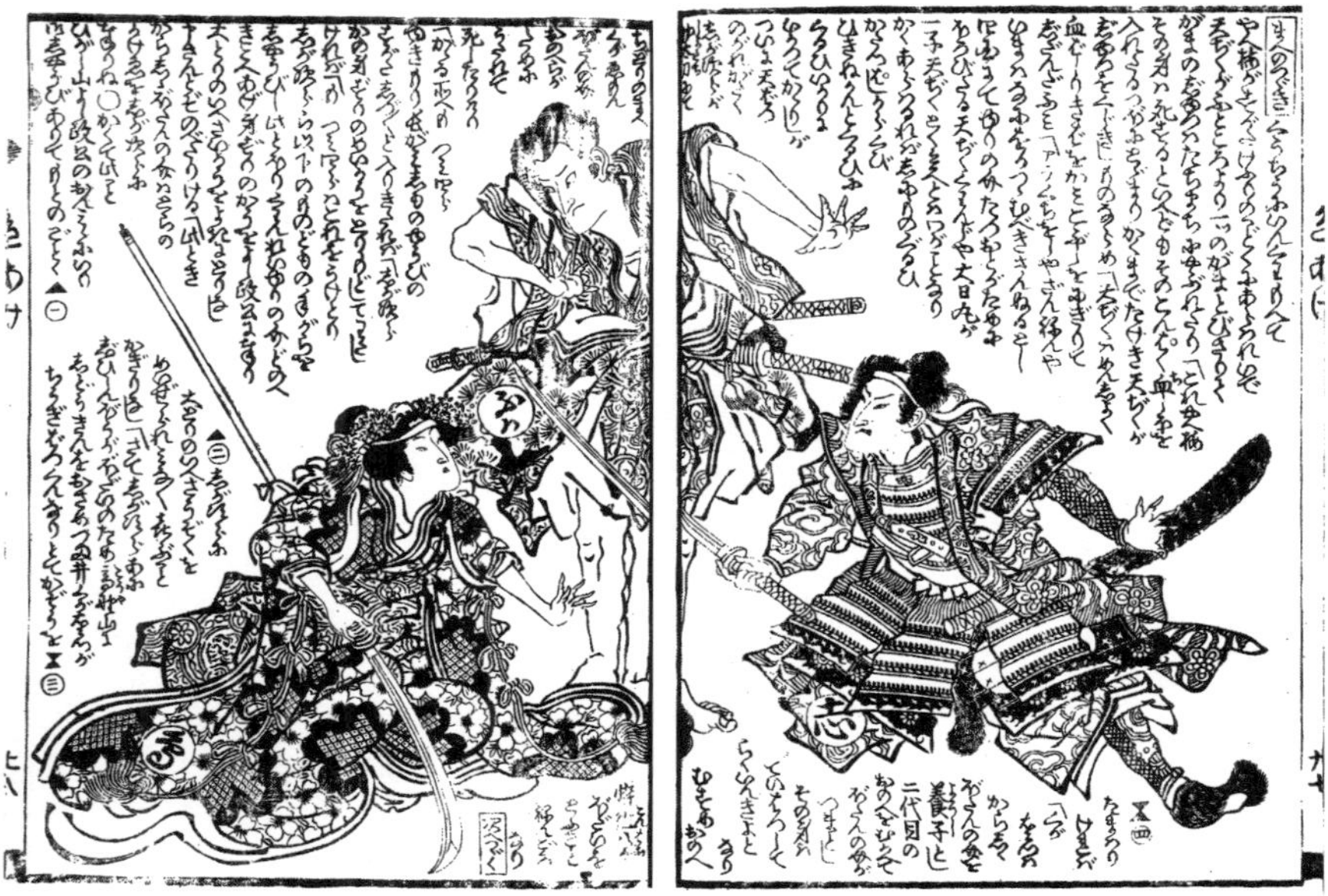

（33）［前《まへ》の続《つゞ》き］空中《くうちう》に陰火《いんくわ》燃《も》へて八重《やへ》梅が姿《すがた》、煙《けふり》の如《ごと》くに現《あらは》れ出《い》で、天竺《ぢく》が懐《ふところ》より一つの蝦蟇《がま》飛去《とびさ》りて、蝦蟇《がま》の術《じゆつ》は忽《たちま》ちに敗《やぶ》れたり。これ八重《やへ》梅、その身は死するといへども、その魂魄《こんぱく》、血潮《ちしほ》を入れたる壺《つぼ》に留《とゞ》まり、斯《か》くまで猛《たけ》き天竺《ぢく》が術《じゆつ》を挫《くじ》きしものならめ。天竺《ぢく》は面色《めんしよく》血走《ばし》り牙《きば》を噛《か》み、拳《こぶし》を握《にぎ》りて地団駄《じだんだ》踏《ふ》み、アラ口惜《くちを》しや残念《ざんねん》や。今《いま》は何《なに》をか包《つゝ》むべき、去《さ》んぬる年《とし》、四国にて百合之《ゆりの》介龍音《たつおと》がために滅《ほろ》びたる、天竺冠者《ぢくくわんじや》大日丸が一子天竺登久《ぢくとく》兵衛《へ》とは我《わ》が事《こと》なり。斯《か》く顕《あらは》るれば死物狂《しにものぐる》ひ、片《かた》つ端《ぱし》から首引抜《くびひきぬ》かんと狂《くる》ひに狂《くる》ひ、怒《いか》りに怒《いか》つて掛《か》かりしが、遂《つひ》に天罰逃《ばつのが》れ難《がた》く、志賀《しが》次郎が助太刀《すけだち》にて千鳥《ちどり》の前《まへ》、久賀右衛門《くがゑもん》、牡《ぼ》丹之《たんの》介、尾上《おのへ》等《ら》がために討《う》たれて死したりけり。

斯《か》かる所へ茂積《もつみ》四郎幸盛《ゆきもり》、長上下《がみしも》の優美《ゆうび》の姿《すがた》、静々《しづ〳〵》と入り来《きた》れば、志賀《しが》次郎、かの身摺《ずり》の名香《めいかう》を取戻《とりもど》して渡《わた》しければ、茂積《もつみ》四郎はこれを受取《うけと》り、志賀《しが》次郎等《ら》以下の者《もの》どもの手柄《がら》を賞美《しやうび》し、此通《とほ》り管領《くわんれい》百合之《ゆりの》介殿《どの》へ聞《き》こへ上《あ》げ、身摺《ずり》の香《かう》を義政公《よしまさこう》に奉り、大鳥《とり》の家再興《いへさいかう》を良《よ》きに取《と》りなし申さんとぞ述《の》べたりける。此時《とき》、唐獅子《からし》牡丹《ぼたん》之介は虎《とら》の掛絵《かけゑ》を志賀《しが》次郎に奉りぬ。
◯斯《か》くて此事《こと》、東《ひがし》山義《よし》政公の御耳《おんみゝ》に入《い》り、御賞美《しやうび》ありて元《もと》の如《ごと》く志賀《しが》次郎に大鳥《とり》の家相続《いへさうぞく》を命《めい》ぜられ、皆々《みな〳〵》喜ぶ事《こと》限《かぎ》りなし。さて志賀《しが》次郎、兄慈悲心坊《あにじひしんぼう》が菩提《ぼだい》のため高野《かうや》山に祠堂金《しどうきん》を納《おさ》め、妻《つま》井久賀右衛門《くがゑもん》が忠義抜群《ちうぎばつぐん》なりとて加増《かぞう》を賜《たまは》りければ、久賀右衛門《くがゑもん》は唐獅子《からしゝ》牡丹之《ぼたんの》介を養子《やうし》とし、二代目の尾上《おのへ》を迎《むか》へて牡丹之《ぼたんの》介が妻《つま》とし、その身は剃髪《ていはつ》して楽隠居《らくいんきよ》となり、娘尾上《むすめおのへ》、悴紺八《こんはち》が菩提《ぼだい》を問《と》ふ事懇《ことねんご》ろなり。

次《つぎ》へ続《つゞ》く

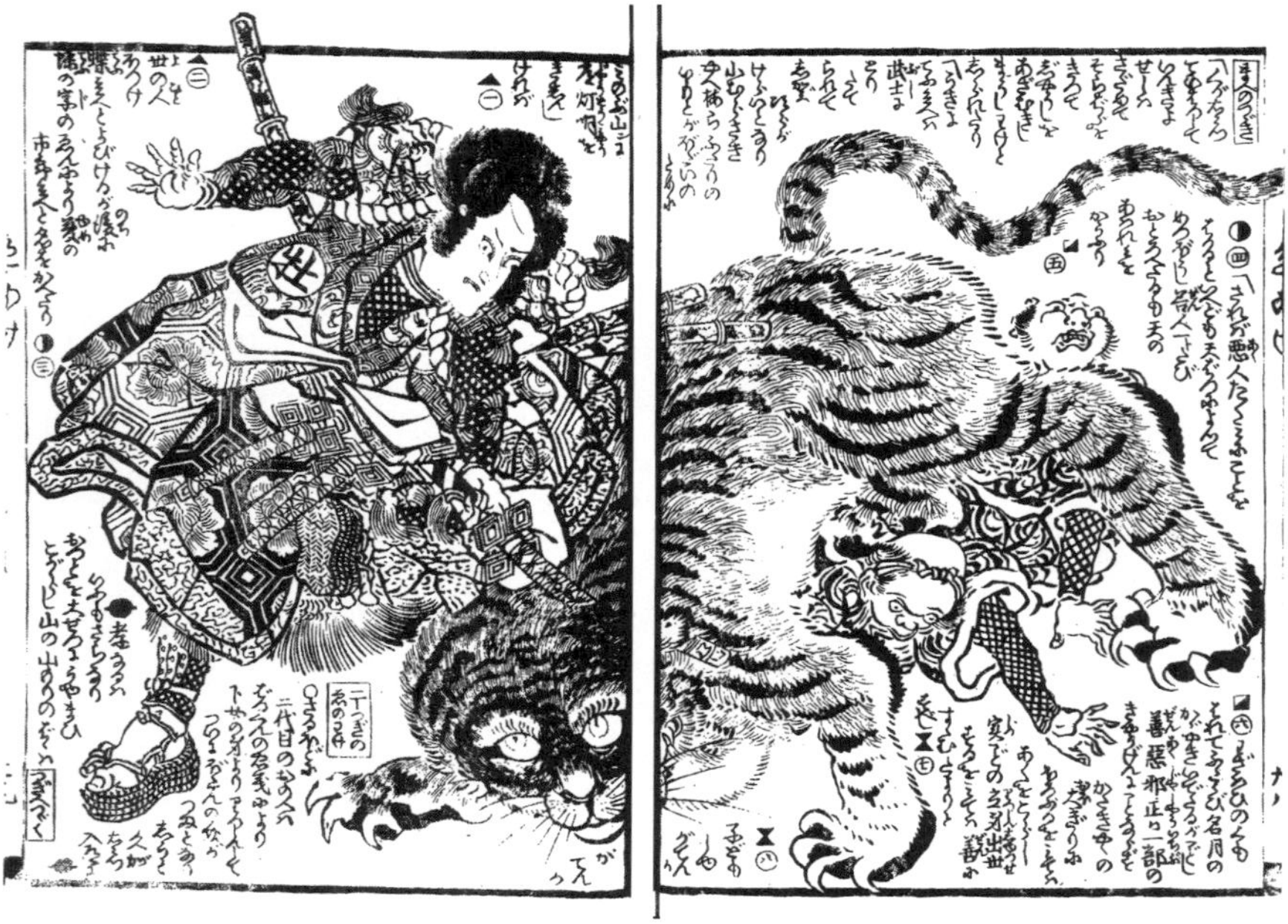

(34) 前《まへ》の続《つゞ》き 久賀右衛門《くがゑもん》、剃髪《ていはつ》して隠居《いんきよ》せしは、定《さだ》めて空腹《そらばら》を切《き》つて上使《じやうし》を欺《あざむ》き申《まう》し訳《わけ》と知《し》られたり。

浮世蝶兵衛《うきよてふべゑ》は武士《ぶし》に取立《とりた》てられて志賀次郎が家来《けらい》となり、小紫《むらさき》、八重梅《やへ》等二人《ふたり》の妹《いもと》が菩提《ぼだい》のために身延山《みのぶ》ンに常灯明《じやうとうみやう》を寄進《きしん》しければ、世《よ》の人《ひと》、法華蝶兵衛《ほつけてふへ》と呼《よ》びけるが、後《のち》に蝶《てふ》の字《じ》の縁《ゑん》により夢《ゆめ》の市郎兵衛《へ》と名《な》を替《か》へたり。然《さ》れば悪《あく》人巧《たく》みに事《こと》を謀《はか》るといへども、天罰《ばつ》によつて滅亡《めつぼう》し、善《ぜん》人一ト度《たび》衰《おとろ》へたるも天の憐《あは》れみを蒙《かうふ》り、災《わざは》ひの雲《くも》晴《は》れて再《ふた》び名月の輝《かゞや》き出《いで》たるが如《ごと》し。善悪邪正《ぜんあくじやしやう》は一部《いちぶ》の狂言《きやうげん》に異《こと》ならず、敵役《かたきやく》の大切《おほぎり》に滅《ほろ》ぶるを見《み》ては悪《あく》を懲《こ》らし、実事《じつごと》の立身出世《りつしんしゆつせ》するを見《み》ては善《ぜん》に勧《すゝ》む頼《たよ》りとすべし。子供衆《どもしゆ》合点《がてん》か、合点《がてん》か。

一丁次《つぎ》の絵《ゑ》の訳《わけ》 ○さる程《ほど》に二代目の尾上《おのへ》は抜群《ばつくん》の忠義により、下女の身より立身《りつしん》して、遂《つい》に牡丹之介《ぼたんの》が妻《つま》となり、舅《しうと》久賀《が》右衛門入道に孝なるは言《い》ふも更《さら》なり、夫《おつと》を大切《せつ》に敬《うやま》ひ、木枯山《こがらし》の山守《もり》の婆《ばゞ》は 次《つぎ》へ続《つゞ》く

(35)二十九ウ

三十オ

(35)

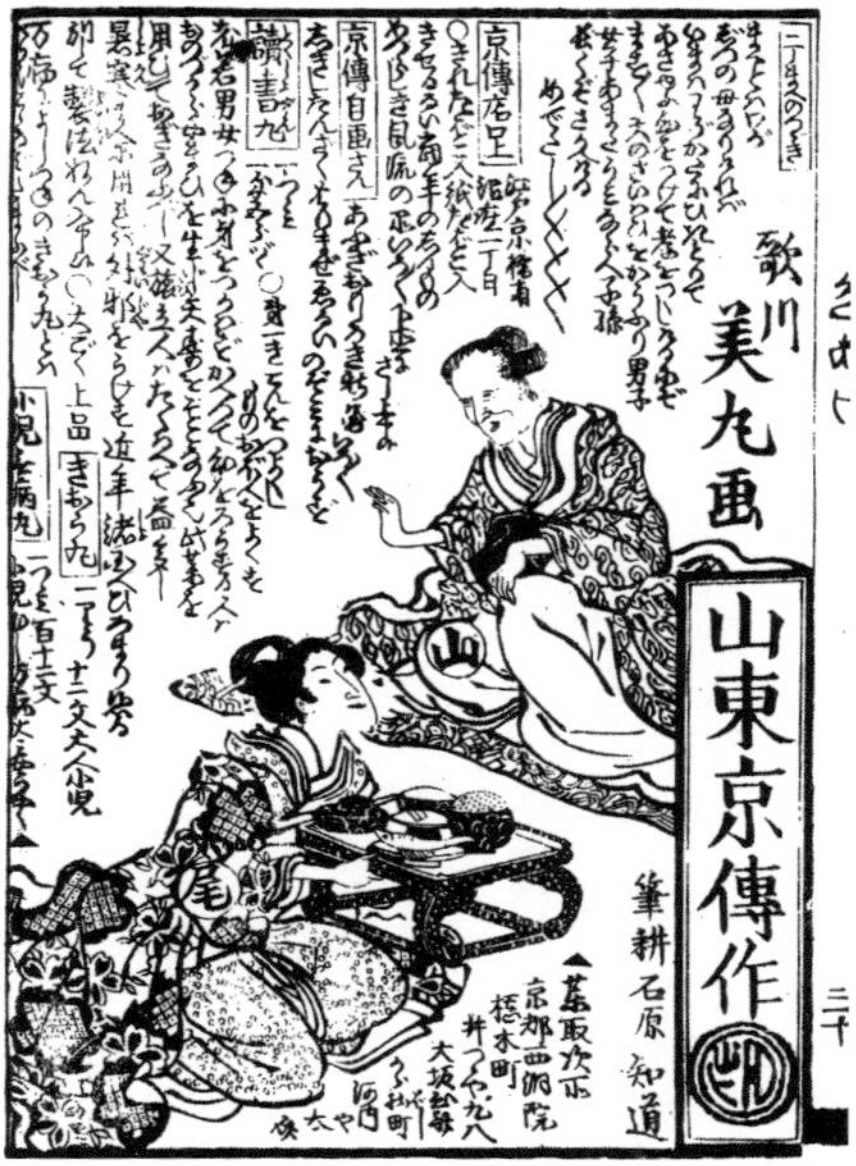

(36) 一丁前《まへ》の続《つゞ》き 真《まこと》は我《わ》が実《じつ》の母なりければ、今《いま》は我《わ》が方《かた》に引取《ひきと》りて朝夕《あさゆふ》心を付《つ》けて孝を尽《つ》くしけるにぞ、益々《ます〳〵》天の幸《さいは》ひを蒙《かうふ》り、男子・女子数多《あまた》産《う》みならへ、子孫長くぞ栄《さか》へける。目出度《めでた》し〳〵〳〵〳〵。

歌川美丸画　山東京伝作㊞
筆耕石原知道

京伝店口上　江戸京橋南銀座一丁目

○裂煙草入《きれたばこいれ》・紙煙草入《たばこいれ》・煙管類《きせるるい》、当年の新物《しんもの》、珍《めづら》しき風流の品色々《いろ〳〵》下直に差上《さし》申候。

京伝自画賛《さん》 扇《あふぎ》、面白《おもしろ》き新図色々《いろ〳〵》、色紙《しきし》・短冊《たんざく》・貼混絵《はりまぜゑ》類《るい》、望《のぞ》みに応《おう》ず。

読書丸《とくしよぐわん》 一包《つゝみ》一匁五分づゝ

○第一気魂《きこん》を強《つよ》くし物覚《ものおぼ》へを良《よ》くす。老若男女常《つね》に身を使《つか》はず、かへつて心を労《らう》する人はおのづから病《やまひ》を生じ、天寿を損《そこ》なふ也。此薬を用ひて補《おぎな》ふべし。又、旅立《たび》人は蓄《たくは》へて益多し。暑寒前《しよかんまへ》に用れば外邪《ぐわいじや》を受《う》けず、近年諸国《しよ》へ弘《ひろ》まり候間、別して製法念入《せいほうねん》申候。

○大極《ごく》上品 奇応丸《きおう》 一粒《りう》十二文

大人小児万病に良《よ》し。常《つね》の奇応《きおう》丸とは別《べつ》也。試《こゝろ》み給《たま》ふべし。

小児無病丸　一包《つゝみ》百十二文
小児虫《むし》、万病大妙薬《みやうやく》。

薬取次所　京都西洞院榎木町井筒屋《つゝや》九八
大坂心斎橋《ばし》唐物《から》町河内屋《や》太介

巻末広告

緑青《ろくしやうの》畾組《いはぐみ》
朱塗《しゆぬりの》蔦葛《つたかつら》
絵《ゑ》看版《かんばん》子《こ》持山姥《もちやまうば》

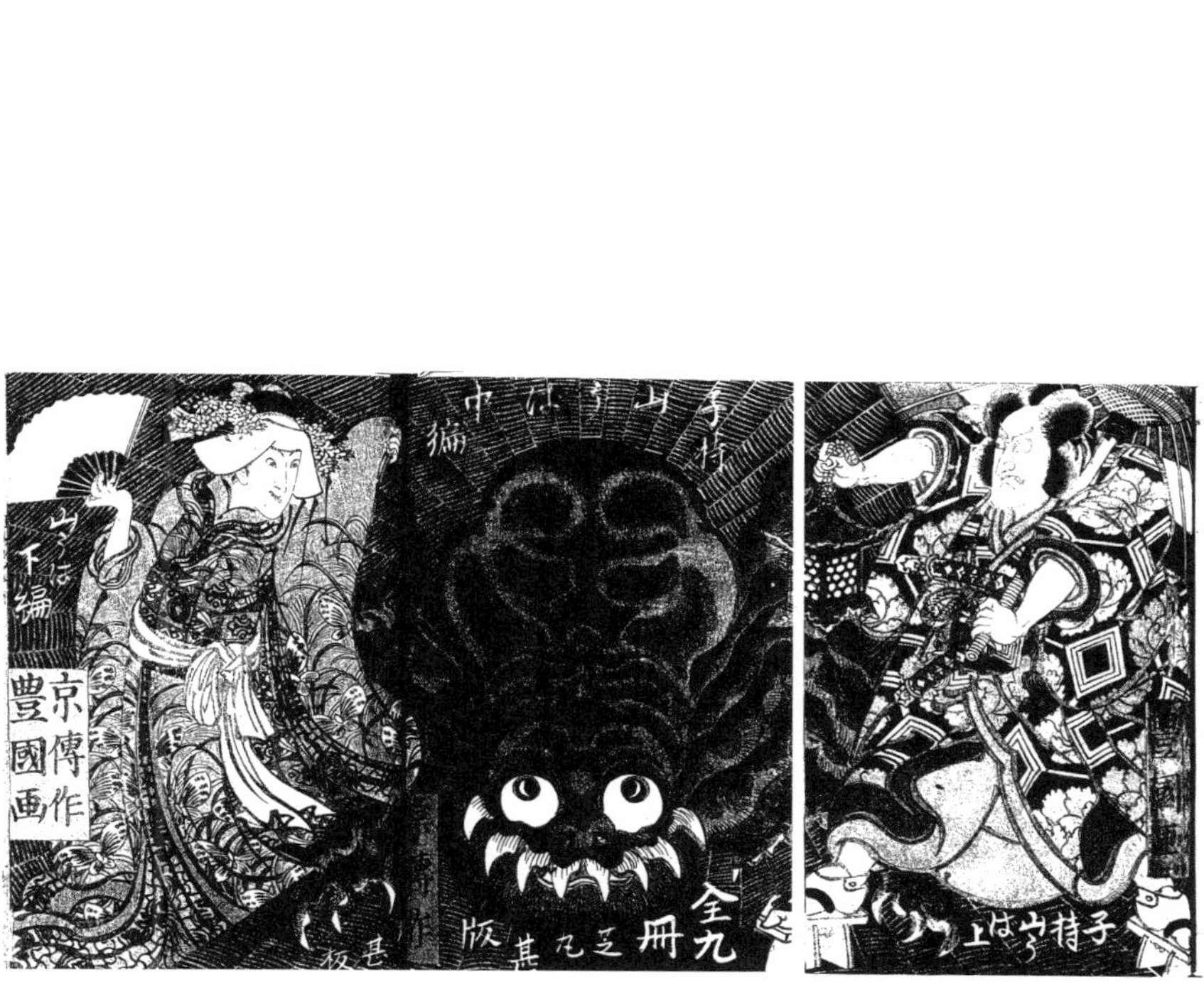

朱雀院の御時

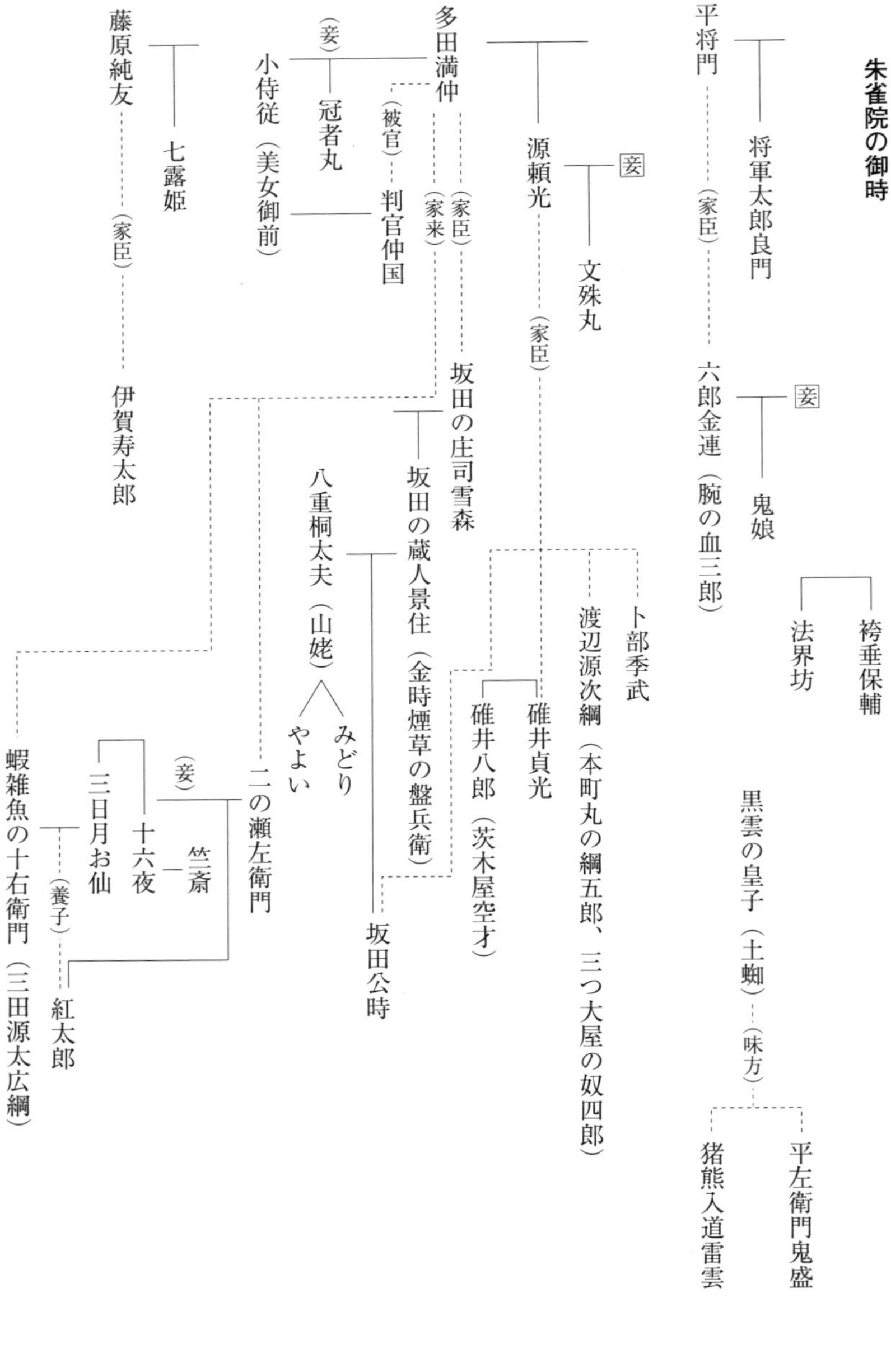

平将門
将軍太郎良門
妾
鬼娘
六郎金連（腕の血三郎）
家臣
袴垂保輔
法界坊
黒雲の皇子（土蜘）
味方
平左衛門鬼盛
猪熊入道雷雲
源頼光
妾
文殊丸
家臣
卜部季武
渡辺源次綱（本町丸の綱五郎、三つ大屋の奴四郎）
碓井貞光
碓井八郎（茨木屋空才）
多田満仲
家臣
坂田の庄司雪森
家来
被官
判官仲国
妾
冠者丸
小侍従（美女御前）
坂田の蔵人景住（金時煙草の盤兵衛）
坂田公時
八重桐太夫（山姥）
みどり
やよい
二の瀬左衛門
妾
笠斎
十六夜
三日月お仙
養子
紅太郎
蝦雑魚の十右衛門（三田源太広綱）
藤原純友
七露姫
家臣
伊賀寿太郎

上編見返し

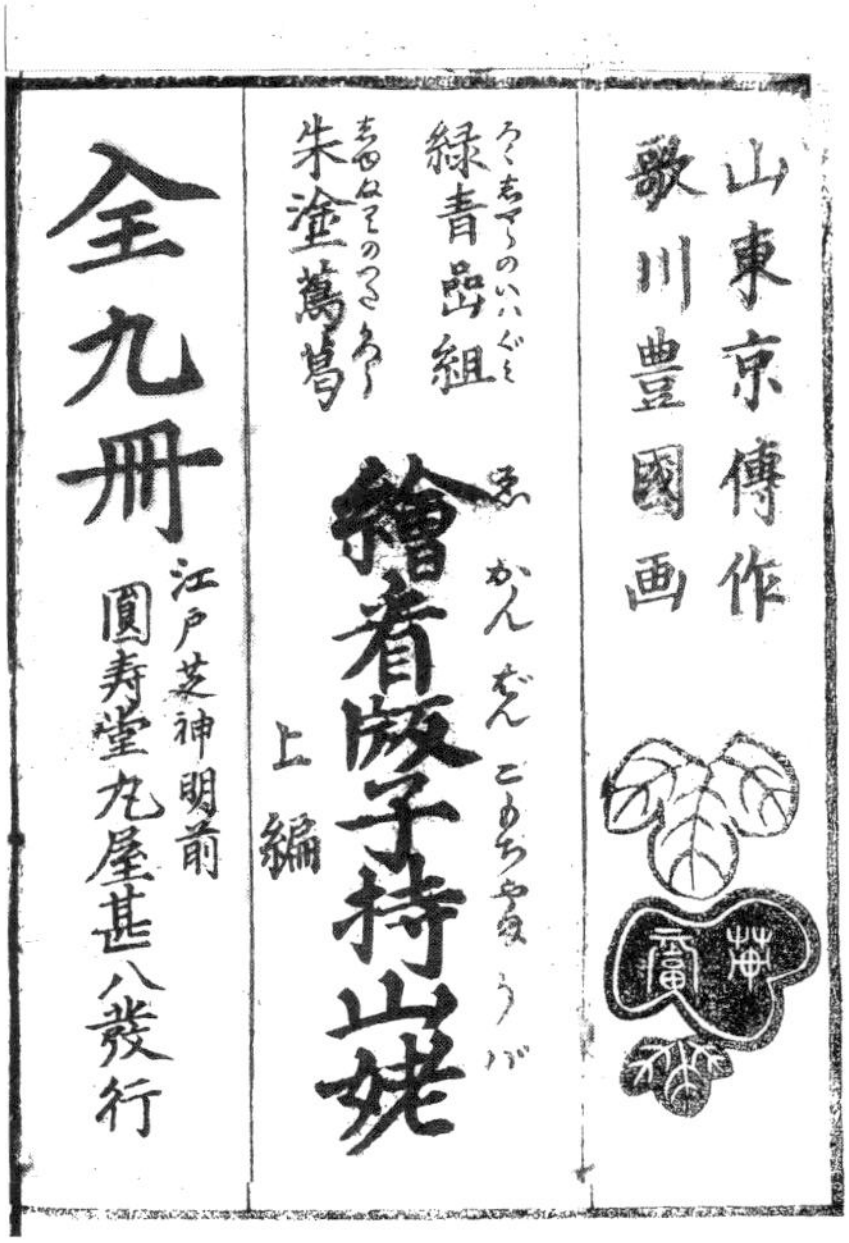
山東京傳作
歌川豊國画
富華
緑青畠組
朱塗蔦葛
繪看版子持山姥
上編
全九冊
江戸芝神明前
圓寿堂丸屋甚八發行

【上編見返し】

山東京伝作
歌川豊国画

富華

緑青畠組《ろくしやうのいはぐみ》
朱塗蔦葛《しゆぬりのつたかつら》

絵《ゑ》看版《かんばん》子持《こもち》山姥《やまうば》　上編

全九冊
江戸芝神明前
円寿堂丸屋甚八発行

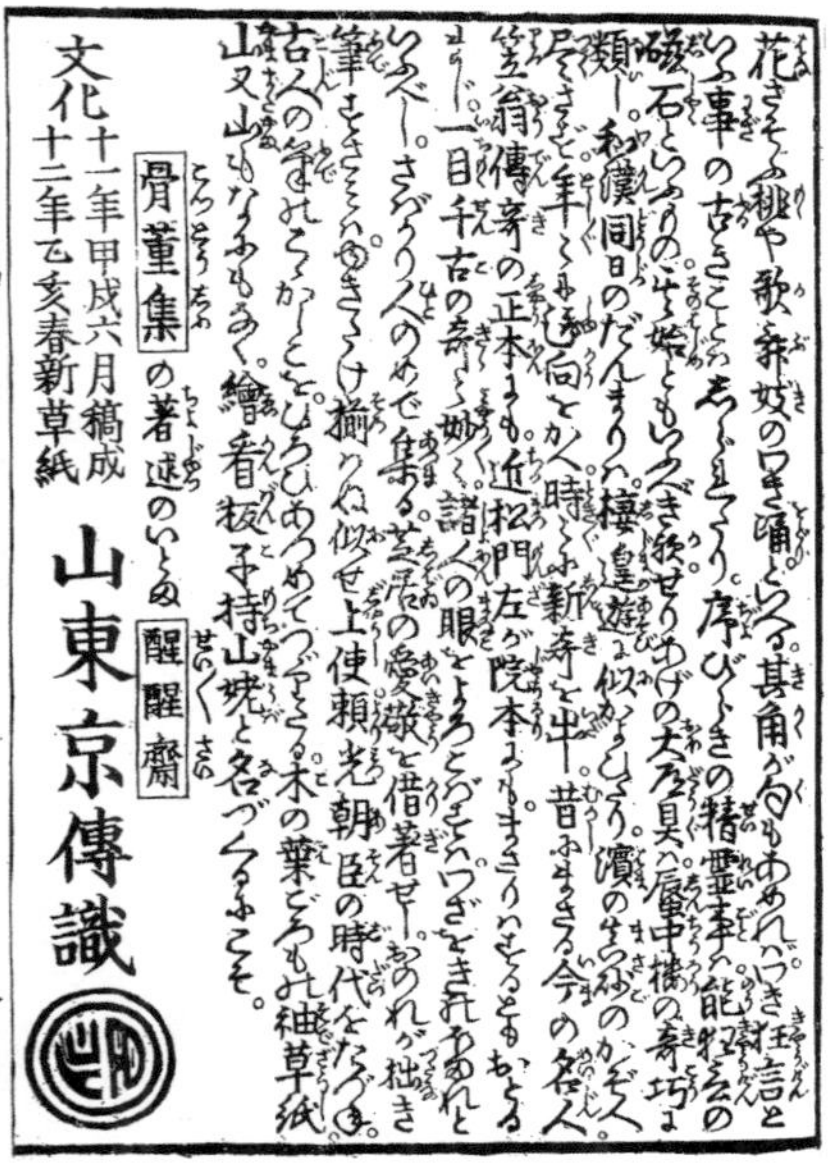
（1）一オ

【上編】

【上】

（1）

花《はな》さそふ桃《も、》や歌舞妓《かぶき》のわき踊《をどり》。といへる。其角《きかく》が句《く》もあめれば。わき狂言《きやうげん》といふ事《わざ》の古《ふる》きことはしられたり。序《ちよ》びらきの精霊事《せいれいごと》は。能狂言《のうきやうげん》の磁石《じしやく》といふもの。其始《そのはじめ》ともいふべき歟《か》。せりあげの大道具《おほだうぐ》は。蜃中楼《しんちうろう》の奇巧《きこう》に類《るい》し。和《わ》漢同日《かんどうじつ》のだんまりは。棲遑遊《しじまのあそび》に似《に》かよひたり。浜《はま》の真砂《まさご》のかぞへ尽《つく》さず。年々《としぐ》に趣向《しゆかう》をかへ。時々《ときぐ》に新奇《しんき》を出《いだ》し。昔《むかし》にまさる今《いま》の名人《めいじん》。笠翁伝奇《りうおうでんき》の正本《しやうほん》にも。近松門左《ちかまつもんざ》が院本《じやうるり》にも。まさりはするともおとるまじ。一目千古《いちもくせんこ》の奇々妙々《き、みやうく》。諸人《しよにん》の眼《まなこ》をよろこばすは。わざをきのほまれといふべし。さばかり人《ひと》のめで集《あつま》る。芝居《しばゐ》の愛敬《あいきやう》を借著《かりぎ》せし。おのれが拙《つたな》き筆《ふで》すさみは。ゆきたけ揃《そろ》はぬ似《に》せ上《じやう》使《し》。頼光朝臣《よりみつあそん》の時代《じだい》をたづね。古人《こじん》の筆《ふで》のこゝかしこを。ひろひあつめてつゞりたる。木《こ》の葉《は》ごろもの袖草紙《そでざうし》。山又《やまた》山もなにもなく。絵看板子持山姥《ゑかんばんこもちやまうば》と名《な》づくるにこそ。

骨董集《こつとうしふ》の著述《ちよじゆつ》の暇《いとま》　醒醒斎《せいくさい》

（2）一ウ

二オ

文化十一年甲戌六月稿成
文化十二年乙亥春新草紙

山東京伝識㊞

（2）

坂田公時《さかたのきんとき》

両人《りやうにん》、頼光朝臣《よりみつあそん》の寝所《しんじよ》に宿直《とのゐ》するところ。

葛城山《かつらぎやま》の土蜘《つちぐも》の妖怪《ようぐわい》、頼光《らいくわう》を悩《なや》ます。

渡辺源次綱《わたなべのげんじつな》

(3)二ウ

(4)三オ

(3)

漢名絡新婦《かんみやうらくしんふ》、俗云《ぞくにいふ》 女郎蜘蛛《ぢようらうぐも》、美女《びぢよ》に化《け》して頼光朝臣《よりみつあそん》を悩《なや》ます。これ黒雲皇子《くろくものわうじ》の蜘《くも》の術《じゆつ》による仕業《しわざ》となん。

(4)

葛城山《かつらきやま》の土蛛《つちぐも》の精霊《せいれい》、美女《びぢよ》に化《け》す。

紫《むらさき》の蜘《くも》もありけり燕子花《かきつばた》　其角

（5）三ウ

（6）四オ

（5）

我せこがくべきよひなりさゝがにの
　くものふるまひかねてしるしも
○都九條《みやこくじやう》 茨木屋《いばらきや》の遊君《ゆうくん》八重桐太夫《やゑぎりだいふ》
○男達金時《をとこだてきんとき》、煙草《たばこ》の盤兵衛《はんべゑ》

（6）

都一條《みやこいちじやう》 戻橋《もどりはし》の鋼《はがね》火打鎌売《ひうちがまうり》、本町丸《ほんちやうまる》の綱五郎《つなごらう》
吹《ふ》け〳〵と花《はな》に欲《よく》なし紙鳶《いかのぼり》　千代尼《ちよに》

[金札]

(7)四ウ

五オ

(7) 下総《しもふさ》の国、桔梗《ききやう》が原《はら》古戦場《こせんぢやう》の幽魂《ゆうこん》

将軍《しやうぐん》太郎良門《よしかど》

純友《すみとも》の霊魂《れいこん》

将門《まさかど》の霊魂《れいこん》

将門《まさかど》の髑髏《どくろ》

(8)五ウ

(8)
葛城《かつらき》山の土蜘《つちぐも》の精霊《せいれい》
○将門《まさかど》の髑髏《どくろ》
○純友《すみとも》の家臣《かしん》、伊賀寿太郎《いがじゆたらう》

【中】

(9)
子持山姥上編中冊

(9)六オ

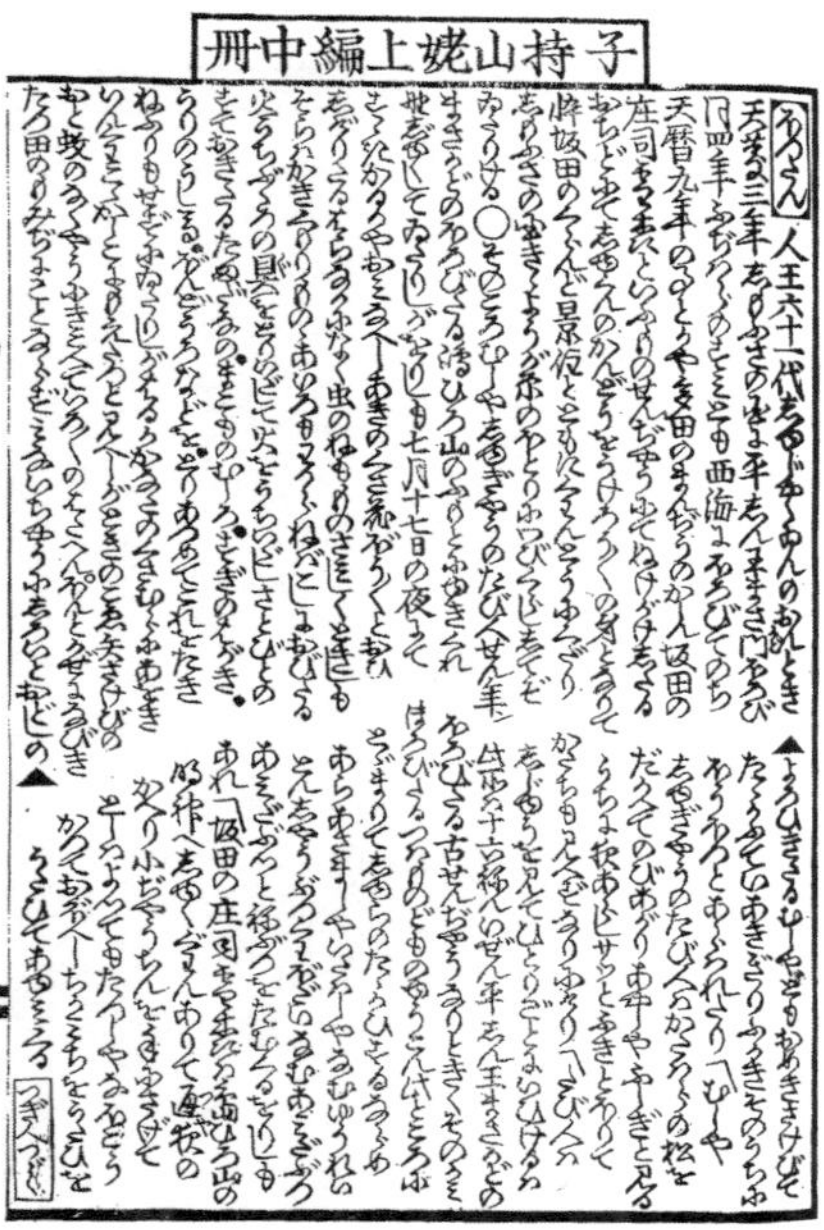

【発端《ほったん》】人王六十一代朱雀院《しゆじやくゐん》の御時《おんとき》、天慶三年下総《しもふさ》の国に平親《しん》王将門《まさかど》滅《ほろ》び、同四年、藤原純友《ふぢはらのすみとも》、西海に滅《ほろ》びて後《のち》、天暦九年の事とかや、多田の満仲《まんぢう》の家臣《かしん》坂田の庄司雪森といふ者《もの》、戦場《せんぢやう》にて抜駆《ぬけが》けしたる落度《おちど》にて、主君《しゆくん》の勘当《かんどう》を受《う》け浪々《らう〳〵》の身となりて、悴坂田の蔵人《くらんど》景住と共《とも》に関東《くわんとう》に下《くだ》り、下総《しもふさ》の国桔梗《き、よう》が原の辺《ほと》りに侘暮《わびくら》ししてぞ居《ゐ》たりける。

○その頃《ころ》、武者修行《むしやしゆぎやう》の旅《たび》人、先《せん》年ン将門《まさかど》の滅《ほろ》びたる嶋広《ひろ》山の麓《ふもと》に行暮《ゆきく》れ、野宿《じゆく》して居《ゐ》たりしが、折《をり》しも七月十七日の夜にて、薄《すゝき》、刈萱《かるかや》、女郎花《おみなへし》、秋《あき》の草《くさ》花ぼう〳〵と生茂《おひしげ》りたる原中《はらなか》に鳴《な》く虫の音《ね》も物寂《ものさみ》しく、時《とき》しも空《そら》は掻曇《かきくも》り物《もの》の文色《あいろ》も分《わ》からねば、腰《こし》に帯《お》びたる火打袋《うちぶくろ》の具《ぐ》を取出《とりいだ》して火を打出《うちいだ》し、里人《さとびと》の捨置《すてお》きたる霊棚《たまだな》の、真菰《まこも》の筵《むしろ》、杉《すぎ》の葉書《はがき》、瓜《うり》の牛《うし》馬、盆灯籠《ぼんどうろ》などを取集《とりあつ》めて、これを焚《た》き、眠《ねぶ》りもせずに居《ゐ》たりしが、遥《はる》か彼方《かなた》の叢《くさむら》に青《あを》き陰火《いんくわ》、此処《こゝ》彼処《かしこ》に燃立《もえた》つと見へしが、鬨《とき》の声《こゑ》、矢叫《さけ》びの音《おと》、蚊の鳴《な》くやうに聞《き》こへて、色々《いろ〳〵》の旗翩翻《はたへんぽん》と風《かぜ》に靡《なび》き、竜《たつ》田の紅葉《もみぢ》に異《こと》ならず。皆一様《みないちやう》に白糸縅《しろいとおどし》の鎧《よろひ》着《き》たる武者共《むしやども》、喚叫《おめきさけ》びて

(10)六ウ

七オ

戦《たゝか》ふ体《てい》、秋霧深《あきぎりふか》きそのうちに彷彿《ほうほつ》と現《あらは》れたり。武者修行《むしやしゆぎやう》の旅《たび》人は、傍《かたは》らの松を抱へて伸上《のびあ》がり、怪《あや》しや不思議《ふしぎ》と見るうちに、夜嵐《あらし》サツと吹通《ふきとほ》りて、形《かたち》も見へずなりにけり。旅《たび》人は始終《しじゆう》を見て独言《ひとりごと》に言《い》ひけるは、「此所は十六年《ねん》以前《ぜん》、平親《しん》王将門《まさかど》の滅《ほろ》びたる古戦場《せんぢやう》なりと聞《き》く。その上《かみ》、滅《ほろ》びたる兵《つはもの》どもの幽魂《ゆうこん》、此所《ところ》に留《とゞ》まりて修羅《しゆら》の戦《たゝか》ひするならめ。あら浅《あさ》ましや労《いたは》しや、南無幽霊《なむゆうれい》、頓証仏果《とんしやうぶつくわ》、菩《ぼ》提《だい》、南無阿弥陀仏《なむあみだぶつ》、阿弥陀仏《あみだぶつ》」と念仏《ねぶつ》を手向《たむ》くる折《をり》しもあれ、坂田の庄司雪森は嶋広《ひろ》山の明神へ宿願《しゆくぐわん》ありて通夜《つや》の帰《かへ》り、小提灯《ぢやうちん》を手に提《さ》げて、年《とし》は寄《よ》つても達者《たつしや》な歩行《ほこう》、かつて覚《おぼ》へし近道《ちかみち》を謡《うたひ》を歌《うた》ひて歩来《あゆみく》る。[次《つぎ》へ続《つゞ》く]

（10）[前《まへ》の続《つゞ》き] 武者修行《むしやしゆぎやう》の旅《たび》人は松の木陰《かげ》に立隠《たちかく》れぬ。斯《か》くとも知《し》らで雪森《ゆきもり》は此所まで歩来《あゆみき》しが、傍《かたは》らの石の上《うへ》に黄《き》なる蝶々《てふ〳〵》、数多群《あまたむら》がり、散乱《さんらん》して所《ところ》を去《さ》らぬは「合点《がてん》行《ゆ》かず」と独言《ひとりごち》。提灯差付《ちやうちんさしつ》けきつと見《み》て、ハテ訝《いぶか》しや。夜陰《やいん》なるに数多《あまた》の小蝶《てふ》、所も去《さ》らず群《むら》がるは心得《こころえ》ず。此石の下《した》にこそ仔細《しさい》あらんと[次《つぎ》へ続《つゞ》く]

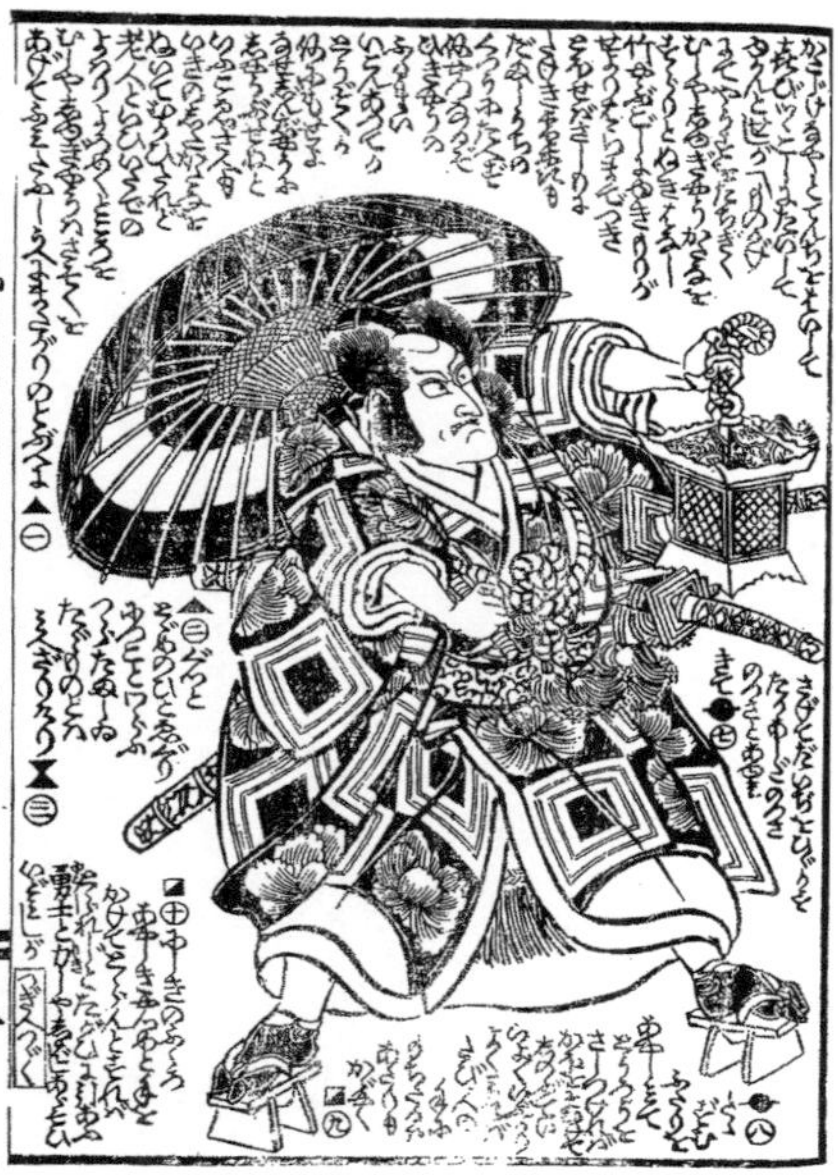

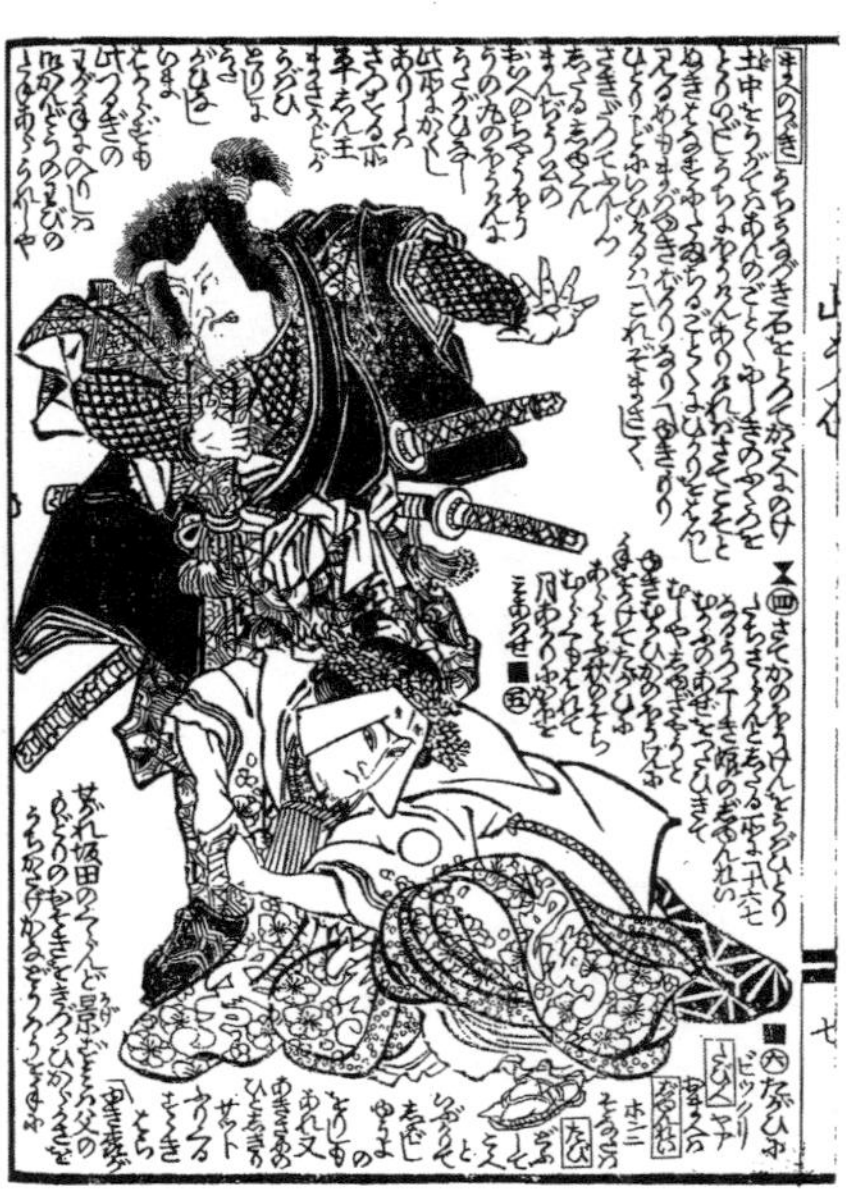

（11）前《まへ》の続《つゞ》き　打頷《うちうなづ》き、石を取《と》つて片方《かたへ》に退《の》け、土《ど》中を穿《うが》ては案《あん》の如《ごと》く、錦《にしき》の袋《ふくろ》を取出《とりいだ》し、内《うち》に宝剣《ほうけん》ありければ、さてこそと抜放《ぬきはな》すに、玉散《たまち》る如《ごと》くに光《ひかり》を発《はつ》し、見る目《め》も眩《まばゆ》きばかりなり。雪森《ゆきもり》、独言《ひとりごと》に言《い》ひけるは、「これぞまさしく、先《さき》だつて紛失《ふんじつ》したる主君満仲《しゆくんまんぢう》公の御家《おいへ》の重宝《ちやうほう》、鵜《う》の丸の宝剣《ほうけん》に疑《うたが》ひなし。此所に隠《かく》しありしは察《さつ》する所、平親王将門《しんわうまさかど》が奪取《うばひと》りしに疑《うたが》ひなし。今図《いまはか》らずも、此剣《つるぎ》の我《わ》が手に入りしは御勘当《かんどう》の詫《わび》の種《たね》。あら嬉《うれ》しや忝《かたじけな》や」と天《てん》地《ち》を拝《はい》して喜びつゝ、腰《こし》に帯《たい》して行《ゆ》かんとせしが、物陰《ものかげ》にて様子《やうす》を立聞《たちぎ》く武者修行《むしやしゆぎやう》、刀《かたな》をすらりと抜放《ぬきはな》し、竹藪《やぶ》越しに雪森《ゆきもり》が背《せ》より腹《はら》まで突通《つきとほ》せば、さしもに猛《たけ》き雪森も騙討《だましうち》の苦痛《くつう》に耐《た》へず、「何奴《やつ》なるぞ、卑怯《ひきやう》の振舞《ふるまい》。遺恨《いこん》あつてか盗賊《とうぞく》か。何にもせよ何故《なぜ》、尋常《じんじやう》に勝負《しやうぶ》せぬ」と言《い》ふ声《こゑ》さへも息《いき》の下《した》、刀《かたな》を抜《ぬ》いて向《む》かひたれど、老人といひ痛手《いたで》の弱《よは》り、よろめくところを武者修行《むしやしゆぎやう》は左足《さそく》を上《あ》げて踏倒《ふみたふ》し、上《うへ》に跨《またが》り喉笛《のどぶへ》にぐつと止《とゞ》めの一抉《ひとゑぐ》り、につこと笑《わら》ふ面魂《つらたましゐ》、只者《たゞもの》とは見《み》へざりけり。

さて、かの宝剣《ほうけん》を奪取《うばひと》り、立去《たちさ》らんとしたる所に、十六七なる美《うつく》しき娘の巡礼《じゆんれい》、向《むか》ふの畦《あぜ》をつたひ来《き》て、武者《むしや》修行《しゆぎやう》と行向《ゆきむ》かひ、かの宝剣《ほうけん》に手を掛《か》けて、互《たが》ひに争《あらそ》ふ秋の空《そら》。群雲《むらくも》晴《は》れて月明《あか》りに顔《かほ》を見合《みあ》はせ互《たが》ひにビツクリ。

旅《たび》人 ヤアお前《まへ》は。巡礼《じゆんれい》 ホンニそなたは。旅《たび》 どふして此処《こゝ》へと訝《いぶか》りて、暫《しば》し猶予《ゆうよ》の折《をり》しもあれ、又、秋雨《あきさめ》のひとしきりサツト降《ふ》りくる薄原《すゝきはら》。雪《ゆき》森が倅《せがれ》、坂田の蔵人景《くらんどかげ》住《ずみ》は父の戻《もど》りの遅《おそ》きを気遣《きづか》ひ、傘《からかさ》を打担《うちかた》げ、金灯籠《かなどうろう》を手に提《さ》げて大地《だいぢ》を響《ひゞ》かす高足駄《たかあしだ》。のつさのつさと歩来《あゆみき》て、佇《たゝず》む二人《ふたり》を怪《あや》しみて、灯籠《とうろう》を差付《さしつ》ければ、顔《かほ》を背《そむ》けて忍《しの》ぶ体《てい》。いよ〳〵訝《いぶか》りよく見《み》れば、旅《たび》人の手に持《も》ちたるは辺《あた》りも輝《かゞや》く錦《にしき》の袋《ふくろ》、怪《あや》しき奴《やつ》めと手を掛《か》けて、取《と》らんとすれば取《と》られじと、互《たが》ひに引合《あ》ふ勇士《ゆうし》と力者《りきしや》、暫《しば》し争《あらそ》ひ挑《いど》みしが、

次《つぎ》へ続《つゞ》く

（12）八ウ

九オ

（12）［前《まへ》の続《つゞ》き］又差付《さしつ》ける灯籠《とうろう》を旅人《たび》、手早《ばや》く打落《うちお》とし、その間《ま》に宝剣《ほうけん》引《ひ》きしやなぐり、巡礼娘《じゆんれいむすめ》の手を引《ひ》きて、忍《しの》ぶ抜足暗紛《ぬきあしくらまぎ》れ、行方《ゆくへ》も知《し》れずなりにけり。景住《かげずみ》は歯噛《はがみ》をなし、取逃《とりにが》したか残念《ざんねん》と、拳《こぶし》を握《にぎ》る傍《かたは》らの池沼《ちしやう》に流《なが》る、血《ち》潮《しほ》を見付《みつ》け、灯籠《とうろう》の火に透《す》かして見《み》れば、父雪森が死骸《しがい》なれば、こはそも如何《いか》にと仰天《ぎやうてん》し、さては今《いま》の怪《あや》しき奴《やつ》めが仕業《しわざ》に違《ちが》ひはあるまじと、地団駄踏《じだんだふ》んで悲《かな》しむ事《こと》、なか〱筆《ふで》に尽《つ》くされず。

かの武者修行《むしやしゆぎやう》と巡礼《じゆんれい》は、こゝでは誰《たれ》とも知《し》れ難《がた》し。下編《へん》を読《よ》みて知《し》り給《たま》へ。［一枚《まい》置《お》いて次《つぎ》へ続《つゞ》く］

［鬼娘《おにむすめ》］

［進《しん》上　鬼娘《むすめ》　贔屓《ひいき》］

［御煎茶《せんじちや》］

［根元本☐屋　鋼《はがね》火打《うち》　本町《ほんちやう》丸綱《つな》五郎］

［入　大　入］

（13）九ウ

十オ

（13）都《みやこ》九条《くじやう》の里《さと》の景色《けしき》
［茨木屋《いばらきや》］
［八重］

(14)十ウ

（14） 前《まへ》の読続《よみつゞ》き ○こゝに又、坂田の蔵人《くらんど》が許婚《いひなづけ》の女、継母《まゝ》のために都《みやこ》九条《じやう》の茨木屋《いばらや》に身を売《う》られて遊君《ゆうくん》となり、八重桐《ぎり》太夫とて全盛並《ぜんせいなら》ぶ者《もの》もなし。

さて又、坂田の蔵人《くらんど》は父の敵《かたき》を尋《たづ》ねんため、下総《しもふさ》の国《くに》を去《さ》つて都《みやこ》に上《のぼ》り、許婚《いひなづけ》の縁《ゑん》により八重桐《やゑぎり》が世話《せわ》になり、九条《じやう》の辺《へん》に住居《すまひ》して、当分《とうぶん》の生業《なりはひ》には刻煙草《きざみたばこ》を売《う》り、あるひは男達《だて》に事《こと》を寄《よ》せて、人立多《ひとだちおほ》き所を徘徊《はいくわい》し、心《こゝろ》を尽《つ》くして父の敵《かたき》を尋《たづ》ねけるが、人はこれを露知《つゆし》らず、力強《ちからつよ》きゆゑ、金時煙草《きんときたばこ》の盤《はん》兵衛《へ》とぞ呼慣《よびな》れける。

此時《とき》、都《みやこ》一条《じやう》の戻橋《もどりはし》の巷《ちまた》に鬼《おに》娘の見世物《みせもの》あり。殊《こと》の外《ほか》繁盛《はんじやう》しけるが、その仮屋《かりや》の傍《かたは》らに出《いで》て、本升屋《ほんますや》鋼《はがね》火打鎌《うちがま》を売《う》る本町《ほんちやう》丸の綱《つな》五郎といふ者《もの》、由《よし》ある者《もの》とぞ思《おも》はれける。

又、此辺《へん》に住《す》む野臥《のぶせり》の乞食《こつじき》に腕《うで》の血《ち》三郎といふ者《もの》あり。

これも又、只者《たゞもの》とは見《み》へざりけり。

又、将門《まさかど》の一子将軍《しやうぐん》太郎良門《よしかど》、身を忍《しの》びて、より〳〵陰謀《いんぼう》を企《くはだ》つる由聞《よしき》こへあり。朝敵《ちやうてき》の種《たね》なれば、早《はや》く捕《とら》ふべき由《よし》、勅命《ちよくめい》により、所々方々《ほう〴〵》へ絵姿《ゑすがた》を立置《たてお》きて、これ

(15)十一オ

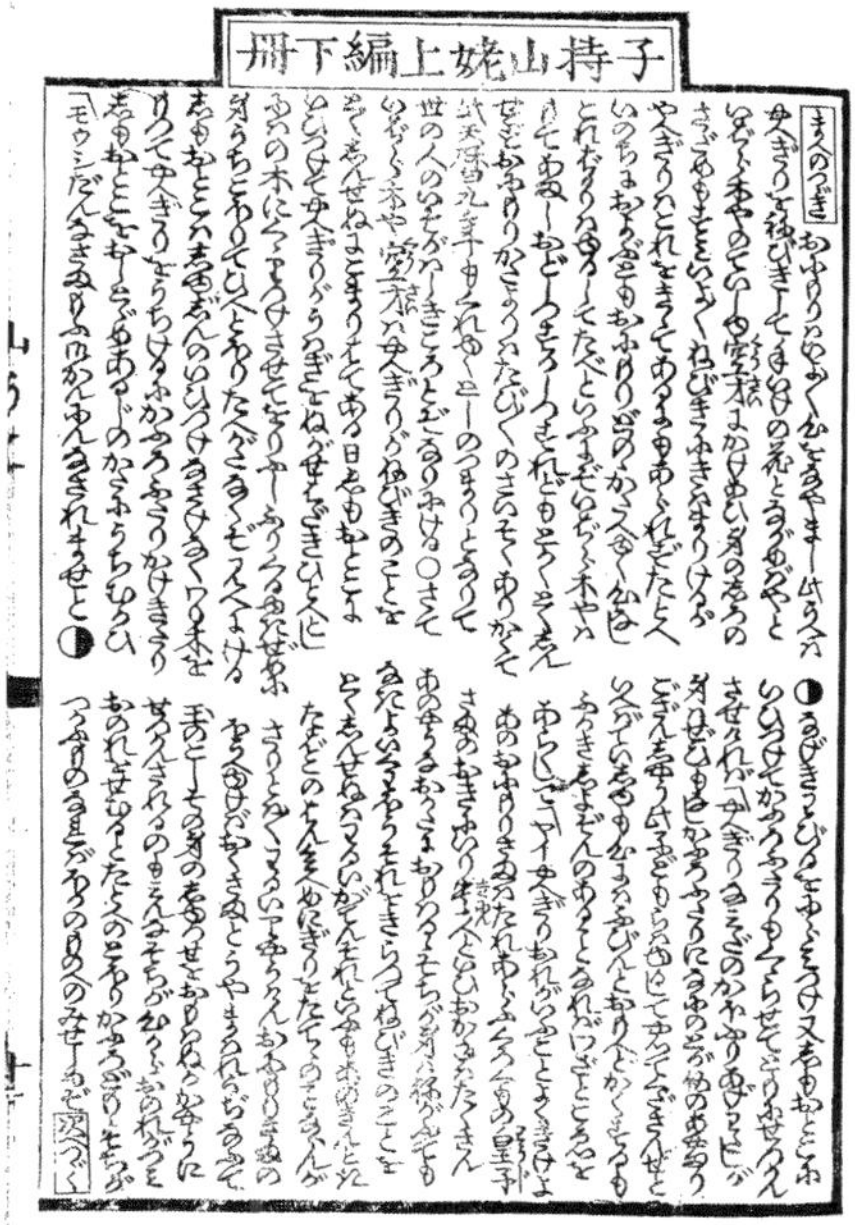

を尋《たづ》ねけり。

○さて又、この頃《ころ》、黒雲《くろくも》の皇子《わうじ》、万乗《ばんじやう》の位《くらゐ》を奪《うば》はん陰謀《いんぼう》を企《くはだ》て給ひ、平左衛門《たいらのさへもん》鬼盛《もり》、猪熊《ゐのくま》入道雷雲《らいうん》などいふ者《もの》をまづ味方《みかた》に付《つ》けて、これらに言《い》ひ付《つ》け、野伏《ぶし》、浪人《ろう》の類《たぐひ》を数多《あまた》抱《かゝ》へけるが、鬼盛《おにもり》、雷雲《らいうん》、諸人《しよにん》の剛臆《がうおく》を試《こゝろ》み味方《みかた》を集《あつ》めんため、常《つね》に九条の里《さと》に入り込《こ》み、鬼盛《もり》は茨木屋《いばらや》の八重桐《やゑぎり》太夫に深《ふか》く心を掛《か》けて、様々《さま〴〵》掻口説《かきくど》きけるが、八重桐《やゑぎり》は鬼盛《もり》を痛《いた》く嫌《きら》ひ、一夜の客《きやく》にもせざりければ、鬼盛《もり》はます〳〵胸《むね》を焦《こ》がし、よく〳〵聞《き》けば、金時煙草《きんときたばこ》の盤兵衛《はんへ》といふ間夫《まぶ》ある故《ゆゑ》に、他《ほか》の客《きやく》には靡《なび》かぬと聞《き》き、黒雲組《くろくもぐみ》の男達共《だてども》を頼《たの》み、盤兵衛《はんへ》に恥《はぢ》を与《あた》へ、九条の里《さと》へ顔出《かほだ》しのならぬやうにして邪魔《じやま》を退《しりぞ》け、八重桐《やゑぎり》を手に入《い》ればやと企《たく》みしが、黒雲組《くろくもぐみ》の男達共《だてども》、かへつて盤兵衛《はんへ》がために散々《さん〴〵》の目《め》に遭《あ》ひけるにぞ、

次《つぎ》へ続《つゞ》く

[下]

(15) 子持山姥上編下冊

前《まへ》の続《つゞ》き 鬼盛《おにもり》はいよ〳〵心を悩《なや》まし、此上《うへ》は八重桐《やへぎり》を根《ね》

引《びき》して、手活《いけ》の花と眺《なが》めばやと、茨木屋《いばらや》の亭主空才《ていしゆくうさい》に掛《かけ》合《あ》ひ、身の代《しろ》の定《さだ》めも済《す》み、いよ〳〵根引《ねびき》に極《きはま》りけるが、八重桐《やへぎり》はこれを聞《き》きてあるにもあられず、「たとへ命《いのち》に及《およ》ぶとも、鬼盛殿《おにもりどの》の方《かた》へ行《ゆ》く心なし、こればかりは許《ゆる》してたべ」と言《い》ふにぞ、茨木屋《いばらや》は持余《もてあま》し、脅《おど》しつ賺《すか》しつすれども、とかく得心《とくしん》せず、鬼盛方《おにもりかた》よりは度々《たび〳〵》の催促《さいそく》あり。斯《か》くて此天暦九年も暮行《くれゆ》く年《とし》の詰《つま》りとなりて、世の人の忙《いそが》はしき頃《ころ》とぞなりにける。

○さて、茨木屋空才《いばらやくうさい》は八重桐《やへぎり》が根引《ねびき》の事《こと》を得心《とくしん》せぬに困《こまり》果《は》て、ある日、下男《しもおとこ》に言《い》ひ付《つ》けて、八重桐《やへぎり》が上着《うはぎ》を脱《ぬ》がせ肌着一重《はだきひとへ》とし、庭《には》の木に括《くゝり》付《つ》けさせて、折節《をりふし》、降《ふ》りくる雪責《ゆきぜ》めに身打凍《うちこほ》りて冷《ひ》へとほり、耐難《たへがた》なくぞ見へにける。下男《しもおとこ》は主人《しゆじん》の言《い》ひ付《つ》け情《なさ》けなく、割木《わり》を持《も》つて八重《やへ》桐《ぎり》を打《う》ちけるに、禿二人《かふろふたり》駆来《かけきた》り、下男《しもおとこ》を押止《おしとゞ》め、主《あるじ》の方《かた》に打向《うちむ》かひ、モウシ旦那様《だんなさま》、もふ御堪忍《かんにん》なされませと嘆《なげき》詫《わ》びるを睨付《にらみつ》け、又下男《しもおとこ》に言《い》ひ付《つ》けて、禿二人《かふろふたり》も括《くゝ》らせて共《とも》に折檻《せつかん》させければ、八重桐涙《やへぎりなみだ》の顔振上《かほふりあ》げ、「私《わたし》が身は是非《ぜひ》もなし。禿二人《かふろふたり》に何《なに》の咎《とが》、何の誤《あやま》りござんしやう。此子供《ども》らは許《ゆる》してやつて下《くだ》さんせ」と言《い》へば、亭主《ていしゆ》も心には不憫《ふびん》と思《おも》へど、斯《か》くするも深《ふか》き所存《しよぞん》のある事《こと》なれば、わざと声《こゑ》を荒《あら》くして、ヤイ八重桐《やへぎり》、俺《おれ》が言《い》ふ事《こと》よく聞《き》けよ。あの鬼盛様《おにもりさま》は誰《たれ》あらふ、黒雲《くろくも》の皇子様《わうじさま》のお気に入《い》り。貴人《きにん》といひ、お金《かね》は沢山《たくさん》、あの様《やう》なお方《かた》に思《おも》はるゝ、そちが身は願《ねが》ふてもなき良《よ》い果報《くわほう》。それを嫌《きら》つて根引《ねびき》の事《こと》を得心《とくしん》せぬは悪《わる》い合点《がてん》。それと言《い》ふも、あの金時煙草《きんときたばこ》の盤《はん》兵衛《へ》めに義《ぎ》理《り》を立《た》てゝの事《こと》ならんが、さりとは〳〵悪《わる》い了簡《りやうけん》。鬼盛《おにもり》様《さま》の方《ほう》へ行《ゆ》けば奥様《おくさま》と敬《うやま》はれ、氏無《うぢな》ふて玉の輿《こし》。その身の出世《しゆつせ》を思《おも》はぬか。斯様《かやう》に折檻《せつかん》されるのも、皆《みんな》そちが心から己《おのれ》が罪《つみ》。己《おのれ》を責《せ》むると譬《たとへ》の通《とほ》り、禿《かふろ》どもゝ、そちが使《つか》ふ者《もの》なれば、他《ほか》の者《もの》への見《み》せしめぞ。

次へ続《つゞ》く

(16)十一ウ

十二オ

(16) 前《まへ》の続《つゞ》き サア早《はや》く鬼盛様《おにもりさま》へ行《ゆ》かふと言《い》へ。それさへ得心《とくしん》すれば直《じき》に縄《なは》を解《と》いてやる。禿《かぶろ》どもを不憫《ふびん》と思はゞ得心《とくしん》せい。どうじや〳〵。頭《かぶり》を振《ふ》るは得心《とくしん》ないか、それなれば是非《ぜひ》がない、鬼盛様《おにもりさま》へ言訳《いひわけ》に、いつまでもそふして置《お》く。男《おとこ》ども、こち来《こ》いと引連《ひきつ》れ奥《おく》へ入《い》りにけり。雪《ゆき》はます〳〵強《つよ》く降《ふ》り、八重桐《やへぎり》が身を降埋《ふりうづ》め、寒気《かんき》肌《はだへ》を裂《さ》くが如《ごと》く、涙《なみだ》も氷柱《つらゝ》となるばかり。八寒地獄《はつかんぢごく》の苦《くる》しみも斯《か》くやと思《おも》ふばかりなり。八重桐《やへぎり》涙《なみだ》に暮《く》れながら、「ヱ、情《なさ》けある今のお言葉《ことば》。盤兵衛《はんへ》さんとわしが仲《なか》、詳《くは》しく御存知《ぞんじ》なき故《ゆへ》に、今《いま》の御意見《いけん》もつともなれど、深《ふか》い訳《わけ》ある事《こと》なれば、お許《ゆる》しなされて下《くだ》さんせ。雪《ゆき》に凍《こゞ》へて死ぬとても、それを厭《いと》ひは致《いた》しませぬ。斯《か》かる苦《くる》しみしやうよりは死《し》にたいはいの」と言《い》ひさして、雪《ゆき》の中《なか》に倒伏《たふれふ》し、身を悶《もだ》へつ〳〵、苦痛《くつう》の体《てい》。目《め》も当《あ》てられぬ有様《ありさま》なり。

次《つぎ》へ続《つゞ》く

[近江難見鷺枡易今鴉　□□印印]

(17)十二ウ

十三オ

(17) 前《まへ》の続《つゞ》き 夜は深々《しん〳〵》と更渡《ふけわた》り、二階座敷《かいざしき》の三味線《しやみせん》に歌《うた》ふ小唄《うた》の文句《もんく》さへ、その身の上《うへ》と哀《あは》れ也。小歌 昨日《きのふ》の花《はな》は今日《けふ》の夢《ゆめ》、今《いま》は我《わ》が身につまされて、義理《ぎり》といふ字《じ》は是非《ぜひ》もなや。勤《つと》めする身の儘《まゝ》ならず。別《わか》れとなれば今更《いまさら》に否諾《いなせ》ともなき離《はな》れ際《ぎは》。八重桐《やへぎり》 これ、みどり、やよひも、さぞ悲《かな》しかろ、堪《こら》へてたも。悪《わる》い女郎に使《つか》はれて、思《おも》はぬ苦《くる》しみ堪忍《かんにん》しや。今宵《こよひ》に限《かぎ》り此雪《ゆき》は何《なん》の報《むく》ひぞ、寒《さむ》からふ可愛《かわい》やなふ。みどり いへ〳〵、私《わたし》は寒《さむ》くはござんせぬ。お前《まへ》さんが寒《さむ》からふと、それが悲《かな》しうござんすはいなァ。やよひ ヲ、みどりどんの言《い》ふ通《とほ》り、私《わたし》らはちつとも寒《さむ》くはなけれど、お前《まへ》さんの持病《ぢびやう》の癪《しやく》が起《お》こらふかと、それを案《あん》じて悲《かな》しうござんす。八重桐《やへぎり》 よう言《い》ふてたもつた。子供心《どもごころ》にも、その様《やう》に、わしが事《こと》、思《おも》ふてくれる優《やさ》しい心が不憫《ふびん》なはいのふ。小歌 好《す》いた男《おとこ》に、わしや命《いのち》でも、

次《つぎ》へ続《つゞ》く

(18)十三ウ

十四オ

(18) 前《まへ》の続《つゞ》き　何《なん》の惜《お》しかろ。露《つゆ》の身の消《き》へて跡《あと》なき明《あけ》烏《がらす》、ト歌《うた》ふ唱歌《しやうが》も水調子《でふし》。まだ夜深《ぶか》なる雪明《ゆきあか》りに、黒雲《くろくも》組《ぐみ》の男達共《おとこだてども》、大勢鬼盛《ぜいおにもり》に頼《たの》まれ、皆々《みなく〵》鬼《おに》の面《めん》を被《かふ》りて顔《かほ》を隠《かく》し、茨木屋《いばらや》の奥庭《おくには》に忍入《しのびい》り、まづ二人《ふたり》の禿《かふろ》は奥《おく》へ追《お》ひやり、八重桐《やへぎり》を捕《とら》へて戸無駕籠《なしかご》に押入《おしい》れ、宙《ちう》に掲《かゝ》げて雪《ゆき》を蹴散《けちら》し、飛《と》ぶが如《ごと》くに馳行《はせゆ》くは、かの大江山の鬼共《おにども》が姫《ひめ》の輿《こし》を奪取《うばひと》り、雲《くも》を掛《か》けるが如《ごと》くなり。

金時煙草《きんときたばこ》の盤兵衛《はんへ》は、八重桐《やへぎり》が知《し》らせの文《ふみ》にて、鬼盛《おにもり》が根引《ねびき》の事《こと》を聞《き》き、如何《いかゞ》と案《あん》じて九条の畷《なはて》を急来《いそぎき》しを、八《や》重桐《へぎり》は駕籠《かご》の内《うち》よりこれを見付《みつ》け、「良《よ》い所《ところ》へ盤兵衛《はんべい》さん」と声《こゑ》を掛《か》くれば、盤兵衛《はんへ》はこれを見《み》て、まづ駕籠《かご》を押《おし》止《と》め、「こりやア八重桐《やへぎり》を何処《どこ》へ連《つ》れて行《ゆ》くのだ」と言《い》へば、男達共口々《おとこだてどもくち〴〵》に、何処《どこ》へとは知《し》れた事《こと》。根引《ねびき》の相談極《さうだんきは》まつて、身の代《しろ》の金《かね》も済《す》み、鬼盛様《おにもりさま》へ連《つ》れて行《ゆ》くのだ。い、や、そふさせては此盤兵衛《はんへ》が男《おとこ》が立《た》たぬ。マア待《ま》ちをれと、駕籠《かご》の棒端《ぼうばな》に手を掛《か》けて、かねての大力《りき》、腕《うで》に任《まか》せて押戻《おしもど》せば、大勢一度《ぜいいちど》にたぢ〳〵と、後《あと》の方《かた》へ押戻《おしもど》され、ヱ、面倒《めんどう》なと男達共《おとこだてども》、てん〴〵に抜《ぬ》きつれて、大勢一度《ぜいいちど》に斬《き》つて掛《か》かれば、盤《はん》兵衛《へ》も一腰《ひとこし》を抜放《ぬきはな》し、大力《りき》といひ、剣術《けんじゆつ》も世に又となき達人《たつじん》なれば、蜘蛛手掛《くもでか》かるは十文字《じ》、縦横無尽《じうおうむじん》に薙散《なぎちら》しけるが、男達共《だてども》、追々《おひ〳〵》に馳集《はせあつ》まり、人数《かず》多《おほ》く斬掛《きりか》かるを、四角八面《かくめん》に追散《おつちら》しけるが、さしもに猛《たけ》き身なれども、金鉄《きんてつ》にもあらざれば、身内《うち》に数多深手《あまたふかで》を負《お》ひ、命助《いのちたす》かり難《がた》しとや思《おも》ひけん、刀《かたな》を腹《はら》に突立《つきた》つれば、八重桐《やへぎり》慌《あは》て取付《とりつ》きて、泣《な》くより外《ほか》の事《こと》ぞなき。盤《はん》兵衛《へ》苦《くる》しき息《いき》を吐《つ》き、我《われ》、今《いま》、斯《か》く深手《ふかて》を負《お》ひ、父の仇《あた》も報《むく》はずして

次《つぎ》へ続《つゞ》く

(19) 前《まへ》の続《つゞ》き

空《むな》しく死するは不《ふ》孝なれど、我《わ》が魂魄《こんぱく》、そちが体内《たいない》に宿《やど》り、神変希代《へんきたい》の勇力《ゆうりき》の男子と生《う》まれて再《ふた》び此世に出《い》で、父の仇《あた》を報《むく》ふべし。今《いま》より十月《つき》を待《ま》ちて誕生《たんじやう》したる男子は、我《わ》が生《うま》れ変《か》はりと思ふべし。我《われ》、父を討《う》たれたる所にて拾《ひろ》ひたる此駒形錦《こまがたにしき》の火打袋《ひうちぶくろ》は、将門《まさかど》が余類《よるい》の者《もの》の所持《しよぢ》なるべく、これぞ敵《かたき》の証拠《しやうこ》なれば、誕生《たんじやう》の子成長《せいちやう》せば、これを渡《わた》して敵《かたき》を尋《たづ》ぬる頼《たよ》りにさすべしとて、火打袋《ひうちぶくろ》を八重桐《やへぎり》に渡《わた》し、そちが身も今《いま》より常《つね》の女に変《か》はり、飛行通力《ひぎやうつうりき》あるべきぞ。深山幽谷《しんざんゆうこく》を住処《すみか》とし、生《う》まるゝ子を養育《よういく》せよ。さらば〳〵と腹掻切《はらかきき》り、剣《つるぎ》を抜《ぬ》けば紅《くれなゐ》の血を、夕立を争《あらそ》ひし最期《さいご》の念《ねん》ぞ凄《すさ》まじき。あら不思議《ふしぎ》や、切口《きりくち》より心火《しんぐわ》二つ飛出《とびいで》て、八重桐《やへぎり》が口《くち》に入るとひとしく、うんとばかりに気絶《きぜつ》したり。時《とき》に黒雲組《くろくもぐみ》の男達《だて》共《ども》、又大勢馳来《ぜいはせきた》り。八重桐《やへぎり》を引立《ひつた》て行《ゆ》かんとしたりしが、八重桐《やへぎり》はむつくと起《お》き、落《お》ちたる刀《かたな》を拾取《ひろひと》り、稲妻《いなづま》の如《ごと》くに斬立《きりた》つれば、皆敵《みなかたき》はじと逸足出《いちあしいだ》し、嵐《あらし》の木の葉《は》と散失《ちりう》せたり。

斯《か》かる折《をり》しも、茨木屋《いばらや》空才《くうさい》、此所に馳来《はせきた》り、盤《はん》兵衛《へ》が腹《はら》を切《き》つたる体《てい》を見《み》て、「やれ遅《おそ》かりし残念《ざんねん》さよ。我《われ》、そちを雪責《ぜめ》にしたるは、まつたく惨《むご》き心にあらず。盤《はん》兵衛《へ》が本名は坂田の蔵人景住《くらんどかげずみ》といひ、そちは元景住《もとかげずみ》と許婚《いひなづけ》といふ事《こと》を我《われ》、密《ひそ》かに聞知《きゝし》つたれば、鬼盛殿《おにもりどの》を嫌《きら》ふは無理《むり》ならず思《おも》ひしが、鬼盛殿《おにもりどの》の方《かた》へ行《ゆ》き、夫景住《おつとかげずみ》に内通《ないつう》して、黒《くろ》雲《くも》の皇子《わうじ》の陰謀《いんぼう》の証拠《しやうこ》を奪《うば》ひ、頼光様《よりみつさま》へ差上《さしあ》げなば、その大功にて景住《かげずみ》は再《ふた》び世に出《い》で、敵《かたき》の行方《ゆくへ》も自《おの》づから知《し》れべしと心《こゝろ》には思ひながら、人に洩《も》れん事《こと》を恐《おそ》れて口《くち》へは出《いだ》さず。心《こゝろ》の情《なさ》けの折檻《せつかん》も、景住《かげずみ》が斯《か》うなつては、思ひし事《こと》も水《みづ》の泡《あわ》、あたら勇士を惜しむべし。我《われ》、実《まこと》は頼光様《よりみつさま》の御家《か》臣《しん》碓井貞光《うすいのさだみつ》が弟《おとゝ》、碓井《うすいの》八郎といひし者《もの》なれども、今《いま》は卑《いや》しき家業《かぎやう》ゆゑ、素性《すじやう》を隠《かく》して人に語《かた》らず。年季証文《ねんきじやうもん》は斯《か》くの如《ごと》く破捨《やぶりす》つれば、心任《こゝろまか》せに何処方《いづかた》へも立退《たちの》くべし」と深《ふか》き情《なさ》けの言葉《ことば》を聞《き》きて八重桐《やへぎり》は落涙《らくるい》し、お礼《れい》は言葉《ことば》に述《の》べられず。今より妾《わらは》は人間《にんげん》ならず、次《つぎ》へ続《つゞ》く

［魂］

［魄］

(20)十五ウ

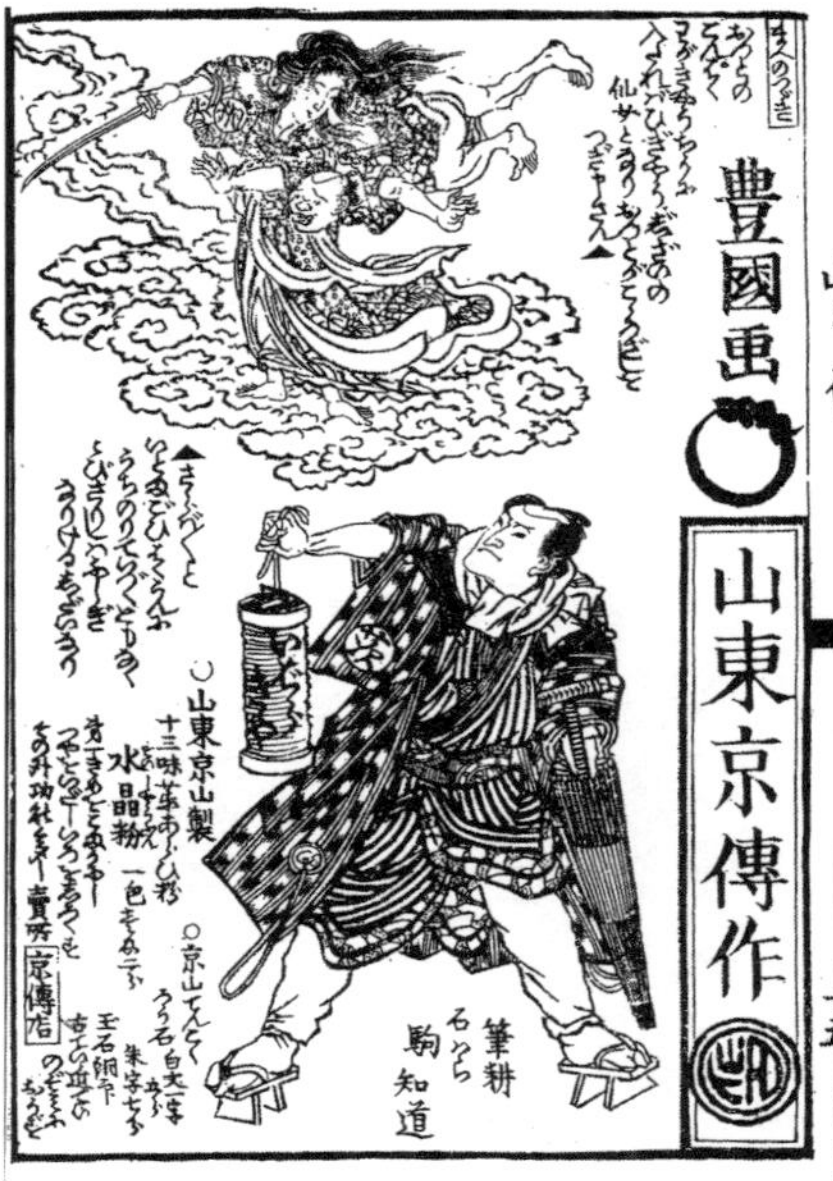

（20）[前《まへ》の続《つゞ》き] 夫《おつと》の魂魄《こんぱく》、我《わ》が胸中《きやうちう》に入たれば、飛行《ひぎやう》自在《じざい》の仙女となり、夫《おつと》が志《こゝろざし》を継《つ》ぎ申さん。さらば〳〵と暇乞《いとまごひ》、白雲《はくうん》に打乗《うちの》りて何処《いづく》ともなく飛去《とびさ》りしは、不思議《ふしぎ》なりける次第《しだい》なり。

［茨木屋《いばらきや》］

豊国画㊞　[山東京伝作]㊞

筆耕石原《はら》駒知道

○山東京山製　十三味薬洗《あらひ》粉

水晶粉《すいしやうふん》　一包壱匁二分

第一きめを細《こま》かにし艶《つや》を出《いだ》し色《いろ》を白《しろ》くす。その外功能多し。

○京山篆刻《てんこく》　蠟《ろう》石白文一字五分、朱字七分

玉石銅印、古体《てい》近体《てい》望《のぞ》みに応《おう》ず。　売所　[京伝店]

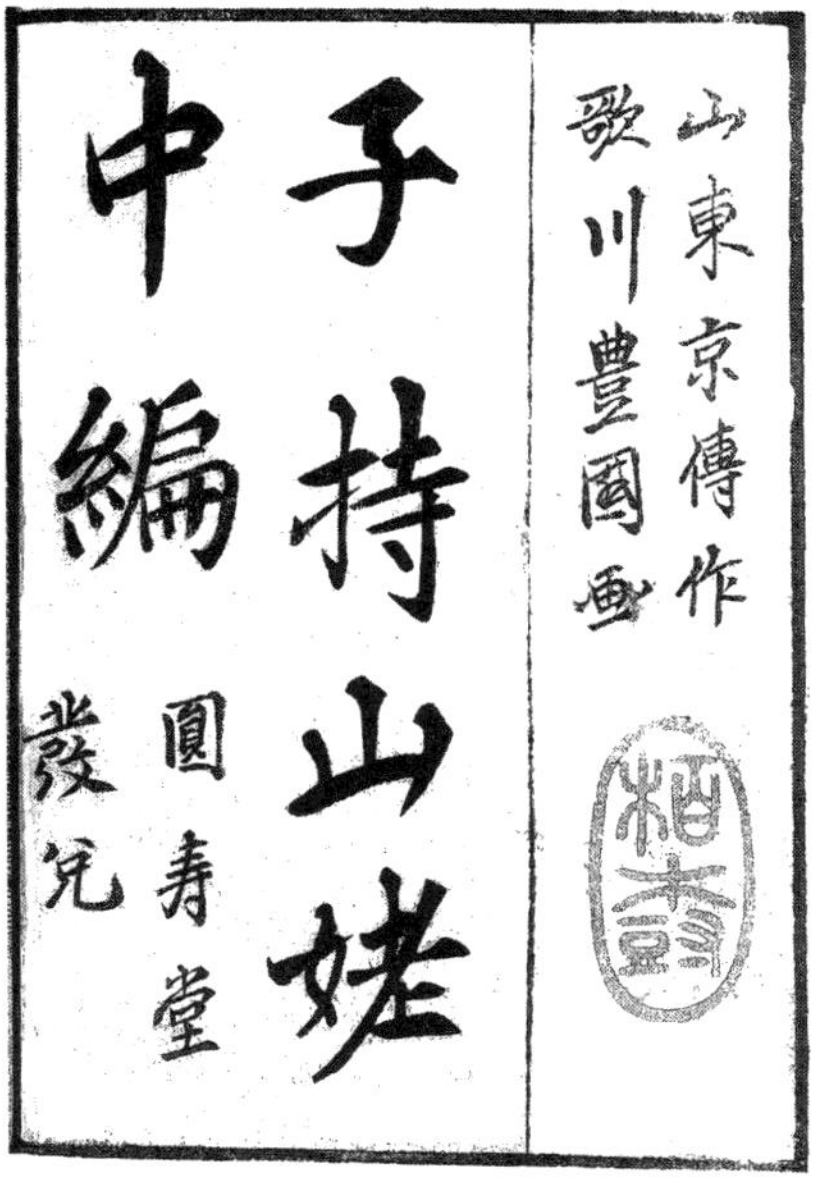
山東京傳作
歌川豊國画
栢樹
子持山姥
中編
圓寿堂
發兌

［中編見返し］

山東京伝作
歌川豊国画
栢樹

子持山姥
中編　円寿堂発兌

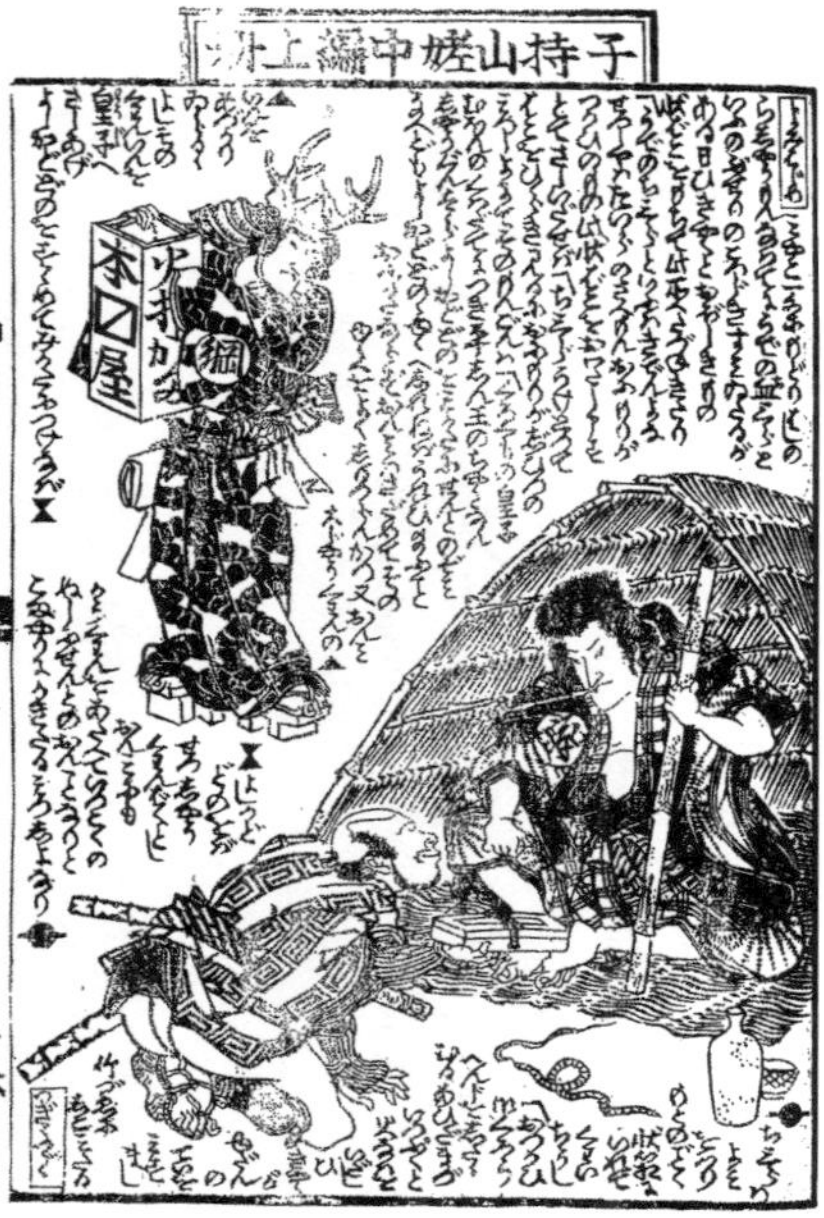

(21) 十六オ

【中編】

【上】

(21) 子持山姥中編上冊

読《よ》み始《はじ》め　都《みやこ》一条戻橋《もどりはし》の羅城門《らしやうもん》畷《なはて》に、腕《うで》の血《ち》三郎といふ野臥《のぶせり》の乞食住居《こつじきすみゐ》たるが、ある日、飛脚《ひきやく》と思《おぼ》しき者《もの》、状箱《ばこ》を持《も》ちて此所へ尋来《たづねきた》り。腕《うで》の血《ち》三郎といふは貴殿《きでん》よな。拙者《せつしや》は平左衛門鬼盛《たいらのさへもんおにもり》が使《つか》ひの者《もの》。此状箱《ばこ》をお渡《わた》し申すとて差出《さしいだ》せば、血《ち》三郎受取《うけと》つて箱《はこ》を開《ひら》き見るに、鬼盛《おにもり》が自筆《じひつ》の密書《みつしよ》にて、その文言《もんごん》は、黒雲《くろくも》の皇子謀叛《むほん》の企《くはだ》てにつき、平親《しん》王の嫡男将軍《ちやくなんしやうぐん》太郎良門《よしかどの》殿を味方《みかた》にせんと望《のぞ》みなへども、良門殿《よしかどの》の行方《ゆくへ》知《し》れねば憂《うれ》ひ給ふこと大方《おほかた》ならず。御身《おんみ》は定《さだ》めてその行方《ゆくへ》をよく知《し》りつらん。かつ又、御身《おんみ》大政《じやう》官《くわん》の印《いん》を預《あづ》かり居《ゐ》らる、由《よし》、その官印《くわんいん》を皇子《わうじ》へ差上《さしあ》げ、良門殿《よしかどの》を勧《す》めて味方《みかた》に付《つ》けなば、良門殿《よしかどの》をば摂政《せつしやう》関白《くわんぱく》とし、御身《おんみ》にも高官《かうくわん》を与《あた》へて一国《いつこく》の主《ぬし》にせんとの御事《おんこと》なりと、細《こま》やかに書《か》きたる密書《みつしよ》なり。血《ち》三郎は読終《よみを》はり、元《もと》の如《ごと》く状箱に入《い》れて懐中《くわいちう》し、お使《つか》ひ御苦労《くろう》、返事《へんじ》を認《した》むる間《あひだ》まづ一服《いつぷく》、と火縄《なは》を出《いだ》し、飛脚《ひきやく》が油断《ゆだん》の体《てい》を見澄《みす》まし、

(22)十六ウ

十七オ

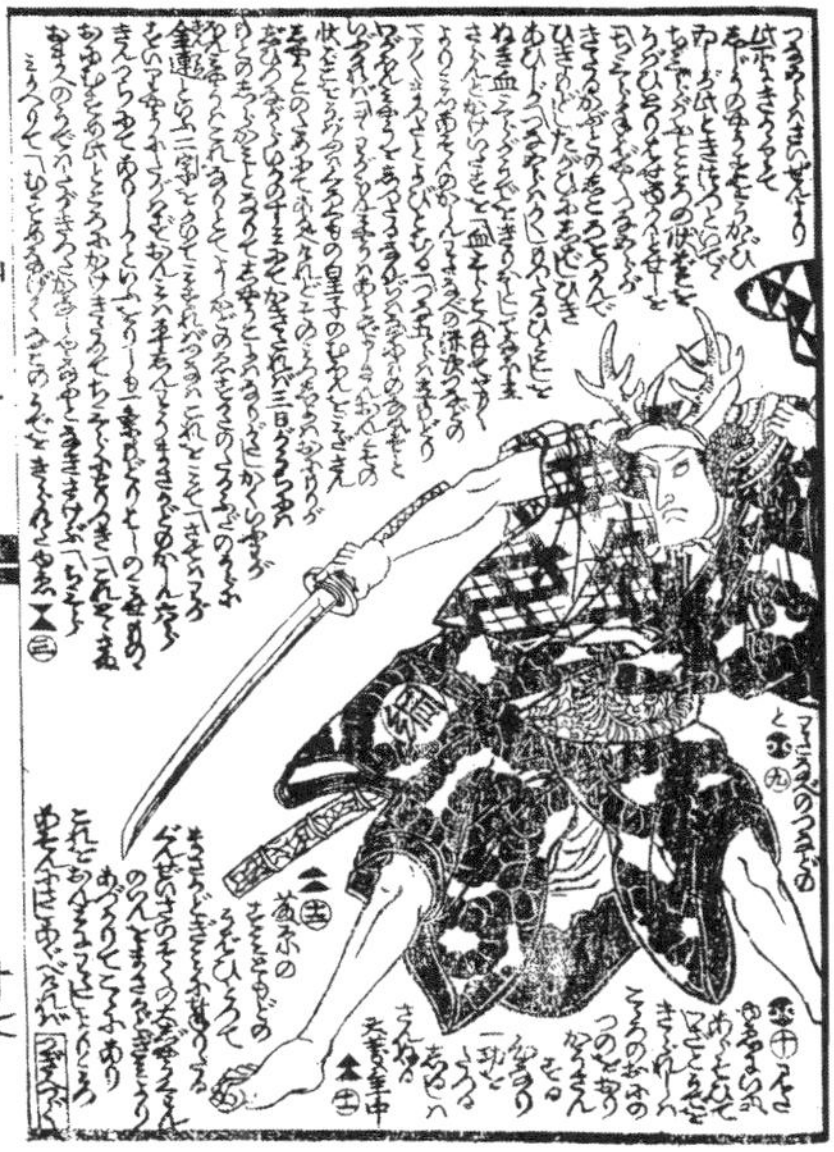

竹杖《づゑ》に仕込《しこ》みたる　次《つぎ》へ続《つゞ》く

［火打鎌《かま》　本〼屋］

(22)　前《まへ》の続《つゞ》き　刀《かたな》を抜《ぬ》き、袈裟懸《けさがけ》に斬付《きりつ》けて、すぐに押《おし》伏《ふ》せ、止《とゞ》めの刀《かたな》刺《さ》すより早《はや》く、その死骸《しがい》を古井《ふるゐ》の中《なか》へ打《うち》込《こ》みて、素知《そし》らぬ体《てい》にて居《ゐ》たりけり。

本町《ほんちやう》丸の綱《つな》五郎は最前《さいぜん》より此所に来掛《きか》かりて、始終《しじう》の様子《やうす》を窺《うかゞ》ひ居《ゐ》しが、此時《とき》つつと出《いで》て、血《ち》三郎が懐《ふところ》の状箱《ばこ》を奪取《うばひと》り、馳行《はせゆ》かんとせしを、血《ち》三郎、手早《ばや》く綱《つな》五郎が着《き》たる兜《かぶと》の錏《しころ》を摑《つか》んで引戻《ひきもど》し、互《たが》ひに暫《しば》し引合《ひきあ》ひしが、綱《つな》五郎は隠持《かくしも》つたる一腰《ひとこし》を抜《ぬ》き、血三郎が腕《うで》を斬落《きりお》として、なほ立去《さ》らんと駆出《かけいだ》すを、血三郎声掛《こへか》けて、「ヤア〳〵頼《より》光朝臣《みつああそん》の家臣渡辺《かしんわたなべの》源次綱殿《つなどの》、マア〳〵待《ま》つた」と呼止《よびと》むる。綱《つな》五郎は立戻《もど》り、我《わ》が本名《ほんみやう》を知《し》つたる汝《なんぢ》は何者《なにもの》なるぞと訝《いぶか》れば、ヲ、我《わ》が本名《ほんみやう》は後《あと》で申さん。御身《おんみ》その状箱《ばこ》を奪《うば》ふは、黒雲《くろくも》の皇子の謀叛《むほん》を見出《みだ》さん証拠《しやうこ》のためにてあるべけれど、その密書《みつしよ》は鬼盛《おにもり》が自筆《じひつ》ながら、烏賊《いか》の墨《すみ》にて書《か》きたれば、三日が内《うち》には元《もと》の白紙《しらかみ》となりて、証拠《しやうこ》にはなり難《がた》し。斯《か》くいふ我《わ》が本名《ほんみやう》はこれなりとて、良門《よしかど》の絵姿《ゑすがた》の高札《たかふだ》の裏《うら》に金連《きんつら》といふ二字《じ》を書《か》いて見《み》すれば、綱《つな》はこれを見《み》て、「さては我《わ》が推量《すいりやう》に違《たが》はず。御身《おんみ》は平親王《しんわう》将門《まさかど》の家臣《かしん》六郎金連《きんつら》にてありしか」と言《い》ふ。折《をり》しも、一条戻橋《もどりはし》の見世物《みせもの》の鬼娘《おにむすめ》、此所《ところ》に駆来《かけきた》つて、血《ち》三郎に取付《とりつ》き、これ父様《とゝさま》、お前《まへ》の腕《うで》は誰《た》が切《き》つた、悲《かな》しやなふと泣叫《なきさけ》ぶ。血《ち》三郎見返《みかへ》りて、娘嘆《むすめなげ》くな。この腕《うで》を切《き》られたゆゑ、今《いま》、日頃《ごろ》の望《のぞ》みを察《さつ》するぞ。イヤのふ綱殿《つなどの》、主君将軍《しゆくんしやうぐん》太郎良門君《よしかどぎみ》、御父将門君《おんち、まさかどぎみ》の悪意《あくい》を継《つ》ぎ、謀叛《むほん》の企《くはだ》てある故《ゆへ》に、昔《むかし》より朝敵《ちやうてき》となりし者《もの》、滅《ほろ》びざる例《ためし》なしと古事を引《ひ》いて、我《われ》、度々諫言《たび〳〵かんげん》するといへども用《もち》ひなき故《ゆゑ》に、腹切《はらき》つて相果《あいは》てんと思《おも》ひしが、いや〳〵〳〵他《ほか》に良《よ》き思案《しあん》あり。当時、頼光朝臣《よりみつあそん》は若年《じやくねん》なれども情《なさ》け深《ふか》き御大将と聞及《き、およ》べば、頼光朝臣《よりみつあそん》に縁《ゑん》を求《もと》め、我《われ》、一つの功を立《た》て、良門君《よしかどぎみ》の陰謀露見《いんぼうろけん》の時《とき》、君《きみ》の命《いのち》を助《たす》け、出家《しゆつけ》を勧《す》めて貰《もら》ふに如《し》かじと思《おも》ひ付《つ》き、斯《か》く乞食《こつじき》に身《み》を窶《やつ》し、此洛中《らくちう》を徘徊《はいくわい》するも、頼光朝臣《よりみつあそん》に縁《ゑん》を求《もと》めんそのためなり。然《しか》るに、御身《おんみ》の骨柄只者《こつがらたゞもの》ならず、渡辺綱殿《わたなべのつなどの》と見《み》た故《ゆゑ》に、今争《いまあらそ》ひてわざと腕《うで》を切《き》られしは、心《こゝろ》の鬼《おに》の角《つの》を折《お》り降参《かうさん》する心なり。一功を立《た》つる印《しるし》は、去《さ》んぬる天慶年中、藤原の純友殿《すみともどの》、奪取《うばひと》つて将門君《まさかどぎみ》に奉りたる軍勢催促《ぐんぜいさいそく》の大政官《じやうくわん》の印《いん》を将門君《まさかどぎみ》より預《あづ》かりて此処《こゝ》にあり。これを御身《おんみ》に渡《わた》し、頼光朝臣《よりみつあそん》に差《さし》上《あ》ぐべければ 次《つぎ》へ続《つゞ》く

［金連］

(23) 前《まへ》の続《つゞ》き 禁廷《きんてい》へ返《かへ》し奉り、良門君《よしかどぎみ》の命乞《いのちこひ》を、くれ〴〵頼《たの》み申すなりとて、面桶《めんつ》の内《うち》に隠持《かくしも》つたる錦《にしき》の袋《ふくろ》に入《い》れたる官印《くわんいん》を取出《とりいだ》して綱《つな》に渡《わた》し、「これ娘《むすめ》、かねて言《い》ひ含《ふく》め置《お》きたる事《こと》は今《いま》、此時《とき》ぞ、覚悟《かくご》は良《よ》きか」と言《い》ひければ、娘は頷《うなづ》き、「仰《おふ》せまでも候はず、親子《おやこ》手に手を取交《とりか》はし、死出三途《しでさんづ》を渡《わた》るべし」と言《い》へば、金連《きんつら》は喜《よろこ》ばしき気色《けしき》にて、左《ひだり》の手にて竹杖《つゑ》の刀《かたな》を抜《ぬ》いて腹《はら》にぐつと突立《つきた》つれば、鬼娘《おにむすめ》も懐剣《くわいけん》を抜《ぬ》き喉《のんど》にがばと突立《つきた》てたり。時《とき》に不思議《ふしぎ》や、鬼娘《おにむすめ》の懐《ふところ》より一団《いちだん》の心火飛出《しんくわとびい》で、女の姿朧《すがたおぼろ》げに現《あらは》れて、煙《けふり》の様《やう》に消失《きへう》せしが、不思議《ふしぎ》や鬼娘《おにむすめ》の二つの角捥落《つのもげお》ちて、恐《おそ》ろしかりし鬼《おに》の顔《かほ》たちまち変《か》はりて、美《うつく》しき美人《びじん》の顔《かほ》と

(23)十七ウ

十八オ

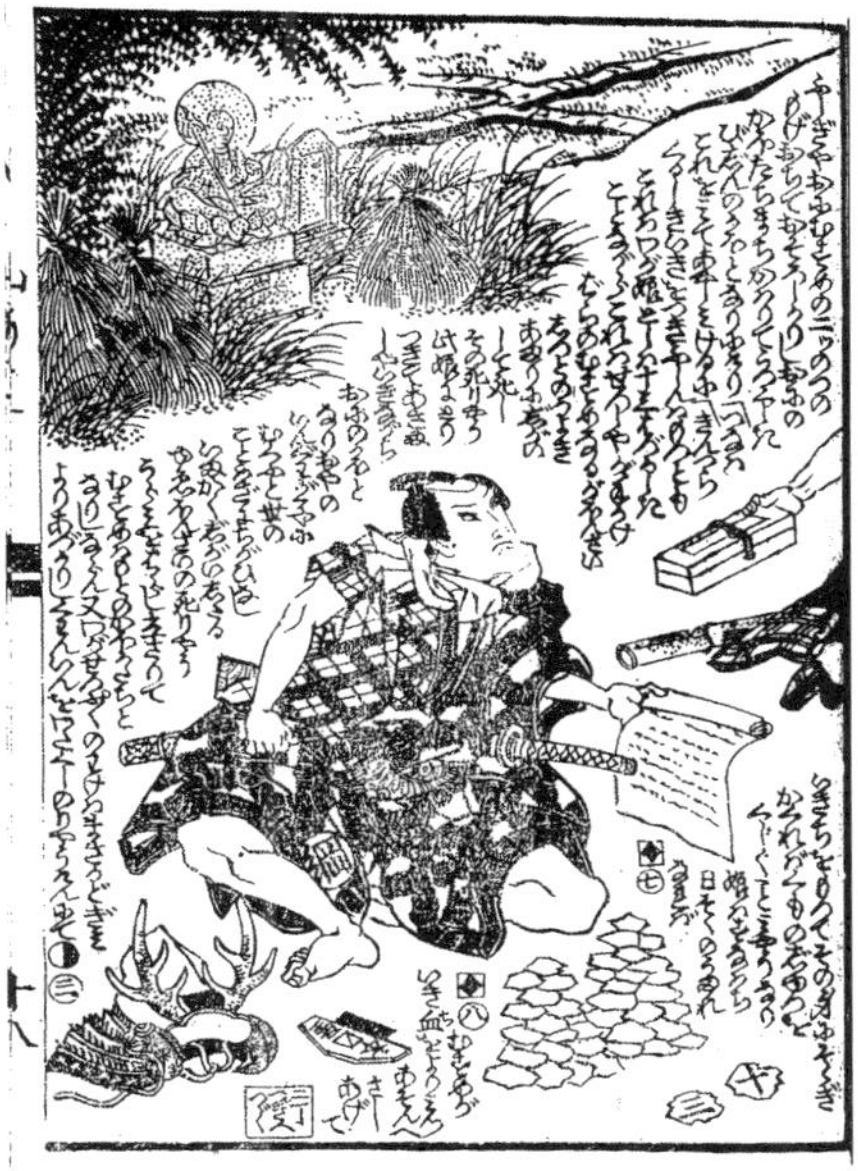

なりにけり。綱《つな》はこれを見《み》て怪《あや》しみけるに、金連苦《きんつらくる》しき息《いき》を吐《つ》き、不審《ふしん》は尤《もつと》も。これは我《わ》が娘、年《とし》は十三。恥《は》づかしき事《こと》ながら、これは拙者《せつしや》が手掛腹《かけばら》の娘《むすめ》なるが、本妻嫉妬《ほんさいしつと》の強《つよ》きあまりに自害《じがい》して死し、その死霊《りやう》、此娘に取憑《とりつ》きて、浅《あさ》ましや、生《い》きながら鬼《おに》の顔《かほ》となり、親《おや》の因果《いんぐわ》が子に報《むく》ふと世の諺《ことはざ》に違《ちが》ひなし。今《いま》、斯《か》く自害《じがい》したるゆゑ、本妻《ほんさい》の死霊《りやう》、恨《うら》みを晴《は》らし立去《さ》りて、娘《むすめ》は元《もと》の顔形《かほかたち》となりしならん。又、我《わ》が切腹《せつぷく》の訳《わけ》は、将門君《まさかどぎみ》より預《あづ》かりし官印《くわんいん》を私《わたくし》の了簡《りやうけん》にて御身《おんみ》に渡《わた》す申訳《わけ》、腕《うで》を御身《おんみ》に切《き》られしも、戦場《せんじやう》の討死同然《うちじにどうぜん》。これかねての覚悟《かくご》也。又、娘が自害《じがい》の訳《わけ》は、黒雲《くろくも》の皇子《わうじ》、葛城山《かつらき》の土蜘《つちぐも》の術《じゆつ》を学《まな》びて種々《しゆぐ》に姿《すがた》を変《へん》ずるゆゑ、それを挫《くじ》かん一つの手立《だて》。日食《そく》の日に生《う》まれたる女の生血《いきち》をもつて、その身に注《そゝ》ぎかくれば、蜘《くも》の術《じゆつ》を挫《くじ》く事妙《ことみやう》なり。娘はすなはち、日食《そく》の生《う》まれなれば、娘《むすめ》が生血《いきち》を頼光朝臣《よりみつあそん》へ差上《さしあ》げて、二丁次《つぎ》へ続《つゞ》く

［火打鎌《かま》　本〼屋］

十三

本〼屋

(24)十八ウ

十九オ

(24)
葛城《かつらき》山の土蜘《つちぐも》の精霊《せいれい》、頼光《らいくわう》に恨《うら》みあるによつて、黒雲《くろくも》の皇子《わうじ》に蜘《くも》の術《じゆつ》を授《さづ》け、頼光《らいくわう》を滅《ほろ》ぼさんとする。黒雲《くろくも》の皇子《わうじ》、蜘《くも》の術《じゆつ》にて分身《ぶんしん》し様々《さま〴〵》に姿《すがた》を変《へん》ず。

(25)十九ウ

二十オ

(25)

黒雲《くろくも》の皇子《わうじ》、蜘《くも》の術《じゆつ》をもつて上臈蜘《らうぐも》の官女《くわんぢよ》の姿《すがた》を数多《あまた》現《あらは》す。

将軍《しやうぐん》太郎良門《よしかど》、黒雲《くろくも》の皇子《わうじ》の味方《みかた》に付《つ》く。

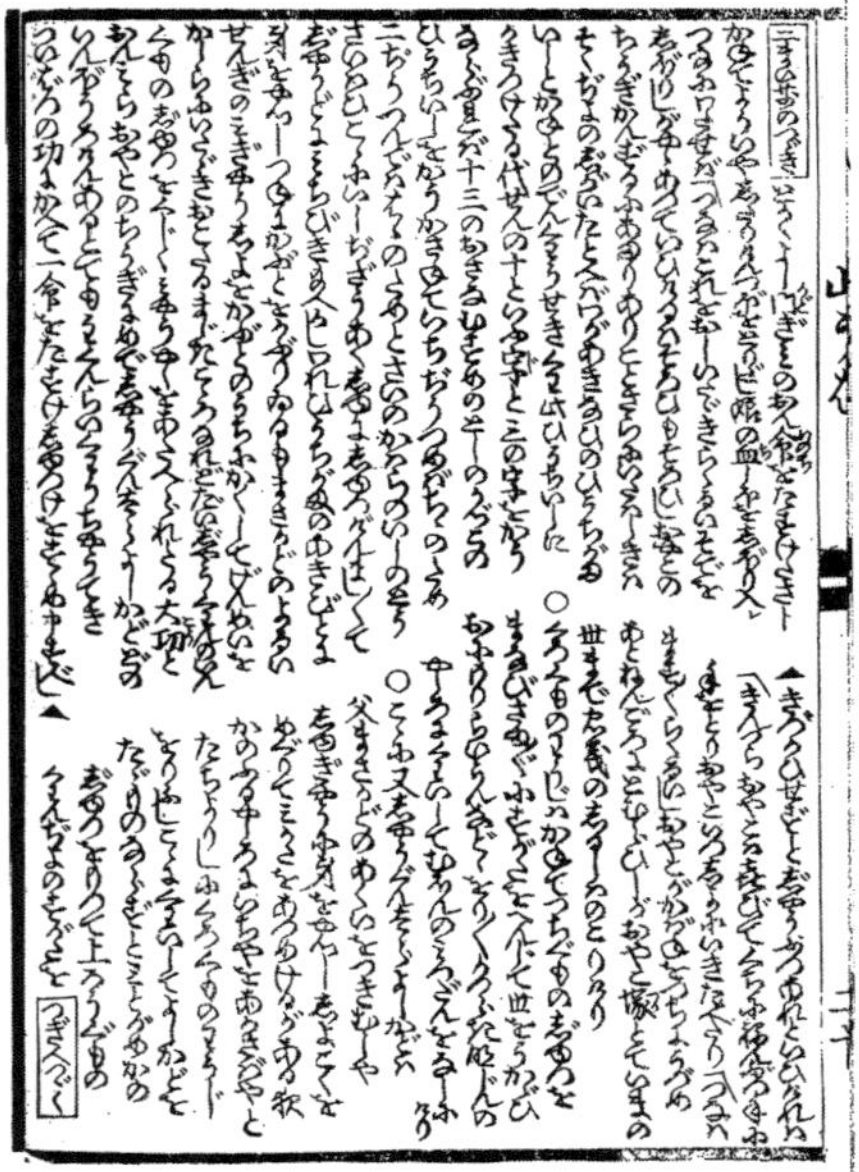
(26)二十ウ

(26) 二枚《まい》前の続《つゞ》き　とかく良門君《よしかどぎみ》の御命《おんいのち》を助《たす》けたきと、かねて用意《ようい》やしたりけん壺《つぼ》を取出《とりだ》し、娘の血潮《ちしほ》を絞《しぼり》入れ、綱《つな》に渡《わた》せば、綱《つな》はこれを押頂《おしいたゞ》き、落涙袖《らくるいそで》を絞《しぼ》りしが、や、あつて言《い》ひけるは、「揃《そろ》ひも揃《そろ》ひし親子《おやこ》の忠義《ちうぎ》、感《かん》ずるに余《あま》りあり。殊更《ことさら》に労《いたは》しきは息女《そくぢよ》の自害《じがい》。たとへば我《わ》が商《あきな》ひの火打鎌《ひうちがま》、石《いし》と金《かね》との電光石火《でんくわうせきくわ》、此火打石《ひうちいし》に書付《かきつ》けたる代銭《せん》の十といふ字《じ》と三の字を斯《か》う並《なら》ぶれば、十三の幼娘《おさなむすめ》の年《とし》の数《かづ》、この火打石《ひうちいし》を斯《か》う重《かさ》ねて、一重積《いちぢうつ》めば父《ちゝ》のため、二重積《ぢうつ》んでは母《はゝ》のためと、賽《さい》の河原《かはら》の石《いし》の塔《たう》、幸《さいは》ひ此処《こゝ》に石地蔵《いしぢざう》、悪趣《あくしゆ》に出現《しゆつげん》ましく／＼て、浄土《じやうど》に導《みちび》き給へかし。我《われ》、火打鎌《ひうちがま》の商人《あきびと》に身を窶《やつ》し、常《つね》に兜《かぶと》を被《かぶ》り居《ゐ》るも、将門《まさかど》の余類詮議《よるいせんぎ》の御教書《みぎやうしよ》を兜《かぶと》の内《うち》に隠《かく》して厳命《げんめい》を頭《かしら》に頂《いたゞ》き、怠《おこた》るまじき心《こゝろ》なれど、太政官《だいじやうくわん》の印《いん》、蜘《くも》の術《じゆつ》を挫《くじ》く妙薬《みやうやく》を与《あた》へられたる大功《こう》と、御身《おんみ》ら親子《おやこ》の忠義《ちうぎ》に愛《め》で、将軍《しやうぐん》太郎良門殿《よしかどどの》陰謀露見《いんぼうろけん》あるとても、主君頼光《くんらいくわう》、朝《ちやう》敵追伐《てきついばつ》の功《こう》に代《か》へて一命を助《たす》け、出家《しゆつけ》を勧《す》め申すべし。気遣《きづか》ひせずと成仏《じやうぶつ》あれ」と言《い》ひければ、金連親子《きんつらおやこ》は喜《よろこ》びて、口《くち》に念仏《ねんぶつ》手に手を取《と》り、親子一緒《おやこいつしよ》に息絶《いきた》へたり。綱《つな》はます〳〵落涙《らくるい》し、親子《おやこ》が屍《かばね》を土《つち》に埋《うづ》め、後懇《あとねんご》ろに弔《とむら》ひしが、親子塚《おやこつか》とて今《いま》の世まで忠義の印《しるし》は残《のこ》りけり。

○黒雲《くろくも》の皇子《わうじ》は、かねて土蜘《つちぐも》の術《じゆつ》を学《まな》び、様々《さま〴〵》に姿《すがた》を変《へん》じて世を窺《うかゞ》ひ、鬼盛《おにもり》、雷雲《らいうん》など、、折々《をり〳〵》、葛城《かつらき》明神《じん》の社《やしろ》に会《くわい》して、謀叛《むほん》の密談《みつだん》をなしにけり。

○こゝに又、将軍《しやうぐん》太郎良門《よしかど》は父将門《まさかど》の悪意《あくい》を継《つ》ぎ、武者《むしや》修行《しゆぎやう》に身を窶《やつ》し、諸国《しよこく》を巡《めぐ》りて味方《みかた》を集《あつ》めけるが、ある夜、かの古社《ふるやしろ》に一夜《いちや》を明《あ》かさばやと立寄《たちよ》りしに、黒雲皇《くろくもわう》子《じ》、折節《をりふし》、此処《こゝ》に会《くわい》して良門《よしかど》を只者《たゞもの》ならずと見咎《みとが》め、かの術《じゆつ》をもつて上臈蜘《ろうぐも》の官女《くわんぢよ》の姿《すがた》を

次《つぎ》へ続《つゞ》く

［中］

(27) 子持山姥中編中冊

前《まへ》の続《つゞ》き
数多《あまた》現《あらは》し、剣《つるぎ》を持《も》たせて四方より良門《よしかど》に斬付《きりつ》けたるに、良門《よしかど》は事《こと》ともせず、白刃《しらは》を握《にぎ》る不死身《ふじ》の奇妙《きみやう》、働《はたら》く後《うし》ろにあり〳〵と、七人の影現《かげあら》れければ、良門《よしかど》に疑《うたが》

(27)二十一オ

ひなしと黒雲《くろくも》の皇子《わうじ》は、鬼盛《おにもり》、雷雲《らいうん》を連《つ》れて立出《い》で、謀叛《むほん》の企《くはだ》てを物語《ものがた》り、「我《わ》が味方《みかた》に付《つ》かば、大望成就《まうじやうじゆ》の上《うへ》は関白職《くわんばくしよく》にすべし」と言《い》へば、良門《よしかど》はこれに従《したが》ひて味方《みかた》に付《つ》き、互《たが》ひに誓《ちか》ひをなして、夜《よ》もすがら軍法《ぐんぽふ》を語《かた》り明《あ》かし、時節《じせつ》の至《いた》るまでは互《たが》ひに別《わか》れて去《さ》りにけり。

○渡辺綱《わたなべのつな》は太政官《だいじやうくわん》の印《いん》を得《え》て、主君頼光《しゆくんらいくわう》に奉らんと館《やかた》に帰《かへ》りしに、折節《をりふし》、頼光《らいくわう》、貞光《さだみつ》、季武《すゑたけ》を連《つ》れて清水寺《きよみづ》へ参詣《さんけい》と聞《き》き、すぐさま清水寺《きよみづ》に到《いた》り、頼光《らいくわう》の御目《おんめ》に掛《か》かり、六郎金連親子《きんつらおやこ》が忠死の事《こと》を詳《くは》しく語《かた》り、太政官《だいじやうくわん》の印《いん》を奉りければ、頼光御感《らいくわうぎよかん》なのめならず。これを禁廷《きんてい》へ返《かへ》し奉れば抜群《ばつくん》の大功なり。金連親子《きんつらおやこ》が忠義感《かん》ずるに余《あま》りありとて落涙《らくるい》し給ひぬ。

さて、綱《つな》は再《ふた》び又、御暇《おんいとま》を賜《たまは》り、黒雲《くろくも》の皇子《わうじ》の謀叛《むほん》の証拠《しやうこ》を見出《みだ》さんため、将門《まさかど》、純友《すみとも》が余類詮議《よるいせんぎ》のために出《いで》行《ゆ》きぬ。折節《をりふし》、桜《さくら》の盛《さか》りなれば、頼光《らいくわう》花の陰《かげ》に幕《まく》を打《う》たせて 次《つぎ》へ続《つゞ》く

(28) 前《まへ》の続《つゞ》き 酒宴《しゆゑん》を催《もよふ》し、鬱気《うつき》を払《はら》ひ御座《おは》せしに、び

らり帽子《ぼうし》の美《うつく》しき振袖《ふりそで》の娘、飛交《とびか》ふ蝶《てふ》に戯《たはふ》れつゝ、此処《こゝ》に来《きた》り。妾《わらは》ことは渡辺綱《わたなべのつな》が叔母《おば》の娘《むすめ》でござります。良《よ》い折《をり》からなれば、どふぞお目見得願《めみへねが》ひますと申し入《い》るれば、頼光《よりみつ》朝臣《あそん》、綱《つな》が叔母《おば》の娘《むすめ》とあらば苦《くる》しからず、こちへ通《とほ》せと宣《のたま》へば、娘《むすめ》は幕《まく》の内《うち》に入《い》り、顔《かほ》にこぼるゝ愛嬌《あいきやう》に、私《わたし》がお酌《しやく》と気軽《きがる》な娘《むすめ》、不束《ふつゝか》なれどお肴《さかな》にと、今様朗詠声《いまやうらうゑいこゑ》よく歌《うた》ひ、興《きよう》を添《そ》ゆれは物堅《ものがた》き頼光《らいくわう》も打寛《うちくつろ》ぎ、さいつおさへの杯《さかづき》の数重《かづかさな》りしに、怪《あや》しいかな、頼光《らいくわう》をはじめ、貞光《さだみつ》、季武《すゑたけ》しきりに眠気兆《ねふけきざ》して居眠《ゐねふ》りけるに、かの娘《むすめ》、時分《じぶん》よしとや思《おも》ひけん、頼光《らいくわう》の懐《ふところ》なる太政官《だいじやうくわん》の印《いん》を奪《うば》ひ、そのまゝ空中《くうちう》を飛行《とびゆ》く時《とき》、貞光《さだみつ》ふつと目《め》を覚《さ》まし、何処《いづく》までもと追行《おひゆ》きしが、翼《つばさ》なければ詮方《せんかた》なく、空《そら》を睨《にら》んで歯噛《はがみ》をなし地団駄踏《じだんだふ》んでぞ悔《くや》みける。此娘《むすめ》はすなはち、これ葛城《かつらき》山《やま》の土蜘《つちぐも》の精霊《せいれい》なり。黒雲《くろくも》の皇子《わうじ》に力《ちから》を添《そ》へ、官印《くわんいん》を奪《うば》つて皇子《わうじ》に渡《わた》し、頼光《らいくわう》を滅《ほろ》ぼさん為《ため》とかや。

○頼光朝臣《らいくわうあそん》、一度《ひとたび》手《て》に入《い》りたる大政官《じやうくわん》の印《いん》を変化《へんげ》のために奪《うば》はれしは、武将たるべき者《もの》の心掛《こゝろが》け悪《あ》しきゆゑ、それといふも 次へ続《つゞ》く

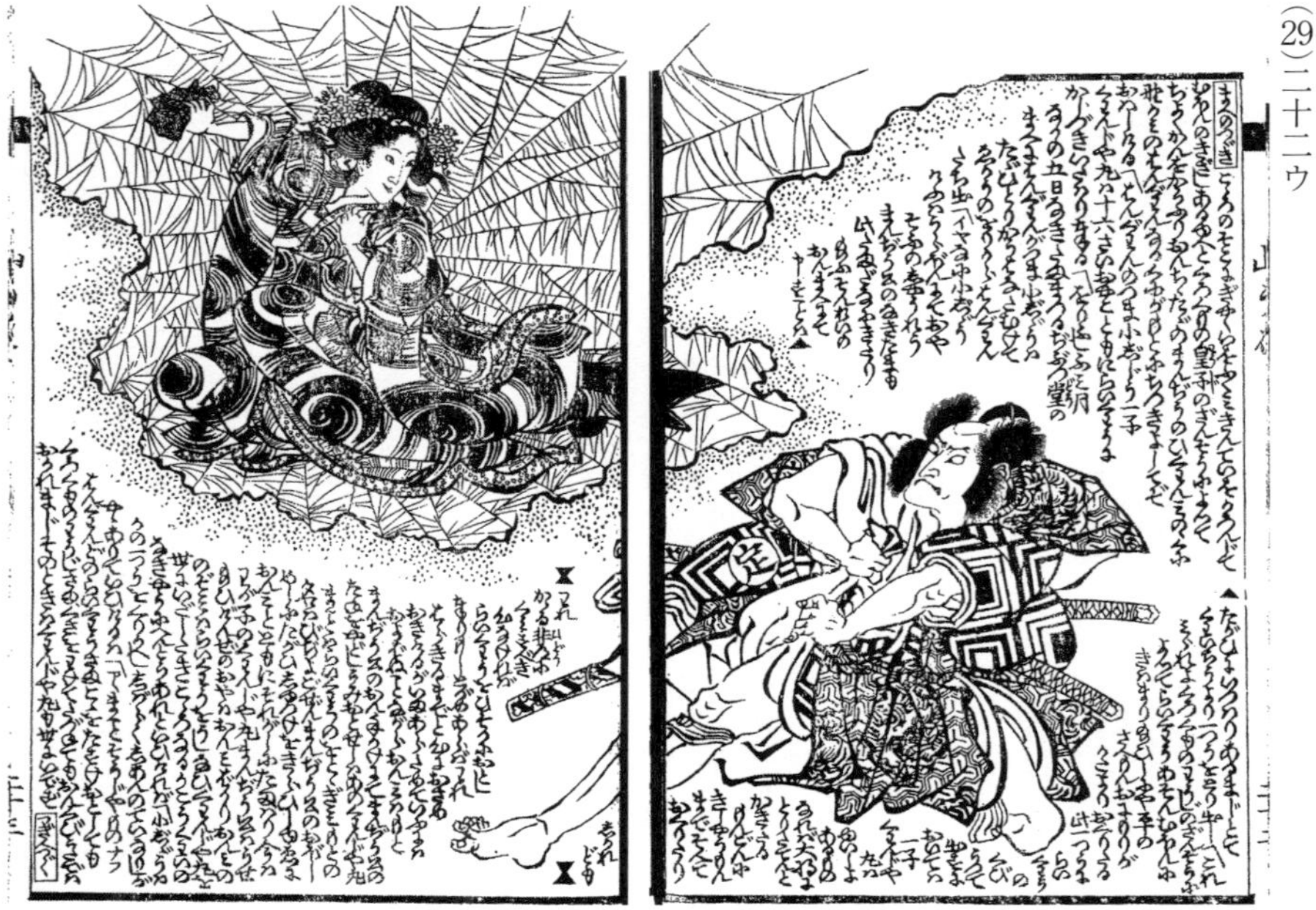
(29)二十二ウ
二十三オ

(29) 前の続き《まへのつゞき》　心《こゝろ》の底《そこ》に逆意《ぎやくい》を含《ふく》み、欽定《きんてい》を軽《かろ》んじて謀《む》叛《ほん》の兆《きざ》しある故《ゆへ》と、黒雲《くろくも》の皇子《わうじ》の讒奏《ざんそう》によつて勅勘《ちよくかん》を被《かうふ》り、御父《おんちゝ》多田《たゞ》の満仲《まんぢう》の被官《ひくわん》、美濃《みの》の国《くに》野上《がみ》の判官仲国《はんぐわんなかくに》が元《もと》に蟄居《ちつきよ》してぞ御座《おは》しける。

判官《はんぐわん》の妻《つま》小侍従《じじう》、一子冠者《くわんじや》丸は十六歳《さい》、親子《おやこ》共《とも》に頼《らい》光《くわう》に傅《かしづ》き労《いたは》り奉る。折節《をりふし》、文月《ふみ》中《なか》の五日、亡魂《なきたま》祀《まつ》る持仏《ぢぶつ》堂《どう》の前《まへ》に判官《はんぐわん》が妻《つま》小侍従《じゞう》は只一人《たゞひとり》、香花《かうはな》手向《たむ》けて回向《ゑかう》の折柄《をりから》、判官立出《はんぐわんたち》、イヤ何《なに》、小侍従《じゞう》。今日《けふ》は盂蘭盆《うらぼん》にて親《おや》祖父《そふ》の精霊《しやうれう》、満仲公《まんぢう》の亡魂《なきたま》も此霊棚《たまだな》に来《きた》り給ふ。尊霊《そんれい》の御前《おんまへ》にて申す事《こと》は互《たが》ひに偽《いつは》りあるまじとて、懐中《くわいちう》より一通《つう》を取《とり》出し、「これ見《み》られよ。黒雲《くろくも》の皇子《わうじ》の讒奏《ざんそう》によつて頼光朝臣《らいくわうあそん》、謀叛《むほん》に極《きは》まり給ひしにや、平の左衛門鬼盛《さへもんおにもり》が方《かた》より送《おく》りたる此一通《つう》に、頼光《らいくわう》の首《くび》打つて出すにおいては、一子冠者《くわんじや》丸は由緒《ゆいしよ》ある者《もの》なれば、大将に取立《とりた》てんと書《か》きたる文言《もんごん》に起請文《きしやうもん》まで添《そ》へて送《おく》りたり。然《しか》れども、我《われ》、斯《か》かる非道《ひどう》に与《くみ》すべき心なければ、頼光《らいくわう》を密《ひそ》かに落《お》とし奉り、もし咎《とが》めあらば、我《われ》、腹切《はらき》るまでと心に収《おさ》め置《お》きけるが、今改《いまあらた》めて言《い》ふには及《およ》ばぬ事《こと》ながら、御身《おんみ》は元《もと》満仲《まんぢう》公の御《おん》手掛《かけ》にて、満仲《まんぢう》公の胤《たね》を宿《やど》し産落《うみお》とせしはあの冠者《くわんじや》丸、実《まこと》は頼光《らいくわう》の弟君《をとゝぎみ》、元《もと》の名は美女御前《びぢよごぜん》。満仲《まんぢう》公の思召《おぼしめ》しに違《たが》ひ、出家《しゆつけ》を嫌《きら》ひし故《ゆゑ》に御身《おんみ》と共《とも》に某《それがし》に賜《たま》はり、今は我《わ》が子の冠者《くわんじや》丸、満仲《まんぢう》公は失《う》せ給ひ、現世《げんぜ》の親《おや》は御身《おんみ》ばかり。御身《おんみ》の望《のぞ》みは頼光《らいくわう》を失《うしな》ひ、冠者《くわんじや》丸を世に出《いだ》したき心《こゝろ》なるか、後悔《こうくわい》のなきやうに返答《へんとう》あれ」と言《い》ひければ、小侍従《じゞう》は、かの一通《つう》を繰返《くりかへ》し、しばらく思案《しあん》の体《てい》なりしが、やゝありて言《い》ひけるは、「アヽ、実《まこと》そうじやもの。ナフ判官殿《はんぐわんどの》、頼光様《らいくわうさま》、こゝを助《たす》け落《お》としても、黒雲《くろくも》の皇《わう》子様《じさま》、草《くさ》を分《わ》けて尋《たづ》ねても、御首《おんくび》打たではおかれまじ。その時《とき》は冠者《くわんじや》丸も世に出《いで》ず。

次《つぎ》へ続《つゞ》く

(30)二十三ウ

二十四オ

(30) 前《まへ》の続《つゞ》き 一《いち》も取《と》らず二も取《と》らず、源家《げんけ》の破滅《はめつ》、此時《とき》なり。労《いたは》しながら、頼光《らいくわう》を打《う》ち奉り、冠者丸《くわんじや》を武将となさば我《わ》が身の幸《さいは》ひ、あの子が果報《くはほう》」と言《い》はせも果《は》てず、ヲ、皆《みな》まで聞《き》くに及《およ》ばず。そふ思ふてこそ尋《たづ》ねたれ。頼《らい》光《くわう》の御首《おんくび》打《う》つは今日《けふ》のうち、用意《ようい》せんと立《た》つところを、小侍従《じゞう》引止《と》め、コレなふ、御身《おんみ》のためには相伝《さうでん》のお主《しゆう》、世の誹《そし》り、天の咎《とが》めも恐《おそ》ろしければ、妾《わらは》が一太刀、騙《だま》しよつて刺通《さしとほ》さん。場所《ばしよ》は此霊棚《たまだな》の前《まへ》、千に一つ仕損《しそん》じなば、声《こゑ》を立《た》つるを合図《あいづ》に駆付《かけつ》けて首打《くびう》ち給へ。ヲ、潔《いさぎよ》し。然《しか》らば、我《われ》、次《つぎ》の間《ま》に伺《うかゞ》ひ居《ゐ》て、声掛《こゑか》け次第《しだい》に駆出《かけいで》ん。必《かなら》ず急《せ》くまい。首尾《しゆび》よくと別《わか》れて座敷《ざしき》に立出《いづ》る。小侍従《じゞう》は夫《おつと》の後《あと》を見送《おく》りて、ヲ、忠義《ぎ》に凝《こ》つたる判官殿《はんぐわんどの》。生《な》さぬ仲《なか》の冠《くわん》者丸《じや》。女房の心までを疑《うたが》ひ給ふは無理《むり》ならず。言葉《ことば》の言《いひ》訳《わけ》、真然《まことしか》らず。所詮御身代《しよせんおんみがは》りの冠者丸《くわんじや》が首打《くびう》つて、我《わ》が誠《まこと》の心を見すべしと、女の道《みち》を守刀《まもりがたな》袂《たもと》の下《した》に押隠《おしかく》す。折から此処《こゝ》に立出《いづ》る冠者丸《くわんじや》が顔《かほ》をつく〴〵、小侍従《じゞう》は心の内《うち》の暇乞《いとまごひ》。先《さき》ほど行水《ぎやうずい》せしこそ幸《さいは》ひ。帷子着替《かたびらきか》へ身を清《きよ》め、御経読《おんきやうよ》んで霊棚《たまだな》へ手向《たむ》けやれと、親《おや》の心は死《し》なす

る支度《したく》。その身《み》はそれとも白帷子《しらかたびら》、思ひ染《そ》めぬぞ哀《あは》れなる。野上《のがみ》の判官仲国《はんぐわんなかくに》は、妻《つま》の小侍従《じゞう》、頼光《らいくわう》を騙討《だましうち》とは蟷《とう》螂《ろう》が斧《をの》。かへつて御《おん》手に掛《か》かり顕《あらは》れては一大事《いちだいじ》と、仏間《ぶつま》の妻戸《つまど》に窺《うかゞ》へば、静《しづ》かに読経《どきやう》の声《こゑ》聞《き》こゆ。冠者《くわんじや》丸は一心不《いつしんふ》乱《らん》に経《きやう》を読《よ》む。母《はゝ》は刀《かたな》をすらりと抜《ぬ》き、後《うし》ろに立《た》ちは立《た》つたれども、髪黒々《かみくろぐ》と色白《いろしろ》く、読誦《どくじゆ》の弁舌爽《べんぜつさは》やかに、産《う》みの母の手に掛《か》かり、今死《いまし》ぬるとは知《し》らぬ体《てい》。不憫《ふびん》と思へば手も戦慄《わなゝ》き泣沈《なきしづ》み、消入《きへい》りては又振上《ふりあ》げ、声《こゑ》をも立《た》てずかつぱと伏《ふ》し、からりと投《な》げし太刀《たち》よりも、胸《むね》を切裂《きりさ》く思ひの刃《やいば》、時刻移《じこくうつ》れば詮方《せんかた》なく、「判官殿《はんぐわんどの》、出逢《いであ》ひ給《たま》へ」と呼《よ》ばはれば、心得《こゝろへ》たりと仲国《なかくに》は、襖《ふすま》さらりと駆《かけ》入るに、冠《くわん》者《じや》丸は飛退《とびしさ》り、互《たが》ひに顔《かほ》を見合《あ》はせつゝ、呆《あき》れて言葉《ことば》もなかりけり。母は泣《な》く〳〵声《こゑ》を上《あ》げ、「驚《おどろ》きは尤《もつと》も、そなたを打《う》つて頼光《らいくわう》の御身代《おんみがは》りにせんためなり。覚悟《かくご》を極《きは》め潔《いさぎや》う打《う》たれてたも」と言《い》ひければ、

次《つぎ》へ続《つゞ》く

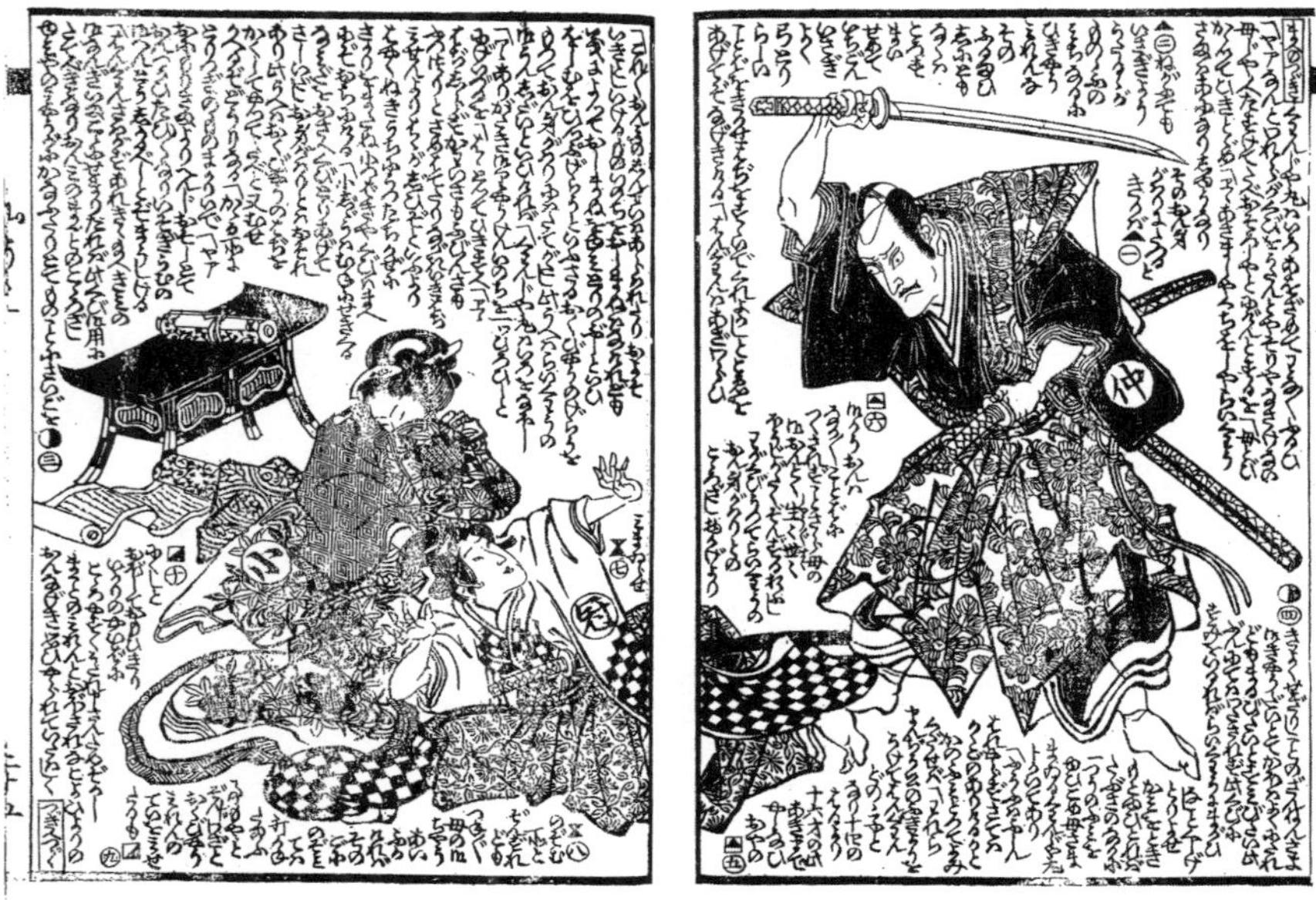

(31) 前《まへ》の続《つゞ》き 冠者《くわんじや》丸は色青《いろあを》ざめて、わな〳〵震《ふる》ひ、ヤア何《なん》と我《われ》らが首《くび》を打《う》たんとや。そりや情《なさ》けない母じや人、助《たす》けてたべ恐《おそ》ろしやと逃《に》げんとするを、母飛掛《とびか》かつて引止《ひきとゞ》め、「ヱ、浅《あさ》ましや口惜《くちを》しや。頼光様《らいくわうさま》は兄《あに》なり主《しゆう》なり。その御《おん》身代《がは》りに立《た》つると聞《き》かば、願《ねが》ふても潔《いさぎよ》う打《う》たるゝが武士《もの〻ふ》の道《みち》なるに、卑怯《ひきやう》未練《みれん》なその振舞《ふるまひ》、死《し》にともなくは殺《ころ》すまい。せめて一言《いちごん》潔《いさぎよ》く、弓取《とり》らしい言葉《ことば》を聞《き》かせ、恥《はぢ》を濯《すゝ》いでくれよかし」と声《こゑ》を上《あ》げてぞ嘆《なげ》きける。判官《はんぐわん》は嘲笑《あざわら》ひ、「これ〳〵御身《おんみ》の心底《しんてい》は現《あらは》れたり。およそ生《い》きとし生《い》けるもの、命《いのち》を惜《お》しまぬはなけれども、義によつて惜《お》しまぬを弓取《ゆみとり》の武士《ぶし》と言《い》ひ、惜《を》しむを匹夫《ひつぷ》下郎《げらう》と言《い》ふ。然《さ》る臆病《おくびやう》の下郎《げらう》をもつて御《おん》身代《がは》りには立難《たてがた》し。此上《うへ》は頼《らい》光《くわう》の御運次第《うんしだい》」と言《い》ひければ、冠者《くわんじや》丸は色《いろ》を直《なほ》し、ア、有難《ありがた》き御了簡《りやうけん》。命《いのち》を一つ拾《ひろ》ひしと逃出《にげいづ》るを、母取《はゝと》つて引《ひき》据《す》へ、「ヱ、恥知《はぢし》らず、可愛《かわい》さも不憫《ふびん》さも、ふつつりと覚《さめ》果《は》てたり。長《なが》き生恥《いきはぢ》見《み》せんより、母《はゝ》が慈悲《じひ》ぞ」と言《い》ふより早《はや》く抜打《ぬきう》ちに打立《うつた》ち、風《かぜ》に盛《さか》りを待《ま》たぬ小椿《つばき》や、首《くび》は前《まへ》にぞ落《お》ちにける。小侍従《じゞう》は胸《むね》に急来《せきく》る涙《なみだ》を抑《おさ》へ、首取《くびとり》上《あ》げ

て差出《さしいだ》し、御《お》身代《がは》りとは恐《おそ》れあり、此上《うへ》は臆病《おくびやう》の恥《はぢ》を隠《かく》してやつてたべと、又咽返《むせかへ》るぞ道理《どうり》なる。

斯《か》かる所に取次《とりつぎ》の者《もの》罷《まかり》出《い》で、「ヤア鬼盛様《おにもりさま》より返事《へんじ》遅《おそ》しとて、御使《おんつか》ひ度々《たび〳〵》なり。急《いそ》ぎ有無《うむ》の御返答然《へんとうしか》るべし」とぞ申《まう》しける。判官《はんぐわん》騒《さは》がず、あれ聞《き》き給へ、君《きみ》の御難儀《なんぎ》、今《いま》こゝに迫《せま》りたれば此首《くび》御用に立《た》てべきなり。御身《おんみ》の真《まこと》の志《こゝろざし》、弓矢《ゆみや》の冥加《みやうが》に適《かな》ふたりとて、物事《ものごと》に最期《さいご》を清《きよ》くせざりし事《こと》の残念《ざんねん》さよ。御兄弟《きやうだい》とて顔《かほ》はよく似《に》たれども、丸額《まるびたい》と角額《すみびたい》、此分《ぶん》にては渡《わた》されず。此首《くび》に隅《すみ》を入《い》るれば頼光《らいくわう》に紛《まが》ひなしと、櫛笥《くしげ》取寄《とりよ》せ髪《かみ》を梳《と》き、元結《もとゆひ》取《と》れば、髻《たぶさ》の中《なか》に一通《つう》の文《ふみ》を結込《ゆひこ》め、母様《さま》参《まゐ》る冠者《くわんじや》丸ト書《か》いてあり。夫婦《ふうふ》は不審《ふしん》晴《は》れやらず、さては覚悟《かくご》のありけるかと、かの文《ふみ》取《と》つて読下《よみくだ》せば、我《われ》ら満仲《まんぢう》公の不興《ふきよう》を受《う》けて判官《はんぐわん》殿《どの》の子となり、十四の春《はる》より十六才の此秋《あき》まで、養《やしな》ひ親《おや》の御厚恩《かうおん》は、なか〳〵言葉《ことば》に尽《つ》くされず。殊更《ことさら》母の御恩徳《おんとく》、生々世々《しやう〴〵せ〳〵》報《ほう》じ難《がた》く存《ぞん》ずる折節《ふし》、我《わ》が首《くび》打《う》つて頼光《らいくわう》の御《おん》身代《がは》りとの志《こゝろざし》、物陰《かげ》より見参《みまゐ》らせ臨《のぞ》む所と存《ぞん》ずれども、常々《つね〴〵》母の御寵愛《ちやうあい》深《ふか》ければ、その期《ご》に臨《のぞ》みては打かね給《たま》ふ事もやと存《ぞん》じ、わざと臆病《おくびやう》未練《みれん》の体《てい》を見《み》せたるも、憎《にく》しと思《おぼ》して思《おも》ひ切《き》り、怒《いか》りの刃《やいば》に心易《こゝろやす》く打《う》たれ申さんためぞかし。真《まこと》の未練《みれん》と思《おぼ》されな。今宵《こよひ》よりの御嘆《おんなげ》き思ひやられて労《いたは》しく、

次《つぎ》へ続《つゞ》く

（32）二十五ウ

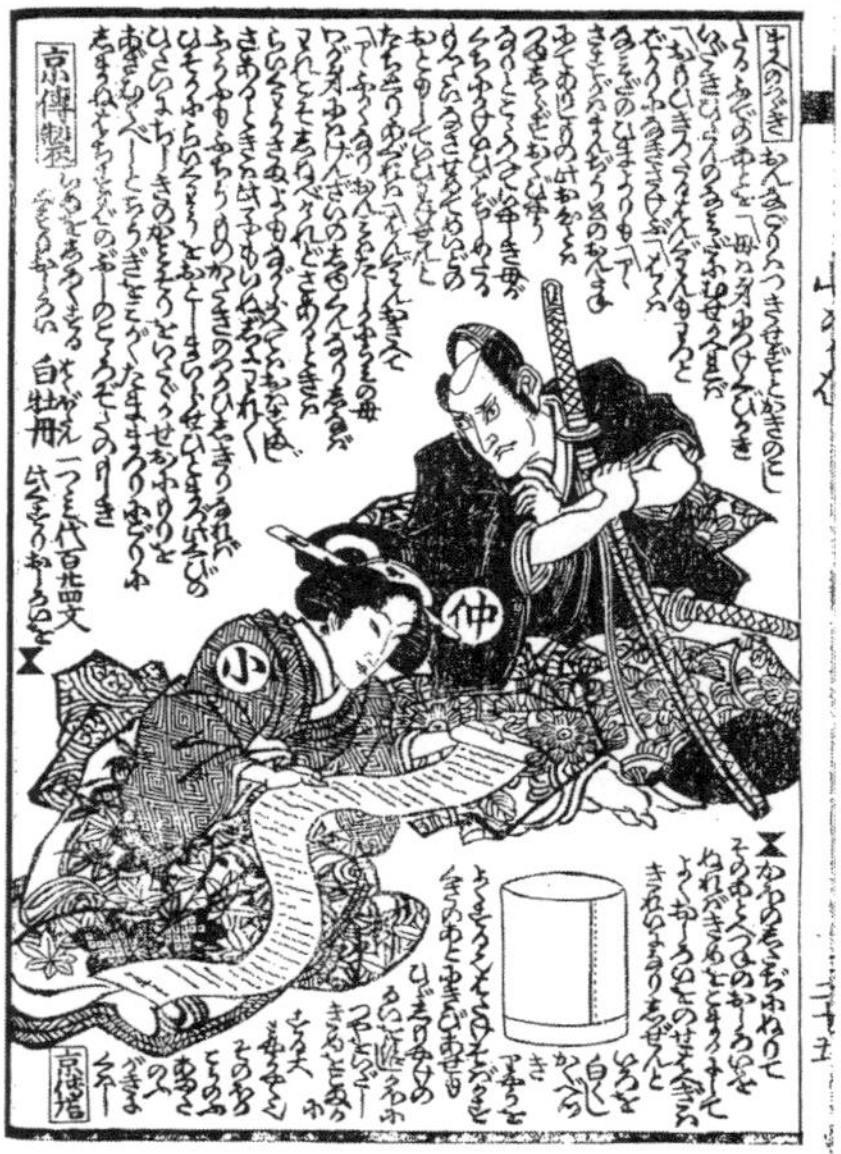

（32）前《まへ》の続《つゞ》き　御名残《おんなごり》は尽《つ》きせずと書残《かきのこ》したる筆《ふで》の跡《あと》を、母は身に付《つ》け首掻抱《くびかきいだ》き、悲嘆《ひたん》の涙《なみだ》に咽返《むせかへ》れば、思《おも》ひ切《き》つたる判官《はんぐわん》も、わつとばかりに泣叫《なきさけ》ぶ。母《はゝ》は涙《なみだ》の隙《ひま》よりも、ア、さすがは満仲《まんぢう》公の御胤《おんたね》にてありし者《もの》。此御《お》心とは露知《つゆし》らず、臆病《おくびやう》なりと心得《こゝろへ》て、卑《いや》しき母が口《くち》に掛《か》け言《い》ひ恥《はぢ》しめたるもつたいなさ。せめて冥土《めいど》のお供《とも》して、言訳《いひわけ》せんと太刀取上《たちとりあ》ぐれば、判官抑《はんぐわんおさ》へて、ア、不覚《ふかく》なり。御身《おんみ》は確《たし》かに生《う》みの母。我《わ》が身には現在《げんざい》の主君《しゆくん》なりしなば、我《われ》こそ死《し》ぬべけれど、然《さ》ある時《とき》は頼光様《らいくわうさま》、よも永《なが》らへては御座《おは》すまじ。然《さ》ある時《とき》は此子も犬死《いぬじに》、我々《われ〳〵》夫婦《ふうふ》も不忠者《ふちうもの》、敵《かたき》の使《つか》ひ頻《しき》りなれば、密《ひそ》かに頼光《らいくわう》を御越参《おこしまい》らせ、ひとまづ此首《くび》の額《ひたい》に知識《ちしき》の剃刀《かみそり》を頂《いたゞ》かせ、鬼盛《おにもり》を欺《あざむ》くべしと、忠義《ちうぎ》を磨《みが》く霊祭《たまゝつり》、濁《にご》りに染《し》まぬ蓮葉《はちすば》の武士《ぶし》の心《こゝろ》ぞ頼《たの》もしき。

京伝製　色《いろ》を白《しろ》くする薬白粉《くすりおしろい》
白牡丹《はくぼたん》　一包《つゝみ》代百廿四文
此薬白粉《くすりおしろい》を顔《かほ》の下地《したぢ》に塗《ぬ》りて、その後《あと》へ常《つね》の白粉《おしろい》を塗《ぬ》れば、きめを細《こま》かにしてよく白粉《おしろい》をのせ、生際綺麗《はへぎはきれい》になり、自然《しぜん》と色《いろ》を白《しろ》くし格別器量《かくべつきりやう》をよくする也。疥《はたけ》・雀斑《そばかす》・瘡《くさ》

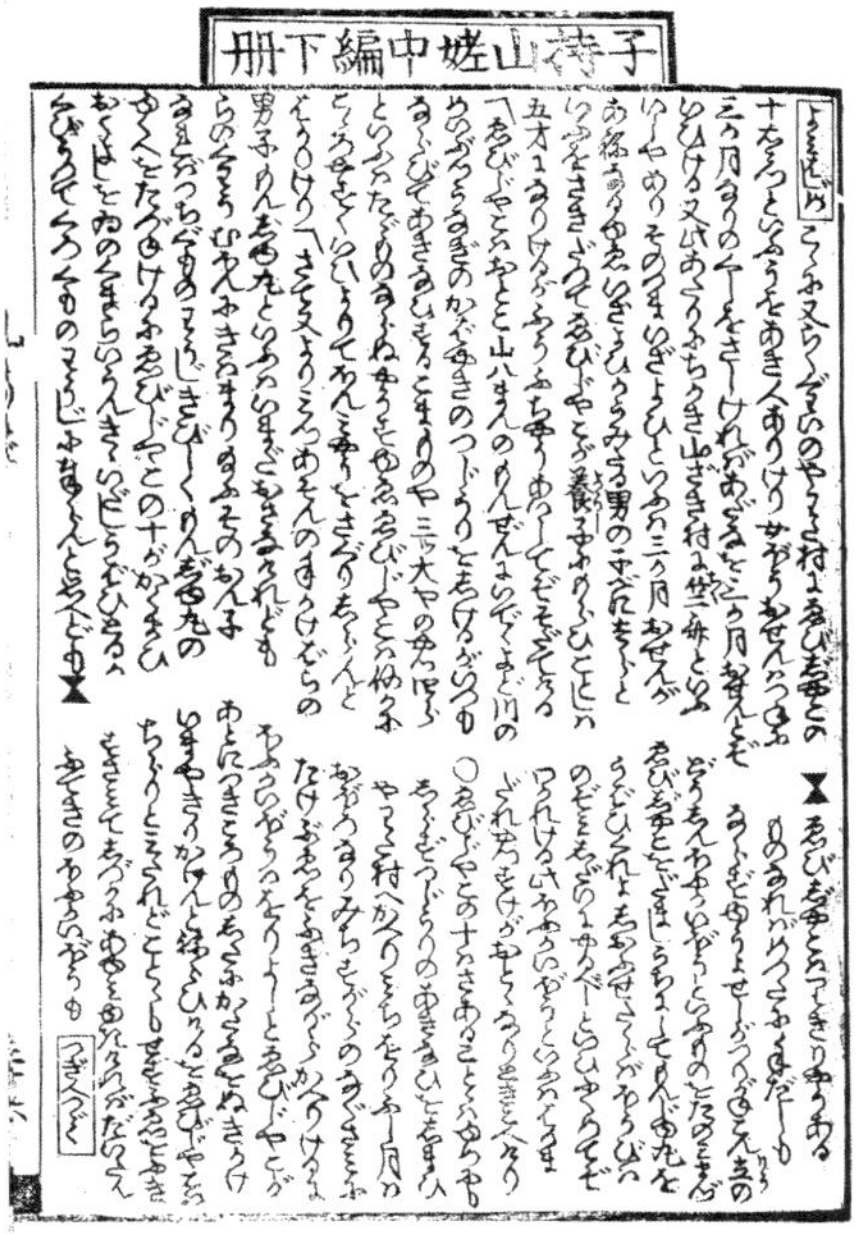

(33)二十六オ

の痕《あと》、面皰《にきび》・汗疹《あせも》・皹《ひゞ》・霜焼《しもやけ》の類《るい》を治し、顔《かほ》に艶《つや》を出《いだ》し、きめを細《こま》かにする大妙薬《みやうやく》也。その外《ほか》効能《こうのふ》数多《あまた》、能書《のふがき》に詳《くは》し。

京伝店

[下]

(33) 子持山姥中編下冊

読《よ》み始《はじ》め こゝに又、洛外《らくぐわい》の八幡《やわた》村に蝦雑魚《ゑびじやこ》の十右衛門といふ魚商人《うをあき》ありけり。女房《ぼう》お仙《せん》は、常《つね》に三日月《か》形《なり》の櫛《くし》を差《さ》しければ、渾名《あだな》を三日月《か》お仙《せん》とぞいひける。又、此辺《あた》りに近《ちか》き山崎《ざき》村に竺《ちく》斎といふ医者《いしや》あり。その妻《つま》十六夜《いざよひ》といふは三日月《か》お仙《せん》が姉《あね》なるゆゑ、十六夜《いざよひ》が産《う》みたる男の子紅《べに》太郎といふを、先《さき》だつて蝦雑魚《ゑびじやこ》が養子《ようし》に貰《もら》ひ、今年《ことし》は五才になりけるが、夫婦《ふうふ》寵愛《ちやうあい》してぞ育《そだ》てける。蝦雑魚《ゑびじやこ》は男《おとこ》山八幡《まん》の門前《もんぜん》に出《いで》て、淀《よど》川の名物《めいぶつ》鰻《うなぎ》の蒲焼《かばやき》の辻売《つじうり》をしけるが、いつも並《なら》びて商《あきな》ひする小間物屋《こまものや》、三つ大屋《や》の奴《やつ》四郎といふは只者《たゞもの》ならぬ様子《やうす》ゆゑ、蝦雑魚《ゑびじやこ》は何かに心安《こゝろやす》く言《い》ひ寄《よ》りて、本名《ほんみやう》を探《さぐ》り知《し》らんと謀《はか》りけり。

さて又、頼光《よりみつ》朝臣《あそん》の手掛腹《かけばら》の男子文殊《もんじゆ》丸といふは、いまだ幼《おさな》けれども、頼光謀叛《らいくわうむほん》に極《きは》まり給ふその御《おん》子なれば、土蜘《つちぐも》の皇子《わうじ》、厳《きび》しく文殊《もんじゆ》丸の行方《ゆくへ》を尋《たづ》ねけるに、蝦雑魚《ゑびじやこ》の十が匿《かくまひ》置《お》く由《よし》を猪熊雷雲《ゐのくまらいうん》聞《き》出《いだ》し、奪取《うばひと》るは首打《くびう》つて黒雲《くろくも》の皇子《わうじ》に奉らんと思へども、蝦雑魚《ゑびじやこ》は力量《りきりやう》ある者《もの》なれば、滅多《めつた》に手出《だ》しもならず猶予《ゆうよ》せしが、釣鐘建立《つりがねこんりう》の同心法界坊《どうしんほふかいぼう》といふ者《もの》を頼《たの》み、まづ蝦雑魚《ゑびじやこ》を騙討《だましうち》にして、文殊《もんじゆ》丸を奪《うば》ひくれよ、為果《しおふ》せたらば、褒美《ほうび》は望《のぞ》み次第《しだい》にやるべしと言《い》ひ含《ふく》めてぞ別《わか》れける。此法界坊《ほふかいぼう》といふは袴垂保輔《はかまだれやつすけ》(ママ)が弟《おとゝ》なりと聞《き》こへけり。

○蝦雑魚《ゑびじやこ》の十は、然《さ》ある事《こと》とは夢《ゆめ》にも知《し》らず、辻売《つじうり》の商《あきな》ひを仕舞《しま》ひ、八幡《やわた》村へ帰《かへ》り道《みち》、折節《をりふし》、月は朧《おぼろ》なり。道《みち》すがらの慰《なぐさ》みに、竹笛《たけぶゑ》を吹《ふ》きながら帰《かへ》りけるに、法界坊《ほふかいぼう》は折良《をりよ》しと蝦雑魚《ゑびじやこ》が後《あと》に付《つ》き、衣《ころも》の下《した》に刀《かたな》を抜《ぬき》かけ、今《いま》や切掛《きりか》けんと狙《ねら》ひけるを、蝦雑魚《ゑびじやこ》はちらりと見《み》たれど事《こと》ともせず、笛《ふゑ》を吹《ふ》きすさみて、静《しづ》かに歩行《あゆみゆ》きければ、大胆不敵《だいたんふてき》の法界《ほふかい》坊《ぼう》も、次《つぎ》へ続《つゞ》く

（34）前《まへ》の続《つゞ》きその勇気《ゆうき》に恐《おそ》れをなし、遂《つひ》に討得《うちえ》ずして虚《むな》しく帰《かへ》りぬ。

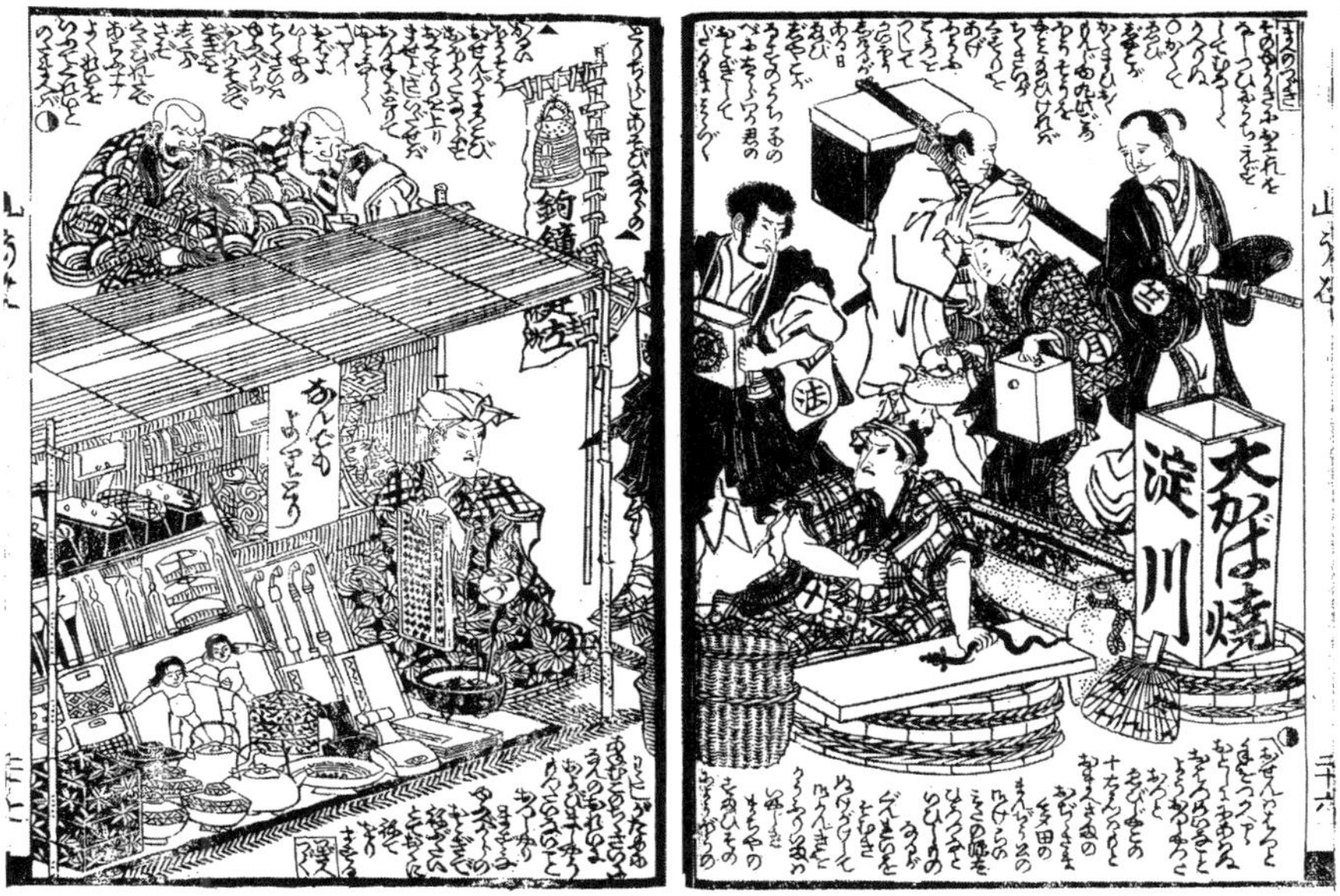

○斯《か》くて、蝦雑魚《ゑびじやこ》が匿《かくま》ひ置《お》く文殊《もんじゆ》丸、此頃《ごろ》、疱瘡《ほうそう》を病《や》み給ひければ、竺斎《ちくさい》が薬《くすり》を上《あ》げ、夫婦《ふうふ》心《こころ》を尽《つ》くして介抱《かいほう》しけるが、ある日、蝦雑魚《ゑびじやこ》が留守《るす》のうち、子の紅《べに》太郎、若《わか》君の御伽《おとぎ》して達磨《だるま》、木菟取《みづくとり》散らし、遊《あそ》びながらの軽《かる》い疱瘡《ほうそう》、お仙《せん》が喜《よろこ》び大方《おほかた》ならず。お薬《くすり》を上りませと差出《さしいだ》せば、御《おん》手に取《と》りて大人《おとな》しく、「ヤイ伯母《おば》よ、医者《いしや》の竺斎《ちくさい》は夕《ゆふ》べから俺《おれ》が側《そば》で伽《とぎ》をしたが、さぞくたびれたであらふナア、よく礼《れい》を言《い》ふてくれい」と宣《のたま》へば、お仙《せん》は、はつと手を支《つか》へ、「ア、お年《とし》に似合《にあ》はぬ御発明《おはつめい》な事《こと》、よう仰《おつしや》つた。夫蝦雑魚《おつとゑびじやこ》の十右衛門は元御前様《もとおまへさま》の御爺様《おぢいさま》、多田の満仲《まんぢう》公の御家来《けらい》、三田《みた》源太広綱《ひろつな》といひし者《もの》なるが、軍令《ぐんれい》を背《そむ》き抜駆《ぬけが》けして御勘気《かんき》を被《かうふ》り、今《いま》は卑《いや》しき町家《まちや》の住居《すまひ》、その女房《にようぼう》の私《わたし》がために姉婿《あねむこ》の竺斎《ちくさい》に何《なん》のお礼《れい》に及《およ》びましやう。もつたいない事《こと》仰《おつしや》りますな。夕《ゆふ》べからのお伽《とぎ》で眠《ねぶ》たいとて奥《おく》に寝《ね》て居《を》りまする」。

次《つぎ》へ続《つゞ》く

[大蒲焼《かば》／淀川]

[釣鐘建立]

[何《なん》でも選取《よりと》り]

二十八オ

（35）二十七ウ

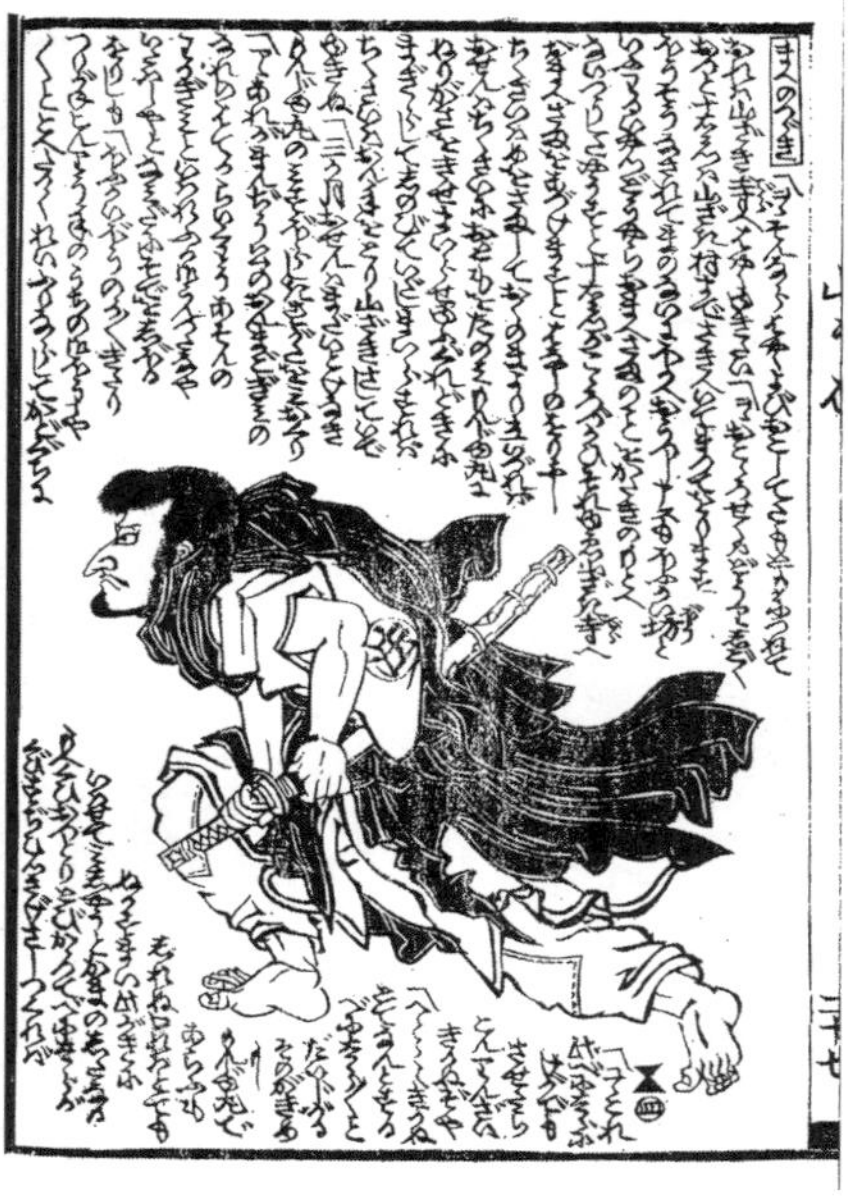

（35）**前《まへ》の続《つゞ》き**「ヲ、そんなら早《はや》く呼起《よびお》こしてたも。供《とも》に連《つ》れて俺《おれ》は山崎寺《ざきでら》へ早《はや》く行《ゆ》きたい」。「ヲ、御心《おこゝろ》急《せ》くは道理至極《どうりしごく》。夫《おつと》十右衛門は山崎《ざき》村まで先《さき》へ往《い》て待《ま》つて居《を》ります。疱瘡《ほうそう》なされて間《ま》のないに、外《ほか》へ御移《おうつ》し申すも、法界《ほふかい》坊《ぼう》といふ悪《わる》い奴《やつ》、どうやら御前様《おまへさま》の事《こと》を敵《かたき》の元《もと》へ内通《ないつう》した様子《やうす》と十右衛門が心遣《こゝろづか》ひ、それゆゑ山崎寺《ざきでら》へ御前様《おまへさま》を預《あづ》けます」と話《はなし》の折節《をりふし》、竺斎《ちくさい》は目《め》を覚《さ》まして奥《おく》の間《ま》より立出《いづ》れば、お仙《せん》は竺斎《ちくさい》にお供《とも》を頼《たの》み、文殊《もんじゆ》丸に塗笠《ぬりがさ》を着《き》せ参《まい》らせ、夕暮時《ゆふぐれどき》に紛《まぎ》らして忍《しの》びて出《いだ》し参《まい》らすれば、竺斎《ちくさい》は御《おん》手を取《と》り山崎《ざき》指《さ》して出行《いでゆ》きぬ。三日《か》月お仙《せん》は、まだ稚《いとけな》き文《もん》殊《じゆ》丸のみすぼらしき姿《すがた》を見送《みおく》り、ア、あれが満仲《まんぢう》公の御孫《おんまご》君《ぎみ》の成《な》れの果《はて》か。頼光朝臣《らいくわうあそん》の若君《わかぎみ》と言《い》はれふか。御運拙《うんつたな》や労《いたは》しやと、涙《なみだ》に袖《そで》を絞《しぼ》る折《をり》しも、法界坊《ほふかいぼう》のか〳〵来《きた》り、「釣鐘建立《つりがねこんりう》、手の内《うち》の御報謝《ほうしや》〳〵」と声高《こへたか》く鈴振鳴《れいふりな》らして門口《かどぐち》に佇《たゝず》めば、お仙《せん》はそれと気《き》も付《つ》かず、「ア、やかましい、暇《ひま》がない、通《とほ》らつしやれ」と言《い》ひければ、法界坊《ほうかいぼう》は内《うち》をじろ〳〵覗込《のぞきこ》み、「此処《こゝ》を蝦雑魚《えびじやこ》の十が家《うち》とは知《し》りながら、ひよつと内《うち》にけつかろかと思《おも》つて門《かど》に佇《たゝず》んだが、幸《さいは》ひ

内には居《ゐ》ぬそふな」と言《い》ひつゝ内《うち》にずつと入り、「サア三日《か》月とやら、お仙《せん》とやら、何《なに》もかも白状《はくじやう》しろ」と言《い》ひつゝ包丁取出《ほうちやうとりいだ》し、お仙《せん》が目先《さき》へ突付《つきつ》ければ、ア、これ危《あぶ》ない。ヲ、それほど怖《こは》くは、蝦雑魚《えびじやこ》が匿《かくま》つた文殊《もんじゆ》丸が在処《ありか》を抜《ぬ》かせ。蝦雑魚《ゑびじやこ》が帰《かへ》らぬうち、きり〳〵抜《ぬ》かせと、出刃《でば》を逆《さか》手に閃《ひらめ》かし、追回《おひまは》されてお仙《せん》は、我《わ》が子を後《うし》ろに囲《かこ》ひ、怖《こは》さ悲《かな》しさ身も震《ふる》はれ、ヲ、これ此紅《べに》太郎に怪我《けが》でもさせたら金輪際《こんりんざい》きかぬぞや。へゝゝゝきかぬとて何《なん》とする、紅《べに》太郎〳〵と大事《だいじ》がるその餓鬼《がき》め、もし、文殊《もんじゆ》丸であらふも知《し》れぬ。われはとても抜《ぬ》かすまい、此餓鬼《がき》に言《い》はせてみしやうと、釜《かま》の下《した》なる燃杭押取《もへくひおつと》り飛掛《とびか》かつて、紅《べに》太郎が首筋引提《くびすぢひつさ》げ刺付《さしつ》くれば、ナフ悲《かな》しやと駆寄《かけよ》る母親《おや》。どうと踏退《ふみの》け、熱《あつ》い〳〵ともがく子の手先足先《さきあしさき》、榾《ほだ》の燃止《もへさ》し突《つき》付《つ》け〳〵、寄《よ》つたら女郎《めらう》め、われも皮切《かはき》り熱《あつ》い目《め》するが、悲《かな》しくは文殊《もんじゆ》丸だと有体《ありてい》に白状《はくじやう》しろ。悴《せがれ》めも文殊《もんじゆ》丸だと抜《ぬ》かさぬかと、両方《りやうほう》かけて責折打《せめせつちやう》、紅《べに》太郎を投退《なげの》けて釜《かま》の下《した》へ燃杭《もへくひ》を又もや取《と》りに

次《つぎ》へ続《つゞ》く

(36)二十八ウ

二十九オ

(36) 前《まへ》の続《つゞ》き 駆寄《かけよ》るを、どつこいさせぬと、水手桶《みづおけ》を手早《ばや》く取《と》つて投付《なげつ》ければ、水《みづ》はざんぶり釜《かま》の下《した》の火《ひ》は消《き》へて、パツト立《た》ちたる灰煙《はいけぶり》、思はぬ目潰《つぶ》し、法界坊《ほふかいぼう》が目鼻《はな》に入りて狼狽《うろた》へ回《まは》れば、お仙《せん》はなほ熱灰《あつばい》を十能《じふのう》に掬《すく》ひ浴《あ》せかくれば、真白坊主《まつしろぼうず》、日焼《やけ》の冬瓜《とうぐわ》に異《こと》ならず、倒《こけ》つ転《まろ》びつ逃帰《にげかへ》る。お仙《せん》は紅《べに》太郎を抱起《いだきお》こして労《いたは》る所へ、医者《いしや》の竺斎戻《ちくさいもど》り掛《か》かつて、ナアお仙《せん》、文殊《もんじゆ》丸様《さま》は山崎《ざき》までお供《とも》して十右衛門に渡《わた》したと聞《き》くより嬉《うれ》しく、「ヤア竺斎《ちくさい》さん、よい所へ戻《もど》つて下《くだ》さんした。法界坊《ほふかいぼう》めが来《き》て、私《わたし》や紅《べに》太郎にこんな火傷《やけど》をさせおつた」と言《い》ふに驚《おどろ》き、ヤアそれはマア危《あぶ》ないこと、幸《さいは》ひ此処《こゝ》に火傷《やけど》の妙薬《みやうやく》、どりや療治《りやうぢ》してやりましよと、納戸《なんど》の内《うち》より薬箱《くすりばこ》を取出《とりいだ》し、親《おや》子に用《もち》ゆる脂薬《あぶらぐすり》。アレお仙《せん》、見《み》やつしやれ、ひりつきが止《や》んだやら、 次《つぎ》へ続《つゞ》く

[大福帳]

[当座帳]

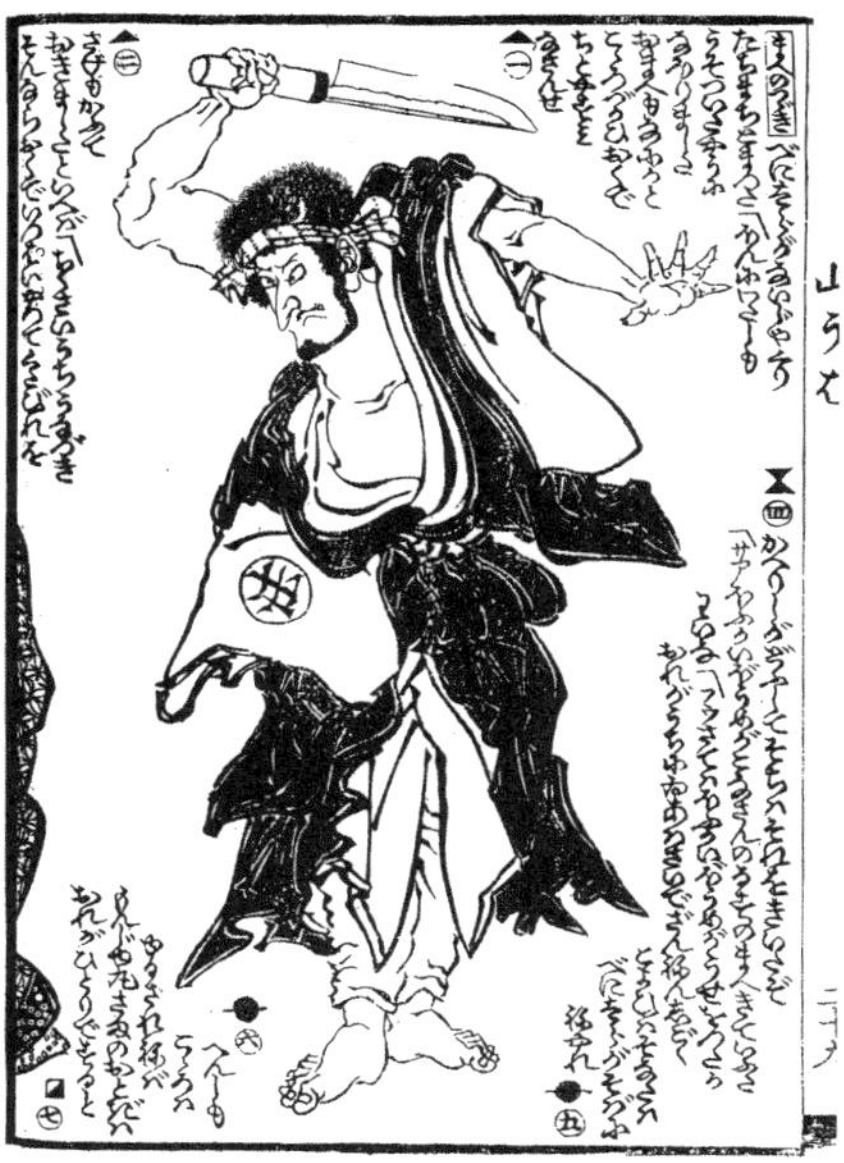

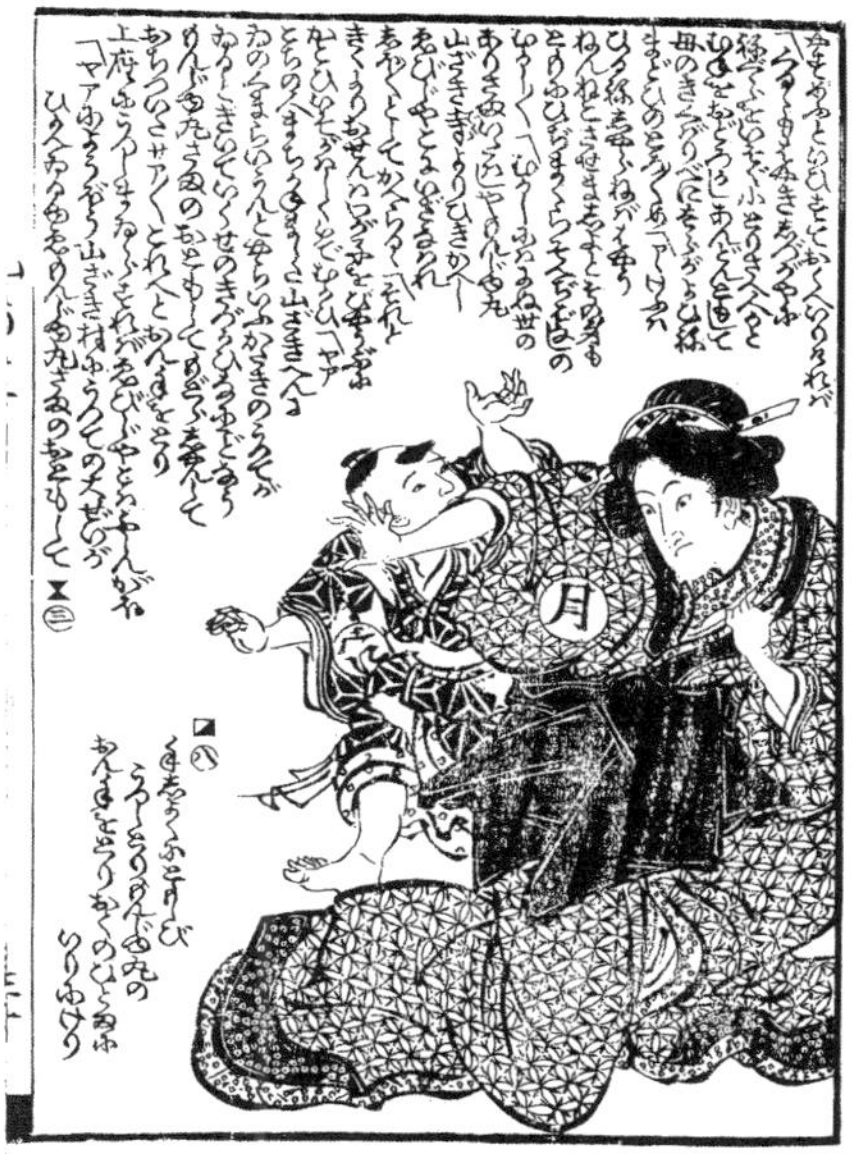

(37) 前《まへ》の続《つゞ》き　紅太郎《べに》が泣《な》じやくり忽《たちま》ち止《と》まつた。「ほんに私《わたし》も嘘《うそ》ついた様《やう》に治《なほ》りました。お前《まへ》も何《なに》かと心遣《こゝろづか》ひ、奥《おく》でちと休《やす》みなさんせ。酒《さけ》も買《か》ふて置《お》きました」と言《い》へば、竺斎打頷《ちくさいうちうなづ》き、「そんなら奥《おく》で一杯《いつぱい》やつて、くたびれを休《やす》めふ」と言《い》ひ捨《す》て、奥《おく》へ入《い》りければ、暮《く》るゝも早《はや》き賤《しづ》が屋《や》に塒《ねぐら》を急《いそ》ぐ小鳥《とり》さへ、人かと胸《むね》を驚《おどろ》かし、行灯点《あんどんとも》して母の気配《きくば》り、紅《べに》太郎が宵寝惑《よひねまど》ひのとろ〳〵目《め》。ア、今日《けふ》は昼《ひる》寝《ね》しやらねば、早《はや》う寝《ね》んねこさせましよと、その身も共《とも》に肘枕《ひぢまくら》、添乳話《そへぢばなし》の昔々《むかし〳〵》。昔《むかし》には似《に》ぬ世の有様《ありさま》、労《いたは》しや文殊《もんじゆ》丸、山崎寺《ざきでら》より引返《ひきかへ》し、蝦雑魚《ゑびじやこ》に誘《いざな》はれ、しほ〳〵として帰《かへ》らるゝ。それと聞《き》くよりお仙《せん》は、我《わ》が子を屏風《びやうぶ》に囲《かこ》ひ、忙《いそが》はしく出向《いでむか》ひ、ヤアこちの人待兼《まちか》ねました。山崎辺《ざきへん》に猪熊雷雲《ゐのくまらいうん》とやらいふ敵《かたき》の討手《うつて》が居《ゐ》ると聞《き》いて幾瀬《いくせ》の気遣《きづか》ひ、何事《なにごと》なう文殊《もんじゆ》丸様《さま》の御供《おとも》して戻《もど》らしやんして落着《おちつ》いた。サア〳〵これへと御手《おんて》を取《と》り、上座に移《うつ》し参《まゐ》らすれば、蝦雑魚《ゑびじやこ》は不審顔《ふしんがほ》。「ヤア女房《にようぼう》、山崎《ざき》村に討手《うつて》の大勢《ぜい》が控《ひか》へ居《ゐ》るゆゑ、文殊《もんじゆ》丸様《さま》の御供《おとも》して帰《かへ》りしが、どふしてそちはそれを聞《き》いたぞ。サア法界坊《ほふかいぼう》めが、こなさんの留守《るす》の

(38)三十ウ

間《ま》へ来《き》て言《い》ふたわいな。フウさては法界坊《ほふかいばう》めが失《う》せをつたか。俺《おれ》が内《うち》に居合《ゐあ》はさいで残念至極《ざんねんしごく》。今宵《こよひ》はそなたは紅《べに》太郎が側《そば》に寝《ね》やれ。片時《へんし》も心《こゝろ》は許《ゆる》されねば、文殊《もんじゆ》丸様《さま》の御伽《おとぎ》は俺《おれ》が一人《ひとり》ですると、手燭《しよく》に灯火《ともしび》移《うつ》し取《と》り、文殊《もんじゆ》丸の御《おん》手を取《と》り、奥《おく》の一間《ひとま》に入《い》りにけり。

(38)
京伝随筆《ずいひつ》 骨董集《こつとうしふ》 上編大本四冊
古《ふる》き昔《むかし》の事を何《なに》くれとなく古書《こしよ》を引て考《かんが》へ、珍《めづら》しき古図古画入り。出板売《うり》出し申候。最寄《もより》の本屋にて御求《もと》め可被下候。
中編下編追々《おひ／＼》出し申候。

豊国画㊞ 山東京伝作㊞

筆耕石原駒知道

下編見返し

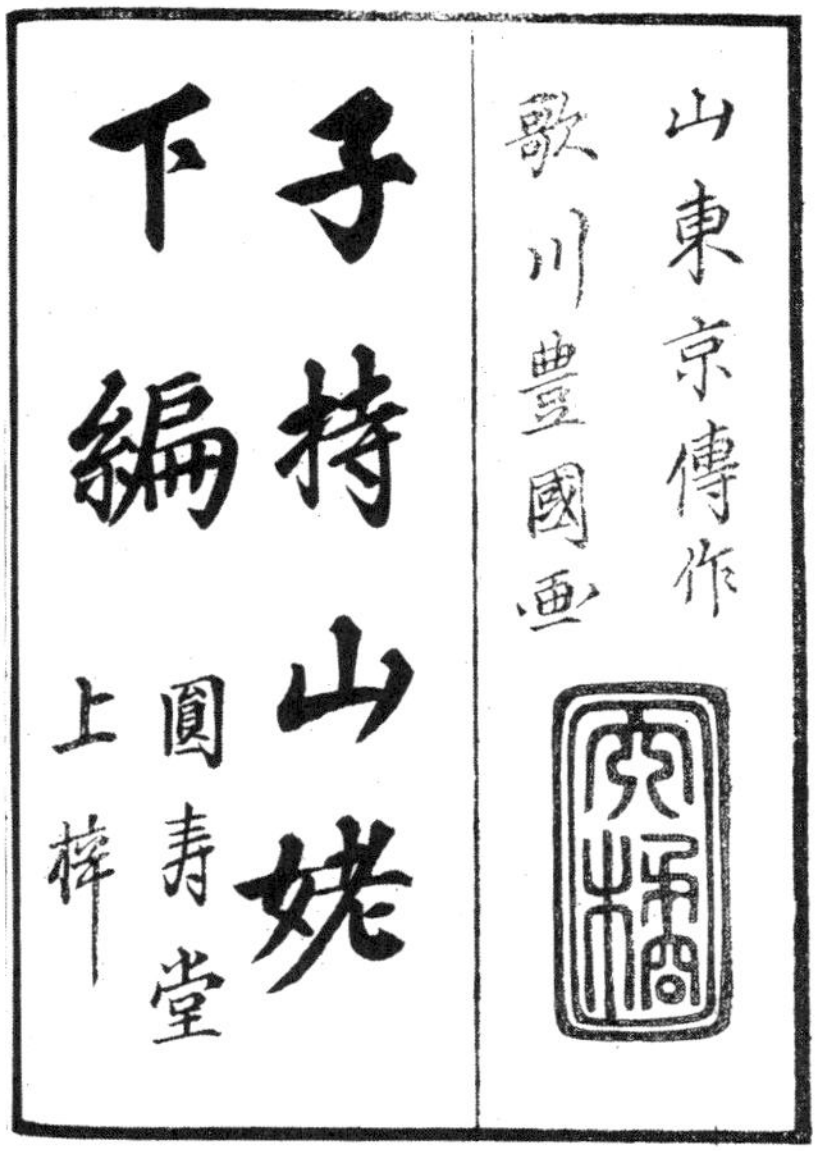

（39）三十一オ

【下編見返し】

山東京伝作
歌川豊国画　大橋

子持山姥
下編　円寿堂上梓

【下編】

【上】

（39）子持山姥下編上冊

読《よ》み始《はじ》め　さてもその時《とき》、三日《か》月お仙《せん》は門《かど》の戸口を差固《さしかた》めて、我《わ》が子の側《そば》に転寝《うたゝね》の夢《ゆめ》より先《さき》に露結《つゆむす》ぶ、葎茂《むぐらしげ》れる脇《わき》道《みち》より忍《しの》びて来《きた》る法界坊《ほふかいばう》、出刃包丁《でばぼうちやう》を口に啣《くは》へ、竹藪押《たかやぶおし》分《わ》け忍《しのび》入、行灯《あんど》の影《かげ》に透《す》かし見《み》れば、お仙《せん》が添寝《そひね》の屏風《びやうぶ》の内《うち》、そつと覗《のぞ》いて紅《べに》太郎といふは仮《かり》の名、文殊《もんじゆ》丸に極《きは》まつたり。細首《ほそくび》ちよつきりいはさふか、いや〳〵生捕《いけどり》にして差《さし》上るが、此花《はな》がなほ手柄《がら》と、衣《ころも》を脱《ぬ》いで袖引千切《そでひきちぎ》り、そつと寄《よ》つて紅《べに》太郎が口《くち》に押当《おしあ》て、ぐつと引締《ひきし》め、目《め》面《つら》も分《わ》かぬぐる〳〵巻《ま》き、小脇《わき》に抱《か》へて駆出《かけだ》す足音《あしおと》、お仙《せん》は目覚《めさ》まし、ヤアその子を何処《どこ》へとむしやぶりつき、振放《ふりはな》されて、側《そば》に有合《ありあ》ふ枕脇差《まくらわきざし》ひらりと抜《ぬ》けば、ヤア、手向《むか》ひすると、袂《たもと》に入《い》れた此鈴《れい》を振鳴《ふりなら》すを合図《あいづ》に、討手《うつて》の大将猪熊《ゐのくま》入道雷雲様《らいうんさま》が大勢《ぜい》で向《む》かはるゝ。「ウ、それが怖《こは》いとて、おめ〳〵我《わ》が子を渡《わた》さふか。十右衛門殿《どの》、こちの人」と呼《よ》ぶ声《こゑ》に、コリヤ女、声《こゑ》を立るると此餓鬼《がき》を捻殺《ひねりころ》すぞ。サアそんなら声立《こゑた》てまい。その子を戻《もど》せ、サア〳〵〳〵と迫詰《せりつ》められて、紅太郎《べに》を突退《つきの》けて、鈴《れい》を取出《とりだ》し振《ふ》らんとするを、

次《つぎ》へ続《つゞ》く

（40）前《まへ》の続《つゞ》きどつこいさせぬと斬付《きりつ》くる弾《はづ》みに鈴《れい》を取《とり》落《お》とし、此方《こなた》へ飛《と》んで行灯《あんど》にばつたり、真暗闇《まつくらやみ》。蝦雑魚《ゑびじやこ》は内庭伝《にはづた》い忍出《しのびいで》て窺《うかゞ》へども、さらに文色《あいろ》は見分《みへわ》かず。闇《やみ》は綾《あや》なし、三日月《か》お仙《せん》は白刃《しらは》を振上《ふりあ》げ、ヤア〳〵法界坊《ほふかいぼう》、重《かさ》なる恨《うら》み覚《おぼ》へたかと斬込《きりこ》む切先暗闇《きつさきくらやみ》にて、思《おも》はずも紅太郎《べに》に斬付《きりつ》けたれば、血煙《けふり》ハツと身柱元《ちりけもと》より筋交《すぢかい》に斬下《きりさ》げられ、七転八倒《しつてんばつたふ》苦《くる》しむ我《わ》が子。法界坊《ほふかいぼう》は我《わ》が切《き》られしかと、

ぞつとして頭《あたま》を振《ふ》つて居《ゐ》る所へ、窺《うかゞ》ひ寄《よ》つたる十右衛門、一腰《ひとこし》抜いて斬付《きりつ》くるを、法界坊《ほふかいぼう》は身を避《さ》けて、有合《ありあ》ふ魚《さかな》の飯台《はんだい》にて、はつしと受止《うけと》め逃出《にげ》すを、蝦雑魚《ゑびじやこ》は飛掛《とびか》かつて襟首摑《ゑりくびつか》み押伏《おしふ》せて、ぐつと突込《つつこ》む止《とゞ》めの刀《かたな》。お仙《せん》はこれを透《す》かし見《み》て、ヤア討損《うちそん》じた。法界坊《ほふかいぼう》を斬止《きりと》めさしやんしたは我《わ》が夫《をつと》か。ヲ、サ、そちが声《こゑ》を立《た》てたれど、もしも敵《かたき》が大勢《ぜい》ならば、文殊丸様《もんじゆさま》の御寝所《しんじよ》を覚《さと》られまじと、わざと暗《くら》がりに躊躇《ためら》ひしが、彼奴《きやつ》一人《ひとり》ならば、まづ安堵《あんど》。イヘ〳〵油断《ゆだん》はならぬ。猪熊《ゐのくま》入道が言付《いひつけ》にて、合図《あいづ》の物《もの》まで持《も》つて来《き》たぞへ。ホ、そふ聞《き》くからは一時《いつとき》も早《はや》く、文殊丸様《もんじゆさま》の御《お》供《とも》をして立退《たちの》かん。紅《べに》太郎は何《なん》とした。サアどこに居《ゐ》るやら。ハテ、悟《さと》き倅《せがれ》め隠《かく》れて居《ゐ》るか。灯火《ともしび》点《てん》じ、早《はや》く此処《こゝ》へ文殊丸様《もんじゆさま》を御連《おつ》れ申せと迫立《せりた》てられて、お仙《せん》は奥《おく》へ入にけり。

斯《か》かる折《をり》しも、駆来《かけく》るは竺斎《ちくさい》が女房《ぼう》十六夜《いざよひ》、一ト腰差《こしさ》して風呂敷包《ふろしきづゝみ》を小脇《わき》に抱《か》へ、門《かど》の戸険《けは》しく打叩《うちたゝ》く。聞知《きゝし》る声《こゑ》に十右衛門、戸を押開《おしひら》くその所へ、お仙《せん》は文殊丸《もんじゆ》を伴《ともな》ひて、手燭《しよく》を携《たづさ》へ奥《おく》より出《いで》て辺《あた》りを照《て》らし、

次《つぎ》へ続《つゞ》く

（41）前《まへ》の続《つゞ》き　紅《べに》太郎が朱《あけ》に染《そ》みたる深手《ふかで》の体《てい》見るに、皆々《みな〲》仰天《ぎやうてん》す。お仙《せん》は立寄《よ》り、のふ悲《かな》しやと口《くち》に込《こ》めたる布取除《きれとりの》けて抱《だ》き抱《か》へ、コレ紅《べに》太郎物言《ものい》ふてたも、母じやはいのと悲《かな》しめば、十六夜《いざよひ》も共《とも》に気《き》は狂乱《きやうらん》。「コリヤ紅《べに》太郎、産《う》みの母じやが目《め》が見《み》へぬか。せめて敵《かたき》を言《い》ふてくれ」と、しがみ付《つ》いて声《こゑ》を限《かぎ》りに呼《よ》びいければ、紅《べに》太郎は苦《くる》しげに、「敵《かたき》は誰《たれ》か知《し》らねども、咎《とが》もないもの、此様《やう》に斬《き》られて死《し》ぬが口惜《くちを》し。今一度《いまいちど》、父様《とゝさま》や母様《かゝさま》の顔《かほ》がどふぞ見《み》たけれど、もふ目《め》が見《み》へぬ、苦《くる》しいはいの」と言《い》ふ声《こゑ》も、早《はや》絶《た》へ〴〵の四苦八苦《くはつく》。手足《あし》を悶《もだ》へ、玉の緒《を》も今《いま》や切《き》れると苦《くる》しみぬ。お仙《せん》は流《なが》る、涙《なみだ》を抑《おさ》へ、「三つの年《とし》から養子に貰《もら》ひ、寝冷《ねひへ》を一度《いちど》させぬやうに大事《だいじ》にして育《そだ》てた子を、可《か》愛《わい》や暗紛《くらまぎ》れに法界坊《ほふかいぼう》と取違《とりちが》へ、我《わ》が手に掛《か》けて殺《ころ》すとは、如何《いか》なる前世《ぜんぜ》の報《むく》いぞや。粗相《そさう》とも誤《あやま》りとも言訳《いひわけ》もない事《こと》致《いた》しました。せめての腹癒《はらい》せ、コレ姉様《あねさま》、私《わたし》が身を切刻《きりきざ》んでなりと、坊《ぼん》が冥土《めいど》の供《とも》させて下《くだ》さんせ」と、わつと声立《こゑた》て嘆《なげ》くにぞ、姉《あね》の十六夜猛掛《いざよひたけりか》かつて、ヤアさては、躾《しつけ》をするとて夫婦《ふうふ》の衆《しゆ》の刃物三昧《はものざんまい》せられたのか。コレ妹《いもと》、これ

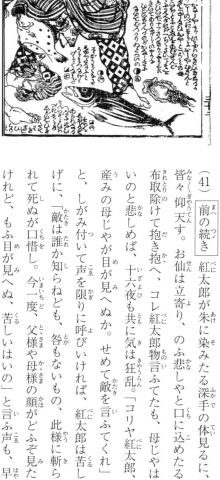

はそなたが斬《き》りやせまい、十右衛門殿《どの》の仕業《しわざ》であらふ。折悪《わる》う、わしが来《き》て言訳《いひわけ》のないまゝに、何《なん》じや共《とも》に死《し》にたい。そりや実《じつ》の親《おや》に一言《いちごん》も言《い》はせまい偽《いつは》り言《ごと》。養子に遣《おこ》して二年が間《あひだ》、伯父《おぢ》よ伯母《おば》よと呼《よ》ばれても、元真実《もとしんじつ》の親《おや》じやもの、敵《かたき》は討《う》つて取《と》らするぞ。ほんに思へば昨日《きのふ》の晩《ばん》、わしが此処《こゝ》へ来《き》た時《とき》に、幼気《いたいけ》な事言《ことい》ふたのが、冥土《めいど》へ赴《おもむ》く旅立《たびだ》ちの暇乞《いとまごひ》であつたかと、手負《おひ》の体《からだ》を抱締《いだきし》め、恨《うら》み託《かこ》つぞ道理《どうり》なる。蝦雑魚《ゑびじやこ》も目《め》を擦《す》り赤目《あかめ》。「ヲ、恨《うら》みの段々《だん〱》道理《どうり》〱。某《それがし》が仕業《しわざ》と思《おも》はれなば、これなる文殊《もんじゆ》丸様《さま》を世に出《いだ》し奉り、その後《のち》、存分《ぞんぶん》になり申さん」と言《い》ふに、お仙《せん》はなほ涙《なみだ》。イヱ〱こちの人《ひと》に咎《とが》はない。紅《べに》太郎は私《わたし》が斬《き》つた。これ父様《とゝさま》の身の言訳《いひわけ》、たつた一言《ひとこと》して給《たも》る気力《きりよく》はないか、これのふと縋付《すがりつ》けば、十六夜《いざよひ》は手負《おひ》の顔《かほ》を撫《なで》擦《さす》り、ナフ悲《かな》しや、モウ此子は息引取《いきひきと》るか。名残惜《なごりを》しの紅《べに》太郎よ、惜《お》しや無残《むざん》とばかりにて、養《やしな》ひ親《おや》と産《う》みの母、わつと一度《いちど》に声《こゑ》を上《あ》げ、前後不覚《ぜんごふかく》に見へければ、竺斎《ちくさい》、一ト間《ま》を転《まろ》び出《い》で、ナフさつきから様子《やうす》は聞《き》いてありながら、此様《やう》な惨《むご》い目《め》見るのが悲《かな》しさに、泣《な》いてばつかり居《ゐ》たはいの。ヱ、胴欲《どうよく》な事しやつたなふと、恨《うら》みつ嘆《なげ》くぱら〱涙《なみだ》、袖《そで》を絞《しぼ》るぞ哀《あは》れなる。何《なに》思ひけん十六夜《いざよひ》は、紅《べに》太郎が死骸《しがい》を引立《ひきた》て、脇差《わきざし》ひらりと抜《ぬ》くより早《はや》く、水《みづ》も溜《たま》らず首《くび》打《う》てば、人々慌《あは》てゝ、「ヤア何故《ゆゑ》に、斯《か》かる計《はか》らひ訝《いぶか》しさよ」と言《い》ふに十六夜《いざよひ》悪怯《わろび》れず、携《たづさ》へ来《きた》りし風呂敷《ふろしき》の内《うち》より首桶《くびおけ》取出《とりいだ》し、

次《つぎ》へ続《つゞ》く

(42)三十三ウ

三十四オ

(42) 前《まへ》の続《つゞ》き　血潮《ちしほ》を拭《ぬぐ》ひ、紅《べに》太郎が首取《くびと》つて乗《の》せ、真《ま》中《なか》に押直《おしなほ》し、「ヲ、様子《やうす》を言《い》はねば、夫笠斎殿《おつとちくさいどの》も十右衛門殿夫婦《どのふうふ》も合点《がてん》が行《ゆ》くまひ。宵《よひ》に猪熊《ゐのくま》入道雷雲殿《らいうんどの》、山崎寺《ざきでら》より妾《わらは》を招《まね》き、法界坊《ほふかいばう》が知《し》らせによつて、その方が妹婿《いもとむこ》の蝦雑魚《ゑびじやこ》の十右衛門といふは、実《まこと》は多田の満仲《まんぢう》の家臣《かしん》、三田《みた》源太広綱《ひろつな》が成《な》れの果《は》てとは知《し》つたれども、なか〳〵容易《たやす》く手に合《あ》ふまじ。汝《なんぢ》、騙《だま》しよつて匿《かくま》ひ置《お》きし文殊丸《もんじゆ》が首打《くびう》つて出《いだ》さば、褒美《ほうび》は望《のぞ》み次第《しだい》。さもなくは大勢《ぜい》をもつて取囲《とりかこ》まんと、退引《のつぴ》きさせぬ手詰《づめ》の言付《いひつけ》、畏《かしこ》まつたと請合《うけあ》ひし。御身代《おんがは》りの心当《こゝろあ》ては此紅《べに》太郎。首桶《くびおけ》まで申《まう》し受《う》けて来《きた》りしが、思ひもよらぬ手負《おひ》の有様見《ありさまみ》るに悲《かな》しく御身《おん》代《がは》りの事《こと》打忘《うちわす》れ、女の愚痴《ぐち》な心《こゝろ》より、思《おも》はず知《し》らず恨《うら》み辛《つら》みを言《い》ふ様《やう》な、未練《みれん》なわしが心なれば、紅《べに》太郎がまめな顔見《かほみ》たならば、此様《やう》に立派《りつぱ》には斬《き》られまい。妹《いもと》が怪我《けが》に斬《き》りやつたも、思へばわしに忠義《ちうぎ》をさす助太刀《すけだち》も同《おな》じ事《こと》。コレお仙《せん》、そなたも知《し》らぬ我《わ》が身の上《うへ》、今《いま》は打明《うちあ》け語《かた》る也。妾《わらは》が元《もと》の身の上《うへ》は、多田の満仲《まんぢう》公の御家来《おんけらい》、二の瀬左衛門殿《せのさへもんどの》の手掛《かけ》なりしが、懐胎《くわいたい》の内《うち》に暇《いとま》を賜《たまは》り、笠斎殿《ちくさいどの》に縁付《ゑんづ》いて産落《うみお》

とせしは此紅《べに》太郎。此事《こと》を知《し》つたるは夫《おつと》の竺斎殿《ちくさいどの》ばかり。されば二の瀬左衛門殿《せのさへもんどの》の正《まさ》しき胤《たね》の紅《べに》太郎。文殊《もんじゆ》丸様《さま》に忠《ちう》義《ぎ》をせねばならぬ道理《どうり》、嘆《なげ》くべき所《ところ》にあらず」と言《い》ひければ、竺斎《ちくさい》は涙《なみだ》をすゝり、腹《はら》の内《うち》から貰《もら》つた子なれば、血《ち》は分《わ》けねども我《わ》が子も同然《どうぜん》。忠義《ちうぎ》の為《ため》とは言《い》ひながら、不憫《ふびん》な最期《さいご》と咽返《むせかへ》れば、蝦雑魚《ゑびじやこ》は十六夜《いざよひ》が心底《しんてい》を感入《かんじい》り、出《で》来《か》された〱。此首《くび》をもつて雷雲《らいうん》を欺《あざむ》き、討手《うつて》の大勢《ぜい》を退《しりぞ》かせ、易々《やす〱》と文殊《もんじゆ》丸様《さま》を伴《ともな》ひ申《まう》して立退《たちの》かば、死《し》んだ倅《せがれ》は戦場《せんぢやう》にて六軍《ぐん》を斬散《きりち》らし討死《うちじに》したと同《おな》じ事《こと》。誰《たれ》あふ頼光朝臣《よりみつあそん》の御公達《きんだち》文殊《もんじゆ》丸様《さま》の御命《おんいのち》に代《か》はりしは手柄者《がらもの》、果報《くわほう》な奴《やつ》と武士の習《なら》いで褒《ほ》めはすれど、民百姓《たみひやくしやう》の身に引《ひき》比《くら》べて言《い》ふ時《とき》は、此様《やう》な味気《あぢき》ない不憫《ふびん》な事《こと》があるべきか。四人の親《おや》が一人も助《たす》けふと言《い》ふ親《おや》はなくて、産《う》みの母と養《やしな》ひ母の手に掛《か》かり死《し》ぬるといふは何事《なにごと》ぞ。せめて小耳《みゝ》に言《い》ひ聞《き》かせ、得心《とくしん》させて殺《ころ》しなば、斯《か》かる思《おも》ひはよもあるまじと、堪《こ》らへ〱し男泣《をとこなき》。十六夜《いざよひ》もなほ袖絞《そでしぼ》り、涙《なみだ》に曇《くも》る三日《か》月夫婦《ふうふ》。文殊《もんじゆ》丸も嘆《なげ》き給《たま》ひ、皆《みな》、我故《われゆへ》に苦《く》をさすると幼心《おさなごゝろ》に優《やさ》しくも、御袂《おんたもと》を絞《しぼ》らせ給《たま》ふその折《をり》しも、

遥《はる》かに聞《き》こゆる数多《あまた》の人音《おと》、蝦雑魚《ゑびじやこ》は心付《づ》き、ヤア、あれ〱敵《かたき》、猪熊雷雲《ゐのくまらいうん》が此屋《や》へ向《む》かふと覚《おぼ》へたり。たとへ四方を囲《かこ》むとも、文殊《もんじゆ》丸様《さま》、又、足弱《あしよわ》を易々《やす〱》落《お》とす計略《けいりやく》あり。皆々《みな〱》奥《おく》にてとくと言《い》ひ含《ふく》めんと、紅《べに》太郎が死骸《しがい》を片付《かたづ》け、伴《ともな》ひ入りければ、

次《つぎ》へ続《つゞ》く

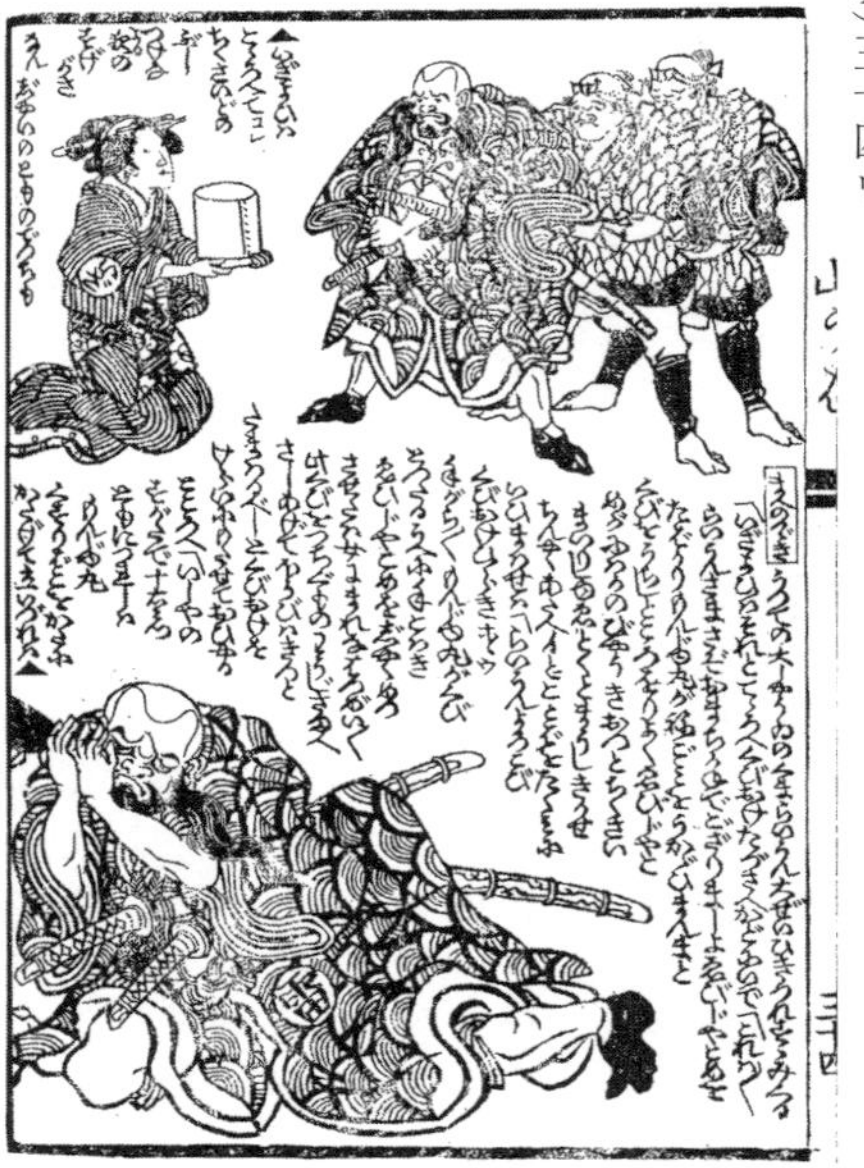

(43) 前《まへ》の続《つゞ》き 討手《うつて》の大将《しやう》猪熊《ゐのくま》雷雲《らいうん》、大勢《ぜい》引《ひき》連《つ》れ進来《すゝみく》る。十六夜《いざよひ》はそれと心得《こゝろへ》、首桶携《くびおけたづさ》へ門《かど》に出《い》で、「これは〳〵雷雲様《らいうんさま》、さぞお待兼《まちか》ねでござりましよ。蝦雑魚《ゑびじやこ》めを謀《たばか》り、文殊《もんじゆ》丸が寝込《ねごみ》を窺《うかゞ》ひ、まんまと首《くび》を打《う》ちしところ、折《をり》よく蝦雑魚《ゑびじやこ》めが俄《には》かの病気《びやうき》、夫笠斎参《おつとちくさいまい》りしゆゑ、とくと申《まう》し聞《き》かせ、珍薬与《ちんやくあた》へ候」と言葉《ことば》を巧《たく》みに言《い》ひ回《まは》せば、雷雲喜《らいうんよろこ》び首桶開《くびおけひら》き、ホ、ウ手柄《がら》〳〵。文殊《もんじゆ》丸が首取《くびと》つたる上《うへ》に、手強《ごは》き蝦雑魚《ゑびじやこ》めを寂滅《じやくめつ》させたは女に稀《まれ》な発明《はつめい》〳〵。此首《くび》を土蜘《つちぐも》の皇子様《わうじさま》へ差上《さしあ》げて褒美《ほうび》はきつと賜《たまは》るべしと、首桶《くびおけ》を家来《けらい》に持《も》たせて追遣《おひや》るところへ、医者《いしや》の姿《すがた》で十右衛門、供《とも》に連《つ》れしは文殊《もんじゆ》丸。薬箱《くすりばこ》を肩《かた》に担《かた》げて立出《いづ》れば、十六夜《いざよひ》は心得《こゝろへ》て、コレ笠斎殿《ちくさいどの》、不躾《ぶしつけ》な夜《よる》の菅笠《すげがさ》なんじやいの、供《とも》の丁稚《でつち》も笠脱《かさぬ》げと叱《しか》り回《まは》して、文殊《もんじゆ》丸を後《うし》ろに囲《かこ》へば、雷雲《らいうん》はちつともそれとは気《き》も付《つ》かず、「何《なに》さ〳〵、笠斎《ちくさい》は諂《へつら》ひのない名医《めいゝ》と聞《き》く、主従共《しゆうぐとも》に笠《かさ》は許《ゆる》す」と言《い》ひければ、蝦雑魚《ゑびじやこ》は、なほ医者《いしや》の振《ふ》りをして、十六夜《いざよひ》もろとも文殊《もんじゆ》丸を中《なか》に挟《はさ》み、後《あと》をも見《み》ずして落《お》ちて行《ゆ》く。続《つゞ》いて内《うち》よりお仙《せん》が駆出《かけい》で、「ヲ、イ〳〵笠斎様《ちくさいさま》、

今《いま》の薬《くすり》でこちの人に変《へん》がきた、ちやつと戻《もど》つて下《くだ》さんせ」と呼掛《よびか》かけ〳〵逃《に》げて行《ゆ》く。

猪熊《ゐのくま》入道笑壺《ゑつぼ》に入《い》り、さつてもよい気味《きみ》。蝦雑魚《ゑびじやこ》は笊斎《ちくさい》が匙先《さじさき》でいよ〳〵寂滅《じやくめつ》、もふ怖《こわ》いものはない。したが此法界坊《ほふかいぼう》は合図《あいづ》の鈴《れい》をなぜ鳴《な》らさぬと不審顔《ふしんがほ》。実《まこと》の笊斎《ちくさい》、内から戸口を差覗《さしのぞ》き、「こりや何《なん》としやう、蝦雑魚《ゑびじやこ》が偽医者《にせゐしや》で、本当《ほんと》の俺《おれ》が大《おほ》きな迷惑《めいわく》したが、幸《さいは》ひ此処《こゝ》に衣《ころも》と鈴《れい》が捨《す》てゝあると拾上《ひろひあ》げて、手早《ばや》く着《き》たる修行者姿《しゆぎやうじやすがた》、身支度《じたく》をして戸口を出《いづ》れば、雷雲《らいうん》見咎《みとが》め、「ヤア何者《なにもの》」と言《い》ふに、ちやら〳〵鈴振鳴《れいふりな》らせば、そりや法界坊《ほうかいぼう》が合図《あいつ》じや、と暗《くら》がり紛《まぎ》れに、とつた〳〵と騒立《さはぎた》つ。「その間《ま》につつと笊斎《ちくさい》は足早《あしばや》にぞ逃行《にげゆ》きぬ。

次《つぎ》へ続《つゞ》く

(44)三十五ウ

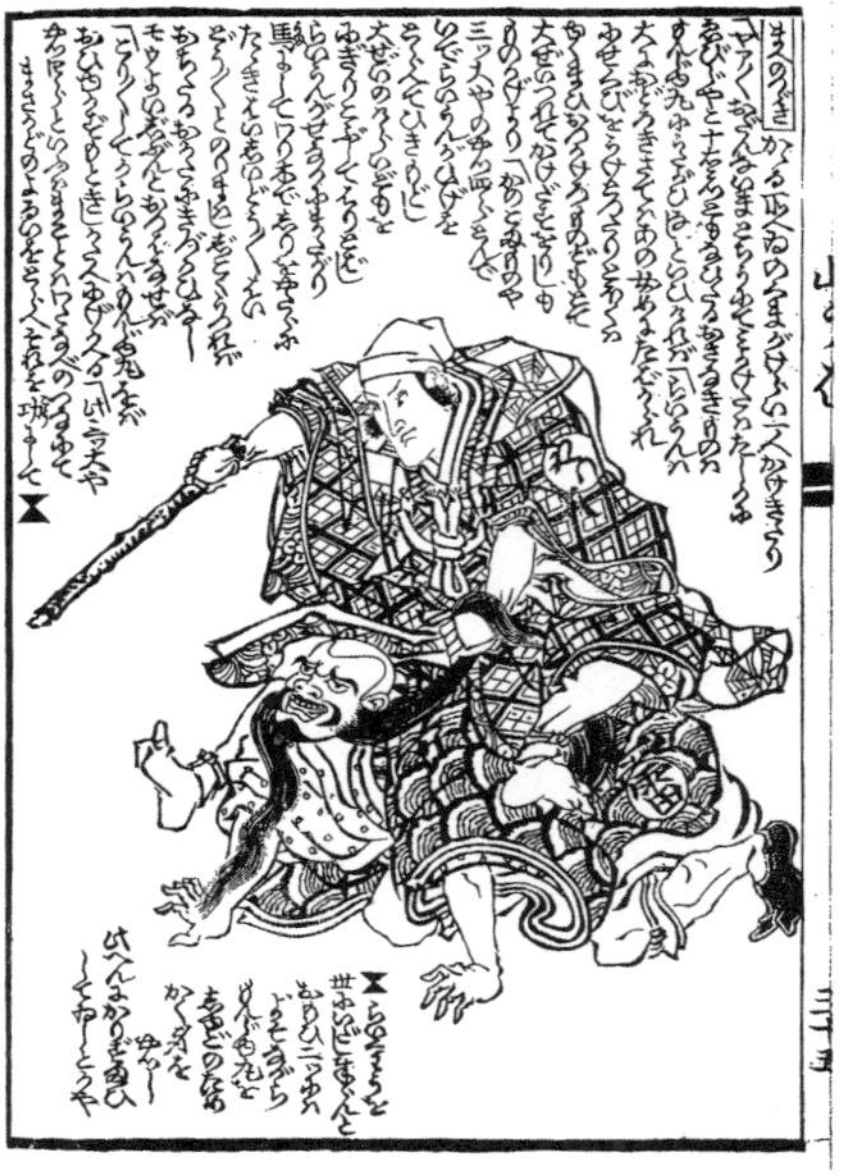

(44) 前《まへ》の続《つゞ》き 斯《か》かる所へ猪熊《ゐのくま》が家来《けらい》一人駆来《かけきた》り。「ヤア〳〵お旦那《だんな》、今途中《いまとちう》にて見掛《みか》けたは確《たし》かに蝦雑魚《ゑびじやこ》十右衛門。伴《とも》ひたる幼《おさな》き者《もの》は文殊《もんじゆ》丸に疑《うたが》ひなし」と言《い》ひければ、雷雲《らいうん》は大に驚《おどろ》き、さてはあの女めに謀《たばか》られ、偽首《にせくび》を受取《うけと》つたり。遠《とほ》くは行《ゆ》くまひ、追掛《おつか》けろ者共《ものども》とて、大勢連《ぜいつ》れて駆《かけ》出《だ》す折《をり》しも、物陰《ものかげ》より、かの小間物屋《こまものや》三つ大屋《や》の奴《やつ》四郎飛《と》んで出《い》で、雷雲《らいうん》が髭《ひげ》を捕《とら》へて引戻《ひきもど》し、大勢《ぜい》の家来共《けらいども》を握《にぎり》拳《こぶし》て張飛《はりと》ばし、雷雲《らいうん》が背中《せなか》に跨《またが》り、馬《うま》にして割《わり》木で尻《しり》をやたらに叩《たゝ》き、はいしいどう〳〵はいどう〳〵と乗回《のりまは》し、時刻移《じこくうつ》れば落《お》ちたるお方《かた》に気遣《きづか》ひなし。モウよい時分《じぶん》とおつ放《ぱな》せば、懲《こ》り〳〵してか雷雲《らいうん》は、文殊《もんじゆ》丸をば追行《おひゆ》かず、元来《もとき》し方《かた》へ逃帰《にげかへ》る。此三つ大屋《や》奴《やつ》四郎といふは、実《まこと》は渡《わた》辺綱《なべのつな》にて、将門《まさかど》の余類《よるい》を捕《と》らへ、それを功《こう》にして頼光《らいくわう》を世に出《いだ》し奉らんと思《おも》ひ、二つには、余所《よそ》ながら文殊《もんじゆ》丸を守《しゆ》護《ご》のため、斯《か》く身を窶《やつ》し、此辺《へん》に仮住居《かりずまひ》して居《ゐ》しとかや。

【中】

(45) 子持山姥下編中冊

(45)三十六オ

山うば

読《よ》み始《はじ》め　さるほどに頼光《らいくわう》は、野上《がみ》の判官仲国夫婦《はんぐわんなかくにふうふ》、一子冠者丸《くわんじや》が忠義《ちうぎ》によつて危《あや》うき難儀《なんぎ》を逃《のが》れ、美濃《みの》の国《くに》を立退《の》き、元服《げんぷく》して姿《すがた》を変《か》へ、碓井貞光《うすいのさだみつ》を一人連《つ》れて信濃《しなの》の方《かた》へ志《こゝろざ》し、行方《ゆくへ》定《さだ》めず落《お》ち給《たま》ふ。一洞空《とうむな》しき谷《たに》の声《こゑ》、山高《たか》うして海近《うみちか》く、谷深《たにふか》うして水遠《みづとほ》し、心《こゝろ》は昔《むかし》に変《か》はらねども、一念化生《いちねんけしやう》の鬼《おに》とや、人の言《い》はゞ言《い》へ、芝《しば》を担《かた》げて花《はな》の影《かげ》、休《やす》む重荷《おもに》に肩《かた》を貸《か》し、月を伴《ともな》ふよし足引《あしびき》の山姥《うば》が山巡《めぐ》りするぞ苦《くる》しき。暮《く》るゝも早《はや》き山陰《かげ》に行暮《ゆきく》れ給ふ頼光《らいくわう》朝臣《あそん》、麓《ふもと》の道《みち》に踏迷《ふみまよ》ひ、東西分《わ》かず立《た》ち給ふ。御供《おんとも》の貞光《さだみつ》辺《あた》りを見回《みまは》し、あれに芝刈《しばか》る女あり、これ幸《さいは》ひの案内者《あんないしや》。「コレ女、此山は何といふ、導《みちび》きせよ」と言《い》ひければ、これは信州上路《しんしうあげろ》の山の頂《いたゞき》、麓《ふもと》までは遠《とほ》い道《みち》、今日《けふ》のうちには思ひもよらず、おいとしや。我《われ》らが方《かた》に泊《と》めましたう候へども、何《いづ》れも若《わか》き殿達《とのたち》、此芝母《しばかゝ》が棲家《すみか》はお嫌《いや》であらんと戯《たはふ》るれば、頼光《らいくわう》は打笑《うちゑ》み給《たま》ひ、「イヤそれは逆様《さかさま》。荒《あら》くましき若者《わかもの》ども、そなたこそ厭《いと》はれん」と宣《のたま》へば、

次《つぎ》へ続《つゞ》く

貞光《さだみつ》

頼光《らいくわう》

(46) 前《まへ》の続《つゞ》き 然《しか》らばこちへと導《みちび》きて、険阻《けんそ》を辿《たどり》行《ゆ》き〳〵て、草《くさ》の庵《いほり》に誘《いざな》ひ入れ、小高《だか》き所を設《しつら》ひて、頼光《らいくわう》を招《しやう》じ奉れば、いや〳〵左様《さやう》になさるゝものならず。見《み》れば一人《ひとり》住《ず》みの女性《によしやう》、此方《ほう》へ構《かま》はず渡世《とせい》の営《いとな》みせられよと辞《じ》し給へば、いや、紅《くれなゐ》は園生《そのを》に植《う》へても隠《かく》れなし。武将と見《み》ゆる御骨柄《おんこつがら》、紛《まが》ふところは候まじ。実《まこと》か頼光《らいくわう》朝臣《あそん》は黒雲《くろくも》の皇子《わうじ》、平鬼盛《たいらのおにもり》らが讒奏《ざんそう》によつて無実《むじつ》の罪《つみ》に落《お》ち給《たま》ひ、御身《おんみ》を危《あや》ぶめ給ふ由《よし》、山の奥《おく》にも隠《かく》れなし、それぞと名乗《の》り給ひなば、自《みづか》らが身の上《うへ》をも語《かた》り聞《き》かせ参《まい》らせん。定《さだ》めて飢《う》へにも耐《た》へ給《たま》はじ。何《なに》をがな御《おん》もてなしと思へども、折悪《をりあ》しく山々の木《こ》の実《み》も皆《みな》、落果《おちは》てぬ。実《げ》に思《おも》ひ付《つ》きたり筑紫《つくし》の何某《がし》の山に毬栗一枝《いがぐりひとゑだ》、昨日《きのふ》までありしもの、それを取《と》つて参《まい》らせんと、表《おもて》へ出《いで》しが振返《ふりかへ》り、次《つぎ》へ続《つゞ》く

(47) 前《まへ》の続《つゞ》き 必《かなら》ず〳〵奥《おく》の一ト間を見《み》給ふな、覗《のぞ》き給ふな。追付《おつつ》け帰《かへ》らん待《ま》ち給へと、岩根《いはね》を踏《ふ》む事《こと》、飛鳥《ひちやう》の如《ごと》く、山深《ふか》く飛《と》んで入にけり。貞光《さだみつ》、横手《よこ》を打《う》つて、筑紫《つくし》までは五百余里、今《いま》の間《ま》に帰《かへ》らんとは怪《あや》しき奴《やつ》。君《きみ》の武功

を抑《おさ》へんと魔性変化《ましやうへんげ》の所為《しよい》ならん。いで追掛《おつか》けて打止《うちと》めんと駆出《かけだ》すを、「やれ待《ま》て、変化《へんげ》と知《し》つて立騒《さは》げは、彼《かれ》に心を奪《うば》はる、。此方《ほう》は静《しづ》まつて却《かへ》つて彼奴《きやつ》を誑《たぶら》かし、嬲殺《なぶりごろ》しに退治《たいぢ》せん。然《さ》もあれ、彼《かれ》が言葉《ことば》に従《したが》ひ、奥《おく》の一ト間を見《み》ずに置《お》くも臆《おく》すに似《に》たり」と宣《のたま》ひて、主従《しゆうぐ》覗見《のぞきみ》給へば、あら凄《すさ》まじや、五六才の童《わらんべ》、総《そう》身の色《いろ》は朱《しゆ》の如《ごと》く、棘《おどろ》の産髪《うぶがみ》四方《ほう》に乱《みだ》れ、餌食《ゑじき》と思《おぼ》しく、鹿《しか》、狼《おほかみ》、猪《ゐのしし》を引《ひき》裂《さ》きて積重《つみかさ》ね、木《き》の根《ね》を枕《まくら》に伏《ふ》したる様《さま》、真《まこと》の鬼《おに》の子これならんと、身の毛弥立《けいよだ》つばかりなり。時《とき》を移《うつ》さず、主《あるじ》の女、栗《くり》を手折《たを》つて振担《ふりかた》げ帰《かへ》る所を、頼光朝臣《らいくわうあそん》、膝《ひざ》丸を抜《ぬき》放《はな》し、はたと打《う》てばひらりと飛《と》び、ちやうど斬《き》ればぱつと開《ひら》き退《しさ》つて、睨《にら》む顔《かんばせ》変《か》はり、角《つの》は三日月、両眼《がん》は寒夜《かんや》の星《ほし》と輝《かゞ》やけり。怒《いか》れる面《おもて》にぱら〳〵と零《こぼ》る、涙《なみだ》に暮《く》れながら、うたてやな恥《は》づかしや、恨《うら》みなき我《わ》が君《きみ》に仇《あた》をなさんと思《おも》はねども、御太刀筋《おんたちすぢ》に驚《おどろ》きて自性を現《あらは》し候ぞや。此上《うへ》は力《ちから》なき枯野《かれの》の薄穂《すゝきほ》に出《いで》て、身の上懺悔《うへさんげ》申すべし。我《われ》、元《もと》は御《おん》父多田の満仲《まんぢう》公の御家臣《かしん》、坂田の庄司雪森《ゆきもり》が悴、坂田の蔵人景住《くらんどかげずみ》が許婚《いひなづけ》の妻《つま》なりしが、継母《まゝ》のために身を売《う》

られ、都《みやこ》九条《じやう》の里《さと》、茨木《いばら》屋《や》の遊君《ゆふくん》となり、名を八重桐《ぎり》太夫といひしなり。然《しか》るに蔵人《くらんど》が父雪森《ゆきもり》は、下総《しもふさ》の国嶋広《くにしまひろ》山の麓《ふもと》にて人手に掛《か》かり候ゆへ、蔵人《くらんど》は都《みやこ》に上《のぼ》り妾《わらは》が方《かた》に頼《たよ》り居《ゐ》て、父の敵《かたき》を尋《たづ》ねしに、故《ゆへ》あつて大勢《ぜい》を相手《あいて》に戦《たゝか》ひ、深手《ふかで》を負《お》ひて切腹《せつぷく》せし時《とき》、夫《おつと》の言《い》へるは、「我《わ》が魂魄《こんぱく》、汝《なんぢ》が体《たい》に宿《やど》り古今無双《ぶそう》の大力、一騎当千《いつきとうせん》の男子と産《う》まれ、父の敵《かたき》を滅《ほろ》ぼさん」と、父が死骸《しがい》の傍《かたは》らに落《お》ちありし駒形錦《こまがたにしき》の火打袋《ぶくろ》を、敵《かたき》を尋《たづ》ぬる証拠《しやうこ》にと妾《わらは》に渡《わた》し、

次《つぎ》へ続《つゞ》く

(48) 前《まへ》の続《つゞ》き 天に祈《いの》り地に泣《な》きて誓《ちか》ひの刃《やいば》に伏《ふ》したり

し。それより我《わ》が身もたゞならぬ子を持《も》ち、月の影深《かげふか》く人倫離《りんはな》れし山に籠《こも》れば、いつの間《ま》にかは山巡《めぐ》り。一念《いちねん》の角《つの》峙《そばだ》ち、眼《まなこ》に光《ひか》る邪《じや》正一如《いちによ》とみる時は、鬼《おに》にもあらず人《ひと》にもあらず。名は山姥《うば》が山巡《めぐ》り、春《はる》は三芳野《みよしの》初瀬《はつせ》山、高間《たかま》の山の白妙《しろたへ》に、紛《まが》ふ霞《かすみ》もそれかとて、花《はな》を尋《たづ》ねて山巡《めぐ》り。秋《あき》は清《さや》けき空《そら》の色《いろ》、変《か》はらぬ影《かげ》も更科《さらしな》や、姨捨《おばすて》山の名に愛《め》でゝ、月見《み》る方《かた》にと山巡《めぐ》り、冬《ふゆ》は冴《さ》へゆく平ヶ岳《ひらがたけ》、越《こし》の白《しら》山時雨《やましぐれ》ゆく、雲《くも》を起《お》こして雲《くも》に乗《の》り、雪《ゆき》を誘《さそ》ひて山巡《めぐ》り、巡《めぐ》り〳〵て我《わ》が君《きみ》に、巡会《めぐりあ》ひしも我《わ》が妻《つま》の念力《ねんりき》・通力《つうりき》・信力《しんりき》にて、渡辺綱《わたなべのつな》、卜部季武《うらべのすゑたけ》、只今《たゞいま》これへ招《まね》くべし。哀《あは》れ我《わ》が子をも譜代《ふだい》の家臣《かしん》と思召《おぼしめ》し、朝敵《ちやうてき》御征伐《せいばつ》の御供《とも》となし下《くだ》さらば、父が一期《いちご》の素懐《そくわい》遂《と》げ、母が鬼女の苦艱《くげん》を逃《のが》れ、成仏得脱疑《じやうぶつとくだつうたが》ひなし。二世の苦《くる》しみ助《たす》かるも、たゞこれ武将の御慈悲《おんじひ》と、角《つの》を傾《かたむ》け手を合《あ》はせ、平伏《ひれふ》してこそ泣居《なきゐ》たれ。

斯《か》かる所へ、綱《つな》、季武《すゑたけ》、木草《くさ》を押分《おしわ》け、「ヤア我《わ》が君《きみ》これに御座《ざ》なさるか。我々《われ〳〵》両人、我《わ》が君《きみ》、信濃《しなの》の方《かた》へ赴《おもむ》き給ふと承《うけたまは》り、御跡《おんあと》を慕《した》ひて今夜《こんや》、信濃路《しなのぢ》を通《とほ》りしに、誰言《たれい》

ふともなく、頼光朝臣《らいくわうあそん》は此山の彼方《あなた》に、あの谷《たに》の此方《こなた》にと、手を取《と》つて引《ひ》くが如《ごと》く。覚《おぼ》へず此処《こゝ》まで参《まい》りし」と申し上《あ》ぐれば、頼光朝臣《らいくわうあそん》、鬼女の神変詳《じんぺんくは》しく語《かた》り、奇異《きい》の思ひをなし給ふ。頼光《らいくわう》重ねて宣《のたま》はく、「此上《うへ》は女が望《のぞ》みに任《まか》せ、汝《なんぢ》が一子に主従《しゆうぐ》の契約《けいやく》せん。これへ召《め》せ」と宣《のたま》へば、母は喜《よろこ》び、「怪童丸《くわいどう》〳〵」と呼《よ》びければ、あいと答《こた》へてつつと出《い》で、どつかと座《ざ》したる顔《かほ》の色《いろ》、朱《しゆ》を塗《ぬ》りたるが如《ごと》くにて、なふ母様《かゝさま》、あれはどこの小父様《おぢさま》じや、土産《みやげ》貰《もら》はふ嬉《うれ》しいと手を叩《たゝ》いて喜《よろこ》びし。愛嬌《あいきやう》あつて凄《すさ》まじき、さながら愛染《あいぜん》明王の笑《わら》ひ顔《がほ》かと誤《あやま》たる。母立寄《たちよ》つて、ヤイ慮《りよ》外者《ぐわいもの》。あなたは常々《つねぐ》言《い》ひ聞《き》かせし源頼光様《みなもとのらいくわうさま》、今日《けふ》よりそちが御主人様《さま》じや、御奉公精出《ほうこうせいだ》しましよと申《まう》しやい、と教《おし》へられ、ハツト手を突《つ》き一礼《いちれい》し、「ずいぶん奉公精《せい》に入《い》れ、敵《かたき》の首《くび》いくつでも引抜《ひきぬ》いて上《あ》げましよ」と生《お》ひ先見《さきみ》へたる高言《くわうげん》に、御《おん》喜びは浅《あさ》からず。母重《かさ》ねて言《い》ひけるは、「あの岩窟《がんくつ》に熊《くま》、猪《ゐのし》を追入《おひい》れ置《お》き、折々《をりぐ》力《ちから》を試《ため》しみれば、御覧《らん》候へ、あの如《ごと》く引裂《ひきさ》き候。これはお目見《めみ》への印《しるし》に相撲《すまふ》所望《しよまう》」と言《い》ひければ、

次《つぎ》へ続《つゞ》く

(49)三十九ウ　四十オ

(49) 前《まへ》の続《つゞ》き ずんと立《た》つて、岩屋《いはや》の口《くち》に立《た》てたる磐石《ばんじやく》を軽々《かろ〴〵》と取《と》つて投退《なげの》け、両手を広《ひろ》げ突立《つつた》つ所に、内《うち》より荒《あら》熊《くま》飛《と》んで出《いづ》るを、どつこい任《まか》せと、しつかと抱《だ》く、熊《くま》、事《こと》ともせず、捩《ねぢ》つけんとすれども如何《いつか》な動《うご》かばこそ、絡《から》み付《つ》けばこぢ放《はな》し、組付《くみつ》けば押伏《おしふ》せ、呻《うめ》き猛《たけ》る喉笛《のどぶゑ》を二つ三つ叩付《たゝきつ》け、ひるむ所を取《と》つて抑《おさ》へ、片足摑《かたあしつか》んで、くる〳〵〳〵二三間《げん》かつぱと投《な》げ、ア、くたびれた乳《ち》が飲《の》みたい母《かゝ》様《さま》と、母が膝《ひざ》にぞ凭《もた》れける。

頼光《らいくわう》、甚《はなは》だ御悦喜《ゑつき》あり、「例《ためし》なき強力《がうりき》、母が子にてありしよな。すなはち只今被《たゞいまかふ》りさせ、坂田の公時《きんとき》と名付《づ》け、貞《さだ》光《みつ》、季武《すゑたけ》、綱《つな》、公時《きんとき》と、頼光《らいくわう》が家《いへ》の四天王と定《さだ》むべければ、いよ〳〵忠義《ちうぎ》を励《はげ》むべし」と宣《のたま》へば、皆々《みな〴〵》さゞめき合《あ》ひにけり。

渡辺綱《わたなべのつな》言《い》ひけるは、「某《それがし》、様々《さま〴〵》に身を窶《やつ》し文殊《もんじゆ》丸様《さま》を守護《しゆご》せしに、三田《みた》源太広綱《ひろつな》、蝦雑魚《ゑびじやこ》の十と名《な》を変《か》へ、洛《らく》外《ぐわい》の八幡《やわた》村に居《ゐ》たりしが、文殊《もんじゆ》丸様《さま》を御匿《おんかくま》ひ申《まう》し、蝦雑《ゑびじや》魚夫婦《こふうふ》、竺斎《ちくさい》といふ薬師《くすし》の妻十六夜《つまいざよひ》といふ女が忠義故《ちうぎゆへ》に、文殊《もんじゆ》丸様《さま》を恙《つゝが》なく、蝦雑魚《ゑびじやこ》の十が連《つれ》申して立退《たちの》いたり。

又、季武《すゑたけ》と共《とも》に君《きみ》の御跡《おんあと》を慕来《したひきた》りしは別儀《べつぎ》にあらず。かねて黒雲《くろくも》の皇子陰謀《わうじいんぼう》あつて、将門《まさかど》が一子将軍《しやうぐん》太郎良門《よしかど》を味方《みかた》に付《つ》け、女郎蜘《ぐも》の精霊《せいれい》を使《つか》ひて大政官《じやうくわん》の印《いん》を奪取《うばひと》り、諸軍《しよぐん》を集《あつ》め王位を傾《かたむ》けんと謀《はか》る事《こと》、此度《たび》こと〴〵く露《ろ》見《けん》なし、黒雲《くろくも》の皇子《わうじ》の讒奏《ざんそう》にて我《わ》が君《きみ》、逆心《ぎやくしん》ありとの御《おん》疑《うたが》ひも、此度《たび》晴《は》れて勅免《ちよくめん》の勅書《ちよくしよ》を賜《たまは》り、急《いそ》ぎ黒雲《くろくも》の皇《わう》子《じ》、並《なら》びに良門《よしかど》らを追伐《ついばつ》すべしとの勅命《ちよくめい》なり」と詳《くは》しく述《の》べ、恭《うや〳〵》しく勅書《ちよくしよ》を出《いだ》して奉れば、頼光朝臣《らいくわうあそん》、謹《つゝし》んで勅書《ちよくしよ》を拝見《はいけん》あり、限《かぎ》りなく喜《よろこ》び給ひ、

次《つぎ》へ続《つゞ》く

(50)四十ウ

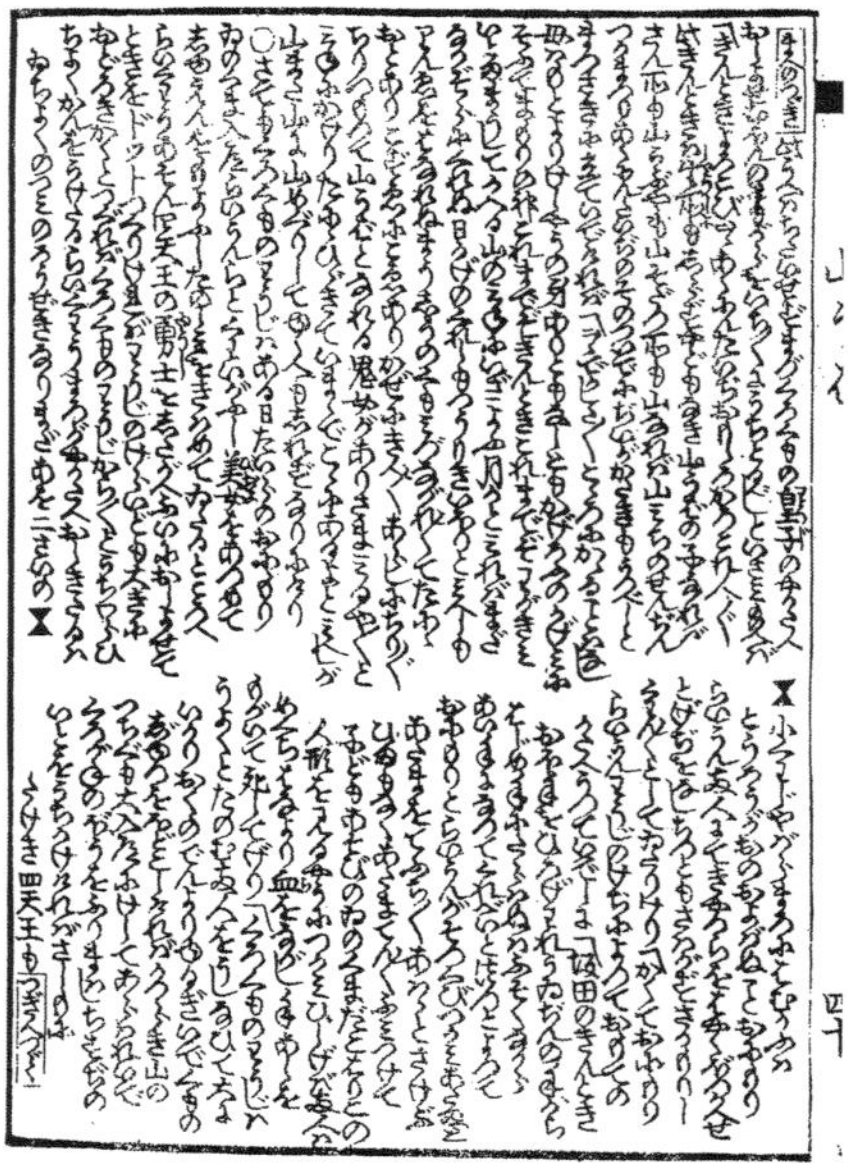

（50）前《まへ》の続《つゞ》き　此上《うへ》は遅滞《ちたい》せず、まづ黒雲《くろくも》の皇子《わうじ》の館《やかた》へ押寄《おしよ》せ、謀叛《むほん》の輩《ともがら》をいち〳〵に討取《うちと》るべしと勇《いさ》み給へば、公時《きんとき》喜《よろこ》び、ヲ、悪人退治《あくにんたいぢ》、面白《おもしろ》かろ。これ人々《ぐ》、此公時《きんとき》は生所《しやうしよ》も知《し》らず宿《やど》もなき山姥《うば》の子なれば、産所も山、産《うぶ》屋《や》も山、育《そだ》つ所も山なれば、山道《みち》の先陣《せんぢん》仕《つかまつ》り、悪人退治《あくにんたいぢ》のそのついでに、爺《ぢい》が敵《かたき》も討《う》つべしと、真先《まつさき》に立て出《いで》ければ、「ヲ、出来《でか》した〳〵。心《こゝろ》に掛《か》かる事《こと》はなし。母はもとより化生《けしやう》の身、ありともなしとも陽炎《かげろふ》の影身《かげみ》に添《そ》ふて守《まも》りの神。これまでぞ公時《きんとき》、これまでぞ我《わ》が君《きみ》、暇申《いとままう》して帰《かへ》る山の峰《みね》に、十六夜《いざよひ》月かと見《み》れば、まだ中空《なかぞら》に暮《く》れぬ日影《かげ》の暮《く》れしも、通力庵《つうりきいほり》と見《み》へしも、輪廻《りんゑ》を離《はな》れぬ妄執《まうしう》の雲水流《くもみづなが》れ〳〵て谷《たに》に音《おと》あり、梢《こずゑ》に声《こゑ》あり、風《かぜ》に消《き》へ〳〵、嵐《あらし》に散《ち》り〴〵、塵積《ちりつも》つて山姥《うば》となれる鬼女が有様《ありさま》、見《み》るや〳〵と峰《みね》に翔《かけ》り、谷《たに》に響《ひゞ》きて、今《いま》まで此処《こゝ》にあるよと見《み》へしが、山また山に山巡《めぐ》りして、行方《ゆくへ》も知《し》れずなりにけり。

○さても黒雲《くろくも》の皇子《わうじ》は、ある日、平《たいら》の鬼盛《おにもり》、猪熊《ゐのくま》入道雷雲《らいうん》らと会合《くわいがふ》し、美女《びぢよ》を集《あつ》めて酒宴《しゆえん》を催《もよふ》し楽《たの》しみを極《きは》めて居《ゐ》たる所《ところ》へ、頼光朝臣《らいくわうあそん》、四天王の勇士《ゆうし》を従《したが》へ、ふいに押寄《おしよ》せて、鬨《とき》をドット作《つく》りければ、皇子《わうじ》の家来共《けらいども》大きに驚《おどろ》き、斯《か》くと告《つぐ》れば、黒雲《くろくも》の皇子《わうじ》から〳〵と打笑《うちわら》ひ、勅勘《ちよくかん》を受《う》けたる頼光《らいくわう》、麿《まろ》が館《やかた》へ押来《おしきた》るは違勅《ゐちよく》の罪《つみ》の狼藉《ろうぜき》なり。まだ青《あを》二才《さい》の小冠者《くわじや》ばら、麿《まろ》に歯向《はむか》ふは蟷螂《とうろう》が斧《おの》、及《およ》ばぬ事《こと》、鬼盛《おにもり》・雷雲《らいうん》両人にて、彼奴《きやつ》らを早《はや》くぼつ帰《かへ》せと下知《げち》をなし、ちつとも騒《さは》がず酒盛《さかもり》し、閑々《くわん〱》として居《ゐ》たりけり。

斯《か》くて鬼盛《おにもり》・雷雲《らいうん》、皇子《わうじ》の下知《げぢ》によつて表《おもて》の方《かた》へ打《う》つて出《いで》しに、坂田の公時《きんとき》、大《おほ》手を広《ひろ》げ、我《われ》、初陣《うゐぢん》の手柄《がら》はじめ、手にたゝらはぬは不足《ふそく》ながら相《あい》手になつてくれべいと、つつと寄《よ》つて鬼盛《おにもり》と雷雲《らいうん》が素首《そつくび》摑《つか》み、頭《あたま》と頭《あたま》を、てふち〳〵あはゝと叫《さけ》ぶ暇《ひま》もなく、頭《あたま》てん〳〵踏付《ふみつ》けて、子供《ども》遊《あそ》びの猪熊凧《ゐのくまだこ》、張子《はりこ》の人形を見る様《やう》に摑拉《つかみひし》げば、両人は目口鼻《めくちはな》より血《ち》を流《なが》し、手足《あし》を踠《もが》いて死してげり。黒雲《くろくも》の皇《わう》子《じ》は羽翼《うよく》と頼《たの》む両人を失《うしな》ひて大に怒《いか》り、奥《おく》の殿《でん》より揺《ゆ》るぎ出《い》で、蜘《くも》の術《じゆつ》を施《ほどこ》しければ、葛城《かつらき》山の土蜘《つちぐも》、大入道に化《け》して現《あらは》れ出《い》で、鉄《くろがね》の棒《ぼう》を振回《ふりまは》し、血筋《ちすぢ》の糸《いと》を打掛《うちか》けければ、さしもに猛《たけ》き四天王も 次《つぎ》へ続《つゞ》く

【下】

（51） 子持山姥下編下冊

前《まへ》の続《つゞ》き 蜘《くも》の糸《いと》、足手《あして》に纏《まと》ひて働《はたら》き得《え》ず、少《すこ》し倦《あぐ》みて見へたるところに渡辺綱《わたなべのつな》、かねて用意《ようい》の壺《つぼ》を取出《とりいだ》し、内《うち》に湛《たゝ》へし血潮《ちしほ》を瓢《ひさご》に汲《く》みて、皇子《わうじ》を目掛《めが》け打掛《うちか》けたり。此壺《つぼ》の血潮《ちしほ》は、先《さき》だつて手に入りし六郎金連《きんつら》が娘《むすめ》、日食《につそく》に産《う》まれたる者《もの》の生血《いきち》なれば、皇子《わうじ》が行《おこな》ふ蜘《くも》の術《じゆつ》たちまち破《やぶ》れ、大入道は土蜘《つちぐも》の正体《たい》を現《あらは》して飛去《とびさ》り、女郎蜘《ぐも》は美女《びぢよ》の形《かたち》となつて飛去《とびさ》りぬ。

さて四天王の輩《ともがら》、皇子《わうじ》を捕《とら》へて戒《いまし》め、大政官《じやうくわん》の印《いん》を取返《とりかへ》して頼光《らいくわう》に奉り、勝鬨《かちどき》ドットつくりしは勇《いさ》ましかりし次第《しだい》なり。

○こゝに又、去《さ》んぬる天慶四年、西海にて滅《ほろ》びたる純《すみ》友の家臣伊賀寿《かしんいがじゆ》太郎、純《すみ》友の娘七露姫《むすめなゝつゆひめ》を守護《しゆご》して、近江《あふみ》の国《くに》

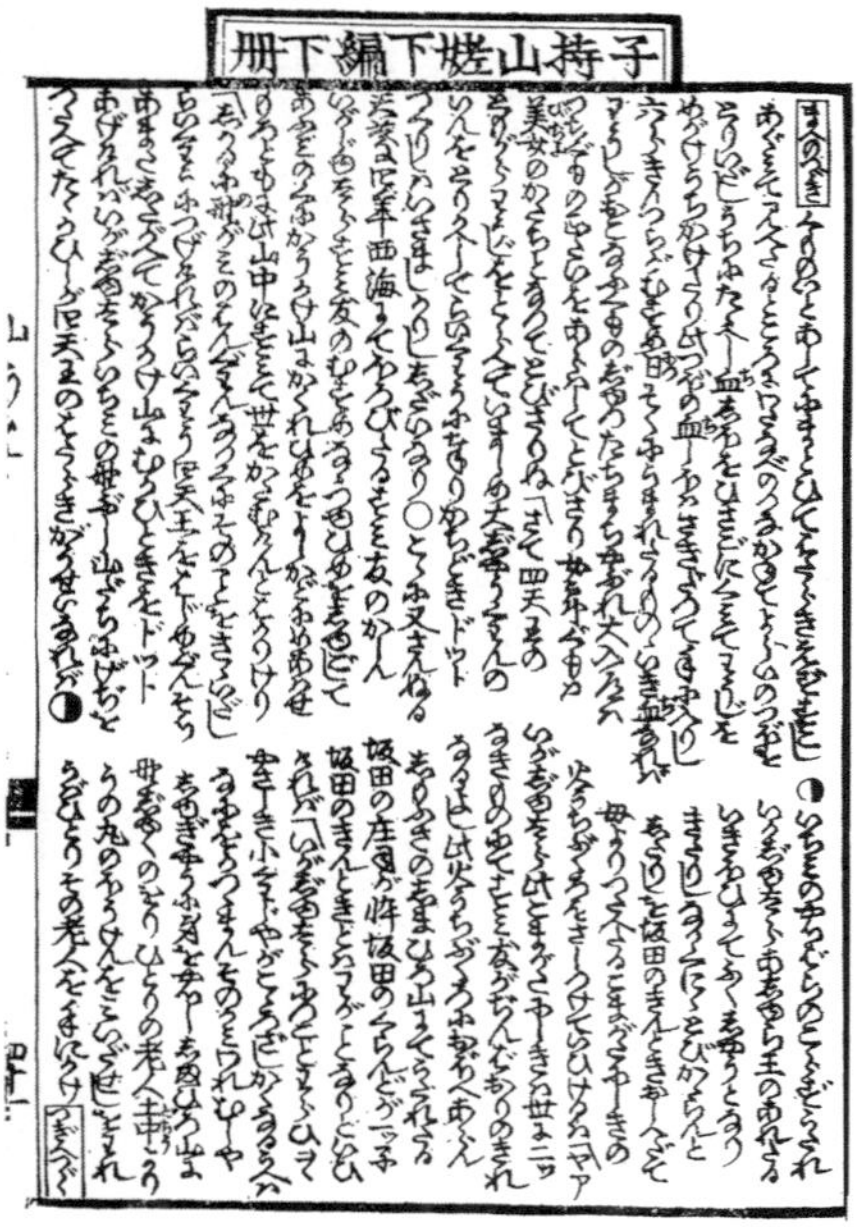

高懸山《かうかけ》に隠《かく》れ、姫《ひめ》を良門《よしかど》に妻合《めあは》せ、諸共《もろとも》に此山中に住《す》みて世を傾《かたむ》けんと謀《はか》りけり。

然《しか》るに野上《のがみ》の判官仲国《はんぐわんなかくに》、その事《こと》を聞出《きゝいだ》し頼光《らいくわう》に告《つ》げければ、頼光《らいくわう》四天王をはじめ軍卒数多《ぐんそつあまた》従《したが》へて、高懸山《かうかけ》に向《む》かひ鬨《とき》をドット上《あ》げければ、伊賀寿太郎《いがじゆ》一味《いちみ》の野伏《ぶし》、山立《だち》に下知《げぢ》を伝《つた》へて戦《たゝか》ひしが、四天王の働《はたら》き強勢《がうせい》なれば、一味《いちみ》の奴《やつ》ばら残《のこ》らず討《う》たれ、伊賀寿太郎《いがじゆ》、阿修羅《あしゆら》王の荒《あ》れたる勢《いきほ》ひにて副将《ふくしやう》となり、来《きた》りし仲国《なかくに》に飛掛《とびか》からんとしたりしを、坂田の公時押隔《きんときおしへだ》て、母より伝《つた》へたる駒形錦《こまがたにしき》の火打《うち》袋《ぶくろ》を差付《さしつ》けて言《い》ひけるは、「ヤア伊賀寿太郎《いがじゆ》、此駒形錦《こまがたにしき》は世に二つなき物《もの》にて、純友《すみ》が陣羽織《ぢんばおり》の布《きれ》なる由《よし》。此火打《うち》袋《ぶくろ》に覚《おぼ》へあらん。下総《しもふさ》の嶋広山《しまひろ》にて討《う》たれたる、坂田の庄司が忰坂田の蔵人《くらんど》が一ッ子、坂田の公時《きんとき》とは我《わ》が事《こと》なり」と言《い》ひければ、伊賀寿太郎《いがじゆ》につこと笑《わら》ひ、「ヲ、優《やさ》しき小冠者《くわじや》が志《こゝろざし》、斯《か》くなる上《うへ》は何《なに》をか包《つゝ》まん。その上《かみ》、我《われ》、武者修行《むしやしゆぎやう》に身を窶《やつ》し、嶋広山《しまひろ》に野宿《じゆく》の折《をり》、一人《ひとり》の老人、土中《どちう》より鵜《う》の丸の宝剣《ほうけん》を見出《みいだ》せしを我《われ》、奪取《うばひと》り、その老人を手に掛《か》け 次《つぎ》へ続《つゞ》く

(52)四十一ウ

四十二オ

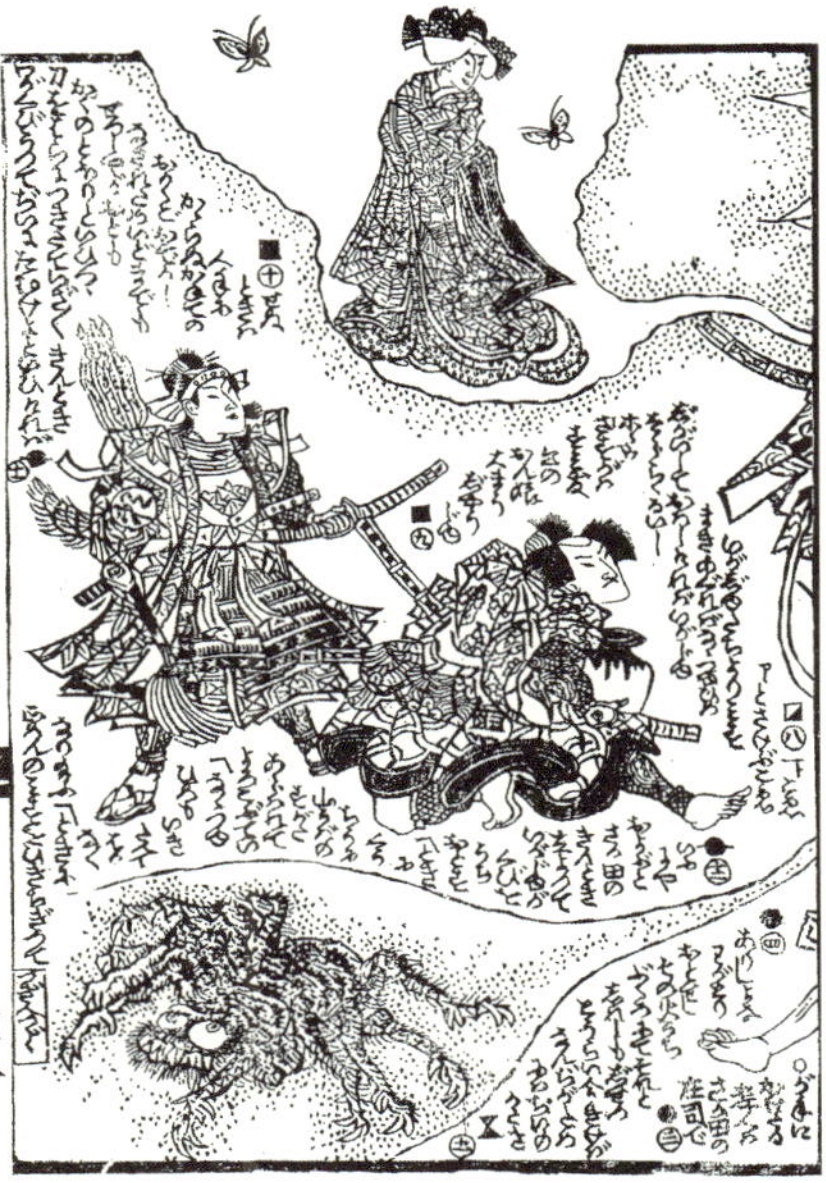

(52) 前《まへ》の続《つゞ》き 逃《のがれ》去《さ》らんとしたる時《とき》、娘《むすめ》の巡礼《じゆんれい》に行合《ゆきあ》ひ、よく〳〵見《み》れば主君純友《しゆくんすみ》の息女《そく》七露姫《なゝつゆひめ》。その時《とき》、我《われ》を見咎《とが》めし若者《わかもの》、傘《からかさ》さして高足駄《たかあしだ》、釣灯籠《つりどうろう》を提《さ》げたるは、坂田の蔵人景住《くらんどかげずみ》にて、我《わ》が手に掛《か》けたる老人は坂田《さか》の庄司でありしよな。我《わ》が取落《とりお》とせしその火打袋《うちぶくろ》にて、それと知《し》れしも時節到来《じせつとうらい》、今聞《き》けば汝《なんぢ》がためには爺《ぢい》の敵《かたき》、我《わ》が首《くび》は汝《なんぢ》に得《え》させん待《ま》つて居《ゐ》よ」と言《い》ふ折《をり》しも、正面《めん》の御簾《みす》の内《うち》に一ト声《こゑ》アと叫《さけ》ぶ声《こゑ》、伊賀寿《いがじゆ》、立寄《たちよ》り御簾巻上《みすまきあ》ぐれば、七露姫《なゝつゆひめ》自害《じがい》して御座《おは》しければ、伊賀寿《いがじゆ》太郎落涙《らくるい》し、「ホ、ウ、さすがは純《すみ》友公の御娘《おん》、大望成就《まうじやうじゆ》せぬ時《とき》は人手に掛《か》からぬ、かねての御覚悟《おかくご》、御出来《おでか》しなされた。冥土《めいど》までも拙者《せつしや》が御供《おとも》、斯《か》くの通《とほ》り」と言《い》ひつゝ、刀を腹《はら》に突立《つきた》て、「いざ〳〵公時《きんとき》、我《わ》が首打《くびう》つて爺《ぢい》に手向《たむ》けよ」と言《い》ひければ、言《い》ふにや及《およ》ぶと坂《さか》田の公時《きんとき》立寄《よ》つて、伊賀寿《いがじゆ》が首《くび》を打《うち》落《お》とす。時《とき》に空中《くうちう》に山姥《うば》の姿現《すがたあらは》れて喜《よろこ》ぶ体《てい》。七露姫《なゝつゆひめ》も息《いき》絶《た》へて、はかなくなり給ふ。

時《とき》に正面《めん》の御簾《みす》を引千切《ひきちぎ》つて 次《つぎ》へ続《つゞ》く

(53)四十二ウ

四十三オ

（53）前《まへ》の続《つゞ》き　躍出《おどりいで》たる衣冠《いくわん》の形《かたち》、後《うし》ろに六つの影法《かげぼう》師《し》は、紛《まが》ふ方《かた》なき将軍《しやうぐん》太郎。組付《くみつ》く士卒《しそつ》を投退《なげの》け蹴退《けの》け、太刀抜持《ぬきも》つてすでに自殺《じさつ》と見《み》へけるに、不思議《ふしぎ》なるかな、黄色《きいろ》なる蝶々《てふ〳〵》数多《あまた》かの太刀に群《むら》がるは、鵜《う》の丸の宝剣《ほうけん》に疑《うたが》ひなし。良門《よしかど》は自殺《じさつ》せんと様々《さま〴〵》すれど、生《う》まれ付《つ》いたる不死身《ふじみ》なれば、鵜《う》の丸の名剣《めいけん》さへ身に立《た》たず。猶予《ゆうよ》の折《をり》しも、一筋《すぢ》の矢飛来《とびきた》つて良門《よしかど》が顳顬《こめかみ》に立《た》ち、血潮《ちしほ》たら〳〵と流《なが》れたり。ヤア卑怯《ひきやう》至極《しごく》の飛道具《とびどうぐ》と良門怒《よしかどいか》り、矢を取《と》つて摑《つか》み折《を》る時《とき》、頼光朝臣《らいくわうあそん》、弓手挟《ゆみたばさ》みて優美《ゆうび》の姿《すがた》、しづ〳〵と歩寄《あゆみよ》り、「ヤア〳〵良門《よしかど》、切腹無用《せつぷくむよう》。綱《つな》が話《はなし》に伝聞《つたへき》く、父将門《まさかど》の家臣《かしん》六郎金連親子《きんつらおやこ》が忠義《ちうぎ》、命を捨《す》て一功立《た》て、御《おん》身の命乞《ごひ》を綱《つな》に、これ〳〵頼置《たのみお》く。我《われ》、その忠義《ぎ》を感《かん》じ、此度《たび》、朝敵黒雲《ちやうてきくろくも》の皇子《わうじ》を生捕《いけど》つたる功に代《か》へて、御《おん》身の命《いのち》を禁廷《きんてい》へ奏聞《そうもん》して申し宥《なだ》めたり。今射《いまゐ》かけたる一筋《すぢ》の矢にて追伐《ついばつ》は相済《あいす》んだり。今より出家《しゆつけ》せられよ」と宣《のたま》へば、良門曰《よしかどいは》く、「今《いま》、眼前《がんぜん》に七露姫《なゝつゆひめ》、伊賀寿《いがじゆ》太郎が潔《いさぎよ》き最期《さいご》を見《み》て、我一人《われひとり》、命助《いのちたす》かる望《のぞ》みなし」。「いや〳〵それは僻事《ひがこと》、一旦《いつたん》、勅許《ちよくきよ》によつて助命《ぢよめい》あれば、それ

を背《そむ》くは重《かさ》ね〴〵の大罪《ざい》也。出家沙門《しゆつけしやもん》の身となつて、亡《な》き人々《〲》の［次《つぎ》へ続《つゞ》く］

（54）［前《まへ》の続《つゞ》き］菩提《ぼだい》を永《なが》く弔《と》はれよ」と情《なさ》けの言葉《ことば》に詮《せん》方《かた》なく、鵜《う》の丸の剣《つるぎ》をもつて髻《もとゞり》を切払《きりはら》ひ、剣《つるぎ》はすぐに頼《らい》光《くわう》に返《かへ》しければ、頼光《らいくわう》はこれを受取《うけと》り、勝鬨《かちどき》を作《つく》らせて都《みやこ》へ帰陣《きぢん》し給《たま》ひぬ。

○さて又、四天王の勇士《ゆうし》、和州葛城《わしうかつらき》山に至《いた》り、土蜘《つちくも》、女郎蜘《ぐも》、その他《ほか》、主従《しゆ〲》の蜘《くも》を残《のこ》らず退治《たいぢ》し、災《わざは》ひの元《もと》を断《た》ちて皈《き》京しければ、頼光益々《らいくわうます〱》喜び給ひ、大政官《じやうくわん》の印《いん》を禁《きん》廷《てい》へ返《かへ》し奉れば、栄冠浅《えいかんあさ》からず、頼光《らいくわう》をはじめ四天王の勇士《ゆうし》に官位《くわんゐ》を賜《たまは》り、それ〴〵に［次《つぎ》へ続《つゞ》く］

(55) 前《まへ》の続《つゞ》き 所領《しよりやう》を賜《たまは》り、頼光《らいくわう》は禁裏守護《きんりしゆご》の武将の職《しよく》を賜《たま》ふとの綸言《りんげん》にて、黒雲《くろくも》の皇子《わうじ》は鬼界ヶ島《きかいがしま》へ遠流《おんる》に極《きは》まり、賞罰正《しやうばつたゞ》しき勅命《ちよくめい》に皆々《みなく》喜ぶ事限《ことかぎ》りなし。

○さても蝦雑魚《ゑびじやこ》の十、三日月《か》お仙夫婦《せんふうふ》は、文殊丸《もんじゆ》を救《すく》ひ参《まゐ》らせし忠義《ちうぎ》によつて、頼光朝臣《らいくわうあそん》、過行《すぎゆ》き給ひし御《おん》父満《まん》仲公に成代《なりかは》つて勘気《かんき》を許《ゆる》し帰参《きさん》をさせ、元《もと》の如《ごと》く三田《みた》の源太広綱《ひろつな》と名乗《なの》らせ給ふ。竺斎《ちくさい》が妻十六夜《つまいざよひ》が忠義《ちうぎ》は殊《こと》に抜群《ばつくん》なれば、竺斎《ちくさい》は頼光《らいくわう》の御方《おんかた》への薬師《くすし》となり、夫婦安楽《ふうふあんらく》の身となりぬ。野上《のがみ》の判官《はんぐわん》仲国《くに》、その妻《つま》小侍従《じじう》が忠義故《ちうぎゆゑ》に、頼光危《らいくわうあや》うき命《いのち》を助《たす》かり給ひ、今再《いまふた》び世に出《いで》て、元《もと》の武将に具《そな》はり給へば、その恩忘《おんわす》れ難《がた》しとて、禁廷《きんてい》より賜《たまは》りし所《しよ》領《れう》を分《わ》かちて賑《にぎ》はし給ひ、冠者丸《くわんじや》がために一寺を建立《こんりう》し、永《なが》く菩提《ぼだい》を弔《と》ひ給《たま》ふ。茨木屋空才《いばらやくうさい》は元碓井貞光《もとうすいのさだみつ》が弟《をとゝ》にて、碓井《うすいの》八郎といひし者《もの》なりしが、故《ゆゑ》あつて遊屋《あそびや》となりしは、元《もと》よりの心《こゝろ》にあらねば、茨木屋《いばらや》の家《いへ》は他《た》に譲《ゆづ》り、その身は頼光《らいくわう》の家臣《かしん》となり、兄貞光《あにさだみつ》と共《とも》に忠勤《ちうきん》を励《はげ》み、万々歳とぞ栄《さか》へける。

薬師竺斎《くすしちくさい》

十六夜《いざよひ》

貞光《さだみつ》

頼光朝臣《よりみつあそん》

文殊丸《もんじゆ》

仲国《なかくに》

小侍従《じじう》
季武《すゑたけ》
蝦雑魚《ゑびじやこ》の十　本名三田の源太広綱《ひろつな》
渡辺綱《わたなべつな》
公時《きんとき》
三日月《か》お仙《せん》
茨《いばら》木空《くう》才　本名碓井《うすいの》八郎

（56）さるほどに頼光朝臣《らいくわうあそん》の武徳《とく》によつて、四海波静《かいなみしづ》かに国《くに》も治《おさ》まる時津風《ときつかぜ》、間《あい》に相生《あひおひ》の松、蓬莱《ほうらい》に聞《き》かばや伊勢《いせ》海《ゑ》老《び》、茅《かや》、勝栗《かちぐり》、坂《さか》田の公時《きんとき》元服《げんぷく》して、ます〳〵忠義《ちうぎ》を掛烏《かけゑ》

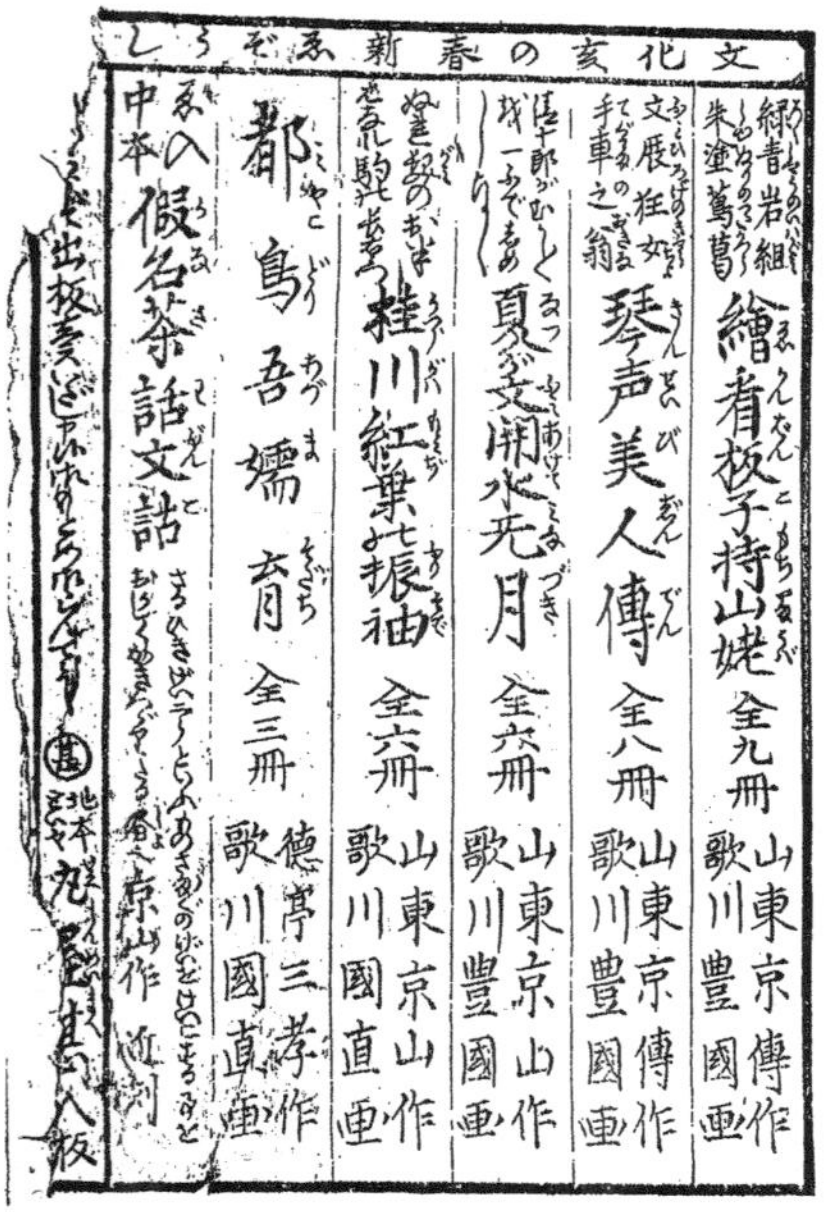

帽子《ぼし》、素襖《すあふ》大太刀《おほだち》勇《いさ》ましく、長久の春《はる》をぞ迎《むか》へける。なほ何時《いつ》までも目出度《めでた》し〳〵〳〵〳〵。

豊国画㊞　山東京伝作㊞

筆耕石原駒知道

京伝店

○裂地《きれ》・紙煙草《かみたばこ》入・煙管類《きせるるい》、風流の雅品色々《いろ〳〵》。縫金《ぬひかな》物等、念《ねん》入別《べつ》して改《あらた》め下直に差《さし》上申候。

京伝自画賛《さん》　扇新図色々《いろ〳〵》。短冊《たんざく》・張交絵類求《はりまぜゑるいもと》めに応《おう》ず。

読書丸《とくしよくわん》　一包《つゝみ》壱匁五分

○第一気根《きこん》を強《つよ》くし物覚をよくす。老若男女常《つね》に身を使《つか》はず、かへつて心を労《ろう》する人は自《おのづ》から病を生じ天寿を損《そこ》なふ。常《つね》に此薬を用て補《おぎな》ふべし。旅《たび》立人蓄《たくは》へて益多し。暑寒前《まへ》に用れば、外邪《ぐわいじや》を受《う》けず、大妙薬也。

○大極《ごく》上品　奇応《きおう》丸　一粒《りう》十二文

糊《のり》なし熊《くま》の胆《ゐ》ばかりにて丸ず。

小児無病丸　小包《つゝみ》五十六文

小児虫《むし》万病大妙薬《やく》也。

○京橋銀座一丁目山東店京屋伝蔵

女《をんな》達磨《だるま》之《の》由来《ゆらい》文法《ふみほふ》語《ご》

源実朝の時代（建保頃）

平宗盛
（家臣）難波次郎貞景
提婆達多之介（関の自蔵・地蔵坊張玄）
傘張法橋の娘

難波次郎貞景
松風（地獄）
（乳母）□
お杉
三輪松
鬼王源太（酒売杉の葉又六）

照手の前
夢若丸
小栗判官為氏
（家臣）常陸小萩之介（表具屋京太）
秋篠
（相撲取）深泥川池右衛門
（下部）鎌平（晦日の闇助、栗柄太郎景宗）
（執権）池之庄司年門（烏絵扇之介）
露太郎
小左野

一久一路兵衛（秩父小六郎重村）
秩父庄司重忠

鬼鹿毛郡領雲連
（家来）摺粉木閻魔
地蔵の物乞
泥田坊平太

闇九郎　竹斎

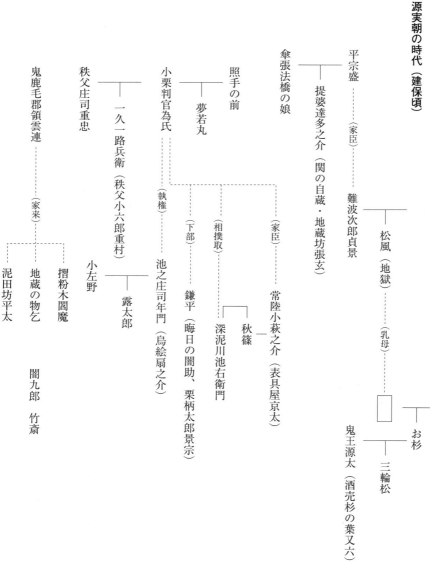

上編見返し

文法語 全七冊
山東京傳作
歌川豊國画
雙鶴堂版
拈華

【上編見返し】

文法語《ふみほふご》　全七冊

山東京伝作
歌川豊国画

拈華

双鶴堂版

（1）一オ

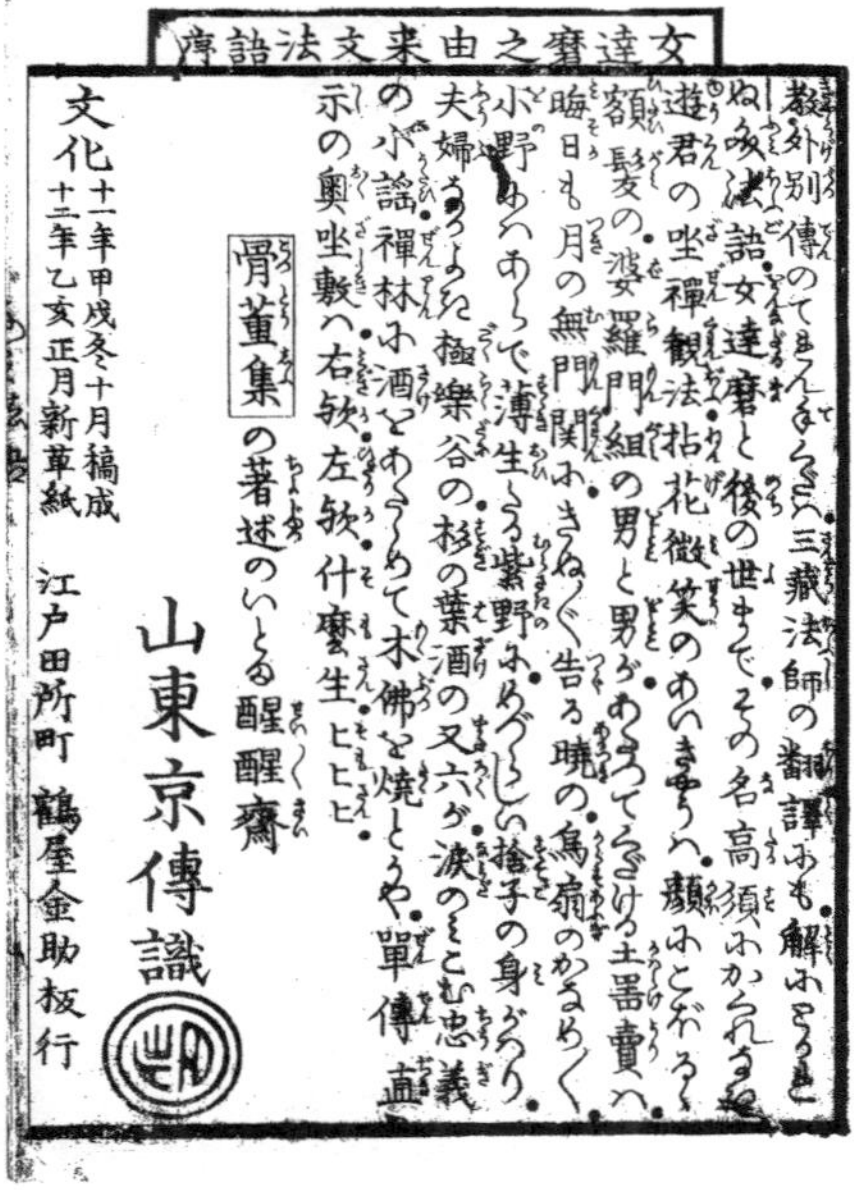

【上編】

【上】

（1）女達磨之由来文法語序

教《きやう》外別伝《げべつでん》のてれん手《て》くだは。三蔵法師《さんぞうほふし》の翻訳《ほんやく》にも。解《とく》にとかれぬ文法語《ふみほふご》。女達磨《をんなだるま》と後《のち》の世《よ》まで。その名高須《なたかす》にかくれなき。遊君《ゆうくん》の坐禅観法《ざぜんくわんぼふ》。拈花微笑《ねんげみせう》のあいきやうは。顔《かほ》にこぼるゝ。額髪《ひたひがみ》の。婆羅門組《ばらもんぐみ》の男《をとこ》と男《をとこ》が。あたつてくだける土器売《かはらけうり》は。晦日《みそか》も月《つき》の無門関《むもんくわん》に。きぬ〴〵告《つぐ》る暁《あかつき》の。烏扇《からすあふぎ》のかなめ〳〵。小野《をの》にはあらで薄生《すゝきおひ》たる紫野《むらさきの》に。めづらしい捨子《すてご》の身《み》がはり。夫婦《ふうふ》なかよき極楽谷《ごくらくだに》の。杉《すぎ》の葉酒《はざけ》の又六《またろく》が。涙《なみだ》のみこむ忠義《ちうぎ》の小謡《こうたひ》。禅林《ぜんりん》に酒《さけ》をあたゝめて木仏《もくぶつ》を焼《たく》とかや。單伝直示《ぜんでんぢきし》の奥座敷《おくざしき》は。右欤《みぎか》。左欤《ひだりか》。什麽生《そもさん》。ヒヒヒ《そもさん》。

骨董集《こつとうしふ》の著述《ちよじゆつ》のいとま醒醒斎《せい〳〵さい》

山東京伝識㊞

文化十一年甲戌冬十月稿成
十二年乙亥正月新草紙

江戸田所町　鶴屋金助板行

（2）一ウ

二オ

（2）泉州《せんしう》堺橋《さかひばし》之《の》光景《けしき》図《のづ》

常陸《ひたち》小萩之《はぎの》介

秋篠《あきしの》

下部《しもべ》鎌《かま》平

池之《いけの》庄司女房小左野《さの》

男達《だて》関《せき》の自《ぢ》蔵

男達《だて》一久一路《いちろ》兵衛

鬼《おに》鹿《か》毛《げ》郡領《ぐんりやう》雲連《くもつら》

［せんじちや／大叶］

(3)二ウ

三オ

（3）

泉州《せんしう》堺《さかひ》高須《たかす》の遊君《ゆうくん》地獄《ぢごく》、実《まこと》は難波次郎貞景《なんばのじらうさだかげ》が娘《むすめ》墨絵《すみゑ》の松風《まつかぜ》

婆羅門組《ばらもんぐみ》の男達関《をとこだてせき》の自蔵《じぞう》、実《まこと》は平《たいら》の宗盛《むねもり》の落胤《らくいん》、提婆達多之助《だいばだつたのすけ》

　心《こゝろ》こそこゝろまよはす心なれ
　　仏《ほとけ》も下駄《げた》もおなじ木《き》のはし

右《みぎ》は一休和尚《いつきうおしやう》の道歌《だうか》と言《い》ひ伝《つた》ふ。

（4）

き丶しより見ておそろしき地獄《ぢごく》かな

いきくる人もおちざらめやは

○難波《なには》の男達《をとこだて》一久一路兵衛《いつきういちろべゑ》、実《まこと》は秩父庄司《ちゝぶのしやうじ》重忠《しげたゞ》嫡男《ちやくなん》、

秩父《ちゝぶの》小六郎《ころくらう》重村《しげむら》

○高須《たかす》の遊君《ゆうくん》地獄《ぢごく》

巫《フ》-山《ザンノ》雲《ウン》-雨《ウ》夢《ム》-中《チウノ》神《シン》。君《クン》-子《シ》猶《ナホ》迷《マヨウ》況《イハンヤ》小《セウ》-人《ジンヲヤ》。風《フウ》-流《リウノ》聖《セイ》-主《シュ》馬《バ》-嵬《クワイノ》涙《ナミダ》。亀《キ》-鑑《カン》明《メイ》-々《〳〵トシテ》今《コン》-日《ニチ》新《アラタナリ》。

(5)四ウ

五オ

(5)

極楽《ごくらく》はいづくのほどゝおもひしに
杉葉《すぎは》たてたる又六《またろく》が門《かど》

○極楽谷《ごくらくだに》の燗酒売《かんざけうり》、杉《すぎ》の葉又六《はまたろく》、実《まこと》は鬼王源太《おにわうげんだ》

○池之庄司《いけのしやうじ》が妻小左野《つまこさの》

○紫 野《むらさきの、》浪人《らうにん》烏《からす》絵《ゑ》扇《あふぎ》之助《のすけ》、実《まこと》は小栗判官《をぐりはんぐわん》の家臣《かしん》池之庄《いけのしやう》司年門《じとしかど》

職人尽歌合

あしさまにとりおとしつるかはらけの
われてくだけてものおもふかな

○土器売晦日《かはらけうりみそか》の闇助《やみすけ》、実《まこと》は照手《てるて》の前《まへ》の下部《しもべ》鎌平《かまへい》、後《のち》に栗柄《くりから》太郎景宗《たらうかげむね》

杉の葉／燗《かん》酒

名物／杉の葉酒

火の用心

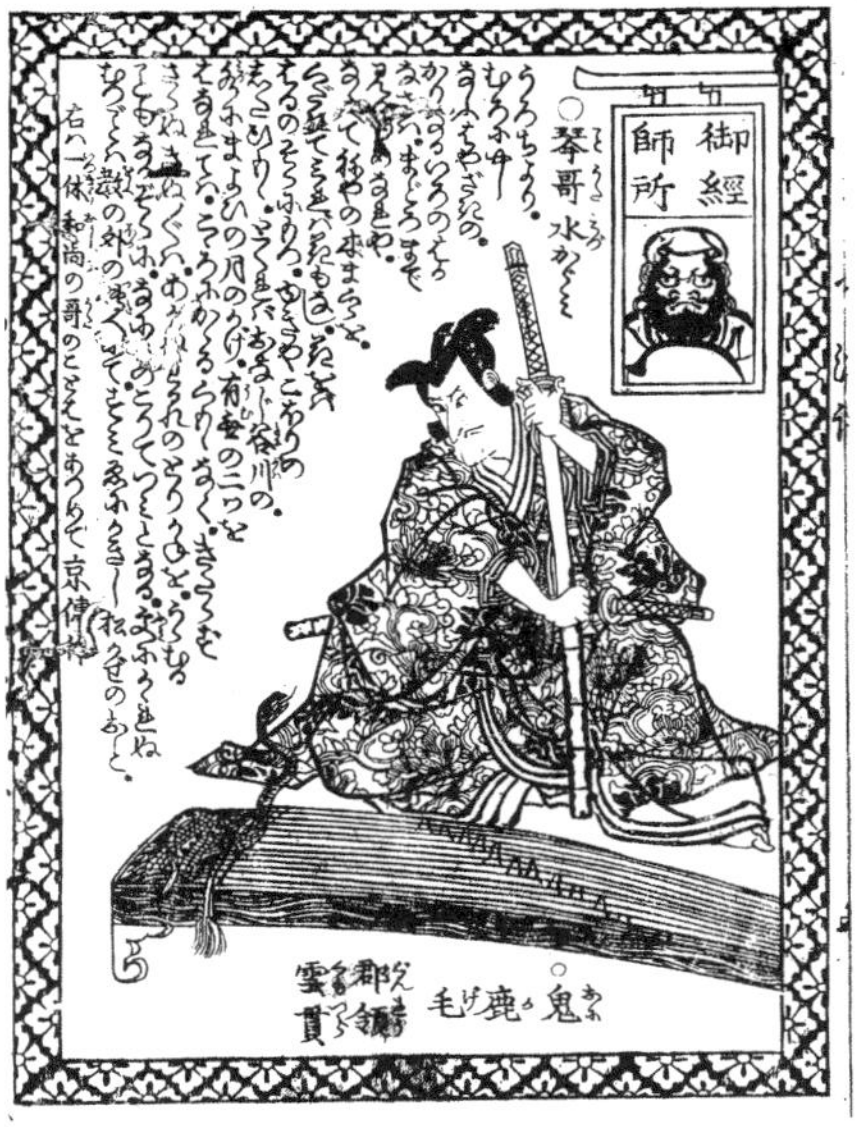

(6)

○琴歌水鏡《ことうたみづかゞみ》

有漏智《うろち》より。室《むろ》に養《やしな》ふ早咲《はやざき》の。かりなる色《いろ》の儚《はかな》さは。まどろまで見る夢《ゆめ》なれや。ならべて寝屋《ねや》の木枕《まくら》を。砕《くだ》きてみれば花もなし。花をば春《はる》の空《そら》にもつ。雪《ゆき》や氷《こほり》の下紐《したひも》。解《と》くればおなじ谷川《たにがは》の。水《みづ》に迷《まよ》ひの月の影《かげ》。有無《うむ》の二つをはなれては。心《こゝろ》にかゝる雲《くも》もなく。来《き》たらず去《さ》らぬ後朝《きぬぐ》は。あかぬ別《わか》れの鶏鐘《とりかね》を。恨《うら》むる事《こと》も中空《なかぞら》に。なにか残《のこ》りて罪《つみ》となる。文《ふみ》に書《か》かれぬ睦言《むつごと》は教《をしへ》の外《ほか》の伝《つた》へにて。墨絵《すみゑ》に描《か》きし松風《かぜ》の音《おと》。

右は一休和尚《いつきうおしやう》の歌《うた》の言葉《ことば》を集《あつ》めて　京伝作

○鬼鹿毛郡領雲貫《おにかげぐんれうくもつら》

御経師所

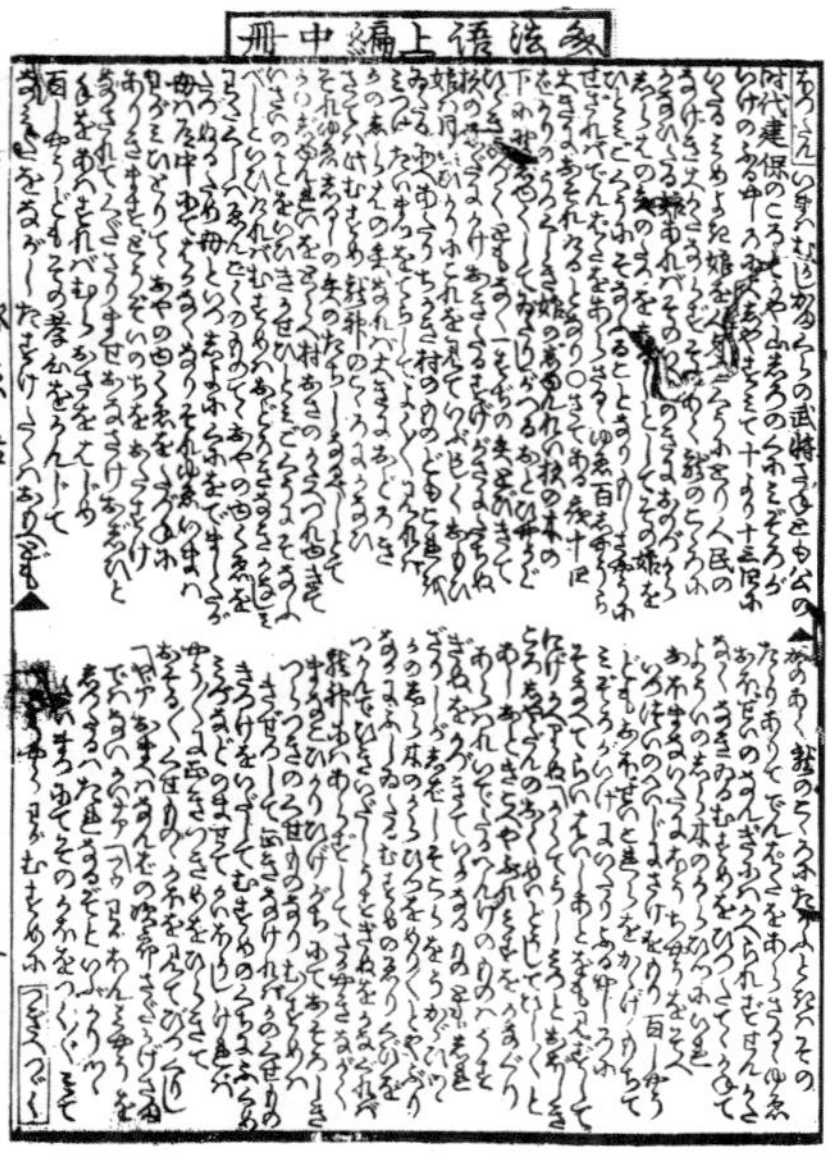
(7)六オ

【中】

(7) 文法語上編中冊

発端《ほったん》 今《いま》は昔《むかし》、鎌倉《かまくら》の武将実朝《さねとも》公の時代、建保の頃《ころ》とかや。山城《しろ》の国《くに》、みぞろが池《いけ》の古社《ふるやしろ》に大蛇《じやす》棲みて、十より十三四に至《いた》る見目《みめ》よき娘を人身御供《ひとみごくう》に取《と》り、人民の嘆《なげ》き大方《かた》ならず。その悪《あく》龍の心《こころ》に適《かな》ひたる娘あれば、その家《いへ》の軒《のき》におのづから白羽《しらは》の矢の立《た》つを印《しるし》として、その娘を人身御《ひとみご》供《くう》に供《そな》ふる事《こと》なり。もし左様《さやう》にせざれば、田畑《でんぱた》を荒《あら》さる、ゆゑ、百姓等《しやうら》大きに畏《おそ》れけるとなり。

○さて、ある夜、十四ばかりの美《うつく》しき娘の巡礼《じゆんれい》、杉の木の下に野宿《じゆく》して居《ゐ》たりしが、弦音《つるおと》ひやうど響《ひゞ》き、何処《いづく》ともなく一筋《すぢ》の矢飛来《とびき》て、杉の枝《ゑだ》に掛置《かけお》きたる菅笠《すげがさ》に立《た》ちぬ。娘は月の光《ひかり》にこれを見て訝《いぶか》しく思居《おもひゐ》たる所へ、辺《あた》り近《ちか》き村の者共《ものども》、これを見付《みつ》け、松明《たいまつ》を照《て》らしてよく〳〵見れば、かの白羽《しらは》の矢なれば大きに驚《おどろ》き、さては此娘《むすめ》龍神の心《こころ》に適《かな》ひ、それゆゑ印《しるし》の矢の立《た》ちしなるべしとて、かの巡礼《じゆんれい》を捕《とら》へ、村長《おさ》の方《かた》へ連行《つれゆ》きて、委細《いさい》の事《こと》を言《い》ひ聞《き》かせ、「人身御供《ひとみごくう》に供《そな》ふべし」と言《い》ひければ、娘《むすめ》は驚《おどろ》き泣悲《なきかな》しみ、私《わたくし》は遠国《ゑんごく》の者《もの》、父親《てゝおや》の行方《ゆくゑ》を尋《たづ》ぬるため、母と一《いつ》緒《しよ》に国《くに》を出《で》ましたが、母は道中にて儚《はかな》くなり、それゆゑ、今《いま》は我《わ》が身《み》一人《ひとり》、父親《てゝおや》の行方《ゆくゑ》を尋《たづ》ねに歩《あり》きます。どうぞ命《いのち》をお助《たす》けなされて下《くだ》さりませ。お情《なさ》けお慈悲《じひ》と手を合《あ》はすれば、村長《むらおさ》をはじめ百姓共《しやうども》、その孝心を感《かん》じて涙《なみだ》を流《なが》し、助《たす》けたくは思《おも》へども、かの悪《あく》龍の心《こゝろ》に違《たが》ふ時《とき》は、その祟《たゝ》りありて、田畑《でんぱた》を荒《あら》さるゝゆゑ、大勢《おほぜい》の難儀《なんぎ》には代《か》へられず、詮方《せんかた》なく泣居《なきゐ》る娘《むすめ》を引立《ひつた》てゝ、かねて用意《ようい》の白《しら》木の屍櫃《からひつ》に入《い》れ、大俎板《おほまないた》に包丁《ほうちやう》を添《そ》へ、一対《いつつい》の瓶子《へいじ》に酒《さけ》を盛《も》り、百姓共《しやうども》大勢《おほぜい》これらを掲持《かゞげも》ちて、みぞろが池《いけ》に至《いた》り、古社《ふるやしろ》に供《そな》へて礼拝《らいはい》し、跡《あと》をも見ずして逃帰《にげかへ》りぬ。

斯《か》くて丑三《うしみつ》と思《おぼ》しき頃《ころ》、社壇《しやだん》の奥鳴動《おくめいどう》して、ひし〳〵と足音《あしおと》聞《き》こへ、破《やぶ》れ御簾《みす》をかなぐり現《あらは》れ出《いで》たる変化《へんげ》の者《もの》は、薄衣《うすぎぬ》を被《かづ》きて如何《いか》なる者《もの》とも知《し》れざりしが、暫《しば》しそこらを窺《うかゞ》ひつゝ、かの白《しら》木の屍櫃《からひつ》をめり〳〵と破《やぶ》り、中《なか》に伏居《ふしゐ》たる娘《むすめ》の襟首《ゑりくび》を摑《つか》んで引出《ひきいだ》し、薄衣《うすぎぬ》をかなぐれば、龍神にはあらずして、月代《さかやき》長《なが》く眼光《まなこひか》り髭《ひげ》がちにて、恐《おそ》ろしき面《つら》付《つ》きの曲者《くせもの》なり。娘《むすめ》は気絶《きぜつ》して正気《き》なければ、かの曲者《くせもの》、気付《きつけ》を出《いだ》して娘《むすめ》の口《くち》に含《ふく》め、水《みづ》など飲《の》ませて介抱《かいほう》しければ、やう〳〵に正気《き》付《つ》き、目《め》を開《ひら》きて恐《おそ》る〳〵曲者《くせもの》の顔《かほ》を見てびつくりし、ヤアお前《まへ》は難波《なんばの》次郎貞景様《さだかげさま》ではないかいナア。フウ我《わ》が本名《ほんみやう》を知《し》つたるは誰《たれ》なるぞと訝《いぶか》りつゝ、松明《たいまつ》にてその顔《かほ》をつく〴〵見《み》て、「どうやら我《わ》が娘《むすめ》に

次《つぎ》へ続《つゞ》く

（8）前《まへ》の続《つゞ》き 似《に》たやうな」と言《い》へば、アイ、私《わたし》やお前《まへ》の娘《むすめ》、松風《かぜ》じやわいナア。ヤアく、よくく見《み》ればなるほど、娘《むすめ》の松風《まつかぜ》じや。父様《とゝさま》、お懐《なつ》かしうございますと、取付《とりつ》きすがりて泣《な》きければ、難波《なんばの》次郎、背中《せなか》を撫《な》で、ヲ、悲《かな》しいは道理《どうり》々々《く》。してまた、どうして此処《こゝ》へ来《き》たぞ。さればいナア。此近辺《きんぺん》の杉の木の下に野宿《じゆく》して居《ゐ》ましたれば、私《わたし》が此菅笠《すげがさ》に、これ此通《とほ》り白羽《しらは》の矢が立《た》つたゆゑ、私《わたし》を人身御供《ひとみごくう》にするとて、此屍櫃《からひつ》に入《い》れ、此処《こゝ》へ舁《か》いて来《き》ました。此処《こゝ》でお前《まへ》に会《あ》ふといふは観音様《くわんおんさま》のお引合《ひきあ》はせ、此社《やしろ》に棲《す》む龍神とやらが出《で》ぬ先《さき》に、私《わたし》を早《はや》く連《つ》れて退《の》き、命《いのち》を助《たす》けて下《くだ》さんせ。ヤアさては、宵《よい》に野宿《じゆく》して居《ゐ》た巡礼《じゆんれい》は我《わ》が娘《むすめ》であつたかと、びつくりせしが、心《こゝろ》に収《おさ》めて然《さ》あらぬ体《てい》。イヤ俺《おれ》が会《あ》つたからは、その龍神も、もふ怖《こわ》い事《こと》はない、気遣《きづか》ひするな。して又、何故《なにゆゑ》に巡礼《じゆんれい》には出たぞ。次《つぎ》へ続《つゞ》く

[二人　同行]

[みぞろが池道]

（9）七ウ

八オ

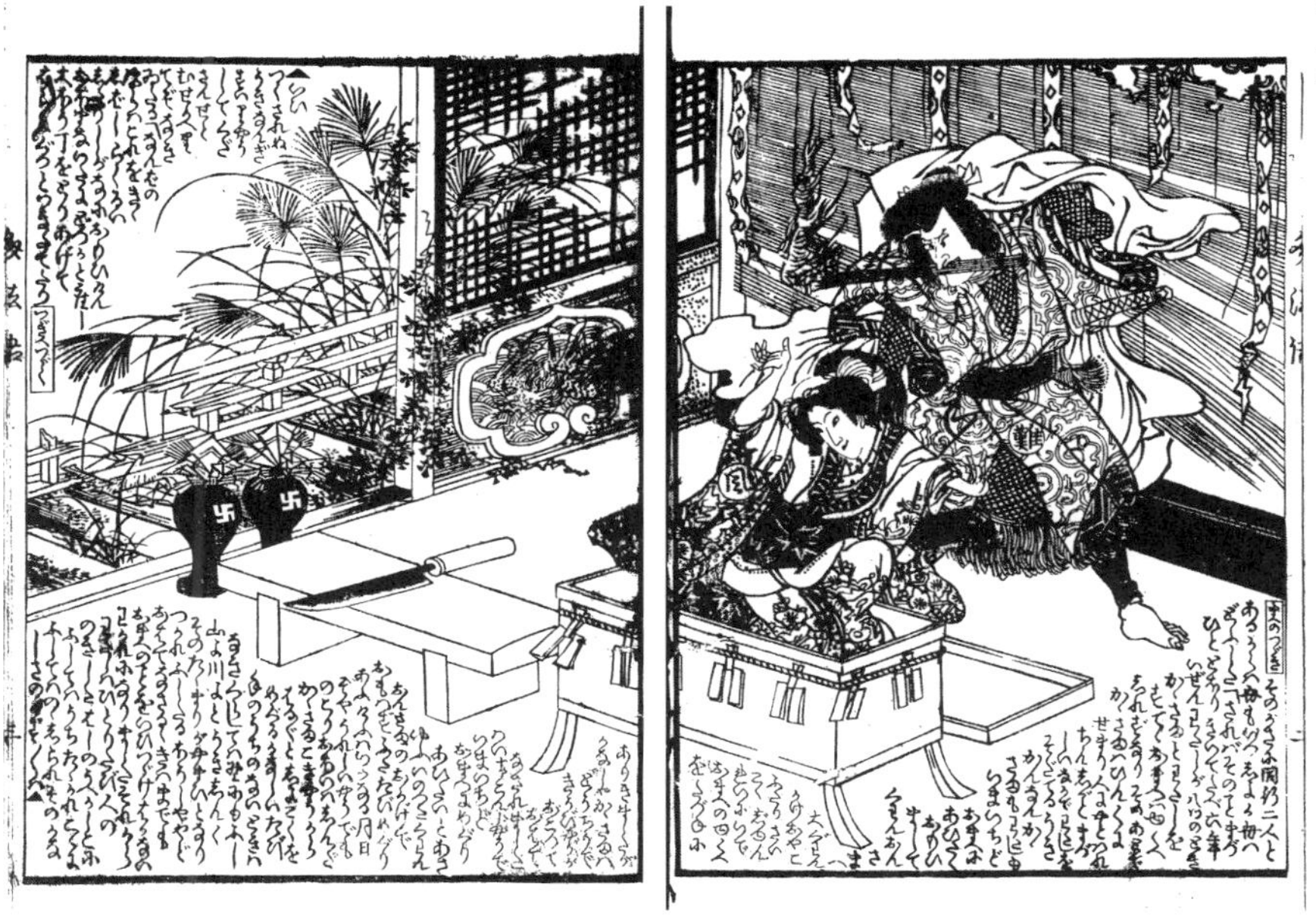

（9）前《まへ》の続《つゞ》き　その笠《かさ》に同行二人とあるからは母も一緒《いつしよ》か。母はどふした。さればその事《こと》、先《ま》づ一通《ひととほ》り聞《き》いてたべ。六年以前《いぜん》、私《わたし》が八つの時《とき》、母様《かゝさま》と私《わたし》を捨《す》てゝお前《まへ》は行《ゆく》方《へ》知《し》れずなり。その後《あと》で母様《かゝさま》は貧苦《ひんく》に迫《せま》り、人に雇《やと》はれ賃《ちん》仕事《しごと》。貧《まづ》しい中《なか》で私《わたし》を育《そだ》てる憂艱難《うきかんなん》。母様《かゝさま》も私《わたし》も今一度《いまいちど》お前《まへ》に会《あ》ひたく思《おも》ひまして、観音様《くわんおんさま》へ大願《ぐわん》掛《か》け、親子《おやこ》二人《ふたり》、西国巡礼《さいこくじゆんれい》に出《い》で、お前《まへ》の行方《ゆくへ》を尋《たづ》ねに歩《あり》きましたが、悲《かな》しや母様《かゝさま》は道中《どうちう》で急病《きうびやう》が起《お》こつて、お果《は》てなされましたはいナア。今生《こんじやう》で今一度《いまいちど》お前《まへ》に巡会《めぐりあ》ひたいと、朝《あさ》夕祈《ゆふいの》つた観音様《くわんおんさま》のお陰《かげ》で思《おも》はず再《ふたた》び巡会《めぐりあ》ふ今日《けふ》は、如何《いか》なる月日ぞや。嬉《うれ》しいやうでも、残《のこ》り多《おほ》いは死《し》んだ母様《かゝさま》。故郷《こきやう》から遥々《はるぐ〵》と諸国《しよこく》を巡《めぐ》る悲《かな》しい旅《たび》。手の内《うち》のない時《とき》は泣暮《なきく》らしては野にも伏《ふ》し、山よ川よと憂辛苦《うきしんく》。その畳《たゝ》まりが病《やまひ》となり、疲伏《つかれふ》したる報謝宿《ほうしやしやど》。お果《は》てなさるゝ際《きは》までも、お前《まへ》の事《こと》を言《い》ひ続《つゞ》け、儚《はかな》い別《わか》れになりました。それから私《わたし》は一人旅《ひとりたび》。人の軒下橋《のきしたはし》の上《うへ》、彼処《かしこ》に伏《ふ》しては打叩《うちたゝ》かれ、此処《こゝ》に伏《ふ》しては罵《のゝし》られ、その悲《かな》しさの数々《かずぐ〵》は言《い》ひ尽《つ》くされぬ憂難儀《うきなんぎ》。推量《すいりやう》して下《くだ》さんせ、と咽返《むせかへ》りてぞ泣居《なきゐ》た

九オ

(10)八ウ

る。難波《なんばの》次郎はこれを聞《き》き、暫《しば》し落涙《らくるい》したりしが、何思《なにおも》ひけん、大俎板《おほまないた》にどつかと座し、大庖《ほう》丁を取上《とりあ》げて、腹《はら》にぐつと突立《つきた》てたり。 [次《つぎ》へ続《つゞ》く]

(10) [前《まへ》の続《つゞ》き] 娘《むすめ》は驚《おどろ》き取縋《とりすが》り、こはマアどふして、何《なに》故《ゆゑ》の御切腹《せつぷく》と押止《おしとゞ》むれば、定景苦《さだかげくる》しき息《いき》を吐《つ》き、我《われ》、去《さ》んぬる寿永年中、八島壇《やしまだん》の浦《うら》の戦《たゝか》ひに討死《うちじに》すべきを命永《いのちなが》らへしは、重恩《ぢうおん》受けたる平家の御一門《いちもん》の方々《かたぐ》の、仇《あた》を報《むく》はんためばかり。然《しか》るに頼朝《よりとも》、義経《よしつね》も今《いま》は世になく、当時鎌倉《かまくら》の武将実朝《さねとも》こそ敵《かたき》の末《すゑ》なれば、平家の残党《ざんとう》を集《あつ》め、実朝《さねとも》を討滅《うちほろ》ぼさんと思立《おもひた》ち、汝《なんぢ》ら母子二人《ふたり》を捨置《すてお》いて家《いへ》を出《い》で、諸国《しよこく》を巡《めぐ》り味方《みかた》を集《あつ》むるうちに、御主君平宗盛《しゆくんたいらのむねもり》公の御落《らく》胤《いん》にて、傘張《かさはり》の娘《むすめ》の腹《はら》に出生ありし若君《わかぎみ》、今《いま》は提婆達多之《だいばだつたの》介と変名《へんみやう》して、世を忍《しの》び御座《おは》しますに巡会《めぐりあ》ひ奉り、幸《さいは》ひこれを御大将に取立《とりた》て、旗揚《はたあ》げして鎌倉《かまくら》を滅《ほろ》ぼさんと企《くはだ》てしが、それにつけても軍《ぐん》用金なくてはと、思《おも》ひついたる此古社《ふるやしろ》、悪《あく》龍と思《おも》はせしは実《まこと》は我《われ》なり。人身御供《ひとみごくう》と言《い》ひ触《ふ》らし、見目《みめ》よき小娘《むすめ》を奪取《うばひと》り、遠国《ゑんごく》へ売遣《うりつか》はし、その金《かね》を集《あつ》め、今《いま》は既《すで》に五百両、これ見よとて諸肌《もろはだ》を押脱《おしぬ》げば、青《あを》き布《ぬの》に隙間《すきま》もなく綴付《とぢつ》けたる数多《あまた》の小判《ばん》。後《うし》ろに長《なが》く引《ひ》きたるは、金龍の鱗《こけ》を逆立《さかだ》て、身を翻《ひるがへ》す勢《いきほ》ひに異《こと》ならず。悪《あく》龍の姿《すがた》と見《み》せて、百姓共《しやうども》を欺《あざむ》きし種《たね》はこれぞと知《し》られける。

貞景《さだかげ》重《かさ》ねて言《い》ひけるは、「然《しか》るに宵《よひ》のほど、我《われ》、遠目《とほめ》にて汝《なんぢ》が見目《みめ》の美《うつく》しきを見《み》て、その笠《かさ》を目当《めあて》に印《しるし》の矢を射付《ゐつ》けしが、我《わ》が娘《むすめ》と知《し》らざりしは、廻《めぐ》る因果《いんぐわ》の道理《どうり》にて、多《おほ》くの人の子を奪《うば》ひ嘆《なげ》きをかけたる天の罰《ばち》。我《わ》が子を可愛《かは》ゆく思《おも》ふにつけて、我《わ》が奪《うば》ひたる子の親《おや》の嘆《なげ》きを今《いま》は思《おも》ひやり、先非《せんぴ》を悔《く》ひたる此切腹《せつぷく》は罪滅《つみほろ》ぼし。此五百両の金《かね》にて遠国《ゑんごく》へ売遣《うりつか》はせし娘どもを取戻《とりもど》して、我《わ》が罪《つみ》を償《つぐの》ふてくれ。二つには、宗盛《むねもり》公の御落胤《らくいん》、提婆達多之《だいばだつたの》介様《さま》に、もし巡会《めぐりあ》ひなば、御諫言《かんげん》申して御謀叛《むほん》をお止《とゞ》め申し、御出家《しゆつけ》を勧《すゝ》めてくれ。委細《いさい》の事《こと》を一筆残置《ひとふでのこしお》くべし」とて、手も震《ふる》へつゝ、達多之《だつたの》介への書置《かきおき》を認《した》めて娘《むすめ》に渡《わた》し、又、錦《にしき》の袱《ふく》紗《さ》に包《つゝ》みし物《もの》を娘《むすめ》に渡《わた》し、「これは我《わ》が、かねて手に入《い》りたる実朝《さねとも》が軍勢催促《ぐんぜいさいそく》の駅路《ゑきろ》の鈴《すゞ》。達多之《だつたの》介様《さま》、もし御謀叛《むほん》顕《あらは》れて囚《とら》はれとなり給ふ事《こと》もあらば、此駅路《ゑきろ》の鈴《すゞ》を実朝《さねとも》の方《かた》へ返《かへ》し、それを功にして御命乞《おんいのちごひ》をしてくれよ。頼置《たのみお》く事《こと》これはかり。冥土《めいど》でそちが母に会《あ》ひ

次《つぎ》へ続《つゞ》く

［同行　二人］

(11)九ウ

十オ

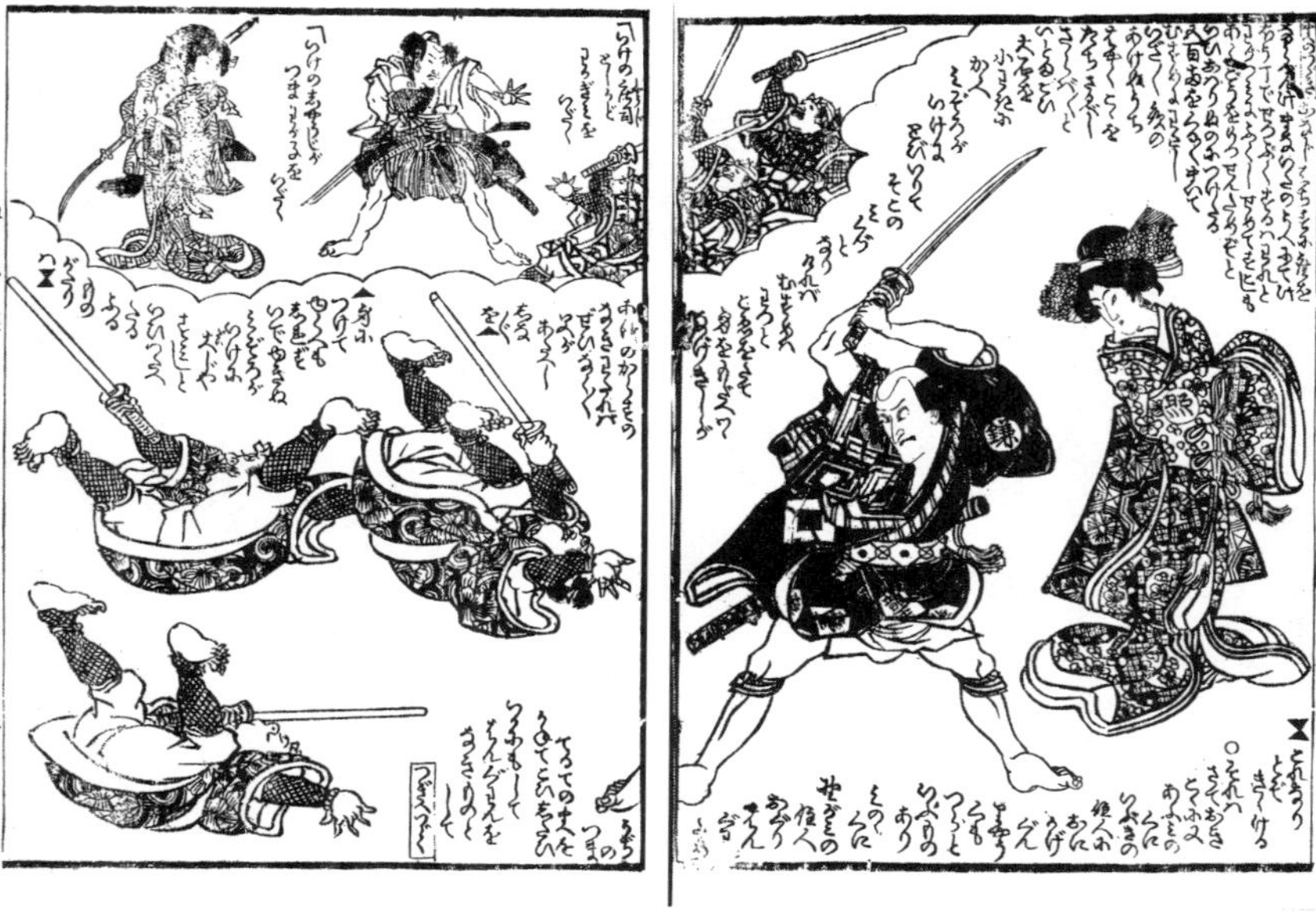

(11) 前《まへ》の続《つゞ》き 同《おな》じ蓮《はちす》に座を並《なら》べん。此俎板《まないた》の上《うへ》にて、此庖《ほう》丁で切腹《せつぷく》するは、我《われ》と我《わ》が罪《つみ》に服《ふく》し、せめて少《すこ》しも悪《あく》業《ごう》を滅《めつ》せんためぞ」と言《い》ひ終《お》はり、布《ぬの》に付《つ》けたる五百両をくる〳〵巻《ま》いて娘《むすめ》に渡《わた》し、いざ〳〵夜の明《あ》けぬうち、早《はや》く此処《こゝ》を立去《たちさ》るべし。さらば〳〵と暇乞《いとまごひ》。大石を小脇《わき》に抱《かゝ》へ、みぞろが池《いけ》に飛入《とびい》りて、底《そこ》の水屑《みくづ》となりければ、娘《むすめ》はわっと声《こゑ》を立《た》て身を悶《もだ》へつ、嘆《なげ》きしが、明《あ》けの烏《からす》の鳴渡《なきわた》れば、是非《ぜひ》なく〳〵父が与《あた》へし品々《しな〴〵》を身に付《つ》けて、行方《ゆくへ》も知《し》れず出行《いでゆ》きぬ。みぞろが池《いけ》に大蛇《だいじや》棲《す》みしと言《い》ひ伝《つた》へたる古《ふる》物語《ものがたり》は、これなりとぞ聞《き》きける。

○それはさておき、此処《こゝ》に又、近江《あふみ》の国伊吹《くにいぶき》の住人に、鬼《おに》鹿毛郡領雲連《かげぐんりやうくもつら》といふ者《もの》あり。美濃《みの》の国《くに》、野上《がみ》の住人、小《お》栗判官為氏《ぐりはんぐわんためうぢ》の妻《つま》、照手《てるて》の前《まへ》をかねて恋慕《こひした》ひ、如何《いか》にもして判官《はんぐわん》を亡《な》き者《もの》として 次《つぎ》へ続《つゞ》く

池之庄司年門《いけのしやうじとしかど》、若君《わかぎみ》を抱《いだ》く。

池之庄司《いけのしやうじ》が妻《つま》、我《わ》が子を抱《いだ》く。

(12) 前《まへ》の続《つゞ》き 小栗《おぐり》の家《いへ》を横領《おうりやう》し、照手《てるて》の前《まへ》を我《わ》が妻《つま》に

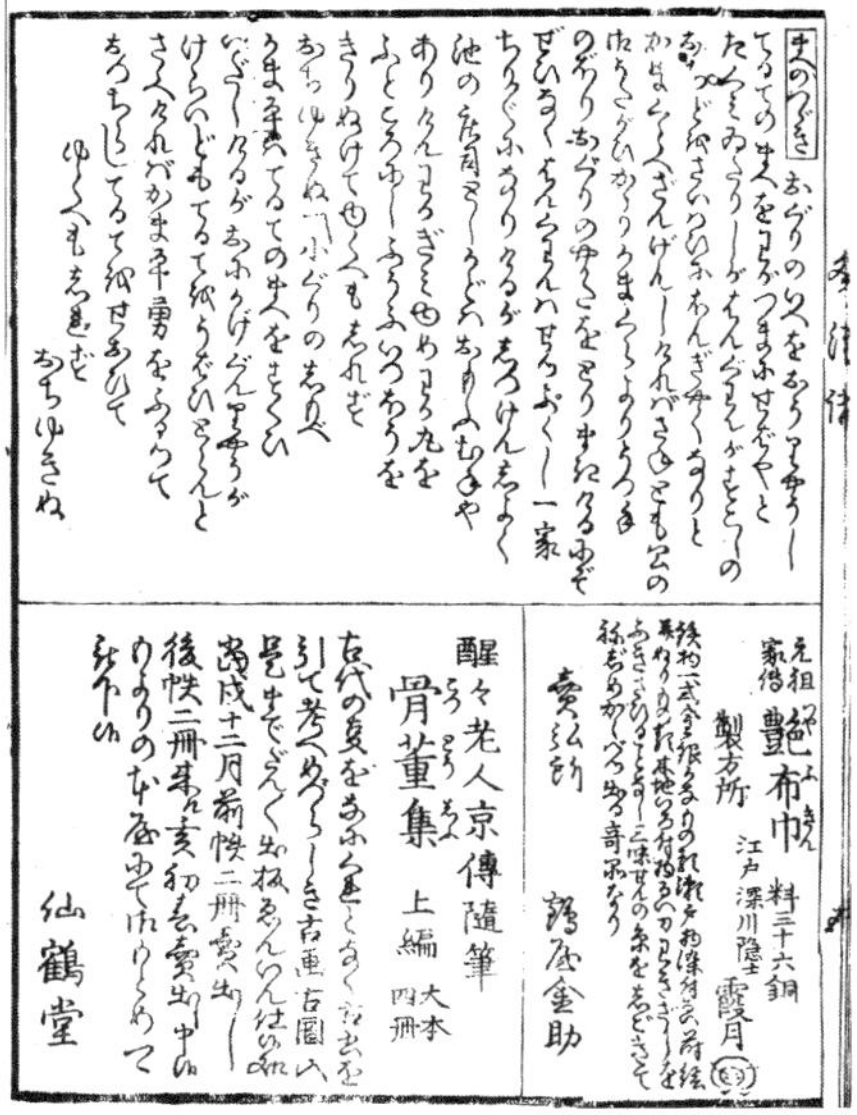

せばやと企《たく》み居《ゐ》たりしが、判官《はんぐわん》が少《すこ》しの落度《おちど》を幸《さいは》ひに、叛逆《ほんぎやく》なりと鎌倉《かまくら》へ讒言《ざんげん》しければ、実朝《さねとも》公の御疑《うたが》ひかゝり、鎌倉《かまくら》より討手《うつ》上《のぼ》り、小栗《おぐり》の館《やかた》を取巻《とりま》きけるにぞ、是非《ぜひ》なく判官《はんぐわん》は切腹《せつぷく》し、一家散々《ちりぐ》になりけるが、執権職《しつけんしよく》池之《の》庄司年門《としかど》は思《おも》ふ旨《むね》やありけん、若君夢若《わかぎみゆめわか》丸を懐《ふところ》にし、夫婦一《ふうふいつ》方《ぽう》を切抜《きりぬ》けて、行方《ゆくへ》も知《し》れず落行《おちゆ》きぬ。

小栗《ぐり》の下部《しもべ》鎌《かま》平は照手《てるて》の前《まへ》を救出《すくひだ》しけるが、鬼鹿毛《おにかげ》郡《ぐん》領《りやう》が家来共《けらいども》、照手《てるて》を奪取《うばひと》らんと支《さゝ》へければ、鎌《かま》平勇を揮《ふる》つて追散《おつちら》し、照手《てるて》を背負《せお》ひて行方《ゆくへ》も知《し》れず落行《おちゆ》きぬ。

元祖家伝 艶布巾《つやふきん》 料三十六銅

製方所 江戸深川隠士 霞月㊞

鉄物一式、金銀金物《かなもの》類、瀬戸物染付類《るい》、蒔絵幷塗物《ぬりもの》類、木地色《いろ》付物類《るい》、刀脇差《わきざし》を拭《ふ》き錆《さび》る事《こと》なし。三味線《せん》の糸をしごきて音締格別《ねじめかくべつ》出る奇品なり。

売弘所 鶴屋金助

醒々老人京伝随筆

骨董集《こつとうしふ》 上編 大本四冊

古代の事を何《なに》くれとなく古書を引て考へ珍《めづら》しき古画古図入。是まで段々《だんく》出板延引《ゑんいん》仕候処、当戌十二月前帙二冊売出

(13)十一オ

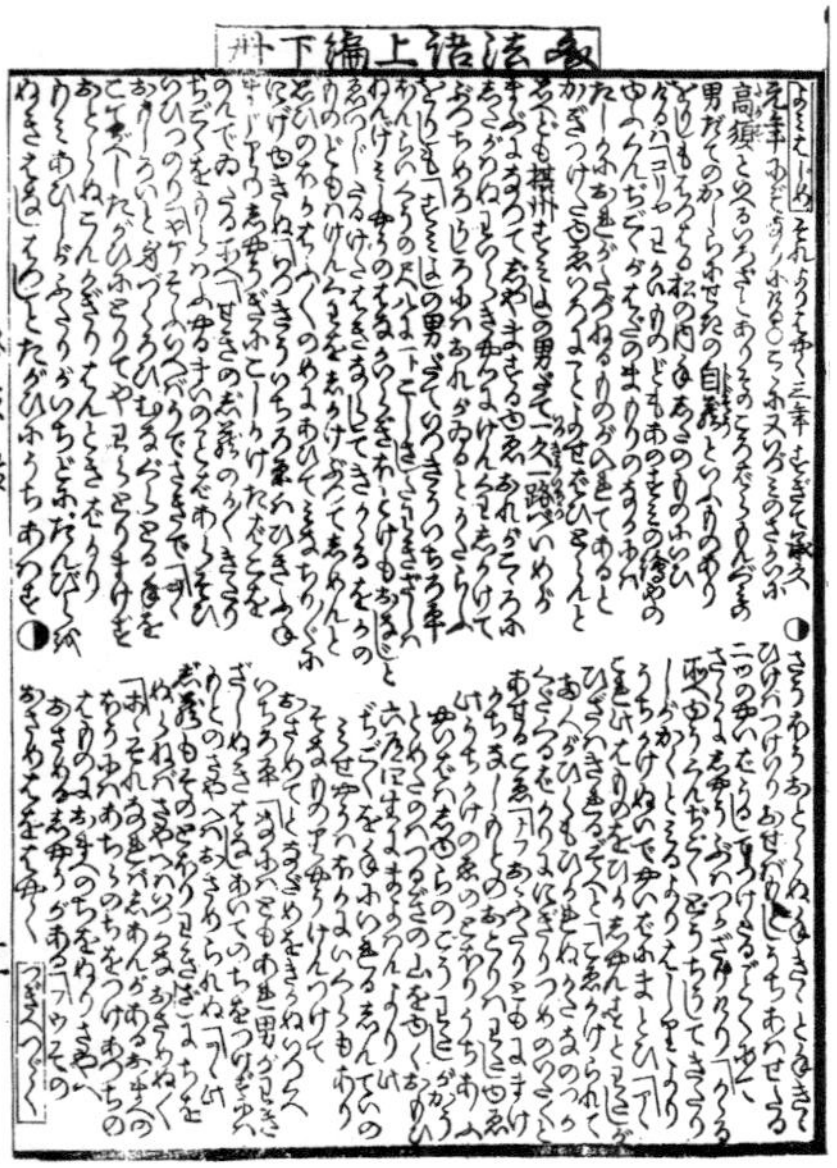

し、後帙二冊、来ル亥初春売出し申候。最寄《もより》の本屋にて御求《もと》め可被下候。

仙鶴堂

【下】

(13) 文法語上編下冊

読《よ》み始《はじ》め それより早《はや》く三年過《す》ぎて、承久元年にぞなりにける。

○こゝに又、和泉《いづみ》の堺《さかい》に高須《たかす》といへる色里《いろざと》あり。その頃《ころ》、婆羅門組《ばらもんぐみ》の男達《だて》の頭《かしら》に関《せき》の自蔵《じぞう》といふ者《もの》あり。折《をり》しも初春《はつはる》松の内、手下《した》の者《もの》に言《い》ひけるは、「コリヤ若《わか》い者共《ものども》、あの墨《すみ》の絵屋《や》の遊君地獄《ゆふくんぢごく》が肌《はだ》の守《まもり》の中《なか》には、確《たし》かに俺《おれ》が尋《たづ》ねるものが入れてあると嗅付《かぎつ》けたゆゑ、色《いろ》に事寄《ことよ》せ奪取《ばひと》らんと思へども、摂州住吉《すみよし》の男達一久一路兵衛《だていっきういちろべい》めが間夫《まぶ》になつて邪魔《じやま》するゆゑ、俺《おれ》が心《こころ》に従《したが》はぬ。汝等《わいら》、彼奴《きやつ》に喧嘩《けんくわ》仕掛《しか》けてぶつちめろ。後《うしろ》には俺《おれ》が居《ゐ》る」と語《かた》らふ折《をり》しも、住吉《すみよし》の男達一久一路《だていっきういちろ》平、本来空《ほんらいくう》の尺八に一ト腰差《こしさ》した脇差《わきざし》は拈華《ねんげ》微笑《みしやう》の花梅花皮《はなかいらぎ》、仏《ほとけ》も同《おな》じと詠《ゑい》じたる下駄履《げたはき》鳴《な》らして来《き》掛《か》かるを、かの者共《ものども》は喧嘩《けんくわ》を仕掛《しか》け、ぶつてしめんと思ひの外《ほか》、はふ〳〵の目《め》に遭《あ》ひて、皆散々《みなちり〴〵》に逃行《にげゆ》きぬ。一久一《いつきういち》路《ろ》平は、引舟《ひきふね》まじりの床几《しやうぎ》に腰掛《こしか》け、煙草《たばこ》を呑《の》んで居《ゐ》たる所へ関《せき》の自《じ》蔵、のか〳〵来《きた》り。地獄《ぢごく》を貰《もら》はふ、やるまいの言葉《ことば》争《あらそ》ひ言《い》ひ募《つの》り、ヤアそふ言《い》へば腕先《うでさき》で。ヲ、面白《おもしろ》いと身繕《づくろ》ひ、胸倉《むなぐら》取《と》る手を小手返《こてがへ》し、互《たが》ひに取《と》りて柔取《やわらと》り、負《ま》けず劣《おと》らぬ根限《こんかぎ》り、半時《はんとき》ばかり揉合《もみあ》ひしが、二人《ふたり》が一度《いちど》に段平《だんびら》を抜放《ぬきはな》し、はつしと互《たが》ひに打合《うちあ》はす。双方劣《さうほうおと》らぬ手利《き、》と手利《き、》、引《ひ》けば付入《つけい》り押《お》せば戻《もど》し、打合《うちあ》はせたる二つの刃《やいば》、漆《うるし》で付《つ》けたる如《ごと》くにて、更《さら》に勝負《しやうぶ》は付《つ》かざりけり。

斯《か》かる所へ遊君地獄《ゆうくんぢごく》、道中《どうちう》して来《きた》りしが、斯《か》くと見《み》るより走寄《はしりよ》り、打掛脱《うちかけぬ》いで刃《やいば》に纏《まと》ひ、「ア、これ、此刃物《はもの》を引《ひ》かしやんすと私《わたし》が膝《ひざ》は斬《き》れるぞへ」と声掛《こゑか》けられて、両人が引《ひ》くも引《ひ》かれぬ刀《かたな》の柄《つか》、砕《くだ》くるばかりに握詰《にぎりつ》め、「退《の》いた〳〵」とあせる声《こゑ》。ナフお二人《ふたり》、共《とも》に負勝《まけかち》なし。元《もと》の起《おこ》りは私《わたし》ゆゑ、此打掛《うちかけ》の絵《ゑ》の通《とほ》り、打合《うちあ》ふ刃《やいば》は修羅《しゆら》の業《ごう》。私《わたし》が斯《か》う止《と》めたのは剣《つるぎ》の山を行《ゆ》く思《おも》ひ。六道四生に迷《まよ》はんより、此地獄《ぢごく》を手に入《い》れる心底《しんてい》の見《み》せやうは、外《ほか》にいくらもありそなもの、料簡《りやうけん》つけて納《おさ》めてと、宥《なだ》めを聞《き》かぬ一《いつ》久一路《いちろ》平。何《なに》はともあれ男が脇差抜放《わきざしぬきはな》し、相手《あいて》の血《ち》を付《つ》けずには元《もと》の鞘《さや》へは納《おさ》められぬ。ヲ、此自《じ》蔵もその通《とほ》り。脇差《わきざし》に血《ち》を塗《ぬ》らねば鞘《さや》へはいつかな納《おさ》めぬ〳〵。ホ、それなれば思案《しあん》がある。お前《まへ》の方《ほう》にはあちらの血《ち》を付《つ》け、あつちの刃物《はもの》にお前《まへ》の血《ち》を塗《ぬ》り、鞘《さや》へ納《おさ》める仕様《しやう》がある。フウその納《おさ》め刃《は》を早《はや》く

次《つぎ》へ続《つゞ》く

(14) 前《まへ》の続《つゞ》き 見《み》やうと両人柄《つか》の手を放《はな》し、左右へ分《わか》れて力士腰《ごし》。地獄《ぢごく》は喜《よろこ》び、二腰《ふたこし》の抜身《ぬきみ》を膝《ひざ》に敷均《しきなら》す。砂《すな》の上《うへ》に指先《ゆびさき》で、聞《き》きしより見《み》て恐《おそ》ろしき地獄《ぢごく》かな往来《いきく》る人も落《お》ちざらめやはト書連《かきつら》ね、コレ此連歌《れんが》は、お二人《ふたり》が和睦《わぼく》の印《しるし》仲直《なかなほ》り、地獄《ぢごく》を誓《ちか》ひの神降《お》ろし、此一久《いつきう》さんの刃《やいば》では自《じ》蔵さんの指《ゆび》を切《き》り、自《じ》蔵さんの刃《やいば》では一久《いつきう》さんの指《ゆび》を切《き》つて、此連歌《れんが》に血判《けつぱん》あれば、互《たが》ひの刃物《はもの》へ相手《あいて》の血《ち》を付《つ》け、見《み》て恐《おそ》ろしき地獄《ぢごく》の剣《つるぎ》も命往来《いのちいきく》る人となり、男達《だて》の一分《いちぶん》も双方共《さうほうとも》に立《た》たうがなト男も及《およ》ばぬ理《り》の当然《とうぜん》。さすがと感《かん》じて両人は、言葉《ことば》の通《とほ》りに血判《けつぱん》し、面々《めん〳〵》剣《つるぎ》を鞘《さや》に納《おさ》めて双方《さうほう》へぞ別《わか》れ行《ゆ》きぬ。

○一久《いつきう》は遊君地獄《ゆふくんぢごく》と今宵《こよひ》かねての約束《やくそく》ゆゑ、墨《すみ》の絵屋《ゑや》の奥《おく》座敷《ざしき》、地獄《ぢごく》が部屋《へや》に来《きた》りつゝ、屏風《びやうぶ》の内《うち》の帆立貝《ほたてがい》、実《まこと》を御簾《みす》の神《かみ》かけて、開《あ》けて見《み》せたき蓋茶碗《ふたぢやわん》。たゞ仮初《かりそめ》の蠟燭《らうそく》も、流《なが》れをたつる山葵酒《わさびざけ》、玉子の殻《から》の捨《す》てどころ 次《つぎ》へ続《つゞ》く

[高須里]

(15) 前《まへ》の続《つゞ》き 割《わ》れても末《すゑ》と誓言《ちかごと》の睦風《むつみふう》が見えにける。

一久《いつきう》は転寝《うたゝね》し、地獄《ぢごく》は立て縁先《ゑんさき》に手を注《そゝ》ぎて居《ゐ》たる折《をり》しも、奥庭《おくには》の木陰《かげ》より現《あらは》れ出《いで》たる関《せき》の自《じ》蔵。地獄《ぢごく》を手籠《ごめ》に肌《はだ》の守《まもり》を奪取《うばひと》つて駆出《かけいだ》す。声立《こゑた》つる間《ま》もあらばこそ、やらじと取付《とりつ》く女の非力《ひりき》。振放《ふりはな》しても蔦葛《つたかづら》。ヱ、面倒《めんどう》なと段平《だんびら》を抜《ぬ》く手も見《み》せず斬付《きりつ》けて、行方《ゆくへ》も知《し》れず逃去《にげさ》つたり。一久《いつきう》は物音《ものおと》に目《め》を覚《さ》まし、走来《はしりき》て肝《きも》を潰《つぶ》し、介抱様々《かいほうさま〴〵》労《いたは》れば、地獄《ぢごく》は苦《くる》しき息《いき》を吐《つ》き、斯《か》うなるは覚悟《かくご》の前《まへ》、末期《まつご》の願《ねが》ひにお前《まへ》の本名《ほんみやう》、どふぞ名乗《なの》つて下《くだ》さんせ。フウ心《こゝろ》ありげなその一言《いちごん》。何《なに》かの様子《やうす》を試見《ためしみ》るに、其方《そなた》も由《よし》ある者《もの》と覚《おぼ》ゆ。其方《そなた》の素性《すじやう》を打明《うちあ》けたら、こつちも又名乗《なの》るまいものでもない。嬉《うれ》しうござんす。私《わたし》が素性《すじやう》は平家《へいけ》方《がた》、難波《なんばの》次郎貞景《さだかげ》が娘《むすめ》、松風《かぜ》といひし者《もの》。お前《まへ》は確《たし》かに源《げん》氏方《じがた》、平家《へいけ》の残党詮議《ざんとうせんぎ》のために身を窶《やつ》して居《ゐ》さんせうがな。ヲ、此深《ふか》手では、とても命助《いのちたす》からぬ女、外《ほか》に聞手《きゝて》もなければ包《つゝ》むに及《およ》ばぬ、語《かた》つて聞《き》かさふ。某《それがし》は秩父庄司《ちゝぶのしやうじ》重忠《しげたゞ》が嫡男秩父《ちやくなんちゝぶの》小六郎重《しげ》村といふ者《もの》、実朝《さねとも》公の内命《ないめい》により、察《さつ》しの通《とほ》り平家《へいけ》の残党詮議《ざんとうせんぎ》のため、一つには先《さき》だつて紛失《ふんじつ》したる駅路《ゑきろ》の鈴《すゞ》を詮議《せんぎ》のため。そふ思《おも》ふたゆゑ、間夫《まぶ》

(16)十三ウ

十四オ

にして会《あ》ふたは私《わたし》が心底《しんてい》を明《あ》かして、お前《まへ》に願《ねが》ひあり。私《わたし》が肌《はだ》の守《まもり》には、尋《たづ》ねさしやんすその駅路《ゑきろ》の鈴《すゞ》が入てあるを、どふして知《し》つてか。恋《こひ》に事寄《ことよ》せ奪取《うばひと》らんと付回《つけまは》りし、あの関《せき》の自《じ》蔵といふは正《まさ》しく、寿永の合戦《かつせん》に八島《しま》にて滅《ほろ》び給ひし平宗盛《たいらのむねもり》公の御落胤《らくいん》、傘張法橋《かさばりほつきやう》が娘の腹《はら》に宿《やど》り給ひし、本名は提婆之《だいばの》介様《さま》に疑《うたが》ひなし。実朝《さねとも》公を滅《ほろ》ぼして、平家《へいけ》の仇《あた》を報《むく》はん企《くはだ》てある事かねて知《し》り、私《わたし》が身の上《うへ》打明《うちあ》けて、御諫言《かんげん》をと思ひしが、女の料簡《りやうけん》、とても聞入《きゝい》れあるまいと、父難波《なんばの》次郎が切腹《せつぷく》の時《とき》、書残《かきのこ》したる諫言《かんげん》の一通《いつつう》を駅路《ゑきろ》の鈴《すゞ》と入替置《いれかへお》き、わざと奪《うば》はれ御《おん》手に掛《か》かりしは、どふぞして御謀叛《むほん》を止《や》めさせましたい私《わたし》が心《こゝろ》。お前《まへ》に願《ねが》ひは外《ほか》でもなし、一枚置《まいお》いて次《つぎ》へ続《つゞ》く

(16)

(17) 一枚置《まいお》いて前《さき》の続《つゞ》き 今《いま》、此駅路《ゑきろ》の鈴《すゞ》をお前《まへ》にお渡《わた》し申すゆゑ、もし提婆之《だいばの》介様《さま》の謀叛顕《むほんあらは》れ、擒《とりこ》となり給ふとも、此鈴《すゞ》をお返《かへ》し申す功に代《か》へて、実朝《さねとも》公へお嘆《なげ》き申《まう》

十五オ

(17)十四ウ

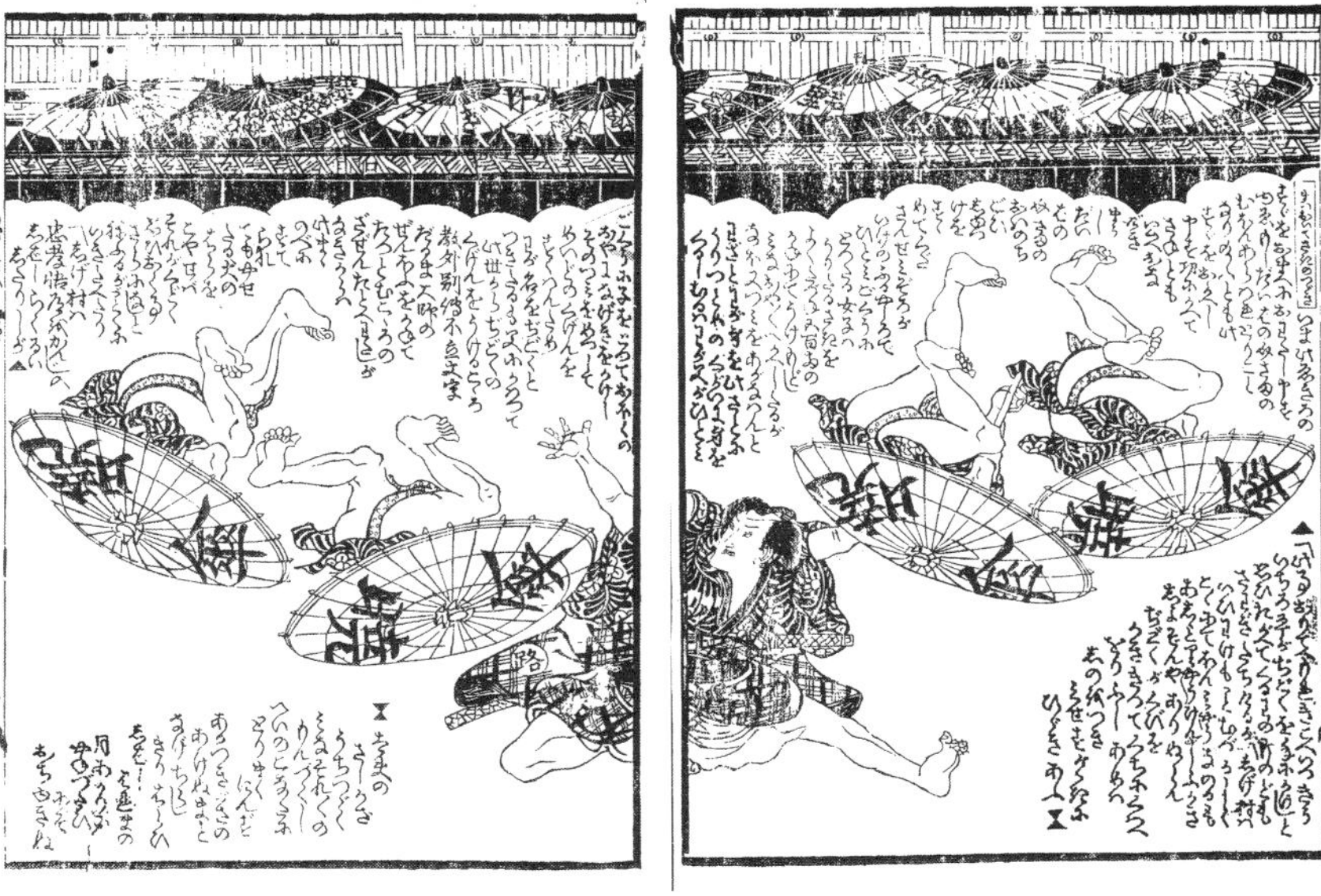

し、提婆之《だいばの》介様《さま》の御命乞《おいのちごひ》、出家《しゆつけ》を勧《す》めて下《くだ》さんせ。みぞろが池《いけ》の古社《ふるやしろ》で、人身御供《ひとみごくう》に取《と》つたる女子は売《う》りたる先《さき》をよく尋《たづ》ね、五百両の金《かね》にて請戻《うけもど》し、皆《みな》、親々《おや〳〵》へ返《かへ》したるが、なほ又罪《つみ》を贖《あがな》はんと、わざと我《わ》が身を此遊里《さと》に売《う》り、勤《つと》めの苦界《くがい》に身を苦《くる》しむるは、我《わ》が父が人身御供《ひとみごくう》に子を取《と》つて、多《おほ》くの親《おや》に嘆《なげ》きをかけしその罪《つみ》を滅《めつ》して、冥途《めいど》の苦《く》患《げん》を救《すく》はんため。我《わ》が名を地獄《ぢごく》と付《つ》きたるも、父に代《か》はつて此世から、地獄《ぢごく》の苦患《くげん》を受《う》ける心《こゝろ》。教外別伝不立文字、達磨《だるま》大師の禅法《ぜんほふ》をかねて尊《たつと》む心《こゝろ》の座禅《ざぜん》。たとへ私《わたし》が亡骸《なきがら》は、此まゝ野辺《のべ》に捨《す》てられても、痩《や》せたる犬の腹《はら》を肥《こ》やせば、それが功徳《くどく》。思ひ置《お》く事更《さら》になしと、眠《ねぶ》るが如《ごと》くに息《いき》絶《た》へたり。

重《しげ》村は忠孝悟道を感入《かんじ》、暫《しば》し落涙《らくるい》したりしが、此事表《おもて》へ漏聞《もれき》こへ、一久一路《いつきういちろ》平が地獄《ぢごく》を手に掛《か》けしと思ひ違《たが》へて、廓《くるわ》の者《もの》ども騒立《さわぎた》ちけるが、重《しげ》村は言訳《いひわけ》も事難《ことむつか》しく、此処《こゝ》にて本名《ほんみやう》名乗《なの》るも悪《あ》しゝと料簡《りやうけん》し、深《ふか》き所存《しよぞん》やありぬらん、地獄《ぢごく》が首《くび》を掻切《かきゝ》つて口に啣《くは》へ、折節《をりふし》、雨《あめ》は篠《しの》をつき、見世《みせ》清掻《すがゝき》に響《ひゞき》合《あ》ふ太夫の差傘《さしかさ》、打続《うちつゞ》く皆《みな》それ〴〵の

(18)十五ウ

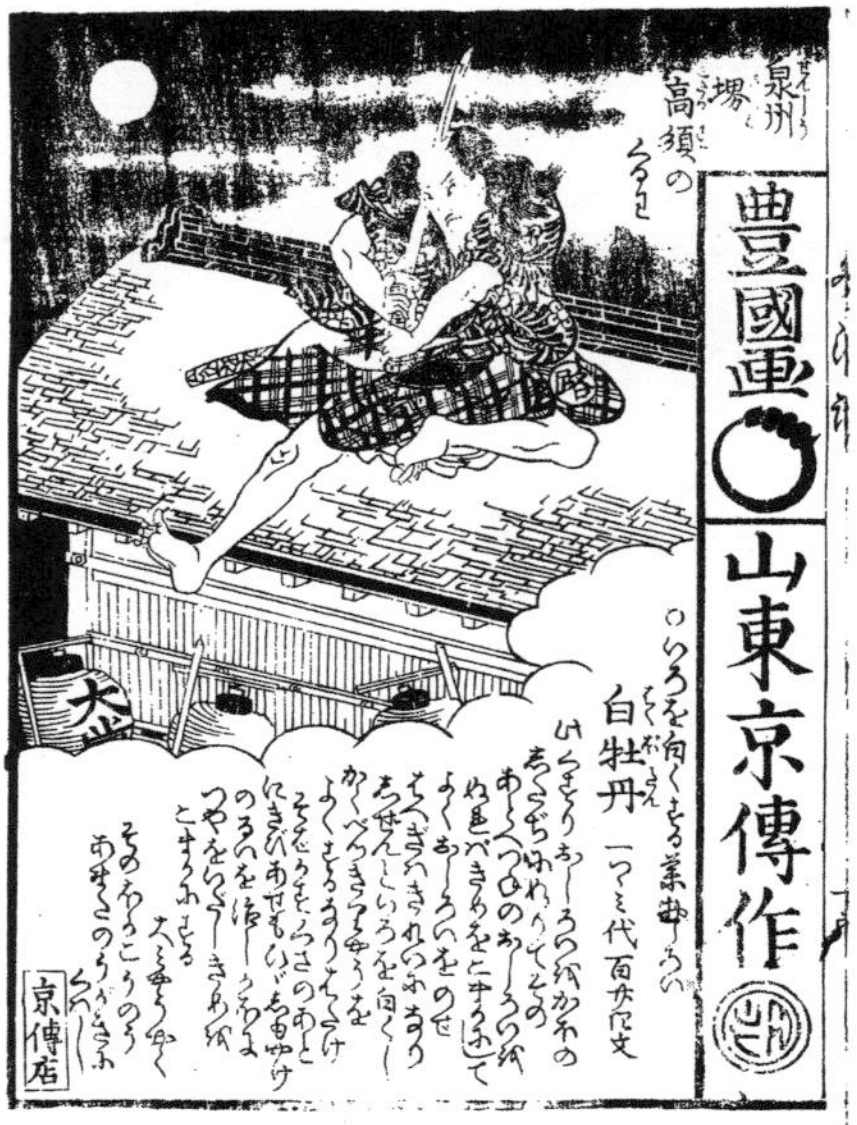

紋尽《もんづ》くし。塀《へい》のこなたに取巻《とりま》く人数《にんず》、暁傘《あかつきがさ》のあけぬ間《ま》と、投散《なげちら》し斬払《きりはら》ひ、暫《しば》し晴間《はれま》の月明《あか》りに、屋根伝《やねづた》ひにぞ落《おち》行《ゆ》きぬ。

［吉野］

［夕霧《ぎり》］

［暁傘］

［暁傘］

［暁傘］

［暁傘］

(18)

泉州《せんしう》堺《さかひ》高須《たかす》の廓《くるわ》

豊国画㊞ ｜ 山東京伝作㊞

○色《いろ》を白くする薬白粉《おしろい》

白牡丹《はくぼたん》　一包《つゝみ》代百廿四文

此薬白粉《くすりおしろい》を顔《かほ》の下地《したぢ》に塗《ぬ》りて、そのあとへ常《つね》の白粉《おしろい》を塗《ぬ》れば、きめを細《こま》かにして、よく白粉《おしろい》をのせ、生際綺麗《はへぎはきれい》になり、自然《しぜん》と色《いろ》を白くし、格別器量《かくべつきりやう》をよくするなり。疥《はたけ》・

中編見返し

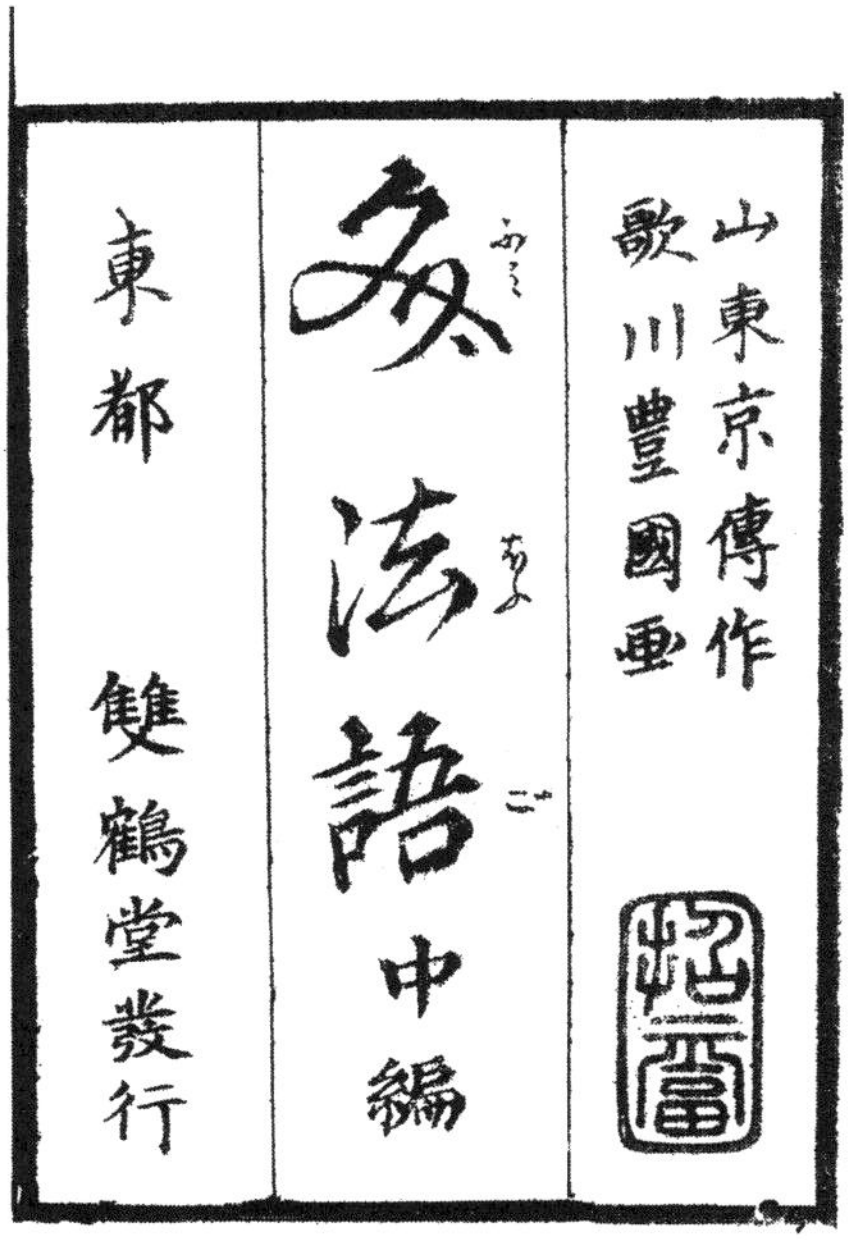

雀斑《そばかす》・瘡《くさ》の跡《あと》・面皰《にきび》・汗疹《あせも》・皹《ひゞ》・霜焼《しもやけ》の類《るい》を治し、顔《かほ》に艶《つや》を出《いだ》し、きめを細《こま》かにする大妙薬《みやうやく》。その他効能《ほかこうのう》数多《あまた》、能《のう》書《がき》に詳《くは》し。

京伝店

【中編見返し】

山東京伝作
歌川豊国画

招福

文法語《ふみほふご》　中編

東都　　双鶴堂発行

(19)十六オ

【中編】

【上】

(19) 文法語中編上冊

読《よ》み始《はじ》め　小栗判官《おぐりはんぐわん》の家臣《かしん》常陸《ひたち》小萩之《はぎの》介といひし者《もの》、若《わか》気《げ》の誤《あやま》りにて、美濃《みの》の国《くに》野上《がみ》の里《さと》の秋篠《あきしの》といふ遊君《ゆふくん》に馴初《なれそ》め、根引《ねびき》をして手掛《かけ》にしたる事《こと》、判官《はんぐわん》の御耳《おんみゝ》に入《い》りて勘《かん》当《どう》を受《う》け、浪々《ろうく》の身となりて京に上り、曙《あけぼの》が辻《つじ》に所帯《しよたい》を持《も》ち、秋篠《あきしの》を女房《にようぼう》とし、世渡《わた》りのため表具屋《ひやうぐや》をして暮《く》らしけるが、京太が表具《ひやうぐ》とて、その名高《たか》くぞ聞《き》こへける。

　互《たが》ひに想合《おもひあ》ふたる仲《なか》なれば、夫婦仲睦《ふうふなかむつ》ましく連添《つれそ》ひしが、如何《いか》なる故《ゆへ》にや、京太、此頃《ごろ》は片時内《かたときうち》に居着《ゐつ》かず、夜《よる》も帰《かへ》らぬ事度々《ことたびく》なれば、秋篠《あきしの》は心《こゝろ》ならず、もし外《ほか》に想《おも》ふ女ありて、其方《そのかた》へ通《かよ》ふかと疑《うたが》へども、たしなみて打付《うちつ》けに悋《りん》気《き》もせず、とかく神頼《だの》みに如《し》かじと、祇園《ぎおん》の社《やしろ》へ百度参《ひやくどまゐ》りをしたりけるに、男達《だて》の生酔《なまゑひ》二人、秋篠《あきしの》を引止《ひきとゞ》め、酒《さけ》の相《あい》を頼《たの》むの、肴《さかな》をせうのと、大勢《ぜい》の参詣《さんけい》の中《なか》にて嬲《なぶ》りければ、秋篠《あきしの》は色々《いろく》に詫《わ》ぶれども許《ゆる》さず、大に難儀《なんぎ》の体《てい》なりけり。こゝに又、前方《まへかた》 次《つぎ》へ続《つゞ》く

(20)十六ウ

十七オ

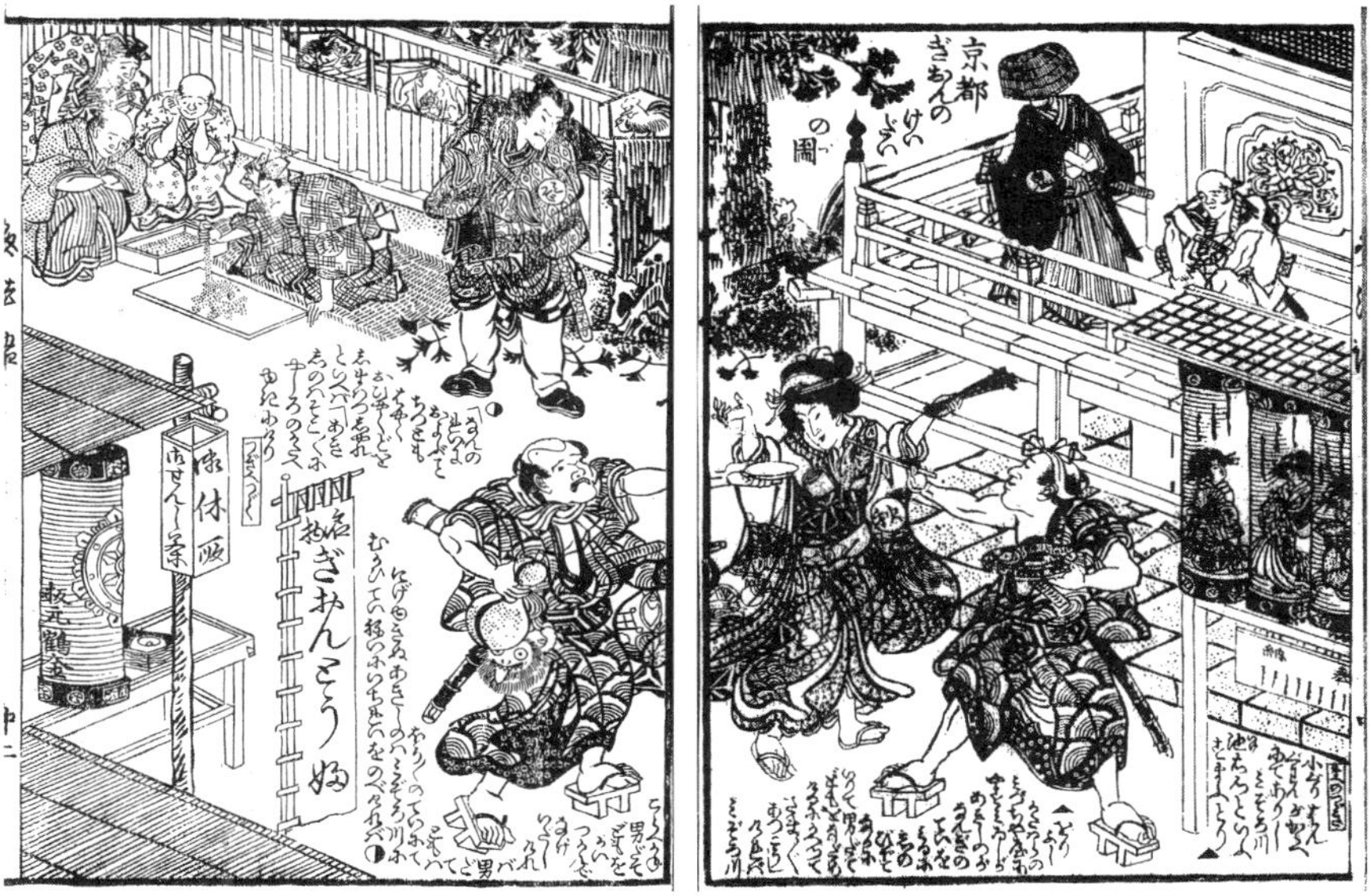

(20) 京都祇園《ぎおん》の境内《けいだい》の図《づ》

[前《まへ》の続《つゞ》き] 小栗判官《ぐりはんぐわん》が抱《かゝ》へにてありし、深泥《みぞろ》川池《いけ》右衛門といふ相撲取《すまふとり》、折節《をりふし》、傍《かたは》らの水茶屋《みづちや》に休居《やすみゐ》しが、秋篠《あきしの》が難儀《なんぎ》の体《てい》を見《み》るに忍《しの》びず、中《なか》に入《い》りて男達共《だてども》を宥《なだ》めけるに、かへつて様々《さま〴〵》悪口《あつこう》しければ、深泥《みぞろ》川堪《こら》へかね、男達共《だてども》を掻摑《かいつか》んで投出《なげいだ》しければ、男達共《だてども》は、ほう〳〵の体《てい》にて逃《にげ》行《ゆ》きぬ。秋篠《あきしの》は深泥《みぞろ》川に向《むか》ひ丁寧《ていねい》に一礼《いちれい》を述《の》べければ、「何《なん》の礼《れい》に及《およ》ぶ事《こと》。ちつとも早《はや》くお百度《ひやくど》を仕舞《しま》はつしやれ」と言《い》へば、秋篠《あきしの》はそこ〳〵に社《やしろ》の方《かた》へ行《ゆ》きにけり。

[次《つぎ》へ続《つゞ》く]

[奉納]

[名物祇園豆腐《ぎおんとうふ》]

[御休所／御煎茶《せんじ》]

[板元鶴金]

(21)十七ウ

十八オ

(21) 前《まへ》の続《つゞ》き　その後《あと》に落《お》ちてありし一通《つう》を深泥川《みぞろ》拾取《ひろひと》り、これは確《たし》かに今《いま》の女が落《お》とした書付《かきつけ》。ア、どふぞ返《かへ》してやりたいものと気《き》を付《つ》けれど、数多《あまた》の参詣《さんけい》に紛《まぎ》れて行方《ゆくへ》知《し》れず。深泥川《みぞろ》は詮方《せんかた》なく懐中《くわいちう》し此方《こなた》を見《み》れば、砂《すな》で字《じ》を書《か》く物乞《ものごひ》の浪人《らうにん》あり。その顔《かほ》を見《み》て、「ヤア此方《こなた》は」と言《い》ふに、物乞《ものごひ》は目配《めくば》せして、此処《こゝ》では何《なに》も言《い》はしやるなと仕方《しかた》ですれば、早《はや》く呑込《のみこ》む深泥川《みぞろ》、素知《そし》らぬ顔《かほ》で元《もと》の水茶《みづちや》屋に休居《やすみゐ》たり。

程《ほど》なく七ツの鐘響《かねひゞ》き、参詣《さんけい》の諸人《しよにん》、おのが様々《さまぐ》家路《いへぢ》に帰《かへ》り、人《ひと》なき折《をり》を見合《みあ》はせて深泥川《みぞろ》は、かの物乞《ものごひ》の浪人《ろうにん》が側《そば》に近寄《ちかよ》り、「此方《こなた》は確《たし》かに小栗家《ぐりけ》の下部《しもべ》鎌平殿《かまどの》。何故《なにゆへ》に此体《てい》」と言《い》へば、「お久《ひさ》しや深泥川殿《みぞろどの》。小栗《ぐり》の御家《おいへ》の騒動《そうどう》は定《さだ》めて噂《うはさ》にお聞《き》きもあらふ」ト言《い》ふ折《をり》しも、最前《さいぜん》の男達《おとこだて》、仕返《しかへ》しせんと此処《こゝ》に来《きた》り。物《もの》をも言《い》はず段平《だんびら》抜《ぬ》いて深泥川《みぞろ》に斬付《きりつ》けたるを、身《み》をかはして張倒《はりたふ》し、襟首摑《ゑりくびつか》んで両目《りやうめ》を塞《ふさ》ぎ、サア今《いま》の後《あと》を、その砂《すな》で書《か》いた〳〵と、鎌平《かま》に目《め》顔仕方《かほしかた》で教《おし》ゆれば、鎌平《かま》は心得《こゝろえ》て、砂《すな》を握《にぎ》つて地《ち》に書《か》く文字《もじ》の文句《もんく》に曰《いは》く、その砌《みぎり》、照手《てるて》の姫様《ひめさま》のお供《とも》して館《やかた》を立《たち》退《の》き、今《いま》は松の尾山の達磨堂《だるまどう》にと書下《かきくだ》せば、モウそれでよい、早《はや》く消《け》したと砂字《すなじ》を消《け》させ、先《さき》へ〳〵と目《め》で知《し》らすれば、鎌平《かまへい》は、合点《がつてん》と松《まつ》の尾山《をやま》へ馳帰《はせかへ》る。深泥《みぞろ》川は、かの男達《だて》を宙《ちう》に引提《ひつさ》げ、二三間《げん》投出《なげいだ》せば、命《いのち》からぐ〵逃帰《にげかへ》る。折節《をりふし》、ボヲンと暮《くれ》の鐘《かね》。尻引絡《しりひつから》げて深泥《みぞろ》川、松《まつ》の尾山《をやま》へと走行《はしりゆ》く。

先程《さきほど》より祇園《ぎおん》の社《やしろ》の勾欄《かうらん》に身《み》を寄《よ》せて、様子《やうす》を窺《うかが》ふ立派《りつぱ》の侍《さふらひ》、辺《あた》りを見回《みまは》し編笠《あみがさ》脱《ぬ》げば、これすなはち鬼鹿毛郡《おにかげぐん》領《りやう》雲連《くもつら》なり。合図《あいづ》の扇《あふぎ》を吹鳴《ふきな》らせば、物陰《ものかげ》より現《あらは》れ出《いで》たる擂粉《すりこ》木閻魔《ゑんま》と地蔵《ぢぞう》の物乞《ものごひ》。何《なに》の御用《ごよう》と手《て》を突《つ》けば、「ヲ、我《われ》、望《のぞ》みの如《ごと》く小栗判官《ぐりはんぐわん》に腹《はら》を切《き》らせ、その家《いへ》を横《おう》領《りやう》して何不足《なにふそく》なしといへども、我《わ》が恋慕《こひした》ふ肝心《かんじん》の照手《てるて》の前《まへ》が行方《ゆくへ》知《し》れざるゆへ、我《わ》が家来《けらい》の汝《なんぢ》らを物貰《ものもらひ》に身《み》を窶《やつ》させ、此辺《へん》に気《き》を付《つ》けさするも、照手《てるて》が行方《ゆくへ》を知《し》らんため、今《いま》、彼処《かしこ》にて様子《やうす》を見《み》るに、何《なに》やら砂《すな》にて書《か》いたる文《も》字《じ》、遠目《とほめ》なれば、その字性《じしやう》は分《わ》からねども、何様怪《なにさまあや》しき二人《ふたり》の奴《やつ》ら、汝等《わいら》二人《ふたり》は今《いま》の相撲取《すまふとり》めが跡《あと》を慕《した》つて様子《やうす》を見《み》ろ、早《はや》く〳〵」と言《い》ひければ、「畏《かしこ》まり候」と言《い》ふより早《はや》く、閻魔《ゑんま》と地蔵《ぢぞう》、地獄《ぢごく》の上《うへ》の一足飛《いつそくと》び、深泥川《みぞろ》が跡《あと》を慕《した》ひ、飛《と》ぶが如《ごと》くに走行《はしりゆ》く。鬼鹿毛郡領《おにかげぐんりやう》は又編笠《あみがさ》に顔隠《かほかく》し、旅宿《りよしゆく》を指《さ》してぞ帰《かへ》りける。

○さるほどに鎌《かま》平は、松《まつ》の尾《を》山の達磨堂《だるまどう》に照手《てるて》の前《まへ》を隠《かくし》置《お》き、あるひは土器売《かはらけうり》となり、又は砂《すな》で字を書《か》き物《もの》を乞《こ》ひ、千辛万苦《せんしんばんく》に身《み》を凝《こ》らし、照手《てるて》の前《まへ》を養《やしな》ひ申す忠義《ちうぎ》の程《ほど》ぞ類《たぐひ》なき。

ことさら、照手《てるて》の前《まへ》は大病《たいびやう》にて、鎌《かま》平は看病《かんびやう》に身《み》も疲《つか》れ、留守《るす》は別《べつ》して困《こま》りしに、先《さき》だつて小栗《ぐり》の家滅《いへほろび》し時《とき》、

一枚置《まいお》いて次《つぎ》へ続《つゞ》く

[その砌《みぎり》、照手《てるて》の姫様《ひめさま》のお供《とも》して立退《たちの》き]

（22）十八ウ

十九オ

（22）［達磨堂］
［不立文字］

（23）一枚《まい》置《お》いて前《まへ》の続《つゞ》き　照手《てるて》の前《まへ》を助《たす》けんために、斬《きり》死《じに》したる腰元《こしもと》どもの幽霊《ゆうれい》、代《か》はるぐ〵に現《あらは》れて看病《かんびやう》するにぞ、鎌《かま》平は彼《かれ》らが深《ふか》き忠義《ちうぎ》を感《かん》じて哀《あは》れを増《ま》し、これを力《ちから》と頼《たの》みけり。

斯《か》くて深泥《みぞろ》川池《いけ》右衛門は達磨堂《だるまどう》を志《こゝろざ》して馳来《はせきた》りしに、

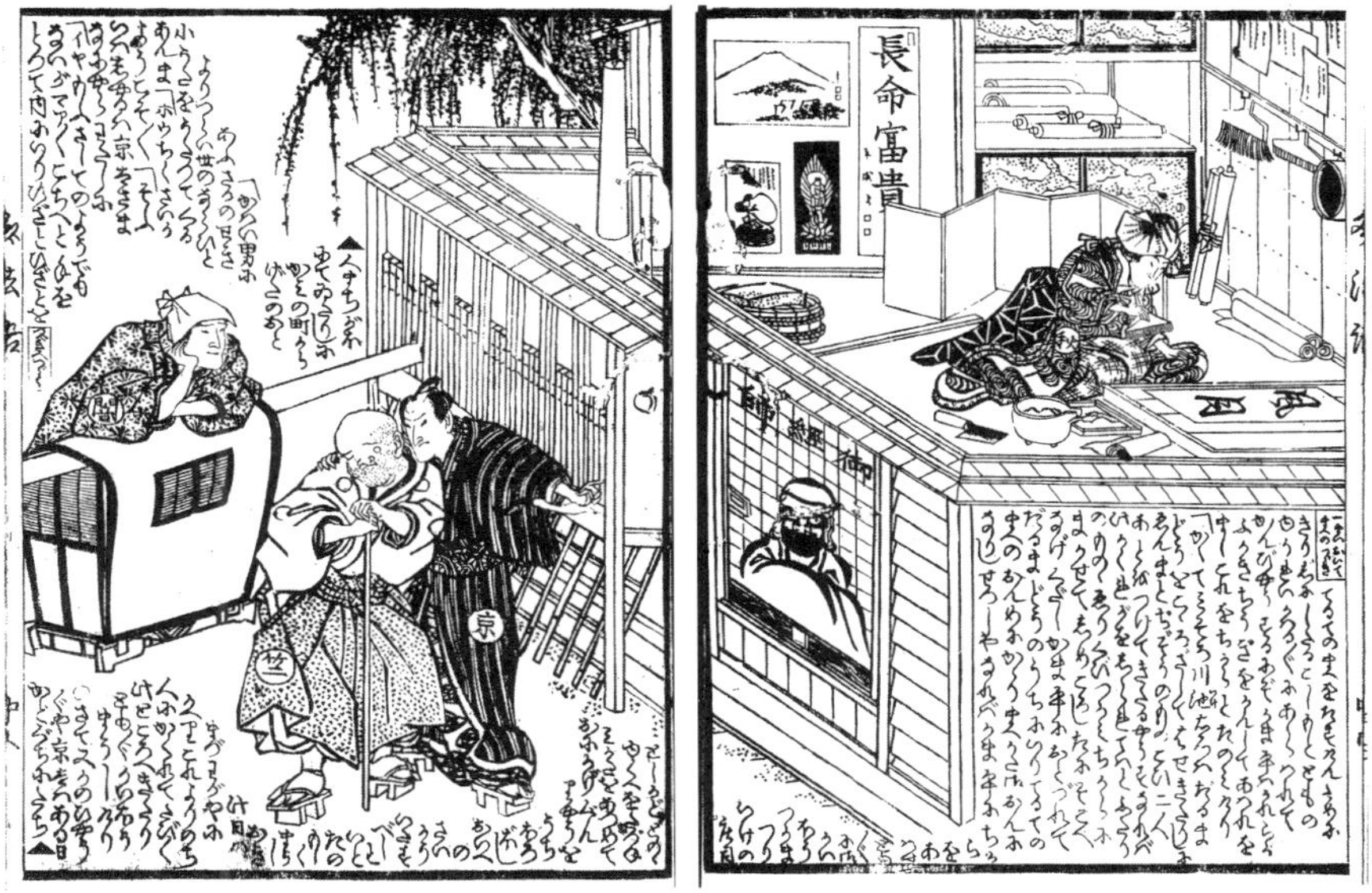

閻魔《ゑんま》と地蔵《ぢぞう》の物乞《ものごひ》二人、跡《あと》を付《つ》けて来《きた》る様子《やうす》なれば、此隠処《かくれが》を知《し》られてはと、二人《ふたり》の者《もの》の襟首《ゑりくび》摑《つか》み力《ちから》に任《まか》せて絞《しめ》殺《ころ》し、谷底《たにぞこ》へ投下《なげくだ》し、鎌《かま》平に訪《おとづ》れて達磨堂《だるまどう》の内《うち》に入《い》り、照《てる》手《て》の前《まへ》の御目《おんめ》に掛《か》かり、「前方《まへかた》御恩《おん》になりし拙者《せつしや》なれば、鎌《かま》平に力《ちから》を合《あ》はせ共々《ともぐ》に御介抱《かいほう》仕《つかまつ》り、池之《いけの》庄司年門殿《としかどどの》の行方《ゆくへ》を尋《たづ》ね、味方《みかた》を集《あつ》めて鬼鹿毛《おにかげ》郡領《ぐんりやう》を討滅《うちほろ》ぼし、御家《おいへ》の再興致《さいかういた》すべし」と、いと頼《たの》もしく申置《まうしお》き、此日はまづ我《わ》が家《や》に帰《かへ》り、これより後《のち》、人に隠《かく》れて度々《たびぐ》此所《ところ》へ来《きた》り、共々介抱申《ともぐかいほうまう》しけり。

○さて又かの表具屋《ひやうぐや》京太は、ある日、門口《かどぐち》に立《た》ち、人待《ま》ち顔《がほ》にて居《ゐ》たりしに、上《かみ》の町から下駄《げた》の音《おと》、「可愛《かはい》男に逢《あふ》坂《さか》の関《せき》より辛《つら》い世の習《なら》ひ」と小唄《うた》を歌《うた》つて来《く》る按摩《あんま》。ホウ竹斎《ちくさい》か、ようこそ〳〵。そふ言《い》はしやるは京太様《さま》、何《なに》やら私《わたし》に。イヤもふ、さしての用《よう》でもないが、マア〳〵こちへと手を取《と》つて内に入《い》り、膝《ひざ》と膝《ひざ》とを 次《つぎ》へ続《つゞ》く

[風月]

[長命富貴]

[御経師]

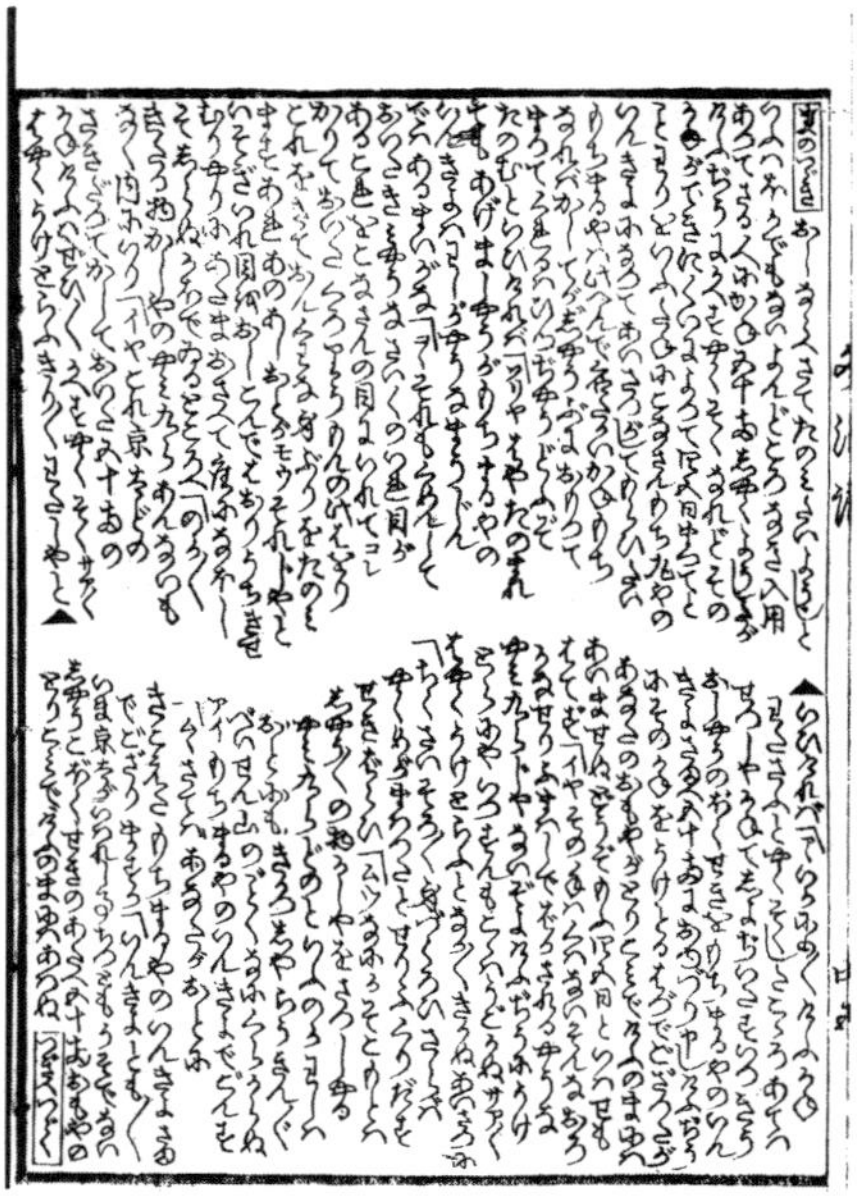

(24)二十ウ

(24) 前《まへ》の続《つゞ》き 押並《おしなら》べ、「さて頼《たの》みたい用事《ようじ》といふは外《ほか》でもない。よんどころなき入用あつて、さる人に金《かね》五十両借用《しやくよう》したが、今日中《けふぢう》に返《かへ》す約束《やくそく》なれど、その金《かね》ができにくいによつて、四五日待《ま》つてと断《ことわ》りを言《い》ふ種《たね》に、此方《こな》さん、持《もち》丸屋《や》の隠居《いんきよ》になつて挨拶《あいさつ》がして貰《もら》ひたい。持丸屋《もちまるや》は此辺《へん》で名高《たか》い金持《かねもち》なれば、貸手《かして》が丈夫《じやうぶ》に思《おも》つて待《ま》つてくれるは必定《ひつぢやう》。どふぞ頼《たの》む」と言《い》ひければ、ソリヤはや頼《たの》まれても上《あ》げましやうが、持丸屋《もちまるや》の隠居《いんきよ》は、わしがやうな盲人《まうじん》ではあるまいがな。ヲ、それも工面《くめん》しておいた。奇《き》妙《みやう》な細工《さいく》の入目《いれ》がある。これを此方《こな》さんの目に入《い》れて、コレ借《か》りて置《お》いた黒龍紋《くろりうもん》の此羽織《はをり》、これを着《き》て温和《おんくわ》な身振《ぶり》を頼《たの》みます。あれあの足音《あしおと》がモウそれじやと、急《いそ》ぎ入目《いれ》を押込《おしこ》んで、羽織打着《はおりうちき》せ、無理矢理《むりやり》に頭押《あたまお》さへて座に直《なほ》し、素知《そし》らぬ顔《かほ》で居《ゐ》るところへ、のか〳〵来《きた》る物貸屋《かしや》の闇《やみ》九郎。案内《あんない》もなく内に入《い》り、「イヤこれ京太殿《どの》。先《さき》だつて貸《か》して置《お》いた五十両の金《かね》、今日《けふ》は是非《ぜひ》々々返《かへ》す約束《やくそく》、サア〳〵早《はや》く受取《うけと》らふ。きり〳〵渡《わた》しや」と言《い》ひければ、「ア、如何《いか》にも〳〵、今日《けふ》、金渡《かねわた》さふと約束《やくそく》した。心当《こゝろあ》ては拙者《せつしや》かねて所持致《しよぢいた》す一休和尚《いつきうおしやう》の墨跡《ぼくせき》を、持丸屋《もちまるや》の隠居《いんきよ》様《さま》へ五十両にお譲《ゆづり》申し、今日中《けふぢう》に、その金《かね》を受取《うけと》る筈《はづ》でござつたが、彼方《あなた》の母屋《おもや》が取込《とりこ》みで、今日《けふ》の間《ま》には合《あ》いませぬ。どうぞ、もふ四五日」と言《い》はせも果《は》てず、イヤその手は喰《く》はない。そんな愚《おろ》かな台詞回《せりふまは》しで化《ば》かされるやうな闇《やみ》九郎じやないぞよ。今日中《けふぢう》に受取《うけと》らにや、一寸《いつすん》も此処《こゝ》は動《うご》かぬ。サア〳〵早《はや》く受取《うけと》らふと、なか〳〵きかぬ挨拶《あいさつ》に、竹斎《ちくさい》そろ〳〵身繕《みづくろ》ひ、さらば役目《やくめ》が回《まは》つたと、台詞《せりふ》繰出《くりだ》す咳払《せきばら》ひ。ムウ何《なに》か、そこもとは少々《しやう〳〵》の物貸屋《かしや》をさつしやる闇《やみ》九郎殿《どの》といふのか。わしは音《おと》にも聞《き》かつしやらう、金銀米銭《きん〴〵べいせん》山の如《ごと》く、何暗《なにくら》からぬ、アイ持丸屋《もちまるや》の隠居《いんきよ》でごんす。ム、さては、あなたが音《おと》に聞《き》こえた持丸屋《もちまるや》の隠居《いんきよ》様《さま》でござりますか。「隠居《いんきよ》とも〳〵、今《いま》京太が言《い》はれし事、ちつとも嘘《うそ》でない証拠《しやうこ》、墨跡《ぼくせき》の価《あたへ》五十両、母屋《おもや》の取込《とりこ》みで今日《けふ》の間《ま》には合《あ》はぬ。

次《つぎ》へ続《つゞ》く

【下】

(25) 文法語中編下冊

前《まへ》の続《つゞ》き

わしが受《う》けやつた、待《ま》つてやらしやれ。なんぼ貴様《きさま》が突張《つつぱ》つて渡《わた》せ〳〵と言《い》はしやつても、今《いま》は野中《のなか》の一《ひと》つ水《みづ》、すまぬ金《かね》をば中《なか》にも暫《しば》し、すむはゆかりの此隠居《いんきよ》。コレ和《やは》らぎ給へ〳〵」と言《い》ひければ、ヱ、忌々《いま〳〵》しい、何《なん》のこつた。食倒《くらいたを》れの隠居《いんきよ》にや構《かま》はぬ。きり〳〵渡《わた》せ受取《うけと》らふ。ヤアわりや大事《だいじ》の隠居様《いんきよさま》を食倒《くらいだを》れとぬかしたな。ヲ、言《い》つたがどうした。ヤア洒落臭《しやらくさ》いと腕捲《うでまく》り。京太も肘《ひぢ》を押張《おしは》つて摑合《つかみあ》ふたるその中《なか》へ、紛込《まぐれこ》んだる竹斎《ちくさい》が、突《つき》飛《と》ばされるこの拍子《ひやうし》に、入《いれ》目がポツタリ抜落《ぬけお》ちれば、闇《やみ》九郎取上《とりあ》げて、さてこそおのれ紛《まぎ》れ者《もの》、偽盲《にせめくら》じやない偽《にせ》目明《めあき》じや。モウ料簡《りやうけん》がと立かゝる。京太は箒押取《はうきおつと》つて、打《ぶ》ちつ打《ぶ》たれつ大騒《おゝさわ》ぎ。マア〳〵待《ま》つてと奥《おく》の間《ま》より、女房秋篠走出《にようぼうあきしのはしりい》で、三人を引分《ひきわ》けて中《なか》に立《た》ち、イヤこれ物貸屋《かしや》の闇《やみ》九郎さんとやら、五十両の金渡《かねわた》しませう。あの此《こ》方《な》さんが。アイ私《わたし》が今此処《いまこゝ》で済《す》ましませう。したが借《しやく》用手形《がた》があるかへ。ハテ物貸屋《かしや》を商売《しやうばい》にしてゐる者《もの》が、手

(25)二十一オ

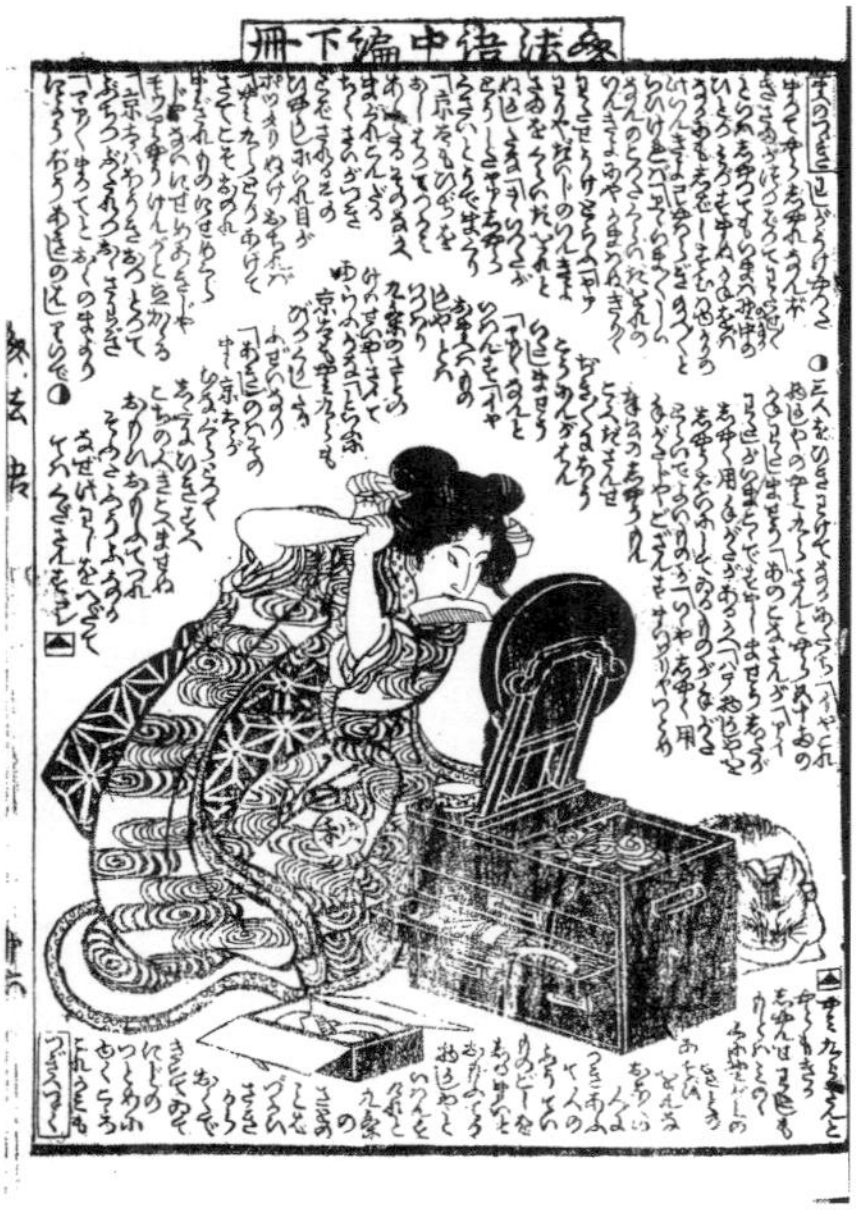

形《がた》とらいでよいものか。いゝや、借《しやく》用手形《がた》じやござんすまい。ソリヤ勤《つとめ》奉公の証文《しやうもん》、此処《こゝ》へ出《だ》さんせ直々《ぢき〳〵》に、奉《ほう》公人《こうにん》が判致《はんいた》しませう。マア〳〵何《なん》と言《い》はんす。「イヤお前《まへ》は物貸屋《ものかしや》とは偽《いつは》り、九条の里《さと》の傾城屋《けいせいや》さんであらふがな」と言《い》ふに、京太も闇《やみ》九郎もびつくりしたる風情《ふぜい》なり。秋篠《あきしの》はそのまゝ京太が胸倉《むなぐら》取《と》つて下《した》に引据《ひきす》へ、「こちの人、聞《き》こへませぬ。想《おも》ひ想《おも》ふて連添《つれそ》ふた夫婦仲《ふうふなか》、なぜ此わしを隔《へだ》てては下《くだ》さんす。コレ闇《やみ》九郎さんとやらも聞《き》かしやんせ。私《わたし》も元《もと》は美濃《みの》の国《くに》野上《がみ》の里《さと》の遊女《あそびをんな》、多《おほ》くの人に付合《つきあ》ふて、人の風体物腰《ふうていものごし》を知《し》るまいと思《おも》ふてか。物貸屋《かしや》と言《い》はんすけれど、九条の里《さと》の言葉遣《ことばづか》ひ、先《さき》から奥《おく》で聞《き》いてゐて、二度《にど》の勤《つと》めに行《ゆ》く心《こゝろ》、これ髪《かみ》も 次《つぎ》へ続《つゞ》く

(26)二十一ウ

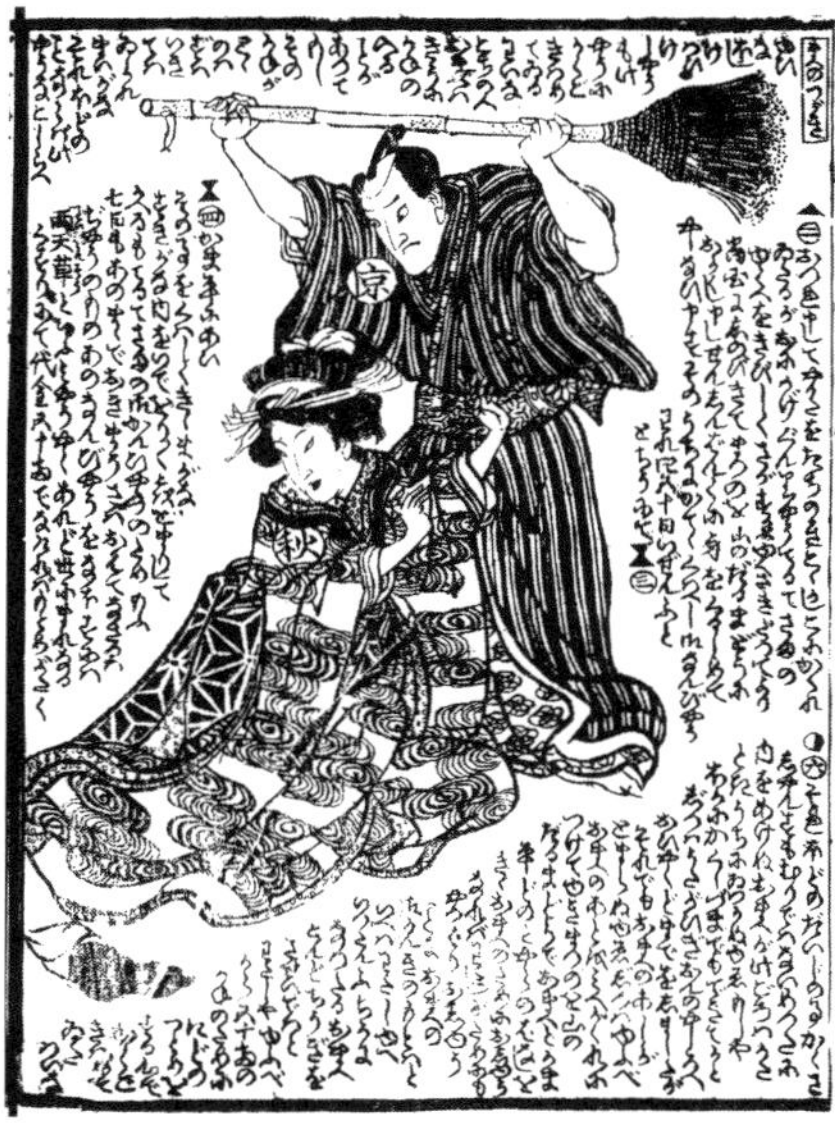

二十二オ

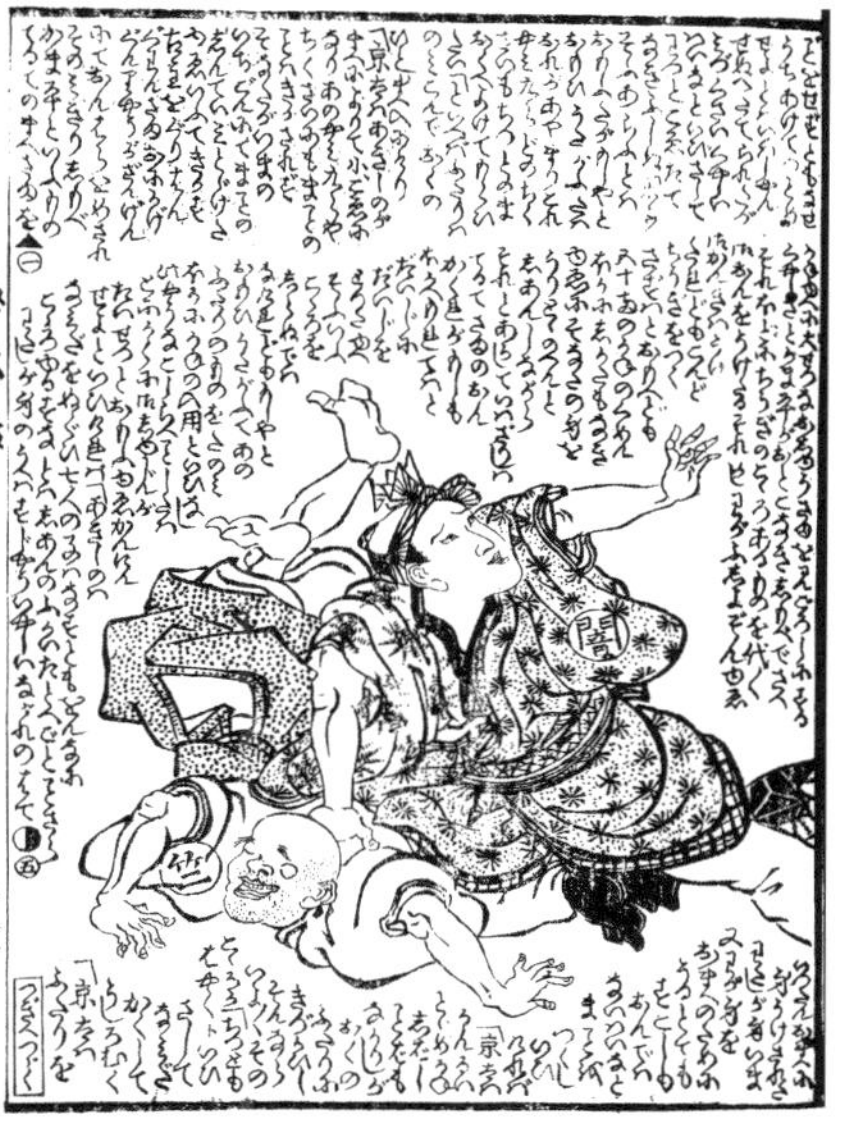

(26) 前《まへ》の続《つゞ》き 結直《ゆひなほ》し、化粧化粧《けはひけしやう》も此様《やう》に覚悟《かくご》きはめて居《ゐ》るわいな。こちの人、お前《まへ》は急《きう》に金《かね》の入る事《こと》があつて、もしその金《かね》が調《とゝの》はずは生《い》きては居《ゐ》られまいがな。それ程《ほど》の事《こと》ならば、此様《やう》な拵《こしら》へ事《ごと》をせずとも、なぜ打明《うちあ》けて勤《つと》めせよとは言《い》はしやんせぬ。隔《へだ》てられたが水臭《みづくさ》い。口惜《くや》しいはいな」と言《い》ひさして、わつと声立《こゑた》て泣伏《なきふ》しぬ。「ホ、ウ、そふあらふとは思《おも》ふたが、もしやと思《おも》ひ疑《うたが》ふたは俺《おれ》が誤《あやま》り。これ闇《やみ》九郎殿《どの》、竹斎《ちくさい》もちつとの間《ま》、奥《おく》へよけて貰《もら》ひたい」と言《い》へば、二人《ふたり》は呑込《のみこ》んで奥《おく》の一間《ひとま》へ入にけり。

京太は秋篠《あきしの》が前《まへ》に寄《よ》りて小声《ごゑ》になり、「あの闇《やみ》九郎や竹《ちく》斎《さい》にも実《まこと》の事《こと》は聞《き》かされず。そなたが今《いま》の一言《いちごん》にて、実《まこと》の心底見届《しんていみとゞ》けたゆゑ、言《い》ふて聞《き》かす。古主小栗判官様《をぐりはんぐわんさま》、鬼《おに》鹿毛郡領《かげぐんりやう》が讒言《ざんげん》にて御腹《おんはら》を召《め》され、その砌《みぎり》、下部《しもべ》鎌《かま》平といふ者《もの》、照手《てるて》の前様《まへさま》をお連《つ》れ申して、館《やかた》を立退《たちの》き此処彼処《こゝかしこ》に隠居《かくれゐ》たるが、鬼鹿毛郡領《おにかげぐんりやう》、照手様《てるてさま》の行方《ゆくへ》を厳《きび》しく捜《さが》すゑゆへ、先《さき》だつてより当国に忍来《しのびき》て、松《まつ》の尾《を》山の達磨堂《だるまどう》にお隠《かく》し申し、千辛万苦《せんしんばんく》に身を苦《くる》しめて養《やしな》ひ申すそのうちに、かて、加《くは》へし御難病《なんびやう》、我《われ》、四五十日以前《いぜん》、ふと途中《とちう》にて鎌平《かま》に会《あ》ひ、その事を詳《くは》しく聞《き》き、間《ま》がな隙《すき》がな内を出《い》で、折々《をりく》夜泊《どま》りして帰《かへ》るも照手様《てるてさま》の御看病《かんびやう》のため、もふ七日も、あのまゝで置《お》き申《まう》さは、御果《おは》てなさるは定《ぢやう》のもの。あの難病《なんびやう》を治《なほ》すには、西天草《さいてんそう》といふ妙薬《みやうやく》あれど、世に稀《まれ》なる薬《くすり》にて、代金五十両でなければ求難《もとめがた》く、金故《かねゆへ》に大切《せつ》なお主様《しゆうさま》を見殺《ごろ》しにする悔《くや》しさと鎌平《かま》が男泣《おとこなき》。下部《しもべ》でさへ、それ程《ほど》に忠義《ちうぎ》の心《こゝろ》あるものを、代々《く》御恩《おん》を受《う》けたる某《それがし》、我《わ》が不所存《ふしよぞん》ゆゑ、御勘気《かんき》は受《う》けたれども、今度忠《こんどちう》義《ぎ》を尽《つ》くさずはと思《おも》へども、五十両の金《かね》の工面《くめん》、外《ほか》に仕方《しかた》もなき故《ゆゑ》に、そなたの身を売《う》り調《とゝの》へんと思案《しあん》しながら、それと明《あ》かして言《い》はざりしは、照手様《てるてさま》の御隠処《おんかくれが》、もしも外《ほか》へ漏《も》れてはと、大事《だいじ》に大事《だいじ》を取《と》つたゆへ、そふいふ心《こゝろ》を知《し》らぬではなけれども、もしやと思《おも》ひ疑《うたが》ふて、あの二人《ふたり》の者《もの》を頼《たの》み、外《ほか》に金《かね》の入用と言《い》ひなし、此様《やう》な拵《こしら》へ事《こと》したは、兎《と》に角《かく》に御主人《しゆじん》が大切《たいせつ》と思《おも》ふゆゑ、堪忍《かんにん》せよ」と言《い》ひければ、秋篠《あきしの》は涙《なみだ》を拭《ぬぐ》ひ、「七人の子は生《な》すとも女《をんな》に心許《こゝろゆる》すなとは、思案《しあん》の深《ふか》い譬言《たとへごと》。殊更私《ことさらわたし》が身の上《うへ》は、素性卑《すじやういや》しい流《なが》れの果《は》て、それ程《ほど》の大事《だいじ》の事、隠《かく》さしやんすも無理《むり》ではない。滅多《めつた》に内を空《あ》けぬお前《まへ》が、此頃《ごろ》は片時内《かたときうち》に居付《ゐつ》かぬゆゑ、もしや外《ほか》に隠妻《かくしづま》でも出来《でき》てかと、実《じつ》は疑《うたが》ひ、祇園《ぎおん》の社《やしろ》へお百度《ひやくど》までをしましたが、それでもお前《まへ》の足《あし》が止《と》まらぬゆゑ、実《じつ》は夕《ゆふ》べお前《まへ》の跡《あと》を見隠《みへかく》れに付《つ》けて行《ゆ》き、松《まつ》の尾《を》山の達磨堂《だるまどう》で、お前《まへ》と鎌平《かま》殿《どの》とやらの話《はなし》を聞《き》き、お前《まへ》のためにお主《しゆう》なれば、私《わたし》がためにもやつぱりお主《しゆう》、殊《こと》にお前《まへ》の御勘気《かんき》の元《もと》はと言《い》へば私《わたし》ゆへ、一旦不忠《いつたんふちう》になつたるお前《まへ》、今度忠義《こんどちうぎ》をさせいではと、私《わたし》や夕《ゆふ》べから、五十両の金《かね》のために二度《にど》の勤《つと》めをする心で覚悟極《かくごきは》めて居《ゐ》たはいな。一《いつ》旦《たん》お前《まへ》に身請《うけ》された私《わたし》が身、今《いま》又、我《わ》が身をお前《まへ》のために売《う》るとても、少《すこ》しも恩《おん》ではないはいな」と実《まこと》を尽《つ》くし言《い》ひければ、京太は感涙止《かんるいとゞ》めかね、暫《しば》し言葉《ことば》もなかりしが、奥《おく》の二人《ふたり》に気遣《きづか》ひし、「そんならいよ〱その心《こゝろ》か、ちつとも早《はや》く」と言《い》ひさして、涙隠《なみだかく》して後《うし》ろ向《む》く。京太は二人《ふたり》を

次《つぎ》へ続《つゞ》く

(27)二十二ウ

二十三オ

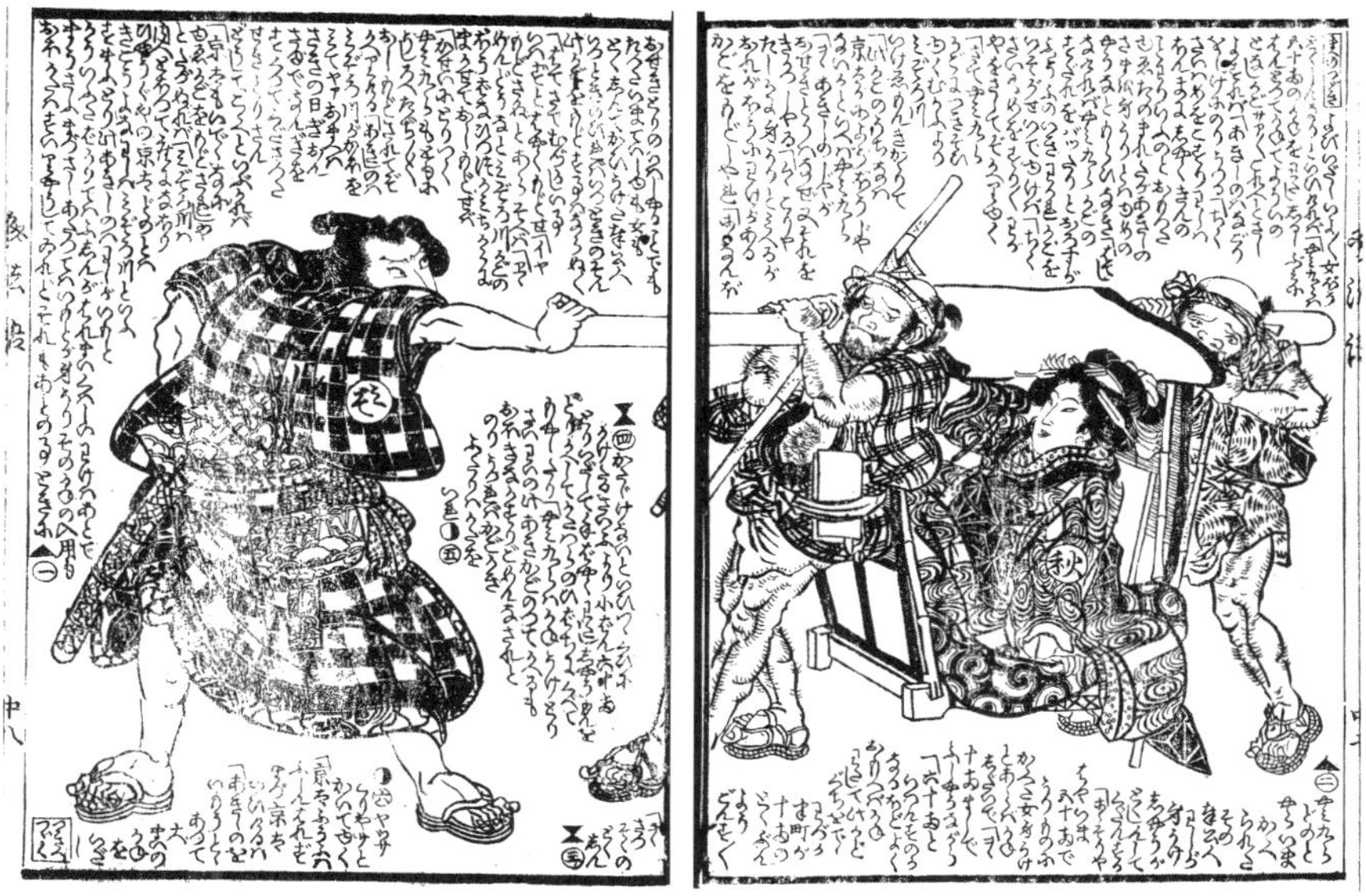

(27) 前《まへ》の続《つゞ》き 呼出《よびいだ》し、「いよ〳〵女房得心《ぼうとくしん》なり」と言《い》ひければ、闇《やみ》九郎は五十両の金《かね》を渡《わた》し、印文《しるしぶみ》に判取《はんと》つて、かねて用意《ようい》の戸無駕籠《となしかご》、サア〳〵これへと差寄《さしよ》すれば、秋《あき》篠《しの》は名残惜《なごりを》しげに乗移《のりうつ》る。竹斎《ちくさい》は目《め》をこすり、わしはほんまに借金《しやくきん》の断《ことわ》り言《い》ふのと思《おも》つたゆゑ頼《たの》まれたが、秋篠様《あきしのさま》を身売《うり》とは夢《ゆめ》のやうなと貰泣《もらひなき》。果《は》てしなければ闇《やみ》九郎、駕籠《かご》の簾《すだれ》をバツたりと下《おろ》すが夫婦《ふうふ》の生別《いきわか》れ、駕籠《かご》を急《いそ》がせ出行《いでゆ》けば、竹斎《ちくさい》も目《め》をすり〳〵、我《わ》が家《や》をさしてぞ帰行《かへりゆ》く。

さて闇《やみ》九郎、駕籠《かご》に付添《つきそ》ひ行《ゆ》く向《むか》ふより、深泥《みぞろ》川池《いけ》右衛《ゑ》門来掛《もんきか》かりて、「此駕籠《かご》の内《うち》なは京太が女房《によようぼう》じやないか」と言《い》へば闇《やみ》九郎、ヲ、秋篠《あきしの》じやが、お関取《せきとり》は何故《なぜ》又それを聞《き》かつしやる。ム、こりや確《たし》かに身売《うり》と見《み》へるが、俺《おれ》が方《ほう》に訳《わけ》がある。駕籠《かご》を戻《もど》しやれ。ホ、なんぼお関取《せきとり》の言《い》はしやる事《こと》でも、たつた今《いま》、亭主《ていしゆ》も女も得心《とくしん》で買請《かひう》けた奉公人、一時延《いつときの》びれば一時《いつとき》の損《そん》、此駕籠《かご》を戻《もど》す事はならぬ〳〵。はてさて、難《むづ》かしい事言《い》はずと早《はや》く戻《もど》せ。イヤ戻《もど》さぬと争《あらそ》へば、ヱ、面倒《めんどう》な事《こと》、深泥《みぞろ》川、駕籠《かご》の棒端《ぼうばな》引摑《ひつつか》み、力《ちから》に任《まか》せて押戻《おしもど》せば、加勢《かせい》に取付《とりつ》く闇《やみ》九郎も共《とも》に後《うし》ろへたぢ〳〵、押戻《おしもど》されてぞ帰《かへ》りける。秋篠《あきしの》は深泥《みぞろ》川が顔《かほ》を見《み》て、ヤアお前《まへ》は先《さき》の日、祇園様《ぎおんさま》で難儀《なんぎ》を救《すく》つて下《くだ》さつた関取《せきとり》さん。どうして此処《こゝ》へと訝《いぶか》れば、京太も出《いで》て、何故《なにゆゑ》駕籠《かご》を戻《もど》されしやと尋《たづ》ぬれば、深泥《みぞろ》川は内へ通《とほ》つて座に直《なほ》り、表具屋《ひやうぐや》の京太殿《どの》とは貴公《きこう》よな。わしは深泥《みぞろ》川といふ相撲取《すまふとり》。此秋篠《あきしの》はわしが妹《いもと》。斯《か》う言《い》ふたばかりでは不審《ふしん》が晴《は》れまい、詳《くは》しい訳《わけ》は後《あと》で申《まふ》さふ。まづ差当《さしあ》たつては妹《いもと》が身売《うり》、その金《かね》の入用も大方《おほかた》は推量《すいりやう》してゐれど、それも後《あと》の事。時《とき》に闇《やみ》九郎殿《どの》とやら、今抱《いまかゝ》へられたその奉公人、わしが身請《うけ》しやうが得心《とくしん》して下《くだ》んすか。ホ、そりやはや今《いま》、五十両で売《う》りものに抱《かゝ》へた女、身請《うけ》とあらば金次第《かねしだい》で。「ヲ、十両増《ま》しで不承《ふしやう》ながら、六十両と言《い》はんすのか。なるほど、よく思《おも》へば金渡《かねわた》して此門口《かどぐち》を出《で》て僅《わづ》か半町が十両の得分《とくぶん》、ようごんす〳〵。ヲ、早速《さつそく》の得心《とくしん》忝《かたじけな》い」と言《い》ひつゝ、首《くび》に掛《か》けたる財布《さいふ》より、小判《ばん》六十両取出《とりいだ》して手早《ばや》く渡《わた》し、証文《しやうもん》を取返《とりかへ》して傍《かたは》らの火鉢《ひばち》にくべて燃《も》やしたり。闇《やみ》九郎は金受取《かねうけと》り、幸《さいわ》いの此空駕籠《あきかご》、乗《の》つて帰《かへ》るも大《おほ》きな掠《かす》り、御免《ごめん》なされと乗移《のりうつ》れば、駕籠舁二人《かごかきふたり》は肩《かた》を入《い》れ、ヤツサこりやサと舁《か》いて行《ゆ》く。京太夫婦《ふうふ》は不審晴《ふしんは》れず、まづ京太言《い》ひけるは、「秋篠《あきしの》を妹《いもうと》とあつて、大枚《まい》の金《かね》を出《いだ》し

次《つぎ》へ続《つゞ》く

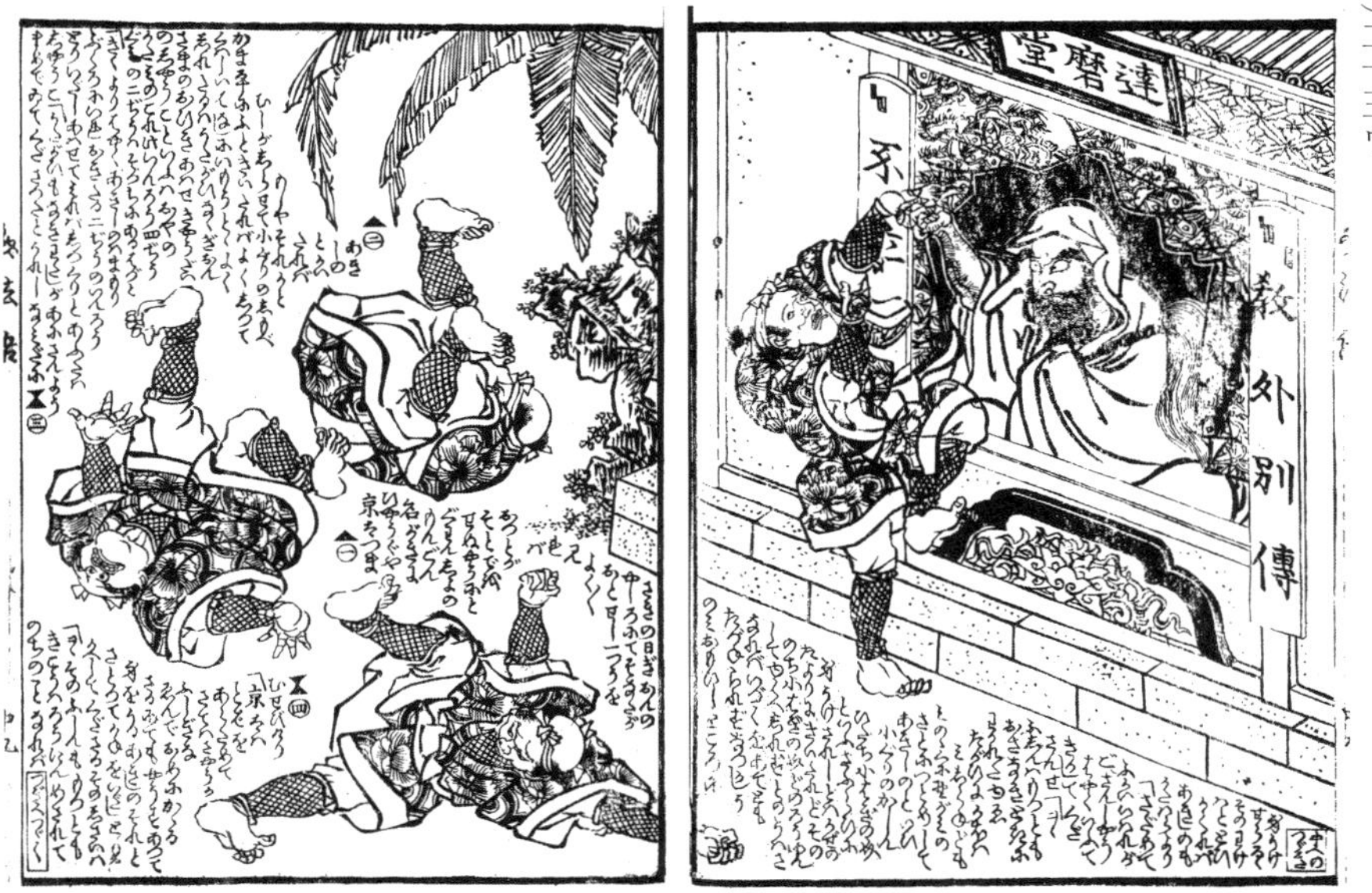

(28) 前《まへ》の続《つゞ》き 身請《うけ》せらる、その訳《わけ》は」と問《と》ひかくれば、秋篠《あきしの》も傍《かたは》らより、定《さだ》めて深《ふか》い謂《いは》れがござんしやう。早《はや》く言《い》ふて聞《き》かして下《くだ》さんせ。ヲ、不審《ふしん》は尤《もつと》も。幼《おさな》き時《とき》に別《わか》れたゆゑ、互《たが》ひに顔《かほ》は見知《みし》らねども、美濃《みの》の国《くに》野上《がみ》の里《さと》に勤《つと》めして秋篠《あきしの》といひ、小栗《ぐり》の家臣常陸《かしんひたち》小萩《はぎの》之介といふ侍《さふらひ》に身請《うけ》されしとは、風《かぜ》の便《たよ》りに聞《き》いたれど、その後《のち》、小萩《はぎの》之介殿浪人《どのろうにん》して、行方《ゆくへ》知《し》れずとの噂《うはさ》なれば、何処《いづく》を当《あ》てども尋《たづ》ねられず、懐《なつ》かしうのみ思《おも》ひしところに、先《さき》の日、祇園《ぎおん》の社《やしろ》にて、そなたが落《お》とせし一通《つう》をよく〳〵見れば、夫《おつと》が外出《そとで》をせぬやうにと願書《ぐわんしよ》の文言《もんごん》。名書《がき》に表具屋《ひやうぐや》京太妻《つまあき》秋篠《しの》と書《か》いたれば、もしや夫《それ》かと虫《むし》が知《し》らせで小栗《ぐり》の下部《しもべ》鎌《かま》平に、ふと聞《き》いたれば、よく知《し》つて詳《くは》しい話《はなし》に、妹《いもうと》とよく知《し》れたるは疑《うたが》ひなく、祇園様《ぎおんさま》のお引合《ひきあ》はせ。兄妹《きやうだい》の証《しやう》拠《こ》といふは親《おや》の形見《かたみ》のこれ此印籠《いんろう》、四重組《ぢうぐみ》の二重《ぢう》はそつちにある筈《はづ》と、聞《き》くより早《はや》く秋篠《あきしの》は、守袋《まもりぶくろ》に入置《いれお》きたる二重《ぢう》の印籠取出《いんろうとりいだ》し合《あ》はせてみれば、しつくりと合《あ》ふたは証《しやう》拠《こ》。疑《うたが》ひもなき私《わたし》が兄《あに》さん。よう忠実《まめ》で居《ゐ》て下《くだ》さつたと嬉《うれ》し涙《なみだ》に咽《むせ》びけり。京太は言葉《ことば》を改《あらた》めて、「さては左様《さやう》か。

不思議《ふしぎ》な縁《ゑん》でお目《め》に掛《か》かる。さるにても様子《やうす》あつて身を売《う》る秋篠《あきしの》、それと悟《さと》つて金《かね》を出《いだ》し、取返《とりかへ》して下《くだ》さるその仔細《しさい》は」。「ヲ、その不審《ふしん》も尤《もつと》も。貴公《きこう》は浪人《らうにん》めされて後《のち》の事《こと》なれば 次《つぎ》へ続《つゞ》く

［達磨堂］

［教外別伝］

［不立］

（29） 前《まへ》の続《つゞ》き 知《し》らぬ筈《はづ》。私《わし》は小栗《ぐり》判官様《はんぐわんさま》のお抱《かゝ》への相撲《すまふ》となり、大恩《おん》受《う》けたお家《いへ》の事。鬼鹿毛《おにかげ》郡領《ぐんりやう》が讒言《ざんげん》にて判官様《はんぐわんさま》は御切腹《せつぷく》、御家来《けらい》の面々《めん〳〵》も大方《おほかた》は討死《うちじに》と聞《き》き、及《およ》ばずながらどうがなして、お家《いへ》御再興《さいこう》あるやうにと思《おも》つてみても鱓《ごまめ》の歯軋《はぎし》り、祇園《ぎおん》の社《やしろ》でふと鎌《かま》平に会《あ》ひ、達磨堂《だるまどう》

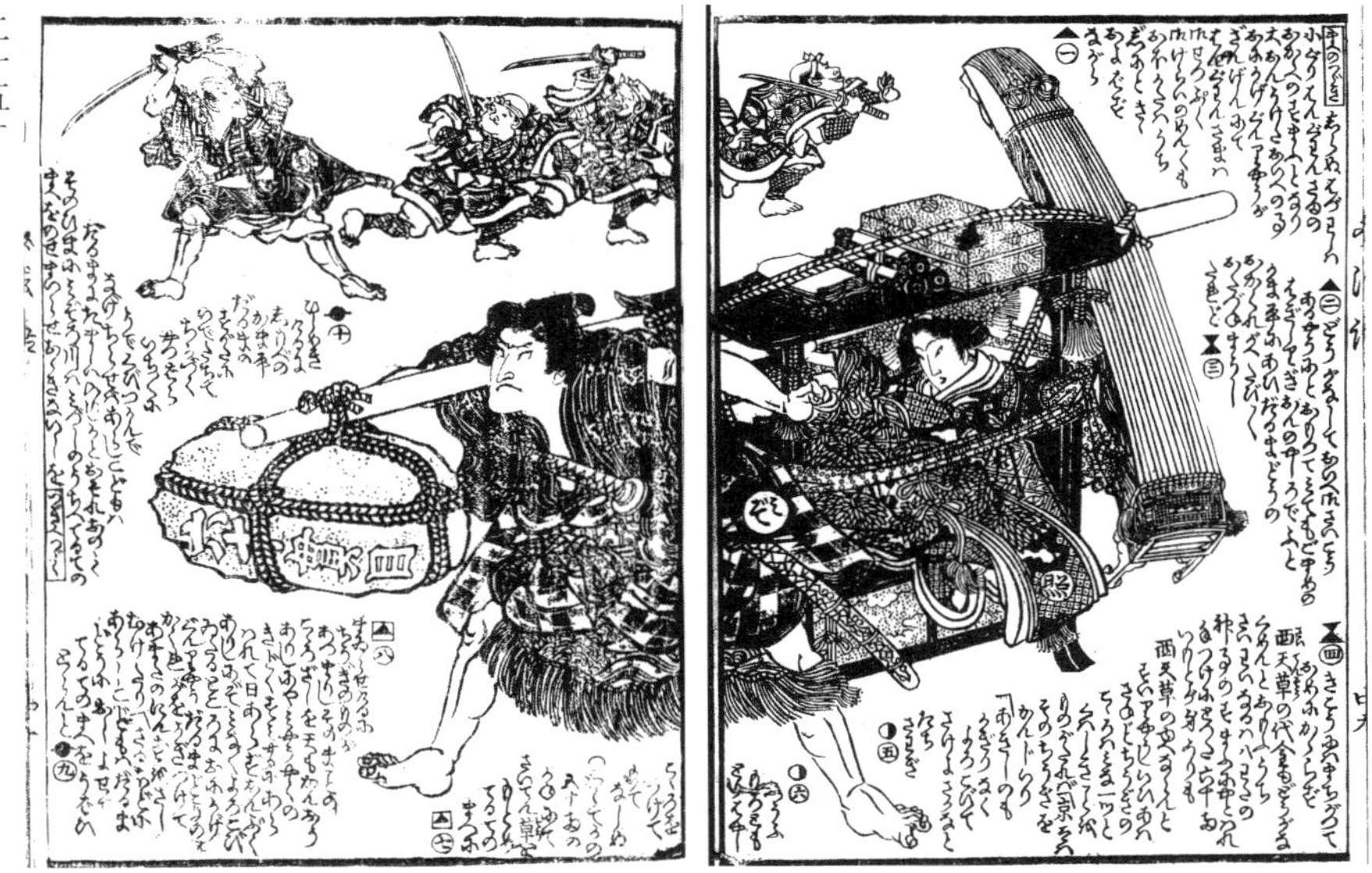

のお隠処《かくれが》へ度々《たび〳〵》お訪《たづ》ね申《まう》したれど、貴公《きこう》には間違《まちが》つてお目《め》に掛《か》からず、西天草《さいてんそう》の代金も、どうがな工面《くめん》と思《おも》ふうち、幸《さいわ》いなるは、八幡《わた》の神事の相撲《すまふ》に雇《やと》はれ、手付《つけ》に取つた六十両、妹《いもと》が身売《うり》も西天草の故《ゆへ》ならんと推量《すいりやう》し、言《い》ひ合《あ》はさねど、忠義《ちうぎ》の心《こゝろ》は皆《みな》一つ」と詳《くは》しき事《こと》を物語《ものがた》れば、京太はその忠義《ちうぎ》を感入《かんじい》り、秋篠《あきしの》も限《かぎ》りなく喜《よろこ》びて酒《さけ》に肴《さかな》と立騒《たちさわ》ぎ、夫婦《ふうふ》もろとも取囃《とりはや》し心《こゝろ》をつけて持成《もてな》しぬ。

○斯《か》くて、かの五十両の金《かね》にて西天草《さいてんそう》を求《もと》め、照手《てるて》の前《まへ》に参《まゐ》らせけるに、忠義《ちうぎ》の者《もの》が集《あつま》りし、その誠《まこと》の志《こゝろざし》を天も感《かん》応《おう》ありしにや、妙薬《みやうやく》の奇特《きどく》速やかに顕《あらは》れて、日あらず本《ほん》復《ぷく》ありしにぞ。皆々《みな〳〵》喜《よろこ》び居《ゐ》たる所《ところ》に鬼鹿毛《おにかげ》郡領《ぐんりやう》、達磨堂《だるまどう》の隠処《かくれが》を嗅付《かぎつ》けて、数多《あまた》の人数《にんず》を差向《さしむ》けたり。さるほどに荒子共《あらしこども》は達磨堂《だるまどう》に押寄《おしよ》せて、照手《てるて》の前《まへ》を奪取《うばひと》らんと犇《ひしめ》きけるに、下部《しもべ》の鎌《かま》平、達磨《だるま》の姿《すがた》に出立《いでた》ちて、近付《ちかづ》く奴原《やつばら》いち〳〵に腕首《うでくび》摑《つか》んで投散《なげち》らせば、荒子共《あらしこども》は達磨《だるま》に魂《たましい》入りしかと恐《おそ》れ戦《おのゝ》くその隙《ひま》に、深泥《みぞろ》川は御厨子《みづし》の内《うち》へ照手《てるて》の前《まへ》を乗参《のせまい》らせ、大《おゝ》きな石《いし》を 次《つぎ》へ続《つゞ》く

[六十貫目]

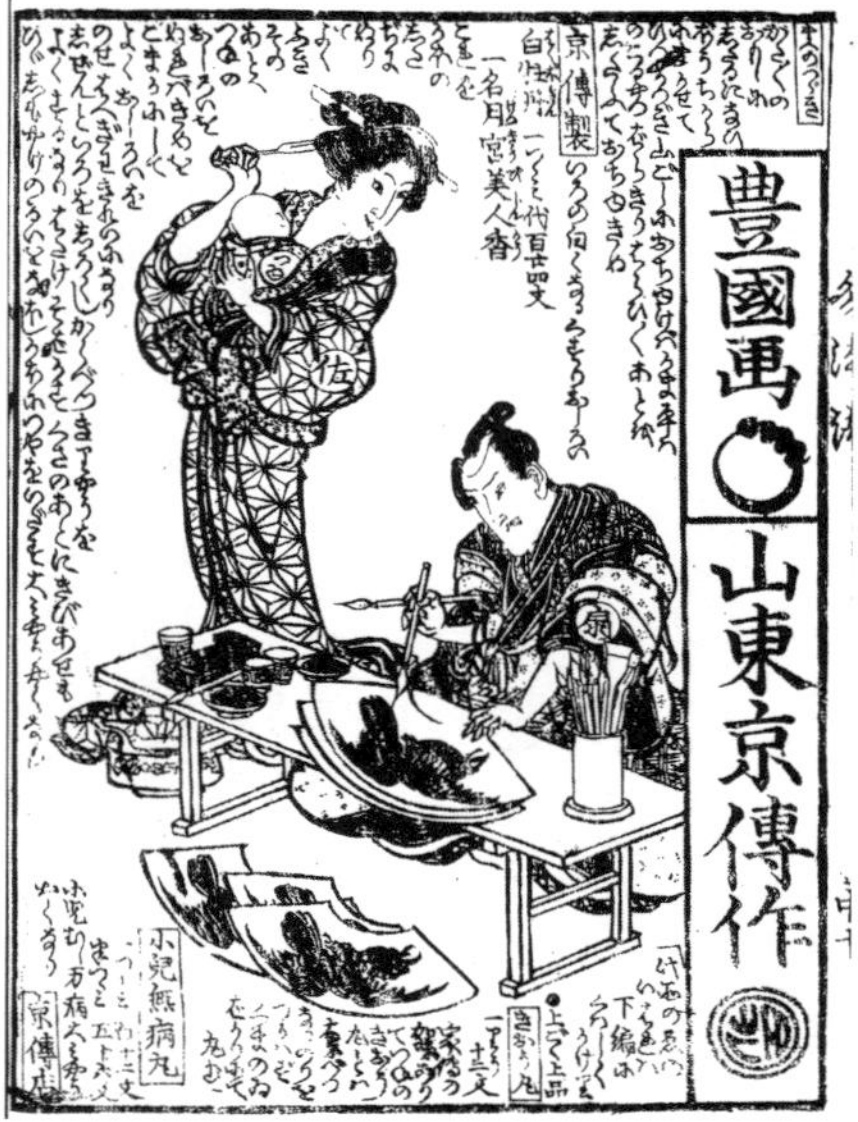

(30) 前《まへ》の続《つゞ》き 方々《かた〳〵》の重石《おもし》にしたる担棒《になひぼう》、力《ちから》に任《まか》せて引《ひつ》担《かつ》ぎ、山越《ご》しに落行《おちゆ》けば、鎌《かま》平は残《のこ》る奴原斬払《やつばらきりはら》ひ〳〵、跡《あと》を慕《した》ふて落行《おちゆ》きぬ。

此所の絵《ゑ》の謂《いは》れは下編に詳《くは》しく書《か》けり。

豊国画㊞ 山東京伝作㊞

京伝製 色《いろ》の白くなる薬白粉《くすりおしろい》

白牡丹《はくぼたん》 一包《つゝみ》代百廿四文 一名月宮美人香《げつきうびじんかう》

これを顔《かほ》の下地《したぢ》に塗《ぬ》りてよく拭《ふ》き、そのあとへ常《つね》の白粉《おしろい》を塗《ぬ》ればきめを細《こま》かにして、よく白粉《おしろい》をのせ生際綺麗《はへぎわきれい》になり、自然《しぜん》と色《いろ》を白《しろ》くし格別器量《かくべつきりやう》をよくするなり。疥《はたけ》・雀斑《そばかす》・瘡《くさ》の跡《あと》・面皰《にきび》・汗疹《あせも》・皹《ひゞ》・霜焼《しもやけ》の類《るい》を治《なほ》し顔《かほ》に艶《つや》を出《いだ》す大妙薬《みやうやく》なり。

●上極《ごく》上品

奇応丸《きおう》 一粒《りう》十二文

家伝の加味ありて常《つね》の奇応丸《きおう》とは大に別《べつ》なり。糊《のり》を使《つか》はず熊《くま》の胆《ゐ》ばかりにて丸ず。

小児無病丸 一包《つゝみ》百十二文 半包《つゝみ》五十六文

小児虫《むし》、万病大妙薬《みやうやく》なり。

京伝店

文法語
下編
山東京傳作
歌川豊國画

【下編見返し】

文法語
下編
山東京伝作
歌川豊国画

(31)二十六オ

［下編］

［上］

（31）文法語下編上冊

読《よ》み始《はじ》め　こゝに又、小栗《ぐり》判官《はんぐわん》の家臣《かしん》池之《いけの》庄司年門《としかど》は、妻《つま》小佐野《さの》もろともに先《さき》だつて館《やかた》を立退《たちの》き、名《な》にし負《あ》ふ紫《むらさき》野《の》に住処《すみか》を求《もと》め、烏絵《からすゑ》扇之《の》介と名を変《か》へて、扇の絵《ゑ》を書《か》きて活計《たつぎ》とし、判官《はんぐわん》の御《おん》子夢若丸《ゆめわか》を妻《つま》の乳《ち》で守育《もりそだ》て、我《わ》が子露《つゆ》太郎と幸《さいわ》い同《おな》じ年《とし》なれば、双子《ふた》なりと言《い》ひなして、世を忍《しの》びてぞ暮《くら》しける。

○然《しか》るに夢若丸《ゆめわか》、病《やまひ》に悩《なや》み給ひければ、夫婦心《ふうふこころ》を尽《つ》くして看病《かんびやう》し、池之《いけの》庄司は医者《ゐしや》の方《かた》へ様子《やうす》を聞《き》きに出行《いでゆ》きぬ。時刻移《じこくうつ》りて火点《ひとも》し頃《ごろ》、燗酒売《かんざけうり》の又六が荷箱担《にばこかつ》いで声高《こゑたか》く、「温《あつ》たかい燗酒《かんざけ》〳〵。一杯《いつぱい》ぐつとやつた所が極楽《ごくらく》谷の名物《めいぶつ》杉《すぎ》の葉酒《はざけ》」と呼《よ》ばはり〳〵、此家《や》の門口《かどぐち》ぐはらりと開《あ》けて、ホ、御内儀様《おないぎさま》、坊様《ぼんさま》の病気《ひやうき》はよいかな。一人《ひとり》でさへ世話《せは》な子供《ども》、双《ふた》子を育《そだ》てるはモ大抵《たいてい》の事《こと》ではあるまい。今《いま》出掛《でが》げで温《あつた》かな燗酒《かんざけ》、気《き》ほうじに上《あ》がりませぬか。銭《ぜに》はいつでもようごんす。ヲ、又六さんの、いつも〳〵深切《しんせつ》に忝《かたじけな》うござんする。今夜《こんや》は連合《つれあ》ひも留守《るす》じやゆゑ、よしにしませう。ヤ、そんならもう参《まい》りませう。坊様《ぼんさま》の病気《びやうき》、随分大事《ずいぶんだいじ》にさつしやれと、又荷箱肩《にばこかた》に掛《か》け、「杉《すぎ》の葉酒《はざけ》や燗酒《かんざけ》」と

次《つぎ》へ続《つゞ》く

（32）前《まへ》の続《つゞ》き 呼《よ》ばはり〳〵次《つぎ》の村へと売《う》つて行《ゆ》く。程《ほど》なく帰《かへ》る池之《いけの》庄司が屈託顔《くつたくがほ》。ヲ、待兼《まちか》ねました。医者《いしや》の言《い》はるゝ様子《やうす》はどうじやへ。さればく〳〵、医者《いしや》の言《い》はるゝには、一体《いつたい》あの病《やまひ》の元《もと》は一人《ひとり》の乳《ちゝ》を二人《ふたり》で飲《の》み、一人《ひとり》の子は丈夫《じやうぶ》にて乳《ちゝ》の吸《す》いも強《つよ》いゆゑ、よいところを皆《みな》、吸出《すいだ》し段々《だん〳〵》育《そだ》つて息災《そくさい》なれど、今一人《いまひとり》は生付《うまれつ》きの虚弱《ひがいす》な上《うへ》、病《びやう》気故《きゆゑ》に乳《ちゝ》の吸《す》いが甲斐《かい》なく、吸枯《すいが》らした後《あと》を飲《の》むゆへ、段々《だん〳〵》と衰《おとろ》へて病《やまひ》が重《おも》る。あれが募《つの》つて疳《かん》になれば療治《りやうじ》は叶《かな》はぬ。二人《ふたり》の子を別々《べつ〳〵》に育《そだ》てさへすりや快気《くわいき》すると、存《ぞん》じの外《ほか》なる医者《いしや》の言葉《ことば》。俺《おれ》は道々《みち〳〵》思案《しあん》して帰《かへ》つたが、必《かなら》ず止《と》めるな。思案《しあん》といふはこれ斯《か》うと、脇差引抜《わきざしひきぬ》き我《わ》が子の胸《むね》へ突付《つきつ》ける。女房驚《ばうおどろ》き止《とゞ》むれば、ヱ、邪魔《じやま》するな。今言《いまい》ふ通《とほ》りの医者《いしや》の言葉《ことば》、夢若様《ゆめわかさま》の御病気《びやうき》には邪魔《じやま》になる。此倅《せがれ》、乳母《うば》を置《お》く力《ちから》もなく、里《さと》子に頼《たの》む当《あ》てもなし。所詮《しよせん》、此倅《せがれ》を殺《ころ》してしまひ、夢若様御一人《ゆめわかさまおひとり》になる

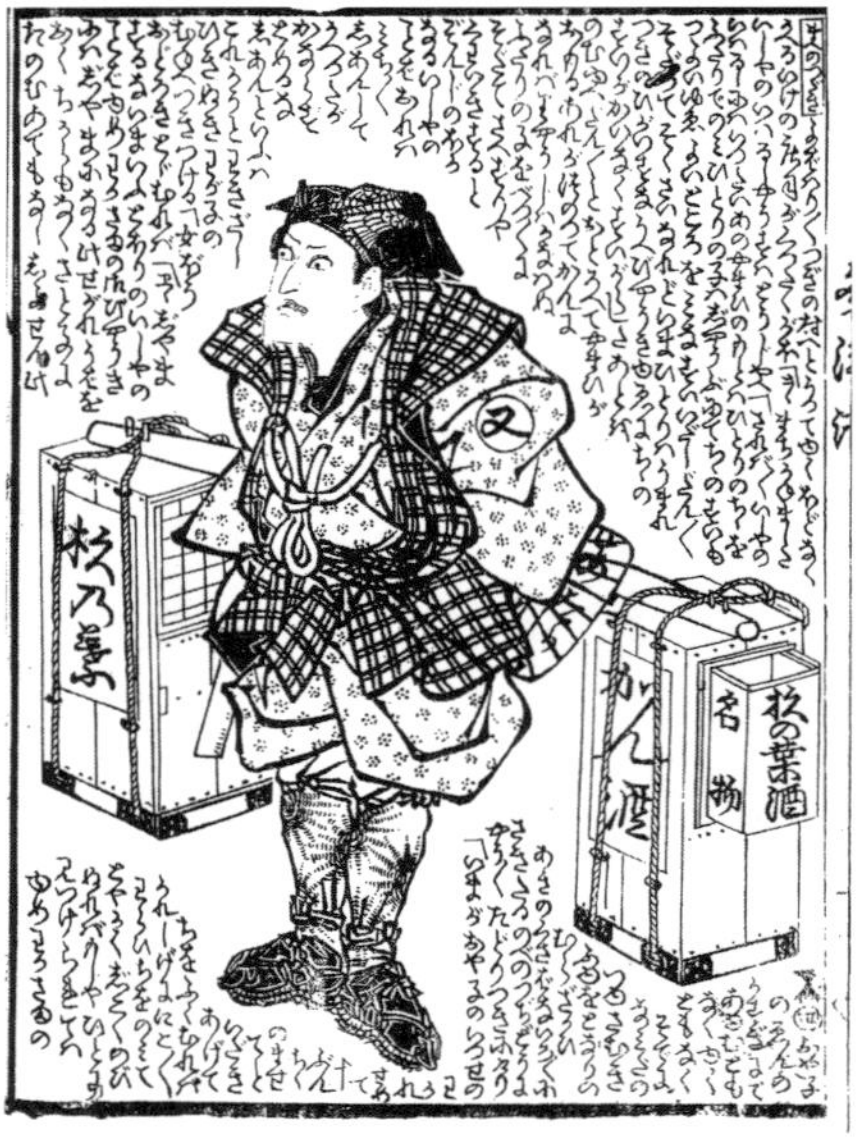

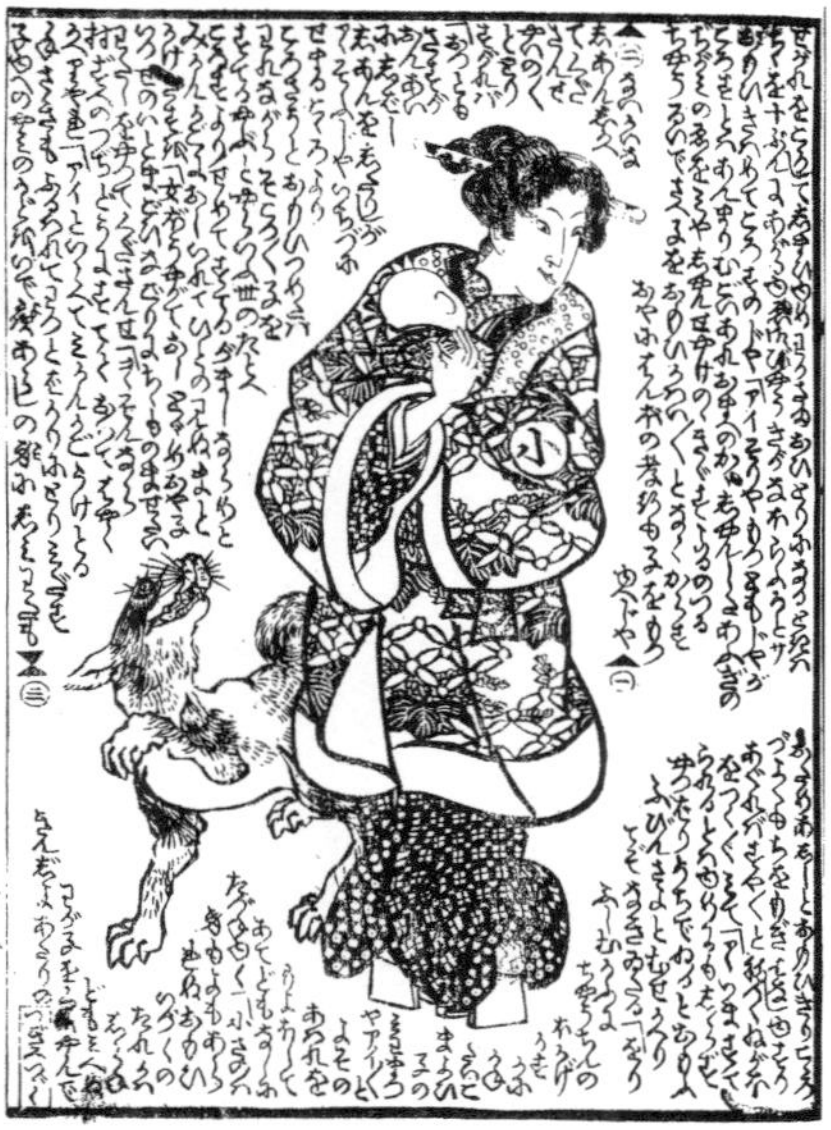

時《とき》は、乳《ちゝ》を十分《ぶん》に上《あ》がるゆゑ、御病気《びやうき》が治《なほ》らふかとサ、思極《おもひきは》めて殺《ころ》すのじや。アイそりや尤《もつと》もじやが、殺《ころ》すとはあんまり酷《むご》い。あれお前《まへ》の書《か》かしやんした扇《あふぎ》の地紙《ぢがみ》の絵《ゑ》を見《み》やしやんせ。焼野《やけの》の雉子《きゞす》夜《よる》の鶴《つる》、鳥類《ちやうるい》でさへ子を想《おも》ひ可愛《かはい》〳〵と鳴《な》く烏《からす》、親《おや》に反哺《はんぽ》の孝行も子を持《も》つ故《ゆへ》じやないかいな。思案《しあん》しかへて下《くだ》さんせ。やいの〳〵と取縋《とりすが》れば、夫《おつと》もさすが恩愛《おんあい》に暫《しば》し思案《しあん》をしたりしが、ア、そふじや。一途《いちづ》に迫《せま》る心《こゝろ》より、殺《ころ》さうと思詰《おもひつ》めたは我《われ》ながら粗《そ》忽《こつ》〳〵。子を捨《す》てる藪《やぶ》とやらいふ世の譬《たと》へ、殺《ころ》すよりせめて捨《す》てるがましならめと、蜜柑籠《みかんかご》に押入《おしい》れて人《ひと》の見ぬ間《ま》と駆出《かけだ》すを、女房《ぼう》やがて押止《おしとゞ》め、親《おや》子一世《いつせ》の暇乞《いとまごひ》、名残《なごり》に乳《ちゝ》も飲《の》ませたい。私《わたし》をやつて下《くだ》さんせ。ヲ、、そんなら村末《ずへ》の辻堂《つぢどう》に捨《す》てて置《お》いて、早《はや》く帰《かへ》りやれ。「アイ」と答《いら》へて蜜柑籠《みかんかご》、受取《うけと》る手先《さき》も震《ふる》はれて、わつとばかりに取乱《とりみだ》す。子故《ゆへ》の闇《やみ》の門《かど》を出《い》で、夜嵐《よあらし》の身《み》にしみわたも親《おや》子の縁《えん》の薄《うす》きにて、歩《あゆ》むともなく行《ゆ》くともなく、袖《そで》に涙《なみだ》の露寒《つゆさむ》き、冬《ふゆ》を隣《となり》の村境《むらざかひ》、秋《あき》の草花色々《くさばないろ》〳〵に咲《さ》きたる野辺《のべ》の辻堂《つぢどう》に、やう〳〵辿着《たどりつ》きにけり。今《いま》が親《おや》子の一世《いつせ》の別《わか》れ、せ

めて十分《ぶん》乳《ちゝ》飲《の》ませてと抱上《いだきあ》げて、乳《ち》を含《ふく》むれば、嬉《うれし》げに、にこ〳〵笑《わら》ひ乳《ち》を飲《の》みて、兎《と》や角時刻《かくじこく》延《の》びぬれば、もしや人《ひと》に見付《つ》けられては、夢若様《ゆめわかさま》の御為《おため》、悪《あし》しと思《おも》ひ切《き》り、心強《こゝろづよ》くも乳《ち》を捥離《もぎはな》し揺《ゆ》すり上《あ》ぐれば、すや〳〵と寝付《ねつ》く寝顔《ねがほ》をつく〴〵見《み》て、ア、今捨《います》てられるとは夢《ゆめ》にも知《し》らず、やつぱり内《うち》で寝《ね》ると思《おも》ふ不憫《ふびん》さよと、咽返《むせかへ》りてぞ泣居《なきゐ》たる。

折節《をりふし》、向《むか》ふに提灯《ちやうちん》の火影《ほかげ》微《かす》かに鉦太鼓《かねたいこ》、迷子《まよひ》の三輪松《みわまつ》ヤアイ〳〵と余所《よそ》の哀《あは》れを催《もよほ》して、当所《あてど》もなしに尋行《たづねゆ》く。小佐野《さの》は身も世《よ》もあられぬ思《おも》ひ、何処《いづく》の誰《たれ》かは知《し》らねども、見《み》へぬ我《わ》が子を苦《く》に病《や》んで、近所《きんじよ》あたりの

［次《つぎ》へ続《つゞ》く］

［杉の葉酒／名物］

［燗《かん》酒］

［杉乃葉］

（33）［前《まへ》の続《つゞ》き］ 人頼《たの》み、尋歩《たづねあり》くは親《おや》の慈悲《じひ》、同《おな》じ親《おや》でも我々《われ〳〵》は、わざ〳〵捨《す》てるつれなさを、世間《せけん》の親《おや》に比《くら》ぶれば、鬼《おに》とも蛇《じや》とも魔王《まわう》とも言《い》ふべき言葉《ことば》はなきぞかしと、又さめ〴〵と泣《な》きけるが、名残《なごり》は尽《つ》きじと思《おも》ひ切《き》り〳〵、そつと寝《ね》させる籠《かご》の内《うち》。辻堂《つぢどう》の軒下《のきした》に捨置《すてお》いて、行《ゆ》きては戻《もど》り戻《もど》りては心引《こゝろひ》かるゝ、後髪《うしろがみ》、思《おも》ひ切《き》つてぞ立帰《かへ》る。池《いけ》之《の》庄司も同《おな》じ嘆《なげ》きは我《わ》が子の名残《なごり》、女房《ばう》の遅《おそ》きは如何《いかゞ》と夢《ゆめ》若《わか》丸を抱参《だきまい》らせ、此処《こゝ》へ尋《たづ》ねて来《きた》りしが、思《おも》ひ切《き》つても耐《たへ》かねて、又立戻《たちもど》る女房《ばう》と思《おも》はずはたと行当《ゆきあ》たり、ヤア誰《たれ》じや。フウそふ言《い》ふ声《こゑ》は女房《にようぼ》ども、俺《おれ》も倅《せがれ》に今一度《いまいちど》。さいナ私《わたし》も捨《す》てゝは帰《かへ》りしが、も一度《いちど》顔《かほ》が。ム、シテ捨《す》てた所《ところ》は。アイあの辻堂《つぢどう》と探寄《さぐりよ》り、心覚《こゝろおぼ》えの蜜柑籠《みかんかご》。「ヤアこりや内《うち》に露《つゆ》太郎はもふ居《ゐ》ませぬ。ハア悲《かな》しや」と言《い》ふに、夫《おつと》も仰天《ぎやうてん》し、其処《そこ》か此処《こゝ》かと探回《さぐりまは》れど何処《いづく》にも居《を》らざれば、犬狼《いぬおほかみ》にも喰《く》はれしか、ハア死《し》なしたり不憫《ふびん》やと、夫婦《ふうふ》はどうと倒伏《たふれふ》し、正体《しやうたい》もなき折《をり》からに、数多《あまた》の烏飛立《からすとびた》ちて物悲《ものかな》しげに鳴叫《なきさけ》ぶ。池之《いけの》庄司は夢若《ゆめわか》丸を妻《つま》に抱《だ》かせ、群《むら》がる烏《からす》をきつと見《み》て、フウ月も雲《くも》に覆《おほ》はれて、暗《くら》き夜に数多《あまた》の烏《からす》の鳴騒《なきさわ》ぐは心得《こゝろえ》ぬ。夢若様《ゆめわかさま》の御《おん》身の上《うへ》に急難《きうなん》あるを知《し》らすのか、何《なに》にもせよ心《こゝろ》がゝり、斯《か》うしては居《ゐ》られぬと、夫婦《ふうふ》は胸《むね》を轟《とゞろ》かし、泣《な》く〳〵我《わ》が家《や》へ帰《かへ》り

(33)二十七ウ

二十八オ

けり。

○その夜、鬼鹿毛郡領《おにかげぐんりやう》が家臣《かしん》、泥田坊《どろたぼう》平太といふ者《もの》、数多《あまた》の人数《にんず》を引連《ひきつ》れて、池之《いけの》庄司が家内《かない》に入りて、庄司を取巻《とりま》き、「小栗判官《ぐりはんぐわん》が倅《せがれ》夢若《ゆめわか》丸を此家《や》に匿《かくま》ひ置《お》く事、告知《つげし》らす者《もの》あつて明白《めいはく》なり。首打《くびう》つて渡《わた》さば匿《かくま》ふた罪《つみ》は許《ゆる》してくれん、返答如何《へんとういか》に」と罵《のゝし》つたり。庄司答《こた》へて、ハアそふ現《あらは》れては是非《ぜひ》に及《およ》ばぬ。露若《つゆわか》丸の首打《くびう》つて渡《わた》しましやう。さりながら最期《さいご》の名残《なごり》を惜《お》しむ間《あいだ》、村末《ずへ》まで暫《しば》らく御引《おんひ》き下《くだ》されふや。なるほど暫時《ざんじ》の用捨《ようしや》はしてくれん。夜半《やはん》の鐘《かね》を合図《あいづ》に首受取《くびうけと》りに来《きた》るべし。家来参《けらいまい》れと引連《ひきつ》れてぞ帰《かへ》りける。女房《ぼう》は夫《おつと》に向《む》かひ、もふし、お前《まへ》は真実《しんじつ》、夢若様《ゆめわかさま》の御首《おんくび》を打《う》つ心《こゝろ》か、馬鹿《ばか》な事《こと》を。夢若様《ゆめわかさま》を打《う》つ程《ほど》の心《こゝろ》なら、これ程苦労《ほどくろう》はせぬはへ。一寸逃《いつすんのが》れに請合《うけあ》ふたが、まさかの時《とき》はお身代《がは》りと、かねて覚悟《かくご》の倅《せがれ》さへ、今宵《こよい》に限《かぎ》りて捨《す》てたるは、夢若様《ゆめわかさま》の御運《うん》の末《すへ》。さいなア僅《わづ》か一時半時《いつときはんとき》の違《ちが》ひで露《つゆ》太郎を捨《す》てゝしまふた今《いま》の後悔《こうくわい》、こりやマアどふしたらよござんしよ、と夫婦顔《ふうふかほ》を見合《みあ》はせて泣《な》くより外《ほか》の事《こと》ぞなき。

(34)二十八ウ　二十九オ

折《をり》しも表《おもて》に声高《こゑたか》く、「身代《がは》りや〳〵。身代《がは》りは御用にないかの、身代《がは》りの代物《しろもの》を売《う》りましよか」と荷箱担《にばこかた》げて、ずつと入《はい》るは燗酒売《かんざけうり》の又六なれば、思《おも》ひがけなく驚《おどろ》く夫婦《ふうふ》。又六は落着《おちつ》き顔《がほ》。「珍《めづら》しい商《あきな》ひゆゑ、びつくりは尤《もつと》も。燗《かん》酒売《ざけう》るも思《おも》はしくない故《ゆへ》に、商売変《しやうばいか》へた身代《がは》り売《う》り、何《なん》と買《か》ふ気《き》はごんせぬか。よい身代《がは》りの子がごんす」と平気《へいき》な言葉《ことば》。合点《がてん》ゆかねど、こなたは耳《み》より、ム、すりや此方《ほう》の訳《わけ》知《し》つて身代《みがは》り売《う》つて下《くだ》さるとや。おいのふ。代物見《しろものみ》せずは落着《おちつ》くまいと行燈引提《あんどんひつさ》げ、荷箱《にばこ》の上《うへ》、布団《ふとん》をそつとすや〳〵寝顔《ねがほ》。ヤア、こりやさつきに捨《す》てた、こつちの子の露《つゆ》太郎、次《つぎ》へ続《つゞ》く

(34) 前《まへ》の続《つゞ》き のふ懐《なつ》かしやと立寄《たちよ》る女房《にようぼう》。ア、これ〳〵拾《ひろ》ふたからは此方《こつち》の物《もの》、滅多《めつた》に側《そば》へ寄《よ》らしやますな。サア欲《ほ》しくば売《う》つて進《しん》ぜやしよ。ハアなるほど心《こゝろ》ありげな又六殿《どの》、如何《いか》にもその代物買《しろものか》ひましやう。シテまァ値段《ねだん》は幾《いく》らでござる。さればさ、此方《こつち》から買《か》はしやんせぬかと勧《すゝ》むる代物《しろもの》、一文《いちもん》も掛値《かけね》言《い》はず、次《つぎ》へ続《つゞ》く

(35)二十九ウ

三十オ

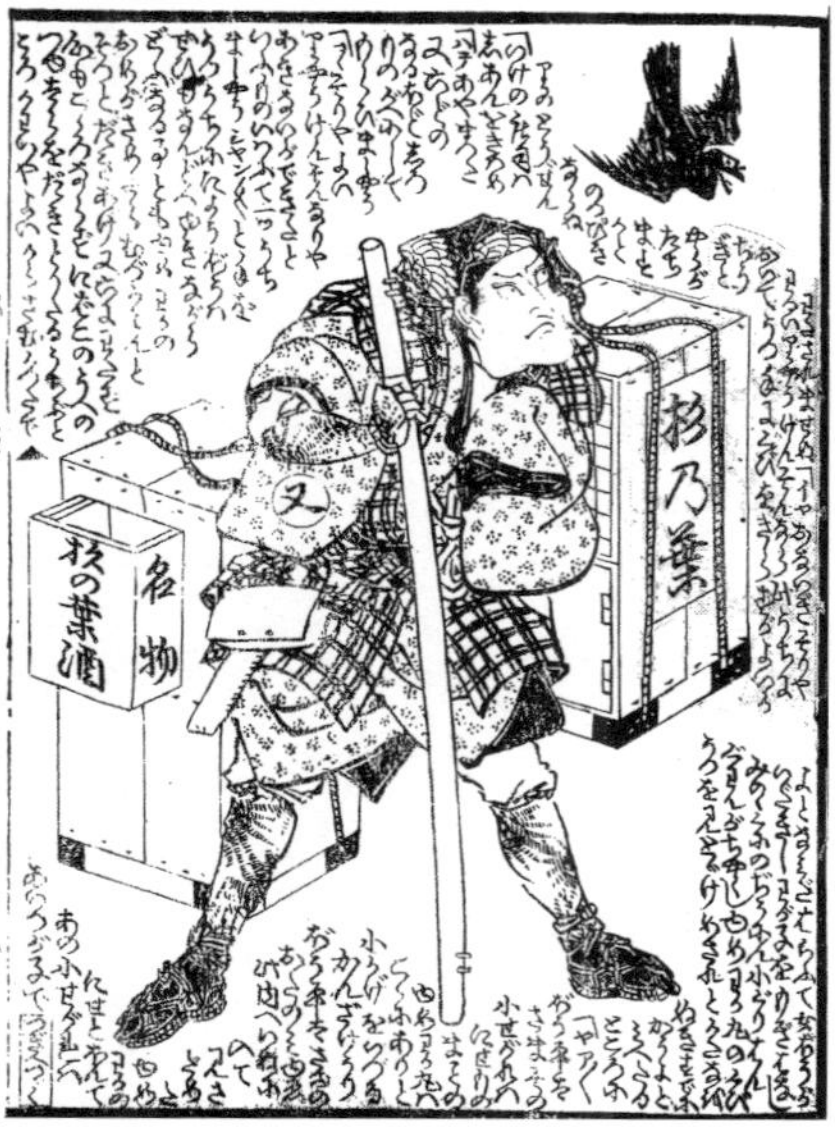

(35) **前《まへ》の続《つゞ》き** 引《ひ》けぬ所《ところ》が金千両。と聞《き》いて驚《おどろ》く女房を引退《ひきの》けて池之《いけの》庄司進出《すゝみい》で、ハ、アなるほど千両と言《い》はしやるも高《たか》くはない。世が世の時《とき》であらふなら、いくらでも出《だ》して買《か》ふべき代物《しろもの》なれど、御存知《ぞんじ》の今《いま》の身の上《うへ》、料簡《りやうけん》つけて下《くだ》されかし。再《ふた》び世にも出《で》るならば、金銀《きんぐ》の山を積《つ》んでも御礼《おれい》申さん又六殿《どの》。「ア、これ〳〵、明日《あす》塩《しほ》の辛《から》い物食《ものく》はふとて、今日《けふ》から水を飲《の》んでもいられぬてや。金《かね》がなくは代物替《しろものが》へにする気《き》はごんせぬかへ。ハ、代物替《しろものが》へと申してからが、見らるゝ通《とほ》りの体《てい》たらく。イヤあるてや〳〵、ずんどよい代物《しろもの》がある。こなたの大事《だいじ》がる、あの奥《おく》に寝《ね》てゐる代物《しろもの》、同《おな》じくらいの年恰好《としかつかふ》、引替《ひきか》へにして進《しん》じやうよ。イヱ〳〵あの子は訳《わけ》あつて、どうも人《ひと》手へ渡《わた》されませぬ。イヤ御内儀《おないぎ》、そりや悪《わる》い料簡《りやうけん》。そんなら此内《うち》に置《お》いて討《うつ》手に首《くび》を斬《き》らすがよいか、忠義《ちうぎ》とやらが立《た》ちますかと、退引《のつぴ》きならぬ理《り》の当然《とうぜん》。池之《いけの》庄司は思案《しあん》を極《きは》め、ハテあやまつた又六殿《どの》。なるほど代物替《しろものが》へにして貰《もら》ひましやう。「ヲ、そりやよい料簡《りやうけん》。そんなりや商《あきな》いが出来《でき》たといふもの。祝《いは》ふて一つ打《う》ちましやう。シヤン〳〵〳〵と手を

打《う》つ内《うち》に、女房《にようぼう》は是非《ぜひ》も納戸《なんど》へ行《ゆ》きながら、どふなる事とも夢若《ゆめわか》の御目《おめ》が覚《さ》めたらむづからんと、そつと抱上《だきあ》げ又六に渡《わた》す心《こゝろ》も心ならず。荷箱《にばこ》の上《うへ》の露《つゆ》太郎を抱取《だきと》りたる内《うち》懐《ぶところ》。可愛《かわい》や宵《よい》から寒《さむ》かつたであらふものをと、温《あた》めたとて、間《あひ》もなふ御身《おん》代《がは》りに殺《ころ》すかと思《おも》へば、身《み》も世《よ》もあられぬ苦《くる》しみ。又六は夢若《ゆめわか》を懐《ふところ》へ捻込《ねぢこ》んで、私《わし》が為《ため》にはどちらでも同《おな》じ心《こゝろ》の拾《ひろ》い子、腹《はら》も痛《いた》めぬ子に母《かゝ》もさぞ喜《よろこ》ぶでござりましやう。我《われ》らが内は極楽谷《ごくらくだに》の杉の葉酒屋《はさかや》、何時《なんどき》でも会《あ》ひにごんせ。お暇《いとま》申すと荷《に》を振担《ふりかた》げ、「杉の葉酒屋《はざけや》、燗《かん》酒《ざけ》」と呼《よ》ばはり〳〵歩行《あゆみゆ》く。

斯《か》くて時刻《じこく》も移行《うつりゆ》き、夜半《やはん》と限《かぎ》る約束《やくそく》に、手勢引具《ぜいひきぐ》し坊《ぼう》平太、此家《や》の前後《ぜんご》を押取巻《おつとりま》き、「ヤア烏絵《からすゑ》扇之助《のすけ》、約束《やくそく》の刻限《こくげん》なり。夢若《ゆめわか》が首受取《くびうけと》らん早《はや》く渡《わた》せ」と呼《よ》ばはつたり。ホヽ、契約《けいやく》せし夢若《ゆめわか》が首《くび》お渡《わた》し申さん。受取《うけと》られよと、涙払《なみだはら》ふて女房《ぼう》が抱《いだ》きし我《わ》が子を掬離《もぎはな》し、美濃《みの》の国《くに》の住人《ぢうにん》小栗判官《ぐりはんぐわん》が嫡子《ちやくし》夢若《ゆめわか》丸の首《くび》打《う》つを見届《とゞ》け召《め》されと刀《かたな》を抜《ぬ》き、すでに斯《か》うよと見《み》へたる所《ところ》に、ヤア〳〵坊《ぼう》平太様《さま》。その小倅《せがれ》は偽者《にせもの》、実《まこと》の夢若《ゆめわか》丸は此処《こゝ》にありと、小蔭《かげ》を出《いづ》る燗酒売《かんざけうり》。坊《ぼう》平太様《さま》のお頼《たの》みゆゑ、此内へ犬《いぬ》に入て見定《さだ》めた夢若《ゆめわか》の偽《にせ》と本手《ほんて》。あの小倅《せがれ》は、あいつが子で、

次《つぎ》へ続《つゞ》く

［杉乃葉］

［名物／杉の葉酒］

（36）前《まへ》の続《つゞ》き

宵《よひ》に捨《す》てたを拾《ひろ》ふて来《き》て、様々《さま〴〵》の口車《くちぐるま》で取替《とりか》へた正真《じん》の夢若《ゆめわか》。泣《な》き居《を》つて喧《やかま》しいゆゑ、猿轡《さるぐつわ》をはめて括《くし》上《あ》げ、荷箱《にばこ》へ入《い》れて置《お》きました。打《う》つてお渡《わた》し申さんと、聞《き》くより夫婦《ふうふ》は狂気《きやうき》の如《ごと》く、ヱ、謀《たばか》られしか残《ざん》

(36)三十ウ

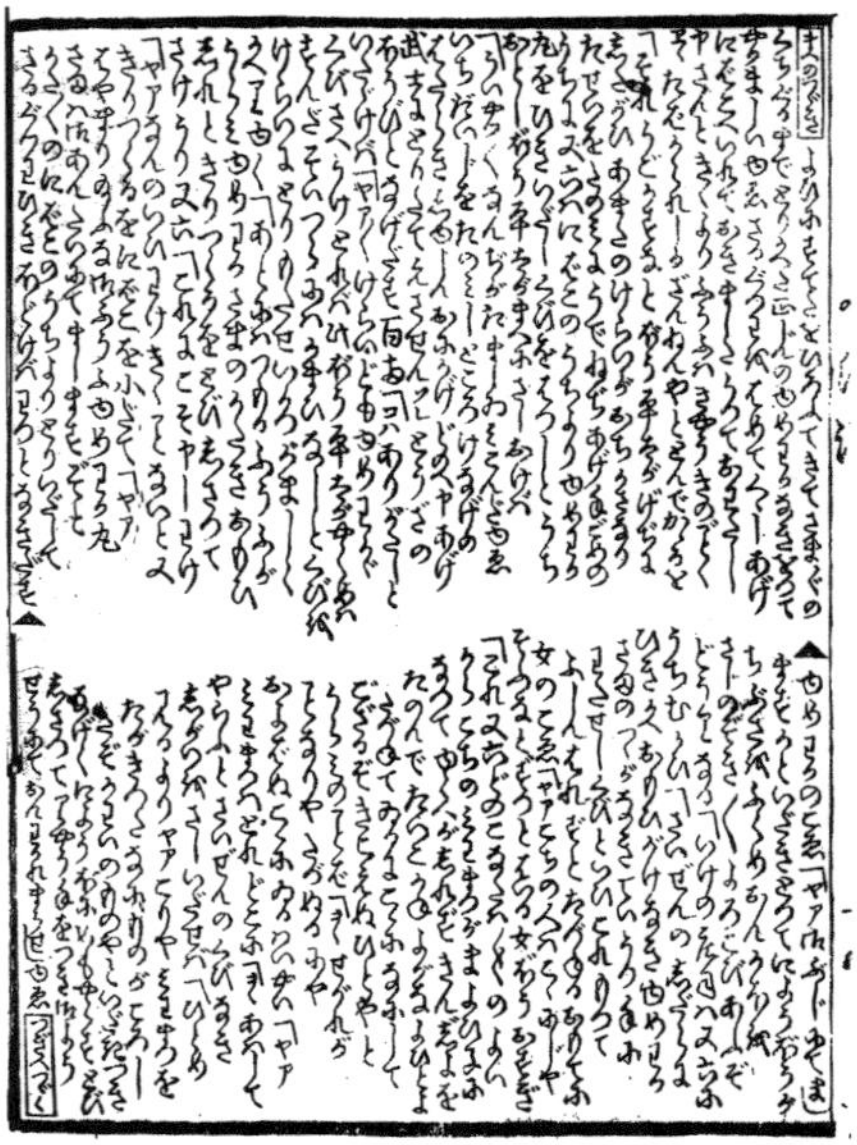

念《ねん》やと飛《と》んで掛《か》かるを、それ動《うご》かすなと坊《ぼう》平太が下知《げぢ》に従《したが》ひ、数多《あまた》の家来《けらい》が落重《おちかさ》なり、多勢《たせい》を頼《たの》みに腕捩上《うでねぢあ》げ、手籠《ごめ》の内《うち》に又六は、荷箱《にばこ》の内《うち》より夢若《ゆめわか》丸を引出《ひきいだ》し、首《くび》をはつしと打落《うちお》とし、坊《ぼう》平太が前《まへ》に差置《さしお》けば、うい奴《やつ》〳〵、汝《なんぢ》が魂《たましゐ》見込《みこ》んだゆゑ、一大事《いちだいじ》を頼《たの》みしところ健気《けなげ》の働《はたら》き、主人鬼鹿毛殿《しゆじんおにかげどの》へ申上《あ》げ武士に取立《とりた》て得《え》させん。ソレ当《とう》座《ざ》の褒美《ほうび》と投出《なげだ》す百両。コハ有難《ありがた》しと頂《いたゞ》けば、ヤア〳〵家《け》来共《らいども》、夢若《ゆめわか》が首《くび》さへ受取《うけと》れば此坊《ぼう》平太が役目《やくめ》は済《す》んだ。そいつ等《ら》には構《かま》ひなしと、首《くび》を家来《けらい》に取持《とりも》たせ、いかつがましく帰行《かへりゆ》く。後《あと》には積《つ》もる夫婦《ふうふ》が恨《うら》み。夢若様《ゆめわかさま》の敵《かたき》、思《おも》ひ知《し》れと斬付《きりつ》くるを、飛《と》びし去《さ》つて酒売《さけうり》又六。これにこそ申し訳《わけ》。ヤア何《なん》の言訳《いひわけ》、聞《き》く事《こと》ないと又斬付《きりつ》くるを、荷箱《にばこ》を小楯《だて》、ヤア早《はや》まり給ふな御夫婦《ふうふ》。夢若《ゆめわか》丸様《さま》は御安泰《あんたい》にて在《まします》すぞと、片方《かたく》の荷箱《にばこ》の内《うち》より取出《とりいだ》して猿轡引解《さるぐつわひきほど》けば、わつと泣出《なきだ》す夢若《ゆめわか》の声《こゑ》。ヤア御無事《ぶじ》にて在《まします》すかと抱取《いだきと》つて、女房《にようぼう》が乳房《ちぶさ》を含《ふく》め、御顔《おんかほ》を差覗《さしのぞ》き〳〵喜《よろこ》び合《あ》ふぞ道《どう》理《り》なる。池之《いけの》庄司は又六に打向《うちむ》かひ、最前《さいぜん》のしだらに引替《ひきか》へ思掛《おもひが》けなき夢若様《ゆめわかさま》の恙《つゝが》なき体《てい》、討手《うつ》に渡《わた》せし首《くび》といひ、

これもつて不審晴《ふしんは》れずと尋《たづ》ねる表《おもて》に女の声《こゑ》。ヤアこちの人は此処《こゝ》にじやそふなと、ずつと入《はい》る女房《ぼう》お杉《すぎ》。「これ又六殿《どの》、此方《こなた》は〳〵の、宵《よい》からこちの三輪松《みわまつ》が迷子《まよひ》になつて行方《ゆくへ》が知《し》れず。近所《きんじよ》を頼《たの》んで太鼓鉦《たいこかね》、夜《よ》がな夜一夜《よひとよ》尋《たづ》ねて居《ゐ》るに、此処《こゝ》に何《なに》してござるぞ聞《き》こえぬ人《ひと》や」と恨《うら》みの言葉《ことば》。ヲ、倅《せがれ》が事《こと》なりや尋《たづ》ぬるにや及《およ》ばぬ。此処《こゝ》に居《ゐ》るはいやい。ヤア三輪松《みわまつ》はどれ何処《どこ》に。ヲ、会《あ》はしてやらふと、最前《さいぜん》の首《くび》なき死骸《しがい》を差出《さしいだ》せば、一目《ひとめ》見るより、ヤアこりや三輪松《みわまつ》を誰《た》が斬《き》つた。何者《なにもの》が殺《ころ》したぞ。可愛《かわい》の者《もの》やと抱付《いだきつ》き、嘆《なげ》く女房《にようぼ》に目《め》もやらず、飛《と》びし去《さ》つて両《りやう》手を突《つ》き、「御幼少《ようせう》にて御別《おんわか》れ申《まう》せしゆゑ 次《つぎ》へ続《つゞ》く

【下】

(37) 文法語下編下冊

前《まへ》の続《つゞ》き 御身覚《おんみおぼ》えは御座《ござ》なき筈《はず》。私《わたくし》こそは親旦那《おやだんな》にお仕《つか》へ申《まう》せし鬼《おに》王源《げん》太と申す者《もの》。若気《わかげ》の至《いた》り、これなる女と不義《ふぎ》の咎《とが》、命《いのち》にも及《およ》ぶべきところ、親旦那《おやだんな》のお情《なさ》けにて何《なに》事《ごと》なくお暇給《いとまたま》はり、方々《ほう〳〵》と流浪《るらう》の身。何卒《なにとぞ》古主へ帰参《きさん》の願《ねが》ひと思《おも》ふうち、親旦那《おやだんな》はお果《は》てなされ、小栗《ぐり》の御家没落《おいへぼつらく》と承《うけたま》はり、悲《かな》しみ嘆《なげ》けど甲斐《かひ》もなく、定《さだ》めてお前様《まへさま》も御浪人《らうにん》なされたであらふ、どふぞお行方《ゆくへ》尋出《たづねだ》し、お力《ちから》にもなりたしと、方々《ほう〳〵》探《さが》すそのうちに、此所の御隠処《おんかくれが》、確《たし》かにそれとも知《し》れ難《がた》く、迂闊《うかつ》に名乗《なの》つて出《で》られもせず、忍《しの》び〳〵に御様子《やうす》を窺《うかが》ふ内《うち》、泥《どろ》田坊《ぼう》平太が拙者《せつしや》を招《まね》き、犬《いぬ》に入れよと頼《たの》むは幸《さいは》ひ、夢若様《ゆめわかさま》の御命《おいのち》に代《か》はらせ給ふ露《つゆ》太郎様《さま》の御為《おんため》に、倅《せがれ》三輪《みわ》松を殺《ころ》せしは、又六が寸志《すんし》の忠義《ちうぎ》で候」と我《わ》が子を手酌《じやく》の燗酒売《かんざけうり》が誠《まこと》を明《あ》かす物語《ものがたり》に、庄司夫婦《ふうふ》は感入《かんじい》り、「さては鬼《おに》王源《げん》太にてありけるよな。親《おや》人に恩《おん》を受《う》けしと言《い》ひながら、我々《われ〳〵》までを主人《しゆじん》と敬《うやま》ひ、子を殺《ころ》し難儀《なんぎ》を救《すく》ふ志《こゝろざし》、何時《いつ》の世にかは報《ほう》ぜん」と、夫《をつと》の言《こと》葉《ば》の尻《しり》につき嘆《なげ》きつゝ言《い》ふ小佐野《さの》が言葉《ことば》。夢若様《ゆめわかさま》や露《つゆ》太郎が助《たす》かりて嬉《うれ》しい程《ほど》、夫婦《ふうふ》の心根思《こゝろねおも》ひやる。取分《とりわ》けて御《お》内儀《ないぎ》は思《おも》ひ設《まう》けぬ親子《おやこ》の別《わか》れ、さぞ本意《ほい》なからふ悲《かな》しかろ、愛惜《いとを》しの有様《ありさま》やと、身につまされし託《かこ》ち泣《な》き。お杉《すぎ》は応《いら》への言葉《ことば》さへ、しやくり上《あ》げ〳〵、胸《むね》へ差込《さしこ》む癪《しやく》つかへ、畳《たゝみ》に喰付《くひつ》き苦《くる》しめば、涙紛《なみだまぎ》らす鬼《おに》王源《げん》太。コレ女房《にようぼう》、

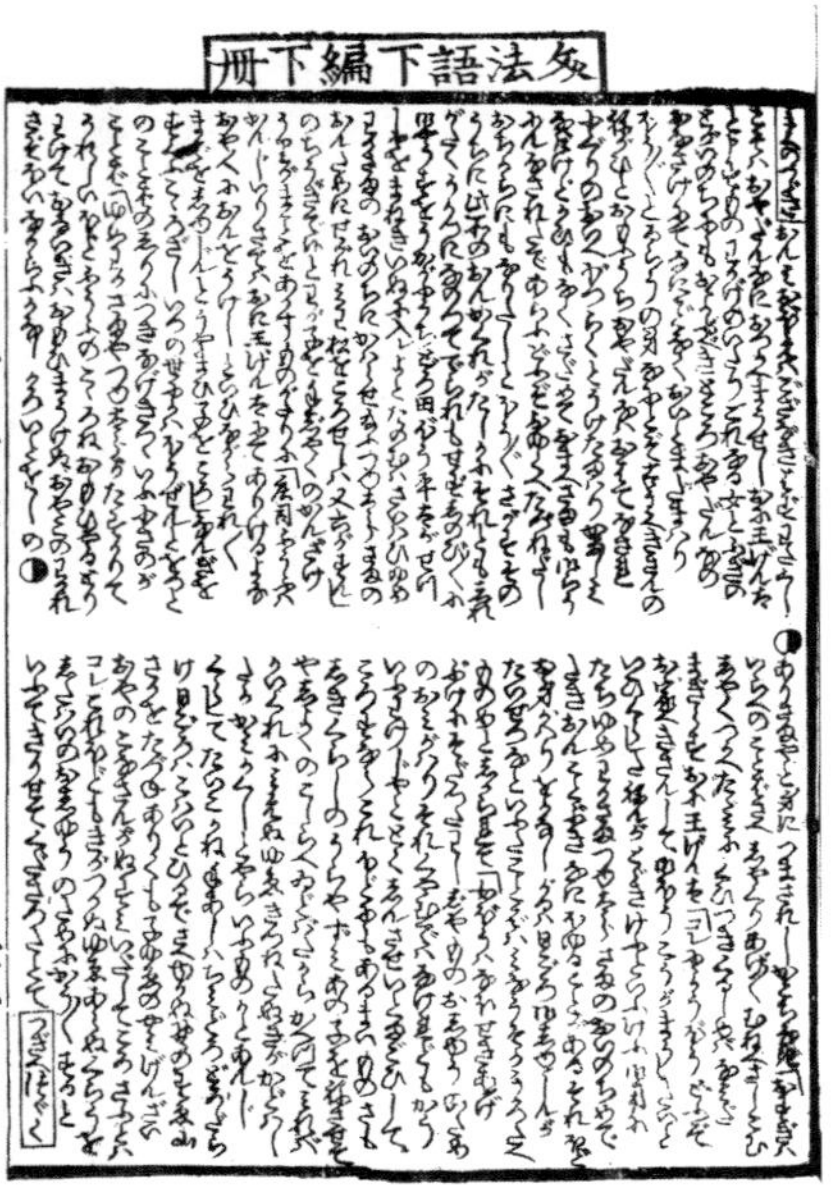

(37)三十一オ

どふぞお家へ帰参《きさん》して、御奉公《ほうこう》が申したいと言《い》ひ暮《く》らした念《ねん》が届《とゞ》き、今日《けふ》といふ今日《けふ》御用に立《た》ち、夢若様《ゆめわかさま》、露《つゆ》太郎様《さま》の御命《おいのち》目出度《めでたき》御寿《おんことぶき》、何《なに》吠《ほ》ゆる事《こと》がある。それ程《ほど》御身代《おみがは》りを悲《かな》しがるは、日頃《ごろ》御主人《しゆじん》が大切《たいせつ》など言《い》ふた言葉《ことば》は皆嘘《みなうそ》か。うろたへ者《もの》めと叱《しか》られて、女房《ばう》はなほ咳上《せきあ》げ、武家《ぶけ》に育《そだ》つたわしじやもの、お主《しゆう》の為《ため》の御身代《おみがは》り、それ悔《くや》むではなけれども、斯《か》ういふわけじやと得心《とくしん》させ、暇乞《いとまごひ》して殺《ころ》すなら、これ程《ほど》にもあるまいもの。さもしき暮《くら》しの裏屋住《うらやず》み、あの子を寝《ね》させて夜食《やしよく》の拵《こしら》へ、井戸端《ゐどばた》から帰《かへ》つて見《み》れば掻暮《かいく》れに見《み》えぬゆゑ、狐狸《きつねたぬき》が勾引《かどは》したか、神隠《かみかく》しとやら言《い》ふものかと案《あん》じ暮《くら》して太鼓鉦《たいこかね》、手足《あし》は血《ち》塗泥《みどろどろ》だらけ、日頃《ごろ》は怖《こは》いと昼《ひる》でさへ、行《ゆ》かぬ野の末山坂《すゑさか》を尋歩《たづねあり》くも子故《ゆゑ》の闇《やみ》、現在親《げんざいおや》のこなさんが盗出《ぬすみいだ》して殺《ころ》さふとは、コレこれ程《ほど》も気《き》が付《つ》かぬゆゑ、あらぬ苦労《くらう》をしたはいの。お主《しゆう》の為《ため》に斯《か》う〳〵すると言《い》ふて聞《き》かせて下《くだ》さつたとて、

次《つぎ》へ続《つゞ》く

(38) 前《まへ》の続《つゞ》き 滅多《めつた》に人に言《い》ふやうな女子《をなご》でないといふ

事《こと》も、これまで連添《つれそ》ふ女房《にようぼ》の心《こゝろ》知《し》つて居《ゐ》ながら、胴欲《どうよく》な惨《むご》い仕方《しかた》と身を投伏《なげふ》し、消入《きへい》り〳〵泣沈《なきしづ》む。夫《をつと》も胸《むね》まで満《みち》来《く》る涙飲込《なみだのみこ》み〳〵、「ヲ、その恨《うら》み尤《もつと》もじや。大事《だいじ》の〳〵御身代《おみがは》り、案《あん》じ過《すご》して隠《かく》したゆゑ、気《き》を揉《も》ませたは堪忍《かんにん》してくれ。さりながら、そなたの苦労《くらう》は尋《たづ》ぬる内《うち》にも、何処《どこ》ぞに居《ゐ》よかとまだも頼《たの》み、俺《おれ》は我《わ》が子を盗出《ぬすみだ》し、抱《だ》いては行《ゆ》けど御身代《おみがは》りと、覚悟《かくご》を極《きは》めた心《こゝろ》からは、生《い》きた倅《せがれ》の様《やう》には思《おも》はず、石塔《せきとう》を抱《だ》いたと思《おも》へば手足《あし》も痺《しび》れて歩《ある》かれぬ。さふとは知《し》らず倅《せがれ》めは、母《かゝ》へ行《ゆ》かふと泣《な》く故《ゆゑ》に、道《みち》でコレ此風車《かざぐるま》と白雪糕《はくせつかう》、買《か》つてやつたら機嫌《きげん》も直《なほ》り、ほた〳〵と喜《よろこ》んで、たい〳〵すると押戴《おしいたゞ》き、父《とゝ》も食《く》へとて食《く》ひかけを俺《おれ》が口《くち》へ押込《おしこ》んだは、親《おや》子一世《いつせ》の暇乞《いとまごひ》、水杯《みづさかづき》の代《かは》りじやと、思《おも》へば骨身《ほねみ》も砕《くだ》けるやうにあつたはやい。それはまだしもその後《のち》は、泣《な》かせてはならぬゆゑ、可哀《かはゆ》さふに猿轡《さるぐつわ》、うん〳〵と蠢《うごめ》く〳〵を荷箱《にばこ》へ入《い》れて担回《かつぎまは》り、露《つゆ》太郎様《さま》の御身代《おみがは》りと、思《おも》ひ切《き》つて一思《ひとおも》ひに首斬《くびき》る時《とき》の心《こゝろ》の内《うち》、コリヤどの様《やう》にあらふと思《おも》ふぞやい。推量《すいりやう》してくれ女房《にようぼう》」と言《い》ふに、お杉《すぎ》は頭振《かぶりふ》り、聞《き》けば聞《き》く程胸《ほどむね》が裂《さ》ける。

モウ言《い》ふて下《くだ》さるな。死《し》にたいはいのと打伏《うちふ》して、声《こゑ》の限《かぎ》りを泣尽《なきつ》くすは、目《め》も当《あ》てられぬ次第《しだい》なり。池之《いけの》庄司涙《なみだ》を拭《ぬぐ》ひ、夫婦《ふうふ》が嘆《なげ》きは尤《もつと》も〱。我《われ》、一休和尚《いつきうおしやう》の烏絵《からすゑ》の筆意《ひつい》を写《うつ》して扇《あふぎ》を書《か》き、浪々《らう〱》の活計《たつき》とするも、その禅気《ぜんき》を尊《たつと》むゆゑ、三輪松《みわまつ》が引導《いんどう》の為《ため》、一休和尚《いつきうおしやう》の歌《うた》を書《か》きて得《え》さすべしとて、扇《あふぎ》に描《か》いて与《あた》へければ、又六はこれを見《み》て、「なに〱、極楽《ごくらく》は何処《いづく》のほどゝ思《おも》ひしに杉葉《すぎは》立《た》てたる又六が門《かど》。ハ、ア、此御歌《おんうた》は倅《せがれ》が為《ため》には経陀羅尼《きやうだらに》にも勝《まさ》りしもの、コレ女房《にようぼう》、今改《いまあらた》めて言《い》ふには及《およ》ばぬ事《こと》ながら、次《つぎ》へ続《つゞ》く

［杉の葉酒］

(39) 前《まへ》の続《つゞ》き そちが母は平家の侍《さふらひ》、難波《なんばの》次郎貞景殿《さだかげどの》に奉公《ほうこう》し、息《そく》女の松風殿《かぜどの》に乳《ち》を上《あ》げたる由《よし》。平家滅《ほろ》びて後《のち》、松風殿《かぜどの》は和泉《いづみ》の堺《さかひ》の高須《たかす》の里《さと》の遊君《ゆふくん》となり、一休和尚《いつきうおしやう》に参禅《さんぜん》して悟道《ごだう》を極《きは》め、名を地獄《ぢごく》と呼《よ》び、忠義《ちうぎ》のため非業《ひがう》に死《し》なれ、そちとは乳兄弟《ちきやうだい》の誼《よしみ》ありとて形見《かたみ》に下《くだ》されたる打掛《うちかけ》と櫛笄《くしかうがい》、貧苦《ひんく》の中《なか》でも売代《うりしろ》なさず大事《だいじ》にして置《お》きたるを、悴が菩提《ぼだい》のためにもと荷箱《にばこ》に入れて持《も》つて来《き》た。コレ此地獄絵《ぢごくへ》の打掛《うちかけ》に描《か》いてある賽《さい》の河原《かはら》の体《てい》たらく、一《いち》重《ぢゆう》積《つ》んでは父恋《ちゝこひ》し、二重積《にぢゆうつ》んでは母恋《はゝこひ》しと、呵責《かしやく》を悲《かな》しむ幼子《をさなご》も、迷《まよ》ひと悟《さと》りの二筋道《ふたすぢみち》、有濡智《うろぢ》より無濡智《むろぢ》に帰《かへ》る一休《ひとやす》み、雨降《あめふ》らば降《ふ》れ風吹《かぜふ》かば吹《ふ》け、悟《さと》つて見れば此通《とほ》り、松葉立《た》てたる又六が門《かど》もすなはち極楽《ごくらく》なり。よく合《が》点《でん》して嘆《なげ》きをやめよ」と言《い》ひければ、「ア、なるほど忠義《ちうぎ》のために殺《ころ》した子、深《ふか》く嘆《なげ》くば迷《まよ》ひの至《いた》り。女達磨《だるま》と世に言《い》はれし地獄《ぢごく》の君《きみ》の打掛《うちかけ》を、我《わ》が身に纏《まと》ひ櫛笄《くしかうがい》を斯《か》う差《さ》せば、金襴《きんらん》の袈裟衣《けさころも》を着《き》るにも勝《まさ》つて、悟《さと》りを開《ひら》く善智識《ぜんちしき》。古《いにしへ》の丹霞和尚《たんかおしやう》とやらは、木仏《もくぶつ》を火に焚《た》きて禅《ぜん》の奥義《おうぎ》を究《きは》めたる由《よし》、三輪松《みわまつ》が持《もち》遊びの形見《かたみ》となりしコレ、この大津絵《おほつゑ》の仏像《ぶつぞう》も、斯《か》うして置《お》けば嘆《なげ》きの種《たね》、末期《まつご》の如《ごと》く

煙《けふり》となし、有無《うむ》の二つを離《はな》れては心《こゝろ》にかゝる雲《くも》もなしと、夫婦《ふうふ》もろとも悟《さと》りを開《ひら》き、荷箱《にばこ》を仮《かり》の棺《ひつぎ》となし、三輪《みわ》松が亡骸《なきがら》を取納《とりをさ》め、夫婦後先担《ふうふあとさきにな》ひつゝ、所《ところ》も名に負《お》ふ紫《むらさき》野、野辺《のべ》の送《おく》りと出行《いでゆ》きぬ。

○それはさておき、此処《こゝ》に又、宗盛《むねもり》の落胤《らくいん》提婆之《だいばの》介は男《をとこ》達関《だてせき》の自《じ》蔵と名乗《なの》り、実朝《さねとも》公を恨《うら》みんために味方《みかた》を集《あつ》むるうちに、鬼鹿毛郡領《おにかげぐんりやう》をも味方《みかた》に付《つ》け、鬼鹿毛《おにかげ》が館《やかた》に匿《かくま》はれてぞ居《ゐ》たりける。

○さるほどに池之《いけの》庄司は、常陸《ひたち》小萩之《はぎの》介、深泥《みぞろ》川池《いけ》右衛《ゑ》門《もん》、下部《しもべ》鎌《かま》平、鬼《おに》王源《げん》太等《ら》を引連《ひきつ》れて鬼鹿毛《おにかげ》郡領《ぐんりやう》が館《やかた》に押寄《おしよ》せ、雲連《くもつら》に詰腹《つめばら》を切《き》らせ、家来《けらい》はかの泥《どろ》田坊《ぼう》平太をはじめ残《のこ》らず討《う》ちしが、この時《とき》、提婆之《だいばの》介、阿修羅《あしゆら》王の荒《あ》れたる勢《いきほ》ひにて打《う》つて出《いで》たる所にこなたより、「秩父《ちゝぶの》小六郎重村見参《しげむらげんざん》」と呼《よ》ばはつて、錦《にしき》の裃《かみしも》優美《ゆうび》の姿《すがた》、杖《つゑ》の先《さき》に髑《しやれ》髏《かうべ》を貫《つらぬ》きたるを提婆之《だいばの》介が目先《めさき》へ突付《つきつ》け、珍《めづ》らしや関《せき》の自《じ》蔵、

次《つぎ》へ続《つゞ》く

お杉

「極楽《ごくらく》は何処《いづく》のほど、思《おも》ひしに杉葉立《た》てたる又六が門《かど》」

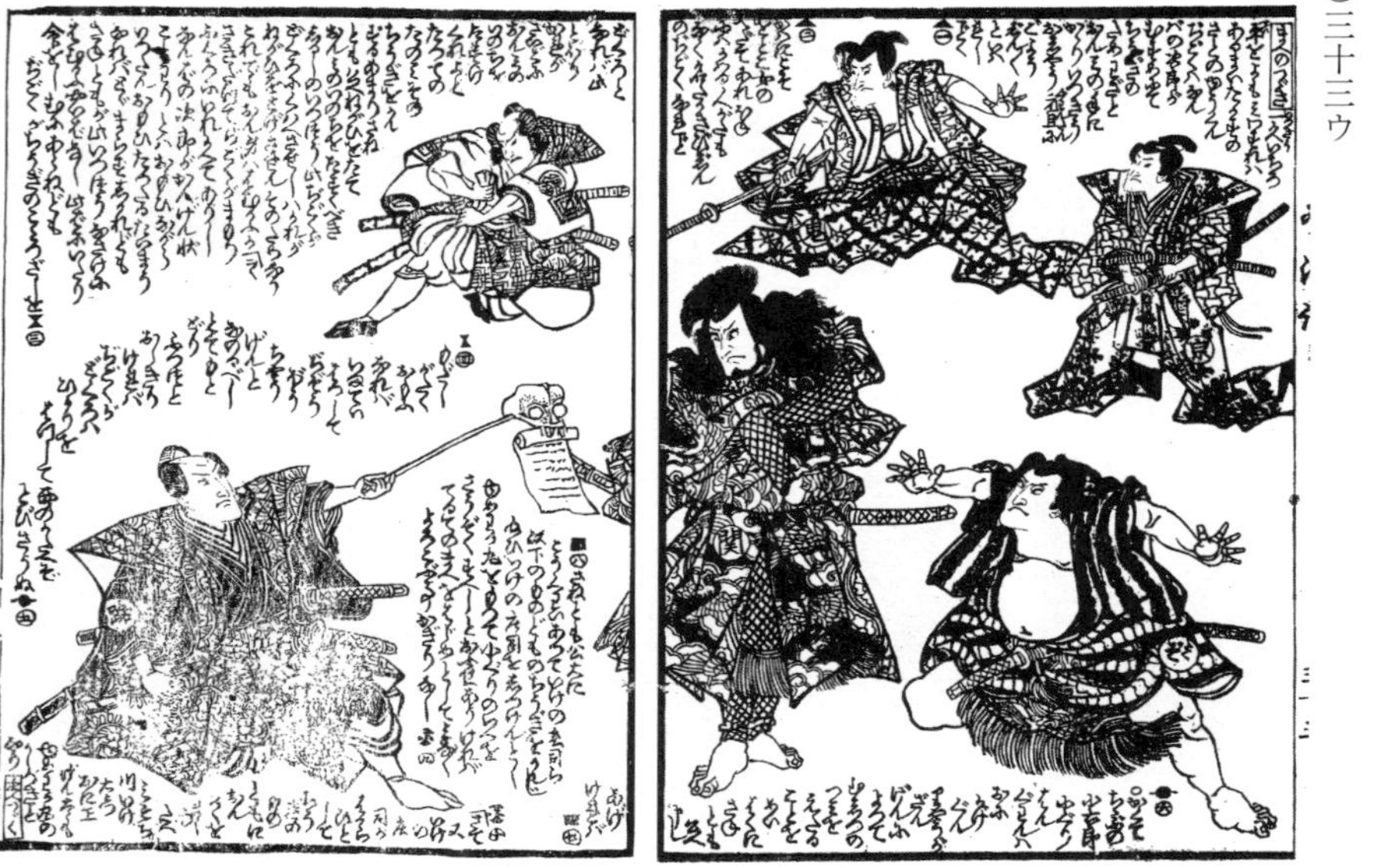

(40) 前《まへ》の続《つゞ》き 一久一路平《いつきういちろべい》をよも見忘《みわす》れはあるまい。高《たか》須《す》の里《さと》の遊君《ゆうくん》地獄《ぢごく》は難波《なんばの》次郎が娘《むすめ》にて、忠義《ちうぎ》のためわざと御身《おんみ》の手に掛《か》かり、一休和尚《いつきうおしやう》、元旦《ぐわんたん》に御用心《ごようじん》〳〵と言《い》はれし如《ごと》く、皮《かは》にこそ男女《をとこ》の隔《へだ》てあれ、骨《ほね》には換《か》はる人形《がた》もなく、名高《たか》き美人《びじん》の地獄《ぢごく》なれど、髑髏《どくろ》となれば此通《とほ》り、彼《かれ》が最期《さいご》に御身《おんみ》の命《いのち》を助《たす》けくれよとたつての頼《たの》み、その忠《ちう》義《ぎ》を感《かん》ずるあまり、実朝公《さねとも》へ願《ねが》ひを立《た》て、御身《おんみ》の命《いのち》を助《たす》くべき印《しるし》の一通《いつつう》、此地獄《ぢごく》が髑髏《どくろ》に咥《くは》へさせしは、彼《かれ》が願《ねが》ひを遂《と》げさせんその為《ため》なり。これでも御身《おん》は歯向《はむか》ふか。ヲ、先《さき》だつて地獄《ぢごく》が守袋《まもりぶくろ》に入替《いれか》へてありし難波《なんばの》次郎が諫言状《かんげん》、理《ことわり》とは思《おも》ひながら、一旦思立《いつたんおもひた》つたる大望《たいまう》なれば止《とゞ》まらず。然《しか》れども実朝《さねとも》が此一通《いつつう》、情《なさ》けに歯向《はむか》ふ刃《やいば》なし。此場《ば》に至《いた》り命惜《を》しむにあらねども、地獄《ぢごく》が忠義《ちうぎ》の志《こゝろざし》を黙難《もだしがた》く思《おも》ふなれば、今剃髪《いまていはつ》して地蔵坊張玄《ぢぞうばうちやうげん》と名乗《なの》るべしとて、髻《もとどり》ふつつと押切《おしき》りければ、地獄《ぢごく》が髑髏《どくろ》は光《ひかり》を発《はつ》して、西の方《かた》へぞ飛去《とびさ》りぬ。

○斯《か》くて秩父《ちゝぶの》小六郎、小栗判官《ぐりはんぐわん》は鬼鹿毛《おにかげ》郡領《ぐんりやう》が讒言《ざんげん》によつて無実《むじつ》の罪《つみ》を得《え》たる事《こと》を、明白《めいはく》に実朝公《さねとも》へ申し上《あ》げけれ

(41)三十四ウ

ば、実朝《さねとも》公大に後悔《こうくわい》あつて、池之《いけの》庄司ら以下の者《もの》どもの忠義《ちうぎ》を感《かん》じ給ひ、池之《いけの》庄司を執権《しつけん》とし、夢若《ゆめわか》丸をもつて小栗《ぐり》の家《いへ》を相続《さうぞく》すべしと仰《おふ》せありければ、照手《てるて》の前《まへ》をはじめとして皆々《みなく》、喜《よろこ》ぶ事限《かぎ》りなし。

さて又、池之《いけの》庄司が計《はか》らひとして、忠義《ちうぎ》の者《もの》どもに恩禄《おんろく》を増与《ましあた》へ、深泥《みぞろ》川池《いけ》右衛門《もん》、鬼王《おに》源《げん》太も夢若《ゆめわか》丸の傅《かしづ》きとなり、 次《つぎ》へ続《つゞ》く

(41) 前《まへ》の続《つゞ》き 常陸《ひたち》小萩之《はぎの》介帰参《きさん》しければ、九条《じやう》の里《さと》の闇《やみ》九郎、按摩《あんま》の竹斎《ちくさい》にも厚《あつ》く礼物《れいもつ》を送《おく》りて謝《しや》したりける。下部《しもべ》鎌《かま》平が忠義《ちうぎ》は殊《こと》に優《すぐ》れたれば、これをも武士《ぶし》に取立《とりた》て、高禄《かうろく》を与《あた》へ、栗柄《くりから》太郎景宗《かげむね》とぞ名乗《なの》らせける。

和泉《いづみ》の堺《さかい》高須《たかす》の遊君《ゆふくん》地獄《ぢごく》が元《もと》へ一休《いつきう》和尚《おしやう》訪《たづ》ね御座《おは》して、「聞《き》きしより見《み》て恐《おそ》ろしき地獄《ぢごく》かな」ト言《い》ひかけ給《たま》ひければ、地獄取敢《ぢごくとりあ》へず、「生《い》きくる人も落《お》ちざらめやは」と付《つ》けたり。此事《こと》 堺鑑《かゞみ》 又 摂陽群談 に詳《つまび》らかなり。さある名妓《めいぎ》なれば、地獄《ぢごく》が姿《すがた》を絵《ゑ》に描《か》きて女達磨《だるま》と言《い》ひ、今《いま》の世までも伝《つた》へたり。但《たゞ》し此草紙《さうし》の趣《おもむ》き実朝《さねとも》公の時代にせ

（42）三十五オ

しは狂言なり。
○さるほどに、小栗夢若《ぐりゆめわか》丸成長《せいちやう》して文武《ぶんぶ》の道《みち》に秀《ひい》でければ、その家《いへ》益々《ます〳〵》富栄《とみさか》え、寿命《じゆみやう》長久にして子孫《しそん》長く続《つゞ》き、千秋万歳、万々歳とぞ祝《しゆく》しける。

（42）目出度画像

池之《の》庄司

夢若《ゆめわか》丸

照手《てるて》の前《まへ》

秩父《ちゝぶ》小六郎

常陸《ひたち》小萩之《の》介

露《つゆ》太郎

池之《の》庄司妻《つま》　小佐野《さの》

又六妻《つま》お杉

秋篠《しの》

深泥《みぞろ》川

栗柄《くりから》太郎景宗《かげむね》

酒売《うり》又六

（43）三十五ウ

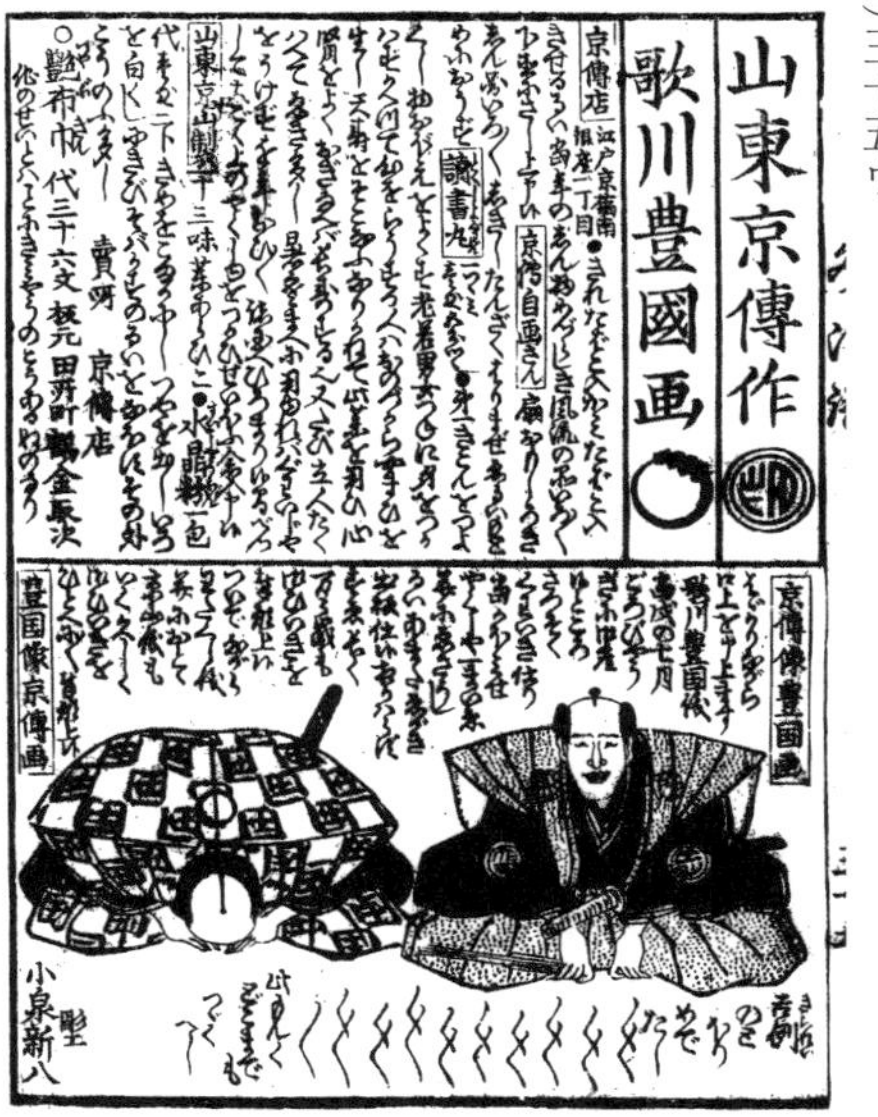

（43）

山東京伝作㊞
歌川豊国画㊞

彫工　小泉新八

京伝像豊国画

憚《はゞか》りながら口上を申上ます。歌川豊国儀、当戌の七月頃《ごろ》、病気《びやうき》に御座候ところ、早速快気《さつそくくわいき》仕り、当顔見世役者《かほみせやくしや》一枚《まい》絵《ゑ》、幷に絵草紙類《ゑさうしるい》、数多描《あまたゑが》き出板仕候。相変《か》はらず末《すゑ》長く万々歳も御贔屓《ひいき》を奉願上候。ついでながら私《わたくし》儀幷に弟《おとゝ》京山儀も幾《いく》久しく御贔屓《ひいき》を偏《ひとへ》に〳〵奉願上候。

豊国像京伝画

吉例《きちれい》の通《とほ》り目出度《めでた》し〳〵〳〵〳〵〳〵〳〵〳〵〳〵〳〵〳〵〳〵〳〵〳〵〳〵〳〵〳〵〳〵〳〵。此文句《もんく》どこまでも続《つゞ》くべし。

京伝店　江戸京橋南銀座一丁目

●裂煙草入《きれたばこいれ》・紙煙草入《かみたばこいれ》・煙管《きせる》類、当年の新《しん》物、珍《めづ》らしき風流の品色々《いろ〳〵》、下直に差《さし》上申候。

京伝自画賛《さん》　扇、面白《おもしろ》き新《しん》図色々《いろ〳〵》。色紙《しきし》・短冊《たんざく》・張交絵《はりまぜゑ》類《るい》、求《もと》めに応《おう》ず。

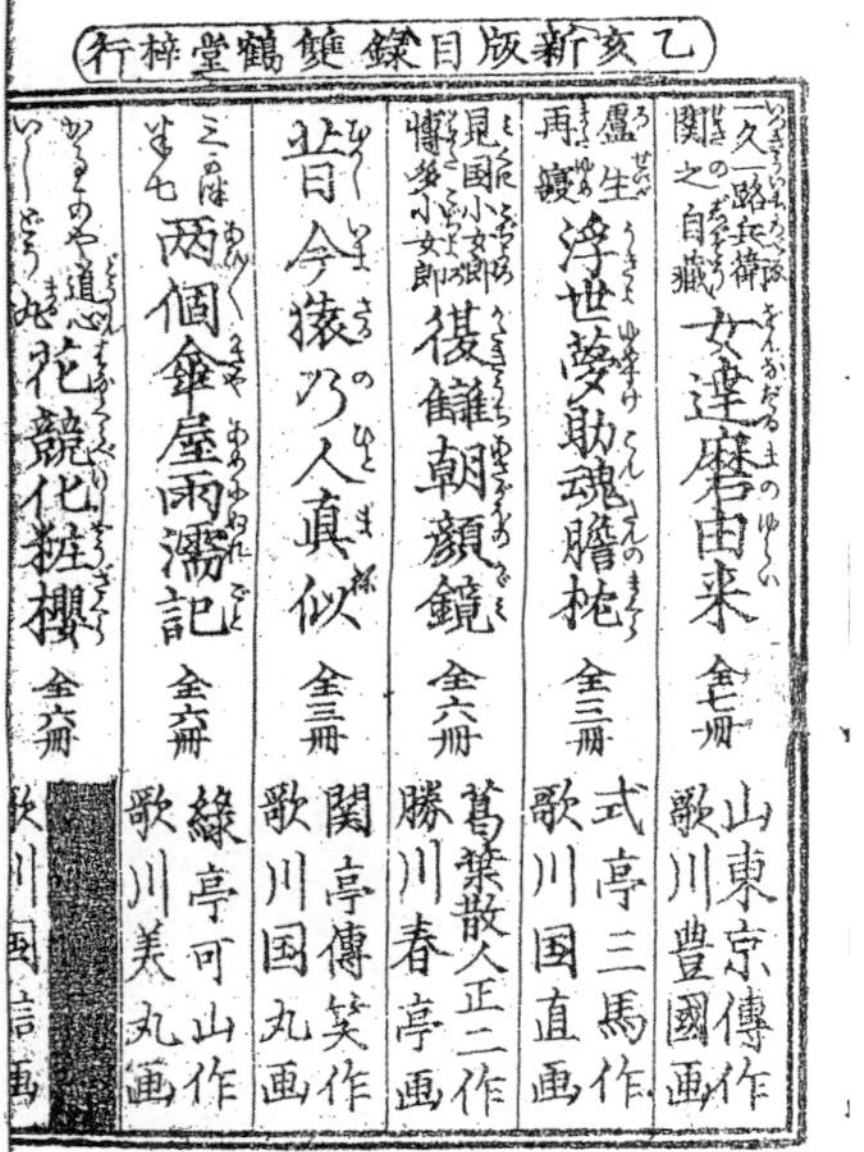
乙亥新版目録　雙鶴堂梓行

一久一路兵衛 関之自蔵　女達磨由来　全七冊　山東京伝作　歌川豊国画

盧生再寝　浮世夢助魂膽枕　全三冊　式亭三馬作　歌川国直画

見国小女郎 博多小女郎　復讎朝顔鏡　全六冊　葛葉散人正二作　勝川春亭画

昔今猿乃人真似　全三冊　関亭伝笑作　歌川国丸画

両個傘屋雨濡記　全二冊　緑亭可山作　歌川美丸画

花競化粧櫻　全二冊　歌川国[illegible]画

読書丸《とくしよぐわん》　一包《つゝみ》壱匁五分つゝ

●第一気根《きこん》を強《つよ》くし物覚《おぼ》えをよくす。老若男女常《つね》に身を使《つか》はず、かへつて心を労《らう》する人はおのづから病《やまひ》を生じ天寿を損《そこな》ふなり。かねて此薬を用ひ心腎をよく補《おぎな》へば長寿する也。又、旅立《たび》人、蓄《たくは》へて益《えき》多し。暑寒前《まへ》に用ゆれば外邪《ぐわいじや》を受《う》けず。近年追《おひ》々諸国へ弘《ひろ》まり候間、別《べつ》して大極上《ごく》の薬《やく》種《しゆ》を使《つか》ひ製法《せいほふ》念入申候。

山東京山製　十三味薬洗粉《あらひこ》

●水晶粉《すいしやうふん》　一包代壱匁二分

きめを細《こま》かにし、艶《つや》を出し色《いろ》を白くし、面皰《にきび》・雀斑《そばかす》の類《るい》を治《なほ》す。その外効能《こうのふ》多し。

売所　京伝店

○艶布巾《つやぶきん》　代三十六文

他の製《せい》とは異《こと》に奇妙《きみやう》の効《こう》ある布《ぬの》なり。

板元　田所町鶴金取次

粟《あは》野《の》女郎《ぢよろう》平《へい》
奴之《やっこの》小《こ》蘭《らん》

猨猴《さる》著聞《ちよもん》水月《すいげつ》談《ものがたり》

足利義教の時代（貞治・永和年中）

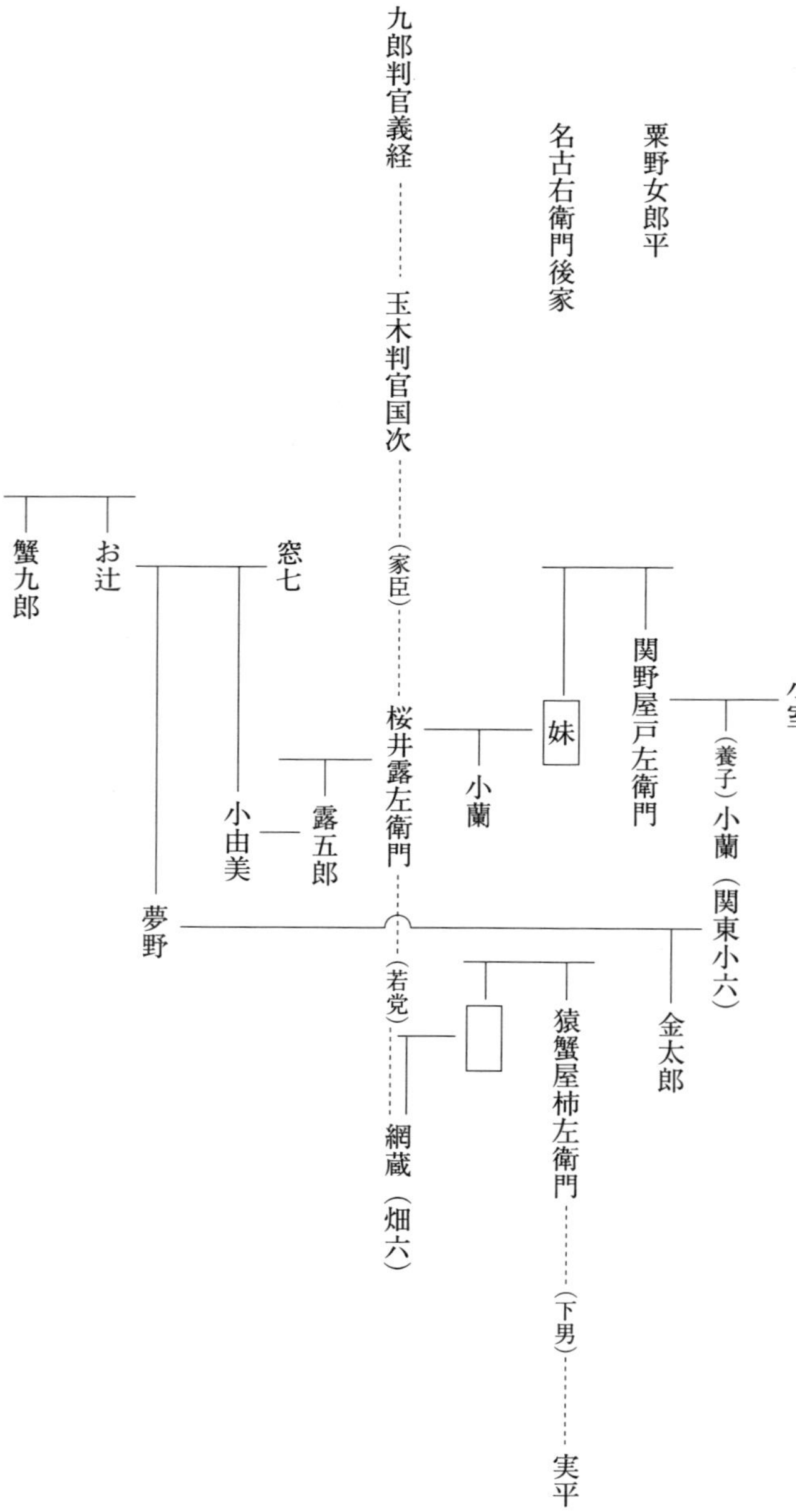

［上編見返し］

粟野女郎平

奴之小蘭

上編

猨《さ》猴《る》著聞《ちよもん》水月《すいげつ》談《ものがたり》

全六冊

百枝

大橋

錦森堂梓

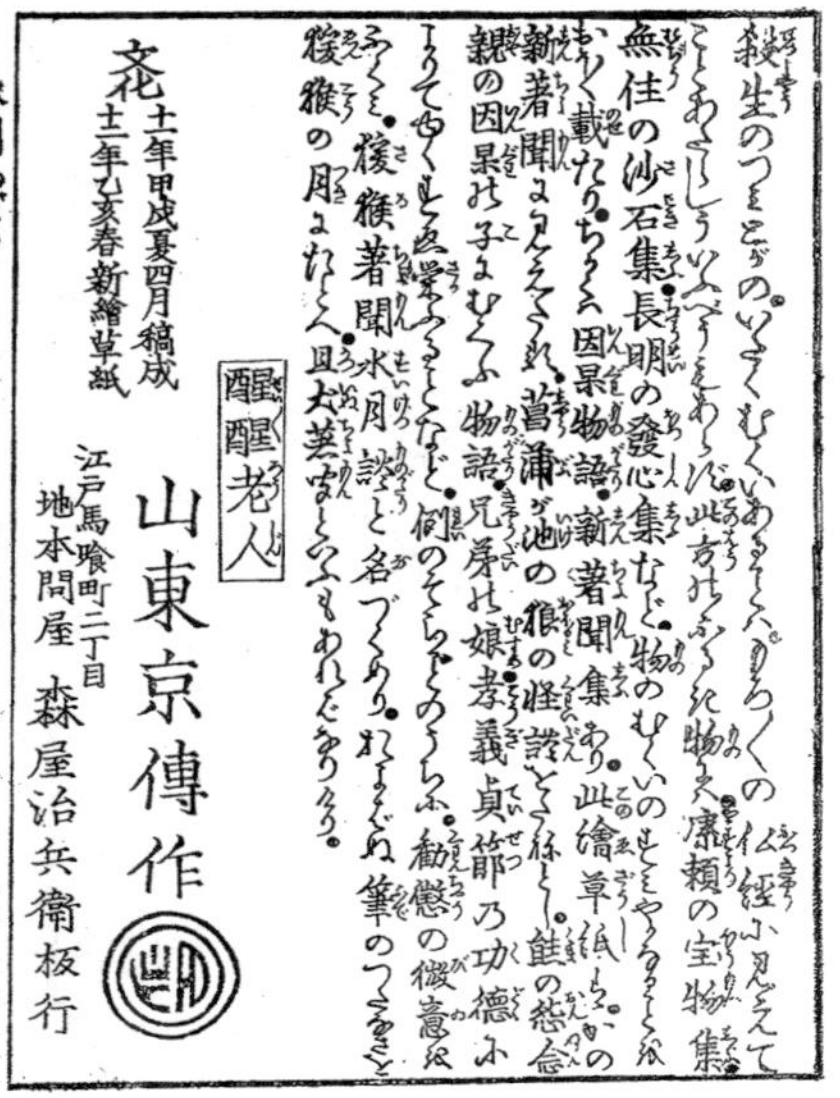

(1)一オ

[前編]

[上]

(1)

殺生《せつしやう》のつみとがの。いたくむくいあることは。もろ〳〵の仏経《ぶつきやう》に見えてことあたらしういふべうもあらず。此方《このはう》のふるき物《もの》には。康頼《やすより》の宝物集《ほうもつしふ》。無住《むぢう》の沙《さ》石集《せきしふ》。長明《ちやうめい》の発心集《ほつしんしふ》など。物《もの》のむくいのすみやかなることをおほく載《のせ》たり。ちかくは因果物語《いんぐわものがたり》。新著聞集《しんちよもんしふ》あり。此絵草紙《このゑざうし》は。かの新著聞《しんちよもん》に見えたる。菖蒲《しやうぶ》が池《いけ》の狼《おほかみ》の怪談《くわいだん》をたねとし。熊《くま》の怨念親《おんねんおや》の因果《いんぐわ》の子《こ》にむくふ物語《ものがたり》。兄弟《きやうだい》の娘《むすめ》。孝義《こうぎ》貞節《ていせつ》の功徳《くどく》によりてゆくすゑ栄《さか》ふることなど。例《れい》のそらごとのうちに。勧懲《くわんちやう》の微意《びゐ》をふくみ。猨猴《さる》著聞《ちよもん》水月《すいげつ》 談《ものがたり》 と名《な》づくめり。およばぬ筆《ふで》のつたなさを猨猴《ゑんこう》の月《つき》にたとへ。且犬著聞《かついぬちよもん》といふもあればなりけり。

文化 十一年甲戌夏四月稿成
十二年乙亥春新絵草紙

醒醒老人《せいくろうじん》　山東京伝作㊞

江戸馬喰町二丁目
地本問屋　森屋治兵衛板行

(2)一ウ

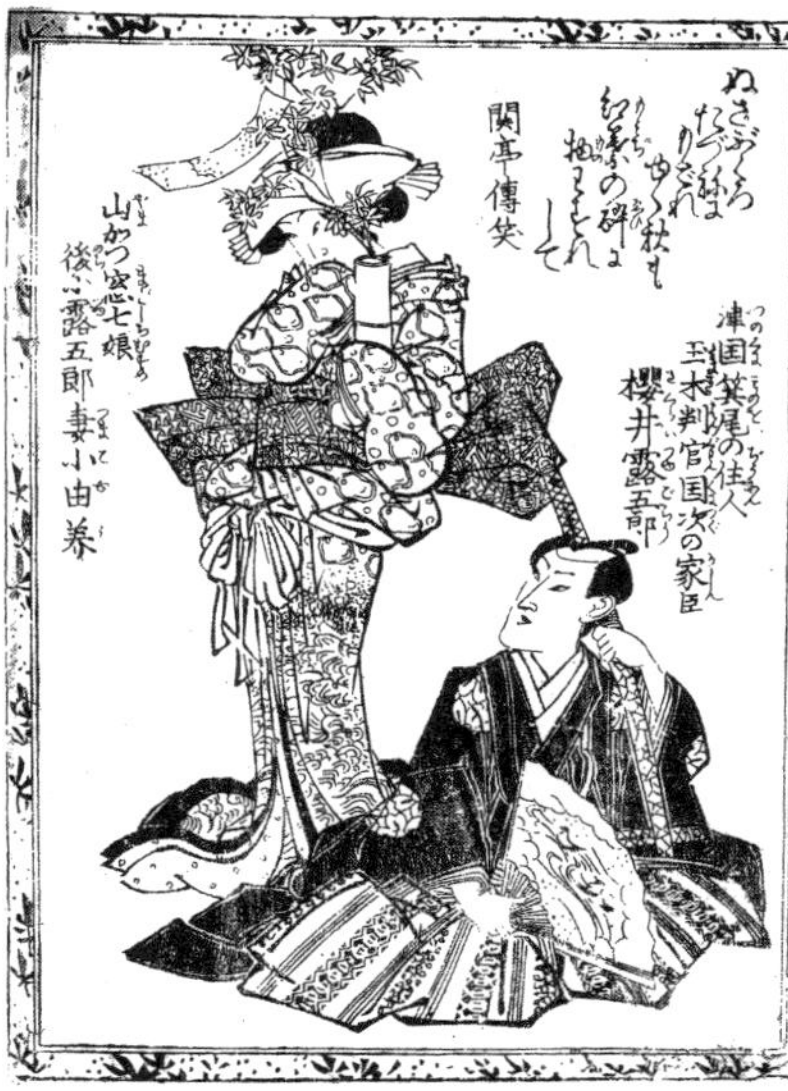

(3)二オ

(2)

ぬさぶくろたづねにもどれゆく秋も
紅葉《もみぢ》の酔《ゑひ》に物《もの》わすれして　関亭伝笑

津国箕尾《つのくにみのを》の住人《ぢうにん》玉木《たまき》判官《はんぐわん》国次《くにつぐ》の家臣《かしん》、桜井《さくらい》露五郎《つゆごらう》
山賤《やまがつ》窓七《まどしち》娘《むすめ》、後《のち》に露《つゆ》五郎妻小由美《つまこゆみ》

(3)

丹波国《たんばのくに》村雲山《むらくもやま》の麓《ふもと》の山賤《やまがつ》、山嵐《あらし》窓七《まどしち》が娘《むすめ》夢野《ゆめの》、後《のち》に三《み》日月娘《かつきむすめ》といふ。

(4)二ウ

(5)三オ

(4)

浪花津《なにはづ》の女達《だて》、奴《やつこ》の小蘭《こらん》

播州明石漁人《ばんしうあかしのりやうし》網蔵《あみぞう》、元《もと》は桜井露左衛門《さくらゐつゆざゑもん》に仕《つか》へて畑六《はたろく》といへり。

力健誰能敵
威雄孰可当
花の時腕《ときうで》になま疵《きず》たえなんだ　梅翁宗因

(5)

津国蛇塚村《つのくにへびつかむら》の浪人《ろうにん》、粟野女郎平《あはのぢようろへい》

但馬国琴引山《たじまのくにことひきやま》の麓《ふもと》菖蒲池《しやうぶがいけ》の名古右衛門《なごゑもん》後家《ごけ》、実《じつ》は狼《おほかみ》の化身《けしん》

狼《おほかみ》のうき木《き》にのるや秋《あき》の水《みづ》　晋子其角

(6) 発端《ほつたん》 今は昔《むかし》、足利義教《あしかゞよしのり》公の時代、貞治年中の事《こと》とかや、丹波《たんば》の国村雲《くにむらくも》山の麓《ふもと》、山嵐《あらし》村といふ所に窓《まど》七といふ山賤《がつ》ありけり。女房《ぼう》をお辻《つぢ》といひ、小由美《ゆみ》とて今年《ことし》十二

(6)三ウ

四オ

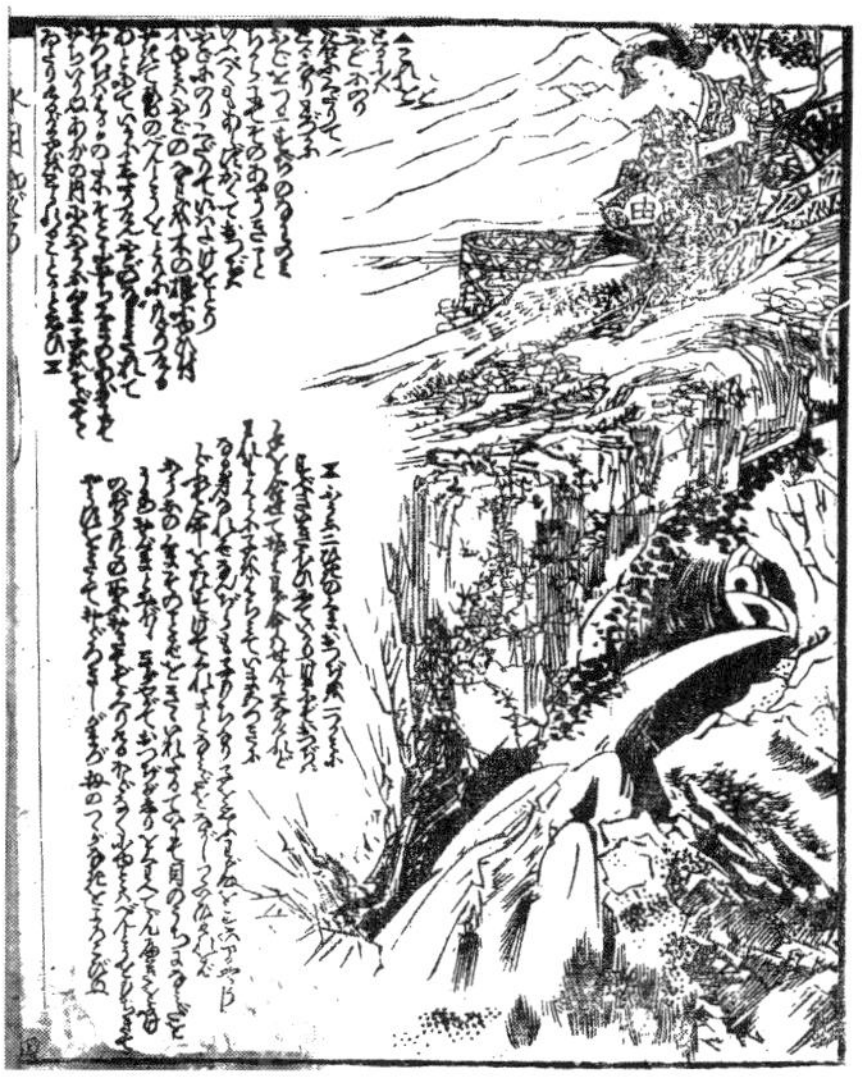

才の娘を持《も》てり。見目《みめ》形美《かたちうつく》しく田舎《いなか》に稀《まれ》なる器量《きりやう》にて、しかも類《たぐひ》なき孝女なり。

さてある日、岩茸《いはたけ》を採《と》らんとてお辻《つぢ》、娘の小由美《ゆみ》を連《つ》れて村雲《くも》山に上《のぼ》りぬ。そも〳〵岩茸《いはたけ》は深《ふか》き谷間《あい》に生《しやう》じ、これを採《と》るには畚《ふご》に乗《の》り、谷に下《くだ》りて採《と》るなり。僅《わづ》かに畚《ふご》を吊《つ》る一筋《すぢ》の縄《なわ》のみ力《ちから》にて、その危《あやう》き事言《ことい》ふべくもあらず。斯《か》くてお辻《つぢ》は畚《ふご》に乗《の》り、下《くだ》りて岩茸《いはたけ》を採《と》り、小由美《ゆみ》は畚《ふご》の縄《なわ》を木の根に結付《ゆひ》置《お》きて、昼《ひる》の弁当《べんとう》を取《と》りに戻《もど》りける。後《あと》にて如何《いか》にしたりけん、畚《ふご》の縄《なわ》切《き》れて、お辻《つぢ》は遥《はる》かの谷底《たにそこ》に落《お》ち、熊《くま》の穴《あな》にぞ落入《おちい》りぬ。穴《あな》の内には夫婦熊《ふうふぐま》、子を育《そだ》て、ゐたりけるが、子を取《と》られる事《こと》かと思ひ、夫婦《ふうふ》二匹《ひき》の熊《くま》、お辻《つぢ》を一摑《つかみ》にすべき勢《いきほ》ひにて怒《いか》りけるにぞ、お辻《つぢ》は手を合せて拝《おが》み、「我《わ》が命は詮方《せんかた》なけれど、我《われ》も腹《はら》に子を孕《はら》みて今《いま》五月《つき》になる身なれば、汝《なんぢ》らも子持《もち》なり。子を思ふ我《わ》が心を推量《すいりやう》し、どふぞ命を助《たす》けてくれよ」と涙《なみだ》を流《なが》しつゝ言《い》ひければ、夫婦《ふうふ》の熊《くま》、その言葉《ことば》を聞入《きゝい》れたる体《てい》にて、目の内《うち》に涙《なみだ》を浮《うか》め、雄熊《おぐま》と思《おぼ》しきが、やがてお辻《つぢ》が襟《ゑり》を咥《くわ》へて岩壁《がんぺき》を駆上《かけのぼ》り、元《もと》の所に置《お》きてぞ帰《かへ》りける。程《ほど》なく小由美《ゆみ》は弁当《べんとう》を持来《もちき》て、様子《やうす》を聞《き》きて驚《おどろ》きしが、まづ母の恙《つゝが》なきを喜《よろこ》びぬ。

（7）お辻《つぢ》は娘《むすめ》を連《つ》れて我《わ》が家《や》に帰《かへ》り、夫《おつと》窓《まど》七に此日の難《なん》儀《ぎ》を詳《くわ》しく語《かた》り、熊《くま》の情《なさ》けにて、からき命を助《たす》かりし事《こと》を話《はな》して、ひたすら感《かん》じけるが、窓《まど》七は此物語《がたり》を聞《き》きて密《ひそ》かに喜び、何気《なにげ》なく熊《くま》の穴《あな》の在《あ》り所を詳《くは》しく聞質《きゝたゞ》し、女《にょう》房《ぼう》に話《はな》しては止《とゞ》むるは必定《ひつぢやう》と、その夜《よ》、近《ちか》き村へ夜話《よばなし》に行《ゆ》くと偽《いつは》りて家《いへ》を出《い》で、かねて慰《なぐさ》みに鉄砲《てつぽう》をよく打ければ、近付《ちかづき》の狩人《かりうど》の方《かた》にて鉄砲《てつぽう》、山刀《がたな》の類《たぐひ》を借《か》り、松明《たいまつ》を振照《ふりて》らし、辛《から》うじて村雲《くも》山の谷底《ぞこ》に下《くだ》り、かの穴《あな》に近付《ちかづ》きて熊《くま》のよく寝《ね》たる鼾《いびき》を聞澄《きゝす》まし、二つ玉を込《こ》めて打けれ

(7)四ウ

五オ

ば、先《ま》づ雄熊《おぐま》を打止《うちと》めたり。雌熊《めぐま》怒《いか》つて飛掛《とびか》かる所をこれをも打止《と》め、子熊《ぐま》をさへ殺《ころ》し、肝《きも》を取《と》り皮《かは》を剝《は》ぎて持帰《もちかへ》り、密《ひそ》かに隠置《かくしお》きて、市《いち》に持《もち》出売《う》りければ、過分《くわぶん》の価《あたへ》を得《え》て、思《おも》ひがけず得分《とくぶん》の付《つ》きたる事《こと》を喜《よろこ》びけるが、妻《つま》も娘《むすめ》も此事《こと》を露《つゆ》ほども知《し》らざりけり。

娘言《い》ふ「これからわしが糸《いと》を取《と》り、機《はた》を織《お》つて、お前方《まへがた》に苦労《くろう》をさせますまい。山稼《かせぎ》は止《や》めて下《くだ》さんせ」。

母が言《い》ふ「そなたの孝行嬉《うれ》しいぞや。どふぞ殺生《せつしやう》好《ず》きな父《とゝ》さんの心も、そなたの意見《いけん》で直《なほ》してたも」。

(窓)「女房《にようぼう》や娘に話《はな》すと、止《と》めるは必定《ひつぢやう》。そこで夜話《ばなし》に行《ゆ》くと偽《いつは》つて出掛《か》けたが、親子《おや》三匹《びき》の熊《くま》を打《ぶ》つてしめれば、一廉《いつかど》の金《かね》になる、うまい〳〵。誰《たれ》も見付《つ》けぬうちに、打《う》つてきましやう」

(由)「お母《かゝ》さん、もふ岩茸《いはたけ》を採《と》ることは止《や》めて下さんせ」

(辻)「今日《けふ》は危《あぶ》ない事《こと》であつた。熊《くま》の情《なさ》けで危《あやう》い命を助《たす》かりました」

京伝随筆　好古漫録《まんろく》　○骨董集《こつとうしふ》　上編　大本四冊

古代の事を何くれとなく古書を引《ひ》いて考ふ。古画古図入。

(8)五ウ

(8) 斯《か》くて月日経《た》ち、お辻《つぢ》はすでに臨《りん》月に至《いた》りて出産《しゆつさん》したりけるが、生《う》まれたる子は女の子にて、顔《かほ》は常《つね》の人なれども、総《そう》身には一面《めん》に黒《くろ》き毛を生《しやう》じ、胸《むね》に月の輪《わ》の形《かたち》ありて産声《うぶごへ》をも出《いだ》さず、さながら熊《くま》の子の如《ごと》くなりければ、窓《まど》七は心中《しんちう》に、これは正《まさ》しくかの熊《くま》めが恨《うら》みを残《のこ》し、我《わ》が子をあやからしめて、斯《か》かる片端《かたわ》には生れさせたるに疑《うたが》ひなしと思ひければ、女房《ぼう》には出生《しゆつしやう》の子を見せず、死《し》んで生れたりと偽《いつわ》り、密《ひそ》かに失《うしな》はんとぞ思ひける。

(9)六オ

［中］

（9） 水月談前編中冊

読《よ》み始《はじ》め　斯《か》くて窓《まど》七思ひけるは、斯《か》く熊《くま》の恨《うら》みのかゝりたる片端《かたは》な子を育《そだ》てなば、成長《せいちやう》の後《のち》は如何《いか》なる憂目《うきめ》を見せんも計《はか》られねば、ひと思ひに殺《ころ》して捨《す》てんと思ひけるが、情《なさ》けを知《し》らぬ者《もの》なれども、さすがに我《わ》が手を下《くだ》して殺《ころ》すに忍《しの》びず、夜中、岩茸《いはたけ》採《と》りの畚《ふご》に子を入《い》れて持出《もちい》で、村雲《くも》山の麓《ふもと》に捨置《すてお》きてぞ帰《かへ》りける。

娘小由美《ゆみ》、父《ちゝ》が振舞《ふるまひ》を訝《いぶか》しく思ひ、見《み》へ隠《がく》れに跡《あと》を付《つ》けて此所へ来《きた》る。

ねぐらの雀《すゞめ》、驚《おどろ》き騒《さわ》ぐ。

（10）六ウ

七オ

（10）窓《まど》七は子を捨《す》て、帰《かへ》り、素知《そし》らぬ顔《かほ》してゐたりけるが、娘小由美《ゆみ》、後《あと》へ回《まは》りて、かの赤子《あか》を拾帰《ひろひかへ》り、母にも斯《か》くと言《い》ひ、かねて飯《めし》を擂潰《すりつぶ》して布《きれ》に包《つゝ》み、乳房《ちぶさ》の様《やう》にして養《やしな》ひぬ。

窓《まど》七はそれとは知《し》らず、二三日過《す》ぎて山へ薪《たきゞ》を取《と》りに行て、昼飯食《ひるめしく》ひに帰《かへ》りけるが、灰小屋《はいごや》の方《かた》に赤子《あか》の泣《な》く声《こゑ》しけるゆゑ、訝《いぶか》しく思ひ、彼処《かしこ》に行《ゆ》きて覗見《のぞき》るに、娘小由《ゆ》美《み》かの赤子《あか》を養《やしな》ひゐたれば、窓《まど》七大に怒《いか》り、先《ま》づ娘が襟首《ゑりくび》摑《つか》みて引倒《たふ》し、声《こゑ》を荒《あら》らげ言《い》ひけるは、「おのれ大たわけめ。その餓鬼《がき》めは片端《かたわ》に生《う》まれ出《で》たるゆゑ、養育《やしなひそだ》て成《せい》長《ちやう》なさば、かへつて大《おほ》きなる厄介者《やつかいもの》と思ふゆゑ、捨《す》て、帰《かへ》りしに、我《われ》にも知《し》らさず拾帰《ひろひかへ》りし愚《おろ》かさよ。どれ、その子をこちへ寄越《よこ》せ。いつそ一思《ひと》ひに物《もの》すべし」と言《い》ひつゝ、立寄《よ》るを、小由美《ゆみ》は慌《あは》て押止《おしとゞ》むれば、窓《まど》七は猶苛立《なほいらだ》ち、「まだ邪魔《じやま》をする大《おほ》たわけめ。土性骨《どしやうぼね》に堪《こた》へて、ちと賢《かしこ》くなりをれ」と言《い》ひつゝ、割木《わり》を持《も》つて散々《さんぐ》に打擲《ちやうちやく》しけるにぞ哀《あはれ》むべし。娘は頭《かしら》の元結《もとゆひき》切れて髪乱《かみみだ》れ、身内《うち》は腫《はれ》上《あが》りて痛《いた》み耐難《たへがた》く、片息《かたいき》になりて打伏《ふ》しけるが、やう〱

と起《おき》上《あ》がりて涙《なみだ》をはら〳〵と流《なが》し、いと苦《くる》しげに息《いき》を吐《つ》き、「あ、浅《あさま》しき父上《うへ》の心やな。よく物を弁《わきま》へても見給《たま》へかし。親《おや》子と生れ兄弟《きやうだい》となるは、よく〳〵深《ふか》き因縁《いんゑん》に候はずや。たとへ片端《かたわ》の子なりとも、親《おや》の身として子を捨《す》てる道理《どうり》のあるべきか。人の子としては孝に止《とゞ》まり、人の親《おや》としては慈悲《じひ》に止《とゞ》まるとやら、手習《てならひ》のお師匠様《しせうさま》も宣《のたま》ひしぞかし。私《わたし》がためにも現在《げんざい》の妹《いもと》なれば、不憫《ふびん》に思ひ候まじや。何とぞ私《わたし》が申す事《こと》を御聞届《おんきゝとゞ》け給《たま》はりて、此子を育《そだ》て下《くだ》されかし。私《わたくし》が食《た》べる物《もの》、着《きる》物を分《わ》けてなりとも育《そだ》てたし。たとへ片端《かたわ》な子にても、真《まこと》の心をもつて

次へ続《つゞ》く

（11）

前《まへ》の続《つゞ》き

神仏《かみほとけ》に祈《いの》りなば、無傷《むきず》なものとなるまじ

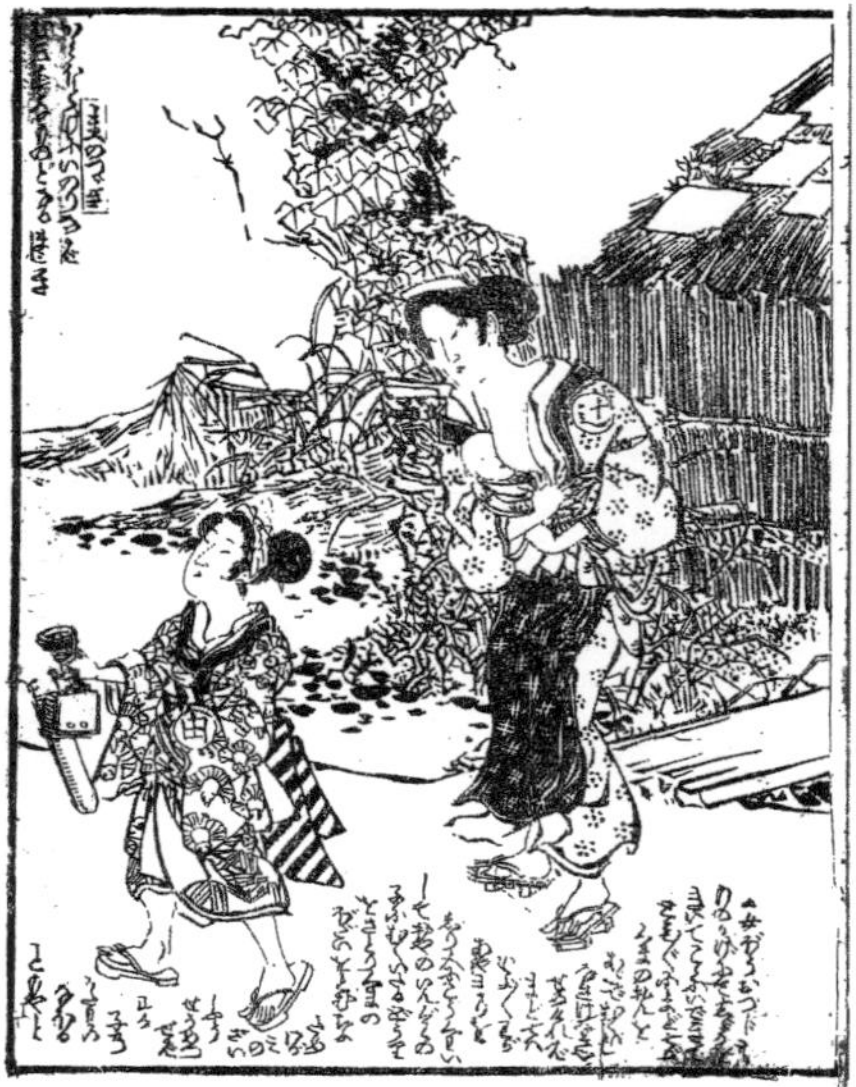

きものにもあらず。もし、さもなくば成長《せいちやう》の後《のち》は尼《あま》ともなし、あの子が罪《つみ》を滅《めつ》すべき縁《よすが》ともせさすべし。畢竟《ひつきやう》、父上《うへ》かねて殺生《せつしやう》を好み給ふその報《むく》いと覚《おぼ》へ候。これ手を合《あ》はせて拝《おが》みます。どふぞ聞届《きゝとゞ》けて下《くだ》されかし」と年《とし》に似《に》合《あ》はぬ道理《どうり》の言葉《ことば》を尽《つ》くしければ、ア、誤《あやま》れり〳〵、三つ子に習《なら》ひて浅瀬《あさせ》を渡《わた》るとは此事《こと》ならんと得道《とくどう》し、今は何か包《つゝ》むべき。懺悔《さんげ》のために報《むく》いの道理《どうり》を語聞《かたりき》かさんとて、親子《おやこ》三匹《びき》の熊《くま》を打取《うちと》りたる事《こと》を語《かた》りければ、小由美《ゆみ》は肝《きも》を潰《つぶ》し、女房《ぼう》お辻《つじ》も物陰《ものかげ》にて始終《じゞう》を聞《き》いて此処《こゝ》に出来《いでき》て、共々《とも〴〵》に窓《まど》七が熊《くま》の恩《おん》を仇《あだ》で報《むく》いし情《なさ》けなきを責《せ》めければ、窓《まど》七はいよ〳〵我《わ》が誤《あやま》りを知《し》り、大に後悔《こうくわい》して親《おや》の因果《いんぐわ》の子に報《むく》いたる道理《どうり》を悟《さと》り、熊《くま》の菩提《ぼだい》を弔《とむら》ふため、我《わ》が身《み》の罪障《ざいしやう》消滅《せうめつ》せば、我《わ》が子の片端《かたわ》の直《なほ》る事《こと》もや、と俄《にはか》に菩《ぼ》提心《だいしん》を起《お》こし廻国修行《くわいこくしゆぎやう》に出立《いでた》ちぬ。

　此時《とき》、女房《ぼう》お辻《つじ》が弟《おとゝ》蟹九郎《かに》といふ者《もの》、山稼《かせぎ》より帰《かへ》りがけ、此事《こと》を聞《き》き、「後《あと》の事《こと》は俺《おれ》が呑込《のみこ》んでゐます。後《あと》を案《あん》じず、早《はや》く国々《〳〵》を廻《まは》つて帰《かへ》らしやれ」と言《い》へば、窓《まど》七は皆々《みな〳〵》に暇乞《いとまごひ》して出行《いでゆ》きぬ。

(12)八ウ

九オ

(12) こゝに又、津の国箕面《みのを》の住人に玉木《たまき》の判官《はんぐわん》国次《つぐ》と聞《き》こへしは、九郎判官義経《はふぐわんよしつね》の末孫《ばつそん》なり。その家臣《かしん》に桜《さくら》井露《つゆ》左衛門《ざへもん》といふ者《もの》、用事あつて丹波の国に赴《おもむ》き、村雲《くも》山の麓《ふもと》を通《とほ》りけるに、田舎染《いなかぞめ》の振袖《ふりそで》を着《き》たる十二三ばかりなる女の子、道端《みちばた》に筵《むしろ》を敷《し》き座《すは》り居《ゐ》たるが、首《くび》に掛《か》けたる木札に、此娘売《うり》物と書《か》きたるは様子《やうす》あるべき事《こと》と見へ、先《ま》づ哀《あは》れなる体《てい》なりけり。

露左衛門《つゆざへもん》は立止《と》まりて、此娘をよく〳〵見《み》るに、田舎《いなか》に稀《まれ》なる美《うつく》しき生付《うまれつ》きにて、いたく憂《うれ》ふる体《てい》なれば、すゞろに哀《あは》れを催《もよほ》して言《い》ひけるは、「我《われ》、様子《やうす》によつて汝《なんぢ》が身を買《か》ふてやるべきが、先《ま》づ身を売《う》る謂《いは》れを語《かた》るべし」と言《い》へば、娘は大人《おとな》しやかに手《て》を支《つか》へて、泣《な》く〳〵言《い》ひけるは、「御歴々様《おれき〳〵さま》の御尋《おんたづ》ね、先《ま》づ有難《ありがた》う存《ぞん》じます。私事《わたくしこと》は此次の村に住《す》む窓《まど》七と申す者《もの》の娘、名は小由美《ゆみ》と申します。父窓七《ちゝまど》は様子《やうす》あつて廻国《くわいこく》に出《い》で、宿《やど》には母一人《ひとり》居《を》りますが、山年貢《ねんぐ》の滞《とゞこほ》りが丁度《ちやうど》十両ござりますが、此頃《このごろ》、当所の県司《あがたつかさ》変《か》はりしにより、それを厳《きび》しく御催促《さいそく》あつて、父《ちゝ》が廻国《くわいこく》に出《いで》しといふを御疑《おうたが》ひあり、いよ〳〵十両の金《かね》を差上《さしあ》げずは、母を水の人屋《ひとや》に繋《つな》ぎ、窓《まど》七が行方《ゆくへ》を言《い》はすべしとの仰《おふ》せゆゑ、それが悲《かな》しく此難儀《なんぎ》を救《すく》はんため、母に隠《かく》して我《わ》が身を傾城《けいせい》奉公とやらに売《う》り、十両の金《かね》を調《とゝの》へんと思ひますれど、身を売《う》るにはどうしてよいやら知《し》れませねば、母に隠《かく》れて此様《やう》に木札を首《くび》に掛《か》けて此処《こゝ》に居《を》ります。此木札に不審《ふしん》を打《う》ち、慈悲《じひ》深《ぶか》いお人があつて、此身を買《か》ふて下《くだ》さるなら傾城《けいせい》奉公とやらは言《い》ふに及《およ》ばず、命《いのち》でも差上《さしあ》げます」と、年《とし》に似合《にあ》はぬ発明《はつめい》さ、孝心深《ふか》き物語《がたり》を聞《き》けば聞《き》くほど、露左衛門《つゆざへもん》は不憫《ふびん》に思ひて落涙《らくるい》し、「我《われ》、旅先《たびさき》なれば大金は力及《ちからおよ》ばねど、［次へ続《つゞ》く］

［此娘売物《うりもの》］

（13）［前《まへ》の続《つゞ》き］そのくらいの金ならば我《われ》、汝《なんぢ》が身を買《か》ふてやるべし。それにしても母が得心《とくしん》の上《うへ》でなければならず。尤《もつと》も傾城《けいせい》奉公などさすにはあらず。汝《なんぢ》が孝心感《かん》ずるに余《あま》りあれば、俺《おれ》が養子娘に貰《もら》ひたし。養子ならば母も得心《とくしん》なるべければ、早《はや》く案内《あんない》して母に会《あ》はすべし」と言《い》へば、娘は嬉《うれ》しさ限《かぎ》りなく、露左衛門《つゆざへもん》を連《つ》れて我《わ》が家《や》に帰《かへ》り、母に斯《か》くと告《つ》げければ、母は思ひがけなき御歴々《おれきゝ》の御入《おんいり》と、塵打払《ちりうちはら》ひ迎《むか》ふるにぞ。露左衛門《つゆざへもん》は母に会《あ》ひ、娘が話《はなし》を聞《き》けば、「十両の金故《ゆゑ》に難儀《なんぎ》なる由《よし》、我《われ》その金を与《あた》ふべければ、此娘を我《わ》が養子にくれよかし。我《われ》は津の国玉《たま》木の判官《はんぐわん》の家臣桜《かしんさくら》井露左衛門《つゆざへもん》といふ者《もの》なり。我《われ》、露《つゆ》五郎といふ倅《せがれ》あつて今年《ことし》は十五才なり。二三年も経《た》たば此娘を倅に妻合《めあは》すべし。斯《か》く望《のぞ》むも、此娘が深《ふか》き孝心を感《かん》ずる故《ゆゑ》なり。又五年以前《いぜん》、我《わ》が手掛《かけ》、懐胎《くわいたい》せしが、妻《つま》の悋気深《りんきふか》き故《ゆゑ》に懐胎《くわいたい》のまゝ暇《いとま》を遣《つか》はし、生れたる子男子ならば、此方《ほう》へ返《かへ》すべし。女子ならば其方《そのほう》の子にすべしと言渡《いひわた》せしが、生れた子は女と見へて今に返《かへ》さず。今は、その手掛《てかけ》の行方《ゆくへ》さへ知《し》れず、その子達者《たつしや》で育《そだ》つなら今年《ことし》は丁度《ちやうど》五つなり。何処《いづく》に

(13)九ウ

十オ

居《を》るかと朝夕《あさゆふ》に思ひ出さゞる時《とき》もなく、人の親《おや》の子を思《おも》ふ切《せつ》なる事《こと》は、我《わ》が身《み》を抓《つ》みてよく知《し》るゆゑ、御身《お》らが子を思ふ心《こゝろ》の内《うち》も察《さつ》して、斯《か》くは計《はから》ふなり。その悋気《りんき》したる妻《つま》も今《いま》は失《う》せて亡《な》き人なり」と、問《と》はず語《がた》りも取交《とりま》ぜて、情《なさ》け深《ふか》く言《い》ひければ、母は涙《なみだ》を流《なが》して喜《よろこ》び、難儀《なんぎ》を御救《おすく》ひ下《くだ》さる、のみならず、御歴々様《おれきくさま》の養子になされ下《くだ》されんとは冥加《みやうが》に余《あま》りし仕合《しあは》せなり。

次へ続《つゞ》く

(14) 前《まへ》の続《つゞ》き　これと申すも日頃《ごろ》から孝心深《ふか》き娘《むすめ》ゆゑ、天道様《さま》の御引合《ひきあ》はせで、慈悲深《じひふか》き御方様《おかたさま》に御目《おめ》に留《と》まりし事《こと》ならんと、天を拝《おが》みて喜《よろこ》べば、娘《むすめ》も嬉《うれ》しさ限《かぎ》りなし。

露《つゆ》左衛門は懐中《くわいちう》より金《かね》十五両取出《とりいだ》し、「此十両は年貢《ねんぐ》の滞《とゞこほ》りを済《す》ますべし。又、此五両は夫《おつと》の留守《るす》といひ、此娘に離《はな》れては生業《なりはひ》も難儀《なんぎ》なるべければ、此金《かね》にて当分《ぶん》を凌《しの》ぐべし。此上《うへ》にも又、手支《づか》へたる事《こと》あらば申《まう》し来《きた》るべし」と、いと懇《ねんご》ろに言《い》ひければ、母は金《かね》を押戴《おしいたゞ》き、感涙流《かんるいなが》す

(14)十ウ

ばかりなり。

斯《か》くて露左衛門《つゆざへもん》は旅駕籠《たびかご》を雇《やと》ひて娘《むすめ》を乗《の》せ、津の国へ伴《ともな》ひてぞ帰《かへ》りける。

女は氏なうて玉《たま》の輿《こし》に乗《の》るとは言《い》ひながら、小由美《ゆみ》が出世《しゆつせ》はまつたく孝行の徳《とく》なりとて、羨《うらや》まざるはなかりけり。

奴《やつこ》言《い》ふ「仕合《しあは》せな娘だ」。

母が言《い》ふ「娘《むすめ》あなたの御恩《おん》を忘《わす》れるな」。

娘言《い》ふ「母様《かゝさま》、父様《とゝさま》が帰《かへ》らしやつたら、会《あ》ひに来《き》て下《くだ》さんせ」。

露左衛門《つゆざへもん》言《い》ふ「お内儀《ないぎ》、随分《ずいぶん》まめでおいやれ」。
○これまでが此草紙《さうし》の発端《ほつたん》なり。これより本文になる也。

京伝店

大極《ごく》上品奇応《きおう》丸　一粒《りう》十二文
大極《ごく》上の薬種《やくしゆ》を使《つか》ひ、家伝の加味ありて、常《つね》の奇応《きおう》丸とは別なり。糊《のり》を使《つか》はず、熊《くま》の胆《ゐ》ばかりにて丸ず故《ゆゑ》に、功能格《かく》別《べつ》也。

小児無病丸　一包《つゝみ》百十二文

小児虫《むし》、万病大妙薬なり。

【下】

(15)前《まへ》の貞治二年より十三年過《す》ぎて永和元年になりたる所

さる程《ほど》に露左衛門《つゆざへもん》は小由美《ゆみ》を連《つ》れて帰《かへ》り、我《わ》が養子となし、不憫《ふびん》を加《くは》へて養《やしな》ひけるに、生《おひ》立に従《したが》ひて見目形《みめかたち》類稀《たぐひまれ》なる器量《きりやう》なり。

斯《か》くて早《はや》く三年過《す》ぎて、小由美《ゆみ》は十五才、悴露《つゆ》五郎は十八才になる年《とし》、主君《しゆくん》玉木の判官《はんぐわん》へ願《ねが》ひを立《た》て、改《あらた》めて婚姻《こんいん》を取結《とりむす》びて、露《つゆ》五郎と小由美《ゆみ》を夫婦《ふうふ》となし、老後の安《あん》心《しん》これに如《し》かずと喜ぶ事限《ことかぎ》りなし。悴露《つゆ》五郎は元《もと》より実体《じつてい》にて、孝行の道をもよく知《し》りたる者《もの》なり。小由美《ゆみ》は露左衛《つゆざへ》門《もん》が大恩《おん》を片時《へんじ》も忘《わす》れず、養父仲睦《やうふなかむつま》じく共《とも》に孝行をぞ尽《つ》くしける。腰元《こしもと》・下女など数多使《あまたつか》ひながら、露左衛門《つゆざへもん》が朝《あさ》夕《ゆふ》の食物《たべもの》、寝起《ねお》きの事《こと》まで召使《めしつかひ》の手《て》に掛《か》けず、小由美《ゆみ》みづからこれをして心を尽《つ》くしければ、露左衛門《つゆざへもん》はます〳〵喜び、その孝心をぞ感《かん》じける。

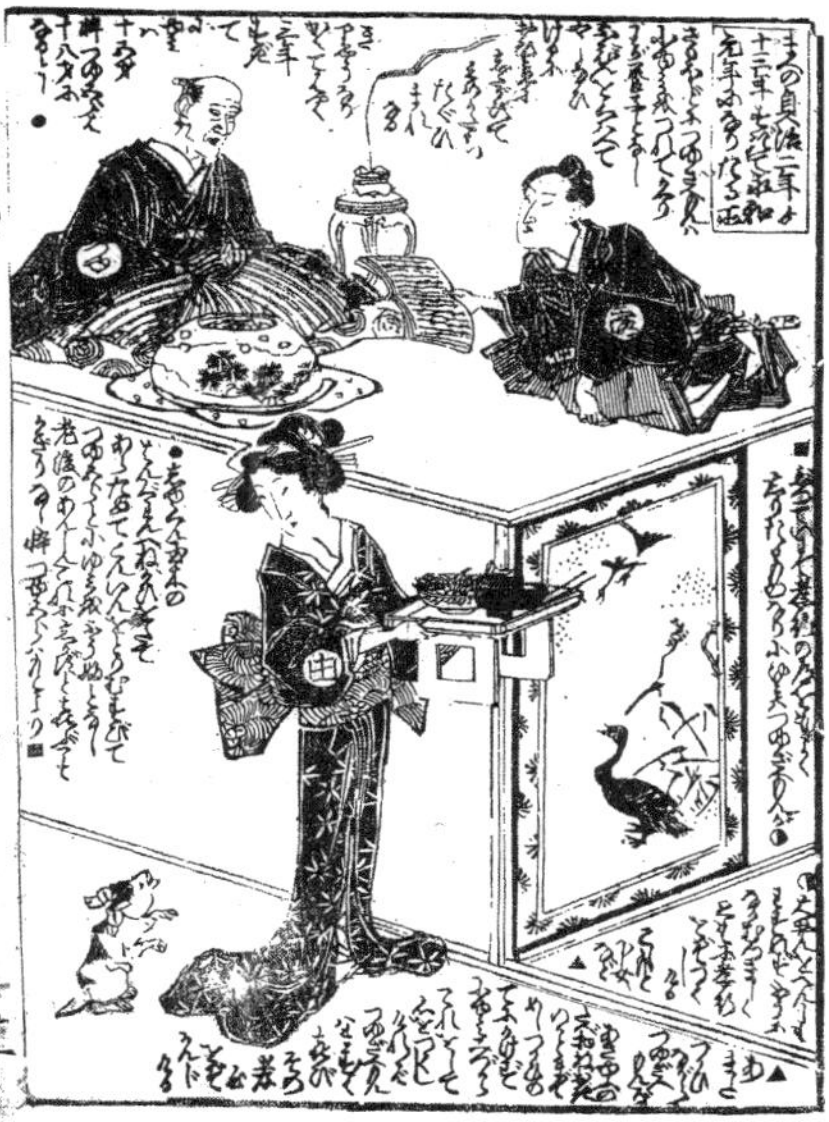

(15)十一オ

(16)十一ウ

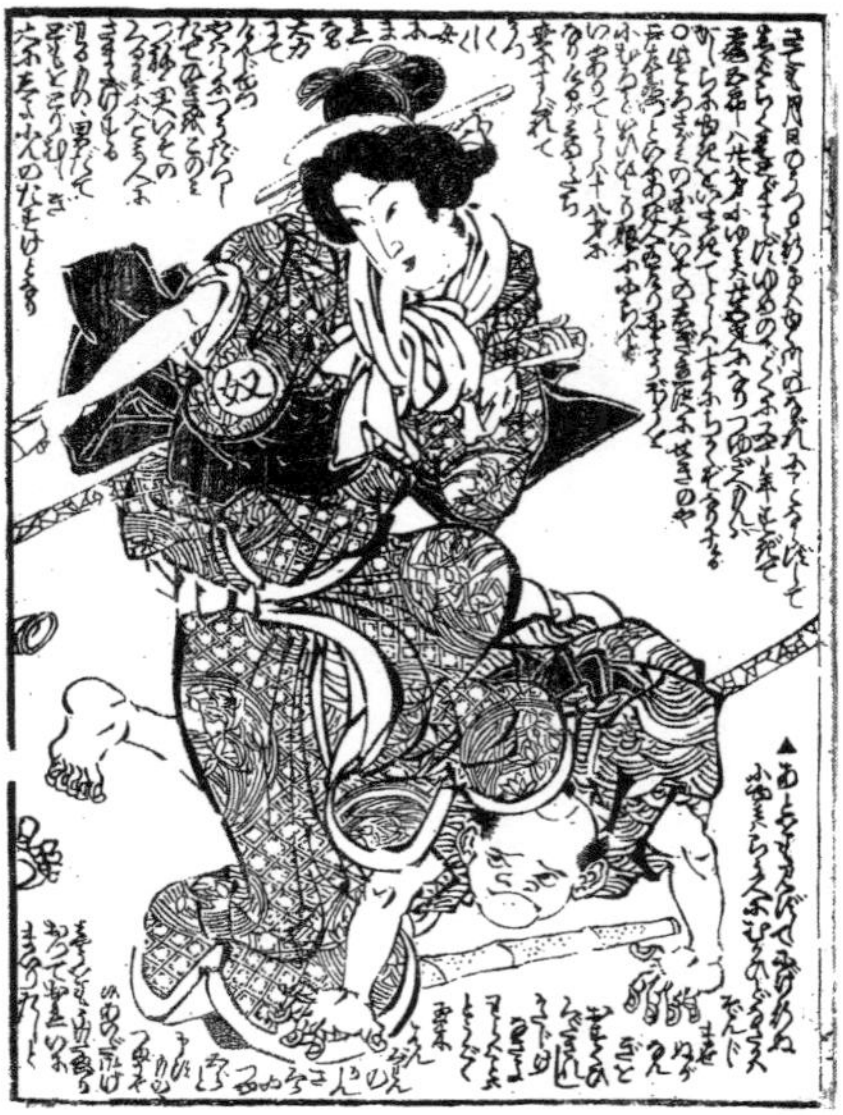

十二オ

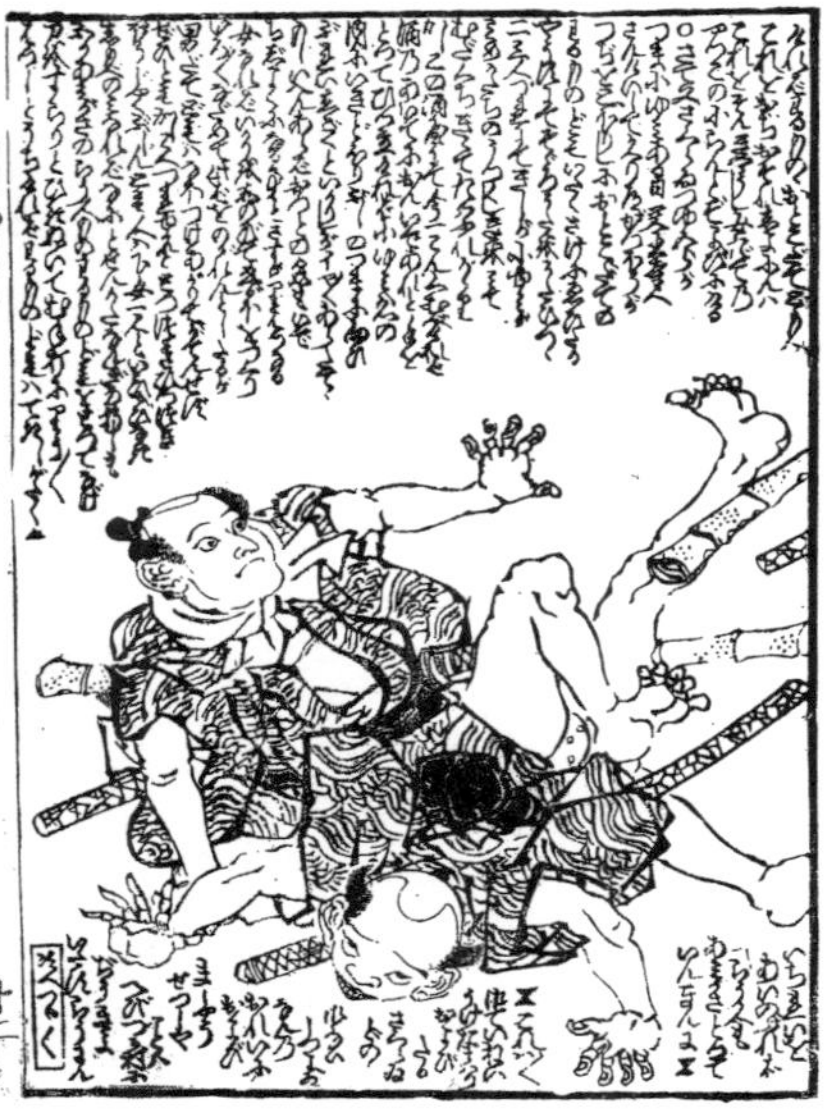

(16) さても月日の移《うつ》り行事は、行《ゆ》く川の流《なが》れに異《こと》ならずして、暫《しばら》くも溜《とゞ》まらず、夢《ゆめ》の如《ごと》くに又十年過《す》ぎて、露五郎は二十八才、小由美《ゆみ》は二十五才になり、露左衛門《つゆざへもん》は頭《かしら》に雪《ゆき》を頂《いたゞ》きて、年《とし》は七十に近《ちか》くぞなりにける。

○此頃《ころ》、相模《さがみ》の国大磯《いそ》の鴫《しぎ》立沢に関野屋《せきのや》戸左衛門といふ商《あき》人有けり。女房《にようぼう》を小室《むろ》といひ、一人《ひとり》娘に小蘭《らん》といふありて、年《とし》は十八才になりけるが、見目形《みめかたち》世に優《すぐ》れて美《うつく》しく、女に稀《まれ》なる大力にて、剣術《けんじゆつ》・柔《やはら》に通達《つうだつ》し、達引《たてひき》を好み、此《この》常《つね》に大磯《いそ》の廓《くるわ》に入込《こ》み、人に妨《さまた》げする悪者《わるもの》の男達共《だてども》を取拉《とりひし》ぎ、大に諸人《しよにん》の助《たす》けとなりければ、悪者《わるもの》の男達共《おとこだてども》はこれを怖恐《おぢおそ》れ、諸人《しよにん》はこれを尊敬《そんきやう》し、女達《だて》の奴《やつこ》の小蘭《らん》とぞ呼《よ》びにける。

○さて又、桜井露《さくらゐつゆ》五郎が妻《つま》小由美《ゆみ》、ある日、天王寺へ参《さん》詣《けい》して帰《かへ》り道、合邦《がつぽう》が辻《つぢ》を通《とほ》りしに、男達《おとこだて》の悪者共《わるものども》いたく酒《さけ》に酔《ゑ》ひたる様子《やうす》にて、そゞろ歌《うた》を歌《うた》ひつゝ、二三人連《づ》れにて来《き》しが、小由美《ゆみ》が見目形《みめかたち》の美《うつく》しきを見《み》て無駄口《むだぐち》利《き》きて戯《たはふ》れかゝり、彼処《かしこ》の酒屋にて今一献《こんく》酌むべければ、酒の相手《あいて》に御出《おんいで》あれと手を取《と》つて引《ひつ》立ければ、小由美《ゆみ》は心の内に憤《いきどほ》り、武士《ぶし》の妻《つま》に向ひ無礼至極《ぶれいしごく》と怒《いか》りしが、イヤ〳〵荒立《あらだ》て丶、もし異変《いへん》あらば夫《おつと》の名も出《い》で恥辱《ちじよく》になる事と、さすが利発《りはつ》なる女なれば、怒《いか》りを忍《しの》びて笑顔《ゑがほ》を作《つく》り、いろ〳〵宥《なだ》めて此場《ば》を逃《のが》れんとしたるが、男達共《だてども》は、なほ付上《つけあが》りて合点《がてん》せず、是非《ぜひ》とも彼処《かしこ》へ連行《つれゆ》かんと、取付《とつつ》き引付《ひつつ》き傍若無人《ぼうじやくぶじん》、伴《とも》人は下女一人と言甲斐《いひがひ》なき下部《しもべ》のみなれば、何《なに》と詮方難儀《せんかたなんぎ》の折しも、深編笠《ふかあみがさ》の浪《らう》人者《もの》、悪者共《わるものども》を取《と》つて投《な》げ、刀をすらりと引抜《ひきぬ》いて棟《むね》打に、りう〳〵はつしと打《う》ちければ、悪者共《わるものども》は敵《てき》し難《がた》く、後《あと》をも見ずして逃《にげ》行ぬ。小由美《ゆみ》は浪《らう》人に向《む》かひ、「どなたかは存《ぞん》じませぬが、難儀《なんぎ》を御救《おすく》ひ下《くだ》されし忝《かたじけな》さよ。妾事《わらはこと》は当国《とうごく》玉木判官《はんぐわん》の家臣《かしん》桜《さくら》井露《ゐつゆ》五郎と申す者《もの》の妻《つま》にて候間《あいだ》、御家名《けみやう》をも承《うけたまは》り、追《おつ》て御礼《おれい》に参《まい》りたし」と一礼《いちれい》を相述《あいの》ぶれば、浪《らう》人も編笠《あみがさ》取《と》つて慇懃《いんぎん》に、「これは〳〵御丁寧《ていねい》承《うけたまは》り及《およ》びたる桜井殿《さくらゐどの》の御内室《ないしつ》には、何《なん》の御礼《おれい》に及《およ》びましやう。拙者事《せつしやこと》は蛇塚《へびつか》村に住《ぢう》居致《きよいた》す浪人《らうにん》、

次へ続《つゞ》く

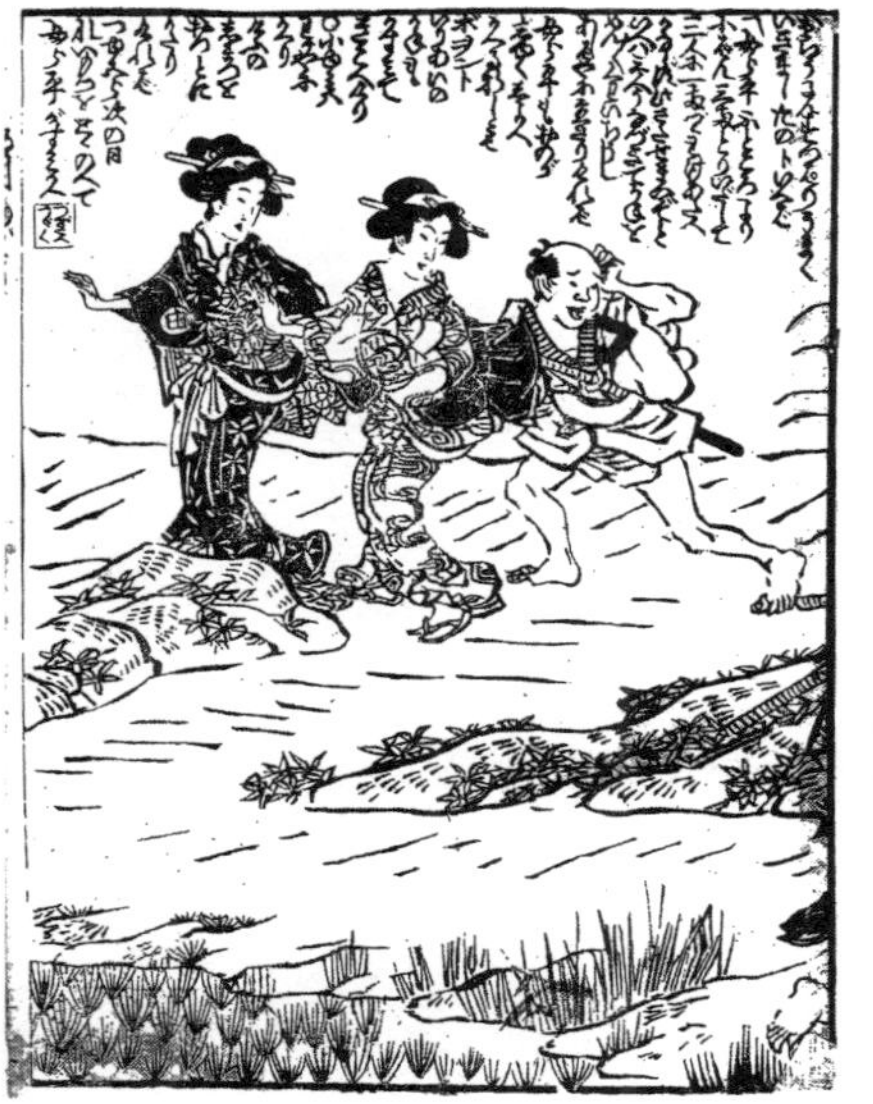

(17) 前《まへ》の続《つゞ》き 粟野《あわの》女郎平《ぢようろへい》と申す者《もの》」と言《い》ひければ、小由美《ゆみ》は、なほ礼《れい》を述《の》べてぞ帰《かへ》りける。

さて最前《さいぜん》の男達共《だてども》、閻魔《ゑんま》堂の後《うし》ろよりばら〳〵と立出《たちい》で、「御浪人《おらうにん》、すつぱり上手《うま》くいきましたの」と言《い》へば、女郎平、懐《ふところ》より小判《ばん》三両取出《とりいだ》して、三人に一両づゝ分与《わけあた》へ、「必《かなら》ず此沙汰《さた》せまいぞ」と言《い》へば、三人頷《うなづ》きて金《かね》を面々《めん〳〵》懐中《くわいちう》し、足早《あしばや》に立去《さ》りければ、女郎平も己《おの》が宿所《しゆくしよ》へ帰《かへ》る折しも、ボヲンと入合《いりあひ》の鐘《かね》も霞《かす》みて聞《き》こへけり。

○小由美《ゆみ》は我《わ》が家《や》に帰《かへ》り、今日《けふ》の始末《しまつ》を夫《おつと》に語《かた》りければ、露《つゆ》五郎、次の日、礼物《れいもつ》を調《とゝの》へて女郎平が住処《すみか》へ 次《つぎ》へ続《つゞ》く

(18)十三ウ　十四オ

(18)前《まへ》の続《つゞ》き　尋行《たづね》、昨日《きのふ》の礼《れい》を篤《あつ》く述《の》べ、かの礼物《れいもつ》を差出《さしいだ》しければ、女郎平は大きに不興顔《ふきようがほ》にて礼物押戻《れいもつおしもど》し、「斯様《かやう》に礼《れい》を受《う》けんとて、頼《たの》まれもせぬ腕立《うでだて》は仕《つかまつ》らぬ。人の難儀《なんぎ》を見てゐられぬは拙者《せつしや》が気性《きしやう》。浪人《らうにん》と侮《あなど》つて斯様《かやう》になさるか。ばか〳〵しい」と言《い》ひければ、露《つゆ》五郎は感《かんじ》入《い》りて大きに謝《あやま》り、真《まこと》の武士《ぶし》と思込《おもひこ》み、これより殊《こと》の外親《した》しくなり、女郎平も度々《〳〵》露《つゆ》五郎が方《かた》へ出入《いでい》りし毎《ごと》に、碁をよく打《う》ちければ、父露左衛門《つゆざへもん》が碁の供《とも》となりて、度々《たび〳〵》出会《しゆつくわい》し、すでに二月《ふた》ばかり過《す》ぎて六月となりけるが、ある日、露《つゆ》五郎夫婦《ふうふ》は物参《ものまゐ》りに行《ゆ》き、宿《やど》には土用干《ぼし》をして何《なに》くれと取出《とりいだ》し、　次へ続《つゞ》く

[大当]

[前]

(19)十四ウ

十五オ

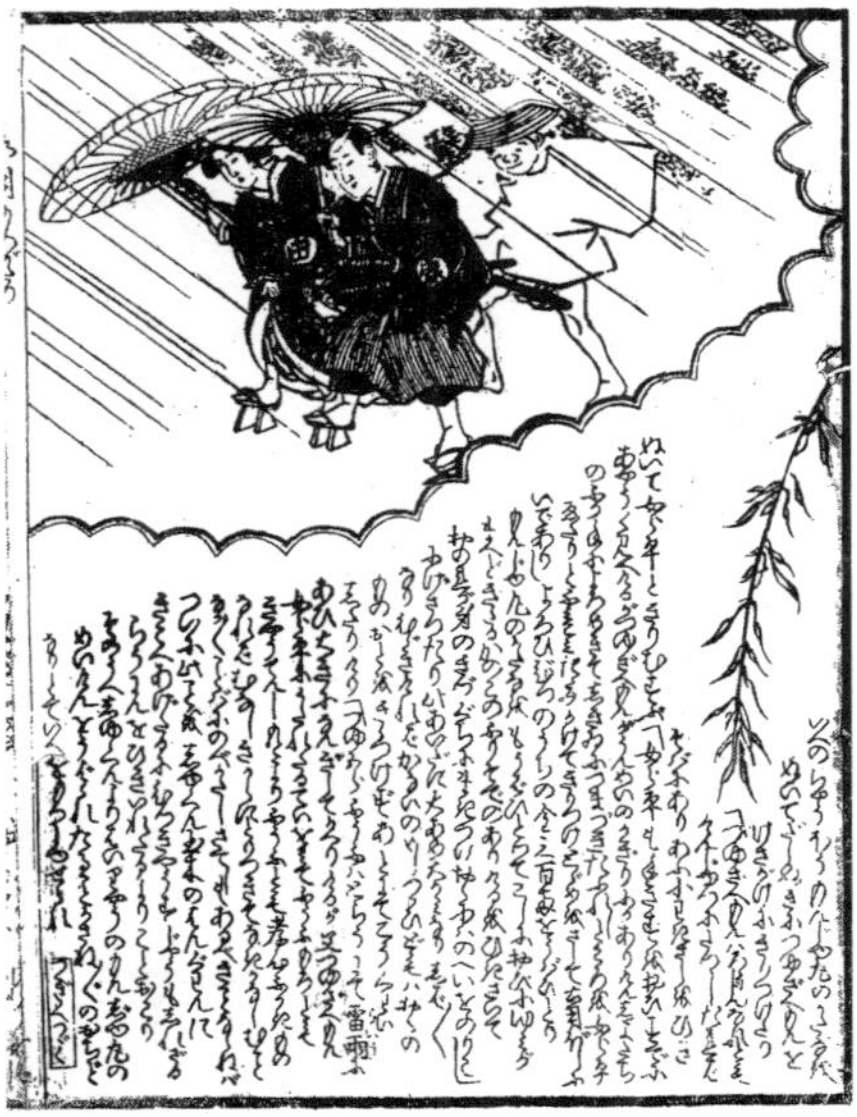

(19) 前《まへ》の続《つゞ》き 露左衛門《つゆざへもん》は何時《いつ》もの如《ごと》く女郎平と碁《ご》を打《う》つてゐたりけるに、夜に入《い》りて雷強《かみなりつよ》く鳴出《なりいだ》し、家内《かない》の者《もの》は一つ所へ寄《よ》りこぞり、座敷《ざしき》には露左衛門《つゆざへもん》と女郎平と只二《たゞふた》人《り》ばかりぞ居《ゐ》たりける時に、雷甚《いかづちはなはだ》しくぐわら〳〵ぴしやりと鳴響《なりひゞ》く。

女郎平は此時《とき》、折《をり》よしとや思ひけん、露左衛門《つゆざへもん》が油断《ゆだん》を見すまし、土用干《ぼし》に抜掛《ぬきか》けありし桜井《さくらゐ》の家《いへ》の重宝文殊《ちやうほうもんじゆ》丸の刀《かたな》を抜《ぬ》いて、出抜《だしぬ》きに露左衛門《つゆざへもん》を袈裟懸《けさがけ》に斬付《きりつ》けたり。露左衛門《つゆざへもん》は老人《ろうじん》なれども、剣術《けんじゆつ》に達《たつ》したれば、側《そば》に有《あり》合《あ》ふ小脇差《わきざし》を引抜《ひきぬ》いて女郎平と斬結《きりむす》ぶ。

女郎平も手傷《きず》を負《お》ひ、すでに危《あやう》く見へけるが、露左衛門《つゆざへもん》が運命《うんめい》の限《かぎ》りにかありけん、初太刀《しよたち》の深手《ふかて》によろめきて、敷居《しきゐ》に躓《つまづ》き倒《たふ》れしところを、女郎平得《ゑ》たりと踏込《ふみこ》み、畳《たゝみ》かけて斬付《きりつ》け止《とゞ》めを刺《さ》して、土用干《ぼし》に出有《いであ》りし鎧櫃《よろひびつ》の内《うち》の金三百両を奪取《うばひと》り、文殊《もんじゆ》丸の刀《かたな》をも奪取《うばひと》つて腰《こし》に帯《お》び、小由美《ゆみ》が前度《まへど》着《き》たる鹿子《かのこ》の振袖《ふりそで》のありけるを引裂《ひきさ》いて、己《おのれ》が身の傷口《きずぐち》に巻付《まきつ》け、奥庭《おくには》の塀《へい》を乗越《のりこ》し逃去《にげさ》つたり。此間《あいだ》に大雨《あめ》、大雷《かみなり》しば〳〵鳴響《なりひゞ》きければ、家内《かない》の召使《めしつかひ》どもは奥《おく》の物音《ものおと》を聞付《きゝつ》けず、後《あと》にて後悔《こうくわい》したりけり。

露《つゆ》五郎夫婦《ふうふ》は途中《とちう》にて雷雨《らいう》に遭《あ》ひ、大きに難儀《なんぎ》して帰《かへ》りけるが、父露左衛門《つゆざへもん》、女郎平に討《う》たれたる体《てい》を見《み》て、夫婦《ふうふ》もろとも仰天《ぎやうてん》し、元《もと》より夫婦《ふうふ》とも孝心深《ふか》き者《もの》なれば、空《むな》しき骸《から》に取付《とりつ》きて、泣悲《なきかな》しむ事《こと》なか〳〵言葉《ことば》に述難《のべがた》し。さてしもあるべき事《こと》ならねば、遂《つひ》に此事《こと》を主君《しゆくん》玉木の判官《はんぐわん》に聞《き》こへ上《あげ》たるに、畢竟《ひつきやう》、素性《すじやう》も知《し》れざる浪人《らうにん》を引入《ひきい》れたるより事起《ことお》こり、その上《うへ》、主君《しゆくん》より拝領《はいりやう》の文殊《もんじゆ》丸の名《めい》剣《けん》を奪《うば》はれたる事《こと》、重々《かさね〴〵》の落度《おちど》なりとて家《いへ》を没収《もつしゆ》せられ、

次《つぎ》へ続《つゞ》く

(20)十五ウ

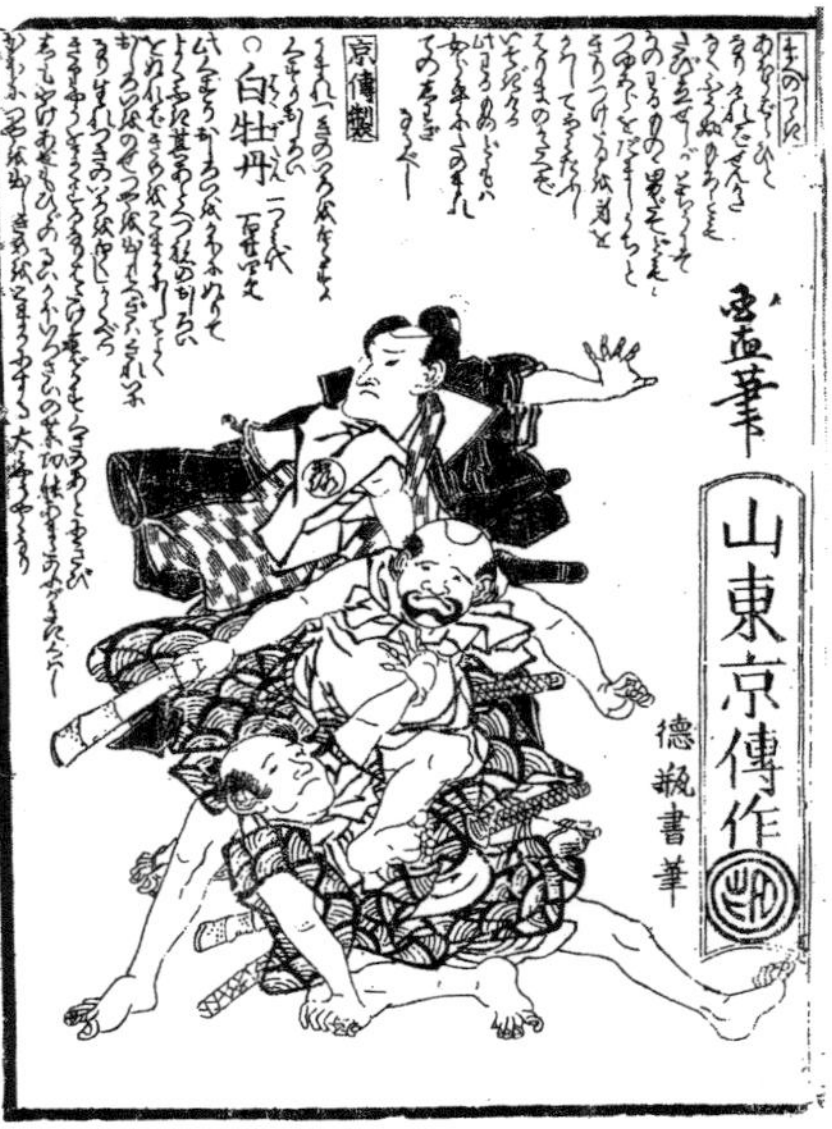

(20) 前《まへ》の続《つゞ》き 阿房払《あほうばら》ひとなりければ、詮方《せんかた》なく夫婦《ふうふ》もろとも旅立《たび》せしが、途中《とちう》にて、かの悪者《わるもの》の男達共《だてども》、露《つゆ》五郎を騙討《だましうち》と斬付《きりつ》けたるを、身をかはして踏倒《ふみたふ》し、播磨《はりま》の方《かた》へぞ急《いそ》ぎける。此悪者共《わるものども》は女郎平に頼《たの》まれての仕業《しわざ》なるべし。

国直筆 山東京伝作㊞

徳瓶書筆

京伝製 生《う》まれつきの色《いろ》を白くする薬白粉《くすりおしろい》

○白牡丹《はくぼたん》 一包《つゝみ》代百二十四文

此薬白粉《くすりおしろい》を顔《かほ》に塗《ぬ》りてよく拭《ふ》き、其後《あと》へ常《つね》の白粉《おしろい》を塗《ぬ》れば、きめを細《こま》かにしてよく白粉《おしろい》をのせ艶《つや》を出し、生際《はへぎは》きれいになり、生れ付《つ》きの色《いろ》を白くし、格別器量《かくべつきりやう》をよくするなり。疥《はたけ》・雀斑《そばかす》・瘡《くさ》の跡《あと》・面皰《にきび》・霜焼《しもやけ》・汗疹《あせも》・皹《ひゞ》の類《るい》、顔《かほ》一切《いつさい》の薬功能数多《あまた》、能書《のふがき》に詳《くは》し。顔《かほ》に艶《つや》を出し、きめを細《こま》かにする大妙薬《みやうやく》なり。

下編見返し

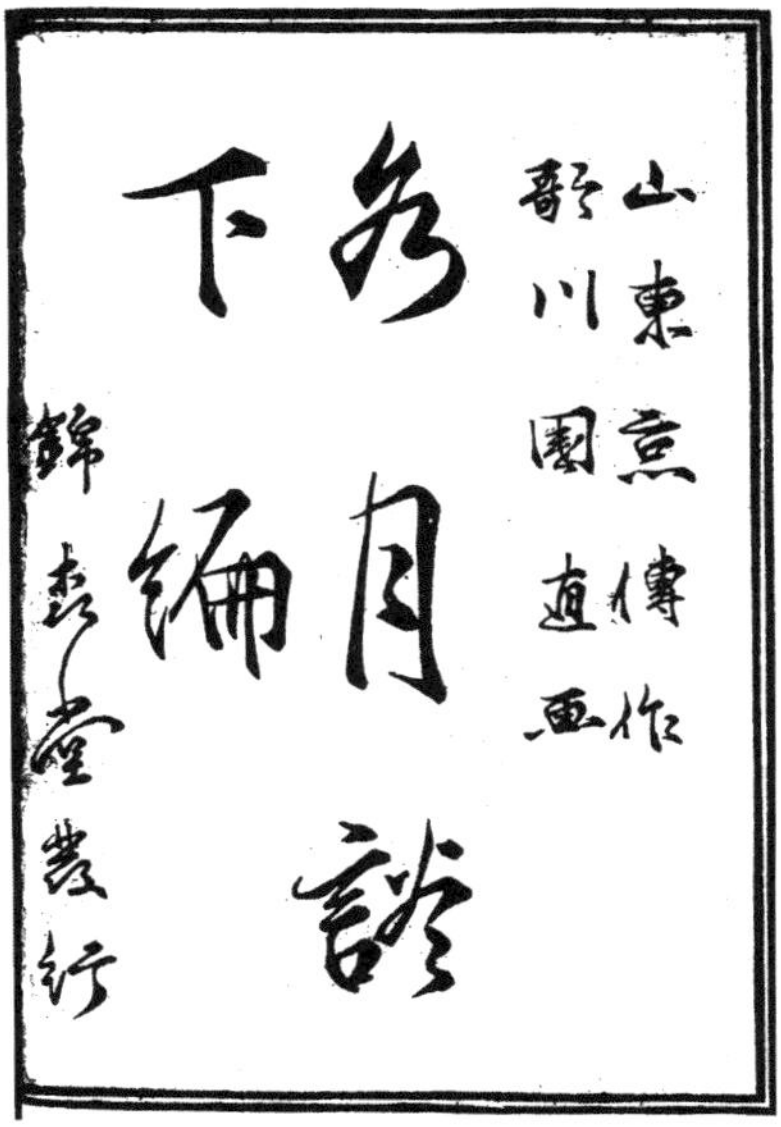

［下編見返し］

山東京伝作

歌川国直画

水月談

下編

錦森堂発行

(21)十六オ

【下編】

【上】

(21) 水月談後編上冊

女郎平、初《はじ》めより露左衛門《つゆざへもん》は金持《かねもち》といふ事《こと》を聞及《きゝおよ》び、男達《だて》共《ども》を頼《たの》み、小由美《ゆみ》が難儀《なんぎ》を救《すく》ひ、それを縁《ゑん》にして露左衛門《つゆざへもん》が方《かた》へ入込《こ》みける。これ皆《みな》かねての 謀《はかりごと》と知《し》れたり。

○こゝに又、播州明石《ばんしうあかし》の浦に網蔵《あみ》といふ漁師《りやうし》あり。これは元桜井露左衛門《もとさくらゐつゆざへもん》に仕《つか》へたる若党《わかとう》にて、畑六《はた》といひし者《もの》なり。露五郎夫婦《つゆふうふ》は此網蔵方《あみかた》へ尋来《たづねきた》り、此度《たび》の事《こと》を詳《くは》しく語《かた》り、暫《しばら》く匿《かくま》ひくれよと頼《たの》みけるに、網蔵《あみ》は実義《じつぎ》なる者《もの》なれば、露左衛門《つゆざへもん》が不慮《ふりよ》の横死《わうし》を悲《かな》しみ、夫婦《ふうふ》を親切《しんせつ》にもてなし、四五丁脇《わき》に空家《あきや》のありしを借《か》りて夫婦《ふうふ》を住《す》まはせ置《お》きぬ。

然《しか》るに露《つゆ》五郎、ふと目を患《わづら》ひて日々《く》に重《おも》り、身体《しんたい》も痩《やせ》衰《おとろ》へて重《おも》き病《やまひ》となりければ、網蔵《あみ》、昼夜傍《ちうやかたはら》にありて小由《ゆ》美《み》と共《とも》に看病《かんびやう》す。忠義《ちうぎ》の心ぞ頼《たの》もしき。

さて、ある名医《めいゐ》の言《い》ひけるは、此看病《かんびやう》は世《よ》の常《つね》ならず。今《いま》七日、此まゝにて置《お》かば両眼潰《がんつぶ》れて盲目《まうもく》となるべし。これを治《なほ》すは天竺《てんぢく》の西天草《さいてんそう》といふ妙薬ならでは治し難《がた》し。その薬《くすり》は此世に稀《まれ》なる物《もの》にて、代金二十両ならでは求《もと》め難《がた》しと語《かた》りけり。

小由美《ゆみ》も網蔵《あみ》もこれを聞《き》き、露《つゆ》五郎様《さま》、両眼潰《がんつぶ》れては御《おん》父の敵《かたき》も討《う》たれず帰参《きさん》もならず。さればとて、二十両といふ金《かね》、今急《きう》に才覚《さいかく》すべき手立《てだて》なしと当惑《とうわく》し、泣《な》くより外《ほか》の事《こと》ぞなき。

小由美《ゆみ》が生《う》まれ故郷《こきやう》、丹波《たんば》の国《くに》山嵐《あらし》村は此処《こゝ》より格別《かくべつ》道も遠《とほ》からねば、小由美《ゆみ》此処《こゝ》に

次《つぎ》へ続《つゞ》く

(22) 前《まへ》の続《つゞ》き 住処《すみか》を求《もと》めてより彼処《かしこ》へ行《ゆ》き、母お辻《つぢ》、妹《いもと》夢《ゆめ》野にも十三年振《ぶり》にて会《あ》ひ、母も又、此方《こなた》へ折々来《をり〳〵きた》り、互《たが》ひに行通《ゆきかよ》ひけるが、ある日、小由美《ゆみ》、網《あみ》蔵に看病《かんびやう》を頼《たのみ》置《お》き、山嵐《あらし》村に行《ゆ》きて母に会《あ》ひ、医者《いしや》の言《い》ひたる事《こと》を語《かた》りて言《い》ひけるは、「我《わ》が身幼《おさな》き時《とき》、すでに身を売《う》らんとせしを、養父露左衛門様《つゆざへもんさま》の御情《おなさ》けにて、金十五両賜《たまは》りて、その難儀《なんぎ》を逃《のが》れ、これまで御養育下《ようゐくくだ》されたる大恩《おん》は、なか〳〵言葉《ことば》に尽《つ》くされず。西天草の価《あたへ》二十両と聞《き》きますれば、今度《こんど》わしが身を二十両に売《う》り、それを薬《くすり》の代にして露《つゆ》五郎様《さま》の病《やまひ》を治《なほ》し、露左衛門様《つゆざへもんさま》の敵《かたき》を討《う》たせ申さば、先《さき》に受《う》けたる大恩《おん》の百が一をも報《むく》ふべし。どふぞ私《わたし》が身を売《う》り、二十両の金《かね》の調《とゝの》ふ様《やう》に御世話《おせわ》なされて下《くだ》されませ」と言《い》へば、母はこれを聞《き》きて、その心ざしの誠《まこと》を感《かん》じ、不憫《ふびん》に思ひて暫《しば》し涙《なみだ》にくれけるが、やゝあつて言《い》ひけるは、「なるほど尤《もつと》もなる料簡《りやうけん》なり。これより室《むろ》の津《つ》へは程近《ほどちか》ければ、彼処《かしこ》へ行《ゆ》き、身売《うり》の相談《そうだん》して、此方《ほう》から沙汰《さた》をすべし」と言《い》へば、くれ〳〵御頼《おたの》み申ますとて小由美《ゆみ》は帰《かへ》りぬ。

小由美《ゆみ》が妹夢《いもとゆめ》野、今年《ことし》十三になりけるが、姉《あね》が物語《がたり》を聞《き》く内から悲《かな》しく思ひ、帰《かへ》るを遅《おそ》しと母に向《む》かつて言《い》ひけるは、「私《わたし》は生《う》まれ落《お》ちから身に毛を生《お》ひ、胸《むね》に月の輪《わ》の形《かたち》ありしゆへ、父様《とゝさま》が畚《ふご》に入て山に捨《す》て、獣《けもの》の餌食《ゑじき》となるべきを姉様《あねさま》の情《なさ》けにて命助《いのちたす》かり、父様《とゝさま》までが実心になり、罪科《つみとが》を滅《めつ》するため廻国《くわいこく》に出《い》で給ひ、今に帰《かへ》り給《たま》はぬ由《よし》、かねて御前《おまへ》の御話《おはなし》で聞《き》きました。その大恩《おん》深《ふか》き姉様《あねさま》が、身を売《う》らんとの物語《ものがたり》、聞《き》いて悲《かな》しさ限《かぎ》りなく、恩《おん》を返《かへ》すは今、此時《とき》と思ひますれば、どふぞ姉様《あねさま》の代《かは》りに私《わたし》が身を売《う》り、金《かね》を調《とゝの》へて進《しん》ぜて下《くだ》されませ」と言《い》へば、母は聞《き》いてあるひは泣《な》き、あるひは笑《わら》ひ、「その心ざしは奇特《きどく》なれど、

次へ続《つゞ》く

(23)十七ウ

十八オ

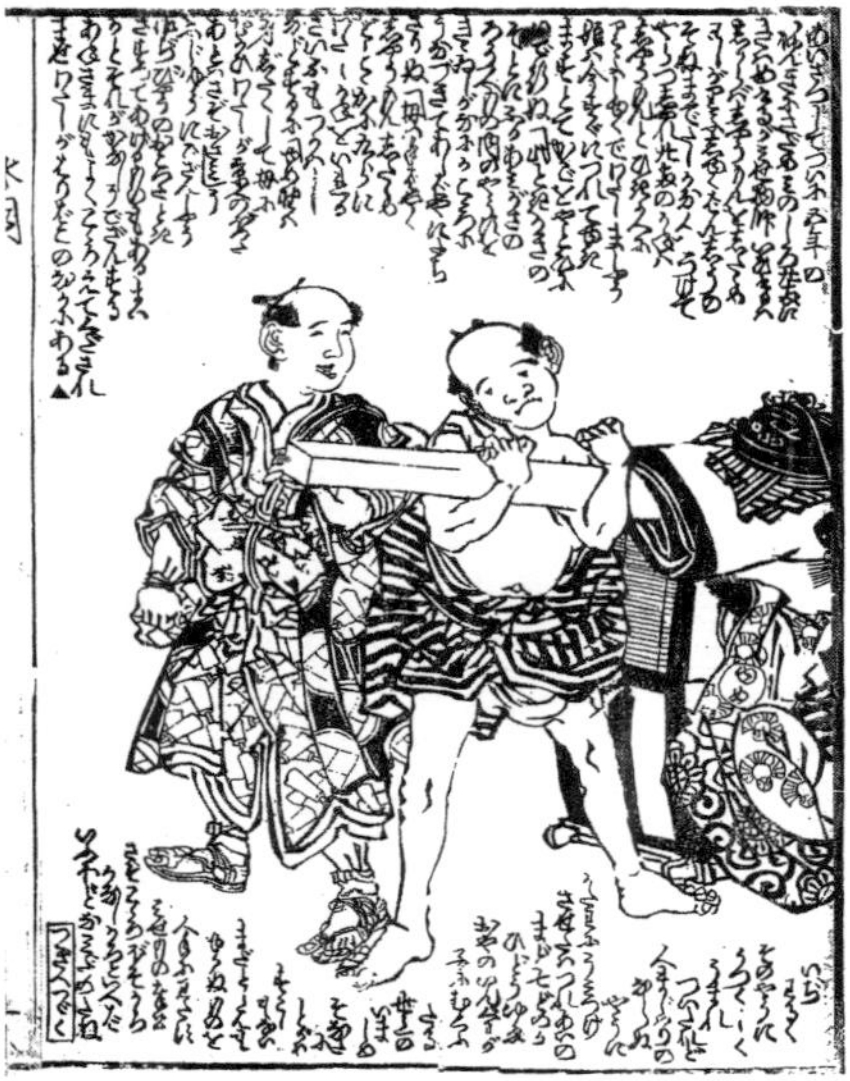

(23) 続《つゞ》き さすがは子供《ども》の跡《あと》なき料簡《りやうけん》、顔形《かほかたち》は世に優《すぐ》れて美《うつく》しけれど、玉に瑕《きづ》ある片端《かたわ》な其方《そなた》、どふして金《かね》になる物ぞ」と言《い》へば、夢野《ゆめの》、気《き》が付《つ》きて恥《はづか》しそふに萎《しほ》れゐる。母はつく〴〵その心根《こゝろね》を思ひ遣《や》り、片端《かたわ》な子ほど可愛《かはゆ》さの胸《むね》も張裂《はりさ》く思《おも》ひなり。

此折《をり》しも表《おもて》の方《かた》に咳払《せきばら》ひして、チト御免《ごめん》なりませと旅《たび》姿《すがた》の男、内に入《い》り、私《わし》は京の四条河原《かはら》の見世《せ》物師でござるが、此処《こゝ》の娘の噂《うはさ》を聞《き》いて訪《たづ》ねて来《き》ました。見世物《せもの》奉公さす気《き》なら、給金《きうきん》は望《のぞ》みほど出《だ》しませうと聞《き》いて母は、これ幸《さいは》ひと思ひながら、先立《さきだ》つ物は涙《なみだ》なり。

夢野《ゆめの》は恥《はづか》しさも打忘《うちわす》れ、「コレ母様《さま》、幸《さいは》ひじやござんせぬか。諸人《しよにん》に見られ顔曝《かほさら》せば、おのづから罪障《ざいしやう》を滅《めつ》すると聞《き》きました。どうぞ相談《そうだん》して見世《みせ》物奉公にやつて下《くだ》さんせ」と言《い》ふにぞ、母はやう〳〵涙《なみだ》を拭《のご》ひ、とやかくと挨拶《あいさつ》して、遂《つい》に五年の年季《ねんき》に定《さだ》め、身代《みのしろ》二十両に極《きは》めけるが、見世《みせ》物師言《い》ひけるは、「然《しか》らば証文《しやうもん》を認《したゝ》め、わしが旅宿《りよしゆく》播州《ばんしう》の曾根《そね》まで確《たし》かな人を付《つ》けて遣《や》らつしやれ。二十両の金《かね》は証文《しやうもん》と引換《ひきかへ》に旅宿《りよしゆく》で渡《わた》しましやう。娘は今すぐに連《つ》れて行《ゆ》きます」と駕籠《かご》を雇《やと》ひに出《いで》行ぬ。

此時《とき》、垣《かき》の外《そと》に深編笠《ふかあみがさ》の浪《ろう》人者《もの》、内の様子《やうす》を聞《き》きゐしが、何《なに》か心《こゝろ》に頷《うなづ》きて足早《あしばや》に立去《たちさ》りぬ。

母は手早《ばや》く証文《しやうもん》認《した》め、弟《をとゝ》蟹《かに》九郎に渡《わた》し、金《かね》を入《い》れる財《さい》布《ふ》も遣《つかは》しなどするに、夢《ゆめ》野は身支度《じたく》して母に向《む》かひ、「私《わたし》が京へ上《のぼ》つた後《あと》は、さぞ御寂《おさみ》しう不自由《ふじゆう》にござんしやう。御持病《ぢびやう》の起《お》こつた時《とき》、さすつてあげる者《もの》もあるまいかと、それが悲《かな》しうござんする。姉様《あねさま》にもよく心得《こゝろえ》て下《くだ》されませ。私《わたし》が針箱《はりばこ》の中《なか》にある芥子人形《けしにんぎやう》は、隣《となり》村のおまさまに置土産《おきみやげ》に遣《や》つて下《くだ》され。びいどろの簪《かんざし》は御母様《おつかさま》に進《しん》ぜて下《くだ》され。御前《おまへ》も随分《ずいぶん》まめでゐて下《くだ》され」と言《い》ふ顔《かほ》を母はつく〲打眺《なが》め、「顔形《かほかたち》は意地悪《いぢわる》く、その様《やう》に美《うつく》しく生《う》まれ付《つ》いたれど、人交《まじ》はりのならぬ様《やう》に片端《かたわ》に産付《うみつ》けさせたは、連合《つれあい》の窓《まど》七殿《どの》が非道《ひどう》ゆゑ、親《おや》の因果《いんぐわ》が子に報《むく》ふたる世上の戒《いまし》め、其方《そなた》に咎《とが》め少《すこ》しもない。まだ年端《としは》も行《ゆ》かぬ者《もの》を人手に渡《わた》す見世物《みせもの》奉公、さぞ心細《こゝろぼそ》かろ悲《かな》しかろ」と言《い》へば、言《い》ふほど涙《なみだ》の種《たね》、

次《つぎ》へ続《つゞ》く

十九オ

(24)十八ウ

(24) 前《まへ》の続《つゞ》き 随分《ずいぶん》まめで患《わづら》はぬ様《やう》にしてたもやと娘《むすめ》が額《ひたい》を押撫《おしな》で〳〵、不覚《ふかく》の涙《なみだ》に咽《むせ》びけり。

見世物《みせもの》師は程《ほど》なく駕籠《かご》を雇来《やとひ》り。サア〳〵早《はや》くと急《いそ》がせて、娘の手を取《と》り駕籠《かご》に乗《の》せ、蟹《かに》九郎を伴《ともな》ひて門《かど》に出《いづ》れば、母もよろぼひ立出て、泣《な》く〳〵彼方《かなた》を見送《おく》りて、互《たが》ひに惜《お》しむ親子《おや》の別《わか》れ、駕籠《かご》の簾《すだれ》をバツタリと、籠中《こちう》の鶴《つる》の雛鳥《ひなどり》を思ふてぞ鳴《な》く母鳥《どり》の志も、夜を寝《ね》ぬが如《ごと》くにて、伸《のび》上《あ》がり〳〵影見《かげみ》ゆるまで佇《たゝず》みしが、駕籠《かご》は急《いそ》ぎて馳《はせ》行ぬ。

○斯《か》くて蟹《かに》九郎は、播州曾根《ばんしうそね》まで見世《みせ》物師に付添《つきそ》ひ行、二十両の金《かね》を受取《うけと》り、証文《しやうもん》を渡《わた》し、夜に入りて曾根《そね》の浦の磯辺《いそべ》づたひに帰《かへ》りしが、松陰《かげ》より深編笠《ふかあみがさ》の浪《ろう》人姿《すがた》の曲《くせ》者現《ものあらは》れ出《い》で、蟹《かに》九郎を捕《とら》へて懐《ふところ》に手を差入《さしい》れ、金財布《かねざいふ》を引出《ひきいだ》しけるが、蟹《かに》九郎も我武者《がむしや》なる者《もの》なれば、財布《さいふ》をやらじとしつかと握《にぎ》り、組《く》んづほぐれつ互《たが》ひに暫《しば》し争《あらそ》ひしが、浪人《ろうにん》は面倒《めんどう》とや思ひけん、刀《かたな》をすらりと抜放《ぬきはな》し、たゞ一打《ひとうち》と斬付《きりつ》けしが、蟹《かに》九郎が身を捻《ひね》る拍子《ひやうし》に、財布《さいふ》を摑《つか》みし腕首《うでくび》を斬落《きりおと》しけるが、その腕《うで》、財布《さいふ》を摑《つか》みながら波打際《なみうちぎは》に落《お》ち、波《なみ》に引《ひ》かれて失《う》せければ、浪《ろう》人は地団駄踏《じだんだふ》み、「無《む》駄骨折《だぼねを》りし」と独言残《ひとりごとのこ》り、おほけに行過《ゆきす》ぐる。

　折《をり》しも、かの網《あみ》蔵、今夜《こんや》は看病《かんびやう》を小由美《ゆみ》に任置《まかせお》き、曽《そ》根《ね》の海《うみ》へ夜網《あみ》に出《い》で、かの浪人《ろうにん》を見咎《とが》めて、「曲者待《くせものま》て」と声掛《こゑか》くれば、浪《ろう》人は手早《ばや》く刀の小柄《づか》を抜取《ぬきと》り、手裏剣《しゆりけん》にはつしと打《う》つを、網《あみ》蔵は竹笠《がさ》にて受止《うけと》めたり。さて浪人《ろうにん》は行方知《ゆくへし》れず、網《あみ》蔵は小柄《づか》を取《と》つて懐中《くわいちう》し、猟船《りやうせん》を乗《のり》出し、曽根《そね》の海《うみ》にて網《あみ》を打しに、大きなる鮫《さめ》を打込《うちこ》みければ、大に喜《よろこ》び、これ程《ほど》の物《もの》を捕《と》りては、四五日の米の代には沢山《たくさん》なれば、露《つゆ》五郎様《さま》の看病《かんびやう》も心安《やす》しと思ひ、舟《ふね》を明石《あかし》の浦《うら》へ乗回《のりまは》して家《いへ》に帰《かへ》り、かの大鮫《ざめ》を軒端《のきば》に吊置《つるしお》き、夜食《しよく》などを食《く》ふてゐたるところへ、室の津の男達《だて》三人、かねて網《あみ》蔵に遺恨《いこん》あつて、その仕返《しかへ》しに来《きた》りしが、網《あみ》蔵は今主人の力《ちから》と頼《たの》まれてゐる身なれば、何事《なにごと》も堪忍《かんにん》して身を大事《だいじ》に持《も》つが肝要《かんよう》と思《おも》ひ、常《つね》とは違《ちが》ひ柔《やはら》くあしらひければ、三人の者《もの》は付上《つけあ》がり、畳《たゝ》んでしまへと双方より出抜《だしぬ》きに斬付《きりつ》けたれば、

次へ続《つゞ》く

(25)十九ウ　　二十オ

(25) 前《まへ》の続《つゞ》き　網蔵《あみ》は、かの大鮫《ざめ》を捕《と》つて受止《うけと》めたるに、鮫《さめ》の腹《はら》をすつぱと斬放《きりはな》し、腹《はら》の内《うち》より人の腕《うで》の生々《なま〳〵》しきが出《いで》たりけり。三人の男達共《だてども》はこれを見《み》て欲心起《よくしんお》こり、これを取《と》らんと近付《ちかづ》く所を、網蔵《あみ》は有合《ありあ》ふ櫂《かい》を押取《おつと》つて、骨《ほね》も砕《くだ》けと打《う》ちけるにぞ。男達共《おとこだてども》は敵《てき》し難《がた》く、倒《こけ》つ転《まろ》びつ逃《にげ》帰《かへ》りぬ。

さて網蔵《あみ》、かの腕《うで》を取上《とりあ》げ見《み》て不思議《ふしぎ》に思ひ、財布《さいふ》を捥《もぎ》取《と》らんとするに、如何《いか》にしても放《はな》れざれば、さては此財布《さいふ》に一念《いちねん》の凝固《こりかた》まれしものならめと思《おも》ひ、「これは何人《なに》の腕《うで》なるぞ。我《われ》、この財布《さいふ》を欲《ほ》しく思ふは私《わたくし》の欲心《よくしん》ならず。主人の露《つゆ》五郎様《さま》のために欲《ほ》しく思ふなり」と、生《い》きたる人に物言《ものい》ふ如《ごと》く言《い》ひければ、不思議《ふしぎ》や、忽《たちま》ち手を開《ひら》きて財布《さいふ》を放《はな》したり。網蔵《あみ》、財布《さいふ》の内を見《み》るに、金《かね》二十両ありければ大に喜び、主人の薬代《やく》二十両と定《さだま》りしに、此金丁度《かねちやうど》二十両あるは、正《まさ》しくこれ天より授《さづ》け給《たま》ひしに疑《うたが》ひなしと、天を拝《はい》してます〳〵喜び、夜の明《あ》くるを待兼《まちか》ねて露《つゆ》五郎が方《かた》へ行《ゆ》き、「故《ゆゑ》有て二十両の金《かね》を調《とゝの》へ候へば、これにて西天草を求《もと》め、御本復《ほんぷく》させ申さん。御喜びなされませ」

と言《い》ふ折しも、山嵐《あらし》村のお辻は、蟹《かに》九郎が曾根《そね》の浦にて腕《うで》を斬《き》られて死したるを悲《かな》しみ、夢《ゆめ》野が身を売《う》りしその甲《か》斐《ひ》もなき事《こと》を、小由美《ゆみ》に告知《つげし》らさばやと此所へ来《きた》り、垣越《かきごし》に網蔵《あみ》が取出《とりいだ》す財布《さいふ》を見《み》れば、目覚《めおぼ》へのある財布《さいふ》なれば、さては夕《ゆふ》べ蟹《かに》九郎が腕《うで》を斬《き》り、財布《さいふ》を奪《うば》ひしは網蔵《あみ》にてありしか。さて〳〵人には油断《ゆだん》のならぬもの。憎《にく》さも憎《にく》しと女心に早《はや》まりて、内へ駆入《かけい》り、壁《かべ》に掛《か》けありし露《つゆ》五郎が刀《かたな》を取《と》つて抜放《ぬきはな》し、「弟《おとゝ》の敵覚《かたきおぼ》へたか」と言《い》ひつゝ、網蔵《あみ》に斬付《きりつ》けたり。網蔵《あみ》は身を捻《ひね》つて刀の手元《もと》をしつかと押《お》さへ、「こりや、何《なに》をさつしやる。身に覚《おぼ》へなき敵呼《かたきよ》ばゝり、仔細《しさい》を語《かた》つて聞《き》かせられよ」と言《い》へば、お辻は涙《なみだ》の声荒《こゑあら》く、「言《い》はずとも、その方《ほう》に覚《おぼ》へあらん。娘夢野《むすめゆめの》、姉《あね》に代《か》はりて見世物《みせもの》奉公に身を売《う》り、身の代《しろ》二十両を此財布《さいふ》に入《い》れ、弟蟹《をとゝかに》九郎が持《も》つて帰《かへ》る途中《とちう》、曾根《そね》の浦《うら》にて腕《うで》を斬《き》られ、奪《うば》はれしは此財布《さいふ》。これを其方《そなた》が所持《しよぢ》するからは、夕《ゆふ》べの事《こと》は其方《そち》が仕業《しわざ》に疑《うたが》ひなし。たとへ忠義《ちうぎ》の為《ため》にもせよ、非道《ひだう》を行《おこな》ふその金《かね》にて、

次へ続《つゞ》く

(26)二十ウ

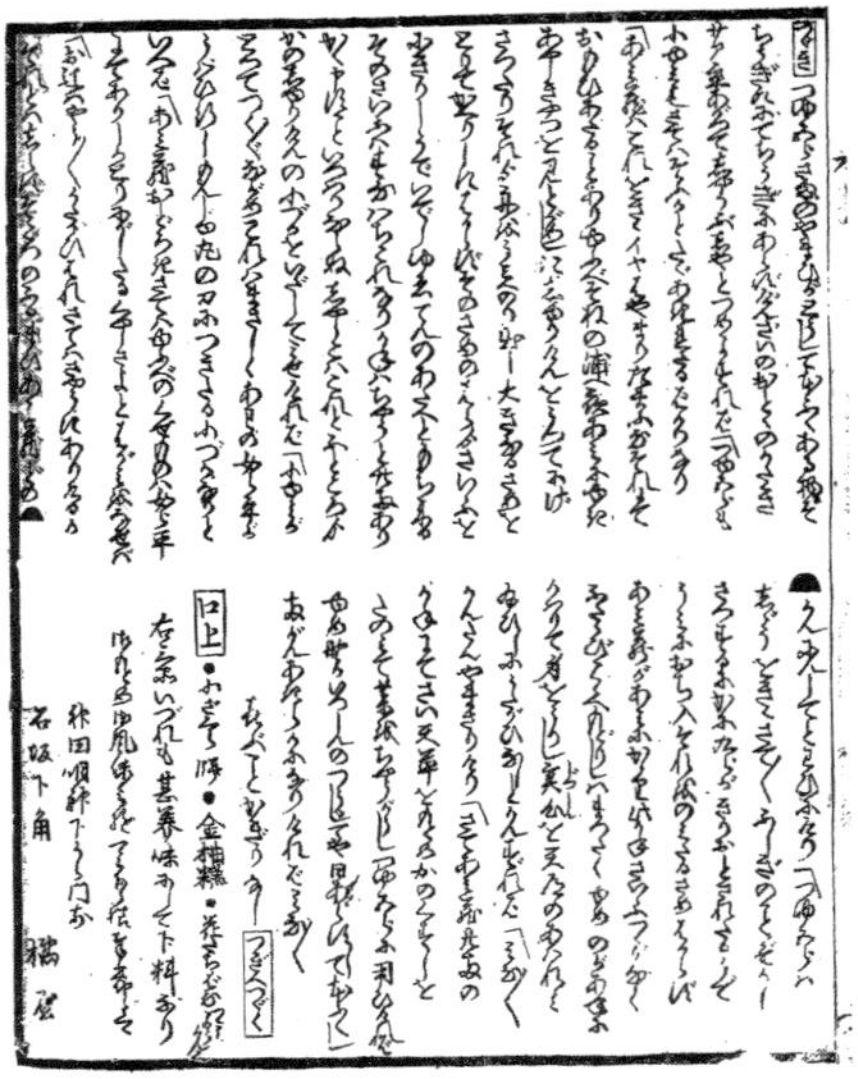

（26）続《つゞ》き　露《つゆ》五郎様《さま》の病《やまひ》がどうして本復《ぶく》ある物ぞ。忠義《ちうぎ》に似《に》て忠義《ちうぎ》にあらず。現在《げんざい》の弟《おとゝ》の敵《かたき》、サア立上《あ》がつて勝《しやう》負《ぶ》しや」と詰寄《つめよ》すれば、露《つゆ》五郎も小由美《ゆみ》も、さてはそふかとたゞ呆《あき》れたるばかりなり。

網《あみ》蔵はこれを聞《き》き、イヤ早《はや》まり給《たま》ふな。それは思当《おもひあ》たる事《こと》あり。夕《ゆふ》べ曽根《そね》の浦へ夜網《あみ》に行《ゆ》き、怪《あや》しき奴《やつ》を見咎《とが》めしに、手裏剣《しゆりけん》を打《う》つて逃去《にげさ》つたり。それより舟を海《うみ》へ乗出《のり》し、大きなる鮫《さめ》を捕《と》りて帰《かへ》りしに、図《はか》らずその鮫《さめ》の腹《はら》より財布《さいふ》を握《にぎ》りし腕出《うでいで》しゆゑ、天《てん》の与《あた》へと持来《もち》る。その財布《さいふ》は即《すなは》ちこれなり。金《かね》は丁度《ちやうど》二十両あり。斯《か》く申す事偽《こといつは》りならぬ証拠《しやうこ》はこれと、懐《ふところ》よりかの手裏剣《しゆりけん》の小柄《づか》を出《いだ》して見《み》せければ、小由美《ゆみ》が取《と》つてつく〴〵眺《なが》め、「これは正《まさ》しく粟野《あわの》女郎平が奪《うば》ひ行し文殊《もんじゆ》丸の刀に付《つ》きたる小柄《づか》なり」と言《い》へば、網《あみ》蔵驚《おどろ》き、さては夕《ゆふ》べの曲者《くせもの》は、女郎平にてありしか。取逃《とりに》がしたる悔《くや》しさよと歯噛《はが》みをなせば、お辻はやう〳〵疑《うたが》ひ晴《は》れ、さては左様《さやう》にありけるか。それとは知《し》らず粗忽《そこつ》の振舞《ふるまひ》、網蔵殿《あみどの》、堪忍《かんにん》してと詫《わ》びにけり。

露《つゆ》五郎は始終《しじう》を聞《き》き、さて〳〵不思議《ふしぎ》の事《こと》ぞかし。察《さつ》するに、蟹《かに》九郎が斬落《きりお》とされたる腕《うで》、海《うみ》に落入《おち》、それを飲《の》みたる鮫《さめ》、図《はか》らず網蔵《あみ》が網《あみ》に掛《か》かり、此金財布《かねさいふ》恙《つゝが》なく再《ふた》び此処《こゝ》へ戻《もど》りしは、全《まつた》く夢野《ゆめの》が姉《あね》に代《か》はりて身を売《う》りし実心《じつしん》を、天道の憐《あはれ》み給ひしに疑《うたが》ひなしと感《かん》ずれば、皆々《みな〳〵》感嘆《かんたん》止《や》まざりけり。

さて網蔵《あみ》、二十両の金《かね》にて西《さい》天草を求《もと》め、かの薬師《くすし》を頼《たの》みて薬を調合《ちやうがう》し、露《つゆ》五郎に用ひければ、夢《ゆめ》野が一心《いつしん》の通《つう》じてや、日あらずして本復《ぶく》し、両眼《がん》明《あき》らかになりければ、皆々《みな〳〵》喜ぶ事限《ことかぎ》りなし。

次《つぎ》へ続《つゞ》く

口上 ●小桜《ざくら》餅●金柚糕●花橘《たちばな》　包羊羹《つゝみようかん》也

右三品いづれも甚美味にして下料なり。御求《もと》め御風味被遊可被下候様奉希上候。

神田明神下裏《うら》門前

石坂下角　橘屋

(27)二十一オ

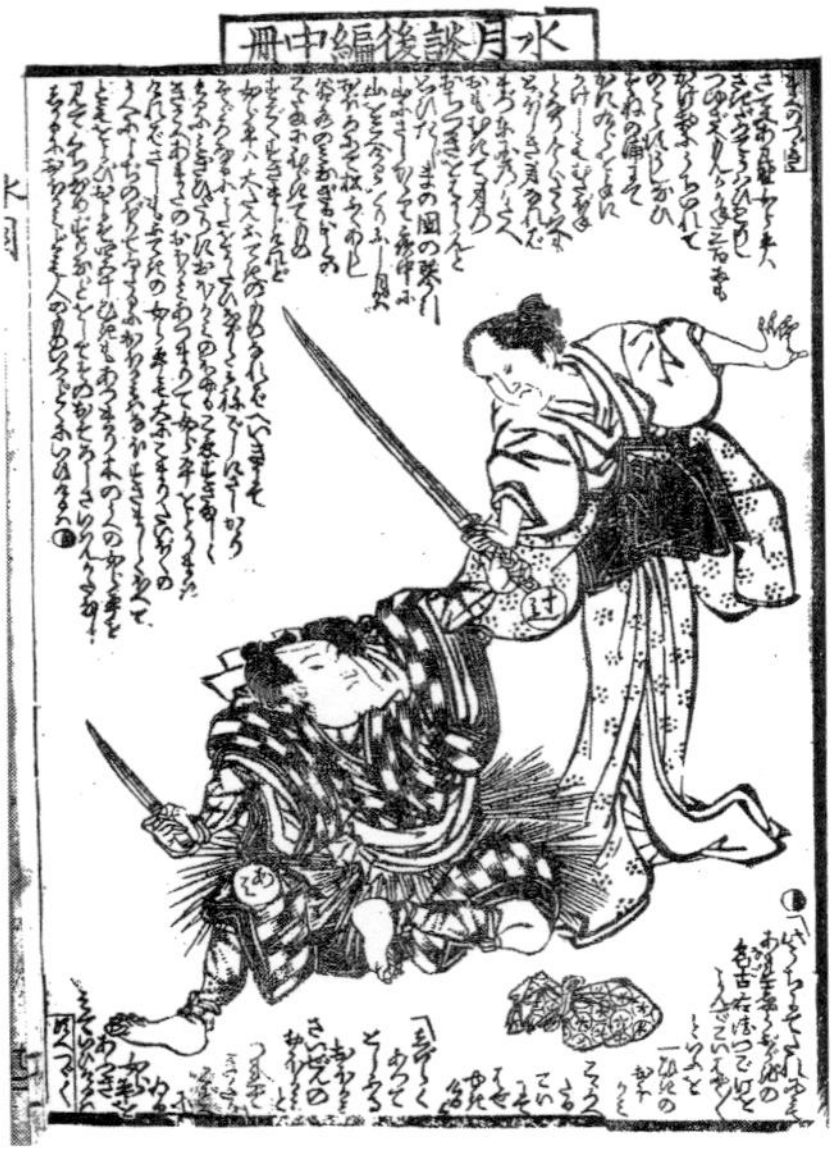

【中】

(27) 水月談後編中冊

前《まへ》の続《つゞ》き　さて又、粟《あわ》野女郎平は先《さき》だつて奪取《うばひと》りし露左《つゆざ》衛門《へもん》が金《かね》三百両も、掛《かけ》物に打《うち》入《い》れて残《のこ》らず失《うしな》ひ、曾《そ》根《ね》の浦にて蟹《かに》九郎を手に掛《か》けしも無駄骨《むだぼね》となり、今は蓄《たくは》へも乏《とぼ》しき身なれば、先《ま》づ東国の方《かた》へ赴《おもむ》きて、身の落着《おちつ》きを図《はか》らんと思ひ、但馬《たじま》の国の琴引山に差掛《さしか》かり、夜中に山を越《こ》へけるが、折節《をりふし》、月は朧《おぼろ》にて松吹嵐《ふくあらし》、谷水の漲《みなぎ》る音《おと》の谺《こだま》に響《ひゞ》きて物《もの》すごく凄《すさま》じけれど、女郎平は大胆不敵《たんふてき》の者《もの》なれば平《へい》気《き》にて、そゞろなる小唄《うた》を歌《うた》ひながら、峰越《みねごし》に差掛《さしか》かりけるに、右左《みぎひだり》に狼《おほかみ》の吠《ほ》ゆる声《こゑ》凄《すさま》じく聞《き》こへ、数多《あまた》の狼《おほかみ》集《あつま》りて女郎平を取巻《とりま》きければ、さしも不敵《ふてき》の女郎平も大に困《こま》り、大木《たいぼく》の上《うへ》によぢ登《のぼ》りてゐたるに、狼《おほかみ》はなほ凄《すさま》じく吠《ほ》へて友《とも》を呼《よ》び、およそ四五十匹《ひき》も集《あつま》り、木の上《うへ》の女郎平を見て口舐《くちなめず》りなどをして、その恐《おそろ》しさ言《い》はん方《かた》なし。然《しか》るに狼《おほかみ》ども人の物言《ものい》ふ如《ごと》くに言《い》ひけるは、「此内《うち》にて誰《たれ》にもあれ。菖蒲《しやうぶ》が池の名古《なご》右衛門後家《ごけ》を呼《よ》んで来《こ》い。早《はや》く〳〵」と言《い》ふを、一匹《ひき》の狼《おほかみ》、心得《こゝろへ》たる体《てい》にて馳行《はせゆ》きけ

(28)二十一ウ

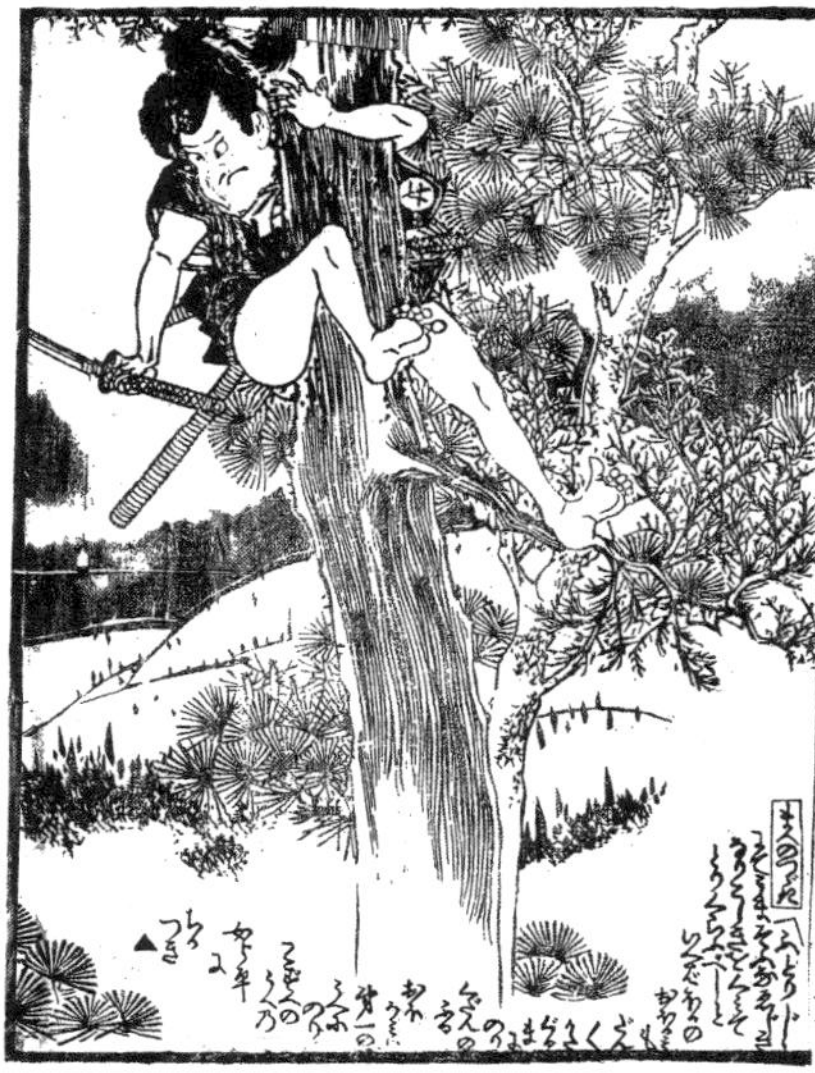

二十二オ

るに、暫《しばら》くあつて年経《としふ》る狼《おほかみ》、最前《さいぜん》の狼《おほかみ》と連《つ》れて来《きた》り。梢《こずへ》にゐる女郎平を仰見《あふぎみ》て言《い》ひけるは、次へ続《つゞ》く

(28) 前《まへ》の続《つゞ》き 「太《ふと》り猪《じゝ》にて旨《うま》そふな餌食《ゑじき》なり。甑《こしき》を組《く》みて取食《とりく》らふべし」と言《い》へば、他《ほか》の狼《おほかみ》も段々《だん〴〵》肩車《かたぐるま》に乗《の》り、件《くだん》の経《ふ》る狼《おほかみ》は第一の上《うへ》に乗《の》り、梢《こずへ》の上《うへ》の女郎平に近《ちか》付《づ》き、すでに食付《くらひつ》かんとしたる所を、女郎平、腰《こし》に帯《お》びたる文殊《もんじゆ》丸の刀《かたな》を抜《ぬ》いて、上《うへ》の狼《おほかみ》の額《ひたい》に斬付《きりつ》けたるに、血煙《けふり》立《た》つて狼《おほかみ》は地上に落《お》ち、その外の狼《おほかみ》も皆崩《みなくづれ》落《お》ちて残《のこ》らず逃去《にげさ》り、たゞ大空《おほぞら》に朧《おぼろ》月のみ残《のこ》りけり。

女郎平は「危《あやう》い事《こと》」と独言《ひとりごち》て、木の上《うへ》より下《くだ》り、松明《たいまつ》を拵《こしら》へ振照《ふりてら》しつゝ、辛《から》うじて麓《ふもと》に下《くだ》りしが、野寺《のでら》の鐘《かね》を聞《き》けばまだ夜半なれば、人家を見つけ一夜を明《あか》さばやと思へ共、茫々《ぼう〳〵》たる薄原《すゝきはら》にて人家もなければ、なほ草《くさ》を分《わ》けつゝ行《ゆ》きてみれば、遥《はる》か向ふに灯火《ともしび》の光《ひかり》あり。次へ続《つゞ》く

(29)二十二ウ

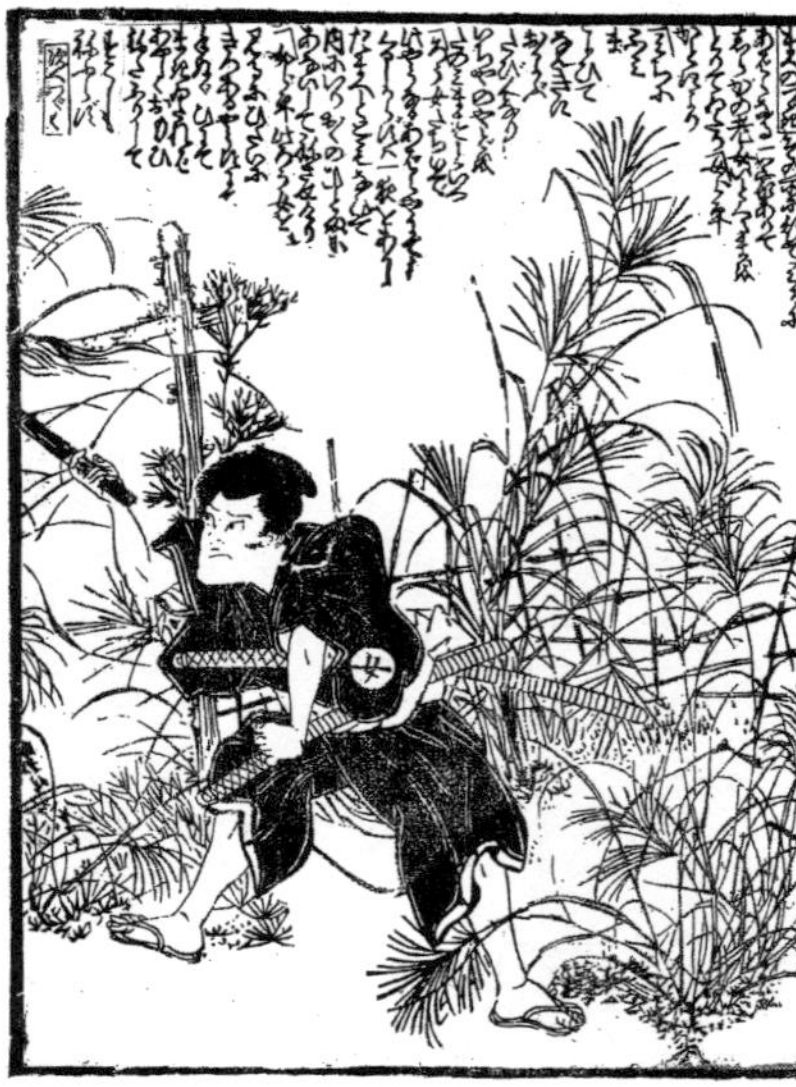

二十三オ

(29) 前《まへ》の続《つゞ》き その所に行てみるに、荒《あば》らなる一つ家ありて、白髪《しらが》の老女、糸車《いとぐるま》を取《と》りてゐたり。

女郎平、門《かど》に寄《よ》り、「道《みち》に踏迷《ふみまよ》ひて難儀《なんぎ》に及《およ》ぶ旅人《たび》なり。一夜《いちや》の宿《やど》を頼《たの》みます」と言《い》へば、老女《ろう》立出《たちい》で、此様《やう》なる荒屋《あばらや》にても苦《くる》しからずは、一夜を明《あか》し給《たま》へと伴《ともな》ひて内に入《い》り、奥《おく》の一間《ひとま》に案内《あない》して寝《ね》させけり。

女郎平、此老女《ろう》を見るに、額《ひたい》に傷《きづ》ある様子《やうす》にて、手拭《ぬぐひ》にて巻《ま》きゐたれば、怪《あや》しく思《おも》ひ、寝《ね》たふりして少《すこ》しも眠《ねぶ》らず、次へ続《つゞ》く

(30) 前《まへ》の続《つゞ》き 様子《やうす》を窺《うかゞ》ひゐたるに、老女《ろう》は元《もと》の如《ごと》く糸《いと》を取《と》りてゐたり。暫《しばら》く過《す》ぎて、表《おもて》の方《かた》に声《こゑ》あつて、「名古《なご》右衛門後家《ゑもんごけ》、内《うち》にか。地蔵峠《ぢぞうとうげ》の山寺に今日《けふ》埋《うづ》めた新死《しんし》があるゆへ、知《しら》せに来《き》た。一緒《いつしよ》に行《ゆ》きて食《く》はぬか」と言《い》へば、老女《ろう》は立出《たちい》で小声《こゑ》になり、「ヤレ静《しづ》かに言《い》へ。今夜《こんや》はこちにもよい生肉《いきにく》を泊《と》めておいたゆへ、俺《おれ》は行《ゆ》くまい。わいらも帰《かへ》りに寄《よ》れ。足《あし》の一本も退《の》けて置《お》いて振舞《ふるま》はふ」と囁《さゝや》けば、「ヲ、それはよい事《こと》。帰《かへ》りに寄《よ》つて馳走《ちそふ》になら

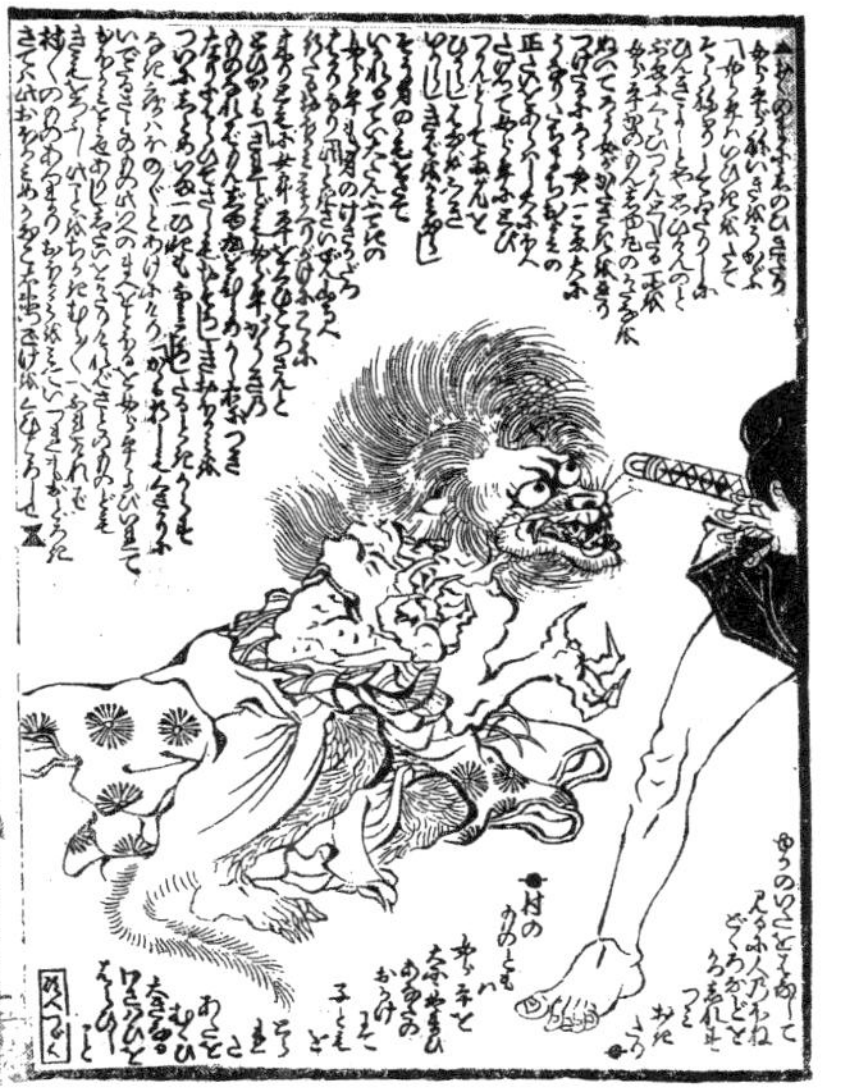

ふ」と言《い》ひ捨《す》て、行《ゆ》く様子《やうす》なり。

老女《らう》はまた糸《いと》を取《と》りゐたるが、暫《しばら》くあつて奥《おく》の間《ま》に忍《しのび》来《きた》り、女郎平が寝息《ねいき》を窺《うかゞ》ふ。

女郎平は鼾《いびき》を立《た》て空眠《そらねふり》してゐたりしに、便宜《びんぎ》よしとや思ひけん、喉笛《のどぶゑ》に食付《くらひつ》かんとしたる所を、女郎平かの文《もん》殊《じゆ》丸の刀《かたな》を抜《ぬ》いて、老女《らう》が肩先《かたさき》を斬付《きりつ》けたるに、老女《らう》は一声《こゑ》大に唸《うな》り、忽《たちま》ち狼《おゝかみ》の正体《たい》を現《あらは》し、大に吠猛《ほへたけ》つて、女郎平に飛付《とびつ》かんとして両眼《がん》を光《ひから》し、鼻《はな》を吹怒《ふきいか》らし、牙《きば》を嚙鳴《かみなら》し、総《そう》身の毛を立《た》て怒《いか》れる体《てい》、大胆不敵《たんふてき》の女郎平も身の毛《け》逆立《さかだ》つばかりなり。

此時《とき》、最前《さいぜん》、山寺へ行たる狼《おほかみ》も帰《かへ》りがけに此処《こゝ》に来り、共《とも》に女郎平を食殺《くひころ》さんと飛掛《とびか》かる。

されども女郎平、強気《がうぎ》の者《もの》なれば、文殊丸《もんじゆ》を閃《ひらめ》かし右に突《つ》き左りに払《はら》ひて、さしも恐《おそろ》しき狼《おほかみ》を遂《つい》に仕留《しと》め、今《いま》一匹《ひき》も踏殺《ふみころ》したる時《とき》、烏《からす》鳴《な》き、夜はほのぐ〳〵と明《あ》けにけり。

斯《か》かる折しも、草刈《くさかり》に出《いで》たる里《さと》の者《もの》、此家《いへ》の前《まへ》を通《とほ》るを、女郎平呼入《よびい》れて狼《おほかみ》を見《み》せ、ありし次第《しだい》を語《かた》りければ、里《さと》の者《もの》ども肝《きも》を潰《つぶ》し、此事《こと》を近《ちか》き村々《むらく》へ触《ふ》れければ、村々《く》

(31)二十四ウ

二十五オ

の者集《ものあつま》り、狼《おほかみ》を見《み》ていづれも驚《おどろ》き、「さては此狼《おほかみ》めが、名古《なご》右衛門後家《ごけ》を食殺《くひころ》して、その形《かたち》に化《ば》けゐたが、此近《ちか》き村々《く》の女子供《ども》、又此野を過《す》ぐる旅《たび》人など、これまで失《う》せたる者数知《ものかづし》れず。今《いま》思へば皆《みな》、此狼《おほかみ》めが仕業《しわざ》にてありしなり」と言《い》へば、女郎平これを聞《き》き、「いかにも然《さ》あるべし。床《ゆか》の下《した》を見よ」と言《い》ふにぞ、村の者《もの》ども床《ゆか》の板《いた》を離《はな》して見るに、人の骨《ほね》、髑髏《どくろ》などを数知《かづし》れず積置《つみお》きたり。村の者《もの》どもは女郎平を大に敬《うやま》ひ、あなたの御蔭《おかげ》にて子供《ども》を取《と》られた仇《あた》を報《むく》ひ、大きなる災《わざは》ひを祓《はら》ひし事《こと》、[次へ続《つゞ》く]

(31) [前《まへ》の続《つゞ》き] 御礼《おれい》は言葉《ことば》に尽《つ》くされずとて、女郎平を伴《ともな》ひて酒屋《や》に連行《つれゆ》き、種々《しゆ〴〵》の酒食《しよく》を勧《す》めてもてなし、その上《うへ》、村々《く》を集《あつ》めて金《かね》を五両ばかり調《とゝの》へ、これは路銀《ろぎん》になされませとて与《あた》へければ、女郎平は思《おも》はぬ得分《とくぶん》を得《え》て喜びぬ。

さて、かの狼《おほかみ》は街道《かいだう》の往来繁《わうらいしげ》き所《ところ》に出《いだ》して曝《さら》しけるに、子を取《と》られたる親々《おや〳〵》、脇差《わきざし》・鎌《かま》・包丁《ほうちやう》・小刀《がたな》・火箸《ひばし》などを思ひ〳〵に持来《もちきた》り、狼《おほかみ》の身に刺通《さしとほ》して、その恨《うら》みを報《むく》

ひければ、次へ続《つゞ》く

［一膳飯《ぜんめし》／蕎麦切《そばきり》／酒肴色々《いろ〳〵》］

(32) 前の続《つゞ》き 見物《けんぶつ》の諸人《しよにん》、山の如《ごと》くに集《あつま》りぬ。

女郎平は四五日、此所《ところ》に逗留《とうりう》して馳走《ちそう》になり、又東国の方《かた》へ心ざしぬ。

○それはさておき、こゝに又、桜《さくら》井露《つゆ》五郎は女房小由美《ゆみ》、網《あみ》蔵もろともに、女郎平が行方《ゆくへ》を尋《たづ》ぬるため鎌倉《かまくら》に下《くだ》り、扇《あふぎ》が谷《やつ》に住《す》みけるが、網《あみ》蔵が叔父《おぢ》猿蟹屋《さるかにや》柿左衛門《かきざへもん》といふ者《もの》、比企《ひき》が谷《やつ》に住《す》み、元《もと》は有徳《うとく》なる商《あき》人なりしが、今《いま》は逼《ひつ》塞《そく》し、その上実《うへじつ》子もなかりしかば、網《あみ》蔵が此地へ下《くだ》りしを幸《さいは》ひに、下《しも》男実平といふ者《もの》に手紙《がみ》を持《も》たせ呼寄《よびよ》せて、「養子になりくれよ」と言《い》ふ。

網《あみ》蔵は主人夫婦《ふうふ》を見継《みつ》ぐためには頼《たよ》り良《よ》しと思ひ、主人夫婦《ふうふ》をば扇《あふぎ》が谷《やつ》に置《お》き、我《われ》ばかり、比企《ひき》が谷《やつ》の猿蟹屋《さるかにや》に引移《うつ》りぬ。斯《か》くて此年《とし》も暮《く》れ、明《あ》くる正月になりしが、

次へ続《つゞ》く

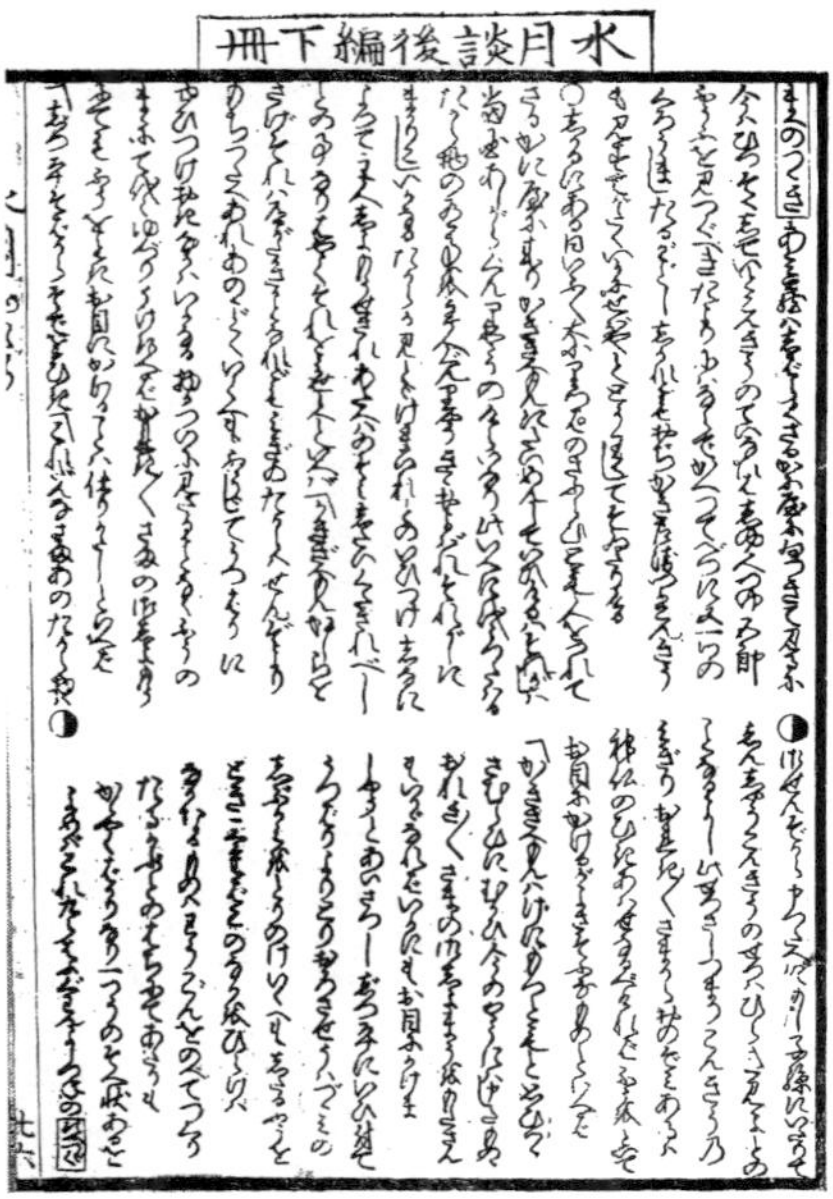
水月談後編下冊

（33）二十六オ

【下】

（33）　水月談後編下冊

前《まへ》の続《つゞ》き　網蔵《あみぞう》は暫《しばら》く猿蟹屋《さるかにや》に居付《ゐつ》きて見るに、今は逼塞《ひつそく》して、いと困窮《こんきう》の体《てい》なれば、主《しゆ》人露《つゆ》五郎夫婦《ふうふ》を見継《つ》ぐべき頼《たよ》りにはならで、かへつて別《べつ》に又一つの苦労《くろう》増《ま》したるが如《ごと》し。然《しか》れども、叔父《おぢ》柿《かき》左衛門が困窮《こんきう》も見捨《す》て難《がた》く、如何《いか》にせばやと当惑《とうわく》してぞゐたりける。

○然《しか》るにある日、衣服《いふく》大に立派《りつぱ》の侍《さふらひ》、供人《とも》を連《つ》れて猿蟹《さるかに》屋に来り、柿左衛門《かきざへもん》に対面《たいめん》して言《い》ひけるは、「某《それがし》は当国足《あし》柄郡領《がらぐんりやう》の家来《けらい》なり。此家《いへ》に代々伝《つた》はる宝物《たから》の有事を主人郡領《ぐんりやう》聞《き》及《およ》ばれ、某《それがし》に罷越《まかりこ》し、如何《いか》なる宝《たから》か見届《とゞ》け参《まい》れとの言付《いひつけ》、品《しな》によつて主人所望《しよもう》せされ、価《あたへ》は望《のぞ》み次第《しだい》下《くだ》されべしとの事なり。早《はや》くそれを見《み》せ候へ」と言《い》へば、柿左《かきざ》衛門頭《へもんかしら》を下《さ》げ、「それは有難《がた》き事《こと》なれども、右《みぎ》の宝《たから》は先祖《せんぞ》より持伝《もちつた》へ、あれあの如《ごと》く幾重《いくへ》も封《ふう》じて梁《うつばり》に結付《ゆひつけ》置《お》き、中《なか》は如何《いか》なる物か遂《つい》に見たる事《こと》なく、封《ふう》のまゝにて代々譲《ゆづり》受《う》け候へば、御歴々様《おれきくさま》の御所望《しよもう》にても、封《ふう》を解《と》き御《お》目に掛《か》ける事《こと》は仕り難《がた》し」と言《い》へば、実《じつ》平側《そば》から袖《そで》を引《ひ》き、

「これ旦那様《だんなさま》、あの宝《たから》物は御先祖《せんぞ》から申伝《つた》へに、もし子孫に至《いた》りて身上困窮《しんしやうこんきう》の節《せつ》は開《ひら》き見よとの事《こと》なる由《よし》、此節《せつ》、差詰《さしづ》まり困窮《こんきう》のみぎり、御歴々様《おれき〳〵さま》から御望《おのぞ》みあるは神仏の引合《ひきあ》はせなるべければ、封《ふう》を解《と》いて御《お》目に掛《か》けるがよさそふなもの」と言《い》へば、柿左衛門《かきざへもん》は、実《げ》にもつともと思ひつゝ、侍《さむらひ》に向《む》かひ、今の様《やう》には申したもの、、御歴々様《おれき〳〵さま》の御所望《しよまう》を持《も》たさんも如何《いかゞ》なれば、いかにも御《お》目に掛《か》けましやうと挨拶《あいさつ》し、実平《じつ》に言付《いひ》て梁《うつばり》より取下《とりおろ》させ、上包《うはづゝみ》の渋紙《しぶかみ》を取除《とりの》け、幾重《いくへ》もしたる封《ふう》を解《と》き、三重箱《ばこ》の中《なか》を開《ひら》けば、中《なか》なる物《もの》は黄金《わうごん》を延《の》べて作《つく》りたる兜《かぶと》の鉢《はち》にて、辺《あた》りも輝《かゞや》くばかりなり。一通《つう》の添《そへ》状あるを読《よ》めば、これ九郎判《はふ》官《ぐわん》義経《よしつね》の

次へ続《つゞ》く

(34)

前《まへ》の続《つゞ》き

兜《かぶと》の鉢巻《はちまき》にて、武蔵坊弁慶《むさしぼうべんけい》が自筆《じひつ》にて、元暦の年号、書判《かきはん》まで書添《かきそ》へたり。柿左衛門《かきざへもん》は我《わ》が物《もの》なれども、初《はじ》めて見て肝《きも》を潰《つぶ》す。

かの侍《さふらひ》言《い》ひけるは、「さて〳〵思《おも》ひしよりも珍《めづら》しく珍《ちん》重《ちやう》すべき宝《たから》なり。これを主人へ差《さし》上なば、二三千両の御褒美《ほうび》は我《わ》が請合《うけあ》つて下《くだ》さるべし。これは我《われ》、預《あづ》かりて帰《かへ》るべし」と言《い》ひつゝ、兜《かぶと》と添《そへ》状を携《たづさ》へて立《た》たんとするを柿左《かきざ》

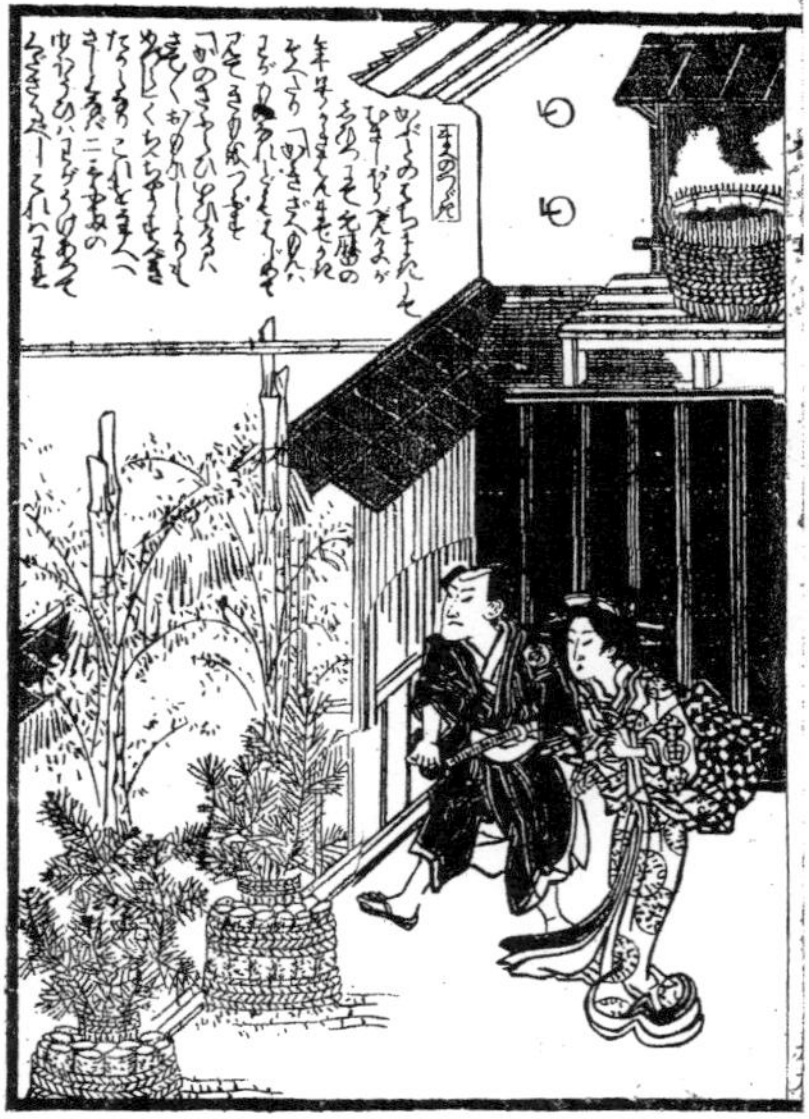

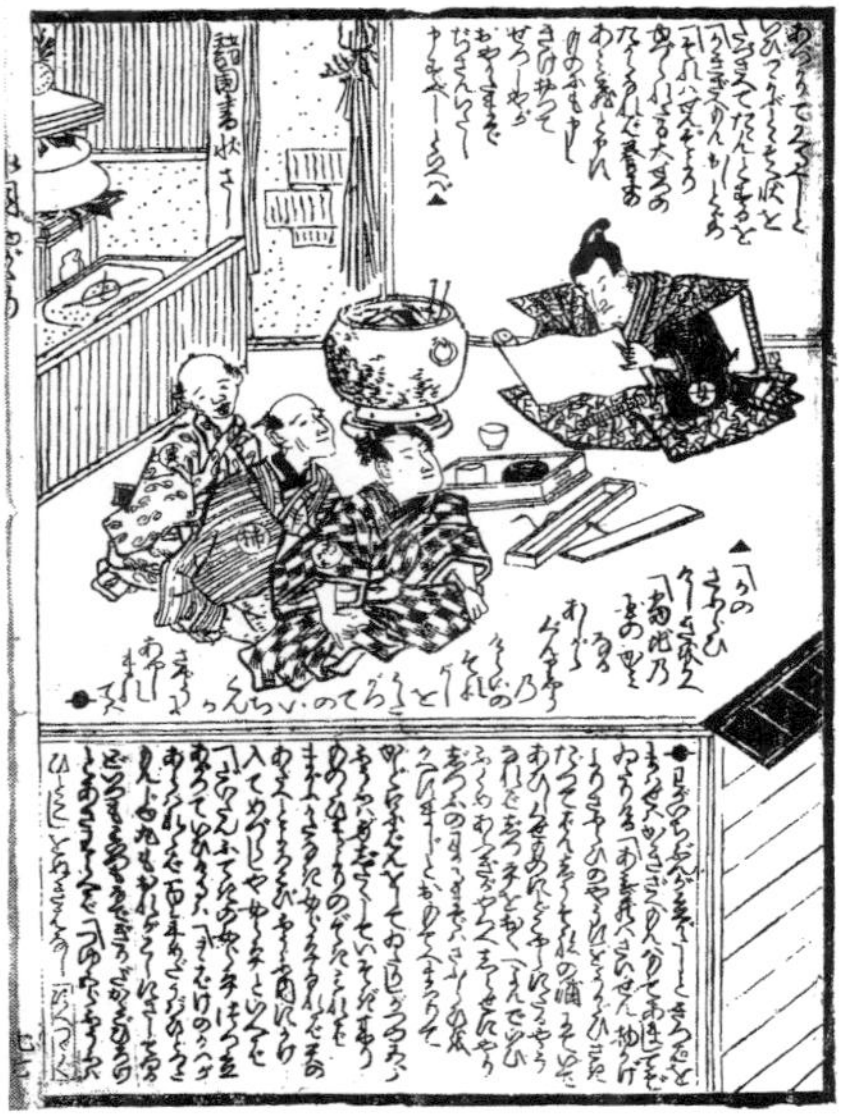

衛門押止《へもんおしとゞ》め、「それは先祖《せんぞ》より譲《ゆづ》られたる大切《せつ》の宝《たから》なれば、養子の網蔵《あみ》と申す者《もの》にも申し聞《き》けおつて、拙者《せつしや》が御館《おやかた》まで持参致《ぢさんいた》し申すべし」と言《い》へば、かの侍《さふらひ》気色《けしき》を変《か》へ、当地の国の守《かみ》なる足柄郡領《あしがらぐんりやう》の家来《けらい》の某《それがし》を疑《うたが》つての一言《いちごん》か。左様《さやう》に怪《あや》しまれては我《わ》が一分《いちぶん》が立難《がた》しと切刃《きつぱ》を回《まは》せば、柿《かき》左衛門《ざへもん》は持余《もてあま》してぞゐたりける。

網蔵《あみ》は最前《さいぜん》、物陰《かげ》より侍《さふらひ》の様子《やうす》を窺《うかゞ》ひ、先《さき》だつて播州《ばんしう》曾根《そね》の浦にて出会《いであ》ひし曲者《くせもの》にどこやら似《に》たる様《やう》なれば、実《じつ》平を奥《おく》へ呼《よ》んで言《い》ひ含《ふく》め、扇《あふぎ》が谷《やつ》へ知《し》らせに遣《や》り、実否《じつぷ》の分《わ》かるまでは侍《さふらひ》を帰《かへ》すまじと、表《おもて》へ回《まは》りて門口《かど》に番《ばん》をしてゐたりしが、露《つゆ》五郎夫婦《ふうふ》は身支度《じたく》して急《いそ》ぎ来り、物《もの》の隙《ひま》より覗見《のぞきみ》れば、紛《まが》ふ方《かた》なき女郎平なれば、天の与《あた》へと喜《よろこ》び、夫婦《ふうふ》、内に駆入《かけ》て、「珍《めづら》しや女郎平」と言《い》へば、大胆《だいたん》不敵《ふてき》の女郎平、突《つゝ》立上《あ》がつて言《い》ひけるは、「ヲ、化《ばけ》の皮《かは》が現《あらは》れゝば百年目《め》だ。奪取《うばひと》つた文殊丸《もんじゆ》も、俺《おれ》が腰《こし》に差《さ》してゐる。どいつもこいつも撫斬《なでぎり》だ。覚悟《かくご》ひろげ」と嘲笑《あざわら》へば、露《つゆ》五郎夫婦《ふうふ》は一腰《ひとこし》を抜放《ぬきはな》し、

次へ続《つゞ》く

[諸国書状さし]

(35)二十七ウ　二十八オ

(35) 前《まへ》の続《つゞ》き　父の仇《あた》、大恩《おん》受《う》けた養父の敵《かたき》、報《むく》いの程《ほど》を思ひ知《し》れと、双方《そうほう》より切付《つ》くれば、女郎平は事《こと》ともせず、鋼鋭《はがねするど》く戦《たゝか》ひぬ。かの網《あみ》蔵は、もし危《あやう》くは助太刀《すけだち》と、固唾《かたず》を呑《の》んで控《ひか》へたり。柿左衛門《かきざへもん》、実平は、さては偽《いつは》り者《もの》にてありしと、肝《きも》を潰《つぶ》して見ゐたりけり。

此時、女郎平が連《つれ》来る供《とも》人らは、野伏《のぶせり》の乞食共《こつじきども》を雇《やと》ひしなるが、此様子《やうす》を見《み》て取《と》つて返《かへ》し、かねて女郎平が手に付《つ》きゐたる悪者共《わるものども》に知《し》らせければ、悪者共《わるものども》は助太刀《すけだち》せばやと大勢《ぜい》駆付《かけつ》けたる折しも、かの女達《だて》の奴《やつこ》の小蘭《らん》、此所を通《とほ》り掛《か》かり、様子《やうす》は知《し》らねど人の難儀《なんぎ》になる事《こと》ならんと思ひつ、一腰《こし》を抜《ぬ》き、即座《そくざ》に二三人斬伏《きりふ》せければ、これに恐《おそ》れて其外《ほか》は皆散々《みなちり〴〵》に逃去《にげさ》つたり。女郎平は勢《いきほ》ひ猛《たけ》しといへども、露《つゆ》五郎夫婦《ふうふ》が孝心深《ふか》き剣《つるぎ》にて、遂《つい》に女郎平を斬伏《きりふ》せ、首掻《くびかき》切て文殊《もんじゆ》丸の刀《かたな》を取返《とりかへ》し、躍《おどり》上つて喜《よろこ》びぬ。

さて、女達《だて》小蘭《らん》は敵討《かたちうち》と聞《き》いて、露《つゆ》五郎夫婦《ふうふ》に会《あ》ひ、「御手柄《おてがら》に候」と喜びを述《の》べてゐたる所へ、小蘭《らん》が親《おや》、鴫《しぎ》立《たつ》沢の関野《せきの》屋《や》戸左衛門、妻《つま》小室《むろ》と共《とも》に此所へ駆付《かけつ》けて、露《つゆ》五郎に対面《たいめん》し、「あなたは桜井《さくらゐ》露左衛門様《つゆざへもんさま》の御《おん》子露《つゆ》五郎様《さま》にて、御父《おんちゝ》露左衛門様《つゆざへもんさま》の敵《かたき》を只今《ただ》、御討《う》ちなされし由《よし》、御孝心の程《ほど》は申すも愚《おろ》か也。それについて御話《おはなし》あり。「これなる娘小蘭《らん》と申すは実《まこと》は女ならず男にて、露左衛門様《つゆざへもんさま》の御次男、御前様《おまへさま》のためには弟《おとゝ》子でござります。斯様《かやう》にばかり申しては御合点《がてん》がゆきますまい。拙者《せつしや》が妹《いもと》を御父露左衛《おんちゝつゆざへ》門様《もんさま》へ妾《てかけ》に差上《さしあ》げ、程《ほど》なく懐胎《くわいたい》いたせしが、御本妻《ほんさい》の前《まへ》を憚《はゞか》り懐胎《くわいたい》のまゝ暇《いとま》を下《くだ》されて、拙者《せつしや》へ御渡《おわた》しなされ、生《う》まれたる子、男ならば此方へ返《かへ》すべし。もし女ならば其《そ》方《ち》が子にせよと仰《おふ》せありしに、その生れたる子男子にて、妹《いもと》は産後《さんご》に空《むな》しくなり、拙者夫婦《せつしやふうふ》が手塩《てしほ》に掛《か》けて育《そだ》てるに従《したが》ひ、愛《いとを》しくなりて露左衛門様《つゆざへもんさま》へ返《かへ》すに忍《しの》びず、女なりと言《い》ひ触《ふら》し、成人《せいじん》の上《うへ》、今日《けふ》までも女の姿《すがた》で置《お》きたるは、元《もと》へ返《かへ》すが嫌《いや》さのまゝ、此子もまた男になれば、我々《われ〳〵》夫婦《ふうふ》が手元《もと》を離《はな》れねばならぬと聞《き》いて悲《かな》しがり、次へ続《つゞ》く

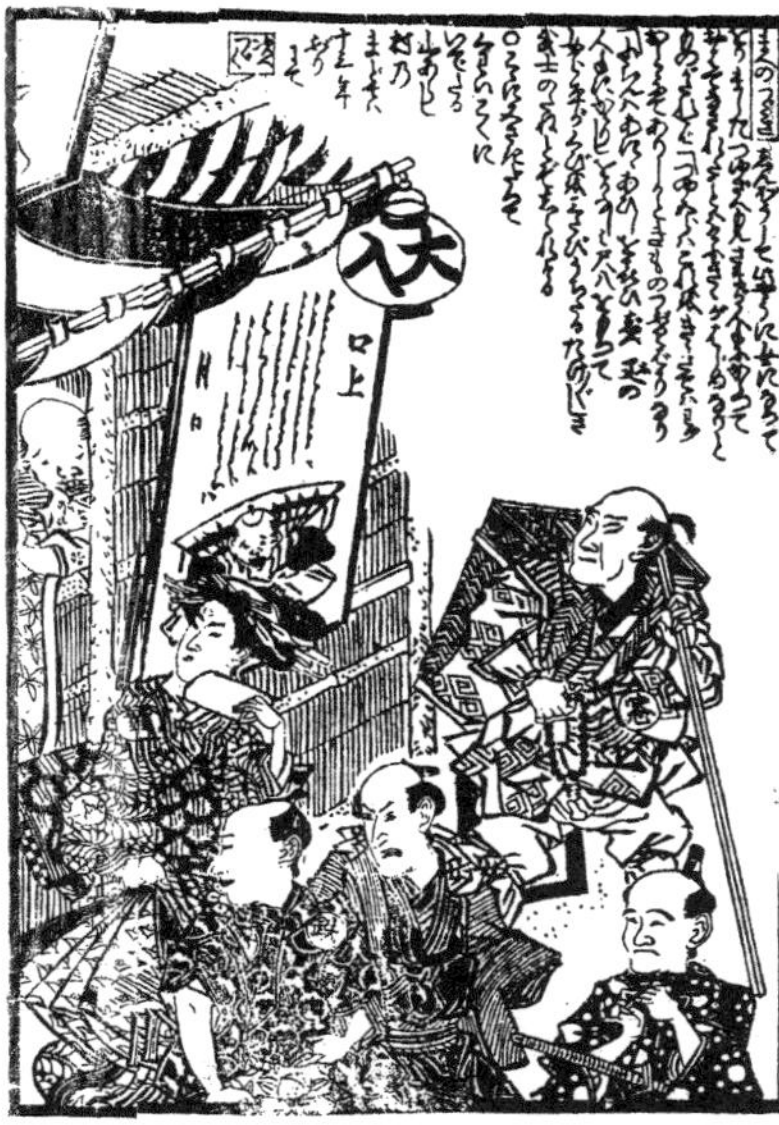

（36）［前《まへ》の続《つゞ》き］辛抱《しんぼう》して此様《やう》に女になつて居《を》りました。露左衛門様《つゆざへもんさま》が人手に掛《か》かつて御果《おは》てなされた事《こと》は、今日聞《けふき》くが初《はじ》めなり」と物語《ものがた》れば、露《つゆ》五郎はこれを聞《き》き、さては我《わ》が弟《おとゝ》にてありしかと、肝《きも》の潰《つぶ》るゝばかりなり。

小蘭《らん》は兄《あに》に会《あ》ひしを喜び、実父《じつぷ》の人手に掛《か》かりしを悲《かな》しみ、尺八を持《も》つて女郎平が首《くび》を三度《たび》打《う》ちたる猛々《たけ〴〵》しさ、武士の種《たね》とぞ知《し》られける。

○こゝに又、先《さき》だつて廻国《くわいこく》に出《いで》たる山嵐《あらし》村の窓《まど》七は、十三年振《ぶり》にて［次へ続《つゞ》く］

［大入］

［大入］

［口上］

［熊《くま》のあやかり　三か月娘　贔屓《ひいき》］

［人魚］

(37)二十九ウ

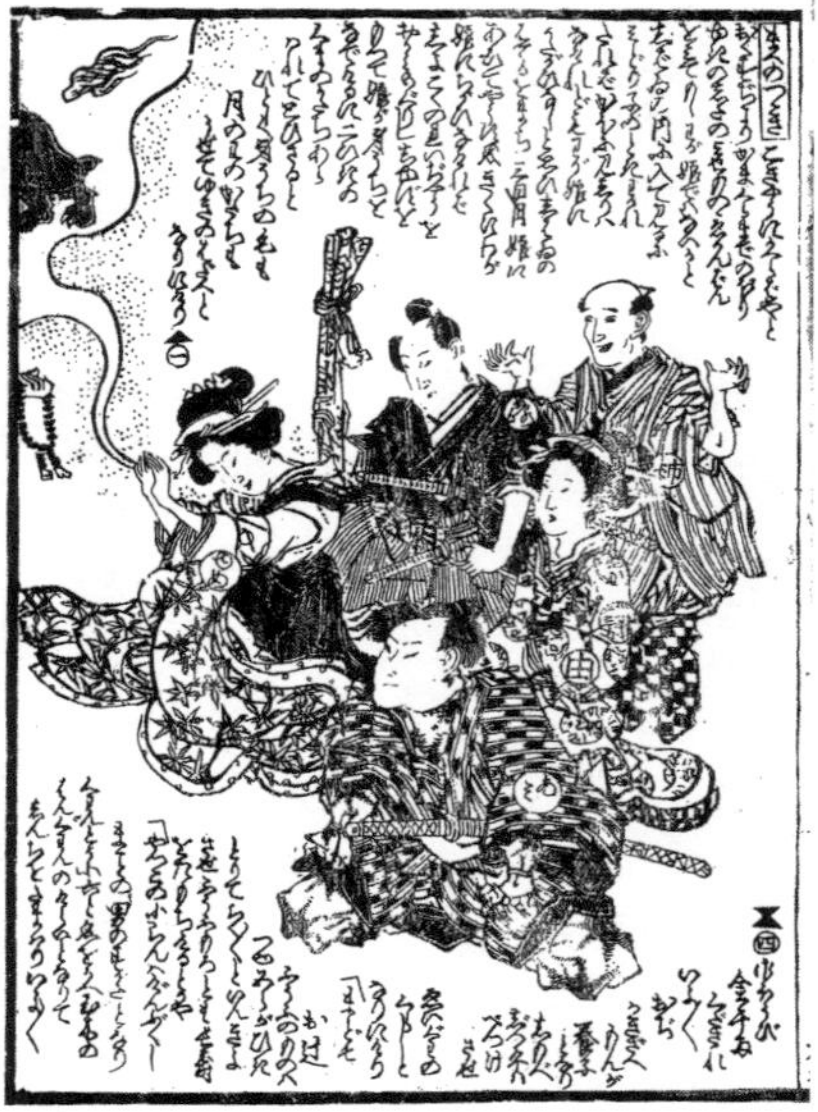

三十オ

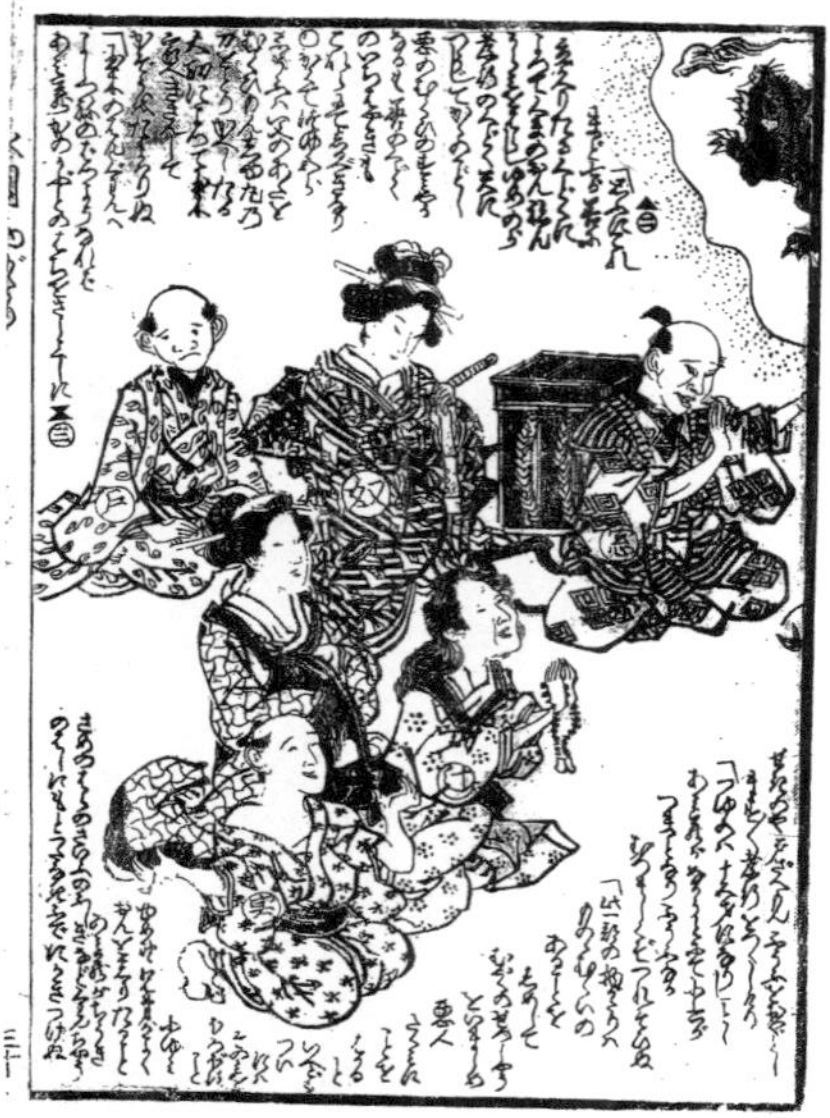

（37）前《まへ》の続《つゞ》き　故郷《こきやう》に帰《かへ》らばやと、奥筋《おくすぢ》より鎌倉《かまくら》まで上《のぼ》り、雪《ゆき》の下《した》の見世物《みせもの》の絵看板《ゑかんばん》を見《み》て、もし我《わ》が娘ではないかと芝居《しばゐ》の内に入て見るに、嬰子《みどり》の時別《ときわか》れたれば、顔《かほ》に見知《し》りはなけれども、我《わ》が娘に疑《うたが》ひなしと思ひ、芝居《しばゐ》の果《は》てるを待《ま》ち、三日月娘に会《あ》ひて様子《やうす》を聞《き》くに、我《わ》が娘に違《ちが》ひなければ、諸国《しよこく》の霊場《れいぢやう》を拝巡《おがみめぐ》りし数珠《じゆず》をもつて娘が身内《うち》を撫《な》でけるに、二匹《ひき》の熊《くま》の形現《かたちあらは》れて飛去《とびさ》るとひとしく、身内《うち》の毛も月の輪《わ》の形《かたち》も失《う》せて雪《ゆき》の肌《はだへ》となりにけり。

思ふにこれ、窓《まど》七が善に立返《かへ》りたる功徳《くどく》によつて熊《くま》の怨《おん》念恨《ねんうら》みを晴《はら》し、夢野《ゆめの》が孝行の功徳《くどく》天に通《つう》じて、斯《か》くの如《ごと》く悪の報《むく》ひの速《すみ》やかなるも、善の功徳《くどく》の逸早《いちはや》きも、これらにて知《し》るべきなり。

○斯《か》くて露《つゆ》五郎夫婦《ふうふ》は父の仇《あた》を報《むく》ひ、文殊《もんじゆ》丸の刀を取返《とりかへ》したる大功によつて、玉木家へ帰参《きさん》して加増《かぞう》を賜《たまは》りぬ。玉木の判官《はんぐわん》は義経《よしつね》の末葉《ばつよう》なれば、網《あみ》蔵、かの兜《かぶと》の鉢《はち》を差上《さし》しに、御褒美《ほうび》金千両下《くだ》され、いよ〳〵叔父《おぢ》柿左衛門《かきざへもん》が養子となり、下部《しもべ》実《じつ》平は別家《べつけ》させ、栄華《えいぐわ》の暮《くら》しとなりにけり。窓《まど》七・お辻夫婦《ふうふ》の者《もの》は露《つゆ》五郎が引取《ひきと》りて、楽々《らくく》と隠居《いんきよ》させ、夫婦《ふうふ》もろとも長寿を保《たも》ちけるとかや。
奴《やつこ》の小蘭《らん》は元服《げんぷく》し、真《まこと》の男の姿《すがた》となり、関東《くわんとう》小六と名を替《か》へ、玉木の判官《はんぐわん》の家来《けらい》となりて新地《しんち》を賜《たまは》り、いよ〳〵関野屋《せきのや》戸左衛門《ざへもん》夫婦《ふうふ》を親《おや》とし、ます〳〵孝行を尽《つ》くしけり。

つゆの［夢野］は十五才になりし年《とし》、網蔵《あみ》が仲人《なかうど》にて小六が妻《つま》となり、夫婦《ふうふ》仲睦《なかむつま》じくぞ連添《つれそ》ひぬ。

此一部の物語《がたり》は物《もの》の報《むく》いのある事《こと》を示《しめ》して、無益《むやく》の殺《せつ》生《しやう》を戒《いまし》め、悪人巧《たく》みに事《こと》を謀《はか》る事《こと》いへども、遂《つい》にはその身《み》を滅《ほろ》ぼす事《こと》、小由美《ゆみ》・夢野《ゆめ》兄弟がよく恩《おん》を知《し》りたる事《こと》、網蔵《あみ》が忠義《ちうぎ》、鮫《さめ》の腹《はら》の財布《さいふ》の不思議《ふしぎ》など、勧懲《くわんちやう》の端《はし》にもと拙《つたな》き筆《ふで》に書《か》きつけぬ。

(38) 夢野《ゆめ》は程《ほど》なく男子をもうけ、其子を金太郎と名付《づ》けて、蠡《むくげ》などはちつともなく、疱瘡《ほうそう》、麻疹《はしか》も軽《かろ》くして健《すこ》やかに生立《おひた》ち、末頼《すゑたの》もしくぞ見へにける。めでたし〳〵〳〵〳〵。

豊国社中　独酔舎国直画　｜　山東京伝作㊞

筆耕　橋本徳瓶

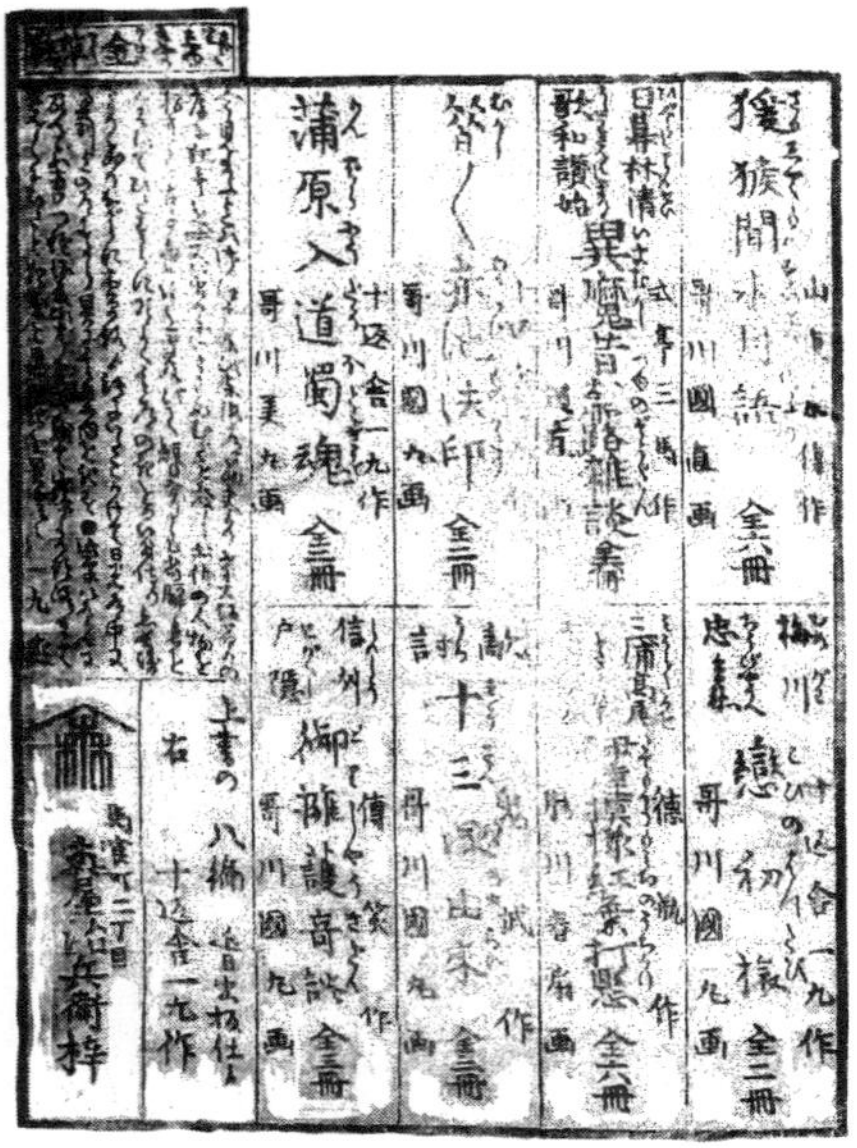

京伝店 ○裂地《きれぢ》・紙煙草入《たばこ》・煙管類《きせるるい》、風流の雅品色々《いろ〳〵》、縫《ぬひ》金《かな》物等、念《ねん》入別《べつ》して改《あらた》め下直に差上《さし》申候。

京伝自画賛《さん》

扇新図色々《いろ〳〵》。短冊《たんざく》・張交絵《はりまぜ》、望《のぞ》みに応《おう》ず。

読書丸《とくしよぐわん》 一包《つゝみ》壱匁五分

○第一気根《こん》を強《つよ》くし物覚を良《よ》くす。老若男女常《つね》に身を使《つか》はず、かへつて心を労《らう》する人はおのづから病を生じ、天寿を損《そこな》ふ。常《つね》に此薬《くすり》を用て補《おぎな》ふべし。又、旅人蓄《たくは》へて色々《いろ〳〵》益《えき》有。能書《のうがき》に詳《くは》し。暑寒前《まへ》に用ゆれば外邪を受《う》けず。近年諸国に弘《ひろ》まり候間、別《べつ》して大極《ごく》上の薬種《やくしゆ》を選《えら》び、製法念《ねん》入申候。

京山製 十三味薬洗粉《あらひこ》

○水晶粉《すいしやうふん》 一包《つゝみ》一匁二分

きめを細《こま》かにし艶《つや》を出し、色《いろ》を白くす。面皰《にきび》・雀斑《そばかす》の類《るい》を治《なほ》す。其外効能《かうのう》多し。

京山篆刻《てんこく》 蠟《らう》石白文一字五分、朱字七分

玉石銅印、古体《てい》近体《てい》、望《のぞ》みに応《おう》ず。

京橋銀座一丁目 京伝店

解題

松風《まつかぜ》村雨《むらさめ》磯馴《そなれ》松金糸腰蓑《まつきんしのこしみの》

底本　早稲田大学演劇博物館蔵（劇－一五二）。国立国会図書館、東北大学附属図書館狩野文庫、天理大学附属天理図書館、林美一旧蔵（立命館大学ARC所蔵hayBK03-0268、前後編表紙図版掲載）本をも参照した。中本、前後編六巻二冊三十丁。版心「こしみ（ミ）の」。歌川豊国画、筆耕石原知道。文化十一年（一八一四）丸屋甚八板。同時に半紙本仕立てでも刊行され、その前編と後編は方形大型題簽である（図版参照）。前編見返しにおける篆書は難読にして「童」と読んでみた（角書の松風村雨にちなみ「雷雨」でもあるか）が、大方の叱正を期すものである。本作は天保十三年（一八四二）、見返し以下序文等を差し替えた『踊《おどり》発《ぞ》会《め》金糸腰《きんしのこし》蓑《みの》』として改刻改題再板されている。詳しくは本全集第十四巻を参考に願いたい（なお、該本の完本は未見にして管見本は欠丁本である。全体像が分る該本の存在をご垂教賜りたい）。本作は豊国画になるだけに、本文中にも役者似顔絵は多用されるが、摺付表紙は五代目岩井半四郎、七代目市川団十郎（前編）、五代目松本幸四郎（後編）のそれである。翻刻にあたり、魔陀羅左衛門について、本文の絵中には「斑」と見えるものの、口絵中における「魔陀羅」の表記に則って人物名とした。

本作は式亭三馬の名を出して戯作の流行の変遷と自身の老境を述べる序文のあることで知られた作品でもある。一方、戯作の処女作である黄表紙『天道浮世出星操』（寛政六年〈一七九四〉刊）以来、三馬は京伝の先行作を意識、模倣してきた。その処女作では京伝の黄表紙『照子浄頗梨』（寛政二年刊。本全集第二巻所収）から一部趣向や地口を借りていたし、序文で京伝が暗に述べる三馬の滑稽本『浮世風呂』（前編文化六年刊～）にしても京

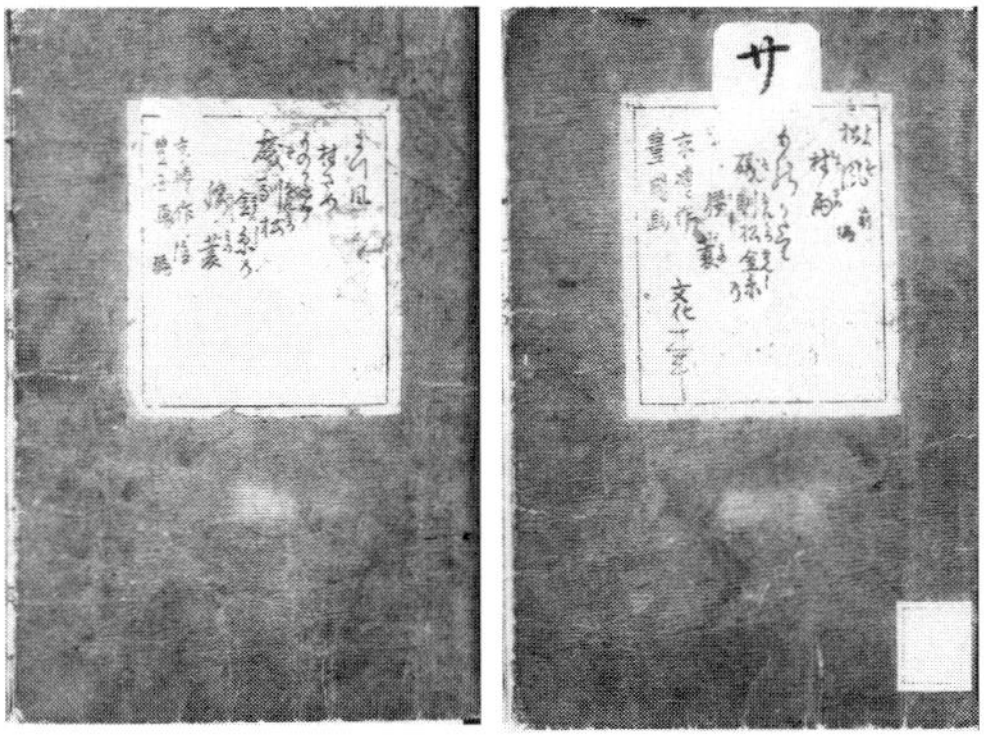

早大演博本

伝の黄表紙『賢愚湊銭湯新話』（享和二年〈一八〇二〉刊。本全集第四巻所収）に趣向を仰いでいる等々（棚橋正博著『式亭三馬　江戸の戯作者』）であった。その三馬は後年、京伝の『骨董集』の宣伝に努め、合巻『任俠中男鑑』（文化十三年刊）で「本屋《や》さん、京伝先生の骨董集《こつとう》のあとをお見せ。よく集《あつ》まつたらう」「三馬がおかしみのうがちよりは山東は実《み》があつて格別《かくべつ》さ」（十八ウ・十九オ）などと京伝に私淑するところは止まない。桑名藩士黒沢九蔵翁満に宛てた京伝の書簡（渡辺刀水「山東京伝と黒沢翁満」〈『歴史と国文学』56号、『渡辺刀水集』第二巻〈日本書誌学大系47－2〉〉によれば、前年文化十年の春の末頃より京伝は半身が痛む病に罹かり熱海へ湯治に行くなど体調不良をかこっていた如くで、また出版の刊行手続きが難しくなり執筆に倦むところもあり弟京山に代書させたこともあったという。そんなこともあって、本作は京伝に代って京山が何らかの形で関与することがあり、後年の天保十三年に「京伝翁稿本」「京山校閲」として『踊発会金糸腰蓑』と改題再板されたものであろう。同じ版元丸屋甚八より翌文化十二年に出された『絵看版子持山姥』（本全集所収）は天保年間に再板された形跡を摑めないところを見ると、本作ばかりは京山が何らかの関わりを持っていた故に「京山校閲」として改題再板されたものと考えて間違いなかろう。ただ、やはり全体の構想においては京伝自身の着想であったと考えてよかろう。書名は文化九年森田座の夏狂言「行平磯訓松」を意識したもので、構想においても仰ぐところがあったと考えて間違いあるまいが、その二番目「恋飛脚大和往来」も『二人虚無僧』（文化九年刊。本全集第十巻所収）での「けいせい恋飛脚」との関係（当該解題参照）を思えば注目してもよかろう。本文（19）に「○これより後編……しつぽりとしたる愁嘆の所、面白き筋を詳しく記す」とあるのは、『二人虚無僧』以来の若い佐国と小蝶の馴初めと恋の行末を描くところであって、それを挿入話として首尾は望月御前と萍の「うわなり打ち」を趣向とした。歌舞伎十八番の「嫐」や長唄で廃絶曲となった「松吹風波嫐《まつふくかぜなみのうわなり》」（享和二年〈一八〇二〉市村座顔見世「当奥州壺碑《ときにおうしゆうつぼのいしぶみ》」三立目の所作事）と交渉があるものか、未勘。「うわなり打ち」の俗風習については京伝が『骨董集』上編後帙下巻（文化十二年十二月刊。本全集第二十巻所収）に「後妻打古図考」として考証が記されている。その考証の他に本作では「大和に残る物語」（本文（31））と述べるそれが『大和物語』（天暦五年（九五一）頃成立）を指すとするなら、橘良植《よしいえ》の逸話に見える後妻と本妻のことを余談として、ここに挙げたかと思われる。また、畑太夫が弔う鐘を「大和の国五大堂の後妻鐘と言ひ伝へけるとや」とあるのは、『大和名所図会』（寛政三年刊）等の地誌類に拠ったものか。猶、本文（10）において金魚の唐土からの伝来を書いている。本文（13）における金魚の蘭鋳種云々については京伝の思い付きだろうが、金魚伝来のことは読本『梅花氷裂』（文化四年刊。本全集第十六巻所収。解題参照）に見られ、『和漢三才図会』からの引用であり、その再利用と見做してよい。

さらやしき ろくろむすめ かさね 会談三組盃《くわいだんみつぐみさかづき》

底本　東京都立中央図書館加賀文庫蔵。国立国会図書館、京都大学図書館、東北大学附属図書館狩野文庫、大阪府立中之島図書館、慶応義塾大学図書館、九州大学図書館、名古屋市蓬左文庫蔵本をも参照した。

京都大学本

中本、前後（上下）編六巻二冊三十丁。版心「三ツぐミ」。勝川春扇画、筆耕橋本徳瓶、彫工小泉新八。文化十一年（一八一四）和泉屋市兵衛板。中本と同時に半紙本体裁にても板行し、所見の叶う半紙本（京都大学本〈大物旧蔵〉、国会本〈大物旧蔵〉）は下編の題簽のみ備わる（図版参照）。半紙本の題簽とは用字順序を異にするも、摺付表紙に記される「〇さらやしき……」以下を角書に採用した（新板目録もまた異なる）。前編摺付表紙は五代目岩井半四郎、後編は七代目市川団十郎の役者似顔絵であり、作中の役者似顔絵については後に述べる。

文化十年六月二十七日より、森田座の夏狂言「尾上松緑洗濯噺」（八月十五日より市村座で再演）の当り狂言に構想を得て著作したことを京伝は序文で述べている。

矢倉下《やぐらした》の番附《ばんづけ》と。よんで通《とほ》るを買《かつ》てみれば。古物語《ふるものがたり》の絹川《きぬがは》を。洗濯《せんたく》したる新狂言《しんきやうげん》。こいつはキツとあたらふと。案《あん》のごとくの評判《ひやうばん》にて。古今《ここん》まれなる大《おほ》あたり。それから案《あん》じ月雪花《つきゆきはな》。会談三組盃《くわいだんみつぐみさかづき》と。まづ題号《だいがう》をくだすにこそ。

皿屋敷物とろくろ首娘、累説話の怪談三趣向を角書として並べて会談三組盃と題名にしたわけだが、夏狂言の始まりだった六月二十七日は新暦（グレゴリオ暦）では七月二十四日、暑さの盛りに怪談狂言は大当りしたわけで、『歌舞伎年表』に拠ると次のように伝えている。

発端、鶯が岳がま仙人（松緑）二役祇園のお梶実ハ岩橋にて、ろくろ首の狂言（松緑）工夫大当。

松緑は、当年七十歳。団十郎は二十一歳。かさねと与右衛門、夫婦の釣合わるからざりしは老巧の名人との評。

右夏狂言大当にて、七月盆三日休。八月上旬まで。夫より又々此の人数にて市村座へスケに出て当る。

「豊芥子日記」巻上

七月七日、芝居見に行て其節蜀山人狂詠

たれもかもろくろ首を長くして夏狂言を松の緑子

七十のぢゞい山へ大入のむかし〳〵の洗濯噺

七月七日森田座　日中大入狂言山　在天願作太夫　在地願為高土間

このところ京伝は板元和泉屋より毎年一作合巻を刊行している（勝川春亭とコンビを組むことが多い）。その慣例というか約束はそれとして、この文化十一年十二月には考証随筆『骨董集』（上編前帙上・中巻。本全集第二十巻所収）を出すべく多忙を極めていた時期でもあったろうから、序文で

夜並仕事《よなべしごと》の読書丸《とくしよぐわん》。気根《きこん》の薬《くすり》でおぎなへども。老眼《ろうがん》の梟《ふくろう》は。あはぬ眼鏡《めがね》のおぼろ月《づき》。骨董集《こつとうしふ》の著述《ちよじゆつ》のいとま。此度《このたび》ひろむる新製《しんせい》の。化粧薬《けじやうぐすり》の白牡丹《はくぼたん》。其調合《そのちやうがふ》の片手《かたて》には。絵草子《ゑざうし》の作何《さくなに》やかや。心世話《こゝろせわ》しき折《をり》しもあれ。

と述べる合巻の著作にも追われているときに歌舞伎の当り狂言に題材を仰いだのが本作であったろう。ここに合成された三つの怪異譚は、京伝合巻のなかでそれぞれに趣向として既に使われることがあったものの、ろくろ首の趣向においては早く黄表紙『狂言末広栄』（天明八年〈一七八八〉刊。本全集第一巻所収）で使われているところである。もっとも一方は諧謔、一方は『太平広記』にも取材した怪談と対照的であり、両者の相違には作者京伝の著作姿勢の違いや変遷があることは勿論ながら、黄表紙と合巻のジャンルの違いでもあり、比較参照

してもらいたい。そのろくろ首の趣向は前年所演された先述の歌舞伎に依拠していたことは早く小池藤五郎氏が次の様に指摘されている。

「累淵扨其後《かさねがふちさてもそののち》」（文化十年八月、市村座興行。同年六月森田座にて「尾上松緑洗濯話」の外題で興行した。）などの暗示に、「播州皿屋敷」・「尾上岩藤草履打」等を加味して、「会談三組盃」（京伝作、文化十一年刊、合巻）が創作されてゐる。

（『山東京伝の研究』）

さらにこれを「累淵扨其後」の絵本番付や役割番付、辻番付に加えて浮世絵で比較考究されたのが桑野あさひ氏（「合巻『会談三組盃』と歌舞伎『累淵扨其後』――趣向の共通性をめぐって――」〈『武蔵文化論叢』第七号〉）であり詳細はその論考に譲るとして、ろくろ首の趣向をはじめ皿屋敷、累は「累淵扨其後」「尾上松緑洗濯噺」に取材したことを指摘され、累怨霊は初代尾上松緑の似顔絵で空玄上人は七代目市川団十郎の似顔絵であるとされる。このほかには四代目瀬川路考や初代松本米三郎等の似顔絵も配されていると思われる。ろくろ首を別にすれば、累物は『近世奇跡考』巻之二（文化元年刊。本全集第二十巻所収）で累の伝承を考証しながら京伝は、『累井筒紅葉打敷』（文化六年刊。本全集第八巻所収）や『婚礼累簞笥』（文化十年刊。本全集第十一巻所収）で趣向として採り入れ、皿屋敷は『播州皿屋敷物語』（文化八年刊。本全集第九巻所収）がある。伝奇性を含む敵討物から演劇に寄りかかりながら陰謀物へと作柄を転じてゆく京伝が、序文で「骨董集の著述のいとま」と吐露するのは、「自己の本領が考証随筆という他の領域にあることの宣言とも見られ、敵討物から陰謀物へと進み演劇化の常型をつくりあげてしまった京伝として、以後の草双紙の制作が全く遊戯的な道楽に過ぎなかったことを表明している」（水野稔「京伝合巻の研究序説」〈『江戸小説論叢』〉）とされる。しかし、遊戯的な怪談三題噺をまとめ上げたことに破綻は見られない。この時期の京伝の著作傾向について水野稔はまた、次の様に論じている。

文化十一年の『磯馴松金糸腰蓑』以下七種の作品は、遂に敵討の要素を全く消失せしめて、純粋のお家騒動または滅亡者の遺恨をめぐる陰謀物がすべてである。『会談三組盃』などは、次第に技巧化されて来た陰謀の重畳複雑性を最も顕著に示しているものであるが、この頃の陰謀がその性質から大小に分れ、史実に伴う深刻遠大な陰謀への同情もしくはその努力の英雄視という傾向が見られ、否定せらるべき小さな利己的な陰謀が別に設定されるようになって来たことも注目される。また前年の作品に著しかった構成の分裂混乱、説話の分離の傾向は緩和され、『三組盃』のような怪異譚の寄木細工式のものでも、一応一貫した筋の通ったまとまりを見せている。演劇的趣向は依然として絶対的であり、『黄金花奥州細道』のように、かつての作品に見せたような奥州古伝説への興味も芝居仕立の一つの彩りに過ぎなくなって来ている。

（「京伝合巻の研究序説」）

歌舞伎に題材を仰ぎ、さらにもう一つ草履打の趣向も加えたかったろう意図は酌み取れるが、より複雑錯綜する構想構成まで賄いきれなかったとも考えられる。

不破《ふは》名古屋《なごや》濡燕子宿傘《ぬれつばめねぐらのからかさ》

底本　東京都立中央図書館加賀文庫、肥田晧三、棚橋正博蔵。国立国会図書館、東北大学附属図書館狩野文庫、慶応義塾大学図書館、京都大学図書館、大阪府立中之島図書館本も参照した。

中本、上中下編七巻三冊三十五丁。版心「ぬれ燕」。歌川豊国画、筆耕藍庭普米。文化十一年（一八一四）鶴屋金助、蔦屋重三郎板。中本書型と同時に半紙本書型でも板行されるが、所見の半紙本である国会図書

京都大学図書館本

国立国会図書館本

館本（大物旧蔵本）と京都大学図書館本の題簽の各一種より窺うに、別種題簽であるところから（図版参照）、少なくとも上下二冊本以上の構成で、あるいは半紙本も中本と同様、上中下三冊本（三巻・二巻・二巻の構成）であったのかも知れない（半紙本の棚橋本も三冊本）。角書「不破／名古屋」を設けたのは、鶴屋新板目録に拠り、中本摺付表紙にそれを見ることから付加した。中本の上編摺付表紙に描かれる役者似顔絵は三代目坂東三津五郎、中編のそれは五代目岩井半四郎、下編のそれは五代目松本幸四郎で、本文には五代目市川団十郎、初代市川市蔵、初代瀬川多門等、多彩である。なお、鶴屋金助の新板目録のウラ半丁は式亭三馬作品の広告のみとなるものの掲載した。その新板目録に見える式亭三馬の『古今百馬鹿』（文化十一年刊）は蔦屋と鶴屋の相板になることが確認されるが、他は鶴屋の単独板行と考えられる。蔦屋単独板行の新板目録で所見に叶うものは一種類にして本作品名の記載されるものは未見で、本作品は鶴屋金助主導の刊行にして蔦屋が相乗り刊行したものと考えられる。しかしながら、板木をそのままに改題再板されている（中之島図書館本。但し前半十五丁本のみ）事態を考えると、事情は錯綜していて、板木は蔦屋が所有していたとも推測される。その改題再板本の管見の叶う摺付表紙（図版参照）には、『濡玄鳥《ぬれつばめ》不《ふ》破関守《はのせきもり》』と書名、さらに「山東京山作」「甲之春」「申之春」「浪花岸国」等が見られ、文政七甲申年に大坂板で改題再板されたことが知られる。重三郎没後、蔦屋は上方

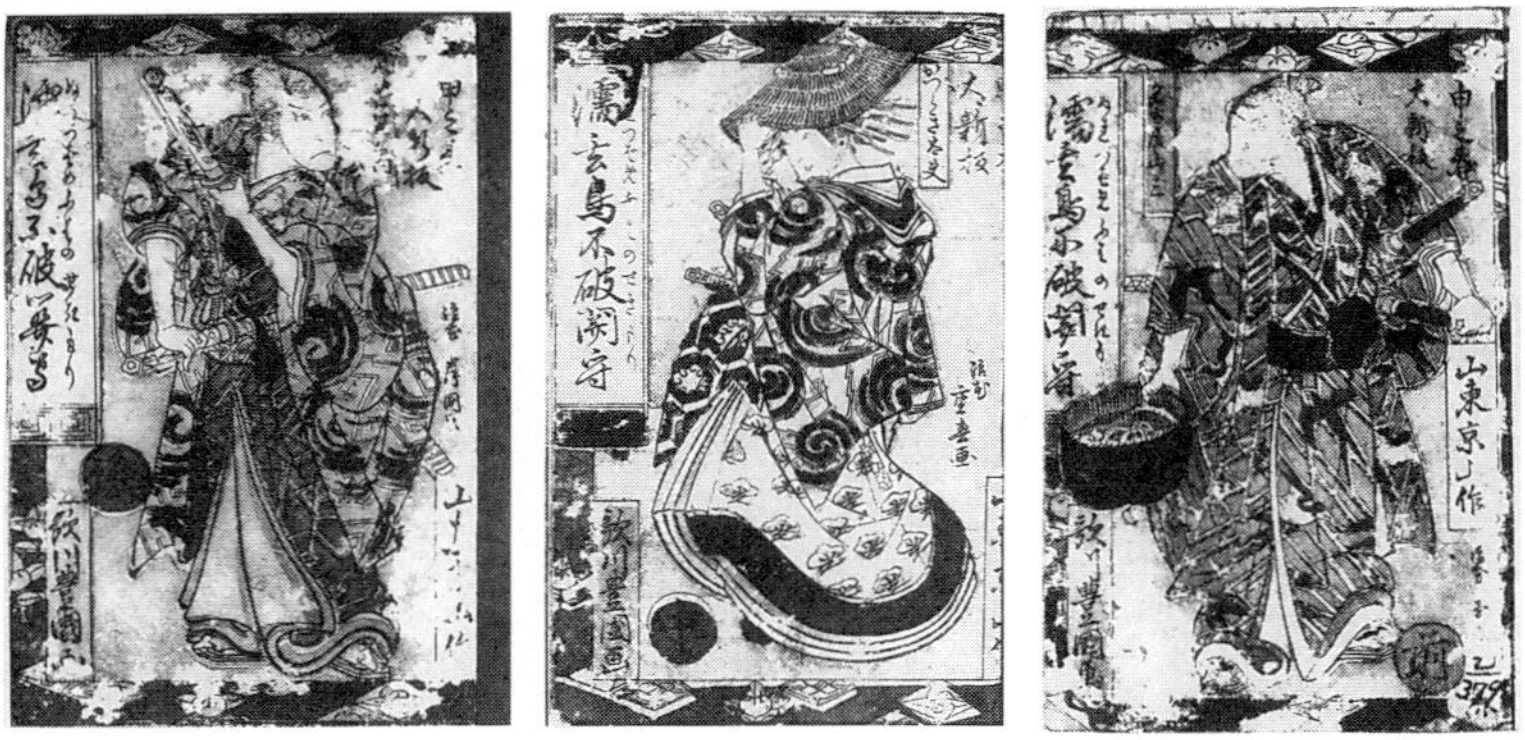

大阪中之島図書館本

書肆へ板木を譲渡しており（棚橋正博著『黄表紙総覧』後編参照）、本作の場合も、蔦屋が文政期頃まで大坂の書肆へ譲渡し改題再板されたと考えてよかろうか。一方、鶴屋金助も京伝ほかの合巻板木を上方書肆に譲渡し改題改刻再板された例が『朝茶湯一寸口切』（文化九年刊。本全集第十巻所収。解題参照）に見られることであれば、板木所有の鶴屋が売り捌いた結果とも考えられる。本作の改題再板を京山作と銘打っていることは、もしかしたら、『黄金花奥州細道』（文化十一年刊。本巻所収）と似た事情で、京山が何らかの形で著作に関与した故に京山作と謳って再板された可能性も残されよう。

書名は宝井其角の句「傘にねぐらかさふよぬれ燕」（『五元集』等）に拠る。傘を名古屋山三郎の模様としたことは上編摺付表紙にも見えるところであり、いわゆる不破名古屋狂言に取材しているところは、京伝自身の読本『昔話稲妻表紙』（文化三年刊。本全集第十六巻所収）を合巻化したことに拠る。また、本作以外に合巻化された作品等については詳しくは『昔話稲妻表紙』の解題を参照されたい。『昔話稲妻表紙』の合巻化にあたり、大坂芝居で好評だったことを踏まえたわけでもあろうが、本作には八文字屋の浮世草子『出世握虎昔物語』（享保十一年〈一七二六〉刊。八文字屋自笑・江島其磧作）からの剽窃があり（長谷川強氏「後期江戸文学と浮世草子――合巻を主として――」（『浮世草子新考』）、その『出世握虎昔物語』と本作の本文（12）における一部を比較すると左の如しである。

抑錦木はいもせの結《むす》びのしるしの木。錦木とも又染《そめ》木とも申也。いにしへより陸奥《みちのく》の風俗《ならはし》。妻《つま》をむかへんと思ふ人。染たる苧《お》にて木を巻立《まきたて》。面々の名を書あらはし。思ふ女の門《かど》に立る。心に入ぬは手もさゝず。聟《むこ》にとらんとおもふ名の錦木を。取納《おさむ》るがたのみのしるし。……扨は姫君を見そめたる男の方より。御門前《もんぜん》に錦木を立をきしゆへに。当国にては目馴《めなれ》させ給はぬゆへ。子細《しさい》を聞て参れとの仰付にてさふらふが。亭坊《ていぼう》の申さるゝも。今拙者《せつしや》めが申通りの外はなし。（巻之一「月夜の梅色も香も見て取恋知」）

そも〳〵錦《にしき》木といふは妹背《いもせ》を結《むす》びの印《しるし》の木、昔《むかし》より陸奥《みちのく》の里人《さとびと》、妻《つま》を迎《むか》へんと思《おも》ふ者《もの》、染《そ》めたる緒《を》にて木を巻立《まきた》て、その主《ぬし》の名を書《か》きて思《おも》ふ女の門《かど》に立る。その女の心に適《かな》はざる男の立しは取入《とりい》れず、婿《むこ》に取《と》らんと思《おも》ふ男の立たるは取入《とり》るが縁定《えんさだ》め、それゆゑ古歌にも、その心《こゝろ》を数多《あまた》詠《よ》みたり。さては姫君《ひめぎみ》を見《み》初《そ》めたる男の方《かた》より御門前《もんぜん》に錦《にしき》木を立置《たてお》きたる故《ゆゑ》に、此都《みやこ》には目馴《めな》れさせ給《たま》はぬものゆゑ、仔細《しさい》を聞《き》いて参《まゐ》れと仰《おふ》せならん。（本文（12））

この門前に錦木を立てる風習が奥州にあるとする趣向については、翌文化十二年刊行の『黄金花奥州細道』（本巻所収）において再利用されている。本作執筆時に得たことが着想となったものであろう。一部浮世草子からの剽窃を試みながらも、『昔話稲妻表紙』の主要人物をそのまま配置し合巻化しているわけだが、同じ絵師の歌川豊国ながら挿絵においては読本と比較して悽惨な場面は殆どなくなっている。これは文化四年の当局の規制（高木元氏「『類集撰要』巻之四十六――江戸出板史料の紹介――」（『読本研究』二輯下套）参照）における戯作者の対応において以前と以後の影響の結果であろうと考えられる。本作の構想と趣向に関する先行作からの影響につい

ては述べてきたところだが、序文において、

反魂香《はんごんかう》のじやうるりの。その焼《たき》がらをひろひ集《あつめ》て。時代《じだい》ちがひの跡《あと》なしごとを。かきまじへたる絵《ゑ》そらごと。

とあるのは、近松門左衛門の浄瑠璃「傾城反魂香」（宝永五年〈一七〇八〉十一月大坂竹本座初演）を基にするところでもあったとの謂であろう。その「反魂香」の趣向を借りている浄瑠璃「祇園祭礼信仰記」（浅田一鳥等合作。宝暦七年〈一七五七〉十二月大坂豊竹座初演）の趣向も取り混ぜていることを指すものであったろう。下編の暁傘の場面（暁傘の趣向については本全集第九巻『暁傘時雨古手屋』解題を参照されたい）などがそれであり、「信仰記」の俗に「爪先鼠」といわれる両手を縛られた雪姫が鼠を描くと忽ち生きて抜け出し縄を食い切るという場面（本文(34)〜）のこの趣向は、京伝にとって黄表紙時代の『先開梅赤本』（寛政五年〈一七九三〉刊。本全集第三巻所収）以来、しばしば採用する趣向でもあって、本作では絵より抜け出した虎猫が鼠に喰付くとしたものであった。また、反魂香の浄瑠璃ということであれば、近松は勿論であるが、京伝のことであれば桜田治助作の『傾城浅間嶽』（寛政四年正月中村座初演。一中節「傾城反魂香」の一部）なども念頭にあったかと考えてもよかろうが、未勘。『昔話稲妻表紙』に加えて新たに趣向を設けたとすると、『十王経』に拠って周の幽王の后褒姒の魂魄を海堂姫に取り憑かせ、啞のお藤と絡ませたところに新奇を求めたと考えてもよかろう、ただ主筋とは密接な絡みになったわけではなく、必ずしも成功したとは言い難い。このほかに天帝が人々の善悪邪正を決めるとする一条（本文(11)）などは黄表紙『心学早染艸』（寛政二年刊。本全集第二巻所収）以来の心学流の譬えでもある。

染《そめ》分《わけ》手《た》綱《づな》
尾《を》花馬《ばなのうま》市《いち》 黄金花奥州細道《こがねのはなおくのほそみち》

底本　東京都立中央図書館加賀文庫蔵。国立国会図書館、京都大学図書館、慶応義塾大学図書館蔵本をも参照した。

中本　上中下編六巻三冊三十丁。版心「小まん」。歌川国直画、筆耕橋本徳瓶。文化十一年（一八一四）森屋治兵衛板。中本書型と同時に半紙本書型でも板行されるが、所見の半紙本（国会図書館本〈大物旧蔵本〉）には題簽は備わらず未見である（半紙本は後刷になるものか。また前後編二冊本でもあったか）。摺付表紙には角書として、「染分手綱《そめわけたづな》」だけを見るが、下編（後編）見返しと巻末広告より「尾花馬市《をばなのうまいち》」を補った。本文では前後編と謳いながら中本書型は三冊体裁で上中下編として摺付表紙は三種ある。見返しも三種確認できる。森屋板の合巻には板行形態の複雑なものが散見する故、あるいは初期の板行形態は二編二冊本だったものが、後に三編三冊本に仕立て直して売り出した商魂を推測することも可能であろう。上中下編の摺付表紙に描かれる役者似顔絵はそれぞれ五代目岩井半四郎、五代目松本幸四郎、三代目坂東三津五郎である。本文中には二代目尾上松助、初代市川雷蔵、七代目市川団十郎等の役者似顔絵が見える。

本作は近松門左衛門作「丹波与作待夜の小室節」（宝永五年〈一七〇八〉秋大坂竹本座初演）の浄瑠璃と、その改作である歌舞伎「恋女房染分手綱」（宝暦元年〈一七五一〉七月江戸中村座初演）に拠り、そして浄瑠璃「大塔宮《おおとうのみや》曦鎧《あさひのよろい》」（竹田出雲・文耕堂合作、近松門左衛門添作。享保八年〈一七二三〉二月大坂竹本座初演）を参酌しながら、前者の登場人物を拉し来って舞台を奥州と変えたものである。本作は本年刊の『濡燕子宿傘』（本巻所収）における奥州の錦木の風習（解題参照）と同想になることから、両作はほとんど並行して着想執筆されたものと考えられる。錦木の風習が江島其磧作の浮世草子『出世握虎昔物語』から得た構想であったことは『濡燕子宿傘』の解題の条に述べたとおりである。本作においては白木綿の娘標野井への恋慕として、

標野井《しめのゐ》は又、機《はた》に掛《か》かりきり、はたりてふ〳〵と機織《はたお》る音《おと》の表《おもて》の方《かた》、慶政《けいまさ》といふ座頭《ざとう》の坊《ぼう》、身にも似合《にや》はぬ恋《こひ》の闇《やみ》、いとゞ見へざる細《ほそ》道を、片手《かたて》には杖《つへ》、片手《かたて》には錦《にしき》木を携《たづさ》へて、ひよか〳〵来《きた》り。門口《かどぐち》に錦《にしき》木を立置《たてお》きて耳《みゝ》傾《かたふ》けて、「ハ、ア、お娘《むすめ》は機織《はたお》つてじやそふな。千束《ちづか》に及《およ》ぶ錦《にしき》木を取入《とりい》れぬとは胴欲《どうよく》じや。是非《ぜひ》、今日《けふ》は色《いろ》よい返事《へんじ》聞《き》かねばならぬ」と言《い》ふ折《おり》しも、息《いき》もすた〳〵駆来《かけく》るは、慶政《けいまさ》が女房お露《つゆ》、夫《おつと》の胸倉《むなぐら》しつかと取《と》り、「コレ、こ、な性悪面《しやうわるづら》、目界《めかい》も見へぬ身をもつて、恋路《こひぢ》どころか、おかしやれ」と言《い》ふを悋気《りんき》の始《はじ》めにて、摑合《つかみあ》ふやら競合《せりあ》ふやら、（本文（18））

と慶政が錦木を立てる。この錦木は世阿弥の謡曲「錦木」などで狭布の細布の里として奥州の名跡であることから、京伝は白木綿の没後に塚として残ったと仮想を構えて述べている。

斯《か》くて標野井《しめのゐ》は、里《さと》人を頼《たの》みて母の亡骸《なきがら》を野辺《のべ》に送《おく》りて一片《いつぺん》の煙《けふり》となし、骨《ほね》を埋《うづ》めて塚《つか》となし、卒塔婆《そとば》の代《かは》りに数多《あまた》の錦木《にしき》を立《た》てゝ、塚標《つかしるし》となしければ、誰言《たれい》ふとなく此塚《このつか》を錦木《にしき》塚《づか》と呼《よ》びなして、此陸奥《みちのく》に名高《なだか》き地名となりにけり。（本文（25））

ここで強いて憶測を逞しくするならば、『出世握虎昔物語』で得た錦木の風習を『濡燕子宿傘』の趣向とし、さらにそれを芭蕉の『おくのほそ道』に付会させ本作に再利用したと考えるのがよかろう。宝井其角の句を合巻において多く引用している京伝が、其角の師である芭蕉に興味を募らせ、『おくのほそ道』の趣向を借りることは、きわめて自然な成り行きであったとも言えよう。そして奥州を舞台とする時、「実方雀」「入内雀」を

京伝は連想した。既に早く寛政四年（一七九二）刊行の黄表紙『桃太郎発端話説』で使った趣向でもあった。一条天皇に陸奥守に左遷された藤原実方中将は名取郡にある笠島（本作では京伝の序文に拠って「笠嶋」とした）の道祖神に落馬死させられたという伝承がある。その実方朝臣の墓所へ芭蕉は「笠島はいづこさ月のぬかり道」と詠み参拝できなかったようであるが、その後、芭蕉が逗留した尾花沢と実方朝臣の落馬死を、尾花沢で盛んだと名に聞こえた馬市とを掛けて角書としたものであろう。こうした著作動機を序文でこう述べている。

あら野《の》の牧《まき》の轡虫《くつはむし》。尾花沢《をばなざは》の馬市《うまいち》に。丹波与作《たんばよさく》が伊達姿《だてすがた》は。かの錦木《にしきゝ》を鞭《むち》にして。けふの細布胸掛《ほそぬのむねかけ》に仕《し》合吉《あはせよし》と染《そめ》だせし。その文字《もじ》ずりの石碑《いしぶみ》に。義理《ぎり》と情《なさけ》の染分手綱《そめわけたづな》。実方朝臣《さねかたあそん》の旧跡《きうせき》に入内《にうない》すゞめの笠嶋《かさしま》はいつこ五月のぬかり道《みち》。……たづねてこゝにきさかたの。雨《あめ》や西施《せいし》がねふけさましに。近松竹田《ちかまつたけだ》たれかれと。兵《つはもの》どもの筆《ふで》の跡《あと》を洗濯《せんたく》したる旅衣《たびころも》。奥《おく》の細道辿《ほそみちたど》るになん

なお、狭布の細布で馬の胸掛に「仕合吉」と染め出していると見える。寛政五年刊行『新板替道中助六』（本全集第三巻所収。三九三頁参照）では、その絵が見える。井原西鶴の『日本永代蔵』（元禄元年〈一六八八〉刊）の巻一ノ一「初午は乗つて来る仕合せ」の挿絵に見える駄馬の胸掛に「仕合」「吉」「宝」と書かれており、これは致富商人となった網屋がことさらやった縁起かつぎのパフォーマンスと解説されることが多いものの、十返舎一九作『続道中膝栗毛』五編（文化十一年刊）などの一九作の作品の挿絵にも「仕合」の胸掛はよく見ることで、ことさら『日本永代蔵』のそれが特別なわけではなく、「仕合吉」など駄馬の胸掛には一般的なものと考えてよかろう。

ふところに
かへ服紗《ふくさ》あり
燕子花《かきつばた》

草履打所縁色揚《ざうりうちゆかりのいろあげ》

底本　東京都立中央図書館加賀文庫蔵。国立国会図書館、東北大学附属図書館狩野文庫蔵本をも参照した。

中本、前後編六巻二冊三十丁。版心「色あけ」。歌川美丸画、筆耕石原知道。文化十二年（一八一五）岩戸屋喜三郎板。中本書型と同時に半紙本でも板行され、所見の叶う半紙本（国会本。大物旧蔵）には題簽が備わらず、半紙本題簽は未見、該本には岩戸屋の商う神秘五疳散の広告が貼付されており、参考までに掲出しておく。書名については前編見返し、序文、岩戸屋新板目録に拠って「ふところに……」の発句を角書として掲げた。中本の前編摺付表紙に描かれる役者似顔絵は五代目岩井半四郎、後編のそれは七代目市川団十郎で、本文中には五代目松本幸四郎、瀬川多門、二代目助高屋高助等が描かれている。

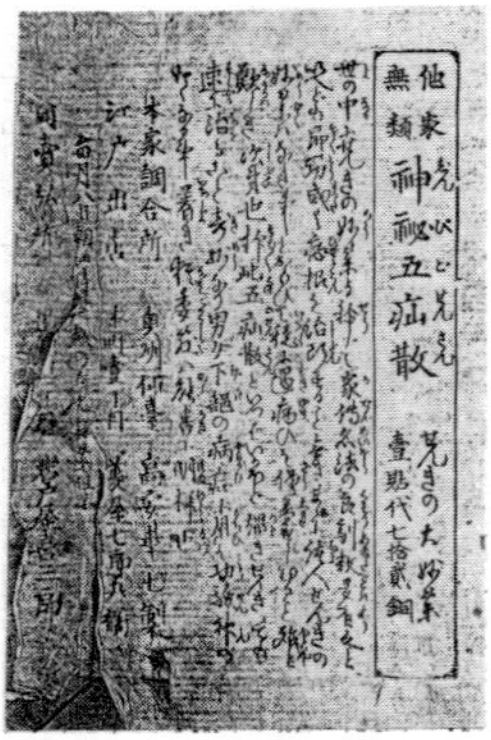

国会図書館本巻末広告

序文に〈染帷子《そめかたびら》の花《はな》〲しき。雑劇《わざをぎごと》をたねとして。岩藤《いわふぢ》がかひどりの。衣脱蛇《きぬぬぐへび》の悪《あく》を懲《こら》し。おはつとかやが今年竹《ことしだけ》の〉とあるように歌舞伎に取材した作がそのまま題名ともなっている。すなわち、文化十一年三月三日より市村座「隅田川花御所染」での「草履打」の狂言に題材を仰ぎ、岩藤（団十郎）・お初（半四郎）を趣向取りし、その舞台を描いた歌川豊国の一枚絵（図版参照）から摺付表紙と本文（十四ウ・十五オ）に採っている。先の文化十年刊の『重井筒娘千代能』（本全集第十一巻所収）では画工美丸への餞として

早稲田大学演劇博物館所蔵（001-1068、001-1116）

であろう豊国が摺付表紙を画いており、今度は美丸が豊国の一枚絵を参照した結果と考えられる。文化十一年三月の市村座の狂言が京伝の念頭にあったことは間違いないとして、おそらく京伝は江戸歌舞伎初演の「鏡山旧郷錦絵」（天明三年〈一七八三〉森田座）を観劇し、それをかなり強く意識するところがあったと思える。それからのちの寛政五年（一七九三）正月河原崎座「御前掛相撲曾我」での市川鰕蔵（五代目団十郎）の「草履打」は鹿都部真顔に請われて観劇、楽屋を訪ねたことが京山の『蛛の糸巻』（「白猿が質朴」）に載っている。少し長いが、その部分を摘録しておく。

市川白猿、ひとゝせ木挽町座にて春狂言に、岩藤のやくをなして大入したる時、真顔、白猿（頭書）五代白猿（始松本幸四郎）—六代三升（始徳蔵、早世）—七代白猿（始新之助）—八代当時より桟敷をもらひ、亡兄京伝をさそひ、余も見物なし、幕の間に三階の部屋へ礼にゆきし時、白猿のお初しかへしのまくの時なれば、中の女形方にえりおしろいさせゐたりしが、役前なりとて、無礼を一揖なし、おしろいつけさせつゝいひけるやう、きのふも顔におしろいつけさせながら涙をおとし候、それいかんとなれば、御素人様ならば、悴へ家業をゆづり、隠居をもすべき歳なり、しかるに、いやしきやくしやの家に生れしゆゑ、歳にも恥ず女のまねするは、いかなる因果ぞ、としきりに落涙いたし候、やくしやとしてこゝに心がつきては、芸にもつやなく、永く舞台はつとまりがたし、と歎息して語りけるに、はたして二三年ののち、寺島村あざ名むかふ島に隠居せり、（中央公論社版『燕石十種』2）

この後も「草履打」の歌舞伎舞台は何度かあったものの、上記の文化十一年三月のそれを直接の趣向として、「天竺徳兵衛物」に「草履打」を挿入綯い交ぜて一作としたわけであろうが、昔日の歌舞伎舞台は忘れ難かったと思われる。ただ歌舞伎に寄りかかり過ぎて新味に乏しい点は水野稔の指適通りでもある。

こうして文化十二年には『草履打所縁色揚』以下五作を出しているが、以後量的にも目立って衰退を見せ始める。『骨董集』完成という文筆生活の中心が新たに意識されただけに、彼の合巻は著しく想の涸渇を露呈せしめ、演劇的趣向の寄木細工風なむしかえしや、浄瑠璃歌舞伎のはめ込みを頂点とした安易なものがほとんどすべてである。（「京伝合巻の研究序説」〈『江戸小説論叢』〉）

なお、後編中巻から唐突なように京都豆腐屋浮世蝶兵衛が登場するが、これは『骨董集』（本全集第二十巻所収）の編纂で『堺鑑』（衣笠一閑著。貞享元年〈一六八四〉刊）を繙くことがあって、それに紅葉豆腐の由来を取材してここへ嵌め込んだのかも知れない。最後の草双紙の常套語である子供衆合点かと勧善懲悪を説くところも、作柄のマンネリズム化してきたことの巻末の結びと言えなくはなかろう。

緑青嵒組《ろくしやうのいはぐみ》
朱塗蔦葛《しゆぬりのつたかつら》 絵看版子持山姥《ゑかんばんこもちやまうば》

底本　東京都立中央図書館加賀文庫、明治大学図書館江戸文芸文庫（水野稔旧蔵）、棚橋正博蔵。国立国会図書館、東北大学附属図書館狩野文庫、天理大学附属天理図書館、東京都立中央図書館東京誌料、名古屋市蓬左文庫蔵本をも参照した。

国会図書館本

中本、上中下編九巻三冊四十五丁。版心「山うは（ば）」。歌川豊国画、筆耕石原駒知道。文化十二年（一八一五）丸屋甚八板。同時に半紙本仕立てでも刊行され、管見の叶う唯一本である国会本（大惣旧蔵本）に題簽は残るが編数不明にして図版掲出しておく（図版参照）。板元丸屋甚八から前年文化十一年に出された『磯馴松金糸腰蓑』（本集所収）が天保年間に改題再板されているのに対し、本作は（改題）再板された形跡の見られないことは『磯馴松金糸腰蓑』の解題を参照されたい。豊国画だけに本文中にも役者似顔絵は多用されるが、中本仕立ての上編の摺付表紙は七代目市川団十郎、下編のそれは五代目岩井半四郎の似顔絵となり、本文中には五代目松本幸四郎、二代目沢村田之助、三代目尾上梅幸（三代目尾上菊五郎）、岩井粂三郎（六代目岩井半四郎）等。

序文において京伝は、

年々《とし〴〵》に趣向《しゆかう》をかへ。時々《とき〴〵》に新奇《しんき》を出《いだ》し。昔《むかし》にまさる今《いま》の名人《めいじん》。笠翁伝奇《りうおうでんき》の正本《しやうほん》にも。近松門左《ちかまつもんざ》が院本《じやうるり》にも。まさりはするともおとるまじ。一目千古《いちもくせんこ》の奇々《きゝ》妙々《みやう〳〵》。諸人《しよにん》の眼《まなこ》をよろこばすは。わざをきのほまれといふべし。

と、笠翁と近松門左衛門の和漢の戯曲に一目置きながら、近年の歌舞伎狂言の趣向の新奇にも注目していると述べている。京伝が歌舞伎狂言から参酌するところは、因果応報を背景にした陰謀譚であり怪奇譚であったと極言してもよかろう。本作の場合はまず近松「嫗《こもち》山姥」（正徳二年〈一七一二〉七月大坂竹本座初演）であり、書名の由来もそこにあった。この「嫗山姥」を承けた、いわゆる山姥物に四天王物を撮合させたのは歌舞伎の常道の踏襲でもあった。そのなかにあって、四天王物を絡ませた山姥（遊女八重桐）の廓話（上編中、下冊）は一種洒落本風でもあり、『二人虚無僧』（文化九年刊。本全集第十巻所収）以来の人情本的描写スタイルの先駆となるところでもある。八重桐の廓話を眼目とする観点からすると、初世瀬川如皐作「四天王山入」（天明五年〈一七八五〉十一月江戸桐座初演）も念頭にあったかと思われる。その大切「男山娘源氏」（初世瀬川如皐・初世笠縫専助・曾根正吉・玉巻恵助合作）も注目していいのかも知れない。というのも、その合作者玉巻恵助については京伝の亡き先妻お菊の義兄にあたると、

この婦の姉は、歌舞妓狂言作者玉巻恵助が妻なり、其妹は、天明中、扇屋の名妓滝川なりき

（『伊波伝毛乃記』〈中央公論社版『新燕石十種』第八巻〉）

と記され、その存在を考えると「男山娘源氏」や「四天王山入」も考慮された歌舞伎狂言だったとも考えられる。京伝はまた序文で、

芝居《しばゐ》の愛敬《あいきやう》を借着《かりぎ》せし。おのれが拙《つたな》き筆《ふで》すさみは。ゆきたけ揃《そろ》はぬ似《に》せ上使《じやうし》。頼光朝臣《よりみつあそん》の時代《じだい》をたづね。古人《こじん》の筆《ふで》のこゝかしこを。ひろひあつめてつゞりたる。木《こ》の葉《は》ごろもの袖草紙《そでざうし》。山又山《やままたやま》もなにもなく。絵《ゑ》看板《かんばん》子持山姥《こもちやまうば》と名《な》づくるにこそ。

と述べる。「芝居の愛敬を借着せし」とは、具体的には「戻橋背御摂《せなにごひいき》」（四世鶴屋南北作。文化十年十一月江戸市村座初演）のことであった。「借着せし」登場人物としては、山姥（八重桐）、怪童丸（公時）、源頼光、渡辺綱、袴垂保輔、将軍太郎良門、海老雑魚の十、碓井貞光、三日月お仙、土蜘蛛の精等々を挙げておけばよかろう。胡蝶が舞う土蜘蛛の精霊（口絵及び本文（24））は下編の摺付表紙の絵柄となっているが、これは同じ豊国画の一枚絵の構図と同じになっている（岩田秀行氏御垂教）。中編の摺付表紙は土蜘蛛だけで役者絵はなく、上編の摺付表

紙は武者修行の旅人と対峙する、高下駄で傘を打ちかたげる坂田の蔵人景住（五代目団十郎）である。この上編と同構図になる豊国画の一枚絵も存するものか、未勘。謎の武者修行者（五代目幸四郎）と、素性の分らぬ女を登場させて一種推理小説風に「下編を読みて知り給へ」とするのは京伝の合巻における常套的な手法でもある。「戻橋背御摂」は大入りだったが類焼のため中絶しながら翌月閏十一月森田座で「戻橋閏顔鏡《またのかおみせ》」として続演された好評演目だった故に、それに取材したことから京伝の序文での言辞があったと考えられる。猶、本作における絵組で目に止まるものに、本文（16）での裸の禿みどり、やよいと八重桐が折檻を受ける図であったり、また、本文（25）での良門が六人の影武者で黒雲の皇子の味方につくところ、一方の父将門が七人の影武者としたところなどは黄表紙『時代世話二挺鼓』（天明八年刊。本全集第一巻所収）からの脱化とも考えられる。

女《をんな》達磨《だるま》之《の》由来《ゆらい》文法語《ふみほふご》

底本　都立中央図書館加賀文庫、棚橋正博蔵。東北大学附属図書館狩野文庫、国立国会図書館、東洋文庫岩崎文庫、天理大学附属天理図書館、大阪府立中之島図書館蔵本も参照した。

中本、上中下三編七巻三冊三十五丁。版心「ふみ法語、文法語」。歌川豊国画、彫工小泉新八。文化十二年（一八一五）鶴屋金助板。中本書型と同時に半紙本書型でも板行されるが（国会図書館本、中之島図書館本）、中之島図書館本の題簽が元題簽とするなら、かろうじて『女達磨由来文□語』と読める如くである。従って、書名は半紙本題簽と序文（一オ）匡郭上欄にある題名を採用し、訓みは見返しと新版目録の広告に拠った。但し、その広告には角書「一久一路兵衛《いつきういちろべゑ》／関之自蔵《せきのじぞう》」があるが、これは省略した。また広告には「文法語」がないものの、見返しと序文、摺付表紙、版心を見る限り、京伝の念頭には早くからあった一語にして書名にしたと考えられる。中本の摺付表紙の上編には五代目岩井半四郎、中編には五代目瀬川菊之丞、下編には二代目沢村田之助の似顔絵を配している。なお、巻末（本文（43））に拠れば、画工豊国は文化十二年七月に病を得たものの、本作の刊行までは体調が回復したものだろうが、刊行まで何等かの曲折があって豊国自身の肖像を控えたものかと推察される。その豊国が画く口絵の地獄（松風）、関の自蔵（提婆達之助）以下、五代目岩井半四郎、三代目中村歌右衛門、五代目松本幸四郎、三代目坂東三津五郎、七代目市川団十郎等を配している。

書名の「女達磨」は、達磨大師の面壁九年に対し、遊女の廓中十年の苦界と比較にならないといった意味を含み、新吉原近江屋抱えだった半太夫という遊女が大伝馬町の商人に縁付き、達磨よりも苦界十年の遊女の方が遙かに悟道に達していると笑ったという逸話を聞いた英一蝶が、女達磨を画題にしたという話を、知人星野岡庵が書き記した『愛閑楼雑記』より幕末の宮川政運が引いたとして紹介している（『宮川舎漫筆』〈安政五年（一八五八）序〉「○女達磨のはじまり」）。おそらく本書（41）における女達磨の絵は英一蝶のそれを歌川豊国が模した絵と思われる。京伝は考証随筆『近世奇跡考』（本全集第二十巻所収）に英一蝶の伝説等を記しているが、この女達磨の逸話は載せていない。しかし、英一蝶が女達磨を画題にしたことを京伝は既に早く知っていて、それに寓するところがあったのが寛政三年（一七九一）刊行の黄表紙『九界十年色地獄』（本全集第二巻所収）であったと考えられる。その角書に「京伝和尚／廓中法語」とあれば、本作の書名の「文法語」は文反故と禅師の法語を言い掛けたものであることが分る。京伝は吉原の遊女上りの女性（扇屋・菊園〈おきく〉、弥八玉屋・玉の井〈百合〉）を二度妻に迎えている。苦界を地獄世界と見立てたのは『九界十年色地獄』であったわけだが、遊女を女達磨と譬え、達磨と一休禅師、地獄を撮合させたのが本作の趣向であった。遊女と地獄と一休禅師の逸話は京伝が最後に述べるように『堺鑑』中巻（衣笠一閑著、貞享元年〈一六八四〉二月、文台屋治郎兵衛板）と『摂陽群談』十巻（岡田徯志著、元禄十一年〈一六九八〉序、大坂向井八郎板）には次の様に見える。

　　高須《タカス》

北荘町《キタノシヤウマチ》ノ入口《イリクチ》ヨリ東《ヒカシ》ニ高須《タカス》ト云町《イフマチ》アリ此所《コノトコロ》ニ遊女今《ユウジヨイマ》ニアリ古昔《ソノカミ》モ仏《ホトケ》ト云名《イフナ》アル白拍子《シラビヤウシ》アリトテ名《ナ》ヲ替《カヘ》テ地獄《ヂゴク》ト付《ツキ》タル遊女《ユウジヨ》アリケレバ紫野《ムラサキノ》真珠庵《シンジユアン》一休和《キウヲ》尚《シヨウ》遊行《ユギヤウ》ノ時此由《トキコノヨシ》ヲ聞玉《キヽタマ》ヒテ一休尋寄《キウタツネヨリ》テ

　キ、シヨリ見《ミ》テオソロシキ地獄哉《ヂゴクカナ》

トアソバシケレバ　地獄《ヂゴク》

　イキクル人モオチザラメヤハ

トシケレバ和尚《ヲシヨウ》聞玉《キヽタマ》ヒテ感《カン》ニ絶玉《タヘタマ》ヒテ即此《スナハチコノ》一句《ク》ヲ書《カキ》テ被遣《サレツカハ》シト也

又半井卜養当津住居《マタナカライボクヨウタウツヂウキヨ》ノ砌狂句《ミギリキヤウク》

　南北《ナンボク》ノミナ鳥《トリ》ドモガトラル、ハタヾ一モツノタカスナリケリ

（『堺鑑』）

遊女仏古迹　同郡堺北《サカイキタノ》庄大《セウヲホ》街《カイ》道《ドウ》ノ東高《ヒガシタカ》須《ス》ノ地傾《チケイ》城《セイ》町ニアリ所伝《シヨデン》云《ク》昔《シ》一人ノ遊君《ユウクン》アリ貌《カホ》美《ウツクシク》シテ容《カタチ》麗《ウルハシ》ク如《シカ》モ心《コヽロ》バヘ各《ヤサシ》ク歌《ウタ》ヲ好《ヨク》シ常《ツネ》ニ楽器《ガクキ》ヲ翫《モテアソ》ブ一日彼《カレ》ニ交《マシハ》ル者《モノ》菩《ボ》薩天《サツテン》女《ニヨ》ノ影《エウ》向《クワ》シテ歓喜《カンキ》ノ心極《コヽロゴク》楽世《ラクセ》界《カイ》モ斯《カク》ヤラント世《ヨ》ニ仏《ホトケ》トゾ号《ナヅケ》タリ自《ミヅカ》ラ悪《ニクミ》之罪《ヲザイ》障《シヤウ》ノ拙《ツタナ》サ其《ノ》名モ恐《ヲソレ》アリヤトテ地《ヂ》獄《ゴク》ト改《カイ》名《メイ》シテ専《モツハ》ラ仏《ブツ》乗《ジヤウ》ニ志《コヽロサ》ス一《イツ》休和《キウヲ》尚《シヤウ》尋寄《タヅネヨリ》テ聞《キヽ》シヨリ見《ミ》テ伈《ヲソロシ》キ地《ヂ》獄《ゴク》哉《カナ》トアレバ遊《ユウ》女往《ジヨユキ》来《ク》ル人《ヒト》モ落《ヲチ》ザラメヤハト

連《ツラネ》タルト云伝《イヒツタエ》リ（『摂陽群談』）

最初の妻おきくを娶ったときに既に京伝は『宮川舎漫筆』で紹介されている逸話を知っていた可能性はあるものの、『堺鑑』や『摂陽群談』まで知り及んでいたかは疑問があるところだが、本作を構想するに及んで一休の事跡と共に、『堺鑑』における一路居士の事跡を男伊達一久一路平の登場としたと考えられる。みぞろが池で人身御供をさせた大蛇とは難波次郎貞景で、人身御供になった娘の松風との再会とする発端は小栗判官物や龍神伝説などを思わせながら、悪漢小説に纏め上げた京伝の手腕に熟達した構想力を見せるものの、それだけに類型的で平板な作柄になったともいえよう。

粟野女郎平《あはのぢよろうへい》 奴之小蘭《やつこのこらん》 猨猴著聞水月談《さるちよもんすいげつものがたり》

底本　鈴木重三、棚橋正博蔵。都立中央図書館加賀文庫、京都大学図書館、早稲田大学図書館、東北大学附属図書館狩野文庫、名古屋市蓬左文庫蔵本をも参照した。

中本、上中下編六巻三冊三十丁。版心「水月物が（か）たり」「水月」。歌川国直画、筆耕橋本徳瓶。文化十二年（一八一五）森屋治兵衛板。京伝は前後編二冊本として構想していたようであるが、板元森屋の都合によって中本仕立て本では上中下編三冊本として刊行された如くであり、摺付表紙は錦森堂森屋の上中下編の三種を掲げおいた。その上編の役者似顔絵は三代目坂東三津五郎、中編は五代目岩井半四郎、下編は五代目松本幸四郎である。中編のそれと憶しき見返しは未見。同時に半紙本仕立てで刊行された二冊本

半紙本後編表紙（京大本）

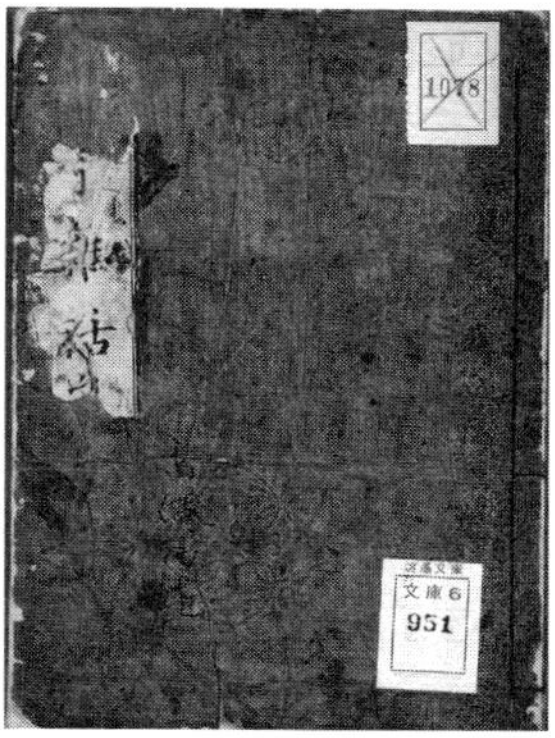

『古今雑話』表紙（早大本）

は京大本（大物旧蔵本。後編表紙は図版参照（前編は未見））が管見に叶い、翻刻体裁は半紙本に従って二冊本仕様として構成した。ところで、その京大本には文化十二年の双鶴堂鶴屋金助の新板目録三種（『女達磨之由来文法語』四二八頁参照）が貼付されている。これは大惣が恣意に他本から剝がし貼付したものかと思ったが、本作の錦森堂森屋の新板目録（四八二頁参照）に載っている式亭三馬の錦森堂森屋板の合巻『異魔昔阿露雑談』（文化十二年刊）の半紙本（国会本（大惣旧蔵本））にも、同様な双鶴堂鶴屋の新板目録が巻末に貼付されている。このことから、貸本屋向けの半紙本については貸本屋上りの板元であった双鶴堂鶴屋が資本参加するなどして鶴屋主導で半紙本の刊行があり、中本仕立ての本は錦森堂森屋の単独板行であったことを窺わせる。こうした相板事情の詳細については他日の考究に委ねたい。なお、本作は二度の再板があった如くであるが、本文（21ウ）に見られる松本幸四郎の似顔絵を改刻している再板本が存在しており、以下の再板に先立つ改刻再板もあったことが窺われる。再板は序文年誌を削除し、改め名主普勝伊兵衛の印を捺したもので、『古今雑話』がそれである（図版参照）。さらに改め印が捺されているものもあり（尾崎久弥旧蔵、蓬左文庫本。図版参照）、これ等再板は序文中の「猨猴の（月）《（欠）》」「地本（問）《（欠）》屋」が欠けている。普勝伊兵衛の印が捺されている三馬の合巻『雷太郎強悪物語』（文化三年刊）の再板本の存在は知られている（『浅草観音利益仇討雷太郎強悪物語』鈴木重三・本田康雄編〈近世風俗研究会刊〉）。その解題で指摘されている弘化三年（一

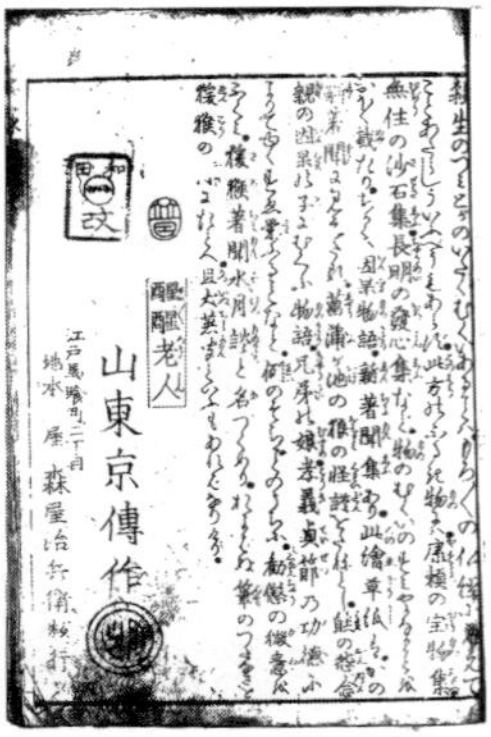

再板（改め印）（蓬左文庫）

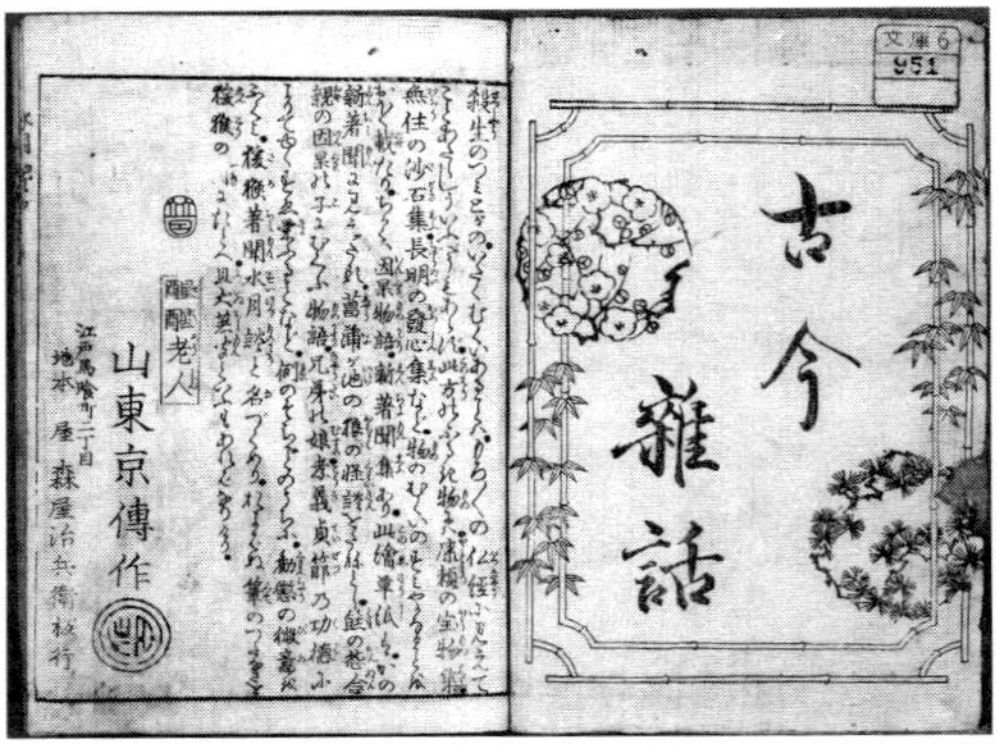

再板見返し・序文（早大本）

八四六）の森屋治郎兵衛（井上隆明著『改訂増補近世書林板元総覧』〈青裳堂書店刊〉によると森屋治兵衛と同店とされる）新板目録（図版参照）に『水月物語』として書名が掲げられており、弘化三年に一度『水月物語』で改題（年誌削除）再板、然るのちに『古今雑話』の書名をもって再板されたものであろう。なお、弘化三年には、同じ錦森堂森屋治兵衛を初板板元とする京伝の『気替戯作問答』（文化十四年刊。本全集第十三巻所収）も改題されることなく再板されている。

本作の書名は「五雑組略諺解水月猴話」（謝肇淛著、田中夢外訳。寛政四年序、同十一年刊）に拠ったものであろう。ただし内容においては、序文で述べるように『新著聞集』（一雪著、神谷養勇軒編。寛延二年〈一七四九〉刊）に取材している。すなわち、菖蒲が池の狼の怪談は奇怪篇の「古狼婦となりて子孫毛を被る」で、産婦と熊とするのは殃禍篇の「産婦恩をわすれ熊のために害せらるる」、生まれた夢野が三日月娘と名乗って鎌倉雪の下の見世物小屋に出たとするのは奇怪篇の「異形の赤子」に材を仰いだと思われる。『新著聞集』の作者一雪の著とされる『古今犬著聞集』の書名も挙げていれば、おそらく京伝はその写本も読むところであったろうと考えられる。京伝がしばしば使う累説話も『新著聞集』に仰ぐものであったかも知れず、本作の本文（30）における名

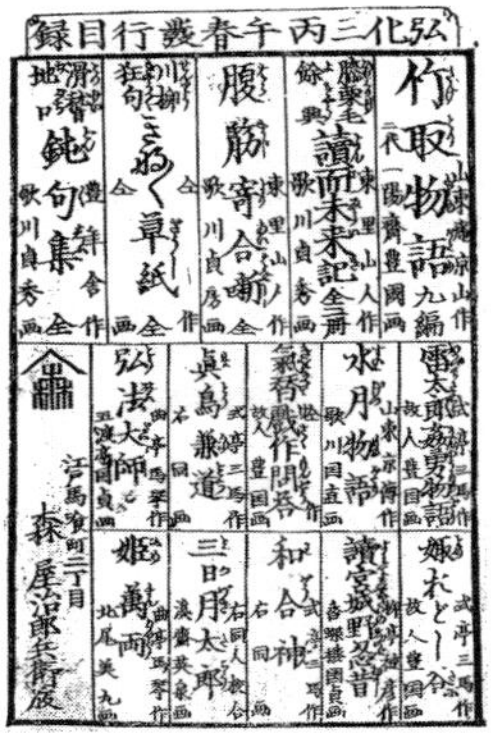

弘化三年森屋新板目録

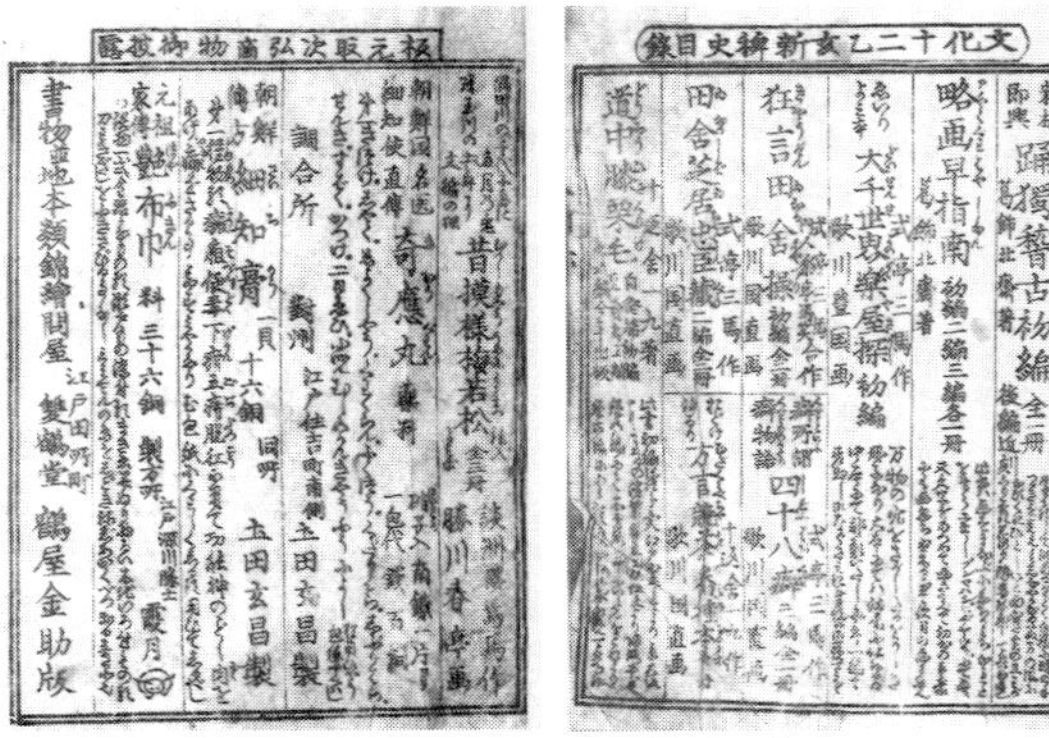

鶴屋金助新板目録（京大本）

古右衛門後家の場面は二年前の作『安達原氷之姿見』（本全集第十一巻所収）の鬼女（黒塚）伝説の再利用であったように、民間に流布する怪奇譚に京伝は趣向構想を求めていたともいえよう。水野稔が

　ただ一つの異色作として『猨猴著聞水月談』だけは、この期の作品として珍しく陰謀を含まぬ純粋の敵討物であり、民譚的色彩が全編をおおうており、演劇的な趣向も表現もまったく排除して似顔絵も少く、ひたすら平明な説明文調によって、因果応報の理を主軸として孝義貞節を説くという、初期文化三、四年頃の作風を取り戻そうとしている。しかしそれも結局は新しい局面打開へのかすかな意図を表示しているに過ぎず、文化初頭の佳作に比しては遙かに及ばぬ凡作でもあったし、新しい転機となり得るものではなかった。（「京伝合巻の研究序説」〈『江戸小説論叢』〉）

と述べるように、人口に膾炙していた民間説話を題材にしようとする姿勢は、例えば本文（37）における小蘭が関東小六と名を替えたとあるところにも見られる。俗謡に歌われた慶長頃（一五九六〜一六一五）の美声・美男の馬方と伝えられる関東小六の説話への発展を読者は期待するものの、しかしそれだけで終わり隔靴掻痒の印象が拭えない。

なお、同じ本文（37）に、「つゆの」の名前が突如出てくるけれど、「夢野」の間違いかと補遺した。従って系図には、その名を載せない。口絵（2）に狂歌一首を載せる関亭伝笑は京伝門下になった一人と考えられる。本名関平四郎、陸奥国泉藩の本多忠籌侯に仕える。嘉永四年（一八五一）には弟京山へ、京伝の洒落本『仕懸文庫』（寛政三年刊。本全集第十八巻所収）の注記を幽篁菴の名で求めたとされる。天保期まで戯作活動し幕末まで存命であったか（生没年不明）。

山東京傳全集　第十二巻

二〇一七年二月二五日　初版第一刷発行

編　者　山東京傳全集編集委員会

編者代表　水野　稔

発行者　廣嶋　武人

発行所　株式会社ぺりかん社

〒113-0033東京都文京区本郷一―二八―三六

電話　〇三（三八一四）八五一五

http://www.perikansha.co.jp/

印刷・大盛印刷　製本・小高製本工業

Printed in Japan

ISBN978-4-8315-1453-0

江戸後期を代表する戯作者・京傳の多彩な業績を集大成する画期的全集

山東京傳全集　全二十巻

[編集委員]
水野　稔　延広真治
鈴木重三　徳田　武
清水正男　棚橋正博
本田康雄

◆A5判／予定頁　四八〇〜七二〇頁
◆予価一二六二一〜一五〇〇〇円

第一巻　**黄表紙1**（安永七年〜天明八年）一九九二年刊　（品切）
第二巻　**黄表紙2**（寛政元年〜三年）一九九三年刊　（品切）
第三巻　**黄表紙3**（寛政四年〜六年）二〇〇一年刊　一四〇〇〇円
第四巻　**黄表紙4**（寛政八年〜享和二年）二〇〇四年刊　一四〇〇〇円
第五巻　**黄表紙5**（享和三年〜文化三年）二〇〇九年刊　一四〇〇〇円
第六巻　**合巻1**（文化四年〜五年）一九九五年刊　一二六二一円
第七巻　**合巻2**（文化五年〜六年）一九九九年刊　一三〇〇〇円
第八巻　**合巻3**（文化六年〜七年）二〇〇二年刊　一三〇〇〇円
第九巻　**合巻4**（文化七年〜八年）二〇〇六年刊　一四〇〇〇円
第十巻　**合巻5**（文化八年〜九年）二〇一四年刊　一四〇〇〇円
第十一巻　**合巻6**（文化九年〜一〇年）二〇一五年刊　一四〇〇〇円
第十二巻　**合巻7**（文化一一年〜一二年）二〇一七年刊　一四〇〇〇円
第十三巻　**合巻8**（文化一二年〜一三年）未刊
第十四巻　**合巻9**（文化一三年〜文政五年）未刊
第十五巻　**読本1**　一九九四年刊（在庫僅少）一二六二一円
第十六巻　**読本2**　一九九七年刊　一四〇〇〇円
第十七巻　**読本3**　二〇〇三年刊　一四〇〇〇円
第十八巻　**洒落本**　二〇一二年刊　一四〇〇〇円
第十九巻　**滑稽本・風俗絵本**　未刊
第二十巻　**考証随筆・雑録・年譜**　未刊

※価格は税別です。